HEYNE〈

Die Bücher:

Der Klient
Der 11-jährige Mark gerät in die Gewalt des Mafia-Anwalts Jerome Clifford, der ihm ein tödliches Geheimnis anvertraut und sich daraufhin erschießt. Da Cliffords Geheimnis sowohl für das FBI als auch für die Mafia bedeutsam ist, wird der Junge nun von beiden Organisationen gejagt. Nur seine engagierte Anwältin, Reggie Love, die Mark aus der Schußlinie zwischen Mafia und Polizei, Justiz und Politik zu ziehen versucht, kann ihm noch helfen. Und sie weiß, sie beide haben nur eine Chance...

Der Regenmacher
Jurastudent Rudy Baylor gewinnt bei einer kostenlosen Rechtsberatung seine ersten Mandanten: Der Sohn von Dot und Buddy Black ist an Leukämie erkrankt und die Versicherung weigert sich, für die lebensrettende Therapie aufzukommen. Rudy erkennt, daß er es hier mit einem der größten Betrugsskandale der Versicherungsbranche zu tun hat. Doch er hat das Anwaltsexamen noch vor sich und noch keine Lizenz, und gleich in seinem ersten Fall bekommt er es nun mit einem der erfolgreichsten Verteidiger der Vereinigten Staaten zu tun...

Der Autor:
John Grisham, geboren 1955, praktizierte nach dem Abschluß seines Jurastudiums als Rechtsanwalt in Oxford, Mississippi, und war dort Abgeordneter des Staatsparlaments. Erst vor wenigen Jahren gab er seine Anwaltspraxis auf und lebt seither als freier Schriftsteller mit seiner Familie auf einer Farm in der Nähe von Oxford. John Grisham wurde mit seinen bisher erschienenen Romanen, die alle im Heyne Taschenbuch Verlag erhältlich sind, innerhalb kürzester Zeit zum meistgelesenen Autor der Welt.
Die Jury (01/8615), *Die Firma* (01/8822), *Die Akte* (01/9114), *Die Kammer* (01/9900), *Das Urteil* (01/10600), *Der Partner* (01/10877), *Der Verrat* (01/13120), *Das Testament* (01/13300), *Die Bruderschaft* (01/13600), *Das Fest* (01/13646).

JOHN GRISHAM

DER KLIENT

DER REGENMACHER

Zwei Weltbestseller

WILHELM HEYNE VERLAG
MÜNCHEN

HEYNE ALLGEMEINE REIHE
Nr. 01/13747

Umwelthinweis:
Dieses Buch wurde auf chlor-
und säurefreiem Papier gedruckt.

Taschenbuchausgabe 03/2003
Copyright © dieser Ausgabe 2003 by
Ullstein Heyne List GmbH & Co.KG, München
Printed in Germany 2003
Quellennachweis: s. Anhang
Umschlagillustration: ZEFA Visual Media/Krenkel
Umschlaggestaltung: Nele Schütz Design, München
Gesamtherstellung: Elsnerdruck, Berlin
http://www.heyne.de

ISBN: 3-453-86796-3

DER KLIENT

Für Ty und Shea

1

Mark war elf und hatte schon seit zwei Jahren hin und wieder geraucht. Er hatte nie versucht, das Rauchen wieder aufzugeben; aber er hatte darauf geachtet, es nicht zur Gewohnheit werden zu lassen. Am liebsten rauchte er Kools, die Marke seines Ex-Vaters, aber seine Mutter rauchte Virginia Slims, zwei Schachteln am Tag, und in einer durchschnittlichen Woche konnte er zehn oder zwölf davon abzweigen. Sie war eine vielbeschäftigte Frau mit einer Menge Problemen und vielleicht ein wenig naiv, wenn es um ihre Söhne ging; ihr wäre nicht einmal im Traum eingefallen, daß ihr Ältester mit elf Jahren schon rauchen könnte.

Gelegentlich verkaufte Kevin, der junge Gangster von der nächsten Straßenecke, Mark für einen Dollar eine gestohlene Schachtel Marlboros. Aber in der Regel war er auf die dünnen Zigaretten seiner Mutter angewiesen.

Vier davon steckten in seiner Tasche, als er an diesem Nachmittag mit seinem achtjährigen Bruder Ricky den Pfad entlangging, der hinter ihrer Wohnwagensiedlung in den Wald führte. Ricky war nervös, weil es das erste Mal sein würde. Er hatte Mark dabei ertappt, wie er gestern die Zigaretten in einem Schuhkarton unter seinem Bett versteckte, und gedroht, es zu verraten, wenn sein großer Bruder ihm nicht beibrachte, wie man rauchte. Sie schlichen den Waldpfad entlang, unterwegs zu einem von Marks Geheimverstecken, an denen er viele einsame Stunden mit dem Versuch verbracht hatte, zu inhalieren und Rauchringe zu blasen.

Die meisten anderen Jungen in der Nachbarschaft standen auf Bier und Pot, zwei Laster, vor denen Mark sich zu hüten gedachte. Ihr Ex-Vater war Alkoholiker; er hatte beide Jungen und ihre Mutter geschlagen, und das war immer nach seinen widerlichen Sauftouren geschehen. Mark hatte die

Auswirkungen des Alkohols gesehen und gespürt. Und Drogen machten ihm angst.

»Hast du dich verlaufen?« fragte Ricky, ganz der kleine Bruder, als sie den Pfad verließen und durch brusthohes Unkraut wateten.

»Halt den Mund«, sagte Mark, ohne langsamer zu werden. Ihr Vater war nur zu Hause gewesen, um zu trinken, zu schlafen und sie zu mißhandeln. Jetzt war er fort, Gott sei Dank. Seit fünf Jahren war Mark für Ricky verantwortlich. Er kam sich vor wie ein elfjähriger Vater. Er hatte ihm beigebracht, wie man einen Football wirft und Rad fährt. Er hatte ihm erklärt, was er über Sex wußte. Er hatte ihn vor Drogen gewarnt und vor Rowdies beschützt. Und er fühlte sich miserabel, weil er ihn nun in ein Laster einführte. Aber es war nur eine Zigarette. Es hätte schlimmer kommen können.

Das Unkraut hörte auf, und sie standen unter einem großen Baum; von einem dicken Ast hing ein Seil herab. Eine Reihe von Sträuchern begrenzte eine kleine Lichtung, und hinter ihr führte ein fast zugewachsener Feldweg zu einer Anhöhe hinauf. In der Ferne war der Verkehr auf dem Highway zu hören.

Mark blieb stehen und deutete auf einen Baumstamm in der Nähe des Seils. »Setz dich hin«, sagte er, und Ricky ließ sich brav auf dem Stamm nieder und schaute sich ängstlich um, als fürchtete er, die Polizei könnte in der Nähe sein. Mark musterte ihn wie ein Stabsfeldwebel und holte eine Zigarette aus seiner Hemdtasche. Er hielt sie zwischen Daumen und Zeigefinger seiner rechten Hand und versuchte, sich ganz gelassen zu geben.

»Du kennst die Regeln«, sagte er, auf Ricky herabschauend. Es gab nur zwei, und sie hatten sie im Laufe des Tages immer wieder diskutiert. Ricky hatte es satt, wie ein Kind behandelt zu werden. Er verdrehte die Augen und sagte: »Ja, wenn ich es jemandem verrate, dann verhaust du mich.«

»So ist es.« Mark verschränkte die Anne.

»Und ich darf nur eine am Tag rauchen.«

»So ist es. Wenn ich dich dabei erwische, daß du mehr raucht, dann geht es dir schlecht. Und wenn ich herausfinde, daß du Bier trinkst oder irgendwelche Drogen nimmst, dann ...«

»Ich weiß, ich weiß. Dann verhaust du mich wieder.«

»Richtig.«

»Wie viele am Tag rauchst du?«

»Nur eine«, log Mark. An manchen Tagen nur eine. An anderen drei oder vier, je nachdem, wie viele er sich beschaffen konnte. Er steckte den Filter zwischen die Lippen wie ein Gangster.

»Wird eine am Tag mich umbringen?« fragt Ricky.

Mark nahm die Zigarette aus dem Mund. »Nicht in absehbarer Zeit. Eine am Tag ist ziemlich sicher. Mehr als das, und du könntest Probleme bekommen.«

»Wie viele raucht Mom am Tag?«

»Zwei Schachteln.«

»Wie viele sind das?«

»Vierzig.«

»Wow. Dann hat sie ein großes Problem.«

»Mom hat alle möglichen Probleme. Ich glaube nicht, daß sie sich der Zigaretten wegen Sorgen macht.«

»Wie viele raucht Dad?«

»Vier oder fünf Schachteln. Hundert am Tag.«

Ricky grinste ein wenig. »Dann wird er bald sterben, stimmt's?«

»Hoffentlich. Er ist ständig betrunken und außerdem Kettenraucher. Da wird er wohl in ein paar Jahren sterben.«

»Was ist ein Kettenraucher?«

»Jemand, der sich eine neue Zigarette an der alten anzündet. Ich wünschte, er würde zehn Schachteln am Tag rauchen.«

»Ich auch.« Ricky warf einen Blick auf die kleine Lichtung und den Feldweg. Unter dem Baum war es kühl und schattig, aber in der prallen Sonne war es erstickend heiß. Mark drückte den Filter zwischen Daumen und Zeigefinger zusammen und schwenkte die Zigarette vor seinem Mund.

»Hast du Angst?« fragte er so herablassend, wie nur große Brüder es sein können.

»Nein.«

»Ich glaube doch. Paß auf, so mußt du sie halten, okay?« Er schwenkte sie näher heran, dann steckte er sie mit einer großen Geste zwischen die Lippen. Ricky sah aufmerksam zu.

Mark zündete die Zigarette an, paffte eine winzige Rauchwolke, dann hielt er sie vor sich und bewunderte sie. »Versuch nicht, den Rauch zu schlucken. So weit bist du noch nicht. Zieh nur ein bißchen, und dann blas den Rauch aus. Bist du so weit?«

»Wird mir schlecht werden?«

»Ja, aber nur, wenn du den Rauch einatmest.« Er tat zwei schnelle Züge und paffte demonstrativ. »Siehst du? Es ist ganz leicht. Wie man inhaliert, zeige ich dir später.«

»Okay.« Ricky streckte nervös Daumen und Zeigefinger aus, und Mark legte die Zigarette sorgfältig dazwischen. »Also los.«

Ricky schob den nassen Filter zwischen die Lippen. Seine Hand zitterte, und er tat einen kurzen Zug und blies Rauch aus. Ein weiterer kurzer Zug. Der Rauch gelangte nie weiter als bis zu seinen Schneidezähnen. Noch ein Zug. Mark beobachtete ihn aufmerksam und hoffte, er würde würgen und husten und blau anlaufen und sich dann übergeben und nie wieder rauchen.

»Es ist ganz einfach«, sagte Ricky stolz, hielt die Zigarette ein Stück von sich und bewunderte sie. Seine Hand zitterte.

»Keine große Sache.«

»Schmeckt irgendwie komisch.«

»Stimmt.« Mark setzte sich neben ihn auf den Baumstamm und zog eine weitere Zigarette aus der Tasche. Ricky paffte hastig. Mark zündete seine an, und dann saßen sie schweigend unter dem Baum und genossen in aller Ruhe ihre Zigaretten.

»Das macht Spaß«, sagte Ricky, am Filter nuckelnd.

»Fein. Und weshalb zittern dann deine Hände?«

»Tun sie nicht.«
»Doch.«
Ricky ignorierte das. Er lehnte sich vor, die Ellenbogen auf den Knien, und tat einen längeren Zug. Dann spuckte er auf die Erde, wie Kevin und die anderen großen Jungen es hinter der Wohnwagensiedlung taten. Es war ganz einfach.

Mark öffnete den Mund zu einem vollkommenen Kreis und versuchte, einen Rauchring zu blasen. Er dachte, das würde seinen kleinen Bruder mächtig beeindrucken; aber es bildete sich kein Ring, und der graue Rauch löste sich einfach auf.

»Ich glaube, du bist zu jung zum Rauchen.«

Ricky paffte und spuckte eifrig und genoß voll und ganz seinen ersten gewaltigen Schritt zur Männlichkeit. »Wie alt warst du, als du angefangen hast?« fragte er.

»Neun. Aber ich war reifer als du.«

»Das sagst du immer.«

»Weil es stimmt.«

Sie saßen nebeneinander auf dem Stamm unter dem Baum, rauchten schweigend und betrachteten die grasbewachsene Lichtung außerhalb des Schattens. Mark war tatsächlich als Achtjähriger wesentlich reifer gewesen, als Ricky es jetzt war. Er war auch reifer als alle anderen Kinder seines Alters. Er war immer reif gewesen. Als er erst sieben Jahre alt war, war er mit einem Baseballschläger über seinen Vater hergefallen. Das Nachspiel war nicht schön gewesen, aber der betrunkene Idiot hatte wenigstens aufgehört, ihre Mutter zu schlagen. Es hatte viele Prügel und Schlägereien gegeben, und Dianne Sway hatte bei ihrem ältesten Sohn Zuflucht und Rat gesucht. Sie hatten sich gegenseitig getröstet und sich geschworen, zu überleben. Wenn er sie geschlagen hatte, hatten sie gemeinsam geweint. Sie hatten sich Tricks ausgedacht, um Ricky zu schützen. Als Mark neun war, überredete er sie dazu, die Scheidung einzureichen. Als sein Vater betrunken bei ihnen auftauchte, nachdem ihm die Scheidungspapiere zugestellt worden waren, rief er die Polizei. Vor Gericht hatte er dann über die Mißhandlungen und die Vernachlässigung und das Schlagen als Zeuge ausgesagt. Er war sehr reif.

Ricky hörte den Wagen als erster. Es war ein leises, surrendes Geräusch, das vom Feldweg herkam. Dann wurde auch Mark aufmerksam, und sie hörten auf zu rauchen. »Bleib ganz still sitzen«, sagte Mark leise. Sie rührten sich nicht.

Ein langer, schwarzer, glänzender Lincoln kam über die leichte Anhöhe und fuhr auf sie zu. Das Unkraut auf dem Feldweg reichte bis an die vordere Stoßstange. Mark ließ seine Zigarette fallen und trat sie aus. Ricky folgte seinem Beispiel.

Als sich der Wagen der Lichtung näherte, kam er fast zum Stillstand, dann beschrieb er einen langsamen Kreis, wobei er die Baumäste berührte. Schließlich hielt er an, mit dem Kühler zum Weg. Die Jungen saßen direkt dahinter, außer Sichtweite. Mark glitt von dem Baumstamm herunter und kroch durch das Unkraut zu einer Reihe von Sträuchern am Rande der Lichtung. Ricky folgte ihm. Das Heck des Lincoln war zehn Meter entfernt. Sie behielten ihn genau im Auge. Er hatte Nummernschilder von Louisiana.

»Was macht er?« flüsterte Ricky.

Mark lugte durch das Unkraut. »Pst!« In der Wohnwagensiedlung hatte er Geschichten gehört von Teenagern, die sich in diesem Wald mit Mädchen trafen und Pot rauchten, aber dieser Wagen gehörte keinem Teenager. Der Motor verstummte, und der Wagen stand eine Minute lang einfach im Wald. Dann ging die Tür auf, und der Fahrer stieg aus und schaute sich um. Es war ein dicklicher Mann in einem schwarzen Anzug. Sein Kopf war groß und rund und haarlos bis auf säuberliche Strähnen über den Ohren und einen schwarz- und graumelierten Bart. Der Mann stolperte zum Heck des Wagens, hantierte mit den Schlüsseln und öffnete schließlich den Kofferraum. Er holte einen Gartenschlauch heraus, schob das eine Ende in das Auspuffrohr und steckte das andere durch einen Spalt am rechten Heckfenster. Dann machte er den Kofferraum zu, schaute sich wieder um, als rechnete er damit, daß ihn jemand beobachtete, und verschwand im Wagen.

Der Motor wurde angelassen.

»Wow«, sagte Mark leise, ohne den Blick von dem Wagen abzuwenden.

»Was macht er?«

»Er versucht, sich umzubringen.«

Ricky hob den Kopf ein paar Zentimeter, um besser sehen zu können. »Das verstehe ich nicht, Mark.«

»Halt den Kopf unten. Siehst du den Schlauch? Die Abgase aus dem Auspuff gehen in den Wagen, und die bringen ihn um.«

»Du meinst Selbstmord?«

»Ja. Das habe ich einmal in einem Film gesehen.«

Sie drückten sich tiefer ins Unkraut und starrten auf den Schlauch, der vom Auspuff zu dem Fenster führte. Der Motor schnurrte im Leerlauf.

»Warum will er sich denn umbringen?«

»Woher soll ich das wissen? Aber wir müssen etwas tun.«

»Ja, so schnell wie möglich von hier verschwinden.«

»Nein. Halt endlich den Mund.«

»Ich verschwinde, Mark. Du kannst zusehen, wie er stirbt, wenn du willst, aber ich haue ab.«

Mark packte seinen Bruder bei der Schulter und drückte ihn wieder hinunter. Rickys Atem ging schwer, und sie schwitzten beide. Die Sonne versteckte sich hinter einer Wolke.

»Wie lange dauert es?« fragte Ricky mit bebender Stimme.

»Nicht sehr lange.« Mark gab seinen Bruder frei und ließ sich auf alle viere nieder. »Du bleibst hier, okay? Wenn du dich von der Stelle rührst, bekommst du einen Tritt in den Hintern.«

»Was hast du vor, Mark?«

»Du bleibst hier. Verstanden?« Mark senkte seinen schmalen Körper fast auf den Boden und kroch auf Händen und Knien durch das Unkraut auf den Wagen zu. Das Gras war trocken und mindestens einen halben Meter hoch. Er wußte, daß der Mann ihn nicht hören konnte, aber er machte sich Sorgen, weil sich die Halme bewegten. Er hielt sich direkt hinter dem Wagen und glitt wie eine Schlange auf dem Bauch voran, bis er sich im Schatten des Kofferraums befand. Er streckte die Hand aus, zog vorsichtig den Schlauch aus dem Auspuffrohr und ließ ihn zu Boden fallen. Den Rückweg legte er etwas schneller zurück, und Sekunden später war er wieder neben Ricky. Sie hockten in dem dichteren Gras und Gestrüpp unter den äußeren Ästen des Baumes, warteten und beobachteten. Mark wußte, wenn sie entdeckt wurden, konnten sie an dem Baum vorbeischießen und auf ihrem Pfad verschwunden sein, bevor der dickliche Mann sie erwischen konnte.

Sie warteten. Fünf Minuten vergingen, aber ihnen kam es vor wie eine Stunde.

»Was meinst du? Ob er tot ist?« flüsterte Ricky. Seine Stimme war trocken und schwach.

»Ich weiß es nicht.«

Plötzlich ging die Tür auf, und der Mann kam heraus. Er weinte und murmelte vor sich hin und taumelte zum Heck des Wagens, wo er den Schlauch im Gras liegen sah, und fluchte, als er ihn wieder in den Auspuff schob. Er hatte eine Whiskeyflasche in der Hand und warf einen verstörten Blick auf die Bäume, dann kehrte er stolpernd und immer noch vor sich hinmurmelnd in den Wagen zurück.

Die Jungen beobachteten ihn voller Grausen.

»Er ist total übergeschnappt«, sagte Mark leise.

»Laß uns von hier verschwinden«, sagte Ricky.

»Das können wir nicht. Wenn er sich umbringt, und wir haben es gesehen, dann können wir eine Menge Ärger bekommen.«

Ricky hob den Kopf, als wollte er den Rückzug antreten. »Dann verraten wir es eben niemandem. Komm schon, Mark!«

Mark packte ihn wieder bei der Schulter und drückte ihn nieder. »Bleib unten! Wir verschwinden erst, wenn ich sage, daß wir verschwinden!«

Ricky schloß die Augen und begann zu weinen. Mark schüttelte angewidert den Kopf, wendete den Blick aber nicht von dem Wagen ab. Kleine Brüder machten mehr Probleme, als sie wert waren. »Hör auf«, knurrte er zwischen zusammengebissenen Zähnen.

»Ich habe Angst.«

»Gut. Aber rühr dich nicht von der Stelle, okay! Hast du gehört? Rühr dich nicht von der Stelle. Und hör auf zu heulen.« Mark war wieder auf Händen und Knien, tief im Unkraut, und bereitete sich darauf vor, abermals durch das hohe Gras zu kriechen.

»Laß ihn doch einfach sterben, Mark«, flüsterte Ricky schluchzend.

Mark funkelte ihn über die Schulter hinweg an und machte sich auf den Weg zu dem Wagen, dessen Motor nach wie vor lief. Er kroch so langsam und behutsam durch den bereits entstandenen Pfad aus leicht niedergedrücktem Gras, daß sogar Ricky, jetzt mit trockenen Augen, ihn kaum sehen konnte. Ricky beobachtete die Fahrertür, wartete darauf, daß der Verrückte herauskam und Mark umbrachte. Er hockte in Sprinterhaltung auf den Zehenspitzen, um notfalls blitzschnell in den Wald flüchten zu können. Er sah, wie Mark unter der hinteren Stoßstange zum Vorschein kam, sich mit einer Hand an der Heckleuchte abstützte und mit der anderen langsam den Schlauch aus dem Auspuff zog. Das Gras knisterte leise und bebte ein wenig, und dann war Mark wieder neben ihm, keuchend und schwitzend und seltsamerweise vor sich hinlächelnd.

Sie saßen wie zwei Insekten im Gestrüpp und beobachteten den Wagen.

»Was ist, wenn er wieder herauskommt?« fragte Ricky. »Und was ist, wenn er uns sieht?«

»Er kann uns nicht sehen. Aber wenn er in diese Richtung kommt, lauf einfach hinter mir her. Wir sind weg, bevor er auch nur ein paar Schritte getan hat.«

»Warum verschwinden wir nicht jetzt gleich?«

Mark starrte ihn wütend an. »Ich versuche, ihm das Leben zu retten, okay? Vielleicht, aber nur vielleicht, stellt er fest, daß es nicht funktioniert, und vielleicht entschließt er sich dann, es vorerst zu lassen oder sonst etwas. Warum ist das so schwer zu begreifen?«

»Weil er verrückt ist. Wenn er sich selbst umbringen will, dann kann er auch uns umbringen. Warum ist das so schwer zu begreifen?«

Mark schüttelte frustriert den Kopf, und plötzlich ging die Tür wieder auf. Der Mann torkelte aus dem Wagen, knurrend und Selbstgespräche führend, und stapfte durch das Gras zum Heck. Er ergriff den Schlauch, starrte ihn an, als wäre er ein ungezogenes Gör, und ließ den Blick langsam auf der kleinen Lichtung herumwandern. Dann schaute er nach unten und erstarrte, als er plötzlich begriff. Um das Heck des Wagens herum war das Gras leicht zu Boden gedrückt, und er kniete nieder, als wollte er es inspizieren; doch dann rammte er statt dessen den Schlauch wieder in den Auspuff und eilte zu seiner Tür zurück. Es schien ihn nicht zu kümmern, ob jemand ihn von den Bäumen aus beobachtete. Er wollte nur sterben, und das möglichst schnell.

Die beiden Köpfe erhoben sich gleichzeitig über das Gestrüpp, nur ein paar Zentimeter. Eine unendliche Minute lang lugten sie durch das Gras hindurch. Ricky war bereit, loszurennen, aber Mark dachte nach.

»Mark, bitte, wir wollen fort von hier«, flehte Ricky. »Er hätte uns beinahe gesehen. Was ist, wenn er einen Revolver hat oder so etwas Ähnliches?«

»Wenn er einen Revolver hätte, würde er ihn für sich selbst benutzen.«

Ricky biß sich auf die Lippen, und seine Augen wurden wieder feucht. Er hatte in einer Diskussion mit seinem Bruder noch nie die Oberhand behalten, und es würde auch diesmal nicht anders sein.

Eine weitere Minute verstrich, und Mark begann zu zappeln. »Ich versuche es noch ein letztes Mal, okay? Und wenn er dann immer noch nicht aufgibt, verschwinden wir. Ich verspreche es. Okay?«

Ricky nickte widerstrebend. Sein Bruder ließ sich auf den Bauch nieder und kroch durch das Unkraut in das hohe

Gras. Ricky wischte sich mit seinen schmutzigen Fingern die Tränen vom Gesicht.

Die Nüstern des Anwalts weiteten sich, als er tief einatmete. Dann atmete er langsam aus und starrte durch die Windschutzscheibe, während er sich darüber klarzuwerden versuchte, ob schon etwas von dem tödlichen Gas in sein Blut gelangt war und begonnen hatte, sein Werk zu tun. Auf dem Sitz neben ihm lag eine geladene Pistole, und in der Hand hielt er eine halbgeleerte Flasche Jack Daniels. Er nahm einen Schluck, schraubte die Kappe wieder auf und legte die Flasche auf den Sitz. Er atmete langsam ein und schloß die Augen, um das Gas zu genießen. Würde er einfach hinüberdriften? Würde es schmerzen oder brennen, oder würde er sich vielleicht übergeben müssen, bevor es ihm den Rest gab? Der Abschiedsbrief lag auf dem Armaturenbrett, neben einem Glas mit Tabletten.

Er weinte und redete mit sich selbst, während er darauf wartete, daß das Gas sich beeilte, verdammt nochmal!, bevor er aufgeben und die Pistole benutzen mußte. Er war ein Feigling, aber ein sehr entschlossener, und dieses Einatmen und Davonschweben war ihm wesentlich lieber, als sich eine Waffe in den Mund zu stecken.

Er trank wieder einen Schluck Whiskey und zog die Luft ein, als der Alkohol in seiner Kehle brannte. Ja, es tat endlich seine Wirkung. Bald würde alles vorbei sein, und er lächelte sich selbst im Spiegel zu, weil es wirkte und er starb und er schließlich doch kein Feigling war. Es gehörte Mut dazu, das hier zu tun.

Er weinte und murmelte, als er für einen letzten Schluck abermals die Kappe von der Whiskeyflasche abschraubte. Er verschluckte sich, und der Whiskey floß über seine Lippen und sickerte in den Bart.

Niemand würde ihn vermissen. Und obwohl dieser Gedanke eigentlich schmerzlich hätte sein müssen, beruhigte ihn das Wissen, daß niemand um ihn trauern würde. Seine Mutter war auf der ganzen Welt die einzige Person, die ihn je geliebt hatte. Aber sie war seit vier Jahren tot, also würde es ihr nichts ausmachen. Da war ein Kind aus seiner ersten, katastrophalen Ehe, eine Tochter, die er seit elf Jahren nicht gesehen hatte, aber er hatte gehört, daß sie sich einer Sekte angeschlossen hatte und ebenso verrückt war wie ihre Mutter.

Es würde eine kleine Beerdigung sein. Ein paar Anwaltskollegen und vielleicht ein Richter oder zwei würden erscheinen, alle in schwarzen Anzügen und wichtigtuerisch flüsternd, während die Musik der mechanischen Orgel durch die fast leere Kapelle wehte. Die Anwälte würden dasitzen und auf die Uhr schauen, während der Geistliche, ein Fremder, die üblichen Standardfloskeln für seine teuren Dahingeschiedenen herunterleierte, die nie zur Kirche gingen.

Es würde ein Zehn-Minuten-Job ohne Schnörkel sein. Der Abschiedsbrief auf dem Armaturenbrett besagte, daß sein Leichnam verbrannt werden sollte.

»Wow«, sagte er leise und nahm noch einen Schluck. Er kippte die Flasche hoch, und beim Schlucken schaute er in den Rückspiegel und sah, wie sich das Gras hinter dem Wagen bewegte.

Ricky sah noch vor Mark, wie die Tür aufging. Sie flog auf, als hätte jemand dagegengetreten, und plötzlich rannte der große schwere Mann mit dem roten Gesicht durch das Gras, hielt sich am Wagen fest und knurrte. Ricky stand da, starr vor Angst und Entsetzen, und machte sich in die Hose.

Mark hatte gerade die Stoßstange berührt, als er die Tür hörte. Er erstarrte für eine Sekunde, dachte kurz darüber nach, ob er unter den Wagen kriechen sollte, und das Zögern wurde ihm zum Verhängnis. Sein Fuß glitt aus, als er versuchte, aufzustehen und davonzulaufen, und der Mann packte ihn. »Du! Du kleiner Mistkerl!« knurrte er, während er in Marks Haare griff und ihn auf den Kofferraum des Wagens warf. »Du kleiner Mistkerl!« Mark trat nach ihm und wand sich, und eine dicke Hand schlug ihm ins Gesicht. Er trat noch einmal, nicht so heftig, und wurde abermals geschlagen.

Mark starrte in das irre, wütende, nur Zentimeter von ihm entfernte Gesicht. Die Augen waren rot und feucht. Flüssigkeit tropfte von der Nase und vom Kinn. »Du kleiner Mistkerl!« zischte der Mann durch zusammengebissene, gelbliche Zähne.

Als er ihn festgenagelt hatte und Mark sich nicht mehr wehrte, schob der Anwalt den Schlauch wieder in das Auspuffrohr, dann riß er Mark beim Kragen vom Kofferraum herunter und zerrte ihn durch das Gras zur offenstehenden Fahrertür. Er warf den Jungen durch die Tür und schob ihn über den schwarzen Ledersitz hinweg auf die Beifahrerseite.

Mark rüttelte am Türgriff und suchte nach der Verriegelung, als der Mann sich hinter das Lenkrad fallen ließ. Er knallte die Tür hinter sich zu, deutete auf den Türgriff und zischte: »Rühr den nicht an!« Dann versetzte er Mark mit dem Handrücken einen gemeinen Schlag aufs linke Auge.

Mark schrie vor Schmerz auf und beugte sich vornüber, benommen, jetzt weinend. Seine Nase tat fürchterlich weh, sein Mund noch mehr. Ihm war schwindlig. Er schmeckte Blut. Er konnte hören, wie der Mann weinte und murmelte. Er konnte den Whiskey riechen und mit dem rechten Auge die Knie seiner schmutzigen Jeans sehen. Das linke begann anzuschwellen. Alles war verschwommen.

Der Anwalt kippte seinen Whiskey und starrte Mark an, der vornübergebeugt dasaß und an allen Gliedern zitterte. »Hör auf zu heulen«, fuhr er ihn an.

Mark leckte sich die Lippen und schluckte Blut. Er rieb sich die Beule über seinem Auge und versuchte, immer noch seine Jeans anstarrend, tief Luft zu holen. Wieder sagte der Mann: »Hör auf zu heulen.« Also versuchte er, damit aufzuhören.

Der Motor lief. Es war ein großer, schwerer, ruhiger Wagen, aber Mark konnte den Motor hören, der irgendwo weit weg ganz leise schnurrte. Er drehte sich langsam um und warf einen Blick auf den Schlauch, der sich durch das Rückfenster hinter dem Fahrer wand wie eine wütende Schlange, die sich anschleicht, um zu töten. Der dicke Mann lachte.

»Ich finde, wir sollten zusammen sterben«, verkündete er, ganz plötzlich sehr gefaßt.

Marks linkes Auge schwoll schnell zu. Er drehte sich halb zur Seite und musterte den Mann, der ihm jetzt noch größer vorkam. Sein Gesicht war dicklich, der Bart war buschig, die Augen waren immer noch rot und funkelten ihn an wie die eines Dämons im Dunkeln. Mark weinte. »Bitte, lassen Sie mich raus«, sagte er, mit bebenden Lippen und brechender Stimme.

Der Fahrer steckte sich die Whiskeyflasche in den Mund und kippte sie an. Er verzog das Gesicht und schmatzte. »Tut mir leid, Junge. Du mußtest ja unbedingt ein Schlauberger sein und deine kleine Rotznase in meine Angelegenheiten stecken, stimmt's? Also finde ich, wir sollten zusammen sterben. Okay? Nur du und ich, mein Junge. Ab ins La-La-Land. Ab zum großen Zauberer. Träume süß, Junge.«

Mark schnupperte die Luft, dann entdeckte er die Pistole zwischen ihnen. Er schaute weg und dann wieder hin, als der Mann einen weiteren Schluck aus der Flasche nahm.

»Willst du die Pistole?« fragte der Mann.

»Nein, Sir.«

»Weshalb siehst du sie dann so genau an?«

»Das habe ich nicht getan.«

»Lüg mich nicht an, Junge, denn wenn du es tust, dann bringe ich dich um. Ich bin total übergeschnappt, okay, und ich könnte dich umbringen.« Obwohl ihm die Tränen übers Gesicht rannen, war seine Stimme ganz ruhig. Er atmete tief ein, während er sprach. »Und außerdem, Junge, wenn wir Freunde sein wollen, mußt du ganz aufrichtig sein. Aufrichtigkeit ist sehr wichtig, weißt du das? Also, willst du die Pistole?«

»Nein, Sir.«

»Ich habe keine Angst vorm Sterben, Junge, verstehst du das?«

»Ja, Sir, aber ich will nicht sterben. Ich muß mich um meine Mutter kümmern und um meinen kleinen Bruder.«

»Ach, wie reizend. Ein richtiggehender Herr im Hause.«

Er schraubte den Verschluß auf die Whiskeyflasche, dann ergriff er plötzlich die Pistole, steckte sie tief in seinen Mund, preßte die Lippen darum und sah Mark an, der jeder seiner Bewegungen folgte, hoffte, er würde auf den Abzug drücken, hoffte, er würde es nicht tun. Langsam zog er den Lauf wieder aus dem Mund, küßte die Mündung. Dann richtete er sie auf Mark.

»Ich habe dieses Ding noch nie abgefeuert«, sagte er, fast flüsternd. »Habe sie erst vor einer Stunde in einer Pfandleihe in Memphis gekauft. Was meinst du, ob sie funktioniert?«

»Bitte lassen Sie mich raus.«

»Du kannst es dir aussuchen, Junge«, sagte er und inhalierte die unsichtbaren Abgase. »Entweder blas ich dir das Gehirn raus, und dann ist es gleich vorbei, oder das Gas gibt dir den Rest. Du kannst es dir aussuchen.«

Mark sah die Pistole nicht an. Er schnupperte die Luft und dachte einen Moment, daß er vielleicht etwas riechen konnte. Die Waffe war dicht an seinem Kopf. »Weshalb tun Sie das?« fragte er.

»Das geht dich einen Scheißdreck an, Junge. Ich bin verrückt. Völlig hinüber. Ich hatte einen hübschen, ruhigen Selbstmord geplant, nur ich und mein Schlauch und vielleicht ein paar Pillen und ein bißchen Whiskey. Ohne daß mir jemand in die Quere kommt. Aber nein, du mußtest dich ja unbedingt einmischen. Du kleiner Dreckskerl!« Er senkte die Pistole und legte sie behutsam auf den Sitz. Mark rieb sich die Beule auf seiner Stirn und biß sich auf die Lippen. Seine Hände zitterten, und er klemmte sie zwischen die Knie.

»In fünf Minuten sind wir tot«, verkündete der Anwalt und hob wieder die Flasche an die Lippen. »Nur du und ich, Junge. Ab zum großen Zauberer.«

Endlich bewegte sich Ricky. Seine Zähne klapperten, und seine Jeans waren naß, aber jetzt dachte er wieder nach, ließ sich aus der Hocke auf Händen und Knien ins Gras sinken.

Er kroch auf den Wagen zu, weinend und mit den Zähnen knirschend, während er auf dem Bauch vorwärtsrobbte. Gleich würde die Tür auffliegen. Der Verrückte, der zwar dick war, aber schnell, würde aus dem Nirgendwo hervorspringen und ihn beim Hals packen, genau wie Mark, und dann würden sie alle sterben in dem langen schwarzen Wagen. Langsam, Zentimeter um Zentimeter, bahnte er sich seinen Weg durch das Gras.

Mark hob langsam mit beiden Händen die Pistole. Sie war so schwer wie ein Ziegelstein und zitterte, als er sie auf den dicken Mann richtete, der sich ihr entgegenlehnte, bis der Lauf nur noch zwei Zentimeter von seiner Nase entfernt war.
»So, und jetzt drück ab, Junge«, sagte er mit einem Lächeln, und sein feuchtes Gesicht strahlte und funkelte vor freudiger Erwartung. »Drück ab, und ich bin tot, und du kannst abhauen.« Mark krümmte den Finger um den Abzug. Der Mann nickte, dann lehnte er sich sogar noch weiter vor und biß mit aufblitzenden Zähnen auf das Ende des Laufs. »Drück ab!« brüllte er.
Mark schloß die Augen und preßte die Handflächen gegen den Kolben der Waffe. Er hielt den Atem an und war im Begriff, auf den Abzug zu drücken, als der Mann ihm die Waffe entriß. Er schwenkte sie wie ein Irrer vor Marks Gesicht und drückte ab. Mark schrie, als das Fenster hinter seinem Kopf in tausend Stücke zersplitterte, aber nicht in Scherben ging. »Sie funktioniert! Sie funktioniert!« brüllte er, als Mark sich duckte und sich die Ohren zuhielt.

Ricky vergrub das Gesicht im Gras, als er den Schuß hörte. Er war drei Meter von dem Wagen entfernt, als etwas knallte und Mark schrie. Der dicke Mann brüllte, und Ricky machte sich abermals in die Hose. Er schloß die Augen und krallte sich im Gras fest. Sein Magen verkrampfte sich, und sein Herz hämmerte, und nach dem Schuß rührte er sich eine Minute lang nicht von der Stelle. Er weinte um seinen Bruder, der jetzt tot war, erschossen von einem Verrückten.

»Hör auf zu heulen, verdammt nochmal! Ich habe deine Heulerei satt!«

Mark umklammerte seine Knie und versuchte, mit dem Weinen aufzuhören. Sein Kopf pochte, und sein Mund war trocken. Er klemmte die Hände zwischen die Knie und beugte sich vornüber. Er mußte mit dem Weinen aufhören und sich etwas ausdenken. In einem Fernsehfilm war einmal ein Spinner im Begriff gewesen, von einem Gebäude herunterzuspringen, und dieser coole Bulle hatte auf ihn eingeredet, einfach pausenlos auf ihn eingeredet, und schließlich hatte der Spinner geantwortet und war natürlich nicht gesprungen. Mark schnupperte schnell nach Gas, dann fragte er: »Warum tun Sie das?«

»Weil ich sterben will«, sagte der Mann ganz ruhig.

»Warum?« fragte er noch einmal und betrachtete das säuberliche kleine Loch in der Scheibe.

»Warum stellen kleine Jungen so viele Fragen?«

»Weil sie kleine Jungen sind. Weshalb wollen Sie sterben?«

»In fünf Minuten sind wir tot. Nur du und ich, Junge, ab zum großen Zauberer.« Er tat einen langen Zug aus der Flasche, die jetzt fast leer war. »Ich spüre das Gas, Junge. Spürst du es auch? Endlich.«

Durch die Risse im Fenster sah Mark im Außenspiegel, daß sich das Gras bewegte und erhaschte einen Blick auf Ricky, wie er durch das Unkraut robbte und in dem Gestrüpp in der Nähe des Baums in Deckung ging. Er schloß die Augen und betete.

»Eins muß ich dir sagen, Junge, es ist hübsch, dich hier zu haben. Niemand stirbt gern allein. Wie heißt du?«

»Mark.«

»Mark. Und weiter?«

»Mark Sway.« Immer weiterreden, dann springt der Spinner vielleicht nicht. »Und wie heißen Sie?«

»Jerome. Aber du kannst Romey zu mir sagen. So nennen mich meine Freunde, und weil wir beide jetzt im selben Boot sitzen, darfst du mich Romey nennen. Und keine weiteren Fragen, okay, Junge?«

»Warum wollen Sie sterben, Romey?«

»Ich habe doch gesagt, keine weiteren Fragen. Spürst du das Gas, Mark?«

»Ich weiß es nicht.«

»Du wirst es bald genug spüren. Sprich lieber deine Gebete.« Romey ließ sich in seinen Sitz sinken, lehnte den fleischigen Kopf zurück und schloß die Augen, völlig mit sich im reinen. »Wir haben noch ungefähr fünf Minuten, Mark. Irgendwelche letzten Worte?« In der rechten Hand hielt er die Whiskeyflasche, in der linken die Pistole.

»Ja. Warum tun Sie das?« fragte Mark und hielt im Spiegel Ausschau nach seinem Bruder. Er atmete kurz und schnell durch die Nase und roch und spürte nicht das geringste. Bestimmt hatte Ricky den Schlauch herausgezogen.

»Weil ich verrückt bin, ein verrückter Anwalt mehr auf der Welt. Man hat mich in den Wahnsinn getrieben, Mark. Wie alt bist du?«

»Elf.«

»Schon mal Whiskey probiert?«

»Nein«, erwiderte Mark wahrheitsgemäß.

Plötzlich war die Whiskeyflasche vor seinem Gesicht, und er ergriff sie.

»Nimm einen Schluck«, sagte Romey, ohne die Augen zu öffnen.

Mark versuchte, das Etikett zu lesen, aber sein linkes Auge war praktisch zugeschwollen, seine Ohren dröhnten von dem Pistolenschuß, und er konnte sich nicht konzentrieren. Er stellte die Flasche auf den Sitz, und Romey nahm sie wortlos wieder an sich.

»Wir sterben, Mark«, sagte er fast zu sich selbst. »Das ist vermutlich hart, wenn man erst elf ist, aber so ist es nun einmal. Daran läßt sich nichts ändern. Irgendwelche letzten Worte, großer Junge?«

Mark sagte sich, daß Ricky es geschafft hatte, daß der Schlauch jetzt harmlos war, daß sein neuer Freund Romey hier betrunken und verrückt war, und daß er nur dann heil hier wieder herauskommen würde, wenn er sich etwas einfallen ließ und redete. Die Luft war sauber. Er atmete tief ein und sagte sich, daß er es schaffen würde. »Was hat Sie verrückt gemacht?«

Romey dachte eine Sekunde lang nach und kam zu dem Schluß, daß die Sache eigentlich auch etwas Komisches hatte. Er schnaubte und kicherte sogar ein wenig. »Oh, das ist großartig. Perfekt. Seit Wochen weiß ich etwas, das sonst niemand auf der ganzen Welt weiß, ausgenommen mein Klient, der übrigens der letzte Dreck ist. Du weißt vielleicht, Mark, daß wir Anwälte alle möglichen Dinge erfahren, die wir nie jemandem weitersagen dürfen. Streng vertraulich, verstehst du? Auf gar keinen Fall dürfen wir jemals verraten, was mit dem Geld passiert ist oder wer mit wem schläft oder wo die Leiche vergraben ist, verstehst du?« Er atmete tief ein und stieß den Atem ungeheuer genußvoll wieder aus. Dann ließ er sich mit geschlossenen Augen noch tiefer in seinen Sitz sinken. »Tut mir leid, daß ich dich schlagen mußte.« Er krümmte seinen Finger um den Abzug.

Mark machte die Augen zu und spürte nichts.

»Wie alt bist du, Mark?«

»Elf.«

»Ach ja, das hast du ja schon gesagt. Elf. Und ich bin vierundvierzig. Wir sind beide zu jung zum Sterben, stimmt's, Mark?«

»Ja, Sir.«

»Aber es passiert, Junge. Spürst du es?«

»Ja, Sir.«

»Mein Klient hat einen Mann umgebracht und die Leiche versteckt, und jetzt will er mich umbringen. Das ist die ganze Story. Sie haben mich verrückt gemacht. Ha! Ha! Das ist großartig, Mark. Das ist wundervoll. Ich, der vertrauenswürdige Anwalt, kann dir jetzt, buchstäblich Sekunden bevor wir davonschweben, verraten, wo die Leiche ist. Die Leiche, Mark, die meistgesuchte und bisher unentdeckte Leiche unserer Zeit. Unglaublich. Endlich kann ich es sagen!« Seine Augen waren offen und funkelten auf Mark herunter. »Das ist ein Riesenspaß, Mark.«

Mark begriff nicht, worin der Spaß lag. Er warf einen Blick

in den Spiegel, dann auf die dreißig Zentimeter entfernte Türverriegelung. Der Griff war sogar noch näher.

Romey entspannte sich wieder und schloß abermals die Augen, als versuchte er verzweifelt, ein Nickerchen zu machen. »Tut mir leid, Junge, tut mir wirklich leid, aber wie ich schon sagte, es ist hübsch, dich hier zu haben.« Er legte langsam die Flasche neben den Brief auf das Armaturenbrett und beförderte die Pistole von der linken in die rechte Hand, streichelte sie sanft und strich mit dem Zeigefinger über den Abzug. Mark versuchte, nicht hinzusehen. »Tut mir wirklich leid, Junge. Wie alt bist du?«

»Elf. Das fragen Sie mich jetzt schon zum drittenmal.«

»Halt den Mund! Ich spüre das Gas, du nicht? Hör auf zu schnüffeln, verdammt nochmal! Es ist geruchlos, du kleiner Blödmann. Man kann es nicht riechen. Wenn du dich nicht eingemischt hättest, wäre ich jetzt schon tot, und du könntest irgendwo Räuber und Gendarm spielen. Du bist ganz schön blöd.«

Nicht so blöd wie du, dachte Mark. »Wen hat Ihr Klient umgebracht?«

Romey grinste, machte die Augen aber nicht auf. »Einen Senator der Vereinigten Staaten. Ich verrate es, ich verrate es. Ich packe aus. Liest du Zeitungen?«

»Nein.«

»Das überrascht mich nicht. Senator Boyette aus New Orleans. Da komme ich auch her.«

»Weshalb sind Sie nach Memphis gekommen?«

»Verdammter Bengel! Du willst wohl alles ganz genau wissen?«

»Ja. Warum hat Ihr Klient Senator Boyette umgebracht?«

»Warum, warum, warum, wer, wer, wer. Du bist eine verdammte Nervensäge, Mark.«

»Ich weiß. Weshalb lassen Sie mich nicht einfach laufen?« Mark warf einen Blick in den Spiegel, dann auf das Ende des Schlauchs auf dem Rücksitz.

»Ich könnte dir einen Schuß in den Kopf verpassen, wenn du nicht endlich den Mund hältst.« Sein bärtiges Kinn sackte herunter und berührte fast seine Brust. »Mein Klient hat eine

Menge Leute umgebracht. Er verdient sein Geld, indem er Leute umbringt. Er gehört zur Mafia in New Orleans, und jetzt versucht er, mich umzubringen. So ein Pech, findest du nicht auch, Junge? Wir sind ihm zuvorgekommen. Und er ist der Dumme.«

Romey nahm einen großen Schluck aus der Flasche und starrte Mark an.

»Stell dir das vor, Junge, stell dir das vor. Barry – oder Barry das Messer, wie er genannt wird, diese Mafia-Typen haben alle tolle Spitznamen – wartet jetzt auf mich in einem schmutzigen Restaurant in New Orleans. Wahrscheinlich lauern ein paar von seinen Kumpanen in der Nähe, und nach einem friedlichen Essen wird er mich auffordern, in den Wagen zu steigen und ein bißchen herumzufahren, damit wir über seinen Fall und all das reden können, und dann zieht er ein Messer, das ist der Grund, weshalb er das Messer genannt wird, und es ist vorbei mit mir. Dann schaffen sie meine rundliche kleine Leiche beiseite, genau wie sie es mit Senator Boyette gemacht haben, und New Orleans hat einen weiteren unaufgeklärten Mord. Aber wir haben ihm ein Schnippchen geschlagen, stimmt's, Junge? Wir haben es ihm gezeigt.«

Er redete jetzt langsamer und mit schwererer Zunge. Während des Sprechens bewegte er die Pistole auf seinem Oberschenkel auf und ab. Sein Finger blieb am Abzug.

Halt ihn am Reden. »Warum will dieser Barry Sie umbringen?«

»Noch eine Frage. Ich schwebe. Schwebst du auch?«

»Ja. Fühlt sich gut an.«

»Aus einem ganzen Haufen von Gründen. Mach die Augen zu, Junge. Sprich deine Gebete.« Mark behielt die Pistole im Auge und warf zwischendurch einen schnellen Blick auf die Türverriegelung. Er brachte langsam den Daumen mit jeder Fingerspitze in Berührung, wie beim Zählen im Kindergarten, und die Koordination war perfekt.

»Und wo ist die Leiche?«

Romey schnaubte und sein Kopf nickte. Die Stimme war fast ein Flüstern. »Die Leiche von Boyd Boyette. Was für eine

Frage. Der erste US-Senator, der im Amt ermordet worden ist, hast du das gewußt? Ermordet von meinem lieben Klienten Barry Muldanno, der ihm viermal in den Kopf geschossen und dann die Leiche versteckt hat. Keine Leiche, kein Fall. Verstehst du das, Junge?«

»Nicht ganz.«

»Weshalb heulst du nicht, Junge? Vor ein paar Minuten hast du noch geheult. Hast du keine Angst?«

»Doch, ich habe Angst. Und ich möchte hier raus. Tut mir leid, daß Sie sterben wollen und all das, aber ich muß mich um meine Mutter kümmern.«

»Rührend, wirklich rührend. Und nun halt den Mund. Du mußt wissen, Junge, die Leute vom FBI brauchen eine Leiche, um beweisen zu können, daß ein Mord geschehen ist. Sie verdächtigen Barry, er ist ihr einziger Verdächtiger, weil er es tatsächlich getan hat, verstehst du? Sie wissen sogar, daß er es getan hat. Aber sie brauchen die Leiche.«

»Wo ist sie?«

Eine dunkle Wolke schob sich vor die Sonne, und auf der Lichtung war es plötzlich viel dunkler. Romey bewegte die Waffe sanft auf seinem Bein auf und ab, als wollte er Mark vor jeder plötzlichen Bewegung warnen. »Barry ist nicht gerade der intelligenteste Gangster, den ich kenne. Er hält sich für ein Genie, aber er ist ein ziemlicher Blödmann.«

Du bist der Blödmann, dachte Mark. Sitzt in einem Wagen mit einem Schlauch im Auspuff. Er wartete so still wie möglich.

»Die Leiche ist unter meinem Boot.«

»Ihrem Boot?«

»Ja, meinem Boot. Er hatte es eilig. Ich war nicht in der Stadt, also brachte mein geliebter Klient die Leiche zu meinem Haus und begrub sie in frischem Beton in meiner Garage. Und da ist sie immer noch, kannst du dir das vorstellen? Das FBI hat halb New Orleans umgegraben, um sie zu finden, aber an mein Haus hat niemand gedacht. Vielleicht ist Barry doch nicht so blöde.«

»Wann hat er Ihnen das erzählt?«

»Ich habe deine Fragerei satt, Junge.«

»Ich würde jetzt wirklich gern hier raus.«

»Halt die Klappe. Das Gas wirkt. Wir sind hinüber, Junge. Hinüber.« Er ließ die Pistole auf den Sitz fallen.

Der Motor schnurrte leise. Mark warf einen Blick auf das Einschußloch in der Scheibe, auf die Millionen kleiner gezackter Risse, die von ihm ausstrahlten, dann auf das rote Gesicht und die schweren Lider. Ein kurzes Schnauben, fast ein Schnarchen, und der Kopf kippte abwärts.

Er sackte weg! Mark beobachtete, wie sich sein dicker Brustkorb bewegte. Das hatte er bei seinem Ex-Vater Hunderte von Malen gesehen.

Mark holte tief Luft. Die Türverriegelung würde ein Geräusch machen. Die Pistole lag zu nahe bei Romeys Hand. Marks Magen verkrampfte sich, und seine Füße waren taub.

Das rote Gesicht gab ein lautes, träges Geräusch von sich, und Mark wußte, daß er keine weitere Chance bekommen würde. Langsam, ganz langsam bewegte er seinen zitternden Finger auf die Türverriegelung zu.

Rickys Augen waren fast so trocken wie sein Mund, aber seine Jeans waren klatschnaß. Er hockte unter dem Baum, in der Dunkelheit, weit weg von den Sträuchern und dem hohen Gras und dem Wagen. Fünf Minuten waren vergangen, seit er den Schlauch herausgezogen hatte. Fünf Minuten seit dem Schuß. Aber er wußte, daß sein Bruder am Leben war, weil er hinter den Bäumen fünfzehn Meter weit gerannt war, bis er den blonden Kopf entdeckt und gesehen hatte, daß er sich in dem riesigen Wagen bewegte. Daraufhin hatte er aufgehört zu weinen und angefangen zu beten.

Er kroch hinter den Baumstamm und begann sehnsuchtsvoll zu dem Auto hinüberzustarren, das seinen Bruder von ihm fernhielt, als die Beifahrertür plötzlich aufflog und Mark daraus hervorschoß.

Romeys Kinn sackte auf seine Brust, und in dem Moment, in dem er seinen nächsten Schnarcher begann, hieb Mark mit der linken Hand die Pistole auf den Boden und entriegelte gleichzeitig mit der rechten die Tür. Er zerrte am Griff und rammte die Schulter gegen die Tür, und das letzte, was er hörte, als er sich herausrollte, war ein weiterer lauter Schnarcher des Anwalts.

Er landete auf den Knien und hielt sich an Grashalmen fest, während er sich seinen Weg von dem Wagen weg kratzte und krallte. Dann sprintete er tief geduckt durch das Gras und erreichte Sekunden später den Baum, wo Ricky in stummem Entsetzen wartete. Er hielt am Stamm an und drehte sich um, erwartete, den Anwalt zu sehen, der mit der Pistole hinter ihm herstolperte. Aber der Wagen wirkte harmlos. Die Beifahrertür stand offen. Der Motor lief. Das Auspuffrohr war völlig frei. Er atmete zum erstenmal seit einer Minute, dann sah er langsam Ricky an.

»Ich habe den Schlauch rausgezogen«, sagte Ricky mit schriller Stimme zwischen hastigen Atemzügen. Mark nickte, sagte aber nichts. Er war plötzlich viel ruhiger. Der Wagen war fünfzehn Meter entfernt, und wenn Romey herauskam, konnten sie blitzschnell im Wald verschwinden. Und weil sie hinter dem Baum standen und durch das Gestrüpp gedeckt waren, würde Romey sie auf keinen Fall sehen können, falls er sich entschloß, herauszuspringen und mit der Pistole um sich zu schießen.

»Ich habe Angst, Mark. Laß uns abhauen«, sagte Ricky. Seine Stimme war schrill, seine Hände zitterten.

»Nur noch eine Minute.« Mark beobachtete unverwandt den Wagen.

»Komm schon, Mark. Wir wollen weg hier.«

»Nur noch eine Minute, habe ich gesagt.«

Ricky schaute zum Wagen. »Ist er tot?«

»Ich glaube nicht.«

Also war der Mann am Leben, und er hatte die Waffe, und es war offensichtlich, daß sein großer Bruder keine Angst mehr hatte und über irgend etwas nachdachte. Ricky tat einen Schritt rückwärts. »Ich hau ab«, murmelte er. »Ich will nach Hause.«

Mark rührte sich nicht. Er atmete tief aus und betrachtete

den Wagen. »Nur noch eine Sekunde«, sagte er, ohne Ricky anzusehen. In seiner Stimme lag wieder die alte Autorität.

Ricky verstummte und beugte sich vor, legte die Hände auf die nassen Knie. Er beobachtete seinen Bruder und schüttelte langsam den Kopf, als Mark eine Zigarette aus seiner Hemdtasche holte, ohne den Blick von dem Wagen abzuwenden. Er zündete sie an, tat einen tiefen Zug und blies den Rauch zu den Ästen hinauf. In diesem Moment bemerkte Ricky zum erstenmal die Schwellung.

»Was ist mit deinem Auge los?«

Mark fiel es plötzlich wieder ein. Er rieb sanft darüber, dann über die Beule auf seiner Stirn. »Er hat mich ein paarmal geschlagen.«

»Sieht schlimm aus.«

»Kein Grund zur Aufregung. Weißt du, was ich tun werde?« sagte er, ohne eine Antwort zu erwarten. »Ich schleich mich rüber und steck den Schlauch wieder in den Auspuff. Soll der Bastard doch draufgehen!«

»Du bist ja noch verrückter als er. Du machst doch nur Spaß, oder?«

Mark paffte geruhsam. Plötzlich flog die Fahrertür auf, und Romey torkelte mit der Pistole heraus. Er redete laut vor sich hin, während er zum Heck des Wagens stolperte und abermals feststellte, daß der Schlauch harmlos im Gras lag. Er schrie Obszönitäten zum Himmel hinauf.

Mark duckte sich tief und drückte auch Ricky herunter. Romey wirbelte herum und ließ den Blick über die Lichtung schweifen. Er fluchte weiter und fing an, laut zu weinen. Schweiß tropfte ihm vom Haar, sein schwarzes Jackett war durchweicht und klebte ihm am Körper. Er stapfte um das Heck des Wagens herum, schluchzend und vor sich hinredend und die Bäume anschreiend.

Plötzlich blieb er stehen, hievte seinen massigen Körper auf den Kofferraum und rutschte rückwärts hinauf wie ein betrunkener Elefant, bis er gegen das Heckfenster stieß. Seine stämmigen Beine waren ausgestreckt. Ein Schuh fehlte. Er nahm die Waffe, weder langsam noch schnell, und steckte sie sich tief in den Mund. Seine irren roten Augen jagten herum und blieben eine Sekunde lang auf dem Baumstamm über den Jungen hängen.

Er öffnete die Lippen und biß mit seinen großen schmutzigen Zähnen auf den Lauf. Dann schloß er die Augen und drückte mit dem rechten Daumen ab.

2

Die Schuhe waren aus Haifischleder, und die vanillefarbenen Seidensocken reichten bis zu den Kniescheiben, wo sie schließlich aufhörten und die ziemlich haarigen Waden von Barry Muldanno liebkosten, gewöhnlich Barry das Messer genannt oder, was ihm am liebsten war, einfach das Messer. Der dunkelgrüne Anzug glänzte und sah auf den ersten Blick aus wie Echse oder Leguan oder irgendein anderes schleimiges Reptil, aber wenn man genauer hinschaute, sah man, daß es kein tierisches Material, sondern Polyester war. Zweireihig mit einer Menge Knöpfen auf dem Vorderteil. Er saß gut an seinem wohlgebauten Körper. Und er kräuselte sich hübsch, als Muldanno mit selbstbewußten Bewegungen zum Münzfernsprecher im Hintergrund des Restaurants ging. Der Anzug war nicht protzig, er war nur auffallend. Man konnte ihn für einen gutgekleideten Drogenimporteur halten oder vielleicht für einen gerissenen Buchmacher aus Vegas, und das war in Ordnung, weil er das Messer war und erwartete, daß die Leute ihn bemerkten, und wenn sie ihn anschauten, sollten sie Erfolg sehen. Sie sollten vor Angst erstarren und ihm aus dem Wege gehen.

Das Haar war schwarz und dicht, gefärbt, um einen Anflug von Grau zu verdecken, angeklatscht, voll von Pomade, straff zurückgekämmt und zu einem perfekten kleinen Pferdeschwanz zusammengerafft, der sich abwärts bog und exakt bis zum Kragen des dunkelgrünen Polyesterjacketts reichte. Die Pflege kostete Stunden. Der obligatorische Diamantohrring funkelte, wie es sich gehörte, am linken Ohrläppchen. Ein geschmackvolles goldenes Armband umgab das linke Handgelenk gleich unterhalb der diamantenbesetzten Rolex, und am rechten Handgelenk klirrte, während er lässig den Raum durchquerte, ein weiteres geschmackvolles Goldkettchen.

Sein Auftritt endete vor dem Münzfernsprecher, der sich

in der Nähe der Toiletten in einem schmalen Flur im hinteren Teil des Restaurants befand. Er stand vor dem Apparat und ließ die Augen in alle Richtungen schweifen. Jeder Durchschnittsmensch, der sah, wie die Augen von Barry dem Messer herumschweiften und Gewalttätigkeit suchten, würde sich vor Angst in die Hose machen. Die Augen waren tief dunkelbraun und standen so eng beieinander, daß jemand, der es fertigbrachte, mehr als zwei Sekunden lang hineinzuschauen, schwören würde, daß Barry schielte. Aber das tat er nicht. Ein säuberlicher Streifen schwarzen Haars verlief von einer Schläfe zur anderen, ohne jede Unterbrechung über der ziemlich langen und spitzen Nase. Eine massige Braue. Gedunsene braune Haut bildete Halbkreise unter den Augen und verriet ohne jeden Zweifel, daß dieser Mann Alkohol und das flotte Leben liebte. Die verschatteten Augen gestanden zahlreiche Kater, unter anderem. Barry das Messer liebte seine Augen. Sie waren legendär.

Er tippte die Nummer des Büros seines Anwalts ein und sprach schnell, ohne eine Antwort abzuwarten: »Hier ist Barry! Wo ist Jerome? Er hat sich verspätet. Er hätte schon vor vierzig Minuten hier sein sollen. Wo ist er? Haben Sie ihn gesehen?«

Auch die Stimme des Messers war nicht erfreulich. Sie hatte den bedrohlichen Unterton eines erfolgreichen Straßengangsters in New Orleans, der schon viele Arme gebrochen hat und mit Vergnügen einen weiteren brechen würde, wenn man sich zu lange auf seinem Pfad aufhielt oder nicht schnell genug mit den Antworten herausrückte. Die Stimme war grob, arrogant und einschüchternd, und die arme Sekretärin am anderen Ende hatte sie schon viele Male gehört, und sie hatte die Augen und die glänzenden Anzüge und den Pferdeschwanz schon oft gesehen. Sie schluckte hart, kam wieder zu Atem, dankte Gott, daß er am Telefon war und nicht vor ihrem Schreibtisch stand und seine Knöchel knacken ließ, und teilte Mr. Muldanno mit, daß Mr. Clifford das Büro gegen neun Uhr morgens verlassen und sich seither noch nicht wieder gemeldet hätte.

Das Messer knallte den Hörer auf die Gabel und stürmte

durch den Flur; dann fing er sich, und als er sich den Tischen und den Gesichtern näherte, verfiel er wieder in seinen betont lässigen Gang. Das Restaurant begann sich zu füllen. Es war fast fünf Uhr.

Er hatte lediglich vorgehabt, mit seinem Anwalt ein paar Drinks zu nehmen und dann mit ihm zu essen, damit sie über seine Bredouille reden konnten. Nur Drinks und Essen, sonst nichts. Die Typen vom FBI beobachteten und belauschten ihn. Jerome hatte Barry erst vorige Woche erzählt, er glaubte, sie hätten seine Kanzlei verdrahtet. Also wollten sie sich hier treffen und in aller Ruhe essen, ohne sich Sorgen um Lauscher und Wanzen machen zu müssen.

Sie mußten miteinander reden. Jerome Clifford hatte in New Orleans fünfzehn Jahre lang prominente Ganoven verteidigt – Gangster, Drogenhändler, Politiker – und seine Erfolgsquote war beeindruckend. Er war gerissen und korrupt, jederzeit bereit, Leute zu kaufen, die sich kaufen ließen. Er trank mit den Richtern und schlief mit ihren Freundinnen. Er bestach die Polizisten und bedrohte die Geschworenen. Er plauderte mit den Politikern und war mit Spenden nicht kleinlich, wenn er dazu aufgefordert wurde. Jerome wußte, wie das System funktionierte, und wenn in New Orleans ein angeklagter Ganove, der über genügend Geld verfügte, Hilfe brauchte, dann fand er unfehlbar seinen Weg zur Kanzlei von Rechtsanwalt W. Jerome Clifford. Und in dieser Kanzlei fand er einen Freund, der von Schmutz lebte und loyal blieb, bis der Fall ausgestanden war.

Doch Barrys Fall lag etwas anders. Er war riesig und wuchs von Minute zu Minute. Die Verhandlung sollte in einem Monat stattfinden und ragte drohend vor ihm auf wie eine Hinrichtung. Es würde sein zweiter Mordprozeß sein. Den ersten hatte er im zarten Alter von achtzehn durchgestanden; ein Staatsanwalt mit nur einem höchst unzuverlässigen Zeugen hatte zu beweisen versucht, daß Barry einem rivalisierenden Ganoven die Finger abgeschnitten und die Kehle aufgeschlitzt hatte. Barrys Onkel, ein hochgeachteter und erfahrener Mafioso, hatte hier und da ein bißchen Geld springen lassen. Die Jury des jungen Barry konnte sich nicht auf einen Spruch einigen, und die Sache verlief im Sande.

Später verbrachte Barry wegen Schutzgelderpressung zwei Jahre in einem gemütlichen Bundesgefängnis. Sein Onkel hätte ihn abermals retten können, aber zu der Zeit war er fünfundzwanzig und reif für eine kurze Zeit im Knast. Sie machte sich gut in seinem Lebenslauf. Die Familie war stolz auf ihn. Jerome Clifford hatte eine milde Strafe ausgehandelt, und seither waren sie Freunde gewesen.

Ein frisches Club Soda und eine Limone erwarteten Barry, als er zur Bar stolzierte und seinen Platz wieder einnahm. Der Alkohol konnte ein paar Stunden warten. Er brauchte ruhige Hände.

Er quetschte die Limone aus und betrachtete sich im Spiegel. Er merkte, daß ein paar Leute ihn anstarrten; schließlich war er in diesem Moment der vielleicht berühmteste wegen Mordes angeklagte Mann im ganzen Land. Vier Wochen bis zum Prozeß, und die Leute starrten ihn an. Sein Gesicht war in sämtlichen Zeitungen.

Dieser Prozeß war etwas völlig anderes. Das Opfer war ein Senator, der erste, behaupteten sie, der je im Amt ermordet worden war. *Die Vereinigten Staaten von Amerika gegen Barry Muldanno.* Natürlich, sie hatten keine Leiche, und das stellte die Vereinigten Staaten von Amerika vor gewaltige Probleme. Keine Leiche, kein Obduktionsbericht, keine ballistische Untersuchung, keine bluttriefenden Fotos, die man im Gerichtssaal schwenken und der Jury unter die Nase halten konnte.

Aber Jerome Clifford war dem Zusammenbruch nahe. Er benahm sich seltsam – verschwand einfach, wie jetzt, blieb der Kanzlei fern, beantwortete keine Anrufe, kam immer zu spät ins Gericht, murmelte ständig vor sich hin und trank zuviel. Er war immer niederträchtig und beharrlich gewesen, aber jetzt schien ihn nichts mehr zu interessieren, und die Leute redeten. Offengestanden brauchte Barry einen neuen Anwalt.

Nur vier kurze Wochen, und Barry mußte Zeit gewinnen. Einen Aufschub, eine Vertagung, irgend etwas in der Art.

Weshalb reagierte die Justiz so schnell, wenn alles andere als Eile angesagt war? Er hatte sein Leben in den Randzonen von Recht und Gesetz verbracht und erlebt, wie sich Prozesse jahrelang hinzogen. Sein Onkel war einmal angeklagt worden, aber nach drei Jahren aufreibender Kriegführung hatte die Regierung schließlich aufgegeben. Barry war sechs Monate zuvor angeklagt worden, und peng!, schon findet der Prozeß statt. Das war nicht fair. Romey funktionierte nicht. Ein anderer mußte an seine Stelle treten.

Natürlich hatte der Fall für das FBI eine Menge Löcher. Niemand hatte den Mord gesehen. Es würde ein ordentlicher Indizienprozeß gegen ihn geführt werden, vielleicht sogar mit einem Motiv. Aber niemand hatte tatsächlich gesehen, wie er es getan hatte. Es gab einen Informanten, der leicht zu beirren und unzuverlässig war und vermutlich beim Kreuzverhör in der Luft zerfetzt werden würde, wenn er überhaupt vor Gericht erschien. Die Typen vom FBI hielten ihn versteckt. Und Barry hatte diesen einen, wundervollen Vorteil – die Leiche, den kleinen drahtigen Körper von Boyd Boyette, der, in Beton eingebettet, langsam verrottete. Ohne ihn würde Reverend Roy keinen Schuldspruch erreichen. Das veranlaßte Barry zu einem Lächeln, und er zwinkerte zwei Wasserstoffblondinen an einem Tisch in der Nähe der Tür zu. Frauen gab es massenhaft seit der Anklageerhebung. Er war berühmt.

Reverend Roys Fall stand tatsächlich auf schwachen Füßen, aber das hatte weder seinen lautstarken Predigten vor laufenden Kameras Abbruch getan noch seinen vollmundigen Andeutungen, daß der Gerechtigkeit sehr bald Genüge getan sein würde, noch seinen prahlerischen Interviews mit jedem Journalisten, der sich hinreichend langweilte, um ihn zu befragen. Er war ein frommer Bundesanwalt mit öliger Stimme und ledrigen Lungen, widerlichen politischen Ambitionen und mit donnernder Stimme vorgetragenen Ansichten zu allem und jedem. Er hatte seinen eigenen Presseagenten, einen total überarbeiteten Mann, der dafür zu sorgen hatte, daß der Reverend ständig im Rampenlicht stand, damit eines nicht allzu fernen Tages die Öffentlichkeit darauf bestehen würde, daß er ihr im Senat der Vereinigten Staaten diente. Wohin ihn Gott von dort aus vielleicht führen würde, wußte nur der Reverend.

Barry zermalmte sein Eis bei der widerwärtigen Vorstellung, wie Roy Foltrigg seine Anklageschrift vor den Kameras schwenkte und alle möglichen Prophezeiungen über den Triumph des Guten über das Böse heraustrompetete. Aber seit der Anklageerhebung waren sechs Monate vergangen, und weder Reverend Roy noch seine Verbündeten, die Leute vom FBI, hatten die Leiche von Boyd Boyette gefunden. Sie folgten Barry Tag und Nacht – wahrscheinlich warteten sie gerade jetzt direkt vor der Tür, als wäre er so dämlich, hier zu essen und anschließend nur so zum Spaß einen Blick auf die Leiche zu werfen. Sie hatten jeden Säufer und Gammler bestochen, der vorgegeben hatte, Informationen liefern zu können. Sie hatten Seen und Teiche abgelassen; sie hatten Flüsse durchkämmt. Sie hatten sich Durchsuchungsbefehle für Dutzende von Gebäuden in der Stadt verschafft. Sie hatten ein kleines Vermögen ausgegeben für Bagger und Bulldozer.

Aber Barry hatte sie. Die Leiche von Boyd Boyette. Er hätte sie gern woanders hingebracht, aber das konnte er nicht. Der Reverend und seine Engelsscharen beobachteten ihn.

Clifford war jetzt eine Stunde überfällig. Barry zahlte für zwei Club Sodas, zwinkerte den Wasserstoffblondinen in ihren Lederröcken zu und verließ, Anwälte im allgemeinen und den seinen im besonderen verfluchend, das Lokal.

Er brauchte einen neuen Anwalt, einen, der auf seine Anrufe reagierte und sich mit ihm auf ein paar Drinks traf und ein paar Geschworene ausfindig machte, die sich kaufen ließen. Einen wirklichen Anwalt!

Er brauchte einen neuen Anwalt, und er brauchte eine Vertagung oder einen Aufschub oder eine Verschleppung, irgend etwas, das diese Sache so verlangsamte, daß er Zeit zum Nachdenken fand.

Er zündete sich eine Zigarette an und wanderte gemächlich die Magazine Street zwischen Canal und Poydras entlang. Die Luft war dick. Cliffords Kanzlei war vier Blocks entfernt. Sein Anwalt wollte eine schnelle Verhandlung! So ein Idiot! Niemand in diesem Rechtsstaat wollte eine schnelle Verhandlung, aber dann kam W. Jerome Clifford und drängte darauf. Noch keine drei Wochen zuvor hatte Clifford erklärt, sie sollten zusehen, daß der Prozeß so schnell wie möglich stattfände, weil sie keine Leiche hatten und damit keinen Fall, und so weiter und so weiter. Und wenn sie abwarteten, würde die Leiche vielleicht gefunden werden, und weil Barry so ein hübscher Tatverdächtiger war und es sich um einen Sensationsprozeß handelte, bei dem die Anklagevertretung tonnenschwer unter Druck stand, und da Barry den Mord tatsächlich begangen hatte und ganz eindeutig schuldig war, sollten sie unverzüglich vor Gericht gehen. Das hatte Barry schockiert. Sie hatten hitzig diskutiert in Romeys Büro, und seither war es nicht mehr so wie früher gewesen.

Im Verlauf dieser Diskussion vor drei Wochen war ein ruhiger Moment eingetreten, und Barry hatte sich seinem Anwalt gegenüber damit gebrüstet, daß die Leiche nie gefunden werden würde. Er war schon eine Menge Leichen losgeworden und wußte, wie man sie versteckte. Boyette war ziemlich schnell versteckt worden, und obwohl Barry den kleinen Kerl gern irgendwoanders hingebracht hätte, war er dennoch guter Dinge und hegte nicht die geringsten Befürchtungen, daß Roy und die Fibbies ihm in die Quere kommen könnten.

Barry kicherte leise vor sich hin, während er die Poydras entlangschlenderte.

»Und wo ist die Leiche?« hatte Clifford gefragt.

»Das wollen Sie bestimmt nicht wissen«, hatte Barry erwidert.

»Doch, ich will es wissen. Die ganze Welt will es wissen. Also los, verraten Sie es mir, wenn Sie den Mumm dazu haben.«

»Das wollen Sie nicht wissen.«

»Doch. Los, sagen Sie es mir.«

»Es wird Ihnen nicht gefallen.«

»Sagen Sie es mir.«

Barry warf seinen Zigarettenstummel auf den Gehsteig und hätte beinahe laut herausgelacht. Er hätte es Jerome Clifford nicht sagen sollen. Es war kindisch gewesen, es zu tun, aber er war harmlos. Dem Mann konnte man Geheimnisse anvertrauen, anwaltliche Schweigepflicht und dieser ganze Kram, und er war verletzt gewesen, als Barry anfangs nicht mit sämtlichen blutigen Details herausrücken wollte. Jerome Clifford war ein ebenso niederträchtiger Gauner wie seine Klienten, und wenn sie Blut an den Händen hatten, wollte er es sehen.

»Erinnern Sie sich, an welchem Tag Boyette verschwand?«
»Natürlich. Am 16. Januar.«
»Wissen Sie noch, wo Sie am 16. Januar waren?«

Daraufhin war Romey zur Wand hinter seinem Schreibtisch gegangen und hatte nachgesehen, was er auf seinen Monats-Terminkalender gekritzelt hatte. »In Colorado. Skilaufen.«

»Und ich hatte mir Ihr Haus ausgeliehen?«
»Ja, Sie wollten sich dort mit der Frau irgendeines Arztes treffen.«
»Stimmt. Aber sie konnte nicht kommen. Dafür habe ich den Senator zu Ihrem Haus gebracht.«

Daraufhin war Romey erstarrt und hatte seinen Klienten fassungslos und mit offenem Mund angesehen.

Barry hatte weitergeredet. »Er kam im Kofferraum an, und ich habe ihn bei Ihnen deponiert.«
»Wo?« hatte Romey ungläubig gefragt.
»In der Garage.«
»Sie lügen.«
»Unter dem Boot, das seit zehn Jahren nicht mehr von der Stelle bewegt worden ist.«
»Sie lügen.«

Die Eingangstür zu Cliffords Kanzlei war verschlossen. Barry rüttelte daran und fluchte durch die Fenster. Er zündete sich eine weitere Zigarette an und suchte auf den üblichen Parkplätzen nach dem schwarzen Lincoln. Er würde das fette Schwein finden, und wenn es ihn die ganze Nacht kostete.

Barry hatte einen Freund in Miami, der einmal wegen einer Reihe von Drogenvergehen angeklagt worden war. Sein Anwalt war ziemlich gut gewesen und hatte es fertiggebracht, die Sache zweieinhalb Jahre hinauszuzögern, bis schließlich der Richter die Geduld verlor und eine Verhandlung ansetzte. Am Tag vor der Auswahl der Geschworenen hatte sein Freund seinen tüchtigen Anwalt umgebracht, und der Richter war gezwungen gewesen, eine weitere Vertagung zu verfügen. Der Prozeß hatte nie stattgefunden.

Wenn Romey jetzt plötzlich starb, würden bis zum Prozeß Monate, vielleicht sogar Jahre vergehen.

3

Ricky wich von dem Baum zurück, bis er ins tiefe Unkraut geriet, dann fand er den schmalen Pfad und begann zu rennen. »Ricky«, rief Mark. »He, Ricky, warte auf mich.« Aber es half nichts. Er warf noch einen letzten Blick auf den Mann auf dem Wagen, dem immer noch die Waffe im Mund steckte. Die Augen standen halb offen, und seine Füße zuckten.

Mark hatte genug gesehen. »Ricky«, rief er wieder, während er auf den Pfad zutrabte. Sein Bruder war vor ihm, rannte langsam auf eine ganz seltsame Weise, mit beiden Armen steif an den Beinen und aus der Hüfte heraus vorgebeugt. Das Unterholz schlug ihm ins Gesicht. Er stolperte, fiel aber nicht. Mark packte ihn bei den Schultern und drehte ihn herum. »Ricky, hör mir zu! Es ist alles okay.« Ricky glich einem Zombie mit bleicher Haut und glasigen Augen. Er atmete schwer und hastig und gab ein dumpfes schmerzliches Stöhnen von sich. Reden konnte er nicht. Er riß sich los und nahm seinen Trab wieder auf, immer noch stöhnend. Mark war dicht hinter ihm, als sie ein trockenes Bachbett durchquerten und ihrer Behausung zustrebten.

Die Bäume lichteten sich unmittelbar vor dem zerfallenden Bretterzaun, der den größten Teil der Wohnwagensiedlung umgab. Zwei kleine Kinder warfen mit Steinen nach einer Reihe von Dosen, die sie auf der Haube eines Schrottwagens aufgestellt hatten. Ricky rannte schneller und kroch durch eine Lücke im Zaun. Er übersprang einen Graben, schoß zwischen zwei Wohnwagen hindurch und rannte auf die Straße. Mark war zwei Schritte hinter ihm. Ricky fiel das Atmen immer schwerer und das Stöhnen wurde lauter.

Der Wohnwagen der Sways war drei Meter sechzig breit und vierzehn Meter lang und stand zusammen mit vierzig anderen auf einem schmalen Streifen an der East Street. Zu den Tucker Wheel Estates gehörten auch die North, South und West Street, und alle vier Straßen verliefen kurvenförmig und kreuzten sich mehrmals in allen Richtungen. Es war eine respektable Wohnwagensiedlung mit halbwegs sauberen Straßen, ein paar Bäumen, einer Menge Fahrrädern und ein paar aufgegebenen Autos. Buckelschwellen verlangsamten den Verkehr. Laute Musik oder Lärm zogen einen Polizeibesuch nach sich, sobald Mr. Tucker informiert worden war. Seiner Familie gehörten das gesamte Land und der größte Teil der Wohnwagen einschließlich Nummer 17 an der East Street, den Dianne Sway für zweihundertachtzig Dollar im Monat gemietet hatte.

Ricky rannte durch die unverschlossene Tür und fiel auf die Couch im Wohnzimmer. Er schien zu weinen, aber es kamen keine Tränen. Er zog die Knie bis zum Bauch hoch, als wäre ihm kalt, dann steckte er ganz langsam den rechten Daumen in den Mund. Mark ließ sich keine seiner Bewegungen entgehen. »Ricky, rede mit mir«, sagte er und schüttelte sanft seine Schultern. »Du mußt mit mir reden, Mann, okay, Ricky? Es ist alles okay.«

Ricky lutschte heftiger am Daumen. Er schloß die Augen, und sein Körper bebte.

Mark schaute sich im Wohnzimmer und in der Küche um und begriff, daß alles noch genauso war wie vor einer Stunde. Vor einer Stunde! Es kam ihm vor wie Tage. Die Sonne wurde schwächer, und die Zimmer waren ein wenig dunkler. Ihre Bücher und Schultaschen lagen wie immer auf dem Küchentisch. Die tägliche Notiz von Mom lag auf dem Bord neben dem Telefon. Er ging zum Ausguß und ließ Wasser in eine saubere Kaffeetasse laufen. Er hatte fürchterlichen Durst. Er trank das kalte Wasser und starrte durch das Fenster auf den Wohnwagen nebenan. Dann hörte er schmatzende Geräusche und sah seinen Bruder an. Der Daumen. Im Fernsehen hatte es eine Sendung gegeben, in der ein paar Kinder in Kalifornien nach einem Erdbeben an ihren Daumen gelutscht hatten. Alle möglichen Ärzte waren zu Rate gezogen worden. Ein Jahr nach dem Beben lutschten die armen Kinder immer noch.

Die Tasse berührte eine empfindliche Stelle an seiner Lippe, und er erinnerte sich an das Blut. Er lief ins Badezimmer und betrachtete sein Gesicht im Spiegel. Unmittelbar unter dem Haaransatz war eine kleine, kaum sichtbare Beule. Sein linkes Auge war zugeschwollen und sah fürchterlich aus. Er ließ Wasser ins Becken laufen und wusch sich ein bißchen Blut von der Unterlippe. Sie war nicht geschwollen, fing aber plötzlich an zu pochen. Er hatte schon schlimmer ausgesehen nach Prügeleien in der Schule. Er war zäh.

Er holte einen Eiswürfel aus dem Kühlschrank und drückte ihn fest gegen die untere Augenpartie. Dann ging er zur Couch und betrachtete seinen Bruder und mit besonderer Aufmerksamkeit den Daumen. Ricky schlief. Es war fast halb sechs, Zeit für ihre Mutter, nach Hause zu kommen, nach neun langen Stunden in der Lampenfabrik. Seine Ohren dröhnten noch immer von den Schüssen, aber er fing wieder an zu denken. Er setzte sich neben Rickys Füße und fuhr mit dem Eiswürfel langsam um sein Auge herum.

Wenn er nicht 911 anrief, konnten Tage vergehen, bis jemand die Leiche fand. Der tödliche Schuß war stark gedämpft gewesen, und Mark war sicher, daß niemand außer ihnen ihn gehört hatte. Er war schon oft auf der Lichtung gewesen, aber plötzlich wurde ihm bewußt, daß er dort noch nie einen anderen Menschen gesehen hatte. Die Stelle war völlig abgelegen. Weshalb hatte Romey sich für sie entschieden? Schließlich war er aus New Orleans gekommen, richtig?

Mark sah sich im Fernsehen alle möglichen Reality Shows an und wußte, daß jeder 911-Anruf aufgezeichnet wurde. Er wollte nicht aufgezeichnet werden. Er würde nie jemandem erzählen, nicht einmal seiner Mutter, was er gerade erlebt hatte, und was er in diesem kritischen Moment am dringendsten brauchte, war eine Unterhaltung mit seinem kleinen Bruder, damit sie ihre Lügen aufeinander abstimmen konnten. »Ricky«, sagte er und rüttelte seinen Bruder am Bein. Ricky stöhnte, öffnete aber nicht die Augen. Statt dessen krümmte er sich noch stärker zusammen. »Ricky, wach auf!«

Es erfolgte keine Reaktion, nur ein plötzliches Schaudern,

als fröre er. Mark fand eine Steppdecke im Schrank und breitete sie über seinen Bruder, dann wickelte er eine Handvoll Eiswürfel in ein Geschirrtuch und drückte die Packung behutsam auf sein linkes Auge. Ihm war nicht danach zumute, Fragen über sein Auge zu beantworten.

Er starrte auf das Telefon und dachte an Westernfilme mit herumliegenden Leichen und darüber kreisenden Bussarden, in denen alle darauf bedacht waren, die Toten zu begraben, bevor die verdammten Vögel über sie herfielen. In ungefähr einer Stunde würde es dunkel sein. Schlagen Bussarde auch nachts zu? In einem Film hatte er das nie gesehen.

Der Gedanke an den dicklichen Anwalt, der da draußen lag, mit der Pistole im Mund und nur einem Schuh und vermutlich immer noch blutend, war schon gräßlich genug, aber dazu noch die Bussarde, die ihm das Fleisch von den Knochen rissen, und Mark griff zum Hörer. Er tippte 911 und räusperte sich.

»Ja, da liegt ein toter Mann im Wald, und jemand muß hin und ihn holen.« Er sprach mit so tiefer Stimme wie möglich und wußte von der ersten Silbe an, daß es ein erbärmlicher Verstellungsversuch war. Er atmete schwer, und die Beule auf seiner Stirn pochte.

»Wer spricht da, bitte?« Es war eine Frauenstimme, fast wie ein Roboter.

»Äh, das möchte ich nicht sagen, okay?«

»Wir brauchen deinen Namen, Junge.« Großartig, sie wußte, daß er ein Kind war. Er hoffte, daß er sich wenigstens anhörte wie ein Teenager.

»Wollen Sie etwas über den Toten erfahren oder nicht?« fragte Mark.

»Wo befindet sich der Tote?«

Das ist einfach grandios, dachte er, schon jetzt erzählte er jemandem davon. Und nicht jemandem, dem man vertrauen konnte, sondern jemandem, der eine Uniform trug und bei der Polizei arbeitete. Er konnte regelrecht hören, wie die Aufzeichnung dieses Gesprächs immer wieder vor der Jury abgespielt wurde, genau wie im Fernsehen. Sie würden all diese Stimmtests machen, und jedermann würde wissen, daß es Mark Sway gewesen war, der am Telefon etwas über einen Toten gesagt hatte, von dem sonst niemand in der Welt etwas wußte. Er versuchte, seine Stimme noch tiefer klingen zu lassen.

»In der Nähe der Tucker Wheel Estates, und ...«

»Das ist an der Whipple Road ...«

»Ja, das stimmt. Er liegt im Wald zwischen den Tucker Wheel Estates und dem Highway 17.«

»Der Tote liegt im Wald?«

»Sozusagen. Genaugenommen liegt er auf einem Wagen im Wald.«

»Und der Mann ist tot?«

»Der Mann hat sich erschossen. Mit einer Pistole, in den Mund, und ich bin sicher, daß er tot ist.«

»Hast du die Leiche gesehen?« Die Stimme der Frau verlor ihre professionelle Zurückhaltung. Jetzt lag eine gewisse Schärfe darin.

Was für eine blöde Frage, dachte Mark. Ob ich sie gesehen habe? Sie versuchte, Zeit zu gewinnen, ihn am Telefon festzuhalten, damit sie dem Anruf nachgehen konnten.

»Hast du die Leiche gesehen, Junge?« fragte sie noch einmal.

»Natürlich habe ich sie gesehen.«

»Ich brauche deinen Namen, Junge.«

»Hören Sie, da ist ein kleiner Feldweg, der vom Highway 17 abzweigt und zu einer Lichtung im Wald führt. Der Wagen ist groß und schwarz, und der Mann liegt darauf. Ihr Pech, wenn Sie ihn nicht finden. Ende.«

Er legte den Hörer auf und starrte das Telefon an. Im Wohnwagen herrschte absolute Stille. Er ging zur Tür und lugte durch die schmutzigen Vorhänge hinaus, fast damit rechnend, daß Streifenwagen aus sämtlichen Richtungen herangebraust kamen – Lautsprecher, SWAT-Teams, kugelsichere Westen.

Nimm dich zusammen. Er schüttelte Ricky abermals, berührte seinen Arm, registrierte, wie klamm er war. Aber Ricky schlief nach wie vor und lutschte an seinem Daumen.

Mark packte ihn sanft um die Taille und schleppte ihn über den Fußboden den schmalen Flur entlang zu ihrem Schlafzimmer, wo er ihn ins Bett packte. Unterwegs murmelte Ricky etwas und wand sich ein wenig, rollte sich im Bett aber sofort wieder zusammen. Mark breitete eine Decke über ihn und machte die Tür zu.

Er schrieb eine Notiz für seine Mutter, teilte ihr mit, daß es Ricky nicht gut ginge und daß er schliefe, und er selbst wäre in ungefähr einer Stunde zurück. Von den Jungen wurde nicht verlangt, daß sie zu Hause waren, wenn sie von der Arbeit kam, aber wenn sie unterwegs waren, sollte zumindest ein Zettel da sein.

Das ferne Dröhnen eines Hubschraubers entging Mark.

Auf dem Pfad zündete er sich eine Zigarette an. Vor zwei Jahren war ein neues Fahrrad aus einem der Vororte verschwunden, nicht weit von der Wohnwagensiedlung entfernt. Es gab Gerüchte, daß es hinter einem der Mobilheime gesehen worden war, und den gleichen Gerüchten nach war es von ein paar Jungen aus der Siedlung auseinandergenommen und umlackiert worden. Den Jungen aus den Vororten machte es Spaß, ihre weniger gutsituierten Nachbarn als »Trailer Park Kids« abzuqualifizieren. Sie besuchten dieselbe Schule, und es gab täglich Schlägereien zwischen den beiden Gesellschaftsschichten. Sämtliche Verbrechen und Missetaten in den Vororten wurden automatisch den Wohnwagen-Leuten angelastet.

Kevin, der Junge von der North Street, hatte das neue Fahrrad gehabt und es etlichen seiner Kumpane gezeigt, bevor es umlackiert wurde. Mark hatte es gesehen. Die Gerüchte schwirrten, die Polizei schnüffelte herum, und eines Abends klopfte es an der Tür. Bei den Nachforschungen war Marks Name erwähnt worden, und der Polizist hatte ein paar Fragen. Er hatte am Küchentisch gesessen und Mark eine Stunde lang verhört. Es war ganz anders gewesen als im Fernsehen, wo der Angeklagte immer cool bleibt und sich über den Polizisten lustig macht.

Mark gab nichts zu, konnte drei Nächte lang nicht schlafen

und schwor sich, ein sauberes Leben zu führen und sämtlichen Problemen aus dem Wege zu gehen.

Aber jetzt hatte er ein Problem. Ein echtes Problem, viel schwerwiegender als ein gestohlenes Fahrrad. Ein toter Mann, der Geheimnisse preisgegeben hatte, bevor er starb. Hatte er die Wahrheit gesagt? Er war betrunken und total verrückt, hatte vom großen Zauberer geredet und solches Zeug. Aber weshalb hätte er lügen sollen?

Mark wußte, daß Romey eine Waffe hatte, er hatte sie sogar in der Hand gehalten und den Finger an den Abzug gelegt. Und die Waffe hatte den Mann getötet. Es war bestimmt ein Verbrechen, zuzusehen, wie ein Mann Selbstmord beging, und ihn nicht daran zu hindern.

Er würde es nie einer Menschenseele erzählen! Romey redete nicht mehr. Um Ricky würde er sich kümmern müssen. Mark hatte bei der Sache mit dem Fahrrad den Mund gehalten, und er konnte es abermals tun. Niemand würde je erfahren, daß er in dem Wagen gesessen hatte.

In der Ferne ertönte eine Sirene, dann das stetige Dröhnen eines Hubschraubers. Mark duckte sich unter einen Baum, als der Hubschrauber ganz nahe vorüberschwebte. Er schlich zwischen Bäumen und Gestrüpp hindurch, geduckt und ohne jede Eile, bis er Stimmen hörte.

Überall flackerten Lichter. Blau für die Bullen und rot für die Ambulanz. Die weißen Streifenwagen der Polizei von Memphis umstanden den schwarzen Lincoln. Die orange und weiß lackierte Ambulanz traf gerade ein, als Mark durchs Gestrüpp lugte. Niemand schien nervös oder aufgeregt zu sein.

Romey war nicht bewegt worden. Ein Polizist machte Fotos, während die anderen lachten. Funkgeräte quakten, genau wie im Fernsehen. Blut kam unter dem Toten hervor und rann über die rot-weißen Schlußlichter. Die Pistole steckte nach wie vor in seinem Mund, aber seine rechte Hand lag jetzt auf seinem hervorquellenden Bauch. Sein Kopf war nach rechts gesackt, die Augen waren geschlossen. Die Sanitäter kamen und betrachteten ihn, dann machten sie miese Witze, und die Polizisten lachten. Alle vier Türen standen offen, und der Wagen wurde sorgfältig unter die Lupe genommen. Niemand dachte daran, den Toten herunterzuholen. Der Hubschrauber überflog noch einmal die Lichtung, dann verschwand er.

Mark hockte tief im Gestrüpp, vielleicht zehn Meter von dem Baum entfernt, unter dem sie ihre ersten Zigaretten geraucht hatten. Er hatte einen ungehinderten Blick auf die Lichtung und den dicken Anwalt, der auf dem Wagen lag wie eine tote Kuh mitten auf der Straße. Ein weiterer Streifenwagen traf ein, dann eine weitere Ambulanz. Leute in Uniform kamen sich ins Gehege. Kleine weiße Beutel mit irgendwelchen Dingen darin wurden mit größter Behutsamkeit aus dem Wagen herausgeholt. Zwei Polizisten mit Gummihandschuhen rollten den Schlauch auf. Der Fotograf hockte sich vor jede der Türen und machte Blitzlichtaufnahmen. Hin und wieder hielt jemand inne und betrachtete Romey, aber die meisten von ihnen tranken Kaffee aus Pappbechern und unterhielten sich. Ein Polizist legte Romeys Schuh neben der Leiche auf den Wagen, dann steckte er ihn in einen weißen Beutel und schrieb etwas darauf. Ein weiterer Polizist kniete vor den Zulassungsschildern und wartete mit seinem Funkgerät auf das Eintreffen einer Meldung.

Endlich kam aus der ersten Ambulanz eine Tragbahre zum Vorschein. Sie wurde zur hinteren Stoßstange getragen und im hohen Gras abgesetzt. Zwei Sanitäter ergriffen Romeys Füße und zogen vorsichtig an ihm, bis zwei weitere Sanitäter seine Arme ergreifen konnten. Die Polizisten sahen zu und machten Witze darüber, wie dick Mr. Clifford war, denn inzwischen wußten sie seinen Namen. Sie fragten, ob noch mehr Sanitäter erforderlich wären, um seinen dicken Arsch zu tragen, ob die Tragbahre verstärkt wäre oder so etwas, ob er in die Ambulanz passen würde. Eine Menge Gelächter, als sie sich damit abmühten, ihn herunterzuholen.

Ein Polizist steckte die Pistole in einen Beutel. Die Tragbahre wurde in die Ambulanz gehievt, die Türen aber nicht geschlossen. Ein Abschleppwagen mit gelben Lichtern erschien und setzte rückwärts vor die vordere Stoßstange des Lincoln.

Mark dachte an Ricky und das Daumenlutschen. Was war, wenn er Hilfe brauchte? Mom würde bald heimkommen. Was war, wenn sie versuchte, ihn zu wecken, und es mit der Angst zu tun bekam? Er würde in einer Minute von hier verschwinden und seine letzte Zigarette auf dem Heimweg rauchen.

Er hörte etwas hinter sich, dachte sich aber nichts dabei. Nur das Brechen eines Zweigs. Doch dann packte ihn plötzlich eine kräftige Hand beim Genick, und eine Stimme sagte: »Was machst du hier, Junge?«

Mark fuhr herum und schaute ins Gesicht eines Polizisten. Er erstarrte und konnte nicht atmen.

»Was machst du hier, Junge?« fragte der Polizist abermals und hob Mark beim Genick hoch. Der Griff tat nicht weh, aber der Polizist erwartete eindeutig, daß man ihm gehorchte. »Steh auf, Junge. Du brauchst keine Angst zu haben.«

Mark stand auf, und der Polizist ließ ihn los. Die Polizisten auf der Lichtung hatten ihn gehört und schauten herüber.

»Was hast du hier zu suchen?«

»Ich hab nur zugesehen«, sagte Mark.

Der Polizist deutete mit seiner Taschenlampe auf die Lichtung. Die Sonne war untergegangen, in zwanzig Minuten würde es dunkel sein. »Komm mit«, sagte er.

»Ich muß nach Hause«, sagte Mark.

Der Polizist legte Mark einen Arm um die Schultern und führte ihn durch das Unkraut. »Wie heißt du?«

»Mark.«

»Nachname?«

»Sway. Wie heißen Sie?«

»Hardy. Mark Sway, ja?« wiederholte der Polizist nachdenklich. »Du wohnst in den Tucker Wheel Estates, stimmt's?«

Das konnte er nicht leugnen, aber aus irgendeinem Grund zögerte er. »Ja, Sir.«

Sie erreichten den Kreis der Polizisten, die jetzt verstummt waren und darauf warteten, den Jungen zu sehen.

»Also, Leute, das ist Mark Sway, der Junge, der bei uns angerufen hat«, verkündete Hardy. »Du hast doch bei uns angerufen, Mark?«

Er wollte lügen, bezweifelte aber, daß man ihm die Lüge abnehmen würde. »Äh – ja, Sir.«

»Wie hast du den Toten gefunden?«

»Mein Bruder und ich haben hier gespielt.«

»Wo gespielt?«

»Hier herum. Wir wohnen da drüben«, sagte er und deutete zwischen den Bäumen hindurch.

»Habt ihr Pot geraucht?«

»Nein, Sir.«

»Bist du sicher?«

»Ja, Sir.«

»Laß die Finger von Drogen, Junge.« Der Kreis bestand aus mindestens sechs Polizisten, und die Fragen kamen aus allen Richtungen.

»Wie hast du den Wagen gefunden?«

»Nun, wir sind irgendwie auf ihn gestoßen.«

»Wann war das?«

»Das weiß ich nicht mehr so genau. Wir stromerten gerade durch den Wald. Das tun wir oft.«

»Wie heißt dein Bruder?«

»Ricky.«

»Derselbe Nachname?«

»Ja, Sir.«

»Wo wart ihr, du und Ricky, als ihr den Wagen zuerst gesehen habt?«

Mark deutete auf den Baum hinter sich. »Unter dem Baum da.«

Ein Sanitäter näherte sich der Gruppe und verkündete, sie führen jetzt ab und brächten den Toten ins Leichenschauhaus. Der Abschleppwagen zerrte an dem Lincoln.

»Wo ist Ricky jetzt?«

»Zu Hause.«

»Was ist mit deinem Gesicht passiert?«

Mark tastete instinktiv nach seinem Auge. »Ach, nichts. Bin nur in der Schule in eine Schlägerei geraten.«

»Weshalb hast du dich da drüben in den Büschen versteckt?«

»Weiß ich nicht.«

»Na hör mal, Mark, du mußt doch einen Grund gehabt haben.«

»Ich weiß es nicht. Es ist irgendwie schrecklich, wissen Sie. Einen toten Mann zu sehen und so.«

»Du hast noch nie zuvor einen Toten gesehen?«

»Nur im Fernsehen.«

Das brachte einen der Polizisten tatsächlich zum Lächeln.

»Hast du diesen Mann gesehen, bevor er sich umbrachte?«

»Nein, Sir.«

»Du hast ihn also so vorgefunden?«

»Ja, Sir. Wir kamen hinter diesem Baum da vor und sahen den Wagen, dann – dann sahen wir den Mann.«

»Wo warst du, als du den Schuß gehört hast?«

Er wollte wieder auf den Baum zeigen, hielt sich aber gerade noch rechtzeitig zurück. »Ich verstehe nicht, was Sie meinen.«

»Wir wissen, daß du den Schuß gehört hast. Wo warst du, als du ihn hörtest?«

»Ich hab den Schuß nicht gehört.«

»Bist du sicher?«

»Ganz sicher. Wir kamen her und fanden ihn genau hier, und wir rannten nach Hause, und ich rief 911 an.«

»Weshalb hast du bei dem Anruf deinen Namen nicht genannt?«

»Ich weiß nicht.«

»Dafür muß es doch einen Grund geben, Mark.«

»Ich weiß nicht. Hatte wohl Angst.«

Die Polizisten tauschten Blicke, als wäre dies ein Spiel. Mark versuchte, normal zu atmen und möglichst erbärmlich zu tun. Schließlich war er ein Kind.

»Ich muß jetzt wirklich nach Hause. Meine Mom sucht wahrscheinlich schon nach mir.«

»Okay. Letzte Frage«, sagte Hardy. »Lief der Motor, als du den Wagen entdeckt hast?«

Mark dachte angestrengt nach, konnte sich aber nicht erinnern, ob Romey ihn ausgeschaltet hatte, bevor er sich erschoß. Er antwortete sehr langsam. »Ich bin mir nicht sicher, aber ich glaube, er lief.«

Hardy deutete auf einen Streifenwagen. »Steig ein. Ich bring dich nach Hause.«

»Das brauchen Sie nicht. Ich kann laufen.«

»Nein, es ist schon zu dunkel. Wir fahren. Komm.« Er nahm seinen Arm und führte ihn zu dem Wagen.

4

Dianne Sway hatte in der Kinderklinik angerufen; jetzt saß sie auf der Kante von Rickys Bett, kaute auf den Nägeln und wartete auf den Anruf des Arztes. Die Schwester hatte gesagt, er würde sich in weniger als zehn Minuten melden. Die Schwester hatte außerdem gesagt, daß in den Schulen ein sehr ansteckendes Virus grassierte und daß sie in dieser Woche Dutzende von Kindern behandelt hätten. Er hätte die Symptome, sie sollte sich also keine Sorgen machen. Dianne legte ihm die Hand auf die Stirn, um festzustellen, ob er Fieber hatte. Wieder schüttelte sie ihn sanft, aber er reagierte nicht. Er lag immer noch zusammengerollt da, atmete normal und lutschte am Daumen. Sie hörte, wie eine Autotür zugeschlagen wurde, und eilte ins Wohnzimmer.

Mark kam hereingestürmt. »Hi, Mom.«

»Wo warst du?« fuhr sie ihn an. »Was ist mit Ricky?«

Sergeant Hardy erschien in der Tür, und sie erstarrte.

»Guten Abend, Madam«, sagte er.

Sie sah Mark an. »Was hast du angestellt?«

»Nichts.«

Hardy kam herein. »Nichts Ernstes, Madam.«

»Wieso sind Sie dann hier?«

»Ich kann alles erklären, Mom. Es ist eine ziemlich lange Geschichte.«

Hardy machte die Tür hinter sich zu, und sie standen in dem kleinen Zimmer und sahen sich verlegen an.

»Ich höre.«

»Also, Ricky und ich waren heute nachmittag drüben im Wald und haben gespielt, und da sahen wir diesen großen schwarzen Wagen auf einer Lichtung, mit laufendem Motor, und als wir näher kamen, da lag ein Mann auf dem Kofferraum mit einer Pistole im Mund. Er war tot.«

»Tot!«

»Selbstmord, Madam«, warf Hardy ein.

»Und da sind wir ganz schnell nach Hause gerannt, und ich habe 911 angerufen.«

Dianne legte ihre Finger über den Mund.

»Der Name des Mannes ist Jerome Clifford«, berichtete Hardy in amtlichem Ton. »Er kam aus New Orleans, und wir haben keine Ahnung, weshalb er hierhergekommen ist. Dürfte jetzt seit ungefähr zwei Stunden tot sein, also noch nicht lange. Er hat einen Abschiedsbrief hinterlassen.«

»Was hat Ricky getan?« fragte Dianne.

»Also, wir sind heimgerannt, und er fiel auf die Couch und fing an, an seinem Daumen zu lutschen, und wollte nicht reden. Ich habe ihn ins Bett gebracht und zugedeckt.«

»Wie alt ist er?« fragte Hardy stirnrunzelnd.

»Acht.«

»Darf ich ihn sehen?«

»Weshalb?« fragte Dianne.

»Ich mache mir Sorgen. Er hat irgendwas gesehen, und er könnte einen Schock erlitten haben.«

»Einen Schock?«

»Ja, Madam.«

Dianne ging schnell durch die Küche und den Flur entlang, dicht gefolgt von Hardy und Mark, der den Kopf schüttelte und die Zähne zusammenbiß.

Hardy zog die Decke von Rickys Schultern und berührte seinen Arm. Der Daumen war im Mund. Er schüttelte ihn, rief seinen Namen, und die Augen öffneten sich für eine Sekunde. Ricky murmelte etwas.

»Seine Haut ist kalt und feucht. Ist er krank gewesen?« fragte Hardy.

»Nein.«

Das Telefon läutete, und Dianne rannte zum Apparat. Vom Schlafzimmer aus hörten Hardy und Mark zu, wie sie den Arzt über die Symptome informierte und den Toten, den die Jungen gefunden hatten.

»Hat er etwas gesagt, als ihr den Toten gesehen habt?« fragte Hardy leise.

»Ich glaube nicht. Es ging alles ziemlich schnell. Wir – äh – wir sind einfach losgerannt, als wir ihn sahen. Er hat nur die ganze Zeit gestöhnt und gegrunzt und ist irgendwie komisch gelaufen, mit den Armen steif nach unten. Ich habe ihn noch nie so laufen sehen, und dann, sowie wir zu Hause waren, hat er sich zusammengerollt und kein Wort mehr geredet.«

»Wir müssen ihn in ein Krankenhaus schaffen«, sagte Hardy.

Marks Knie wurden weich, und er lehnte sich an die Wand. Dianne legte auf, und Hardy ging ihr bis in die Küche entgegen. »Der Arzt will ihn im Krankenhaus haben«, sagte sie in Panik.

»Ich rufe eine Ambulanz«, sagte Hardy, schon unterwegs zu seinem Wagen. »Packen Sie ein paar Sachen für ihn zusammen.« Er verschwand und ließ die Tür offenstehen.

Dianne funkelte Mark an, der sich schwach fühlte und sich hinsetzen mußte. Er sank auf einen Stuhl am Küchentisch.

»Sagst du die Wahrheit?« fragte sie.

»Ja, Mom. Wir sahen den Toten, und Ricky ist ausgerastet, und wir sind nach Hause gerannt.« Es würde Stunden dauern, zu berichten, wie es wirklich gewesen war. Sobald sie miteinander allein waren, würde er es sich vielleicht anders überlegen und die ganze Geschichte erzählen, aber jetzt war der Polizist hier, und es würde zu kompliziert sein. Er hatte keine Angst vor seiner Mutter und machte in der Regel reinen Tisch, wenn sie ihm zusetzte. Sie war erst dreißig, jünger als die Mütter seiner Freunde, und sie hatten eine Menge zusammen durchgemacht. Ihr gemeinsamer Kampf gegen den brutalen Vater hatte zwischen ihnen ein Band geschmiedet, das wesentlich stärker war als eine normale Mutter-Sohn-Beziehung. Es schmerzte, diese Sache vor ihr geheimhalten zu müssen. Sie war verängstigt und verzweifelt, aber die Dinge, die Romey ihm erzählt hatte, hatten mit Rickys Zustand nichts zu tun. Ein heftiger Schmerz zuckte durch seinen Magen, und das Zimmer drehte sich langsam.

»Was ist mit deinem Auge passiert?«

»Eine Prügelei in der Schule. Es war nicht meine Schuld.«
»Das ist es nie. Bist du okay?«
»Ich denke schon.«
Hardy stapfte über die Schwelle. »Die Ambulanz ist in fünf Minuten hier. Welches Krankenhaus?«
»Der Arzt hat gesagt, wir sollen zum St. Peter's fahren.«
»Wer ist Ihr Arzt?«
»Shelby Pediatric Group. Sie sagten, sie würden veranlassen, daß ein Kinderpsychiater in das Krankenhaus kommt.« Sie zündete sich nervös eine Zigarette an. »Was meinen Sie, ist er okay?«
»Er muß in ärztliche Behandlung, vielleicht längere Zeit im Krankenhaus bleiben. Ich habe so etwas schon mehrfach erlebt bei Kindern, die Augenzeuge von Schießereien oder Messerstechereien waren. Es ist ein schweres Trauma, und es kann eine Weile dauern, bis er es überwunden hat. Im vorigen Jahr war da ein Kind, das mit angesehen hat, wie seine Mutter von einem Crack-Dealer erschossen wurde, in einer der Siedlungen mit Sozialwohnungen, und der arme kleine Kerl liegt noch immer im Krankenhaus.«
»Wie alt war er?«
»Acht. Inzwischen ist er neun. Will nicht reden. Will nicht essen. Lutscht am Daumen und spielt mit Puppen. Wirklich tragisch.«
Dianne hatte genug gehört. »Ich packe ein paar Sachen zusammen.«
»Sie sollten auch ein paar von Ihren Sachen zusammenpacken, Madam. Es kann sein, daß Sie bei ihm bleiben müssen.«
»Was ist mit Mark?«
»Wann kommt Ihr Mann nach Hause?«
»Ich habe keinen.«
»Dann packen Sie auch Sachen für Mark zusammen. Kann sein, daß Sie über Nacht bleiben müssen.«
Dianne stand in der Küche, die Zigarette ein paar Zentimeter von den Lippen entfernt, und versuchte zu überlegen. Sie war verängstigt und unsicher. »Ich habe keine Krankenversicherung«, murmelte sie zum Fenster hin.

»St. Peter's nimmt auch Bedürftige auf. Sie müssen packen.«

Eine Menge scharte sich um die vor Nummer 17 East Street anhaltende Ambulanz. Die Leute warteten und schauten zu, flüsterten miteinander und zeigten auf die Sanitäter, die in den Wohnwagen gingen.

Hardy legte Ricky auf die Tragbahre, und sie schnallten ihn unter einer Decke fest. Ricky versuchte, sich wieder zusammenzurollen, aber die kräftigen Klettbänder hielten ihn fest. Er stöhnte zweimal, öffnete aber kein einziges Mal die Augen. Dianne machte sanft seinen rechten Arm frei, damit er wenigstens an den Daumen kommen konnte. Ihre Augen waren feucht, aber sie weigerte sich zu weinen.

Als die Sanitäter mit der Tragbahre erschienen, wich die Menge vom Heck der Ambulanz zurück. Sie schoben Ricky in den Wagen, und Dianne stieg zu ihm ein. Ein paar Nachbarn stellten besorgte Fragen, aber der Fahrer schlug die Tür zu, bevor sie antworten konnte. Mark saß auf dem Beifahrersitz des Streifenwagens neben Hardy, der einen Schalter betätigte, und plötzlich flackerte Blaulicht auf und wurde von den benachbarten Wohnwagen reflektiert. Die Menge wich zurück, und Hardy startete den Motor. Die Ambulanz folgte.

Mark war zu besorgt und verängstigt, um sich für den Funkverkehr, die Mikrofone, die Waffen und all das andere Zeug zu interessieren. Er saß still und hielt den Mund.

»Hast du die Wahrheit gesagt, Junge?« fragte Hardy, jetzt wieder ganz der Polizist, aus heiterem Himmel heraus.

»Ja, Sir. Worüber?«

»Über das, was du gesehen hast.«

»Ja, Sir. Sie glauben mir nicht?«

»Das habe ich nicht gesagt. Es ist nur ein bißchen merkwürdig, das ist alles.«

Mark schwieg ein paar Sekunden, und als offensichtlich war, daß Hardy wartete, fragte er: »Was ist merkwürdig?«

»Mehrere Dinge. Erstens, du hast angerufen, wolltest aber

deinen Namen nicht nennen. Weshalb nicht? Wenn ihr beide, du und Ricky, einfach über den Toten gestolpert seid, weshalb wolltest du dann deinen Namen nicht nennen? Zweitens, weshalb bist du in den Wald zurückgekehrt und hast dich hinter den Bäumen versteckt? Leute, die sich verstecken, haben Angst. Weshalb bist du nicht einfach dort aufgetaucht und hast uns erzählt, was du gesehen hast? Und drittens, wenn ihr beide dasselbe gesehen habt, weshalb ist dein Bruder dann ausgerastet, während du in ziemlich guter Verfassung bist? Du verstehst, was ich meine?«

Mark dachte eine Weile nach, dann wurde ihm klar, daß ihm dazu nichts einfiel. Also sagte er nichts. Sie waren jetzt auf der Interstate in Richtung Innenstadt. Es machte Spaß, zu sehen, wie die anderen Autos Platz machten. Die roten Lichter der Ambulanz waren dicht hinter ihnen.

»Du hast meine Frage nicht beantwortet«, sagte Hardy schließlich.

»Welche Frage?«

»Weshalb hast du nicht gesagt, wie du heißt, als du angerufen hast?«

»Ich hatte Angst. Das war der erste Tote, den ich je gesehen habe, und er hat mir Angst eingejagt. Ich habe immer noch Angst.«

»Weshalb bist du dann zurückgekommen und hast versucht, dich vor uns zu verstecken?«

»Ich hatte Angst, aber ich wollte auch sehen, was passiert. Das ist doch kein Verbrechen, oder?«

»Vielleicht nicht.«

Sie verließen die Schnellstraße und kurvten jetzt durch dichten Verkehr. Die hohen Gebäude der Innenstadt von Memphis waren in Sicht.

»Ich hoffe, du hast die Wahrheit gesagt«, erklärte Hardy.

»Sie glauben mir nicht?«

»Ich habe da so meine Zweifel.«

Mark schluckte hart und schaute in den Außenspiegel.

»Weshalb haben Sie Zweifel?«

»Ich werde dir sagen, was ich denke, Junge. Willst du es hören?«

»Klar doch«, sagte Mark langsam.

»Nun, ich glaube, ihr beide wart im Wald und habt geraucht. Ich habe unter dem Baum mit dem Seil frische Zigarettenstummel gefunden. Ich kann mir gut vorstellen, daß ihr dort unter dem Baum gesessen und geraucht und die ganze Sache mit angesehen habt.«

Marks Herz setzte aus, und sein Blut schien zu gerinnen, aber er wußte wie wichtig es war, einen gelassenen Eindruck zu machen. Es einfach beiseite zu wischen. Hardy war nicht dabeigewesen. Er hatte überhaupt nichts gesehen. Mark spürte, daß seine Hände zitterten, also schob er sie unters Gesäß. Hardy beobachtete ihn.

»Verhaften Sie Kinder, weil sie Zigaretten rauchen?« fragte Mark. Seine Stimme war etwas schwächer als gewöhnlich.

»Nein. Aber Kinder, die Polizisten anlügen, können allen möglichen Ärger bekommen.«

»Ich lüge Sie nicht an, okay? Ich habe früher dort geraucht, aber nicht heute. Wir sind einfach durch den Wald gelaufen, haben daran gedacht, vielleicht eine zu rauchen, und da haben wir den Wagen und Romey entdeckt.«

Hardy zögerte ganz kurz, dann fragte er: »Wer ist Romey?«

Mark versteifte sich und holte tief Luft. In Sekundenschnelle wurde ihm klar, daß alles vorbei war. Er hatte es verpatzt. Zuviel gelogen. Er war nicht einmal eine Stunde lang mit seiner Geschichte durchgekommen. Nicht aufhören zu denken, befahl er sich.

»So heißt der Mann doch, oder etwa nicht?«

»Romey?«

»Ja. Haben Sie nicht gesagt, daß er so heißt?«

»Nein. Ich habe deiner Mutter gesagt, daß er Jerome Clifford heißt und aus New Orleans kommt.«

»Ich dachte, Sie hätten gesagt, er hieße Romey Clifford und käme aus New Orleans.«

»Wer hat je den Namen Romey gehört?«

»Keine Ahnung.«

Der Wagen bog nach rechts ab, und Mark schaute geradeaus. »Ist das St. Peter's?«

»So steht es jedenfalls auf dem Schild.«
Hardy hielt an der Seite des Krankenhauses an, und sie sahen zu, wie die Ambulanz rückwärts an die Rampe der Notaufnahme heransetzte.

5

Der Ehrenwerte J. Roy Foltrigg, Bundesanwalt für den Southern District von Louisiana in New Orleans und Republikaner, trank Tomatensaft aus einer Dose und streckte im Heck des nach seinen eigenen Wünschen umgebauten Chevrolet-Transporters die Beine aus. Der Wagen schnurrte die Schnellstraße entlang. Memphis lag fünf Stunden von New Orleans entfernt im Norden, auf der Interstate 55 immer geradeaus, und er hätte ebensogut in ein Flugzeug steigen können, aber es gab zwei Gründe, weshalb er es nicht getan hatte. Da war erstens der Papierkram. Er konnte zwar erklären, es handle sich um Amtsgeschäfte im Zusammenhang mit dem Boyd-Boyette-Fall, aber es würde Monate dauern, bis die Ausgaben erstattet wurden, und er würde achtzehn verschiedene Formulare ausfüllen müssen. Zweitens, und das spielte eine wesentlich gewichtigere Rolle, flog er nicht gern. In New Orleans hätte er drei Stunden auf einen Flug warten müssen, der nur eine Stunde dauerte und ihn gegen elf Uhr abends nach Memphis gebracht hätte; aber mit dem Transporter würde er es auch bis Mitternacht schaffen. Er gestand seine Angst vorm Fliegen nicht ein, und er wußte, daß er eines Tages gezwungen sein würde, einen Psychiater aufzusuchen, um sie zu überwinden. Bis dahin hatte er seinen Luxustransporter, den er mit seinem eigenen Geld gekauft und mit allen erdenklichen Finessen hatte ausstatten lassen, zwei Telefonen, einem Fernseher, sogar einem Faxgerät. In ihm fuhr er im Southern District von Louisiana herum, immer mit Wally Boxx am Steuer. Der Transporter war besser und komfortabler als eine Limousine.

Er streifte langsam seine Slipper ab und schaute in die vorbeifliegende Nacht hinaus, während Special Agent Trumann in den an sein Ohr geklemmten Telefonhörer lauschte. Am anderen Ende der dick gepolsterten Bank saß der Stellvertretende Bundesanwalt Thomas Fink, Foltriggs loyaler Untergebener, der achtzig Stunden pro Woche an dem Boyette-Fall arbeitete und den größten Teil des Verfahrens bewältigen würde – in erster Linie die triste Knochenarbeit; die einfachen und publikumswirksamen Teile blieben natürlich seinem Boß vorbehalten. Fink las in einer Akte, wie gewöhnlich, und versuchte, das Gemurmel von Agent Trumann mitzubekommen, der ihm gegenüber in einem schweren Drehstuhl saß. Trumann hatte das FBI in Memphis am Apparat.

Neben Trumann, in einem ebensolchen Drehstuhl, saß Special Agent Skipper Scherff, ein Anfänger, der bisher kaum an dem Fall gearbeitet hatte, aber für diesen Ausflug nach Memphis zufällig gerade zur Stelle gewesen war. Er machte sich Notizen auf einem Block, und das würde er auch die nächsten fünf Stunden tun, weil er in diesem straffen Machtzirkel nicht das geringste zu sagen hatte und niemand daran dachte, ihm zuzuhören. Er würde brav die Nase auf seinen Block gesenkt halten und alle Anweisungen notieren, die ihm sein Vorgesetzter Larry Trumann erteilte und natürlich der Chef selbst, Reverend Roy. Scherff schaute unverwandt auf seinen Block, ständig bemüht, selbst den geringsten Blickkontakt mit Foltrigg zu vermeiden, und versuchte vergeblich mitzubekommen, was Memphis Trumann zu sagen hatte. Die Nachricht von Cliffords Tod hatte erst eine Stunde zuvor ihr Büro in Hektik versetzt, und Scherff wußte immer noch nicht, wieso er in Roys auf der Schnellstraße dahinjagendem Transporter saß. Trumann hatte ihn angewiesen, nach Hause zu rennen, ein paar Sachen einzupacken und sich dann sofort in Foltriggs Büro zu begeben. Und hier saß er nun, machte Notizen und hörte zu.

Der Fahrer, Wally Boxx, war ein zugelassener Rechtsanwalt, wußte aber mit seiner Lizenz nichts anzufangen. Offiziell war er Stellvertretender Bundesanwalt, genau wie Fink, in der Praxis jedoch Foltriggs Mädchen für alles. Er fuhr seinen Wagen, trug seinen Aktenkoffer, schrieb seine Reden und kümmerte sich um die Medien, was ihn fünfzig Prozent seiner Zeit kostete, weil sein Chef allergrößten Wert auf sein öffentliches Image legte. Boxx war nicht dumm. Er war ein

Meister im politischen Manövrieren, immer bereit, seinen Boß zu verteidigen, und dem Mann und seiner Mission treu ergeben. Foltrigg hatte eine große Zukunft, und Boxx war sicher, daß er eines Tages mit dem großen Mann flüsternd wichtige Dinge besprechen würde, während sie beide allein auf dem Capitol Hill herumschlenderten.

Boxx wußte, wie wichtig der Boyette-Fall war. Es würde der größte Prozeß in Foltriggs illustrer Karriere werden, der Prozeß, von dem er schon immer geträumt hatte, der Prozeß, der ihn ins nationale Rampenlicht beförderte. Er wußte, daß Barry Muldanno Foltrigg schlaflose Nächte bereitete.

Larry Trumann beendete das Gespräch und legte den Hörer auf. Er war ein erfahrener Agent, Anfang Vierzig, mit noch zehn Jahren vor sich bis zur Pensionierung. Foltrigg wartete darauf, daß er ihn informierte.

»Sie versuchen, die Polizei von Memphis zu veranlassen, daß sie den Wagen freigibt, damit wir ihn uns vornehmen können. Das wird wahrscheinlich ein oder zwei Stunden dauern. Es ist harte Arbeit, den Leuten dort zu erklären, was es mit Clifford und Boyette und alledem auf sich hat, aber sie machen Fortschritte. Leiter unseres Büros in Memphis ist ein Typ namens Jason McThune, sehr zäh und überzeugend; er ist gerade beim Polizeichef von Memphis. McThune hat Washington angerufen, und Washington hat Memphis angerufen, und wir müßten den Wagen eigentlich innerhalb der nächsten zwei Stunden haben. Nur eine Schußwunde am Kopf, offensichtlich selbst beigebracht. Anscheinend hat er zuerst versucht, es mit einem Schlauch am Auspuffrohr zu tun, aber aus irgendeinem Grund hat das nicht funktioniert. Er hat Schlaftabletten, Dalmane, und Kodein genommen und alles mit Jack Daniels runtergespült. Kein Hinweis auf die Waffe, aber dafür ist es auch noch zu früh. Memphis geht der Sache nach. Eine billige .38er. Dachte, er könnte eine Kugel schlucken.«

»Kein Zweifel daran, daß es Selbstmord war?« fragte Foltrigg.

»Nicht der geringste.«

»Wo hat er es getan?«

»Irgendwo im Norden von Memphis. Fuhr mit seinem großen schwarzen Lincoln in den Wald und gab sich den Rest.«

»Und vermutlich gibt es keine Augenzeugen.«

»Offenbar nicht. Zwei Jungen haben die Leiche gefunden.«

»Wie lange war er da schon tot?«

»Nicht lange. In ein paar Stunden soll eine Autopsie stattfinden, danach wissen wir, wann der Tod eingetreten ist.«

»Weshalb Memphis?«

»Keine Ahnung. Wenn es einen Grund dafür gibt, dann kennen wir ihn noch nicht.«

Foltrigg dachte über diese Dinge nach und trank seinen Tomatensaft. Fink machte sich Notizen. Scherff kritzelte hektisch. Wally Boxx ließ sich kein Wort entgehen.

»Was ist mit dem Abschiedsbrief?« fragte Foltrigg und schaute dabei aus dem Fenster.

»Nun, der könnte interessant sein. Unsere Leute in Memphis haben eine Kopie davon, keine sonderlich gute, und wollen versuchen, sie uns in ein paar Minuten zuzufaxen. Offenbar handelt es sich um eine handschriftliche Notiz, geschrieben mit schwarzer Tinte, und die Schrift ist halbwegs lesbar. Es sind ein paar Absätze mit Anweisungen an seine Sekretärin bezüglich der Beerdigung – er will verbrannt werden – und darüber, was mit dem Mobiliar seines Büros geschehen soll. Außerdem steht darin, wo die Sekretärin sein Testament finden kann. Natürlich nichts über Boyette. Nichts über Muldanno. Dann hat er offenbar versucht, noch einen Zusatz zu machen – mit einem blauen Kugelschreiber, aber der war leer, bevor er die Nachricht beenden konnte. Sie ist fürchterlich gekritzelt und kaum zu entziffern.«

»Um was geht es?«

»Das wissen wir nicht. Der Abschiedsbrief, die Waffe, die Tabletten, sämtliches Beweismaterial, das sie aus dem Wagen geholt haben, befinden sich immer noch bei der Polizei von Memphis. McThune versucht gerade, alles zu bekommen. Sie haben einen leeren Kugelschreiber im Wagen gefunden, und es scheint der zu sein, mit dem er versucht hat, einen Zusatz zu seinem Abschiedsbrief zu schreiben.«

»Er wird es haben, wenn wir ankommen?« fragte Foltrigg in einem Ton, der keinerlei Zweifel daran ließ, daß er selbstverständlich erwartete, alles bereit zu finden, sobald er in Memphis eingetroffen war.

»Unsere Leute arbeiten daran«, erwiderte Trumann. Genaugenommen war Foltrigg nicht sein Chef, aber dies war jetzt ein Fall, in dem Anklage erhoben worden war, keine Sache der Ermittlungen mehr, und der Reverend hatte das Sagen.

»Jerome Clifford ist also nach Memphis gefahren und hat sich das Gehirn ausgepustet«, sagte Foltrigg zum Fenster. »Vier Wochen vor der Verhandlung. Mann o Mann. Mit was für Verrücktheiten müssen wir in diesem Fall sonst noch rechnen?«

Eine Antwort wurde nicht erwartet. Sie fuhren schweigend weiter und warteten darauf, daß Roy weitersprach.

»Wo ist Muldanno?«

»In New Orleans. Wir observieren ihn.«

»Bis Mitternacht wird er einen neuen Anwalt haben, und bis morgen mittag wird er ein Dutzend Anträge auf Vertagung stellen mit der Begründung, daß der tragische Tod von Jerome Clifford seine verfassungsmäßigen Rechte auf eine faire Verhandlung mit Unterstützung durch einen Anwalt erheblich beeinträchtigt. Wir werden natürlich Widerspruch dagegen einlegen, und nächste Woche wird der Richter eine Anhörung ansetzen; die Anhörung wird stattfinden, und wir werden verlieren, und es wird sechs Monate dauern, bis der Fall zur Verhandlung kommt. Sechs Monate! Könnt Ihr euch das vorstellen?«

Trumann schüttelte angewidert den Kopf. »Zumindest gibt uns das mehr Zeit, die Leiche zu finden.«

Das stimmte, und natürlich hatte Roy auch daran gedacht. In Wirklichkeit brauchte er selbst mehr Zeit, aber er konnte es nicht zugeben, weil er der Ankläger war, der Anwalt des Volkes, die gegen Verbrechen und Korruption kämpfende Staatsgewalt. Er war im Recht, die Justiz stand auf seiner Seite, und er mußte ständig, jederzeit und an jedem Ort, bereit sein, das Böse zu attackieren. Er hatte nichts unversucht gelassen, um einen schnellen Prozeß zu erreichen, weil er im Recht war und einen Schuldspruch bekommen würde. Die Vereinigten Staaten von Amerika würden gewinnen! Und Roy Foltrigg würde den Sieg verkünden. Er konnte die Schlagzeilen sehen. Er konnte die Druckerschwärze riechen.

Außerdem mußte er die verdammte Leiche von Boyd Boyette finden, sonst gab es womöglich keine Verurteilung, keine Fotos auf den Titelseiten, keine Interviews von CNN, keinen schnellen Aufstieg zum Capitol Hill. Er hatte die Leute in seiner Umgebung davon überzeugt, daß ein Schuldspruch auch ohne Leiche möglich war, und das stimmte. Aber er wollte das Risiko nicht eingehen. Er wollte die Leiche.

Fink sah Agent Trumann an. »Wir glauben, daß Clifford wußte, wo die Leiche ist. Haben Sie das gewußt?«

Es war offensichtlich, daß Trumann das nicht gewußt hatte. »Weshalb glauben Sie das?«

Fink legte seine Akten neben sich auf die Bank. »Romey und ich kannten uns schon lange. Wir haben vor zwanzig Jahren zusammen in Tulane studiert. Damals war er ein bißchen verrückt, aber sehr schlau. Vor ungefähr einer Woche hat er mich zu Hause angerufen und wollte über den Muldanno-Fall reden. Er war betrunken, völlig hinüber, redete mit schwerer Zunge und sagte immer wieder, er könnte den Prozeß nicht durchstehen, was immerhin verblüffen mußte, wenn man weiß, wie sehr ihm an diesen großen Fällen gelegen war. Wir redeten eine Stunde lang. Er schweifte immer wieder ab und stotterte ...«

»Er hat sogar geweint«, unterbrach Foltrigg.

»Ja, er weinte wie ein kleines Kind. Zuerst hat mich das alles ziemlich überrascht, aber danach konnte nichts, was Jerome Clifford tat, mich wirklich überraschen. Nicht einmal sein Selbstmord. Endlich legte er auf. Am nächsten Morgen um neun rief er mich im Büro an; er hatte eine Heidenangst, daß er sich am Abend zuvor etwas hatte entschlüpfen lassen. Er war in Panik, deutete immer wieder an, daß er wissen könnte, wo die Leiche ist, und versuchte herauszubekommen, ob er mir bei seinem betrunkenen Geschwafel vielleicht irgendwelche Hinweise gegeben hatte. Nun, ich spielte mit und dankte ihm für das, was er mir am Abend mitgeteilt hatte; und das war gar nichts. Ich dankte ihm noch einmal und dann ein drittes Mal, und ich spürte regelrecht, wie Romey am anderen Ende der Leitung schwitzte. An diesem Tag rief er mich noch zweimal im Büro an und dann am selben Abend zu Hause, wieder betrunken. Es war fast komisch, aber ich dachte, ich könnte ihn aufs Glatteis führen, und er würde sich vielleicht verplappern. Ich sagte ihm, ich hätte Roy informieren müssen, und Roy hätte es dem FBI gesagt, und das FBI würde ihn jetzt rund um die Uhr überwachen.«

»Und daraufhin ist er völlig ausgerastet«, setzte Foltrigg hilfreich hinzu.

»Ja, er hat mich ganz schön verflucht, aber am nächsten Tag hat er mich im Büro angerufen. Wir haben zusammen gegessen, und der Mann war ein nervöses Wrack. Er war viel zu verängstigt, um mich geradeheraus zu fragen, ob wir über die Leiche Bescheid wüßten, und ich gab mich ganz cool. Ich erklärte ihm, wir wären ganz sicher, daß wir lange vor der Verhandlung die Leiche haben würden, und dankte ihm abermals. Er ging vor meinen Augen in die Brüche. Er hatte weder geschlafen noch gebadet. Seine Augen waren rot und verschwollen. Er betrank sich beim Lunch und fing an, mir üble Tricks und alle Arten von niederträchtigem, standeswidrigem Verhalten vorzuwerfen. Es war eine häßliche Szene. Ich bezahlte die Rechnung und ging, und am gleichen Abend rief er wieder bei mir zu Hause an, bemerkenswert nüchtern. Er entschuldigte sich. Ich sagte, okay. Ich teilte ihm mit, daß Roy ernstlich daran dächte, ihn wegen Behinderung der Justiz anzuklagen, und da ging er in die Luft. Er sagte, wir könnten ihm nichts beweisen. Ich sagte, vielleicht nicht, aber er würde angeklagt, verhaftet und vor Gericht gestellt werden, und dann wäre es aus mit seinem Mandat zur Verteidigung von Barry Muldanno. Er schrie und tobte eine Viertelstunde, dann legte er auf. Seither habe ich nichts mehr von ihm gehört.«

»Er weiß, beziehungsweise er wußte, wo Muldanno die

Leiche verscharrt hat«, setzte Foltrigg im Brustton der Überzeugung hinzu.

»Weshalb sind wir nicht informiert worden?« fragte Trumann.

»Wir waren im Begriff, es Ihnen zu sagen. Thomas und ich haben gerade heute nachmittag darüber gesprochen, kurz bevor wir den Anruf bekamen.« Foltrigg sagte das auf irgendwie wegwerfende Art, als sollte Trumann ihn mit dergleichen nicht behelligen. Trumann warf einen Blick auf Scherff, der an seinem Notizblock klebte und Bilder von Handfeuerwaffen zeichnete.

Foltrigg trank seinen Tomatensaft aus und warf die Dose in den Müllbeutel. Dann schlug er die Füße übereinander. »Ihr müßt Cliffords Spur von New Orleans nach Memphis verfolgen. Welche Route hat er genommen? Hat er Freunde an der Strecke? Wo hat er haltgemacht? Wen hat er in Memphis aufgesucht? Er hat doch bestimmt mit jemandem gesprochen in der Zeit zwischen dem Verlassen von New Orleans und seinem Selbstmord. Meinen Sie nicht auch?«

Trumann nickte. »Es ist eine lange Fahrt. Ich bin sicher, daß er unterwegs anhalten mußte.«

»Er wußte, wo die Leiche ist, und er hatte offensichtlich vor, Selbstmord zu begehen. Es besteht durchaus die Möglichkeit, daß er es jemandem erzählt hat. Sind Sie nicht auch dieser Ansicht?«

»Vielleicht.«

»Denken Sie darüber nach, Larry. Nehmen wir an, Sie sind der Anwalt, Gott behüte. Und Sie vertreten einen Killer, der einen Senator der Vereinigten Staaten ermordet hat. Nehmen wir an, der Killer sagt Ihnen, seinem Anwalt, wo er die Leiche versteckt hat. Also kennen zwei, und nur zwei Leute auf der ganzen Welt, das Geheimnis. Und Sie, der Anwalt, drehen durch und beschließen, sich selbst umzubringen. Sie planen es. Sie wissen, daß Sie sterben werden. Sie besorgen sich Tabletten und Whiskey und eine Waffe und einen Gartenschlauch, und Sie fahren fünf Stunden von zu Hause fort und bringen sich um. Also – würden Sie Ihr kleines Geheimnis mit jemandem teilen?«

»Vielleicht. Ich weiß es nicht.«
»Aber die Chance besteht, stimmt's?«
»Eine minimale Chance.«
»Gut. Wenn wir eine minimale Chance haben, müssen wir ihr gründlich nachgehen. Ich würde mit seinem Büropersonal anfangen. Finden Sie heraus, wann er New Orleans verlassen hat. Überprüfen Sie seine Kreditkarten. Wo hat er getankt? Wo hat er gegessen? Wo hat er die Waffe und die Tabletten und den Whiskey gekauft? Hat er Angehörige zwischen hier und dort? Alte Anwaltsfreunde an der Strecke? Es gibt tausend Dinge, die überprüft werden müssen.«

Trumann streckte Scherff das Telefon hin. »Rufen Sie unser Büro an. Holen Sie Hightower an den Apparat.«

Foltrigg genoß es, daß das FBI sprang, wenn er bellte. Er lächelte Fink selbstgefällig zu. Zwischen ihnen auf dem Boden stand ein Karton, der bis zum Rand gefüllt war mit Akten und Dokumenten, die alle mit *Die Vereinigten Staaten gegen Barry Muldanno* zu tun hatten. Vier weitere Kartons standen im Büro. Fink kannte ihren Inhalt auswendig, nicht aber Roy. Er zog eine Akte heraus und blätterte sie durch. Es war ein Antrag, den Jerome Clifford vor zwei Monaten gestellt hatte und der immer noch nicht zur Verhandlung gekommen war. Er legte ihn zurück und schaute durch das Fenster hinaus auf die an ihnen vorbeifliegende dunkle Mississippi-Landschaft. Die Bogue-Chitto-Ausfahrt lag direkt vor ihnen. Wie kamen die nur auf solche Namen?

Dies würde ein kurzer Ausflug werden. Er mußte sich vergewissern, daß Clifford tatsächlich tot und tatsächlich von eigener Hand gestorben war. Er mußte wissen, ob er auf seiner Fahrt irgendwelche Hinweise hinterlassen hatte, Geständnisse gegenüber Freunden oder unbedachte Worte zu Fremden, vielleicht irgendwelche Notizen mit letzten Worten, die nützlich sein konnten. Zugegeben, die Chancen waren minimal. Aber bei der Suche nach Boyd Boyette und seinem Mörder hatte es schon viele Sackgassen gegeben, und dies würde nicht die letzte sein.

6

Ein Arzt in einem gelben Jogginganzug rannte durch die Schwingtür am Ende des Flurs zur Notaufnahme und sagte etwas zu der Frau, die am Empfang hinter einem fleckigen Schiebefenster saß. Sie zeigte mit dem Finger, und er steuerte auf Dianne und Mark und Hardy zu, die in einer Ecke der Aufnahmestation des St. Peter's Charity Hospital vor einem Cola-Automaten standen. Er stellte sich Dianne als Dr. Simon Greenway vor; den Polizisten und Mark ignorierte er. Er wäre Psychiater, sagte er, und vor ein paar Minuten von Dr. Sage, dem Kinderarzt der Familie, angerufen worden. Sie sollte mitkommen. Hardy sagte, er bliebe bei Mark.

Sie eilten davon, den engen Flur entlang, wichen Schwestern und Pflegern und Transportbetten aus und verschwanden durch die Schwingtür. Die Aufnahmestation war überfüllt mit Dutzenden von kranken und stöhnenden künftigen Patienten. Es war kein Stuhl mehr frei. Familienangehörige füllten Formulare aus. Niemand hatte es eilig. Irgendwo über ihnen quäkte ununterbrochen eine unsichtbare Gegensprechanlage und rief nach hundert Ärzten pro Minute.

Es war kurz nach sieben. »Hast du Hunger, Mark?« fragte Hardy.

Er hatte keinen Hunger, aber er wollte fort von hier. »Vielleicht ein bißchen.«

»Gehen wir in die Cafeteria. Ich spendiere dir einen Cheeseburger.«

Sie gingen einen belebten Korridor entlang und stiegen eine Treppe in den Keller hinunter, wo Massen von besorgten Leuten umherstreiften. Ein weiterer Korridor führte zu einem großen offenen Areal, und plötzlich waren sie in der Cafeteria, die noch lauter und überfüllter war als die Schulkantine. Hardy deutete auf den einzigen freien Tisch in Sichtweite, und Mark wartete dort.

Was Mark in diesem Moment in erster Linie beschäftigte,

war natürlich sein kleiner Bruder. Er machte sich Sorgen um Rickys körperliche Verfassung, obwohl Hardy ihm erklärt hatte, es bestände keine Gefahr, daß er sterben würde. Er sagte, die Ärzte würden mit ihm reden und versuchen, ihn wieder zu sich zu bringen. Aber das könnte eine Weile dauern. Er sagte, es wäre für die Ärzte von allergrößter Wichtigkeit, genau zu wissen, was passiert war, die Wahrheit und nichts als die Wahrheit, und wenn die Ärzte nicht die Wahrheit erfuhren, dann konnte sich das auf Ricky und seine seelische Verfassung überaus nachteilig auswirken. Hardy sagte, wenn die Ärzte nicht die Wahrheit erführen über das, was die Jungen gesehen hatten, dann könnte es durchaus sein, daß Ricky Monate, vielleicht sogar Jahre in einer Nervenheilanstalt verbringen mußte.

Hardy war okay, nicht übermäßig intelligent, und er beging den Fehler, mit Mark zu reden, als wäre er nicht elf, sondern erst fünf Jahre alt. Er beschrieb die gepolsterten Wände und verdrehte maßlos übertreibend die Augen. Er erzählte von an ihr Bett angeketteten Patienten, als dächte er sich Horrorgeschichten an einem Lagerfeuer aus. Mark hatte es gründlich satt.

Mark konnte an kaum etwas anderes denken als an Ricky und ob er seinen Daumen aus dem Mund nehmen und wieder reden würde. Er wünschte sich verzweifelt, daß das passieren würde; aber wenn er aus dem Schock herauskam, mußte er der erste sein, der mit Ricky sprach. Sie mußten miteinander reden.

Was war, wenn die Ärzte oder, Gott behüte, die Polizisten die ersten waren und Ricky die ganze Geschichte erzählte und alle wußten, daß Mark log? Was würden sie tun, wenn sie ihn beim Lügen ertappten? Vielleicht würden sie Ricky nicht glauben. Da er abgeschaltet und die Welt für eine Weile verlassen hatte, würden sie vielleicht statt dessen Mark glauben. Diese einander widersprechenden Stories waren zu gräßlich, um darüber nachzudenken.

Es ist verblüffend, wie Lügen wachsen. Du fängst an mit einer kleinen, die scheinbar ganz einfach ist, dann gerätst du in die Enge und erzählst eine weitere. Und dann noch eine.

Anfangs glauben dir die Leute, und sie handeln deinen Lügen entsprechend, und du ertappst dich dabei, wie du dir wünschst, du hättest von Anfang an die Wahrheit gesagt. Er hätte den Polizisten und seiner Mutter gegenüber die Wahrheit sagen können. Er hätte in aller Ausführlichkeit über alles berichten können, was Ricky gesehen hatte. Und das Geheimnis würde trotzdem sicher sein, weil Ricky es nicht kannte.

Alles ging so schnell, daß er nicht planen konnte. Er wollte seine Mutter in einem Zimmer mit verschlossener Tür haben und sich alles von der Seele reden, einfach aufhören, bevor alles noch schlimmer wurde. Wenn er nichts unternahm, würde man ihn vielleicht ins Gefängnis stecken und Ricky in eine Irrenanstalt für Kinder.

Hardy erschien mit einem Tablett voller Pommes frites und Cheeseburgern, zwei für ihn und einen für Mark. Er stellte das Essen auf den Tisch und brachte das Tablett zurück.

Mark knabberte an einem Kartoffelstreifen. Hardy biß in einen Cheeseburger.

»Also, was ist mit deinem Gesicht passiert?« fragte Hardy zwischen zwei Bissen.

Mark rieb über die Beule und erinnerte sich, daß er bei dem Gefecht verwundet worden war. »Ach, nichts Besonderes. Nur eine Prügelei in der Schule.«

»Wer war der andere Junge?«

Verdammt. Polizisten sind unerbittlich. Eine Lüge erzählen, um eine weitere zu vertuschen. Er hatte das Lügen satt. »Sie kennen ihn nicht«, erwiderte er, dann biß er in seinen Cheeseburger.

»Es könnte sein, daß ich mit ihm reden will.«

»Weshalb?«

»Hat es Ärger gegeben wegen dieser Prügelei? Ich meine, ist euer Lehrer mit euch zum Schulleiter gegangen oder etwas dergleichen?«

»Nein. Es ist nach der Schule passiert.«

»Hast du nicht gesagt, es wäre eine Prügelei in der Schule gewesen?«

»Nun, es hat in der Schule angefangen. Dieser Junge und ich sind beim Essen aneinandergeraten, und wir haben beschlossen, es nach der Schule auszutragen.«

Hardy sog heftig an dem winzigen Strohhalm in seinem Milk Shake. Er schluckte, leerte seinen Mund und sagte: »Wie heißt der andere Junge?«

»Wozu wollen Sie das wissen?«

Das machte Hardy wütend, und er hörte auf zu kauen. Mark weigerte sich, ihm in die Augen zu sehen, und beugte sich statt dessen über sein Essen und starrte auf den Ketchup.

»Ich bin Polizist. Es ist mein Job, Fragen zu stellen.«

»Muß ich sie beantworten?«

»Natürlich mußt du das. Es sei denn, du hast etwas zu verbergen und Angst davor, sie zu beantworten. Wenn das der Fall ist, muß ich mit deiner Mutter sprechen und vielleicht euch beide für weitere Fragen aufs Revier mitnehmen.«

»Was für Fragen? Was genau wollen Sie wissen?«

»Wie heißt der Junge, mit dem du dich heute geprügelt hast?«

Mark knabberte eine Ewigkeit am Ende eines langen Kartoffelstreifens. Hardy griff nach dem zweiten Cheeseburger. An seinem Mundwinkel hing ein Tropfen Mayonnaise.

»Ich will nicht, daß er Ärger bekommt.«

»Er wird keinen Ärger bekommen.«

»Weshalb wollen Sie dann seinen Namen wissen?«

»Ich will ihn einfach wissen. Das ist mein Job, okay?«

»Sie glauben, ich lüge, stimmt's?« fragte Mark und schaute dabei kläglich in das vollbackige Gesicht.

Das Kauen brach ab. »Ich weiß es nicht, Junge. Deine Geschichte ist voller Löcher.«

Mark schaute sogar noch kläglicher drein. »Ich kann mich nicht an alles erinnern. Es ist so schnell passiert. Sie wollen, daß ich Ihnen alles bis in die kleinste Einzelheit berichte, und an Einzelheiten kann ich mich einfach nicht erinnern.«

Hardy stopfte sich einen Packen Pommes frites in den Mund. »Iß auf. Wir sollten wieder hinaufgehen.«

»Danke für das Essen.«

Ricky lag in einem Einzelzimmer im neunten Stock. Ein großes Schild über dem Fahrstuhl kennzeichnete ihn als PSYCHIATRISCHE ABTEILUNG, und hier war es wesentlich stiller. Die Beleuchtung war schwächer, die Stimmen waren leiser, die Bewegungen der Leute langsamer. Das Schwesternzimmer lag neben dem Fahrstuhl, und alle, die ihn verließen, wurden gemustert. Ein Wachmann flüsterte mit den Schwestern und beobachtete den Flur. An dem den Fahrstühlen entgegengesetzten Ende des Ganges, fern von den Krankenzimmern, gab es eine kleine dunkle Sitzecke mit einem Fernseher, Getränkeautomaten, Zeitschriften und Gideon-Bibeln.

Mark und Hardy waren in dem Warteraum allein. Mark trank eine Dose Sprite, seine dritte, und schaute sich eine Wiederholung von »Hill Street Blues« im Fernsehen an, während Hardy auf der viel zu kleinen Couch unruhig vor sich hindöste. Es war fast neun, und eine halbe Stunde war vergangen, seit Dianne ihn für einen Augenblick in Rickys Zimmer mitgenommen hatte. Ricky hatte sehr klein ausgesehen unter der Decke. Der Tropf, erklärte Dianne, diente dazu, ihn zu ernähren, weil er nicht essen wollte. Sie versicherte ihm, Ricky würde bald wieder in Ordnung sein, aber Mark sah, daß sie sich Sorgen machte. Dr. Greenway würde in Kürze zurückkehren und wollte dann mit Mark sprechen.

»Hat er etwas gesagt?« hatte Mark gefragt, während er den Tropf betrachtete.

»Nein. Kein Wort.«

Sie nahm seine Hand, und sie gingen über den düsteren Flur zum Warteraum zurück. Mindestens fünfmal wäre Mark beinahe mit etwas herausgeplatzt. Sie waren an einem leeren Zimmer vorbeigekommen, nicht weit von dem von Ricky entfernt, und er hatte daran gedacht, sie hineinzuziehen und ihr alles zu sagen. Aber er hatte es nicht getan. Später, sagte er sich immer wieder. Ich erzähle es ihr später.

Hardy hatte aufgehört, Fragen zu stellen. Seine Schicht endete um zehn, und es war offensichtlich, daß er genug hatte von Mark und Ricky und dem Krankenhaus. Er wollte wieder zurück auf die Straße.

Eine hübsche Schwester in einem kurzen Rock erschien und winkte Mark, ihr zu folgen. Er stand mit der Sprite-Dose von seinem Stuhl auf. Sie ergriff seine Hand, und das war irgendwie aufregend. Ihre Fingernägel waren lang und rot. Ihre Haut war glatt und gebräunt. Sie hatte blondes Haar und ein wunderschönes Lächeln. Ihr Name war Karen, und sie drückte seine Hand etwas fester als erforderlich. Sein Herz setzte einen Schlag aus.

»Dr. Greenway möchte mit dir reden«, sagte sie und beugte sich im Gehen nieder. Er roch ihr Parfum, und es war der herrlichste Duft, den Mark sich vorstellen konnte.

Sie brachte ihn zu Rickys Zimmer, Nummer 943, und gab seine Hand frei. Die Tür war zu, also klopfte sie leise an und öffnete sie dann. Mark trat langsam ein, und Karen klopfte ihm leicht auf die Schulter. Er beobachtete, wie sie durch die halboffene Tür verschwand.

Dr. Greenway trug jetzt ein weißes Hemd und eine Krawatte und darüber einen weißen Arztkittel, an dessen linker Brusttasche ein Namensschild hing. Er war ein dünner Mann mit einer runden Brille und einem schwarzen Bart und schien für diese Art von Arbeit zu jung zu sein.

»Komm herein, Mark«, sagte er, obwohl Mark bereits im Zimmer war und am Fuß von Rickys Bett stand. »Setz dich hierher.« Er deutete auf einen Plastikstuhl neben einem Klappbett unter dem Fenster. Seine Stimme war leise, fast ein Flüstern. Dianne saß mit untergeschlagenen Beinen auf dem Bett. Ihre Schuhe standen auf dem Boden. Sie trug Jeans und einen Pullover und betrachtete Ricky unter der Decke mit einer Kanüle im Arm. Eine Lampe auf einem Tisch neben der Badezimmertür war die einzige Beleuchtung. Die Vorhänge waren zugezogen.

Mark ließ sich auf dem Plastikstuhl nieder, und Dr. Greenway setzte sich auf die Kante des Klappbetts, kaum einen halben Meter von ihm entfernt. Er kniff die Augen zusammen, runzelte die Stirn und strahlte eine derartige Düsterkeit aus, daß Mark eine Sekunde lang glaubte, sie müßten alle sterben.

»Ich muß mit dir reden über das, was passiert ist«, sagte

er. Jetzt flüsterte er nicht mehr. Es war offensichtlich, daß Ricky sich in einer anderen Welt befand und sie keine Angst zu haben brauchten, daß sie ihn aufweckten. Dianne saß hinter Greenway und starrte nach wie vor auf Rickys Bett. Mark wollte sie für sich allein haben, damit er reden und aus dieser Bredouille herauskommen konnte, aber sie saß hinter dem Doktor in der Dunkelheit und ignorierte ihn.

»Hat er etwas gesagt?« fragte Mark als erstes. Die letzten drei Stunden mit Hardy waren angefüllt gewesen mit schnellen Fragen, und die Gewohnheit war schwer abzulegen.

»Nein.«

»Wie krank ist er?«

»Sehr krank«, erwiderte Greenway und funkelte Mark mit seinen dunklen Augen an. »Was hat er heute nachmittag gesehen?«

»Bleibt das geheim?«

»Ja. Alles, was du mir erzählst, ist streng vertraulich.«

»Was ist, wenn die Polizei wissen will, was ich Ihnen erzählt habe?«

»Ich darf es ihr nicht mitteilen. Das kann ich dir versichern. Das ist alles ganz geheim und vertraulich. Nur du und ich und deine Mutter. Wir alle versuchen, Ricky zu helfen, und dazu muß ich wissen, was passiert ist.«

Vielleicht würde eine gute Dosis Wahrheit allen helfen, ganz besonders Ricky. Mark betrachtete den kleinen blonden Kopf mit dem auf dem Kissen in alle Richtungen verwuschelten Haar. Warum in aller Welt waren sie nicht einfach weggelaufen, als der schwarze Wagen erschien und auf der Lichtung anhielt? Das alles war seine Schuld. Er hätte es besser wissen müssen und sich nicht mit einem Irren einlassen dürfen.

Seine Lippen bebten, und seine Augen wurden feucht. Ihm war kalt. Es wurde Zeit, daß er alles erzählte. Ihm gingen die Lügen aus, und Ricky brauchte Hilfe. Greenway ließ sich keine Bewegung entgehen.

Und dann ging Hardy langsam an der Tür vorbei. Er blieb eine Sekunde auf dem Flur stehen, seine und Marks Augen trafen sich, dann verschwand er. Mark wußte, daß er nicht weit fort war. Greenway hatte ihn nicht gesehen.

Mark fing mit den Zigaretten an. Seine Mutter musterte ihn eindringlich, aber wenn sie wütend war, ließ sie es sich nicht anmerken. Sie schüttelte ein- oder zweimal den Kopf, sagte aber kein einziges Wort. Er sprach langsam, den Blick in rascher Folge abwechselnd auf Greenway und die Tür gerichtet, und beschrieb den Baum mit dem Seil und den Wald und die Lichtung. Dann den Wagen. Er ließ aus der Geschichte einen großen Brocken aus, gab aber Greenway gegenüber mit leiser Stimme und in allergrößter Vertraulichkeit zu, daß er sich einmal zu dem Wagen hingeschlichen und den Schlauch herausgezogen hatte. Und als er das tat, hatte Ricky geweint und sich in die Hose gemacht, ihn angefleht, es nicht zu tun. Er konnte spüren, daß Greenway dieser Teil der Geschichte gefiel. Dianne hörte mit starrer Miene zu.

Hardy ging abermals vorbei, und Mark tat so, als sähe er ihn nicht. Er hielt in seinem Bericht ein paar Sekunden inne, dann erzählte er, wie der Mann aus dem Wagen herausstürmte, den Schlauch im Gras liegen sah, auf den Kofferraum kletterte und sich erschoß.

»Wie weit war Ricky entfernt?« fragte Greenway.

Mark sah sich im Zimmer um. »Sehen Sie die Tür auf der anderen Seite des Flurs?« fragte er und deutete darauf. »Von hier bis dorthin.«

Greenway schaute hin und rieb sich den Bart. »Ungefähr zwölf Meter. Das ist nicht sehr weit.«

»Es war sehr nahe.«

»Was genau hat Ricky getan, als der Schuß abgefeuert wurde?« Jetzt hörte Dianne zu. Offenbar war ihr erst jetzt aufgegangen, daß sich diese Version von der früheren unterschied. Sie runzelte die Stirn und musterte ihren ältesten Sohn streng.

»Tut mir leid, Mom. Ich hatte zuviel Angst, um klar denken zu können. Sei nicht böse auf mich.«

»Ihr habt tatsächlich gesehen, wie der Mann sich erschossen hat?« fragte sie ungläubig.

»Ja.«

Sie betrachtete Ricky. »Kein Wunder.«

»Was tat Ricky, als der Schuß abgefeuert wurde?«

»Ich habe Ricky nicht angesehen. Ich habe den Mann mit der Pistole beobachtet.«

»Armer Junge«, murmelte Dianne im Hintergrund. Greenway hob eine Hand, um sie zum Schweigen zu bringen.

»War Ricky dicht neben dir?«

Mark warf einen Blick auf die Tür und berichtete leise, wie Ricky zuerst erstarrt und dann in einen merkwürdigen Trab verfallen war, mit den Armen steif nach unten, und daß er dabei dumpf gestöhnt hatte. Er berichtete alles haargenau, von dem Moment an, in dem der Schuß gefallen war, bis zum Eintreffen der Ambulanz, und er ließ nichts aus. Er schloß die Augen und durchlebte noch einmal jeden Schritt, jede Bewegung. Es war ein wunderbares Gefühl, so wahrheitsgemäß berichten zu können.

»Warum hast du mir nicht gesagt, daß ihr gesehen habt, wie der Mann sich umbrachte?« fragte Dianne.

Das irritierte Greenway. »Bitte, Ms. Sway, darüber können Sie sich später mit ihm unterhalten«, sagte er, ohne den Blick von Mark abzuwenden.

»Welches war das letzte Wort, das Ricky gesprochen hat?« fragte Greenway.

Er überlegte und beobachtete die Tür. Der Flur war leer. »Das weiß ich wirklich nicht mehr.«

Sergeant Hardy saß mit seinem Lieutenant und Special Agent Jason McThune vom FBI zusammen. Sie unterhielten sich in dem Warteraum neben den Getränkeautomaten. Ein weiterer FBI-Agent stand in der Nähe des Fahrstuhls. Der Wachmann des Krankenhauses musterte ihn verärgert.

Der Lieutenant teilte Hardy in aller Eile mit, daß dies jetzt eine FBI-Angelegenheit war, daß die Polizei von Memphis den Wagen des Toten und sämtliches Beweismaterial dem FBI übergeben hätte, daß die Experten von der Spurensuche mit ihrer Arbeit im Wagen fertig waren und Unmengen von Fingerabdrücken gefunden hatten, die zu klein waren für einen Erwachsenen, und sie müßten wissen, ob Mark ihm gegenüber irgendwelche Andeutungen gemacht oder seine Geschichte geändert hätte.

»Nein, aber ich bin nicht davon überzeugt, daß er die Wahrheit sagt«, erklärte Hardy.

»Hat er irgend etwas angefaßt, das wir mitnehmen können?« fragte McThune rasch, nicht im mindesten an Hardys Theorien oder Ansichten interessiert.

»Wie meinen Sie das?«

»Wir haben den starken Verdacht, daß der Junge irgendwann in dem Wagen war – und zwar vor Cliffords Tod. Wir müssen die Fingerabdrücke des Jungen von irgendeinem Gegenstand abnehmen und feststellen, ob sie identisch sind.«

»Wie kommen Sie auf die Idee, er wäre in dem Wagen gewesen?« fragte Hardy interessiert.

»Das erkläre ich Ihnen später«, sagte der Lieutenant.

Hardy sah sich in dem Warteraum um, dann deutete er plötzlich auf einen Abfallbehälter neben dem Stuhl, auf dem Mark gesessen hatte. »Dort. Die Sprite-Dose. Er hat eine Sprite getrunken, während er dort saß.« McThune ließ den Blick in beiden Richtungen den Flur entlangschweifen, dann faßte er die Sprite-Dose mit einem Taschentuch und steckte sie in die Manteltasche.

»Sie stammt eindeutig von ihm«, sagte Hardy. »Das ist der einzige Abfallbehälter und die einzige Sprite-Dose.«

»Ich gebe sie an unsere Fingerabdruckleute weiter«, sagte McThune. »Bleibt der Junge über Nacht hier?«

»Ich nehme es an«, sagte Hardy. »Sie haben ein Klappbett ins Zimmer seines Bruders gestellt. Sieht so aus, als wollten sie alle da drin schlafen. Weshalb interessiert sich das FBI für Clifford?«

»Das erkläre ich Ihnen später«, sagte der Lieutenant. »Bleiben Sie noch eine Stunde hier.«

»Eigentlich hätte ich in zehn Minuten Feierabend.«

»Heute nicht. Sie machen Überstunden.«

Dr. Greenway saß auf dem Plastikstuhl neben dem Bett und sah seine Notizen durch. »In einer Minute verschwinde ich, aber ich komme morgen früh wieder. Sein Zustand ist stabil, und ich rechne nicht mit Veränderungen im Laufe der Nacht. Die Schwestern werden häufig nach ihm sehen. Rufen Sie sie, falls er aufwachen sollte.« Er blätterte eine Seite seines Notizblocks um und las das Gekritzel, dann sah er Dianne an. »Es ist ein schwerer Fall von akuter post-traumatischer Streßverstörung.«

»Was bedeutet das?« fragte Mark. Dianne rieb sich die Schläfen und hielt die Augen geschlossen.

»Es kommt vor, daß ein Mensch etwas Entsetzliches sieht und nicht damit fertig wird. Ricky war sehr verängstigt, als du den Schlauch aus dem Auspuffrohr gezogen hast, und als er sah, wie der Mann sich erschoß, war er plötzlich einem grauenhaften Erlebnis ausgesetzt, das er nicht verkraften konnte. Das löste eine Reaktion in ihm aus. Er rastete sozusagen aus. Er erlitt einen körperlichen und seelischen Schock. Er war imstande, nach Hause zu laufen, was recht bemerkenswert ist, denn normalerweise ist ein Mensch, der einem solchen Trauma ausgesetzt war wie Ricky, sofort starr und gelähmt.« Er verstummte und legte seine Notizen auf das Bett. »Im Augenblick können wir nicht viel tun. Ich rechne damit, daß er morgen oder spätestens übermorgen wieder zu sich kommt, und dann können wir mit der Arbeit anfangen. Es könnte einige Zeit dauern. Er wird Alpträume von dem Schuß haben, die Szene immer wieder durchleben. Er wird bestreiten, daß es passiert ist, dann wird er sich selbst die Schuld daran geben. Er wird sich isoliert fühlen, verraten, verstört; vielleicht wird er sogar in Depressionen verfallen. Man kann nie wissen.«

»Wie wollen Sie ihn behandeln?« fragte Dianne.

»Wir müssen dafür sorgen, daß er sich sicher fühlt. Sie müssen ständig hier sein. Sie sagten, der Vater wäre zu nichts nütze?«

»Halten Sie ihn von Ricky fern«, sagte Mark entschieden. Dianne nickte.

»In Ordnung. Und es gibt keine Großeltern oder Verwandte in der Nähe?«

»Nein.«

»Also gut. Es ist unerläßlich, daß Sie beide sich während der nächsten paar Tage soviel wie möglich in diesem Zimmer aufhalten. Ricky muß sich sicher und gut aufgehoben fühlen. Er braucht Ihre seelische und körperliche Unterstützung. Ich werde mich mehrmals am Tag mit ihm unterhalten. Wichtig ist auch, daß Mark und Ricky über die Sache sprechen. Sie müssen ihre Reaktionen miteinander teilen und vergleichen.«

»Was meinen Sie – wann können wir wieder nach Hause?« fragte Dianne.

»Ich weiß es nicht, aber so bald wie möglich. Er braucht die Sicherheit und Vertrautheit seines eigenen Schlafzimmers und seiner Umgebung. Vielleicht in einer Woche. Vielleicht auch zwei. Das hängt davon ab, wie rasch er reagiert.«

Dianne zog ihre Füße hoch. »Ich – äh, ich habe einen Job. Ich weiß nicht, was ich tun soll.«

»Ich werde veranlassen, daß mein Büro sich gleich morgen früh mit Ihrem Arbeitgeber in Verbindung setzt.«

»Mein Arbeitgeber ist ein Sklaventreiber. Ich arbeite nicht in einer hübschen sauberen Firma mit Sozialleistungen und verständnisvollem Mitgefühl. Er wird keine Blumen schicken. Ich fürchte, er wird es nicht verstehen.«

»Ich werde tun, was ich kann.«

»Was ist mit der Schule?« fragte Mark.

»Deine Mutter hat mir den Namen des Schulleiters gegeben. Ich rufe gleich morgen früh an und rede mit deinen Lehrern.«

Dianne rieb sich wieder die Schläfen. Eine Schwester, nicht die hübsche, klopfte an und trat gleichzeitig ein. Sie reichte Dianne zwei Tabletten und ein Glas Wasser.

»Das ist nur ein Schlafmittel«, sagte Greenway. »Es sollte Ihnen helfen, zur Ruhe zu kommen. Wenn nicht, rufen Sie im Schwesternzimmer an, dann bringt man Ihnen etwas Stärkeres.«

Die Schwester ging, und Greenway stand auf und fühlte Rickys Stirn. »Wir sehen uns morgen früh. Sehen Sie zu, daß Sie etwas Schlaf bekommen.« Er lächelte zum ersten Mal, dann machte er die Tür hinter sich zu.

Sie waren allein, die kleine Familie Sway, oder das, was von ihr noch übrig war. Mark rückte näher an seine Mutter heran und lehnte sich an ihre Schulter. Sie betrachteten den kleinen Kopf auf dem großen, kaum einen Meter entfernten Kissen.

Sie tätschelte seinen Arm. »Es wird alles wieder gut, Mark. Wir haben schon Schlimmeres durchgemacht.« Sie nahm ihn in die Arme, und er schloß die Augen.

»Es tut mir leid, Mom.« Seine Augen wurden feucht, und ein Weinen war fällig. »Das alles tut mir so leid.« Sie drückte ihn an sich und hielt ihn eine lange Minute ganz fest. Er schluchzte leise und vergrub das Gesicht in ihrem Pullover.

Sie legte sich sanft nieder, mit Mark in den Armen, und sie rollten sich gemeinsam auf der billigen Schaumstoffmatratze zusammen. Rickys Bett war einen halben Meter höher. Das Fenster befand sich über ihnen. Das Licht war gedämpft. Mark hörte auf zu weinen. Es war ohnehin etwas, das ihm ganz und gar nicht lag.

Das Schlafmittel wirkte, und sie war erschöpft. Neun Stunden Plastiklampen in Kartons verpacken, fünf Stunden schwere Krise und jetzt das Schlafmittel. Sie war reif für einen tiefen Schlaf.

»Wirst du entlassen werden, Mom?« fragte Mark. Er machte sich über die Familienfinanzen ebensoviel Sorgen wie sie.

»Ich glaube nicht. Darüber können wir uns morgen den Kopf zerbrechen.«

»Wir müssen miteinander reden, Mom.«

»Das weiß ich. Aber laß uns das bis morgen früh aufschieben.«

»Weshalb nicht jetzt gleich?«

Sie lockerte ihren Griff und holte tief Luft mit bereits geschlossenen Augen. »Ich bin sehr müde und am Einschlafen, Mark. Ich verspreche es dir – wir werden uns gleich morgen früh als erstes ausgiebig unterhalten. Du hast ein paar Fragen zu beantworten, stimmt's? Und jetzt geh und putz dir die Zähne und laß uns schlafen.«

Auch Mark war plötzlich müde. Unter der dünnen Matratze war die harte Metallstrebe des Bettgestells zu spüren, und er rückte näher an die Wand und zog die Decke über sich. Seine Mutter rieb seinen Arm. Er starrte die Wand an und kam zu dem Schluß, daß er unmöglich eine Woche lang so schlafen konnte.

Ihr Atem ging jetzt viel schwerer, und sie lag völlig still. Er dachte an Romey. Wo war er jetzt? Wo war der rundliche kleine Mann mit dem kahlen Kopf? Er erinnerte sich daran, wie der Schweiß von seinem glänzenden Skalp in alle Richtungen heruntergelaufen war; ein Teil davon war von seinen Brauen herabgetropft, ein anderer hatte seinen Kragen durchweicht. Sogar seine Ohren waren naß gewesen. Wer würde seinen Wagen bekommen? Wer würde ihn saubermachen und das Blut abwaschen? Wer würde die Pistole bekommen? Erst jetzt wurde Mark bewußt, daß seine Ohren nicht mehr von dem Schuß im Wagen dröhnten. Saß Hardy immer noch draußen im Wartezimmer und versuchte zu schlafen? Würden die Polizisten morgen wiederkommen mit noch mehr Fragen? Was war, wenn sie ihn wegen des Gartenschlauchs befragten? Was war, wenn sie ihm tausend Fragen stellten?

Er war jetzt hellwach und starrte die Wand an. Durch die Gardinen sickerte Licht von draußen herein. Das Schlafmittel wirkte gut – seine Mutter atmete sehr langsam und schwer. Ricky hatte sich nicht gerührt. Mark schaute in das schwache Licht über dem Tisch und dachte an Hardy und die Polizei. Ob sie ihn beobachteten? Stand er unter ständiger Überwachung, wie im Fernsehen? Bestimmt nicht.

Er sah zehn Minuten lang zu, wie sie schliefen, dann wurde es ihm langweilig. Es war Zeit für eine Erkundungstour. Als er ein Erstkläßler war, war sein Vater eines Abends betrunken nach Hause gekommen und über Dianne hergefallen. Sie kämpften miteinander, daß der Wohnwagen bebte, und Mark hatte das billige Fenster in seinem Zimmer hochgeschoben und war hinausgeschlüpft. Er hatte einen langen Spaziergang durch die Nachbarschaft und dann durch den Wald gemacht. Es war eine heiße, stickige Nacht gewesen mit Unmengen von Sternen, und er hatte auf einer Anhöhe mit Aussicht auf die Wohnwagensiedlung ausgeruht. Er hatte für die Sicherheit seiner Mutter gebetet. Er hatte Gott um eine Familie angefleht, in der jeder schlafen konnte, ohne die Angst, mißhandelt zu werden. Weshalb konnten sie nicht einfach ganz normal sein? Er streifte zwei Stunden lang umher. Als er nach Hause zurückkehrte, war alles ruhig, und so hatte er sich diese nächtlichen Exkursionen zur Gewohnheit gemacht, einer Gewohnheit, der er viel Freude und Frieden verdankte.

Mark war ein Denker, jemand, der sich leicht Sorgen machte, und wenn er nachts immer wieder aufwachte oder gar nicht erst einschlafen konnte, unternahm er lange, heimliche Spaziergänge. Er lernte viel. Er trug dunkle Kleidung und bewegte sich wie ein Dieb durch die Schatten der Tukker Wheel Estates. Er wurde Zeuge kleinerer Verbrechen wie Diebstahl und Vandalismus, zeigte sie aber nie an. Er sah Liebhaber, die sich durch Fenster davonstahlen. Er liebte es, in klaren Nächten auf der Anhöhe oberhalb der Siedlung zu sitzen und in aller Ruhe zu rauchen. Die Angst, von seiner Mutter erwischt zu werden, war schon vor Jahren verschwunden. Sie arbeitete schwer und schlief fest.

Er hatte keine Angst vor einer fremden Umgebung. Er zog die Decke über die Schulter seiner Mutter, tat bei Ricky dasselbe, dann machte er leise die Tür hinter sich zu. Der Flur war leer und dunkel. Karen die Schöne arbeitete am Schreibtisch im Schwesternzimmer. Sie lächelte ihn an und hörte auf zu schreiben. Er wollte sich aus der Cafeteria einen Orangensaft holen, sagte er, und er wüßte den Weg. Er würde in einer Minute zurück sein. Karen lächelte abermals, als er davonging, und Mark war verliebt.

Hardy war verschwunden. Der Warteraum war leer, aber der Fernseher lief. »Hogan's Heroes«. Er fuhr mit dem Fahrstuhl ins Kellergeschoß.

Die Cafeteria war fast leer. An einem der Tische saß ein Mann mit beiden Beinen in Gips steif in einem Rollstuhl. Der Gips glänzte und war völlig sauber. Ein Arm lag in einer Schlinge. Ein dicker Gazeverband bedeckte seinen Schädel, und es sah aus, als hätte man ihm die Haare abrasiert. Er schien sich fürchterlich elend zu fühlen.

Mark zahlte für ein Glas Saft und setzte sich an einen Tisch in der Nähe des Mannes, der schmerzgequält das Gesicht verzog und frustriert seine Suppe von sich schob. Er trank Saft durch einen Strohhalm, und dann bemerkte er Mark.

»Wie geht's?« fragte Mark mit einem Lächeln. Er konnte mit jedem reden, und der Mann tat ihm leid.

Der Mann starrte ihn an, dann schaute er weg. Er verzog wieder das Gesicht und versuchte, seine Beine zu verlagern. Mark gab sich Mühe, nicht hinzuschauen.

Ein Mann mit weißem Hemd und Krawatte erschien aus dem Nirgendwo mit einem Tablett mit Essen und Kaffee und setzte sich an einen Tisch auf der anderen Seite des Verletzten. Mark schien er nicht zu bemerken. »Schlimme Verletzungen«, sagte er mit breitem Lächeln. »Wie ist das passiert?«

»Verkehrsunfall«, lautete die ziemlich gequälte Antwort. »Bin von einem Exxon-Laster angefahren worden. Der Blödmann hatte ein Stoppschild überfahren.«

Das Lächeln wurde noch breiter, und das Essen und der Kaffee waren vergessen. »Wann war das?«

»Vor drei Tagen.«

»Sagten Sie ein Exxon-Laster?« Der Mann stand auf und bewegte sich schnell zum Tisch des Verletzten hinüber, wobei er etwas aus seiner Tasche holte. Er zog sich einen Stuhl heran und saß plötzlich nur Zentimeter von den Gipsverbänden entfernt.

»Ja«, sagte der Eingegipste verdrossen.

Der Mann reichte ihm eine weiße Karte. »Mein Name ist Gill Teal. Ich bin Anwalt und Spezialist für Verkehrsunfälle, besonders solche, in die große Lastwagen verwickelt sind.« Gill Teal redete sehr schnell, als hätte er einen großen Fisch an der Angel und müßte sich beeilen, damit er ihm nicht davonschwamm. »Das ist meine Spezialität. Unfälle mit großen Fahrzeugen. Sattelschlepper. Müllfahrzeuge. Tanklaster. Ganz gleich, um was es sich handelt – ich klemme mich dahinter.« Er streckte die Hand über den Tisch. »Ich heiße Gill Teal.«

Zum Glück für den Mann im Rollstuhl war sein rechter

Arm unverletzt, und er schwenkte ihn mühsam über den Tisch, um die Hand dieses aufdringlichen Typs zu ergreifen. »Joe Farris.«

Gill pumpte heftig seine Hand und stürzte sich auf sein Opfer. »Was haben Sie – zwei gebrochene Beine, Gehirnerschütterung, ein paar Schürfwunden?«

»Und ein gebrochenes Schlüsselbein.«

»Großartig. Also plädieren wir auf dauernde Arbeitsunfähigkeit. Womit verdienen Sie Ihr Geld?« fragte Gill und rieb sich sorgfältig analysierend das Kinn. Die Karte lag auf dem Tisch, Joe hatte sie nicht angerührt. Mark nahmen sie nicht zur Kenntnis.

»Kranführer.«

»Gewerkschaft?«

»Ja.«

»Wow. Und der Exxon-Laster hat ein Stoppschild überfahren. Es besteht also kein Zweifel daran, wer Schuld an dem Unfall hatte?« Joe runzelte die Stirn und versuchte wieder, seine Beine zu verlagern; sogar Mark konnte erkennen, daß ihm Gill und seine Aufdringlichkeit zusehends lästig wurden. Er schüttelte den Kopf. Nein.

Gill machte sich hastig Notizen auf einer Papierserviette, dann lächelte er Joe an und verkündete: »Ich kann mindestens sechshunderttausend für Sie rausschlagen. Ich nehme nur ein Drittel, und Sie marschieren mit vierhunderttausend davon. Minimum. Vierhundert Riesen, steuerfrei natürlich. Wir reichen morgen die Klage ein.«

Joe reagierte, als hätte er das schon früher gehört. Gill hing in der Luft, mit offenem Mund, stolz auf sich, voller Zuversicht.

»Ich habe schon mit ein paar anderen Anwälten gesprochen«, sagte Joe.

»Ich kann mehr für Sie rausholen als sonst jemand. Damit verdiene ich mein Geld, ausschließlich mit Laster-Unfällen. Ich habe Exxon schon früher verklagt, kenne all ihre Anwälte und die hiesige Firmenleitung, und sie haben eine Heidenangst vor mir, weil ich ihnen an die Kehle gehe. Es ist ein Krieg, Joe, und ich weiß, wie man ihre schmutzigen Spiele spielt. Ich habe gerade in einem Lastwagen-Fall eine halbe Million rausgeholt. Nachdem mein Klient mich engagiert hatte, haben sie ihm das Geld förmlich nachgeworfen. Ich will nicht prahlen, Joe, aber wenn es um solche Fälle geht, bin ich der Beste hier in der Stadt.«

»Heute morgen hat mich ein Anwalt angerufen und gesagt, er könnte eine Million für mich rausholen.«

»Er lügt. Wer war es? McFay? Ragland? Snodgrass? Ich kenne diese Kerle. Ich versetze ihnen ständig Tritte in den Hintern, Joe; außerdem habe ich gesagt, sechshunderttausend sind das Minimum. Könnte wesentlich mehr werden. Wenn die Sache vor Gericht kommt, Joe – wer weiß, wieviel eine Jury uns zusprechen wird? Ich bin jeden Tag vor Gericht, Joe, trete Leute in ganz Memphis in den Hintern. Sechshundert sind das Minimum. Haben Sie schon jemanden engagiert? Einen Vertrag unterschrieben?«

Joe schüttelte den Kopf »Noch nicht.«

»Wunderbar. Sagen Sie, Joe, Sie haben doch eine Frau und Kinder, oder?«

»Ex-Frau, drei Kinder.«

»Also müssen Sie Alimente zahlen. Hören Sie mir zu, Mann. Wieviel Alimente?«

»Fünfhundert im Monat.«

»Das geht ja. Aber Sie müssen Rechnungen bezahlen. Ich werde folgendes tun. Ich schieße Ihnen tausend Mäuse monatlich vor, die dann mit Ihrer Abfindung verrechnet werden. Wenn wir uns in drei Monaten geeinigt haben, behalte ich dreitausend ein. Wenn es zwei Jahre dauern sollte, aber das wird es nicht, aber wenn es so lange dauern sollte, behalte ich vierundzwanzigtausend ein. Haben Sie mich verstanden, Joe? Geld gleich auf die Hand.«

Joe regte sich wieder und starrte auf den Tisch. »Dieser andere Anwalt ist gestern in mein Zimmer gekommen und hat gesagt, er würde mir gleich zweitausend geben und danach zweitausend monatlich.«

»Wer war das? Scottie Moss? Rob LaMoke? Ich kenne diese Kerle, Joe, und sie sind der letzte Dreck. Zu dämlich, um den Weg ins Gericht zu finden. Denen können Sie nicht trauen. Die sind völlig inkompetent. Ich ziehe mit – zweitausend gleich und zweitausend monatlich.«

»Dieser andere Typ aus einer großen Kanzlei hat mir zehntausend im voraus angeboten und Kredit für alles, was ich brauche.«

Gill war am Boden zerstört, und es dauerte mindestens zehn Sekunden, bis er wieder reden konnte. »Hören Sie mir zu, Joe. Es geht nicht darum, wieviel Vorschuß Sie bekommen. Es geht darum, wieviel Geld ich für Sie bei Exxon rausquetschen kann. Und niemand, ich wiederhole, niemand wird mehr rausholen als ich. Niemand. Hören Sie, ich schieße Ihnen fünftausend vor, und Sie können über alles verfügen, was Sie brauchen, um Ihre Rechnungen zu bezahlen. Ist das fair genug?«

»Ich denke darüber nach.«

»Es kommt auf jede Minute an, Joe. Wir müssen schnell handeln. Beweise verschwinden. Erinnerungen verblassen. Große Firmen bewegen sich langsam.«

»Ich habe gesagt, ich denke darüber nach.«

»Kann ich Sie morgen anrufen?«

»Nein.«

»Warum nicht?«

»Verdammt nochmal, ich kann nicht schlafen, weil dauernd irgendwelche Anwälte anrufen. Ich kann nicht einmal essen, ohne daß sich einer von euch Anwälten auf mich stürzt. In diesem Bau laufen mehr Anwälte herum als Ärzte.«

Gill war nicht aus der Fassung zu bringen. »Da draußen gibt es Unmengen von Haien, Joe. Unmengen von lausigen Anwälten, die Ihren Fall versauen würden. Traurig, aber wahr. Der Beruf ist überlaufen, also versuchen Anwälte überall, mit Leuten ins Geschäft zu kommen. Aber machen Sie keinen Fehler, Joe. Stellen Sie Nachforschungen über mich an. Schauen Sie ins Branchenverzeichnis. Da finden Sie eine ganzseitige, dreifarbige Anzeige von mir, Joe. Sehen Sie nach unter Gill Teal, er bringt Sie ans Ziel.«

»Ich denke darüber nach.«

Gill zog eine weitere Karte aus der Tasche und händigte

sie Joe aus. Er verabschiedete sich und ging, ohne das Essen und den Kaffee auf seinem Tablett auch nur angerührt zu haben.

Joe hatte Schmerzen. Er ergriff das Rad und rollte sich langsam davon. Mark hätte ihm gern geholfen, traute sich aber nicht, seine Hilfe anzubieten. Beide Karten von Gill Teal lagen auf dem Tisch. Er trank seinen Saft aus, schaute sich um und steckte eine der Karten ein.

Mark sagte Karen, seinem Sweetheart, er könnte nicht schlafen und würde fernsehen, falls ihn jemand brauchen sollte. Er saß auf der Couch im Wartezimmer, blätterte das Telefonbuch durch und sah sich eine Wiederholung von »Cheers« an. Er trank noch eine weitere Dose Sprite. Hardy, Gott segne sein gutes Herz, hatte ihm nach dem Essen acht Vierteldollar geschenkt.

Karen kam mit einer Decke und legte sie über seine Beine. Sie tätschelte ihm mit ihren langen, schmalen Händen den Arm und entschwand wieder. Er ließ sich keine ihrer Bewegungen entgehen.

Mr. Gill Teal hatte tatsächlich eine ganzseitige Anzeige im Branchenverzeichnis von Memphis, ebenso wie ein Dutzend weiterer Rechtsanwälte. Da war ein hübsches Bild von ihm, auf dem er im Hemd und mit aufgekrempelten Ärmeln vor einem Gerichtsgebäude stand. ICH KÄMPFE FÜR IHR RECHT! hieß es unter dem Foto. Am oberen Rand stellten große rote Buchstaben die Frage: HABEN SIE EINEN SCHADEN ERLITTEN? Dicke grüne Schrift unmittelbar darunter lieferte die Antwort: WENN JA, KOMMEN SIE ZU GILL TEAL – ER BRINGT SIE ANS ZIEL. Weiter unten listete Teal in blauer Schrift sämtliche Arten von Fällen auf, die er bearbeitet hatte, und es waren Hunderte. Rasenmäher, Stromschlag, mißgebildete Kinder, Verkehrsunfälle, explodierende Wassererhitzer. Achtzehn Jahre Erfahrung an sämtlichen Gerichten. Ein kleiner Straßenplan in einer Ecke der Anzeige dirigierte die Welt zu seiner Kanzlei, nur ein paar Schritte vom Gerichtsgebäude entfernt auf der anderen Straßenseite.

Mark hörte eine vertraute Stimme, und plötzlich war er da, Mr. Gill Teal höchstpersönlich im Fernsehen. Er stand vor der Notaufnahme eines Krankenhauses und redete über verletzte Angehörige und gewiefte Versicherungsgesellschaften. Im Hintergrund flackerten rote Lichter. Sanitäter eilten hinter ihm vorbei. Aber Mr. Teal hatte die Situation unter Kontrolle, und er würde Ihren Fall übernehmen, ohne einen Dollar Vorschuß zu verlangen. Keine Gebühren bis nach einem erfolgreichen Abschluß.

Die Welt war klein! Im Laufe der letzten beiden Stunden hatte Mark ihn in Person gesehen, eine seiner Karten eingesteckt, ihm im Branchenverzeichnis buchstäblich ins Gesicht geschaut, und nun war er hier und redete über den Fernseher auf ihn ein.

Er klappte das Telefonbuch zu und legte es auf den Tisch zurück. Dann zog er die Decke über sich und beschloß zu schlafen.

Morgen würde er vielleicht Gill Teal anrufen.

7

Foltrigg trat gern mit Gefolge auf. Ganz besonders genoß er diese unschätzbaren Augenblicke, in denen die Kameras surrend auf ihn warteten und er dann genau im richtigen Moment majestätisch durch die Halle schlenderte oder die Gerichtstreppe herunterkam, vor sich Wally Boxx wie einen Bullterrier und neben sich Thomas Fink oder einen anderen Assistenten, der idiotische Fragen abwehrte. Er verbrachte viele ruhige Momente damit, sich Videos von sich selbst anzusehen, auf denen er mit seiner kleinen Eskorte das Gerichtsgebäude betrat oder verließ. Sein Timing war in der Regel perfekt. Er hatte seinen Gang sorgfältig einstudiert. Er hielt die Hände geduldig hoch, als würde er gern Fragen beantworten, hätte aber als überaus bedeutender Mann einfach nicht die Zeit dazu, leider. Kurze Zeit später rief Wally dann gewöhnlich die Reporter zu einer präzis vorbereiteten Pressekonferenz zusammen, in der Roy sich von seiner brutalen Arbeitsüberlastung losreißen und ein paar Momente im Scheinwerferlicht stehen würde. Eine kleine Bibliothek im Büro des Bundesanwalts war in ein Pressezimmer umgewandelt worden. Flutlicht, Lautsprecheranlage, es war alles da. In einem verschlossenen Schrank verwahrte Roy ein Make-up-Set.

Als er ein paar Minuten nach Mitternacht das Federal Building an der Main Street von Memphis betrat, bestand seine Eskorte aus Wally, Fink und den Agenten Trumann und Scherff, aber wißbegierige Reporter waren nicht da. Nicht eine Menschenseele wartete auf ihn, bis er die Räume des FBI betrat, wo Jason McThune mit zwei weiteren müden Agenten schalen Kaffee trank. Soviel zu großen Auftritten.

Die Vorstellungen wurden rasch abgehandelt, auf dem Weg zu McThunes engem Büro. Foltrigg ließ sich auf dem einzigen verfügbaren Sitzplatz nieder. McThune war ein Mann mit zwanzigjähriger Dienstzeit, der vier Jahre zuvor entgegen seinen Wünschen nach Memphis versetzt worden war und die Monate zählte, bis er sich an die Pazifikküste im Nordwesten zurückziehen konnte. Er war müde und gereizt, weil es schon spät war. Er hatte von Foltrigg gehört, war ihm aber noch nie begegnet. Gerüchten zufolge war er ein aufgeblasenes Arschloch.

Ein Agent, namenlos und nicht vorgestellt, machte die Tür zu, und McThune ließ sich auf seinen Schreibtischstuhl sinken. Er referierte die Tatbestände: das Auffinden des Wagens, seinen Inhalt, die Waffe, die Wunde, die Todeszeit und so weiter und so weiter. »Der Junge heißt Mark Sway. Er hat der Polizei von Memphis erzählt, er und sein jüngerer Bruder wären zufällig auf den Toten gestoßen und nach Hause gelaufen, um die Polizei zu informieren. Sie wohnen ungefähr achthundert Meter entfernt in einer Wohnwagensiedlung. Der kleinere Junge liegt jetzt im Krankenhaus. Leidet wahrscheinlich unter einem traumatischen Schock. Mark Sway und seine Mutter Dianne, geschieden, befinden sich gleichfalls im Krankenhaus. Der Vater lebt hier in der Stadt und hat etliche Vorstrafen. Alles mindere Delikte. Trunkenheit am Steuer, Schlägereien und dergleichen. Kleiner Gewohnheitsverbrecher. Weiße aus der unteren Mittelschicht. Auf jeden Fall lügt der Junge.«

»Ich konnte den Abschiedsbrief nicht lesen«, unterbrach ihn Foltrigg, den es drängte, etwas zu sagen. »Das Fax war schlecht.« Er sagte das so, als wären McThune und das FBI von Memphis unfähig, weil er, Roy Foltrigg, in seinem Transporter ein schlechtes Fax erhalten hatte.

McThune warf einen Blick zu Larry Trumann und Skipper Scherff, die an der Wand standen, und fuhr fort: »Dazu komme ich gleich. Wir wissen, daß der Junge lügt, weil er behauptet, sie wären erst dort angekommen, nachdem Clifford sich erschossen hatte. Erscheint mir höchst zweifelhaft. Erstens wimmelt der Wagen von den Fingerabdrücken des Jungen, sowohl drinnen wie draußen. Auf dem Armaturenbrett, an der Tür, auf der Whiskeyflasche, auf der Pistole, überall. Wir haben vor ungefähr zwei Stunden ein paar Abdrücke von ihm sichergestellt, und unsere Leute sind dabei, den ganzen Wagen unter die Lupe zu nehmen. Sie werden morgen damit fertig, aber es ist eindeutig, daß der Junge drin war. Was er dort getan hat, wissen wir noch nicht. Außerdem haben wir Abdrücke rings um die Heckleuchten herum gefunden, direkt oberhalb des Auspuffrohrs. Und schließlich waren da drei frische Zigarettenstummel unter einem Baum in der Nähe des Wagens. Virginia Slims, die Marke, die Dianne Sway raucht. Wir nehmen an, die Jungen hatten ihrer Mutter die Zigaretten geklaut und wollten sie in aller Ruhe rauchen. Sie sind vollauf mit sich selber beschäftigt, als Clifford aus dem Nirgendwo auftaucht. Sie verstecken sich und beobachten ihn – es ist eine dicht bewachsene Gegend, und Verstecken ist kein Problem. Vielleicht schleichen sie sich an und ziehen den Schlauch raus, aber da sind wir nicht sicher, und die Jungen sagen es uns nicht. Der Kleine kann gegenwärtig nicht reden, und Mark lügt ganz offensichtlich. Jedenfalls hat der Schlauch nicht funktioniert. Wir versuchen, Abdrücke darauf zu finden, aber das ist schwierig. Vielleicht sogar unmöglich. Morgen früh werde ich Fotos haben, auf denen zu sehen ist, wo sich der Schlauch befand, als die Polizei eintraf.«

McThune griff nach einem gelben Notizblock in dem Chaos auf seinem Schreibtisch. Er sprach zu ihm, nicht zu Foltrigg. »Clifford hat mindestens einen Schuß im Wageninnern abgegeben. Die Kugel trat fast genau durch die Mitte des Fensters an der Beifahrerseite aus, die zersplitterte, aber nicht kaputtging. Keine Ahnung, weshalb er das getan hat, und keine Ahnung, wann das passiert ist. Die Autopsie wurde vor einer Stunde beendet, und Clifford steckte voller Dalmane, Kodein und Percodan. Außerdem hatte er 2,2 Promille Alkohol im Blut, war also stockbetrunken. Was ich damit sagen will, ist, daß er nicht nur verrückt genug war, sich umzubringen, er war außerdem betrunken und völlig hinüber von den Tabletten. Also haben wir keine Möglichkeit, uns ein eindeutiges Bild zu machen. Wir spüren keinem klaren Kopf nach.«

»Ich verstehe.« Roy nickte ungeduldig. Wally Boxx lauerte hinter ihm wie ein gut abgerichteter Terrier.

McThune ignorierte den Einwurf. »Die Waffe ist eine billige .38er, die er illegal in einer Pfandleihe hier in Memphis gekauft hat. Wir haben den Besitzer befragt, aber er will nur in Gegenwart seines Anwalts reden, also werden wir das morgen früh tun, oder richtiger, heute früh. Eine Texaco-Quittung belegt, daß er in Vaiden, Mississippi, ungefähr anderthalb Stunden von hier entfernt, getankt hat. Der Tankwart ist ein Mädchen; ihrer Aussage nach hat er wohl gegen 13 Uhr dort angehalten. Keine Beweise für weitere Fahrtunterbrechungen. Seine Sekretärin sagt aus, er hätte das Büro gegen 9 Uhr verlassen, angeblich, um etwas zu erledigen, und sie hat kein Wort von ihm gehört, bis wir erschienen sind. Die Nachricht von seinem Tod scheint sie nicht sonderlich getroffen zu haben. Allem Anschein nach hat er New Orleans kurz nach neun verlassen, ist in fünf oder sechs Stunden nach Memphis gefahren, hat einmal zum Tanken angehalten und ein weiteres Mal, um die Waffe zu kaufen, und ist dann weitergefahren und hat sich erschossen. Vielleicht hat er außerdem zum Essen angehalten, vielleicht, um sich den Whiskey zu kaufen, vielleicht noch dieses oder jenes. Wir forschen weiter.«

»Weshalb Memphis?« fragte Wally Boxx. Foltrigg nickte, offensichtlich einverstanden mit der Frage.

»Weil er hier geboren ist«, erklärte McThune feierlich und starrte dabei Foltrigg an, als zöge jedermann es vor, am Ort seiner Geburt zu sterben. Es war eine mit ernster Miene vorgebrachte scherzhafte Antwort, aber Foltrigg begriff das offenbar nicht. McThune hatte gehört, daß er nicht sonderlich intelligent war.

»Die Familie ist anscheinend weggezogen, als er noch ein Kind war«, erklärte er nach einer Pause. »Er hat in Rice das College besucht und anschließend in Tulane Jura studiert.«

»Wir waren Kommilitonen«, sagte Fink stolz.

»Großartig. Der Abschiedsbrief war mit der Hand geschrieben und auf heute datiert – nein, gestern. Handgeschrieben mit einem schwarzen Filzstift – der Stift wurde weder bei ihm noch im Wagen gefunden.« McThune ergriff ein Blatt Papier und lehnte sich über den Schreibtisch. »Hier. Das ist das Original. Gehen Sie vorsichtig damit um.«

Wally Boxx stürzte sich darauf, um es sofort an Foltrigg weiterzugeben, der es gründlich studierte. McThune rieb sich die Ohren und fuhr fort: »Nur Begräbnis-Arrangements und Anweisungen an seine Sekretärin. Schauen Sie unten hin. Sieht so aus, als hätte er versucht, mit einem blauen Kugelschreiber noch etwas hinzuzufügen, aber der Kugelschreiber war leer.«

Foltriggs Nase bewegte sich näher an den Brief heran. »Da steht ›Mark, Mark wo sind‹, den Rest kann ich nicht entziffern.«

»Richtig. Die Schrift ist fürchterlich, und der Kugelschreiber war leer, aber unsere Experten sagen dasselbe. ›Mark, Mark wo sind‹. Wir haben den Kugelschreiber im Wagen gefunden. Billiger Bic. Kein Zweifel, daß er damit zu schreiben versucht hat. Er hat keine Kinder, Neffen, Brüder, Onkel oder Vettern, die Mark heißen. Wir überprüfen seine engeren Freunde – seine Sekretärin hat gesagt, er hätte keine –, aber bisher haben wir noch keinen Mark gefunden.«

»Und, was bedeutet das?«

»Da ist noch etwas. Vor ein paar Stunden ist Mark Sway mit einem Polizisten namens Hardy ins Krankenhaus gefahren. Unterwegs ist ihm entschlüpft, daß Romey etwas gesagt oder getan hat. Romey. Die Kurzform von Jerome, Cliffords Sekretärin zufolge. Tatsächlich redeten mehr Leute ihn mit Romey an als mit Jerome. Woher weiß der Junge den Namen, es sei denn, er hat ihn von Mr. Clifford selbst erfahren?«

Foltrigg hörte mit offenem Mund zu. »Was meinen Sie?«, fragte er. »Nun, meine Theorie ist, daß der Junge in dem Wagen war, bevor Clifford sich erschoß, und zwar eine ganze Weile, wegen der vielen Fingerabdrücke, und daß er und Clifford sich über irgend etwas unterhalten haben. Dann verschwindet der Junge aus dem Wagen. Clifford versucht, seinem Brief noch etwas hinzuzufügen und erschließt sich. Der Junge hat Angst. Sein kleiner Bruder verfällt in einen Schock, und wir sitzen hier.«

»Weshalb sollte der Junge lügen?«

»Erstens, er hat Angst. Zweitens, er ist noch ein Kind. Drittens, vielleicht hat Clifford ihm etwas erzählt, wovon er besser nichts wüßte.«

McThunes Vortrag war perfekt, und der dramatische Schlußsatz hinterließ eine lastende Stille im Raum. Boxx und Fink starrten fassungslos und mit offenen Mündern auf den Schreibtisch.

Weil sein Chef im Augenblick sprachlos war, kam ihm Wally Boxx zu Hilfe und stellte eine dumme Frage. »Weshalb glauben Sie das?« McThunes Geduld mit Bundesanwälten und ihren Lakaien war schon vor zwanzig Jahren erschöpft gewesen. Er hatte gesehen, wie sie kamen und gingen. Er hatte gelernt, ihr Spiel zu spielen und ihre Egos geschickt zu handhaben. Er wußte, daß die beste Methode, mit ihren Banalitäten fertig zu werden, darin bestand, einfach zu antworten. »Wegen des Abschiedsbriefs, der Fingerabdrücke und der Lügen. Der arme Junge weiß nicht, was er tun soll.«

Foltrigg legte den Brief auf den Schreibtisch und räusperte sich. »Haben Sie mit dem Jungen geredet?«

»Nein. Ich war vor zwei Stunden im Krankenhaus, habe ihn aber nicht gesehen. Sergeant Hardy von der Polizei von Memphis hat mit ihm gesprochen.«

»Haben Sie es vor?«

»Ja, in ein paar Stunden. Trumann und ich werden gegen neun ins Krankenhaus fahren und mit dem Jungen und vielleicht auch mit seiner Mutter reden. Außerdem würde ich gern mit seinem kleinen Bruder reden, aber das hängt von seinem Arzt ab.«

»Ich möchte dabeisein«, sagte Foltrigg. Damit hatte jeder gerechnet.

McThune schüttelte den Kopf »Keine gute Idee. Wir erledigen das.« Er war kurz angebunden und ließ keinen Zweifel daran, wer hier das Sagen hatte. Sie waren in Memphis, nicht in New Orleans.

»Was ist mit dem Arzt des Jungen? Haben Sie mit ihm gesprochen?«

»Nein, noch nicht. Wir werden es heute vormittag versuchen. Ich bezweifle, daß er viel sagen wird.«

»Glauben Sie, die Jungen würden sich dem Arzt anvertrauen?« sagte Fink naiv.

McThune verdrehte in Richtung Trumann die Augen, als wollte er sagen: Was für Schafsköpfe haben Sie nur da angeschleppt? »Diese Frage kann ich nicht beantworten, Sir. Ich weiß nicht, was die Jungen wissen. Ich weiß nicht, wie der Arzt heißt. Ich weiß nicht, ob er mit den Jungen gesprochen hat. Ich weiß nicht, ob die Jungen ihm irgend etwas erzählen werden.«

Foltrigg bedachte Fink mit einem Stirnrunzeln, woraufhin dieser vor Verlegenheit zusammenschrumpfte. McThune sah auf die Uhr und stand auf. »Meine Herren, es ist spät. Unsere Leute werden gegen Mittag mit dem Wagen fertig sind, und ich schlage vor, daß wir dann wieder zusammenkommen.«

»Wir müssen alles wissen, was Mark Sway weiß«, sagte Roy, ohne sich zu rühren. »Er war in dem Wagen, und Clifford hat mit ihm gesprochen.«

»Das weiß ich.«

»Ja, Mr. McThune, aber es gibt noch ein paar Dinge, die Sie nicht wissen. Clifford wußte, wo die Leiche liegt, und er hat darüber gesprochen.«

»Es gibt eine Menge Dinge, die ich nicht weiß, Mr. Foltrigg, weil dieser Fall nach New Orleans gehört. Ich bin für Memphis zuständig. Mir liegt nicht das geringste daran, mehr über den armen Mr. Boyette und den armen Mr. Clifford zu erfahren. Ich stecke hier bis über beide Ohren in Leichen. Es ist fast ein Uhr, und ich sitze hier in meinem Büro und arbeite an einem Fall, der mich nichts angeht, rede mit euch Leuten und beantworte eure Fragen. Und ich werde bis morgen mittag an dem Fall arbeiten, danach kann mein Kollege Larry ihn haben. Für mich ist die Sache dann erledigt.«

»Es sei denn, natürlich, Sie bekommen einen Anruf aus Washington.«

»Ja, es sei denn, natürlich, ich bekomme einen Anruf aus

Washington. Dann werde ich tun, was immer Mr. Voyles mir aufträgt.«

»Ich spreche jede Woche mit Mr. Voyles.«

»Herzlichen Glückwunsch.«

»Seiner Ansicht nach genießt der Boyette-Fall für das FBI im Augenblick höchste Priorität.«

»Das habe ich gehört.«

»Und ich bin sicher, Mr. Voyles wird Ihre Bemühungen zu schätzen wissen.«

»Das bezweifle ich.«

Roy stand langsam auf und starrte auf McThune herunter. »Wir müssen unbedingt alles wissen, was Mark Sway weiß. Haben Sie mich verstanden?«

McThune erwiderte seinen Blick und sagte nichts.

8

Karen schaute im Laufe der Nacht mehrfach nach Mark, und gegen acht brachte sie ihm Orangensaft. Er war allein in dem kleinen Wartezimmer. Sie weckte ihn sanft auf.

Ungeachtet seiner vielen Probleme hatte er sich hoffnungslos in die hübsche Schwester verliebt. Er trank den Saft und blickte in die funkelnden braunen Augen. Sie tätschelte die Decke über seinen Knien.

»Wie alt sind Sie?« fragte er.

Sie lächelte noch breiter. »Vierundzwanzig. Dreizehn Jahre älter als du. Warum fragst du?«

»Reine Gewohnheit. Sind Sie verheiratet?«

»Nein.« Sie zog ihm sanft die Decke weg und begann, sie zusammenzulegen. »Wie war die Couch?«

Mark stand auf, streckte sich und sah ihr zu. »Besser als das Bett, auf dem Mom schlafen mußte. Haben Sie die ganze Nacht hindurch gearbeitet?«

»Von acht bis acht. Wir arbeiten in Zwölf-Stunden-Schichten, vier Tage pro Woche. Komm mit. Dr. Greenway ist bei deinem Bruder und möchte dich sehen.« Sie ergriff seine Hand, was eine gewaltige Hilfe war, und sie gingen zusammen zu Rickys Zimmer. Karen verschwand und machte die Tür hinter sich zu.

Dianne sah müde aus. Sie stand am Fuß von Rickys Bett mit einer unangezündeten Zigarette in der zitternden Hand. Mark trat neben sie und legte ihr die Hand auf die Schulter. Sie sahen zu, wie Greenway Rickys Stirn rieb und auf ihn einredete. Seine Augen waren geschlossen, und er reagierte nicht.

»Er hört Sie nicht, Doktor«, sagte Dianne schließlich. Es war schwer, mit anhören zu müssen, wie Greenway in Kindersprache drauflosredete. Er ignorierte sie. Sie wischte sich eine Träne von der Wange. Mark roch frische Seife und bemerkte, daß ihr Haar feucht war. Sie hatte sich umgezogen. Aber sie trug kein Make-up, und ihr Gesicht war verändert.

Greenway richtete sich auf »Ein sehr ernster Fall«, sagte er, fast zu sich selbst, während er die geschlossenen Augen betrachtete.

»Wie geht es weiter?« fragte sie.

»Wir warten. Seine körperlichen Funktionen sind stabil, es besteht also keine Lebensgefahr. Er wird zu sich kommen, und wenn er das tut, müssen Sie unbedingt hier im Zimmer sein.« Jetzt sah Greenway sie an und rieb sich, tief in Gedanken versunken, den Bart. »Er muß seine Mutter sehen, wenn er die Augen öffnet, ist Ihnen das klar?«

»Ich bleibe hier.«

»Du, Mark, kannst ein bißchen kommen und gehen, aber es wäre besser, wenn auch du dich soviel wie möglich hier drinnen aufhalten würdest.«

Mark nickte. Der Gedanke, eine weitere Minute in diesem Zimmer verbringen zu müssen, widerstrebte ihm.

»Die ersten Momente können entscheidend sein. Er wird Angst haben, wenn er sich umsieht. Er muß seine Mutter sehen und fühlen. Nehmen Sie ihn in die Arme und beruhigen Sie ihn. Rufen Sie sofort die Schwester. Ich hinterlasse Anweisungen. Er wird sehr hungrig sein, also werden wir versuchen, etwas Essen in ihn hineinzubekommen. Die Schwester wird den Tropf entfernen, damit er sich im Zimmer frei bewegen kann. Aber das Allerwichtigste ist, daß Sie ihn in die Arme nehmen.«

»Wann, glauben Sie ...«

»Ich weiß es nicht. Wahrscheinlich heute oder morgen. Genau läßt sich das nicht sagen.«

»Haben Sie schon früher solche Fälle gesehen?«

Greenway betrachtete Ricky und beschloß, die Wahrheit zu sagen. Er schüttelte den Kopf. »So schwer noch nicht. Er ist fast komatös, was ein bißchen ungewöhnlich ist. Normalerweise kommen sie nach einer Zeit der Ruhe wieder zu sich und essen.« Er brachte beinahe ein Lächeln zustande. »Aber ich mache mir keine Sorgen. Ricky kommt wieder in Ordnung. Es wird nur eine Weile dauern.«

Ricky schien das zu hören. Er grunzte und streckte sich, aber ohne die Augen zu öffnen. Sie beobachteten ihn genau, hofften auf ein Murmeln oder ein Wort. Obwohl es Mark am liebsten gewesen wäre, wenn er über den Schuß schweigen würde, bis sie allein darüber geredet hatten, wünschte er sich doch von ganzem Herzen, daß sein Bruder aufwachte und anfing, über andere Dinge zu reden. Er mochte nicht mehr mit ansehen, wie er zusammengerollt auf dem Kissen lag und an seinem verdammten Daumen lutschte.

Greenway griff in seine Tasche und zog eine Zeitung heraus. Es war die *Memphis Press*, die Morgenzeitung. Er legte sie aufs Bett und gab Dianne eine Karte. »Meine Praxis ist in dem Gebäude nebenan. Hier ist die Telefonnummer, für alle Fälle. Nicht vergessen, sowie er aufwacht, rufen Sie im Schwesternzimmer an, und von dort aus wird man mich sofort benachrichtigen. Okay?«

Dianne nahm die Karte und nickte. Greenway schlug die Zeitung auf Rickys Bett auf. »Haben Sie das schon gesehen?«

»Nein«, erwiderte sie.

Auf der unteren Hälfte der Titelseite war eine Schlagzeile über Romey. ANWALT AUS NEW ORLEANS BEGEHT SELBSTMORD IN NORD-MEMPHIS. Rechts unter der Schlagzeile stand ein großes Foto von W. Jerome Clifford, und links davon eine kleinere Schlagzeile – BRILLANTER STRAFVERTEIDIGER MIT VERMUTLICH ENGEN BEZIEHUNGEN ZUR MAFIA. Das Wort »Mafia«, sprang Mark entgegen. Er starrte auf Romeys Gesicht, und plötzlich hatte er das Gefühl, sich übergeben zu müssen.

Greenway beugte sich vor und senkte die Stimme. »Allem Anschein nach war Mr. Clifford ein in New Orleans recht bekannter Anwalt. Er hatte mit dem Fall um die Ermordung von Senator Boyette zu tun. Offenbar war er der Anwalt des Mannes, den man des Mordes angeklagt hat. Wissen Sie etwas über die Sache?«

Dianne steckte die unangezündete Zigarette in den Mund und schüttelte den Kopf.

»Nun, es ist ein großer Fall. Der erste US-Senator, der im Amt ermordet wurde. Sie können das hier lesen, wenn ich fort bin. Unten sind Polizisten und Leute vom FBI. Sie warteten schon, als ich vor einer Stunde kam.« Mark umklammerte das Gitter am Fuß des Bettes. »Sie möchten mit Mark reden, und natürlich wollen sie Sie dabeihaben.«

»Warum?« fragte sie.

Greenway schaute auf die Uhr. »Der Boyette-Fall ist kompliziert. Ich nehme an, Sie verstehen mehr, wenn Sie die Story hier gelesen haben. Ich habe ihnen gesagt, Sie und Mark könnten erst mit ihnen sprechen, wenn ich es erlaube. Sind Sie damit einverstanden?«

»Ja«, platzte Mark heraus. »Ich will nicht mit ihnen reden.« Dianne und Greenway sahen ihn an. »Wenn diese Polizisten ständig auf mir rumhacken, liege ich vielleicht bald genau so da wie Ricky.« Aus irgendeinem Grund hatte Mark gewußt, daß die Polizei wiederkommen würde, mit einer Menge Fragen. Sie war noch nicht fertig mit ihm. Aber das Foto auf der Titelseite der Zeitung und die Erwähnung des FBI jagten ihm plötzlich einen Schauder über den Rücken, und er mußte sich hinsetzen.

»Halten Sie sie vorerst von uns fern«, sagte Dianne zu Greenway. »Sie haben gefragt, ob sie Sie um neun sehen könnten, und ich habe nein gesagt. Aber sie werden nicht verschwinden.« Er schaute abermals auf die Uhr. »Ich komme um zwölf wieder. Vielleicht sollten wir dann mit ihnen reden.«

»Wie Sie meinen«, sagte sie.

»Also gut. Ich halte sie hin bis zwölf. Meine Helferin hat bei Ihrem Arbeitgeber und in der Schule angerufen. Versuchen Sie, sich deshalb keine Sorgen zu machen. Bleiben Sie einfach hier an diesem Bett, bis ich wiederkomme.« Er lächelte fast, als er die Tür hinter sich zumachte.

Dianne lief ins Badezimmer und zündete ihre Zigarette an. Mark betätigte die Fernbedienung neben Rickys Bett, bis der Fernseher an war und er die Lokalnachrichten gefunden hatte. Nichts als Wetterbericht und Sport.

Dianne las die Story über Mr. Clifford zu Ende und legte dann die Zeitung auf den Fußboden unter dem Klappbett. Mark schaute besorgt zu.

»Sein Mandant hat einen Senator der Vereinigten Staaten ermordet«, sagte sie beeindruckt.

Die Sache war ernst. Sie würden ihm etliche harte Fragen stellen, und Mark war plötzlich hungrig. Es war nach neun. Ricky hatte sich nicht bewegt. Die Schwestern hatten sie vergessen. Greenway schien fernste Vergangenheit zu sein. Irgendwo im Dunkeln wartete das FBI. Das Zimmer wurde von Minute zu Minute kleiner, und das billige Bett, auf dem er saß, ruinierte seinen Rücken.

»Ich möchte nur wissen, warum er es getan hat«, sagte er, weil ihm sonst nichts einfiel.

»Hier steht, Jerome Clifford hätte Beziehungen zur Mafia von New Orleans gehabt, und es würde allgemein vermutet, daß sein Mandant auch dazu gehört.«

Er hatte im Fernsehen »Der Pate« gesehen. Er hatte sogar die erste Fortsetzung des Films gesehen und wußte alles über die Mafia. Szenen aus den Filmen tauchten vor seinem geistigen Auge auf, und die Schmerzen in seinem Bauch wurden heftiger. Sein Herz hämmerte. »Ich habe Hunger, Mom. Hast du auch Hunger?«

»Warum hast du mir nicht die Wahrheit gesagt, Mark?«

»Weil der Polizist im Wohnwagen war, und da war nicht die richtige Zeit zum Reden. Es tut mir leid, Mom. Es tut mir wirklich leid. Ich wollte dir alles erzählen, sobald wir allein waren. Ehrenwort.«

Sie rieb sich die Schläfen und sah so betrübt aus. »Du lügst mich nie an, Mark.«

Sag niemals nie. »Können wir später darüber reden, Mom? Jetzt habe ich wirklich Hunger. Gib mir ein bißchen Geld, und ich laufe hinunter in die Cafeteria und hole ein paar Doughnuts. Ein Doughnut wäre jetzt genau das Richtige. Ich bringe dir Kaffee mit.« Er war auf den Beinen und wartete auf das Geld.

Glücklicherweise war sie nicht in der rechten Stimmung für ein ernsthaftes Gespräch über Aufrichtigkeit und dergleichen. Das Schlafmittel wirkte nach, und das Denken fiel ihr schwer. Ihr Kopf dröhnte. Sie öffnete ihr Portemonnaie und gab ihm einen Fünfdollarschein. »Wo ist die Cafeteria?«

»Im Keller. Madison-Flügel. Ich war schon zweimal dort.«

»Weshalb bin ich nicht überrascht? Vermutlich bist du schon durch den ganzen Bau gestromert.«

Er nahm den Schein und stopfte ihn in die Tasche seiner Jeans. »Ja, Mom. Das hier ist die stillste Etage. Die Babies sind im Keller, und da unten herrscht das reinste Chaos.«

»Sei vorsichtig.«

Er machte die Tür hinter sich zu. Sie wartete, dann holte sie das Röhrchen mit Valium aus ihrer Handtasche. Greenway hatte es geschickt.

Mark verspeiste vier Doughnuts, während er sich »Donahue« ansah und gleichzeitig beobachtete, wie seine Mutter auf dem Bett zu schlafen versuchte. Er küßte sie auf die Stirn und erklärte, er müßte mal eine bißchen rumlaufen. Sie sagte, er sollte das Krankenhaus nicht verlassen.

Er benutzte wieder die Treppe, weil er überzeugt war, daß Hardy und das FBI und der Rest der Bande irgendwo unten nur darauf warteten, daß er zufällig vorbeikam.

Wie die meisten großen städtischen Krankenhäuser war auch St. Peter's immer dann weiter ausgebaut worden, wenn irgendwo Geld lockergemacht werden konnte, ohne sonderliche Rücksicht auf architektonische Symmetrie. Es war eine ausgedehnte und verwirrende Ansammlung von Anbauten und Flügeln, mit einem Labyrinth aus Fluren und Korridoren und Zwischengeschossen, die verzweifelt versuchten, alles miteinander zu verbinden. Wo immer sie hineinpaßten, waren Fahrstühle und Rolltreppen eingebaut worden. Irgendwann im Laufe der Geschichte hatte jemand begriffen, wie schwierig es war, sich von einem Punkt zum anderen zu bewegen, ohne sich hoffnungslos zu verirren, und um einen geordneten Verkehrsfluß zu gewährleisten, hatte man eine Fülle von farbig markierten Wegweisern angebracht. Dann waren weitere Flügel angebaut worden. Die Wegweiser waren überholt, wurden aber nicht beseitigt. Jetzt trugen sie nur zur Verwirrung bei.

Mark, der das Gebäude inzwischen halbwegs kannte, verließ das Krankenhaus durch eine kleine Vorhalle, die auf die Monroe Avenue führte. Er hatte sich eine Karte der Innenstadt auf dem Umschlag des Telefonbuchs angesehen und wußte, daß Gill Teals Kanzlei ganz in der Nähe war. Sie lag im dritten Stock eines vier Blocks entfernten Gebäudes. Er ging schnell. Es war Dienstag, ein Schultag, und er wollte nicht, daß ihn jemand von der Schulbehörde beim Schwänzen erwischte. Er war der einzige Schuljunge auf der Straße und wußte, daß er fehl am Platze war.

Eine neue Strategie war im Entstehen. Was sprach dagegen, fragte er sich, während er auf den Gehsteig schaute und Blickkontakt mit den ihm entgegenkommenden Fußgängern vermied, einen anonymen Anruf bei der Polizei oder beim FBI zu machen und ihnen mitzuteilen, wo die Leiche lag? Dann wäre er nicht länger der einzige, der das Geheimnis kannte. Wenn Romey nicht gelogen hatte, würde die Leiche bald gefunden werden, und der Mörder kam ins Gefängnis.

Ohne Risiko war das nicht. Sein gestriger Anruf unter 911 war eine Katastrophe gewesen. Jedermann am anderen Ende der Leitung würde sofort wissen, daß er nur ein Kind war. Das FBI würde das Gespräch aufzeichnen und seine Stimme analysieren. Und die Mafia war auch nicht blöde.

Vielleicht war es doch keine so gute Idee.

Er bog in die Third Street ein und eilte in das Sterick Building. Es war alt und sehr hoch. Das Foyer bestand aus Fliesen und Marmor. Er betrat zusammen mit einem Haufen anderer Leute den Fahrstuhl und drückte auf den Knopf für den dritten Stock. Vier weitere Knöpfe wurden gedrückt von Leuten, die gut gekleidet waren und Aktenkoffer trugen. Sie unterhielten sich, leise und mit gedämpften Stimmen, wie man es gewöhnlich in Fahrstühlen tut.

Sein Halt war der erste. Er trat auf eine kleine Diele hinaus, von der nach links, rechts und geradeaus Korridore abzweigten. Er ging nach links und streifte herum, wobei er versuchte, einen gelassenen Eindruck zu machen, als wäre das Aufsuchen von Anwälten etwas, das er schon viele Male getan hatte. Es gab eine Menge Anwälte in diesem Gebäude. Ihre Namen waren in elegante, an die Türen geschraubte Messingschilder eingraviert, und an einigen der Türen standen ziemlich lange und einschüchternde Namen: J. Winston Buckner. F. MacDonald Durston. I. Hampstead Crawford. Je mehr Namen Mark las, desto mehr verlangte ihn nach dem einfachen Gill Teal.

Er fand Mr. Teals Tür am Ende des Korridors, und dort war kein Messingschild. Die Worte GILL TEAL – DER ANWALT DER KLEINEN LEUTE zogen sich in großen schwarzen Buchstaben von der Ober- bis zur Unterkante der Tür. Drei Leute warteten vor ihr auf dem Korridor.

Mark schluckte und betrat die Kanzlei. Sie war brechend voll. Der kleine Warteraum war überfüllt mit traurigen Figuren, die unter allen möglichen Verletzungen litten. Überall waren Krücken. Zwei Leute saßen in Rollstühlen. Es war kein Stuhl mehr frei, und ein armer Mann mit einer Genickstütze saß auf dem überfüllten Tisch. Sein Kopf schwankte wie der eines Neugeborenen. Eine Frau mit einem schmutzigen Gipsverband am Fuß weinte leise. Ein kleines Mädchen mit einem gräßlich verbrannten Gesicht klammerte sich an seine Mutter. Krieg hätte nicht erbarmungswürdiger sein können. Es war schlimmer als die Notaufnahme in St. Peter's.

Mr. Teal war wirklich fleißig gewesen beim Beschaffen von Klienten. Mark wollte gerade wieder gehen, als jemand grob rief: »Was willst du hier?«

Es war eine große Frau an einem Empfangsschalter. »Du, Junge, was hast du hier zu suchen?« Ihre Stimme dröhnte durch den Raum, aber niemand nahm es zur Kenntnis. Das Leiden dauerte unvermindert an. Er trat an den Schalter und schaute in das unfreundliche, häßliche Gesicht.

»Ich würde gern Mr. Teal sprechen«, sagte er leise und schaute sich um.

»Ach, wirklich? Hast du einen Termin?« Sie griff nach einem Clipboard und betrachtete es.

»Nein, Madam.«

»Wie heißt du?«

»Äh – Mark Sway. Es handelt sich um eine Privatsache.«

»Daran zweifle ich nicht.« Sie musterte ihn von Kopf bis Fuß. »Um was für eine Verletzung geht es?«

Er dachte an den Exxon-Laster und wie begeistert Mr. Teal davon gewesen war, aber er wußte, daß er jetzt keinen Rückzieher machen konnte. »Ich – äh – ich habe keine Verletzung.«

»Dann bist du hier am falschen Ort. Wozu brauchst du einen Anwalt?«

»Das ist eine lange Geschichte.«

»Siehst du all diese Leute hier, Junge? Sie haben alle einen Termin bei Mr. Teal. Er ist ein vielbeschäftigter Mann und nimmt nur Fälle an, bei denen es um Tod oder Verletzungen geht.«

»Okay.« Mark wich bereits zurück und dachte an den Drahtverhau von Stöcken und Krücken hinter sich.

»Und nun verschwinde und belästige jemand anderen.«

»Gut. Und wenn ich von einem Lastwagen überfahren werde, dann komme ich wieder.« Er drängte sich durch das Gemetzel hindurch und verließ schleunigst den Raum.

Er ging eine Treppe tiefer und erkundete den zweiten Stock. Noch mehr Anwälte. An einer Tür zählte er zweiundzwanzig Messingnamen. Anwälte über Anwälte. Bestimmt würde einer von diesen Typen ihm helfen. Er begegnete einigen von ihnen auf dem Flur. Sie waren zu beschäftigt, um von ihm Notiz zu nehmen.

Plötzlich tauchte ein Wachmann auf und kam langsam auf ihn zu. Mark warf einen Blick auf die nächste Tür. Auf ihr waren in kleinen Buchstaben die Worte ANWALTSKANZLEI REGGIE LOVE aufgemalt, und er drehte schnell den Knopf und trat ein. Der kleine Empfangsraum war still und leer. Nicht ein einziger Klient wartete. Zwei Stühle und eine Couch umgaben einen Glastisch. Die Zeitschriften waren ordentlich ausgelegt. Von oben kam leise Musik. Auf dem Dielenfußboden lag eine hübsche Brücke. Ein junger Mann mit Krawatte, aber ohne Jackett, erhob sich von seinem Schreibtisch hinter ein paar großen Topfpflanzen und kam auf ihn zu. »Kann ich dir helfen?« fragte er freundlich.

»Ja. Ich muß mit einem Anwalt sprechen.«

»Du bist ein bißchen zu jung, um schon einen Anwalt zu brauchen, findest du nicht?«

»Das schon, aber ich habe ein paar Probleme. Sind Sie Reggie Love?«

»Nein, Reggie ist hinten. Ich bin ihr Sekretär. Wie heißt du?«

Er war ihr Sekretär. Reggie war eine Sie. »Äh – Mark Sway. Sie sind ein Sekretär?«

»Und Anwaltsgehilfe, unter anderem. Weshalb bist du nicht in der Schule?« Ein Namensschild auf dem Schreibtisch identifizierte ihn als Clint Van Hooser.

»Sie sind also kein Anwalt?«

»Nein. Reggie ist der Anwalt.«

»Dann muß ich mit Reggie sprechen.«

»Im Augenblick ist sie beschäftigt. Du kannst dich setzen.« Er deutete auf die Couch.

»Wie lange wird es dauern?« fragte Mark.

»Das weiß ich nicht.« Der Gedanke, daß dieser Junge einen Anwalt brauchte, amüsierte Clint. »Ich sage ihr, daß du hier bist. Vielleicht hat sie eine Minute Zeit für dich.«

»Es ist sehr wichtig.«

Der Junge war nervös und meinte es ernst. Sein Blick schweifte zur Tür, als wäre ihm jemand hierher gefolgt. »Bist du in Schwierigkeiten, Mark?« fragte Clint.

»Ja.«

»Was für welchen? Du mußt mir ein bißchen erzählen, sonst wird Reggie nicht mit dir reden wollen.«

»Ich soll um zwölf mit dem FBI sprechen, und ich glaube, ich brauche einen Anwalt.«

Das war gut genug. »Setz dich. Ich bin gleich wieder da.«

Mark ließ sich auf einem Stuhl nieder, und sobald Clint verschwunden war, griff er zum Branchenverzeichnis und blätterte so lange, bis er die Rechtsanwälte gefunden hatte. Da war Gill Teal mit seiner ganzseitigen Reklame. Seite um Seite mit großen Anzeigen, die alle nach verletzten Leuten schrien. Fotos von vielbeschäftigten und bedeutenden Männern und Frauen, die dicke Gesetzbücher in der Hand hielten oder hinter großen Schreibtischen saßen oder aufmerksam in Telefonhörer lauschen, die sie ans Ohr geklemmt hatten. Dann halbseitige Anzeigen, danach viertelseitige.

Reggie Love war nicht dabei. Was für eine Art von Anwältin war sie?

Reggie Love war eine von Tausenden im Branchenbuch von Memphis. Es konnte nicht weit her sein mit ihr, wenn das Branchenbuch so wenig von ihr hielt, und ihm schoß der Gedanke durch den Kopf, einfach wieder zu verschwinden. Aber da war Gill Teal, der Anwalt, der alle ans Ziel brachte, der Anwalt der kleinen Leute, der Star des Branchenbuchs, so berühmt, daß er im Fernsehen auftreten konnte, und er erinnerte sich an sein Wartezimmer eine Etage höher. Nein, beschloß er schnell, er würde es mit Reggie Love versuchen. Vielleicht brauchte sie Klienten. Vielleicht hatte sie mehr Zeit, ihm zu helfen. Der Gedanke, mit einer Anwältin zu reden, gefiel ihm plötzlich, weil er einmal eine in »L. A. Law« gesehen hatte, und die hatte ein paar Polizisten die Hölle heiß gemacht. Er schlug das Branchenbuch zu und legte es wieder in den Zeitschriftenständer neben dem Stuhl. Das Büro war kühl und hübsch. Stimmen waren nicht zu hören.

Clint schloß die Tür hinter sich und steuerte über den Perserteppich auf ihren Schreibtisch zu. Reggie Love war am Telefon und hörte mehr zu, als daß sie redete. Clint legte drei Telefonnachrichten vor sie hin und gab ihr mit einer Handbewegung zu verstehen, daß im Empfangsraum jemand auf sie wartete. Er setzte sich auf eine Ecke des Schreibtischs, bog eine Büroklammer auf und beobachtete sie.

In dem Büro gab es kein Leder. Die Wände waren mit einem hellen Blumenmuster tapeziert. Auf einer Ecke des Teppichs stand ein makelloser Schreibtisch aus Glas und Chrom. Die Stühle waren poliert, die Sitze mit burgunderfarbenem Stoff bezogen. Dies war ganz offensichtlich das Büro einer Frau. Einer Frau mit sehr viel Geschmack.

Reggie Love war zweiundfünfzig Jahre alt und praktizierte erst seit knapp fünf Jahren. Sie war mittelgroß, mit sehr kurzem, sehr grauem Haar, das in einem Pony bis fast an die Oberkante ihrer runden schwarzen Brille reichte. Die Augen waren grün, und sie funkelten Clint an, als hätte sie gerade etwas Lustiges gehört. Dann verdrehte sie sie und schüttelte den Kopf. »Bis später, Sam«, sagte sie schließlich und legte den Hörer auf.

»Ich habe einen neuen Mandanten für dich«, sagte Clint mit einem Lächeln.

»Ich brauche keine neuen Mandanten, Clint. Ich brauche Mandanten, die zahlen können. Wie heißt er?«

»Mark Sway. Er ist noch ein Kind, zehn, vielleicht zwölf Jahre alt. Und er sagt, er soll um zwölf mit dem FBI reden. Sagt, er brauche einen Anwalt.«

»Ist er allein?«

»Ja.«

»Wie ist er auf uns gekommen?«

»Keine Ahnung. Ich bin schließlich nur der Sekretär, vergiß das nicht. Ein paar Fragen mußt du schon selber stellen.«

Reggie stand auf und ging um den Schreibtisch herum. »Bring ihn herein. Und erlöse mich in einer Viertelstunde, okay? Ich habe heute vormittag eine Menge zu tun.«

»Komm mit, Mark«, sagte Clint, und Mark folgte ihm durch eine schmale Tür und einen Flur entlang. Die Tür zu ihrem Büro hatte ein Buntglasfenster und auf einer kleinen Messingtafel stand gleichfalls ANWALTSKANZLEI REGGIE LOVE. Clint öffnete die Tür und bedeutete Mark, er solle eintreten.

Das erste, was ihm an ihr auffiel, war ihr Haar. Es war grau und noch kürzer als seines; sehr kurz über den Ohren und hinten, ein bißchen dichter auf dem Scheitel, und vorn ein langer Pony. Er hatte noch nie eine Frau gesehen, die ihr graues Haar so kurz trug. Sie war nicht alt, und sie war auch nicht jung.

Sie lächelte freundlich, als sie ihn an der Tür in Empfang nahm. »Mark, ich bin Reggie Love.« Sie reichte ihm die Hand, er ergriff sie zögernd, und sie drückte fest zu und schüttelte sie kräftig. Es kam nicht oft vor, daß er einer Frau die Hand gab. Sie war weder groß noch klein, weder dick noch mager. Ihr Kleid war schlicht und schwarz, und an beiden Handgelenken trug sie schwarze und goldene Armreifen. Sie klirrten.

»Nett, Sie kennenzulernen«, sagte er schwächlich. Sie führte ihn in eine Ecke des Büros, wo zwei Sessel an einem Tisch mit Bildbänden darauf standen.

»Setz dich«, sagte sie. »Ich kann nur ein paar Minuten erübrigen.« Mark setzte sich auf die Kante seines Sessels und war plötzlich total verängstigt. Er hatte seine Mutter angelogen. Er hatte die Polizei angelogen. Er hatte Dr. Greenway angelogen. Er war im Begriff, das FBI anzulügen. Romey war noch nicht einmal vierundzwanzig Stunden tot, und er log nach links und rechts jeden an, der ihn etwas fragte. Morgen würde er bestimmt irgendeinen anderen Menschen anlügen. Vielleicht war es an der Zeit, zur Abwechslung einmal reinen Tisch zu machen. Es war manchmal unangenehm, die Wahrheit zu sagen, aber gewöhnlich war ihm hinterher wohler zumute. Aber der Gedanke, diese ganze Last bei einer Fremden abzuladen, ließ ihm das Blut in den Adern gefrieren.

»Möchtest du etwas zu trinken?«

»Nein, Madam.«

Sie schlug die Beine übereinander. »Mark Sway, richtig? Bitte nenn mich nicht Madam, okay? Ich heiße nicht Ms. Love oder so etwas, ich heiße Reggie. Ich bin alt genug, um deine Großmutter zu sein, aber du nennst mich Reggie. Okay?«

»Okay.«

»Wie alt bist du, Mark. Erzähl mir etwas von dir.«

»Ich bin elf. Ich gehe in die fünfte Klasse der Schule an der Willow Road.«

»Weshalb bist du heute morgen nicht in der Schule?«

»Das ist eine lange Geschichte.«

»Ich verstehe. Und wegen dieser langen Geschichte bist du hier?«

»Ja.«

»Willst du mir diese lange Geschichte erzählen?«

»Ich glaube, ja.«

»Clint sagte, du solltest dich um zwölf mit dem FBI treffen. Stimmt das?«

»Ja. Sie wollen mir im Krankenhaus ein paar Fragen stellen.«

Sie griff sich einen der Blöcke, die auf dem Tisch lagen, und schrieb etwas darauf »Im Krankenhaus?«

»Das gehört zu der langen Geschichte. Darf ich Sie etwas fragen, Reggie?« Es war ein merkwürdiges Gefühl, diese Dame mit einem Baseballnamen anzureden. Er hatte einmal einen Fernsehfilm über das Leben von Reggie Jackson gesehen und erinnerte sich, wie die Menge einstimmig Reggie! Reggie! gebrüllt hatte. Und dann gab es auch noch den Reggie-Schokoriegel.

»Natürlich.« Sie lächelte viel, und es war offensichtlich, daß sie diese Szene mit einem Jungen, der einen Anwalt brauchte, genoß. Mark wußte, daß das Lächeln verschwinden würde, wenn er es schaffte, seine Geschichte zu erzählen. Sie hatte hübsche Augen, und sie funkelten ihn an.

»Wenn ich Ihnen etwas erzähle, werden Sie es dann jemandem weitersagen?« fragte er.

»Natürlich nicht. Das ist vertraulich und unterliegt der Schweigepflicht.«

»Was bedeutet das?«

»Es bedeutet, daß ich niemandem sagen darf, was du mir erzählst, es sei denn, du sagst mir, daß ich es weitersagen darf.«

»Niemandem?«

»Niemandem. Das ist genau so, als würdest du mit deinem Arzt oder Pastor sprechen. Die Unterhaltungen sind geheim und vertraulich. Verstehst du das?«

»Ich glaube, ja. Unter gar keinen Umständen?«

»Unter gar keinen Umständen darf ich jemandem sagen, was du mir erzählst.«

»Was ist, wenn ich Ihnen etwas erzähle, was sonst niemand weiß?«

»Ich darf es nicht sagen.«

»Etwas, das die Polizei unbedingt wissen möchte?«

»Ich darf es nicht sagen.« Anfangs amüsierten sie seine Fragen, aber seine Hartnäckigkeit gab ihr zu denken.

»Etwas, das Ihnen eine Menge Ärger einbringen könnte?«

»Ich darf es nicht sagen.«

Mark schaute sie eine lange Weile unverwandt an. Er hatte das Gefühl, daß er ihr vertrauen konnte. Ihr Gesicht war freundlich und ihre Augen beruhigend. Sie war entspannt, und man konnte gut mit ihr reden.

»Weitere Fragen?« erkundigte sie sich.

»Ja. Wie sind Sie an den Namen Reggie gekommen?«

»Ich habe meinen Namen vor ein paar Jahren geändert. Ich hieß damals Regina und war mit einem Arzt verheiratet, und dann sind eine Menge schlimmer Dinge passiert, deshalb habe ich meinen Namen in Reggie geändert.«

»Sie sind geschieden?«

»Ja.«

»Meine Eltern sind auch geschieden.«

»Das tut mir leid.«

»Das braucht Ihnen nicht leid zu tun. Mein Bruder und ich waren selig, als die Scheidung durchkam. Mein Vater hat eine Menge getrunken und uns geschlagen. Mom hat er auch geschlagen. Ich und Ricky haben ihn immer gehaßt.«

»Ricky ist dein Bruder?«

»Ja. Er ist der, der im Krankenhaus liegt.«

»Was fehlt ihm?«

»Das gehört zu der langen Geschichte.«

»Wann willst du mir diese lange Geschichte erzählen?«

Mark zögerte ein paar Sekunden und dachte über einige Dinge nach. Er war noch nicht ganz bereit, alles zu erzählen.

»Wieviel Honorar wollen Sie?«

»Ich weiß es nicht. Was für eine Art von Fall ist es?«

»Welche Art von Fällen übernehmen Sie?«

»Meistens Fälle, bei denen es um mißbrauchte oder vernachlässigte Kinder geht. Einige mit ausgesetzten Kindern. Massenhaft Adoptionen. Ein paar Fälle von ärztlicher Pfuscherei bei Säuglingen. Aber meistens Fälle von Kindesmißbrauch. Manche davon sind ziemlich übel.«

»Gut. Das ist nämlich ein ganz übler Fall. Eine Person ist tot. Eine weitere liegt im Krankenhaus. Die Polizei und das FBI wollen mit mir reden.«

»Mark, ich nehme an, du hast nicht viel Geld, um mich zu engagieren, oder?«

»Nein.«

»Technisch gesehen genügt es, wenn du mir etwas als Vorschuß zahlst, und sobald das geschehen ist, bin ich dein Anwalt, und wir können zur Sache kommen. Hast du einen Dollar?«

»Ja.«

»Wie wär's, wenn du mir den als Vorschuß geben würdest?«

Mark zog einen Ein-Dollar-Schein aus seiner Tasche und gab ihn ihr. »Das ist alles, was ich habe.«

Reggie wollte den Dollar des Jungen nicht, aber sie nahm ihn, weil Standesethik nun einmal Standesethik war und weil es vermutlich zugleich seine letzte Zahlung sein würde. Und er war stolz auf sich, weil er einen Anwalt engagierte. Sie würde ihm das Geld irgendwie wieder zukommen lassen.

Sie legte den Schein auf den Tisch und sagte: »Okay, jetzt bin ich der Anwalt, und du bist der Klient. Und nun laß mich deine Geschichte hören.«

Er griff abermals in seine Tasche und zog den zusammengefalteten Ausschnitt aus der Zeitung heraus, die Greenway ihnen dagelassen hatte. Er reichte ihn ihr. »Haben Sie das schon gesehen?« fragte er. »Es stand in der heutigen Morgenzeitung.« Seine Hand zitterte, und das Papier bebte.

»Hast du Angst, Mark?«

»Ein bißchen.«

»Versuch dich zu entspannen, okay?«

»Okay. Ich werde es versuchen. Haben Sie das schon gesehen?«

»Nein, ich bin noch nicht zum Zeitunglesen gekommen.« Sie nahm den Ausschnitt und las. Mark beobachtete ihre Augen ganz genau.

»Okay«, sagte sie, als sie fertig war.

»Da steht, die Leiche wäre von zwei Jungen gefunden worden. Das waren ich und Ricky.«

»Nun, ich bin sicher, das war furchtbar, aber es ist kein Verbrechen, eine Leiche zu finden.«

»Gut. Aber die Geschichte ist noch nicht zu Ende.«

Ihr Lächeln war verschwunden. Der Stift war bereit. »Und die möchte ich jetzt hören.«

Mark atmete tief und hastig. Die vier Doughnuts rumorten in seinem Magen. Er hatte Angst, aber er wußte auch, daß er sich viel besser fühlen würde, wenn es vorbei war. Er ließ sich in den Sessel sinken, holte tief Luft und schaute auf den Fußboden.

Er fing an mit seinem Rauchen, und wie Ricky ihn dabei erwischt hatte und sie zusammen in den Wald gegangen waren. Dann der Wagen, der Gartenschlauch, der dicke Mann, der, wie sich herausstellte, Jerome Clifford war. Er sprach langsam, weil er sich an alles erinnern wollte und weil er wollte, daß seine neue Anwältin alles mitschrieb.

Nach einer Viertelstunde versuchte Clint zu unterbrechen, aber Reggie verscheuchte ihn mit einem Stirnrunzeln. Er machte schnell die Tür wieder zu und verschwand.

Der erste Bericht dauerte zwanzig Minuten. Reggie unterbrach ihn nur selten. Es gab Lücken und Löcher, die nicht Marks Schuld waren, sondern lediglich Schwachstellen, die sie im zweiten Durchlauf ausräumte, der weitere zwanzig Minuten dauerte. Sie unterbrachen für Kaffee und Eiswasser, alles von Clint herbeigeschafft, und Reggie verlegte das Gespräch an ihren Schreibtisch, wo sie ihre Aufzeichnungen ausbreitete und sich auf den dritten Durchlauf dieser bemerkenswerten Geschichte vorbereitete. Sie füllte einen Notizblock und fing einen zweiten an. Ihr Lächeln war längst verschwunden. An die Stelle des freundlichen, herablassenden Geplauders der Großmutter mit ihrem Enkel waren gezielte Fragen getreten, die jedes Detail klären wollten.

Die einzigen Details, die Mark nicht preisgab, waren diejenigen, die sich auf das Versteck der Leiche von Senator Boyd Boyette bezogen – also alles, was Romey über die Leiche gesagt hatte. Während das geheime und vertrauliche Gespräch seinen Lauf nahm, wurde Reggie immer klarer, daß Mark wußte, wo die Leiche angeblich vergraben war, und sie wich dieser Information geschickt und besorgt aus. Vielleicht würde sie ihn danach fragen, vielleicht auch nicht. Aber es würde das letzte sein, worüber sie redeten.

Eine Stunde, nachdem sie angefangen hatten, machte sie eine Pause und las noch zweimal den Zeitungsartikel. Dann ein weiteres Mal. Es schien zu passen. Er hatte zu viele Einzelheiten geliefert, um zu lügen. Dies war keine Geschichte, die eine blühende Fantasie sich ausdenken konnte. Und der arme Junge hatte eine Heidenangst.

Clint unterbrach abermals um halb zwölf, um Reggie mitzuteilen, daß ihr nächster Mandant bereits seit einer Stunde wartete. Wegschicken, sagte Reggie, ohne von ihren Notizen aufzuschauen, und Clint war verschwunden. Während sie las, wanderte Mark im Büro herum. Er stand am Fenster und beobachtete den Verkehr auf der Third Street. Dann kehrte er zu seinem Sessel zurück und wartete.

Seine Anwältin war zutiefst beunruhigt, und sie tat ihm fast leid. All diese Namen und Gesichter im Branchenbuch, und er mußte diese Bombe ausgerechnet auf Reggie Love abwerfen.

»Wovor hast du Angst, Mark?« fragte sie und rieb sich die Augen.

»Vor einer Menge Dinge. Ich habe die Polizei angelogen, und ich glaube, sie weiß, daß ich lüge. Das macht mir angst. Mein kleiner Bruder liegt im Koma, meinetwegen. Es ist alles meine Schuld. Ich habe seinen Doktor angelogen. Und das macht mir angst. Ich weiß nicht, was ich tun soll, und das ist vermutlich der Grund dafür, daß ich hier bin. Was soll ich tun?«

»Hast du mir alles erzählt?«

»Nein, aber fast alles.«

»Hast du mich angelogen?«

»Nein.«

»Weißt du, wo die Leiche vergraben ist?«

»Ich glaube, ja. Ich weiß, was Mr. Clifford mir erzählt hat.«

Für den Bruchteil einer Sekunde befürchtete Reggie, er würde damit herausplatzen. Aber er tat es nicht, und sie sahen sich eine kleine Ewigkeit lang an.

»Willst du mir sagen, wo sie ist?« fragte sie schließlich.

»Wollen Sie es wissen?«

»Ich bin mir nicht sicher. Was hält dich davon ab, es mir zu sagen?«

»Ich habe Angst. Ich will nicht, daß jemand weiß, was ich weiß, weil Mr. Clifford mir erzählt hat, sein Klient hätte schon eine Menge Leute umgebracht und vorgehabt, auch ihn umzubringen. Wenn er schon eine Menge Leute umgebracht hat und wenn er weiß, daß ich sein Geheimnis kenne, dann wird er hinter mir her sein. Und wenn ich diese Sache der Polizei erzähle, dann ist er bestimmt hinter mir her. Er gehört zur Mafia, und das macht mir erst recht Angst. Würden Sie nicht auch Angst haben?«

»Vermutlich.«

»Und die Polizisten haben mir gedroht, falls ich nicht die Wahrheit sage. Sie glauben ohnehin, daß ich lüge, und ich weiß einfach nicht, was ich tun soll. Meinen Sie, ich sollte es der Polizei und dem FBI erzählen?«

Reggie stand auf und ging langsam zum Fenster. Diesmal hatte sie keinen perfekten Rat zu bieten. Wenn sie ihrem neuen Klienten riet, dem FBI gegenüber auszupacken, und er ihren Rat befolgte, dann konnte sein Leben in der Tat gefährdet sein. Es gab kein Gesetz, das ihn dazu zwingen konnte. Behinderung der Justiz vielleicht, aber er war schließlich noch ein Kind. Sie wußten nicht, was er wußte, und wenn sie es nicht beweisen konnten, konnte ihm nichts passieren.

»Machen wir es so, Mark. Du sagst mir nicht, wo die Leiche ist, okay? Jedenfalls vorerst nicht. Vielleicht später, aber nicht jetzt. Und wir treffen uns mit den Leuten vom FBI und hören uns an, was sie zu sagen haben. Du brauchst kein Wort zu sagen. Das Reden übernehme ich, und wir beide hören zu. Und wenn es vorbei ist, überlegen wir gemeinsam, wie es weitergeht.«

»Hört sich gut an.«

»Weiß deine Mutter, daß du hier bist?«

»Nein. Ich muß sie anrufen.«

Reggie suchte die Nummer des Krankenhauses aus dem Telefonbuch und wählte. Mark erklärte Dianne, er hätte einen Spaziergang gemacht und würde gleich bei ihr sein. Er war ein gewandter Lügner, stellte Reggie fest. Er hörte eine Weile zu und wirkte betroffen. »Wie geht es ihm?« fragte er. »Ich komme sofort.«

Er legte auf und schaute Reggie an. »Mom ist nervös. Rikky wacht langsam aus dem Koma auf, und sie kann Dr. Greenway nicht finden.«

»Ich komme mit ins Krankenhaus.«

»Das wäre nett.«

»Wo will das FBI dich sprechen?«

»Ich glaube, im Krankenhaus.«

Sie sah auf die Uhr und warf zwei frische Notizblöcke in ihren Aktenkoffer. Sie war plötzlich nervös. Mark wartete an der Tür.

9

Der zweite Anwalt, den Barry Muldanno zu seiner Verteidigung in dieser lästigen Mordsache engagiert hatte, war vom gleichen Kaliber wie sein Vorgänger; er hieß Willis Upchurch, ein aufgehender Stern in dem Rudel lärmender Großmäuler, die durchs ganze Land zogen und für Ganoven und Kameras agierten. Upchurch unterhielt Kanzleien in Chicago und Washington und in jeder anderen Stadt, in der er einen spektakulären Fall an sich reißen und Räume mieten konnte. Sobald er nach dem Frühstück mit Muldanno gesprochen hatte, saß er auch schon in einer Maschine nach New Orleans, um erstens eine Pressekonferenz abzuhalten und zweitens seinen berühmten neuen Mandanten zu treffen und eine lautstarke Verteidigung zu planen. Er war ziemlich reich geworden und hatte sich in Chicago mit leidenschaftlichen Verteidigungen von Mafia-Killern und Drogenhändlern einen Namen gemacht, und im Laufe des letzten Jahrzehnts war er von den Mafia-Bossen überall im Lande für alle möglichen Arten von Vertretung herangezogen worden. Seine Erfolge waren durchschnittlich, aber es war nicht das Verhältnis zwischen gewonnenen und verlorenen Fällen, das ihm Klienten einbrachte. Es waren sein zorniges Gesicht, sein buschiges Haar und seine dröhnende Stimme. Upchurch war ein Anwalt, der gehört und gesehen werden wollte – in Zeitschriftenartikeln, Fernsehnachrichten, Ratgeberkolumnen, Broschüren und Talkshows. Er vertrat seine Meinung. Er hatte keine Angst vor Unkenrufen. Er war radikal und scheute sich nicht, alles zu sagen, und das machte ihn zu einem Lieblingsgast bei jeder noch so abartigen Tages-Talkshow im Fernsehen.

Er übernahm nur Sensationsfälle mit massenhaft Schlagzeilen und Kameras. Nichts war ihm zu widerwärtig. Er bevorzugte Klienten, die zahlen konnten, und wenn ein Massenmörder Hilfe brauchte, dann erschien Upchurch mit einem Vertrag, der ihm die exklusiven Buch- und Filmrechte garantierte.

Obwohl er seine Berühmtheit über alle Maßen genoß und die äußerste Linke ihn wegen seiner hitzigen Verteidigung mittelloser Mörder pries, war Upchurch im Grunde kaum mehr als ein Mafia-Anwalt. Er gehörte der Unterwelt, wurde an ihren Schnüren herumgezerrt und bezahlt, wenn man es für angebracht hielt. Er durfte ein bißchen herumstromern und große Töne spucken, aber wenn die Familie rief, hatte er zu springen.

Willis Upchurch sprang auch, als Johnny Sulari, Barrys Onkel, ihn um vier Uhr morgens anrief. Der Onkel teilte ihm die mageren Fakten über das allzu frühe Dahinscheiden von Jerome Clifford mit. Upchurch sabberte in den Hörer, als Sulari ihn anwies, sofort nach New Orleans zu fliegen. Er wurde hellwach bei dem Gedanken, Barry das Messer Muldanno vor all diesen Kameras zu verteidigen. Er pfiff unter der Dusche, als er an all die Druckerschwärze dachte, die auf diesen Fall bereits verschwendet worden war, und daran, daß jetzt er der Star sein würde. Er grinste sich selbst im Spiegel an, als er sich seine Neunzig-Dollar-Krawatte umband, und stellte sich vor, wie er die nächsten sechs Monate in New Orleans verbringen würde, mit einer Presse, die ihm auf das kleinste Fingerschnippen hin zur Verfügung stand.

Das war es, weshalb er Jura studiert hatte!

Die Szene war anfangs beängstigend. Der Tropf war entfernt worden, weil Dianne im Bett lag und Ricky in den Armen hielt. Sie drückte ihn fest an sich und umschlang ihn mit den Beinen. Er stöhnte und grunzte, wand sich und zuckte. Seine Augen waren offen, dann wieder zu. Dianne drückte ihren Kopf an seinen und redete unter Tränen leise auf ihn ein. »Es ist okay, Baby. Es ist alles okay. Mommy ist bei dir. Mommy ist ja bei dir.«

Greenway stand mit verschränkten Armen neben dem Bett. Er wirkte unsicher, als hätte er so etwas noch nie gesehen. Auf der anderen Seite des Bettes hatte eine Schwester Posten bezogen.

Mark trat vorsichtig ein, und niemand bemerkte es. Reggie war im Schwesternzimmer geblieben. Es war fast zwölf, Zeit für das FBI und das alles, aber Mark wußte sofort, daß niemand im Zimmer sich auch nur im mindesten für die Polizisten und ihre Fragen interessierte.

»Es ist okay, Baby. Es ist okay. Mommy ist bei dir.«

Mark schob sich ans Fußende des Bettes, um besser sehen zu können. Dianne brachte ein schnelles, gequältes Lächeln zustande, dann schloß sie die Augen und flüsterte weiter auf Ricky ein.

Nach ein paar schier endlosen Minuten schlug Ricky die Augen auf, schien seine Mutter zu erkennen und wurde ruhig. Sie küßte ihn ein dutzendmal auf die Stirn. Die Schwester lächelte und tätschelte seine Schulter und gurrte ihm etwas zu.

Greenway sah Mark an und deutete mit einem Kopfnicken auf die Tür. Mark folgte ihm nach draußen auf den stillen Flur. Sie gingen langsam bis zum Ende, in der dem Schwesternzimmer entgegengesetzten Richtung.

»Er ist vor ungefähr zwei Stunden aufgewacht«, sagte der Arzt. »Es sieht so aus, als käme er langsam wieder zu sich.«

»Hat er schon etwas gesagt?«

»Was zum Beispiel?«

»Nun, Sie wissen schon, über das, was gestern passiert ist.«

»Nein. Er hat eine Menge gemurmelt, was ein gutes Zeichen ist, aber richtige Worte hat er dabei bisher nicht gesagt.«

Das war beruhigend, in einer Hinsicht. Mark würde sich in der Nähe des Zimmers aufhalten müssen, für alle Fälle. »Er kommt also wieder in Ordnung?«

»Das habe ich nicht gesagt.« Der Wagen mit dem Mittagessen hielt in der Mitte des Flurs an, und sie gingen um ihn herum. »Ich nehme an, er wird es schaffen, aber es kann eine Weile dauern.« Es trat eine lange Pause ein, in der Mark sich fragte, ob Greenway erwartete, daß er etwas sagte.

»Wie stark ist deine Mutter?«

»Ziemlich stark, nehme ich an. Wir haben eine Menge durchgemacht.«

»Wo leben eure Angehörigen? Sie wird viel Hilfe brauchen.«

»Wir haben keine Angehörigen. Sie hat eine Schwester in Texas, aber die beiden verstehen sich nicht. Und ihre Schwester hat ihre eigenen Probleme.«

»Großeltern?«

»Nein. Mein Ex-Vater war Waise. Wahrscheinlich haben seine Eltern ihn irgendwo ausgesetzt, nachdem sie ihn richtig kennengelernt hatten. Der Vater meiner Mutter ist tot, und ihre Mutter lebt auch in Texas. Sie ist ständig krank.«

»Das tut mir leid.«

Sie blieben am Ende des Flurs stehen und schauten durch ein schmutziges Fenster auf die Innenstadt von Memphis. Das Sterick Building ragte hoch auf.

»Die Leute vom FBI bedrängen mich.«

Willkommen im Club, dachte Mark. »Wo sind sie?«

»In Zimmer 28. Das ist ein kleiner Konferenzraum im zweiten Stock, der selten benutzt wird. Sie haben gesagt, sie erwarten mich, dich und deine Mutter um genau zwölf Uhr, und es hörte sich an, als meinten sie es ernst.« Greenway sah auf die Uhr und fing an, sich auf den Rückweg zu Rickys Zimmer zu machen. »Sie wollen unbedingt mit dir reden.«

»Ich bin bereit für sie«, sagte Mark. Es war ein schwacher Versuch, Kühnheit vorzutäuschen.

Greenway sah ihn überrascht an. »Auf einmal?«

»Ich habe für uns eine Anwältin engagiert.«

»Wann?«

»Heute vormittag. Sie ist jetzt hier, am anderen Ende des Flurs.« Greenway schaute nach vorn, aber das Schwesternzimmer lag hinter einer Biegung des Ganges. »Die Anwältin ist hier?« fragte er ungläubig.

»Ja.«

»Wie hast du eine Anwältin gefunden?«

»Das ist eine lange Geschichte. Aber ich habe sie selbst bezahlt.«

Greenway dachte im Gehen darüber nach. »Nun, deine Mutter kann Ricky im Moment nicht alleinlassen, unter gar keinen Umständen. Und ich muß auch in der Nähe bleiben.«

»Kein Problem. Ich und meine Anwältin erledigen das.«

Sie blieben vor Rickys Tür stehen, und Greenway zögerte, bevor er sie aufstieß. »Ich könnte sie bis morgen hinhalten. Ich kann sie sogar aus dem Krankenhaus verweisen.« Er versuchte, sich zäh zu geben, aber Mark wußte es besser.

»Nein, vielen Dank. Sie werden nicht verschwinden. Sie kümmern sich um Ricky und Mom, und wir, ich und meine Anwältin, kümmern uns um das FBI.«

Reggie hatte einen leeren Raum im achten Stock gefunden, und sie eilten die Treppe hinunter, um ihn zu benutzen. Sie hatten zehn Minuten Verspätung. Sie machte schnell die Tür zu und sagte: »Zieh deinen Pullover hoch.«

Er erstarrte und sah sie fassungslos an.

»Zieh deinen Pullover hoch!« wiederholte sie, und er begann, an seinem dicken Memphis-State-Tigers-Sweatshirt zu zerren. Sie öffnete ihren Aktenkoffer und holte einen kleinen schwarzen Recorder und einen Plastikriemen mit Klettband heraus. Sie überprüfte die Mikrokassette, dann drückte sie die Knöpfe. Mark beobachtete jede ihrer Bewegungen. Es war offensichtlich, daß sie das Gerät schon oft benutzt hatte. Sie drückte es auf seinen Bauch und sagte: »Halt es hier fest.« Dann zog sie den Plastikriemen durch einen Clip am Recorder, wickelte ihn um seinen Körper und befestigte ihn sicher mit den Klettband-Enden. »Tief atmen«, sagte sie, und er tat es.

Er stopfte das Sweatshirt wieder in die Jeans. Reggie trat einen Schritt zurück und betrachtete seinen Bauch. »Perfekt«, sagte sie.

»Was ist, wenn sie mich durchsuchen?«

»Das werden sie nicht. Laß uns gehen.«

Sie ergriff ihren Aktenkoffer und dann waren sie draußen.

»Woher wissen Sie, daß sie mich nicht durchsuchen werden?« fragte er abermals, sehr nervös. Er ging schnell, um mit ihr Schritt zu halten. Eine Schwester musterte sie argwöhnisch.

»Weil sie hier sind, um mit dir zu reden, nicht, um dich zu verhaften. Vertrau mir einfach.«

»Ich vertraue Ihnen, aber ich habe wirklich Angst.«

»Du wirst deine Sache schon gut machen, Mark. Denk nur an das, was ich dir gesagt habe.«

»Und Sie sind sicher, daß sie dieses Ding nicht sehen können?«

»Ganz sicher.« Sie stieß eine Tür auf, und sie befanden sich wieder im Treppenhaus und eilten die grünen Betonstufen hinab. Mark war einen Schritt hinter ihr. »Was ist, wenn der Pieper losgeht oder sonst etwas, und sie drehen durch und ziehen ihre Pistolen? Was dann?«

»Es gibt keinen Pieper.« Sie ergriff seine Hand, drückte sie kraftvoll und eilte weiter in Richtung zweiter Stock. »Und sie schießen nicht auf Kinder.«

»In einem Film haben sie es mal getan.«

Der zweite Stock von St. Peter's war viele Jahre vor dem neunten erbaut worden. Er war grau und schmutzig, und auf den engen Fluren wimmelte es von der üblichen hektischen Menge von Schwestern, Ärzten, Laboranten und Tragen schiebenden Pflegern, Patienten, die sich in Rollstühlen vorwärtsbewegten, und benommenen Familienangehörigen, die ziellos umherwanderten und versuchten, wach zu bleiben. Flure stießen, aus allen Richtungen kommend, an chaotischen kleinen Kreuzungen zusammen, nur um sich dann wieder zu einem hoffnungslosen Labyrinth zu verzweigen. Reggie fragte drei Schwestern nach Zimmer 28, und die dritte deutete mit dem Finger die Richtung an und redete, aber ohne stehenzubleiben. Sie fanden einen vernachlässigten Flur mit einem uralten Teppich und schlechter Beleuchtung, und die sechste Tür auf der rechten Seite führte in ihr Zimmer. Es war eine schäbige Holztür, ohne Fenster.

»Ich habe Angst, Reggie«, sagte Mark und starrte auf die Tür.

Sie hielt seine Hand mit festem Griff. Wenn sie nervös war, ließ sie es sich nicht anmerken. Ihr Gesicht war gelassen. Ihre Stimme war warm und beruhigend. »Tu nur, was ich dir gesagt habe, Mark. Ich weiß, was ich tue.«

Sie traten ein oder zwei Schritte zurück, und Reggie öffnete eine identische Tür, die in Zimmer 24 führte. Es war ein ehemaliges Büro, das jetzt als Abstellraum für alle möglichen Dinge diente. »Ich warte hier drinnen. So, und jetzt geh und klopf an.«

»Ich habe Angst, Reggie.«

Sie tastete behutsam nach dem Recorder und führte die Finger darum herum, bevor sie den Startknopf drückte. »Nun geh«, wies sie ihn an und deutete auf den Flur.

Mark holte tief Luft und klopfte an. Er konnte hören, wie drinnen Stühle bewegt wurden. »Herein«, sagte jemand, und die Stimme klang nicht freundlich. Er öffnete langsam die Tür, trat ein und machte sie hinter sich wieder zu. Der Raum war lang und schmal, genau wie der Tisch in seiner Mitte. Keine Fenster. Kein Lächeln von den zwei Männern, die zu beiden Seiten des Tisches standen, nahe seinem Ende. Man hätte sie für Zwillinge halten können – weiße Hemden mit angeknöpftem Kragen, blaurote Krawatten, dunkle Hosen, kurzes Haar.

»Du mußt Mark sein«, sagte der eine, während der andere zur Tür schaute.

Mark nickte, er konnte nicht sprechen.

»Wo ist deine Mutter?«

»Äh – wer sind Sie?« Mark brachte die Worte mühsam heraus. Der an der rechten Seite sagte: »Ich bin Jason McThune, FBI Memphis.« Er streckte die Hand aus, und Mark schüttelte sie schlaff. »Ich freue mich, dich kennenzulernen, Mark.«

»Ganz meinerseits.«

»Und ich bin Larry Trumann«, sagte der andere. »FBI New Orleans.« Mark gestattete Trumann denselben schwachen Händedruck. Die Agenten wechselten nervöse Blicke, und eine peinliche Sekunde lang wußte keiner, was er sagen sollte.

Schließlich deutete Trumann auf den Stuhl am Ende des Tisches. »Setz dich, Mark.« McThune nickte sein Einverständnis und lächelte beinahe. Mark setzte sich vorsichtig hin, weil er fürchtete, das Klettband könnte sich lösen und das verdammte Ding irgendwie herunterfallen. Sie würden ihm blitzschnell Handschellen anlegen und ihn in ihren Wagen stoßen, und er würde seine Mutter nie wiedersehen. Was würde Reggie dann tun? Sie rückten mit ihren Stühlen dicht an ihn heran und schoben ihre Notizblöcke auf dem Tisch auf ihn zu.

Sie atmeten auf ihn herab, und Mark war überzeugt, daß das zu ihrer Taktik gehörte. Dann hätte er fast gelächelt. Wenn sie so dicht bei ihm sitzen wollten – er hatte nichts dagegen. Der schwarze Recorder würde alles festhalten. Keine verschwommenen Stimmen.

»Wir – äh – haben eigentlich damit gerechnet, daß deine Mutter und Dr. Greenway mitkommen würden«, sagte Trumann und warf einen Blick auf McThune.

»Sie sind bei meinem Bruder.«

»Wie geht es ihm?« fragte McThune ernst.

»Nicht sehr gut. Mom kann ihn im Moment nicht alleinlassen.«

»Wir dachten, sie würde hier sein«, sagte Trumann noch einmal und sah McThune an, als wüßte er nicht recht, ob er fortfahren sollte.

»Nun, wir können ein oder zwei Tage warten, bis sie kommen kann«, schlug Mark vor.

»Nein, Mark, wir müssen uns unbedingt jetzt unterhalten.«

»Vielleicht sollte ich hinaufgehen und sie holen.«

Trumann zog seinen Stift aus der Hemdtasche und lächelte Mark an. »Nein, laß uns ein paar Minuten reden. Nur wir drei. Bist du nervös?«

»Ein bißchen. Was wollen Sie?« Er war immer noch steif vor Angst, aber das Atmen war jetzt leichter. Der Recorder hatte nicht gepiept oder ihm einen Schrecken eingejagt.

»Nun, wir möchten dir ein paar Fragen wegen gestern stellen.«

»Brauche ich einen Anwalt?«

Sie schauten einander mit offenen Mündern an, und es vergingen mindestens fünf Sekunden, bevor McThune den Kopf in Marks Richtung neigte und sagte: »Natürlich nicht.«

»Warum nicht?«

»Nun, weißt du, wir wollen dir bloß ein paar Fragen stellen. Das ist alles. Wenn du willst, daß deine Mutter dabei ist, dann holen wir sie. Aber einen Anwalt brauchst du nicht. Nur ein paar Fragen, das ist alles.«

»Ich habe aber schon mit der Polizei gesprochen, gestern abend. Ziemlich ausführlich sogar.«

»Wir sind nicht die Polizei. Wir sind FBI-Agenten.«

»Das ist es ja, was mir angst macht. Vielleicht brauche ich doch einen Anwalt, Sie wissen schon, damit er meine Rechte wahrnimmt und das alles.«

»Du hast zuviel ferngesehen, Junge.«

»Ich heiße Mark, okay? Können Sie mich wenigstens mit Mark anreden?«

»Natürlich. Entschuldige. Aber du brauchst keinen Anwalt.«

»Stimmt«, kam ihm Trumann zu Hilfe. »Anwälte kommen einem nur in die Quere. Man muß ihnen Geld bezahlen, und sie erheben gegen alles Einspruch.«

»Meinen Sie nicht, daß wir warten sollten, bis meine Mutter hier sein kann?«

Sie lächelten sich kurz an, und dann sagte McThune: »Eigentlich nicht, Mark. Ich meine, wir können warten, wenn du unbedingt willst, aber du bist ein intelligenter Junge, und wir haben es wirklich sehr eilig. Wir wollen dir nur ein paar kurze Fragen stellen.«

»Okay. Wenn es unbedingt sein muß.«

Trumann schaute auf seinen Notizblock und machte den Anfang. »Gut. Du hast der Polizei von Memphis erzählt, daß Jerome Clifford schon tot war, als ihr beide, du und Ricky, gestern den Wagen gefunden habt. Also, Mark, ist das wirklich die Wahrheit?« Die Frage klang ein wenig höhnisch, als wüßte er verdammt gut, daß es nicht die Wahrheit war.

Mark schaute starr geradeaus. »Muß ich die Frage beantworten?«

»Natürlich mußt du das.«

»Warum?«

»Weil wir die Wahrheit wissen müssen, Mark. Wir sind

das FBI, wir untersuchen diese Sache, und wir müssen die Wahrheit wissen.«

»Was passiert, wenn ich sie nicht beantworte?«

»Oh, eine Menge Dinge. Wir könnten gezwungen sein, dich in unser Büro mitzunehmen, natürlich auf dem Rücksitz des Wagens, ohne Handschellen, und dir ein paar wirklich harte Fragen zu stellen. Möglicherweise müßten wir auch deine Mutter holen.«

»Was passiert mit meiner Mutter? Kann sie Ärger bekommen?«

»Vielleicht.«

»Welche Art von Ärger?«

Sie hielten eine Sekunde inne und wechselten nervöse Blicke. Sie hatten auf unsicherem Boden begonnen, und die Lage wurde von Minute zu Minute heikler. Kinder dürfen nicht befragt werden ohne das Einverständnis ihrer Eltern.

Aber zum Teufel. Seine Mutter war nicht erschienen. Er hatte keinen Vater. Er war ein armer Junge, und hier war er, ganz allein. Im Grunde war das ideal. Eine bessere Situation hätten sie sich gar nicht wünschen können. Nur ein paar rasche Fragen.

McThune räusperte sich und runzelte dann die Stirn. »Mark, hast du schon einmal etwas von Behinderung der Justiz gehört?«

»Ich glaube nicht.«

»Nun, das ist ein Verbrechen. Ein Verstoß gegen Bundesrecht. Eine Person, die etwas über ein Verbrechen weiß und dieses Wissen der Polizei oder dem FBI vorenthält, kann wegen Behinderung der Justiz schuldig gesprochen werden.«

»Und was passiert dann?«

»Nun, wenn eine solche Person schuldig gesprochen worden ist, kann sie bestraft werden. Du weißt schon, ins Gefängnis gesteckt werden oder so etwas.«

»Also, wenn ich Ihre Fragen nicht beantworte, müßten Mom und ich vielleicht ins Gefängnis?«

McThune wich ein Stück zurück und sah Trumann an. Das Eis wurde dünner. »Weshalb willst du die Frage nicht beantworten, Mark?« fragte Trumann. »Hast du etwas zu verheimlichen?«

»Ich habe einfach Angst. Und irgendwie kommt mir das nicht fair vor, weil ich erst elf bin, und Sie sind vom FBI, und meine Mutter ist nicht hier. Ich weiß wirklich nicht, was ich tun soll.«

»Kannst du nicht einfach die Fragen beantworten, Mark, ohne deine Mutter? Du hast gestern etwas gesehen, und da war deine Mutter auch nicht dabei. Wir wollen nur wissen, was du gesehen hast.«

»Wenn Sie an meiner Stelle wären, würden Sie dann einen Anwalt dabei haben wollen?«

»Bestimmt nicht«, sagte McThune. »Ich würde nie einen Anwalt haben wollen. Anwälte sind eine Pest. Eine wahre Pest. Wenn du nichts zu verbergen hast, brauchst du keinen Anwalt. Du brauchst nur unsere Fragen wahrheitsgemäß zu beantworten, dann ist alles in bester Ordnung.« Er wurde langsam wütend, und das überraschte Mark nicht. Einer von ihnen mußte wütend sein. Es war die Guter-Mann-Böser-Mann-Routine, die Mark Tausende von Malen im Fernsehen beobachtet hatte. McThune würde gemein werden, und Trumann würde oft lächeln und Mark zuliebe seinem Partner manchmal sogar einen mißbilligenden Blick zuwerfen, und das würde Trumann Mark sympathisch machen. Schließlich würde McThune aufgebracht das Zimmer verlassen, und dann wurde von Mark erwartet, daß er Trumann sein Herz ausschüttete.

Trumann neigte sich mit der Andeutung eines Lächelns zu ihm. »Mark, war Jerome Clifford schon tot, als ihr ihn gefunden habt?«

»Ich berufe mich auf den Fünften Verfassungszusatz.«

Das angedeutete Lächeln verschwand. McThunes Gesicht rötete sich, und er schüttelte frustriert den Kopf. Es gab eine lange Pause, während der die Agenten sich gegenseitig anstarrten. Mark beobachtete, wie eine Ameise über den Tisch kroch und unter einem Notizblock verschwand.

Trumann, der gute Mann, ergriff schließlich das Wort.

»Mark, ich glaube, du hast wirklich zuviel ferngesehen.«

»Sie meinen, ich kann mich nicht auf den Fünften Verfassungszusatz berufen?«

»Laß mich raten«, knurrte McThune. »Du siehst dir ›L. A. Law‹ an, stimmt's?«

»Jede Woche.«

»Das habe ich mir gedacht. Willst du überhaupt irgendwelche Fragen beantworten, Mark? Wenn du es nicht tust, müssen wir andere Schritte unternehmen.«

»Welche zum Beispiel?«

»Vor Gericht gehen. Mit dem Richter sprechen. Ihn überzeugen, daß er dich zwingen muß, mit uns zu reden. Alles ziemlich unerfreulich.«

»Ich muß auf die Toilette«, sagte Mark, schob seinen Stuhl vom Tisch zurück und stand auf.

»Aber natürlich, Mark«, sagte Trumann, plötzlich besorgt, ihm wäre ihretwegen schlecht geworden. »Ich glaube, sie ist ein Stück den Flur hinunter.« Mark war an der Tür.

»Du kannst dir ruhig fünf Minuten Zeit lassen, Mark. Wir warten. Es hat keine Eile.«

Er verließ das Zimmer und machte die Tür hinter sich zu.

Siebzehn Minuten lang redeten die Agenten über Belanglosigkeiten und spielten mit ihren Kugelschreibern. Sie machten sich keine Sorgen. Sie waren erfahrene Agenten mit Unmengen von Tricks. Sie waren keine Anfänger. Er würde reden.

Ein Klopfen, und McThune sagte »Herein«. Die Tür ging auf, und eine attraktive Dame von etwa Fünfzig trat ein und machte die Tür hinter sich zu, als wäre dies ihr Büro. Sie sprangen eilig auf, und im gleichen Moment sagte sie: »Behalten Sie ruhig Platz.«

»Wir sind in einer Besprechung«, sagte Trumann in amtlichem Ton. »Sie sind im falschen Zimmer«, erklärte McThune grob.

Sie legte ihren Aktenkoffer auf den Tisch und händigte beiden Agenten eine weiße Karte aus. »Ich glaube nicht«, sagte sie. »Mein Name ist Reggie Love. Ich bin Anwältin, und ich vertrete Mark Sway.«

Sie nahmen es halbwegs gut hin. McThune studierte die Karte, während Trumann nur mit baumelnden Händen dastand und versuchte, etwas zu sagen.

»Wann hat er Sie engagiert?« fragte McThune mit einem hektischen Blick auf Trumann.

»Geht Sie das etwas an? Und er hat mich nicht nur engagiert, sondern durch Zahlung eines Vorschusses verpflichtet. Setzen Sie sich.«

Sie ließ sich anmutig auf einem Stuhl nieder und rückte an den Tisch heran. Die beiden Agenten sanken verunsichert auf ihre Stühle und hielten Abstand.

»Wo – äh – wo ist Mark?« fragte Trumann.

»Er ist irgendwohin verschwunden und beruft sich auf den Fünften Verfassungszusatz. Würden Sie mir bitte Ihre Ausweise zeigen?«

Sie griffen sofort in ihre Jacketts, tasteten hektisch darin herum und brachten gleichzeitig ihre Ausweise zum Vorschein. Sie nahm beide, las sie sorgfältig, dann schrieb sie etwas auf einen Notizblock.

Als sie fertig war, schob sie die Ausweise über den Tisch und fragte: »Haben Sie tatsächlich versucht, dieses Kind zu verhören, ohne daß seine Mutter zugegen war?«

»Nein«, sagte Trumann.

»Natürlich nicht«, sagte McThune, empört über diese Frage.

»Er sagt, Sie hätten es getan.«

»Er ist verwirrt«, sagte McThune. »Wir haben zuerst mit Dr. Greenway gesprochen, und er war mit dieser Zusammenkunft einverstanden, an der Mark, Dianne Sway und der Arzt teilnehmen sollten.«

»Aber der Junge ist allein hier aufgekreuzt«, setzte Trumann schnell hinzu, begierig, die Lage zu erklären. »Und wir haben ihn gefragt, wo seine Mutter ist, und er hat gesagt, sie könnte jetzt nicht kommen, und da haben wir gedacht, sie wäre unterwegs oder so etwas, deshalb haben wir einfach mit dem Jungen geplaudert.«

»Ja, während wir auf Ms. Sway und den Arzt warteten«, setzte McThune, Hilfestellung leistend, hinzu. »Wo waren Sie währenddessen?«

»Stellen Sie keine irrelevanten Fragen. Haben Sie Mark geraten, mit einem Anwalt zu sprechen?«

Die Agenten sahen sich an, und jeder suchte Hilfe beim anderen. »Darüber wurde nicht gesprochen«, sagte Trumann mit unschuldigem Achselzucken.

Das Lügen war einfacher, weil der Junge nicht dabei war. Er war nur ein verängstigtes Kind, das etwas durcheinandergebracht hatte, und sie waren schließlich FBI-Agenten, also würde sie schließlich ihnen glauben.

McThune räusperte sich und sagte: »Doch, einmal, Larry. Erinnern Sie sich, daß Mark, oder vielleicht war ich es auch, etwas über ›L. A. Law‹ gesagt hat, und dann hat Mark gesagt, vielleicht würde er einen Anwalt brauchen, aber er hat nur Spaß gemacht, und wir, oder zumindest ich, hielten es für einen Scherz. Erinnern Sie sich, Larry?«

Larry erinnerte sich. »Ach ja, irgend etwas über ›L. A. Law‹. Nur ein Scherz.«

»Sind Sie sicher?« fragte Reggie.

»Natürlich bin ich sicher«, protestierte Trumann. McThune runzelte die Stirn und nickte wie sein Partner.

»Er hat Sie nicht gefragt, ob er einen Anwalt braucht?«

Sie schüttelten den Kopf und versuchten scheinbar, darüber nachzudenken. »Daran kann ich mich nicht erinnern. Er ist schließlich ein Kind und sehr verängstigt, und ich bin überzeugt, daß er verwirrt ist«, sagte McThune.

»Haben Sie ihn auf seine Rechte hingewiesen?«

Daraufhin lächelte Trumann; hier war er auf sichererem Boden. »Natürlich nicht. Er ist kein Tatverdächtiger. Er ist nur ein Kind. Wir müssen ihm ein paar Fragen stellen.«

»Und Sie haben nicht versucht, ihn ohne Anwesenheit oder Zustimmung seiner Mutter zu verhören?«

»Nein.«

»Natürlich nicht.«

»Und Sie haben ihm nicht gesagt, Anwälte kämen einem nur in die Quere, als er Sie um Rat fragte?«

»Nein, Madam.«

»Keineswegs. Wenn der Junge das behauptet, dann lügt er.«

Reggie öffnete langsam ihren Aktenkoffer und holte den schwarzen Recorder und die Mikrokassette heraus. Sie legte sie vor ihnen auf den Tisch und stellte den Koffer auf den Boden. Special Agents McThune und Trumann starrten das Gerät an und schienen auf ihren Stühlen zusammenzuschrumpfen.

Reggie bedachte beide mit einem bissigen Lächeln und sagte: »Ich glaube, wir wissen, wer hier lügt.«

McThune ließ zwei Finger über den Nasenrücken gleiten. Trumann rieb sich die Augen. Sie ließ sie einen Moment leiden. Im Zimmer war es still.

»Es ist alles hier auf dem Band, meine Herren. Ihr habt versucht, den Jungen ohne Gegenwart und Zustimmung seiner Mutter zu verhören. Er hat Sie ausdrücklich gefragt, ob Sie nicht warten sollten, bis sie verfügbar wäre, und Sie haben nein gesagt. Sie haben versucht, das Kind einzuschüchtern, indem Sie mit strafrechtlicher Verfolgung nicht nur des Kindes, sondern auch seiner Mutter drohten. Er hat Ihnen gesagt, daß er Angst hat, und er hat Sie zweimal ausdrücklich gefragt, ob er einen Anwalt brauchte. Sie haben ihm geraten, sich keinen Anwalt zu beschaffen, und eine Ihrer Begründungen dafür war, daß Anwälte eine Pest wären. Meine Herren – die Pest ist hier.«

Sie sackten noch tiefer zusammen. McThune drückte vier Finger gegen seine Stirn und rieb bedächtig darauf herum. Trumann starrte fassungslos auf das Tonband, hütete sich aber, die Frau anzusehen. Er dachte daran, es zu nehmen und in Fetzen zu reißen und darauf herumzutrampeln, weil es ihn seine Stellung kosten konnte, aber gleichzeitig war er in seiner zutiefst erschütterten Seele überzeugt, daß diese Frau eine Kopie davon gemacht hatte.

Beim Lügen ertappt zu werden war schon schlimm genug, aber ihre Probleme reichten wesentlich tiefer. Es konnte zu einem schwerwiegenden Disziplinarverfahren kommen. Verweise. Versetzungen. Schwarze Flecken in der Personalakte. Außerdem war Trumann davon überzeugt, daß diese Frau alles wußte, was es über die Bestrafung vom rechten Wege abgekommener FBI-Agenten zu wissen gab.

»Sie haben den Jungen verdrahtet«, sagte Trumann fassungslos zu niemand im besonderen.

»Warum auch nicht? Das ist kein Verbrechen. Ihr seid das FBI, vergeßt das nicht. Ihr verlegt mehr Drähte als sämtliche Telefongesellschaften zusammen.«

So ein Biest! Aber schließlich war sie Anwältin, oder etwa nicht? McThune lehnte sich vor, ließ seine Knöchel knacken und beschloß, wenigstens versuchsweise Widerstand zu leisten. »Hören Sie, Ms. Love, wir ...«

»Nennen Sie mich Reggie.«

»Okay, okay, Reggie, äh, sehen Sie, es tut uns leid. Wir – äh – haben uns ein wenig hinreißen lassen, und – äh – wir bitten um Entschuldigung.«

»Ein wenig hinreißen lassen? Das kann Sie Ihren Job kosten.«

Sie hatten nicht vor, darüber mit ihr zu diskutieren. Vermutlich hatte sie recht, und selbst wenn da Raum für Gegenargumente gewesen wäre, so waren sie doch nicht imstande, welche vorzubringen.

»Nehmen Sie das auf?« fragte Trumann.

»Nein.«

»Okay, wir haben falsch gehandelt. Es tut uns leid.« Er konnte sie nicht ansehen.

Reggie steckte die Kassette langsam in ihre Manteltasche. »Sehen Sie mich an, meine Herren.« Sie hoben langsam den Blick zu ihr, aber es tat weh. »Sie haben mir bereits bewiesen, daß Sie lügen können und daß Ihnen das Lügen leichtfällt. Weshalb sollte ich Ihnen trauen?«

Trumann hieb plötzlich auf den Tisch, zischte und machte eine geräuschvolle Schau daraus, aufzustehen und ans Ende des Tisches zu marschieren. Dann warf er die Hände hoch. »Das ist doch unglaublich. Wir sind nur hergekommen, um dem Jungen ein paar Fragen zu stellen, einfach unsere Arbeit zu tun, und jetzt müssen wir uns nur mit Ihnen anlegen. Der Junge hat uns nicht gesagt, daß er einen Anwalt hat. Wenn er es uns gesagt hätte, dann hätten wir abgewartet. Weshalb tun Sie das? Weshalb haben Sie absichtlich diese Situation heraufbeschworen? Das ist doch sinnlos.«

»Was wollen Sie von dem Jungen?«

»Die Wahrheit. Er lügt über das, was er gestern gesehen hat. Wir wissen, daß er lügt. Wir wissen, daß er mit Jerome Clifford gesprochen hat, bevor Clifford sich umbrachte. Wir wissen, daß der Junge in dem Wagen war. Vielleicht kann ich ihm keinen Vorwurf daraus machen, daß er lügt. Er ist nur ein Kind. Er hat Angst. Aber, verdammt nochmal, wir müssen wissen, was er gesehen und gehört hat.«

»Was könnte er Ihrer Meinung nach gesehen und gehört haben?« Der Gedanke, dies alles Foltrigg erklären zu müssen, traf Trumann wie ein Schlag, und er lehnte sich gegen die Wand. Genau deshalb haßte er Anwälte – Foltrigg, Reggie, den nächsten, der ihm begegnete. Sie machten das Leben so kompliziert.

»Hat er Ihnen alles erzählt?« fragte McThune.

»Unsere Unterhaltung ist streng vertraulich.«

»Das ist mir klar. Aber wissen Sie Bescheid über Clifford und Muldanno und Boyd Boyette? Kennen Sie den Fall?«

»Ich habe die Morgenzeitung gelesen. Ich bin über die Sache in New Orleans informiert. Sie brauchen die Leiche, nicht wahr?«

»Das kann man wohl sagen«, erklärte Trumann vom Ende des Tisches. »Aber im Moment brauchen wir vor allem ein Gespräch mit Ihrem Mandanten.«

»Ich werde darüber nachdenken.«

»Wann werden Sie zu einer Entscheidung gelangen?«

»Das weiß ich noch nicht. Hätten Sie heute nachmittag Zeit?«

»Wozu?«

»Ich muß noch einiges mit meinem Mandanten besprechen. Ich schlage vor, daß wir uns um drei in meinem Büro treffen.« Sie nahm ihren Aktenkoffer und steckte den Recorder hinein. Es war offensichtlich, daß diese Unterredung beendet war. »Ich behalte das Band für mich. Es soll unser kleines Geheimnis bleiben, okay?«

McThune nickte sein Einverständnis, wußte aber, daß da noch mehr kommen würde.

»Wenn ich etwas von Ihnen brauche, zum Beispiel die

Wahrheit oder eine eindeutige Antwort, dann erwarte ich, daß ich es auch bekomme. Wenn ich Sie noch einmal beim Lügen ertappe, mache ich von dem Band Gebrauch.«

»Das ist Erpressung«, sagte Trumann.

»Genau das ist es. Verklagen Sie mich.« Sie stand auf und ergriff den Türknauf. »Wir sehen uns um drei.«

McThune folgte ihr. »Äh, hören Sie, Reggie, da ist noch jemand, der vermutlich auch dabeisein möchte. Sein Name ist Roy Foltrigg, und er ist …«

»Mr. Foltrigg ist in der Stadt?«

»Ja. Er ist letzte Nacht angekommen, und er wird darauf bestehen, an dem Treffen in Ihrem Büro teilzunehmen.«

»Nun denn. Ich fühle mich geehrt. Laden Sie ihn bitte ein.«

10

Der Artikel über den Tod von Jerome Clifford auf der Titelseite der *Memphis Press* stammte von Anfang bis Ende aus der Feder von Slick Moeller, einem alten Polizeireporter, der seit dreißig Jahren über Verbrechen und Polizei in Memphis berichtete. Er hieß in Wirklichkeit Alfred, aber das wußte niemand. Seine Mutter hatte ihm den Spitznamen Slick gegeben, aber nicht einmal sie konnte sich noch erinnern, wie er entstanden war. Drei Ehefrauen und an die hundert Freundinnen hatten ihn Slick genannt. Er zog sich nicht sonderlich gut an, hatte die High School nicht beendet, hatte kein Geld, war mit durchschnittlichem Aussehen und Körperbau gesegnet, fuhr einen Mustang, konnte keine Frau halten, und deshalb wußte niemand, weshalb er Slick genannt wurde.

Verbrechen war sein Leben. Er kannte die Drogenhändler und die Zuhälter. Er trank Bier in den Oben-ohne-Bars und plauderte mit den Rausschmeißern. Er besaß eine Kartei über die Mitglieder der Motorradbanden, die die Stadt mit Drogen und Stripperinnen belieferten. Er konnte sich in den rauhesten Vierteln von Memphis bewegen, ohne einen Kratzer abzubekommen. Er kannte sämtliche Angehörige der Straßengangs. Er hatte nicht weniger als ein Dutzend Autoschieberringe hochgehen lassen, indem er der Polizei die entsprechenden Tips gab. Er kannte die ehemaligen Sträflinge, insbesondere diejenigen, die rückfällig geworden waren. Er kam Hehlern auf die Spur, indem er lediglich die Pfandleihen beobachtete. Seine vollgestopfte Wohnung in der Innenstadt war völlig uninteressant, abgesehen von einer ganzen Wand voll von Notruf-Scannern und Polizeifunk-Empfängern. In seinem Mustang waren mehr Geräte als in einem Streifenwagen, ausgenommen ein Radar-Meßgerät, und das wollte er nicht haben.

Slick Moeller lebte in den dunklen Schatten von Memphis.

Oft war er noch vor der Polizei am Schauplatz eines Verbrechens. Er bewegte sich ungehindert durch die Leichenhallen, Krankenhäuser und Bestattungsunternehmen für Schwarze. Er verfügte über Tausende von Kontaktpersonen und Quellen, und sie redeten mit Slick, weil man ihm vertrauen konnte. Wenn etwas vertraulich war, dann blieb es auch vertraulich. Hintergrund war Hintergrund. Ein Informant wurde niemals bloßgestellt, Tips streng geheimgehalten. Slick war ein Mann, der Wort hielt, und das wußten sogar die Anführer der Straßengangs.

Außerdem kannte er praktisch jeden Polizisten in der Stadt beim Vornamen, und viele von ihnen sprachen von ihm mit großer Hochachtung und nannten ihn Maulwurf. Maulwurf Moeller hat dies getan. Maulwurf Moeller hat jenes gesagt. Da Slick zu seinem eigentlichen Namen geworden war, machte ihm auch der Spitzname nichts aus. Es gab nichts, was Slick viel ausmachte. Er trank Kaffee mit Polizisten in einem der hundert Lokale in der Stadt, die die ganze Nacht geöffnet hatten. Er sah zu, wie sie Softball spielten, wußte Bescheid, wenn ihre Frauen die Scheidung eingereicht hatten, wußte, ob einer von ihnen sich einen Verweis eingehandelt hatte. Er schien sich mindestens zwanzig Stunden pro Tag im Polizeipräsidium aufzuhalten, und es war nicht ungewöhnlich, daß Polizisten ihn ansprachen und ihn fragten, was gerade so los war. Wer wurde erschossen? Wo war der Überfall? War der Fahrer betrunken? Wie viele Tote hat es gegeben? Slick sagte ihnen soviel, wie er konnte. Er half ihnen, wann immer es möglich war. Im Unterricht an der Polizeiakademie von Memphis fiel oft sein Name.

Und deshalb war es für niemanden eine Überraschung, daß Slick auf der Suche nach Informationen den ganzen Vormittag im Polizeipräsidium verbrachte. Er hatte seine Anrufe in New Orleans gemacht und war über die grundlegenden Fakten informiert. Er wußte, daß Roy Foltrigg und das FBI von New Orleans in der Stadt waren und daß alles jetzt in ihren Händen lag. Das gab ihm zu denken. Es war kein simpler Selbstmord; dazu gab es zu viele ausdruckslose Gesichter und »Kein Kommentar«-Reaktionen. Es gab einen

Abschiedsbrief, doch auf alle Fragen danach erhielt er nur abschlägige Antworten. Er wußte Bescheid über die Jungen und darüber, daß es dem jüngeren sehr schlecht ging. Es gab ein paar Fingerabdrücke, ein paar Zigarettenstummel.

Er verließ den Fahrstuhl im neunten Stock und ging in die dem Schwesternzimmer entgegengesetzte Richtung. Er kannte die Nummer von Rickys Zimmer, aber dies war die Psychiatrische Abteilung, und er hatte nicht vor, mit seinen Fragen hineinzustürmen. Er wollte niemandem Angst einjagen, schon gar nicht einem Achtjährigen, der einen Schock erlitten hatte. Er steckte zwei Vierteldollar in den Getränkeautomaten und trank langsam eine Diätcola, als wäre er die ganze Nacht im Gebäude herumgewandert. Ein Mann in einer hellblauen Jacke schob einen Wagen mit Reinigungsmaterialien auf den Fahrstuhl zu. Er war ungefähr fünfundzwanzig, hatte lange Haare und war offensichtlich unzufrieden mit seiner niederen Arbeit.

Slick trat vor die Fahrstühle, und als die Tür aufging, folgte er dem Mann hinein. Oberhalb der Brusttasche war der Name Fred auf die Jacke genäht. Sie waren allein.

»Sie arbeiten im neunten Stock?« fragte Slick, gelangweilt, aber mit einem Lächeln.

»Ja.« Fred sah ihn nicht an.

»Ich bin Slick Moeller von der *Memphis Press* und arbeite an einer Story über Ricky Sway in Zimmer 943. Sie wissen schon, die Sache mit dem Mann, der sich erschossen hat.« Er hatte schon frühzeitig gelernt, daß es am besten war, wenn man von Anfang an mit dem Wer und Was herausrückte.

Fred war plötzlich interessiert. Er richtete sich auf und sah Slick an, als wollte er sagen: »Ja, ich weiß eine Menge, aber von mir erfahren Sie nichts.« Der Wagen zwischen ihnen war vollgepackt mit Ajax, Comet und zwanzig Flaschen mit speziellen Krankenhaus-Reinigungsmitteln. Auf dem unteren Bord stand ein Eimer mit schmutzigen Lappen und Schwämmen. Fred war ein Toilettenschrubber, wurde aber in Sekundenschnelle zu einem Mann mit Insiderwissen.

»Ja«, sagte er gelassen.

»Haben Sie den Jungen gesehen?« fragte Slick beiläufig,

während er das Aufleuchten der Nummern über der Tür verfolgte.

»Ja, ich komme gerade von dort.«

»Ich habe gehört, es wäre ein schwerer traumatischer Schock.«

»Kann schon sein«, sagte Fred selbstgefällig, als wären seine Geheimnisse weltbewegend. Aber er wollte reden, und das hörte nie auf, Slick in Staunen zu versetzen. Man nehme einen Durchschnittsmenschen, sage ihm, man wäre ein Reporter, und in neun von zehn Fällen fühlt er sich verpflichtet zu reden. Will unbedingt reden. Einem seine tiefsten Geheimnisse anvertrauen.

»Armer Junge«, murmelte Slick zum Fußboden hin, als läge Ricky im Sterben. Weiter sagte er ein paar Sekunden lang gar nichts, und das war zuviel für Fred. Was für ein Reporter war das? Wo blieben die Fragen? Er, Fred, kannte den Jungen, hatte gerade sein Zimmer verlassen, hatte mit seiner Mutter gesprochen. Er, Fred, war ein Akteur in diesem Spiel.

»Ja, er ist in schlechter Verfassung«, sagte Fred, gleichfalls zum Fußboden.

»Immer noch im Koma?«

»Er kippt immer wieder weg. So was kann lange dauern.«

»Ja. Das habe ich auch gehört.«

Der Fahrstuhl hielt im fünften Stock, aber Freds Wagen blockierte die Tür, und niemand trat ein. Die Tür schloß sich wieder.

»Man kann nicht viel tun für ein Kind in diesem Zustand«, erklärte Slick. »Ich erlebe es immer wieder. So ein Junge sieht irgend etwas Schreckliches, im Bruchteil einer Sekunde, und verfällt in Schock, und es dauert Monate, ihn wieder herauszuholen. Haufenweise Psychiater. Wirklich traurig. Aber so schlimm steht es nicht mit dem kleinen Sway, oder?«

»Ich glaube nicht. Dr. Greenway meint, daß er in ein oder zwei Tagen wieder zu sich kommen wird. Er wird eine Therapie brauchen, aber er wird es schaffen. Das habe ich schon oft erlebt. Denke selbst daran, Medizin zu studieren.«

»Haben Polizisten hier herumgeschnüffelt?«

Fred ließ den Blick herumwandern, als wäre der Fahrstuhl voller Abhörgeräte. »Ja. Das FBI war den ganzen Tag hier. Die Familie hat sich schon einen Anwalt genommen.«

»Was Sie nicht sagen.«

»Ja, die Leute vom FBI interessieren sich mächtig für diesen Fall, und sie reden mit dem Bruder des Jungen. Irgendwie ist ein Anwalt in die Sache hineingeraten.«

»Wer ist der Anwalt?« fragte Slick.

Die Tür ging auf, und Fred schob seinen Wagen vorwärts. »Reggie Soundso. Hab ihn noch nicht gesehen.«

»Danke«, sagte Slick, als Fred verschwand und der Fahrstuhl sich füllte. Er fuhr wieder in den neunten Stock, auf der Suche nach einem weiteren Fisch.

Bis Mittag waren Roy Foltrigg und seine ständigen Begleiter Wally Boxx und Thomas Fink im Büro des Bundesanwalts für den Western District von Tennessee zu einem kollektiven Ärgernis geworden. George Ord bekleidete dieses Amt seit sieben Jahren. Er konnte Roy Foltrigg nicht ausstehen. Er hatte ihn nicht aufgefordert, nach Memphis zu kommen. Ord kannte Foltrigg von zahlreichen Konferenzen und Seminaren her, bei denen die Bundesanwälte zusammenkommen und über Mittel und Wege beraten, die Regierung zu schützen. Bei diesen Zusammenkünften hielt Foltrigg gewöhnlich eine Rede, immer darauf bedacht, jeden, der zuhören wollte, über seine Ansichten und Strategien und großen Siege aufzuklären.

Nachdem McThune und Trumann aus dem Krankenhaus zurückgekehrt waren und ihm die frustrierenden Neuigkeiten über Mark und seine neue Anwältin mitgeteilt hatten, hatte sich Foltrigg zusammen mit Boxx und Fink abermals in Ords Büro eingenistet, um den jüngsten Stand der Dinge zu rekapitulieren. Ord saß in dem schweren Ledersessel hinter seinem massigen Schreibtisch und hörte zu, wie Foltrigg die Agenten verhörte und gelegentlich Boxx eine Anweisung zubellte.

»Was wissen Sie von dieser Anwältin?« fragte er Ord.

»Nie von ihr gehört.«

»Hat jemand in Ihrem Büro schon einmal mit ihr zu tun gehabt?« fragte Foltrigg. Die Frage war praktisch eine Anweisung an Ord, jemanden ausfindig zu machen, der über Reggie Love informiert war. Er verließ sein Büro und sprach mit einem Assistenten. Die Suche begann.

Trumann und McThune saßen sehr still in einer Ecke von Ords Büro. Sie hatten beschlossen, niemandem etwas von dem Tonband zu erzählen, zumindest vorläufig nicht. Vielleicht später. Vielleicht, so hofften sie, nie.

Eine Sekretärin brachte Sandwiches, und der Lunch wurde begleitet von Spekulationen und ziellosem Gerede. Foltrigg war begierig, nach New Orleans zurückzukehren, aber noch begieriger war er, etwas über Mark Sway zu erfahren. Die Tatsache, daß der Junge es irgendwie geschafft hatte, sich eine Anwältin zu besorgen, war höchst beunruhigend. Er hatte Angst davor, zu reden. Foltrigg war sicher, daß Clifford ihm irgend etwas mitgeteilt hatte, und je weiter der Tag fortschritt, desto fester wurde seine Überzeugung, daß der Junge über die Leiche Bescheid wußte. Er war kein Mann, der zögerte, bevor er Schlußfolgerungen zog. Als die Sandwiches verzehrt waren, hatte er sich selbst und allen anderen Anwesenden eingeredet, daß Mark Sway genau wußte, wo Boyette begraben war.

David Sharpinski, einer von Ords zahlreichen Assistenten, erschien im Büro und erklärte, er hätte mit Reggie Love zusammen an der Memphis State University Jura studiert. Er ließ sich neben Foltrigg auf Wallys Platz nieder und beantwortete Fragen. Er hatte viel zu tun und hätte lieber an einem seiner Fälle gearbeitet.

»Wir haben beide vor vier Jahren unser Examen gemacht«, sagte Sharpinski.

»Also praktiziert sie erst seit vier Jahren«, war Foltriggs schnelle Schlußfolgerung. »Welche Art von Arbeit tut sie? Strafrecht? Wieviel Strafrecht? Kennt sie sich aus?«

McThune sah Trumann an. Sie hatten sich von einer Anwältin mit nur vierjähriger Praxis festnageln lassen.

»Ein bißchen Strafrecht«, erwiderte Sharpinski. »Wir sind recht gute Freunde. Ich besuche sie von Zeit zu Zeit. Der größte Teil ihrer Arbeit betrifft mißhandelte und mißbrauchte Kinder. Sie ist – nun ja, sie hat eine ziemlich harte Zeit hinter sich.«

»Was meinen Sie damit?«

»Das ist eine lange Geschichte, Mr. Foltrigg. Sie ist eine ziemlich vielschichtige Person. Dies ist ihr zweites Leben.«

»Sie kennen sie gut, nicht wahr?«

»Ja. Wir haben drei Jahre lang zusammen studiert, mit Unterbrechungen.«

»Wie meinen Sie das – mit Unterbrechungen?«

»Nun, sie mußte zeitweise aussteigen. Wegen emotionaler Probleme. In ihrem ersten Leben war sie die Frau eines prominenten Arztes, eines Gynäkologen. Sie waren wohlhabend und erfolgreich, in allen Gesellschaftsspalten, Wohlfahrtseinrichtungen, Country Clubs und so weiter. Großes Haus in Germantown. Sein Jaguar und ihr Jaguar. Sie war im Vorstand von jedem Garden Club und jeder sozialen Einrichtung in Memphis. Sie hatte als Lehrerin gearbeitet, um ihm das Medizinstudium zu ermöglichen, und nach fünfzehn Jahren Ehe beschloß er, sie gegen ein neues Modell einzutauschen. Er begann hinter Frauen herzulaufen und fing eine Affäre mit einer jüngeren Krankenschwester an, die schließlich seine Ehefrau Nummer zwei wurde. Reggie hieß damals Regina Cardoni. Sie nahm es schwer, reichte die Scheidung ein, und dann wurde es ausgesprochen unschön. Dr. Cardoni kämpfte mit harten Bandagen, und sie klappte langsam zusammen. Er quälte sie. Die Scheidung schleppte sich hin. Sie fühlte sich öffentlich gedemütigt. Ihre Freundinnen waren alle Arztfrauen, Country-Club-Typen, und suchten fluchtartig das Weite. Sie unternahm sogar einen Selbstmordversuch. Das steht alles in den Scheidungsunterlagen. Er hatte massenhaft Anwälte, und die zogen an allen möglichen Drähten und veranlaßten ihre Einweisung in eine Anstalt. Dann zog er ihr auch den letzten Pfennig aus der Tasche.«

»Kinder?«

»Zwei, ein Junge und ein Mädchen. Sie waren damals noch Teenager, und natürlich bekam er das Sorgerecht. Er gab ihnen ihre Freiheit und genügend Geld, und sie kehrten ihrer Mutter den Rücken. Er und seine Anwälte sorgten dafür, daß sie zwei Jahre in verschiedenen Anstalten verbrachte, und danach war alles vorbei. Er hatte das Haus, die Kinder, die neue Ehefrau, alles.«

Die tragische Geschichte einer Freundin erzählen zu müssen, fiel Sharpinski schwer, und es war offensichtlich, daß er es Foltrigg gegenüber besonders ungern tat. Aber das meiste davon stand ohnehin in den Akten.

»Und wie ist sie dann Anwältin geworden?«

»Es war nicht einfach. Der Gerichtsbeschluß verbot ihr, die Kinder zu sehen. Sie lebte bei ihrer Mutter, die ihr, wie ich glaube, vermutlich das Leben gerettet hat. Ich bin nicht sicher, aber ich habe gehört, die Mutter hätte eine Hypothek auf ihr Haus aufgenommen, um eine ziemlich kostspielige Therapie zu finanzieren. Es dauerte Jahre, aber dann bekam sie ihr Leben wieder in den Griff. Sie kam darüber hinweg. Die Kinder wuchsen heran und verließen Memphis. Der Junge kam ins Gefängnis, wegen Drogenhandels. Die Tochter lebt in Kalifornien.«

»Was für eine Art von Studentin war sie?«

»Zuzeiten sehr scharfsinnig. Sie war entschlossen, sich selbst zu beweisen, daß sie eine gute Anwältin werden könnte. Aber sie hatte immer noch mit Depressionen zu tun. Sie versuchte es mit Alkohol und Tabletten, und ungefähr auf halbem Wege mußte sie aussteigen. Dann kam sie wieder, trocken und sauber, und machte einen glänzenden Abschluß.«

Wie gewöhnlich machten sich Fink und Boxx hektisch Notizen und versuchten jedes Wort festzuhalten, als wäre damit zu rechnen, daß Foltrigg später Rückfragen stellte. Ord hörte zu, war aber in Gedanken bei dem Stapel längst überfälliger Arbeit auf seinem Schreibtisch. Mit jeder Minute gingen ihm Foltrigg und sein Eindringen in sein Büro mehr auf die Nerven. Schließlich war er genauso beschäftigt wie Foltrigg. Und genauso wichtig war er auch.

»Was für eine Art von Anwältin ist sie?«

Hundsgemein, dachte McThune. Verdammt gerissen,

dachte Trumann. Ziemlich geschickt im Umgang mit elektronischen Geräten.

»Sie arbeitet schwer, verdient nicht sonderlich viel, aber meiner Meinung nach spielt Geld für sie auch keine große Rolle.«

»Wie in aller Welt ist sie bloß auf den Namen Reggie gekommen?« fragte Foltrigg, anscheinend ehrlich verunsichert durch dieses ungelöste Rätsel. Wahrscheinlich von Regina abgeleitet, dachte Ord, sprach es aber nicht aus.

Sharpinski setzte zum Reden an, dann dachte er kurz nach. »Es würde Stunden dauern, wenn ich Ihnen alles erzählen wollte, was ich über sie weiß, und das möchte ich nicht. Schließlich ist es nicht wichtig, oder?«

»Vielleicht doch«, fuhr Boxx dazwischen.

Sharpinski warf ihm einen Blick zu, dann wandte er sich an Foltrigg. »Als sie mit dem Studium anfing, versuchte sie, so viel wie möglich von ihrer Vergangenheit auszulöschen, vor allem die schweren Jahre. Sie nahm wieder ihren Mädchennamen Love an. Ich nehme an, Reggie kommt von Regina, aber ich habe sie nie gefragt. Aber sie tat es ganz legal, mit Gerichtsbeschluß und allem was dazugehört. Regina Cardoni existiert nicht mehr, zumindest nicht auf dem Papier. Sie hat nie über ihre Vergangenheit gesprochen an der Universität, aber sie war Thema vieler Unterhaltungen. Doch das hat sie nicht gekümmert.«

»Ist sie immer noch trocken?«

Foltrigg wollte den Schmutz, und das ärgerte Sharpinski. McThune und Trumann war sie bemerkenswert trocken vorgekommen.

»Das müssen Sie sie schon selbst fragen, Mr. Foltrigg.«

»Wie oft sehen Sie sie?«

»Ein- oder zweimal im Monat. Gelegentlich telefonieren wir miteinander.«

»Wie alt ist sie?« Foltrigg stellte die Frage voller Argwohn, als hätten Sharpinski und Reggie vielleicht ein Verhältnis miteinander.

»Auch danach müssen Sie sie selbst fragen. Anfang Fünfzig, schätze ich.«

»Weshalb rufen Sie sie nicht jetzt gleich an, fragen sie, wie's so geht? Nur ein bißchen freundschaftliches Geplauder, Sie wissen schon. Vielleicht erwähnt sie ja Mark Sway.«

Sharpinski bedachte Foltrigg mit einem Blick, bei dem Butter ranzig geworden wäre. Dann sah er seinen Boß Ord an, als wollte er sagen: Ist Ihnen schon einmal so ein Idiot untergekommen? Ord verdrehte die Augen und begann, seine Heftmaschine nachzufüllen.

»Weil sie nicht dumm ist, Mr. Foltrigg. Im Gegenteil, sie ist ausgesprochen klug, und wenn ich sie anrufen würde, wüßte sie sofort, weshalb ich es tue.«

»Vielleicht haben Sie recht.«

»Ich habe recht.«

»Ich möchte, daß Sie uns um drei in ihr Büro begleiten, falls Sie es einrichten können.«

Sharpinski schaute hilfesuchend zu Ord, doch der war vollauf mit der Heftmaschine beschäftigt. »Das kann ich nicht. Ich habe sehr viel zu tun. Sonst noch etwas?«

»Nein. Sie können jetzt gehen«, sagte Ord plötzlich. »Danke, David.« Sharpinski verließ das Büro.

»Mir liegt sehr viel daran, daß er mitkommt«, sagte Foltrigg zu Ord.

»Er hat gesagt, er hat zu tun, Roy. Meine Leute arbeiten«, sagte er mit einem Blick auf Boxx und Fink. Eine Sekretärin klopfte an und trat ein. Sie händigte Foltrigg ein zweiseitiges Fax aus, der es zusammen mit Boxx las. »Das kommt aus meinem Büro«, erklärte er Ord, als stünde nur ihm allein eine solche Technologie zur Verfügung. Sie lasen weiter, und Foltrigg war schließlich fertig. »Haben Sie je von Willis Upchurch gehört?«

»Ja. Ein großkotziger Verteidiger aus Chicago, der viel für die Mafia arbeitet. Was hat er getan?«

»Hier steht, er hätte gerade in New Orleans vor Unmengen von Kameras eine Pressekonferenz abgehalten und gesagt, daß Muldanno ihn engagiert hätte, daß der Fall vertagt werden würde, daß sein Mandant freigesprochen werden würde, und so weiter und so weiter.«

»Das klingt ganz nach Willis Upchurch. Ich kann einfach nicht glauben, daß Sie noch nie von ihm gehört haben.«

»Er war noch nie in New Orleans«, sagte Foltrigg mit Nachdruck, als erinnerte er sich an jeden Anwalt, der es je gewagt hatte, in sein Revier einzudringen.

»Ihr Fall ist gerade zu einem Alptraum geworden.«

»Wunderbar. Einfach wunderbar.«

11

Das Zimmer war dunkel, weil die Vorhänge zugezogen waren. Dianne lag zusammengerollt am Fußende von Rickys Bett und schlief. Nach einem Vormittag, an dem er gemurmelt und sich herumgeworfen und jedermanns Hoffnungen erweckt hatte, war er nach dem Lunch wieder weggedriftet und zu der inzwischen vertrauten Haltung – Knie zur Brust hochgezogen, Tropf im Arm und Daumen im Mund – zurückgekehrt. Greenway versicherte ihr immer wieder, daß er keine Schmerzen hätte. Aber nachdem sie ihn vier Stunden lang an sich gedrückt und geküßt hatte, war sie überzeugt, daß ihr Sohn litt. Sie war erschöpft.

Mark saß gegen die Wand unter dem Fenster gelehnt auf dem Klappbett und betrachtete seinen Bruder und seine Mutter in dem anderen Bett. Auch er war erschöpft, aber schlafen konnte er nicht. Die Ereignisse wirbelten in seinem überanstrengten Gehirn herum, und er versuchte, seine Gedanken zu ordnen. Welches war der nächste Schritt? Konnte er Reggie vertrauen? Er hatte all diese Anwaltsserien und -filme im Fernsehen gesehen und hatte das Gefühl, daß man der Hälfte der Anwälte trauen konnte und der anderen Hälfte nicht. Wann sollte er es Dianne und Dr. Greenway sagen? Wenn er ihnen alles erzählte – würde das Ricky helfen? Er dachte lange Zeit darüber nach. Er saß auf dem Bett, lauschte den gedämpften Stimmen auf dem Flur, wo die Schwestern ihrer Arbeit nachgingen, und versuchte sich darüber klarzuwerden, wieviel er erzählen sollte.

Der Digitaluhr neben dem Bett zufolge war es vierzehn Uhr zweiunddreißig. Es war unmöglich, sich vorzustellen, daß all dieser Mist in weniger als vierundzwanzig Stunden passiert war. Er kratzte sich am Knie und kam zu dem Entschluß, Greenway alles zu erzählen, was Ricky gesehen und gehört haben konnte. Er betrachtete das unter der Decke herausragende blonde Haar und fühlte sich besser. Er würde mit der Sprache herausrücken, Schluß machen mit dem Lügen und alles tun, was er konnte, um Ricky zu helfen. Das, was Romey ihm in dem Wagen erzählt hatte, wußte niemand außer ihm, und das würde er, wenn seine Anwältin ihm keinen anderen Rat gab, eine Zeitlang für sich behalten.

Aber nicht lange. Die Last wurde zu schwer. Das war kein Versteckspiel wie mit den Jungen aus der Wohnwagensiedlung in den Wäldern und Schluchten der Umgebung von Tucker Wheel Estates. Das war kein harmloser nächtlicher Ausflug zu einem Mondscheinspaziergang durch die Nachbarschaft. Romey hatte sich eine echte Waffe in den Mund gesteckt. Das hier waren echte FBI-Agenten mit echten Ausweisen, genau wie in den Fernsehberichten über wahre Verbrechen. Er hatte eine echte Anwältin engagiert, die ihm ein echtes Bandgerät an den Bauch geklebt hatte, um damit das FBI aufs Kreuz zu legen. Der Mann, der den Senator umgebracht hatte, war ein Profikiller, der schon viele Leute ermordet hatte und der Mafia angehörte. Und diesen Leuten würde es nichts ausmachen, auch einen elfjährigen Jungen umzubringen.

Das alles war einfach zu viel, als daß er allein damit fertig werden konnte. Eigentlich sollte er jetzt in der Schule sein, fünfte Stunde, Mathematik, die er haßte, aber plötzlich vermißte. Er würde sich ausgiebig mit Reggie unterhalten müssen. Sie würde ein Treffen mit den Leuten vom FBI arrangieren, und er würde ihnen bis ins letzte Detail alles erzählen, was Romey ihm anvertraut hatte. Danach würden sie ihn beschützen. Vielleicht würden sie Leibwächter schicken, bis der Killer im Gefängnis saß; vielleicht würden sie ihn auch sofort verhaften, und dann wäre er in Sicherheit. Vielleicht.

Dann erinnerte er sich an einen Film, in dem ein Mann gegen die Mafia ausgesagt und geglaubt hatte, das FBI würde ihn beschützen, aber plötzlich war er auf der Flucht, Kugeln flogen ihm um den Kopf, und Bomben gingen hoch. Das FBI reagierte nicht auf seine Anrufe, weil er vor Gericht irgend etwas nicht richtig gesagt hatte. Mindestens zwanzigmal in dem Film sagte jemand: »Die Mafia vergißt nie.« In der Schlußszene flog der Wagen des Mannes in die Luft, als er den Zündschlüssel drehte, und er landete eine halbe Meile entfernt, ohne Beine. Als er den letzten Atemzug tat, stand eine dunkle Gestalt über ihm und sagte: »Die Mafia vergißt nie.« Es war kein sonderlich guter Film, aber er hatte eine klare Botschaft. Unmißverständlich für Mark.

Er brauchte eine Sprite. Die Tasche seiner Mutter lag auf dem Fußboden unter dem Bett, und er zog langsam den Reißverschluß auf. Drei Röhrchen mit Tabletten waren darin, und außerdem zwei Schachteln Zigaretten, und für den Bruchteil einer Sekunde geriet er in Versuchung. Er fand die Vierteldollar-Münzen und verließ das Zimmer.

Im Warteraum flüsterte eine Schwester mit einem alten Mann. Mark öffnete seine Sprite-Dose und wanderte zu den Fahrstühlen. Greenway hatte ihn gebeten, sich soviel wie möglich in Rickys Zimmer aufzuhalten, aber er hatte das Zimmer satt und Greenway auch, und es war kaum damit zu rechnen, daß Ricky in nächster Zeit aufwachen würde. Er betrat den Fahrstuhl und drückte den Knopf für das Kellergeschoß. Er würde einen Blick in die Cafeteria werfen und sehen, was die Anwälte taten.

Kurz bevor die Tür zuglitt, trat ein Mann ein. Er schien ihn ein bißchen zu lange anzusehen. »Bist du Mark Sway?« fragte er.

Allmählich reichte es. Angefangen mit Romey hatte er in den letzten vierundzwanzig Stunden mit so vielen Fremden zu tun gehabt, daß es für Monate reichte.

Er war sicher, daß er den Mann noch nie zuvor gesehen hatte. »Wer sind Sie?« fragte er argwöhnisch.

»Slick Moeller von der *Memphis Post*, du weißt schon, der Zeitung. Du bist doch Mark Sway, oder?«

»Woher wissen Sie das?«

»Ich bin Reporter. Da weiß man solche Dinge. Wie geht es deinem Bruder?«

»Großartig. Warum wollen Sie das wissen?«

»Ich arbeite an einer Story über den Selbstmord und so, und dein Name taucht immer wieder auf. Die Polizisten behaupten, du weißt mehr, als du sagst.«

»Wann soll sie in der Zeitung stehen?«

»Das weiß ich noch nicht. Vielleicht morgen.«

Mark fühlte sich wieder schwach. »Ich beantworte keine Fragen.«

»In Ordnung.« Plötzlich glitt die Fahrstuhltür auf, und ein Schwarm von Leuten trat ein und drängte sich zwischen Mark und den Reporter. Sekunden später hielt der Fahrstuhl im fünften Stock an, und Mark schoß blitzschnell hinaus. Er rannte zur Treppe und machte sich schnell auf den Weg in den sechsten Stock.

Er hatte den Reporter abgehängt. Er setzte sich in dem leeren Treppenhaus auf eine Stufe und begann zu weinen.

Foltrigg, McThune und Trumann trafen um Punkt drei Uhr, der vereinbarten Zeit, in dem kleinen, aber geschmackvollen Empfangszimmer von Reggie Love, Anwältin, ein. Sie wurden von Clint empfangen, der sie aufforderte, Platz zu nehmen, und ihnen dann Kaffee oder Tee anbot, was alle steif ablehnten. Foltrigg teilte Clint unverzüglich mit, er sei der Bundesanwalt für den Southern District of Louisiana aus New Orleans, und jetzt befinde er sich in diesem Büro, und er war es nicht gewohnt, daß man ihn warten ließ. Das war ein Fehler.

Er mußte eine Dreiviertelstunde warten. Während die Agenten auf der Couch in Zeitschriften blätterten, wanderte Foltrigg herum, schaute immer wieder auf die Uhr, warf Clint wütende Blicke zu, bellte ihn sogar zweimal an und wurde jedesmal informiert, daß Reggie in einer wichtigen Angelegenheit telefoniere. Als ob Foltrigg nicht wegen einer wichtigen Angelegenheit hier wäre. Er wäre nur zu gern wieder gegangen. Aber er konnte es nicht. Dies war einer der seltenen Fälle in seinem Leben, wo er kampflos einen subtilen Tritt in den Hintern einstecken mußte.

Endlich forderte Clint sie auf, ihm in einen kleinen Konferenzraum zu folgen, an dessen Wänden Regale voller dicker juristischer Bücher standen. Clint wies sie an, Platz zu nehmen, und erklärte, Reggie würde gleich kommen.

»Sie hat sich um eine Dreiviertelstunde verspätet«, protestierte Foltrigg.

»Das ist wenig für Reggie, Sir«, sagte Clint mit einem Lächeln, als er die Tür schloß. Foltrigg setzte sich an das eine Ende des Tisches, flankiert von den beiden Agenten. Sie warteten.

»Übrigens, Roy«, sagte Trumann widerstrebend, »bei dieser Frau müssen Sie vorsichtig sein. Es kann sein, daß sie das Gespräch aufzeichnet.«

»Wie kommen Sie auf die Idee?«

»Nun, man kann nie sicher sein ...«

»Die Anwälte hier in Memphis arbeiten viel mit Bandgeräten«, setzte McThune hilfreich hinzu. »Ich weiß nicht, wie es in New Orleans ist, aber hier ist es ziemlich schlimm.«

»Sie muß uns doch vorher Bescheid sagen, wenn sie das Gespräch aufzeichnen will, oder etwa nicht?« fragte Foltrigg, offensichtlich völlig arglos.

»Darauf würde ich mich nicht verlassen«, sagte Trumann. »Seien Sie auf alle Fälle vorsichtig.«

Die Tür ging auf, und Reggie trat ein, mit achtundvierzig Minuten Verspätung. »Behalten Sie Platz«, sagte sie, als Clint die Tür hinter ihr zumachte. Sie reichte Foltrigg die Hand, der halb aufgestanden war. »Reggie Love. Sie müssen Roy Foltrigg sein.«

»Der bin ich. Erfreut, Sie kennenzulernen.«

»Bitte, bleiben Sie sitzen.« Sie lächelte McThune und Trumann an, und eine kurze Sekunde lang dachten alle drei an das Tonband. »Tut mir leid, daß ich mich verspätet habe«, sagte sie, nachdem sie sich allein an ihrem Ende des Konferenztisches niedergelassen hatte. Sie saßen zweieinhalb Meter von ihr entfernt, zusammengedrängt wie nasse Enten.

»Kein Problem«, sagte Foltrigg laut, als wäre es ein ganz beträchtliches Problem.

Sie holte ein großes Bandgerät aus einer Schublade des Konferenztisches und stellte es vor sich auf. »Haben Sie etwas dagegen, wenn ich diese kleine Konferenz aufnehme?« fragte sie, als sie das Mikrofon einstöpselte. Die kleine Konferenz würde aufgenommen werden, ob es ihnen nun paßte oder nicht. »Ich stelle Ihnen gern eine Kopie des Bandes zur Verfügung.«

»Keine Einwände«, sagte Foltrigg, als hätte er eine Alternative.

McThune und Trumann starrten auf das Bandgerät. Wie nett von ihr, zu fragen! Sie lächelte die beiden an, und sie erwiderten das Lächeln, dann lächelten alle drei das Bandgerät an. Sie war so feinfühlig wie ein Stein, der durch eine Fensterscheibe fliegt. Die verdammte Mikrokassette konnte nicht weit weg sein.

Sie drückte auf einen Knopf. »Also, um was geht es?«

»Wo ist Ihr Mandant?« fragte Foltrigg. Er lehnte sich vor, und es war klar, daß er das gesamte Reden zu übernehmen gedachte.

»Im Krankenhaus. Der Arzt will, daß er sich in der Nähe seines Bruders aufhält.«

»Wann können wir mit ihm reden?«

»Sie setzen voraus, daß Sie tatsächlich mit ihm reden werden.« Sie musterte Foltrigg mit sehr selbstsicheren Augen. Ihr Haar war grau und kurzgeschnitten wie das eines Jungen. Ein ausdrucksvolles, kontrastreiches Gesicht. Die Augenbrauen dunkel. Die Lippen sorgfältig in einem sanften Rot geschminkt. Die Haut war glatt und ohne dickes Makeup. Es war ein hübsches Gesicht mit einem Pony und Augen, die ruhige Entschlossenheit ausstrahlten. Foltrigg sah sie an und dachte an all das Elend und die Qualen, die sie durchgemacht hatte. Es war ihr nicht anzumerken.

McThune öffnete eine Akte und blätterte darin. In den vorangegangenen zwei Stunden hatte er ein fünf Zentimeter dickes Dossier über Reggie Love alias Regina Cardoni zusammengestellt. Sie hatten die Scheidungsunterlagen und die Einweisungsbeschlüsse in der Gerichtsregistratur kopiert. Die Akte enthielt auch die Hypothekenunterlagen und Grundbuchauszüge für das Haus ihrer Mutter. Zwei in Memphis stationierte Agenten hatten versucht, an ihre Studienpapiere heranzukommen.

Foltrigg liebte schmutzige Wäsche. Wie der Fall auch beschaffen sein mochte und wer sein Gegner war, Foltrigg wollte sämtliche dreckigen Einzelheiten wissen. McThune las die ganze unerquickliche juristische Geschichte der

Scheidung mit all ihren Anschuldigungen von Ehebruch, Alkohol, Drogen und Unzurechnungsfähigkeit und schließlich dem Selbstmordversuch. Aber er las sie vorsichtig, sorgfältig darauf bedacht, nicht dabei gesehen zu werden. Er wollte diese Frau unter keinen Umständen gegen sich aufbringen.

»Wir müssen mit Ihrem Mandanten reden, Ms. Love.«
»Nennen Sie mich Reggie. Okay, Roy?«
»Von mir aus. Wir glauben, daß er etwas weiß, darum geht es.«
»Was zum Beispiel?«
»Nun, wir sind überzeugt, daß der kleine Mark vor Jerome Cliffords Tod in seinem Wagen war. Wir glauben, daß er mehr als nur ein paar Sekunden mit ihm verbracht hat. Clifford hatte ganz offensichtlich vor, Selbstmord zu begehen, und wir haben Gründe zu der Annahme, daß er jemandem erzählen wollte, wo sein Mandant, Mr. Muldanno, die Leiche von Senator Boyette versteckt hat.«
»Wie kommen Sie darauf, daß er das erzählen wollte?«
»Das ist eine lange Geschichte. Er hat zweimal mit einem meiner Assistenten Kontakt aufgenommen und angedeutet, daß er vielleicht bereit sein würde, einen Handel abzuschließen und auszusteigen. Er hatte Angst. Und er trank sehr viel. Er war völlig unberechenbar geworden. Es ging steil bergab mit ihm, und er wollte reden.«
»Weshalb glauben Sie, er könnte meinem Mandanten etwas anvertraut haben?«
»Zugegeben, es ist nur eine Möglichkeit. Aber wir müssen unter jedem Stein nachsehen. Das verstehen Sie doch sicher.«
»Höre ich da ein wenig Verzweiflung heraus?«
»Eine Menge Verzweiflung, Reggie. Ich will ganz offen zu Ihnen sein. Wir wissen, wer den Senator umgebracht hat, aber ohne die Leiche wird es sehr schwierig sein, ihn vor Gericht zu bringen.« Er hielt inne und lächelte sie warmherzig an. Ungeachtet seiner vielen widerwärtigen Unzulänglichkeiten hatte Roy viele Stunden vor Geschworenen verbracht und wußte, wie und wann er sich ehrlich und aufrichtig zu geben hatte.

Und sie hatte viele Stunden in Therapien verbracht und konnte eine Vortäuschung erkennen. »Ich habe nicht gesagt, daß Sie nicht mit Mark Sway reden können. Sie können heute nicht mit ihm reden, aber vielleicht morgen. Vielleicht auch übermorgen. Das geht alles ein bißchen zu schnell. Mr. Cliffords Leiche ist noch warm. Machen wir ein bißchen langsamer und tun wir einen Schritt nach dem andern. Okay?«

»Okay.«

»So, und nun überzeugen Sie mich, daß Mark Sway in dem Wagen war, bevor Clifford sich erschossen hat.«

Kein Problem. Foltrigg schaute auf einen Notizblock und spulte die vielen Stellen ab, von denen Fingerabdrücke abgenommen worden waren. Heckleuchten, Kofferraum, Griff und Verriegelung der Beifahrertür, Armaturenbrett, Waffe, Jack-Daniels-Flasche. Es gab einen verschmierten Abdruck auf dem Schlauch, aber da waren sie noch nicht sicher. Sie arbeiteten daran. Jetzt war Foltrigg der Ankläger, trug einen Fall mit unwiderlegbaren Beweisen vor.

Reggie machte sich seitenweise Notizen. Sie wußte, daß Mark in dem Wagen gewesen war, aber nicht, daß er eine so breite Spur hinterlassen hatte.

»Die Whiskeyflasche?« fragte sie.

Foltrigg schlug eine Seite um und las die Details nach. »Ja, drei eindeutige Abdrücke. Ganz offensichtlich.«

Mark hatte ihr von der Waffe erzählt, aber nicht von der Flasche. »Das ist etwas merkwürdig, oder?«

»An diesem Punkt ist alles merkwürdig. Die Polizeibeamten, die mit ihm gesprochen haben, können sich nicht erinnern, daß er nach Alkohol roch, also glaube ich nicht, daß er etwas getrunken hat. Ich bin sicher, er könnte es uns erklären, wenn wir nur mit ihm reden könnten.«

»Ich werde ihn fragen.«

»Also hat er Ihnen nichts von der Flasche erzählt?«

»Nein.«

»Hat er die Waffe erwähnt?«

»Ich kann nicht preisgeben, was mein Mandant erwähnt hat.« Foltrigg wartete verzweifelt auf einen Hinweis, und das machte ihn jetzt wirklich wütend. Auch Trumann wartete atemlos. McThune hörte auf, in dem Bericht eines gerichtlich bestellten psychiatrischen Gutachters zu lesen.

»Also hat er Ihnen nicht alles erzählt?« fragte Foltrigg.

»Er hat mir eine Menge erzählt, aber es ist möglich, daß er das eine oder andere Detail ausgelassen hat.«

»Die Details könnten ausschlaggebend sein.«

»Ich werde darüber entscheiden, was ausschlaggebend ist und was nicht. Was haben Sie sonst noch?«

»Geben Sie ihr den Abschiedsbrief«, wies Foltrigg Trumann an, der ihn aus einer Akte zog und ihr hinüberreichte. Sie las ihn langsam, dann ein zweites Mal. Mark hatte den Brief nicht erwähnt.

»Offensichtlich zwei verschiedene Stifte«, erklärte Foltrigg. »Den blauen haben wir im Wagen gefunden, einen billigen Kugelschreiber, der leer war. Es ist nur eine Vermutung, aber es sieht so aus, als hätte Clifford versucht, noch etwas hinzuzusetzen, nachdem Mark den Wagen verlassen hatte. Das Wort ›wo‹ scheint darauf hinzudeuten, daß der Junge nicht mehr da war. Es ist offensichtlich, daß sie miteinander geredet und ihre Namen genannt haben, und daß der Junge lange genug in dem Wagen war, um alles anzufassen.«

»Keine Fingerabdrücke hier drauf?« fragte sie und schwenkte den Brief.

»Nein. Wir haben ihn gründlich untersucht. Der Junge hat ihn nicht angerührt.«

Sie legte ihn gelassen neben ihren Block und verschränkte die Hände. »Nun, Roy, ich glaube, die große Frage ist folgende: Wie haben Sie sich seine Fingerabdrücke beschafft, um sie mit denen im Wagen zu vergleichen?« Sie fragte das mit derselben zuversichtlichen Herablassung, die auch Trumann und McThune erlebt hatten, als sie ihnen vor weniger als vier Stunden das Tonband präsentierte.

»Ganz einfach. Wir haben sie gestern abend im Krankenhaus von einer Sprite-Dose abgenommen.«

»Haben Sie Mark Sway oder seine Mutter gefragt, bevor Sie das taten?«

»Nein.«

»Also sind Sie in die Privatsphäre eines elfjährigen Jungen eingedrungen.«

»Nein. Wir versuchen, Beweismaterial zu sammeln.«

»Beweismaterial? Beweismaterial wofür? Nicht für ein Verbrechen, würde ich sagen. Das Verbrechen ist bereits begangen worden, und die Leiche wurde versteckt. Sie können sie nur nicht finden. Und um was für ein Verbrechen soll es hier gehen? Selbstmord? Beobachten eines Selbstmords?«

»Hat er den Selbstmord beobachtet?«

»Ich kann Ihnen nicht sagen, was er getan oder gesehen hat, weil er sich mir als seiner Anwältin anvertraut hat. Unsere Unterredungen sind vertraulich, das wissen Sie doch, Roy. Was sonst haben Sie von diesem Jungen genommen?«

»Nichts.«

Sie schnaubte, als glaubte sie ihm nicht. »Was haben Sie sonst noch?«

»Reicht das nicht?«

»Ich will alles hören.«

Foltrigg blätterte vor und zurück und wurde langsam rot. »Sie haben das geschwollene linke Auge und die Beule auf seiner Stirn gesehen. Die Polizisten haben gesagt, er hätte etwas Blut auf der Lippe gehabt, als sie ihn am Schauplatz des Selbstmordes fanden. Bei Cliffords Autopsie wurde etwas Blut auf dem Rücken seiner rechten Hand festgestellt, und es ist nicht sein Blut.«

»Lassen Sie mich raten. Es stammt von Mark.«

»Höchstwahrscheinlich. Dieselbe Blutgruppe.«

»Woher kennen Sie seine Blutgruppe?«

Foltrigg ließ den Block fallen und rieb sich das Gesicht. Die erfolgreichsten Verteidiger sind diejenigen, die die Diskussion von den eigentlichen Themen fernhalten. Sie machen Schwierigkeiten und werfen Steine auf die winzigen Nebenaspekte eines Falles und hoffen, daß Ankläger und Geschworene auf diese Weise von der offensichtlichen Schuld ihrer Mandanten abgelenkt werden. Wenn es etwas zu verbergen gibt, werfen sie ihrem Gegner technische Verstöße vor. Gerade jetzt sollte es vor allem um das gehen, was Clifford möglicherweise zu Mark gesagt hatte. Es hätte so einfach sein können. Aber jetzt hatte der Junge eine Anwältin, und sie saßen hier und versuchten zu erklären, wie sie sich bestimmte wichtige Informationen beschafft hatten. Es war durchaus statthaft, Fingerabdrücke von einer Dose abzunehmen, ohne vorher um Erlaubnis zu fragen. Das war gute Polizeiarbeit. Aber aus dem Mund einer Verteidigerin war es plötzlich ein bösartiges Eindringen in die Privatsphäre. Als nächstes würde sie mit einem Prozeß drohen. Und jetzt die Blutgruppe.

Sie war gut. Es fiel ihm schwer, sich vorzustellen, daß sie erst seit vier Jahren praktizierte.

»Aus den Aufnahmepapieren seines Bruders im Krankenhaus.«

»Und wie sind Sie an die Krankenhausunterlagen gekommen?«

»Wir haben Mittel und Wege.«

Trumann machte sich auf Vorwürfe gefaßt. McThune versteckte sich hinter der Akte. Sie waren gebrannte Kinder. Sie hatte bewirkt, daß sie stotterten und stammelten und Blut schwitzten, und nun war es der alte Roy, der ein paar Hiebe einstecken mußte. Es war fast komisch.

Aber sie blieb gelassen. Sie streckte langsam einen schlanken Finger mit weißem Nagellack aus und zeigte damit auf Roy. »Wenn Sie noch einmal in die Nähe meines Mandanten kommen und versuchen, ohne meine Zustimmung irgendwas von ihm zu bekommen, dann verklage ich Sie und das FBI. Ich bringe bei den Anwaltskammern von Louisiana und Tennessee eine Beschwerde wegen standeswidrigen Verhaltens ein, und ich zerre Sie hier vor das Jugendgericht und bitte den Richter, Sie in eine Zelle zu sperren.« Die Worte wurden mit einer ganz ruhigen Stimme gesprochen, emotionslos, aber so sachlich und nüchtern, daß jeder Anwesende, Roy Foltrigg nicht ausgenommen, wußte, daß sie genau das tun würde, was sie angekündigt hatte.

Er lächelte und nickte. »Gut. Tut mir leid, wenn wir ein bißchen vom Pfad der Tugend abgewichen sind. Aber die Sache brennt uns auf den Nägeln, und wir müssen mit Ihrem Mandanten reden.«

»Haben Sie mir alles gesagt, was Sie über Mark wissen?«

Foltrigg und Trumann konsultierten ihre Notizen. »Ja, ich denke schon.«

»Was ist das?« fragte sie und deutete auf die Akte, in die McThune vertieft war. Er las gerade den Bericht über ihren Selbstmordversuch, und in den Plädoyers wurde unter Berufung auf eidlich beschworene Aussagen behauptet, daß sie vier Tage im Koma gelegen hatte, bevor sie wieder zu sich kam. Offensichtlich war ihr Ex-Gatte, Dr. Cardoni, dem Plädoyer zufolge der letzte Abschaum, ein hundsgemeiner Mensch mit einer Menge Geld und einer Schar von Anwälten, und sobald Regina/Reggie die Tabletten genommen hatte, war er mit einem Stapel von Anträgen zum Gericht gerannt, um das Sorgerecht für die Kinder zu bekommen. Angesichts der auf die Papiere aufgestempelten Eingangsdaten konnte nicht der geringste Zweifel daran bestehen, daß der gute Doktor Anträge stellte und um Anhörungen nachsuchte, während sie im Koma lag und um ihr Leben rang.

McThune geriet nicht in Panik. Er sah sie unschuldig an und sagte: »Nur internes Zeug.« Das war keine Lüge – er getraute sich nicht, sie anzulügen. Sie hatte das Tonband, und sie hatte sie zur Wahrhaftigkeit verpflichtet.

»Über meinen Mandanten?«

»O nein.«

Sie studierte ihre Notizen. »Wir sollten morgen wieder zusammenkommen«, sagte sie. Es war kein Vorschlag, sondern eine Anweisung.

»Es eilt uns wirklich sehr, Reggie«, erklärte Foltrigg.

»Aber mir nicht. Und ich denke, ich bestimme, wo's langgeht, oder?«

»Ja, das tun Sie wohl.«

»Ich brauche Zeit, um das zu verdauen und mit meinem Mandanten zu reden.«

Das war nicht gerade das, was sie wollten, aber ihnen war schmerzlich bewußt, daß es alles war, was sie bekommen würden. Foltrigg schraubte mit großer Geste die Kappe auf seinen Federhalter und verstaute seine Notizen in seinem Aktenkoffer. Trumann und McThune folgten seinem Beispiel, und eine Minute lang bebte der Tisch, während sie mit Papieren und Akten hantierten und alles wieder einpackten.

»Um welche Zeit morgen?« fragte Foltrigg, knallte seinen Aktenkoffer zu und schob seinen Stuhl zurück.

»Um zehn. In diesem Büro.«

»Wird Mark Sway hier sein?«

»Das weiß ich nicht.«

Sie standen auf und verließen im Gänsemarsch das Zimmer.

12

Wally Boxx rief mindestens viermal pro Stunde das Büro in New Orleans an. Foltrigg hatte siebenundvierzig stellvertretende Bundesanwälte, die alle möglichen Verbrechen verfolgten und die Interessen der Regierung wahrnahmen, und Wallys Aufgabe war es, ihnen die Anweisungen ihres in Memphis weilenden Chefs zu übermitteln. Außer Thomas Fink arbeiteten noch drei weitere Anwälte an dem Fall Muldanno, und es war Wally ein Bedürfnis, sie jede Viertelstunde mit Instruktionen und den letzten Neuigkeiten über Clifford zu versorgen. Am Mittag wußte das ganze Büro über Mark Sway und seinen kleinen Bruder Bescheid. Klatsch und Spekulationen schwirrten durch die Luft. Was wußte der Junge? Würde er sie zu der Leiche führen? Anfangs wurden diese Fragen nur von den drei Muldanno-Anklägern erörtert, aber schon am frühen Nachmittag ergingen sich die Sekretärinnen im Kaffeezimmer in wilden Theorien über den Abschiedsbrief und das, was der Junge erfahren haben mochte, bevor Clifford sich die Kugel in den Kopf schoß. Sämtliche andere Arbeit kam praktisch zum Erliegen, während man in Foltriggs Büro auf Wallys nächsten Anruf wartete.

Foltrigg hatte schon öfter schlechte Erfahrungen mit Indiskretionen gemacht. Er hatte Mitarbeiter gefeuert, von denen er argwöhnte, daß sie zuviel redeten. Er hatte von allen Anwälten, Anwaltsgehilfen, Rechercheuren und Sekretärinnen, die für ihn arbeiteten, verlangt, daß sie sich einem Test mit dem Lügendetektor unterzogen. Heikle Informationen hielt er streng unter Verschluß, weil er fürchtete, seine eigenen Leute könnten sie preisgeben. Er hielt Vorträge und stieß Drohungen aus.

Aber Roy Foltrigg war nicht der Mann, der andere zu tiefer Loyalität inspirierte. Viele seiner Assistenten mochten ihn nicht. Er spielte das Politikspiel. Er benutzte Fälle für seine eigenen krassen Ambitionen. Er vereinnahmte das Rampenlicht, kassierte sämtliches Lob für gute Arbeit und machte für schlechte seine Untergebenen verantwortlich. Um einiger billiger Schlagzeilen willen bemühte er sich um die Verurteilung von gewählten Beamten wegen Marginaldelikten. Er forschte seine Gegner aus und zerrte ihre Namen durch die Presse. Er war eine politische Hure, und sein einziges Talent auf juristischem Gebiet äußerte sich im Gerichtssaal, wo er den Geschworenen predigte und aus der Bibel zitierte. Er war unter Reagan ernannt worden und hatte noch ein Jahr vor sich, und die meisten seiner Assistenten zählten die Tage. Sie ermutigten ihn, für ein öffentliches Amt zu kandidieren. Egal für welches.

Um acht Uhr morgens kamen die ersten Anrufe der Reporter in New Orleans. Sie verlangten einen offiziellen Kommentar aus Foltriggs Büro über Clifford. Sie bekamen keinen. Um vierzehn Uhr zog Willis Upchurch mit einem finster dreinblickenden Muldanno an seiner Seite seine Schau ab, und weitere Reporter schnüffelten im Büro herum. Zwischen Memphis und New Orleans wurden Hunderte von Telefongesprächen geführt.

Die Leute redeten.

Sie standen vor dem schmutzigen Fenster am Ende des Flurs im neunten Stock und beobachteten den Feierabendverkehr in der Innenstadt. Dianne zündete sich nervös eine Virginia Slim an und stieß eine dicke Rauchwolke aus. »Wer ist diese Anwältin?«

»Sie heißt Reggie Love.«

»Wie hast du sie gefunden?«

Er deutete auf das vier Blocks entfernte Sterick Building. »Ich bin einfach in ihr Büro in dem Gebäude da drüben gegangen und habe mit ihr gesprochen.«

»Warum, Mark?«

»Diese Polizisten machen mir Angst, Mom. Hier im Haus wimmelt es von Polizisten und FBI-Leuten. Und Reportern. Einer von ihnen hat mich heute nachmittag im Fahrstuhl abgepaßt. Ich finde, wir brauchen juristischen Rat.«

»Anwälte arbeiten nicht umsonst, Mark. Du weißt genau, daß wir uns keinen Anwalt leisten können.«

»Ich habe sie schon bezahlt«, sagte er wie ein Großindustrieller.

»Was? Wie kannst du einen Anwalt bezahlen?«

»Sie wollte einen kleinen Vorschuß, und sie hat einen bekommen. Ich habe ihr einen Dollar gegeben von den fünf, die ich mir heute morgen für die Doughnuts genommen habe.«

»Sie arbeitet für einen Dollar? Das muß ja eine tolle Anwältin sein.«

»Sie ist ziemlich gut. Bis jetzt bin ich sehr beeindruckt von ihr.«

Dianne schüttelte verwundert den Kopf. Im Verlauf ihrer widerlichen Scheidung hatte Mark, damals neun Jahre alt, ständig ihren Anwalt kritisiert. Er hatte sich stundenlang Wiederholungen von »Perry Mason« angesehen und keine Folge von »L. A. Law« versäumt. Es war Jahre her, seit sie in einer Diskussion mit ihm die Oberhand behalten hatte.

»Was hat sie bisher unternommen?« fragte Dianne, als träte sie aus einer dunklen Höhle heraus und sähe zum ersten Mal seit einem Monat wieder die Sonne.

»Um zwölf hat sie sich mit zwei FBI-Agenten getroffen und sie ganz schön in der Luft zerrissen. Und später ist sie wieder mit ihnen zusammengekommen, in ihrem Büro. Seither habe ich noch nicht wieder mit ihr gesprochen.«

»Wann kommt sie hierher?«

»Gegen sechs. Sie will dich kennenlernen und mit Dr. Greenway sprechen. Sie wird dir bestimmt gefallen, Mom.«

Dianne füllte ihre Lungen mit Rauch und exhalierte. »Aber wozu brauchen wir sie, Mark? Ich verstehe einfach nicht, weshalb sie überhaupt auf der Bildfläche erscheinen mußte. Du hast nichts Unrechtes getan. Du und Ricky, ihr habt den Wagen gesehen, du hast versucht, dem Mann zu helfen, aber er hat sich trotzdem erschossen. Und ihr beide habt es gesehen. Wozu brauchst du einen Anwalt?«

»Nun, zu Anfang habe ich die Polizisten angeschwindelt, und deswegen habe ich Angst. Und außerdem habe ich Angst, daß ich in Schwierigkeiten geraten könnte, weil wir den Mann nicht daran gehindert haben, sich zu erschießen. Das ist alles ziemlich beängstigend, Mom.«

Sie beobachtete ihn genau, während er seine Erklärung vorbrachte, und er wich ihrem Blick aus. Es trat eine lange Pause ein. »Hast du mir alles erzählt?« fragte sie langsam, als wüßte sie genau Bescheid.

Zuerst hatte er sie im Wohnwagen angelogen, während sie auf die Ambulanz warteten und Hardy bei ihnen war und zuhörte. Erst gestern abend in Rickys Zimmer, unter Greenways Kreuzverhör, hatte er die erste Version der Wahrheit von sich gegeben. Er erinnerte sich, wie betrübt sie gewesen war, als sie die revidierte Geschichte hörte, und wie sie später gesagt hatte: »Du hast mich noch nie angelogen, Mark.«

Sie hatten so viel zusammen durchgemacht, und hier war er nun und tänzelte um die Wahrheit herum, wich Fragen aus, erzählte Reggie mehr, als er seiner Mutter erzählt hatte. Ihm war gar nicht wohl in seiner Haut.

»Mom, das ist gestern alles so schnell passiert. Gestern abend war in meinen Gedanken alles verschwommen, aber heute habe ich in Ruhe darüber nachgedacht. Gründlich nachgedacht. Ich hab die ganze Sache schrittweise ablaufen lassen, Minute für Minute, und jetzt erinnere ich mich wieder an vieles.«

»Woran zum Beispiel?«

»Nun, du weißt, wie das auf Ricky gewirkt hat. Ich glaube, auch für mich war es eine Art Schock. Nicht so schlimm, aber ich erinnere mich jetzt an Dinge, an die ich mich schon gestern abend hätte erinnern müssen, als ich mit Dr. Greenway sprach. Leuchtet dir das ein?«

Es leuchtete ihr in der Tat ein. Sie war plötzlich besorgt. Die beiden Jungen waren Zeugen desselben Ereignisses gewesen. Der eine hatte einen Schock erlitten. Da lag es nahe, daß auch der andere gelitten hatte. Daran hatte sie nicht gedacht. Sie beugte sich zu ihm hinunter. »Mark, bist du in Ordnung?«

Er wußte, daß er sie hatte. »Ich denke schon«, sagte er mit einem Stirnrunzeln, als hätte er einen Migräneanfall.

»An was kannst du dich erinnern?« fragte sie vorsichtig.

Er holte tief Luft. »Nun, ich weiß jetzt ...«

Greenway räusperte sich und tauchte aus dem Nirgendwo auf. Mark wirbelte herum. »Ich muß jetzt gehen«, sagte Greenway, fast als Entschuldigung. »Ich sehe in ein paar Stunden wieder nach ihm.«

Dianne nickte, sagte aber nichts.

Mark beschloß, es hinter sich zu bringen. »Hören Sie, Doktor, ich erzähle Mom gerade ein paar Dinge, an die ich mich jetzt zum ersten Mal wieder erinnern kann.«

»An den Selbstmord?«

»Ja, Sir. Den ganzen Tag über ist mir die Sache durch den Kopf gegangen, und ein paar Einzelheiten sind mir wieder eingefallen. Ich glaube, einige davon könnten wichtig sein.«

Greenway sah Dianne an. »Lassen Sie uns ins Zimmer gehen und darüber sprechen«, sagte er.

Sie gingen in das Zimmer, machten die Tür hinter sich zu und hörten dann zu, wie Mark versuchte, die Lücken auszufüllen. Es war eine Erleichterung, diese Last loszuwerden, obwohl er die meiste Zeit redete, ohne Dianne und den Doktor anzusehen. Es war eine Schau, dieses schmerzliche Hervorzerren von Szenen aus einem geschockten und schwer in Mitleidenschaft gezogenen Bewußtsein, und er zog sie mit Bravour ab. Er brach oft ab, legte lange Pausen ein, in denen er nach Worten suchte, um etwas zu beschreiben, das längst in seinem Gedächtnis verankert war. Gelegentlich warf er einen Blick auf Greenway, und die Miene des Arztes blieb unbewegt. Von Zeit zu Zeit sah er auch seine Mutter an, und sie schien nicht enttäuscht zu sein. Sie behielt die ganze Zeit einen Ausdruck mütterlicher Anteilnahme bei.

Doch als er zu der Stelle kam, wie Clifford ihn gepackt hatte, konnte er sehen, daß sie unruhig wurden. Er hielt die Augen unverwandt auf den Boden gerichtet. Dianne seufzte, als er von der Pistole erzählte. Greenway schüttelte den Kopf, als er den Schuß durchs Fenster erwähnte. Gelegentlich fürchtete er, sie würde ihn anschreien wegen seiner Lügen am Vorabend, aber er mühte sich weiter voran, allem Anschein nach verstört und tief in Gedanken versunken.

Er berichtete sorgfältig über jede Einzelheit, die Ricky gesehen oder gehört haben konnte. Die einzigen Details, die er für sich behielt, waren Cliffords Geständnisse. Er erinnerte sich lebhaft an die Verrücktheiten: »La-La-Land« und »Ab zum großen Zauberer«.

Als er fertig war, saß Dianne auf dem Klappbett, rieb sich die Stirn und redete von Valium. Greenway saß auf einem Stuhl und ließ sich kein Wort entgehen. »Ist das die ganze Geschichte, Mark?«

»Ich weiß es nicht. Es ist jedenfalls alles, woran ich mich im Moment erinnern kann«, murmelte er, als hätte er Zahnschmerzen.

»Du warst tatsächlich in dem Wagen?« sagte Dianne, ohne die Augen zu öffnen.

Er deutete auf sein leicht geschwollenes linkes Auge. »Schau her. Das ist die Stelle, wo er mich geschlagen hat, als ich versuchte, aus dem Wagen herauszukommen. Mir war ziemlich lange schwindlig. Vielleicht war ich sogar bewußtlos. Ich weiß es nicht.«

»Du hast gesagt, du wärst in der Schule in eine Prügelei geraten.«

»Daran kann ich mich nicht erinnern, Mom, und wenn ich das gesagt habe, dann lag es vielleicht daran, daß ich einen Schock hatte.« Verdammt. Schon wieder bei einer Lüge ertappt.

Greenway strich sich den Bart. »Ricky hat gesehen, wie er dich gepackt und in den Wagen gezerrt hat. Und er hat den Schuß gehört. Wow.«

»Ja. Jetzt sehe ich alles wieder vor mir, ganz deutlich. Tut mir leid, daß ich mich nicht früher erinnert habe, aber mein Kopf war irgendwie leer. Ungefähr so wie der von Ricky.«

Eine weitere lange Pause.

»Offengestanden, Mark, mir fällt es schwer, zu glauben, daß du dich nicht wenigstens an einiges von alldem schon gestern abend erinnern konntest«, sagte Greenway.

»Das verstehe ich nicht. Sehen Sie sich Ricky an. Er hat gesehen, was mit mir passiert ist, und ihn hat es in diesen Zustand getrieben. Haben wir gestern abend miteinander gesprochen?«

»Na, hör mal, Mark«, sagte Dianne.

»Natürlich haben wir miteinander gesprochen«, sagte Greenway mit mindestens vier neuen Falten auf der Stirn.

»Ja, mir ist auch so. Ich weiß es nur nicht mehr so genau.«

Greenway sah stirnrunzelnd Dianne an, und ihre Blicke trafen sich. Mark ging ins Badezimmer und trank Wasser aus einem Pappbecher.

»Okay«, sagte Dianne. »Hast du es schon der Polizei erzählt?«

»Nein. Es ist mir doch gerade erst wieder eingefallen. Hast du das vergessen?«

Dianne nickte langsam und brachte ein schwaches Lächeln zustande. Ihre Augen waren schmal, und seine richteten sich rasch wieder auf den Fußboden. Sie glaubte die ganze Geschichte über den Selbstmord, aber auf dieses plötzliche Wiederauftauchen klarer Erinnerungen war sie nicht hereingefallen. Sie würde ihn sich später vornehmen.

Auch Greenway hatte seine Zweifel, aber ihm ging es mehr darum, seinem Patienten zu helfen, als Mark Vorwürfe zu machen. Er strich sich sanft den Bart und betrachtete die Wand. Es trat eine lange Pause ein.

»Ich hab Hunger«, sagte Mark schließlich.

Reggie traf mit einer Stunde Verspätung ein und entschuldigte sich. Greenway war für diesen Tag gegangen. Mark übernahm stotternd die Vorstellungszeremonie. Sie lächelte Dianne an, als sie sich die Hand gaben, dann setzte sie sich neben sie aufs Bett. Sie stellte ihr ein Dutzend Fragen über Ricky. Sie war sofort eine Freundin der Familie, besorgt und voller Anteilnahme. Was war mit ihrem Job? Schule? Geld? Kleidung?

Dianne war erschöpft und verletzlich, und es war schön, mit einer Frau zu reden. Sie ging aus sich heraus, und eine Weile unterhielten sie sich darüber, was Greenway zu diesem und jenem gesagt hatte, über alle möglichen Dinge, die mit Mark und seiner Geschichte und dem FBI, dem einzigen Grund für Reggies Anwesenheit, nichts zu tun hatten.

Reggie hatte eine Tüte mit Sandwiches und Chips mitgebracht, und Mark packte sie aus und legte alles auf einen Tisch neben Rickys Bett. Er verließ das Zimmer, um Getränke zu holen. Sie bemerkten es kaum.

Er holte im Wartezimmer zwei Dr. Peppers aus dem Automaten und kehrte in das Zimmer zurück, ohne von Polizisten, Reportern oder Revolvermännern der Mafia aufgehalten worden zu sein. Die Frauen waren in ein Gespräch darüber vertieft, wie McThune und Trumann versucht hatten, Mark zu verhören. Reggie erzählte die Geschichte so, daß Dianne gar nichts anderes übrigblieb, als dem FBI zu mißtrauen. Sie waren beide empört. Dianne war zum ersten Mal seit vielen Stunden angeregt und lebendig.

Jack Nance & Associates war eine stille Firma, die als Sicherheitsspezialisten inserierte, in Wirklichkeit aber nur aus zwei Privatdetektiven bestand. Ihre Anzeige im Branchenbuch war eine der kleinsten in der ganzen Stadt. Ihnen lag nichts an den alltäglichen Scheidungsfällen, bei denen ein Partner fremdging und der andere Fotos wollte. Sie besaßen keinen Lügendetektor. Sie entführten keine Kinder. Sie machten nicht Jagd auf diebische Angestellte.

Jack Nance selbst war ein ehemaliger Sträfling mit einem eindrucksvollen Vorstrafenregister, dem es zehn Jahre lang gelungen war, nicht mit dem Gesetz in Konflikt zu kommen. Sein Partner war Cal Sisson, gleichfalls ein überführter Verbrecher, der mit einer Schwindelfirma für Bedachungen einen großen Coup gelandet hatte. Zusammen verdienten sie ein hübsches Sümmchen, indem sie für reiche Leute die Schmutzarbeit erledigten. Sie hatten einmal einem Teenager, dem Freund der Tochter eines reichen Kunden, beide Hände gebrochen, weil der Junge dem Mädchen eine Ohrfeige gegeben hatte. Ein andermal hatten sie die Kinder eines anderen reichen Kunden dazu gebracht, der Moon-Sekte den Rücken zu kehren. Sie scheuten nicht vor Gewalttätigkeiten zurück. Mehr als einmal hatten sie einen Geschäftsrivalen zusammengeschlagen, der Geld von einem ihrer Kunden angenommen hatte. Einmal hatten sie das Liebesnest der Frau eines Kunden und ihres Liebhabers in Brand gesteckt.

Es gab einen Markt für ihre Art von Detektivarbeit, und man kannte sie in einem kleinen Kreis als zwei sehr gemeine und tüchtige Männer, die ihr Geld kassierten, die schmutzige Arbeit erledigten und keine Spur hinterließen. Sie erzielten erstaunliche Erfolge. Jeder Kunde kam auf Empfehlung.

Jack Nance saß nach Einbruch der Dunkelheit in seinem engen Büro, als jemand an die Tür klopfte. Die Sekretärin hatte bereits Feierabend gemacht. Cal Sisson war unterwegs auf der Suche nach einem Crack-Dealer, der den Sohn eines Kunden süchtig gemacht hatte. Nance war ungefähr vierzig, kein großer Mann, aber kräftig und überaus behende. Er ging durch das Büro der Sekretärin und öffnete die Vordertür. Das Gesicht war ihm unbekannt.

»Ich suche Jack Nance«, sagte der Mann.

»Das bin ich.«

Der Mann streckte ihm die Hand hin, und Nance ergriff sie. »Ich heiße Paul Gronke. Darf ich hereinkommen?«

Nance öffnete die Tür weiter und bedeutete Gronke, einzutreten. Sie standen vor dem Schreibtisch der Sekretärin. Gronke sah sich in dem vollgestopften, unordentlichen Raum um.

»Es ist schon spät«, sagte Nance. »Was wollen Sie?«

»Ich brauche ein bißchen schnelle Arbeit.«

»Wer hat mich empfohlen?«

»Ich habe von Ihnen gehört. Es spricht sich herum.«

»Nennen Sie mir einen Namen.«

»Okay. J. L. Grainger. Ich glaube, Sie haben ihm bei einem Geschäft geholfen. Er hat auch einen Mr. Schwartz erwähnt, der gleichfalls mit Ihrer Arbeit recht zufrieden war.«

Nance dachte eine Sekunde lang darüber nach, während er Gronke musterte. Er war ein dicklicher Mann mit einem massigen Brustkorb, Ende Dreißig, schlecht gekleidet, aber ohne es zu wissen. Seine Sprechweise verriet Nance sofort, daß er aus New Orleans kam. »Ich bekomme zweitausend Dollar Vorschuß, nicht rückzahlbar, alles in bar, bevor ich einen Finger rühre.« Gronke zog einen Packen Geldscheine aus seiner linken Brusttasche und zählte zwanzig Hunderter ab. Nance entspannte sich. Es war sein schnellster Vorschuß seit zehn Jahren. »Setzen Sie sich«, sagte er, nahm das Geld und deutete auf ein Sofa. »Ich höre.«

Gronke holte einen zusammengefalteten Zeitungsausschnitt aus der Tasche und gab ihn Nance. »Haben Sie das gesehen? Es stand in der heutigen Morgenzeitung.«

Nance warf einen Blick darauf. »Ja. Hab ich gelesen. Was haben Sie damit zu tun?«

»Ich komme aus New Orleans. Mr. Muldanno ist ein alter Freund von mir, und es gefällt ihm gar nicht, daß sein Name hier in Memphis in der Zeitung auftaucht. Es heißt da, er hätte Verbindung zur Mafia und so weiter. Man darf kein Wort von dem glauben, was in den Zeitungen steht. Die Presse treibt dieses Land noch in den Untergang.«

»War Clifford sein Anwalt?«

»Ja. Aber jetzt hat er einen neuen. Aber das ist unwichtig. Lassen Sie mich Ihnen erzählen, was ihm zu schaffen macht. Er weiß aus zuverlässiger Quelle, daß diese beiden Jungen etwas wissen.«

»Wer sind diese Jungen?«

»Einer liegt im Krankenhaus, im Koma oder so etwas. Er ist ausgeflippt, als Clifford sich erschoß. Sein Bruder war in Cliffords Wagen, bevor er sich erschoß, und wir fürchten, der Junge könnte etwas wissen. Er hat eine Anwältin engagiert und weigert sich, mit dem FBI zu reden. Ziemlich verdächtig.«

»Und was soll ich tun?«

»Wir brauchen jemanden, der sich in Memphis auskennt. Wir müssen mit dem Jungen reden. Wir müssen ständig wissen, wo er sich aufhält.«

»Wie heißt er?«

»Mark Sway. Wir glauben, er ist im Krankenhaus, zusammen mit seiner Mutter. Die letzte Nacht haben sie in dem Krankenzimmer verbracht, bei dem jüngeren Bruder. Er heißt Ricky Sway. St. Peter's, neunter Stock, Zimmer 943. Wir möchten, daß Sie den Jungen finden, feststellen, wo er sich im Moment aufhält, und ihm dann auf den Fersen bleiben.«

»Ziemlich einfach.«

»Vielleicht auch nicht. Er wird von der Polizei und wahrscheinlich auch von FBI-Agenten überwacht. Der Junge zieht einen ganzen Rattenschwanz hinter sich her.«

»Ich bekomme hundert Dollar pro Stunde, bar.«

»Das weiß ich.«

Sie nannte sich Amber, neben Alexis der Name, den sich die Stripperinnen und Prostituierten im French Quarter am liebsten zulegten. Sie nahm den Anruf entgegen, dann trug sie das Telefon ein paar Schritte in das winzige Badezimmer, wo Barry Muldanno sich gerade die Zähne putzte. »Es ist Gronke«, sagte sie und reichte ihm den Apparat. Er nahm ihn, drehte den Wasserhahn zu und bewunderte ihren nackten Körper, als sie unter die Decke kroch. Er blieb auf der Schwelle stehen. »Ja?« sagte er ins Telefon.

Eine Minute später stellte er den Apparat auf den Tisch neben dem Bett und trocknete sich rasch ab. Amber war irgendwo unter der Decke.

»Wann gehst du zur Arbeit?« fragte er, während er seine Krawatte band.

»Um zehn. Wie spät ist es?« Ihr Kopf tauchte zwischen den Kissen auf.

»Gleich neun. Ich muß was erledigen. Ich komme wieder.«

»Wozu? Du hast doch gekriegt, was du wolltest.«

»Vielleicht will ich noch mehr. Schließlich bezahle ich die Miete, Süße.«

»Das bißchen Miete. Kannst du mich nicht aus diesem Loch herausholen? Mir eine hübsche Wohnung beschaffen?«

Er zupfte die Manschetten unter dem Jackett hervor und bewunderte sich selbst im Spiegel. Perfekt. Einfach perfekt. »Mir gefällt es hier.«

»Es ist ein Loch. Wenn dir etwas an mir läge, würdest du mir eine hübsche Wohnung beschaffen.«

»Ja, ja. Bis später, Süße.« Er knallte die Tür zu. Stripperinnen. Gib ihnen einen Job, dann eine Wohnung, kauf ihnen ein paar Klamotten, geh mit ihnen essen, dann können sie den Hals nicht voll kriegen und stellen Ansprüche. Sie waren eine kostspielige Angewohnheit, aber eine, von der er nicht loskam.

Er eilte in seinen Alligatorschuhen die Treppe hinunter und öffnete die auf die Dumaine Street hinausgehende Tür. Er schaute nach rechts und links, in dem sicheren Gefühl, daß er beobachtet wurde, dann bog er um die Ecke in die Bourbon Street ein. Er bewegte sich im Schatten, überquerte mehrfach die Straße, dann bog er um weitere Ecken und legte einen Teil der Strecke ein zweites Mal zurück. Er brachte im Zickzackkurs acht Häuserblocks hinter sich, dann verschwand er in Randy's Oyster an der Decatur Street. Wenn er sie nicht abgeschüttelt hatte, dann waren sie Supermänner.

Randy's war eine sichere Zuflucht. Es war ein altmodisches Speiselokal, lang und schmal, dunkel und immer überfüllt. Touristen hatten hier keinen Zutritt. Es gehörte der Familie und wurde von ihr betrieben. Er eilte die schmale Treppe zum zweiten Stock hinauf, wo Tische im voraus reserviert werden mußten und nur wenige Auserwählte eine Reservierung bekamen. Er nickte einem Kellner zu, grinste einen massigen Ganoven an und betrat ein Privatzimmer mit vier Tischen. Drei davon waren leer, und am vierten saß eine einsame Gestalt praktisch im Dunkeln und las beim Licht einer echten Kerze. Barry blieb stehen und wartete darauf, zum Nähertreten aufgefordert zu werden. Der Mann sah ihn und deutete auf einen Stuhl. Barry setzte sich folgsam.

Johnny Sulari war der Bruder von Barrys Mutter und das unangefochtene Oberhaupt der Familie. Ihm gehörte Randy's, zusammen mit hundert anderen Unternehmen verschiedener Art. Wie gewöhnlich arbeitete er auch an diesem Abend, las bei Kerzenlicht Abrechnungen und wartete auf sein Essen. Heute war Dienstag, ein Abend wie jeder andere im Büro. Am Freitag würde Johnny mit einer Amber oder einer Alexis oder einer Sabrina hier sein und am Samstag mit seiner Frau.

Er war nicht erfreut über die Störung. »Was ist los?« fragte er.

Barry lehnte sich vor, wohl wissend, daß er in diesem Moment hier unerwünscht war. »Ich hab gerade mit Gronke in Memphis gesprochen. Der Junge hat sich eine Anwältin genommen und weigert sich, mit dem FBI zu reden.«

»Ich kann einfach nicht glauben, daß du dermaßen dämlich bist, Barry, weißt du das?«

»Das hast du mir schon öfter gesagt.«

»Ich weiß. Und ich sage es dir wieder. Du bist ein Blödmann, und ich will nur, daß du weißt, daß du ein ausgemachter Blödmann bist.«

»Okay. Ich bin ein Blödmann. Aber wir müssen etwas unternehmen.«

»Was?«

»Wir müssen Bono losschicken und noch jemanden, vielleicht Pirini, vielleicht auch den Bullen, das ist mir egal, aber wir brauchen zwei Leute in Memphis. Und wir brauchen sie sofort.«

»Du willst den Jungen beseitigen?«

»Vielleicht. Das findet sich. Wir müssen herausfinden, was er weiß, okay? Wenn er zuviel weiß, dann werden wir ihn vielleicht erledigen.«

»Es ist mir peinlich, daß wir Blutsverwandte sind, Barry. Du bist ein ausgemachter Idiot, weißt du das?«

»Okay. Aber wir müssen schnell handeln.«

Johnny griff nach einem Stapel Papiere und begann zu lesen. »Schick Bono und Pirini, aber keine weiteren Blödheiten. Du bist ein Idiot, Barry, ein Schwachkopf, und ich will nicht, daß dort irgend etwas unternommen wird, bevor ich es sage. Verstanden?«

»Ja, Sir.«

»Und nun verschwinde.« Johnny schwenkte die Hand, und Barry sprang auf.

13

Bis Dienstagabend war es George Ord und seinen Mitarbeitern endlich gelungen, die Aktivitäten von Foltrigg, Boxx und Fink auf die geräumige Bibliothek im Zentrum seines Büros zu beschränken. Dort hatten sie ihr Lager aufgeschlagen. Sie hatten zwei Telefone. Ord hatte ihnen eine Sekretärin und einen Assistenten zur Verfügung gestellt. Die anderen stellvertretenden Bundesanwälte hatten Anweisung, sich von der Bibliothek fernzuhalten. Foltrigg hielt die Tür geschlossen und breitete seine Papiere und sein ganzes Chaos auf dem fünf Meter langen Konferenztisch in der Mitte des Raumes aus. Trumann durfte kommen und gehen. Die Sekretärin holte Kaffee und Sandwiches, wann immer der Reverend es befahl.

Foltrigg war ein mittelmäßiger Jurastudent gewesen und hatte es in den letzten fünfzehn Jahren gründlich geschafft, der Knochenarbeit juristischer Recherchen aus dem Wege zu gehen. Schon an der Universität hatte er gelernt, Bibliotheken zu hassen. Recherchen waren eine Sache für gelehrte Eierköpfe; das war seine Theorie. In der Praxis aber durften nur richtige Anwälte das Gesetz vertreten, die imstande waren, vor einer Jury zu stehen und zu predigen.

Aber jetzt saß er, zu Tode gelangweilt, mit Boxx und Fink in George Ords Bibliothek und konnte nur darauf warten, daß eine gewisse Reggie Love mit dem Finger schnippte. Und deshalb steckte er, der große Roy Foltrigg, Superanwalt, seine Nase in ein dickes juristisches Buch, während ein Dutzend weitere rings um ihn herum auf dem Tisch lagen. Fink, der gelehrte Eierkopf, saß zwischen zwei Bücherregalen auf dem Fußboden, in Socken, und umgeben von Recherchematerial. Boxx, was juristischen Sachverstand anging, gleichfalls ein Leichtgewicht, tat so, als arbeitete er am anderen Ende von Foltriggs Tisch. Boxx hatte seit Jahren kein juristisches Buch mehr aufgeschlagen, aber im Augenblick

gab es schlicht nichts anderes zu tun. Er trug seine letzten
sauberen Boxershorts und hoffte von ganzem Herzen, daß
sie Memphis morgen wieder verlassen würden.

Im Mittelpunkt ihrer Recherchen stand die Frage, wie man
Mark Sway dazu bringen konnte, Informationen preiszugeben,
auch wenn er es nicht wollte. Wenn jemand über Informationen
verfügt, die für ein Strafverfahren von entscheidender
Bedeutung sind, und dieser jemand nicht reden will,
wie kann man sich diese Informationen dann beschaffen?
Außerdem wollte Foltrigg wissen, ob Reggie Love gezwungen
werden konnte, preiszugeben, was immer Mark Sway
ihr erzählt hatte. Die Vertraulichkeit von Gesprächen zwischen
Anwalt und Mandant ist beinahe heilig, aber Roy
wollte trotzdem, daß in dieser Richtung recherchiert wurde.

Die Debatte darüber, ob Mark Sway etwas wußte oder
nicht, hatte schon vor Stunden mit einem eindeutigen Sieg
Foltriggs geendet. Der Junge war in dem Wagen gewesen.
Clifford war verrückt und wollte reden. Der Junge hatte die
Polizei angelogen. Und nun hatte der Junge eine Anwältin,
weil er etwas wußte und Angst hatte, damit herauszurücken.
Weshalb machte Mark Sway nicht einfach reinen
Tisch und erzählte alles? Weil er Angst hatte vor dem Mörder
von Boyd Boyette. So einfach war das.

Fink hatte nach wie vor Zweifel, aber er hatte das Argumentieren
satt. Sein Boß war nicht sonderlich intelligent und
überaus starrköpfig, und wenn er zu einer Schlußfolgerung
gelangt war, dann saß sie unverrückbar fest. Und Foltriggs
Argumente hatten etwas für sich. Der Junge benahm sich
seltsam, insbesondere für einen Jungen.

Boxx stand natürlich felsenfest hinter seinem Boß und
glaubte alles, was er sagte. Wenn Roy sagte, der Junge weiß,
wo die Leiche ist, dann war es das Evangelium. Auf einen
seiner vielen Anrufe hin stellte in New Orleans ein halbes
Dutzend stellvertretender Bundesanwälte genau dieselben
Recherchen an.

Gegen zehn am Dienstagabend klopfte Larry Trumann an
die Tür zur Bibliothek und trat ein. Er hatte den größten Teil
des Abends in McThunes Büro verbracht. Auf Foltriggs An-

weisung hin hatten sie alle nötigen Formalitäten in die Wege geleitet, um Mark Sway Sicherheit im Rahmen eines Zeugenschutzprogramms anbieten zu können. Sie hatten ein Dutzend Telefongespräche mit Washington geführt und zweimal mit F. Denton Voyles, dem Direktor des FBI, gesprochen. Falls Mark Sway am Morgen Foltrigg nicht die Antworten lieferte, die er haben wollte, würden sie bereit sein, ihm ein überaus attraktives Angebot zu machen.

Foltrigg sagte, sie würden leichtes Spiel haben. Der Junge hatte nichts zu verlieren. Sie würden seiner Mutter eine gute Stellung in einer anderen Stadt ihrer Wahl anbieten. Sie würde mehr verdienen als nur die jämmerlichen sechs Dollar pro Stunde, die sie in der Lampenfabrik bekam. Die Familie würde in einem Haus mit Fundament leben, nicht in einem billigen Wohnwagen. Sie würden ihr die Sache mit Bargeld schmackhaft machen, vielleicht auch einem neuen Wagen.

Mark saß im Dunkeln auf der dünnen Matratze und betrachtete seine Mutter, die mit Ricky in dem hohen Krankenbett lag. Er hatte dieses Zimmer und das Krankenhaus satt. Das Klappbett ruinierte seinen Rücken. Leider war die hübsche Karen nicht im Schwesternzimmer. Die Flure waren leer. Niemand wartete auf den Fahrstuhl.

Im Wartezimmer saß ein einsamer Mann. Er blätterte in einer Zeitschrift und ignorierte die Wiederholung von »M.A.S.H« im Fernsehen. Er saß auf der Couch – genau da, wo Mark zu schlafen gedachte. Mark steckte zwei Vierteldollar in den Automaten und holte eine Sprite heraus. Er setzte sich auf einen Stuhl und schaute auf den Bildschirm. Der Mann war um die Vierzig und sah müde und besorgt aus. Zehn Minuten vergingen, und »M.A.S.H« war zu Ende. Plötzlich war Gill Teal da, der Anwalt der kleinen Leute; er stand seelenruhig am Schauplatz eines Verkehrsunfalls und redete über das Wahrnehmen von Rechten und den Kampf mit den Versicherungsgesellschaften. Gill Teal bringt Sie ans Ziel.

Jack Nance klappte die Zeitschrift zu und griff zu einer anderen. Er schaute Mark zum ersten Mal an und lächelte. »Hi,

Junge«, sagte er freundlich und richtete dann den Blick auf irgendein Herz-und-Krone-Blatt.

Mark nickte. Was er in seinem Leben am allerwenigsten brauchte, war ein weiterer Fremder. Er nippte an seiner Sprite und betete um Ruhe.

»Was machst du hier?« fragte der Mann.

»Fernsehen«, erwiderte Mark kaum hörbar.

Der Mann hörte auf zu lächeln und begann, einen Artikel zu lesen. Die Mitternachtsnachrichten kamen und mit ihnen ein großer Bericht über einen Taifun in Pakistan, mit Liveaufnahmen von toten Menschen und toten Tieren, die an der Küste herumlagen wie Treibholz. Es war die Art von Filmmaterial, bei dem man nicht wegschauen konnte.

»Das ist ja furchtbar«, sagte Jack Nance zum Fernseher hin, als ein Hubschrauber über einem Haufen menschlicher Überreste schwebte.

»Ja«, sagte Mark, bemüht, nicht zugänglich zu werden. Wer weiß – dieser Mann konnte durchaus ein weiterer hungriger Anwalt sein, der nur darauf wartete, sich auf ein verletztes Opfer zu stürzen.

»Wirklich furchtbar«, sagte der Mann und schüttelte den Kopf. »Ich meine, es gibt vieles, wofür wir dankbar sein müssen. Aber es ist schwer, in einem Krankenhaus dankbar zu sein, wenn du weißt, wie ich das meine.« Er sah plötzlich wieder traurig aus und warf Mark einen schmerzlichen Blick zu.

»Was ist los?« Mark konnte nicht anders, er mußte fragen.

»Mein Sohn. Er ist in sehr schlechter Verfassung.« Der Mann warf die Zeitschrift auf den Tisch und rieb sich die Augen.

»Was ist passiert?« fragte Mark. Der Mann tat ihm leid.

»Verkehrsunfall. Trunkenheit am Steuer. Mein Junge wurde aus dem Wagen herausgeschleudert.«

»Wo ist er?«

»Auf der Intensivstation im ersten Stock. Ich mußte einfach von dort weg. Da unten ist es nicht auszuhalten, massenhaft Leute, die ständig schreien und weinen.«

»Es tut mir sehr leid.«

»Er ist erst acht Jahre alt.« Er schien zu weinen, aber Mark wußte es nicht genau.

»Mein kleiner Bruder ist auch acht. Er liegt in einem Zimmer gleich um die Ecke.«

»Was fehlt ihm?« fragte der Mann, ohne aufzuschauen.

»Er hat einen Schock.«

»Was ist passiert?«

»Das ist eine lange Geschichte. Und sie wird immer länger. Aber er wird es überstehen. Ich hoffe, Ihr Sohn kommt auch durch.«

Jack Nance schaute auf die Uhr und stand plötzlich auf. »Das hoffe ich auch. Alles Gute für dich, äh, wie heißt du?«

»Mark Sway.«

»Alles Gute, Mark. Ich muß wieder hinunter.« Er ging zu den Fahrstühlen und verschwand.

Mark nahm seinen Platz auf der Couch ein, und Minuten später war er eingeschlafen.

14

Die Fotos auf der Titelseite der Mittwochsausgabe der *Memphis Press* stammten aus dem Jahrbuch der Willow Street Elementary School. Sie waren ein Jahr alt – Mark war in der vierten Klasse gewesen und Ricky in der ersten. Die Bilder standen nebeneinander auf dem unteren Drittel der Seite, und unter den vergnügten, lächelnden Gesichtern waren die Namen zu lesen. Mark Sway. Ricky Sway. Links davon stand eine Story über Jerome Cliffords Selbstmord und das bizarre Nachspiel, in das die Jungen verwickelt waren. Ihr Verfasser war Slick Moeller. Er hatte sich seine eigene kleine Geschichte zusammengereimt. Das FBI war in die Sache verwickelt; Ricky hatte einen Schock erlitten; Mark hatte 911 angerufen, aber ohne seinen Namen zu nennen; die Familie hatte eine Anwältin engagiert, eine gewisse Reggie Love, Marks Fingerabdrücke waren überall im Innern des Wagens, auch auf der Waffe. Die Story erweckte den Eindruck, daß Mark ein kaltblütiger Killer war.

Karen brachte ihm die Zeitung, als er in einem leeren, halb privaten Zimmer saß, das dem von Ricky direkt gegenüber lag. Mark schaute sich Cartoons an und versuchte noch ein wenig zu schlafen. Greenway wollte niemanden im Zimmer haben außer Ricky und Dianne. Eine Stunde zuvor hatte Ricky die Augen aufgeschlagen und auf die Toilette gewollt. Jetzt lag er wieder im Bett, murmelte etwas über Alpträume und aß Eiskrem.

»Du machst Schlagzeilen«, sagte Karen, als sie ihm die Zeitung gab und seinen Orangensaft auf den Tisch stellte.

»Was ist das?« fragte er, als er plötzlich sein Gesicht in Schwarzweiß vor sich sah. »Verdammt!«

»Nur eine kleine Story. Wenn du Zeit hast, hätte ich gern ein Autogramm von dir.«

Sehr komisch. Sie verließ das Zimmer, und er las langsam den Artikel. Reggie hatte ihm von den Fingerabdrücken und dem Abschiedsbrief erzählt. Er hatte von der Waffe geträumt; aber er hatte völlig vergessen, daß er auch die Whiskeyflasche angefaßt hatte.

Irgendwas war hier unfair. Er war nur ein Junge, der mit seinen eigenen Angelegenheiten genug zu tun hatte, und jetzt stand plötzlich sein Foto auf der Titelseite, und man zeigte mit Fingern auf ihn. Wieso kann eine Zeitung Fotos aus einem alten Jahrbuch ausgraben und sie abdrucken, wann immer sie will? Hatte er denn kein Recht auf ein wenig Privatleben?

Er warf die Zeitung auf den Boden und trat ans Fenster. Der Tag brach gerade an, es nieselte, und die Innenstadt von Memphis erwachte allmählich zum Leben. Wie er da in dem leeren Zimmer am Fenster stand und auf die hohen Gebäude hinausschaute, fühlte er sich völlig allein. Binnen einer Stunde würde eine halbe Million Menschen wach sein und über Mark und Ricky Sway lesen, während sie ihren Kaffee tranken und ihren Toast verspeisten. Die dunklen Gebäude würden sich bald mit geschäftigen Leuten füllen, die sich um ihre Schreibtische und Kaffeemaschinen versammelten, und sie würden sich unterhalten und wilde Vermutungen anstellen – über ihn und über das, was es mit dem toten Anwalt auf sich hatte. Natürlich war der Junge in dem Wagen gewesen. Schließlich hatte man überall seine Fingerabdrücke gefunden. Wie war der Junge in den Wagen gekommen? Und wie wieder heraus? Sie würden Slick Moellers Story lesen, als wäre jedes Wort wahr, als wüßte Slick ganz genau, was Sache war.

Es war nicht fair, daß ein Kind eine Story über sich selbst auf der Titelseite lesen mußte und keine Eltern hatte, hinter denen es sich verstecken konnte. Jedes Kind, dem es so erging, brauchte den Schutz eines Vaters und die ungeteilte Zuneigung einer Mutter. Es brauchte einen Schild gegen Polizisten und FBI-Agenten und Reporter und, Gott behüte, die Mafia. Hier war er nun, elf Jahre alt, allein, mal lügend, dann die Wahrheit sagend, dann noch mehr lügend, nie sicher, was er tun sollte. Die Wahrheit kann einen das Leben kosten – das hatte er einmal in einem Film gesehen, und es fiel ihm immer dann wieder ein, wenn er den Drang verspürte, irgendwelche Amtspersonen anzulügen. Wie sollte er je aus diesem Schlamassel wieder herauskommen?

Er hob die Zeitung vom Fußboden auf und trat auf den Flur hinaus. Greenway hatte eine Notiz an Rickys Tür geheftet, die jedermann, einschließlich den Schwestern den Zutritt verbot. Dianne hatte Rückenschmerzen vom Sitzen in Rickys Bett, und Greenway hatte eine weitere Ladung Tabletten gegen ihre Beschwerden bringen lassen.

Mark machte am Schwesternzimmer halt und gab Karen die Zeitung zurück. »Hübsche Story, nicht?« sagte er mit einem Lächeln. Die Verliebtheit war verflogen. Sie war immer noch hübsch, spielte aber jetzt die Spröde, und er hatte einfach nicht die nötige Energie.

»Ich hole mir ein Stück Kuchen«, sagte er. »Wollen Sie auch eins?«

»Nein, danke.«

Er ging zu den Fahrstühlen und drückte auf den Knopf. Die mittlere Tür ging auf, und er trat ein.

In der gleichen Sekunde flüsterte Jack Nance im dunklen Wartezimmer in sein Sprechfunkgerät.

Der Fahrstuhl war leer. Es war erst kurz nach sechs, eine gute halbe Stunde, bevor der Betrieb richtig losging. Der Fahrstuhl hielt im achten Stock. Die Tür ging auf, und ein Mann trat ein. Er trug einen weißen Kittel, Jeans, Turnschuhe und eine Baseballmütze. Mark schaute ihm nicht ins Gesicht. Er hatte es satt, fremde Leute kennenzulernen.

Die Tür glitt zu, und plötzlich packte der Mann Mark und drängte ihn in eine Ecke. Er klammerte die Finger um Marks Kehle. Dann ließ er sich auf ein Knie sinken und zog etwas aus der Tasche. Sein Gesicht war nur ein paar Zentimeter von Marks Augen entfernt, und es war ein gräßliches Gesicht. Er atmete schwer. »Hör mir zu, Mark Sway«, knurrte er. Etwas klickte in seiner rechten Hand, und plötzlich kam die funkelnde Klinge eines Schnappmessers ins Bild. Eine sehr lange Klinge. »Ich weiß nicht, was Jerome Clifford dir erzählt hat«, sagte er eindringlich. »Aber wenn du nur ein einziges Wort davon irgend jemandem gegenüber wiederholst, einschließlich deiner Anwältin, dann bringe ich dich um. Und deine Mutter und deinen kleinen Bruder auch. Hast du mich verstanden? Er ist in Zimmer 943. Ich kenne den Wohnwagen, in dem ihr lebt. Verstanden? Ich kenne auch deine Schule an der Willow Road.« Sein Atem war warm und roch nach Milchkaffee, und er zielte mit der Klinge auf Marks Augen. »Hast du mich verstanden?« fragte er mit einem gemeinen Lächeln.

Der Fahrstuhl hielt, und der Mann stand aufgerichtet neben der Tür; sein Bein verdeckte das Messer. Obwohl völlig gelähmt, war Mark doch imstande zu hoffen, daß irgendjemand zu ihnen in den Fahrstuhl treten würde. Es war offensichtlich, daß er keine Möglichkeit hatte, bei diesem Halt herauszukommen. Sie warteten zehn Sekunden im sechsten Stock, und niemand trat ein. Die Tür glitt zu, und sie fuhren weiter.

Der Mann stürzte sich wieder auf ihn, und diesmal war das Messer nur zwei oder drei Zentimeter von Marks Nase entfernt. Er hielt ihn mit einem kräftigen Unterarm in der Ecke fest und stieß plötzlich mit der funkelnden Klinge auf Marks Taille zu. Schnell und gekonnt schnitt er eine Gürtelschlaufe durch. Dann noch eine. Seine Botschaft hatte er an den Mann gebracht, ohne Störung, und jetzt war die Zeit für ein bißchen Nachdruck gekommen.

»Ich schlitz dir den Bauch auf, hast du verstanden?« fragte er, dann gab er Mark frei.

Mark nickte. Ein Klumpen von der Größe eines Golfballs verstopfte ihm die trockene Kehle, und plötzlich waren seine Augen feucht. Er nickte. Ja, ja, ja.

»Ich bringe dich um. Ist dir das klar?«

Mark starrte das Messer an und nickte noch ein paarmal. »Und wenn du irgend jemandem von mir erzählst, dann erwische ich dich. Verstanden?« Mark nickte weiter, aber jetzt schneller.

Der Mann schob das Messer in eine Tasche und zog ein zusammengefaltetes, zwanzig mal fünfundzwanzig Zentimeter großes Farbfoto aus dem Kittel. Er hielt es Mark vors Gesicht. »Hast du das schon einmal gesehen?« fragte er, jetzt lächelnd.

183

Es war ein Familienfoto, in einem Kaufhaus aufgenommen, als Mark in der zweiten Klasse gewesen war, und es hatte seit Jahren in ihrem Wohnzimmer über dem Fernseher gehangen. Mark starrte es an.

»Erkennst du es?« fuhr der Mann ihn an.

Mark nickte. Es gab nur ein solches Foto auf der Welt.

Der Fahrstuhl hielt im fünften Stock, und der Mann bewegte sich schnell und stellte sich wieder neben die Tür. In letzter Sekunde traten zwei Schwestern ein, und Mark konnte endlich wieder atmen. Er blieb in der Ecke, hielt sich am Griff fest und betete um ein Wunder. Die Klinge war bei jeder Attacke nähergekommen, und noch einmal würde er das nicht durchstehen. Im dritten Stock stiegen drei weitere Personen ein und traten zwischen Mark und den Mann mit dem Messer. Blitzschnell war Marks Angreifer verschwunden; durch die bereits zugleitende Tür.

»Bist du okay?« Eine Schwester musterte ihn, stirnrunzelnd und sehr besorgt. Der Fahrstuhl ruckte an und fuhr abwärts. Sie berührte seine Stirn und spürte eine Schicht Schweiß unter den Fingern. Seine Augen waren feucht. »Du siehst blaß aus«, sagte sie.

»Ich bin okay«, murmelte er schwach und hielt sich haltsuchend am Griff fest.

Die andere Schwester schaute auf ihn in seiner Ecke herab. Sie musterten voller Besorgnis sein Gesicht. »Bist du sicher?«

Er nickte, und plötzlich hielt der Fahrstuhl im zweiten Stock an. Er schoß zwischen Körpern hindurch, rannte einen schmalen Flur entlang und wich Krankenbetten und Rollstühlen aus. Seine abgetragenen Nike-Laufschuhe quietschten auf dem sauberen Linoleum, als er auf eine Tür mit dem EXIT-Schild darüber zurannte. Er hielt sich am Geländer fest und rannte, immer zwei Stufen auf einmal nehmend, nach oben, ohne auch nur eine Sekunde innezuhalten. Die Schmerzen in seinen Oberschenkeln kamen im sechsten Stock, aber er rannte noch schneller. Im achten Stock begegnete er einem Arzt, hielt aber trotzdem nicht an. Er rannte, erklomm den Berg in Rekordzeit, bis die Treppe im fünfzehnten Stock endete. Er sackte auf einem Absatz unter einem Wasserschlauch zusammen und blieb im Halbdunkel sitzen, bis durch ein winziges Buntglasfenster über ihm die Sonne hereinfiel.

Gemäß seiner Vereinbarung mit Reggie schloß Clint das Büro um genau acht Uhr auf, schaltete das Licht ein und machte Kaffee. Es war Mittwoch, also gab es Southern Pekan. Er suchte unter den zahllosen Ein-Pfund-Paketen mit Kaffeebohnen im Kühlschrank, bis er Southern Pecan gefunden hatte. Dann maß er sorgfältig vier Löffel davon ab und tat sie in die Mühle. Sie merkte sofort, wenn er das Maß auch nur um einen halben Löffel verfehlt hatte. Den ersten Schluck trank sie immer wie ein Weinkenner, schmatzte mit den Lippen wie ein Kaninchen und fällte dann ihr Urteil über den Kaffee. Er fügte die abgemessene Menge Wasser hinzu, legte den Schalter um und wartete darauf, daß die ersten schwarzen Tropfen in die Kanne fielen. Das Aroma war köstlich.

Clint genoß den Kaffee fast ebenso wie seine Chefin, und die sorgfältige Routine seiner Zubereitung wurde nur zur Hälfte ernst genommen. Sie begannen jeden Tag mit einer ruhigen Tasse, wobei sie den Tag planten und über die Post sprachen. Sie hatten sich elf Jahre zuvor bei einer Entziehungskur kennengelernt, als sie vierzig war und er siebzehn. Sie hatten gleichzeitig mit dem Jurastudium begonnen, aber er war ausgestiegen, nachdem er einen bösen Abstecher zu Kokain gemacht hatte. Jetzt war er seit fünf Jahren clean, sie seit sechs. Sie hatten sich viele Male gegenseitig Halt gegeben.

Er sortierte die Post und legte sie sorgfältig auf ihrem leeren Schreibtisch zurecht. Dann goß er sich seine erste Tasse Kaffee ein und las mit großem Interesse die Titelgeschichte über ihren neuesten Mandanten. Wie gewöhnlich hatte Slick Moeller seine Fakten. Und gleichfalls wie gewöhnlich gab es zwischen den Fakten eine Menge Andeutungen. Die beiden Jungen sahen einander sehr ähnlich, aber Rickys Haar war etwas heller. Er lächelte und präsentierte dabei eine Menge Zahnlücken.

Clint legte die Zeitung mit der Titelseite nach oben auf Reggies Schreibtisch.

Wenn sie keinen Gerichtstermin hatte, erschien Reggie nur selten vor neun Uhr im Büro. Sie kam nur langsam in Gang, lief erst gegen vier Uhr nachmittags zu ihrer vollen Form auf und arbeitete dann bis in den Abend hinein.

Ihre Aufgabe als Anwältin sah sie darin, mißbrauchte und vernachlässigte Kinder zu schützen, und das tat sie mit großem Geschick und voll Leidenschaft. Das Jugendgericht berief sie routinemäßig als Vertreterin mittelloser Kinder, die Anwälte brauchten, es aber nicht wußten. Sie war eine beredte Advokatin kleiner Klienten, die sich nicht bedanken konnten. Sie hatte Väter wegen Belästigung ihrer Töchter verklagt. Sie hatte Onkel wegen Vergewaltigung ihrer Nichten verklagt. Sie hatte Mütter wegen Mißhandlung ihrer Säuglinge verklagt. Sie hatte Nachforschungen bei Eltern angestellt, die ihren Kindern Drogen zugänglich gemacht hatten. Sie war gesetzlicher Vormund von mehr als zwanzig Kindern. Das Jugendgericht hatte sie zur Beraterin für straffällig gewordene Kinder bestellt, und sie arbeitete unentgeltlich für Kinder, die in Nervenheilanstalten eingewiesen werden mußten. Ihr Einkommen war adäquat, aber unwichtig. Sie hatte früher einmal Geld gehabt, jede Menge Geld, und es hatte ihr nichts als Elend gebracht.

Sie trank einen Schluck Southern Pecan, erklärte ihn für gut und plante mit Clint den Tag. Das war ein Ritual, das sie befolgten, wann immer es möglich war.

Als sie nach der Zeitung griff, ertönte der Summer und zeigte an, daß die Tür geöffnet worden war. Clint sprang auf, um nachzusehen. Er fand Mark Sway, der an der Tür zum Empfangszimmer stand, naß von dem Sprühregen und völlig außer Atem.

»Guten Morgen, Mark. Du bist ja klatschnaß.«

»Ich muß mit Reggie sprechen.« Die Haare klebten ihm an der Stirn, und Wasser tropfte von seiner Nase. Er war wie betäubt.

»Okay.« Clint verschwand und kehrte mit einem Handtuch aus der Toilette zurück. Er wischte Mark das Gesicht ab, dann sagte er: »Komm mit.«

Reggie wartete in der Mitte ihres Büros. Clint machte die Tür zu und ließ sie allein.

»Was ist los?« fragte sie.

»Ich glaube, wir müssen miteinander reden.« Sie deutete auf einen Lehnstuhl, und er setzte sich. Sie selbst ließ sich auf der Couch nieder.

»Was ist passiert, Mark?« Seine Augen waren rot und erschöpft. Er starrte auf die Blumen auf dem Tisch.

»Ricky ist heute früh zu sich gekommen.«

»Das ist wundervoll. Wann?«

»Vor ein paar Stunden.«

»Du siehst müde aus. Möchtest du einen Becher heißen Kakao?«

»Nein. Haben Sie die Morgenzeitung gesehen?«

»Ja, ich habe sie gesehen. Hast du deswegen Angst?«

»Natürlich habe ich deswegen Angst.« Clint klopfte an, dann öffnete er die Tür und brachte trotzdem heißen Kakao. Mark dankte ihm und umfaßte den Becher mit beiden Händen. Ihm war kalt und der warme Becher half. Clint machte die Tür wieder zu und verschwand.

»Wann treffen wir uns mit dem FBI?« fragte er.

»In einer Stunde. Warum?«

Er nippte an dem Kakao und verbrannte sich die Zunge. »Ich glaube, ich will nicht mit ihnen reden.«

»Okay. Du brauchst es auch nicht, das weißt du. Ich habe dir das alles erklärt.«

»Ich weiß. Darf ich Sie etwas fragen?«

»Natürlich, Mark. Du siehst ziemlich mitgenommen aus.«

»Es war kein schöner Morgen.« Er nahm einen weiteren winzigen Schluck, dann noch einen. »Was würde mir passieren, wenn ich nie jemandem erzähle, was ich weiß?«

»Du hast es mir erzählt.«

»Ja, aber Sie dürfen es nicht weitersagen. Und ich habe Ihnen nicht alles erzählt, richtig?«

»Richtig.«

»Ich habe Ihnen erzählt, daß ich weiß, wo die Leiche ist, aber ich habe Ihnen nicht erzählt ...«

»Ich weiß, Mark. Ich weiß nicht, wo sie ist. Das ist ein großer Unterschied, und das ist mir völlig klar.«

»Wollen Sie es wissen?«

»Willst du es mir sagen?«

»Eigentlich nicht. Nicht jetzt.«

Sie war erleichtert, ließ es sich aber nicht anmerken. »Okay, dann will ich es nicht wissen.«

»Also was passiert, wenn ich es nie verrate?«

Darüber hatte sie stundenlang nachgedacht, und sie hatte immer noch keine Antwort. Aber sie hatte Foltrigg kennengelernt, und sie war überzeugt, daß er alle legalen Mittel einsetzen würde, um ihren Mandanten zur Preisgabe der Information zu zwingen. So gern sie es getan hätte – sie konnte ihm nicht raten, zu lügen.

Eine Lüge wäre die einfachste Lösung. Eine simple Lüge, und Mark Sway konnte den Rest seines Lebens leben, weit weg von allem, was in New Orleans passiert war. Und weshalb sollte er sich über Muldanno und Foltrigg und den verstorbenen Boyd Boyette den Kopf zerbrechen? Er war nur ein Kind, weder eines Verbrechens noch einer schwerwiegenden Sünde schuldig.

»Ich nehme an, daß man versuchen wird, dich zum Reden zu zwingen.«

»Wie geht das?«

»Das weiß ich nicht. Es kommt überaus selten vor, aber ich glaube, es kann ein Gerichtsbeschluß erwirkt werden, der dich zwingt, auszusagen, was du weißt. Clint und ich, wir haben uns mit dieser Frage beschäftigt.«

»Ich weiß, was Clifford mir erzählt hat, aber ich weiß nicht, ob es die Wahrheit war.«

»Aber du glaubst, daß es die Wahrheit war, stimmt's, Mark?«

»Ja, ich denke schon. Ich weiß nicht, was ich tun soll.« Er murmelte leise, gelegentlich fast unhörbar, nicht willens, sie anzusehen. »Können sie mich zum Reden zwingen?« fragte er.

Sie antwortete mit Bedacht. »Es könnte passieren. Ich meine, eine Menge Dinge könnten passieren. Aber es kann durchaus sein, daß ein Richter in einem Gerichtssaal dir schon sehr bald befiehlt, zu reden.«

»Und wenn ich mich weigere?«

»Gute Frage, Mark. Das ist eine Grauzone. Wenn sich ein Erwachsener einer Anordnung des Gerichts widersetzt, dann macht er sich der Mißachtung des Gerichts schuldig und riskiert, daß er ins Gefängnis kommt. Ich weiß nicht, was mit einem Kind passieren würde. Davon habe ich noch nie etwas gehört.«

»Was ist mit einem Lügendetektor?«

»Wie meinst du das?«

»Nun, sagen wir, sie schleppen mich vor Gericht, und der Richter befiehlt mir, mit der Sprache herauszurücken, und ich erzähle die Geschichte, lasse aber den wichtigsten Teil aus. Und sie werden denken, daß ich lüge. Was dann? Können sie mich auf den Stuhl schnallen und anfangen, mir Fragen zu stellen. Das habe ich einmal in einem Film gesehen.«

»Du hast gesehen, wie ein Kind mit einem Lügendetektor verhört wurde?«

»Nein. Es war ein Polizist, den man beim Lügen ertappt hatte. Aber, ich meine, können sie das mit mir tun?«

»Ich glaube nicht. Ich habe nie davon gehört, und ich würde mit allen Mitteln versuchen, es zu verhindern.«

»Aber es könnte passieren?«

»Ich bin mir nicht sicher. Ich bezweifle es.« Das waren harte Fragen, die wie Geschosse auf sie einprasselten, und sie mußte vorsichtig sein. Klienten hörten oft nur das, was sie hören wollten, und nahmen den Rest nicht zur Kenntnis. »Aber ich muß dich warnen, Mark. Wenn du vor Gericht lügst, könntest du große Probleme bekommen.«

Er dachte eine Sekunde lang darüber nach, dann sagte er: »Wenn ich die Wahrheit sage, bekomme ich noch größere Probleme.«

»Warum?«

Sie wartete lange auf eine Erwiderung. Ungefähr alle zwanzig Sekunden trank er einen kleinen Schluck Kakao; er schien nicht die Absicht zu haben, ihre Frage zu beantworten. Das Schweigen störte ihn nicht. Er starrte auf den Tisch, aber seine Gedanken wirbelten irgendwo anders herum.

»Mark, gestern abend hast du angedeutet, du wärst bereit, mit den Leuten vom FBI zu reden und ihnen deine Geschichte zu erzählen. Jetzt hast du offensichtlich deine Meinung geändert. Warum? Was ist passiert?«

Wortlos stellte er den Becher auf den Tisch und bedeckte seine Augen mit den Fäusten. Sein Kinn sackte auf die Brust, und er fing an zu weinen.

Die Tür zum Empfangszimmer wurde geöffnet, und ein Mädchen von Federal Express erschien mit einem acht Zentimeter dicken Päckchen. Ganz Lächeln und Tüchtigkeit, händigte sie es Clint aus und zeigte ihm, wo er unterschreiben mußte. Sie dankte ihm, wünschte ihm einen schönen Tag und verschwand.

Das Päckchen wurde erwartet. Es kam von Print Research, einer beachtlichen kleinen Firma in Washington, die nichts anderes tat, als zweihundert Tageszeitungen aus dem ganzen Land durchzusehen und die Artikel zu katalogisieren. Die Meldungen wurden ausgeschnitten, kopiert, in Computern erfaßt und standen binnen vierundzwanzig Stunden jedem zur Verfügung, der bereit war, dafür zu bezahlen. Reggie wollte nicht bezahlen, aber sie brauchte schnell Hintergrundmaterial über Senator Boyette und alles, was mit ihm zusammenhing. Clint hatte den Auftrag gestern erteilt, nachdem Mark gegangen war und Reggie einen neuen Mandanten hatte. Die Anforderung war auf die Zeitungen von New Orleans und Washington beschränkt.

Er nahm den Inhalt heraus, einen sauberen Stapel Fotokopien, einundzwanzig mal achtundzwanzig Zentimeter groß; von Zeitungsartikeln, Schlagzeilen und Fotos, alle in perfekter chronologischer Reihenfolge und mit gerade verlaufenden Spalten, die Bilder unverschmiert.

Boyette war ein gestandener Demokrat aus New Orleans gewesen und hatte bereits mehrere Amtszeiten als Hinterbänkler im Repräsentantenhaus hinter sich, als eines Tages

Senator Dauvin, ein Relikt aus Vorkriegszeiten, aber immer noch im Amt, im Alter von einundneunzig Jahren plötzlich starb. Boyette setzte seine Beziehungen ein, machte ganz im Einklang mit der großen alten Tradition der Politik in Louisiana einen Haufen Bargeld flüssig und fand einen Empfänger dafür. Er wurde vom Gouverneur für den Rest von Dauvins Amtszeit zu dessen Nachfolger bestellt. Die Theorie war simpel: Wenn ein Mann genügend Verstand besaß, um einen Haufen Geld anzusammeln, dann war er bestimmt auch ein würdiger Senator der Vereinigten Staaten.

Boyette wurde Mitglied des exklusivsten Clubs der Welt und erwies sich mit der Zeit als recht fähig. Im Laufe der Jahre entging er nur knapp ein paar Anklagen, dann hatte er offensichtlich seine Lektion gelernt. Er überstand mit knapper Mehrheit zwei Wiederwahlen und gelangte schließlich an den Punkt, an den die meisten Senatoren aus dem Süden gelangen – man ließ ihn einfach in Ruhe. Als dies passierte, wurde Boyette langsam reifer und verwandelte sich vom lautstarken Verfechter der Rassentrennung in einen relativ liberalen und vorurteilslosen Staatsmann. Er fiel bei drei kompromißlosen Gouverneuren von Louisiana in Ungnade, und folglich wurde er bei den Erdöl- und Chemiefirmen, die die Ökologie des Staates ruiniert hatten, zum Outcast.

So wurde Boyd Boyette zu einem radikalen Umweltschützer, was bei einem Südstaaten-Politiker völlig unerhört war. Er wetterte gegen die Öl- und Gasindustrie, und deren Bosse schworen sich, ihn zugrunde zurichten. Er hielt in kleinen, vom Ölboom verheerten Bayou-Städten Anhörungen ab und schuf sich Feinde in den Bürohochhäusern von New Orleans. Senator Boyette machte die zerbröckelnde Ökologie seines geliebten Staates zu seiner ureigensten Sache und ging ihr mit Leidenschaft nach.

Sechs Jahre zuvor hatte jemand den Plan ausgeheckt, in Lafourche Parish, ungefähr hundertzwanzig Kilometer südwestlich von New Orleans, eine Giftmülldeponie anzulegen. Beim ersten Mal wurde dieser Plan schnell von den örtlichen Behörden abgeschmettert. Aber wie die meisten von reichen Körperschaften lancierten Ideen verschwand er nicht von der Bildfläche, sondern tauchte ein Jahr später wieder auf, unter anderem Namen, mit einer anderen Gruppe von Gutachtern, neuen Versprechen von Arbeitsplätzen und einem neuen Wortführer. Er wurde ein zweites Mal von den örtlichen Behörden abgelehnt, aber die Gegenstimmen waren erheblich weniger geworden. Ein Jahr verging, einiges Geld wechselte den Besitzer, an den Vorschlägen wurden ein paar kosmetische Veränderungen vorgenommen, und plötzlich stand die Sache wieder auf der Tagesordnung. Die Leute, die in der Umgebung der geplanten Deponie wohnten, waren in heller Aufregung. Gerüchte schwirrten herum, darunter ein besonders hartnäckiges, demzufolge die Mafia von New Orleans hinter der Deponie steckte und keine Ruhe geben würde, bis sie endlich gebaut wäre. Natürlich standen Millionen auf dem Spiel.

Die Zeitungen von New Orleans wiesen glaubhaft nach, daß zwischen der Mafia und der Giftmülldeponie eine Verbindung bestand. Ein Dutzend Firmen waren beteiligt, und Namen und Adressen führten zu mehreren bekannten Personen, die eindeutig Kriminelle waren.

Die Bühne stand, der Handel war abgeschlossen, die Deponie sollte genehmigt werden, doch dann trat Senator Boyd Boyette mit einem Heer von Bundesbeamten auf. Er drohte mit Untersuchungen durch ein Dutzend Aufsichtsbehörden. Er hielt allwöchentliche Pressekonferenzen ab. Er hielt Reden im gesamten Süden von Louisiana. Die Befürworter der Deponie gingen eiligst in Deckung. Die Firmen gaben knappe Statements heraus, in denen sie sich jeden Kommentars enthielten. Aber Boyette hatte bewirkt, daß sie vorerst aufgeben mußten, und das bereitete ihm eine diebische Freude.

Am Abend seines Verschwindens hatte der Senator an einer Protestversammlung der Bürger von Houma in einer überfüllten Turnhalle teilgenommen. Er ging spät und trat, wie üblich allein, die einstündige Rückfahrt nach New Orleans an. Schon Jahre zuvor hatte Boyette die Nase vollgehabt von dem ununterbrochenen Gerede und der ständigen Lobhudelei seiner Assistenten; er zog es deshalb vor, selbst zu fahren, wann immer es möglich war. Er lernte Russisch, seine vierte Sprache, und genoß das Alleinsein in seinem Cadillac und das Abhören der Sprachkassetten.

Am Mittag des nächsten Tages war man zu dem Schluß gelangt, daß der Senator verschwunden war. Die sensationellen Schlagzeilen in New Orleans verkündeten die Geschichte. Große Schlagzeilen in der *Washington Post* vermuteten ein Verbrechen. Die Tage vergingen, und es gab kaum etwas Neues. Es wurde keine Leiche gefunden. An die hundert alte Fotos des Senators wurden ausgegraben und von den Zeitungen veröffentlicht. Die Story hatte bereits jeden Neuigkeitswert verloren, als plötzlich der Name Barry Muldanno mit dem Verschwinden des Senators in Verbindung gebracht wurde, und das löste hektische Spekulationen über die schmutzigen Machenschaften der Mafia aus. Ein ziemlich furchterregendes erkennungsdienstliches Foto eines jungen Muldanno erschien in New Orleans auf der Titelseite. Die Zeitung wärmte die alten Stories über die Giftmülldeponie und die Mafia wieder auf. Das Messer war ein bekannter Killer mit einem Vorstrafenregister. Und so weiter und so weiter.

Roy Foltrigg hatte seinen grandiosen Einstieg in die Story, als er vor die Kameras trat und verkündete, daß Barry Muldanno wegen des Mordes an Senator Boyd Boyette angeklagt worden war. Auch er erschien auf den Titelseiten, sowohl in New Orleans als auch in Washington, und Clint erinnerte sich an ein ähnliches Foto in der Zeitung von Memphis. Eine große Neuigkeit, aber keine Leiche. Doch das kümmerte Mr. Foltrigg wenig. Er wetterte gegen das organisierte Verbrechen. Er verkündete einen sicheren Sieg. Er trug seine sorgsam vorbereiteten Predigten mit der Verve eines erfahrenen Bühnenschauspielers vor, brüllte immer genau im richtigen Moment, zeigte mit dem Finger, schwenkte die Anklageschrift. Er gab keinen Kommentar, was die fehlende Leiche anging, deutete aber an, daß er etwas wüßte, worüber er nicht sprechen konnte, und erklärte, er hätte keinerlei Zweifel daran, daß die Überreste des Senators gefunden werden würden.

Es gab weitere Fotos und Stories, als Barry Muldanno verhaftet wurde oder, richtiger, sich selbst dem FBI stellte. Er verbrachte drei Tage im Gefängnis, bis über eine Kaution verhandelt worden war, und es gab weitere Fotos, die ihn beim Verlassen des Gefängnisses zeigten. Er trug einen dunklen Anzug und lächelte in die Kameras. Er war unschuldig, erklärte er. Es war ein Rachefeldzug.

Es gab Fotos von Schaufelbaggern, aus einiger Entfernung aufgenommen, mit denen sich das FBI auf der Suche nach der Leiche durch den schlammigen Boden von New Orleans schaufelte. Es gab weitere Fotos von Foltriggs Auftritten vor der Presse. Es gab Serien von Untersuchungsberichten über die äußerst ergiebige Geschichte des organisierten Verbrechens in New Orleans. Aber die Suche dauerte an, und schließlich schien der Story die Luft auszugehen.

Der Gouverneur, ein Demokrat, ernannte einen Parteifreund für die restlichen anderthalb Jahre von Boyettes Amtszeit. Die Zeitung von New Orleans brachte eine Analyse der zahlreichen Politiker, die es kaum abwarten konnten, für den Senat zu kandidieren. Einer der beiden Republikaner, die Gerüchten zufolge interessiert waren, war Foltrigg.

Er saß neben ihr auf der Couch und rieb sich die Augen. Er war wütend auf sich selbst, weil er geweint hatte, aber daran ließ sich nun nichts mehr ändern. Sie hatte ihm den Arm um die Schultern gelegt und tätschelte ihn sanft.

»Du brauchst kein Wort zu sagen«, wiederholte sie ruhig.

»Ich will es auch nicht. Vielleicht später, wenn ich unbedingt muß, aber nicht jetzt. Okay?«

»Okay, Mark.«

Es klopfte an der Tür. »Herein«, sagte Reggie, gerade laut genug, um gehört zu werden. Clint erschien mit einem Stapel Papiere und sah auf die Uhr.

»Tut mir leid, wenn ich störe. Aber es ist fast zehn, und Mr. Foltrigg wird gleich hier sein.« Er legte die Papiere auf den Tisch. »Das wolltest du sehen, bevor er kommt.«

»Sag Mr. Foltrigg, es gäbe nichts zu besprechen«, sagte Reggie.

Clint runzelte die Stirn und sah Mark an. Er saß so nahe bei ihr, als brauchte er Schutz. »Du willst ihn nicht sehen?«

»Nein. Sag ihm, das Treffen fällt aus, weil wir nichts zu sagen haben«, sagte sie und nickte Mark zu.

Clint schaute abermals auf die Uhr und wich betreten bis zur Tür zurück. »Wird gemacht«, sagte er dann lächelnd, als genösse er plötzlich die Idee, Foltrigg sagen zu können, er sollte verschwinden. Er machte die Tür hinter sich zu.

»Bist du okay?« fragte sie.

»Nicht besonders.«

Sie beugte sich vor und begann, sich die Kopien der Zeitungsausschnitte anzusehen. Mark saß wie benommen da, müde und erschöpft, immer noch verängstigt, selbst nachdem er sich mit seiner Anwältin beraten hatte. Sie überflog die Seiten, las die Schlagzeilen und die Überschriften und zog die Fotos näher zu sich heran. Nach ungefähr einem Drittel hielt sie plötzlich inne und lehnte sich auf der Couch zurück. Sie zeigte Mark eine Nahaufnahme von Barry Muldanno, wie er in die Kamera lächelte. Es stammte aus der Zeitung von New Orleans. »Ist das der Mann?«

Mark betrachtete das Foto, ohne es anzufassen. »Nein. Wer ist es?«

»Das ist Barry Muldanno.«

»Das ist nicht der Mann, der mich gepackt hat. Aber vermutlich hat er massenhaft Freunde.«

Sie steckte das Foto wieder in den Stapel auf dem Tisch und klopfte ihm aufs Bein.

»Was werden Sie jetzt tun?« fragte er.

»Ein paar Anrufe machen. Ich rede mit dem Verwaltungsdirektor des Krankenhauses und veranlasse, daß Rickys Zimmer bewacht wird.«

»Sie dürfen ihm nichts von diesem Mann sagen, Reggie. Sie bringen uns um. Wir dürfen es niemandem sagen.«

»Das tue ich auch nicht. Ich sage den Leuten im Krankenhaus, daß es ein paar Drohungen gegeben hat. Das ist Routine in Kriminalfällen. Sie werden ein paar Wachmänner in der Nähe seines Zimmers im neunten Stock postieren.«

»Mom will ich es auch nicht sagen. Sie hat mit Ricky genug um die Ohren, und sie nimmt Tabletten zum Schlafen und Tabletten für dieses und jenes, und ich glaube einfach nicht, daß sie damit auch noch fertig werden könnte.«

»Du hast recht.« Er war ein zäher kleiner Bursche, auf den Straßen großgeworden und über sein Alter hinaus vernünftig. Sie bewunderte seinen Mut.

»Glauben Sie, daß Mom und Ricky in Sicherheit sind?«

»Natürlich. Diese Männer sind Profis, Mark. Sie begehen keine Dummheiten. Sie bleiben in Deckung und halten die Ohren offen. Kann sein, daß sie nur bluffen.« Es hörte sich nicht aufrichtig an.

»Nein, die bluffen nicht. Ich habe das Messer gesehen, Reggie. Sie sind nur aus einem Grund in Memphis, und der ist, mir eine Heidenangst einzujagen. Und sie haben es geschafft. Ich sage kein Wort.«

15

Foltrigg brüllte nur einmal, dann stürmte er, wilde Drohungen ausstoßend, aus dem Büro und knallte die Tür hinter sich zu. McThune und Trumann waren frustriert, aber auch peinlich berührt von seiner Unbeherrschtheit. Als sie gingen, verdrehte McThune in Richtung Clint die Augen, als wollte er sich für diesen aufgeblasenen Schreihals entschuldigen. Clint genoß den Moment, und als der Staub sich gelegt hatte, ging er in Reggies Büro.

Mark hatte sich einen Stuhl zum Fenster gezogen und beobachtete, wie es auf die Straße und den Gehsteig unter ihm regnete. Reggie hatte den Verwaltungsdirektor des Krankenhauses am Telefon und erörterte mit ihm die Sicherheitsmaßnahmen im neunten Stock. Sie deckte die Sprechmuschel mit der Hand ab, und Clint flüsterte ihr zu, daß sie fort waren. Er ging, um weiteren Kakao für Mark zu holen, der reglos dasaß.

Nur Minuten später nahm Clint einen Anruf von George Ord entgegen und informierte Reegie über die Gegensprechanlage. Sie war dem Bundesanwalt von Memphis noch nie begegnet, aber es überraschte sie nicht, daß er sie anrief. Sie ließ ihn eine volle Minute warten, dann nahm sie den Hörer ab. »Hallo?«

»Ms. Love, hier ist ...«

»Ich heiße Reggie, okay? Einfach Reggie. Und Sie sind George, nicht wahr?« Sie nannte jedermann beim Vornamen, sogar pedantische Richter in ihren ordentlichen kleinen Gerichtssälen.

»Also gut, Reggie. Hier spricht George Ord. Roy Foltrigg ist in meinem Büro, und ...«

»Was für ein Zufall. Er hat meines gerade verlassen.«

»Ja, und das ist der Grund für meinen Anruf. Er bekam keine Gelegenheit, mit Ihnen und Ihrem Mandanten zu reden.«

»Sagen Sie ihm, es täte mir leid. Mein Mandant hat ihm nichts zu sagen.« Beim Reden betrachtete sie Marks Hinterkopf. Wenn er zuhörte, so war es ihm nicht anzumerken. Er saß wie erstarrt auf dem Stuhl am Fenster.

»Reggie, ich meine, es wäre klüger, wenn Sie sich zumindest mit Mr. Foltrigg treffen würden.«

»Ich habe nicht den Wunsch, mich mit Mr. Foltrigg zu treffen, und mein Mandant auch nicht.« Sie konnte sich gut vorstellen, wie Ord ernst ins Telefon sprach, während Foltrigg armeschwenkend in seinem Büro herumwanderte.

»Nun, das dürfte nicht das Ende der Geschichte sein, wissen Sie?«

»Ist das eine Drohung, George?«

»Eher ein Versprechen.«

»Gut. Sagen Sie Roy und seinen Mannen, falls irgend jemand versuchen sollte, sich an meinen Mandanten oder seine Angehörigen heranzumachen, dann kriege ich sie am Arsch. Okay, George?«

»Ich werde die Botschaft weitergeben.«

Es war im Grunde ein Spaß – schließlich war es nicht sein Fall –, aber Ord konnte nicht darüber lachen. Er legte den Hörer wieder auf, lächelte vor sich hin und sagte dann: »Sie sagt, sie redet nicht, der Junge redet nicht, und wenn Sie oder sonst jemand sich an den Jungen oder seine Angehörigen heranmachen, dann – äh – kriegt sie Sie am Arsch. So hat sie es jedenfalls ausgedrückt.«

Foltrigg biß sich auf die Lippe und nickte bei jedem Wort, als wäre das völlig in Ordnung, weil er selbst mit den Besten Schlitten fahren konnte. Er hatte seine Fassung zurückgewonnen und war bereits dabei, Plan B in die Tat umzusetzen. Er wanderte tief in Gedanken versunken im Büro umher. McThune und Trumann standen an der Tür wie Wachtposten. Gelangweilte Wachtposten.

»Ich will, daß der Junge überwacht wird, okay?« fauchte Foltrigg schließlich McThune an. »Wir fahren nach New Orleans zurück, und ich will, daß ihr euch vierundzwanzig Stunden am Tag an ihn hängt. Ich will wissen, was er tut, und, was noch wichtiger ist, er muß vor Muldanno und seinen Gangstern beschützt werden.«

McThune nahm keine Befehle von einem Bundesanwalt entgegen, und in diesem Moment hatte er die Nase voll von Foltrigg. Der Gedanke, drei oder vier überarbeitete Agenten zur Überwachung eines elfjährigen Jungen einzusetzen, war ziemlich absurd. Aber es hatte keinen Sinn, dagegen aufzubegehren. Foltrigg hatte einen heißen Draht zu Direktor Voyles in Washington, und Direktor Voyles wollte die Leiche und eine Verurteilung fast ebenso unbedingt wie Foltrigg.

»Okay«, sagte er. »Wir werden uns drum kümmern.«

»Paul Gronke ist bereits in der Stadt«, sagte Foltrigg, als hätte er es eben erst erfahren. Sie hatten die Flugnummer und die Zeit seiner Ankunft schon elf Stunden zuvor gewußt. Allerdings hatten sie es irgendwie geschafft, ihn nach dem Verlassen des Flughafens von Memphis aus den Augen zu verlieren. Darüber hatten sie mit Ord, Foltrigg und einem Dutzend weiterer FBI-Agenten am Morgen zwei Stunden lang diskutiert. In genau diesem Augenblick versuchten nicht weniger als acht Agenten, Gronke in Memphis aufzuspüren.

»Wir werden ihn finden«, sagte McThune. »Und wir überwachen den Jungen. Sie können unbesorgt nach New Orleans zurückfahren.«

»Ich mache den Transporter bereit«, sagte Trumann geschäftig, als wäre der Transporter in Wirklichkeit die *Air Force One*.

Foltrigg unterbrach seine Wanderung vor Ords Schreibtisch. »Wir fahren ab, George. Tut mir leid, daß wir Sie belästigen mußten. Ich bin vermutlich in ein paar Tagen wieder hier.«

Welch frohe Botschaft, dachte Ord. Er stand auf, und sie reichten sich die Hand. »Jederzeit«, sagte er. »Wenn ich etwas für Sie tun kam, rufen Sie an.«

»Ich treffe mich gleich morgen früh mit Richter Lamond. Ich halte Sie auf dem laufenden.«

Ord streckte ihm noch einmal die Hand hin. Foltrigg ergriff sie, dann ging er auf die Tür zu. »Halten Sie Ausschau nach diesen Gangstern«, wies er McThune an. »Ich glaube nicht, daß sie so dämlich sind, dem Jungen etwas anzutun, aber man kann nie wissen.« McThune öffnete die Tür und trat höflich zurück. Ord folgte.

»Muldanno hat etwas gehört«, fuhr Foltrigg fort, »und jetzt schnüffeln sie einfach hier herum.« Im äußeren Büro warteten Wally Boxx und Thomas Fink auf ihn. »Aber behalten Sie sie im Auge, okay, George? Diese Burschen sind wirklich gefährlich. Und überwachen Sie den Jungen und passen Sie auf seine Anwältin auf. Und vielen Dank. Ich ruf Sie morgen an. Wo ist der Transporter, Wally?«

Nachdem Mark eine Stunde lang den Gehsteig betrachtet, heißen Kakao getrunken und zugehört hatte, wie seine Anwältin ihres Amtes waltete, war er bereit, sich wieder zu bewegen. Reggie hatte Dianne angerufen und ihr gesagt, Mark sei in ihrem Büro, schlüge die Zeit tot und hülfe bei der Papierarbeit. Ricky ging es viel besser, jetzt schlief er wieder. Er hatte zwei Liter Eiskrem verspeist, während Greenway ihm hundert Fragen stellte.

Um elf ließ Mark sich an Clints Schreibtisch nieder und inspizierte das Diktiergerät. Reggie hatte eine Mandantin, eine Frau, die verzweifelt um eine Scheidung kämpfte, und sie mußten eine Stunde lang die Strategie planen. Clint tippte ein langes Papier voll und griff alle fünf Minuten nach dem Telefon.

»Wie kommt es, daß Sie Sekretär geworden sind?« fragte Mark, sehr gelangweilt von diesem unverhüllten Einblick in den juristischen Alltag.

Clint drehte sich um und lächelte ihn an. »Aus purem Zufall.«

»Wollten Sie Sekretär werden, als Sie noch klein waren?«

»Nein. Ich wollte Swimmingpools bauen.«

»Was ist passiert?«

»Ich weiß es nicht. Ich habe mich auf Drogen eingelassen und wäre beinahe aus der High School rausgeflogen. Dann ging ich aufs College, und schließlich habe ich Jura studiert.«

»Muß man Jura studieren, um Sekretär in einer Anwaltskanzlei zu werden?«

»Nein. Mit dem Jurastudium ist es auch schiefgegangen. Aber Reggie gab mir einen Job. Er gefällt mir, meistens.«

»Wo haben Sie Reggie kennengelernt?«

»Das ist eine lange Geschichte. Wir haben uns während

des Studiums angefreundet. Wir sind schon sehr lange miteinander befreundet. Sie wird dir wahrscheinlich davon erzählen, wenn du Momma Love kennenlernst.«

»Momma Love?«

»Momma Love. Sie hat dir noch nicht von Momma Love erzählt?«

»Nein.«

»Momma Love ist Reggies Mutter. Sie wohnen zusammen, und sie kocht für die Kinder, die Reggie vertritt. Sie macht herrliche Ravioli und Spinat-Lasagne und alle möglichen italienischen Gerichte. Alle mögen sie.«

Nach zwei Tagen mit Doughnuts und grüner Götterspeise war der Gedanke an handfeste, mit Käse überbackene, hausgemachte Gerichte unwiderstehlich. »Wann, glauben Sie, werde ich Momma Love kennenlernen?«

»Ich weiß es nicht. Reggie nimmt die meisten ihrer Klienten mit nach Hause, vor allem die jüngeren.«

»Hat sie selbst Kinder?«

»Zwei, aber sie sind erwachsen und leben woanders.«

»Wo wohnt Momma Love?«

»Nicht weit von hier. In einem alten Haus, das ihr schon lange gehört. Reggie ist in dem Haus aufgewachsen.«

Das Telefon läutete. Clint nahm die Nachricht entgegen und kehrte zu seiner Schreibmaschine zurück. Mark beobachtete ihn interessiert.

»Wo haben Sie gelernt, so schnell zu tippen?«

Das Tippen brach ab, und er drehte sich langsam um und sah Mark an. Er lächelte und sagte: »Auf der High School. Ich hatte da eine Lehrerin, die war der reinste Feldwebel. Wir haßten sie, aber sie hat uns eine Menge beigebracht. Kannst du tippen?«

»Ein bißchen. Ich habe drei Jahre Computerunterricht gehabt.«

Clint deutete auf den Apple neben der Schreibmaschine. »Wir haben hier alle möglichen Computer.«

Mark warf einen Blick darauf, war aber nicht beeindruckt. Jeder hatte Computer. »Also, wie kam es, daß Sie Sekretär wurden?«

»Das war nicht geplant. Als Reggie mit dem Studium fertig war, wollte sie nicht für andere Leute arbeiten, also eröffnete sie ihre eigene Kanzlei. Das war vor ungefähr vier Jahren. Sie brauchte Hilfe, und ich habe mich angeboten. Ist dir schon einmal ein Sekretär begegnet?«

»Nein. Ich habe nicht gewußt, daß Männer Sekretäre sein können. Wie steht es mit dem Geld?«

Das brachte Clint zum Lachen. »Das ist okay. Wenn Reggie einen guten Monat hat, dann habe ich auch einen guten Monat. Wir sind so eine Art Partner.«

»Verdient sie viel Geld?«

»Nein, eigentlich nicht. Sie will nicht viel Geld. Sie war einmal mit einem Arzt verheiratet, und sie hatten ein großes Haus und eine Masse Geld. Alles ging zum Teufel, und sie gibt dafür in erster Linie dem Geld die Schuld. Sie wird dir vermutlich davon erzählen. Sie ist sehr aufrichtig, was ihr Leben angeht.«

»Sie ist Anwältin, und sie will kein Geld?«

»Ungewöhnlich, nicht wahr?«

»Kann man wohl sagen. Ich meine, ich habe Unmengen von Anwaltsserien im Fernsehen gesehen, und da wurde fast nur von Geld geredet. Von Geld und Sex.«

Das Telefon läutete. Es war ein Richter, und Clint wurde richtig nett und plauderte fünf Minuten lang mit ihm. Dann legte er auf und wendete sich wieder seiner Tipperei zu. Als er seine Höchstgeschwindigkeit erreicht hatte, fragte Mark: »Wer ist die Frau da drinnen?«

Clint brach ab, starrte auf die Tasten, dann drehte er sich langsam um. »Drinnen bei Reggie?«

»Ja.«

»Norma Thrash.«

»Was ist ihr Problem?«

»Sie hat eine Menge Probleme. Sie steckt mitten in einer üblen Scheidung. Ihr Mann ist ein Mistkerl.«

Mark wollte wissen, wieviel Clint wußte. »Schlägt er sie?«

»Ich glaube nicht«, antwortete er langsam.

»Haben sie Kinder?«

»Zwei. Aber ich kann dazu nicht viel sagen. Es ist vertraulich, das weißt du doch.«

»Ja, das weiß ich. Aber Sie wissen doch bestimmt alles, oder? Schließlich tippen Sie es ja.«

»Ich weiß das meiste von dem, was hier vorgeht. Natürlich. Aber Reggie sagt mir nicht alles. So habe ich zum Beispiel keine Ahnung, was du ihr erzählt hast. Ich nehme an, es ist ziemlich ernst, aber sie wird es für sich behalten. Ich habe die Zeitung gelesen. Ich habe die Leute vom FBI und Mr. Foltrigg gesehen, aber die Details kenne ich nicht.«

Das war genau das, was Mark hören wollte. »Kennen Sie Robert Hackstraw? Man nennt ihn Hack.«

»Er ist ein Anwalt, stimmt's?«

»Ja, er hat vor ein paar Jahren meine Mutter bei ihrer Scheidung vertreten. Ein ausgemachter Trottel.«

»Ihr Anwalt hat dir nicht gefallen?«

»Ich habe Hack gehaßt. Er hat uns behandelt wie Dreck. Wir kamen in sein Büro und mußten zwei Stunden warten. Dann redete er zehn Minuten mit uns und sagte, er hätte es sehr eilig, er müßte ins Gericht, weil er so ein wichtiger Mann sei. Ich versuchte, Mom dazu zu bringen, daß sie sich einen anderen Anwalt nahm, aber dazu war sie zu kaputt.«

»Ist es zum Prozeß gekommen?«

»Ja. Mein Ex-Vater meinte, er sollte einen von uns bekommen. Wen, war ihm ziemlich egal, aber weil er wußte, daß ich ihn haßte, wollte er Ricky. Also engagierte er einen Anwalt, und zwei Tage lang sind meine Mutter und mein Vater vor Gericht aufeinander losgegangen. Jeder versuchte dem anderen zu beweisen, daß er ungeeignet war. Hack benahm sich wie ein ausgemachter Idiot, aber der Anwalt meines Ex-Vaters war noch schlimmer. Der Richter konnte beide Anwälte nicht ausstehen und sagte, er dächte nicht daran, mich und Ricky zu trennen. Ich fragte ihn, ob ich aussagen dürfte. Er dachte in der Mittagspause des zweiten Tages darüber nach und fand schließlich, daß er hören wollte, was ich zu sagen hatte. Dieselbe Frage hatte ich Hack gestellt, und der hatte irgendeine Frechheit von sich gegeben, ungefähr in der Art, ich wäre zu jung und zu dämlich, um auszusagen.«

»Aber du hast ausgesagt.«

»Ja, drei Stunden lang.«

»Und wie ist es gelaufen?«

»Ich war ziemlich gut, glaube ich. Ich erzählte nur von den Schlägen, den blauen Flecken, den Wunden, die genäht werden mußten. Ich erzählte, wie sehr ich meinen Vater haßte. Der Richter hat fast geweint.«

»Und es hat funktioniert?«

»Ja. Mein Vater verlangte Besuchsrechte, und ich verbrachte eine Menge Zeit damit, dem Richter zu erklären, daß ich ihn, wenn der Prozeß vorbei wäre, nie wiedersehen wollte. Und daß Ricky Angst vor ihm hatte. Daraufhin versagte ihm der Richter nicht nur sämtliche Besuchsrechte, sondern wies ihn sogar an, sich von uns fernzuhalten.«

»Hast du ihn seither wiedergesehen?«

»Nein. Aber eines Tages werde ich es tun. Wenn ich erwachsen bin, werden wir ihm irgendwo auflauern, ich und Ricky, und ihm eine gehörige Abreibung verpassen. Beule für Beule. Naht für Naht. Wir reden ständig darüber.«

Clint war nicht mehr gelangweilt von dieser kleinen Unterhaltung – er ließ sich kein Wort entgehen. Der Junge redete mit einer solchen Selbstverständlichkeit davon, seinen Vater zusammenzuschlagen. »Du könntest ins Gefängnis kommen.«

»Er kam auch nicht ins Gefängnis, als er uns geschlagen hat. Er kam nicht ins Gefängnis, als er meiner Mutter die Kleider vom Leibe riß und sie nackt und blutig auf die Straße hinausjagte. Das war, als ich mit dem Baseballschläger auf ihn eingehauen habe.«

»Was hast du getan?«

»Eines Abends hat er zu Hause getrunken, und wir merkten, daß er nahe am Ausflippen war. Das haben wir immer gemerkt. Dann ging er, um mehr Bier zu holen. Ich lief die Straße hinunter und lieh mir von Michael Moss einen seiner Aluminiumschläger. Ich versteckte ihn unter dem Bett, und ich weiß noch, daß ich um einen richtig guten Verkehrsunfall betete, damit er nicht nach Hause käme. Aber er kam nach Hause. Mom war in ihrem Schlafzimmer und hoffte, er würde einfach wegsacken, was er meistens tat. Ricky und ich blieben in unserem Zimmer und warteten auf die Explosion.«

Das Telefon läutete abermals, und Clint nahm rasch die Nachricht entgegen, um weiter zuhören zu können.

»Ungefähr eine Stunde später ging dann das Brüllen und Fluchen los. Der Wohnwagen schwankte. Wir schlossen die Tür ab. Ricky war unter dem Bett und weinte. Dann fing Mom an, nach mir zu schreien. Ich war sieben Jahre alt, und Mom wollte, daß ich sie rettete. Er schlug auf sie ein, stieß sie herum, trat sie, riß ihr die Bluse runter, nannte sie eine Hure und eine Schlampe. Ich wußte nicht einmal, was diese Worte bedeuteten. Ich ging in die Küche. Ich glaube, ich hatte zuviel Angst, um mich zu bewegen. Er sah mich und warf eine Bierdose nach mir. Sie versuchte hinauszulaufen, aber er erwischte sie. Gott, er hat so brutal auf sie eingeschlagen. Dann riß er ihr die Unterwäsche runter. Ihre Lippe war aufgeplatzt, überall war Blut. Er warf sie hinaus, völlig nackt, und zerrte sie auf die Straße, wo natürlich die Nachbarn rumstanden und gafften. Dann lachte er über sie und ließ sie einfach liegen. Es war grauenhaft.«

Clint beugte sich vor und ließ sich kein Wort entgehen. Mark sprach mit monotoner Stimme und völlig emotionslos.

»Als er in den Wohnwagen zurückkam, die Tür stand natürlich offen, da wartete ich auf ihn. Ich hatte einen Küchenstuhl neben die Tür gestellt, und es fehlte nicht viel, daß ich ihm mit dem Baseballschläger den Kopf abgehauen hätte. Ein Volltreffer auf seine Nase. Ich weinte und hatte fürchterliche Angst. Aber ich werde dieses Geräusch nie vergessen, als der Schläger in seinem Gesicht landete. Er fiel auf die Couch, und ich versetzte ihm einen Schlag in den Bauch. Ich versuchte auch, ihn zwischen die Beine zu treffen, weil ich dachte, das würde am meisten weh tun. Sie wissen, was ich meine? Ich schwang den Schläger wie ein Verrückter. Ich traf ihn noch einmal aufs Ohr, und damit hatte es sich.«

»Was ist passiert?« fragte Clint.

»Er kam hoch, schlug mir ins Gesicht, warf mich zu Boden, beschimpfte mich, dann fing er an, nach mir zu treten. Ich weiß noch, ich hatte solche Angst, daß ich mich nicht wehren konnte. Sein Gesicht war blutüberströmt. Er stank fürchterlich. Er brüllte und schlug auf mich ein und zerrte an meinen Kleidern. Ich fing an, wie ein Wilder um mich zu treten, als er an meiner Unterwäsche zerrte, aber er bekam sie runter und warf mich hinaus. Splitterfasernackt. Ich nehme an, er wollte mich auf der Straße haben wie meine Mutter, aber inzwischen hatte sie es geschafft, bis zur Tür zu kommen, und fiel auf mich.«

Er erzählte das alles so gelassen, als hätte er es schon hundertmal erzählt. Keine Emotion, nur die Tatsachen in kurzen, knappen Sätzen. Er schaute abwechselnd auf den Schreibtisch und zur Tür und ließ kein Wort aus.

»Und wie ging's weiter?« fragte Clint fast atemlos.

»Einer der Nachbarn hatte die Polizei gerufen. Ich meine, man kann alles hören, was im Wohnwagen nebenan vor sich geht, also hatte unser Nachbar alles mitbekommen. Und es war auch nicht das erste Mal, daß er auf uns einschlug, ganz im Gegenteil. Ich erinnere mich, daß ich auf der Straße Blaulicht sah, und er verschwand im Wohnwagen. Mom und ich standen schnell auf und zogen uns an. Aber ein paar Nachbarn haben mich nackt gesehen. Wir versuchten, das Blut abzuwaschen, bevor die Polizisten reinkamen. Mein Vater hatte sich ein bißchen beruhigt und war den Polizisten gegenüber plötzlich ganz umgänglich. Mom und ich warteten in der Küche. Seine Nase war so groß wie ein Football, und die Polizisten machten sich mehr Sorgen um sein Gesicht als um mich und Mom. Er nannte einen der Polizisten Frankie, als wären sie gute Freunde. Es waren zwei Polizisten, und sie trennten uns voneinander. Frankie nahm ihn mit ins Schlafzimmer, damit er sich abkühlen konnte. Der andere Polizist saß mit Mom am Küchentisch. So machten sie es immer. Ich ging in unser Zimmer und holte Ricky unter dem Bett vor. Mom hat mir später erzählt, er hätte behauptet, es wäre nur eine familiäre Auseinandersetzung gewesen, nichts Ernstes, und das wäre zum größten Teil meine Schuld, weil ich ihn völlig grundlos mit einem Baseballschläger geschlagen hätte. Die Polizisten bezeichneten es als bloßen häuslichen Streit. Das sagten sie immer. Niemand wurde angeklagt. Sie brachten ihn ins Krankenhaus, wo er die Nacht verbrachte. Eine Zeitlang mußte er diese häßliche weiße Maske tragen.«

»Was hat er mit dir gemacht?«

»Danach hat er lange Zeit nicht getrunken. Er hat sich bei uns entschuldigt und versprochen, es würde nie wieder vorkommen. Manchmal war er okay, wenn er nicht trank. Aber dann wurde es immer schlimmer. Noch mehr Schläge und all das. Schließlich hat Mom die Scheidung eingereicht.«

»Und er versuchte, das Sorgerecht zu bekommen ...«

»Ja. Er log vor Gericht, und er machte seine Sache ziemlich gut. Er wußte nicht, daß ich vorhatte, auszusagen, also bestritt er das meiste und behauptete, den Rest hätte Mom auch erlogen. Er war großspurig und cool, und unser dämlicher Anwalt wußte nichts mit ihm anzufangen. Aber als ich dann aussagte und die Geschichte mit dem Baseballschläger erzählte und wie er mir die Kleider vom Leib gerissen hatte, da hatte der Richter Tränen in den Augen. Er wurde regelrecht wütend auf meinen Ex-Vater, beschuldigte ihn der Falschaussage. Sagte, er müßte ihn eigentlich ins Gefängnis stecken wegen all dieser Lügerei. Ich sagte zu ihm, das wäre genau das, was er verdient hätte.« Er hielt eine Sekunde inne.

Die Sätze kamen etwas langsamer, und Mark ging allmählich der Dampf aus. Clint war nach wie vor fasziniert.

»Natürlich heimste Hack den ganzen Ruhm für einen weiteren brillanten Sieg vor Gericht ein. Dann drohte er, Mom zu verklagen, wenn sie ihn nicht bezahlte. Sie hatte einen ganzen Haufen unbezahlte Rechnungen, und er rief jede Woche zweimal an und verlangte den Rest seines Honorars, also mußte sie offiziell ihre Zahlungsunfähigkeit feststellen lassen. Dann verlor sie ihren Job.«

»Also hast du eine Scheidung durchgemacht und danach einen Konkurs?«

»Ja. Der Konkursanwalt war auch eine totale Flasche.«

»Aber mit Reggie bist du einverstanden?«

»Ja. Reggie ist cool.«

»Freut mich zu hören.«

Das Telefon läutete, und Clint griff nach dem Hörer. Ein Anwalt vom Jugendgericht wollte ein paar Informationen über einen Mandanten, und das Gespräch zog sich in die

Länge. Mark machte sich auf die Suche nach dem heißen Kakao. Er ging durch das Konferenzzimmer mit dicken Büchern an den Wänden und fand die winzige Küche neben der Toilette.

Im Kühlschrank war eine Flasche Sprite, und er schraubte den Verschluß ab. Seine Geschichte hatte Clint beeindruckt, das war nicht zu übersehen gewesen. Er hatte viele der Details ausgelassen, aber es war alles wahr. In gewisser Hinsicht war er stolz darauf, stolz, weil er seine Mutter verteidigt hatte, und die Geschichte beeindruckte die Leute immer.

Dann fiel dem zähen kleinen Jungen mit dem Baseballschläger die Messerattacke im Fahrstuhl wieder ein und das zusammengefaltete Foto der vaterlosen Familie. Er dachte an seine Mutter im Krankenhaus, ganz allein und ungeschützt. Plötzlich hatte er wieder Angst.

Er versuchte, eine Packung Cracker aufzumachen, aber seine Hände zitterten, und die Plastikfolie ließ sich nicht öffnen. Das Zittern wurde schlimmer, und er konnte nichts dagegen tun. Er sackte auf den Boden und verschüttete die Limonade.

16

Für die Sekretärinnen, die in Grüppchen von dreien und vieren den feuchten Gehsteig entlangeilten, um irgendwo ihren Lunch einzunehmen, hatte der Nieselregen rechtzeitig aufgehört. Der Himmel war grau, und die Straßen waren naß. Hinter jedem Wagen, der die Third Street entlangfuhr, waberten und zischten Nebelwolken. Reggie und ihr Klient bogen in die Madison ein. Mit der Linken trug sie ihren Aktenkoffer, mit der Rechten hatte sie seine Hand ergriffen und steuerte ihn durch die Menge. Sie hatten ein Ziel und gingen rasch.

In einem unauffälligen weißen Ford-Transporter, der fast direkt vor dem Sterick Building parkte, saß Jack Nance, beobachtete ihr Fortgehen und gab die Nachricht über Funk weiter. Als sie in die Madison eingebogen und seinem Blick entschwunden waren, lauschte er. Minuten später hatte Cal Sisson, sein Partner, sie entdeckt und folgte ihnen, als sie, wie erwartet, auf das Krankenhaus zugingen. Fünf Minuten später waren sie im Krankenhaus.

Nance verschloß den Transporter und überquerte die Third Street. Er betrat das Sterick Building, fuhr mit dem Fahrstuhl in den zweiten Stock und drehte vorsichtig den Knauf an der Tür, an der ANWALTSKANZLEI REGGIE LOVE stand. Sie war unverschlossen, eine erfreuliche Überraschung. Es war inzwischen elf Minuten nach zwölf. Zu dieser Zeit machte praktisch jeder Anwalt mit einer bescheidenen Einzelkanzlei Mittagspause und schloß sein Büro ab. Er öffnete die Tür und trat ein, und über seinem Kopf ging ein gräßlicher Summer los und verkündete seine Ankunft. Verdammt! Er hatte gehofft, sich durch eine verschlossene Tür Zutritt zu verschaffen, etwas, worin er sehr tüchtig war, um dann ungestört die Akten durchwühlen zu können. Das war ein Kinderspiel. Die meisten dieser kleinen Läden hielten nichts von Sicherheitsvorkehrungen. Bei den großen Firmen lagen die Dinge anders; trotzdem konnte Nance außerhalb der Bürozeit in jede einzelne der tausend Anwaltskanzleien in Memphis eindringen und finden, wonach er suchte. Das hatte er mindestens ein dutzendmal getan. Es gab zwei Dinge, die es in den Büros der Feld-Wald-und-Wiesen-Anwälte nicht gab – Bargeld und Wertpapiere. Sie schlossen ihre Tür ab, und damit hatte es sich.

Aus einem der hinteren Räume erschien ein junger Mann und sagte: »Ja? Kann ich Ihnen helfen?«

»Ja«, sagte Nance, ohne zu lächeln, ganz der gestreßte Journalist, der bereits einen harten Tag hinter sich hatte. »Ich arbeite für die *Times-Picayune* in New Orleans. Die kennen Sie doch sicher. Möchte Reggie Love sprechen.«

Clint blieb in drei Meter Abstand stehen. »Sie ist nicht da.«

»Wann kommt sie zurück?«

»Das weiß ich nicht. Haben Sie einen Ausweis?«

Nance war schon auf dem Weg zur Tür. »Sie meinen, so eine von diesen kleinen weißen Karten, die ihr Anwälte auf die Gehsteige werft? Nein, Freund, ich habe keine Visitenkarten bei mir. Ich bin Reporter.«

»Na schön. Wie heißen Sie?«

»Arnie Carpentier. Sagen Sie ihr, ich käme später wieder vorbei.« Er öffnete die Tür, der Summer ertönte wieder, und er war verschwunden. Kein sonderlich produktiver Besuch, aber er hatte Clint kennengelernt und den Vorraum und das Empfangszimmer gesehen. Der nächste Besuch würde länger dauern.

Die Fahrt in den neunten Stock verlief ohne Zwischenfälle. Reggie hielt seine Hand, was ihn normalerweise irritiert hätte, aber unter den gegebenen Umständen war es eher beruhigend. Während sie hinauffuhren, betrachtete er seine Füße. Er getraute sich nicht aufzuschauen, hatte Angst vor noch mehr Fremden. Er drückte ihre Hand.

Sie traten in den Flur im neunten Stock und hatten nicht mehr als zehn Schritte getan, als drei Leute aus der Richtung des Wartezimmers auf sie zugestürmt kamen. »Ms. Love! Ms. Love!« rief einer von ihnen. Reggie war zunächst erschrocken, aber dann faßte sie Marks Hand noch fester und ging weiter. Einer hatte ein Mikrofon, einer einen Notizblock und der dritte eine Kamera. Der mit dem Notizblock sagte: »Ms. Love, nur ein paar kurze Fragen.«

Sie gingen schneller auf das Schwesternzimmer zu. »Kein Kommentar.«

»Stimmt es, daß Ihr Mandant sich weigert, mit dem FBI und der Polizei zusammenzuarbeiten?«

»Kein Kommentar«, sagte sie und schaute geradeaus. Sie folgten ihr wie Bluthunde. Sie beugte sich rasch zu Mark herab und sagte: »Sieh sie nicht an und sprich kein Wort.«

»Stimmt es, daß der Bundesanwalt von New Orleans heute vormittag in Ihrer Kanzlei war?«

»Kein Kommentar.«

Ärzte, Schwestern, Patienten, alle räumten den Mittelteil des Flurs, als Reggie und ihr berühmter Klient dahineilten, verfolgt von der kläffenden Meute.

»Hat Ihr Mandant mit Jerome Clifford vor seinem Tod gesprochen?«

Sie drückte seine Hand fester und ging noch schneller. »Kein Kommentar.«

Als sie sich dem Ende des Flurs näherten, stürmte der Clown mit der Kamera plötzlich vor sie, ging rückwärts taumelnd auf die Knie und schaffte es, eine Aufnahme zu machen, bevor er auf seinem Hinterteil landete. Die Schwestern lachten. Ein Wachmann kam aus dem Schwesternzimmer und hob vor den Kläffern die Hand. Sie hatten schon vorher mit ihm zu tun gehabt.

Als Reggie und Mark eine Biegung des Flurs erreicht hatten, rief einer: »Stimmt es, daß Ihr Mandant weiß, wo Boyette vergraben ist?« Es gab ein leichtes Zögern in ihrem Schritt. Ihre Schultern zuckten und ihr Rücken wölbte sich, dann hatten sie es geschafft, und sie und ihr Mandant waren verschwunden.

Zwei übergewichtige Wachmänner in Uniform saßen auf Klappstühlen vor Rickys Tür. Sie trugen Pistolen an der Hüfte, und Mark bemerkte als allererstes die Pistolen. Einer hatte eine Zeitung, die er prompt senkte, als sie näherkamen. Der andere stand auf, um sie zu begrüßen. »Kann ich etwas für Sie tun?« fragte er Reggie.

»Ja. Ich bin die Anwältin der Familie, und das ist Mark Sway, der Bruder des Patienten.« Sie sprach in professionellem Flüsterton, als hätte sie das Recht, hier zu sein, und die Männer nicht; also galt es, schnell die Fragen hinter sich bringen, weil sie einiges zu erledigen hatte. »Dr. Greenway erwartet uns«, sagte sie, während sie zur Tür ging und anklopfte. Mark stand hinter ihr und starrte auf die Pistole. Sie hatte eine bemerkenswerte Ähnlichkeit mit der, die Clifford benutzt hatte.

Der Wachmann kehrte zu seinem Stuhl zurück und sein Partner zu seiner Zeitung. Greenway öffnete die Tür und kam heraus, gefolgt von Dianne, die geweint hatte. Sie drückte Mark an sich und legte den Arm um die Schulter.

»Er schläft«, sagte Greenway schnell zu Reggie und Mark. »Es geht ihm wesentlich besser, aber er ist sehr erschöpft.«

»Er hat nach dir gefragt«, flüsterte Dianne Mark zu.

Er betrachtete ihre feuchten Augen und fragte: »Was ist los, Mom?«

»Nichts. Wir reden später darüber.«

»Was ist passiert?«

Dianne sah Greenway an, dann Reggie, dann Mark. »Nichts«, sagte sie.

»Deine Mutter wurde heute morgen entlassen«, sagte Greenway. Er sah Reggie an. »Diese Leute haben per Kurier einen Brief geschickt und ihr mitgeteilt, daß sie entlassen ist. Können Sie sich das vorstellen? Der Brief wurde einer der Schwestern hier im neunten Stock ausgehändigt, und sie hat ihn vor ungefähr einer Stunde gebracht.«

»Zeigen Sie mir den Brief«, sagte Reggie. Dianne zog ihn aus einer Tasche. Reggie entfaltete ihn und las langsam. Dianne drückte Mark an sich und sagte: »Mach dir keine Sorgen, Mark. Bisher sind wir immer zurechtgekommen. Ich finde schon einen anderen Job.«

Mark biß sich auf die Lippe und hätte am liebsten geweint.

»Kann ich ihn behalten?« sagte Reggie, während sie den Brief bereits in ihren Aktenkoffer packte. Dianne nickte.

Greenway betrachtete seine Uhr, als könnte er sich über die genaue Uhrzeit nicht schlüssig werden. »Ich gehe schnell ein Sandwich essen und bin in zwanzig Minuten zurück. Ich möchte noch ein oder zwei Stunden mit Ricky und Mark verbringen, allein.«

Auch Reggie sah auf die Uhr. »Ich komme gegen vier wieder. Hier lungern Reporter herum, und ich möchte, daß Sie sie nicht zur Kenntnis nehmen.« Sie sprach zu allen dreien.

»Ja, sagt einfach ›kein Kommentar, kein Kommentar‹«, setzte Mark hilfsbereit hinzu. »Es macht richtig Spaß.«

Dianne empfand es nicht als Spaß. »Was wollen sie?«

»Alles. Sie haben die Zeitung gelesen. Es gibt einen Haufen Gerüchte. Sie riechen eine Story, und sie werden alles tun, um an Informationen zu kommen. Auf der Straße habe ich einen Fernsehwagen gesehen; die Leute, die dazugehören, sind vermutlich auch irgendwo in der Nähe. Ich glaube, es ist am besten, wenn Sie bei Mark bleiben.«

»Okay«, sagte Dianne.

»Wo ist hier ein Telefon?« fragte Reggie.

Greenway deutete in die Richtung des Schwesternzimmers. »Kommen Sie, ich zeige es Ihnen.«

»Also, dann bis vier«, sagte sie zu Dianne und Mark. »Und nicht vergessen, zu niemandem ein Wort. Bleiben Sie in der Nähe dieses Zimmers.«

Sie und Greenway verschwanden um die Biegung des Flurs. Die Wachmänner schliefen halb. Mark und seine Mutter betraten das dunkle Zimmer und setzten sich aufs Bett. Ein altbackener Doughnut erregte seine Aufmerksamkeit, und er verschlang ihn mit vier Bissen.

Reggie rief in ihrem Büro an, und Clint meldete sich. »Erinnerst du dich an die Klage, die wir voriges Jahr wegen Penny Patoula eingereicht haben?« fragte sie leise und hielt dabei nach den Bluthunden Ausschau. »Es ging um sexuelle Diskriminierung, unrechtmäßige Entlassung, Schikanierung und so weiter. Ich glaube, wir haben alles aufs Tapet gebracht. Beim Bezirksgericht. Ja, das ist es. Such die Akte raus und ändere den Namen von Penny Patoula in Dianne Sway. Die Beklagte ist Ark-Lon Fixtures. Benenne den Präsidenten persönlich. Sein Name ist Chester Tanfill. Ja, mach auch ihn zum Beklagten und erhebe Anklage wegen unrechtmäßiger Entlassung, Verstoß gegen das Arbeitsrecht, sexueller Belästigung, füge noch eine Anklage wegen Verstoßes gegen die Gleichberechtigung hinzu, und verlange ein – nein, zwei Millionen Schadenersatz. Das machst du jetzt gleich, und zwar schnell. Schreib eine Vorladung aus und stell fest, wie hoch die Kosten für die Anklageerhebung sind. Lauf rüber zum Gericht und reich die Klage ein. Ich bin in ungefähr einer halben Stunde da und hol sie ab, also beeil dich. Ich werde sie Mr. Tanfill persönlich überreichen.«

Sie legte auf und bedankte sich bei der ihr am nächsten stehenden Schwester. Die Reporter warteten neben dem Getränkeautomaten, aber sie war durch die Tür zum Treppenhaus verschwunden, bevor sie sie gesehen hatten.

Ark-Lon Fixtures bestand aus einer Reihe miteinander verbundener Blechschuppen an einer Straße voll ähnlicher Bauten in einem Billiglohn-Industriegelände in der Nähe des Flughafens. Die Farbe des vordersten Gebäudes war ein verblichenes Orange, und die Firma hatte sich in alle Richtungen mit Ausnahme der Straße ausgedehnt. Die neueren Anbauten waren alle in derselben Bauweise errichtet, aber in unterschiedlichen Schattierungen von Orange gestrichen. In der Nähe einer Laderampe im Hintergrund warteten Lastwagen. Eine Einfriedung aus Maschendraht schützte Rollen von Stahl und Aluminium.

Reggie parkte in der Nähe des Eingangs auf einem für Besucher reservierten Platz. Mit ihrem Aktenkoffer in der Hand öffnete sie die Tür. Eine vollbusige Frau mit schwarzem Haar und einer langen Zigarette ignorierte sie und lauschte in den ans Ohr geklemmten Telefonhörer. Reggie stand vor ihr und wartete ungeduldig. Der Raum war staubig, schmutzig und von blauem Zigarettenrauch erfüllt. Matte Fotos von Beagles schmückten die Wände. Die Hälfte der Leuchtstoffröhren brannte nicht.

»Kann ich Ihnen helfen?« fragte die Sekretärin, nachdem sie den Hörer vom Ohr genommen hatte.

»Ich muß Chester Tanfill sprechen.«

»Er ist in einer Sitzung.«

»Ich weiß. Er ist ein vielbeschäftigter Mann, aber ich habe etwas für ihn.«

Die Sekretärin legte den Hörer auf. »Ah ja. Und um was handelt es sich?«

»Das geht Sie nichts an. Ich muß Chester Tanfill sprechen. Es ist dringend.«

Das machte sie wütend. Dem Namensschild zufolge hieß sie Louise Chenault. »Mir ist egal, wie dringend es ist, Madam. Sie können nicht einfach hier reinkommen und verlangen, den Präsidenten dieser Firma zu sprechen.«

»Diese Firma beutet ihre Arbeitskräfte aus, und ich habe sie gerade auf zwei Millionen Dollar verklagt. Ich habe auch den lieben Chester auf zwei Millionen verklagt, und nun sehen Sie zu, daß Sie ihn auftreiben und ihn sofort herbringen.«

Louise sprang auf und wich von ihrem Schreibtisch zurück. »Sind Sie so etwas wie eine Anwältin?«

Reggie holte die Anklageschrift und die Vorladung aus ihrem Aktenkoffer. Sie betrachtete die Dokumente, ignorierte Louise und sagte: »Ich bin in der Tat Anwältin. Und ich muß Chester diese Papiere aushändigen. Also finden Sie ihn. Wenn er nicht in fünf Minuten hier ist, ändere ich sie ab und verlange fünf Millionen Schadenersatz.«

Louise schoß aus dem Zimmer und rannte durch eine Doppeltür. Reggie wartete eine Sekunde, dann folgte sie ihr. Sie ging durch einen mit engen, billigen Kabinen ausgefüllten Raum. Aus jeder Öffnung schien Zigarettenrauch herauszuquellen. Der Teppich war alter Nadelfilz und stark abgetreten. Sie erhaschte einen Blick auf Louises rundliches Hinterteil, das gerade in einer Tür an der rechten Seite verschwand, und folgte ihr.

Chester Tanfill war gerade im Begriff, hinter seinem Schreibtisch aufzustehen, als Reggie hereinplatzte. Louise war sprachlos. »Sie können jetzt gehen«, sagte Reggie barsch. »Ich bin Reggie Love, Rechtsanwältin«, sagte sie und funkelte Chester an.

»Chester Tanfill«, sagte er, ohne ihr die Hand zu reichen. Sie hätte sie auch nicht genommen. »Das ist ein bißchen unverschämt. Mrs. Love.«

»Ich heiße Reggie, okay, Chester? Und nun schicken Sie Louise raus.«

Er nickte, und Louise ging nur zu gern und machte die Tür hinter sich zu.

»Was wollen Sie?« fauchte er. Er war hager und drahtig, um die fünfzig, mit einem fleckigen Gesicht und gedunsenen, zum Teil von einer Stahlbrille verdeckten Augen. Ein Alkoholproblem, dachte sie. Der Anzug stammte von Sears oder Penney's. Sein Genick färbte sich gerade dunkelrot.

Sie warf Klageschrift und Vorladung auf seinen Schreibtisch. »Ich stelle Ihnen hiermit diese Klage zu.«

Er warf einen verächtlichen Blick darauf, ein Mann, der keinerlei Angst hatte vor Anwälten und ihren Spielchen. »Wofür?«

»Ich vertrete Dianne Sway. Sie haben sie heute morgen entlassen, und wir klagen Sie heute nachmittag an. Ist das nicht schnelle Justiz?«

Chesters Augen verengten sich, und er betrachtete abermals die Klage. »Das ist doch ein Witz.«

»Sie sind ein Narr, wenn Sie glauben, daß das ein Witz ist. Hier steht alles drin, Chester. Ungerechtfertigte Entlassung, sexuelle Belästigung und so weiter. Zwei Millionen Schadenersatz. Solche Anklagen habe ich schon dutzendweise eingereicht. Aber ich muß sagen, dies ist eine der aussichtsreichsten, die mir je begegnet ist. Die arme Frau hält sich seit zwei Tagen bei ihrem Sohn im Krankenhaus auf. Ihr Arzt sagt, sie muß ständig in seiner Nähe bleiben. Er hat sogar hier angerufen und ihre Lage erklärt, aber nein, ihr Arschlöcher werft sie auf die Straße, weil sie nicht zur Arbeit erschienen ist. Ich kann es kaum abwarten, das der Jury zu erklären.«

Es dauerte manchmal zwei Tage, bis Chesters Anwalt auf einen Anruf reagierte, und diese Frau, Dianne Sway, reichte nur ein paar Stunden nach ihrer Entlassung eine ausgewachsene Klage ein. Er griff langsam nach den Papieren und studierte die oberste Seite. »Ich bin persönlich beklagt?« fragte er, als wären seine Gefühle verletzt.

»Sie haben sie entlassen, Chester. Aber machen Sie sich keine Sorgen, wenn die Jury Sie persönlich für schuldig befindet, können Sie einfach Bankrott anmelden.«

Chester zog seinen Stuhl unter sich und ließ sich vorsichtig darauf nieder. »Bitte, nehmen Sie Platz«, sagte er, auf einen Stuhl deutend.

»Nein, danke. Wer ist Ihr Anwalt?«

»Uh – äh – Findley and Baker. Aber warten Sie einen Moment. Lassen Sie mich nachdenken.« Er schlug die erste Seite um und überflog die Anklagepunkte. »Sexuelle Belästigung?«

»Ja, das ist heutzutage ein fruchtbares Feld. Sieht so aus, als hätte einer Ihrer Aufseher sich an meine Mandantin herangemacht. Und Dinge vorgeschlagen, die man während der Mittagspause im Waschraum tun könnte. Und schmutzige Witze erzählt, massenhaft unanständiges Gerede. Das wird alles bei der Verhandlung ans Licht kommen. An wen kann ich mich wenden bei Findley and Baker?«

»Warten Sie einen Moment.« Er blätterte die Anklageschrift durch, dann legte er sie wieder hin. Sie stand dicht neben seinem Schreibtisch und musterte ihn. Er rieb sich die Schläfen. »Ich will das nicht.«

»Meine Mandantin auch nicht.«

»Was will sie dann?«

»Ein bißchen Würde. Sie leiten hier einen Drecksladen. Sie beuten alleinstehende Mütter aus, die mit dem, was Sie ihnen zahlen, kaum ihre Kinder ernähren können. Sie können es sich nicht leisten, sich zu beschweren.«

Jetzt rieb er sich die Augen. »Sparen Sie sich die Lektion, okay? Ich will das einfach nicht. Es könnte, ja, es könnte einigen Ärger in der Firma geben.«

»Sie und der Ärger, den Sie vielleicht bekommen, kümmern mich nicht im geringsten. Eine Kopie dieser Klageschrift wird noch heute nachmittag durch Boten bei der

Memphis Press abgeliefert, und ich bin sicher, daß sie morgen früh abgedruckt wird. Auf die Sways wird zur Zeit sehr viel Druckerschwärze verwendet.«

»Was will sie?« fragte er noch einmal.

»Versuchen Sie zu feilschen?«

»Vielleicht. Ich glaube nicht, daß Sie diesen Fall gewinnen können, Mrs. Love, aber ich will mir keine Kopfschmerzen einhandeln.«

»Sie werden sich wesentlich mehr einhandeln als nur Kopfschmerzen, das verspreche ich Ihnen. Sie verdient neunhundert Dollar im Monat und bringt rund sechshundertfünfzig nach Hause. Das sind elftausend Dollar im Jahr, und ich versichere Ihnen, daß Ihre Gerichtskosten bei diesem Prozeß ungefähr das Fünffache dieser Summe ausmachen werden. Ich werde mir Zugang zu Ihren Personalakten verschaffen. Ich werde andere weibliche Angestellte aussagen lassen. Ich werde Ihre Buchhaltung offenlegen. Ich werde die Vorlage Ihrer sämtlichen Unterlagen bei Gericht verlangen. Und wenn ich auch nur den geringsten Verstoß entdecke, dann informiere ich den Gleichstellungsausschuß, die Bundesbehörde für Arbeitsbeziehungen, die Bundessteuerbehörde, das Berufsschutz- und das Gesundheitsamt und jeden sonst, der vielleicht interessiert sein könnte. Das wird Sie eine Menge Schlaf kosten, Chester. Und Sie werden sich tausendmal wünschen, Sie hätten meine Mandantin nicht entlassen.«

Er hieb mit beiden Handflächen auf den Tisch. »Was will sie, verdammt nochmal?«

Reggie nahm ihren Aktenkoffer und ging zur Tür. »Sie will ihren Job. Eine Lohnerhöhung wäre nett, sagen wir, von sechs Dollar pro Stunde auf neun, wenn Sie das erübrigen können. Und wenn Sie es nicht können, tun Sie es trotzdem. Versetzen Sie sie in eine andere Abteilung, außer Reichweite dieses dreckigen Aufsehers.«

Chester hörte aufmerksam zu. Das war ja nicht allzu schlimm.

»Sie wird noch ein paar Wochen im Krankenhaus bleiben müssen. Sie hat Ausgaben, also will ich, daß ihr Lohn auch weiterhin gezahlt wird. Außerdem will ich, daß ihr die

Lohnschecks ins Krankenhaus gebracht werden, genau so, wie ihr Clowns ihr heute morgen das Kündigungsschreiben ins Krankenhaus gebracht habt. Der Scheck wird ihr jeden Freitag ausgehändigt, okay?«

Er nickte langsam.

»Sie haben dreißig Tage Zeit, diese Klage zu erwidern. Wenn Sie sich benehmen und tun, was ich sage, werde ich sie am dreißigsten Tag zurückziehen. Darauf haben Sie mein Wort. Sie brauchen Ihre Anwälte nicht zu informieren. Abgemacht?«

»Abgemacht.«

Reggie öffnete die Tür. »Ach ja, und schicken Sie ein paar Blumen. Zimmer 943. Eine Karte wäre nett. Schicken Sie jede Woche einen Blumenstrauß. Okay, Chester?«

Er nickte immer noch.

Sie knallte die Tür zu und verließ die schäbigen Büroräume von Ark-Lon Fixtures.

Mark und Ricky saßen am Fußende des Klappbettes und schauten in das bärtige, angespannte, kaum einen halben Meter entfernte Gesicht von Dr. Greenway. Ricky hatte einen von Marks abgelegten Pyjamas an und eine Decke über die Schultern gehängt. Er fror, wie gewöhnlich, und war verängstigt und verunsichert, weil er zum ersten Mal sein Bett verlassen hatte, obwohl es nur ein paar Zentimeter weit weg war. Und er hätte gern seine Mutter bei sich gehabt, aber der Doktor hatte sanft darauf bestanden, mit den beiden Jungen allein zu sprechen. Greenway hatte jetzt fast zwölf Stunden damit verbracht, Rickys Vertrauen zu gewinnen. Er saß dicht neben seinem großen Bruder, den dieses Gespräch schon langweilte, noch bevor es begonnen hatte.

Die Gardinen waren zugezogen, die Beleuchtung trübe, der Raum dunkel bis auf eine kleine Lampe auf einem Tisch neben der Badezimmertür. Greenway beugte sich vor, die Ellenbogen auf den Knien.

»So, Ricky, und jetzt möchte ich mit dir über den Tag sprechen, an dem ihr beide, du und Mark, in den Wald gegangen seid, um zu rauchen. Okay?«

Das ängstigte Ricky. Woher wußte Greenway, daß sie geraucht hatten? Mark beugte sich ein Stückchen näher an ihn heran und sagte: »Das ist okay, Ricky. Ich habe ihnen schon davon erzählt. Mom ist nicht böse auf uns.«

»Weißt du noch, daß ihr geraucht habt?« fragte Greenway.

Er nickte ganz langsam. »Ja, Sir.«

»Warum erzählst du mir nicht, woran du dich erinnerst, als ihr im Wald eine Zigarette geraucht habt?«

Er zog die Decke enger um sich und raffte sie mit den Händen vor dem Bauch zusammen. »Mir ist so kalt«, murmelte er mit klappernden Zähnen.

»Ricky, die Temperatur hier drinnen beträgt fast fünfundzwanzig Grad. Und du hast die Decke und einen wollenen Pyjama. Versuch einfach, dir vorzustellen, daß dir warm ist, okay?«

Er versuchte es, aber es nützte nichts. Mark legte ihm sanft den Arm um die Schulter, und das schien zu helfen.

»Erinnerst du dich, daß du eine Zigarette geraucht hast?«

»Ja, ich glaube.«

Mark warf einen Blick auf Greenway, dann auf Ricky.

»Okay. Weißt du noch, wie du den großen schwarzen Wagen gesehen hast, der auf das Gras gefahren kam?«

Ricky hörte plötzlich auf zu zittern und starrte auf den Boden. Er murmelte das Wort »ja«, und das sollte für vierundzwanzig Stunden sein letztes Wort sein.

»Und was hat der große schwarze Wagen gemacht, als du ihn gesehen hast?«

Die Erwähnung der Zigarette hatte ihn geängstigt, aber das Bild des schwarzen Wagens und das Gefühl der Angst, das er mit sich brachte, waren einfach zuviel. Er beugte sich vornüber und legte den Kopf auf Marks Knie. Seine Augen waren fest geschlossen, und er begann zu schluchzen, aber ohne Tränen.

Mark streichelte sein Haar und wiederholte: »Es ist okay, Ricky. Es ist okay. Wir müssen darüber reden.«

Greenway war ungerührt. Er schlug seine knochigen Beine übereinander und kratzte sich den Bart. Er hatte dies erwartet und Mark und Dianne gewarnt, daß die erste Sitzung nichts bringen würde. Aber sie war sehr wichtig.

»Ricky, hör mir zu«, sagte er mit kindlicher Stimme. »Ricky, es ist okay. Ich möchte nur mit dir reden. Okay, Ricky.«
Aber Ricky hatte für einen Tag genug Therapie gehabt. Er begann, sich unter der Decke zusammenzurollen, und Mark wußte, daß der Daumen bald folgen würde. Greenway nickte ihm zu, als wäre alles in bester Ordnung. Er stand auf, hob Ricky behutsam hoch und legte ihn ins Bett.

17

Wally Boxx stoppte den Transporter im dichten Verkehr auf der Camp Street und ignorierte das Hupen und die wütenden Gesten, während sein Boß, Fink und die FBI-Agenten rasch ausstiegen und auf den Gehsteig vor dem Federal Building zueilten. Foltrigg schritt mit seinem Gefolge selbstbewußt die Treppe hinauf. Im Foyer wurde er von einigen gelangweilten Reportern erkannt; sie begannen, ihm Fragen zu stellen, aber er war ganz Geschäftigkeit und gönnte ihnen nichts außer einem Lächeln und »kein Kommentar«.

Er betrat das Büro des Bundesanwalts für den Southern District of Louisiana, und die Sekretärinnen wurden blitzschnell lebendig. Der ihm zugewiesene Teil des Gebäudes war ein gewaltiges Areal aus kleinen, durch Flure miteinander verbundenen Büros und Großraumanlagen, in denen die Sekretärinnen und Sekretäre sich emsig betätigten, sowie kleineren Räumen, in denen eingebaute Trennwände dem juristischen Fachpersonal ein halbwegs ruhiges Arbeiten erlaubten. Alles in allem schufteten hier siebenundvierzig stellvertretende Bundesanwälte unter dem Oberbefehl von Reverend Roy. Weitere achtunddreißig Untergebene wühlten sich durch die Mühsal, den Papierkram, die langweiligen Recherchen und die ermüdende Beachtung geistloser Details, alle in dem Bestreben, die juristischen Interessen von Roys Mandanten, den Vereinigten Staaten von Amerika, wahrzunehmen.

Das größte Büro gehörte natürlich Foltrigg, und es war üppig ausgestattet mit schwerem Holz und dickem Leder. Während die meisten Anwälte sich nur eine Ego-Wand zugestehen, mit Fotos und Plaketten und Auszeichnungen und Mitgliedsurkunden vom Rotary Club, hatte Roy nicht weniger als drei Wände seines Büros mit gerahmten Fotos und vorgedruckten gelben Diplomen gefüllt, die ihm die Teilnahme an rund hundert juristischen Konferenzen bescheinigten. Er warf sein Jackett auf das burgunderrote Ledersofa und machte sich dann sofort auf den Weg in die Hauptbibliothek, wo ihn eine Versammlung erwartete.

Während der fünfstündigen Fahrt von Memphis hatte er sechsmal angerufen und drei Faxe geschickt. Sechs Assistenten warteten um einen zehn Meter langen eichenen Konferenztisch herum, der mit aufgeschlagenen juristischen Werken und zahlosen Notizblöcken bedeckt war. Sämtliche Jacketts waren abgelegt und alle Hemdsärmel aufgekrempelt.

Er begrüßte die Gruppe kurz und ließ sich dann auf einem Stuhl an der Mitte des Tisches nieder. Vor jedem lag eine Zusammenfassung all dessen, was das FBI in Memphis herausgefunden hatte. Der Abschiedsbrief, die Fingerabdrücke, die Waffe, alles. Foltrigg oder Fink konnten ihnen nichts Neues berichten, abgesehen davon, daß Gronke in Memphis war, und das war für diese Gruppe belanglos.

»Was haben Sie, Bobby?« fragte Foltrigg dramatisch, als hinge die Zukunft des amerikanischen Rechtswesens von Bobby ab und dem, was seine Recherchen ergeben hatten. Bobby war der Rangälteste der Assistenten, ein Mann mit zweiunddreißig Amtsjahren, der Gerichtssäle haßte, aber Bibliotheken liebte. In Krisenzeiten, wenn knifflige Fragen beantwortet werden mußten, wendeten sich alle an Bobby.

Er rieb sich das dichte graue Haar und rückte seine schwarze Brille zurecht. Noch sechs Monate bis zur Pensionierung, dann hatte er Leute wie Roy Foltrigg hinter sich. Er hatte ein Dutzend von ihnen kommen und gehen sehen, und von den meisten hatte man nie wieder etwas gehört. »Nun, ich glaube, wir haben das Problem eingeengt«, sagte er, und die meisten von ihnen lächelten. Er begann jeden Bericht mit dieser Einleitung. Für Bobby waren juristische Recherchen ein Spiel, bei dem es darum ging, den Haufen Schutt beiseitezuräumen, der selbst auf den simpelsten Problemen lag, und das ins Zentrum zu rücken, was von Richtern und Geschworenen leicht zu erfassen ist. Wenn Bobby die Recherchen leitete, wurde alles eingeengt.

»Es gibt zwei Möglichkeiten, keine von ihnen sonderlich attraktiv, aber eine oder beide könnten funktionieren. Erstens schlage ich vor, daß wir an das Jugendgericht in Memphis herantreten. Unter dem Tennessee Youth Code kann beim Jugendgericht wegen bestimmter Vergehen Minderjähriger eine Eingabe gemacht werden. Es gibt verschiedene Kategorien von Vergehen, und in der Eingabe muß das Kind entweder als Straftäter oder als überwachungsbedürftig klassifiziert werden. Es findet eine Anhörung statt, der Richter am Jugendgericht läßt sich das Beweismaterial vorlegen und entscheidet dann, was mit dem Kind geschehen soll. Bei mißbrauchten oder vernachlässigten Kindern kann ebenso verfahren werden. Dieselbe Vorgehensweise, dasselbe Gericht.«

»Wer kann die Eingabe machen?« fragte Foltrigg.

»Nun, das Statut ist sehr weit gefaßt, und das ist meiner Meinung nach ein schwerer Makel in der Gesetzgebung. Aber es heißt dort eindeutig, daß eine Eingabe, ich zitiere, ›von jeder interessierten Partei‹ gemacht werden kann.«

»Könnten das wir sein?«

»Vielleicht. Es hängt davon ab, was wir in der Eingabe behaupten. Und das ist der knifflige Punkt – wir müssen behaupten, der Junge hätte etwas Unrechtes getan und auf irgendeine Weise gegen das Gesetz verstoßen. Und der einzige Verstoß, der ganz entfernt etwas mit dem Verhalten des Jungen zu tun hat, ist natürlich Behinderung der Justiz. Also müssen wir Dinge behaupten, deren wir uns keineswegs sicher sind, zum Beispiel, daß der Junge weiß, wo sich die Leiche befindet. Das könnte riskant sein, weil wir keine Gewißheit haben.«

»Der Junge weiß, wo sich die Leiche befindet«, erklärte Foltrigg rundheraus. Fink studierte einige Notizen und tat so, als höre er das nicht, aber die anderen sechs wiederholten lautlos diese Worte. Wußte Foltrigg Dinge, von denen er ihnen noch nichts gesagt hatte? Es trat eine Pause ein; diese offensichtliche Verkündung einer Tatsache mußte erst verdaut werden.

»Haben Sie uns alles gesagt?« fragte Bobby und ließ den Blick über seine Kohorten schweifen.

»Ja«, erwiderte Foltrigg. »Aber ich sage Ihnen, der Junge weiß es. Ich hab da so ein Gefühl im Bauch.«

Typisch Foltrigg. Schuf Fakten mit dem Bauch und erwartete, daß seine Untergebenen ihm blindlings folgten.

Bobby fuhr fort. »Das Jugendgericht läßt der Mutter des Kindes eine Vorladung zugehen, und binnen sieben Tagen findet eine Anhörung statt. Das Kind muß einen Anwalt haben; soweit ich informiert bin, wurde bereits jemand engagiert. Das Kind hat das Recht, bei der Anhörung anwesend zu sein, und kann aussagen, wenn es das möchte.« Bobby schrieb etwas auf seinen Notizblock. »Das ist meiner Meinung nach der schnellste Weg, um den Jungen zum Reden zu bringen.«

»Was ist, wenn er sich weigert, im Zeugenstand zu reden?«

»Eine sehr gute Frage«, sagte Bobby wie ein Professor, der über einen Jurastudenten im ersten Semester nachdenkt. »Das steht voll und ganz im Ermessen des Richters. Wenn wir einen guten Fall vorlegen und den Richter überzeugen, daß der Junge etwas weiß, dann steht es in seiner Macht, von dem Jungen zu verlangen, daß er redet. Wenn der Junge sich weigert, macht er sich der Mißachtung des Gerichts schuldig.«

»Nehmen wir an, daß er das tut. Was passiert dann?«

»Das ist von hier aus schwer zu sagen. Er ist erst elf Jahre alt, aber der Richter könnte, als letztes Mittel, den Jungen in ein Jugendgefängnis stecken, bis er sich vom Vorwurf der Mißachtung gereinigt hat.«

»Mit anderen Worten, bis er redet.«

Es war so leicht, Foltrigg etwas einzureden. »So ist es. Aber bedenken Sie, das wäre der drastischste Kurs, den der Richter einschlagen könnte. Bisher haben wir noch keinen Präzedenzfall für die Inhaftierung eines Elfjährigen wegen Mißachtung des Gerichts gefunden. Wir haben noch nicht alle fünfzig Staaten überprüft, aber immerhin die meisten von ihnen.«

»So weit wird es nicht kommen«, sagte Foltrigg gelassen. »Wenn wir eine Eingabe machen als interessierte Partei, der Mutter des Jungen eine Vorladung zustellen, seinen kleinen Arsch mit seiner Anwältin im Schlepptau vor Gericht zerren, dann wird er, davon bin ich fest überzeugt, eine solche Angst haben, daß er alles erzählt, was er weiß. Was denken Sie, Thomas?«

»Ja, ich denke, es wird funktionieren. Aber was ist, wenn es nicht funktioniert? Was ist die Kehrseite der Medaille?«

»Das Risiko ist gering«, erklärte Bobby. »Alle Verhandlungen vor dem Jugendgericht finden unter Ausschluß der Öffentlichkeit statt. Wir können sogar verlangen, daß die Eingabe unter Verschluß gehalten wird. Wenn sie von vornherein als unbegründet oder aus irgendeinem anderen Grund abgewiesen wird, dann erfährt niemand etwas davon. Wenn es zur Anhörung kommt und a), der Junge redet, aber nichts weiß, oder b), der Richter es ablehnt, ihn zum Reden zu zwingen, dann haben wir nichts verloren. Und c), wenn der Junge redet, aus Angst oder wegen der Mißachtung-des-Gerichts-Geschichte, dann haben wir, was wir wollten. Immer vorausgesetzt, der Junge weiß über Boyette Bescheid.«

»Er weiß Bescheid«, sagte Foltrigg.

»Der Plan wäre nicht so gut, wenn das Verfahren öffentlich wäre. Wenn wir verlören, würde es so aussehen, als wären wir schwach und griffen nach jedem Strohhalm. Wenn wir es versuchen und scheitern und das irgendwie an die Öffentlichkeit gelangt, könnte das, glaube ich, unsere Chancen bei dem Prozeß hier in New Orleans stark beeinträchtigen.«

Die Tür wurde geöffnet, und Wally Boxx, der gerade den Transporter erfolgreich geparkt hatte, trat ein und schien verärgert, daß man ohne ihn angefangen hatte. Er setzte sich neben Foltrigg.

»Aber Sie sind sicher, daß es unter Ausschluß der Öffentlichkeit geschehen kann?« fragte Fink.

»Das steht jedenfalls im Gesetz. Ich weiß nicht, wie die Dinge in Memphis gehandhabt werden, aber die Vertraulichkeit wird in einem Paragraphen des Gesetzes ausdrücklich erwähnt. Es sind sogar Strafen für Indiskretionen vorgesehen.«

»Wir brauchen einen Anwalt am Ort, jemanden aus Ords Büro«, sagte Foltrigg zu Fink, als wäre die Entscheidung bereits getroffen worden. Dann wendete er sich wieder an die Gruppe. »Das hört sich gut an. Im Augenblick denken der Junge und seine Anwältin vermutlich, es wäre alles vorüber. Dies wird ein Weckruf sein. Sie werden wissen, daß wir es ernst meinen. Sie werden wissen, daß ihnen ein Gerichtsverfahren bevorsteht. Wir werden seiner Anwältin klarmachen, daß wir keine Ruhe geben werden, bis uns der Junge die Wahrheit gesagt hat. Das gefällt mir. Das Risiko ist gering. Das Verfahren findet dreihundert Meilen von hier entfernt statt, weit weg von den Fernseh-Affen, die hier herumlungern. Wenn wir es versuchen, und es geht schief, dann macht uns das nicht viel aus. Niemand wird es erfahren. Mir gefällt diese Idee – keine Kameras und keine Reporter.« Er hielt inne, als wäre er tief in Gedanken versunken, der Feldmarschall, der die Ebene überschaut und entscheidet, wo er seine Panzer einsetzen soll.

Für jedermann außer Boxx und Foltrigg waren diese Worte ein köstlicher Witz. Die Vorstellung, daß der Reverend Strategien plante, bei denen Kameras keine Rolle spielten, war einfach absurd. Ihm natürlich war das nicht bewußt. Er biß sich auf die Lippe und nickte. Ja, das war der beste Kurs. Das würde funktionieren.

Bobby räusperte sich. »Es gibt noch eine zweite Möglichkeit, und sie gefällt mir nicht, aber ich sollte sie zumindest erwähnen. Die Chancen sind allerdings sehr gering. Wenn Sie davon ausgehen, daß der Junge Bescheid weiß ...«

»Er weiß Bescheid.«

»Danke. Das vorausgesetzt, und vorausgesetzt, er hat sich seiner Anwältin anvertraut, dann besteht die Möglichkeit einer Bundesanklage gegen sie wegen Behinderung der Justiz. Ich brauche Ihnen nicht zu sagen, wie schwierig es ist, die

Vertraulichkeit der Gespräche zwischen Anwalt und Mandant außer Kraft zu setzen; es ist praktisch unmöglich. Die Anklage hätte natürlich den Zweck, ihr einen solchen Schrecken einzujagen, daß sie auf einen Handel eingeht. Aber ich weiß nicht recht. Wie ich bereits sagte, die Chancen sind sehr gering.«

»Eine Verurteilung könnte schwer zu erreichen sein«, sagte Fink.

»Ja«, pflichtete Bobby ihm bei. »Aber eine Verurteilung wäre auch nicht das Ziel. Sie würde hier angeklagt, weit weg von zu Hause, und ich glaube, das wäre ziemlich einschüchternd. Massenhaft schlechte Presse. Sie wäre gezwungen, einen Anwalt zu engagieren. Wir könnten es monatelang hinziehen, mit allem, was so dazugehört. Wir könnten sogar erwägen, eine Verurteilung zu erreichen, sie unter Verschluß halten, sie darüber informieren und einen Handel anbieten, als Gegenleistung dafür, daß wir die Anklage zurückziehen. Nur so ein Gedanke.«

»Er gefällt mir«, sagte Foltrigg zu niemandes Überraschung. Es stank nach dem Militärstiefel der Regierung, und solche Strategien gefielen ihm immer. »Und außerdem können wir, wenn wir wollen, die Anklage jederzeit zurückziehen.«

Ah ja! Das Roy-Foltrigg-Special. Erhebe Anklage, halte eine Pressekonferenz ab, schlag den Angeklagten mit allen möglichen Drohungen zu Boden, schließ den Handel ab und zieh dann ein Jahr später die Anklage in aller Stille zurück. Das hatte er im Verlauf von sieben Jahren hundertmal gemacht. Er war auch ein paarmal dabei aufs Kreuz gefallen, weil der Angeklagte und/oder sein Anwalt sich weigerten, auf einen Handel einzugehen, und auf einer Verhandlung bestanden. Aber wenn das passierte, war Foltrigg immer mit wichtigeren Verfahren überlastet gewesen, und die Akte wurde einem der jüngeren Assistenten zugeworfen, der unfehlbar einen Tritt in den Hintern einstecken mußte. Und ebenso unfehlbar gab Foltrigg dem Assistenten die Alleinschuld an der Niederlage. Er hatte einen sogar entlassen, weil er den mit einem Roy-Foltrigg-Special provozierten Prozeß verloren hatte.

»Dann ist Plan B, fürs erste aufs Eis gelegt«, sagte er, ganz Herr der Lage. »Plan A besteht darin, gleich morgen früh eine Eingabe beim Jugendgericht zu machen. Wie lange dauert es, sie vorzubereiten?«

»Eine Stunde«, erwiderte Tank Mozingo, ein bulliger Assistent mit dem umständlichen Namen Thurston Alomar Mozingo, deshalb kurz Tank genannt. »Die Eingabe ist im Gesetz vorformuliert. Wir brauchen nur den Vordruck auszufüllen und die Beschuldigungen einzusetzen.«

»Tun Sie das.« Er wendete sich an Fink. »Thomas, das weitere übernehmen Sie. Rufen Sie Ord an und bitten Sie ihn, uns zu helfen. Fliegen Sie noch heute abend nach Memphis. Ich will, daß die Eingabe gleich morgen früh registriert wird, nachdem Sie mit dem Richter gesprochen haben. Sagen Sie ihm, wie eilig es ist.« Papiere raschelten auf dem Schreibtisch – die Rechercheure räumten auf. Ihre Arbeit war getan. Fink machte sich Notizen, und Boxx griff nach einem Block. Foltrigg spie Anweisungen heraus wie ein seinen Schreibern diktierender König Salomo. »Bitten Sie den Richter um möglichst schnelle Anhörung. Erklären Sie ihm, unter welchem Druck wir stehen. Bitten Sie um absolute Vertraulichkeit, einschließlich der Geheimhaltung der Eingabe und sämtlicher anderer Schriftsätze. Und zwar mit allem Nachdruck, Sie verstehen schon. Ich bleibe in der Nähe des Telefons für den Fall, daß ich gebraucht werde.«

Bobby knöpfte seine Manschetten zu. »Hören Sie, Roy, da ist noch etwas, das nicht unerwähnt bleiben sollte.«

»Und was?«

»Wir kommen dem Jungen auf die rauhe Tour. Aber wir sollten nicht vergessen, in welcher Gefahr er schwebt. Muldanno pfeift aus dem letzten Loch. Überall schwirren Reporter herum. Eine undichte Stelle hier und eine undichte Stelle dort, und die Mafia könnte den Jungen zum Schweigen bringen, bevor er redet. Da steht eine Menge auf dem Spiel.«

Roy bedachte ihn mit einem zuversichtlichen Lächeln. »Das weiß ich, Bobby. Muldanno hat sogar schon seine Leute nach Memphis geschickt. Die Leute vom dortigen FBI versuchen, sie aufzuspüren, außerdem überwachen sie den Jungen. Ich persönlich glaube nicht, daß Muldanno so blöd ist, etwas zu versuchen, aber wir gehen keinerlei Risiken ein.« Roy stand auf und lächelte in die Runde. »Gute Arbeit, Leute. Ich weiß es zu würdigen.«

Sie murmelten ihre Dankeschöns und verließen die Bibliothek.

Im vierten Stock des Radisson Hotels in der Innenstadt von Memphis, zwei Blocks vom Sterick Building und fünf Blocks vom St. Peter's entfernt, spielte Paul Gronke ein monotones Gin Rommé mit Mack Bono, einem von Muldannos Handlangern aus New Orleans. Auf dem Fußboden lag ein weggeworfenes Blatt mit einem Haufen Spielergebnissen. Anfangs hatten sie um einen Dollar gespielt, aber jetzt war es ihnen egal. Gronkes Schuhe lagen auf dem Bett. Sein Hemd war aufgeknöpft. Dichter Zigarettenrauch hing unter der Decke. Sie tranken Mineralwasser, weil es noch nicht fünf Uhr war; wenn die magische Stunde schlug, würden sie den Zimmerservice anrufen. Gronke sah auf die Uhr. Er schaute durchs Fenster auf die Gebäude an der anderen Seite der Union Avenue. Er spielte eine Karte aus.

Gronke war ein Jugendfreund von Muldanno, ein vertrauenswürdiger Partner bei vielen seiner Geschäfte. Er besaß ein paar Lokale und einen T-Shirt-Laden für Touristen im French Quarter. Er hatte seinen Teil an Beinen gebrochen und dem Messer geholfen, dasselbe zu tun. Er wußte nicht, wo Boyd Boyette vergraben war, und er wollte auch nicht danach fragen, aber wenn er es darauf anlegte, würde sein Freund es ihm wahrscheinlich verraten. Sie standen sich sehr nahe.

Gronke war in Memphis, weil das Messer ihn darum gebeten hatte. Und er war zu Tode gelangweilt, weil er hier in diesem Hotelzimmer saß, Karten spielend, ohne Schuhe, Wasser trank und Sandwiches aß, Camels rauchte und darauf wartete, daß ein elfjähriger Junge den nächsten Schritt tat.

Auf der anderen Seite des Doppelbetts führte eine offene

Tür ins Nebenzimmer. Auch in ihm gab es zwei Betten und eine Rauchwolke, die unter dem Deckenventilator herumwirbelte. Jack Nance stand am Fenster und beobachtete, wie der nachmittägliche Stoßverkehr in der Innenstadt abnahm. Ein Funkgerät und ein Digitaltelefon standen griffbereit auf einem Tisch. Jede Minute konnte Cal Sisson aus dem Krankenhaus anrufen mit den neuesten Nachrichten über Mark Sway. Ein dicker Aktenkoffer lag geöffnet auf einem der Betten. Vor lauter Langeweile hatte Nance den größten Teil des Nachmittags damit verbracht, mit seinen Abhörgeräten herumzuspielen.

Er hatte über die Chancen nachgedacht, in Zimmer 943 eine Wanze anzubringen. Er hatte das Büro der Anwältin gesehen, in dem es keine Spezialschlösser gab, keine Überwachungskameras, keine Sicherheitseinrichtungen. Typisch Anwalt. Das zu verwanzen würde ein Kinderspiel sein. Cal Sisson war in der Praxis des Doktors gewesen, und dort sah es fast genauso aus. Eine Helferin am Schreibtisch im Empfang. Sofas und Stühle für die Patienten, die auf ihren Seelenklempner warteten. Ein paar schäbige Büros, die vom Flur abgingen. Keinerlei spezielle Sicherheitsvorkehrungen. Der Kunde, dieser Typ, der es liebte, wenn man ihn das Messer nannte, war mit dem Anzapfen der Telefone in den Büros der Anwältin und des Arztes einverstanden. Außerdem wollte er die Akten kopiert haben. Kinderspiel. Endlich wollte er eine Wanze in Rickys Zimmer. Gleichfalls ein Kinderspiel, aber das Schwierige daran war, die Übertragung zu empfangen, wenn die Wanze erstmal an Ort und Stelle war. Nance arbeitete daran.

Soweit es Nance anging, war es lediglich ein Überwachungsjob, mehr oder weniger. Der Kunde zahlte gut und bar. Wenn er wollte, daß ein Kind beobachtet wurde, das war einfach. Wenn er lauschen wollte, kein Problem, solange er zahlte.

Aber Nance hatte die Zeitungen gelesen. Und er hatte das Geflüster im Nebenzimmer gehört. Da steckte mehr dahinter als simple Beobachtung. Beim Gin Rommé diskutierte man gewöhnlich nicht über gebrochene Arme und Beine. Diese Burschen waren tödlich, und Gronke hatte bereits angedeutet, daß er in New Orleans anrufen wollte, damit sie mehr Leute zur Unterstützung bekamen.

Cal Sisson war nahe daran, auszusteigen. Er hatte gerade eben seine Bewährungszeit beendet, und bei einer weiteren Verurteilung würde er für Jahrzehnte wieder hinter Gittern verschwinden. Eine Verurteilung wegen Beihilfe zum Mord würde ihm lebenslänglich einbringen. Nance hatte ihn überredet, noch einen Tag durchzuhalten.

Das Digitaltelefon läutete. Es war Sisson. Die Anwältin war gerade im Krankenhaus eingetroffen. Mark Sway befand sich in Zimmer 943, mit seiner Mutter und seiner Anwältin.

Nance legte das Telefon auf den Tisch und ging ins Nebenzimmer.

»Wer war das?« fragte Gronke mit einer Camel im Mund.

»Cal. Der Junge ist noch im Krankenhaus, jetzt zusammen mit seiner Mutter und seiner Anwältin.«

»Wo ist der Doktor?«

»Vor einer Stunde gegangen.« Nance ging zur Kommode und goß sich ein Glas Wasser ein.

»Irgendwelche Feds zu sehen?«

»Ja. Zwei. Sie hängen im Krankenhaus herum und tun vermutlich dasselbe wie wir. Das Krankenhaus hat zwei Wachmänner vor die Tür gestellt, ein weiterer hält sich in der Nähe auf.«

»Glauben Sie, der Junge hat ihnen erzählt, daß ich mich heute morgen an ihn rangemacht habe?« fragte Gronke zum hundertstenmal an diesem Tag.

»Irgend jemandem hat er es erzählt. Weshalb wäre das Zimmer sonst bewacht?«

»Ja, aber die Wachmänner gehören nicht zum FBI, oder? Wenn er es den Fibbies erzählt hätte, dann säßen die auf dem Flur, meinen Sie nicht?«

»Ja.« Diese Unterhaltung hatte sich den ganzen Tag über wiederholt. Wem hatte der Junge davon erzählt? Weshalb standen plötzlich Wachen vor der Tür? Und so weiter und so weiter. Gronke konnte davon einfach nicht genug bekommen.

Trotz seiner Arroganz und seinen Straßengangster-Manieren schien er ein geduldiger Mann zu sein. Nance vermutete, daß das zu seinem Job gehörte. Killer brauchen ruhig Blut und viel Geduld.

18

Sie verließen das Krankenhaus in ihrem Mazda RX-7, seine erste Fahrt in einem Sportwagen. Die Sitze waren mit Leder bezogen, doch der Boden war schmutzig. Der Wagen war nicht neu, aber Klasse, mit einem Schalthebel, mit dem sie hantierte wie jemand, der schon zahllose Rennen hinter sich hat. Sie sagte, sie führe gern schnell, und dagegen hatte Mark nichts einzuwenden. Sie schossen durch den Verkehr und verließen die Innenstadt in östlicher Richtung. Es war fast dunkel. Das Radio war eingeschaltet, aber kaum zu hören, irgendein auf leichte Musik spezialisierter Sender.

Ricky war wach gewesen, als sie gingen. Er hatte sich Cartoons angeschaut, aber kaum etwas gesagt. Ein trauriges kleines Tablett mit Krankenhausessen hatte auf dem Tisch gestanden, und weder Ricky noch Dianne hatten es angerührt. Mark hatte seine Mutter an diesen beiden Tagen noch keine drei Bissen essen sehen. Sie tat ihm leid, wie sie da auf dem Bett saß, Ricky ansah und sich selbst zu Tode quälte. Reggies Bericht über den Job und die Lohnerhöhung hatte sie zum Lächeln gebracht. Und danach zum Weinen.

Mark hatte das Weinen satt und die kalten Erbsen und das enge dunkle Zimmer, und er hatte ein schlechtes Gewissen, weil er es verlassen hatte. Aber er war glücklich darüber, hier in diesem Sportwagen zu sitzen, unterwegs, so hoffte er, zu einem Teller voll heißem, nahrhaftem Essen mit warmem Brot. Clint hatte Ravioli und Spinat-Lasagne erwähnt, und aus irgendeinem Grund hatten sich Visionen von diesen köstlichen Gerichten in seinem Kopf festgesetzt. Vielleicht würde es auch Kuchen und ein paar Kekse geben. Aber wenn Momma Love ihm grüne Götterspeise vorsetzte, würde er sie ihr womöglich an den Kopf werfen.

Er sinnierte über diese Dinge, während Reggie über die Möglichkeit nachdachte, daß sie vielleicht jemand verfolgte. Ihre Augen wanderten vom Verkehr zum Rückspiegel und wieder zurück. Sie fuhr viel zu schnell, zwängte sich zwischen anderen Wagen durch und wechselte immer wieder die Fahrspur, was Mark nicht im mindesten störte.

»Glauben Sie, daß Mom und Ricky in Sicherheit sind?« fragte er, während er die Wagen vor ihnen beobachtete.

»Ja. Mach dir ihretwegen keine Sorgen. Das Krankenhaus hat versprochen, daß ständig Wachen vor der Tür stehen.« Sie hatte mit George Ord gesprochen, ihrem neuen Freund, und ihm erklärt, daß sie um die Sicherheit der Familie Sway besorgt war. Sie hatte keine spezifischen Drohungen erwähnt, obwohl Ord danach gefragt hatte. Die Familie erregte unerwünschte Aufmerksamkeit, hatte sie erklärt. Massenhaft Gerüchte und Gerede, das meiste davon von den frustrierten Medien erzeugt. Ord hatte mit McThune gesprochen und dann zurückgerufen und gesagt, das FBI würde sich in der Nähe des Zimmers, aber außer Sichtweite aufhalten. Sie hatte ihm gedankt.

Ihr Anruf hatte Ord und McThune amüsiert. Das FBI hatte bereits Leute im Krankenhaus. Jetzt waren sie sogar eingeladen.

Sie bog an einer Kreuzung so plötzlich nach rechts ab, daß die Reifen quietschten. Mark kicherte, und sie lachte, als wäre das alles ein Spaß, aber ihr war flau im Magen. Sie befanden sich jetzt auf einer schmaleren Straße mit alten Häusern und großen Eichen.

»Das ist meine Gegend hier«, sagte sie. Sie war eindeutig hübscher als seine. Sie bogen abermals ab, in eine noch schmalere Straße. Hier waren die Häuser kleiner, aber dennoch zwei oder drei Stockwerke hoch mit großen Rasenflächen und säuberlich beschnittenen Hecken.

»Weshalb bringen Sie Ihre Klienten mit nach Hause?« fragte er.

»Ich weiß es nicht. Die meisten sind Kinder, die aus kaputten Familien kommen. Wahrscheinlich tun sie mir leid. Irgendwie hänge ich an ihnen.«

»Tue ich Ihnen auch leid?«

»Ein bißchen. Aber du hast Glück, Mark, viel Glück. Du hast eine Mutter, die eine gute Frau ist und dich sehr liebt.«

»Ja, ich denke, das tut sie. Wie spät ist es?«

»Gleich sechs. Warum?«

Mark dachte einen Augenblick nach und zählte die Stunden. »Vor neunundvierzig Stunden hat Jerome Clifford sich erschossen. Ich wollte, wir wären einfach weggelaufen, als wir seinen Wagen sahen.«

»Weshalb habt ihr es nicht getan?«

»Ich weiß es nicht. Mir war einfach so, als müßte ich etwas unternehmen, nachdem mir klar geworden war, was er vorhatte. Ich konnte nicht weglaufen. Er wollte sich umbringen, und das konnte ich einfach nicht zulassen. Irgend etwas hat mich immer wieder zu seinem Wagen hingezogen. Ricky hat geweint und gesagt, ich sollte aufhören, aber ich konnte es einfach nicht. Es ist alles meine Schuld.«

»Vielleicht, aber daran läßt sich nun nichts mehr ändern, Mark. Was geschehen ist, ist geschehen.« Sie schaute in den Rückspiegel und sah nichts.

»Glauben Sie, daß alles wieder in Ordnung kommt? Ich meine, mit Ricky und Mom und mir? Wenn dies alles vorbei ist, wird alles dann wieder so sein wie vorher?«

Sie drosselte das Tempo und bog in eine schmale, von unbeschnittenen Hecken gesäumte Auffahrt ein. »Ricky wird wieder gesund. Es kann eine Weile dauern, aber dann wird er wieder okay sein. Kinder sind zäh, Mark. Ich erlebe es jeden Tag.«

»Was ist mit mir?«

»Es kommt alles wieder ins Lot, Mark. Verlaß dich auf mich.« Der Mazda hielt neben einem zweistöckigen Haus mit einer großen Veranda an der Vorderseite. Unter den Fenstern wuchsen Sträucher und Stauden. Das eine Ende der Veranda war von Efeu überwuchert.

»Ist das Ihr Haus?« fragte er fast ehrfürchtig.

»Meine Eltern haben es vor dreiundfünfzig Jahren gekauft, ein Jahr bevor ich geboren wurde. Mein Vater ist gestorben, als ich fünfzehn war, aber Momma Love ist Gott sei Dank immer noch da.«

»Sie nennen sie Momma Love?«

»Jeder nennt sie Momma Love. Sie ist fast achtzig und in

besserer Verfassung als ich.« Sie deutete auf die direkt hinter dem Haus liegende Garage. »Siehst du die drei Fenster über der Garage? Da wohne ich.«

Wie beim Haus mußte auch an der Garage das Holz frisch gestrichen werden. Beide waren alt und hübsch, aber in den Blumenbeeten wucherte Unkraut und Gras in den Fugen der Einfahrt.

Sie betraten das Haus durch eine Seitentür, und der Duft aus der Küche traf Mark wie ein Schlag. Er hatte plötzlich das Gefühl, halb verhungert zu sein. Eine kleine Frau mit grauem, zu einem straffen Pferdeschwanz zusammengebundenem Haar und dunklen Augen kam ihnen entgegen und nahm Reggie in die Arme.

»Momma Love, das ist Mark Sway«, sagte Reggie. Er und Momma Love waren genau gleich groß, und sie umarmte ihn sanft und drückte ihm einen Kuß auf die Wange. Er stand steif da und wußte nicht recht, wie er eine ihm völlig fremde, achtzigjährige Frau begrüßen sollte.

»Schön, dich kennenzulernen, Mark«, sagte sie in sein Gesicht hinein. Ihre Stimme war kräftig und klang fast genau so wie die von Reggie. Sie nahm seinen Arm und führte ihn zum Küchentisch. »Setz dich, ich hol dir was zu trinken.«

Reggie grinste, als wollte sie sagen: Tu, was sie verlangt, weil dir gar nichts anderes übrigbleibt. Sie hängte ihren Schirm an einen Haken hinter der Tür und stellte den Aktenkoffer auf den Boden.

Die Küche war klein und vollgestopft mit Schränken und Regalen an drei Wänden. Von einem Gasherd stieg Dampf auf. In der Mitte des Raums stand ein Holztisch mit vier Stühlen, von einem Balken darüber hingen Töpfe und Pfannen herab. Die Küche war warm und roch appetitanregend.

Mark ließ sich auf dem ihm am nächsten stehenden Stuhl nieder und beobachtete, wie Momma Love ein Glas aus dem Schrank holte, den Kühlschrank öffnete, das Glas mit Eis füllte, Tee aus einem Krug hineingoß.

Reggie streifte die Schuhe ab und rührte in einem Topf auf dem Herd. Sie und Momma Love unterhielten sich, die übliche Routine, wie der Tag gelaufen war und wer angerufen hatte. Eine Katze machte an Marks Stuhl halt und beäugte ihn.

»Das ist Axle«, sagte Momma Love, als sie ihm den Eistee mit einer Stoffserviette vorsetzte. »Sie ist siebzehn Jahre alt und ganz friedlich.«

Mark trank den Tee und ließ Axle in Ruhe. Er mochte keine Katzen.

»Wie geht es deinem kleinen Bruder?« fragte Momma Love.

»Schon viel besser«, sagte er und fragte sich plötzlich, was Reggie ihrer Mutter wohl erzählt haben mochte. Dann entspannte er sich. Wenn Clint nur sehr wenig wußte, dann wußte Momma Love vermutlich noch viel weniger. Er nahm einen weiteren Schluck. Sie wartete auf eine längere Antwort. »Heute hat er angefangen zu reden.«

»Das ist ja wunderbar!« erklärte sie mit einem breiten Lächeln und tätschelte seine Schulter.

Reggie goß sich ihren Tee aus einem anderen Krug ein und gab Süßstoff und Zitrone hinzu. Sie setzte sich Mark gegenüber an den Tisch, und Axle sprang auf ihren Schoß. Sie trank Tee, streichelte die Katze und begann langsam ihren Schmuck abzulegen. Sie war müde.

»Hast du Hunger?« fragte Momma Love, die plötzlich wieder in der Küche herumschoß, den Backofen öffnete, den Topf umrührte, eine Schublade zuschob.

»Ja, Madam.«

»Es ist nett, einen jungen Mann mit guten Manieren hier zu haben«, sagte sie, hielt eine Sekunde inne und lächelte ihn an. »Die meisten von Reggies Kindern haben keine Manieren. Ich habe in diesem Haus seit Jahren niemanden mehr ›Ja, Madam‹ sagen hören.« Dann war sie wieder an der Arbeit, wischte eine Pfanne aus und legte sie in den Ausguß.

Reggie zwinkerte ihm zu. »Mark hat seit drei Tagen nur Krankenhausessen bekommen, Momma Love, und möchte wissen, was du da kochst.«

»Das ist eine Überraschung«, sagte sie, öffnete den Backofen und ließ einen köstlichen Duft nach Fleisch und Käse und Tomaten heraus. »Aber ich denke, es wird dir schmekken, Mark.«

Er war sicher, daß es ihm schmecken würde. Reggie zwinkerte ihm abermals zu, während sie den Kopf zur Seite drehte und ihre kleinen Brillantohrringe abnahm. Das Schmuckhäufchen vor ihr bestand jetzt aus einem halben Dutzend Armbändern, einer Kette, einer Uhr und den Ohrringen. Axle beobachtete sie. Momma Love hantierte plötzlich mit einem langen Messer auf einem Schneidebrett. Sie wirbelte herum und stellte einen Korb mit heißem, gebuttertem Brot vor ihn hin. »Ich backe jeden Mittwoch Brot«, sagte sie, tätschelte ihm abermals die Schulter und kehrte dann zum Herd zurück.

Mark griff sich das größte Stück und biß hinein. Es war weich und warm, ein Brot, wie er es noch nie gegessen hatte. Die Butter und der Knoblauch schmolzen ihm auf der Zunge.

»Momma Love ist eine reinblütige Italienerin«, sagte Reggie und streichelte Axle. »Ihre Eltern sind beide in Italien geboren und 1902 hier eingewandert. Ich bin Halbitalienerin.«

»Wer war Mr. Love?« fragte Mark kauend mit Butter auf den Lippen und an den Fingern.

»Ein Junge aus Memphis. Sie haben geheiratet, als sie sechzehn war …«

»Siebzehn«, korrigierte Momma Love, ohne sich umzudrehen.

Momma Love deckte den Tisch mit Tellern und Besteck. Reggie und ihr Schmuck waren im Weg, also raffte sie ihn zusammen und schob Axle von ihrem Schoß. »Wann essen wir, Momma Love?«

»In einer Minute.«

»Ich ziehe mich nur schnell um«, sagte sie. Axle setzte sich auf Marks Fuß und rieb den Hinterkopf an seinem Schienbein.

»Die Sache mit deinem kleinen Bruder tut mir sehr leid«, sagte Momma Love, nachdem sie sich mit einem Blick auf die Tür vergewissert hatte, daß Reggie wirklich verschwunden war.

Mark schluckte einen Mundvoll Brot und wischte sich den Mund mit der Serviette ab. »Er kommt wieder in Ordnung. Wir haben gute Ärzte.«

»Und außerdem habt ihr die beste Anwältin der Welt«, sagte sie ernst und ohne Lächeln. Sie wartete auf Bestätigung.

»Das stimmt«, sagte Mark langsam.

Sie nickte beifällig und machte sich auf den Weg zum Ausguß. »Was in aller Welt habt ihr beide da draußen gesehen?«

Mark nippte an seinem Tee und betrachtete den grauen Pferdeschwanz. Das konnte ein langer Abend mit vielen Fragen werden. Es war besser, dem gleich einen Riegel vorzuschieben. »Reggie hat gesagt, ich soll nicht darüber sprechen.« Er biß in ein weiteres Stück Brot.

»Ach, das sagt Reggie immer. Aber mit mir kannst du reden. Alle Kinder tun das.«

In den vergangenen neunundvierzig Stunden hatte er eine Menge über Verhöre gelernt. Halt den anderen auf Abstand. Wenn die Fragen lästig werden, tische ihm ein paar Gegenfragen auf. »Wie oft bringt sie Kinder mit nach Hause?«

Sie schob den Topf von der Flamme und dachte eine Sekunde lang nach. »Vielleicht zweimal im Monat. Sie will, daß sie etwas Anständiges zu essen bekommen, also bringt sie sie zu Momma Love. Manchmal bleiben sie über Nacht. Ein kleines Mädchen ist einmal einen Monat geblieben. Sie war zu bedauern. Hieß Andrea. Das Gericht hatte sie ihren Eltern weggenommen, weil sie Teufelsanbeter waren, sie brachten Tieropfer dar und lauter solche Schweinereien. Sie war so traurig. Sie wohnte oben in Reggies altem Schlafzimmer, und als sie fort mußte, hat sie geweint. Hat mir auch das Herz gebrochen. Danach habe ich zu Reggie gesagt ›Keine Kinder mehr‹. Aber Reggie tut, was Reggie will. Sie hat dich wirklich gern, weißt du das?«

»Was ist mit Andrea passiert?«

»Ihre Eltern bekamen sie zurück. Ich bete jeden Tag für sie. Gehst du zur Kirche?«

»Manchmal.«

»Bist du ein guter Katholik?«

»Nein. Es ist eine kleine Kirche, ich weiß nicht, was für eine. Aber keine katholische. Baptistisch, glaube ich. Wir gehen manchmal hin.« Momma Love hörte sich das zutiefst betroffen an, fassungslos angesichts der Tatsache, daß er nicht sicher war, zu welcher Kirche er gehörte.

»Vielleicht sollte ich dich in meine Kirche mitnehmen. St. Luke's. Es ist eine wunderschöne Kirche. Katholiken wissen, wie man schöne Kirchen baut.«

Er nickte, aber eine Antwort darauf fiel ihm nicht ein. In Sekundenschnelle hatte sie das Thema Kirche vergessen und war wieder am Herd, öffnete den Backofen und musterte die Pfanne mit der gleichen Konzentration, wie er sie bei Dr. Greenway gesehen hatte. Sie murmelte etwas, und es war offensichtlich, daß sie zufrieden war.

»Geh und wasch dir die Hände, Mark, gleich da drüben auf dem Flur. Kinder waschen sich heutzutage nicht oft genug die Hände.« Mark stopfte sich den letzten Bissen Brot in den Mund und folgte Axle ins Badezimmer.

Als er zurückkam, saß Reggie am Tisch und sah einen Stapel Post durch. Der Brotkorb war wieder aufgefüllt worden. Momma Love öffnete den Backofen und zog eine tiefe, mit Aluminiumfolie abgedeckte Pfanne heraus. »Es ist Lasagne«, sagte Reggie mit einem Anflug von Vorfreude.

Momma Love stürzte sich in eine kurze Geschichte des Gerichts, während sie es in mehrere Teile zerschnitt und mit einem großen Löffel gewaltige Portionen herausgrub. Dampf stieg aus der Pfanne auf »Das Rezept ist schon seit Jahrhunderten in meiner Familie«, sagte sie und starrte Mark an, als müßte er sich für den Stammbaum der Lasagne interessieren. Er wollte sie auf seinem Teller haben. »Stammt aus der alten Heimat. Ich konnte sie schon für meinen Daddy zubereiten, als ich zehn Jahre alt war.« Reggie verdrehte leicht die Augen und zwinkerte Mark zu. »Sie besteht aus vier Schichten, jede mit einer anderen Sorte Käse.« Sie bedeckte ihre Teller mit perfekten Rechtecken. Die vier verschiedenen Käsesorten rannen zusammen und sickerten aus der dicken Pasta.

Das Telefon auf der Anrichte läutete, und Reggie nahm

das Gespräch an. »Fang schon an zu essen, Mark, wenn du möchtest«, sagte Momma Love und stellte majestätisch seinen Teller vor ihn hin. Sie nickte zu Reggies Rücken hinüber. »Das kann Stunden dauern.« Reggie hörte zu und sprach leise in den Hörer. Es war offensichtlich, daß sie nicht hören sollten, was gesprochen wurde.

Mark trennte mit seiner Gabel einen gewaltigen Bissen ab, blies gerade lange genug darauf, daß der Dampf verschwand, und hob ihn dann zum Mund. Er kaute langsam, genoß die köstliche Fleischsauce, den Käse und wer weiß was noch. Sogar der Spinat schmeckte ihm.

Momma Love sah zu und wartete. Sie hatte sich ein zweites Glas Wein eingegossen, hielt es auf halbem Wege zwischen dem Tisch und ihren Lippen und wartete auf eine Reaktion auf das Geheimrezept ihrer Urgroßmutter.

»Es ist großartig«, sagte er auf dem Weg zum zweiten Bissen. »Einfach großartig.« Seine einzige Erfahrung mit Lasagne lag ungefähr ein Jahr zurück, als seine Mutter eine Plastikschale aus der Mikrowelle geholt und zum Abendessen serviert hatte. Swanson's Tiefkühlkost oder so etwas ähnliches. Er erinnerte sich an einen gummiartigen Geschmack, nicht mit dem hier zu vergleichen.

»Es schmeckt dir«, sagte Momma Love und trank einen Schluck von ihrem Wein.

Er nickte mit vollem Mund, und das gefiel ihr. Sie nahm selbst einen kleinen Bissen.

Reggie legte auf und kehrte zum Tisch zurück. »Ich muß wieder in die Innenstadt. Die Polizei hat gerade Ross Scott aufgegriffen, wieder wegen Ladendiebstahl. Er ist im Gefängnis und weint nach seiner Mutter, aber sie können sie nicht finden.«

»Wie lange werden Sie weg sein?« fragte Mark, und seine Gabel stand plötzlich still.

»Ein paar Stunden. Du ißt, bis du satt bist, und bleibst bei Momma Love. Ich bringe dich später ins Krankenhaus zurück.« Sie klopfte ihm auf die Schulter, dann war sie zur Tür hinaus.

Momma Love schwieg, bis sie das Anspringen von Reggies Wagen hörte, dann sagte sie: »Was in aller Welt habt ihr Jungen da draußen gesehen?«

Mark nahm einen Bissen, kaute eine Ewigkeit, während sie wartete, dann trank er einen großen Schluck Tee. »Nichts. Wie machen Sie diese Lasagne? Sie ist großartig.«

»Nun, es ist ein altes Rezept.«

Sie trank Wein und ließ sich zehn Minuten lang über die Sauce aus. Dann über die Käsesorten.

Mark hörte kein Wort davon.

Er aß die Pfirsichtorte mit Eiskrem auf, während sie den Tisch abräumte und den Geschirrspüler vollpackte. Er dankte ihr abermals, sagte zum zehntenmal, wie wunderbar es geschmeckt hätte, und stand mit schmerzendem Magen auf. Er hatte eine Stunde am Tisch gesessen. Das Abendessen im Wohnwagen war gewöhnlich eine Sache von zehn Minuten. Meist aßen sie Gerichte aus der Mikrowelle auf Tabletts vor dem Fernseher. Dianne war abends zu müde, um noch zu kochen.

Momma Love bewunderte seinen leeren Teller und schickte ihn ins Wohnzimmer, während sie die Küche aufräumte. Der Fernseher war ein Farbgerät, aber ohne Fernbedienung. Kein Kabel. Über dem Sofa hing ein großes Familienporträt. Er bemerkte es, dann trat er näher heran. Es war ein altes Foto der Familie Love, matt und in einem breiten, verschnörkelten Holzrahmen. Mr. und Mrs. Love saßen in einem kleinen Atelier auf einem Sofa, und neben ihnen standen zwei kleine Jungen mit engen Kragen. Momma Love hatte dunkles Haar und ein wunderschönes Lächeln. Mr. Love war einen Kopf größer als sie und saß starr da, ohne zu lächeln. Die Jungen waren steif und verlegen, offensichtlich nicht glücklich darüber, daß sie gestärkte Hemden und Krawatten tragen mußten. Reggie stand zwischen ihren Eltern, im Zentrum des Porträts. Sie hatte ein wundervolles, verschmitztes Lächeln, und es war offensichtlich, daß sie im Mittelpunkt der Familie stand und das gewaltig genoß. Sie war zehn oder elf, ungefähr in Marks Alter, und das Gesicht dieses hübschen Mädchens erregte seine Aufmerksamkeit und nahm ihm den Atem. Er schaute in ihr Gesicht, und sie schien ihn anzulachen. Sie steckte voller Übermut.

»Hübsche Kinder, nicht?« Es war Momna Love, die sich neben ihn schob und ihre Familie bewunderte.

»Wann war das?« fragte Mark, ohne den Blick abzuwenden.

»Vor vierzig Jahren«, sagte sie langsam, fast traurig. »Damals waren wir alle noch jung und glücklich.« Sie stand neben ihm, ihre Arme berührten sich, Schulter an Schulter.

»Wo sind die Jungen?«

»Joey, rechts, war der Älteste. Er war Testpilot bei der Air Force und ist 1964 bei einem Flugzeugabsturz ums Leben gekommen. Er ist ein Held.«

»Es tut mir sehr leid«, flüsterte Mark.

»Bennie, links, ist ein Jahr jünger als Joey. Er ist Meeresbiologe in Vancouver. Er kommt seine Mutter nie besuchen. Vor ungefähr zwei Jahren war er über Weihnachten hier, dann ist er wieder verschwunden. Er hat nie geheiratet, aber ich denke, er ist okay. Auch von ihm keine Enkelkinder. Reggie hat die einzigen Enkel.« Sie griff nach einem Rahmen, der neben einer Lampe auf einem Beistelltisch stand, und gab ihn Mark. Zwei Graduierungsfotos mit blauen Roben und Mützen. Das Mädchen war hübsch. Der Junge hatte strähniges Haar, einen Teenagerbart und einen haßerfüllten Ausdruck in den Augen.

»Das sind Reggies Kinder«, erklärte Momma Love ohne den geringsten Anflug von Stolz oder Liebe. »Als wir das letzte Mal von dem Jungen hörten, war er im Gefängnis. Hat mit Drogen gehandelt. Er war ein guter Junge, als er klein war, aber dann hat sein Vater ihn bekommen und ihn ruiniert. Das Mädchen ist in Kalifornien und versucht sich als Schauspielerin oder Sängerin oder so etwas, aber sie hat auch Drogenprobleme gehabt, und wir wissen nicht viel von ihr. Sie war auch ein reizendes Kind. Ich habe sie seit fast zehn Jahren nicht mehr gesehen. Kannst du dir das vorstellen? Meine einzige Enkelin. Es ist ein Jammer.«

Momma Love trank jetzt ihr drittes Glas Wein, und die Zunge hatte sich gelöst. Wenn sie lange genug über ihre Familie geredet hatte, würde sich das Gespräch schon auf seine lenken lassen. Und wenn sie mit den Familien fertig waren, würden sie vielleicht darüber reden, was in aller Welt die Jungen dort draußen gesehen hatten.

»Weshalb haben Sie sie seit zehn Jahren nicht mehr gesehen?« fragte Mark, aber nur, weil er irgend etwas sagen mußte. Es war wirklich eine blöde Frage; er wußte, daß die Antwort Stunden dauern konnte. Sein Magen schmerzte von der Schwelgerei, und er sehnte sich danach, sich einfach auf die Couch zu legen und in Ruhe gelassen zu werden.

»Regina – ich meine Reggie – hat sie genau so lange nicht mehr gesehen. Sie machte diesen Alptraum von einer Scheidung durch, er war hinter anderen Frauen her und hatte Freundinnen überall in der Stadt, sie erwischten ihn sogar mit einer hübschen kleinen Schwester im Krankenhaus, aber die Scheidung war ein grauenhafter Alptraum, und Reggie kam an einen Punkt, wo sie alledem nicht mehr gewachsen war. Joe, ihr Ex-Mann, war ein netter Kerl, als sie heirateten, aber dann scheffelte er einen Haufen Geld und spielte den großen Doktor. Er veränderte sich. Das Geld stieg ihm zu Kopf.« Sie hielt inne und trank einen Schluck. »Fürchterlich, einfach fürchterlich. Aber sie fehlen mir. Sie sind meine einzigen Enkelbabies.«

Sie sahen nicht aus wie Enkelbabies, vor allem der Junge nicht. Er war nur ein kleiner Ganove.

»Nun ja.« Sie seufzte, als müßte sie sich ernsthaft zum Reden überwinden. »Er war sechzehn, als sein Vater ihn bekam, schon damals wild und verdorben, ich meine, sein Vater war Frauenarzt und hatte nie Zeit für die Kinder, und ein Junge braucht seinen Vater, meinst du nicht auch? Und der Junge, Jeff heißt er, der war schon früh nicht mehr unter Kontrolle zu halten. Dann sorgte sein Vater, der das ganze Geld und all die Anwälte hatte, dafür, daß Regina fortgebracht wurde, und nahm die Kinder, und als das passierte, konnte Jeff praktisch tun und lassen, was er wollte. Mit dem Geld seines Vaters natürlich. Er schaffte mit knapper Not die High School, und sechs Monate später wurde er mit einer Ladung Drogen erwischt.« Sie brach plötzlich ab, und Mark dachte, daß sie gleich weinen würde. Sie trank einen Schluck. »Das letzte Mal habe ich ihn gesehen, als er seinen High School-Abschluß machte. Ich habe sein Foto in der Zeitung gesehen, als er verhaftet worden war, aber er hat nie angerufen oder so etwas. Das ist jetzt zehn Jahre her. Ich weiß, ich werde sterben, ohne sie wiedergesehen zu haben.« Sie rieb sich rasch die Augen, und Mark suchte nach einem Loch, in das er sich verkriechen konnte.

Sie nahm seinen Arm. »Komm mit. Wir gehen auf die Veranda.«

Er folgte ihr durch eine schmale Diele und durch die Vordertür, und sie setzten sich auf die Schaukel auf der Veranda. Es war dunkel, und die Luft war kühl. Sie schaukelten sanft und schweigend. Momma Love trank ihren Wein.

Sie beschloß, mit der Geschichte fortzufahren. »Weißt du, Mark, sobald er die Kinder hatte, hat er sie restlos verdorben. Ließ seine Freundinnen im Haus wohnen. Gab ihnen massenhaft Geld. Schmiß es ihnen praktisch nach. Kaufte ihnen Wagen. Amanda wurde schwanger, als sie noch zur High School ging, und er arrangierte die Abtreibung.«

»Weshalb hat Reggie ihren Namen geändert?« fragte er höflich. Wenn sie antwortete, wäre die Geschichte vielleicht beendet.

»Mehrere Jahre lang lebte sie zeitweise in Anstalten. Das war nach der Scheidung, und sie war in einer erbärmlichen Verfassung, Mark. Ich habe mich aus Sorge um meine Tochter jede Nacht in den Schlaf geweint. Die meiste Zeit hat sie bei mir gewohnt. Es dauerte Jahre, aber schließlich hatte sie es überstanden. Massenhaft Therapie. Massenhaft Geld. Massenhaft Liebe. Und dann kam sie eines Tages zu dem Schluß, daß der Alptraum vorüber war und daß sie die Scherben aufsammeln und ein neues Leben anfangen würde. Deshalb hat sie ihren Namen geändert. Sie ging zum Gericht und ließ die Namensänderung vornehmen. Sie richtete sich die Wohnung über der Garage ein. Sie gab mir all diese Fotos – sie will sie nicht ansehen. Sie studierte Jura. Sie wurde ein neuer Mensch mit einer neuen Identität und einem neuen Namen.«

»Ist sie verbittert?«

»Sie kämpft dagegen an. Sie hat ihre Kinder verloren, und davon kann sich keine Mutter je erholen. Aber sie versucht, nicht an sie zu denken. Sie wurden von ihrem Vater erzogen und wollen deshalb nichts mehr von ihr wissen. Ihn haßt sie natürlich, und ich nehme an, das ist eine gesunde Reaktion.«

»Sie ist eine sehr gute Anwältin«, sagte er, als hätte er schon viele Anwälte engagiert und wieder entlassen.

Momma Love rückte näher an ihn heran, zu nahe für Marks Geschmack. Sie tätschelte ihm das Knie, und das irritierte ihn gewaltig, aber sie war eine reizende alte Dame und dachte sich nichts dabei. Sie hatte einen Sohn begraben und ihren einzigen Enkel verloren, also machte er Zugeständnisse. Es schien kein Mond. Ein sanfter Wind ließ die Blätter der großen Eichen zwischen der Veranda und der Straße rauschen. Er hatte es nicht eilig, ins Krankenhaus zurückzukehren, und fand deshalb, daß es hier doch sehr angenehm war. Er lächelte Momma Love an, aber sie schaute mit leerem Blick ins Dunkle, in ihre Gedanken versunken. Die Schaukel war mit einer dicken, zusammengelegten Steppdecke gepolstert.

Er vermutete, daß sie letzten Endes doch wieder auf ihre Frage nach Jerome Clifford zurückkommen würde, und das wollte er vermeiden.

»Weshalb hat Reggie so viele Kinder als Klienten?«

Sie fuhr fort, sein Knie zu tätscheln. »Weil manche Kinder einen Anwalt brauchen, auch wenn die meisten von ihnen es nicht wissen. Und die meisten Anwälte sind zu sehr damit beschäftigt, Geld zu verdienen, um sich mit Kindern abzugeben. Sie will helfen. Sie macht sich immer Vorwürfe, weil sie ihre Kinder verloren hat, und sie will einfach anderen helfen. Sie setzt sich sehr für ihre kleinen Klienten ein.«

»Ich habe ihr nicht viel Geld bezahlt.«

»Zerbrich dir deshalb nicht den Kopf, Mark. Jeden Monat nimmt Reggie mindestens zwei Fälle an, für die sie nichts bekommt. Sie werden *pro bono* genannt, was bedeutet, daß der Anwalt die Arbeit kostenlos tut. Wenn sie deinen Fall nicht hätte übernehmen wollen, dann hätte sie es nicht getan.«

Er wußte über *pro bono* Bescheid. Die Hälfte der Anwälte im Fernsehen arbeitete an Fällen, die nichts für sie abwarfen. Die andere Hälfte schlief mit schönen Frauen und speiste in eleganten Restaurants.

»Reggie hat eine Seele, Mark, ein Gewissen«, fuhr sie fort, ihn immer noch sanft tätschelnd. Das Weinglas war leer, aber die Worte waren klar und ihr Verstand hellwach. »Sie arbeitet umsonst, wenn sie an ihren Klienten glaubt. Und einige ihrer armen Klienten können einem das Herz brechen, Mark. Einige dieser kleinen Burschen bringen mich ständig zum Weinen.«

»Sie sind sehr stolz auf Reggie, stimmt's?«

»Ja, das bin ich. Reggie wäre beinahe gestorben, Mark, vor ein paar Jahren, während die Scheidung lief. Ich hätte sie fast verloren. Dann machte ich beinahe bankrott, als ich versuchte, sie wieder auf die Beine zu stellen. Aber sieh sie dir jetzt an.«

»Wird sie wieder heiraten?«

»Vielleicht. Sie ist mit ein paar Männern ausgegangen, aber das war nichts Ernstes. Romanzen stehen nicht auf ihrer Liste. Ihre Arbeit hat Vorrang. Wie heute abend. Es ist fast acht, und sie ist im städtischen Gefängnis und unterhält sich mit einem kleinen Bengel, den man beim Ladendiebstahl erwischt hat. Ich frage mich, was morgen früh in der Zeitung stehen wird.«

Sport, Nachrufe, das Übliche. Mark rutschte verlegen hin und her und wartete. Es war offensichtlich, daß sie darauf wartete, daß er etwas sagte. »Wer weiß.«

»Was war das für ein Gefühl, als du dein Gesicht auf der Titelseite der Zeitung gesehen hast.«

»Kein schönes.«

»Wo hatten sie diese Fotos her?«

»Es sind Schulfotos.«

Es trat eine lange Pause ein. Die Ketten über ihnen quietschten, als die Schaukel langsam vor und zurück schwang. »Und wie war es, als ihr diesen toten Mann gesehen habt, der sich gerade erschossen hatte?«

»Ziemlich gräßlich. Mein Arzt hat gesagt, ich soll nicht

darüber reden, weil mich das zu sehr belastet. Denken Sie an meinen kleinen Bruder. Und deshalb sage ich lieber gar nichts.«

Sie tätschelte kräftiger. »Natürlich. Natürlich.«

Mark drückte seine Zehen auf den Boden, und die Schaukel bewegte sich etwas schneller. Sein Magen war immer noch zu voll, und er fühlte sich plötzlich schläfrig. Momma Love summte jetzt vor sich hin. Die Brise wurde stärker, und er zitterte.

Reggie fand sie auf der dunklen Veranda, auf der sanft schwingenden Schaukel. Momma Love trank schwarzen Kaffee und tätschelte seine Schulter. Mark lag zusammengerollt neben ihr, mit dem Kopf auf ihrem Schoß und einer Decke über den Beinen.

»Seit wann schläft er schon?« flüsterte sie.

»Seit ungefähr einer Stunde. Ihm wurde kalt, dann wurde er schläfrig. Er ist ein netter Junge.«

»Das ist er. Ich rufe seine Mutter im Krankenhaus an und frage, ob er über Nacht hierbleiben kann.«

»Er hat gegessen, bis er nicht mehr konnte. Morgen früh werde ich ihm ein gutes Frühstück vorsetzen.«

19

Die Idee war Trumann gekommen, und es war eine wunderbare Idee, eine, die funktionieren und deshalb sofort von Foltrigg aufgegriffen und als seine eigene reklarmiert werden würde. Das Leben mit Reverend Roy war eine Serie von gestohlenen Ideen und gestohlener Anerkennung. Wenn etwas funktionierte. Und wenn etwas schiefging, dann mußten Trumann und sein Büro die Schuld auf sich nehmen, zusammen mit Foltriggs Untergebenen, der Presse, den Geschworenen und den korrupten Anwälten der Gegenseite – sie alle waren schuld, nur der große Mann selbst war es nicht.

Aber Trumann hatte schon des öfteren die Egos von Primadonnen sanft gestreichelt, und er würde auch mit diesem Blödmann fertig werden.

Es war spät, und die Idee kam ihm, als er in der dunklen Ecke eines überfüllten Restaurants an dem Salat in seinem Shrimps-Cocktail knabberte. Er rief Foltriggs persönliche Büronummer an. Keine Antwort. Er wählte die Nummer der Bibliothek, und Wally Boxx meldete sich. Es war halb zehn, und Wally teilte ihm mit, daß er und sein Boß nach wie vor tief in der juristischen Literatur steckten, zwei wahre Workaholics, die über den Details schufteten und es genossen. Ganz, wie es sich gehörte. Trumann sagte, er wäre in zehn Minuten bei ihnen.

Er verließ das laute Restaurant und eilte durch das Gedränge auf der Canal Street. Der September war in New Orleans ein heißer, stickiger Sommermonat. Nach zwei Blocks zog er sein Jackett aus und ging noch schneller. Nach weiteren zwei Blocks war sein Hemd feucht und klebte ihm an Brust und Rücken.

Er bahnte sich seinen Weg durch die Horden von Touristen, die mit ihren Kameras und bunten T-Shirts auf der Canal Street herumlungerten, und fragte sich zum tausendstenmal, weshalb die Leute in diese Stadt kamen und ihr schwer verdientes Geld für billige Unterhaltung und überteuertes Essen ausgaben. Der Durchschnittstourist auf der Canal trug schwarze Socken und weiße Turnschuhe und hatte zwanzig Kilo Übergewicht, und Trumann stellte sich vor, wie diese Leute nach Hause zurückkehrten und sich vor ihren weniger glücklichen Freunden mit der fantastischen Küche aufspielten, die sie in New Orleans entdeckt und in sich hineingeschlungen hatten. Er prallte gegen eine massige Frau mit einem kleinen schwarzen Kasten vor dem Gesicht. Sie stand doch tatsächlich am Bordstein und filmte das Schaufenster eines billigen Andenkenladens, in dem Imitationen von Straßenschildern ausgestellt waren. Wer würde sich das Video eines schäbigen Andenkenladens im French Quater ansehen wollen? Die Amerikaner erleben ihren Urlaub nicht mehr. Sie nehmen ihn einfach mit ihrer Sony auf, damit sie ihn für den Rest des Jahres ignorieren können.

Trumann sehnte sich nach einer Versetzung. Er hatte alles satt – die Touristen, den Verkehr, die Luftfeuchtigkeit, das Verbrechen und vor allem Roy Foltrigg. Er bog bei Rubinstein Brothers um die Ecke und strebte auf die Poydras zu.

Foltrigg fürchtete sich nicht vor harter Arbeit. Sie war für ihn etwas ganz Natürliches. Während des Studiums hatte er begriffen, daß er kein Genie war und daß er, um es zu schaffen, mehr Stunden investieren mußte. Er lernte Tag und Nacht und schloß irgendwo in der Mitte des Rudels ab. Aber er war zum Präsidenten der Studentenschaft gewählt worden, und an einer seiner Wände hing ein in Eiche gerahmtes Zertifikat, das diesen Ruhm verkündete. Es war eine Position gewesen, von der die meisten seiner Mitstudenten nicht wußten, daß sie existierte, und die ihnen völlig gleichgültig war. Stellenangebote waren dünn gesät für den jungen Roy. In letzter Minute ergriff er die Gelegenheit, als stellvertretender Ankläger für die Stadt New Orleans zu arbeiten. Fünfzehntausend Dollar pro Jahr, 1975. Nach zwei Jahren bearbeitete er mehr Fälle als alle anderen Ankläger der Stadt zusammen. Er arbeitete. Er investierte zahllose Stunden in einen Sackgassen-Job, weil er vorankommen wollte. Er war ein Star, aber niemand bemerkte es.

Er begann, politisch bei den Republikanern in der Stadt mitzumischen, ein einsames Hobby, und lernte, wie man das Spiel spielt. Er begegnete Leuten mit Geld und Einfluß und erhielt eine Stellung in einer Anwaltskanzlei. Er arbeitete praktisch Tag und Nacht und wurde Partner. Er heiratete eine Frau, die er nicht liebte, weil sie die richtigen Beziehungen hatte und ihm Respektabilität verschaffte. Roy war auf dem Weg nach oben. Er hatte große Pläne.

Er war immer noch mit ihr verheiratet, aber sie schliefen in getrennten Schlafzimmern. Die Kinder waren jetzt zwölf und zehn. Die Familie gab ein nettes Bild ab.

Er zog das Büro seinem Heim vor, was seiner Frau nur recht war, denn sie mochte ihn nicht, wohl aber sein Gehalt.

Roys Konferenztisch war wieder einmal mit juristischen Büchern und Notizblöcken bedeckt. Wally hatte sich seines Jacketts und seiner Krawatte entledigt. Überall standen leere Kaffeetassen herum. Sie waren beide erschöpft.

Das Gesetz war ganz simpel. Jeder Bürger ist im Interesse der Gesellschaft verpflichtet, auszusagen und damit die Strafverfolgung zu unterstützen. Und ein Zeuge kann nicht von dieser Aussagepflicht entbunden werden, weil er sich vor Repressalien fürchtet, mit denen ihm und/oder seiner Familie gedroht wurde. Es war ein in schwarzen Lettern geschriebenes Gesetz, im Laufe der Jahre von Hunderten von Richtern in Stein gemeißelt. Keine Ausnahmen. Keine Freistellungen. Keine Schlupflöcher für verängstigte kleine Jungen. Roy und Wally hatten Dutzende von Fällen nachgelesen. Viele davon waren kopiert und angestrichen und auf dem Tisch verstreut worden. Der Junge würde reden müssen. Wenn die Sache mit dem Jugendgericht in Memphis nicht klappte, plante Foltrigg, eine Vorladung auszustellen, die Mark Sway zwang, vor der Anklagejury in New Orleans zu erscheinen. Das würde den Knirps zu Tode erschrecken und ihm die Zunge lösen.

Trumann kam durch die Tür und sagte: »Ihr macht Überstunden.« Wally Boxx schob seinen Stuhl vom Tisch zurück und reckte die Arme über den Kopf. »Ja, es war eine Menge Material durchzuarbeiten«, sagte er erschöpft und deutete stolz auf die Stapel von Büchern und Notizen.

»Setzen Sie sich«, sagte Foltrigg und wies auf einen Stuhl. »Wir sind gerade fertig.« Er reckte sich gleichfalls, dann ließ er seine Knöchel knacken. Er liebte seine Reputation als Workaholic, ein bedeutender Mann, der nicht vor langen Arbeitsstunden zurückscheute, ein Familienvater, dem die Arbeit wichtiger war als Frau und Kinder. Der Job hatte Vorrang. Sein Mandant waren die Vereinigten Staaten von Amerika.

Trumann hatte diesen Achtzehn-Stunden-pro-Tag-Scheiß jetzt sieben Jahre lang mit angehört. Es war Foltriggs Lieblingsthema – über sich selbst zu reden und über die Stunden im Büro und den Körper, der ohne Schlaf auskam. Anwälte tragen ihren Mangel an Schlaf wie eine Ehrenmedaille. Wahre Machomaschinen, die rund um die Uhr schuften.

»Mir ist da eine Idee gekommen«, sagte Trumann, nachdem er sich an der anderen Seite des Tisches niedergelassen hatte. »Sie haben mir von der Anhörung morgen in Memphis erzählt. Vor dem Jugendgericht.«

»Wir machen eine Eingabe«, korrigierte Roy. »Wann die Anhörung stattfindet, weiß ich nicht. Aber wir werden um eine schnelle Abwicklung ersuchen.«

»Ja, also, was halten Sie davon? Bevor ich heute nachmittag das Büro verließ, habe ich mit K. O. Lewis gesprochen, Mr. Voyles' Stellvertreter.«

»Ich kenne K. O.«, unterbrach Foltrigg. Trumann hatte gewußt, daß das kommen würde. Er hatte sogar einen Moment innegehalten, damit Foltrigg unterbrechen und ihn informieren konnte, auf wie gutem Fuße er mit K. O. stand, nicht Mr. Lewis, sondern einfach K. O.

»Gut. Also, er ist in St. Louis, wo er an einer Konferenz teilnimmt, und er hat sich nach dem Boyette-Fall und Jerome Clifford und dem Jungen erkundigt. Ich habe ihm gesagt, was wir wissen. Er hat gesagt, ich könnte ihn jederzeit anrufen, wenn sich etwas tut. Er hat gesagt, Mr. Voyles verlangt täglich Bericht.«

»Das weiß ich alles.«

»Gut. Also, ich habe mir folgendes überlegt. St. Louis ist nur eine Flugstunde von Memphis entfernt, stimmt's? Wie wäre es, wenn Mr. Lewis gleich morgen früh, wenn die Eingabe gemacht wird, vor dem Jugendgericht erschiene und ein kleines Gespräch mit dem Richter führen und ein bißchen Druck machen würde? Wir reden vom zweithöchsten Mann beim FBI. Er erklärt dem Richter, was der Junge unserer Ansicht nach weiß.«

Foltrigg begann, beifällig zu nicken, und als Wally das sah, begann auch er zu nicken, nur schneller.

Trumann fuhr fort. »Und da ist noch etwas. Wir wissen, daß Gronke in Memphis ist, und wir können guten Gewissens davon ausgehen, daß er nicht dort ist, um das Grab von Elvis Presley zu besuchen. Richtig? Er ist von Muldanno hingeschickt worden. Also habe ich mir gedacht, wie wäre es, wenn wir darlegen, daß der Junge in Gefahr schwebt, und Mr. Lewis dem Richter am Jugendgericht erklärt, daß es im Interesse des Jungen ist, wenn er in Gewahrsam genommen wird? Zu seinem eigenen Schutz sozusagen?«

»Das gefällt mir«, sagte Foltrigg leise. Wally gefiel es auch.

»Der Junge wird unter dem Druck zusammenbrechen. Zuerst wird er auf Anweisung des Jugendgerichts in Gewahrsam genommen, genau wie in jedem anderen Fall, und das wird ihm eine Heidenangst einjagen. Wird vielleicht sogar seine Anwältin aufwecken. Wenn wir Glück haben, weist der Richter den Jungen an, zu reden. An diesem Punkt wird der Junge vermutlich klein beigeben. Wenn nicht, macht er sich der Mißachtung des Gerichts schuldig, vielleicht. Meinen Sie nicht auch?«

»Ja, dann liegt Mißachtung vor, aber wir können nicht vorhersagen, wie der Richter darauf reagieren wird.«

»Richtig. Also informiert Mr. Lewis den Richter über Gronke und seine Beziehungen zur Mafia und sagt ihm, daß wir glauben, er ist in Memphis, um dem Jungen etwas anzutun. So bekommen wir den Jungen auf jeden Fall in Gewahrsam, weit weg von seiner Anwältin. Diesem Luder.«

Foltrigg war jetzt richtig aufgedreht. Er kritzelte etwas auf einen Block. Wally stand auf und begann, nachdenklich in der Bibliothek herumzuwandern, tief in Gedanken versunken, als käme alles mögliche zusammen, und als wäre er gezwungen, eine weitreichende Entscheidung zu treffen.

Hier in der Abgeschiedenheit eines Büros in New Orleans konnte Trumann Reggie ein Luder nennen. Aber er dachte an die Tonbandaufnahme. Und er hatte nichts dagegen, in New Orleans zu bleiben, weit weg von ihr. Sollte doch McThune zusehen, wie er in Memphis mit Reggie zurechtkam.

»Können Sie K. O. ans Telefon bekommen?« fragte Foltrigg.

»Ich denke schon.« Trumann zog einen Zettel aus der Tasche und tippte am Telefon die Nummer ein.

Foltrigg winkte Wally in eine Ecke, ein gutes Stück von dem Agenten entfernt. »Das ist eine großartige Idee«, sagte Wally. »Ich bin sicher, dieser Richter am Jugendgericht ist nur ein kleines Licht, der sich anhört, was K. O. zu sagen hat, und dann genau das tut, was er will, meinen Sie nicht auch?«

Trumann hatte Mr. Lewis am Apparat. Foltrigg beobachtete ihn, während er Wally zuhörte. »Mag sein. Auf jeden Fall müssen wir den Jungen schnell vor Gericht bringen; dann, denke ich, wird er wohl den Mund aufmachen. Wenn nicht, befindet er sich in Gewahrsam, unter unserer Kontrolle und außer Reichweite seiner Anwältin. Das gefällt mir.«

Sie flüsterten eine Weile, während Trumann mit K. O. Lewis sprach. Trumann nickte ihnen zu, machte mit einem breiten Lächeln das Okay-Zeichen und legte dann auf. »Er tut es«, sagte er stolz. »Er nimmt eine Frühmaschine nach Memphis und trifft sich dort mit Fink. Dann kommen sie mit George Ord zusammen und stürzen sich auf den Richter.« Trumann ging auf sie zu, sehr stolz auf sich. »Stellen Sie sich das vor. Der Bundesanwalt auf der einen Seite, K. O. Lewis auf der anderen, und Fink in der Mitte, gleich als erstes morgen früh, wenn der Richter in seinem Büro eintrifft. Es wird keine fünf Minuten dauern, bis der Junge redet.«

Foltrigg lächelte boshaft. Er liebte diese Momente, in denen die Macht der Bundesregierung in einen hohen Gang schaltete und hart auf kleinen, nichts Böses ahnenden Leuten landete. Einfach so, mit nur einem Telefonanruf, hatte der zweithöchste Mann des FBI die Szene betreten. »Es könnte funktionieren«, sagte er zu seinen Leuten. »Es könnte funktionieren.«

In einer Ecke des kleinen Wohnzimmers über der Garage blätterte Reggie unter einer Lampe in einem juristischen Buch. Es war Mitternacht, aber sie konnte nicht schlafen, also hatte sie sich unter eine Decke gekuschelt, trank Tee und las in einem Buch mit dem Titel *Reluctant Witnesses,* das Clint für sie aufgetrieben hatte. Für ein juristisches Buch war es relativ dünn. Aber das Gesetz war völlig eindeutig: Jeder Zeuge hat die Pflicht, sich zu melden und den Behörden bei der Aufklärung eines Verbrechens zu helfen. Ein Zeuge kann die Aussage nicht mit der Begründung verweigern, daß er sich bedroht fühlt. Bei der überwiegenden Mehrheit der in diesem Buch zitierten Fälle ging es um das organisierte Verbrechen. Wie es schien, hatte die Mafia seit eher etwas dagegen gehabt, wenn ihre Leute mit der Polizei redeten, und häufig Frauen und Kinder bedroht. Das Oberste Bundesgericht hatte mehr als einmal gesagt, zum Teufel mit Frauen und Kindern. Ein Zeuge muß reden.

Irgendwann in der allernächsten Zukunft würde auch Mark zum Reden gezwungen werden. Foltrigg konnte eine Vorladung ausstellen und sein Erscheinen vor der Anklagejury in New Orleans erzwingen. Sie selbst würde natürlich zugegen sein dürfen. Wenn Mark sich weigerte, vor der Anklagejury auszusagen, würde es zu einer schnellen Anhörung vor dem verhandlungsführenden Richter kommen, und der würde ihn zweifellos anweisen, Foltriggs Fragen zu beantworten. Wenn er sich dann immer noch weigerte, würde ihn der volle Zorn des Gerichts treffen. Kein Richter duldet, daß man ihm nicht gehorcht, aber Bundesrichter können ganz besonders gemein sein, wenn ihre Anweisungen auf taube Ohren stoßen.

Es gibt Orte, an denen man elfjährige Kinder unterbringen

kann, die beim herrschenden System in Ungnade gefallen sind. Im Augenblick hatte sie nicht weniger als zwanzig Klienten in verschiedenen Erziehungsanstalten in ganz Tennessee. Der Älteste war sechzehn. Alle waren hinter Zäunen mit patrouillierenden Wachen untergebracht. Früher hatte man sie Reformschulen genannt; jetzt hießen sie Erziehungsanstalten.

Wenn Mark angewiesen wurde zu reden, würde er sich zweifellos an sie wenden. Und das war der Grund, weshalb sie nicht schlafen konnte. Wenn sie ihm riet, den Ort preiszugeben, an dem sich die Leiche des Senators befand, würde sie seine Sicherheit aufs Spiel setzen. Seine Mutter und sein Bruder wären gefährdet. Das waren keine Leute, die auf der Stelle ihre Zelte abbrechen konnten. Es konnte sein, daß Ricky noch wochenlang im Krankenhaus bleiben mußte. Jede Art von Zeugenschutzprogramm mußte aufgeschoben werden, bis er wieder gesund war. Falls Muldanno etwas gegen sie unternehmen wollte, saß Dianne gewissermaßen auf dem Präsentierteller.

Es wäre vernünftig und ethisch und moralisch richtig, wenn sie ihm raten würde, zu kooperieren, und das wäre der leichteste Ausweg. Aber was war, wenn man ihm etwas zuleide tat? Er würde mit dem Finger auf sie zeigen. Und wenn Ricky oder Dianne etwas passierte? Ihr, der Anwältin, würde man die Schuld dafür geben.

Kinder sind lausige Klienten. Der Anwalt wird zu viel mehr als nur einem Anwalt. Bei Erwachsenen kann man einfach das Pro und Kontra jeder Möglichkeit auf den Tisch legen. Man rät ihnen, dieses oder jenes zu tun. Man macht ein paar Vorhersagen, aber nicht viele. Dann sagt man dem Erwachsenen, er müsse zu einer Entscheidung gelangen, und verläßt für eine Weile das Zimmer. Wenn man wiederkommt, wird einem eine Entscheidung mitgeteilt, und man handelt entsprechend. Aber bei Kindern ist es anders. Sie verstehen anwaltliche Ratschläge nicht. Sie wollen in die Arme genommen werden und brauchen jemanden, der für sie die Entscheidungen trifft. Sie sind verängstigt und auf der Suche nach Freunden.

Sie hatte in Gerichtssälen schon viele kleine Hände gehalten und viele Tränen abgewischt.

Sie stellte sich die Szene vor: ein riesiger leerer Saal des Bundesgerichts in New Orleans mit verschlossenen Türen, die von zwei Marshals bewacht wurden; Mark im Zeugenstand; Foltrigg in seiner ganzen Herrlichkeit, der auf heimatlichem Terrain stolzierte, eine Schau abzog für seine Assistenten und vielleicht einen FBI-Agenten oder zwei; der Richter in einer schwarzen Robe. Er handhabt die Sache behutsam; vermutlich kann er Foltrigg nicht ausstehen, weil er ständig mit ihm zu tun hat. Er, der Richter, fragt Mark, ob er sich in der Tat geweigert hat an diesem Morgen vor der Anklagejury in einem nur ein paar Türen weit entfernten Saal bestimmte Fragen zu beantworten. Mark schaut zu Seinen Ehren auf und antwortet mit Ja. Was war die erste Frage? erkundigt sich der Richter bei Foltrigg, der mit einem Block in der Hand herumstolziert, als wäre der Raum voller Kameras. Ich habe ihn gefragt, Euer Ehren, ob Jerome Clifford vor seinem Selbstmord irgend etwas über die Leiche von Senator Boyd Boyette gesagt hat. Und er hat sich geweigert, diese Frage zu beantworten, Euer Ehren. Dann habe ich ihn gefragt, ob Jerome Clifford ihm tatsächlich gesagt hat, wo die Leiche vergraben ist. Und auch diese Frage wollte er nicht beantworten, Euer Ehren. Und der Richter beugt sich noch weiter zu Mark vor. Er lächelt nicht. Mark schaut seine Anwältin an. Warum hast du diese Fragen nicht beantwortet? fragt der Richter. Weil ich nicht will, antwortet Mark, und es ist beinahe komisch. Aber niemand lächelt. Nun, sagt der Richter, ich befehle dir, diese Fragen vor der Anklagejury zu beantworten, hast du mich verstanden, Mark? Ich befehle dir, auf der Stelle in den Saal mit der Anklagejury zurückzukehren und sämtliche Fragen von Mr. Foltrigg zu beantworten, hast du verstanden? Mark sagt nichts und verzieht keine Miene. Er schaut nur seine zehn Meter entfernte Anwältin an, der er vertraut. Was ist, wenn ich die Fragen nicht beantworte? fragt er schließlich, und das irritiert den Richter. Du hast keine andere Wahl, mein Junge. Du mußt antworten, weil ich es befehle. Und wenn ich es nicht tue? fragt Mark verängstigt. Nun, dann machst du dich der Mißachtung des Gerichts schuldig, und ich werde dich wahrscheinlich ins Gefängnis stecken, bis du tust, was ich sage. Für eine sehr lange Zeit, knurrt der Richter.

Axle rieb sich an ihrem Stuhl und schreckte sie auf. Die Szene im Gerichtssaal verblaßte. Sie schlug das Buch zu und trat ans Fenster. Der beste Rat, den sie Mark geben konnte, war der, einfach zu lügen. Eine große Lüge vorzubringen. Im kritischen Moment erklärst du einfach, der verstorbene Jerome Clifford hätte nichts über Boyd Boyette gesagt. Er war verrückt und betrunken und hatte eine Menge Drogen genommen, und er hat nichts gesagt, überhaupt nichts. Wer in aller Welt konnte ihm das Gegenteil beweisen?

Mark war ein gewandter Lügner.

Er erwachte in einem fremden Bett zwischen einer weichen Matratze und einer schweren Schicht Decken. Eine trübe Lampe auf dem Flur warf einen schmalen Lichtstreifen durch den Türspalt. Seine abgetragenen Nikes lagen auf einem Stuhl neben der Tür, aber den Rest seiner Kleidung hatte er noch an. Er schob die Decken bis zu den Knien hinunter, und das Bett quietschte. Er starrte an die Decke und erinnerte sich vage, daß Reggie und Momma Love ihn in dieses Zimmer gebracht hatten. Dann erinnerte er sich an die Schaukel auf der Veranda und daran, daß er sehr müde gewesen war.

Langsam schwang er die Füße aus dem Bett und setzte sich auf die Kante. Er erinnerte sich, wie er die Treppe hinaufgeführt worden war. Allmählich wurden die Dinge wieder klar. Er setzte sich auf den Stuhl und schnürte seine Turnschuhe zu. Der Fußboden war aus Holz und knarrte leise, als er zur Tür ging und sie öffnete. Die Angeln quietschten. Auf dem Flur war es still. Drei weitere Türen gingen davon ab, und sie waren alle geschlossen. Er schlich zur Treppe und ging auf Zehenspitzen hinunter, ganz gemächlich.

Das Licht aus der Küche erregte seine Aufmerksamkeit, und er ging schneller. Der Wanduhr zufolge war es zwanzig nach zwei. Jetzt erinnerte er sich, daß Reggie nicht hier wohnte; sie war über der Garage. Momma Love schlief vermutlich tief und fest im Obergeschoß, also hörte er auf zu schleichen, durchquerte die Diele, schloß die Haustür auf und fand seinen Platz auf der Schaukel. Die Luft war kühl und der Rasen pechschwarz.

Einen Moment lang war er wütend auf sich, weil er eingeschlafen und in diesem Haus zu Bett gebracht worden war. Er sollte im Krankenhaus sein bei seiner Mutter, auf demselben elenden Bett schlafen wie sie, darauf warten, daß Ricky wieder zu sich kam, damit sie nach Hause zurückkehren konnten. Er nahm an, daß Reggie Dianne angerufen hatte, also würde seine Mutter sich vermutlich keine Sorgen machen. Im Gegenteil, sie war wahrscheinlich froh, daß er hier war, gutes Essen bekam und gut schlief.

Seinen Berechnungen nach hatte er zwei Tage Schule versäumt. Heute mußte Donnerstag sein. Gestern war der Mann mit dem Messer im Fahrstuhl über ihn hergefallen. Der Mann mit dem Foto aus dem Wohnwagen. Und am Tag davor, am Dienstag, hatte er Reggie engagiert. Auch das schien bereits Monate her zu sein. Und noch einen Tag davor, am Montag, war er aufgewacht wie ein ganz gewöhnlicher Junge und zur Schule gegangen, ohne die geringste Ahnung, was passieren würde. In Memphis mußte es eine Million Kinder geben, und er würde nie verstehen, wieso und warum ausgerechnet er dazu bestimmt worden war, Jerome Clifford kennenzulernen, nur Minuten bevor er sich die Waffe in den Mund steckte.

Rauchen. Das war die Antwort. Rauchen gefährdet die Gesundheit. Das konnte man laut sagen. Er war von Gott gestraft worden, weil er geraucht und seinem Körper geschadet hatte. Verdammt! Was wäre gewesen, wenn er mit einem Bier erwischt worden wäre?

Die Silhouette eines Mannes erschien auf dem Gehsteig und hielt eine Sekunde vor Momma Loves Haus inne. Die orangefarbene Glut einer Zigarette leuchtete vor seinem Gesicht auf, dann wanderte er sehr langsam außer Sichtweite. Ein bißchen spät für einen Abendspaziergang, dachte Mark.

Eine Minute verging, und er war wieder da. Derselbe Mann. Derselbe langsame Gang. Dasselbe Zögern zwischen den Baumstämmen, während er das Haus betrachtete. Mark hielt den Atem an. Er saß im Dunkeln und wußte, daß er nicht gesehen werden konnte. Aber dieser Mann war mehr als ein neugieriger Nachbar.

Um genau vier Uhr morgens erschien ein schlichter weißer Ford-Transporter ohne Nummernschilder in den Tucker Wheel Estates und bog in die East Street ein. Die Wohnwagen waren dunkel und still. Die Straßen waren verlassen. Die kleine Siedlung lag in friedlichem Schlaf, und das würde noch zwei weitere Stunden, bis Tagesanbruch, so bleiben.

Der Transporter hielt vor Nummer 17. Scheinwerfer und Motor wurden ausgeschaltet. Niemand bemerkte ihn. Nach einer Minute öffnete ein uniformierter Mann die Fahrertür und trat auf die Straße. Die Uniform ähnelte der eines Polizisten von Memphis – marineblaue Hose, marineblaues Hemd, breiter schwarzer Gürtel mit schwarzem Holster, eine Waffe an der Hüfte, schwarze Stiefel, aber keine Kopfbedeckung. Eine annehmbare Imitation, besonders um vier Uhr morgens, wenn niemand so genau hinsah. Er hatte einen rechteckigen Pappbehälter bei sich, ungefähr so groß wie zwei Schuhkartons. Er schaute sich um, dann richtete er seine Aufmerksamkeit auf den neben Nummer 17 stehenden Wohnwagen. Kein Laut. Nicht einmal das Bellen eines Hundes. Er lächelte und ging gelassen auf die Tür von Nummer 17 zu.

Wenn er in einem der Wohnwagen in der Nähe eine Bewegung wahrnahm, würde er einfach leise an die Tür klopfen und so tun, als wäre er ein frustrierter Bote auf der Suche nach Ms. Sway. Aber das war nicht nötig. Kein Mucks von den Nachbarn. Also stellte er schnell den Karton vor die Tür, stieg in den Transporter und fuhr davon. Er war spurlos gekommen und wieder gegangen und hatte seine kleine Warnung hinterlassen.

Genau dreißig Minuten später explodierte der Karton. Es war eine leise Explosion, sorgfältig kontrolliert. Der Boden bebte nicht, und der Vorbau stürzte nicht ein. Die Tür wurde aufgesprengt, und die Flammen schossen ins Innere des Wohnwagens. Massen von roten und gelben Flammen und schwarzem Rauch, der sich durch die Zimmer wälzte. Die Streichholzschachtel-Konstruktion von Wänden und Fußböden war ein idealer Brennstoff für das Feuer.

Noch bevor Rufus Bibbs von nebenan 911 anrufen konnte, war der Wohnwagen der Sways bereits von Flammen eingehüllt und nicht mehr zu retten. Rufus legte den Hörer auf und machte sich auf die Suche nach seinem Gartenschlauch. Seine Frau und seine Kinder rannten wie verrückt herum, versuchten, etwas überzuziehen und aus dem Wohnwagen herauszukommen. Schreie und Rufe hallten über die Straße, als die Nachbarn in Pyjamas und Bademänteln auf das Feuer zurannten. Dutzende von ihnen beobachteten den Brand, aus allen Richtungen kamen Gartenschläuche, und Wasser wurde auf die benachbarten Wohnwagen gespritzt. Das Feuer wuchs, und die Menge wuchs, und in dem Wohnwagen der Bibbs zersprangen die Fensterscheiben. Der Domino-Effekt. Weitere Schreie, als weitere Scheiben zersprangen. Dann Sirenen und rote Lichter.

Die Menge wich zurück, als die Feuerwehrleute Schläuche auslegten und Wasser pumpten. Die anderen Wohnwagen wurden gerettet, aber das Heim der Sways war nur noch Schutt und Asche. Das Dach und der größte Teil des Fußbodens waren verschwunden. Einzig die hintere Wand stand noch, mit einem einsamen, nicht zersprungenen Fenster.

Noch mehr Leute trafen ein, während die Feuerwehrleute die Überreste bespritzten. Walter Deeble, ein Großmaul aus der South Street, begann sich darüber auszulassen, wie billig diese verdammten Wohnwagen gebaut waren, mit Aluminiumleitungen und dem ganzen Kroppzeug. Verdammt nochmal, wir leben alle in den reinsten Feuerfallen, sagte er im Ton eines Straßenpredigers, und was wir tun sollten, ist, diesen Mistkerl Tucker verklagen und ihn zwingen, uns sichere Behausungen hinzustellen. Durchaus möglich, daß er mal mit seinem Anwalt darüber sprechen würde. Was ihn anging, hatte er acht Rauch- und Wärmemelder in seinem Wohnwagen, wegen der billigen Aluminiumleitungen und dem ganzen Kroppzeug, und durchaus möglich, jawohl!, daß er mit seinem Anwalt darüber sprechen würde.

Neben dem Wohnwagen der Bibbs hatte sich eine kleine Menge versammelt und dankte Gott, daß das Feuer sich nicht weiter ausgebreitet hatte.

Diese armen Sways! Was konnte ihnen wohl sonst noch alles passieren?

20

Nach einem Frühstück mit Zimtbrötchen und Schokoladenmilch verließen sie das Haus und fuhren zum Krankenhaus. Es war halb acht, viel zu früh für Reggie, aber Dianne wartete. Ricky ging es viel besser.

»Was, meinen Sie, wird heute passieren?« fragte Mark.

Aus irgendeinem Grund fand sie das komisch. »Du armer Junge«, sagte sie, als sie mit dem Kichern aufgehört hatte. »Du hast diese Woche eine Menge durchgemacht.«

»Ja. Ich hasse die Schule, aber es wäre schön, wenn ich wieder hingehen könnte. Letzte Nacht hatte ich einen ganz verrückten Traum.«

»Was ist passiert?«

»Nichts. Ich habe geträumt, es wäre alles wieder normal, und ich hätte einen ganzen Tag hinter mich gebracht, ohne daß sich irgend etwas ereignete. Es war wunderbar.«

»Nun, Mark, ich habe ein paar unerfreuliche Neuigkeiten.«

»Ich hab's doch gewußt. Was ist es?«

»Clint hat vor ein paar Minuten angerufen. Du stehst wieder auf der Titelseite. Es ist ein Foto von uns beiden. Offenbar hat es gestern einer dieser Clowns aufgenommen, als wir aus dem Fahrstuhl kamen.«

»Großartig.«

»Da ist ein Reporter bei der *Memphis Press*. Er heißt Slick Moeller, aber alle nennen ihn den Maulwurf. Maulwurf Moeller. Er schreibt über alles, was mit Verbrechen zu tun hat, und ist eine Art Legende in der Stadt. Er ist ganz wild auf diesen Fall.«

»Er hat die Story gestern geschrieben.«

»Stimmt genau. Er hat eine Menge Kontakte bei der Polizei. Allem Anschein nach glaubt man dort, daß Mr. Clifford dir alles erzählt hat, bevor er starb, und daß du dich jetzt weigerst, mit ihr zusammenzuarbeiten.«

»Das trifft so ziemlich den Nagel auf den Kopf, finden Sie nicht?«

Sie schaute in den Rückspiegel. »Ja. Es ist beinahe unheimlich.«

»Woher weiß er das alles?«

»Die Polizisten reden mit ihm, inoffiziell natürlich, und er wühlt und wühlt, bis er die Stücke zusammenfügen kann. Und wenn die Stücke nicht restlos zusammenpassen, dann füllt er einfach die Lücken aus. Nach dem, was Clint mir sagte, basiert die Story auf Informationen, die er von der Polizei von Memphis erhalten hat, und da wird heftig spekuliert, wieviel du weißt. Die Theorie ist die: Weil du mich engagiert hast, mußt du etwas verheimlichen.«

»Lassen Sie uns anhalten und eine Zeitung kaufen.«

»Wir bekommen eine im Krankenhaus. Wir sind gleich da.«

»Glauben Sie, daß die Reporter wieder auf uns warten?«

»Vermutlich. Ich habe Clint gebeten, einen Hintereingang ausfindig zu machen. Er wartet auf dem Parkplatz auf uns.«

»Ich habe das alles so satt. Restlos satt. Alle meine Freunde sind heute in der Schule, haben ihren Spaß, sind ganz normal, rangeln in den Pausen mit den Mädchen, spielen den Lehrern Streiche – Sie wissen schon, das Übliche. Und dann schauen Sie mich an. Ich fahre mit meiner Anwältin in der Stadt herum, lese über meine Abenteuer in der Zeitung, seh mir mein Gesicht auf der Titelseite an, verstecke mich vor Reportern, flüchte vor Killern mit Schnappmessern. Es ist wie in einem Film. Einem schlechten Film. Ich habe es einfach satt. Ich weiß nicht, ob ich noch mehr davon vertragen kann. Es ist einfach zuviel.«

Sie musterte ihn von der Seite, während sie immer wieder einen Blick auf die Straße und den Verkehr warf. Er hatte die Zähne fest zusammengepreßt und starrte geradeaus, sah aber nichts.

»Es tut mir leid, Mark.«

»Ja, mir auch. Soviel zu angenehmen Träumen.«

»Das könnte ein sehr langer Tag werden heute.«

»Was gibt es sonst noch Neues? Sie haben letzte Nacht das Haus beobachtet, wissen Sie das?«

»Wie bitte?«

»Ja, jemand hat das Haus beobachtet. Ich habe heute nacht um halb drei auf der Veranda gesessen, und da habe ich einen Mann gesehen, der den Gehsteig entlangging. Er tat, als wäre nichts dabei, rauchte einfach eine Zigarette und schaute zum Haus herüber.«

»Vielleicht ein Nachbar.«

»Bestimmt. Um halb drei Uhr nachts.«

»Vielleicht hat jemand einen Spaziergang gemacht.«

»Weshalb ist er dann innerhalb von einer Viertelstunde dreimal am Haus vorbeigekommen?«

Sie warf ihm wieder einen Blick zu und stieg auf die Bremse, um einen Zusammenstoß mit einem Wagen vor ihnen zu vermeiden.

»Hast du Vertrauen zu mir, Mark?« fragte sie.

Er sah sie an, als hätte ihn die Frage überrascht. »Natürlich habe ich Vertrauen zu Ihnen, Reggie.«

Sie lächelte und tätschelte seinen Arm. »Dann halt dich an mich.«

Ein Vorteil eines architektonischen Horrorgebildes wie St. Peter's war die Existenz einer Unmenge von Türen und Ausgängen, die nur wenige Leute kannten. Mit Anbauten hier und nachträglich errichteten Abteilungen dort waren im Laufe der Zeit kleine Nischen und Flure entstanden, die selten gebraucht und von Wachleuten, die sich ohnehin nicht zurechtfanden, kaum jemals entdeckt wurden.

Als sie ankamen, war Clint bereits eine halbe Stunde erfolglos im Krankenhaus herumgelaufen und hatte sich dabei dreimal verirrt. Er war schweißgebadet und entschuldigte sich, als sie sich auf dem Parkplatz trafen.

»Ihr braucht mir nur zu folgen«, sagte Mark, und sie eilten über die Straße und betraten das Krankenhaus durch den Notausgang. Sie bahnten sich ihren Weg durch das dichte Gedränge im Foyer und fanden einen alten Fahrstuhl, der abwärts fuhr.

»Ich hoffe, du weißt, wohin du gehst«, sagte Reggie, offensichtlich voller Zweifel und halb rennend bei dem Versuch, mit ihm Schritt zu halten. Clint schwitzte sogar noch heftiger. »Kein Problem«, sagte Mark und öffnete eine Tür, die in die Küche führte.

»Wir sind in der Küche, Mark«, sagte Reggie und sah sich um.

»Ganz ruhig. Tun Sie einfach so, als gehörten Sie hierher.«

Er drückte auf einen Knopf neben dem Lastenaufzug, und die Tür glitt sofort auf. Innen drückte er auf einen weiteren Knopf, und sie ratterten aufwärts. Ihr Ziel war der zehnte Stock. »Der Haupttrakt hat achtzehn Stockwerke, aber dieser Fahrstuhl hält im zehnten an. Im neunten hält er nicht. Kapiert?« Er beobachtete die Nummern über der Tür und gab seine Erläuterungen wie ein gelangweilter Fremdenführer.

»Was passiert im zehnten?« fragte Clint ziemlich atemlos.

»Warten Sie's ab.«

Die Tür öffnete sich im zehnten Stock, und sie traten in eine große Kammer voller Regale, in denen Bettwäsche und Handtücher gestapelt waren. Mark war bereits wieder unterwegs, schoß zwischen den Regalen hindurch und öffnete eine schwere Metalltür, und plötzlich standen sie auf einem Flur mit Krankenzimmern rechts und links. Er deutete nach links, hastete weiter und blieb vor einem Notausgang mit einem Haufen von roten und gelben Alarmwarnungen stehen. Er ergriff den Riegel, mit dem sie verschlossen war, und Reggie und Clint standen da wie angewurzelt.

Er stieß die Tür auf, und nichts passierte. »Die Alarmanlage funktioniert nicht«, sagte er seelenruhig und eilte die Treppe zum neunten Stock hinunter. Er öffnete eine weitere Tür, und plötzlich standen sie auf einem menschenleeren, teppichbelegten Flur. Er wies wieder die Richtung, und sie waren unterwegs, vorbei an Krankenzimmern, um eine Kurve und vor dem Schwesternzimmer, wo sie einen anderen Flur entlangschauten und die bei den Fahrstühlen herumlungernden Reporter sahen.

»Guten Morgen, Mark«, rief Karen die Schöne heraus, als sie vorbeieilten. Aber sie sagte es ohne ein Lächeln.

»Hi, Karen«, sagte er, blieb aber nicht stehen.

Dianne saß auf einem Klappstuhl auf dem Flur, und vor ihr kniete ein Polizist. Sie weinte, und zwar schon seit einiger Zeit. Die beiden Wachmänner standen ein paar Meter entfernt beieinander. Mark sah den Polizisten und die Tränen und rannte auf seine Mutter zu. Sie riß ihn zu sich heran, und sie schlossen sich in die Arme.

»Was ist passiert, Mom?« fragte er, und sie weinte noch heftiger. »Mark, in eurem Wohnwagen hat es letzte Nacht gebrannt«, sagte der Polizist. »Vor ein paar Stunden.«

Mark sah ihn fassungslos an, dann drückte er seine Mutter an sich. Sie wischte sich die Tränen ab und versuchte, sich zu fassen.

»Wie schlimm?« fragte Mark.

»Ziemlich schlimm«, sagte der Polizist betrübt. Er hatte sich inzwischen erhoben und hielt seine Mütze mit beiden Händen. »Es ist nichts übriggeblieben.«

»Was hat den Brand verursacht?« fragte Reggie.

»Das wissen wir noch nicht. Der Brandexperte wird es sich heute morgen ansehen. Es könnte an den elektrischen Leitungen liegen.«

»Ich muß unbedingt mit dem Mann sprechen«, erklärte Reggie, und der Polizist musterte sie eindringlich.

»Und wer sind Sie?« fragte er.

»Reggie Love, die Anwältin der Familie.«

»Ah ja. Ich habe die Zeitung von heute gesehen.«

Sie gab ihm eine Karte. »Bitte sagen Sie dem Brandexperten, er möchte mich anrufen.«

»Wird gemacht, Lady.« Der Polizist setzte seine Mütze auf und schaute wieder auf Dianne herunter. Er war wieder betrübt. »Ms. Sway, das alles tut mir sehr leid.«

»Danke«, sagte sie und wischte sich das Gesicht ab. Er nickte Reggie und Clint zu, wich zurück und verschwand eilends. Eine Schwester erschien und blieb in der Nähe, für alle Fälle.

Dianne hatte plötzlich ein Publikum. Sie stand auf und hörte auf zu weinen, schaffte es sogar, Reggie anzulächeln.

»Das ist Clint Van Hooser. Er arbeitet für mich«, sagte Reggie.

Dianne lächelte Clint an. »Es tut mir sehr leid«, sagte er.

»Danke«, sagte Dianne leise. Es folgten ein paar Sekunden verlegenes Schweigen, während sie sich die letzten Tränen abwischte. Ihr Arm lag um Mark, der immer noch fassungslos war.

»Hat er sich anständig benommen?« fragte Dianne.

»Er war wunderbar. Er hat gegessen wie ein Scheunendrescher.«

»Das ist gut. Danke, daß er bei Ihnen sein durfte.«

»Wie geht es Ricky?« fragte Reggie.

»Er hatte eine gute Nacht. Dr. Greenway war heute morgen kurz hier, und Ricky war wach und hat geredet. Es scheint ihm viel besser zu gehen.«

»Weiß er von dem Feuer?« fragte Mark.

»Nein. Und wir werden es ihm auch nicht sagen, okay?«

»Okay, Mom. Können wir hineingehen und reden, nur du und ich?«

Dianne lächelte Reggie und Clint an und führte Mark in das Zimmer. Die Tür wurde geschlossen, und die winzige Familie Sway war unter sich mit ihrer gesamten weltlichen Habe.

Der Ehrenwerte Harry Roosevelt führte seit nunmehr zweiundzwanzig Jahren den Vorsitz beim Jugendgericht von Shelby County, und trotz der unerfreulichen und deprimierenden Natur der Gerichtsgeschäfte hatte er seine Arbeit immer mit einem beträchtlichen Maß an Würde getan. Er war der erste schwarze Richter an einem Jugendgericht in Tennessee, und als er Anfang der siebziger Jahre vom Gouverneur ernannt worden war, hatte er eine glänzende Zukunft, und viele Leute waren überzeugt, daß höhere Gerichte nur darauf warteten, von ihm erobert zu werden.

Die höheren Gerichte waren immer noch dort, und Harry Roosevelt war immer noch hier, in dem baufälligen Gebäude, das einfach das Jugendgericht genannt wurde. Es gab wesentlich hübschere Gerichte in Memphis. Das Federal Building an der Main Street, noch immer das neueste in der Stadt, enthielt die elegantesten und imponierendsten Gerichtssäle. Die Leute vom Bundesgericht hatten immer das Beste – üppige Teppiche, dicke Ledersessel, schwere Eichentische, glanzvolle Beleuchtung, eine verläßliche Klimaanlage, Unmengen von gut bezahlten Gehilfen und Assistenten. Das ein paar Blocks entfernte Shelby County Courthouse war ein Bienenkorb juristischer Aktivitäten; Tausende von Anwälten eilten auf seinen gefliesten und mit Marmor verkleideten Fluren entlang und arbeiteten sich durch guterhaltene und sauber geschrubbte Gerichtssäle hindurch. Es war ein älteres Gebäude, aber ein sehr schönes mit Bildern an den Wänden und ein paar Statuen. Harry hätte dort einen Gerichtssaal haben können, aber er hatte nein gesagt. Und gleichfalls nicht weit entfernt war das Shelby County Justice Center mit einem Labyrinth aus hochmodernen neuen Gerichtssälen mit hellen Leuchtstoffröhren und Lautsprecheranlagen und gepolsterten Sitzen. Harry hätte auch von ihnen einen haben können, aber auch den hatte er abgelehnt.

Er blieb hier, im Juvenile Court Building, einer umgebauten High School, ziemlich weit von der Innenstadt entfernt, mit nur wenigen Parkplätzen und wenigen Hausmeistern und mehr Fällen pro Richter als auf jeder anderen Prozeßliste der Welt. Sein Gericht war das unerwünschte Stiefkind des juristischen Systems. Die meisten Anwälte machten einen großen Bogen darum. Die meisten Jurastudenten träumten von prächtigen Büros in hohen Gebäuden und reichen Mandanten mit dicken Brieftaschen. Davon, sich ihren Weg durch die von Schaben wimmelnden Flure des Jugendgerichts zu bahnen, träumten sie nie.

Harry hatte vier Berufungen abgelehnt, alle an Gerichte, in denen im Winter die Heizung funktionierte. Er war für diese Posten in Erwägung gezogen worden, weil er intelligent und schwarz war, und er hatte sie abgelehnt, weil er arm und schwarz war. Man zahlte ihm sechzigtausend Dollar im Jahr, das niedrigste Gehalt an sämtlichen Gerichten der Stadt, damit er seine Frau und seine vier halbwüchsigen Kinder ernähren und in einem hübschen Haus wohnen konnte. Aber als Kind hatte er den Hunger gekannt, und diese Erinnerungen verblaßten nicht. Er würde in sich immer den armen schwarzen Jungen sehen.

Und das war genau der Grund, weshalb der einst so vielversprechende Harry Roosevelt ein simpler Richter am Jugendgericht geblieben war. Für ihn war es der allerwichtigste Job der Welt. Er besaß von Amts wegen die ausschließliche Entscheidungsbefugnis über straffällig gewordene, schwererziehbare, drogenabhängige und vernachlässigte Kinder. Er bestimmte die Vaterschaft von unehelich geborenen Kindern und verschaffte seinen eigenen Anweisungen für ihren Unterhalt und ihre Erziehung Geltung, und in einer Region, in der die Hälfte der Kinder von ledigen Müttern zur Welt gebracht wurde, machte dies den größten Teil seiner Fälle aus. Er sprach Eltern ihre Rechte ab und brachte mißbrauchte Kinder in neuen Heimen unter. Harry trug schwere Lasten.

Sein Gewicht lag zwischen hundertfünfzig und zweihundert Kilogramm, und er trug jeden Tag dieselbe Kleidung – schwarzen Anzug, weißes Baumwollhemd und Fliege, die er selbst band, und zwar ziemlich schlecht. Niemand wußte, ob Harry nur einen schwarzen Anzug besaß oder fünfzig. Er sah immer gleich aus. Er war eine imposante Gestalt am Richtertisch, von wo aus er über seine Lesebrille hinweg Väter anfunkelte, die sich davor drücken wollten, für ihre Kinder zu zahlen. Solche Väter, schwarze und weiße gleichermaßen, lebten in ständiger Angst vor Richter Roosevelt. Er würde sie aufspüren und ins Gefängnis stecken. Er machte ihre Arbeitgeber ausfindig und ließ ihren Lohn pfänden. Wenn man sich gegen Harrys Kids, wie sie allgemein genannt wurden, etwas zuschulden kommen ließ, konnte es sehr schnell passieren, daß man in Handschellen und mit einem Gerichtsdiener an jeder Seite vor ihm stand.

Harry Roosevelt war eine Legende in Memphis. Die Stadtväter hatten es für angebracht gehalten, ihm zwei weitere Richter zur Seite zu stellen, aber er hatte trotzdem noch ein brutales Pensum zu erledigen. Er traf gewöhnlich schon vor sieben Uhr ein und machte sich selbst seinen Kaffee. Punkt neun begann er mit den Gerichtssitzungen, und Gott gnade dem Anwalt, der zu spät kam. Er hatte im Laufe der Jahre schon etliche von ihnen ins Gefängnis gesteckt.

Um halb neun brachte seine Sekretärin einen Kasten voller Post herein und teilte Harry mit, daß einige Herren draußen warteten, die ihn unbedingt sprechen wollten.

»Was liegt sonst noch an?« fragte er, während er den letzten Bissen eines Apfel-Kopenhageners verspeiste.

»Es könnte sein, daß Sie diese Herren empfangen wollen.«

»Ach, wirklich? Wer ist es?«

»Einer ist George Ord, unser ehrenwerter Bundesanwalt.«

»George war einer meiner Studenten.«

»Richtig. Das sagte er, zweimal. Außerdem ist da ein stellvertretender Bundesanwalt aus New Orleans, ein Mr. Thomas Fink. Und ein Mr. K. O. Lewis, stellvertretender Direktor des FBI. Und ein paar FBI-Agenten.«

Harry schaute von einer Akte auf und dachte darüber nach. »Ein beachtliches Grüppchen. Was wollen sie?«

»Das wollten sie nicht sagen.«

»Na schön, bringen Sie sie rein.«

Sie ging, und Sekunden später erschienen Ord, Fink, Lewis und McThune in dem engen und mit Papieren übersäten Büro und stellten sich Seinen Ehren vor. Harry und die Sekretärin räumten Akten von den Stühlen, und jedermann suchte sich einen Platz. Sie tauschten Höflichkeiten aus, und nach ein paar Minuten sah Harry auf die Uhr und sagte: »Meine Herren, auf meinem Terminplan stehen heute siebzehn Fälle. Was kann ich für Sie tun?«

Ord räusperte sich als erster. »Also, Richter, ich bin sicher, Sie haben gestern und heute morgen die Zeitungen gesehen, insbesondere die Stories auf der Titelseite über einen Jungen namens Mark Sway.«

»Sehr interessant.«

»Mr. Fink hier ist der Ankläger des Mannes, der des Mordes an Senator Boyette beschuldigt wird, und der Fall soll in ein paar Wochen in New Orleans verhandelt werden.«

»Das ist mir bekannt. Ich habe die Zeitungen gelesen.«

»Wir sind fast sicher, daß Mark Sway mehr weiß, als er

sagt. Er hat die Polizei von Memphis einfach angelogen. Wir glauben, daß er sich eingehend mit Jerome Clifford unterhalten hat, vor dessen Selbstmord. Wir wissen ganz sicher, daß er in seinem Wagen war. Wir haben versucht, mit dem Jungen zu reden, aber er war sehr unkooperativ. Jetzt hat er eine Anwältin engagiert, und sie läßt uns nicht an den Jungen heran.«

»Reggie Love arbeitet fast ständig in meinem Gericht. Eine sehr kompetente Anwältin. Tritt gelegentlich ein bißchen zu intensiv für ihre Mandanten ein, aber dagegen ist nichts einzuwenden.«

»Ja, Sir. Der Junge erscheint uns sehr verdächtig, und wir sind ziemlich sicher, daß er wertvolle Informationen zurückhält.«

»Zum Beispiel?«

»Zum Beispiel den Ort, an dem sich die Leiche von Senator Boyette befindet.«

»Wie kommen Sie zu dieser Annahme?«

»Das ist eine lange Geschichte, Euer Ehren. Und es würde eine Weile dauern, sie zu erzählen.«

Harry befingerte seine Fliege und bedachte Ord mit einem seiner finsteren Blicke. Er dachte nach. »Sie wollen also, daß ich den Jungen herbringen lasse und ihm Fragen stelle?«

»So ungefähr. Mr. Fink hat eine Eingabe mitgebracht, die untermauert, daß der Junge sich strafbar gemacht hat.«

Das gefiel Harry ganz und gar nicht. Seine glänzende Stirn war plötzlich gefurcht. »Eine ziemlich schwerwiegende Behauptung. Welches Vergehens hat der Junge sich schuldig gemacht?«

»Behinderung der Justiz.«

»Haben Sie einen Präzedenzfall?«

Fink hatte eine Akte aufgeschlagen, stand auf und reichte ein schmales Dossier über den Schreibtisch. Harry nahm es und begann, langsam zu lesen. Im Zimmer herrschte Stille. K. O. Lewis war noch nicht zu Wort gekommen, und das ärgerte ihn, denn er war schließlich der zweite Mann im FBI. Und den Richter schien das überhaupt nicht zu beeindrucken.

Harry blätterte eine Seite um und schaute wieder auf die Uhr. »Ich höre«, sagte er in Finks Richtung.

»Wir sind der Ansicht, Euer Ehren, daß Mark Sway durch seine Falschaussagen die Untersuchungen in dieser Sache behindert hat.«

»Welcher Sache? Des Mordes oder des Selbstmordes?«

Hervorragende Frage, und sobald er sie gehört hatte, wußte Fink, daß Harry Roosevelt sich nicht über den Tisch ziehen ließ. Sie untersuchten einen Mord, keinen Selbstmord. Es gab kein Gesetz gegen Selbstmord und auch keines gegen das Beobachten eines solchen. »Nun, Euer Ehren, wir sind überzeugt, daß zwischen dem Selbstmord und dem Mord an Boyette ein direkter Zusammenhang besteht, und es ist wichtig, daß der Junge mit uns kooperiert.«

»Was ist, wenn er nichts weiß?«

»Wir können erst sicher sein, wenn wir ihn befragt haben. Bis jetzt behindert er die Untersuchung, und wie Sie wissen, hat jeder Bürger die Pflicht, die Behörden bei der Verfolgung von Straftaten zu unterstützen.«

»Das weiß ich. Es erscheint mir nur ziemlich hart, dem Jungen eine strafbare Handlung vorzuwerfen, ohne irgendwelche Beweise.«

»Die Beweise werden kommen, Euer Ehren, wenn wir den Jungen in den Zeugenstand bekommen, unter Eid, in einer Anhörung unter Ausschluß der Öffentlichkeit, und ihm ein paar Fragen stellen. Das ist alles, worauf wir aus sind.«

Harry warf das Dossier auf einen Stapel Papiere, nahm die Brille ab und kaute auf einem Bügel.

Ord lehnte sich vor und sprach eindringlich. »Hören Sie, Richter, wenn wir den Jungen in Gewahrsam nehmen und dann eine beschleunigte Anhörung stattfindet, dürfte die Sache erledigt sein. Wenn er unter Eid aussagt, daß er über Boyd Boyette nichts weiß, dann wird die Eingabe zurückgezogen, der Junge geht nach Hause, und die Sache ist vorbei. Reine Routine. Kein Beweis, keine Feststellung einer strafbaren Handlung, kein Schaden. Aber wenn er über das Versteck der Leiche etwas weiß, dann haben wir das Recht, es zu erfahren, und wir sind überzeugt, daß der Junge es im Verlauf der Anhörung sagen wird.«

»Es gibt zwei Möglichkeiten, ihn zum Reden zu zwingen, Euer Ehren«, setzte Fink hinzu. »Wir können diese Eingabe bei Ihrem Gericht machen und eine Anhörung bekommen, oder wir können dem Jungen eine Vorladung zustellen, die ihn zwingt, in New Orleans vor der Anklagejury zu erscheinen. Wenn er hier bleibt, so wäre das unserer Ansicht nach der schnellste und beste Weg, besonders für den Jungen.«

»Ich will nicht, daß dieser Junge vor eine Anklagejury zitiert wird«, erklärte Harry entschieden. »Ist das klar?«

Alle nickten schnell, und alle wußten sehr gut, daß die Anklagejury eines Bundesgerichts Mark jederzeit vorladen konnte, ohne Rücksicht auf die Gefühle eines Richters. Das war typisch für Harry. Warf sofort seine schützende Decke über jedes Kind im Bereich seiner Jurisdiktion.

»Ich würde das viel lieber vor meinem eigenen Gericht verhandeln«, sagte er, fast zu sich selbst.

»Wir sind einverstanden, Euer Ehren«, sagte Fink. Sie waren alle einverstanden.

Harry griff nach seinem Terminkalender. Wie gewöhnlich war er für diesen Tag mit mehr Elend angefüllt, als er bewältigen konnte. »Diese Anschuldigungen wegen Behinderung der Justiz stehen meiner Meinung nach auf ziemlich wackligen Beinen. Aber ich kann Sie nicht daran hindern, Ihre Eingabe zu machen. Ich schlage vor, daß wir diese Sache so schnell wie möglich hinter uns bringen. Wenn der Junge tatsächlich nichts weiß, und ich vermute, daß das der Fall ist, dann will ich es erledigt haben. Schnell.«

Das war allen recht.

»Machen wir es gleich heute in der Mittagspause. Wo ist der Junge jetzt?«

»Im Krankenhaus«, sagte Ord. »Sein Bruder wird auf noch nicht absehbare Zeit dort bleiben. Die Mutter muß ständig bei ihm sein. Mark kann kommen und gehen. Die letzte Nacht hat er bei seiner Anwältin verbracht.«

»Das ist typisch für Reggie«, sagte Harry anerkennend.

»Aber ich sehe keine Veranlassung, ihn in Gewahrsam zu nehmen.«

Gewahrsam war sehr wichtig für Fink und Foltrigg. Sie wollten, daß der Junge einkassiert, in einem Polizeiwagen abtransportiert und in eine Zelle gesteckt wurde, damit er so eingeschüchtert war, daß er redete.

»Euer Ehren, wenn Sie gestatten«, sagte K. O. schließlich. »Wir sind der Ansicht, daß Gewahrsam unerläßlich ist.«

»Ach, wirklich? Ich höre.«

McThune reichte Richter Roosevelt ein Hochglanzfoto. Lewis lieferte die Fakten. »Der Mann auf dem Foto ist Paul Gronke. Er ist ein Gangster aus New Orleans und ein enger Vertrauter von Barry Muldanno. Er ist seit Dienstagabend in Memphis. Dieses Foto wurde aufgenommen, als er den Flughafen von New Orleans betrat. Eine Stunde später war er in Memphis, und als er hier den Flughafen verließ, haben wir ihn leider aus den Augen verloren.« McThune präsentierte zwei kleinere Fotos. »Der Mann mit der dunklen Brille ist Mack Bono, ein überführter Mörder mit engen Verbindungen zur Mafia von New Orleans. Der Kerl in dem Anzug ist Gary Pirini, ein weiterer Mafia-Gangster, der für die Familie Sulari arbeitet. Bono und Pirini sind gestern abend in Memphis eingetroffen. Sie sind nicht gekommen, um gegrillte Rippchen zu essen.« Er hielt des dramatischen Effektes wegen kurz inne. »Der Junge schwebt in großer Gefahr, Euer Ehren. Das Heim der Familie ist ein Wohnwagen in Nord-Memphis, in einer Siedlung, die Tucker Wheel Estates heißt.«

»Die ist mir bestens bekannt«, sagte Harry und rieb sich die Augen. »Vor ungefähr vier Stunden ist der Wohnwagen völlig abgebrannt. Der Brand sieht verdächtig aus. Wir halten es für Einschüchterung. Der Junge ist seit Montag nach Belieben herumgestromert. Es gibt keinen Vater, und die Mutter kann den jüngeren Sohn nicht alleinlassen. Es ist sehr traurig, und es ist sehr gefährlich.«

»Sie haben ihn also beobachtet.«

»Ja, Sir. Seine Anwältin hat das Krankenhaus gebeten, Wachmänner vor dem Zimmer des Jungen zu postieren.«

»Und sie hat mich angerufen«, setzte Ord hinzu. »Sie macht sich große Sorgen um die Sicherheit des Jungen und hat mich gebeten, für FBI-Schutz im Krankenhaus zu sorgen.«

»Und wir sind dieser Bitte nachgekommen«, erklärte McThune. »In den letzten achtundvierzig Stunden haben sich mindestens zwei FBI-Agenten ständig in der Nähe des Zimmers aufgehalten. Diese Typen sind Killer, Euer Ehren, und sie erhalten ihre Befehle von Muldanno. Und der Junge läuft einfach so herum und hat keine Ahnung von der Gefahr, in der er schwebt.«

Harry hörte aufmerksam zu. Sie hatten ihren Auftritt vor Gericht gründlich geprobt. Von Natur aus war er argwöhnisch gegenüber der Polizei und ähnlichen Personen, aber dies war kein Routinefall. »Unsere Gesetze sehen durchaus vor, daß ein Kind in Gewahrsam genommen wird, nachdem eine Eingabe gemacht worden ist«, sagte er zu niemandem im besonderen. »Was passiert mit dem Jungen, wenn die Anhörung nicht das von Ihnen gewünschte Ergebnis hat, wenn der Junge tatsächlich nicht die Justiz behindert?«

Lewis antwortete. »Daran haben wir auch gedacht, Euer Ehren, und wir würden nie etwas unternehmen, was gegen die Vertraulichkeit Ihrer Anhörung verstößt. Aber wir haben Mittel und Wege, diese Gangster wissen zu lassen, daß der Junge nichts weiß. Wenn er die Sache hinter sich hat und nichts weiß, dann ist die Angelegenheit erledigt, und Muldannos Leute werden das Interesse an ihm verlieren. Weshalb sollten sie ihn bedrohen, wenn er nichts weiß?«

»Das leuchtet mir ein«, sagte Harry. »Aber was tun Sie, wenn der Junge Ihnen erzählt, was Sie hören wollen? Dann ist er ein gezeichneter kleiner Junge, glauben Sie nicht auch? Wenn diese Männer wirklich so gefährlich sind, wie Sie sagen, dann könnte unser kleiner Freund in großer Gefahr schweben.«

»Wir treffen bereits vorbereitende Maßnahmen, um ihn in das Zeugenschutzprogramm zu übernehmen. Alle drei, Mark, seine Mutter und seinen Bruder.«

»Haben Sie darüber schon mit seiner Anwältin gesprochen?«

»Nein, Sir«, antwortete Fink. »Als wir das letzte Mal in ihrem Büro waren, hat sie sich geweigert, uns zu empfangen. Sie macht uns gleichfalls Schwierigkeiten.«

»Lassen Sie mich Ihre Eingabe sehen.«

Fink brachte sie blitzschnell zum Vorschein und reichte sie ihm. Er setzte behutsam seine Lesebrille auf und studierte das Schreiben. Als er fertig war, gab er es Fink zurück.

»Das gefällt mir nicht, meine Herren. Das Ganze stinkt zum Himmel. Ich habe eine Million Fälle gesehen, aber nie einen, in dem ein Minderjähriger der Behinderung der Justiz beschuldigt wurde. Ich habe ein ungutes Gefühl.«

»Wir sind in einer schwierigen Lage, Euer Ehren«, gestand Lewis mit ungewohnter Aufrichtigkeit. »Wir müssen wissen, was der Junge weiß, und wir fürchten um seine Sicherheit. Das liegt alles auf dem Tisch. Wir halten nichts vor Ihnen geheim, und wir haben ganz und gar nicht die Absicht, Sie irrezuführen.«

»Das will ich hoffen.« Harry funkelte sie an. Dann kritzelte er etwas auf einen Zettel. Sie warteten und ließen sich keine seiner Bewegungen entgehen. Er schaute wieder auf die Uhr.

»Ich unterschreibe die Anweisung. Ich will, daß der Junge auf der Stelle in den Jugendtrakt des Gefängnisses gebracht wird und eine Einzelzelle bekommt. Er wird zu Tode verängstigt sein, und ich will, daß er mit Samthandschuhen angefaßt wird. Seine Anwältin werde ich nachher selbst anrufen.«

Sie standen alle gleichzeitig auf und dankten ihm. Er deutete auf die Tür, und sie gingen schnell, ohne Händeschütteln oder Abschiedsworte.

21

Karen klopfte leise an und betrat mit einem Korb voll Obst das dunkle Zimmer. Die Karte enthielt Genesungswünsche von der Gemeinde der Baptistenkirche von Little Creek. Die Äpfel, Bananen und Trauben waren in grünes Zellophan eingewickelt und sahen hübsch aus, wie sie da so neben einem ziemlich großen und teuren Blumenarrangement standen, das die anteilnehmenden Freunde von Ark-Lon Fixtures geschickt hatten.

Die Vorhänge waren zugezogen und der Fernseher abgestellt, und als Karen die Tür wieder hinter sich zumachte, hatte keiner der Sways sich gerührt. Ricky hatte seine Position verändert und lag jetzt mit den Füßen auf dem Kopfkissen und dem Kopf auf der Decke. Er war wach, hatte aber seit ungefähr einer Stunde nur die Decke angestarrt, ohne ein Wort zu sagen oder sich auch nur einen Zentimeter zu bewegen. Das war etwas Neues. Mark und Dianne saßen nebeneinander auf dem Klappbett, mit untergeschlagenen Beinen, und unterhielten sich flüsternd über Dinge wie Kleidung, Spielsachen und Geschirr. Es gab eine Feuerversicherung, aber Dianne wußte nicht, wieviel sie abdeckte.

Sie sprachen mit gedämpfter Stimme. Es würde Tage oder Wochen dauern, bis Ricky von dem Brand erfahren durfte.

Irgendwann im Laufe des Vormittags, ungefähr eine Stunde nachdem Reggie und Clint gegangen waren, legte sich der Schock über die Nachricht, und Mark fing wieder an zu denken. Das Nachdenken war einfach in diesem dunklen Zimmer, weil es sonst nichts zu tun gab. Der Fernseher konnte nur eingeschaltet werden, wenn Ricky es wollte. Die Vorhänge blieben zugezogen, wenn die Möglichkeit bestand, daß er schlief. Die Tür war immer geschlossen.

Mark hatte auf einem Stuhl unter dem Fernseher gesessen und Schokoladenkekse gegessen; dabei kam ihm der Gedanke, daß das Feuer vielleicht kein Zufall gewesen war. Der Mann mit dem Messer war schon früher in den Wohnwagen eingedrungen und hatte das Familienfoto gefunden. Seine Absicht war gewesen, das Messer und das Foto zu schwenken und damit den kleinen Mark Sway für immer zum Schweigen zu veranlassen. Und das war ihm vollauf gelungen. Was war, wenn das Feuer nur eine weitere Mahnung von dem Mann mit dem Schnappmesser war? Wohnwagen waren leicht in Brand zu setzen. Um vier Uhr morgens war in der Nachbarschaft gewöhnlich nichts los. Das wußte er aus eigener Erfahrung.

Dieser Gedanke war ihm wie ein dicker Kloß in der Kehle steckengeblieben, und sein Mund war plötzlich trocken. Dianne bemerkte es nicht. Sie hatte Kaffee getrunken und Rikky gestreichelt.

Mark hatte sich eine Weile damit herumgeschlagen, dann hatte er einen kurzen Ausflug ins Schwesternzimmer gemacht, wo Karen ihm die Morgenzeitung zeigte.

Der Gedanke war so grauenhaft, daß er sich förmlich in seinen Kopf einbrannte, und nachdem er zwei Stunden darüber nachgedacht hatte, war er überzeugt, daß der Brand gelegt worden war.

»Was übernimmt die Versicherung?« fragte er.

»Ich muß den Agenten anrufen. Wenn ich mich recht erinnere, haben wir zwei Policen. Die eine wird von Mr. Tucker bezahlt, für den Wohnwagen, weil er ihm gehört, und die andere bezahlen wir für den Inhalt des Wagens. Ich glaube, die Prämie für die Hausratversicherung ist in der Miete enthalten.«

Das machte Mark erhebliche Sorgen. Er hatte viele fürchterliche Erinnerungen an die Scheidung, und er erinnerte sich an die Unfähigkeit seiner Mutter, irgendwelche Aussagen über die finanziellen Verhältnisse der Familie zu machen. Sie wußte nichts. Sein Ex-Vater hatte die Rechnungen bezaht und das Scheckbuch behalten und die Steuererklärungen ausgefüllt. In den letzten beiden Jahren war ihnen zweimal das Telefon gesperrt worden, weil Dianne vergessen hatte, die Rechnung zu bezahlen. Behauptete sie jedenfalls. Er hatte beide Male geargwöhnt, daß sie nicht genug Geld gehabt hatte, um die Rechnungen zu bezahlen.

»Aber wofür wird die Versicherung aufkommen?« fragte er.

»Möbel, Kleidung, Küchenutensilien, nehme ich an. Das sind so die Sachen, die gewöhnlich versichert sind.«

Jemand klopfte an die Tür, aber sie wurde nicht geöffnet. Sie warteten, dann ein weiteres Klopfen. Mark öffnete vorsichtig und sah zwei unbekannte Gesichter, die durch den Spalt hereinschauten.

»Ja?« sagte er, auf Probleme gefaßt, weil die Schwestern und die Wachmänner eigentlich niemanden so nahe heranließen. Er öffnete die Tür ein Stückchen weiter.

»Wir suchen Dianne Sway«, sagte das eine der beiden Gesichter. Seine Stimme war ziemlich laut, und Dianne kam an die Tür.

»Wer sind Sie?« fragte Mark und trat auf den Flur hinaus. Die beiden Wachmänner standen auf der rechten Seite beieinander und drei Schwestern auf der linken Seite, und alle fünf schienen so erstarrt zu sein, als wären sie Zeugen eines grauenhaften Ereignisses. Mark wechselte einen Blick mit Karen und wußte sofort, daß etwas Schlimmes passieren würde.

»Detective Nassar, Polizei von Memphis. Das ist Detective Klickman.«

Nassar trug Jackett und Krawatte und Klickman einen Jogginganzug mit nagelneuen Nike Air Jordans. Sie waren beide jung, vermutlich Anfang Dreißig, und Mark mußte sofort an die alten »Starsky and Hutch«-Filme denken. Dianne trat hinter ihren Sohn. »Sind Sie Dianne Sway?« fragte Nassar.

»Ja«, erwiderte sie schnell.

Nassar zog Papiere aus seinem Jackett und reichte sie über Marks Kopf hinweg seiner Mutter. »Das ist vom Jugendgericht, Ms. Sway. Es ist eine Vorladung für eine Anhörung heute mittag.«

Ihre Hände zitterten heftig, und die Papiere raschelten, während sie vergeblich versuchte, zu begreifen, was vorging.

»Darf ich Ihre Ausweise sehen?« fragte Mark ziemlich gelassen unter den gegebenen Umständen. Sie griffen beide in die Tasche und hielten Mark ihre Ausweise unter die Nase. Er betrachtete sie eingehend und warf Nassar einen abschätzigen Blick zu. »Hübsche Schuhe«, sagte er zu Klickman.

Nassar versuchte zu lächeln. »Ms. Sway, die Vorladung macht es erforderlich, daß wir Mark Sway sofort in Gewahrsam nehmen.« Es folgte eine zwei oder drei Sekunden dauernde Pause, während der sich das Wort »Gewahrsam« einnistete.

»Was?« schrie Dianne Nassar an. Sie ließ die Papiere fallen. Das »Was?« hallte den Flur entlang. In ihrer Stimme lag mehr Zorn als Angst.

»Hier steht es, auf der ersten Seite«, sagte Nassar, nachdem er die Vorladung wieder aufgehoben hatte. »Anweisung des Richters.«

»Was?« schrie sie wieder, und es schoß durch die Luft wie ein Peitschenknall. »Sie können mir doch nicht meinen Sohn wegnehmen!« Diannes Gesicht war rot, und ihr Körper, die ganzen zweiundsechzig Kilo, war bis zum äußersten angespannt.

Großartig, dachte Mark. Noch eine Fahrt in einem Streifenwagen. Dann schrie seine Mutter: »Sie verdammter Mistkerl!« Mark versuchte, sie zu beruhigen.

»Nicht schreien, Mom. Ricky kann dich hören.«

»Nur über meine Leiche!« schrie sie Nassar an, der dicht vor ihr stand. Klickman wich einen Schritt zurück, als wollte er sagen, für diese Frau sei Nassar zuständig.

Aber Nassar war ein Profi. Er hatte schon Tausende verhaftet. »Hören Sie, Ms. Sway, ich weiß, wie Ihnen zumute ist. Aber ich habe meine Anweisungen.«

»Von wem?«

»Mom, bitte nicht so laut«, flehte Mark.

»Richter Harry Roosevelt hat die Anweisung vor ungefähr einer Stunde unterschrieben. Wir tun nur unsere Arbeit, Ms. Sway. Mark wird nichts passieren. Wir passen auf ihn auf.«

»Was hat er verbrochen? Sagen Sie mir, was er verbrochen hat?« Dianne wandte sich an die Schwestern. »Kann mir denn niemand helfen?« flehte sie, und es hörte sich unendlich jammervoll an. »Karen, bitte, tun Sie etwas! Rufen Sie Dr. Greenway an. Stehen Sie nicht einfach so herum.«

Aber Karen und die anderen Schwestern standen einfach so herum. Die Polizisten hatten sie bereits verwarnt.

Nassar versuchte zu lächeln. »Wenn Sie diese Papiere lesen, Ms. Sway, werden Sie sehen, daß beim Jugendgericht eine Eingabe gemacht worden ist, in der Mark strafbares Verhalten vorgeworfen wird, weil er sich weigert, mit der Polizei und dem FBI zusammenzuarbeiten. Und Richter Roosevelt hat für heute mittag eine Anhörung angesetzt. Das ist alles.«

»Das ist alles! Sie Arschloch! Sie erscheinen hier mit diesem Wisch und nehmen mir meinen Sohn weg und sagen ›Das ist alles‹!«

»Nicht so laut, Mom«, sagte Mark. Solche Ausdrücke hatte er seit der Scheidung nicht mehr von ihr gehört.

Nassar gab den Versuch zu lächeln auf und zupfte statt dessen an seinem Schnurrbart. Klickman starrte Mark an, als wäre er ein Massenmörder, den sie schon seit Jahren gesucht hatten. Es trat eine lange Pause ein. Dianne legte beide Hände auf Marks Schultern. »Sie bekommen ihn nicht!«

Jetzt endlich sprach Klickman seine ersten Worte. »Hören Sie, Ms. Sway, wir haben keine andere Wahl. Wir müssen Ihren Sohn mitnehmen.«

»Scheren Sie sich zum Teufel!« fauchte sie. »Wenn Sie ihn mitnehmen wollen, müssen Sie vorher mich niederschlagen.«

Klickman war ein ziemlicher Dummkopf, und für den Bruchteil einer Sekunde zuckten seine Schultern, als gedachte er, die Herausforderung anzunehmen. Doch dann entspannte er sich und lächelte.

»Es ist okay, Mom. Ich gehe mit. Ruf Reggie an und sag ihr, sie soll ins Gefängnis kommen. Sie wird diese Clowns vermutlich schon heute mittag verklagen und dafür sorgen, daß sie morgen ihren Job los sind.«

Die Polizisten grinsten sich an. Schlaues Kerlchen.

Dann beging Nassar den schweren Fehler, nach Marks

Arm zu greifen. Dianne stürzte sich auf ihn wie eine Kobra. Sie versetzte ihm einen Schlag ins Gesicht und kreischte: »Rührt ihn nicht an! Rührt ihn nicht an!«

Nassar griff nach seinem Gesicht, und Klickman packte sofort ihren Arm. Sie wollte abermals zuschlagen, wurde aber plötzlich herumgewirbelt, bei alledem kamen sich ihre und Marks Füße ins Gehege, und sie stürzten beide hin. »Ihr Mistkerle!« kreischte sie. »Rührt ihn nicht an!«

Nassar bückte sich aus irgendeinem Grund, und Dianne trat ihm gegen das Bein. Aber sie war barfuß und richtete kaum Schaden an. Klickman bückte sich gleichfalls, und Mark versuchte, aufzustehen. Dianne trat und schlug um sich und kreischte: »Rührt ihn nicht an!« Die Schwestern eilten herbei und auch die Wachmänner, als Dianne wieder auf die Beine kam.

Mark wurde von Klickman aus dem Handgemenge herausgezogen. Die beiden Wachmänner hielten Dianne fest. Sie wand sich und weinte. Nassar rieb sich das Gesicht. Die Schwestern versuchten, sie zu beruhigen und zu trösten und alle voneinander zu trennen.

Die Tür ging auf, und Ricky stand da mit seinem Plüschkaninchen. Er starrte Mark an, dessen Handgelenke von Klickman umklammert wurden. Er starrte seine Mutter an, deren Handgelenke von den Wachmännern umklammert wurden. Alle erstarrten und schauten auf Ricky. Sein Gesicht war kreidebleich. Sein Haar stand in allen Richtungen vom Kopf ab. Sein Mund war offen, aber er sagte nichts.

Dann begann er mit dem leisen, jämmerlichen Stöhnen, das vorher nur Mark gehört hatte. Dianne riß sich los und hob ihn hoch. Die Schwestern folgten ihr ins Zimmer, und sie legten ihn ins Bett. Sie tätschelten seine Arme und Beine, aber das Stöhnen hörte nicht auf. Dann war der Daumen in seinem Mund, und er machte die Augen zu. Dianne legte sich neben ihn ins Bett und begann, leise zu summen und seinen Arm zu tätscheln.

»Gehen wir, Junge«, sagte Klickman.

»Wollen Sie mir keine Handschellen anlegen?«

»Nein. Das ist keine Verhaftung.«

»Was zum Teufel ist es dann?«

»Paß auf, was du sagst, Junge.«

»Lecken Sie mich am Arsch, Sie blöder Bulle.« Klickman blieb wie angewurzelt stehen und funkelte Mark an.

»Sieh dich vor, Junge«, warnte Nassar.

»Sehen Sie sich Ihr Gesicht an, Sie Großkotz. Ich glaube, es wird schon blau. Mom hat's Ihnen gegeben. Ha, ha. Ich hoffe, sie hat Ihnen die Zähne eingeschlagen.«

Klickman bückte sich und stemmte die Hände auf die Knie. Er starrte Mark direkt in die Augen. »Kommst du jetzt mit, oder sollen wir dich hier rauszerren?«

Mark schnaubte und funkelte ihn an. »Glauben Sie etwa, ich hätte Angst vor Ihnen? Ich will Ihnen mal was sagen, Sie Blödmann. Ich habe eine Anwältin, die mich in zehn Minuten wieder draußen haben wird. Meine Anwältin ist so gut, daß Sie sich schon heute nachmittag nach einem neuen Job umsehen müssen.«

»Ich fürchte mich zu Tode. Und nun laß uns gehen.«

Sie machten sich auf den Weg, ein Polizist auf jeder Seite des Festgenommenen.

»Wo gehen wir hin?«

»Zur Jugendhaftanstalt.«

»Ist das eine Art Gefängnis?«

»Es könnte eines sein, wenn du nicht deine große Klappe hältst.«

»Sie haben meine Mutter niedergeschlagen, das wissen Sie recht gut. Das wird Sie den Job kosten.«

»Ich verzichte auf diesen Job«, sagte Klickman. »Es ist ein Scheißjob, wenn ich mich mit kleinen Gangstern wie dir herumärgern muß.«

»Ja, aber einen anderen bekommen Sie nicht, stimmt's? Blödmänner sind heutzutage nicht gefragt.«

Sie passierten eine kleine Gruppe von Pflegern und Schwestern, und plötzlich war Mark der Star. Das Zentrum der Aufmerksamkeit. Er war ein unschuldiges Lamm, das zur Schlachtbank geführt wurde. Er warf sich in die Brust. Sie bogen um die Ecke, und dann erinnerte er sich an die Reporter.

Und sie erinnerten sich an ihn. Ein Blitzlicht flammte auf, als sie die Fahrstühle erreichten, und zwei der Wartenden standen plötzlich mit Blocks und gezückten Bleistiften neben Klickman. Sie warteten auf den Fahrstuhl.

»Sind Sie Polizist?« fragte einer von ihnen und betrachtete die im Dunkeln leuchtenden Nikes.

»Kein Kommentar.«

»He, Mark, wo gehst du hin?« fragte ein anderer, der nur ein paar Schritte hinter ihnen stand. Ein weiteres Blitzlicht.

»Ins Gefängnis«, sagte er laut, ohne sich umzudrehen.

»Halt den Mund, Junge«, fuhr Nassar ihn an. Klickman legte ihm eine schwere Hand auf die Schulter. Der Fotograf stand neben ihnen, fast in der Fahrstuhltür. Nassar hob einen Arm, um ihm die Sicht zu versperren. »Verschwinden Sie«, knurrte er.

»Bist du verhaftet, Mark?« rief einer von ihnen.

»Nein«, fauchte Klickman, als die Tür aufglitt. Nassar schob Mark hinein, während Klickman die Tür blockierte, bis sie zuzugleiten begann.

Sie waren allein im Fahrstuhl. »Das war dumm von dir, das zu sagen, Junge. Ausgesprochen dumm.« Klickman schüttelte den Kopf.

»Dann verhaftet mich doch.«

»Ausgesprochen dumm.«

»Ist es gegen das Gesetz, mit den Reportern zu sprechen?«

»Halt endlich den Mund, okay?«

»Warum schlagen Sie mich nicht einfach zusammen, Sie Blödmann?«

»Das täte ich nur zu gern.«

»Ja, aber Sie können es nicht, stimmt's? Weil ich nur ein kleiner Junge bin, und Sie sind ein großer dicker Bulle, und wenn Sie mich anrühren, dann haben Sie eine Klage am Hals und fliegen auf die Straße. Sie haben meine Mutter niedergeschlagen, Sie blöder Bulle, und die Sache ist noch lange nicht erledigt.«

»Deine Mutter hat mich geschlagen«, sagte Nassar.

»Dazu hatte sie auch allen Grund. Ihr Clowns habt ja keine Ahnung, was sie durchgemacht hat. Ihr taucht einfach hier auf und tut so, als wäre das gar nichts Besonderes. Glaubt ihr etwa, nur weil ihr Polizisten seid und mit diesem Papierfetzen wedeln könnt, müßte meine Mutter glücklich sein und mich mit einem Kuß losschicken? Armleuchter seid ihr. Einfach große, dämliche Bullen.«

Der Fahrstuhl hielt an, die Tür ging auf, und zwei Ärzte kamen herein. Sie hörten auf zu reden und sahen Mark an. Die Tür schloß sich wieder, und sie fuhren weiter abwärts. »Können Sie sich vorstellen, daß diese Clowns mich verhaftet haben?« fragte er die Ärzte.

Sie bedachten Nassar und Klickman mit finsteren Blicken.

»Wir bringen ihn zum Jugendgericht«, erklärte Nassar. Weshalb konnte der verdammte Bengel nicht den Mund halten?

Mark deutete mit einem Kopfnicken auf Klickman. »Der da mit den tollen Schuhen hat vor ungefähr fünf Minuten meine Mutter niedergeschlagen. Können Sie sich das vorstellen?«

Beide Ärzte betrachteten die Schuhe.

»Halt den Mund, Mark«, sagte Klickman.

»Ist deine Mutter okay?« fragte einer der Ärzte.

»Oh, es geht ihr großartig. Mein kleiner Bruder ist in der Psychiatrischen Abteilung. Vor ein paar Stunden ist unser Wohnwagen abgebrannt. Und dann tauchen diese Kerle auf und verhaften mich vor den Augen meiner Mutter. Der Plattfuß hier schlägt sie zu Boden. Es geht ihr großartig.«

Die Ärzte starrten die Polizisten an. Nassar betrachtete seine Füße, und Klickman schloß die Augen. Der Fahrstuhl hielt, und mehrere Leute kamen herein. Klickman blieb dicht neben Mark.

Als alles ruhig war und der Fahrstuhl sich wieder in Bewegung gesetzt hatte, sagte Mark laut: »Meine Anwältin wird euch verklagen, das wißt ihr doch hoffentlich? Morgen früh um diese Zeit seid ihr eure Jobs los.« Acht Paar Augen schauten in die Ecke und richteten sich dann auf das gequälte Gesicht von Detective Klickman. Schweigen.

»Halt den Mund, Mark.«

»Und was ist, wenn ich es nicht tue? Dann schlagen Sie auf mich ein und treten mich ein bißchen, was? Genauso, wie Sie es bei meiner Mutter gemacht haben. Sie sind doch nur ein dummer Bulle, wissen Sie das, Klickman? Nur ein dicker Bulle mit einer Waffe. Warum nehmen Sie nicht ein paar Kilo ab?«

Auf Klickmans Stirn brachen säuberliche Reihen von Schweißtropfen aus. Er bemerkte die Blicke der Leute. Der Fahrstuhl schien sich kaum zu bewegen. Er hätte Mark erwürgen können.

Nassar war in die andere hintere Ecke gedrängt worden. Er konnte Mark nicht sehen, aber jedes seiner Worte hören.

»Ist mit deiner Mutter alles in Ordnung?« fragte eine Schwester. Sie stand neben Mark und schaute sehr besorgt auf ihn herab.

»Ja, es geht ihr fantastisch. Natürlich ginge es ihr noch besser, wenn diese Polizisten sie in Ruhe gelassen hätten. Sie bringen mich ins Gefängnis, wußten Sie das?«

»Weshalb?«

»Keine Ahnung. Sie wollen es mir nicht sagen. Ich hab mich nur um meine eigenen Angelegenheiten gekümmert, versucht, meine Mutter zu trösten, weil letzte Nacht unser Wohnwagen abgebrannt ist und wir alles verloren haben, was wir besitzen. Und da tauchen diese beiden ohne jede Vorwarnung auf, und jetzt bin ich hier auf dem Weg ins Gefängnis.«

»Wie alt bist du?«

»Erst elf. Aber das spielt für diese Kerle keine Rolle. Die würden auch einen Vierjährigen verhaften.«

Nassar stöhnte leise. Klickman hielt die Augen geschlossen.

»Das ist ja furchtbar«, sagte die Schwester.

»Sie hätten sehen müssen, wie sie mich und meine Mutter auf dem Boden hatten. Ist erst vor ein paar Minuten passiert, in der Psychiatrischen Abteilung. Es wird heute abend in den Nachrichten kommen. Achten Sie auf die Zeitungen. Diese Clowns werden morgen früh entlassen. Und dann werden sie vor Gericht gestellt.«

Sie hielten im Erdgeschoß an, und der Fahrstuhl leerte sich.

Er bestand darauf, auf dem Rücksitz zu fahren wie ein richtiger Verbrecher. Der Wagen war ein nicht als Polizeifahrzeug gekennzeichneter Chrysler, aber er erkannte ihn schon auf hundert Meter Entfernung auf dem Parkplatz. Nassar und Klickman getrauten sich nicht, mit ihm zu reden. Sie saßen schweigend auf den Vordersitzen und hofften, daß auch er den Mund halten würde. Aber soviel Glück hatten sie nicht.

»Ihr habt vergessen, mich auf meine Rechte hinzuweisen«, sagte er, während Nassar versuchte, so schnell wie möglich zu fahren.

Keine Reaktion von den Vordersitzen.

»He, ihr Clowns da vorne. Ihr habt vergessen, mich auf meine Rechte hinzuweisen.«

Keine Reaktion. Nassar fuhr noch schneller.

»Wißt ihr überhaupt, *wie* ihr mich auf meine Rechte hinzuweisen habt?«

Keine Reaktion.

»He, Sie mit den Schuhen! Wissen Sie, wie Sie mich auf meine Rechte hinzuweisen haben?«

Klickmans Atem ging schwer, aber er war entschlossen, ihn zu ignorieren. Seltsamerweise lag auf Nassars Gesicht ein schiefes, unter dem Schnurrbart kaum wahrnehmbares Lächeln. Er hielt an einer roten Ampel, schaute in beide Richtungen, dann gab er wieder Gas.

»Dann hören Sie gut zu, Blödmann. Ich werde es selbst tun, okay. Ich habe das Recht zu schweigen. Kapiert? Und wenn ich etwas sage, dann könnt ihr es vor Gericht gegen mich verwenden. Kapiert? Natürlich, wenn ich etwas sagen würde, dann würdet ihr Clowns es sofort wieder vergessen. Dann war da noch etwas mit einem Recht auf einen Anwalt. Können Sie mir da weiterhelfen? He, Fettwanst! Wie war die Sache mit dem Anwalt? Ich habe es schon tausendmal im Fernsehen gehört.«

Fettwanst Klickman öffnete sein Fenster, um Luft zu schnappen. Nassar warf einen Blick auf seine Schuhe und hätte beinahe gelacht. Der Verbrecher saß mit übergeschlagenen Beinen auf dem Rücksitz.

»Armer Fettwanst. Kann mich nicht einmal auf meine Rechte hinweisen. Dieser Wagen stinkt, Fettwanst. Warum machen Sie ihn nicht mal sauber? Er stinkt nach Zigarettenrauch.«

»Ich habe gehört, du magst Zigarettenrauch«, sagte Klickman und fühlte sich danach gleich viel besser. Nassar kicherte, um seinem Kollegen zu helfen. Sie hatten genug einstecken müssen von diesem Bengel.

Mark sah einen überfüllten Parkplatz neben einem hohen Haus. Streifenwagen standen in Reihen neben dem Gebäude. Nassar bog auf den Parkplatz ein und hielt auf der Auffahrt an.

Sie führten ihn eilig durch die Eingangstür und einen langen Korridor entlang. Er hatte endlich aufgehört zu reden. Er befand sich auf ihrem Territorium. Schilder wiesen den Weg zu den Ausnüchterungszellen, dem Gefängnis, dem Besucherzimmer, dem Empfangsraum. Massenhaft Schilder und Räume. Sie machten vor einem Schreibtisch mit einer Reihe von Fernsehmonitoren halt, und Nassar unterschrieb einige Papiere. Mark betrachtete die Umgebung. Klickman tat er fast leid. Er wirkte noch kleiner als vorher.

Dann waren sie wieder unterwegs. Der Fahrstuhl brachte sie in den vierten Stock, und wieder blieben sie vor einem Schreibtisch stehen. Ein Schild an der Wand wies den Weg zur Jugendabteilung, und Mark vermutete, daß er seinen Bestimmungsort fast erreicht hatte.

Eine uniformierte Frau mit einem Clipboard und einem Plastikkärtchen, auf dem stand, daß sie Doreen hieß, trat ihnen entgegen. Sie betrachtete einige Papiere, dann warf sie einen Blick auf das Clipboard. »Hier steht, Richter Roosevelt wünscht, daß Mark in eine Einzelzelle kommt«, sagte sie.

»Mir ist egal, wo Sie ihn hinstecken«, sagte Nassar. »Hauptsache, Sie übernehmen ihn.«

Sie runzelte die Stirn und schaute wieder auf das Clipboard. »Roosevelt will immer, daß sie in Einzelzellen kommen. Glaubt, das hier wäre das Hilton.«

»Ist es das nicht?«

Sie ignorierte das und deutete auf ein Blatt Papier, das

Nassar unterschreiben mußte. Er kritzelte hastig seinen Namen und sagte: »Er gehört voll und ganz Ihnen. Gott steh Ihnen bei.«

Klickman und Nassar verschwanden ohne ein weiteres Wort.

»Leer deine Taschen aus, Mark«, sagte die Frau und stellte einen leeren Metallbehälter vor ihn hin. Er holte einen Dollarschein heraus, ein bißchen Kleingeld und ein Päckchen Kaugummi. Sie zählte das Geld und schrieb etwas auf eine Karte, die sie an einem Ende des Behälters einsteckte. In einer Ecke über dem Schreibtisch fingen zwei Kameras Mark ein, und er konnte sich selbst auf den Monitoren an der Wand sehen. Eine weitere uniformierte Frau stempelte Papiere.

»Ist das das Gefängnis?« fragte Mark und ließ seine Augen in alle Richtungen schweifen.

»Wir nennen es eine Haftanstalt«, sagte sie.

»Was ist der Unterschied?«

Das schien sie zu irritieren. »Hör zu, Mark, wir haben hier oben alle möglichen Arten von Schlaumeiern. Du wirst wesentlich besser mit uns auskommen, wenn du den Mund hältst, verstanden?« Sie beugte sich vor, um der Warnung Nachdruck zu verleihen, und ihr Atem roch nach Zigaretten und schwarzem Kaffee.

»Entschuldigung«, sagte er, und seine Augen wurden naß. Plötzlich traf es ihn wie ein Schlag. Er war im Begriff, in eine Zelle eingeschlossen zu werden, weit weg von seiner Mutter, weit weg von Reggie.

»Komm mit«, sagte Doreen, stolz auf sich, weil sie ein bißchen Autorität geltend gemacht hatte. Das Schlüsselbund an ihrem Gürtel klapperte. Sie öffnete eine schwere Holztür, dann gingen sie einen Flur mit grauen Metalltüren entlang, die in gleichmäßigen Abständen an beiden Seiten des Flurs eingelassen waren. Neben jeder der Türen war eine Nummer angebracht. Doreen hielt vor Nummer 16 an und schloß mit einem ihrer Schlüssel auf. »Hier hinein«, sagte sie.

Mark ging langsam hinein. Der Raum war ungefähr dreieinhalb Meter breit und sechs Meter lang. Das Licht war hell und der Teppich sauber. Zu seiner Rechten stand ein Etagenbett. Doreen klopfte auf das obere Bett. »Du kannst dir dein Bett aussuchen«, sagte sie, ganz die Gastgeberin. »Die Wände sind aus Zement und die Fensterscheiben unzerbrechlich, du brauchst also gar nicht erst auf dumme Gedanken zu kommen.« Es gab zwei Fenster – eines in der Tür und das andere über der Toilette, und keines war groß genug, daß er seinen Kopf hätte hindurchstecken können. »Die Toilette ist da drüben, Edelstahl. Porzellan verwenden wir nicht mehr. Ein Junge hat einmal ein Becken zerbrochen und sich mit den Scherben die Pulsadern aufgeschnitten. Aber das war im alten Gebäude. Hier ist es viel netter, findest du nicht?« Es ist großartig, hätte Mark beinahe gesagt. Aber ihn verließ schnell der Mut. Er setzte sich auf das untere Bett und stützte die Ellenbogen auf die Knie. Der Teppich war hellgrün, die gleiche Ware, die er auch im Krankenhaus schon gründlich angestarrt hatte.

»Alles in Ordnung, Mark?« fragte Doreen ohne die geringste Spur von Wärme. Dies war ihr Job.

»Kann ich meine Mutter anrufen?«

»Noch nicht. In ungefähr einer Stunde kannst du ein paar Anrufe machen.«

»Könnten Sie sie dann anrufen und ihr sagen, daß ich okay bin? Sie macht sich fürchterliche Sorgen.«

Doreen lächelte, und um ihre Augen herum zersprang das Make-up. »Das kann ich nicht. Vorschriften. Aber sie weiß, daß es dir gutgeht. Schließlich kommst du schon in ein paar Stunden vor Gericht.«

»Wie lange bleiben Kinder gewöhnlich hier?«

»Nicht lange. Gelegentlich ein paar Wochen, aber das hier ist eine Art Verwahrungsort, bis eine Gerichtsverhandlung stattfindet und die Kinder entweder zu ihren Eltern zurückgeschickt werden oder in eine Erziehungsanstalt.« Sie rasselte mit ihren Schlüsseln. »Und jetzt muß ich weiter. Die Tür verriegelt sich automatisch, wenn sie geschlossen wird, und wenn sie ohne meinen kleinen Schlüssel hier geöffnet wird, geht ein Alarm los; und es gibt großen Ärger. Also komm nicht auf dumme Ideen, Mark.«

»Nein, Madam.«
»Kann ich dir etwas besorgen?«
»Ein Telefon.«
»Das bringe ich dir nachher.«
Doreen machte die Tür hinter sich zu. Es gab ein lautes Klicken, dann Stille.

Er starrte lange Zeit auf den Türknauf. Das sah nicht aus wie ein Gefängnis. Es waren keine Gitter vor den Fenstern. Die Betten und der Fußboden waren sauber. Die Zementquader waren in einem angenehmen Gelbton gestrichen. In Filmen hatte er schon Schlimmeres gesehen.

Es gab soviel, worüber er sich Sorgen machen mußte. Rikky, der wieder so stöhnte, das Feuer, Dianne, die langsam die Kontrolle über sich verlor, Polizisten und Reporter, die sich an seine Fersen hefteten. Er wußte nicht, wo er anfangen sollte.

Er streckte sich auf dem oberen Bett aus und starrte an die Decke. Wo in aller Welt war Reggie?

22

Die Kapelle war kalt und feucht. Der Rundbau klebte an der Seite des Mausoleums wie ein Krebsgeschwür. Draußen regnete es, und zwei Fernsehteams aus New Orleans drängten sich neben ihren Wagen zusammen und versteckten sich unter Schirmen.

Die Menge war beachtlich, zumal für einen Mann ohne Angehörige. Cliffords Überreste waren geschmackvoll in eine auf einem Mahagonitisch stehende Porzellanurne verpackt worden. Verborgene Lautsprecher von irgendwo oben gaben eine Trauermelodie nach der anderen von sich, während die Anwälte und Richter und ein paar von Cliffords Klienten hereinkamen und sich im Hintergrund niederließen. Barry das Messer stolzierte mit zwei Gangstern im Schlepptau den Gang entlang. Er war angemessen gekleidet, in einen zweireihigen schwarzen Anzug mit schwarzem Hemd und schwarzer Krawatte. Schwarze Schuhe aus Echsenleder. Sein Pferdeschwanz war makellos. Er kam spät und genoß die Blicke der Trauergäste. Schließlich hatte er Jerome Clifford lange Zeit gekannt.

Vier Reihen weiter hinten saß Reverend Roy Foltrigg neben Wally Boxx und betrachtete mit finsterer Miene den Pferdeschwanz. Die Anwälte und Richter schauten auf Muldanno, dann auf Foltrigg und wieder auf Muldanno. Eigenartig, beide im selben Raum zu sehen.

Die Musik brach ab, und ein Prediger unbestimmter Konfession erschien auf der kleinen Kanzel hinter der Urne. Er begann mit einem ausführlichen Nachruf auf Walter Jerome Clifford und brachte alles darin unter bis auf die Namen der Haustiere, die er als Kind besessen hatte. Das kam nicht unerwartet, denn wenn der Nachruf erst vorbei war, würde kaum noch etwas zu sagen bleiben.

Es war eine kurze Andacht, genau wie Romey es in seinem Abschiedsbrief gewünscht hatte. Die Anwälte und Richter schauten auf ihre Uhren. Von oben kamen weitere Trauermelodien, und der Prediger entließ die Gäste.

Romeys letzter großer Auftritt war in fünfzehn Minuten vorüber. Es gab keine Tränen. Sogar seine Sekretärin blieb gefaßt. Seine Tochter war nicht anwesend. Sehr traurig. Er hatte vierundvierzig Jahre gelebt, und niemand weinte bei seiner Bestattung.

Foltrigg blieb sitzen und warf Muldanno finstere Blicke zu, als dieser durch den Gang und zur Tür hinausstolzierte. Foltrigg wartete, bis sich die Kapelle geleert hatte, dann ging er, von Wally begleitet, ebenfalls hinaus. Die Kameras waren da, und das war genau das, was er wollte. Eine Weile zuvor hatte Wally die interessante Nachricht durchsickern lassen, daß der große Roy Foltrigg an der Zeremonie teilnehmen würde und außerdem die Möglichkeit bestand, daß Barry das Messer Muldanno erschien. Weder Wally noch Roy hatten eine Ahnung gehabt, ob Muldanno erscheinen würde, aber da es nur eine scheinbare Indiskretion war, spielte es keine Rolle, ob sie zutraf oder nicht. Es hatte funktioniert.

Ein Reporter stellte ein paar Minuten lang Fragen, und Foltrigg tat, was er immer tat. Er schaute auf die Uhr, gab sich fürchterlich frustriert wegen der Störung und schickte Wally nach dem Transporter. Dann sagte er, was er immer sagte: »Okay, aber machen Sie's kurz. Ich muß in einer Viertelstunde beim Gericht sein.« Er war seit drei Wochen nicht mehr beim Gericht gewesen. Er trat ungefähr einmal im Monat vor Gericht in Erscheinung, aber wenn man ihn reden hörte, dann lebte er in Gerichtssälen, kämpfte gegen die Bösen, vertrat die Interessen der amerikanischen Steuerzahler. Ein unermüdlicher Kreuzritter gegen das Verbrechen.

Er drängte sich unter einen Schirm und schaute in den Mini-Camcorder. Der Reporter schwenkte ein Mikrofon vor seinem Gesicht. »Jerome Clifford war ein Rivale. Weshalb haben Sie an seinem Gedächtnisgottesdienst teilgenommen?«

Er war plötzlich betrübt. »Jerome Clifford war ein guter Anwalt und ein Freund von mir. Wir haben uns viele Male gegenübergestanden, uns aber immer respektiert.« Was für ein Mann! Großmütig selbst noch dem Toten gegenüber. Er hatte Jerome Clifford gehaßt, und Jerome Clifford hatte ihn gehaßt, aber die Kameras sahen nur den Kummer eines trauernden Freundes.

»Mr. Muldanno hat einen neuen Anwalt engagiert und einen Antrag auf Vertagung eingereicht. Was halten Sie davon?«

»Wie Sie wissen, hat Richter Lamond für morgen früh zehn Uhr eine Anhörung über den Vertagungsantrag angesetzt. Die Entscheidung liegt bei ihm. Die Vereinigten Staaten werden bereit sein für die Verhandlung, wann immer er sie ansetzt.«

»Rechnen Sie damit, die Leiche von Senator Boyette noch vor der Verhandlung zu finden?«

»Ja. Ich bin sicher, daß wir nahe daran sind.«

»Stimmt es, daß Sie nur Stunden nachdem Mr. Clifford sich erschossen hatte, in Memphis waren?«

»Ja.« Er zuckte die Achseln, als wäre das nicht der Rede wert.

»Den Zeitungen in Memphis zufolge weiß der Junge, der bei Mr. Clifford war, als er sich erschoß, möglicherweise etwas über den Boyette-Fall. Ist da etwas Wahres dran?«

Er lächelte verlegen, ein weiteres Markenzeichen. Wenn die Antwort ja lautete, er es jedoch nicht sagen konnte, aber die Botschaft trotzdem herüberbringen wollte, dann grinste er einfach die Reporter an und sagte: »Dazu kann ich mich nicht äußern.«

»Dazu kann ich mich nicht äußern«, sagte er und schaute sich um, als wäre die Zeit abgelaufen, und seine zahllosen Gerichtstermine drängten.

»Weiß der Junge, wo sich die Leiche befindet?«

»Kein Kommentar«, sagte er gereizt. Der Regen wurde heftiger und spritzte auf seine Schuhe. »Ich muß jetzt gehen.«

Nach einer Stunde im Gefängnis wäre Mark am liebsten ausgebrochen. Er inspizierte beide Fenster. Das über der Toilette hatte Drahtglas, aber das spielte keine Rolle. Unerfreulich dagegen war, daß jedes Objekt, das durch dieses Fenster den

Raum verließ, und das galt natürlich auch für einen Jungen, mindestens fünfzehn Meter tief hinabstürzen und sein Fall von einem mit Maschengitter und Stacheldraht gesäumten Gehsteig aus Beton gestoppt werden würde. Außerdem waren beide Fenster zu klein, als daß man durch sie entkommen konnte.

Er würde gezwungen sein, auszubrechen, wenn sie ihn wegtransportierten, und vielleicht mußte er dabei eine Geisel nehmen oder zwei. Er hatte einige großartige Filme über Gefängnisausbrüche gesehen. Am besten war »Flucht aus Alcatraz« mit Clint Eastwood. Er würde sich etwas einfallen lassen.

Doreen klopfte an, rasselte mit ihren Schlüsseln und kam herein. Sie hatte ein Telefonbuch und einen schwarzen Apparat bei sich, den sie in die Wand stöpselte. »Es gehört dir für zehn Minuten. Keine Ferngespräche.« Dann war sie wieder verschwunden, die Tür klickte laut hinter ihr, das billige Parfüm hing schwer in der Luft und brannte in seinen Augen.

Er fand die Nummer von St. Peter's, verlangte Zimmer 943 und wurde informiert, daß in dieses Zimmer keine Anrufe durchgestellt würden. Ricky schläft, dachte er. Muß ziemlich schlimm sein. Er fand Reggies Nummer und hörte Clints Stimme vom Anrufbeantworter. Er rief Greenways Praxis an und erfuhr, daß der Doktor im Krankenhaus war. Mark erklärte genau, wer er war, und die Sekretärin sagte, sie glaubte, der Doktor wäre bei Ricky. Er rief noch einmal bei Reggie an. Dieselbe Aufzeichnung. Er hinterließ eine dringende Nachricht. »Holen Sie mich hier raus, Reggie!« Er rief in ihrer Wohnung an und hörte eine weitere Aufzeichnung.

Er starrte auf das Telefon. Da er noch ungefähr sieben Minuten hatte, mußte er etwas unternehmen. Er blätterte im Telefonbuch und fand die Nummer der Polizei von Memphis. Er suchte die vom Revier Nord heraus und wählte.

»Detective Klickman«, sagte er.

»Einen Moment, bitte«, sagte die Stimme am anderen Ende. Er wartete ein paar Sekunden, dann sagte eine andere Stimme: »Auf wen warten Sie?«

Er räusperte sich und versuchte, barsch zu klingen. »Detective Klickman.«

»Er ist dienstlich unterwegs.«

»Wann kommt er zurück.«

»Gegen Mittag.«

»Danke.« Mark legte schnell auf und fragte sich, ob die Leitung angezapft war. Wahrscheinlich nicht. Schließlich wurden die Telefone von Verbrechern und Leuten wie ihm dazu benutzt, ihre Anwälte anzurufen und mit ihnen zu reden. Solche Gespräche mußten vertraulich sein.

Er merkte sich die Telefonnummer und die Adresse des Reviers, dann schlug er im Branchenverzeichnis die Restaurants auf. Er wählte eine Nummer, und eine freundliche Stimme sagte: »Domino's Pizza. Darf ich Ihre Bestellung aufnehmen?«

Er räusperte sich und versuchte, mit rauher Stimme zu sprechen. »Ja, ich möchte vier von Ihren großen Supremes bestellen.«

»Ist das alles?«

»Ja. Ich brauche sie gegen zwölf.«

»Ihr Name?«

»Ich bestelle für Detective Klickman, Revier Nord.«

»Wohin sollen wir liefern?«

»Revier Nord – 3633 Allen Road. Fragen Sie einfach nach Klickman.«

»Da waren wir schon öfter, das können Sie mir glauben. Telefonnummer?«

»555-8989.«

Es folgte eine kurze Pause, während die Addiermaschine arbeitete. »Das macht achtundvierzig Dollar und zehn Cent.«

»In Ordnung. Ich brauche sie nicht vor zwölf.«

Mark legte auf. Sein Herz klopfte heftig. Aber er hatte es einmal getan, und er würde es wieder tun. Er fand die Nummern der Filialen von Pizza Hut, es gab siebzehn in Memphis, und machte sich daran, Bestellungen aufzugeben. Drei sagten, sie wären zu weit von der Innenstadt entfernt. Er legte schnell den Hörer wieder auf. Eine junge Frau war argwöhnisch, sagte, er hörte sich zu jung an, und er legte auch hier schnell den Hörer auf. Aber in den meisten Fällen war es bloße Routine – anrufen, die Bestellung aufgeben, Adresse und Telefonnummer nennen und alles übrige dem freien Unternehmertum überlassen.

Als Doreen zwanzig Minuten später anklopfte, bestellte er gerade für Klickman ein paar chinesische Gerichte von Wong Boys. Er legte schnell auf und setzte sich aufs Bett. Es bereitete ihr große Genugtuung, das Telefon wieder an sich zu nehmen, als wäre es ein Spielzeug, das einem ungezogenen Jungen weggenommen wird. Aber sie war nicht schnell genug gewesen. Detective Klickman hatte an die vierzig große De-luxe-Pizzas bestellt und ungefähr ein Dutzend chinesische Lunches, die alle um zwölf geliefert werden sollten, für einen Preis von ungefähr fünfhundert Dollar.

Um seinen Kater loszuwerden, nippte Gronke an seinem vierten Orangensaft an diesem Vormittag und spülte eine weitere Kopfschmerztablette hinunter. Er stand am Fenster seines Hotelzimmers, auf Strümpfen, mit offenem Gürtel und aufgeknöpftem Hemd, und hörte gequält zu, als Jack Nance ihm die unerfreuliche Neuigkeit mitteilte.

»Es ist vor weniger als einer halben Stunde passiert«, sagte Nance. Er hatte sich auf die Kommode gesetzt, schaute zur Wand und versuchte, den Gangster zu ignorieren, der am Fenster stand und ihm den Rücken zukehrte.

»Warum?« knurrte Gronke.

»Muß das Jugendgericht sein. Sie haben ihn geradewegs ins Gefängnis gebracht. Ich meine, sie können sich doch nicht einfach einen Jungen oder sonst jemanden schnappen und ins Gefängnis bringen. Da muß vorher irgend etwas beim Jugendgericht eingereicht worden sein. Cal ist gerade dort und geht der Sache nach. Vielleicht erfahren wir bald etwas, ich weiß es nicht. Die Unterlagen des Jugendgerichts werden unter Verschluß gehalten, glaube ich.«

»Besorgen Sie die verdammten Unterlagen, verstanden?«

Nance schäumte, aber er hielt den Mund. Er haßte Gronke und seine kleine Bande von Halsabschneidern, und obwohl er die hundert Dollar pro Stunde brauchte, hatte er es satt, in diesem schmutzigen, verqualmten Zimmer herumzuhängen wie ein Lakai, der nur darauf wartet, angebrüllt zu werden. Er hatte andere Kunden. Cal war ein Nervenbündel.

»Wir versuchen es«, sagte er.

»Versuchen reicht nicht«, sagte Gronke zum Fenster. »Und jetzt muß ich Barry anrufen und ihm sagen, daß der Junge weggeschafft worden ist und wir keine Möglichkeit haben, an ihn heranzukommen. Sie haben ihn irgendwo eingesperrt, und vor der Tür hockt vermutlich ein Bulle.« Er trank den Orangensaft aus und warf die Dose in die ungefähre Richtung des Papierkorbs. Sie fiel daneben und klapperte an der Wand entlang. Er funkelte Nance an. »Barry wird wissen wollen, ob es eine Möglichkeit gibt, an den Jungen ranzukommen. Was schlagen Sie vor?«

»Ich schlage vor, daß Sie den Jungen in Ruhe lassen. Das hier ist nicht New Orleans, und das ist kein Ganove, den Sie so mir nichts dir nichts wegpusten können. Dieser Junge hat eine Menge Anhang. Er wird beobachtet. Wenn Sie irgendeine Dummheit machen, haben Sie hundert FBI-Agenten auf dem Hals. Sie würden keine Luft mehr kriegen, und Sie und Mr. Muldanno würden im Gefängnis verrotten. Hier, nicht in New Orleans.«

»Ja, ja.« Gronke winkte mit beiden Händen angewidert ab und kehrte ans Fenster zurück. »Ich will, daß ihr ihn weiter im Auge behaltet. Wenn sie ihn irgendwo hinbringen, will ich es sofort wissen. Wenn sie ihn vor Gericht bringen, will ich es wissen. Lassen Sie sich was einfallen, Nance. Das ist Ihre Stadt. Sie kennen sämtliche Straßen und Gassen. Sollten Sie jedenfalls. Schließlich werden Sie gut bezahlt.«

»Ja, Sir«, sagte Nance laut, dann verließ er das Zimmer.

23

Jeden Donnerstagmorgen saß Reggie für zwei Stunden in der Praxis von Dr. Elliot Levin, ihrem langjährigen Psychiater. Zehn Jahre über hatte Levin nun schon ihre Hand gehalten. Er war der Architekt, der die Teile zusammengeklaubt und ihr geholfen hatte, das Puzzle wieder zusammenzusetzen. Ihre Sitzungen wurden nie gestört.

Clint wanderte nervös in Levins Empfangszimmer herum. Dianne hatte bereits zweimal angerufen. Sie hatte ihm die Vorladung und die Eingabe am Telefon vorgelesen. Er hatte Richter Roosevelt und die Haftanstalt angerufen und Levins Praxis, und jetzt wartete er ungeduldig darauf, daß es elf Uhr wurde. Die Empfangsdame versuchte, ihn zu ignorieren.

Reggie lächelte, als Dr. Levin mit ihr fertig war. Sie küßte ihn leicht auf die Wange, und sie gingen Hand in Hand in sein elegantes Empfangszimmer, wo Clint wartete. Sie hörte auf zu lächeln. »Was ist los?« fragte sie, ganz sicher, daß etwas Schreckliches passiert war.

»Wir müssen gehen«, sagte Clint, ergriff ihren Arm und steuerte sie durch die Tür. Sie nickte Levin zum Abschied zu, der ihr interessiert und besorgt nachschaute.

Sie waren auf dem Gehsteig vor einem kleinen Parkplatz. »Sie haben Mark Sway abgeholt und in Gewahrsam genommen.«

»Was? Wer?«

»Polizisten. Heute morgen ist eine Eingabe gemacht worden, in der behauptet wird, Mark hätte sich strafbar gemacht, und Roosevelt hat Anweisung gegeben, ihn in Gewahrsam zu nehmen.« Clint deutete auf ein Auto. »Nehmen wir deinen Wagen. Ich fahre.«

»Wer hat die Eingabe gemacht?«

»Foltrigg. Dianne hat aus dem Krankenhaus angerufen,

von dort haben sie ihn abgeholt. Sie hat sich mit den Polizisten angelegt und Ricky wieder verängstigt. Ich habe mit ihr gesprochen und ihr versichert, daß du Mark herausholen wirst.«

Sie stiegen in Reggies Wagen, schlugen die Türen zu und verließen eilig den Parkplatz. »Roosevelt hat für zwölf Uhr eine Anhörung angesetzt«, erklärte Clint.

»Für zwölf? Soll das ein Witz sein? Das ist in sechsundfünfzig Minuten!«

»Die Sache läuft im Schnellverfahren. Ich habe vor einer Stunde mit ihm gesprochen, und er wollte sich zu der Eingabe nicht äußern. Hatte im Grunde sehr wenig zu sagen. Wo fahren wir hin?«

Sie dachte einen Moment darüber nach. »Er ist in der Haftanstalt, und ich kann ihn nicht herausbekommen. Fahren wir zum Jugendgericht. Ich will die Eingabe sehen, und ich will mit Harry Roosevelt sprechen. Das ist absurd, eine Anhörung nur wenige Stunden nach Einreichen der Eingabe! Das Gesetz sagt zwischen drei und sieben Tagen, nicht Stunden.«

»Aber sieht das Gesetz nicht auch beschleunigte Anhörungen vor?« Ja, aber nur in Extremfällen. Die haben Harry einen Haufen Bockmist aufgetischt. Strafbar! Was hat der Junge denn verbrochen? Das ist Irrsinn. Sie versuchen, ihn zum Reden zu zwingen, Clint, darum geht es.«

»Du hast also nicht damit gerechnet?«

»Natürlich nicht. Nicht hier, nicht vor dem Jugendgericht. Ich habe an die Vorladung vor die Anklagejury in New Orleans gedacht, aber nicht an das Jugendgericht. Er hat keine strafbare Handlung begangen. Er hat es nicht verdient, in Gewahrsam genommen zu werden.«

»Nun, sie haben es getan.«

Jason McThune zog den Reißverschluß an seiner Hose zu und drückte dreimal auf den Knopf, bis die uralte Spülung funktionierte. Das Becken hatte braune Streifen, der Fußboden war naß, und er dankte Gott, daß er im Federal Building arbeitete, wo alles auf Hochglanz poliert und in bester Verfassung war. Er würde lieber Straßen teeren als im Jugendgericht arbeiten.

Aber ob es ihm gefiel oder nicht, er war jetzt hier und verschwendete Zeit auf den Boyette-Fall, weil K. O. Lewis es so wollte. Und K. O. erhielt seine Anweisungen von Mr. F. Denton Voyles, dem Direktor des FBI seit jetzt zweiundvierzig Jahren. In diesen zweiundvierzig Jahren war kein Mitglied des Kongresses und schon gar kein Senator der Vereinigten Staaten ermordet worden. Boyd Boyette war so gründlich versteckt worden, daß einem die Galle hochkommen konnte. Voyles war stocksauer, nicht wegen des Mordes an sich, sondern wegen der Unfähigkeit des FBI, den Fall endgültig aufzuklären.

McThune hatte den starken Verdacht, daß Ms. Reggie Love in Kürze eintreffen würde, weil man ihr ihren Klienten praktisch vor der Nase weggeschnappt hatte, und er rechnete damit, daß sie wütend sein würde, wenn sie sich begegneten. Vielleicht würde sie verstehen, daß diese juristischen Strategien in New Orleans ausgeheckt worden waren, nicht in Memphis und schon gar nicht in seinem Büro. Bestimmt würde sie verstehen, daß er, McThune, nur ein bescheidener FBI-Agent war, der seine Befehle von oben erhielt und tat, was die Anwälte von ihm verlangten. Vielleicht konnte er ihr aus dem Wege gehen, bis sie alle im Gerichtssaal waren.

Aber vielleicht auch nicht. Als McThune die Toilettentür öffnete und auf den Flur hinaustrat, stand er plötzlich Reggie Love von Angesicht zu Angesicht gegenüber. Clint war einen Schritt hinter ihr. Sie sah ihn sofort, und binnen Sekunden stand er mit dem Rücken zur Wand und sie dicht vor ihm. Sie war aufgeregt.

»Guten Morgen, Ms. Love«, sagte er und zwang sich zu einem gelassenen Lächeln.

»Ich heiße Reggie, McThune.«

»Guten Morgen, Reggie.«

»Wer ist mit Ihnen gekommen?« fragte sie.

»Wie bitte?«

»Ihre Gang, Ihre kleine Bande von Regierungsverschwörern. Wer ist hier?«

Das war kein Geheimnis. Darüber konnte er mit ihr reden. »George Ord, Thomas Fink aus New Orleans. K. O. Lewis.«

»Wer ist K. O. Lewis?«

»Der stellvertretende Direktor des FBI. Aus Washington.«

»Was tut er hier?« Ihre Fragen waren kurz und kamen schnell, und sie zielten wie Pfeile auf McThunes Augen. Er stand an die Wand gedrückt da, getraute sich nicht, sich zu bewegen und versuchte trotz allem tapfer einen gelassenen Eindruck zu machen. Wenn Fink oder Ord oder gar, was der Himmel verhüten möge, K. O. Lewis zufällig auf den Flur kamen und ihn so sahen, würde das sein Ende sein.

»Nun, ich, äh ...«

»Zwingen Sie mich nicht, das Tonband zu erwähnen, McThune«, sagte sie, womit sie das verdammte Ding trotzdem erwähnt hatte. »Sagen Sie mir einfach die Wahrheit.«

Clint stand hinter ihr, hielt ihren Aktenkoffer und beobachtete den Flur. Er schien ein wenig überrascht von dieser Konfrontation und von der Schnelligkeit, mit der sie sie herbeigeführt hatte. McThune zuckte die Achseln, als hätte er das Tonband schon ganz vergessen, und jetzt, da sie es erwähnte – na, wenn schon. »Ich nehme an, Foltriggs Büro hat Mr. Lewis angerufen und ihn gebeten, herzukommen. Das ist alles.«

»Das ist alles? Hattet ihr heute morgen ein kleines Gespräch mit Richter Roosevelt?«

»Ja.«

»Und Sie sind nicht auf die Idee gekommen, mich anzurufen, oder?«

»Der Richter hat gesagt, er würde Sie anrufen.«

»Ich verstehe. Und haben Sie vor, bei dieser kleinen Anhörung auszusagen?« Als sie das fragte, trat sie einen Schritt zurück, und McThune atmete etwas freier.

»Ich werde aussagen, wenn ich als Zeuge aufgerufen werde.«

Sie deutete mit einem Finger auf sein Gesicht. Der Nagel an seinem Ende war lang, gerundet, sorgsam manikürt und rot lackiert, und McThune betrachtete ihn ängstlich. »Sie halten sich an die Fakten, okay? Eine Lüge, und wäre sie noch so klein, oder irgendwelcher Mist, mit dem Sie sich beim Richter in ein gutes Licht zu setzen versuchen, oder eine abfällige Bemerkung, die meinem Klienten schadet, und ich schlitze Ihnen die Kehle auf. Haben Sie verstanden, McThune?«

Er lächelte weiter, schaute in beiden Richtungen den Flur entlang, als wäre sie eine gute Freundin und sie hätten gerade eine kleine Meinungsverschiedenheit. »Ich verstehe«, sagte er lächelnd.

Reggie machte kehrt und ging mit Clint an ihrer Seite davon. McThune machte gleichfalls kehrt und eilte zurück in die Toilette, obwohl er wußte, daß sie nicht zögern würde, ihm auch hierher zu folgen, wenn sie noch etwas von ihm wollte.

»Um was ging es überhaupt?« fragte Clint.

»Darum, daß er ehrlich bleibt.« Sie drängten sich durch Scharen von Prozeßparteien – Vaterschaftsbeklagten, straffällig gewordenen Vätern, in Schwierigkeiten geratenen Kindern und Jugendlichen – und ihren Anwälten, die in kleinen Grüppchen auf den Fluren warteten.

»Was hast du mit dem Tonband gemeint?«

»Habe ich dir nichts davon erzählt?«

»Nein.«

»Ich spiele es dir später vor. Es ist zum Totlachen.« Sie öffnete die Tür, auf der JUDGE HARRY M. ROOSEVELT stand, und sie betraten einen kleinen Raum, der vollgestopft war mit vier Schreibtischen und Reihen von Aktenschränken an den Wänden. Reggie steuerte direkt auf den ersten Schreibtisch an der linken Seite zu, an dem ein hübsches schwarzes Mädchen tippte. Dem Schild auf ihrem Schreibtisch zufolge hieß sie Marcia Riggle. Sie hörte auf zu tippen und lächelte. »Hallo, Reggie«, sagte sie.

»Hi, Marcia. Wo ist Seine Ehren?«

An ihren Geburtstagen bekam Marcia Blumen aus der Kanzlei von Reggie Love und Pralinen zu Weihnachten. Sie war die rechte Hand von Harry Roosevelt, einem Mann, der viel zu überarbeitet war, um an solche Dinge wie Vortragsverpflichtungen, Verabredungen und Jubiläumsveranstaltungen zu denken. Aber Marcia vergaß so etwas nicht. Vor zwei Jahren hatte Reggie sie bei ihrer Scheidung vertreten. Momma Love hatte für sie Lasagne zubereitet.

»Er ist in einer Verhandlung. Sollte in ein paar Minuten fertig sein. Sie sind für zwölf Uhr angesetzt.«

»Das habe ich gehört.«

»Er hat den ganzen Vormittag versucht, Sie anzurufen.«

»Nun, er hat mich nicht erreicht. Ich warte in seinem Büro.«

»In Ordnung. Möchten Sie ein Sandwich? Ich bestelle gleich seinen Lunch.«

»Nein, danke.« Reggie nahm ihren Aktenkoffer und bat Clint, auf dem Flur zu warten und nach Mark Ausschau zu halten. Es war zwanzig vor zwölf, und er müßte bald eintreffen.

Marcia gab ihr eine Kopie der Eingabe, und Reggie betrat das Büro des Richters, als wäre es ihr eigenes. Sie machte die Tür hinter sich zu.

Harry und Irene Roosevelt hatten gleichfalls an Momma Loves Tisch gegessen. Kaum ein Anwalt verbrachte soviel Zeit am Jugendgericht wie Reggie Love, und im Laufe der letzten vier Jahre hatte sich ihr Anwalt-Richter-Verhältnis von gegenseitigem Respekt zu Freundschaft gewandelt. Ungefähr das einzige, was Reggie bei ihrer Scheidung von Joe Cardoni herausbekommen hatte, waren vier Baseball-Jahreskarten für Memphis State gewesen. Die drei – Harry, Irene und Reggie – hatten sich viele Spiele in der Pyramid angeschaut, manchmal in Gesellschaft von Elliot Levin oder einem anderen Freund von Reggie. An das Spiel schloß sich gewöhnlich ein Stück Käsekuchen im Café Espresso in The Peabody an oder, je nach Harrys Stimmung, ein spätes Abendessen bei Grisanti's. Harry war immer hungrig, dachte ständig an die nächste Mahlzeit. Irene machte ihm andauernd Vorhaltungen wegen seines Gewichts, also aß er noch mehr. Reggie zog ihn gelegentlich damit auf, und jedesmal, wenn sie Pfunde und Kalorien erwähnte, erkundigte er sich unverzüglich nach Momma Love und ihren Pastas und Käsen und Torten.

Richter sind auch nur Menschen. Sie brauchen Freunde. Er konnte mit Reggie Love oder irgendeinem anderen Anwalt essen und ausgehen, ohne daß es der Unabhängigkeit seiner Rechtsprechung irgendeinen Abbruch tat.

Sie bewunderte wieder einmal das organisierte Chaos in seinem Büro. Auf dem Boden lag ein alter, ausgeblichener Teppich, zum größten Teil bedeckt mit säuberlichen Stapeln von Dossiers und anderen juristischen Dokumenten, alle irgendwie auf eine Höhe von dreißig Zentimetern begrenzt. Durchgesackte Bücherregale säumten zwei Wände, aber die Bücher verschwanden hinter Akten und weiteren Stapeln von Dossiers sowie Memos, die an die Bücherrücken angeheftet waren und zentimeterlang von ihnen herabhingen. Jeder freie Winkel war mit Akten ausgefüllt. Vor dem Schreibtisch standen drei alte Holzstühle. Bei dem einen lagen Akten auf dem Sitz. Bei dem zweiten lagen Akten unter dem Sitz. Der dritte war im Moment noch leer, würde aber bis zum Ende des Tages sicherlich auch zur Unterbringung von irgend etwas benutzt werden. Sie setzte sich auf diesen Stuhl und betrachtete den Schreibtisch.

Obwohl er angeblich aus Holz bestand, war davon nichts zu sehen, außer der Front und den Seitenwänden. Die Platte konnte aus Leder oder Chrom bestehen – niemand würde es je erfahren. Nicht einmal Harry hätte noch sagen können, wie die Platte seines Schreibtisches aussah. Die oberste Schicht bildeten weitere säuberliche Reihen von Marcias Stapeln, hier auf eine Höhe von zwanzig Zentimetern begrenzt. Dreißig Zentimeter für den Fußboden, zwanzig für den Schreibtisch. Darunter, in der nächsten Schicht, lag ein riesiger Kalender für 1986, den Harry einst dazu benutzt hatte, darauf herumzukritzeln, während Anwälte ihn mit ihren Argumenten langweilten. Unter dem Kalender war Niemandsland. Sogar Marcia scheute davor zurück, tiefer vorzudringen.

Sie hatte ein Dutzend Notizen auf gelben Klebezetteln an die Rückenlehne seines Stuhls geheftet. Offensichtlich waren das die dringlichsten Fälle dieses Vormittags.

Trotz des Chaos in seinem Büro war Harry Roosevelt der

systematischste Richter, den Reggie in ihren vier Jahren als Anwältin kennengelernt hatte. Er hatte es nicht nötig, Zeit auf das Studium von Gesetzen zu verschwenden, weil er die meisten davon selbst geschrieben hatte. Er war berühmt für seine sparsame Ausdrucksweise, und dementsprechend waren seine Anweisungen und Dekrete für juristische Verhältnisse äußerst knapp. Er verabscheute das ausschweifende Juristenkauderwelsch, in dem Anwälte üblicherweise ihre Dossiers verfaßten, und hatte keinerlei Geduld mit Leuten, die sich gern selbst reden hörten. Er ging weise um mit seiner Zeit, und Marcia kümmerte sich um den Rest. Sein Schreibtisch und sein Büro genossen in den juristischen Kreisen von Memphis eine gewisse Berühmtheit, und Reggie vermutete, daß ihn das freute. Sie bewunderte ihn über alle Maßen, nicht nur wegen seiner Weisheit und Integrität, sondern auch wegen seiner Hingabe an sein Amt. Er hätte schon vor vielen Jahren zu einem weniger strapaziösen Richterposten aufrücken können, mit einem eleganten Schreibtisch und Assistenten und Gehilfen und einem sauberen Teppich und einer verläßlichen Klimaanlage.

Sie blätterte die Eingabe durch. Foltrigg und Fink waren die Antragsteller, ihre Unterschriften standen am Ende. Nichts Detailliertes, nur allgemein gehaltene Anschuldigungen gegen den Jugendlichen Mark Sway, der eine Bundesuntersuchung behinderte, weil er sich weigerte, mit dem FBI und dem Büro des Bundesanwalts für den Southern District of Louisiana zusammenzuarbeiten. Sie verachtete Foltrigg, so oft sie seinen Namen sah.

Aber es hätte schlimmer kommen können. Foltriggs Name hätte unter einer Vorladung vor die Anklagejury stehen können, mit der Mark Sway gezwungen wurde, vor dem Gericht in New Orleans zu erscheinen. Es wäre völlig legal und angemessen gewesen, wenn Foltrigg diesen Weg beschritten hätte, und sie war ein wenig überrascht, daß er sich für Memphis entschieden hatte. Wenn das nicht funktionierte, würde New Orleans der nächste Schritt sein.

Die Tür wurde geöffnet, und eine massige schwarze Robe stapfte herein mit Marcia im Gefolge, die eine Liste in der

Hand hielt und Dinge herunterrasselte, die sofort erledigt werden mußten. Er hörte zu, ohne sie anzusehen, streifte die Robe ab und warf sie auf einen Stuhl, den mit den Akten darunter.

»Guten Morgen, Reggie«, sagte er mit einem Lächeln. Während er hinter ihr vorbeiging, schlug er ihr leicht auf die Schulter. »Das ist alles«, sagte er ruhig zu Marcia, die verschwand und die Tür zumachte. Er löste die kleinen gelben Notizzettel von der Rückenlehne seines Stuhls, dann ließ er sich auf ihm nieder.

»Wie geht's Momma Love?« fragte er.

»Gut. Und Ihnen?«

»Fantastisch. Nicht überrascht, Sie hier zu sehen.«

»Sie hätten keine Anweisung, ihn in Gewahrsam zu nehmen, zu unterschreiben brauchen. Ich hätte ihn hergebracht, Harry, das wissen Sie. Er ist gestern abend auf der Schaukel auf Momma Loves Veranda eingeschlafen. Er ist in guten Händen.«

Harry lächelte und rieb sich die Augen. Nur sehr wenige Anwälte nannten ihn Harry in seinem Büro. Aber er freute sich darüber, wenn es von ihr kam. »Reggie, Reggie. Sie sind nie der Ansicht, daß Ihre Mandanten in Gewahrsam genommen werden sollten.«

»Das stimmt nicht.«

»Sie glauben, alles ist in bester Ordnung, wenn Sie sie nur nach Hause mitnehmen und füttern können.«

»Es hilft.«

»Ja, das tut es. Aber nach Ansicht von Mr. Ord und dem FBI könnte der kleine Mark Sway in höchster Gefahr schweben.«

»Was haben sie Ihnen erzählt?«

»Das kommt bei der Anhörung zur Sprache.«

»Sie müssen ziemlich überzeugend gewesen sein, Harry. Ich habe nur eine Stunde vorher von der Anhörung erfahren. Das muß ein Rekord sein.«

»Ich dachte, Sie wären damit einverstanden. Wir können sie auf morgen verschieben, wenn Ihnen das lieber ist. Mir macht es nichts aus, Mr. Ord warten zu lassen.«

»Nicht, wenn Mark in Gewahrsam bleibt. Entlassen Sie ihn in meine Obhut, und wir halten die Anhörung morgen ab. Ich brauche ein bißchen Zeit zum Nachdenken.«

»Ich habe schwere Bedenken, ihn zu entlassen, bevor ich das Beweismaterial gehört habe.«

»Weshalb?«

»Dem FBI zufolge halten sich ein paar ziemlich gefährliche Typen in der Stadt auf, die ihn möglicherweise umbringen wollen. Kennen Sie einen Mr. Gronke und seine Kumpanen Bono und Pirini? Haben Sie schon einmal von ihnen gehört?«

»Nein.«

»Ich auch nicht, bis heute morgen. Es sieht so aus, als wären diese Herren aus New Orleans in unsere schöne Stadt gekommen, und als wären sie enge Freunde von Mr. Barry Muldanno oder dem Messer, wie er meines Wissens dort unten genannt wird. Gott sei Dank hat sich das organisierte Verbrechen noch nicht in Memphis breitgemacht. Aber das macht mir Angst, Reggie, große Angst. Mit diesen Männern ist nicht zu spaßen.«

»Mir macht das auch Angst.«

»Ist er bedroht worden?«

»Ja. Gestern im Krankenhaus. Er hat mir davon erzählt, und seither habe ich ihn nicht aus den Augen gelassen.«

»Also sind Sie jetzt sein Leibwächter.«

»Nein, das bin ich nicht. Aber ich glaube nicht, daß das Gesetz Sie autorisiert, Kinder in Gewahrsam zu nehmen, die sich möglicherweise in Gefahr befinden.«

»Liebste Reggie, ich habe das Gesetz geschrieben. Ich kann jedes Kind in Gewahrsam nehmen, dem eine strafbare Handlung vorgeworfen wird.«

Richtig, er hatte das Gesetz geschrieben. Und die Berufungsgerichte hatten seit langem aufgehört, Entscheidungen von Harry Roosevelt umzustoßen.

»Und was sind, Foltrigg und Fink zufolge, seine Vergehen?«

Harry holte zwei Papiertaschentücher aus einer Schublade und putzte sich die Nase. »Er kann nicht stumm bleiben,

Reggie. Wenn er etwas weiß, muß er es sagen. Das wissen Sie.«

»Sie setzen voraus, daß er etwas weiß.«

»Ich setze überhaupt nichts voraus. In der Eingabe werden bestimmte Anschuldigungen vorgebracht, und diese Anschuldigungen beruhen zum Teil auf Tatsachen und zum Teil auf Annahmen. Wie vermutlich alle Eingaben, meinen Sie nicht auch? Die Wahrheit erfahren wir erst bei der Anhörung.«

»Wieviel von Slick Moellers Geschreibsel glauben Sie?«

»Ich glaube überhaupt nichts, Reggie, bis es mir unter Eid in meinem Gerichtssaal mitgeteilt wird, und dann glaube ich ungefähr zehn Prozent davon.«

Es folgte eine lange Pause, in der der Richter überlegte, ob er die Frage stellen sollte. »Also, Reggie, was weiß der Junge?«

»Sie wissen, daß das vertraulich ist, Harry.«

Er lächelte. »Also weiß er mehr, als er wissen sollte?«

»So könnte man es ausdrücken.«

»Wenn es für die Untersuchung wichtig ist, muß er es sagen.«

»Und was ist, wenn er sich weigert?«

»Ich weiß es nicht. Darum kümmern wir uns, wenn es passiert. Wie gescheit ist dieser Junge?«

»Sehr gescheit. Zerbrochene Familie, kein Vater, berufstätige Mutter, auf den Straßen aufgewachsen. Das Übliche. Er geht in die fünfte Klasse, und ich habe gestern mit seiner Lehrerin gesprochen. Er hat lauter Einsen, ausgenommen in Mathematik. Er ist sehr intelligent und weiß sich nicht nur auf den Straßen zu helfen.«

»Noch nie mit dem Gesetz in Konflikt gekommen?«

»Nein. Er ist ein prächtiger Junge, Harry. Wirklich bemerkenswert.«

»Die meisten Ihrer Klienten sind bemerkenswert, Reggie.«

»Der hier ist etwas Besonderes. Er ist nicht durch eigene Schuld hier.«

»Ich hoffe, er wird von seiner Anwältin bestens beraten. Die Anhörung könnte hart werden.«

»Die meisten meiner Klienten werden bestens beraten.«

Es wurde kurz an die Tür geklopft, und Marcia steckte den Kopf herein. »Ihr Klient ist da, Reggie. Zeugenraum C.«

»Danke.« Sie stand auf und ging zur Tür. »Wir sehen uns in ein paar Minuten, Harry.«

»Ja. Noch etwas. Ich gehe hart vor gegen Kinder, die mir nicht gehorchen.«

»Ich weiß.«

Er saß auf einem gegen die Wand gekippten Stuhl, mit vor der Brust verschränkten Händen und einem frustrierten Ausdruck im Gesicht. Seit drei Stunden war er jetzt wie ein Strafgefangener behandelt worden und gewöhnte sich allmählich daran. Er fühlte sich sicher. Er war weder von den Bullen noch von seinen Mithäftlingen geschlagen worden.

Das Zimmer war winzig, fensterlos und schlecht beleuchtet. Reggie kam herein und zog einen Klappstuhl in seine Nähe. Sie war schon viele Male unter solchen Umständen in diesem Zimmer gewesen. Er lächelte sie an, offensichtlich erleichtert.

»Wie ist's im Gefängnis?« fragte sie.

»Ich habe noch nichts zu essen bekommen. Können wir sie verklagen?«

»Vielleicht. Wie geht es Doreen, der Frau mit den Schlüsseln?«

»Eine widerliche Person. Woher kennen Sie sie?«

»Ich bin schon sehr oft dort gewesen, Mark. Das gehört zu meinem Job. Ihr Mann ist wegen Bankraubs zu dreißig Jahren verurteilt worden.«

»Gut. Ich frage sie nach ihm, wenn ich sie wiedersehe. Muß ich dahin zurück, Reggie? Ich würde gern wissen, was hier eigentlich vor sich geht.«

»Nun, es ist sehr einfach. In ein paar Minuten findet eine Anhörung vor Richter Roosevelt statt, in seinem Gerichtssaal. Die kann ein paar Stunden dauern. Der Bundesanwalt und das FBI behaupten, daß du über wichtige Informationen verfügst, und ich denke, wir können damit rechnen, daß sie den Richter bitten werden, dich zum Reden zu zwingen.«

»Kann der Richter mich zum Reden zwingen?«

Reggie sprach sehr langsam und überlegt. Er war ein elfjähriger Junge, gescheit und lebenstüchtig, aber sie hatte schon mit vielen wie ihm zu tun gehabt und wußte, daß er in diesem Augenblick nicht mehr war als ein verängstigtes Kind. Vielleicht hörte er ihre Worte, vielleicht auch nicht. Vielleicht hörte er auch nur, was er hören wollte, und deshalb mußte sie behutsam vorgehen.

»Niemand kann dich zum Reden zwingen.«

»Gut.«

»Aber der Richter kann dich in denselben kleinen Raum zurückschicken, wenn du nicht redest.«

»Zurück ins Gefängnis?«

»So ist es.«

»Das verstehe ich nicht. Ich habe überhaupt nichts verbrochen, und man steckt mich ins Gefängnis. Das verstehe ich nicht.«

»Das ist ganz einfach. Falls – ich betone *falls* – Richter Roosevelt von dir verlangt, daß du besagte Fragen beantwortest, und *falls* du dich weigerst, dann kann er dir Mißachtung des Gerichts vorwerfen, weil du die Fragen nicht beantwortet und ihm nicht gehorcht hast. Nun, ich habe noch nie gehört, daß man einem Elfjährigen Mißachtung vorgeworfen hätte, aber wenn du ein Erwachsener wärst und dich weigern würdest, die Fragen des Richters zu beantworten, dann müßtest du wegen Mißachtung ins Gefängnis.«

»Aber ich bin nicht erwachsen.«

»Nein, aber ich glaube nicht, daß er dich freilassen wird, wenn du dich weigerst, die Fragen zu beantworten. Siehst du, Mark, das Gesetz ist in dieser Sache völlig eindeutig. Eine Person, die über Informationen verfügt, die für die Aufklärung einer Straftat wichtig sind, darf diese Informationen nicht zurückhalten, weil sie sich bedroht fühlt. Mit anderen Worten, du darfst nicht schweigen, nur weil du Angst hast, daß dir oder deiner Familie etwas passieren könnte.«

»Das ist ein blödes Gesetz.«

»Mir gefällt es auch nicht, aber das spielt im Moment keine

Rolle. So lautet das Gesetz, und es gibt keine Ausnahmen, nicht einmal für Kinder.«

»Also komme ich wegen Mißachtung ins Gefängnis?«

»Das ist durchaus möglich.«

»Können wir den Richter verklagen oder sonst etwas unternehmen, damit ich wieder rauskomme?«

»Nein. Einen Richter kann man nicht verklagen. Und Richter Roosevelt ist ein sehr guter und fairer Mann.«

»Ich kann's kaum abwarten, ihn kennenzulernen.«

»Das wirst du, in wenigen Minuten.«

Mark dachte über all das nach. Die Rückenlehne seines Stuhls schlug rhythmisch gegen die Wand. »Wie lange müßte ich im Gefängnis bleiben?«

»Vorausgesetzt natürlich, daß du dorthin zurückgeschickt wirst, wahrscheinlich so lange, bis du beschlossen hast, zu tun, was der Richter von dir verlangt. Bis du redest.«

»Und was ist, wenn ich beschließe, nicht zu reden? Wie lange muß ich dann im Gefängnis bleiben? Einen Monat? Ein Jahr? Zehn Jahre?«

»Die Frage kann ich nicht beantworten, Mark. Das weiß niemand.«

»Auch der Richter nicht?«

»Nein. Ich bezweifle, daß er eine Ahnung hat, wie lange du im Gefängnis bleiben mußt, wenn er dich wegen Mißachtung in Haft nimmt.«

Eine weitere lange Pause. Er hatte drei Stunden in Doreens kleinem Zimmer verbracht, und so schlecht war es dort nicht. Er hatte Filme gesehen über Gefängnisse, in denen Banden wüteten und miteinander kämpften und selbstgebastelte Waffen dazu benutzt wurden, Leute umzubringen, die den Mund zu weit aufgemacht hatten. Wachen folterten Insassen. Insassen fielen übereinander her. Bestes Hollywood-Kino. Aber bei Doreen war es gar nicht so schlecht.

Und die Alternative? Ohne einen Ort zu haben, den sie ihr Zuhause nennen konnte, lebte die Familie Sway jetzt in Zimmer 943 des Wohlfahrtskrankenhauses St. Peter's. Doch der Gedanke, daß Ricky und seine Mutter dann ganz allein waren und ohne ihn auskommen mußten, war unerträglich. »Haben Sie mit meiner Mutter gesprochen?« fragte er.

»Nein, noch nicht. Ich tue es nach der Anhörung.«

»Ich mache mir Sorgen um Ricky.«

»Willst du, daß deine Mutter bei der Anhörung dabei ist? Sie müßte eigentlich hier sein.«

»Nein. Sie hat auch so schon genug am Hals. Wir beide, Sie und ich, werden schon irgendwie aus dieser Klemme rauskommen.«

Sie berührte sein Knie und hätte am liebsten geweint. Jemand klopfte an die Tür, und sie sagte laut: »Nur noch eine Minute.«

»Der Richter wartet«, kam die Antwort.

Mark holte tief Luft und betrachtete ihre Hand auf seinem Knie. »Kann ich mich nicht einfach auf den Fünften Verfassungszusatz berufen?«

»Nein. Das funktioniert nicht, Mark. Ich habe schon darüber nachgedacht. Die Fragen, die dir gestellt werden, haben nicht den Zweck, dich zu belasten. Sie haben nur den Zweck, an Informationen zu kommen, über die du möglicherweise verfügst.«

»Das verstehe ich nicht.«

»Daraus kann ich dir keinen Vorwurf machen. Hör mir genau zu, Mark. Ich werde versuchen, es dir zu erklären. Sie wollen wissen, was Jerome Clifford dir erzählt hat, bevor er starb. Sie werden dir ein paar ganz gezielte Fragen über die Ereignisse unmittelbar vor dem Selbstmord stellen. Sie werden dich fragen, was Clifford dir über Senator Boyette erzählt hat, falls er überhaupt etwas erzählt hat. Nichts, was du ihnen mit deinen Antworten sagst, kann dich auf irgendeine Weise mit dem Mord an Senator Boyette in Verbindung bringen. Verstehst du? Damit hattest du nichts zu tun. Und du hattest auch nichts mit dem Selbstmord von Jerome Clifford zu tun. Du hast kein Gesetz gebrochen, verstehst du? Niemand verdächtigt dich, an einem Verbrechen oder einer Straftat beteiligt zu sein. Deine Antworten können dich nicht belasten. Und deshalb kannst du dich nicht hinter dem Schutz des Fünften Verfassungszusatzes verstecken.« Sie hielt inne und beobachtete ihn genau. »Hast du das verstanden?«

»Nein. Wenn ich nichts verbrochen habe, warum haben mich dann die Polizisten abgeholt und ins Gefängnis gebracht? Warum sitze ich dann hier und warte auf eine Anhörung?«

»Du bist hier, weil sie glauben, daß du etwas Wichtiges weißt, und weil, wie ich schon sagte, jeder Mensch die Pflicht hat, die mit der Durchsetzung der Gesetze beauftragten Personen bei ihren Nachforschungen zu unterstützen.«

»Ich finde immer noch, daß das ein blödes Gesetz ist.«

»Mag sein. Aber wir können es nicht ändern.«

Er verlagerte sein Gewicht nach vorn und kippte den Stuhl auf alle vier Beine. »Ich muß etwas wissen, Reggie. Warum kann ich nicht einfach sagen, daß ich nichts weiß? Warum kann ich nicht sagen, daß ich und Romey über nichts anderes geredet haben als über Selbstmord und in den Himmel oder in die Hölle kommen, solche Sachen, Sie wissen schon?«

»Lügen erzählen?«

»Ja. Es wird funktionieren, ganz bestimmt. Niemand kennt die Wahrheit außer Romey, Ihnen und mir. Richtig? Und Romey kann nicht mehr reden.«

»Du darfst vor Gericht nicht lügen, Mark.« Sie sagte es mit soviel Überzeugung, wie sie gerade aufzubringen vermochte. Es hatte sie viele Stunden Schlaf gekostet, die Antwort auf diese unausweichliche Frage zu formulieren. Es verlangte sie so sehr danach, einfach zu sagen: Ja, das ist die Lösung! Lüge, Mark, lüge!

Ihr Magen krampfte sich zusammen, und ihre Hände zitterten beinahe, aber sie blieb fest. »Ich kann dir nicht erlauben, vor Gericht zu lügen. Du stehst unter Eid, und du mußt die Wahrheit sagen.«

»Dann war es also ein Fehler, Sie zu engagieren, oder?«

»Das glaube ich nicht.«

»Aber ich. Sie wollen, daß ich die Wahrheit sage, und in diesem Fall kann die Wahrheit bedeuten, daß ich umgebracht werde. Wenn es Sie nicht gäbe, würde ich hineingehen und das Blaue vom Himmel herunterlügen, und Mom und Ricky und ich wären in Sicherheit.«

»Du kannst mich entlassen, wenn du willst. Dann bestimmt das Gericht einen anderen Anwalt.«

Er stand auf und ging in die dunkelste Ecke des Zimmers und begann zu weinen. Sie sah zu, wie sein Kopf sank und seine Schultern absackten. Er bedeckte die Augen mit dem Rücken seiner rechten Hand und schluchzte laut.

Obwohl sie es viele Male erlebt hatte, war ihr der Anblick eines verängstigten und leidenden Kindes immer noch unerträglich. Sie konnte nicht anders, sie mußte gleichfalls weinen.

24

Zwei Deputies führten ihn durch eine Nebentür in den Gerichtssaal, abseits vom Hauptflur, auf dem die Neugierigen zu lauern pflegten, aber Slick Moeller hatte dieses kleine Manöver vorausgesehen und beobachtete alles, hinter einer Zeitung versteckt, aus kaum einem Meter Entfernung.

Reggie folgte ihrem Klienten und den Deputies. Clint wartete draußen. Es war fast ein Viertel nach zwölf, und im Gericht war eine Art Mittagsruhe eingetreten.

Einen Gerichtssaal wie diesen hatte Mark im Fernsehen noch nie gesehen. Er war so klein! Und leer. Es gab keine Bänke oder Stühle für Zuschauer. Der Richter saß auf einem Podest zwischen zwei Flaggen an der Rückwand. In der Mitte des Raums standen zwei Tische, und an einem saßen, mit dem Gesicht zum Richter, mehrere Männer in dunklen Anzügen. Rechts vom Richter gab es noch einen winzigen Tisch, an dem eine ältere Frau offensichtlich gelangweilt einen Stapel Papiere durchblätterte, bis er den Saal betrat. Eine aufregend hübsche junge Frau saß mit einer Stenographiermaschine direkt unterhalb des Richterpodiums. Sie trug einen kurzen Rock, und ihre Beine erregten eine Menge Aufmerksamkeit. Sie kann kaum älter sein als sechzehn, dachte Mark, als er Reggie zu ihrem Tisch folgte. Der letzte Akteur in diesem Drama war ein Gerichtsdiener mit einer Waffe an der Hüfte.

Mark setzte sich auf seinen Platz, er wußte, daß alle ihn anstarrten. Seine beiden Deputies verließen den Raum, und als sich die Tür hinter ihnen geschossen hatte, griff der Richter wieder nach den Akten und blätterte darin. Sie hatten auf den Jugendlichen und seine Anwältin gewartet, und nun wartete jedermann auf den Richter. Die Regeln des Verhaltens vor Gericht mußten befolgt werden.

Reggie holte einen Block aus ihrem Aktenkoffer und begann, sich Notizen zu machen. In der anderen Hand hatte sie ein Papiertaschentuch, mit dem sie sich die Augen betupfte. Mark starrte auf den Tisch, mit noch feuchten Augen, aber entschlossen, sich nicht kleinkriegen zu lassen und es durchzustehen. Er hatte Publikum.

Fink und Ord starrten auf die Beine der Protokollantin. Ihr Rock endete auf halbem Wege zwischen Knie und Hüfte. Er war sehr eng und schien ungefähr jede Minute einen Zentimeter weiter hochzurutschen. Den Dreifuß, auf dem ihre Maschine ruhte, hatte sie fest zwischen die Knie geklemmt. In der intimen Atmosphäre von Harrys Gerichtssaal war sie keine drei Meter entfernt, und das letzte, was sie brauchten, war eine Ablenkung. Aber sie starrten trotzdem. Da! Er war wieder ein paar Millimeter höher gerutscht.

Baxter L. McLemore, ein junger Anwalt, frisch von der Universität, saß nervös an einem Tisch mit Mr. Fink und Mr. Ord. Er war ein bescheidener Assistent in der County-Justizbehörde, und er war dazu ausersehen worden, an diesem Tag vor dem Jugendgericht als Vertreter der Anklage zu fungieren. Das war ganz eindeutig keine ruhmreiche Sache, aber neben George Ord zu sitzen war doch ziemlich aufregend. Er wußte nichts über den Fall Sway, und Mr. Ord hatte ihm nur wenige Minuten zuvor auf dem Flur erklärt, daß Mr. Fink bei der Anhörung der Wortführer sein würde. Das Einverständnis des Gerichts natürlich vorausgesetzt. Baxter sollte nur dasitzen, nett aussehen und den Mund halten.

»Ist die Tür geschlossen?« fragte der Richter endlich den Gerichtsdiener.

»Ja, Sir.«

»Also gut. Ich habe die Eingabe gelesen und bin bereit, mit dem Verfahren zu beginnen. Für das Protokoll stelle ich fest, daß das Kind und seine Anwältin anwesend sind und daß der Mutter des Kindes, die meines Wissens das Sorgerecht hat, heute morgen eine Kopie der Eingabe und des Gerichtsbeschlusses zugestellt wurde. Die Mutter des Kindes ist jedoch nicht im Gerichtssaal anwesend, und das gefällt mir nicht.« Harry hielt einen Moment inne und schien in der Akte zu lesen.

Fink gelangte zu dem Schluß, daß dies der geeignete Moment wäre, seine Position in dieser Sache klarzumachen, und er stand langsam auf, knöpfte sein Jackett zu und wendete sich an den Richter. »Euer Ehren, wenn Sie gestatten, für die Akten, ich bin Thomas Fink, stellvertretender Bundesanwalt für den Southern District of Louisiana.«

Harrys Blick verließ langsam die Akte und richtete sich auf Fink, der mit steifem Rücken dastand, sehr formell, beim Reden intelligent die Stirn runzelte und immer noch mit dem obersten Knopf seines Jacketts beschäftigt war.

Fink fuhr fort. »Ich bin einer der Antragsteller in dieser Sache, und wenn es gestattet ist, würde ich mich gern zu dem Thema der Abwesenheit der Mutter äußern.« Harry sagte nichts, sondern schaute nur drein, als könnte er es einfach nicht glauben. Reggie konnte nicht anders, sie mußte lächeln. Sie zwinkerte Baxter McLemore zu.

Fink hatte sein Publikum gefunden. »Euer Ehren, wir, die Antragsteller, sind der Überzeugung, daß diese Sache so dringlicher Natur ist, daß diese Anhörung unverzüglich stattfinden muß. Das Kind wird durch seine Anwältin vertreten, eine durchaus kompetente Anwältin, wie ich vielleicht hinzufügen darf, und keines der gesetzlichen Rechte des Kindes wird durch die Abwesenheit der Mutter beeinträchtigt. Soweit wir informiert sind, ist die Anwesenheit der Mutter am Krankenbett des jüngeren Kindes erforderlich, und deshalb ist nicht absehbar, wann sie in der Lage sein wird, bei einer Anhörung zugegen zu sein. Wir halten es aber für äußerst wichtig, Euer Ehren, daß sofort mit dieser Anhörung begonnen wird.«

»So, tun Sie das?« fragte Harry.

»Ja, Sir. Das ist unsere Position.«

»Ihre Position, Mr. Fink«, sagte Harry sehr langsam und sehr laut mit ausgestrecktem Finger, »ist auf diesem Stuhl dort. Bitte setzen Sie sich und hören Sie mir genau zu, denn ich werde dies nur einmal sagen. Falls ich es noch einmal sagen muß, werde ich es tun, während man Ihnen Handschellen anlegt und Sie für eine Nacht in unser wohleingerichtetes Gefängnis abführt.«

Fink fiel auf seinen Stuhl und blieb mit ungläubig offenstehendem Mund sitzen.

Harry funkelte über seine Lesebrille hinweg unverwandt auf Thomas Fink hinunter. »Hören Sie nur gut zu, Mr. Fink. Dies ist kein eleganter Gerichtssaal in New Orleans, und ich bin keiner Ihrer Bundesrichter. Dies ist mein kleiner, privater Gerichtssaal, und ich bestimme die Regeln, Mr. Fink. Regel Nummer eins ist, daß Sie in meinem Gerichtssaal nur dann reden, wenn Sie dazu aufgefordert werden. Regel Nummer zwei ist, daß Sie Seine Ehren nicht unaufgefordert mit Erklärungen, Kommentaren oder Bemerkungen beglücken. Regel Nummer drei ist, daß Seine Ehren äußerst ungern die Stimmen von Anwälten hört. Seine Ehren kennt diese Stimmen seit zwanzig Jahren, und Seine Ehren weiß, wie gern Anwälte sich selbst reden hören. Regel Nummer vier ist, daß man in meinem Gerichtssaal nicht aufsteht. Sie bleiben an Ihrem Tisch sitzen und sagen so wenig wie möglich. Haben Sie diese Regeln begriffen, Mr. Fink?«

Fink starrte fassungslos auf Harry und versuchte zu nicken.

Harry war noch nicht fertig. »Dies ist ein sehr kleiner Gerichtssaal, Mr. Fink, von mir selbst vor langer Zeit für private Anhörungen eingerichtet. Wir alle können einander mühelos sehen und hören, also halten Sie einfach den Mund geschlossen und den Hintern auf Ihrem Sitz, dann ist alles in bester Ordnung.«

Fink versuchte immer noch zu nicken. Er umklammerte die Armlehnen des Stuhls, entschlossen, sich nie wieder von ihm zu erheben. Hinter ihm hatte McThune, der Anwaltshasser, Mühe, ein Grinsen zu unterdrücken.

»Mr. McLemore, offensichtlich hat Mr. Fink vor, diesen Fall für die Anklage zu vertreten. Sind Sie damit einverstanden?«

»Keine Einwände, Euer Ehren.«

»Ich lasse es zu. Aber versuchen Sie, ihn auf seinem Sitz zu halten.« Mark war total verängstigt. Er hatte auf einen freundlichen, sanften alten Mann gehofft, von dem nur Liebe und Sympathie ausging. Mit so etwas hatte er nicht gerechnet. Er warf einen Blick auf Mr. Fink, dessen Genick rot angelaufen war und der laut und mühsam atmete, und er tat ihm fast leid.

»Ms. Love«, sagte der Richter, plötzlich sehr herzlich und voller Mitgefühl, »ich gehe davon aus, daß Sie einen Einwand zugunsten des Kindes vorzubringen haben.«

»Ja, Euer Ehren.« Sie beugte sich vor und sprach ganz gezielt in Richtung auf die Protokollantin. »Wir haben mehrere Einwände, die wir gern zum jetzigen Zeitpunkt vorbringen würden, und ich möchte, daß sie zu Protokoll genommen werden.«

»In Ordnung«, sagte Harry, als könnte Reggie Love alles haben, was sie wollte. Fink sank noch tiefer und kam sich noch gedemütigter vor. Soviel zum Beeindrucken des Gerichts mit spontaner Beredsamkeit.

Reggie warf einen Blick auf ihre Notizen. »Euer Ehren, ich bitte darum, daß das Protokoll dieser Anhörung so schnell wie möglich ausgefertigt und verfügbar gemacht wird, damit notfalls sofort Revision eingelegt werden kann.«

»Stattgegeben.«

»Ich erhebe gegen diese Anhörung Einspruch aus verschiedenen Gründen. Erstens, das Kind, seine Mutter und seine Anwältin wurden praktisch überrumpelt. Ungefähr drei Stunden sind vergangen, seit der Mutter die Eingabe zugestellt wurde, und obwohl ich das Kind jetzt seit drei Tagen vertrete und jeder Beteiligte darüber informiert ist, wurde ich von dieser Anhörung erst vor fünfundsiebzig Minuten in Kenntnis gesetzt. Das ist unfair, absurd und ein Ermessensmißbrauch des Gerichts.«

»Wann möchten Sie die Anhörung haben, Ms. Love?« fragte Harry. »Heute ist Donnerstag«, sagte sie. »Wie wäre es mit Dienstag oder Mittwoch nächster Woche?«

»Einverstanden. Sagen wir, Dienstag um neun.« Harry sah Fink an, der sich noch immer nicht gerührt hatte und nicht wagte, darauf zu reagieren. »Natürlich wird der Junge bis dahin in Gewahrsam bleiben, Ms. Love.«

»Der Junge gehört nicht in Gewahrsam, Euer Ehren.«

»Aber ich habe die Anweisung, ihn in Gewahrsam zu nehmen, unterschrieben, und ich werde sie nicht aufheben, solange wir auf eine Anhörung warten. Unsere Gesetze, Ms. Love, erlauben die sofortige Inhaftierung vermeintlicher Straftäter, und Ihr Mandant wird nicht anders behandelt als jeder andere auch. Außerdem gibt es im Fall Mark Sway weiterführende Erwägungen, die bestimmt bald zur Sprache kommen werden.«

»Wenn mein Mandant in Gewahrsam bleiben soll, kann ich einer Vertagung nicht zustimmen.«

»Also gut«, sagte Seine Ehren prompt. »Nehmen Sie zu Protokoll, daß das Gericht eine Vertagung angeboten hat, diese aber von dem Kind abgelehnt wurde.«

»Und nehmen Sie auch zu Protokoll, daß das Kind eine Vertagung abgelehnt hat, weil das Kind nicht länger in der Jugendhaftanstalt bleiben will, als unbedingt sein muß.«

»Stattgegeben«, sagte Harry mit dem Anflug eines Lächelns. »Bitte, fahren Sie fort, Ms. Love.«

»Wir erheben außerdem Einspruch gegen diese Anhörung, weil die Mutter des Kindes nicht anwesend ist. Extremer Umstände halber ist ihre Anwesenheit zur Zeit nicht möglich, und ich bitte Euer Ehren zu bedenken, daß die arme Frau erst vor drei Stunden informiert worden ist. Das Kind hier ist elf Jahre alt und braucht die Unterstützung durch seine Mutter. Wie Sie wissen, Euer Ehren, sprechen sich die Gesetze eindeutig für die Anwesenheit der Eltern bei solchen Anhörungen aus, und ein Vorgehen ohne Marks Mutter ist unfair.«

»Wann kann Ms. Sway zur Verfügung stehen?«

»Das weiß niemand, Euer Ehren. Sie ist buchstäblich an das Krankenhaus gebunden, da ihr Sohn an post-traumatischem Streß leidet. Ihr Arzt gestattet ihr das Verlassen seines Zimmer jeweils nur für ein paar Minuten. Es kann Wochen dauern, bis sie verfügbar ist.«

»Also wollen Sie diese Anhörung auf unbestimmte Zeit verschieben?«

»Ja, Sir.«

»Also gut. Einverstanden. Natürlich bleibt das Kind bis zur Anhörung in Gewahrsam.«

»Das Kind gehört nicht in Gewahrsam. Das Kind wird dem Gericht zu jedem gewünschten Zeitpunkt zur Verfügung stehen. Es wäre nichts damit gewonnen, wenn das Kind bis zu einer Anhörung eingeschlossen bliebe.«

»In diesem Fall gibt es Faktoren, die die Sache komplizieren, Ms. Love, und ich bin nicht gewillt, dieses Kind freizulassen, bevor die Anhörung stattgefunden hat und festgestellt wurde, wieviel es weiß. So einfach ist das. Ich wage nicht, es zum jetzigen Zeitpunkt freizulassen. Wenn ich es täte, und es passierte ihm etwas, dann würde ich bis zu meinem Tode an dieser Schuld tragen. Verstehen Sie das, Ms. Love?«

Sie verstand es, obwohl sie es nicht zugeben wollte. »Ich fürchte, Sie treffen diese Entscheidung aufgrund unbewiesener Fakten.«

»Das mag sein. Aber ich habe in dieser Sache einen breiten Ermessensspielraum, und solange ich die Beweise nicht gehört habe, bin ich nicht bereit, das Kind zu entlassen.«

»Das wird sich gut machen in einer Berufung«, fauchte sie, und Harry gefiel das nicht.

»Nehmen Sie ins Protokoll auf, daß eine Vertagung angeboten wurde, bis die Mutter des Kindes zugegen sein kann, und daß die Vertagung von dem Kind abgelehnt wurde.«

Worauf Reggie rasch reagierte. »Und nehmen Sie auch ins Protokoll auf, daß das Kind die Vertagung abgelehnt hat, weil es nicht länger in der Jugendhaftanstalt bleiben will, als unbedingt sein muß.«

»Stattgegeben, Ms. Love. Bitte, fahren Sie fort.«

»Das Kind ersucht dieses Gericht, die gegen es eingereichte Eingabe abzuweisen, und zwar mit der Begründung, daß die darin erhobenen Anschuldigungen gegenstandslos sind und die Eingabe nur deshalb gemacht wurde, um Dinge ans Licht zu bringen, die das Kind *vielleicht* weiß. Die Antragsteller Fink und Foltrigg benutzen diese Anhörung als Fischzug für ihre ins Stocken geratene Untersuchung eines Verbrechens. Ihre Eingabe ist ein hoffnungsloser Mischmasch aus Vielleichts und Was-ist-wenns und wurde unter Eid ohne die leiseste Andeutung der wahren Tatsachen eingereicht.

Sie sind verzweifelt, Euer Ehren, und jetzt sind sie hier und schießen ins Dunkle in der Hoffnung, irgend etwas zu treffen. Die Eingabe sollte abgewiesen werden, und wir sollten alle nach Hause gehen.«

Harry funkelte auf Fink herab und sagte: »Ich bin geneigt, ihr zuzustimmen, Mr. Fink. Was ist Ihre Ansicht?«

Fink hatte es sich auf seinem Stuhl bequem gemacht und mit Genugtuung beobachtet, wie Reggies erste Einwände von Seinen Ehren abgeschmettert wurden. Seine Atmung war wieder fast normal, und seine Gesichtsfarbe war von Scharlachrot zu Rosa zurückgekehrt, als der Richter ihr plötzlich zustimmte und ihn ansah.

Fink rutschte nach vorne und wäre fast aufgestanden, hielt sich aber in letzter Minute zurück und begann zu stottern. »Nun, äh, Euer Ehren, wir, äh, können unsere Anschuldigungen beweisen, wenn uns die Gelegenheit dazu gegeben wird. Wir, äh, sind überzeugt von dem, was wir in der Eingabe vorgebracht haben ...«

»Das will ich hoffen«, warf Harry ein.

»Ja, Sir, und wir wissen, daß dieses Kind eine Untersuchung behindert. Ja, Sir, wir sind ganz sicher, daß wir beweisen können, was wir vorgebracht haben.«

»Und wenn Sie es nicht können?«

»Wir, äh, wir sind sicher, daß ...«

»Ihnen ist doch wohl klar, Mr. Fink, daß ich, wenn ich die Beweise in diesem Fall höre und feststelle, daß Sie ein Spielchen spielen, Sie wegen Mißachtung belangen kann. Und wie ich Ms. Love kenne, bin ich sicher, daß Sie mit Gegenmaßnahmen von seiten des Kindes zu rechnen haben.«

»Wir haben vor, gleich morgen früh Anklage zu erheben, Euer Ehren«, setzte Reggie hilfreich hinzu. »Sowohl gegen Mr. Fink als auch gegen Roy Foltrigg. Sie mißbrauchen dieses Gericht und die Jugendgesetzgebung des Staates Tennessee. Mein Personal arbeitet bereits an der Abfassung der Klage.«

Ihr Personal saß draußen auf dem Flur, aß ein Snickers und trank eine Diätcola. Aber die Drohung hörte sich im Gerichtssaal sehr unheilvoll an.

Fink warf einen Blick auf George Ord, seinen Mit-Anwalt, der neben ihm saß und sich eine Liste der Dinge machte, die er an diesem Nachmittag erledigen wollte, und nichts auf dieser Liste hatte etwas mit Mark Sway oder Roy Foltrigg zu tun. Ord war der Vorgesetzte von achtundzwanzig Anwälten, die an Tausenden von Fällen arbeiteten, und Barry Muldanno und die Leiche von Boyd Boyette interessierten ihn nicht im mindesten. Der Fall unterlag nicht seiner Jurisdiktion. Ord war ein vielbeschäftigter Mann, zu beschäftigt, um wertvolle Zeit damit zu verschwenden, für Roy Foltrigg den Laufburschen zu spielen.

Aber Fink war kein Federgewicht. Er hatte genug Erfahrung mit unerfreulichen Prozessen, feindseligen Richtern und skeptischen Jurys. Er rappelte sich recht gut zusammen. »Euer Ehren, die Eingabe hat sehr viel Ähnlichkeit mit einer Anklage. Die Wahrheit kann ohne Anhörung nicht bewiesen werden, und wenn wir die Anhörung bekommen, können wir unsere Anschuldigungen beweisen.«

Harry wandte sich an Reggie. »Ich werde diesen Antrag auf Abweisung in Erwägung ziehen und die Beweise der Antragsteller anhören. Wenn sie nicht ausreichen, gebe ich dem Antrag statt, und alles weitere findet sich dann.«

Reggie zuckte die Achseln, als hätte sie nichts anderes erwartet.

»Sonst noch etwas, Ms. Love?«

»Im Augenblick nicht.«

»Mr. Fink, rufen Sie Ihren ersten Zeugen auf«, sagte Harry. »Und machen Sie es kurz. Kommen Sie gleich zum Thema. Wenn Sie Zeit verschwenden, können Sie sich darauf verlassen, daß ich für Tempo sorgen werde.«

»Ja, Sir. Sergeant Milo Hardy von der Polizei von Memphis ist unser erster Zeuge.«

Während dieser Vorgeplänkel hatte Mark sich nicht bewegt. Er wußte nicht so recht, ob Reggie gewonnen oder verloren hatte, und aus irgendeinem Grund war es ihm auch gleich. Etwas war unfair an einem System, bei dem ein kleiner Junge in einem Gerichtssaal saß, umgeben von Anwälten, die unter den abschätzigen Blicken des Richters miteinander stritten und Schüsse aus dem Hinterhalt abgaben, und inmitten dieses Trommelfeuers von Gesetzen und Paragraphen und Anträgen und juristischen Ausdrücken wissen sollte, was um ihn herum ablief. Es war hoffnungslos unfair.

Und so saß er nur da und schaute auf den Fußboden in der Nähe der Protokollantin. Seine Augen waren immer noch naß, und er schaffte es nicht, sie trocken zu bekommen.

Während Sergeant Hardy geholt wurde, war es still im Saal. Seine Ehren entspannte sich in seinem Stuhl und nahm die Lesebrille ab. »Ich möchte, daß folgendes zu Protokoll genommen wird«, sagte er und funkelte abermals Fink an. »Dies ist eine vertrauliche Verhandlung. Die Anhörung findet aus guten Gründen unter Ausschluß der Öffentlichkeit statt. Keiner der Anwesenden darf ein Wort von dem wiederholen, was heute in diesem Saal gesprochen wird, oder mit jemandem über irgendeinen Aspekt dieses Verfahrens reden. Mir ist bewußt, daß Sie, Mr. Fink, dem Bundesanwalt in New Orleans Bericht erstatten müssen, und mir ist auch bewußt, daß Mr. Foltrigg einer der Antragsteller ist und ein Recht darauf hat, zu wissen, was hier vorgeht. Und wenn Sie mit ihm reden, machen Sie ihm bitte klar, daß ich über seine Abwesenheit sehr verärgert bin. Er hat die Eingabe unterschrieben und sollte deshalb hier sein. Sie erstatten ihm über dieses Verfahren Bericht, aber nur ihm. Und Sie sagen ihm, daß er seinen großen Mund halten soll, haben Sie verstanden, Mr. Fink?«

»Ja, Euer Ehren.«

»Werden Sie Mr. Foltrigg darauf hinweisen, daß ich, falls ich von irgendeinem Verstoß gegen die Vertraulichkeit dieses Verfahrens Wind bekomme, auf Mißachtung des Gerichts erkennen und versuchen werde, ihn ins Gefängnis zu bringen?«

»Ja, Euer Ehren.«

Plötzlich richtete er den Blick auf McThune und K. O. Lewis. Sie saßen unmittelbar hinter Fink und Ord.

»Mr. McThune und Mr. Lewis, Sie dürfen jetzt den Saal verlassen«, sagte Harry abrupt. Sie packten ihre Armlehnen und stemmten sich hoch. Fink drehte sich um und starrte sie an, dann blickte er zum Richter auf.

»Äh, Euer Ehren, wäre es möglich, daß diesen Herren gestattet wird, hier im Saal zu bleiben und ...«

»Ich habe sie angewiesen, zu gehen, Mr. Fink«, sagte Harry laut. »Wenn sie als Zeugen benötigt werden, rufen wir sie später auf. Wenn sie keine Zeugen sind, haben sie hier nichts zu suchen und können wie alle anderen auf dem Flur warten. So, und nun verschwinden Sie, meine Herren.«

McThune joggte praktisch zur Tür, ohne das geringste Anzeichen verletzten Stolzes, aber K. O. Lewis war stocksauer. Er knöpfte sein Jackett zu und starrte Seine Ehren an, aber nur eine Sekunde lang. Niemand hatte je einen Wettkampf im Anstarren gegen Harry Roosevelt gewonnen, und K. O. Lewis gedachte nicht, es zu versuchen. Er setzte sich in Bewegung und verschwand durch die Tür, die McThune hinter sich offengelassen hatte.

Sekunden später trat Sergeant Hardy ein und ließ sich auf dem Zeugenstand nieder. Er war in Uniform. Er machte es sich mit seinem breiten Hintern auf dem gepolsterten Sitz bequem und wartete. Fink war wie erstarrt und traute sich nicht, anzufangen, bevor er dazu aufgefordert worden war.

Richter Roosevelt rollte seinen Stuhl an die Kante des Podiums und blickte auf Hardy herab. Etwas hatte seine Aufmerksamkeit erregt. Hardy saß wie eine fette Kröte auf seinem Stuhl, bis ihm klar wurde, daß der Richter nur Zentimeter von ihm entfernt war.

»Weshalb tragen Sie Ihre Waffe?« fragte Harry.

Hardy schaute verblüfft auf, dann wendete er ruckartig den Kopf herum und schaute auf seine rechte Hüfte, als wäre das Vorhandensein der Waffe auch für ihn eine totale Überraschung. Er starrte sie an, als wäre das verdammte Ding irgendwie an seinem Körper festgeklebt.

»Nun, ich ...«

»Sind Sie im Dienst oder dienstfrei, Sergeant Hardy?«

»Dienstfrei.«

»Weshalb tragen Sie dann Uniform, und weshalb in aller Welt erscheinen Sie bewaffnet in meinem Gerichtssaal?«

Mark lächelte zum ersten Mal seit Stunden.

Der Gerichtsdiener reagierte sofort und näherte sich schnell dem Zeugenstand. Hardy riß seinen Gürtel auf und nahm das Holster ab. Der Aufseher trug es davon, als wäre es eine Mordwaffe.

»Haben Sie schon einmal vor Gericht ausgesagt?« fragte Harry.

Hardy lächelte wie ein Kind und sagte: »Ja, Sir, schon oft.«

»Wirklich?«

»Ja, Sir, schon oft.«

»Und wie oft haben Sie ausgesagt und Ihre Waffe dabei getragen?«

»Es tut mir leid, Euer Ehren.«

Harry entspannte sich, sah Fink an und deutete auf Hardy, als wäre es jetzt gestattet, den Zeugen zu verhören. Fink hatte im Laufe der letzten zwanzig Jahre viele Stunden in Gerichtssälen verbracht und war überaus stolz auf seine Fähigkeiten. Die Liste seiner Erfolge war beeindruckend. Er war redegewandt und aalglatt, flink auf den Beinen.

Aber er war langsam auf dem Hintern, und ein Zeugenverhör im Sitzen war eine für ihn völlig ungewohnte Methode der Wahrheitsfindung. Er wäre fast wieder aufgestanden, hielt sich aber in letzter Sekunde zurück und griff nach seinem Notizblock. Seine Frustration war unübersehbar.

»Bitte nennen Sie Ihren Namen fürs Protokoll«, sagte er abrupt.

»Sergeant Milo Hardy, Memphis Police Department.«

»Und wo wohnen Sie?«

Harry hob eine Hand, um Hardy zu stoppen. »Mr. Fink, wozu müssen Sie wissen, wo dieser Mann wohnt?«

Fink starrte ihn fassungslos an. »Also, Euer Ehren, ich glaube, das war lediglich eine Routinefrage.«

»Wissen Sie, wie sehr ich Routinefragen hasse, Mr. Fink?«

»Ich fange an, es zu begreifen.«

»Routinefragen bringen uns nicht weiter, Mr. Fink. Mit Routinefragen werden Stunden um Stunden wertvoller Zeit vergeudet. Ich möchte keine weitere Routinefrage hören. Bitte.«

»Ja, Euer Ehren, ich werde es versuchen.«
»Ich weiß, daß Ihnen das schwerfällt.«

Fink sah Hardy an und versuchte verzweifelt, sich eine brillante und originelle Frage einfallen zu lassen. »Wurden Sie, Sergeant Hardy, letzten Montag zum Schauplatz einer Schießerei beordert?«

Harry hob wieder die Hand, und Fink sackte auf seinem Stuhl zusammen. »Mr. Fink, ich weiß ja nicht, wie Sie in New Orleans vorgehen, aber hier in Memphis lassen wir unsere Zeugen schwören, daß sie die Wahrheit sagen werden. Das wird ›unter Eid stellen‹ genannt. Kommt Ihnen das bekannt vor?«

Fink rieb sich die Schläfen und sagte: »Ja, Sir. Könnte der Zeuge bitte vereidigt werden?«

Die ältliche Frau an dem kleinen Tisch erwachte plötzlich zum Leben. Sie sprang auf und schrie Hardy an, der kaum vier Meter von ihr entfernt war. »Heben Sie die rechte Hand!«

Hardy tat es und wurde eingeschworen, die Wahrheit zu sagen. Dann kehrte sie zu ihrem Sitz zurück.

»So, Mr. Fink, jetzt können Sie weitermachen«, sagte Harry mit einem bösen kleinen Lächeln, sehr befriedigt darüber, daß er Fink mit heruntergelassener Hose ertappt hatte. Er entspannte sich auf seinem massigen Stuhl und lauschte aufmerksam der nun folgenden Routine aus Fragen und Antworten.

Hardy war überaus redselig, hilfsbereit, lieferte zahllose kleine Details. Er beschrieb den Schauplatz des Selbstmordes, die Lage der Leiche, den Zustand des Wagens. Es gab Fotos, falls Seine Ehren sie zu sehen wünschte. Seine Ehren lehnte ab. Sie waren völlig irrelevant. Hardy legte einen Ausdruck von Marks Anruf unter der Nummer 911 vor und erbot sich, die Tonbandaufzeichnung abzuspielen, falls Seine Ehren sie hören wollte. Nein, sagte Seine Ehren.

Dann berichtete Hardy höchst erfreut darüber, wie er den kleinen Mark im Wald nahe dem Tatort ertappt hatte, und über ihre anschließende Unterhaltung in seinem Wagen, im Wohnwagen der Sways, unterwegs zum Krankenhaus und beim Essen in der Cafeteria. Er beschrieb sein Empfinden, daß der kleine Mark nicht die volle Wahrheit sagte. Die Geschichte des Jungen war fadenscheinig, und bei geschickter Befragung mit genau dem richtigen Maß an Subtilität war er, Hardy, imstande gewesen, alle möglichen Löcher darin aufzudecken.

Marks Lügen waren erbärmlich. Der Junge sagte, er und sein Bruder wären zufällig auf den Wagen und den Toten gestoßen; sie hätten keine Schüsse gehört; sie wären nur zwei Jungen, die im Wald gespielt hatten, ganz mit sich selbst beschäftigt, und dann hätten sie irgendwie diese Leiche gefunden. Natürlich stimmte nichts an Marks Geschichte, und Hardy hatte das sofort erkannt.

Sehr detailliert beschrieb Hardy den Zustand von Marks Gesicht, das zugeschwollene Auge und die dicke Lippe, das Blut am Mund. Der Junge behauptete, das stammte von einer Prügelei in der Schule. Auch so eine erbärmliche kleine Lüge.

Nach einer halben Stunde wurde Harry unruhig, und Fink erkannte die Anzeichen. Reggie verzichtete auf ein Kreuzverhör, und als Hardy den Zeugenstand und den Raum verließ, gab es keinen Zweifel mehr daran, daß Mark ein Lügner war, der versucht hatte, die Polizisten zu täuschen.

Es sollte noch schlimmer kommen.

Als Seine Ehren Reggie gefragt hatte, ob sie irgendwelche Fragen an Sergeant Hardy hätte, sagte sie nur: »Ich hatte nicht die Zeit, mich auf diesen Zeugen vorzubereiten.«

Als nächster Zeuge wurde McThune aufgerufen. Er schwor, die Wahrheit zu sagen, und ließ sich auf dem Zeugenstuhl nieder. Reggie griff langsam in ihren Aktenkoffer und holte eine Tonbandkassette heraus. Sie behielt sie beiläufig in der Hand, und als McThune zu ihr herübersah, tippte sie damit leicht auf ihren Notizblock. Er machte die Augen zu.

Sie legte die Kassette auf ihren Block und begann ihren Umriß mit dem Kugelschreiber nachzuziehen.

Fink kam schnell zur Sache; inzwischen war er ziemlich geschickt darin, sämtliche Fragen zu vermeiden, die auch nur vage nach Routine aussahen. Es war eine neue Erfahrung für ihn, dieser effiziente Gebrauch von Worten, und je länger er es tat, desto besser gefiel es ihm.

McThune war so trocken wie Maismehl. Er verwies auf die Fingerabdrücke, die sie überall im Wagen gefunden hatten, auf der Waffe und auf der Flasche sowie auf der hinteren Stoßstange. Er äußerte seine Vermutungen über die Jungen und den Wasserschlauch und zeigte Harry die Reste der Virginia-Slim-Zigaretten, die unter dem Baum gefunden worden waren. Außerdem zeigte er Harry den Abschiedsbrief, den Clifford hinterlassen hatte, und äußerte abermals seine Vermutungen über den mit einem anderen Stift geschriebenen Zusatz. Er zeigte Harry den Kugelschreiber, den man im Wagen gefunden hatte, und erklärte, es stehe außer Frage, daß Mr. Clifford diesen Stift benutzt hatte, um die letzten Worte zu kritzeln. Er sprach über den Blutfleck, den man an Cliffords Hand gefunden hatte. Das Blut stammte nicht von Clifford, aber es hatte dieselbe Blutgruppe wie das von Mark Sway, der eine aufgesprungene Lippe und mehrere andere Verletzungen davongetragen hatte.

»Sie glauben, daß Mr. Clifford den Jungen geschlagen hat?« fragte Harry.

»Ja, das glaube ich, Euer Ehren.«

Reggie hätte Einspruch erheben können gegen McThunes Gedanken und Ansichten und Vermutungen, aber sie hielt den Mund. Sie hatte schon viele derartige Anhörungen mit Harry erlebt und wußte, daß er alles zur Kenntnis nahm und selbst entscheiden würde, was er davon glauben sollte. Mit Einsprüchen hätte sie nichts erreicht.

Harry fragte, wie das FBI an Fingerabdrücke von dem Jungen gekommen war, um sie mit den im Wagen gefundenen vergleichen zu können. McThune holte tief Luft und berichtete über die Sprite-Dose im Krankenhaus, beeilte sich aber, darauf hinzuweisen, daß sie, als sie das taten, den Jungen nicht als Tatverdächtigen betrachteten, sondern lediglich als Zeugen, und es deshalb für rechtens gehalten hätten, die Fingerabdrücke abzunehmen. Das gefiel Harry überhaupt nicht, aber er sagte nichts. McThune betonte, wenn man den

Jungen irgendeiner Tat verdächtigt hätte, hätten sie nicht einmal im Traum daran gedacht, seine Abdrücke zu stehlen. Niemals.

»Natürlich nicht«, sagte Harry mit soviel Sarkasmus, daß McThune errötete.

Fink führte ihn durch die Ereignisse am Dienstag, dem Tag nach dem Selbstmord, an dem der kleine Mark eine Anwältin engagiert hatte. Sie hatten alles versucht, mit ihm und dann mit seiner Anwältin zu reden, und seither waren sie nicht weitergekommen.

McThune benahm sich ordentlich und blieb bei den Tatsachen. Doch auch er hinterließ im Saal den unbestreitbaren Eindruck, daß Mark ein gerissener Lügner war.

Während Hardy und McThune ihre Aussagen machten, warf Harry von Zeit zu Zeit einen Blick auf Mark. Der Junge war teilnahmslos und schwer zu durchschauen. Er schien seine ganze Aufmerksamkeit einem unsichtbaren Fleck auf dem Fußboden zu widmen. Er saß zusammengesackt auf seinem Stuhl, und die meiste Zeit ignorierte er Reggie vollständig. Seine Augen waren feucht, aber er weinte nicht. Er wirkte müde und traurig, und gelegentlich warf er einen Blick auf den Zeugen, wenn seine Lügen dargelegt wurden.

Harry hatte Reggie schon viele Male unter diesen Umständen erlebt, und gewöhnlich saß sie sehr nahe bei ihren jungen Mandanten und flüsterte mit ihnen während des Verfahrens. Sie tätschelte sie, drückte ihnen den Arm, beruhigte sie, ermahnte sie, falls erforderlich. Normalerweise war sie ständig in Bewegung und schützte ihre Mandanten vor den brutalen Realitäten des von Erwachsenen bestimmten juristischen Systems. Aber nicht heute. Sie warf ihrem Mandanten gelegentlich einen Blick zu, als wartete sie auf ein Signal, aber er ignorierte sie.

»Rufen Sie Ihren nächsten Zeugen auf«, sagte Harry zu Fink, der die Ellenbogen aufgestützt hatte und versuchte, nicht aufzustehen. Er sah zuerst hilfesuchend Ord an, dann wendete er sich an Seine Ehren.

»Nun, Euer Ehren, es mag sich etwas merkwürdig anhören, aber als nächster würde ich gern selbst aussagen.«

Harry riß seine Lesebrille herunter und funkelte Fink an. »Sie bringen etwas durcheinander, Mr. Fink. Sie sind ein Anwalt, kein Zeuge.«

»Das weiß ich, Sir, aber ich bin zugleich einer der Antragsteller, und ich weiß, daß dies etwas ungewöhnlich ist, aber ich glaube, meine Aussage könnte wichtig sein.«

Thomas Fink, Antragsteller, Anwalt, Zeuge. Möchten Sie vielleicht auch Gerichtsdiener sein, Mr. Fink? Oder ein bißchen Protokoll führen? Vielleicht sogar für eine Weile meine Robe tragen? Das ist kein Gerichtssaal, Mr. Fink, es ist ein Theater. Weshalb suchen Sie sich nicht die Rolle aus, die Ihnen gefällt?«

Fink hielt die Augen auf das Podium gerichtet, wobei er den Blicken Seiner Ehren lieber auswich. »Ich kann es erklären, Sir«, sagte er demütig.

»Sie brauchen mir nichts zu erklären, Mr. Fink. Ich bin nicht blind. Ihr habt euch ganz miserabel vorbereitet in diese Sache gestürzt. Mr. Foltrigg sollte hier sein, aber er ist es nicht, und jetzt brauchen Sie ihn. Sie haben gedacht, Sie könnten eine Eingabe zusammenschustern, ein paar hohe Tiere vom FBI dazuholen, Mr. Ord hier mit hineinziehen, und ich würde so beeindruckt sein, daß ich einfach klein beigebe und alles tue, was Sie wollen. Darf ich Ihnen etwas sagen, Mr. Fink?«

Fink nickte.

»Ich bin nicht beeindruckt. Ich habe bei gespielten Gerichtssitzungen an High Schools schon bessere Arbeit gesehen. Die Hälfte der Jurastudenten im ersten Semester an der Memphis State könnte Ihnen in den Hintern treten, und die andere Hälfte in den von Mr. Foltrigg.« Fink war nicht dieser Ansicht, nickte aber auch weiterhin. Ord rückte seinen Stuhl ein paar Zentimeter von dem von Fink weg.

»Was halten Sie davon, Ms. Love?« fragte Harry.

»Euer Ehren, unsere Verfahrensregeln sind völlig eindeutig. Ein in einem Verfahren tätiger Anwalt kann nicht in demselben Verfahren als Zeuge auftreten. So einfach ist das.« Sie hörte sich gelangweilt und frustriert an, als müßte das jedermann bekannt sein.

»Mr. Fink?«

Fink gewann seine Fassung zurück. »Euer Ehren, ich würde das Gericht gern unter Eid über bestimmte Fakten informieren, die Mr. Cliffords Aktionen vor seinem Selbstmord betreffen. Ich entschuldige mich für diese Bitte, aber unter den gegebenen Umständen geht es nicht anders.«

Es wurde an die Tür geklopft, und der Gerichtsdiener öffnete sie. Marcia kam herein mit einem Teller mit einem dicken Roastbeef-Sandwich und einem hohen Plastikbecher mit Eistee. Sie setzte beides vor Harry ab, der ihr dankte, dann verschwand sie wieder.

Es war fast ein Uhr, und plötzlich hatten alle Heißhunger. Von dem Roastbeef mit Meerrettich, Pickles und Zwiebelringen stieg ein appetitanregender Duft auf, der den Saal durchzog. Alle Augen waren auf das Baguettebrötchen gerichtet, und als Harry danach griff, um einen gewaltigen Bissen zu tun, sah er, wie Mark jede seiner Bewegungen verfolgte. Er stoppte das Sandwich auf halbem Wege und bemerkte, daß Fink und Ord, Reggie und sogar der Gerichtsdiener in hilfloser Erwartung daraufstarrten.

Harry legte das Sandwich wieder auf den Teller und schob es beiseite. »Mr. Fink«, sagte er, mit einem Finger auf ihn zeigend, »bleiben Sie, wo Sie sind. Schwören Sie, daß Sie die Wahrheit sagen werden?«

»Ich schwöre es.«

»Dann stehen Sie jetzt unter Eid. Sie haben fünf Minuten, um mir zu sagen, was Ihnen auf dem Herzen liegt.«

»Ja, danke, Euer Ehren.«

»Also, fangen Sie an.«

»Also, Jerome Clifford und ich waren Studienkollegen, und wir kannten uns schon sehr lange. Wir hatten viele gemeinsame Fälle, immer als Gegner natürlich.«

»Natürlich.«

»Nachdem Barry Muldanno angeklagt worden war, begann der Druck größer zu werden, und Jerome fing an, sich merkwürdig zu benehmen. In der Rückschau glaube ich, daß er allmählich durchdrehte, aber damals habe ich mir nicht viel dabei gedacht. Ich meine ... wissen Sie, Jerome war schon immer ein merkwürdiger Mensch.«

»Ich verstehe.«

»Ich arbeitete ununterbrochen an dem Fall, viele Stunden täglich, und ich habe mehrmals pro Woche mit Jerome Clifford gesprochen. Es mußten vorbereitende Anträge eingereicht werden und dergleichen, deshalb sah ich ihn auch gelegentlich vor Gericht. Er sah fürchterlich aus. Er hatte eine Menge Gewicht zugelegt, und er trank zuviel. Er kam immer zu spät zu den Sitzungen. Badete nur selten. Oft versäumte er es, Telefonanrufe zu beantworten, was ungewöhnlich war für Jerome. Ungefähr eine Woche vor seinem Tod rief er mich eines Abends zu Hause an, völlig betrunken, und schwadronierte fast eine Stunde lang. Er war völlig verrückt. Am nächsten Morgen rief er mich im Büro an und entschuldigte sich. Er druckste herum, als befürchte er, er hätte am Abend zuvor zuviel gesagt. Mindestens zweimal erwähnte er die Leiche von Boyette, und schließlich war ich überzeugt, daß Jerome wußte, wo sie sich befindet.«

Fink hielt inne, um das erstmal wirken zu lassen, aber Harry wartete ungeduldig.

»Nun, danach hat er mich noch mehrere Male angerufen, hat immer wieder die Leiche erwähnt. Ich habe ihn gebluf ft und angedeutet, daß er zuviel gesagt hätte, als er betrunken war. Ich sagte ihm, wir dächten daran, ihn wegen Behinderung der Justiz anzuklagen.«

»Scheint eine Ihrer Lieblingsanklagen zu sein«, bemerkte Harry trocken.

»Jedenfalls trank Jerome und benahm sich merkwürdig. Ich sagte ihm, daß das FBI ihn rund um die Uhr beschattete, was nicht zutraf; aber er schien es zu glauben. Er wurde regelrecht paranoid und rief mich mehrmals täglich an. Dann betrank er sich regelmäßig und rief am späten Abend wieder an. Er wollte über die Leiche reden, getraute sich aber nicht, alles zu erzählen. Bei unserem letzten Telefongespräch sagte ich ihm, daß wir vielleicht einen Handel abschließen könnten. Wenn er uns sagte, wo die Leiche ist, würden wir ihm helfen, aus der Sache herauszukommen, ohne daß es aktenkundig würde, ohne Anklage, ohne alles. Er hatte fürchterliche Angst vor seinem Mandanten und hat nicht ein einziges Mal abgestritten, daß er wußte, wo sich die Leiche befindet.«

»Euer Ehren«, unterbrach Reggie, »das ist natürlich pures Hörensagen und dient nur dem eigenen Nutzen. Nichts davon läßt sich verifizieren.«

»Sie glauben mir nicht?« fauchte Fink.

»Nein, das tue ich nicht.«

»Ich weiß auch nicht, ob ich Ihnen das glauben soll, Mr. Fink«, sagte Harry. »Außerdem bin ich nicht sicher, ob irgend etwas von alledem für diese Anhörung relevant ist.«

»Ich will damit sagen, Euer Ehren, daß Jerome Clifford über die Leiche Bescheid wußte und darüber redete. Außerdem begann er, den Verstand zu verlieren.«

»Das gestehe ich Ihnen gern zu, Mr. Fink. Er hat sich eine Waffe in den Mund gesteckt. Das tun nur Verrückte.«

Fink hing gewissermaßen in der Luft, mit offenem Mund, und wußte nicht, ob er sonst noch etwas sagen sollte.

»Noch weitere Zeugen, Mr. Fink?« fragte Harry.

»Nein, Sir. Wir sind jedoch, Euer Ehren, der Ansicht, daß in Anbetracht der ungewöhnlichen Umstände dieses Falles das Kind jetzt in den Zeugenstand treten und aussagen sollte.«

Harry riß abermals seine Lesebrille herunter und neigte sich Fink entgegen. Wenn er ihn hätte erreichen können, wäre er ihm möglicherweise an die Gurgel gefahren.

»Was sind Sie?«

»Wir, äh, sind der Ansicht ...«

»Mr. Fink, haben Sie sich mit den für diesen Bezirk geltenden Jugendgesetzen vertraut gemacht?«

»Das habe ich.«

»Sehr schön. Würden Sie uns dann bitte sagen, unter welchem Paragraphen der Antragsteller das Recht hat, das Kind zur Aussage zu zwingen?«

»Ich habe lediglich unser Ansuchen vorgetragen.«

»Großartig. Welcher Paragraph gestattet es dem Antragsteller, ein derartiges Ansuchen vorzutragen?«

Fink ließ den Kopf ein paar Zentimeter sinken und fand etwas auf seinem Notizblock, das er betrachten konnte.

»Dies ist keine Wildwestgeschichte, Mr. Fink. Wir erschaffen nicht neue Gesetze, wenn es uns gerade in den Kram paßt. Das Kind kann nicht zur Aussage gezwungen werden. Das gilt für alle Verfahren, ganz gleich, ob vor einem Straf- oder einem Jugendgericht. Das müßte Ihnen eigentlich bekannt sein.«

Fink betrachtete hingebungsvoll seinen Notizblock.

»Zehn Minuten Pause!« bellte Seine Ehren. »Alle aus dem Saal, außer Ms. Love. Gerichtsdiener, bringen Sie Mark in ein Zeugenzimmer.« Harry war aufgestanden, um diese Anweisungen zu erteilen.

Fink, der immer noch nicht aufzustehen wagte, aber dennoch entsprechende Anstalten machte, zögerte den Bruchteil einer Sekunde zu lange, und das ärgerte den Richter. »Raus mit Ihnen, Mr. Fink«, sagte er grob und deutete auf die Tür.

Fink und Ord stolperten übereinander, als sie zur Tür hasteten. Die Protokollführerin und die Kanzlistin folgten ihnen. Der Gerichtsdiener führte Mark hinaus, und als er die Tür hinter sich zugemacht hatte, zog Harry seine Robe aus und warf sie auf einen Tisch. Er nahm seinen Lunch und stellte ihn vor Reggie auf den Tisch.

»Essenszeit«, sagte er, riß das Sandwich auseinander und legte die eine Hälfte für sie auf eine Serviette. Die Zwiebelringe schob er neben ihren Notizblock. Sie nahm einen und knabberte daran.

»Werden Sie zulassen, daß der Junge aussagt?« fragte er mit dem Mund voll Roastbeef.

»Ich weiß es nicht, Harry. Was denken Sie?«

»Ich denke, Fink ist ein Dummkopf, das ist es, was ich denke.«

Reggie nahm einen kleinen Bissen von dem Sandwich und wischte sich den Mund ab.

»Wenn Sie es zulassen«, sagte Harry kauend, »dann wird Fink ihm ein paar ganz gezielte Fragen stellen über das, was in Cliffords Wagen passiert ist.«

»Ich weiß. Das ist es, was mir Sorgen macht.«

»Wie wird der Junge die Fragen beantworten?«

»Ich habe keine Ahnung. Ich habe ihn gründlich beraten.

Wir haben ausführlich darüber gesprochen. Aber ich habe keine Ahnung, was er tun wird.«

Harry holte tief Atem, dann wurde ihm klar, daß der Eistee noch auf dem Podium stand. Er holte zwei Pappbecher von Finks Tisch und füllte beide mit Tee.

»Es ist offensichtlich, daß er etwas weiß, Reggie. Weshalb hat er so viele Lügen erzählt?«

»Er ist ein Kind, Harry. Er hatte fürchterliche Angst. Er hat mehr gehört, als er hätte hören sollen. Er sah, wie Clifford sich das Gehirn wegpustete. Er war total verängstigt. Sehen Sie sich seinen kleinen Bruder an. So etwas mitansehen zu müssen, ist furchtbar, und ich glaube, Mark hat anfangs befürchtet, er könnte in Schwierigkeiten geraten. Also hat er gelogen.«

»Das kann ich ihm nicht übelnehmen«, sagte Harry und griff nach einem Zwiebelring. Reggie biß in ein Gürkchen.

»Was denken Sie?« fragte sie.

Er wischte sich den Mund ab und dachte lange darüber nach. Dieser Junge gehörte jetzt ihm, er war eines von Harrys Kids, und von nun an mußte jede Entscheidung auf dem basieren, was für Mark Sway das beste war.

»Wenn ich einmal davon ausgehen kann, daß der Junge etwas weiß, was für die Untersuchung in New Orleans von Bedeutung ist, dann können mehrere Dinge passieren. Erstens, wenn Sie ihn in den Zeugenstand lassen und er die Informationen preisgibt, die Fink haben will, dann ist die Sache erledigt, soweit es meine Jurisdiktion betrifft. Der Junge verläßt das Gericht, aber er befindet sich in großer Gefahr. Zweitens, wenn Sie ihn in den Zeugenstand lassen und er weigert sich, Finks Fragen zu beantworten, dann bleibt mir nichts anderes übrig, als ihn zum Antworten zu zwingen. Wenn er sich weigert, macht er sich der Mißachtung des Gerichts schuldig. Er darf nicht schweigen, wenn er über wichtige Informationen verfügt. Auf alle Fälle wird Mr. Foltrigg, wenn diese Anhörung heute ohne befriedigende Antworten von seiten des Jungen zu Ende geht, vermutlich sehr schnell reagieren. Er wird Mark vor die Anklagejury zitieren, und ab geht's nach New Orleans. Wenn er sich weigert, vor der

Anklagejury zu reden, dann wird er bestimmt vom Bundesrichter wegen Mißachtung belangt und vermutlich inhaftiert.«

Reggie nickte. Sie war voll und ganz seiner Meinung. »Also, was tun wir, Harry?«

»Wenn der Junge nach New Orleans geht, verliere ich die Kontrolle über ihn. Ich würde ihn viel lieber hierbehalten. Wenn ich Sie wäre, würde ich ihn in den Zeugenstand stellen und ihm raten, die entscheidenden Fragen nicht zu beantworten. Zumindest vorerst nicht. Er kann es später immer noch tun. Er kann es morgen tun oder übermorgen. Ich würde ihm raten, dem Druck des Richters nicht nachzugeben und den Mund zu halten, zumindest fürs erste. Er kehrt in die Jugendhaftanstalt zurück, wo er vermutlich wesentlich sicherer aufgehoben ist als irgendwo in New Orleans. Indem Sie das tun, schützen Sie den Jungen vor den Gangstern in New Orleans, die sogar mir Angst machen, bis das FBI irgend etwas Besseres arrangieren kann. Und Sie gewinnen etwas Zeit und können abwarten, was Mr. Foltrigg in New Orleans zu unternehmen gedenkt.«

»Sie glauben, daß er in großer Gefahr schwebt?«

»Ja, und selbst wenn das nicht der Fall wäre, würde ich keine Risiken eingehen. Wenn er jetzt mit der Sprache herausrückt, könnte ihm etwas passieren. Ich habe nicht die Absicht, ihn heute freizulassen, unter gar keinen Umständen.«

»Was ist, wenn Mark nicht reden will, und Foltrigg kommt mit einer Vorladung vor die Anklagejury an?«

»Ich werde nicht zulassen, daß er nach New Orleans fährt.«

Reggie war der Appetit vergangen. Sie trank etwas Tee aus dem Pappbecher und schloß die Augen. »Das ist alles so unfair dem Jungen gegenüber, Harry. Er hätte Besseres verdient von diesem System.«

»Zugegeben. Was schlagen Sie vor?«

»Was ist, wenn ich ihn nicht aussagen lasse?«

»Ich werde ihn nicht freilassen, Reggie. Jedenfalls nicht heute. Vielleicht morgen. Oder übermorgen. Das alles hier geht fürchterlich schnell, und ich schlage vor, daß wir uns für den sichersten Weg entscheiden und abwarten, was in New Orleans geschieht.«

»Sie haben meine Frage nicht beantwortet. Was ist, wenn ich ihn nicht aussagen lasse?«

»Nun, in Anbetracht der Beweise, die ich gehört habe, bliebe mir nichts anderes übrig, als ihn einer strafbaren Handlung zu bezichtigen und ihn zu Doreen zurückzuschicken. Natürlich kann ich das Urteil morgen wieder aufheben. Oder übermorgen.«

»Er hat keine strafbare Handlung begangen.«

»Vielleicht nicht. Aber wenn er etwas weiß und sich weigert, es uns mitzuteilen, dann behindert er die Justiz.« Es trat eine lange Pause ein. »Wieviel weiß er, Reggie? Wenn Sie es mir sagen würden, wäre ich in einer besseren Position, ihm zu helfen.«

»Das kann ich Ihnen nicht sagen, Harry. Es ist vertraulich.«

»Natürlich ist es das«, sagte er mit einem Lächeln. »Aber es ist ziemlich offenkundig, daß er eine Menge weiß.«

»Ja, das ist es wohl.«

Er beugte sich vor und berührte ihren Arm. »Hören Sie zu, mein Mädchen. Unser kleiner Freund steckt ganz schön in der Bredouille. Also sehen wir zu, daß wir ihn da herausholen. Ich würde sagen, wir gehen von Tag zu Tag vor, verwahren ihn an einem sicheren Ort, wo wir das Sagen haben, und in der Zwischenzeit reden wir mit den Leuten vom FBI über ihr Zeugenschutzprogramm. Wenn alles arrangiert ist für den Jungen und seine Angehörigen, dann kann er diese grauenhaften Geheimnisse gefahrlos preisgeben.«

»Ich rede mit ihm.«

25

Unter der strengen Aufsicht des Gerichtsdieners, eines Mannes namens Grinder, wurden sie wieder zusammengeholt und auf ihre Plätze gewiesen. Fink schaute sich besorgt um, nicht sicher, ob er sitzen, stehen, reden oder unter den Tisch kriechen sollte. Ord zupfte an der Nagelhaut seines Daumens. Baxter McLemore hatte seinen Stuhl so weit wie möglich von Fink abgerückt.

Seine Ehren trank den Rest seines Tees und wartete, bis alles still war. »Für das Protokoll«, sagte er dann. »Ms. Love, ich muß wissen, ob Mark aussagen wird.«

Sie saß ein Stückchen hinter ihrem Klienten und betrachtete die linke Seite seines Gesichts. Seine Augen waren immer noch feucht. »Unter den gegebenen Umständen«, sagte sie, »hat er wohl kaum eine Wahl.«

»Ist das ein Ja oder ein Nein?«

»Ich gestatte ihm auszusagen«, sagte sie, »aber ich werde nicht dulden, daß Mr. Fink ihm kränkende Fragen stellt.«

»Euer Ehren, bitte«, sagte Fink.

»Ruhe, Mr. Fink. Erinnern Sie sich an Regel Nummer eins? Nur reden, wenn Sie dazu aufgefordert werden.«

Fink funkelte Reggie an. »Ein billiges Manöver.«

»Kein Wort mehr, Mr. Fink«, sagte Harry. Alles war ruhig.

Seine Ehren war plötzlich ganz Herzlichkeit und Lächeln. »Mark, ich möchte, daß du auf deinem Platz bleibst, neben deiner Anwältin, während ich dir ein paar Fragen stelle.«

Fink zwinkerte Ord zu. Endlich würde der Junge reden. Das konnte der entscheidende Moment sein.

»Hebe die rechte Hand, Mark«, sagte Seine Ehren, und Mark gehorchte langsam. Seine rechte Hand zitterte, ebenso seine linke.

Die ältliche Dame baute sich vor Mark auf und vereidigte ihn. Er stand nicht auf, sondern rückte noch näher an Reggie heran.

»So, Mark, und jetzt werde ich dir ein paar Fragen stellen. Wenn du etwas nicht verstehst, kannst du jederzeit deine Anwältin fragen, Okay?«

»Ja, Sir.«

»Ich werde versuchen, die Fragen einfach und deutlich zu formulieren. Wenn du eine Unterbrechung brauchst, weil du hinausgehen und mit Reggie, Ms. Love, sprechen möchtest, dann laß es mich wissen. Okay?«

»Ja, Sir.«

Fink drehte seinen Stuhl so, daß er Mark ansehen konnte, und saß dann da wie ein hungriger Welpe, der auf sein Chappi wartet. Ord war mit seinen Fingernägeln fertig und hielt Block und Stift bereit.

Harry betrachtete eine Sekunde lang seine Notizen, dann lächelte er zu dem Zeugen herunter. »So, Mark, jetzt möchte ich, daß du mir genau erzählst, wie ihr beide, du und dein Bruder, am Montag Mr. Clifford gefunden habt.«

Mark umklammerte die Lehnen seines Stuhls und räusperte sich. Das war nicht, was er erwartet hatte. Er hatte noch nie einen Film gesehen, in dem der Richter die Fragen stellte.

»Wir sind in den Wald hinter der Wohnwagensiedlung gegangen, um eine Zigarette zu rauchen«, fing er an und kam dann ganz allmählich zu dem Punkt, an dem Romey zum ersten Mal den Schlauch in den Auspuff gesteckt hatte und wieder in seinen Wagen gestiegen war.

»Was hast du darauf getan?« fragte Seine Ehren interessiert.

»Ich habe ihn rausgezogen«, sagte er und erzählte die Story von seinen Ausflügen durch das hohe Gras, um Romeys Selbstmordabsichten zu vereiteln. Obwohl er das schon vorher erzählt hatte, ein- oder zweimal seiner Mutter und Dr. Greenway, war ihm das nie komisch vorgekommen. Doch als er es jetzt erzählte, begannen die Augen des Richters zu funkeln, und sein Lächeln wurde breiter. Er kicherte leise. Auch der Gerichtsaufseher fand es lustig. Die sonst so zurückhaltende Protokollantin genoß es. Sogar die ältliche Frau am Kanzlistentisch hörte zu, mit ihrem ersten Lächeln seit Beginn der Verhandlung.

Aber die Belustigung verflog schnell, als Mr. Clifford über ihn herfiel, ihn packte und in den Wagen warf. Mark durchlebte es abermals mit ausdrucksloser Miene; er schaute auf die braunen Pumps der Protokollantin.

»Du warst also bei Mr. Clifford im Wagen, bevor er starb?« Seine Ehren fragte behutsam, jetzt sehr ernst.

»Ja, Sir.«

»Und was tat er, nachdem er dich in den Wagen gezerrt hatte?«

»Er hat mich noch mehrmals geschlagen, mich ein paarmal angebrüllt, mir gedroht.« Mark erzählte alles, woran er sich erinnerte – die Waffe, die Whiskeyflasche, die Tabletten.

In dem kleinen Gerichtssaal herrschte Totenstille, und das Lächeln war längst verschwunden. Marks Worte waren bedächtig. Seine Augen wichen denen aller anderen aus. Er sprach wie in Trance.

»Hat er die Waffe abgefeuert?« fragte Richter Roosevelt.

»Ja, Sir«, erwiderte er und berichtete alles, was es darüber zu berichten gab.

Als er mit diesem Teil seiner Geschichte fertig war, wartete er auf die nächste Frage. Harry dachte längere Zeit darüber nach.

»Wo war Ricky?«

»Im Gebüsch versteckt. Ich habe gesehen, wie er durchs Gras schlich, und irgendwie war ich überzeugt, daß er den Schlauch wieder rausgezogen hatte. Später habe ich gesehen, daß er es tatsächlich getan hatte. Mr. Clifford sagte immer wieder, er könnte das Gas spüren, und fragte mich immer wieder, ob ich es auch spürte. Ich sagte ja, zweimal, glaube ich, aber ich wußte, daß Ricky es geschafft hatte.«

»Und er wußte nichts von Ricky?« Es war eine irrelevante Frage, aber Harry stellte sie, weil ihm im Moment keine bessere einfiel.

»Nein, Sir.«

Eine weitere lange Pause.

»Du hast dich also mit Mr. Clifford unterhalten, während du in seinem Wagen warst?«

Mark wußte, was jetzt kommen würde, genau wie alle anderen im Saal, also unternahm er blitzschnell den Versuch, davon abzulenken.

»Ja, Sir. Er war völlig verrückt, redete ständig davon, daß er davonschweben würde, ab zum großen Zauberer, ab ins La-La-Land, dann brüllte er mich an, weil ich weinte, und entschuldigte sich dafür, daß er mich geschlagen hatte.«

Wieder eine Pause, während Harry abwartete, ob er fertig war. »War das alles, was er gesagt hat?«

Mark warf einen Blick auf Reggie, die ihn unablässig beobachtete. Fink rückte näher heran. Die Protokollantin war erstarrt.

»Wie meinen Sie das?« fragte Mark, um Zeit zu gewinnen.

»Hat Mr. Clifford sonst noch etwas gesagt?«

Mark dachte eine Sekunde lang darüber nach und kam zu dem Schluß, daß er Reggie haßte. Er konnte einfach nein sagen, und das Spiel war vorüber. Nein, Sir, Mr. Clifford hat sonst nichts gesagt. Er hat noch weitere fünf Minuten sinnloses Zeug geredet, dann ist er eingeschlafen, und ich habe die Flucht ergriffen. Wenn er Reggie nie begegnet wäre und sie ihm keinen Vortrag darüber gehalten hätte, daß er unter Eid stünde und die Wahrheit sagen müßte, dann hätte er einfach »Nein, Sir«, gesagt. Und wäre nach Hause gegangen, zurück ins Krankenhaus – oder wohin auch immer.

Oder etwa doch nicht? Als er in der vierten Klasse war, hatten Polizisten ihnen einiges über ihre Arbeit erzählt, und einer von ihnen hatte ihnen einen Lügendetektor vorgeführt. Er hatte Joey McDennant daran angeschlossen, den größten Lügner der Klasse, und sie hatten zugeschaut, wie die Nadel jedesmal hochschnellte, wenn Joey den Mund aufmachte. »Damit erwischen wir jeden Verbrecher, der lügt«, hatte der Polizist geprahlt.

Bei all den Polizisten und FBI-Agenten, die um ihn herumwuselten, konnte der Lügendetektor da weit entfernt sein? Er hatte soviel gelogen, seit Romey sich umgebracht hatte, und er hatte das Lügen restlos satt.

»Mark, ich habe gefragt, ob Mr. Clifford sonst noch etwas gesagt hat.«

»Was zum Beispiel?«

»Hat er zum Beispiel irgend etwas über Senator Boyd Boyette gesagt?«

»Über wen?«

Über Harrys Gesicht huschte ein kleines Lächeln, dann war es wieder verschwunden. »Mark, hat Mr. Clifford irgend etwas über einen seiner Fälle in New Orleans gesagt, bei dem es um einen Mr. Barry Muldanno oder den verstorbenen Senator Boyd Boyette ging?«

Dicht neben den braunen Pumps der Protokollantin kroch eine winzige Spinne, und Mark beobachtete sie, bis sie unter dem Dreifuß verschwunden war. Er dachte abermals an den verdammten Lügendetektor. Reggie hatte gesagt, sie würde alles tun, um ihm das zu ersparen, aber was war, wenn der Richter es anordnete?

Die lange Pause vor seiner Antwort sagte alles. Finks Herz hämmerte, und sein Puls hatte sich verdreifacht. Aha! Der kleine Bastard weiß es tatsächlich!

»Ich glaube nicht, daß ich diese Frage beantworten will«, sagte er, starrte auf den Fußboden, wartete darauf, daß die Spinne wieder zum Vorschein kam.

Fink warf einen hoffnungsvollen Blick auf den Richter.

»Mark, sieh mich an«, sagte Harry wie ein gütiger Großvater. »Ich möchte, daß du die Frage beantwortest. Hat Mr. Clifford Barry Muldanno oder Boyd Boyette erwähnt?«

»Kann ich mich auf den Fünften Verfassungszusatz berufen?«

»Nein.«

»Warum nicht? Er gilt doch auch für Kinder, oder etwa nicht?«

»Das schon, aber nicht in dieser Situation. Du bist nicht in den Mord an Senator Boyette verwickelt. Du bist in überhaupt kein Verbrechen verwickelt.«

»Weshalb haben Sie mich dann ins Gefängnis gesteckt?«

»Ich werde dich dahin zurückschicken, wenn du meine Fragen nicht beantwortest.«

»Ich berufe mich trotzdem auf den Fünften Verfassungszusatz.«

Sie starrten einander an, Zeuge und Richter, und der Zeuge blinzelte als erster. Seine Augen wurden feucht, und er schnüffelte zweimal. Er biß sich auf die Lippe, kämpfte gegen das Weinen an. Er umklammerte die Armlehnen und drückte zu, bis seine Knöchel weiß waren. Tränen rollten ihm über die Wangen, aber er starrte weiterhin in die dunklen Augen des Ehrenwerten Harry Roosevelt.

Die Tränen eines unschuldigen kleinen Jungen. Harry drehte sich zur Seite und holte aus einer Schublade unter dem Tisch ein Taschentuch heraus. Auch seine Augen waren feucht.

»Möchtest du mit deiner Anwältin sprechen, allein?« fragte er.

»Wir haben schon miteinander gesprochen«, sagte Mark mit versagender Stimme. Er wischte sich das Gesicht mit einem Ärmel ab.

Fink war einem Herzstillstand nahe. Er hatte soviel zu sagen, so viele Fragen an diesen Bengel, so viele Vorschläge für das Gericht, wie diese Sache zu handhaben war. Der Junge wußte Bescheid, verdammt nochmal! Bringen wir ihn zum Reden!

»Mark, ich tue das nur ungern, aber du mußt meine Fragen beantworten. Wenn du dich weigerst, machst du dich der Mißachtung des Gerichts schuldig. Verstehst du das?«

»Ja, Sir. Reggie hat es mir erklärt.«

»Und hat sie dir auch erklärt, daß ich dich, wenn du dich der Mißachtung des Gerichts schuldig machst, in die Jugendhaftanstalt zurückschicken kann?«

»Ja, Sir. Sie können es ein Gefängnis nennen, wenn Sie wollen, das macht mir nichts aus.«

»Danke. Willst du zurück ins Gefängnis?«

»Eigentlich nicht, aber ich weiß nicht, wo ich sonst hin soll.« Seine Stimme war kräftiger, und die Tränen flossen nicht mehr. Der Gedanke an das Gefängnis war jetzt, da er es kennengelernt hatte, gar nicht mehr so beängstigend. Er würde es ein paar Tage durchstehen. Möglicherweise würde er sogar länger durchhalten als der Richter. Er war sicher, daß in allernächster Zukunft sein Name wieder in der Zeitung stehen würde. Und die Reporter würden zweifellos herausbekommen, daß Harry Roosevelt ihn hinter Schloß und Riegel gebracht hatte, weil er nicht redete. Und bestimmt würden sie dem Richter die Hölle heiß machen, weil er einen kleinen Jungen einsperrte, der nichts verbrochen hatte.

Reggie hatte ihm gesagt, er könnte es sich jederzeit anders überlegen, wenn er das Gefängnis satt hatte.

»Hat Mr. Clifford dir gegenüber den Namen Barry Muldanno erwähnt?«

»Ich berufe mich auf den Fünften.«

»Hat Mr. Clifford dir gegenüber den Namen Boyd Boyette erwähnt?«

»Ich berufe mich auf den Fünften.«

»Hat Mr. Clifford irgend etwas über den Mord an Boyd Boyette gesagt?«

»Ich berufe mich auf den Fünften.«

»Hat Mr. Clifford irgend etwas über den gegenwärtigen Ort der Leiche von Boyd Boyette gesagt?«

»Ich berufe mich auf den Fünften.«

Harry nahm zum zehnten Mal seine Lesebrille ab und rieb sich das Gesicht. »Du kannst dich nicht auf den Fünften Verfassungszusatz berufen, Mark.«

»Ich habe es gerade getan.«

»Ich befehle dir, diese Fragen zu beantworten.«

»Ja, Sir. Es tut mir leid.«

Harry ergriff einen Stift und begann zu schreiben.

»Euer Ehren«, sagte Mark. »Ich respektiere Sie und das, was Sie zu tun versuchen. Aber ich kann diese Fragen nicht beantworten, weil ich mich vor dem fürchte, was mit mir oder meinen Angehörigen passieren könnte.«

»Das verstehe ich, Mark, aber das Gesetz gestattet Privatpersonen nicht, Informationen zurückzuhalten, die für die Aufklärung eines Verbrechens wichtig sein könnten. Ich will dich nicht schikanieren, aber ich muß mich an das Gesetz halten. Ich erkenne auf Mißachtung des Gerichts. Ich bin nicht wütend auf dich, aber du läßt mir keine andere Wahl. Ich ordne an, daß du in die Jugendhaftanstalt zurückgebracht wirst und dort bleibst, solange die Mißachtung besteht.«

»Wie lange wird das sein?«

»Das liegt bei dir, Mark.«

»Was ist, wenn ich beschließe, die Fragen niemals zu beantworten?«

»Das weiß ich nicht. Fürs erste gehen wir von einem Tag zum nächsten vor.« Harry blätterte in seinem Terminkalender, fand eine leere Stelle und machte sich eine Notiz. »Wir kommen morgen um zwölf wieder zusammen, sofern alle Beteiligten einverstanden sind.« Fink war am Boden zerstört. Er stand auf und war im Begriff zu sprechen, als Ord seinen Arm packte und ihn wieder herunterzog. »Euer Ehren, ich glaube nicht, daß ich morgen noch hier sein kann«, sagte Fink. »Wie Sie wissen, ist mein Büro in New Orleans, und …«

»Oh, Sie werden morgen hier sein, Mr. Fink. Sie und Mr. Foltrigg auch. Sie haben sich nun einmal entschieden, Ihre Eingabe hier in Memphis zu machen, bei meinem Gericht, und jetzt unterstehen Sie meiner Jurisdiktion. Ich schlage vor, daß Sie gleich nach Verlassen dieses Saals Mr. Foltrigg anrufen und ihm mitteilen, daß ich ihn morgen um zwölf hier sehen will. Ich will, daß beide Antragsteller, Fink und Foltrigg, morgen Punkt zwölf hier im Saal sind. Wenn Sie nicht da sind, erkenne ich auf Mißachtung des Gerichts, und dann werden Sie und Ihr Boß es sein, die ins Gefängnis kommen.«

Finks Mund stand offen, aber es kam nichts heraus. Ord ergriff zum ersten Mal das Wort. »Euer Ehren, soviel ich weiß, muß Mr. Foltrigg morgen früh vor dem Bundesgericht erscheinen. Mr. Muldanno hat einen neuen Anwalt engagiert, der eine Vertagung fordert, und der Richter dort hat für morgen früh eine Anhörung angesetzt.«

»Stimmt das, Mr. Fink?«

»Ja, Sir.«

»Also gut. Sagen Sie Mr. Foltrigg, er soll mir eine Kopie der Ansetzung der morgigen Anhörung faxen. Dann werde ich sein Fernbleiben entschuldigen. Aber solange Mark wegen Mißachtung im Gefängnis sitzt, habe ich vor, ihn jeden zweiten Tag hierher bringen zu lassen, um zu sehen, ob er reden will. Und ich erwarte, daß beide Antragsteller zugegen sind.«

»Das ist ziemlich hart, Euer Ehren.«

»Nicht so hart, wie es sein wird, wenn Sie nicht aufkreuzen. Sie haben dieses Forum gewählt, Mr. Fink. Jetzt müssen Sie damit leben.«

Fink war sechs Stunden zuvor nach Memphis geflogen, ohne Zahnbürste oder Wäsche zum Wechseln. Jetzt hatte es den Anschein, als müsse er für sich und Foltrigg ein Apartment mit Schlafzimmern mieten.

Der Gerichtsdiener war inzwischen hinter Reggie und Mark getreten. Er stand an der Wand, beobachtete Seine Ehren und wartete auf einen Wink.

»Mark, ich werde dich jetzt entlassen«, sagte Harry, während er ein Formular ausfüllte, »und wir sehen uns morgen wieder. Wenn du in der Haftanstalt irgendwelche Probleme hast, dann sagst du es mir morgen, und ich kümmere mich darum. Okay?«

Mark nickte. Reggie drückte seinen Arm und sagte: »Ich spreche mit deiner Mutter, und morgen früh komme ich und besuche dich.«

»Sagen Sie Mom, daß es mir gutgeht«, flüsterte er ihr ins Ohr. »Ich werde versuchen, sie heute abend anzurufen.« Er stand auf und verließ mit dem Aufseher den Saal.

»Schicken Sie diese FBI-Leute herein«, wies Harry den Aufseher an, bevor er die Tür schloß.

»Sind wir entlassen, Euer Ehren?« fragte Fink. Auf seiner Stirn standen Schweißtropfen. Es drängte ihn, diesen Saal zu verlassen und Foltrigg die fürchterliche Botschaft zu übermitteln.

»Weshalb die Eile, Mr. Fink?«

»Oh, ich habe es durchaus nicht eilig, Euer Ehren.«

»Dann entspannen Sie sich. Ich möchte mit Ihnen und den FBI-Leuten sprechen, inoffiziell. Dauert nur eine Minute.« Harry entließ die Protokollantin und die ältliche Frau. McThune und Lewis kamen herein und nahmen ihre Plätze hinter den Anwälten ein.

Harry öffnete seine Robe, legte sie aber nicht ab. Er wischte sich mit einem Papiertaschentuch über das Gesicht und trank den Rest seines Tees. Sie beobachteten ihn und warteten.

»Ich habe nicht vor, diesen Jungen im Gefängnis zu lassen«, sagte er mit Blick auf Reggie. »Vielleicht ein paar Tage, aber nicht lange. Es liegt auf der Hand, daß er über wichtige Informationen verfügt, und es ist seine Pflicht, sie preiszugeben.«

Fink begann zu nicken.

»Er hat Angst, und das können wir alle verstehen. Vielleicht läßt er sich zur Aussage überreden, wenn wir ihm und seiner Mutter und seinem Bruder Sicherheit garantieren können. Vielleicht kann Mr. Lewis uns da weiterhelfen. Ich bitte um Vorschläge.«

K. O. Lewis war bereit. »Euer Ehren, wir haben vorbereitende Schritte unternommen, um ihn in unser Zeugenschutzprogramm aufzunehmen.«

»Ich habe davon gehört, Mr. Lewis, aber die Details sind mir unbekannt.«

»Es ist ziemlich einfach. Wir bringen die Familie in eine andere Stadt. Wir verschaffen ihr eine neue Identität. Wir finden einen guten Job für die Mutter und besorgen ihnen eine anständige Unterkunft. Keinen Wohnwagen oder eine Mietwohnung, sondern ein eigenes Haus. Wir sorgen dafür, daß die Jungen eine gute Schule besuchen können. Es gibt ein bißchen Bargeld auf die Hand. Und wir bleiben immer in der Nähe.«

»Hört sich verlockend an, Ms. Love«, sagte Harry.

Das tat es allerdings. Im Augenblick hatten die Sways kein Heim. Dianne arbeitete in einer Ausbeuterfirma. Sie hatten keine Verwandten in Memphis.

»Zur Zeit sind sie hier angebunden«, sagte sie. »Ricky muß im Krankenhaus bleiben.«

»Wir haben bereits eine kinderpsychiatrische Klinik in Portland ausfindig gemacht, die ihn sofort aufnehmen kann«, erklärte Lewis. »Es ist eine Privatklinik, kein Wohlfahrtskrankenhaus wie St. Peter's hier, und außerdem eine der besten im Lande. Sie nehmen ihn auf, wann immer wir darum bitten, und natürlich kommen wir für die Kosten auf. Wenn er entlassen ist, bringen wir die Familie in eine andere Stadt.«

»Wie lange wird es dauern, die Familie in das Programm aufzunehmen?«

»Weniger als eine Woche«, erwiderte Lewis. »Für Direktor Voyles hat diese Sache absolute Priorität. Der Papierkram dauert ein paar Tage, neuer Führerschein, neue Sozialversicherungsnummer, Geburtsurkunden, Kreditkarten und dergleichen. Die Familie muß sich entscheiden, ob sie es tun will, und die Mutter muß uns sagen, wohin sie will. Danach übernehmen wir.«

»Was meinen Sie, Ms. Love?« fragte Harry. »Wird Ms. Sway das akzeptieren?«

»Ich werde mit ihr reden. Im Augenblick steht sie unter enormem Streß. Das eine Kind liegt im Koma, das andere ist im Gefängnis, und sie hat bei dem Brand vergangene Nacht alles verloren. Der Gedanke, mitten in der Nacht davonzulaufen, wird ihr gar nicht behagen, zumindest im Moment nicht.«

»Aber Sie werden es versuchen?«

»Das werde ich.«

»Meinen Sie, daß sie morgen hier sein könnte? Ich würde gern mit ihr sprechen.«

»Ich werde den Arzt fragen.«

»Gut. Die Sitzung ist vertagt. Wir sehen uns morgen mittag um zwölf wieder.«

Der Gerichtsdiener übergab Mark zwei Polizisten in Zivil, die ihn durch eine Seitentür zum Parkplatz führten. Als sie verschwunden waren, stieg der Aufseher die Treppe zum zweiten Stock empor und betrat eine leere Toilette. Leer bis auf Slick Moeller.

Sie standen vor den Becken, Seite an Seite, und betrachteten die Graffiti.

»Sind wir allein?« fragte der Aufseher.

»Ja. Was ist passiert?« Slick hatte den Reißverschluß seiner Hose geöffnet, beide Hände lagen auf den Hüften. »Machen Sie schnell.«

»Der Junge wollte nicht reden, also geht er wieder ins Gefängnis. Mißachtung.«

»Was weiß er?«

»Ich würde sagen, er weiß alles. Das ist ziemlich offensichtlich. Er hat gesagt, er wäre in Cliffords Wagen gewesen, sie hätten über dieses und jenes geredet, und als Harry ihm Fragen über die Sache in New Orleans stellte, hat er sich auf den Fünften Verfassungszusatz berufen. Zäher kleiner Bengel.«

»Aber er weiß Bescheid?«

»Ganz bestimmt. Aber er verrät es nicht. Der Richter läßt ihn morgen mittag um zwölf wieder vorführen, um zu sehen, ob er es sich nach einer Nacht im Knast anders überlegt hat.«

Slick zog seinen Reißverschluß zu und trat vom Becken zurück. Er zog einen zusammengefalteten Hundert-Dollar-Schein aus der Tasche und gab ihn dem Aufseher.

»Von mir haben Sie das nicht erfahren«, sagte der Aufseher.

»Sie vertrauen mir doch, oder?«

»Natürlich.« Und das tat er. Maulwurf Moeller gab nie seine Informanten preis.

Moeller hatte drei Fotografen an verschiedenen Stellen in der Nähe des Jugendgerichts postiert. Er kannte die Routine besser als die Polizisten selbst, und er rechnete damit, daß sie, um schnell wegzukommen, die Seitentür in der Nähe der Laderampe benutzen würden. Genau das taten sie auch, und sie hatten es fast bis zu ihrem unauffälligen Wagen geschafft, als eine massige Frau in einem Trainingsanzug aus einem geparkten Transporter sprang und ihre Nikon auf sie richtete. Die Polizisten schrien sie an und versuchten, den Jungen hinter sich zu verdecken, aber es war zu spät. Sie rannten mit ihm zu ihrem Wagen und stießen ihn auf den Rücksitz.

Großartig, dachte Mark. Es war noch nicht einmal zwei Uhr nachmittag, und bisher hatte dieser Tag das Abbrennen des Wohnwagens gebracht, seine Verhaftung im Krankenhaus, sein neues Heim im Gefängnis, eine Anhörung vor Richter Roosevelt, und nun auch noch so eine verdammte Fotografin, deren Aufnahmen von ihm bestimmt wieder eine Titelseitenstory illustrieren würden.

Als der Wagen mit quietschenden Reifen anfuhr und davonraste, sackte er auf dem Rücksitz zusammen. Sein Magen tat weh, nicht vor Hunger, sondern vor Angst. Er war wieder allein.

26

Foltrigg beobachtete den Verkehr auf der Poydras Street und wartete auf den Anruf aus Memphis. Er hatte es satt, herumzuwandern und immer wieder auf die Uhr zu sehen. Er hatte versucht, Routineanrufe zu erledigen und Briefe zu diktieren, aber es war hoffnungslos. Seine Fantasie kam nicht los von dem ermutigenden Bild von Mark Sway, der irgendwo in Memphis im Zeugenstand saß und all seine prachtvollen Geheimnisse preisgab. Zwei Stunden waren vergangen, seit die Anhörung hatte beginnen sollen, und bestimmt würde es irgendwann eine Unterbrechung geben, so daß Fink ans Telefon stürzen und ihn anrufen konnte.

Larry Trumann stand bereit und wartete gleichfalls auf den Anruf, um danach sofort mit einer Rotte Leichenjäger in Aktion zu treten. Im Laufe der letzten acht Monate hatten sie ziemlich viel Erfahrung im Graben nach Leichen gesammelt. Sie hatten nur keine gefunden.

Aber heute würde es anders sein. Roy würde den Anruf entgegennehmen und in Trumanns Büro kommen, und dann würden sie losziehen und den verblichenen Boyd Boyette finden. Foltrigg führte ein Selbstgespräch, kein Flüstern oder Murmeln, sondern eine ausgewachsene Rede, mit der er den Medien die sensationelle Neuigkeit verkündete, daß sie, jawohl, in der Tat den Senator gefunden hatten und daß er, jawohl, an sechs Schüssen in den Kopf gestorben war. Die Waffe war eine .22er, und die Geschoßfragmente stammten definitiv und ohne jeden Zweifel aus der Handfeuerwaffe, deren Spur so gewissenhaft bis zu dem Angeklagten, Mr. Barry Muldanno, zurückverfolgt worden war.

Es würde ein wundervoller Moment sein, diese Pressekonferenz. Jemand klopfte leise an, und die Tür ging auf, bevor Roy sich umdrehen konnte. Es war Wally Boxx, die einzige Person, der ein derart formloses Eintreten erlaubt war.

»Schon etwas gehört?« fragte Wally, ging zum Fenster und trat neben seinen Boß.

»Nein. Kein Wort. Ich wollte, Fink würde sich an ein Telefon bequemen. Er hat eindeutige Anweisungen.«

Sie standen schweigend da und beobachteten den Verkehr.

»Was tut sich vor der Anklagejury?«

»Das übliche. Routineverfahren.«

»Wer ist drinnen?«

»Hoover. Er schließt die Drogensache in Gretna ab. Sollte eigentlich heute nachmittag fertig werden.«

»Ist vorgesehen, daß sie morgen arbeiten?«

»Nein. Sie hatten eine harte Woche. Wir haben ihnen gestern versprochen, daß sie morgen frei haben können. Woran denken Sie?«

Foltrigg verlagerte sein Gewicht und kratzte sich am Kinn. Sein Blick wirkte abwesend, und er beobachtete die Wagen unten, sah sie aber nicht. Angestrengtes Denken fiel ihm manchmal überaus schwer. »Überlegen Sie mal. Wenn der Junge aus irgendeinem Grund nicht redet, und wenn Fink mit der Anhörung eine trockene Bohrung niederbringt, was tun wir dann? Ich würde sagen, wir gehen vor die Anklagejury, lassen sowohl für den Jungen als auch für seine Anwältin Vorladungen ausstellen und beordern sie hierher. Der Junge hat bestimmt schon jetzt die Hosen voll, und dabei ist er noch in Memphis. Er wird völlig eingeschüchtert sein, wenn er hierher kommen muß.«

»Weshalb wollen Sie seine Anwältin vorladen?«

»Um sie einzuschüchtern. Pure Schikane. Sie müssen beide aufgerüttelt werden. Wir lassen die Vorladungen heute ausstellen, halten sie morgen bis zum späten Nachmittag zurück, wenn alles übers Wochenende geschlossen ist, und dann stellen wir sie dem Jungen und seiner Anwältin zu. Die Vorladungen werden ihr Erscheinen vor unserer Anklagejury um zehn Uhr am Montagmorgen fordern. Sie haben keine Chance, zum Gericht zu rennen und die Vorladungen für nichtig erklären zu lassen, weil es Wochenende ist und sämtliche Richter die Stadt verlassen haben. Sie werden sich nicht trauen, am Montagmorgen nicht hier aufzukreuzen. In unserem Revier, Wally. Ein Stück den Gang hinunter, hier, in unserem Gebäude.«

»Was ist, wenn der Junge nichts weiß?«

Roy schüttelte frustriert den Kopf. Dieses Gespräch hatten sie in den vergangenen achtundvierzig Stunden ein dutzendmal geführt. »Ich dachte, das stünde fest.«

»Vielleicht. Und vielleicht redet der Junge gerade jetzt.«

»Anzunehmen.«

Eine Sekretärin meldete sich über die Gegensprechanlage und meldete, Mr. Fink warte auf Leitung eins. Foltrigg ging zu seinem Schreibtisch und nahm den Hörer ab. »Ja?«

»Die Anhörung ist vorbei, Roy«, berichtete Fink. Er hörte sich erleichtert und erschöpft an.

Foltrigg drückte auf den Knopf für die Lautsprecheranlage und ließ sich in seinen Sessel sinken. Wally postierte seinen Hintern auf die Schreibtischecke. »Wally ist bei mir, Tom. Erzählen Sie, was passiert ist.«

»Nicht viel. Der Junge ist wieder im Gefängnis. Er wollte nicht reden, deshalb erkannte der Richter auf Mißachtung.«

»Wie meinen Sie das, er wollte nicht reden?«

»Er wollte nicht reden. Der Richter selbst führte sowohl das direkte als auch das Kreuzverhör, und der Junge gab zu, daß er in dem Wagen war und mit Clifford gesprochen hat. Aber als der Richter ihm Fragen über Boyette und Muldanno stellte, hat er sich auf den Fünften Verfassungszusatz berufen.«

»Den Fünften Verfassungszusatz?«

»So ist es. Er wollte nicht mit der Sprache heraus. Sagte, im Gefängnis wäre es gar nicht so schlecht, und er wüßte nicht, wo er sonst hin sollte.«

»Aber er weiß Bescheid, stimmt's, Tom? Der kleine Gauner weiß Bescheid.«

»Oh, daran besteht nicht der geringste Zweifel. Clifford hat ihm alles erzählt.«

Foltrigg klatschte in die Hände. »Ich wußte es! Ich wußte es! Ich wußte es! Das habe ich euch seit drei Tagen klarzumachen versucht.« Er sprang auf und rieb sich die Hände. »Ich wußte es!«

Fink fuhr fort. »Der Richter hat für morgen zwölf Uhr eine weitere Anhörung angesetzt. Er will den Jungen nochmal vorführen lassen, für den Fall, daß er es sich anders überlegt hat. Ich bin nicht sonderlich optimistisch.«

»Ich möchte, daß Sie bei der Anhörung anwesend sind, Tom.«

»Ja, und der Richter will auch Sie dabei haben, Roy. Ich habe ihm erklärt, daß Sie morgen eine Anhörung wegen des Vertagungsantrags haben, und er hat darauf bestanden, daß Sie ihm per Fax eine Kopie der richterlichen Anordnung zukommen lassen.«

»Ist der Mann ein Spinner?«

»Nein, er ist kein Spinner. Er hat gesagt, er wollte diese Anhörungen in der nächsten Woche ziemlich oft abhalten, und er erwartet, daß wir als Antragsteller beide anwesend sind.«

»Dann ist er ein Spinner.«

Wally verdrehte die Augen und schüttelte den Kopf. Diese Bezirksrichter konnten wirklich ausgemachte Idioten sein.

»Nach der Anhörung hat der Richter mit uns darüber gesprochen, den Jungen und seine Familie in das Zeugenschutzprogramm aufzunehmen. Er glaubt, er könnte den Jungen zum Reden bringen, wenn wir seine Sicherheit garantieren.«

»Das kann Wochen dauern.«

»Der Ansicht bin ich auch, aber K. O. hat dem Richter gesagt, das könnte in ein paar Tagen über die Bühne gehen. Offengestanden, Roy, ich glaube nicht, daß der Junge reden wird, bevor wir ihm ein paar Garantien geben können. Er ist ein zäher kleiner Bursche.«

»Was ist mit seiner Anwältin?«

»Sie gab sich ganz cool, sagte nicht viel, aber sie und der Richter sind ziemlich dicke miteinander. Ich hatte den Eindruck, daß der Junge eine Menge gute Ratschläge bekommt. Sie ist ganz und gar nicht dumm.«

Wally mußte einfach etwas sagen. »Tom, ich bin's, Wally. Was, meinen Sie, wird übers Wochenende passieren?«

»Wer weiß? Wie ich schon sagte, ich glaube nicht, daß der Junge es sich über Nacht anders überlegen wird, und ich glaube auch nicht, daß der Richter vorhat, ihn freizulassen. Der Richter weiß Bescheid über Gronke und Muldannos Killer, und ich hatte den Eindruck, daß er den Jungen zu seinem eigenen Schutz hinter Schloß und Riegel haben will. Morgen ist Freitag, also sieht es so aus, als würde der Junge übers Wochenende dort bleiben, wo er jetzt ist. Und ich bin sicher, der Richter wird uns am Montag zu einem weiteren Plauderstündchen zu sich bitten.«

»Kommen Sie hierher zurück, Tom?« fragte Roy.

»Ja, ich nehme eine Maschine, die in zwei Stunden abgeht, und fliege morgen früh wieder retour.« Finks Stimme klang jetzt sehr erschöpft.

»Ich werde heute abend hier auf Sie warten, Tom. Gute Arbeit.«

»Ja.«

Fink legte auf, und Roy drückte auf den Schalter.

»Gehen Sie zur Anklagejury«, fuhr er Wally an, der vom Schreibtisch heruntersprang und zur Tür eilte. »Sagen Sie Hoover, er soll eine kurze Pause machen. Es dauert nur eine Minute. Besorgen Sie mir die Mark-Sway-Akte. Informieren Sie den Leiter der Gerichtskanzlei, daß die Vorladungen bis zu ihrer Zustellung morgen am späten Nachmittag versiegelt werden sollen.«

Wally war zur Tür hinaus und verschwunden. Foltrigg kehrte ans Fenster zurück und murmelte: »Ich wußte es! Ich wußte es einfach!«

Der Polizist in Zivil unterschrieb auf Doreens Clipboard und verschwand mit seinem Partner. »Komm mit«, sagte sie zu Mark, als hätte er abermals gesündigt und als wäre sie mit ihrer Geduld am Ende. Er folgte ihr und beobachtete, wie ihr geräumiges Hinterteil in einer engen schwarzen Polyesterhose von einer Seite zur anderen schaukelte. Ein breiter, glänzender Gürtel zwängte ihre schmale Taille ein und hielt eine Kollektion Schlüssel, zwei schwarze Kästen, von denen er annahm, daß es Pieper waren, und ein paar Handschellen. Keine Waffe. Ihre Bluse war amtlich weiß mit Abzeichen auf den Ärmeln und einer goldenen Kragenumrandung.

Der Flur war leer, als sie seine Tür öffnete und ihn mit einer Handbewegung anwies, in seine enge Zelle zurückzukehren. Sie folgte ihm hinein und schob sich an den Wänden entlang wie ein am Flughafen schnüffelnder Rauschgifthund. »Bin ein bißchen überrascht, dich wieder hier zu sehen«, sagte sie, während sie die Toilette inspizierte.

Darauf fiel ihm keine Erwiderung ein, und für eine Unterhaltung war er nicht in der rechten Stimmung. Während er zuschaute, wie sie sich niederbückte, dachte er an ihren Mann, der dreißig Jahre für Bankraub absitzen mußte; wenn sie unbedingt weiterreden wollte, würde er es vielleicht erwähnen. Das würde ihr die Sprache verschlagen und sie hinausbefördern.

»Du mußt Richter Roosevelt geärgert haben«, sagte sie, durch die Fenster hinausschauend.

»Vermutlich.«

»Wie lange mußt du hier bleiben?«

»Das hat er nicht gesagt. Ich muß morgen wieder hin.«

Sie trat vor die Betten und klopfte auf die Decken. »Ich habe über dich und deinen kleinen Bruder gelesen. Ziemlich unerfreulich. Wie geht es ihm?«

Mark stand an der Tür und hoffte, sie würde endlich gehen. »Er wird wahrscheinlich sterben«, sagte er betrübt.

»Nein!«

»Ja, es ist furchtbar. Er liegt im Koma, lutscht am Daumen, und hin und wieder grunzt und sabbert er. Seine Augen sind in den Kopf zurückgesunken. Will nicht essen.«

»Tut mir leid, daß ich gefragt habe.« Ihre stark geschminkten Augen waren weit aufgerissen, und sie hatte aufgehört, alles zu betasten.

Ja, ich wette, daß es dir leid tut, daß du gefragt hast, dachte Mark. »Ich müßte eigentlich bei ihm sein«, sagte Mark. »Meine Mom ist da, aber sie ist völlig am Ende. Nimmt eine Menge Tabletten.«

»Es tut mir ja so leid.«

»Es ist grauenhaft. Und ich bin auch ziemlich benommen. Wer weiß, vielleicht ende ich auch noch so wie mein Bruder.«

»Kann ich dir irgend etwas bringen?«

»Nein. Ich muß mich nur hinlegen.« Er ging zum unteren Bett und ließ sich darauffallen. Doreen kniete neben ihm nieder, jetzt zutiefst besorgt.

»Wenn ich irgend etwas für dich tun kann, Junge, dann laß es mich wissen, okay?«

»Okay. Eine Pizza wäre nicht schlecht.«

Sie stand auf und dachte eine Sekunde darüber nach. Er schloß die Augen, wie von Schmerzen gequält.

»Ich werde sehen, was ich tun kann.«

»Ich habe nämlich noch keinen Lunch bekommen.«

»Bin gleich wieder da«, sagte sie und verschwand. Die Tür klickte laut hinter ihr. Mark sprang auf und lauschte.

27

Das Zimmer war dunkel, wie gewöhnlich; das Licht aus, die Tür geschlossen, die Vorhänge zugezogen, die einzige Beleuchtung die flimmernden blauen Schatten des ganz leise eingestellten Fernsehers hoch oben an der Wand. Dianne war seelisch erschöpft und körperlich erschlagen nach acht Stunden im Bett mit Ricky, streichelnd und tätschelnd und leise auf ihn einredend, und dem Versuch, stark zu sein in dieser feuchten, dunklen kleinen Zelle.

Reggie war vor zwei Stunden erschienen, und sie hatten auf der Kante des Klappbettes gesessen und sich eine halbe Stunde unterhalten. Sie hatte von der Anhörung berichtet, ihr versichert, daß Mark zu essen bekam und in keiner körperlichen Gefahr war; sie hatte seine Zelle in der Jugendhaftanstalt beschrieben und ihr gesagt, daß er dort sicherer aufgehoben war als hier; und dann hatte sie über Richter Roosevelt und das FBI und sein Zeugenschutzprogramm gesprochen. Anfangs und unter den gegebenen Umständen war der Gedanke reizvoll gewesen – sie würden einfach in eine neue Stadt ziehen, mit neuen Namen und einem neuen Job und einer anständigen Unterkunft. Sie konnten vor dieser unerfreulichen Situation davonlaufen und noch einmal von vorn anfangen. Sie konnten sich für eine große Stadt entscheiden mit großen Schulen, und die Jungen würden sich in der Menge verlieren. Aber je länger sie zusammengerollt dalag und über Rickys kleinen Kopf hinweg die Wand anstarrte, desto weniger gefiel ihr der Gedanke. In Wirklichkeit war es ein gräßlicher Gedanke – ständig auf der Flucht leben, immer voller Angst vor einem unvermuteten Klopfen an der Tür, immer in Panik, wenn einer der Jungen nicht rechtzeitig nach Hause kam, immer bereit, über ihre Vergangenheit zu lügen.

Dieser kleine Plan war endgültig. Was war, begann sie sich selbst zu fragen, wenn eines Tages, vielleicht in fünf oder zehn Jahren, lange nach der Verhandlung in New Orleans, irgendeine Person, die sie nie kennengelernt hatte, eine dumme Bemerkung machte und sie den falschen Leuten zu Ohren kam? Und wenn Mark, sagen wir, im letzten Jahr der High School ist, und jemand wartet auf ihn nach einem Ballspiel und hält ihm eine Pistole an den Kopf? Sein Name wäre nicht mehr Mark, aber tot wäre er trotzdem.

Sie war fast entschlossen, das Zeugenschutzprogramm abzulehnen, als Mark sie aus dem Gefängnis anrief. Er sagte, er hätte gerade eine große Pizza vertilgt, fühlte sich wirklich großartig, netter Ort und so weiter, es gefiele ihm hier besser als im Krankenhaus, das Essen wäre besser, und er redete so munter drauflos, daß sie wußte, daß er log. Er sagte, er plante bereits seine Flucht und würde bald wieder draußen sein. Sie sprachen über Ricky und den Wohnwagen und die Anhörung heute und die Anhörung morgen. Er sagte, er hielte sich an Reggies Ratschläge, und Dianne stimmte zu, das wäre vernünftig. Er entschuldigte sich, daß er nicht da sein konnte, um ihr mit Ricky zu helfen, und sie mußte gegen Tränen ankämpfen, als er versuchte, sich so erwachsen zu geben. Er entschuldigte sich abermals für all das Durcheinander.

Ihr Gespräch war kurz gewesen. Es fiel ihr schwer, mit ihm zu reden. Sie hatte kaum mütterlichen Rat zu bieten und empfand sich als Versager, weil ihr elfjähriger Sohn im Gefängnis saß und sie ihn nicht herausholen konnte. Sie konnte ihn nicht besuchen. Sie konnte nicht mit dem Richter sprechen. Sie konnte ihm nicht raten, zu reden oder den Mund zu halten, weil auch sie Angst hatte. Sie konnte nicht das geringste tun, außer hier auf diesem schmalen Bett zu liegen, die Wände anzustarren und zu beten, daß, wenn sie aufwachte, der Alptraum vorüber war.

Es war sechs Uhr, Zeit für die Lokalnachrichten. Sie betrachtete das flüsternde Gesicht der Moderatorin und hoffte, daß es nicht passieren würde. Aber es dauerte nicht lange. Nachdem zwei Tote aus einer Mülldeponie herausgetragen worden waren, erschien plötzlich ein schwarzweißes Standfoto von Mark und dem Polizisten, den sie geschlagen hatte, auf dem Bildschirm. Sie stellte den Ton etwas lauter ein.

Die Moderatorin lieferte die grundlegenden Fakten über die Festnahme von Mark Sway, sehr darauf bedacht, sie nicht als Verhaftung zu bezeichnen. Dann erschien ein Reporter, der vor dem Jugendgericht stand. Er redete ein paar Sekunden über eine Anhörung, von der er nichts wußte, verkündete atemlos, daß der Junge, Mark Sway, in die Jugendhaftanstalt zurückgebracht worden war und daß morgen in Richter Roosevelts Gerichtssaal eine weitere Anhörung stattfinden würde. Zurück ins Studio, und die Moderatorin brachte die Zuschauer, was Mark und den tragischen Selbstmord von Jerome Clifford betraf, auf den neuesten Stand der Dinge. Sie zeigten einen kurzen Clip der Trauergäste beim Verlassen der Kapelle in New Orleans am Morgen, dann folgten ein oder zwei Sekunden mit Roy Foltrigg, der unter einem Regenschirm mit einem Reporter sprach. Schnell wieder zurück zu der Moderatorin, die dazu überging, Slick Moellers Stories zu zitieren, und der Argwohn wuchs. Kein Kommentar von der Polizei von Memphis, dem FBI, dem Büro des Bundesanwalts oder dem Jugendgericht von Shelby County. Das Eis wurde dünner, als sie in die grenzenlose, düstere Welt ungenannter Informanten schlitterte, die alle kaum Fakten, dafür aber massenhaft Spekulationen anzubieten hatten. Als sie endlich fertig war und für einen Werbeblock unterbrach, konnte jeder Uniformierte mühelos glauben, daß Mark Sway nicht nur Jerome Clifford erschossen hatte, sondern auch Boyd Boyette.

Diannes Magen schmerzte, und sie schaltete den Fernseher aus. Das Zimmer wurde noch dunkler. Sie hatte seit zehn Stunden keinen Bissen Nahrung zu sich genommen. Ricky zuckte und grunzte, und das irritierte sie. Sie glitt vorsichtig aus dem Bett, frustriert von ihm, frustriert von Greenway, weil er keine Fortschritte erzielte, angeekelt von diesem Krankenhaus, das ihr mit seinem Dekor und seiner Beleuchtung vorkam wie ein Verlies, bestürzt über ein System, das zuließ, daß Kinder ins Gefängnis geworfen wurden, weil sie Kinder waren, und vor allem total verängstigt wegen dieser lauernden Schatten, die Mark bedroht und den Wohnwagen niedergebrannt hatten und offensichtlich willens waren, noch mehr zu tun. Sie machte die Badezimmertür hinter sich zu, setzte sich auf den Rand der Badewanne und rauchte eine Virginia Slim. Ihre Hände zitterten, und ihre Gedanken verwirrten sich. In ihrem Kopf braute sich eine Migräne zusammen, und um Mitternacht würde sie sich vor Schmerzen nicht mehr rühren können. Vielleicht würden die Tabletten helfen.

Sie spülte den Zigarettenstummel weg und setzte sich auf die Kante von Rickys Bett. Sie hatte sich geschworen, diese Prüfung einen Tag um den anderen durchzustehen, aber jeder Tag schien schlimmer zu werden. Viel mehr konnte sie nicht verkraften.

Barry das Messer hatte sich für dieses schäbige kleine Restaurant entschieden, weil es still und dunkel war und er es von seiner Teenagerzeit als junger, vielversprechender Ganove auf den Straßen von New Orleans her kannte. Es war kein Lokal, das er regelmäßig besuchte, aber es lag mitten im French Quarter, was bedeutete, daß er in der Nähe der Canal Street parken und dann zwischen den Touristen auf der Bourbon und der Royal untertauchen konnte und die Kerle vom FBI keine Möglichkeit hatten, ihm zu folgen.

Er fand einen kleinen Tisch im Hintergrund und nippte an einem Wodka-Gimlet, während er auf Gronke wartete.

Er wäre gern selbst in Memphis gewesen, aber er war auf Kaution freigelassen, und seine Bewegungsfreiheit war eingeschränkt. Er mußte um Erlaubnis nachsuchen, wenn er den Staat verlassen wollte, und er war nicht so dumm, das zu tun. Die Kommunikation mit Gronke war schwierig gewesen. Der ständige Argwohn fraß ihn bei lebendigem Leibe auf. Seit nunmehr acht Monaten vermutete er hinter jedem neugierigen Blick einen weiteren Polizisten, der jeden seiner Schritte überwachte. Ein Fremder hinter ihm auf dem Gehsteig war nur noch so ein Fibbie, der sich in der Dunkelheit verbarg. Seine Telefone waren angezapft. Sein Wagen und sein Haus waren verwanzt. Er getraute sich kaum noch, etwas zu sagen, weil er die Sensoren und die versteckten Mikrofone geradezu fühlen konnte.

Er trank den Gimlet aus und bestellte noch einen. Einen doppelten. Gronke erschien mit zwanzig Minuten Verspätung und zwängte seinen massigen Körper in einen Stuhl am der Ecke. Die Decke war zwei Meter über ihnen.

»Netter Laden«, sagte Gronke. »Wie geht's dir?«

»Okay.« Barry schnappte mit den Fingern, und der Kellner kam.

»Bier. Grolsch«, sagte Gronke.

»Sind sie dir gefolgt?« fragte Barry.

»Ich glaube nicht. Ich bin im Zickzack durchs halbe Quarter gelaufen.«

»Was tut sich da oben?«

»In Memphis?«

»Nein, in Milwaukee, du Blödmann«, sagte Barry grinsend. »Was ist mit dem Jungen?«

»Er ist im Gefängnis, und er redet nicht. Sie haben ihn heute vormittag geholt, um die Mittagszeit hat so eine Art Anhörung vor dem Jugendgericht stattgefunden, und dann haben sie ihn ins Gefängnis zurückgebracht.«

Der Barmann trug ein schweres Tablett mit schmutzigen Biergläsern durch die Schwingtür in die schmutzige Küche, und als er die Tür passiert hatte, bauten sich zwei FBI-Agenten in Jeans vor ihm auf. Der eine hielt ihm einen Ausweis vor die Nase, während der andere ihm das Tablett abnahm.

»Was soll das?« fragte der Barmann, wich an die Wand zurück und starrte auf den nur Zentimeter von seiner breiten Nase entfernten Ausweis.

»FBI. Sie müssen uns einen Gefallen tun«, sagte Special Agent Scherff gelassen, ganz geschäftsmäßig. Der Barmann hatte schon zweimal wegen schwerer Verbrechen im Gefängnis gesessen und erfreute sich erst seit knapp sechs Monaten seiner Freiheit. Er wurde eifrig.

»Klar. Was Sie wollen.«

»Wie heißen Sie?« fragte Scherff.

»Äh, Dole. Link Dole.« Er hatte im Laufe der Jahre so viele Namen benutzt, daß es ihm schwerfiel, sie nicht durcheinanderzubringen.

Die Agenten rückten noch näher an ihn heran, und Link

begann eine Attacke zu befürchten. »Okay, Link. Wollen Sie uns helfen?« Link nickte eifrig. Der Koch, dem eine brennende Zigarette zwischen den Lippen hing, rührte in einem Topf mit Reis. Er schaute einmal kurz in ihre Richtung, hatte aber andere Dinge im Kopf.

»Da draußen sitzen zwei Männer bei einem Drink, in der hinteren Ecke, an der rechten Seite, wo die Decke niedrig ist.«

»Ja, okay, natürlich. Das hat doch nichts mit mir zu tun, oder?«

»Nein, Link. Hören Sie nur gut zu.« Scherff zog eine Garnitur Salz- und Pfefferstreuer aus der Tasche. »Stellen Sie die auf ein Tablett, zusammen mit einer Flasche Ketchup. Gehen Sie zu diesem Tisch, bloße Routine, und tauschen Sie sie gegen die aus, die jetzt dort stehen. Fragen Sie die Männer, ob sie etwas zu essen wollen oder noch einen Drink. Haben Sie verstanden?«

Link nickte, aber verstanden hatte er nichts. »Äh, was ist da drin?«

»Salz und Pfeffer«, sagte Scherff. »Und eine kleine Wanze, mit der wir hören können, was die Kerle sagen. Sie sind Verbrecher, Link, und wir beobachten sie.«

»Ich will da aber nicht mit hineingezogen werden«, sagte Link, der ganz genau wußte, daß er, wenn sie ihn auch nur ein ganz klein wenig bedrohten, sich den Arsch aufreißen würde, um hineingezogen zu werden.

»Machen Sie mich nicht böse«, sagte Scherff und schwenkte die Streuer.

»Okay, okay.«

Ein Kellner stieß die Schwingtür auf und schlurfte mit einem Stapel schmutziger Teller hinter ihnen vorbei. »Aber verraten Sie es niemandem«, sagte er zitternd.

»Geht in Ordnung, Link. Das bleibt unser kleines Geheimnis. Gibt es hier irgendwo einen leeren Wandschrank?« fragte Scherff und sah sich in der vollgestopften, unordentlichen Küche um. Die Antwort lag auf der Hand. In diesem Loch hatte es seit fünfzig Jahren keinen Quadratmeter freien Raum mehr gegeben.

Link dachte ein oder zwei Sekunden nach, sehr bemüht, seinen neuen Freunden zu helfen. »Nein, aber da ist ein kleines Büro direkt über der Bar.«

»Großartig, Link. Sie gehen und tauschen diese Dinger hier aus, und wir bauen unsere Geräte im Büro auf.« Link ergriff sie vorsichtig, als könnten sie explodieren, dann kehrte er an die Bar zurück.

Ein Kellner stellte eine schwere grüne Flasche mit Grolsch vor Gronke und verschwand wieder.

»Der kleine Bastard weiß etwas, stimmt's?« sagte das Messer.

»Natürlich. Sonst würden die Dinge anders laufen. Weshalb hat er sich sonst eine Anwältin genommen? Und weshalb rückt er nicht mit der Sprache heraus?« Gronke leerte die halbe Flasche mit einem einzigen, durstigen Zug.

Link näherte sich ihnen mit einem Tablett, auf dem ein Dutzend Salz- und Pfefferstreuer und Flaschen mit Ketchup und Senf standen. »Wollen die Herren essen?« fragte er ganz geschäftsmäßig, während er die Streuer und Flaschen auf ihrem Tisch auswechselte.

Barry winkte ab, und Gronke sagte »Nein.« Und Link verschwand. Weniger als zehn Meter entfernt drängten sich Scherff und drei weitere Agenten um einen kleinen Schreibtisch und öffneten schwere Aktenkoffer. Einer der Agenten griff sich Kopfhörer und setzte sie auf. Er lächelte.

»Dieser Junge macht mir angst, Mann«, sagte Barry. »Er hat es seiner Anwältin erzählt, und damit gibt es zwei Leute mehr, die Bescheid wissen.«

»Ja, aber er redet nicht, Barry. Überleg doch mal. Wir haben uns an ihn herangemacht. Ich habe ihm das Foto gezeigt. Wir haben uns um den Wohnwagen gekümmert. Der Junge hat eine Mordsangst.«

»Ich weiß nicht recht. Gibt es eine Möglichkeit, an ihn heranzukommen?«

»Im Augenblick nicht. Ich meine, zum Teufel, die Bullen haben ihn. Er ist hinter Schloß und Riegel.«

»Es gibt Mittel und Wege, das weißt du. Ich glaube nicht, daß die Sicherheitsvorkehrungen in einem Gefängnis für Kids besonders gut sind.«

»Ja, aber die Bullen haben auch Angst. Sie schwärmen überall im Krankenhaus herum. Wachmänner sitzen auf dem Flur. Fibbies, die wie Ärzte angezogen sind, rennen durchs ganze Haus. Diese Leute haben Angst vor uns.«

»Aber sie können ihn zum Reden zwingen. Sie können ihn in das Mäuseprogramm stecken, seiner Mutter einen Haufen Geld nachwerfen. Ihnen einen schicken neuen Wohnwagen kaufen, vielleicht sogar einen extragroßen oder so etwas. Ich bin verdammt nervös, Paul. Wenn der Junge sauber wäre, hätten wir nie etwas von ihm gehört.«

»Wir können den Jungen nicht umlegen, Barry.«

»Warum nicht?«

»Weil er ein Kind ist. Weil ihn jetzt niemand aus den Augen läßt. Weil, wenn wir es tun, eine Million Bullen uns zu Tode hetzen werden. Es geht nicht.«

»Was ist mit seiner Mutter oder seinem Bruder?«

Gronke trank einen weiteren Schluck Bier und schüttelte frustriert den Kopf. Er war ein harter Ganove, der es im Drohen mit den Besten aufnehmen konnte, aber im Gegensatz zu seinem Freund war er kein Killer. Diese willkürliche Suche nach Opfern machte ihm angst. Er sagte nichts.

»Was ist mit seiner Anwältin?« fragte Barry.

»Weshalb solltest du sie umbringen lassen?«

»Vielleicht hasse ich Anwälte. Vielleicht macht das dem Jungen solche Angst, daß er ins Koma fällt wie sein Bruder. Ich weiß es nicht.«

»Und vielleicht ist das Umbringen unschuldiger Leute in Memphis keine sonderlich gute Idee. Der Junge könnte sich einen anderen Anwalt nehmen.«

»Dann legen wir den eben auch um. Denk mal drüber nach, Paul. Das könnte Wunder wirken bei den Rechtsverdrehern«, sagte Barry mit einem lauten Auflachen. Dann beugte er sich vor, als wäre ihm ein wunderbar unanständiger Gedanke gekommen. Sein Kinn war nur Zentimeter von dem Salzstreuer entfernt. »Denk mal darüber nach, Paul. Wenn wir die Anwältin des Jungen umlegen, dann würde kein Anwalt, der bei klarem Verstand ist, ihn noch vertreten. Kapiert?«

»Du baust ab, Barry. Du bist dabei, den Verstand zu verlieren.«

»Ja, ich weiß. Aber es ist doch ein großartiger Gedanke, oder etwa nicht? Wir legen sie um, und der Junge redet nicht einmal mehr mit seiner eigenen Mutter. Wie heißt sie, Rollie oder Ralplie?«

»Reggie Love.«

»Wie kommt ein Weibsbild zu so einem Namen?«

»Das darfst du mich nicht fragen.«

Barry leerte sein Glas und schnippte wieder nach dem Kellner. »Was sagt sie am Telefon?« fragte er, wieder dicht über den Streuer gebeugt.

»Keine Ahnung. Letzte Nacht sind wir nicht reingekommen.«

Das Messer war plötzlich wütend. »Was?« Die bösartigen Augen funkelten.

»Unser Mann tut es heute nacht, wenn alles gutgeht.«

»Was für einen Laden hat sie?«

»Ein kleines Büro in einem Hochhaus in der Innenstadt. Dürfte kein Problem sein.«

Scherff drückte den Kopfhörer fester an seine Ohren. Zwei seiner Kollegen taten dasselbe. Das einzige Geräusch in dem Raum war das leise Klicken des Bandgeräts.

»Taugen diese Kerle etwas?«

»Nance ist ziemlich gerissen und bleibt cool, auch wenn's brenzlig wird. Sein Partner, Cal Sisson, ist ein Nervenbündel. Fürchtet sich vor seinem eigenen Schatten.«

»Ich will, daß die Telefone heute nacht angezapft werden.«

»Wird erledigt.«

Barry zündete sich eine filterlose Camel an und blies Rauch zur Decke. »Wird die Anwältin beschützt?« Als er diese Frage stellte, verengten sich seine Augen. Gronke schaute weg.

»Ich glaube nicht.«

»Wo wohnt sie? Was für ein Bau?«

»Sie hat eine nette kleine Wohnung hinter dem Haus ihrer Mutter.«

»Sie lebt allein?«

»Ich glaube, ja.«

»Dann wäre es doch ganz einfach. Ihr brecht ein, legt sie um, nehmt ein paar Sachen mit. Nur ein gewöhnlicher Einbruch, der schiefgegangen ist. Was meinst du?«

Gronke schüttelte den Kopf und musterte eine junge Blondine an der Bar.

»Was meinst du?« wiederholte Barry.

»Ja, es wäre einfach.«

»Dann laß es uns tun. Hörst du mir überhaupt zu, Paul?«

Paul hörte zu, wich aber den bösartigen Augen aus. »Mir ist nicht danach, irgend jemanden umzulegen«, sagte er, immer noch die Blondine anstarrend.

»Na schön. Dann soll Pirini es tun.«

Etliche Jahre zuvor war einer der Insassen der Jugendhaftanstalt, ein zwölfjähriger Junge, in der Zelle neben der von Mark an einem epileptischen Anfall gestorben. Tonnenweise schlechte Presse und ein unerfreulicher Prozeß waren die Folge gewesen, und obwohl Doreen keinen Dienst gehabt hatte, als es passierte, hatte es sie trotzdem sehr mitgenommen. Es hatte eine Untersuchung gegeben. Zwei Leute mußten den Dienst quittieren. Und eine Unmenge neuer Bestimmungen waren erlassen worden.

Doreens Schicht war um fünf zu Ende, und das letzte, was sie tat, war, nach Mark zu sehen. Den ganzen Nachmittag hatte sie stündlich zu ihm hereingeschaut und mit wachsender Besorgnis zugesehen, wie sein Zustand sich verschlechterte. Er zog sich vor ihren Augen in sich zurück, sprach bei jedem Besuch weniger, lag nur auf dem Bett und starrte die Decke an. Um fünf brachte sie einen Amtsarzt mit, der Mark kurz untersuchte und feststellte, daß er gesund und lebendig war. Alle vitalen Funktionen waren völlig in Ordnung. Als sie ging, rieb sie ihm die Schläfen wie eine liebe Großmutter und versprach ihm, daß sie morgen, Freitag, ganz früh froh und munter wiederkommen würde. Und sie ließ ihm noch eine Pizza bringen.

Mark sagte, er glaube, daß er wohl so lange durchhalten könnte. Er würde versuchen, die Nacht zu überleben. Offensichtlich hatte sie Anweisungen hinterlassen, denn die Frau, die Doreen abgelöst hatte, eine dickliche kleine Person namens Thekla, klopfte sofort bei ihm an und stellte sich vor. In den nächsten vier Stunden klopfte Thekla regelmäßig an, kam in seine Zelle und schaute ihm nervös in die Augen, als wäre er verrückt und könnte jeden Moment durchdrehen.

Mark sah fern, kein Kabel, bis um zehn die Nachrichten begannen, dann putzte er sich die Zähne und schaltete das Licht aus. Das Bett war recht bequem, und er dachte an seine Mutter, die versuchte, auf diesem klapprigen Faltbett zu schlafen, das die Schwestern in Rickys Zimmer aufgestellt hatten.

Die Pizza war von Domino's, keine ledrige Scheibe Käse, die jemand in die Mikrowelle geworfen hatte, sondern eine richtige Pizza, die Doreen wahrscheinlich aus eigener Tasche bezahlt hatte. Das Bett war warm, die Pizza war echt, und die Tür war verschlossen. Er fühlte sich sicher, nicht nur vor den anderen Insassen und den Banden und der Gewalttätigkeit, die es bestimmt in diesem Gebäude gab, sondern auch vor dem Mann mit dem Schnappmesser, der seinen Namen kannte und das Foto hatte. Dem Mann, der den Wohnwagen niedergebrannt hatte. An diesen Mann hatte er jede einzelne Minute denken müssen, seit er gestern morgen aus dem Fahrstuhl geflüchtet war. Er hatte letzte Nacht auf Momma Loves Veranda an ihn gedacht und am Mittag im Gerichtssaal, während er Hardy und McThune zuhörte. Er machte sich Sorgen, daß er womöglich im Krankenhaus lauerte, wo Dianne nichts Böses ahnte.

Um Mitternacht in einem parkenden Wagen auf der Third Street in der Innenstadt von Memphis zu sitzen, war nicht das, was Cal Sisson für einen Spaß hielt, aber die Türen waren verriegelt, und unter seinem Sitz lag eine Waffe. In Anbetracht seiner früheren Verurteilungen war es ihm verboten, eine Waffe zu besitzen oder bei sich zu tragen, aber dies war der Wagen von Jack Nance. Er parkte hinter einem Lieferwagen in der Nähe der Madison, ein paar Blocks vom Sterick Building entfernt. An dem Wagen war nichts Verdächtiges. Es war nur sehr wenig Verkehr auf der Straße.

Zwei uniformierte Polizisten zu Fuß kamen den Gehsteig entlang und blieben kaum einen Meter von Cal entfernt stehen, um ihn zu mustern. Er warf einen Blick in den Spiegel und sah zwei weitere Cops. Vier Bullen! Einer von ihnen setzte sich auf den Kofferraum, und der Wagen schaukelte. War etwa die Parkuhr abgelaufen? Nein, er hatte für eine Stunde bezahlt und war erst seit knapp zehn Minuten hier. Nance hatte gesagt, es wäre eine Sache von einer halben Stunde.

Zwei weitere Polizisten gesellten sich zu denen auf dem Gehsteig, und Cal begann zu schwitzen. Die Waffe machte ihm Sorgen, aber ein guter Anwalt konnte seinen Bewährungshelfer überzeugen, daß die Pistole nicht ihm gehörte. Er fungierte nur als Fahrer für Nance.

Ein ungekennzeichnetes Polizeifahrzeug hielt hinter ihm an, und zwei Polizisten in Zivil traten zu den anderen. Acht Bullen!

Einer in Jeans und Sweatshirt bückte sich und hielt seinen Ausweis vor Cals Fenster. Auf dem Sitz neben seinem Bein lag ein Funkgerät, und dreißig Sekunden zuvor hätte er auf den blauen Knopf drücken und Nance warnen müssen. Aber jetzt war es zu spät. Die Polizisten waren aus dem Nirgendwo aufgetaucht.

Er kurbelte langsam sein Fenster herunter. Der Polizist beugte sich vor, und ihre Gesichter waren nur ein paar Zentimeter voneinander entfernt. »Guten Abend, Cal. Ich bin Lieutenant Byrd, Polizei Memphis.«

Die Tatsache, daß er ihn Cal genannt hatte, ließ ihn schaudern. Er versuchte, gelassen zu bleiben. »Was kann ich für Sie tun, Officer?«

»Wo ist Jack?«

Cals Herz setzte aus, und auf seiner Haut brach Schweiß aus. »Welcher Jack?«

Welcher Jack. Byrd warf einen Blick über die Schulter und lächelte seinen Partner an. Die uniformierten Polizisten hatten den Wagen umstellt. »Jack Nance. Ihr guter Freund. Wo steckt er?«

»Ich habe ihn nicht gesehen.«

»Na, so ein Zufall. Ich habe ihn nämlich auch nicht gesehen. Jedenfalls nicht in der letzten Viertelstunde. Das letzte Mal, daß ich ihn gesehen habe, war an der Ecke von Union und Second Street, vor weniger als einer halben Stunde, und dort ist er aus diesem Wagen ausgestiegen. Und Sie sind davongefahren, und, Überraschung, jetzt sind Sie hier.«

Cal atmete, aber es war mühsam. »Ich weiß nicht, wovon Sie reden.«

Byrd entriegelte die Tür und öffnete sie. »Steigen Sie aus, Cal«, befahl er, und Cal gehorchte. Byrd schlug die Tür zu und drängte ihn dagegen. Vier Polizisten umringten ihn. Die anderen drei schauten unverwandt zum Sterick Building hinüber. Byrd hatte sich ganz dicht vor ihm aufgebaut.

»Hören Sie mir gut zu, Cal. Komplizenschaft bei Einbruch und unbefugtem Eindringen bringt sieben Jahre. Sie sind schon dreimal verurteilt worden, also gelten Sie als Gewohnheitsverbrecher. Und nun raten Sie mal, wieviel Zeit Sie absitzen müssen?«

Seine Zähne klapperten, und sein Körper zitterte. Er schüttelte den Kopf, als hätte er keine Ahnung und wollte, daß Byrd es ihm mitteilte.

»Dreißig Jahre, ohne Bewährung.«

Er schloß die Augen und sackte in sich zusammen. Sein Atem ging schwer.

»Also«, fuhr Byrd fort, sehr cool, sehr grausam. Jack Nance macht uns keine Sorgen. Wenn er mit Ms. Loves Telefonen fertig ist, warten vor dem Gebäude ein paar von unseren Leuten auf ihn. Er wird verhaftet, vor Gericht gestellt und zu gegebener Zeit verurteilt. Aber wir sind ziemlich sicher, daß er nicht viel sagen wird. Kapiert?«

Cal nickte.

»Aber Sie, Cal, sind vielleicht an einem kleinen Handel interessiert. Indem Sie uns ein bißchen helfen. Sie verstehen, was ich meine?«

Er nickte immer noch, aber jetzt rascher.

»Sie erzählen uns, was wir wissen wollen, und als Gegenleistung dafür lassen wir Sie laufen.«

Cal starrte ihn verzweifelt an. Sein Mund stand offen, sein Herz hämmerte.

Byrd deutete auf den Gehsteig auf der anderen Seite der Madison. »Sehen Sie diesen Gehsteig, Cal?«

Cal warf einen langen, hoffnungsvollen Blick auf den leeren Gehsteig. »Ja«, sagte er eifrig.

»Nun, er gehört ganz Ihnen. Sie sagen mir, was ich wissen will, und Sie gehen davon. Okay? Ich biete Ihnen dreißig Jahre Freiheit an, Cal. Seien Sie nicht dumm.«

»Okay.«

»Wann kommt Gronke aus New Orleans zurück?«

»Morgen früh, gegen zehn.«

»Wo ist er abgestiegen?«

»Holiday Inn Crowne Plaza.«

»Zimmernummer?«

»782.«

»Wo sind Bono und Pirini?«

»Das weiß ich nicht.«

»Bitte, Cal, wir sind keine Idioten. Wo sind sie?«

»Sie sind in 783 und 784.«

»Wer aus New Orleans ist sonst noch hier?«

»Sonst niemand. Jedenfalls nicht, soviel ich weiß.«

»Müssen wir mit weiteren Leuten aus New Orleans rechnen?«

»Ich schwöre, daß ich das nicht weiß.«

»Haben sie irgendwelche Pläne, den Jungen umzubringen, seine Angehörigen oder seine Anwältin?«

»Es ist darüber gesprochen worden, aber es gibt keine definitiven Pläne. Aber bei so etwas würde ich nicht mitmachen, das wissen Sie.«

»Ich weiß es, Cal. Sollen noch weitere Telefone angezapft werden?«

»Nein, ich glaube nicht. Nur das von der Anwältin.«

»Was ist mit ihrem Haus?«

»Nein, soweit ich weiß, nicht.«

»Keine weiteren Wanzen oder Drähte oder angezapfte Telefone?«

»Soweit ich weiß, nicht.«

»Keine Pläne, irgend jemanden umzulegen?«

»Nein.«

»Wenn Sie mich anlügen, Cal, dann komme ich und hole Sie, und dann sind es dreißig Jahre.«

»Ich schwöre es.«

Plötzlich versetzte Byrd ihm einen Schlag auf die linke Gesichtshälfte, dann packte er seinen Kragen und drückte ihn zusammen. Cals Mund stand offen, und in seinen Augen stand das schiere Entsetzen. »Wer hat den Wohnwagen verbrannt?« fuhr Byrd ihn an und drückte ihn gleichzeitig noch heftiger gegen den Wagen.

»Bono und Pirini«, sagte er ohne das geringste Zögern.

»Waren Sie dabei, Cal?«

»Nein. Ich schwöre es.«

»Sind weitere Feuerchen geplant?«

»Soweit ich weiß, nicht.«

»Was zum Teufel tun Sie dann hier. Cal?«

»Sie warten einfach ab, hören sich um, Sie wissen schon, nur für den Fall, daß sie für irgendwas gebraucht werden. Hängt davon ab, was der Junge tut.«

Byrd drückte noch stärker zu. Er zeigte ihm die Zähne und verdrehte den Kragen. »Eine Lüge, Cal, und Sie haben mich auf dem Hals, verstanden?«

»Ich habe nicht gelogen. Ich schwöre es«, sagte Cal mit schriller Stimme.

Byrd ließ ihn los und deutete mit einem Kopfnicken auf den Gehsteig. »Verschwinden Sie, und bleiben Sie in Zukunft sauber.« Die Mauer aus Polizisten öffnete sich, und Cal ging zwischen ihnen hindurch und auf die Straße. Er erreichte in Rekordzeit den Gehsteig und ward zuletzt gesehen, wie er in die Dunkelheit sprintete.

28

Am Freitagmorgen trank Reggie Love vor Anbruch der Dämmerung starken schwarzen Kaffee und wartete auf einen weiteren unvorhersehbaren Tag als Anwältin von Mark Sway. Es war ein kühler, klarer Morgen, der erste von vielen im September, und der erste Hinweis darauf, daß die heißen, stickigen Tage des Sommers in Memphis sich ihrem Ende näherten. Sie saß in einem Korbschaukelstuhl auf dem kleinen Balkon am hinteren Ende ihrer Wohnung und versuchte, Klarheit in die letzten fünf Stunden ihres Lebens zu bringen.

Die Polizisten hatten sie um halb zwei angerufen, hatten gesagt, in ihrem Büro wäre etwas passiert, und sie gebeten, gleich zu kommen. Sie hatte Clint angerufen, und zusammen waren sie zu ihrem Büro gefahren, wo ein halbes Dutzend Polizisten wartete. Sie hatten zugelassen, daß Jack Nance seine schmutzige Arbeit abschloß und das Gebäude verließ, bevor sie ihn sich griffen. Sie zeigten Reggie und Clint die drei Telefone und die winzigen, in die Hörmuscheln geklebten Sender, und sie sagten, Nance hätte recht gute Arbeit geleistet.

Während sie zuschauten, montierten die Polizisten vorsichtig die Sender ab und verwahrten sie als Beweismaterial. Sie erklärten, wie Nance eingedrungen war, und äußerten sich mehr als einmal tadelnd über die mangelhaften Sicherheitsvorkehrungen. Sie sagte, so etwas interessiere sie nicht besonders. In ihrem Büro gäbe es ohnehin kaum etwas, das das Stehlen lohne.

Sie hatte ihre Akten überprüft, und alles schien in Ordnung zu sein. Die Mark Sway-Akte befand sich im Aktenkoffer in ihrer Wohnung. Clint untersuchte seinen Schreibtisch und sagte, es wäre möglich, daß Nance seine Akten durchwühlt hätte. Aber auf Clints Schreibtisch herrschte immer ein ziemliches Durcheinander, und deshalb konnte er nicht sicher sein.

Die Polizisten hatten gewußt, daß Nance kommen würde, erklärte man ihnen, aber woher sie das wußten, wollten sie nicht sagen. Sie hatten ihm das Eindringen in das Gebäude leichtgemacht – unverschlossene Türen, abwesende Wachmänner und so weiter –, und ein Dutzend Männer hatten ihn beobachtet. Er war verhaftet worden, hatte aber bisher noch nichts ausgesagt. Einer der Polizisten hatte Reggie beiseite genommen und ihr vertraulich und mit gedämpfter Summe von Nance' Verbindung zu Gronke und zu Bono und Pirini berichtet. Es war ihnen nicht gelungen, die beiden letzteren zu finden; ihre Hotelzimmer waren leer gewesen. Gronke hielt sich in New Orleans auf und wurde überwacht.

Nance würde zwei Jahre bekommen, vielleicht auch mehr. Einen Augenblick lang hatte sie für ihn die Todesstrafe gewünscht.

Die Polizisten waren schließlich gegangen, und gegen drei waren sie und Clint allein gewesen mit dem leeren Büro und dem bestürzenden Wissen, daß ein Profi eingedrungen war und seine Fallen ausgelegt hatte. Ein von Killern angeheuerter Mann war hier gewesen, um an Informationen zu gelangen, damit, falls erforderlich, weitere Morde begangen werden konnten. Das Büro machte sie nervös, und sie hatten es kurz nach den Polizisten verlassen und waren in ein Café in der Nähe gegangen.

Und so saß sie nun da, nach drei Stunden Schlaf und mit einem nervenaufreibenden Tag vor sich, trank ihren Kaffee und beobachtete, wie sich der Himmel im Osten orangerot verfärbte. Sie dachte an Mark und daran, wie er am Mittwoch, vor nicht einmal zwei Tagen, in ihrem Büro aufgetaucht war und ihr erzählt hatte, daß er von einem Mann mit einem Schnappmesser bedroht worden war. Der Mann war groß und häßlich gewesen, und er hatte mit dem Messer herumgefuchtelt und ihm ein Foto der Familie Sway vor die Nase gehalten. Sie hatte fassungslos zugehört, wie dieser kleine, zitternde Junge das Messer beschrieb. Es war schon bestürzend, nur davon zu hören, aber jemand anderem war es passiert. Sie selber war nicht direkt betroffen, auf sie war die Klinge schließlich nicht gerichtet gewesen.

Aber das war am Mittwoch gewesen, und jetzt war Freitag, und die gleichen Gangster hatten jetzt auch sie bedroht. Die Lage war wesentlich gefährlicher geworden. Ihr kleiner Klient war sicher aufgehoben in einem hübschen Gefängnis mit Wachmännern in Rufweite, und sie saß allein hier in der Dunkelheit und dachte über Bono und Pirini nach und alle, die sonst vielleicht noch da draußen lauerten.

Obwohl von Momma Loves Haus aus nicht zu sehen, parkte ein ziviles Polizeifahrzeug nicht weit entfernt auf der Straße. Zwei FBI-Agenten hielten Wache, nur für alle Fälle. Reggie hatte sich damit einverstanden erklärt.

Sie stellte sich ein Hotelzimmer vor, mit Wolken von Zigarettenrauch unter der Decke, leeren Bierflaschen auf dem Fußboden, zugezogenen Vorhängen und einer Rotte von schlechtgekleideten Gangstern, die sich um einen kleinen Tisch drängten und einem Tonbandgerät lauschten. Aus dem Gerät kam ihre Stimme, mit Mandanten sprechend, mit Dr. Levin, mit Momma Love, einfach darauf losredend, als wäre alles in bester Ordnung. Die Gangster würden die meiste Zeit gelangweilt sein, aber hin und wieder würde einer von ihnen kichern und grunzen.

Mark hatte die Telefone in ihrem Büro nicht benutzt, und die Idee, sie anzuzapfen, war lächerlich. Diese Leute glaubten offensichtlich, daß Mark über Boyette Bescheid wußte und daß er und seine Anwältin blöd genug waren, dieses Wissen am Telefon zu erörtern.

Das Telefon in der Küche läutete, und Reggie sprang auf. Sie sah auf die Uhr – zwanzig nach sechs. Es mußte noch mehr Probleme bedeuten, denn um diese Zeit rief niemand an. Sie eilte nach drinnen und nahm nach dem vierten Läuten ab. »Hallo?«

Es war Harry Roosevelt. »Guten Morgen, Reggie. Entschuldigen Sie, daß ich Sie geweckt habe.«

»Ich war wach.«

»Haben Sie die Zeitung gesehen?«

Sie schluckte hart. »Nein. Was ist damit?«

»Eine Titelseite mit zwei großen Fotos von Mark, einem, wie er das Krankenhaus verläßt, verhaftet, wie es dort heißt, und das andere beim Verlassen des Gerichtsgebäudes, flankiert von Polizisten. Slick Moeller hat die Story geschrieben. Er weiß alles über die Anhörung. Die Fakten stimmen ausnahmsweise. Er sagt, Mark hätte sich geweigert, meine Fragen hinsichtlich seiner Kenntnisse über Boyette zu beantworten, und ich hätte deshalb auf Mißachtung erkannt und ihn ins Gefängnis zurückgeschickt. Das Ganze klingt, als wäre ich Hitler.«

»Aber woher weiß er das?«

»Er beruft sich auf ungenannte Informanten.«

Sie ging in Gedanken die Leute durch, die bei der Anhörung zugegen gewesen waren. »Fink?«

»Ich glaube nicht. Fink hätte nichts zu gewinnen gehabt, wenn er das hätte durchsickern lassen, und die Risiken sind zu groß. Es muß jemand gewesen sein, der nicht sonderlich intelligent ist.«

»Deshalb bin ich ja auf Fink gekommen.«

»Gute Schlußfolgerung, aber ich bezweifle, daß es ein Anwalt war. Ich habe vor, Mr. Moeller eine Vorladung zustellen zu lassen, die ihn zwingt, heute mittag in meinem Gericht zu erscheinen. Ich werde ihn auffordern, seinen Informanten zu nennen, sonst stecke ich ihn wegen Mißachtung ins Gefängnis.«

»Wunderbare Idee.«

»Das sollte nicht lange dauern. Wir halten Marks kleine Anhörung gleich danach ab. Okay?«

»Natürlich, Harry. Da ist noch etwas, das Sie wissen sollten. Es war eine lange Nacht.«

»Ich höre«, sagte er. Reggie gab ihm einen knappen Bericht über das Anzapfen ihrer Telefone, mit besonderem Nachdruck auf Bono und Pirini und die Tatsache, daß sie bisher noch nicht gefunden worden waren.

»Großer Gott«, sagte er. »Diese Leute sind wahnsinnig.«

»Und gefährlich.«

»Haben Sie Angst?«

»Natürlich habe ich Angst. Sie sind in mein Büro eingedrungen, Harry, und der Gedanke, daß sie mich ständig beobachtet haben, ist bestürzend.«

Es folgte eine lange Pause am anderen Ende. »Reggie, ich werde Mark unter gar keinen Umständen freilassen, jedenfalls nicht heute. Warten wir ab, was übers Wochenende passiert. Er ist viel sicherer dort, wo er jetzt ist.«

»Da stimme ich Ihnen zu.«

»Haben Sie mit seiner Mutter gesprochen?«

»Gestern. Sie hat auf die Idee des Zeugenschutzprogramms sehr lauwarm reagiert. Es könnte einige Zeit dauern. Das arme Ding ist nur noch ein Nervenbündel.«

»Bearbeiten Sie sie. Kann sie heute ins Gericht kommen? Mir wäre es sehr lieb, wenn ich mit ihr sprechen könnte.«

»Ich werde es versuchen.«

»Wir sehen uns um zwölf.«

Sie goß sich noch eine weitere Tasse Kaffee ein und kehrte auf den Balkon zurück. Axle schlief unter dem Schaukelstuhl. Zwischen den Bäumen erschien das erste Licht der Dämmerung. Sie hielt den warmen Becher mit beiden Händen umfaßt und zog ihre nackten Füße unter den dicken Bademantel. Sie schnupperte das Aroma des Kaffees und dachte daran, wie widerwärtig ihr die Presse war. Alle Welt würde also über die Anhörung Bescheid wissen. Soviel zum Thema Vertraulichkeit. Ihr kleiner Mandant war plötzlich in noch viel größerer Gefahr. Jetzt war offenkundig, daß er etwas wußte, was er eigentlich nicht wissen sollte. Sonst hätte er einfach die Fragen beantwortet, die der Richter ihm gestellt hatte.

Diese Sache wurde von Stunde zu Stunde gefährlicher. Und von ihr, Reggie Love, Rechtsanwältin, wurde erwartet, daß sie alle Antworten parat hatte und ideale Ratschläge erteilte. Mark würde sie ansehen mit seinen verängstigten blauen Augen und sie fragen, wie es weiterging. Wie zum Teufel sollte sie das wissen?

Sie waren auch hinter ihr her.

Doreen weckte Mark zeitig. Sie hatte ihm Heidelbeerplätzchen mitgebracht, und sie verzehrte eines davon, während sie ihn sehr besorgt musterte. Mark saß auf einem Stuhl, hielt ein Plätzchen in der Hand, aß aber nicht, sondern schaute nur leeren Blickes auf den Fußboden. Dann schob er das Plätzchen langsam zum Mund, nahm einen winzigen Bissen, dann ließ er es in seinen Schoß sinken. Doreen beobachtete jede seiner Bewegungen.

»Bist du okay, Junge?« fragte sie ihn.

Mark nickte langsam. »Oh, es geht mir gut«, sagte er mit hohler, heiserer Stimme.

Doreen tätschelte ihm das Knie, dann die Schulter. Ihre Augen waren schmal, und sie war sehr beunruhigt. »Ich bin den ganzen Tag über hier«, sagte sie, stand auf und ging zur Tür. »Und ich schaue von Zeit zu Zeit herein.«

Mark ignorierte sie und biß ein weiteres kleines Stückchen von seinem Plätzchen ab. Die Tür schlug zu und klickte, und plötzlich stopfte er sich den Rest des Plätzchens in den Mund und griff nach einem weiteren. Er stellte den Fernseher an, aber ohne Kabel war er gezwungen, sich Bryant Gumbel anzusehen. Keine Comics. Keine alten Filme. Nur Willard mit einem Hut auf dem Kopf, der Maiskolben aß und Süßkartoffel-Stäbchen.

Zwanzig Minuten später kam Doreen wieder. Die Schlüssel klirrten, die Verriegelung sprang zurück, und die Tür ging auf. »Komm mit, Mark«, sagte sie. »Du hast Besuch.«

Plötzlich war er wieder still, abwesend, in einer anderen Welt versunken. Er bewegte sich langsam. »Wer?« fragte er mit dieser hohlen Stimme.

»Deine Anwältin.«

Er stand auf und folgte ihr auf den Flur. »Geht es dir wirklich gut?« fragte sie und hockte sich vor ihm nieder. Er nickte langsam, und sie gingen zur Treppe.

Reggie wartete im einem kleinen Konferenzraum ein Stockwerk tiefer. Sie und Doreen, alte Bekannte, tauschten Höflichkeiten aus, dann wurde die Tür abgeschlossen. Sie ließen sich an einem kleinen runden Tisch nieder.

»Sind wir noch Freunde?« fragte sie mit einem Lächeln.

»Ja. Tut mir leid wegen gestern.«

»Du brauchst dich nicht zu entschuldigen, Mark. Glaube mir, ich verstehe dich. Hast du gut geschlafen?«

»Ja. Viel besser als im Krankenhaus.«

»Doreen sagt, sie macht sich Sorgen um dich.«
»Mir geht es gut. Wesentlich besser als Doreen.«
»Gut.« Reggie holte eine Zeitung aus ihrem Aktenkoffer und legte sie mit der Titelseite nach oben auf den Tisch. Er las den Artikel sehr langsam.

»Drei Tage hintereinander auf der Titelseite, das ist schon was«, sagte sie in dem Versuch, ihm ein Lächeln zu entlocken.

»Es wird allmählich langweilig. Ich dachte, die Anhörung wäre vertraulich.«

»Das sollte sie auch sein. Richter Roosevelt hat mich heute früh angerufen. Er ist sehr wütend wegen dieser Story. Er hat vor, den Reporter vorzuladen und ihn in die Mangel zu nehmen.«

»Dazu ist es zu spät. Die Story steht nun mal in der Zeitung. Alle Leute können sie lesen. Es ist ziemlich klar, daß ich der Junge bin, der zuviel weiß.«

»So ist es.« Sie wartete, während er sie noch einmal las und die Fotos von sich selbst betrachtete.

»Hast du mit deiner Mutter gesprochen?« fragte sie.

»Gestern nachmittag. Sie hörte sich ziemlich erschöpft an.«

»Das ist sie auch. Ich war bei ihr, bevor du angerufen hast, und sie versucht, irgendwie durchzuhalten. Ricky hatte einen schlechten Tag.«

»Ja, und schuld daran sind nur diese dämlichen Bullen. Wir sollten sie verklagen.«

»Vielleicht später. Jetzt müssen wir über etwas anderes sprechen. Gestern, nachdem du den Gerichtssaal verlassen hattest, hat Richter Roosevelt mit den Anwälten und den Leuten vom FBI gesprochen. Er will, daß ihr alle, du, deine Mutter und Ricky, in das nationale Zeugenschutzprogramm aufgenommen werdet. Er ist überzeugt, daß das die beste Methode ist, euch zu schützen, und ich neige zu derselben Ansicht.«

»Wie sieht das aus?«

»Das FBI bringt euch an einen neuen Ort, ganz im geheimen, weit fort von hier, und ihr bekommt neue Namen, neue Schulen, alles neu. Deine Mutter bekommt einen neuen Job, einen, der mehr einbringt als nur sechs Dollar die Stunde. Kann sein, daß sie euch nach ein paar Jahren wieder woanders hinbringen, sicherheitshalber. Sie bringen Ricky in einem wesentlich besseren Krankenhaus unter, bis es ihm wieder gut geht. Die Regierung übernimmt natürlich alle Kosten.«

»Kriege ich ein neues Fahrrad?«

»Natürlich.«

»War nur ein Witz. Ich habe das einmal in einem Film gesehen. Einem Mafia-Film. Da war ein Mann, der hatte gegen die Mafia ausgesagt, und das FBI hat ihm geholfen, zu verschwinden. Er bekam eine Gesichtsoperation. Sie beschafften ihm eine neue Frau und alles, was dazugehört. Schickten ihn nach Brasilien oder sonstwohin.«

»Und was ist passiert?«

»Sie brauchten ungefähr ein Jahr, um ihn zu finden. Seine Frau haben sie auch umgebracht.«

»Das war nur ein Film, Mark. Dir bleibt im Grunde nichts anderes übrig. Es ist der sicherste Weg.«

»Natürlich muß ich ihnen alles erzählen, bevor sie all diese wundervollen Dinge für uns tun.«

»Das gehört zu dem Handel.«

»Die Mafia vergißt nie was, Reggie.«

»Du hast zu viele Filme gesehen, Mark.«

»Kann sein. Aber hat das FBI je einen Zeugen in diesem Programm verloren?«

Die Antwort war ja, aber sie konnte kein spezielles Beispiel für einen solchen Fall zitieren. »Ich weiß es nicht, aber wir werden uns mit ihnen treffen, und dann kannst du sie nach allem fragen, was du wissen willst.«

»Was ist, wenn ich mich nicht mit ihnen treffen will? Was ist, wenn ich hier in meiner kleinen Zelle bleiben will, bis ich zwanzig Jahre alt bin und Richter Roosevelt schließlich stirbt? Und ich dann freigelassen werde?«

»Gut. Aber was ist mit deiner Mutter und Ricky? Was passiert mit ihnen, wenn er aus dem Krankenhaus entlassen wird und sie nicht wissen, wo sie hinsollen?«

»Sie können bei mir einziehen. Doreen sorgt für uns.«

Verdammt, er schaltete schnell für einen Elfjährigen. Sie schwieg einen Moment und lächelte ihn an. Er musterte sie.

»Mark, vertraust du mir?«

»Ja, Reggie. Ich vertraue Ihnen. Sie sind im Augenblick der einzige Mensch auf der Welt, dem ich vertraue. Also bitte, helfen Sie mir.«

»Es gibt keinen einfachen Ausweg.«

»Das weiß ich.«

»Mir geht es nur um eure Sicherheit. Die Sicherheit von dir, deiner Mutter und Ricky. Für Richter Roosevelt gilt das gleiche. Nun, es wird ein paar Tage dauern, die Einzelheiten des Zeugenschutzprogramms zu arrangieren. Der Richter hat das FBI gestern angewiesen, sofort mit den Vorbereitungen anzufangen, und ich glaube, es ist die beste Lösung.«

»Haben Sie mit meiner Mutter darüber gesprochen?«

»Ja. Sie will noch mehr darüber erfahren. Ich glaube, die Idee sagt ihr zu.«

»Aber woher wissen Sie, daß es funktionieren wird, Reggie? Ist es vollkommen sicher?«

»Nichts ist vollkommen sicher, Mark. Dafür gibt es keine Garantien.«

»Wunderbar. Vielleicht finden sie uns, vielleicht auch nicht. Das wird das Leben aufregend machen, meinen Sie nicht?«

»Hast du eine bessere Idee?«

»Natürlich. Es ist ganz einfach. Wir kassieren die Versicherung für den Wohnwagen. Wir suchen uns einen anderen und ziehen dort ein. Ich halte den Mund, und wir leben glücklich bis ans Ende unserer Tage. Mir ist es wirklich völlig egal, ob sie diese Leiche finden, Reggie. Es interessiert mich einfach nicht.«

»Tut mir leid, Mark, aber so geht es nicht.«

»Warum nicht?«

»Weil du zufällig großes Pech gehabt hast. Du verfügst über wichtige Informationen, und man wird dich nicht in Ruhe lassen, bis du sie preisgegeben hast.«

»Und danach können sie mich umbringen.«

»Das glaube ich nicht, Mark.«

Er verschränkte die Arme vor der Brust und schloß die Augen. Hoch oben auf seiner linken Wange war eine leichte Prellung, die sich braun verfärbt hatte. Heute war Freitag. Am Montag hatte Clifford ihn geschlagen, und obwohl das bereits Wochen zurückzuliegen schien, erinnerte die Stelle sie daran, daß das alles viel zu schnell ging. Der arme Junge trug noch immer die Wunden der Attacke.

»Wo würden wir hingehen?« fragte er leise mit immer noch geschlossenen Augen.

»Weit weg. Mr. Lewis vom FBI erwähnte eine kinderpsychiatrische Klinik in Portland, die eine der besten sein soll. Ricky wird es dort an nichts fehlen.«

»Können sie uns nicht folgen?«

»Das FBI kann das verhindern.«

Er sah sie an. »Weshalb trauen Sie plötzlich dem FBI?«

»Weil sonst niemand da ist, dem man trauen könnte.«

»Wie lange wird all das dauern.«

»Da gibt es zwei Probleme. Das erste sind der Papierkram und die Einzelheiten des Arrangements. Mr. Lewis sagte, das könnte binnen einer Woche erledigt werden. Das zweite ist Ricky. Es könnte ein paar Tage dauern, bis Dr. Greenway einer Verlegung zustimmt.«

»Also verbringe ich noch eine Woche im Gefängnis?«

»Sieht so aus. Tut mir leid.«

»Das braucht Ihnen nicht leid zu tun, Reggie. Ich komme hier schon zurecht. Ich könnte es sogar lange Zeit hier aushalten, wenn man mich in Ruhe läßt.«

»Aber man wird dich nicht in Ruhe lassen.«

»Ich muß mit meiner Mutter sprechen.«

»Vielleicht ist sie heute bei der Anhörung dabei. Richter Roosevelt möchte, daß sie kommt. Ich nehme an, er wird sich wieder mit den FBI-Leuten zusammensetzen und mit ihnen über das Zeugenschutzprogramm reden.«

»Wenn ich doch im Gefängnis bleiben muß, wozu dann die Anhörung?«

»In Fällen von Mißachtung muß der Richter dich in regelmäßigen Abständen immer wieder vorführen lassen, um dir

Gelegenheit zu geben, dich von der Mißachtung zu befreien, mit anderen Worten, zu tun, was er von dir verlangt.«

»Das System stinkt, Reggie. Die Gesetze sind saublöde, finden Sie nicht?«

»Ja, oft.«

»Letzte Nacht, als ich zu schlafen versuchte, hatte ich einen ganz verrückten Gedanken. Ich dachte – was ist, wenn die Leiche gar nicht da ist, wo sie nach Cliffords Angabe sein soll? Was ist, wenn Clifford sich einfach etwas zusammengesponnen hat? Ist Ihnen dieser Gedanke schon einmal gekommen, Reggie?«

»Ja. Viele Male.«

»Was ist, wenn das alles nur ein großer Witz ist?«

»Darauf würde ich mich nicht verlassen, Mark.«

Er rieb sich die Augen und schob seinen Stuhl zurück. Dann begann er, in dem kleinen Raum umherzuwandern, plötzlich sehr nervös. »Also packen wir einfach unsere Sachen und lassen unser bisheriges Leben hinter uns, richtig? Sie haben gut reden, Reggie. Sie sind nicht diejenige, die die Alpträume haben wird. Sie machen weiter, als wäre nie etwas passiert. Sie und Clint. Momma Love. Hübsche kleine Kanzlei. Massenhaft Klienten. Aber nicht wir. Wir verbringen den Rest unseres Lebens in Angst.«

»Das glaube ich nicht.«

»Aber Sie wissen es nicht, Reggie. Es ist leicht, hier zu sitzen und zu sagen, alles wäre in bester Ordnung. Es ist nicht Ihr Hals, um den es hier geht.«

»Du hast keine andere Wahl, Mark.«

»Doch, die habe ich. Ich könnte lügen.«

Es war nur ein Antrag auf Vertagung, normalerweise ein ziemlich langweiliges juristisches Routinescharmützel, aber nichts war langweilig, wenn Barry das Messer Muldanno der Angeklagte und Willis Upchurch das Sprachrohr war. Und wenn dann noch das enorme Selbstbewußtsein von Reverend Roy Foltrigg und das geschickte Manipulieren der Presse durch Wally Boxx hinzukamen, dann herrschte bei so einer harmlosen kleinen Anhörung die Atmosphäre einer

Exekution. Der Gerichtssaal des Ehrenwerten James Lamond war voll bis auf den letzten Platz; von Neugierigen, der Presse und einem kleinen Heer von eifersüchtigen Anwälten, die wichtigere Dinge zu erledigen hatten, aber zufällig in der Nähe gewesen waren. Sie wanderten herum, unterhielten sich mit ernster Miene und warfen ständig gespannte Blicke auf die Vertreter der Medien. Kameras und Reporter locken Anwälte an wie Blut die Haie.

Hinter der Barriere, die die Akteure von den Zuschauern trennte, stand Foltrigg im Zentrum eines engen Kreises seiner Mitarbeiter und unterhielt sich im Flüsterton und mit gerunzelter Stirn mit ihnen, als planten sie eine Invasion. Er trug seinen Sonntagsstaat – dunkler, dreiteiliger Anzug, weißes Hemd, rot und blau gemusterte Seidenkrawatte, Frisur perfekt, Schuhe auf Hochglanz poliert. Sein Gesicht war dem Publikum zugewendet, aber natürlich war er zu sehr in Gedanken versunken, um jemanden zur Kenntnis zu nehmen. Auf der anderen Seite des Ganges wendete Muldanno dem Geschnatter der Zuschauer den Rücken zu und gab vor, jedermann zu ignorieren. Er trug Schwarz. Der Pferdeschwanz wölbte sich über dem Kragen seines Jacketts. Willis Upchurch saß auf der Kante des Tisches der Verteidigung, gleichfalls mit dem Gesicht zur Presse und in ein angeregtes Gespräch mit einem Mitarbeiter vertieft. Upchurch liebte Aufsehen sogar noch mehr als Foltrigg, falls das überhaupt möglich war.

Muldanno wußte noch nichts von der Verhaftung von Jack Nance acht Stunden zuvor in Memphis. Er wußte nicht, daß Cal Sisson geredet hatte. Er hatte weder von Bono noch von Pirini gehört, und er hatte Gronke am Morgen in völliger Unkenntnis der nächtlichen Ereignisse nach Memphis zurückgeschickt.

Foltrigg dagegen war mit sich und der Welt zufrieden. Anhand der mit Hilfe des Salzstreuers aufgezeichneten Unterhaltung würde er am Montag Anklage gegen Muldanno und Gronke wegen Behinderung der Justiz erheben. Die Verurteilungen würden ein Kinderspiel sein. Er hatte sie in der Tasche. Muldanno mußte sich auf fünf Jahre gefaßt machen.

Aber Roy hatte die Leiche nicht. Und eine Verhandlung gegen Barry das Messer wegen Behinderung der Justiz würde ihm bei weitem nicht die Publicity verschaffen wie ein toller Mordprozeß, komplett mit Hochglanz-Farbfotos der verwesten Leiche und Aussagen der Pathologen über Eintritt, Laufbahn und Austritt der Geschosse. Ein solcher Prozeß würde sich über Wochen hinziehen, und Roy würde jeden Abend in den Nachrichten glänzen. Er sah es förmlich vor sich.

Er hatte Fink am frühen Morgen mit den Vorladungen vor die Anklagejury für den Jungen und seine Anwältin nach Memphis zurückgeschickt. Das würde ein bißchen Leben in die Bude bringen. Bis Montagnachmittag würde er den Jungen zum Reden gebracht haben, und vielleicht würden sie, mit ein wenig Glück, am Montag abend die Überreste von Boyette haben. Der Gedanke hatte ihn bis drei Uhr nachts im Büro festgehalten. Er stolzierte ohne bestimmten Anlaß zum Tisch des Kanzlisten, dann stolzierte er zurück und funkelte Muldanno an, der ihn schlicht übersah.

Der Gerichts-Deputy baute sich vor dem Richterpodium auf und forderte lautstark alle zum Platznehmen auf. Das Gericht tagte, den Vorsitz hatte der Ehrenwerte James Lamond. Lamond erschien durch eine Seitentür und wurde zum Podium eskortiert von einem Assistenten, der einen dicken Stapel Akten trug. Mit Anfang Fünfzig war Lamond ein Baby unter den Bundesrichtern. Er war typisch für die zwanglosen, von Reagan ernannten Leute – ganz Geschäftigkeit, kein Lächeln, laßt den Unsinn und kommt zur Sache. Er war unmittelbar vor Foltrigg Bundesanwalt für den Southern District of Louisiana gewesen und haßte seinen Nachfolger wie niemanden sonst. Sechs Monate nach seiner Amtsübernahme hatte Foltrigg eine Vortragsreise durch den Bezirk unternommen, bei der er den Rotariern und Civitanern Tabellen und Diagramme vorgelegt und mit statistischen Beweisen demonstriert hatte, daß sein Büro jetzt viel effizienter war als in den voraufgegangenen Jahren. Die Anklagen hatten zugenommen. Rauschgifthändler saßen hinter Gittern. Leute in öffentlichen Ämtern hatten die Hosen voll. Das Verbrechen hatte es schwer, und die Interessen der Öffentlichkeit wurden kraftvoll geschützt, weil jetzt er, Roy Foltrigg, der leitende Bundesanwalt in diesem Bezirk war.

Das war eine Dummheit, weil er damit Lamond beleidigte und die anderen Richter gegen sich aufbrachte. Sie hatten wenig Verwendung für Roy Foltrigg.

Lamond ließ den Blick über den überfüllten Saal schweifen. Alle hatten sich hingesetzt. »Donnerwetter«, begann er, »ich bin entzückt über das Interesse, das dieser Verhandlung entgegengebracht wird, aber um ehrlich zu sein, es ist nur eine Anhörung wegen eines simplen Antrags.« Er warf einen Blick auf Foltrigg, der sechs Assistenten um sich versammelt hatte. Upchurch wurde von zwei lokalen Anwälten flankiert, und hinter ihm saßen zwei Anwaltsgehilfen.

»Das Gericht ist bereit zur Verhandlung über den Antrag des Angeklagten Barry Muldanno auf Vertagung. Das Gericht stellt fest, daß der Prozeßbeginn auf Montag in drei Wochen angesetzt ist. Mr. Upchurch, Sie haben den Antrag gestellt, also begründen Sie ihn. Fassen Sie sich bitte kurz.«

Zur Überraschung aller Anwesenden faßte Upchurch sich tatsächlich kurz. Er wies lediglich auf die allgemein bekannten Tatsachen hinsichtlich des Todes von Jerome Clifford hin und erklärte dem Gericht, daß er Montag in drei Wochen einen Prozeß vor einem Bundesgericht in St. Louis hatte. Er war glattzüngig, entspannt und völlig zu Hause in diesem fremden Gerichtssaal. Eine Vertagung war unerläßlich, erklärte er mit bemerkenswertem Geschick, weil er Zeit brauchte zur Vorbereitung der Verteidigung für einen zweifellos sehr langwierigen Prozeß. Nach zehn Minuten war er fertig.

»Wieviel Zeit brauchen Sie?« fragte Lamond.

»Euer Ehren, ich habe einen sehr vollen Terminkalender, den ich gern vorlegen werde. In aller Fairneß würde ich sechs Monate für eine vernünftige Zeitspanne halten.«

»Danke. Sonst noch etwas?«

»Nein, Sir. Danke, Euer Ehren. Upchurch kehrte zu seinem Platz zurück, während Foltrigg seinen verließ und auf das

Podium mit dem Richtertisch zustrebte. Er warf einen Blick auf seine Notizen und war im Begriff zu reden, doch Lamond kam ihm zuvor.

»Mr. Foltrigg, Sie wollen doch sicher nicht bestreiten, daß die Verteidigung in Anbetracht der Umstände ein Anrecht auf mehr Zeit hat?«

»Nein, Euer Ehren, das bestreite ich nicht. Aber ich finde, sechs Monate sind eine entschieden zu lange Zeit.«

»Was schlagen Sie vor?«

»Einen Monat oder zwei. Sehen Sie, Euer Ehren, ich ...«

»Ich denke nicht daran, hier zu sitzen und mir eine Diskussion über zwei Monate oder sechs oder drei oder vier anzuhören. Mr. Foltrigg, wenn Sie einräumen, daß der Angeklagte Anspruch auf eine Vertagung hat, dann werde ich nur die Entscheidung vorbehalten und diesen Fall zur Verhandlung ansetzen, wann mein Terminkalender es zuläßt.«

Lamond wußte, daß Foltrigg eine Vertagung noch dringender brauchte als Muldanno. Er konnte nur nicht darum bitten. Die Gerechtigkeit mußte zum Angriff bereit sein. Ankläger waren außerstande, mehr Zeit zu verlangen.

»Ja, Euer Ehren«, sagte Foltrigg laut. »Aber wir sind der Ansicht, daß eine unnötige Verzögerung vermieden werden sollte. Diese Sache hat sich schon lange genug hingezogen.«

»Wollen Sie damit andeuten, daß dieses Gericht den Fall verschleppt, Mr. Foltrigg?«

»Nein, Eurer Ehren, aber der Angeklagte tut es. Er hat jeden unbegründeten Antrag gestellt, der in der amerikanischen Rechtsprechung möglich ist, um den Prozeß hinauszuzögern. Er hat es mit jeder Taktik versucht, mit jedem ...«

»Mr. Foltrigg, Mr. Clifford ist tot. Er kann keine Anträge mehr stellen. Und jetzt hat der Angeklagte einen neuen Verteidiger, der meines Wissens bisher nur einen einzigen Antrag gestellt hat.«

Foltrigg betrachtete seine Notizen, und sein Gesicht rötete sich. Er hatte nicht damit gerechnet, in dieser kleinen Sache die Oberhand zu gewinnen, aber auch nicht damit, einen Tritt in den Hintern zu bekommen.

»Haben Sie irgend etwas Relevantes zu sagen?« fragte Seine Ehren, als hätte Foltrigg bisher noch nichts von Bedeutung von sich gegeben.

Er umklammerte seinen Block und zog sich auf seinen Platz zurück: Eine ziemlich jämmerliche Vorstellung. Er hätte einen Untergebenen schicken sollen.

»Sonst noch etwas, Mr. Upchurch?« fragte Lamond.

»Nein, Sir.«

»Gut. Ich danke Ihnen allen für Ihr Interesse an dieser Sache. Tut mir leid, daß es so kurz war. Vielleicht können wir beim nächsten Mal mehr erreichen. Einen neuen Termin für den Prozeßbeginn werde ich rechtzeitig bekanntgeben.«

Lamond stand auf und verschwand. Die Reporter wanderten hinaus, und natürlich folgten ihnen Foltrigg und Upchurch, um an entgegengesetzten Enden des Flurs improvisierte Pressekonferenzen abzuhalten.

29

Zwar hatte Slick Moeller schon oft über Revolten, Vergewaltigungen und Schlägereien in Gefängnissen berichtet und dabei immer auf der sicheren Seite der Türen und Gitter gestanden; aber er war noch nie in einer Gefängniszelle gewesen. Und obwohl ihm dieser Gedanke schwer auf der Seele lag, gab er sich ganz cool und strahlte die Aura des unbeirrbaren Reporters aus, der felsenfest auf den Ersten Verfassungszusatz vertraut. Er hatte je einen Anwalt zur Rechten und zur Linken, hochbezahlte Typen aus einer Hundert-Mann-Kanzlei, die *die Memphis Press* seit Jahrzehnten vertrat, und sie hatten ihm in den vorausgegangenen zwei Stunden ein dutzendmal versichert, daß die Verfassung der Vereinigten Staaten von Amerika an diesem Tag sein Schild sein würde. Slick trug Jeans, eine Safarijacke und Trekkingstiefel, ganz der wettergegerbte Reporter.

Harry war nicht beeindruckt von der Aura, die dieser Kriecher ausstrahlte. Ebensowenig war er beeindruckt von den Seidensocken tragenden, blaublütigen republikanischen Anwälten, die noch nie die Türen seines Gerichtssaals verdunkelt hatten. Harry war wütend. Er saß auf seinem Podium und las zum zehnten Mal Slicks Story in der Morgenausgabe. Er hatte außerdem etliche den Ersten Verfassungszusatz betreffende Fälle nachgelesen, bei denen es um Reporter und ihre geheimen Informanten ging. Und er ließ sich Zeit, damit Slick ins Schwitzen geriet.

Die Türen waren geschlossen. Der Gerichtsdiener, Slicks Freund Grinder, stand ziemlich nervös neben dem Podium. Auf Anweisung des Richters hatten zwei uniformierte Deputies unmittelbar hinter Slick und seinen Anwälten Platz genommen, sichtlich bereit, jeden Moment zur Tat zu schreiten. Das machte Slick und seine Anwälte nervös, aber sie versuchten, es sich nicht anmerken zu lassen.

Die Protokollantin, diesmal in einem noch kürzeren Rock,

feilte ihre Nägel und wartete darauf, daß die Worte zu strömen begannen. Die verdrießliche ältere Frau saß an ihrem Tisch und blätterte im *National Enquirer*. Sie warteten und warteten. Es war fast halb eins. Wie gewöhnlich war der Sitzungskalender randvoll, und die Termine mußten bereits verschoben werden. Marcia hielt für Harry ein Clubsandwich für die Pause zwischen den Anhörungen bereit. Die Sway-Anhörung war die nächste.

Er beugte sich mit aufgestützten Ellenbogen vor und funkelte auf Slick herab, der mit seinen fünfundsechzig Kilo ungefähr ein Drittel von Harrys Gewicht hatte. »Zu Protokoll«, bellte er die Protokollantin an, die sofort zu tippen begann.

Obwohl äußerlich ganz cool, fuhr Slick bei diesen ersten Worten zusammen und setzte sich gerader hin.

»Mr. Moeller, ich habe Sie vorladen lassen, weil Sie gegen einen die Vertraulichkeit meiner Anhörung betreffenden Paragraphen der Gesetze von Tennessee verstoßen haben. Das ist eine sehr schwerwiegende Sache, weil es hier um die Sicherheit und das Wohlergehen eines Kindes geht. Leider ist im Gesetz keine Strafverfolgung vorgesehen, und ich kann Sie nur wegen Mißachtung des Gerichts belangen.«

Er nahm seine Lesebrille ab und machte sich daran, die Gläser mit einem Taschentuch zu putzen. »Also, Mr. Moeller«, sagte er wie ein frustrierter Großvater, »so sehr ich mich auch über Sie und Ihre Story ärgere, macht mir doch die Tatsache, daß jemand Ihnen diese Information hat zukommen lassen, wesentlich größere Sorgen. Jemand, der während der gestrigen Anhörung in diesem Gerichtssaal zugegen war. Ihr Informant beunruhigt mich sehr.«

Grinder lehnte an der Wand und drückte die Waden dagegen, um zu verhindern, daß seine Knie zitterten. Er traute sich nicht, Slick anzusehen. Sein erster Herzinfarkt lag erst sechs Jahre zurück, und wenn er sich nicht beherrschte, konnte nun der tödliche kommen.

»Bitte nehmen Sie im Zeugenstand Platz, Mr. Moeller«, wies Harry ihn mit einer Handbewegung an.

Slick wurde von der verdrießlichen Alten vereidigt. Er deponierte einen Trekkingstiefel auf seinem Knie und warf einen Beruhigung heischenden Blick auf seine Anwälte. Sie sahen ihn nicht an. Grinder betrachtete die Fliesen an der Decke.

»Sie stehen unter Eid, Mr. Moeller«, erinnerte ihn Harry, nur Sekunden nachdem er ihn geleistet hatte.

»Ja, Sir«, sagte er und versuchte schwächlich, diesen gewaltigen Mann anzulächeln, der hoch über ihm saß und über das Geländer des Podiums hinweg auf ihn herabschaute.

»Haben Sie die Story in der heutigen Zeitung, die Ihren Namen trägt, tatsächlich geschrieben?«

»Ja, Sir.«

»Haben Sie sie allein geschrieben, oder hat Ihnen jemand geholfen?«

»Nun, Euer Ehren, ich habe jedes Wort selbst geschrieben, wenn es das ist, was Sie meinen.«

»Das meine ich. Nun, im vierten Absatz dieser Story schreiben Sie, ich zitiere, ›Mark Sway weigerte sich, Fragen über Barry Muldanno und Boyd Boyette zu beantworten.‹ Ende des Zitats. Haben Sie das geschrieben, Mr. Moeller?«

»Ja, Sir.«

»Und waren Sie gestern, als der Junge aussagte, hier im Saal anwesend?«

»Nein, Sir.«

»Waren Sie in diesem Gebäude?«

»Äh, ja, Sir. Dagegen ist doch nichts einzuwenden, oder?«

»Keine überflüssigen Bemerkungen, Mr. Moeller. Ich stelle die Fragen, und Sie beantworten sie. Haben Sie verstanden, wie das hier läuft?«

»Ja. Sir.« Slick flehte mit den Augen zu seinen Anwälten, aber beide waren in diesem Moment tief in die Lektüre irgendwelcher Papiere versunken. Er fühlte sich allein und ohne Zuflucht.

»Sie waren also nicht anwesend. Nun, Mr. Moeller, wie haben Sie erfahren, daß der Junge sich weigerte, meine Fragen über Barry Muldanno und Boyd Boyette zu beantworten?«

»Ich hatte eine Quelle.«

Die Idee, daß er eine Quelle war, war Grinder noch nie gekommen. Er war nur ein schlechtbezahlter Gerichtsdiener mit einer Uniform und einer Waffe und Rechnungen, die beglichen werden mußten. Ihm stand eine Klage von Sears wegen der Kreditkarte seiner Frau ins Haus. Er hätte sich gern den Schweiß von der Stirn gewischt, wagte aber nicht, sich zu bewegen.

»Soso, eine Quelle«, sagte Harry höhnisch. »Natürlich hatten Sie eine Quelle, Mr. Moeller. Etwas anderes war auch nicht zu erwarten. Sie waren nicht hier. Jemand hat es Ihnen erzählt. Also, wer war Ihre Quelle?«

Der Anwalt mit dem am gründlichsten angegrauten Haar stand schnell auf, um das Wort zu ergreifen. Er trug die Standardkleidung der Herren aus den großen Kanzleien – anthrazitfarbener Anzug, weißes Hemd, rote Krawatte mit einem gewagten gelben Streifen darauf und schwarze Schuhe. Sein Name war Alliphant. Er war ein Partner, der normalerweise Gerichtssäle mied. »Euer Ehren, wenn Sie gestatten.«

Harry verzog das Gesicht und wendete den Blick langsam von dem Zeugen ab. Sein Mund stand offen, als wäre er geradezu schockiert über diese kühne Unterbrechung. Er funkelte Alliphant an, der noch einmal wiederholte: »Wenn Sie gestatten, Euer Ehren.«

Harry ließ ihn eine Ewigkeit hängen, dann sagte er: »Sie waren noch nie in meinem Gerichtssaal, nicht wahr, Mr. Alliphant?«

»Nein, Sir«, erwiderte er, immer noch stehend.

»Den Eindruck habe ich auch. Keiner Ihrer üblichen Auftrittsorte. Wie viele Anwälte arbeiten in Ihrer Kanzlei, Mr. Alliphant?«

»Hundertundsieben, nach dem neuesten Stand.«

Harry pfiff durch die Zähne und schüttelte den Kopf. »Ganz schöne Mannschaft. Ist auch irgendeiner darunter, der vor dem Jugendgericht auftritt?«

»Nun, ich bin sicher, einige, Euer Ehren.«

»Und wer?«

Alliphant schob die eine Hand in die Tasche und strich mit

einem Finger an der Kante seines Notizblocks entlang. Er gehörte hier nicht her. Seine juristische Welt war die der Sitzungssäle und dicken Dokumente, der großen Vorschüsse und eleganten Lunches. Er war reich, weil er dreihundert Dollar pro Stunde in Rechnung stellte und dreißig Partner hatte, die dasselbe taten. Seine Kanzlei prosperierte, weil sie siebzig angestellten Anwälten fünfzigtausend pro Jahr zahlte und von ihnen erwartete, daß sie das Fünffache berechneten. Vorgeblich war er hier, weil er der Hauptanwalt der Zeitung war, in Wirklichkeit aber, weil sonst niemand in der Prozeßabteilung der Kanzlei es hatte einrichten können, mit nur zwei Stunden Vorankündigung an der Anhörung teilzunehmen.

Harry verachtete ihn, seine Kanzlei und seine ganze Gattung. Er mißtraute diesen Firmentypen, die nur aus ihren Chefetagen herabstiegen, wenn es sich absolut nicht vermeiden ließ, sich unter das niedere Volk zu mischen. Sie waren arrogant und hatten Angst, sich die Hände schmutzig zu machen.

»Setzen Sie sich, Mr. Alliphant«, sagte er. »In meinem Gerichtssaal wird nicht aufgestanden. Setzen Sie sich.«

Alliphant sank wieder auf seinen Stuhl.

»So, und was wollten Sie sagen, Mr. Alliphant?«

»Also, Euer Ehren, wir erheben Einspruch gegen diese Fragen, und wir erheben Einspruch gegen dieses Verhör von Mr. Moeller mit der Begründung, daß seine Story als freie Meinungsäußerung geschützt ist unter dem Ersten Zusatz der Verfassung. Und deshalb ...«

»Mr. Alliphant, haben Sie den die vertrauliche Anhörung vor einem Jugendgericht betreffenden Abschnitt des Gesetzes gelesen? Bestimmt haben Sie das getan.«

»Ja, Sir, das habe ich. Und offengestanden, Euer Ehren, mit diesem Abschnitt habe ich einige sehr schwerwiegende Probleme.«

»Ach, wirklich? Fahren Sie fort.«

»Ja, Sir. Ich bin der Ansicht, daß dieser Abschnitt, so wie er geschrieben wurde, verfassungswidrig ist. Ich habe hier einige Fälle von anderen ...«

»Verfassungswidrig?« fragte Harry mit hochgezogenen Brauen. »Ja, Sir«, erwiderte Alliphant fest.

»Wissen Sie, wer diesen Abschnitt geschrieben hat, Mr. Alliphant?«

Alliphant wendete sich seinem Kollegen zu, als wüßte der alles. Aber der schüttelte den Kopf

»Ich habe ihn geschrieben, Mr. Alliphant«, sagte Harry laut. »Ich. *Moi*. Stets zu Diensten. Und wenn Sie eine Ahnung hätten von den Jugendgesetzen in diesem Staat, dann wüßten Sie auch, daß ich der Experte bin, weil ich das Gesetz geschrieben habe. Also, was haben Sie dazu zu sagen?«

Slick sackte auf seinem Stuhl zusammen. Er hatte über tausend Verhandlungen beobachtet. Er hatte erlebt, wie wütende Richter Kleinholz aus Anwälten machten, und er wußte, daß gewöhnlich ihre Mandanten darunter zu leiden hatten.

»Ich halte ihn für verfassungswidrig, Euer Ehren«, sagte Alliphant tapfer.

»Und das letzte, woran mir liegt, Mr. Alliphant, ist, mich mit Ihnen auf eine lange und wortreiche Diskussion über den Ersten Verfassungszusatz einzulassen. Wenn Ihnen das Gesetz nicht gefällt, dann legen Sie Widerspruch dagegen ein. Meinen Segen haben Sie. Aber jetzt, in diesem Augenblick, während ich nicht zu meinem Mittagessen komme, will ich, daß Ihr Mandant die Frage beantwortet.« Er wandte sich wieder an Slick, der in Angst und Schrecken auf seinem Stuhl saß und wartete. »Also, Mr. Moeller, wer war Ihre Quelle?«

Grinder war nahe daran, sich zu übergeben. Er schob die Daumen in seinen Gürtel und drückte sie gegen den Magen. Slick stand in dem Ruf, immer sein Wort zu halten. Er nannte nie seine Informanten.

»Ich kann meine Quelle nicht preisgeben«, sagte Slick in dem Versuch, dem ganzen einen dramatischen Anstrich zu geben: er, der Märtyrer, der furchtlos dem Tode entgegenblickt. Grinder holte tief Luft. Was für herrliche Worte.

Harry winkte sofort den beiden Deputies. »Ich erkenne auf Mißachtung des Gerichts, Mr. Moeller. Sie sind festgenommen.« Die Deputies standen neben Slick, der sich verstört nach Hilfe umschaute.

»Euer Ehren«, sagte Alliphant, der, ohne nachzudenken, wieder aufgestanden war. »Wir erheben Einspruch! Sie können nicht ...«

Harry ignorierte Alliphant. Er sprach zu den Deputies. »Bringen Sie ihn ins Stadtgefängnis. Keine Sonderbehandlung. Keine Vergünstigungen. Ich lasse ihn Montag für einen weiteren Versuch wieder vorführen.«

Sie zogen Slick hoch und legten ihm Handschellen an. »Tun Sie etwas!« schrie er Alliphant an, der gerade sagte: »Mein Mandant hat ein Recht auf Meinungsäußerung, Euer Ehren. Das können Sie nicht tun.«

»Ich tue es, Mr. Alliphant«, brüllte Harry. »Und wenn Sie sich nicht sofort wieder hinsetzen, kommen Sie in dieselbe Zelle wie Ihr geschätzter Mandant.«

Alliphant sackte auf seinen Stuhl.

Sie zerrten Slick zur Tür, und als sie sie öffneten, hatte Harry noch eine letzte Bemerkung zu machen. »Mr. Moeller, wenn ich in Ihrer Zeitung auch nur ein Wort lese, das Sie im Gefängnis geschrieben haben, dann lasse ich Sie dort einen Monat schmoren, bevor ich Sie wieder vorführen lasse. Haben Sie das verstanden?«

Slick konnte nicht sprechen. »Wir legen Berufung ein, Slick«, versprach Alliphant, als sie ihn hinausschoben und die Tür zumachten. »Wir legen Berufung ein.«

Dianne Sway saß auf einem schweren Holzstuhl, hielt ihren älteren Sohn in den Armen und betrachtete das Sonnenlicht, das durch die staubige, defekte Jalousie in den Zeugenraum B einfiel. Die Tränen waren versiegt, sprechen konnten sie nicht.

Nach fünf Tagen und vier Nächten unfreiwilliger Gefangenschaft in der Psychiatrischen Abteilung war sie zuerst glücklich gewesen, sie verlassen zu können. Aber in diesen Tagen kam das Glück in sehr geringen Dosen, und nun sehnte sie sich danach, an Rickys Bett zurückkehren zu können. Jetzt, da sie Mark gesehen, ihn in den Armen gehalten und mit ihm geweint hatte, wußte sie, daß er in Sicherheit war. Und das war unter den gegebenen Umständen alles, was eine Mutter verlangen konnte.

Sie traute weder ihrem Instinkt noch ihrem Urteilsvermögen. Fünf Tage in einer Höhle nehmen einem jeden Sinn für die Realität. Die endlose Serie, in der ein Schock auf den anderen folgte, hatte sie erschöpft und betäubt. Die Medikamente – Tabletten zum Schlafen und Tabletten zum Aufwachen und Tabletten, um die Tage durchzustehen – stumpften den Verstand so ab, daß ihr Leben zu einer Folge von Schnappschüssen geworden war, die einzeln vor ihren Augen erschienen. Das Gehirn funktionierte, aber in Zeitlupe.

»Sie wollen, daß wir nach Portland gehen«, sagte sie, seinen Arm reibend.

»Reggie hat mit dir darüber gesprochen.«

»Ja, wir hatten ein langes Gespräch. Es gibt da eine gute Klinik für Ricky, und wir können von vorn anfangen.«

»Klingt gut, aber der Gedanke macht mir Angst.«

»Mir auch, Mark. Ich will mich nicht die nächsten vierzig Jahre ständig umsehen müssen. Ich habe einmal in irgendeiner Zeitschrift über einen Mafia-Informanten gelesen, der dem FBI geholfen hat, und der dann versteckt worden ist. Genau so, wie sie es mit uns vorhaben. Ich glaube, es hat zwei Jahre gedauert, bis die Mafia ihn gefunden und seinen Wagen in die Luft gesprengt hat.«

»Ich glaube, ich habe den Film gesehen.«

»Ich kann so nicht leben, Mark.«

»Können wir einen anderen Wohnwagen bekommen?«

»Ich glaube schon. Ich habe heute morgen mit Mr. Tucker gesprochen, und er hat gesagt, der Wohnwagen wäre voll versichert gewesen. Er hat gesagt, er hätte einen anderen für uns. Und ich habe immer noch meinen Job. Sie haben sogar heute morgen den Lohnscheck im Krankenhaus abgeliefert.«

Mark lächelte bei dem Gedanken, in die Wohnwagensiedlung zurückkehren und mit den anderen Jungen herumhängen zu können. Er vermißte sogar die Schule.

»Diese Leute sind gefährlich, Mark.«

»Ich weiß. Ich habe sie kennengelernt.«

Sie dachte eine Sekunde nach, dann fragte sie: »Was hast du?«

»Das ist vermutlich auch etwas, was ich zu erzählen vergessen habe.«

»Erzähl.«

»Es ist vor ein paar Tagen im Krankenhaus passiert. Ich weiß nicht, an welchem Tag. Sie verschwimmen alle.« Er holte tief Luft und erzählte ihr von seiner Begegnung mit dem Mann mit dem Schnappmesser und ihrem Familienfoto. Normalerweise wäre sie oder jede andere Mutter entsetzt gewesen. Aber für Dianne war es nur ein weiteres Ereignis in einer grauenhaften Woche.

»Warum hast du mir das nicht gesagt?«

»Weil ich dich nicht beunruhigen wollte.«

»Vielleicht wären wir nicht in dieser Lage, wenn du mir von Anfang an alles erzählt hättest.«

»Mach mir keine Vorwürfe, Mom. Ich kann es nicht verkraften.« Sie konnte es auch nicht, also ließ sie das Thema fallen. Reggie klopfte an und öffnete die Tür. »Wir müssen gehen«, sagte sie. »Der Richter wartet.«

Sie folgten ihr den Flur entlang und dann um eine Ecke herum. Zwei Deputies folgten ihnen. »Bist du nervös?« flüsterte Dianne. »Nein. Es ist keine große Sache, Mom.«

Als sie den Gerichtssaal betraten, verzehrte Harry gerade sein Sandwich und blätterte in der Akte. Fink, Ord und Baxter McLemore, die heutigen Vertreter der Anklage vor dem Jugendgericht, saßen zusammen an ihrem Tisch, alle stumm und zahm, alle gelangweilt, und warteten auf das, was zweifellos ein kurzer Auftritt des Jungen sein würde. Fink und Ord waren fasziniert von den Beinen und dem Rock der Protokollantin. Die Figur war hinreißend – ganz schmale Taille, straffe Brüste, schlanke Beine. Sie war das einzige erfreuliche Element in diesem schäbigen Gerichtssaal, und Fink mußte sich eingestehen, daß er während des gestrigen Flugs nach New Orleans an sie gedacht hatte. Und er hatte auch auf dem Weg zurück nach Memphis an sie gedacht. Sie enttäuschte ihn nicht. Ihr Rock endete auf halber Höhe der Oberschenkel und wanderte zusehends weiter aufwärts.

Harry sah Dianne an und bedachte sie mit seinem besten Lächeln. Seine großen Zähne waren makellos und seine Augen freundlich. »Hallo, Ms. Sway«, sagte er liebenswürdig. Sie nickte und versuchte zu lächeln.

»Ich freue mich, Sie kennenzulernen, und es tut mir leid, daß es unter diesen Umständen geschieht.«

»Danke, Euer Ehren«, sagt sie leise zu dem Mann, der ihren Sohn ins Gefängnis geschickt hatte.

Harry warf einen verächtlichen Blick auf Fink. »Ich gehe davon aus, daß Sie alle die heutige Ausgabe der *Memphis Press* gelesen haben. Sie enthält eine faszinierende Story über die gestrige Verhandlung, und der Mann, der diese Story geschrieben hat, sitzt jetzt im Gefängnis. Ich habe vor, dieser Angelegenheit weiter nachzugehen, und ich bin sicher, daß ich die undichte Stelle finden werde.«

Grinder, neben der Tür, fühlte sich plötzlich wieder sehr elend.

»Und wenn ich sie gefunden habe, werde ich mit einem Mißachtungs-Beschluß darauf reagieren. Also, meine Damen und Herren, halten Sie den Mund. Kein Wort zu irgend jemandem.« Er griff nach der Akte. »Also, Mr. Fink, wo ist Mr. Foltrigg?«

Fink antwortete, ohne sich von seinem Platz zu rühren. »Er ist in New Orleans, Eurer Ehren. Ich habe die Kopie des Gerichtsbeschlusses, die Sie haben wollten.«

»Gut. Ihr Wort genügt mir. Kanzlistin, vereidigen Sie den Zeugen.« Die Kanzlistin warf die Hand in die Luft und bellte Mark an: »Heb die rechte Hand.« Mark stand verlegen auf und wurde vereidigt.

»Du kannst an deinem Platz bleiben«, sagte Harry. Reggie saß rechts von ihm, Dianne zu seiner Linken.

»Mark, ich werde dir einige Fragen stellen, okay?«

»Ja, Sir.«

»Hat Mr. Clifford vor seinem Tode irgend etwas über Mr. Barry Muldanno gesagt?«

»Darauf will ich nicht antworten.«

»Hat Mr. Clifford den Namen Boyd Boyette erwähnt?«

»Darauf will ich nicht antworten.«

»Hat Mr. Clifford irgend etwas über den Mord an Boyd Boyette gesagt?«

»Darauf will ich nicht antworten.«

»Hat Mr. Clifford irgend etwas darüber gesagt, wo sich die Leiche von Boyd Boyette gegenwärtig befindet?«

»Darauf will ich nicht antworten.«

Harry hielt inne und betrachtete seine Notizen. Dianne hatte aufgehört zu atmen und starrte Mark fassungslos an.

»Es ist okay, Mom«, flüsterte er ihr zu.

»Euer Ehren«, sagte er mit kräftiger, selbstsicherer Stimme. »Ich möchte, daß Sie verstehen, daß ich diese Fragen aus demselben Grund nicht beantworte, den ich gestern angegeben habe. Ich habe Angst, das ist alles.«

Harry nickte, verzog aber keine Miene. Er war weder wütend noch erfreut. »Gerichtsdiener, bringen Sie Mark zurück in den Zeugenraum und lassen Sie ihn dort, bis wir fertig sind. Er darf mit seiner Mutter sprechen, bevor er in die Haftanstalt zurückgebracht wird.«

Grinders Knie waren butterweich, aber er schaffte es, Mark aus dem Gerichtssaal hinauszuführen.

Harry öffnete seine Robe. »Alles weitere ist inoffiziell. Die Kanzlistin und Sie, Ms. Gregg, können zum Lunch gehen.« Es war kein Angebot, sondern ein Befehl. Harry wollte weniger Ohren im Saal.

Ms. Gregg schwenkte ihre Beine in Richtung Fink, und sein Herz blieb stehen. Er und Ord beobachteten mit offenem Mund, wie sie aufstand, ihre Handtasche nahm und aus dem Gerichtssaal tänzelte.

»Holen Sie das FBI, Mr. Fink«, befahl Harry.

McThune und ein verdrießlicher K. O. Lewis wurden hereingeholt und nahmen ihre Plätze hinter Ord ein. Lewis war ein vielbeschäftigter Mann, auf dessen Schreibtisch in Washington sich tausend wichtige Angelegenheiten stapelten, und in den vergangenen vierundzwanzig Stunden hatte er sich hundertmal gefragt, warum er nach Memphis gekommen war. Natürlich hatte Direktor Voyles es so angeordnet, was immerhin nicht den geringsten Zweifel an seinen Prioritäten zuließ.

»Mr. Fink, vor der Anhörung haben Sie angedeutet, daß es etwas Wichtiges gibt, das ich wissen sollte.«

»Ja, Sir. Mr. Lewis möchte Sie darüber informieren.«

»Mr. Lewis. Bitte fassen Sie sich kurz.«

»Ja, Euer Ehren. Wir überwachen Barry Muldanno seit Monaten, und gestern ist es uns gelungen, mit elektronischen Mitteln ein Gespräch zwischen Muldanno und Paul Gronke aufzuzeichnen. Es fand in einem Lokal im French Quarter statt, und ich glaube, Sie sollten es hören.«

»Sie haben das Band?«

»Ja, Sir.«

»Dann spielen Sie es ab.« Plötzlich spielte die Zeit für Harry keine Rolle mehr.

McThune baute auf dem Tisch vor Fink schnell einen Recorder und einen Lautsprecher auf, und Lewis legte eine Mikrokassette ein. »Die erste Stimme, die Sie hören, ist die von Muldanno«, erklärte er wie ein Chemiker, der eine Demonstration vorbereitet. »Dann kommt Gronke.«

Im Gerichtssaal herrschte absolute Stille, als die kratzigen, aber sehr deutlichen Stimmen aus dem Lautsprecher kamen. Die gesamte Unterhaltung war aufgezeichnet; Muldannos Vorschlag, den Jungen umzulegen, und Gronkes Zweifel, daß man an ihn herankam; die Idee, die Mutter oder den Bruder des Jungen umzubringen und Gronkes Protest gegen das Töten unschuldiger Leute; Muldannos Gerede über das Umlegen der Anwältin und sein Gelächter über die Wunder, die das in der Welt der Anwälte bewirken würde; Gronkes Hinweis auf das Niederbrennen des Wohnwagens; und schließlich der Plan, in der kommenden Nacht die Telefone der Anwältin anzuzapfen.

Es war erschreckend. Fink und Ord hatten es bereits zehnmal gehört und verzogen keine Miene. Reggie schloß die Augen, als so beiläufig über ihre Ermordung gewitzelt wurde. Dianne war starr vor Angst. Harry starrte auf den Lautsprecher, als könnte er ihre Gesichter sehen, und als das Band abgelaufen war und Lewis auf die Knöpfe drückte, sagte er lediglich: »Spielen Sie es noch einmal ab.«

Sie hörten es sich ein zweites Mal an, und der Schock ließ

nach. Dianne zitterte. Reggie hielt ihren Arm und versuchte, tapfer zu sein, aber das leichtfertige Gerede über das Umbringen der Anwältin des Jungen ließ ihr Blut erstarren. Dianne bekam eine Gänsehaut, und aus ihren Augen quollen Tränen. Sie dachte an Ricky, der in diesem Moment von Greenway und einer Schwester bewacht wurde, und betete, daß er in Sicherheit war.

»Ich habe genug gehört«, sagte Harry, als das Band abgelaufen war. Lewis kehrte auf seinen Platz zurück und wartete darauf, daß Seine Ehren seine Anweisungen erteilte. Harry wischte sich die Augen mit einem Taschentuch, dann nahm er einen großen Schluck Eistee. Er lächelte Dianne an. »Verstehen Sie jetzt, Ms. Sway, warum wir Mark in die Haftanstalt gebracht haben?«

»Ich glaube, ja.«

»Zwei Gründe. Der erste ist, daß er sich geweigert hat, meine Fragen zu beantworten, aber der ist im Moment bei weitem nicht so wichtig wie der zweite. Er ist in großer Gefahr, wie Sie eben gehört haben. Was möchten Sie, daß ich als nächstes tue?«

Es war eine unfaire Frage an eine verängstigte, zutiefst besorgte Frau und Mutter, und sie wußte nichts mit ihr anzufangen. Sie schüttelte lediglich den Kopf. »Ich weiß es nicht«, murmelte sie.

Harry sprach langsam, und es konnte keinerlei Zweifel daran bestehen, daß er genau wußte, was er als nächstes tun sollte. »Reggie hat mir gesagt, daß sie mit Ihnen über das Zeugenschutzprogramm gesprochen hat. Sagen Sie nur, was Sie davon halten.«

Dianne hob den Kopf und biß sich auf die Lippe. Sie dachte ein paar Sekunden lang nach und versuchte, den Blick auf den Recorder zu heften. »Ich will nicht«, sagte sie entschlossen, mit einem Kopfnicken auf den Recorder deutend, »daß diese Leute mich und meine Kinder verfolgen, solange wir leben. Und ich habe Angst, daß genau das passieren wird, wenn Mark Ihnen sagt, was Sie wissen wollen.«

»Sie werden unter dem Schutz des FBI und jeder einschlägigen Behörde der Regierung der Vereinigten Staaten stehen.«

»Aber niemand kann uns unsere Sicherheit hundertprozentig garantieren. Das sind meine Kinder, Euer Ehren, und ich bin eine alleinstehende Mutter. Es gibt niemanden sonst. Wenn ich etwas falsch mache, könnte ich sie verlieren – ich mag gar nicht daran denken.«

»Ich glaube nicht, daß ihnen etwas passieren wird, Ms. Sway. Es gibt Tausende von Zeugen, die von der Regierung geschützt werden.«

»Aber einige von ihnen sind gefunden worden, stimmt's?«

Es war eine leise Frage, aber sie traf genau den wunden Punkt. Weder McThune noch Lewis konnten die Tatsache bestreiten, daß schon Zeugen umgebracht worden waren. Es folgte ein langes Schweigen.

»Also, Ms. Sway«, sagte Harry schließlich mit sehr viel Mitgefühl, »was ist die Alternative?«

»Warum können Sie diese Leute nicht verhaften? Sie irgendwo einsperren. Ich meine, es sieht so aus, als liefen sie einfach frei herum und terrorisieren mich und meine Familie und Reggie auch. Was unternimmt die Polizei?«

»Soweit ich informiert bin, Ms. Sway, wurde letzte Nacht bereits jemand verhaftet. Die hiesige Polizei sucht nach den beiden Männern, die Ihren Wohnwagen in Brand gesetzt haben, zwei Gangster aus New Orleans namens Bono und Pirini, aber sie hat sie noch nicht gefunden. Stimmt das, Mr. Lewis?«

»Ja, Sir. Wir glauben, daß sie noch in der Stadt sind. Und ich möchte hinzufügen, Euer Ehren, daß der Bundesanwalt in New Orleans vorhat, Muldanno und Gronke Anfang nächster Woche wegen Behinderung der Justiz vor Gericht zu stellen. Sie werden also schon bald hinter Schloß und Riegel sitzen.«

»Aber das ist die Mafia, nicht wahr?« fragte Dianne.

Jeder Idiot, der die Zeitung lesen konnte, wußte, daß es die Mafia war. Es war ein Mafia-Mord, begangen von einem Mafia-Killer, dessen Angehörige seit vier Jahrzehnten Mafia-Gangster in New Orleans waren. Ihre Frage war so simpel, dennoch verwies sie auf das Offensichtliche. Die Mafia ist eine unsichtbare Armee mit zahllosen Soldaten.

Lewis wollte die Frage nicht beantworten, also wartete er auf Seine Ehren, der gleichfalls wünschte, sie würde sich einfach in Luft auflösen. Wieder trat ein langes, verlegenes Schweigen ein.

Dianne räusperte sich und sprach mit wesentlich kraftvollerer Stimme. »Euer Ehren, wenn Sie oder diese Herren mir einen Weg zeigen, der meinen Kindern absolute Sicherheit garantiert, dann werde ich Ihnen helfen. Aber vorher nicht.«

»Sie wollen also, daß er im Gefängnis bleibt«, platzte Fink heraus.

Sie drehte sich um und musterte Fink, der keine drei Meter von ihr entfernt saß. »Sir, die Haftanstalt ist mir wesentlich lieber als ein Grab.«

Fink sackte auf seinem Stuhl zusammen und starrte auf den Fußboden. Es vergingen endlose Sekunden. Dann sah Harry auf die Uhr und schloß seine Robe. »Ich schlage vor, daß wir am Montag um zwölf Uhr wieder zusammenkommen. Lassen Sie uns jeweils von Tag zu Tag entscheiden.«

30

Paul Gronke beendete seine unvorhergesehene Reise nach Minneapolis, als die Northwest 727 von der Startbahn abhob und ihren Flug nach Atlanta begann. Von Atlanta aus hoffte er einen Direktflug nach New Orleans zu bekommen, und einmal dort angekommen, gedachte er die Stadt lange Zeit nicht wieder zu verlassen. Vielleicht jahrelang nicht. Ungeachtet seiner Freundschaft mit Muldanno hatte er diese Geschichte gründlich satt. Er konnte notfalls einen Daumen oder ein Bein brechen und fast jeden terrorisieren und ihm Angst einjagen. Aber es machte ihm überhaupt keinen Spaß, kleinen Jungen aufzulauern und ihnen mit einem Schnappmesser unter der Nase herumzufuchteln. Er verdiente gut mit seinen Clubs und Bierkneipen, und wenn Barry Hilfe brauchte, dann sollte er sich an seine Familie wenden. Gronke gehörte nicht zur Familie. Er war kein Mafioso. Und er dachte auch nicht daran, für Barry Muldanno irgend jemanden umzubringen.

Sobald seine Maschine am Morgen auf dem Flughafen von Memphis gelandet war, hatte er zwei Anrufe gemacht. Der erste beunruhigte ihn, weil sich niemand meldete. Daraufhin wählte er eine Ersatznummer, unter der er eine aufgezeichnete Nachricht erwartete, und erhielt auch hier keine Antwort. Er ging schnell zum Northwest-Schalter und bezahlte bar für einen einfachen Flug nach Minneapolis. Dann suchte er den Delta-Schalter auf und bezahlte bar für einen einfachen Flug nach Dallas-Fort Worth. Dann kaufte er bei United ein Ticket nach Chicago. Er wanderte eine Stunde lang in der Abfertigungshalle herum, hielt ständig Ausschau, sah nichts und ging in der letzten Sekunde an Bord der Northwest-Maschine.

Bono und Pirini hatten strikte Anweisungen. Die beiden Anrufe bedeuteten eines von zwei Dingen. Entweder hatten die Bullen sie geschnappt, oder sie waren gezwungen gewesen, ihre Zelte abzubrechen und sich in Luft aufzulösen. Keiner der beiden Gedanken war erfreulich.

Die Stewardeß brachte zwei Bier. Es war ein paar Minuten nach eins, zu früh, um mit dem Trinken anzufangen, aber er war nervös, also, und wenn schon. Irgendwo auf der Welt war es fünf Uhr nachmittags.

Muldanno würde ausflippen und mit allem um sich werfen, was ihm in die Quere kam. Er würde zu seinem Onkel rennen und noch ein paar Typen ausleihen. Sie würden über Memphis herfallen und anfangen, Leuten weh zu tun. Feingefühl war nicht gerade Barrys Stärke.

Ihre Freundschaft hatte in der High School begonnen, in der zehnten Klasse, ihrem letzten Schuljahr, bevor sie beide ausstiegen und anfingen, die Straßen von New Orleans unsicher zu machen. Barrys Weg ins Verbrechen war von der Familie vorgezeichnet. Gronkes Weg war etwas komplizierter. Ihr erstes Geschäft war ein Hehlerei-Unternehmen gewesen, das zu einem Riesenerfolg wurde. Aber die Profite wurden von Barry abgeschöpft und der Familie ausgehändigt. Sie hatten ein bißchen mit Drogen gedealt, ein paar Lotterien aufgezogen, ein Bordell gemanagt, alles überaus einträgliche Geschäfte. Aber Gronke bekam von dem Geld nur wenig zu sehen. Nach zehn Jahren dieser ungleichen Partnerschaft hatte er Barry erklärt, daß er einen eigenen Laden wollte. Barry half ihm, eine Oben-ohne-Bar zu kaufen, dann eine Pornoproduktion. Gronke machte Geld und konnte es behalten. Ungefähr um diese Zeit fing Barry mit dem Morden an, und Gronke sorgte für mehr Distanz zwischen ihnen.

Aber sie blieben Freunde. Ungefähr einen Monat nach Boyettes Verschwinden verbrachten beide mit zwei Stripperinnen ein verlängertes Wochenende in Johnny Sularis Haus in Acapulco. Eines Nachts, nachdem die Mädchen weggesackt waren, unternahmen sie einen langen Spaziergang am Strand. Barry trank Tequila und redete mehr als gewöhnlich. Er war gerade erst unter Verdacht geraten und prahlte seinem Freund gegenüber mit dem Mord.

Die Deponie in Lafourche Parish war für die Familie Sulari Millionen wert. Johnny hatte vor, eines Tages den größten

Teil des Mülls von New Orleans dort abzukippen. Senator Boyette war ein unvermuteter Gegner gewesen. Seine Kapriolen hatten einen Haufen schlechte Presse für die Deponie mit sich gebracht, und je mehr Druckerschwärze Boyette bekam, desto irrer wurde er. Er setzte eine nationale Untersuchung in Gang. Er zog Dutzende von Bürokraten von der Umweltschutzbehörde hinzu, die Bände von Gutachten erstellten, von denen die meisten die Deponie verdammten. In Washington hatte er das Justizministerium bekniet, bis es eine eigene Untersuchung wegen vermutlicher Mafia-Beteiligung in die Wege geleitet hatte. Senator Boyette war zum größten Hindernis für Johnnys Goldmine geworden.

Man hatte beschlossen, Boyette zu beseitigen.

Aus einer Flasche Cuervo Gold trinkend, hatte Barry über den Mord gelacht. Er hatte Boyette sechs Monate lang verfolgt und war angenehm überrascht gewesen, als sich herausstellte, daß der Senator, der geschieden war, eine Schwäche für junge Frauen hatte. Billige junge Frauen, die Sorte, die man in einem Bordell fand und für fünfzig Dollar kaufen konnte. Seine Lieblingsabsteige war ein Rasthaus auf halbem Wege zwischen New Orleans und Houma, dem für die Deponie vorgesehenen Ort. Es lag in einer Ölgegend, und seine Gäste waren Offshore-Arbeiter und die gerissenen kleinen Huren, die sie anzogen. Offenbar kannte der Senator den Besitzer und hatte ein Spezialarrangement. Er parkte immer hinter einem Müllauto, weit weg von dem Kiesparkplatz voll großer Pickups und Harleys. Er benutzte immer den Hintereingang neben der Küche.

Die Fahrten des Senators nach Houma wurden häufiger. Er führte das große Wort in Bürgerversammlungen und hielt jede Woche eine Pressekonferenz ab. Und er genoß seine Rückfahrten nach New Orleans mit den schnellen Nummern im Rasthaus.

Der Auftrag war ein Kinderspiel, sagte Barry, als sie am Strand saßen und schaumiges Salzwasser sie umspülte. Er war Boyette nach einer lautstarken Deponie-Versammlung in Houma zwanzig Meilen weit gefolgt und hatte geduldig in der Dunkelheit hinter dem Rasthaus gewartet. Als Boyette nach seiner kleinen Affäre auftauchte, hatte er ihm mit einem Schlagstock einen Hieb auf den Kopf versetzt und ihn auf den Rücksitz geworfen. Ein paar Meilen weiter hatte er angehalten und ihm vier Kugeln in den Kopf gejagt. Dann hatte er die Leiche in Müllsäcke eingewickelt und im Kofferraum verstaut.

Man stelle sich das vor, staunte Barry, ein US-Senator, den man sich in der Dunkelheit eines drittklassigen Bordells greifen kann. Er hatte einundzwanzig Amtsjahre hinter sich, hatte den Vorsitz in mächtigen Komitees geführt, war um den ganzen Globus gereist und hatte nach Mitteln und Wegen gesucht, das Geld der Steuerzahler auszugeben, hatte achtzehn Assistenten und Laufburschen, die für ihn arbeiteten, und peng! einfach so, wird er dann mit heruntergelassener Hose erwischt. Barry fand das zum Totlachen. Einer seiner einfachsten Jobs, sagte er, als hätte es Hunderte gegeben.

Ein Staatspolizist hatte Barry zehn Meilen vor New Orleans wegen zu schnellen Fahrens angehalten. Stell dir das vor, sagte er, da unterhält man sich mit einem Bullen mit einer warmen Leiche im Kofferraum. Er redete über Football und blieb von einem Strafzettel verschont. Aber dann wurde er nervös und beschloß, die Leiche an einem anderen Ort zu verstecken.

Gronke war versucht zu fragen, wo, aber dann ließ er es lieber bleiben.

Die Anklage gegen Barry stand auf wackligen Beinen. Der Aussage des Staatspolizisten zufolge war Barry um die Zeit des Verschwindens in der Nähe gewesen. Aber ohne die Leiche gab es keinen Beweis für die Todeszeit. Eine der Prostituierten hatte, während der Senator unterhalten wurde, auf dem verschatteten Parkplatz einen Mann gesehen, der Barry ähnelte. Sie stand jetzt unter dem Schutz der Regierung, aber man rechnete nicht damit, daß sie eine gute Zeugin abgab. Barrys Wagen war gereinigt und alle Spuren beseitigt worden. Keine Blutspuren, keine Fasern oder Haare. Der Star der Anklage war ein Mafia-Informant, ein Mann, der zwanzig seiner vierzig Jahre im Gefängnis verbracht hatte, und man rechnete nicht damit, daß er lange genug am Leben blieb, um aussagen zu können. In der Wohnung von einer von Barrys Freundinnen hatte man eine .22er Ruger sichergestellt, aber auch hier war es ohne Leiche unmöglich, sie als die Tatwaffe zu identifizieren. Barrys Fingerabdrücke waren auf der Waffe. Er hat sie mir geschenkt, sagte die Freundin.

Jurys verurteilen nur ungern, wenn sie nicht ganz sicher sein können, daß das Opfer wirklich tot ist. Und Boyette war ein derart exzentrischer Mann, daß Gerüchte und Klatsch alle möglichen Spekulationen über sein Verschwinden ausgelöst hatten. Einer der Berichte, die veröffentlicht worden waren, hatte Details über psychische Probleme geliefert, unter denen er in jüngster Zeit gelitten hatte, und auf diese Weise war eine populäre Theorie aufgekommen, derzufolge er den Verstand verloren hatte und mit einer blutjungen Nutte abgehauen war. Er hatte Spielschulden. Er trank zuviel. Seine Ex-Frau hatte ihn bei der Scheidung wegen Betruges verklagt. Und so weiter und so weiter.

Boyette hatte massenhaft Gründe, zu verschwinden.

Und nun wußte ein elfjähriger Junge in Memphis, wo er begraben war. Gronke machte das zweite Bier auf.

Doreen hielt Marks Arm und führte ihn in seine Zelle. Sein Gang war schlurfend, und er schaute auf den Fußboden, als hätte er gerade die Explosion einer Autobombe auf einem belebten Platz miterlebt.

»Bist du okay, Junge?« fragte sie, und die Falten um ihre Augen verrieten tiefe Besorgnis.

Er nickte und trottete weiter. Sie schloß schnell die Tür auf und führte ihn zu dem unteren Bett.

»Leg dich lang, Kleiner«, sagte sie, schlug die Decke zurück und schwenkte seine Beine aufs Bett. Sie kniete vor ihm nieder und suchte in seinen Augen nach Antworten. »Bist du wirklich okay?«

Er nickte, konnte aber nichts sagen.

»Möchtest du, daß ich einen Arzt kommen lasse?«

»Nein«, brachte er mühsam und mit hohler Stimme heraus. »Mir geht's gut.«

»Ich glaube, ich hole doch lieber einen Arzt«, sagte sie. Er ergriff ihren Arm und drückte ihn fest.

»Ich brauche nur ein bißchen Ruhe«, murmelte er. »Sonst nichts.«

Sie schloß die Tür auf und ging langsam hinaus, ohne Mark aus den Augen zu lassen. Als die Tür ins Schloß gefallen war, schwang er die Beine auf den Boden.

Um drei Uhr am Freitag nachmittag war Harry Roosevelts legendäre Geduld aufgebraucht. Das Wochenende würde er in den Ozark-Bergen verbringen, beim Angeln mit seinen beiden Söhnen. Und während er noch auf dem Podium saß und in den Gerichtssaal hinabblickte, in dem es noch immer von Vätern wimmelte, die darauf warteten, verurteilt zu werden, weil sie ihren Zahlungspflichten nicht nachgekommen waren, waren seine Gedanken bereits bei langem Ausschlafen und kühlen Bergbächen. Mindestens zwei Dutzend weitere Männer füllten die Bänke des Hauptgerichtssaals, und neben den meisten von ihnen saß nervös die gegenwärtige Ehefrau oder die gegenwärtige Freundin. Ein paar hatten ihre Anwälte mitgebracht, obwohl ihnen juristischer Beistand im Moment nicht das geringste nützte. Sie alle würden wegen Nichtzahlung von Alimenten bald Wochenendstrafen im Zuchthaus von Shelby County abbüßen müssen.

Harry hoffte, um vier vertagen zu können, aber es sah nicht danach aus. Seine beiden Söhne warteten in der hintersten Reihe. Draußen stand der gepackte Jeep, und wenn der Hammer endlich zum letzten Mal niederfuhr, würden sie Seine Ehren so schnell wie möglich aus dem Gebäude herausbefördern und zum Buffalo River fahren. So jedenfalls war es geplant. Sie waren gelangweilt, aber sie hatten schon oft hier gesessen.

Trotz des Chaos, das vor dem Gerichtssaal herrschte – Angestellte, die mit Aktenbündeln kamen und gingen, Anwälte, die sich flüsternd unterhielten, Deputies, die auf Abruf bereitstanden, Angeklagte, die vor das Richterpodium und wieder aus dem Saal herausgeführt wurden –, funktionierte Harrys Fließband reibungslos. Er funkelte jeden säumigen

Zahler an, schalt ein wenig, las manchen kurz die Leviten, dann unterschrieb er einen Beschluß und ging zum nächsten Fall über.

Reggie betrat den Gerichtssaal und bahnte sich ihren Weg zu der neben dem Podium sitzenden Kanzlistin. Sie flüsterten eine Minute miteinander, wobei Reggie auf ein Dokument deutete, das sie mitgebracht hatte. Sie lachten über etwas, das vermutlich nicht sonderlich komisch war, aber Harry hörte sie und winkte sie zu sich heran.

»Ist etwas passiert?« fragte er mit der Hand über dem Mikrofon.

»Nein. Mark geht es gut, nehme ich an. Ich wollte Sie um einen Gefallen bitten. Es handelt sich um einen anderen Fall.«

Harry lächelte und stellte das Mikrofon ab. Typisch Reggie. Ihre Fälle waren immer die allerwichtigsten und mußten sofort erledigt werden. »Um was geht es?« fragte er.

Die Kanzlistin reichte Harry die Akte, während Reggie ihm einen Beschluß übergab. »Die Wohlfahrtsbehörde hat schon wieder zugeschlagen«, sagte sie leise. Niemand hörte zu, niemanden kümmerte es.

»Wer ist das Kind?« fragte er, während er in der Akte blätterte.

»Ronald Allan Thomas der Dritte. Auch Trip Thomas genannt. Er wurde gestern abend von der Wohlfahrtsbehörde abgeholt und zu Pflegeeltern gebracht. Seine Mutter hat mich vor einer Stunde um Vertretung gebeten.«

»Hier steht, er wäre alleingelassen und vernachlässigt worden.«

»Stimmt nicht, Harry. Es ist eine lange Geschichte, aber ich versichere Ihnen, der Junge hat gute Eltern und ein ordentliches Zuhause.«

»Und Sie wollen, daß er freigelassen wird.«

»Auf der Stelle. Ich hole ihn selbst ab und nehme ihn notfalls mit zu Momma Love.«

»Und sie füttert ihn mit Lasagne.«

»Natürlich.«

Harry überflog den Beschluß und unterschrieb ihn. »Ich muß mich auf Sie verlassen, Reggie.«

»Das tun Sie immer. Ich habe Damon und Al da hinten gesehen. Sie scheinen sich zu langweilen.«

Harry reichte den Beschluß an die Kanzlistin weiter, die ihn abstempelte. »Das tue ich auch. Sobald ich dieses Gesindel los bin, fahren wir zum Angeln.«

»Viel Spaß. Wir sehen uns am Montag.«

»Schönes Wochenende, Reggie. Sie kümmern sich doch um Mark, nicht wahr?«

»Natürlich.«

»Versuchen Sie, seiner Mutter gut zuzureden. Je mehr ich darüber nachdenke, desto überzeugter bin ich, daß diese Leute mit dem FBI zusammenarbeiten und das Zeugenschutzprogramm akzeptieren sollten. Schließlich haben sie nichts zu verlieren bei einem Neuanfang. Versuchen Sie ihr klarzumachen, daß sie beschützt werden.«

»Das werde ich tun. Ich habe vor, übers Wochenende einige Zeit mit ihr zu verbringen. Vielleicht können wir die Sache am Montag abschließen.«

»Wir sehen uns dann.«

Reggie nickte und ließ sich von der Kanzlistin eine Kopie des Beschlusses aushändigen. Dann verließ sie den Saal.

31

Thomas Fink, gerade von einen weiteren aufregenden Flug aus Memphis zurückgekehrt, betrat am Freitagnachmittag um halb fünf Foltriggs Büro. Wally Boxx saß wie ein getreuer Wachhund auf der Couch und schrieb etwas. Fink vermutete, daß es sich entweder um eine weitere Rede für ihren Boß handelte oder um Presseverlautbarungen, die anstehende Fälle betrafen. Roys Füße lagen auf seinem Schreibtisch, und er hatte den Telefonhörer am Ohr. Er hörte mit geschlossenen Augen zu. Der Tag war eine Katastrophe gewesen. Lamond hatte ihn in einem überfüllten Gerichtssaal bloßgestellt. Roosevelt hatte es nicht geschafft, den Jungen zum Reden zu bringen. Die Richter hingen ihm zum Hals heraus.

Fink zog sein Jackett aus und setzte sich. Foltrigg beendete sein Telefongespräch und legte auf. »Wo sind die Vorladungen vor die Anklagejury?« fragte er.

»Ich habe sie persönlich dem US-Marshal in Memphis übergeben, mit der strikten Anweisung, sie erst zuzustellen, wenn er von Ihnen gehört hat.«

Boxx verließ die Couch und setzte sich neben Fink. Es war undenkbar, daß er an einer Unterhaltung nicht teilnahm.

Roy rieb sich die Augen und fuhr sich mit den Fingern durchs Haar. Frustrierend, überaus frustrierend. »Also, was wird der Junge tun, Thomas? Sie waren dort. Sie haben seine Mutter gesehen. Sie haben ihre Stimme gehört. Wie geht es weiter?«

»Ich weiß es nicht. Der Junge hat ganz offensichtlich nicht die Absicht, in nächster Zeit den Mund aufzumachen. Sowohl er als auch seine Mutter sind verängstigt. Sie haben offenbar zu viele Filme gesehen, in denen Mafia-Informanten in die Luft gesprengt wurden. Sie ist überzeugt, daß das Zeugenschutzprogramm ihnen keine Sicherheit bietet. Sie ist wirklich verrückt vor Angst. Diese Woche war für sie die Hölle.«

»Wirklich rührend«, murmelte Boxx.

»Dann bleibt mir nichts anderes übrig, als die Vorladungen zu benutzen«, sagte Foltrigg ernst; er tat so, als wäre ihm das zutiefst zuwider. »Wir haben keine andere Wahl. Wir waren fair und vernünftig. Wir haben das Jugendgericht in Memphis gebeten, uns bei dem Jungen weiterzuhelfen, und es hat einfach nicht funktioniert. Es wird Zeit, daß wir diese Leute hierherbeordern, in unser Revier, vor unser Gericht, vor unsere Leute, und sie zum Reden zwingen. Sind Sie nicht auch dieser Ansicht, Thomas?«

Fink war nicht ganz dieser Ansicht. »Die Jurisdiktion macht mir zu schaffen. Der Junge steht unter der Jurisdiktion des Jugendgerichts in Memphis, und ich bin nicht sicher, was passiert, wenn ihm die Vorladung zugestellt wird.«

Roy lächelte. »Das stimmt, aber das Gericht ist übers Wochenende geschlossen. Wir haben ein bißchen recherchiert, und ich bin der Ansicht, daß in so einem Fall Bundesrecht vor Staatenrecht geht. Sie nicht auch, Wally?«

»Das meine ich auch. Ja«, sagte Wally.

»Und ich habe mit dem Büro des Marshals hier gesprochen. Ich will, daß die Leute in Memphis den Jungen morgen abholen und hierherbringen, damit er am Montag vor die Anklagejury gestellt werden kann. Ich glaube nicht, daß die Leute in Memphis sich mit dem Büro des US-Marshals anlegen werden. Wir haben veranlaßt, daß er im Jugendtrakt des hiesigen Stadtgefängnisses untergebracht wird. Das sollte ein Kinderspiel sein.«

»Was ist mit der Anwältin?« fragte Fink. »Sie können sie nicht zur Aussage zwingen. Wenn sie etwas weiß, dann hat sie es als Repräsentantin des Jungen erfahren. Das braucht sie nicht preiszugeben.«

»Reine Schikane«, gab Foltrigg mit einem Lächeln zu. »Sie und der Junge werden am Montag eine Heidenangst haben. Dann geben wir den Ton an, Thomas.«

»Da wir gerade von Montag sprechen – Richter Roosevelt will uns um zwölf in seinem Gerichtssaal haben.«

Roy und Wally lachten laut heraus. »Da wird er wohl allein auf weiter Flur sein«, sagte Foltrigg kichernd. »Sie, ich, der Junge und seine Anwältin, alle werden hier sein. Der wird ein dummes Gesicht machen.«

Fink stimmte nicht in ihr Gelächter ein.

Um fünf klopfte Doreen an die Tür und ließ ihr Schlüsselbund klappern, bis sie aufgeschlossen hatte. Mark hockte auf dem Fußboden und spielte Dame mit sich selbst. Er wurde auf der Stelle zum Zombie, setzte sich auf seine Füße und starrte das Damebrett an wie in Trance.

»Bist du okay, Mark?«

Mark antwortete nicht.

»Mark, ich mache mir wirklich Sorgen um dich. Ich glaube, ich rufe den Arzt. Vielleicht verfällst du in Schock, genau wie dein kleiner Bruder.«

Er schüttelte den Kopf und sah sie mit einem kläglichen Blick an. »Nein, ich bin okay. Ich brauch' nur ein bißchen Ruhe.«

»Glaubst du, daß du etwas essen kannst?«

»Vielleicht eine Pizza.«

»Natürlich, Baby. Ich bestell dir eine. Hör zu, ich habe in fünf Minuten Feierabend, aber ich habe Telda gesagt, sie soll gut auf dich aufpassen. Bist du ganz sicher, daß du zurechtkommst, bis ich morgen früh zurückkomme?«

»Vielleicht«, stöhnte er.

»Armer Junge. Du gehörst einfach nicht hierher.«

»Ich werde es durchstehen.«

Telda war weit weniger beunruhigt als Doreen. Sie schaute zweimal nach Mark. Bei ihrem dritten Besuch in seinem Zimmer, gegen acht Uhr, brachte sie Besucher mit. Sie klopfte an und öffnete langsam die Tür, und Mark war im Begriff, in seine Trance-Routine zu verfallen, als er zwei große Männer in unauffälligen Zivilanzügen vor sich sah.

»Mark, diese Männer sind US-Marshals«, sagte Telda nervös. Mark stand neben der Toilette. Der Raum war plötzlich winzig.

»Hi, Mark«, sagte der erste. »Ich bin Vern Duboski, Deputy US-Marshal.« Seine Worte waren knapp und präzise. Ein Yankee. Aber das war alles, was Mark zur Kenntnis nahm. Der Mann hielt einige Papiere in der Hand.

»Du bist Mark Sway?«

Er nickte, außerstande, etwas zu sagen.

»Du brauchst keine Angst zu haben, Mark. Wir sollen dir nur diese Papiere übergeben.«

Er warf einen hilfesuchenden Blick auf Telda, aber sie wußte von nichts. »Was für Papiere?« fragte er nervös.

»Das ist eine Vorladung, und sie bedeutet, daß du am Montag in New Orleans vor der Anklagejury des Bundesgerichts erscheinen mußt. Aber mach dir deshalb keine Sorgen – wir holen dich morgen nachmittag ab und bringen dich hin.«

Ein nervöser Schmerz schoß durch seinen Magen, und ihm wurde flau. Sein Mund war trocken. »Warum?« fragte er.

»Das können wir dir nicht sagen, Mark. Das ist nicht unsere Sache. Wir befolgen nur Anweisungen.«

Mark starrte auf die Papiere, die Vern ihm unter die Nase hielt. New Orleans! »Haben Sie es meiner Mutter gesagt?«

»Also, siehst du, Mark, wir sind verpflichtet, ihr eine Kopie dieser Papiere auszuhändigen. Wir werden ihr alles erklären und ihr sagen, daß dir nichts passieren wird. Wenn sie will, kann sie dich sogar begleiten.«

»Das kann sie nicht. Sie kann Ricky nicht allein lassen.«

Die Marshals sahen sich an. »Nun, wir werden ihr jedenfalls alles erklären.«

»Ich habe eine Anwältin. Haben Sie es ihr gesagt?«

»Nein. Wir sind nicht verpflichtet, die Anwälte zu informieren, aber wenn du willst, kannst du sie ja anrufen.«

»Hat er Zugang zu einem Telefon?« fragte der zweite Telda.

»Nur, wenn ich ihm eines bringe«, sagte sie.

»Können Sie damit eine halbe Stunde warten?«

»Wenn Sie es so wollen«, sagte Telda.

»Also, Mark, in ungefähr einer halben Stunde kannst du deine Anwältin anrufen.« Duboski hielt inne und warf seinem Partner einen Blick zu. »Also, viel Glück, Mark. Tut uns leid, wenn wir dir Angst eingejagt haben.«

Sie ließen ihn neben der Toilette stehen, wo er sich haltsuchend an die Wand lehnte, verwirrter als je zuvor, total verängstigt. Und wütend. Das System war eine Pest. Er hatte alles restlos satt, Gesetze und Anwälte und Gerichte, Polizisten, FBI-Agenten und Marshals, Reporter und Richter und Gefängniswärterinnen. Verdammt nochmal!

Er riß ein Papierhandtuch von der Wand und wischte sich die Augen ab, dann setzte er sich auf die Toilette.

Er schwor den Wänden, daß er nicht nach New Orleans gehen würde.

Zwei weitere Deputy Marshals würden Dianne die Papiere aushändigen, und noch zwei weitere sollten dies bei Ms. Reggie Love zu Hause tun, und dieses Aushändigen von Vorladungen war sorgfältig so koordiniert worden, daß es fast gleichzeitig geschah. Im Grunde hätte ein einziger Deputy Marshal oder sogar ein arbeitsloser Bauarbeiter alle drei Vorladungen ganz gemächlich überreichen und den Job in einer Stunde erledigen können. Aber es machte viel mehr Spaß, sechs bewaffnete Männer in drei Wagen mit Funkgeräten und Telefonen einzusetzen und im Schutze der Dunkelheit so schnell zuschlagen zu lassen wie ein Sondereinsatzkommando.

Sie klopften an Momma Loves Küchentür und warteten, bis das Licht auf der Veranda anging und sie hinter dem Fliegengitter erschien. Momma wußte sofort, daß sie Ärger bedeuteten. Während des Alptraums von Reggies Scheidung, den Einweisungen und dem juristischen Krieg mit Joe Cardoni war es des öfteren vorgekommen, daß Deputies und Männer in dunklen Anzügen zu ausgefallenen Zeiten vor der Tür standen. Diese Leute brachten immer Unerfreuliches.

»Kann ich etwas für Sie tun?« fragte sie mit einem erzwungenen Lächeln.

»Ja, Madam. Wir suchen nach einer gewissen Reggie Love.«

Sie redeten sogar wie Polizisten. »Und wer sind Sie?«

»Ich bin Mike Hedley, und das ist Terry Flagg. Wir sind US-Marshals.«

»US-Marshals, oder Deputy US-Marshals? Ich möchte Ihre Ausweise sehen.«

Das verblüffte sie, und wie eingeübt griffen sie gleichzeitig in die Taschen und holten ihre Ausweise heraus. »Wir sind Deputy US-Marshals, Madam.«

»Warum haben Sie das nicht gleich gesagt?« sagte sie und studierte die vor die Fliegentür gehaltenen Ausweise.

Reggie trank Kaffee auf dem winzigen Balkon ihrer Wohnung, als sie das Zuschlagen der Wagentüren hörte. Jetzt lugte sie um die Ecke und schaute auf die beiden Männer hinunter, die unter der Lampe standen. Sie konnte ihre Stimmen hören, aber nicht verstehen, was sie sagten.

»Entschuldigung, Madam«, sagte Hedley.

»Was wollen Sie von einer gewissen Reggie Love?« fragte Momma Love mit argwöhnischem Stirnrunzeln.

»Wohnt sie hier?«

»Vielleicht ja, vielleicht auch nicht. Was wollen Sie von ihr?«

Hedley und Flagg sahen sich an. »Wir sollen ihr eine Vorladung aushändigen.«

»Was für eine Vorladung?«

»Darf ich fragen, wer Sie sind?« sagte Flagg.

»Ich bin ihre Mutter. Also, was für eine Vorladung?«

»Es ist eine Vorladung vor die Anklagejury. Sie soll am Montag in New Orleans vor der Anklagejury erscheinen. Wir können sie Ihnen aushändigen, wenn Ihnen das recht ist.«

»Ich nehme sie nicht entgegen«, sagte sie, als hätte sie es jede Woche mit Zustellungsbeamten zu tun. »Wenn ich recht informiert bin, müssen Sie ihr die Vorladung persönlich aushändigen.«

»Wo ist sie?«

»Sie wohnt nicht hier.«

Das irritierte sie. »Das ist ihr Wagen«, sagte Hedley und deutete mit einem Kopfnicken auf Reggies Mazda.

»Sie wohnt nicht hier«, wiederholte Momma Love.

»Okay, aber ist sie jetzt hier?«

»Nein.«

»Wissen Sie, wo sie ist?«

»Haben Sie es in ihrem Büro versucht? Sie macht ständig Überstunden.«

»Aber wieso steht dann ihr Wagen hier?«

»Manchmal fährt sie mit ihrem Mitarbeiter. Vielleicht sind sie irgendwo essen gegangen.«

Sie warfen sich einen frustrierten Blick zu. »Ich glaube, sie ist hier«, sagte Hedley plötzlich aggressiv.

»Fürs Glauben werden Sie nicht bezahlt, junger Mann. Sie werden dafür bezahlt, daß Sie diese verdammten Papiere zustellen, und ich sage Ihnen, sie ist nicht hier.« Momma Love hob ihre Stimme, als sie das sagte, und Reggie hörte es.

»Dürfen wir das Haus durchsuchen?« fragte Flagg.

»Wenn Sie einen Durchsuchungsbefehl haben, dann dürfen Sie es. Wenn Sie keinen Durchsuchungsbefehl haben, sollten Sie zusehen, daß Sie von meinem Grundstück verschwinden.«

Beide traten einen Schritt zurück. »Ich hoffe, Sie haben nicht vor, die Zustellung einer bundesgerichtlichen Vorladung zu behindern«, sagte Hedley ernst. Es sollte einschüchternd und bedrohlich klingen, aber Hedley scheiterte kläglich.

»Und ich hoffe, Sie versuchen nicht, eine alte Frau zu bedrohen.« Ihre Hände lagen auf den Hüften, und sie war bereit zum Kampf.

Sie gaben auf und wichen zurück. »Wir kommen wieder«, versprach Hedley, während er seine Wagentür öffnete.

»Ich werde hier sein«, rief sie wütend und machte die Vordertür auf. Sie trat auf die kleine Veranda und sah zu, wie sie auf die Straße zurücksetzten. Sie wartete fünf Minuten, und als sie sicher war, daß sie abgefahren waren, ging sie zu Reggies Wohnung über der Garage.

Dianne nahm die Vorladung von dem höflichen, sich entschuldigenden Gentleman kommentarlos entgegen. Sie las sie im Licht der schwachen Lampe neben Rickys Bett. Sie enthielt keine Instruktionen; Mark wurde lediglich angewiesen, am Montag um zehn Uhr unter der unten angegebenen

Adresse vor der Anklagejury zu erscheinen. Es stand nicht da, wie er dorthin kommen sollte; keine Hinweise, wann er zurückkehren würde; keine Warnung, was passieren würde, wenn er nicht tat, was sie wollten, oder wenn er die Aussage verweigerte.

Sie rief Reggie an, aber Reggie meldete sich nicht.

Obwohl Clints Wohnung nur eine Viertelstunde entfernt war, dauerte die Fahrt fast eine Stunde. Sie fuhr im Zickzackkurs durch die Straßen der Innenstadt, dann raste sie ziellos über einen Teil der Interstate, und erst als sie sicher war, daß sie nicht verfolgt wurde, stellte sie ihren Wagen auf einer Straße zwischen vielen anderen geparkten Autos ab. Sie ging vier Blocks weit zu seiner Wohnung.

Er hatte seine für neun Uhr getroffene Verabredung plötzlich absagen müssen, und es war eine vielversprechende Verabredung gewesen. »Tut mir leid«, sagte Reggie, als er die Tür öffnete und sie eintrat.

»Das ist schon okay. Was ist passiert?« Er nahm ihre Reisetasche und deutete auf die Couch. »Setz dich.«

Reggie kannte sich in seiner Wohnung aus. Sie holte sich eine Diätcola aus dem Kühlschrank und setzte sich auf einen Barhocker. »Es war das Büro des US-Marshals mit einer Vorladung vor die Anklagejury. Für Montagmorgen zehn Uhr in New Orleans.«

»Aber sie haben sie dir nicht übergeben?«

»Nein. Momma Love hat sie abgewimmelt.«

»Dann bist du aus dem Schneider.«

»Ja, es sei denn, sie finden mich. Es gibt kein Gesetz, das das Ausweichen vor Vorladungen verbietet. Ich muß Dianne anrufen.«

Clint reichte ihr ein Telefon, und sie gab die Nummer aus dem Gedächtnis ein. »Entspann dich, Reggie«, sagte er und küßte sie sanft auf die Wange. Er sammelte herumliegende Zeitschriften auf und schaltete die Stereoanlage ein. Dianne war am Apparat, und Reggie brachte kaum drei Worte heraus, bevor ihr nichts anderes übrigblieb, als zuzuhören. Es wimmelte nur so von Vorladungen. Eine für Reggie, eine für

Dianne und eine für Mark. Reggie versuchte, sie zu beruhigen. Dianne hatte in der Haftanstalt angerufen, Mark aber nicht erreicht. Telefone wären zu dieser Tageszeit nicht verfügbar, hatte man ihr gesagt. Sie unterhielten sich fünf Minuten. Reggie, selbst schwer erschüttert, versuchte Dianne zu überzeugen, daß alles in bester Ordnung war. Sie, Reggie, würde sich um alles kümmern. Sie versprach, am Morgen wieder anzurufen, dann legte sie auf.

»Sie können Mark nicht abholen«, sagte Clint. »Er untersteht der Jurisdiktion unseres Jugendgerichts.«

»Ich muß mit Harry reden. Aber er ist nicht in der Stadt.«

»Wo ist er?«

»Beim Angeln. Irgendwo mit seinen Söhnen.«

»Das hier ist wichtiger als Angeln, Reggie. Wir müssen ihn finden. Er kann dem allen doch einen Riegel vorschieben, oder?«

Sie dachte an hundert Dinge gleichzeitig. »Das ist ziemlich schlau eingefädelt, Clint. Stell dir das vor. Foltrigg wartet bis Freitagabend, um Vorladungen für Montag früh zustellen zu lassen.«

»Wie kann er das tun?«

»Ganz einfach. Er hat es gerade getan. In Strafsachen wie dieser kann eine Anklagejury eines Bundesgerichts jeden beliebigen Zeugen von überallher vorladen, ohne Rücksicht auf Zeit und Entfernung. Und der Zeuge muß erscheinen, es sei denn, er kann die Vorladung annullieren lassen.«

»Und wie annulliert man eine Vorladung?«

»Man stellt vor einem Bundesgericht den Antrag, die Vorladung aufzuheben.«

»Laß mich raten. Vor dem Bundesgericht in New Orleans?«

»So ist es. Wir sind gezwungen, Montagmorgen in aller Frühe den zuständigen Richter in New Orleans ausfindig zu machen und ihn um eine Dringlichkeitsanhörung und die Annullierung der Vorladung zu bitten.«

»Das wird nicht funktionieren, Reggie.«

»Natürlich wird es nicht funktionieren. Genau das hat Foltrigg gewollt.« Sie trank einen großen Schluck Diätcola. »Hast du einen Kaffee für mich?«

»Natürlich.« Er begann, Schubladen zu öffnen.

Reggie dachte laut nach. »Wenn ich mich der Vorladung bis Montag entziehen kann, ist Foltrigg gezwungen, eine neue auszustellen. Dann habe ich vielleicht die Zeit, sie annullieren zu lassen. Das Problem ist Mark. Sie sind nicht hinter mir her, weil sie wissen, daß sie mich nicht zum Reden zwingen können.«

»Weißt du, wo diese verdammte Leiche ist, Reggie?«

»Nein.«

»Weiß Mark es?«

»Ja.«

Er erstarrte für einen Moment, dann ließ er Wasser im den Kessel laufen.

»Wir müssen einen Weg finden, Mark hierzubehalten, Clint. Wir dürfen nicht zulassen, daß er nach New Orleans gebracht wird.«

»Ruf Harry an.«

»Harry angelt in den Bergen.«

»Dann ruf Harrys Frau an. Finde heraus, wo er angelt. Wenn nötig, fahre ich hin und hole ihn.«

»Du hast recht.« Sie griff nach dem Telefon und wählte.

32

Die letzte Zellenkontrolle in der Jugendhaftanstalt fand um zehn Uhr abends statt; es wurde nachgesehen, ob alle Lichter und Fernsehgeräte ausgeschaltet waren. Mark hörte, wie Teldas Schlüssel klirrten und sie auf dem Flur Anweisungen erteilte. Sein Hemd war durchweicht und aufgeknöpft, Schweiß rann ihm in den Nabel und staute sich am Reißverschluß seiner Jeans. Der Fernseher war aus. Sein Atem ging schwer. Sein dichtes Haar war naß, Schweißperlen rannen in seine Augenbrauen und tropften von seiner Nasenspitze herab. Telda war nebenan. Sein Gesicht war scharlachrot und heiß.

Telda klopfte, dann schloß sie Marks Tür auf. Das Licht brannte noch, und das kam ihr sofort merkwürdig vor. Sie tat einen Schritt ins Zimmer, warf einen Blick auf die Betten, aber er war nicht da.

Dann sah sie seine Füße neben der Toilette. Er lag zusammengerollt da, mit den Knien an der Brust, reglos bis auf sein hastiges, schweres Atmen.

Seine Augen waren geschlossen, und sein linker Daumen steckte in seinem Mund.

»Mark!« rief sie, plötzlich entsetzt. »Mark! Oh, mein Gott!« Sie rannte aus der Zelle, um Hilfe zu holen, und war Sekunden später mit ihrem Partner Denny zurück, der einen raschen Blick auf ihn warf.

»Doreen hat sich deshalb Sorgen gemacht«, sagte Denny und berührte den Schweiß auf Marks Bauch. »Verdammt, er ist klatschnaß.«

Telda umfaßte sein Handgelenk. »Sein Puls rast. Sieh nur, wie er atmet! Ruf einen Krankenwagen!«

»Der Junge steht unter Schock, stimmt's?«

»Ruf einen Krankenwagen!«

Denny stapfte aus dem Zimmer, und der Fußboden bebte. Telda hob Mark auf und legte ihn behutsam auf das untere

Bett, wo er sich wieder zusammenrollte und die Knie an die Brust zog. Der Daumen blieb in seinem Mund. Denny kam mit einem Clipboard zurück. »Das muß Doreens Schrift sein. Hier steht, alle halbe Stunde nach ihm sehen, und wenn irgendwelche Zweifel bestehen, ihn sofort nach St. Peter's bringen und Dr. Greenway anrufen.«

»Das ist alles meine Schuld«, sagte Telda. »Ich hätte diese verdammten Marshals nicht zu ihm lassen dürfen. Die haben den armen Jungen zu Tode erschreckt.«

Denny kniete neben ihr nieder und hob mit seinem dicken Daumen das rechte Augenlid an. »Verdammt! Seine Augen sind verdreht. Sieht gar nicht gut aus für den Jungen«, sagte er mit der ganzen Gewichtigkeit eines Hirnchirurgen.

»Gib mir einen von den Waschlappen da drüben«, sagte Telda, und Denny gehorchte. »Doreen hat mir gesagt, daß genau dasselbe mit seinem kleinen Bruder passiert ist. Sie haben gesehen, wie sich dieser Mann am Montag erschossen hat, alle beide, und der Kleine steht seither unter Schock.« Denny gab ihr den Waschlappen, und sie wischte Marks Stirn ab.

»Verdammt, sein Herz muß bald explodieren«, sagte Denny, wieder neben Telda auf den Knien. »Er atmet wie verrückt.«

»Armer Junge. Ich hätte diese Marshals wegschicken sollen.«

»Ich hätte es getan. Sie haben nicht das Recht, in dieses Stockwerk zu kommen.« Er stieß noch einmal mit dem Daumen in das linke Auge, und Mark zuckte zusammen. Dann begann er mit dem Stöhnen, genau wie Ricky, und das machte ihnen noch mehr Angst. Leise, dumpfe Laute, die von irgendwo ganz tief in seiner Kehle kamen. Er lutschte heftig am Daumen.

Ein Sanitäter aus dem Hauptgefängnis drei Stockwerke tiefer kam hereingestürzt, gefolgt von einem weiteren Wärter. »Was ist los?« fragte er, als Telda und Denny sich umdrehten.

»Ich glaube, man nennt es traumatischen Schock oder Streß oder so ähnlich«, sagte Telda. »Er hat sich den ganzen

Tag schon merkwürdig benommen, und dann waren vor ungefähr einer Stunde zwei US-Marshals hier, um ihm eine Vorladung zu übergeben.« Der Sanitäter hörte nicht zu. Er ergriff ein Handgelenk und fand den Puls. Telda redete weiter. »Sie haben ihn zu Tode geängstigt, und ich glaube, das hat ihn in Schock versetzt. Ich hätte nach ihm sehen müssen, aber ich hatte zuviel zu tun.«

»Ich hätte diese verdammten Marshals weggeschickt«, sagte Denny. Sie standen Seite an Seite hinter dem Sanitäter.

»Das ist genau das, was mit seinem kleinen Bruder passiert ist, Sie wissen schon, dem, von dem die Zeitungen die ganze Woche berichtet haben. Die Schießerei und all das.«

»Er muß von hier weg«, sagte der Sanitäter stirnrunzelnd und sprach in sein Funkgerät. »Beeilt euch und bringt eine Trage in den vierten Stock«, bellte er hinein. »Ich hab hier einen Jungen in ziemlich schlechter Verfassung.«

Denny hielt dem Sanitäter das Clipboard unter die Nase. »Hier steht, er soll nach St. Peter's gebracht werden. Dr. Greenway.«

»Da ist sein Bruder«, setzte Telda hinzu. »Doreen hat mich über alles informiert. Sie hatte Angst, daß so was passieren könnte. Hat gesagt, sie hätte beinahe schon heute nachmittag einen Krankenwagen kommen lassen, es wäre ihm den ganzen Tag nicht gut gegangen. Ich hätte besser auf ihn aufpassen müssen.«

Zwei weitere Sanitäter erschienen mit der Tragbahre. Mark wurde schnell darauf gelegt und mit einer Decke zugedeckt. Ein Riemen wurde über seine Oberschenkel geschnallt und ein weiterer über seine Brust. Seine Augen blieben geschlossen, aber er schaffte es, den Daumen im Mund zu behalten.

Und er schaffte es auch, weiter dieses gequälte, monotone Stöhnen von sich zu geben, das den Sanitätern Angst einjagte und die Tragbahre immer schneller dahingleiten ließ. Sie rollte in Höchstgeschwindigkeit am Dienstzimmer vorbei und in einen Fahrstuhl.

»Hast du so was schon mal gesehen?« fragte der eine Sanitäter fast lautlos den anderen.

»Kann mich nicht erinnern.«

»Er ist glühend heiß.«

»Normalerweise ist die Haut bei Schock feucht und kalt. Das hab ich noch nie erlebt.«

»Ja. Aber vielleicht ist es bei traumatischem Schock anders. Sieh dir den Daumen an.«

»Ist das der Junge, hinter dem die Mafia her ist?«

»Ja. Stand gestern und heute auf der Titelseite.«

»War wohl einfach zuviel für ihn.«

Der Fahrstuhl hielt, und sie schoben die Bahre schnell durch eine Reihe von kurzen Fluren. In allen herrschte Gedränge und die übliche Hektik eines Freitagabends im Stadtgefängnis. Eine Doppeltür flog auf, und sie hatten den Krankenwagen erreicht.

Die Fahrt zum Krankenhaus dauerte keine zehn Minuten, halb so lange wie das Warten, nachdem sie angekommen waren. Drei weitere Krankenwagen waren dabei, ihre menschliche Fracht auszuladen. In St. Peter's landete der weitaus größte Teil der Opfer von Messerstechereien und Schießereien, der geschlagenen Ehefrauen und Verletzten von den Verkehrsunfällen des Wochenendes. Das Tempo war immer hektisch, vierundzwanzig Stunden am Tag, aber von Sonnenuntergang am Freitag bis zum späten Sonntagabend herrschte das totale Chaos.

Sie rollten ihn über die Rampe und auf den weißgekachelten Boden, wo die Bahre anhielt und die Sanitäter warteten und Formulare ausfüllten. Ein kleines Heer von Schwestern und Ärzten bemühte sich um einen neuen Patienten, wobei sich alle gegenseitig anschrien. Leute eilten in alle Richtungen. Ein halbes Dutzend Polizisten wimmelte herum. Noch drei weitere Tragbahren wurden in die große Halle geschoben.

Eine Schwester kam vorbei, machte für eine Sekunde halt und fragte die Sanitäter: »Was ist mit ihm?« Einer von ihnen reichte ihr ein Formular.

»Also blutet er nicht«, sagte sie, als spielte nichts eine Rolle außer fließendem Blut.

»Nein. Sieht aus wie Streß oder Schock oder so etwas. Liegt in der Familie.«

»Er kann warten. Bringt ihn in die Aufnahme. Bin gleich wieder da.« Und fort war sie.

Sie manövrierten die Bahre durch das Gewimmel und erreichten einen kleinen Raum außerhalb der Haupthalle. Die Formulare wurden einer anderen Schwester vorgelegt, die etwas kritzelte, ohne einen Blick auf Mark zu werfen. »Wo ist Dr. Greenway?« fragte sie die Sanitäter.

Sie sahen sich an, dann zuckten sie mit den Achseln.

»Habt ihr ihn denn nicht angerufen?« fragte sie.

»Äh – nein.«

»Äh – nein«, wiederholte sie und verdrehte die Augen. Wie konnte jemand nur so dämlich sein? »Also, das hier ist der reinste Kriegsschauplatz. Wir reden über Blut und Eingeweide. In der letzten halben Stunde sind uns zwei Leute draußen in der Halle weggestorben. Psychiatrische Notfälle stehen bei uns nicht obenan auf der Liste.«

»Wollen Sie, daß wir auf ihn schießen?« fragte einer von ihnen, mit einem Kopfnicken auf Mark deutend, und das machte sie wütend.

»Nein. Ich will, daß ihr verschwindet. Ich kümmere mich um ihn, aber ihr seht zu, daß ihr rauskommt.«

»Sie haben die Formulare unterschrieben, Lady. Er gehört Ihnen.« Sie lächelten sie an und machten sich auf den Weg zur Tür.

»Ist ein Polizist dabei?« fragte sie.

»Nein. Er ist schließlich nur ein Kind.« Sie waren verschwunden.

Mark schaffte es, sich auf die linke Seite zu drehen und die Knie zur Brust hochzuziehen. Die Riemen waren nicht allzu straff. Er öffnete die Lider einen winzigen Spaltbreit. In einer Ecke des Raums lag ein Schwarzer auf drei Stühlen. Eine leere Trage mit Blut auf den Laken stand neben einer grünen Tür in der Nähe eines Wasserspenders. Die Schwester nahm einen Anruf entgegen, sprach ein paar Worte und verließ den Raum. Mark löste schnell die Riemen und sprang auf den Boden. Es war kein Verbrechen, wenn er herumlief. Er war jetzt ein psychiatrischer Fall, also was machte es schon, wenn man ihn dabei erwischte.

Die Formulare, die sie abgezeichnet hatte, lagen auf dem Tresen. Er nahm sie an sich und schob die Trage durch die grüne Tür, die zu einem engen Korridor mit kleinen Zimmern an beiden Seiten führte. Dort ließ er die Trage stehen und warf die Formulare in einen Mülleimer. Die Ausgangsbeschilderung führte zu einer Tür mit einem Fenster darin. Dahinter lag die Notaufnahme. Ein Irrenhaus.

Mark lächelte. Hier kannte er sich aus. Er betrachtete das Chaos durch das Fenster und suchte die Stelle, an der er und Hardy gestanden hatten, nachdem Greenway und Dianne mit Ricky verschwunden waren. Er öffnete die Tür und bahnte sich seinen Weg durch das Gedränge von Kranken und Verletzten, die versuchten, endlich aufgenommen zu werden. Rennen und zwischen ihnen hindurchschießen konnte Aufmerksamkeit erregen, also gab er sich ganz gelassen. Er fuhr mit seinem Lieblingsfahrstuhl in den Keller und fand an der Treppe einen leeren Rollstuhl. Es war einer für Erwachsene, aber er packte die Räder und rollte sich selbst an der Cafeteria vorbei in die Leichenhalle.

Clint war auf der Couch eingeschlafen. Die Nachrichten im Fernsehen waren fast vorbei, als das Telefon läutete. Reggie griff nach dem Hörer. »Hallo?«

»Hi, Reggie. Ich bin's, Mark.«

»Mark! Wie geht es dir?«

»Großartig, Reggie. Einfach wunderbar.«

»Wie hast du mich gefunden?« fragte sie und stellte den Fernseher ab.

»Ich habe Momma Love angerufen und sie aufgeweckt. Sie hat mir diese Nummer gegeben. Es ist Clints Wohnung, stimmt's?«

»Stimmt. Wie bist du an ein Telefon gekommen? Es ist ziemlich spät.«

»Also, ich bin nicht mehr im Gefängnis.«

Sie stand auf und ging quer durchs Zimmer. »Und wo bist du jetzt?«

»Im Krankenhaus. St. Peter's.«

»Ah ja. Und wie bist du dahin gekommen?«

»Mit einem Krankenwagen.«

»Bist du okay?«

»Alles bestens.«

»Weshalb haben sie dich dann in einen Krankenwagen verfrachtet?«

»Ich hatte einen Anfall von post-traumatischem Streß-Syndrom, und sie haben mich ganz schnell hergebracht.«

»Soll ich zu dir kommen?«

»Vielleicht. Was hat es mit diesem Anklagejury-Kram auf sich?«

»Das ist nur ein Versuch, dich so einzuschüchtern, daß du redest.«

»Nun, es hat funktioniert. Ich habe mehr Angst als je zuvor.«

»Du hörst dich völlig okay an.«

»Mut der Verzweiflung, Reggie. Ich hab wirklich fürchterliche Angst.«

»Ich meine, du hörst dich nicht an, als stündest du unter Schock oder so etwas.«

»Ich habe mich ganz schnell wieder erholt. Ich habe sie reingelegt. Ich habe in meiner Zelle eine halbe Stunde gejoggt, und als sie mich fanden, war ich schweißgebadet und in sehr schlechter Verfassung, wie sie sagten.«

Clint setzte sich auf der Couch auf und hörte interessiert zu.

»Hat ein Arzt dich gesehen?« fragte sie mit einem Stirnrunzeln zu Clint.

»Nicht direkt.«

»Was bedeutet das?«

»Es bedeutet, daß ich aus der Notaufnahme rausspaziert bin. Es bedeutet, daß ich entkommen bin, Reggie. Es war ganz einfach.«

»Oh, mein Gott!«

»Nicht nervös werden. Mir geht es gut. Ich gehe nicht wieder ins Gefängnis, Reggie. Und ich werde auch nicht vor der Anklagejury in New Orleans erscheinen. Da werde ich doch gleich wieder eingelocht.«

»Hör zu, Mark, das kannst du nicht machen. Du kannst nicht einfach ausbrechen. Du mußt ...«

»Ich bin bereits ausgebrochen. Und wissen Sie was?«
»Ja?«
»Ich glaube nicht, daß es schon jemand gemerkt hat. In dem ganzen Chaos hier ist bestimmt überhaupt noch niemandem aufgefallen, daß ich verschwunden bin.«
»Was ist mit der Polizei?«
»Was für Polizei?«
»Ist denn kein Polizist mit dir ins Krankenhaus gefahren?«
»Nein. Ich bin ja nur ein kleiner Junge, Reggie. Ich hatte zwei riesige Sanitäter, aber ich bin nur ein kleiner Junge, und zu der Zeit lag ich im Koma, habe am Daumen gelutscht und geächzt und gestöhnt, genau wie Ricky. Ich war wirklich toll. Wie in einem Film. Sobald sie mich hergebracht hatten, sind sie verschwunden, und ich bin einfach aufgestanden und weggegangen.«
»Das kannst du nicht tun, Mark.«
»Ich habe es getan, okay? Und ich gehe nicht zurück.«
»Was ist mit deiner Mutter?«
»Mit ihr habe ich vor ungefähr einer Stunde gesprochen, übers Telefon natürlich. Sie ist ausgeflippt, aber ich konnte sie überzeugen, daß es mir gut geht. Es hat ihr nicht gefallen, sie wollte, daß ich in Rickys Zimmer komme. Wir haben uns am Telefon furchtbar gestritten, aber schließlich hat sie sich wieder beruhigt. Ich glaube, sie schluckt wieder Tabletten.«
»Aber du bist im Krankenhaus.«
»Ja.«
»Wo? In welchem Zimmer?«
»Sind Sie immer noch meine Anwältin?«
»Natürlich bin ich deine Anwältin.«
»Gut. Wenn ich Ihnen also etwas verrate, dürfen Sie es nicht weitersagen, stimmt's?«
»Stimmt.«
»Sind Sie meine Freundin, Reggie?«
»Natürlich bin ich deine Freundin.«
»Das ist gut, denn außer Ihnen habe ich im Moment keinen einzigen Freund. Wollen Sie mir helfen, Reggie? Ich habe wirklich eine Heidenangst.«

»Ich werde alles für dich tun, Mark. Wo bist du?«

»In der Leichenhalle. Da ist ein kleines Büro in der Ecke, und ich verstecke mich unter dem Schreibtisch. Die Lichter sind aus. Wenn ich plötzlich auflege, ist jemand hereingekommen. Sie haben zwei Leichen gebracht, seit ich hier bin, aber bisher ist noch niemand hier ins Büro gekommen.«

»In der Leichenhalle?«

Clint sprang auf und trat neben sie.

»Ja. Ich bin früher schon einmal hier gewesen. Sie wissen ja, ich kenne diesen Bau ziemlich gut.«

»Ja, ich weiß.«

»Wer ist in der Leichenhalle?« flüsterte Clint. Sie sah ihn stirnrunzelnd an und schüttelte den Kopf.

»Mom hat gesagt, Sie wären auch vorgeladen worden, Reggie. Ist das wahr?«

»Ja, aber die Vorladung konnte mir noch nicht zugestellt werden. Deshalb bin ich hier bei Clint. Wenn mir die Vorladung nicht ausgehändigt wird, brauche ich nicht zu erscheinen.«

»Also verstecken Sie sich auch?«

»So könnte man es ausdrücken.«

Plötzlich klickte es am anderen Ende, und es folgte das Leerzeichen. Sie starrte auf den Hörer, dann legte sie schnell auf. »Er hat eingehängt«, sagte sie.

»Was zum Teufel geht da vor?«

»Das war Mark. Er ist aus dem Gefängnis ausgebrochen.«

»Wie bitte?«

»Er versteckt sich in der Leichenhalle vom St. Peter's.«

Sie sagte das, als könnte sie es nicht glauben. Das Telefon läutete wieder, und sie riß den Hörer hoch. »Hallo?«

»Tut mir leid. Die Tür zur Leichenhalle wurde auf- und dann wieder zugemacht. Ich dachte, sie würden noch eine Leiche reinbringen.«

»Bist du in Sicherheit, Mark?«

»Also nein, in Sicherheit bin ich bestimmt nicht. Aber ich bin eben nur ein kleiner Junge, oder? Und jetzt bin ich außerdem auch noch ein psychiatrischer Fall. Aber wenn sie mich erwischen, verfalle ich einfach wieder in meinen Schockzustand, und sie bringen mich in ein Zimmer. Dann lasse ich mir was anderes einfallen, wenn es geht.«

»Du kannst dich nicht ewig verstecken.«

»Sie auch nicht.«

Sie staunte abermals über seinen raschen Verstand. »Du hast recht, Mark. Also, was unternehmen wir?«

»Ich weiß nicht. Am liebsten würde ich aus Memphis verschwinden. Ich habe die Polizisten und die Gefängnisse restlos satt.«

»Und wo willst du hin?«

»Also, lassen Sie mich vorher etwas fragen. Wenn Sie kommen und mich holen und wir verlassen zusammen die Stadt, dann könnten Sie Ärger bekommen, weil Sie mir bei der Flucht helfen. Richtig?«

»Ja. Ich wäre dann ein Komplize.«

»Was würde Ihnen passieren?«

»Darüber machen wir uns später Gedanken. Ich habe schon schlimmere Dinge getan.«

»Sie helfen mir also?«

»Ja, Mark, ich helfe dir.«

»Und Sie sagen es niemandem?«

»Es kann sein, daß wir Clint brauchen.«

»Okay, Clint können Sie es sagen. Aber sonst niemandem, okay?«

»Ich verspreche es.«

»Und Sie versuchen nicht, mich zu überreden, daß ich wieder ins Gefängnis zurückgehe?«

»Ich verspreche es.«

Es folgte eine lange Pause. Clint wurde immer nervöser.

»Okay, Reggie. Sie kennen den Parkplatz, den neben dem großen grünen Gebäude?«

»Ja.«

»Fahren Sie dahin, und tun Sie so, als suchten Sie einen Platz zum Parken. Fahren Sie ganz langsam. Ich verstecke mich irgendwo zwischen den Autos.«

»Dieser Parkplatz ist dunkel und gefährlich, Mark.«

»Es ist Freitagabend, Reggie. Alles hier in dieser Gegend ist dunkel und gefährlich.«

»Aber in dem Häuschen am Ausgang sitzt ein Wärter.«
»Der schläft die meiste Zeit. Er ist Parkplatzwärter, kein Polizist. Ich weiß, was ich tue, okay?«
»Bist du sicher?«
»Nein. Aber Sie haben gesagt, Sie wollen mir helfen.«
»Das werde ich auch. Wann soll ich dort sein?«
»So schnell wie möglich.«
»Ich komme mit Clints Wagen. Es ist ein schwarzer Honda Accord.«
»Gut. Beeilen Sie sich.«
»Bin schon unterwegs. Sei vorsichtig, Mark.«
»Nicht nervös werden, Reggie. Alles wie im Film.«
Sie legte auf und holte tief Luft.
»Mit meinem Wagen?« fragte Clint.
»Nach mir suchen sie auch.«
»Du bist verrückt, Reggie. Das ist Wahnsinn. Du kannst nicht mit jemandem verschwinden, der aus dem Gefängnis ausgebrochen ist. Man wird dich wegen Beihilfe belangen. Du kommst vor Gericht. Du wirst deine Lizenz verlieren.«
»Wo ist meine Reisetasche?«
»Im Schlafzimmer.«
»Ich brauche deine Wagenschlüssel und deine Kreditkarten.«
»Meine Kreditkarten? Also, Reggie, ich liebe dich, aber mein Wagen und mein Plastikgeld?«
»Wieviel hast du in bar?«
»Vierzig Dollar.«
»Gib sie mir. Du bekommst sie zurück.« Sie eilte ins Schlafzimmer.
»Du hast den Verstand verloren.«
»Es wäre nicht das erste Mal, wie du weißt.«
»Reggie ...«
»Reg dich ab, Clint. Wir haben nicht vor, irgendwas in die Luft zu sprengen. Ich muß Mark helfen. Er sitzt in einem dunklen Büro in der Leichenhalle von St. Peter's und bittet um Hilfe. Was soll ich denn sonst tun?«
»Ich finde, du solltest mit einer Schrotflinte losstürmen und reihenweise Leute umlegen. Alles für Mark Sway.«

Sie warf ihre Zahnbürste in die Reisetasche. »Gib mir die Kreditkarten und das Geld, Clint. Ich hab's eilig.«

Er griff in seine Taschen. »Du bist verrückt. Das ist doch alles völlig absurd.«

»Bleib beim Telefon. Und verlaß die Wohnung nicht, okay? Ich ruf dich später an.« Sie nahm seine Schlüssel, das Bargeld und zwei Kreditkarten – Visa und Texaco.

Er folgte ihr zur Tür. »Sei vorsichtig mit der Visa Card. Das Limit ist fast ausgeschöpft.«

»Weshalb überrascht mich das nicht?« Sie küßte ihn auf die Wange. »Danke, Clint. Kümmere dich um Momma Love.«

»Ruf mich an«, sagte er, restlos geschlagen.

Sie ging durch die Tür und verschwand in der Dunkelheit.

33

Von dem Moment an, in dem Mark in den Wagen sprang und sich auf dem Boden versteckte, war Reggie eine Komplizin bei seiner Flucht. Aber solange er nicht jemanden umbrachte, bevor man sie erwischte, war fraglich, ob ihr Verbrechen mit Gefängnis bestraft werden konnte. Sie dachte eher an so etwas wie gemeinnützige Arbeit, vielleicht eine kleine Geldstrafe und vierzig Jahre Bewährung. Verdammt, sie würde ihnen so viel Bewährung geben, wie sie verlangten. Es würde ihre erste Straftat sein. Sie und ihr Anwalt konnten nachdrücklich darauf verweisen, daß der Junge von der Mafia gejagt wurde und ganz allein dastand, also, verdammt nochmal, irgend jemand hatte doch etwas unternehmen müssen! Sie konnte sich nicht mit juristischen Haarspaltereien aufhalten, wenn ihr Klient da draußen war und um Hilfe bat. Vielleicht gelang es ihr sogar, ihre Anwaltslizenz zu behalten.

Sie hatte dem Parkplatzwächter fünfzig Cents gezahlt und den Blickkontakt gemieden. Sie hatte eine Runde über den Platz gedreht. Der Wächter war in einer anderen Welt. Mark lag eng zusammengerollt im Dunkeln unter dem Armaturenbrett und blieb dort, bis sie in die Union Avenue einbog und auf den Fluß zusteuerte.

»Ist es jetzt sicher?« fragte er nervös.

»Ich denke schon.«

Er glitt auf den Sitz und ließ den Blick über die Landschaft schweifen. Die Digitaluhr gab die Zeit mit zehn vor eins an. Die sechs Fahrspuren der Union Avenue waren leer. Sie fuhr drei Blocks, mußte an jeder Kreuzung vor einer roten Ampel halten und wartete ständig darauf, daß Mark etwas sagte.

»Also, wo fahren wir hin?« fragte sie schließlich.

»Zum Alamo.«

»Zum Alamo?« wiederholte sie, ohne die Spur eines Lächelns.

Er schüttelte den Kopf. Erwachsene konnten manchmal so schwer von Begriff sein. »Das war ein Witz, Reggie.«

»Entschuldigung.«

»Sie haben *Pee-Wee's Big Adventure* nicht gesehen, oder?«

»Ist das ein Film?«

»Vergessen Sie's. Vergessen Sie's einfach.« Sie standen schon wieder vor einer roten Ampel.

»Ihr Wagen gefällt mir besser«, sagte er, strich mit der Hand über das Armaturenbrett des Accord und interessierte sich plötzlich für das Radio.

»Das freut mich, Mark. Diese Straße endet am Fluß, und ich glaube, wir sollten darüber reden, wo du hinwillst.«

»Also, im Augenblick will ich nur aus Memphis raus, okay? Mir ist es gleich, wohin wir fahren. Hauptsache, wir verlassen die Stadt.«

»Und sobald wir aus Memphis raus sind, wohin fahren wir dann? Ich wüßte gern wenigstens die Richtung.«

»Fahren wir über die Brücke bei der Pyramide, okay?«

»Also gut. Du willst nach Arkansas?«

»Warum nicht? Ja, fahren wir nach Arkansas.«

»Na schön.«

Nachdem diese Entscheidung getroffen war, beugte er sich vor und inspizierte eingehend das Radio. Er drückte auf einen Schalter, drehte an einem Knopf, und Reggie machte sich auf einen lauten Ausbruch von Rap oder Heavy Metal gefaßt. Er hantierte mit beiden Händen an dem Radio herum. Genau wie ein Kind mit einem neuen Spielzeug. Er sollte zu Hause sein und in einem warmen Bett liegen, und er sollte ausschlafen können, weil Samstag war. Und nach dem Aufstehen sollte er sich Cartoons anschauen und dann, immer noch im Pyjama, Nintendo spielen mit all seinen Knöpfen und Raffinessen, genau so, wie er es jetzt mit dem Radio tat. Die Four Tops beendeten gerade einen Song.

»Du hörst dir Oldies an?« fragte sie, ehrlich überrascht.

»Manchmal. Ich dachte, sie würden Ihnen gefallen. Es ist fast ein Uhr, nicht gerade die beste Zeit für das laute Zeug.«

»Wie kommst du auf die Idee, daß ich Oldies mag?«

»Also, Reggie, um ganz ehrlich zu sein, ich kann Sie mir

nicht bei einem Rap-Konzert vorstellen. Und außerdem war Ihr Radio auf diese Station eingestellt, als ich das letzte Mal mit Ihnen gefahren bin.«

Die Union Avenue endete am Fluß, und sie warteten vor einer weiteren roten Ampel. Ein Streifenwagen hielt neben ihnen an, und der Polizist am Steuer musterte Mark.

»Sieh ihn nicht an«, befahl Reggie.

Die Ampel sprang um, und sie bog nach rechts auf den Riverside Drive ab. Der Polizist folgte ihnen. »Dreh dich nicht um«, sagte sie leise. »Benimm dich ganz normal.«

»Verdammt, Reggie, weshalb folgt er uns?«

»Ich habe keine Ahnung. Nicht nervös werden.«

»Er hat mich erkannt. Mein Gesicht war die ganze Woche auf den Titelseiten der Zeitungen, und der Polizist hat mich erkannt. Das ist wirklich großartig, Reggie. Wir unternehmen unsere große Flucht, und zehn Minuten später schnappen uns die Bullen.«

»Sei ruhig, Mark. Ich versuche, zu fahren und ihn gleichzeitig im Auge zu behalten.«

Er rutschte vorwärts, bis sein Hinterteil die Kante des Sitzes erreicht hatte und sein Kopf auf der Höhe des Türgriffs war. »Was macht er?« flüsterte er.

Ihr Blick war abwechselnd auf den Rückspiegel und die Straße gerichtet. »Fährt einfach hinter uns her. Nein, warte. Jetzt kommt er.« Der Streifenwagen überholte sie, dann schoß er davon. »Er ist weg«, sagte sie, und Mark atmete wieder.

Sie bogen auf die Zufahrt zur Interstate 40 ab und befanden sich auf der Brücke über dem Mississippi. Er betrachtete die hell erleuchtete Pyramide rechts von ihnen, dann drehte er den Kopf, um die in der Ferne verschwindende Skyline von Memphis zu bewundern, voller Ehrfurcht, als hätte er sie noch nie zuvor gesehen. Reggie fragte sich, ob der arme Junge schon jemals aus Memphis herausgekommen war.

Ein Elvis-Song begann. »Mögen Sie Elvis?« fragte er.

»Mark, ob du es glaubst oder nicht, als ich ein Teenager war und in Memphis aufwuchs, da bin ich mit ein paar anderen Mädchen sonntags zu Elvis' Haus gefahren, und wir haben zugeschaut, wie er Touch-Football spielte. Das war, bevor er wirklich berühmt war. Er lebte damals noch bei seinen Eltern in einem hübschen kleinen Haus und ging in die Humes High School, die jetzt Northside heißt.«

»Ich wohne im Norden von Memphis. Das heißt, ich habe dort gewohnt. Wo ich jetzt wohne, weiß ich nicht.«

»Wir gingen zu seinen Konzerten, und wir sahen, wie er sich in der Stadt herumtrieb. Er war ein ganz gewöhnlicher Junge, anfangs, dann wurde alles anders. Er wurde so berühmt, daß er kein normales Leben mehr führen konnte.«

»Genau wie ich, Reggie«, sagte er mit einem plötzlichen Lächeln. »Stellen Sie sich das vor! Ich und Elvis. Fotos auf den Titelseiten. Fotografen überall. Alle möglichen Leute, die nach uns Ausschau halten. Es ist schwierig, berühmt zu sein.«

»Ja, und stell dir die Sonntagszeitungen vor. Ich sehe schon die Schlagzeilen vor mir – MARK SWAY ENTKOMMEN.«

»Großartig! Und sie werden mein Gesicht wieder auf der Titelseite bringen, wieder von Polizisten umgeben, als wäre ich eine Art Massenmörder. Und genau diese Polizisten werden sich so blöd anhören, wenn sie zu erklären versuchen, wie ein elfjähriger Junge es geschafft hat, aus dem Gefängnis zu entkommen. Ich frage mich, ob ich der jüngste bin, der je aus dem Gefängnis ausgebrochen ist.«

»Vermutlich.«

»Aber Doreen tut mir leid. Glauben Sie, daß sie Ärger bekommen wird?«

»Hatte sie Dienst?«

»Nein. Das waren Telda und Denny. Es würde mir nichts ausmachen, wenn sie Ärger bekämen.«

»Doreen wird wahrscheinlich nichts passieren. Sie ist schon sehr lange dort.«

»Wissen Sie, ich habe ihr etwas vorgemacht. Ich habe so getan, als verfiele ich in Schock, so als geriete ich ganz allmählich ins La-La-Land, wie Romey es genannt hat. Jedesmal, wenn sie nach mir sah, benahm ich mich merkwürdiger; hörte auf, mit ihr zu reden, starrte nur auf den Boden und stöhnte. Sie wußte über Ricky Bescheid, und schließlich war sie überzeugt, daß mir dasselbe passierte. Gestern hat sie einen Gefängnisarzt geholt, und der hat mich untersucht und gesagt, mir fehlte nichts. Aber Doreen machte sich Sorgen. Vermutlich habe ich sie ausgenutzt.«

»Wie bist du herausgekommen?«

»Ich tat so, als stünde ich unter Schock. Ich sorgte dafür, daß ich schweißgebadet war, indem ich in meiner kleinen Zelle herumrannte, dann rollte ich mich zusammen und steckte den Daumen in den Mund. Ich habe ihnen einen solchen Schrecken eingejagt, daß sie einen Krankenwagen riefen. Ich wußte, wenn ich es schaffte, im St. Peter's zu landen, war alles in Ordnung. Dieser Laden ist ein Irrenhaus.«

»Und du bist einfach verschwunden?«

»Sie hatten mich auf der Trage, und als sie mir den Rücken zudrehten, bin ich aufgestanden und einfach verschwunden. Rings um mich herum starben Leute, niemand hatte Zeit, sich um mich zu kümmern. Es war ganz einfach.«

Sie hatten die Brücke überquert und waren in Arkansas. Der Highway war flach und an beiden Seiten von Raststätten und Motels gesäumt. Er drehte den Kopf um noch einmal die Skyline von Memphis zu bewundern, aber sie war verschwunden.

»Was suchst du?« fragte sie.

»Memphis. Ich schaue mir gern die Hochhäuser in der Innenstadt an. Ein Lehrer hat mir mal erzählt, daß in diesen Hochhäusern tatsächlich Leute wohnen. Das ist kaum zu glauben.«

»Weshalb ist das kaum zu glauben?«

»Ich habe einmal einen Film gesehen über einen reichen kleinen Jungen, der in einem Hochhaus in einer Innenstadt wohnte, und er streifte durch die Straßen, nur weil es ihm Spaß machte. Er kannte die Polizisten und redete sie mit dem Vornamen an. Wenn er irgendwo hinwollte, hielt er ein Taxi an. Und abends saß er auf dem Balkon und beobachtete die Straßen unten. Ich habe immer gedacht, das müßte ein wundervolles Leben sein. Keine billigen Wohnwagen. Keine gräßlichen Nachbarn. Keine Pickups, die auf der Straße vor dem Haus parken.«

»Das kannst du haben, Mark. Es gehört dir, wenn du es willst.«

Er warf ihr einen langen Blick zu. »Wie?«

»Im Augenblick ist das FBI bereit, dir zu geben, was immer du haben willst. Du kannst in einem Hochhaus in einer großen Stadt wohnen oder in einer Blockhütte in den Bergen. Du kannst dir aussuchen, wohin du willst.«

»Ich habe darüber nachgedacht.«

»Du kannst am Strand leben und im Meer baden, oder du kannst in Orlando wohnen und dich jeden Tag in Disneyworld herumtreiben.«

»Das wäre okay für Ricky. Ich bin dazu zu alt. Ich habe gehört, die Eintrittskarten wären unverschämt teuer.«

»Du bekämst wahrscheinlich eine Dauerkarte auf Lebenszeit, wenn du sie verlangen würdest. Im Augenblick könnt ihr, du und deine Mom, so ziemlich alles bekommen, was ihr wollt.«

»Ja, aber, Reggie, wer will das haben, wenn er ständig Angst vor seinem eigenen Schatten haben muß? In den letzten drei Nächten hatte ich Alpträume. Ich will nicht den Rest meines Lebens Angst haben müssen. Eines Tages werden sie mich finden. Ich weiß, daß das passieren wird.«

»Also, was willst du tun, Mark?«

»Weiß ich auch nicht, aber ich habe unheimlich viel über etwas nachgedacht.«

»Ich höre.«

»Das Gute an einem Gefängnis ist, daß man viel Zeit zum Nachdenken hat.« Er legte einen Fuß auf ein Knie und umfaßte ihn mit den Fingern. »Denken Sie einmal nach, Reggie. Was ist, wenn Romey gelogen hat? Er war betrunken, steckte voller Medikamente, war nicht mehr klar im Kopf. Vielleicht hat er nur geredet, um sich selbst reden zu hören. Und ich habe neben ihm gesessen, klar? Der Mann war verrückt. Redete allen möglichen Unsinn, und zu Anfang habe ich alles geglaubt. Ich hatte fürchterliche Angst, und ich konnte nicht klar denken. Mein Kopf tat weh, weil er mich geschlagen hatte. Aber jetzt bin ich nicht mehr so sicher. Ich hab die ganze Woche über das verrückte Zeug nachgedacht, das er gesagt und getan hat. Vielleicht war ich zu begierig, das alles zu glauben.«

Sie fuhr genau fünfundfünfzig Meilen pro Stunde und ließ sich kein Wort entgehen. Sie hatte keine Ahnung, worauf er hinauswollte, und sie hatte auch keine Ahnung, wohin der Wagen fuhr.

»Aber ich konnte kein Risiko eingehen, stimmt's? Ich meine, wenn ich den Polizisten alles erzählt hätte, und sie hätten die Leiche genau da gefunden, wo Romey es gesagt hat? Jeder wäre glücklich gewesen, außer der Mafia, und wer weiß, was dann mit mir passiert wäre. Und wenn ich den Polizisten alles erzählt hätte, Romey aber gelogen hat und sie keine Leiche finden? Ich wäre aus dem Schneider, weil ich in Wirklichkeit überhaupt nichts gewußt habe. Aber das Risiko war entschieden zu groß.« Er schwieg eine halbe Meile lang. Die Beach Boys sangen »California Girls«. »Und da ist mir eine Idee gekommen.«

Inzwischen konnte sie diese Idee fast fühlen. Ihr Herz setzte aus, und sie schaffte es gerade, die Räder zwischen den weißen Lilien der rechten Fahrspur zu halten. »Und was für eine Idee ist das?« fragte sie nervös.

»Ich meine, wir sollten herausfinden, ob Romey gelogen hat oder nicht.«

Sie räusperte sich. »Du meinst, die Leiche finden?«

»Genau das.«

Sie wollte lachen über diesen unschuldigen Humor eines überdrehten Verstandes, aber im Moment fehlte ihr dazu die Kraft. »Das kann doch nicht dein Ernst sein.«

»Lassen Sie uns darüber reden. Sie und ich, wir sollen beide am Montagmorgen in New Orleans sein, richtig?«

»Vermutlich. Ich habe die Vorladung noch nicht gesehen.«

»Aber ich bin Ihr Klient, und ich habe eine Vorladung bekommen. Also, selbst wenn Sie keine gekriegt haben, würden Sie doch mitkommen müssen, stimmt's?«

»Das ist richtig.«

»Und jetzt sind wir auf der Flucht, stimmt's? Nur Sie und ich. Bonnie und Clyde, die vor den Bullen flüchten.«

»Ja, so könnte man es vielleicht ausdrücken.«

»Welches ist der letzte Ort, an dem sie nach uns suchen würden? Denken Sie nach, Reggie. Welches ist der letzte Ort auf der ganzen Welt, an dem man uns vermuten würde?«
»New Orleans.«
»Richtig. Also, ich weiß nicht viel darüber, wie man sich versteckt, aber da Sie einer Vorladung aus dem Wege gehen und Anwältin sind und immer mit Verbrechern zu tun haben, nehme ich an, daß Sie uns nach New Orleans bringen könnten, ohne daß jemand es mitbekommt. Stimmt's?«
»Ich denke schon.« Sie fing an, sich seiner Meinung anzuschließen und war bestürzt über ihre eigenen Worte.
»Und wenn Sie uns nach New Orleans bringen können, dann finden wir auch Romeys Haus.«
»Weshalb Romeys Haus?«
»Weil dort die Leiche sein soll.«
Das war das allerletzte, was sie wissen wollte. Sie nahm langsam die Brille ab und rieb sich die Augen. Zwischen ihren Schläfen bildete sich ein leichter Kopfschmerz, der nur schlimmer werden konnte.
Romeys Haus? Das Heim des dahingeschiedenen Jerome Clifford? Er hatte das ganz langsam gesagt, und sie hatte es ganz langsam gehört. Sie konzentrierte sich auf die Schlußlichter vor ihnen, aber sie waren nichts als verschwommene rote Flecke. Romeys Haus? Das Opfer des Mörders war im Hause des Anwalts des Angeklagten vergraben? Das war doch mehr als abartig! Ihr Verstand raste im Kreise herum, stellte sich Hunderte von Fragen und beantwortete keine von ihnen. Sie schaute in den Spiegel und wurde sich plötzlich bewußt, daß er sie mit einem seltsamen Lächeln betrachtete.
»Jetzt wissen Sie es, Reggie«, sagte er.
»Aber wie, warum ...«
»Fragen Sie mich nicht, denn ich weiß es nicht. Es ist verrückt, nicht wahr? Deshalb glaube ich, Romey könnte gesponnen haben. Ein kaputter Verstand, der sich diese irre Geschichte über die Leiche in seinem Haus ausgedacht hat.«
»Du glaubst also nicht, daß sie wirklich dort ist?« fragte sie, Bestätigung suchend.

»Das wissen wir erst, wenn wir nachgeschaut haben. Wenn sie nicht da ist, bin ich aus dem Schneider und kann wieder ganz normal leben.«

»Aber was ist, wenn sie da ist?«

»Darüber zerbrechen wir uns den Kopf, wenn wir sie finden sollten.«

»Mir gefällt deine Idee nicht.«

»Weshalb nicht?«

»Also hör mal, Mark, mein Sohn, Klient, Freund, wenn du glaubst, ich führe nach New Orleans, um einen Toten auszugraben, dann bist du verrückt.«

»Natürlich bin ich verrückt. Ricky und ich, wir sind beide Fälle für die Klapsmühle.«

»Ich werde es nicht tun.«

»Warum nicht, Reggie?«

»Es ist viel zu gefährlich, Mark. Es ist Wahnsinn. Wir könnten umgebracht werden. Ich mache nicht mit, und ich lasse auch nicht zu, daß du es tust.«

»Warum ist es gefährlich?«

»Es ist einfach gefährlich. Warum, weiß ich nicht.«

»Denken Sie darüber nach, Reggie. Wir stellen fest, ob die Leiche da ist, okay? Und wenn sie nicht da ist, wo Romey es gesagt hat, dann bin ich aus der Sache raus. Wir sagen der Polizei, sie soll alles fallenlassen, was sie gegen uns hat, und dafür sage ich ihr, was ich weiß. Und da ich nicht weiß, wo die Leiche tatsächlich ist, bin ich auch für die Mafia uninteressant. Wir kommen ungeschoren davon.«

»Und was ist, wenn wir die Leiche finden?«

»Gute Frage. Überlegen Sie mal ganz langsam, Reggie. So in meinem Kindertempo. Wenn wir die Leiche finden und Sie dann die Typen vom FBI anrufen und ihnen sagen, daß Sie genau wissen, wo sie ist, weil Sie sie mit eigenen Augen gesehen haben, dann werden sie uns alles geben, was wir haben wollen.«

»Und wo genau willst du hin?«

»Wahrscheinlich nach Australien. Ein hübsches Haus, massenhaft Geld für meine Mutter. Einen neuen Wagen. Vielleicht ein bißchen plastische Chirurgie. Das habe ich einmal in einem Film gesehen. Ursprünglich war der Mann potthäßlich, und er hat ein paar Drogenhändler verpfiffen, nur um ein neues Gesicht zu bekommen. Sah aus wie ein Filmstar, als sie mit ihm fertig waren. Ungefähr zwei Jahre später haben ihm die Drogenhändler dann noch mal ein neues Gesicht verpaßt.«

»Ist das dein Ernst?«

»Mit dem Film?«

»Nein, mit Australien.«

»Vielleicht.« Er hielt inne und sah aus dem Fenster. »Vielleicht.«

Mehrere Meilen lang hörten sie Radio und schwiegen. Es herrschte nur wenig Verkehr. Sie waren schon ziemlich weit außerhalb von Memphis.

»Können wir einen Handel abschließen?«

»Was für einen?«

»Lassen Sie uns nach New Orleans fahren.«

»Ich denke nicht daran, nach einer Leiche zu graben.«

»Okay, okay. Aber lassen Sie uns dorthin fahren. Niemand rechnet damit. Über die Leiche reden wir, wenn wir dort sind.«

»Wir haben schon darüber geredet.«

»Fahren Sie einfach nach New Orleans, okay?«

Der Highway kreuzte einen anderen, und sie befanden sich auf einer Überführung. Sie deutete nach rechts. Zehn Meilen entfernt leuchtete und flackerte die Skyline von Memphis unter einem Halbmond. »Wow«, sagte er beeindruckt. »Das ist wunderschön.«

Sie konnten beide nicht wissen, daß dies sein letzter Blick auf Memphis sein sollte.

In Forrest City, Arkansas, machten sie halt, um zu tanken und sich etwas zu essen zu besorgen. Reggie bezahlte für kleine Napfkuchen, einen großen Becher Kaffee und eine Dose Sprite, während Mark sich auf dem Wagenboden versteckte. Minuten später waren sie wieder auf der Interstate in Richtung Little Rock.

Dampf stieg aus dem Plastikbecher auf, während sie fuhr

und zusah, wie er vier von den Napfkuchen vertilgte. Er aß wie ein Kind – Krümel auf der Hose und auf dem Sitz, Schlagsahne an den Fingern, die er ableckte, als hätte er seit einem Monat nichts mehr zu essen bekommen. Es war fast halb drei. Die Straße war leer bis auf ganze Konvois von Sattelschleppern.

»Glauben Sie, daß sie schon hinter uns her sind?« fragte er, nachdem er den letzten Kuchen aufgegessen und die Sprite-Dose geöffnet hatte. Seine Stimme klang ein wenig aufgeregt.

»Das bezweifle ich. Ich bin sicher, daß die Polizei das Krankenhaus absucht. Aber wie sollte sie auf die Idee kommen, daß wir zusammen sind?«

»Ich mache mir Sorgen wegen Mom. Ich habe sie angerufen, bevor ich mit Ihnen gesprochen habe. Habe ihr von meiner Flucht erzählt und ihr gesagt, daß ich mich im Krankenhaus verstecke. Sie war stinksauer. Aber ich glaube, ich konnte sie überzeugen, daß ich in Sicherheit bin. Ich hoffe nur, sie lassen es sie nicht ausbaden.«

»Das werden sie nicht. Aber sie wird sich fürchterliche Sorgen machen.«

»Ich weiß. Ich wollte ihr nicht weh tun, aber ich glaube, sie wird damit fertig. Sie hat schon eine Menge durchgestanden. Meine Mom ist ziemlich zäh.«

»Ich werde Clint sagen, daß er sie im Laufe des Tages anrufen soll.«

»Werden Sie Clint verraten, wo wir hinfahren?«

»Ich weiß ja selbst noch nicht genau, wo wir hinfahren.«

Er dachte darüber nach, während zwei Laster vorbeidonnerten und der Honda nach rechts ausschwenkte.

»Was würden Sie tun, Reggie?«

»Zuerst einmal wäre ich nicht aus dem Gefängnis geflüchtet.«

»Das ist eine Lüge.«

»Wie bitte?«

»Natürlich ist es eine. Sie entziehen sich einer Vorladung, oder etwa nicht? Ich tue genau dasselbe. Worin liegt der Unterschied? Sie wollen nicht vor der Anklagejury erscheinen.

Ich will nicht vor der Anklagejury erscheinen, und deshalb sind wir beide auf der Flucht. Wir sitzen im selben Boot, Reggie.«

»Da ist nur ein Unterschied. Du warst im Gefängnis, und du bist geflüchtet. Das ist ein Verbrechen.«

»Ich war in einem Jugendgefängnis, und Minderjährige begehen keine Verbrechen. Waren nicht Sie es, die mir das erklärt hat? Minderjährige können Rowdys sein und sich strafbar machen und unter Aufsicht gestellt werden, aber Minderjährige begehen keine Verbrechen, stimmt's?«

»Wenn du es sagst. Aber du hättest trotzdem nicht flüchten dürfen.«

»Ich habe es getan. Daran läßt sich jetzt nichts mehr ändern. Sie dürfen doch auch nicht vor dem Gesetz flüchten, oder?«

»Doch. Es ist kein Verbrechen, sich einer Vorladung zu entziehen. Mir konnte niemand etwas vorwerfen, bis ich dich abgeholt habe.«

»Dann halten Sie an und lassen Sie mich aussteigen.«

»Klar doch. Bitte, keine Witze, Mark.«

»Das ist kein Witz.«

»Okay. Und was tust du, nachdem du ausgestiegen bist?«

»Oh, das weiß ich noch nicht. Ich laufe, so weit ich kann, und wenn man mich erwischt, dann verfalle ich einfach in Schock, und dann bringen sie mich zurück nach Memphis. Ich behaupte, ich wäre verrückt, und niemand wird je erfahren, daß Sie etwas damit zu tun hatten. Sie können jederzeit anhalten, und dann steige ich aus.« Er beugte sich vor und drehte an den Knöpfen des Radios. Fünf Meilen lang hörten sie Conway Twitty und Tammy Wynette zu.

»Ich hasse Country-Musik«, sagte sie, und er schaltete das Radio aus.

»Darf ich dich etwas fragen?« sagte sie.

»Natürlich.«

»Angenommen, wir fahren nach New Orleans und finden die Leiche. Und deinem Plan zufolge schließen wir dann einen Handel mit dem FBI ab, und du wirst in das Zeugenschutzprogramm aufgenommen. Und dann fliegt ihr alle drei, du, Ricky und deine Mom, in den Sonnenuntergang hinein, nach Australien oder sonstwohin. Richtig?«

»Vermutlich.«

»Warum schließen wir den Handel dann nicht gleich ab und sagen, was wir wissen?«

»Jetzt fangen Sie an zu denken, Reggie«, sagte er gönnerhaft, als wäre sie endlich aufgewacht und finge an, das Licht zu sehen.

»Vielen Dank«, sagte sie.

»Ich habe eine Weile gebraucht, um mir darüber klarzuwerden. Die Antwort ist einfach. Ich traue dem FBI nicht hundertprozentig. Sie etwa?«

»Nicht hundertprozentig.«

»Und ich bin nicht bereit, ihnen zu geben, was sie haben wollen, bevor wir alle drei nicht schon weit fort sind. Sie sind eine gute Anwältin, Reggie, und Sie würden doch nicht zulassen, daß Ihr Mandant irgendein Risiko eingeht, oder?«

»Sprich weiter.«

»Bevor ich diesen Typen irgendwas erzähle, will ich sicher sein, daß wir in Sicherheit sind. Es kann einige Zeit dauern, bis Ricky transportiert werden kann. Wenn ich es ihnen jetzt sagen würde, dann könnten die bösen Buben es erfahren, bevor wir den Abgang gemacht haben. Das ist zu riskant.«

»Aber was ist, wenn du es ihnen jetzt sagst, und sie finden die Leiche nicht? Was ist, wenn Clifford tatsächlich gesponnen hat?«

»Ich würde es nie erfahren, oder? Ich würde irgendwo untergetaucht sein, hätte mir eine neue Nase machen lassen, hätte meinen Namen in Tommy oder sonstwas geändert, und alles wäre umsonst gewesen. Es wäre viel vernünftiger, wenn wir jetzt herausfinden würden, ob Romey die Wahrheit gesagt hat.«

Sie schüttelte ihren verwirrten Kopf. »Ich bin nicht sicher, ob ich das verstehe.«

»Ich bin nicht einmal sicher, ob ich mich selbst verstehe. Aber eins ist klar. Ich fahre nicht mit den US-Marshals nach New Orleans. Ich werde am Montag nicht vor der Anklagejury erscheinen und mich weigern, ihre Fragen zu beantworten, damit sie meinen kleinen Arsch dort in ein Gefängnis stecken können.«

»Das leuchtet mir ein. Also, wie verbringen wir unser Wochenende?«

»Wie weit ist es bis nach New Orleans?«

»Fünf bis sechs Stunden.«

»Fahren wir. Wir können immer noch einen Rückzieher machen, wenn wir dort sind.«

»Wie mühsam wird es sein, die Leiche zu finden?«

»Vermutlich nicht sehr mühsam.«

»Darf ich fragen, wo in Cliffords Haus sie ist?«

»Nun, sie hängt nicht an einem Baum und liegt auch nicht im Gebüsch. Es wird ein bißchen Arbeit kosten.«

»Das alles ist total verrückt, Mark.«

»Ich weiß. Es war eine schlimme Woche.«

34

Soviel zu einem ruhigen Samstagmorgen mit den Kindern. Jason McThune betrachtete seine Füße auf dem Bettvorleger und versuchte, die Uhr an der Wand neben der Badezimmertür zu erkennen. Es war kurz vor sechs, draußen war es noch dunkel, und die Spinnweben von einer spätabendlichen Flasche Wein trübten seinen Blick. Seine Frau drehte sich auf die andere Seite und murmelte etwas, das er nicht verstehen konnte.

Zwanzig Minuten später fand er sie tief unter der Bettdecke und gab ihr einen Abschiedskuß. Es könnte sein, daß er eine Woche lang nicht nach Hause kam, sagte er, bezweifelte aber, daß sie es hörte. Samstagsarbeit und Tage außerhalb der Stadt waren die Norm. Nichts Ungewöhnliches.

Aber der heutige Tage würde ungewöhnlich sein. Er machte die Tür auf, und der Hund rannte in den Garten hinaus. Wie konnte ein elfjähriger Junge einfach verschwinden? Die Polizei von Memphis hatte keine Ahnung. Er war einfach verschwunden, hatte der Lieutenant gesagt.

Auf den Straßen war wenig los um diese frühe Morgenstunde, was nicht verwunderlich war. Er fuhr zum Federal Building in der Innenstadt und gab ein paar Nummern in sein Autotelefon ein. Die Agenten Brenner, Latchee und Durston wurden aus dem Schlaf geholt und angewiesen, sofort zu ihm zu kommen. Er blätterte in seinem schwarzen Buch und fand die Nummer von K. O. Lewis in Alexandria.

K. O. Lewis schlief nicht, war aber auch nicht in der rechten Stimmung für eine Störung. Er aß seine Haferflocken, genoß seinen Kaffee, plauderte mit seiner Frau, und wie zum Teufel konnte ein elfjähriger Junge verschwinden, während er sich in Polizeigewahrsam befand? McThune sagte ihm, was er wußte, und bat ihn, nach Memphis zu kommen. Es würde ein langes Wochenende werden. K. O. Lewis sagte, er würde ein paar Anrufe erledigen, den Jet ausfindig machen und ihn im Büro zurückrufen.

Im Büro rief McThune Larry Trumann in New Orleans an und war entzückt, als er sich desorientiert und offensichtlich aus dem Schlaf gerissen meldete. Aber schließlich war dies Trumanns Fall, auch wenn McThune die ganze Woche daran gearbeitet hatte. Nur des Spaßes halber rief er auch George Ord an und bat ihn, mit den übrigen Leuten zu erscheinen. McThune erklärte, daß er hungrig sei, und konnte George ihm vielleicht ein paar Egg McMuffins mitbringen?

Um sieben saßen Brenner, Latchee und Durston in seinem Büro, tranken Kaffee und ergingen sich in wilden Spekulationen. Als nächster erschien Ord ohne das Essen, dann klopften zwei uniformierte Polizisten an die Tür des äußeren Büros. Bei ihnen befand sich Ray Trimble, stellvertretender Polizeichef und eine Legende unter den Gesetzeshütern von Memphis.

Sie versammelten sich in McThunes Büro, und Trimble kam in fließendem Polizeijargon sofort zur Sache. »Subjekt wurde gestern abend gegen zehn Uhr dreißig von der Haftanstalt im Krankenwagen zum St. Peter's gebracht. Subjekt wurde von den Sanitätern der Notaufnahme von St. Peter's übergeben, wonach die Sanitäter gingen. Subjekt wurde nicht von Polizeibeamten oder Gefängnispersonal begleitet. Sanitäter sind sicher, daß eine Schwester, eine gewisse Gloria Watts, Subjekt aufnahm, aber Aufnahmepapiere sind unauffindbar. Ms. Watts hat ausgesagt, daß sie Subjekt in der Anmeldung der Notaufnahme hatte und dann aus irgendeinem Grund aus dem Zimmer gerufen wurde. Sie war nicht länger als zehn Minuten abwesend, und bei ihrer Rückkehr war Subjekt verschwunden. Auch die Papiere waren verschwunden, und Ms. Watts nahm an, daß Subjekt zur Untersuchung und Behandlung in die Notaufnahme gebracht worden war.« Trimble wurde etwas langsamer und räusperte sich, als wäre ihm dies alles ziemlich unangenehm. »Gegen fünf heute morgen bereitete sich Ms. Watts offenbar auf das Ende ihrer Schicht vor, und sie prüfte die Aufnahmeunterlagen. Subjekt fiel ihr wieder ein, und sie begann, Fragen zu stellen. Subjekt war unauffindbar in der Notaufnahme, und nirgendwo waren irgendwelche Aufnahmeunterlagen zu finden. Darauf wurde der Sicherheitsdienst des Krankenhauses informiert und danach die Polizei von Memphis. Zur Zeit ist eine gründliche Durchsuchung des Krankenhauses im Gange.«

»Sechs Stunden«, sagte McThune ungläubig.

»Wie bitte?« sagte Trimble.

»Es hat sechs Stunden gedauert, bis jemandem auffiel, daß der Junge verschwunden war.«

»Ja, Sir, aber für das Krankenhaus sind schließlich nicht wir zuständig.«

»Weshalb wurde der Junge ohne Bewachung ins Krankenhaus gebracht?«

»Die Frage kann ich nicht beantworten. Es wird eine Untersuchung stattfinden. Es sieht aus wie ein Versehen.«

»Weshalb wurde der Junge überhaupt ins Krankenhaus gebracht?«

Trimble holte eine Akte aus seinem Koffer und gab McThune eine Kopie von Teldas Bericht. Er las sie sorgfältig. »Hier heißt es, er verfiel in Schock, nachdem die US-Marshals gegangen waren. Was zum Teufel hatten die Marshals dort zu suchen?«

Trimble schlug abermals die Akte auf und händigte McThune die Vorladung aus. Er studierte sie, dann gab er sie George Ord.

»Sonst noch etwas, Chief?« sagte er zu Trimble, der sich nicht gesetzt und auch nicht aufgehört hatte, im Zimmer herumzuwandern. Er wollte so schnell wie möglich wieder verschwinden.

»Nein, Sir. Wir werden die Durchsuchung weiterführen und Sie sofort anrufen, wenn wir etwas finden. Im Augenblick sind dort vier Dutzend Männer an der Arbeit, und wir suchen erst seit gut einer Stunde.«

»Haben Sie mit der Mutter des Jungen gesprochen?«

»Nein, Sir. Noch nicht. Sie schläft noch. Wir beobachten das Zimmer für den Fall, daß er versuchen sollte, zu ihr zu kommen.«

»Ich will als erster mit ihr reden, Chief. Ich werde in ungefähr einer Stunde dort sein. Sorgen Sie dafür, daß vor mir niemand mit ihr spricht.«

»Kein Problem.«

»Danke, Chief.« Trimble schlug die Hacken zusammen, und einen Augenblick lang sah es so aus, als wollte er salutieren. Dann war er verschwunden, gefolgt von seinen Leuten.

McThune wandte sich an Brenner und Latchee. »Ihr beide trommelt alle verfügbaren Agenten zusammen. Beordert sie her. Sofort.« Sie schossen aus dem Zimmer.

»Was ist mit der Vorladung?« fragte er Ord, der sie immer noch in der Hand hielt.

»Ich kann es einfach nicht glauben. Foltrigg hat den Verstand verloren.«

»Sie haben nichts davon gewußt?«

»Natürlich nicht. Der Junge untersteht der Jurisdiktion des Jugendgerichts. Ich käme niemals auf die Idee, mich an ihn heranmachen zu wollen. Würden Sie gern Harry Roosevelt gegen sich aufbringen?«

»Ich glaube nicht. Aber wir müssen ihn informieren. Ich werde es tun, und Sie rufen Reggie Love an. Ich würde ungern selbst mit ihr sprechen.«

Ord verließ das Zimmer. McThune wandte sich an Durston. »Rufen Sie den US-Marshal an«, befahl er ihm. »Ich will wissen, was es mit dieser Vorladung auf sich hat.«

Durston ging, und plötzlich war McThune allein. Er blätterte eilig in einem Telefonbuch, um Roosevelts Nummer zu finden. Aber da war kein Harry. Wenn er eine Nummer hatte, dann war sie geheim, und das war durchaus verständlich – angesichts von mindestens fünfzigtausend ledigen Müttern, die versuchten, ungezahlte Alimente einzutreiben. McThune machte drei kurze Anrufe bei Anwälten, die er kannte, und der dritte sagte ihm, daß Harry in der Kensington Street wohnte. McThune würde einen Agenten hinschicken, sobald er einen entbehren konnte.

Ord kehrte zurück und schüttelte den Kopf. »Ich habe mit Reggie Loves Mutter gesprochen, aber sie hat mir mehr Fragen gestellt als ich ihr. Ich glaube nicht, daß sie dort ist.«

»Ich werde so bald wie möglich zwei Leute hinschicken. Und jetzt sollten Sie vielleicht besser diesen Schwachkopf Foltrigg anrufen.«

»Ja, das muß ich wohl.« Ord machte kehrt und verließ abermals das Büro.

Um acht trat McThune, dichtauf gefolgt von Brenner und Durston, im neunten Stock von St. Peter's aus dem Fahrstuhl. Drei weitere Agenten, angetan mit einer prachtvollen Kollektion von Krankenpflegerkleidung, erwarteten ihn am Fahrstuhl und begleiteten ihn zu Zimmer 943. Drei massige Wachmänner standen in der Nähe der Tür. McThune klopfte leise an und bedeutete seinem kleinen Schwadron, ein paar Schritte zurückzutreten. Er wollte der armen Frau keine Angst einjagen.

Die Tür ging einen Spaltbreit auf. »Ja?« kam eine schwache Stimme aus der Dunkelheit.

»Ms. Sway, ich bin Jason McThune, Special Agent, FBI. Wir sind uns gestern im Gericht begegnet.«

Die Tür öffnete sich etwas weiter, und Dianne trat in den Spalt. Sie sagte nichts, sondern wartete nur auf seine nächsten Worte.

»Kann ich unter vier Augen mit Ihnen sprechen?«

Sie schaute nach links – drei Wachmänner, zwei Agenten und drei Männer in Overalls und Arztkitteln. »Unter vier Augen?« sagte sie.

»Wir können dorthin gehen«, sagte er, mit einem Kopfnicken auf das Ende des Flurs deutend.

»Ist etwas passiert?« fragte sie, als gäbe es nichts, das sonst noch schiefgehen konnte.

»Ja, Madam.«

Sie holte tief Luft und verschwand. Sekunden später kam sie mit ihren Zigaretten durch die Tür und machte sie leise hinter sich zu. Sie gingen langsam in der Mitte des leeren Flurs entlang.

»Ich nehme an, Sie haben nicht mit Mark gesprochen«, sagte McThune.

»Er hat mich gestern nachmittag aus dem Gefängnis angerufen«, sagte sie und steckte sich eine Zigarette zwischen die Lippen. Es war keine Lüge; Mark hatte sie tatsächlich vom Gefängnis aus angerufen.

»Seither?«

»Nein«, log sie. »Warum?«

»Er ist verschwunden.« Sie zögerte einen Schritt, dann ging sie weiter. »Was meinen Sie damit, er ist verschwunden?« Sie war überraschend gelassen. Wahrscheinlich dringt das alles gar nicht richtig zu ihr durch, dachte McThune. Er berichtete ihr kurz über Marks Verschwinden. Sie blieben am Fenster stehen und schauten hinaus.

»Mein Gott, glauben Sie, die Mafia hat ihn?« fragte sie, und ihre Augen füllten sich mit Tränen. Sie hielt ihre Zigarette mit zitternder Hand, nicht imstande, sie anzuzünden.

McThune schüttelte zuversichtlich den Kopf. »Nein. Sie weiß es nicht einmal. Wir halten das geheim. Ich glaube, er hat sich einfach aus dem Staub gemacht. Hier, im Krankenhaus. Wir dachten, er hätte vielleicht versucht, mit Ihnen Verbindung aufzunehmen.«

»Haben Sie den ganzen Bau durchsucht? Er kennt sich hier nämlich sehr gut aus.«

»Unsere Leute suchen jetzt seit drei Stunden, aber bisher ohne Ergebnis. Wo würde er hingehen?«

Sie zündete sich endlich die Zigarette an und tat einen langen Zug, dann stieß sie eine kleine Wolke aus. »Ich habe keine Ahnung.«

»Lassen Sie mich etwas anderes fragen. Was wissen Sie über Reggie Love? Ist sie übers Wochenende in der Stadt? Hatte sie vor, einen Ausflug zu unternehmen?«

»Weshalb?«

»Wir können sie gleichfalls nicht finden. Sie ist nicht zu Hause. Ihre Mutter sagt nicht viel. Sie haben gestern abend eine Vorladung bekommen, stimmt das?«

»Ja, das stimmt.«

»Nun, Mark hat ebenfalls eine bekommen, und sie haben versucht, auch Reggie Love eine auszuhändigen, aber sie haben sie bisher nicht angetroffen. Halten Sie es für möglich, daß Mark bei ihr ist?«

Das hoffe ich, dachte Dianne. Darüber hatte sie noch nicht nachgedacht. Trotz der Tabletten hatte sie keine Viertelstunde geschlafen, seit er sie angerufen hatte. Aber Mark in Freiheit mit Reggie – das war eine neue Idee. Und zwar eine viel erfreulichere.

»Ich weiß es nicht. Aber möglich ist es.«
»Wo könnten sie sein, falls die beiden zusammen sind?«
»Woher zum Teufel soll ich das wissen? Sie sind das FBI. Bis vor fünf Sekunden ist mir diese Idee überhaupt nicht gekommen, und jetzt fragen Sie mich, wo sie stecken. Das ist doch absurd.«

McThune kam sich blöd vor. Es war keine intelligente Frage gewesen, und sie war nicht so zerbrechlich, wie er geglaubt hatte.

Dianne rauchte ihre Zigarette und beobachtete die Wagen, die auf der Straße unten entlangkrochen. So, wie sie Mark kannte, wechselte er vermutlich Windeln in der Säuglingsstation oder assistierte bei Operationen in der Orthopädie oder machte vielleicht Rührei in der Küche. St. Peter's war das größte Krankenhaus im Staat. Unter seinen zahlreichen Dächern hielten sich Tausende von Leuten auf. Er war überall herumgestromert und hatte sich Dutzende von Freunden gemacht, und sie würden Tage brauchen, um ihn zu finden. Sie rechnete jede Minute mit einem Anruf von ihm.

»Ich muß zurück«, sagte sie und steckte den Filter in einen Aschenbecher.

»Wenn er sich bei Ihnen meldet, muß ich es wissen.«
»Natürlich.«
»Und falls Sie von Reggie Love hören sollten, wäre ich für einen Anruf dankbar. Ich lasse zwei Männer hier auf diesem Flur, für den Fall, daß Sie sie brauchen sollten.«

Sie ging davon.

Um halb neun hatte Foltrigg seine übliche Mannschaft versammelt, bestehend aus Wally Boxx, Thomas Fink und Larry Trumann, der mit noch feuchtem Haar nach einer schnellen Dusche als letzter erschienen war.

Mit gebügelter Drellhose, gestärktem Baumwollhemd und

auf Hochglanz polierten Mokassins sah Foltrigg aus, als wollte er in eine Studentenverbindung aufgenommen werden. Trumann trug einen Jogginganzug. »Die Anwältin ist auch verschwunden«, verkündete er, während er sich Kaffee aus einer Thermoskanne einschenkte.

»Wann haben Sie das erfahren?« fragte Foltrigg.

»Vor fünf Minuten, über mein Autotelefon. McThune hat mich angerufen. Sie waren gegen acht bei ihrem Haus, um ihr die Vorladung auszuhändigen, konnten sie aber nicht finden. Sie ist verschwunden.«

»Was hat McThune sonst noch gesagt?«

»Sie sind immer noch dabei, das Krankenhaus zu durchsuchen. Der Junge hat drei Tage dort verbracht und kennt jeden Winkel.«

»Ich bezweifle, daß er dort ist«, sagte Foltrigg. Wieder eine seiner üblichen schnellen Unterstellungen unbewiesener Tatsachen.

»Glaubt McThune, daß der Junge mit seiner Anwältin zusammen ist?« fragte Boxx.

»Wer zum Teufel soll das wissen? Es wäre doch ausgesprochen dumm von ihr, dem Jungen bei der Flucht zu helfen.«

»Sonderlich intelligent ist sie nicht«, sagte Foltrigg verärgert.

Und du auch nicht, dachte Trumann. Du bist der Idiot, der die Vorladung ausgestellt hat, die zu diesem Schlamassel geführt hat. »McThune hat heute morgen zweimal mit K. O. Lewis gesprochen. Er steht auf Abruf bereit. Sie haben vor, die Suche im Krankenhaus bis Mittag fortzusetzen und dann aufzugeben. Wenn der Junge bis dahin nicht gefunden wurde, kommt Lewis nach Memphis.«

»Glauben Sie, daß Muldanno dahintersteckt?« fragte Fink.

»Das bezweifle ich. Sieht eher so aus, als hätte der Junge eine Schau abgezogen, bis sie ihn ins Krankenhaus brachten; und da kannte er sich aus. Ich wette, er hat seine Anwältin angerufen, und jetzt verstecken sie sich irgendwo in Memphis.«

»Ich frage mich, ob Muldanno Bescheid weiß«, sagte Fink mit einem Blick auf Foltrigg.

»Seine Leute sind nach wie vor in Memphis«, sagte Trumann. »Gronke ist hier, aber Bono und Pirini haben wir noch nicht wieder zu Gesicht bekommen. Durchaus möglich, daß er inzwischen ein Dutzend von seinen Männern dort hat.«

»Hat McThune sämtliche Hilfsmannschaften zusammengetrommelt?« fragte Foltrigg.

»Ja. Alle Leute in seinem Büro arbeiten daran. Sie beobachten ihr Haus, die Wohnung ihres Sekretärs, sie haben sogar zwei Männer losgeschickt, die Richter Roosevelt ausfindig machen sollen, der irgendwo in den Bergen beim Angeln ist. Die Polizei von Memphis hat das Krankenhaus abgeriegelt.«

»Was ist mit dem Telefon?«

»Welchem Telefon?«

»Dem in dem Krankenzimmer. Er ist ein Kind, Larry, vielleicht versucht er, seine Mutter anzurufen.«

»Das muß vom Krankenhaus genehmigt werden. McThune sagte, sie arbeiten daran. Aber heute ist Samstag, und die zuständigen Leute haben frei.«

Foltrigg stand von seinem Schreibtisch auf und trat ans Fenster. »Der Junge hatte sechs Stunden, bevor irgend jemand merkte, daß er verschwunden war, stimmt's?«

»So hat man es mir gesagt.«

»Hat man den Wagen der Anwältin schon gefunden?«

»Nein. Sie suchen noch danach.«

»Ich wette, sie werden ihn in Memphis nicht finden. Ich wette, der Junge und Ms. Love sitzen in dem Wagen.«

»Ach, wirklich?«

»Ja. Machen sich aus dem Staub.«

»Und wohin machen sie sich Ihrer Meinung nach aus dem Staub?«

»Irgendwohin, ganz weit weg.«

Um halb zehn gab ein Polizist in Memphis die Nummer eines vorschriftswidrig geparkten Mazda durch. Er gehörte einer gewissen Reggie Love. Die Nachricht wurde rasch an Jason McThune in seinem Büro im Federal Building weitergeleitet.

Zehn Minuten später klopften zwei FBI-Agenten an die

Tür der Wohnung Nummer 28 in Bellevue Gardens. Sie warteten und klopften abermals. Clint versteckte sich im Schlafzimmer. Wenn sie die Tür eintraten, dann würde er einfach friedlich schlafen an diesem herrlichen, stillen Samstagmorgen. Sie klopften ein drittes Mal, und das Telefon begann zu läuten. Es erschreckte ihn, und er wäre fast hingestürzt. Aber sein Anrufbeantworter war eingeschaltet. Wenn die Polizisten in seine Wohnung kommen wollten, würden sie bestimmt nicht zögern, bei ihm anzurufen. Nach dem Piepton hörte er Reggies Stimme. Er nahm den Hörer ab und flüsterte schnell: »Reggie, ruf später wieder an.« Er legte auf.

Sie klopften ein viertes Mal, dann gingen sie. Das Licht war ausgeschaltet und die Vorhänge an allen Fenstern zugezogen. Er starrte fünf Minuten auf das Telefon, dann läutete es endlich. Der Anrufbeantworter quäkte seine Meldung, dann kam der Piepton. Wieder war es Reggie.

»Hallo«, sagte er schnell.

»Guten Morgen, Clint«, sagte sie schnell. »Wie stehen die Dinge in Memphis?«

»Ach, das Übliche, du weißt schon. Polizisten bewachen meine Wohnung, klopfen an die Tür. Ein Samstag wie jeder andere.«

»Polizisten?«

»Ja. In der letzten Stunde habe ich hier in meiner Kammer gesessen und auf meinen kleinen Fernseher geschaut. Es ist von nichts anderem die Rede. Dich haben sie bisher noch nicht erwähnt, aber Mark ist auf jedem Kanal. Bis jetzt ist es nur ein Verschwinden, keine Flucht.«

»Hast du mit Dianne gesprochen?«

»Ich habe sie vor ungefähr einer Stunde angerufen. Das FBI hatte ihr gerade mitgeteilt, daß er verschwunden ist. Ich habe ihr gesagt, daß ihr beide zusammen seid, und daraufhin hat sie sich ein wenig beruhigt. Offen gestanden, Reggie, sie hat in letzter Zeit so viel durchgemacht, daß ich glaube, sie hat es gar nicht richtig mitbekommen. Wo seid ihr?«

»In einem Motel in Metairie.«

»Habe ich richtig verstanden? Hast du Metairie gesagt? Metairie in Louisiana? Direkt außerhalb von New Orleans?«

»Genau dort. Wir sind die Nacht durchgefahren.«

»Was zum Teufel tut ihr dort, Reggie? Weshalb habt ihr euch ausgerechnet einen Vorort von New Orleans ausgesucht? Weshalb nicht Alaska?«

»Weil kein Mensch auf die Idee kommen dürfte, daß wir hier sind. Wir sind in Sicherheit, Clint. Ich habe bar bezahlt und uns unter einem falschen Namen eingetragen. Wir schlafen eine Weile, dann sehen wir uns die Stadt an.«

»Die Stadt ansehen? Reggie, was geht da vor?«

»Ich erkläre es dir später. Hast du mit Momma Love gesprochen?«

»Nein, aber ich tue es gleich.«

»Tu das. Ich rufe dich am Nachmittag wieder an.«

»Du bist verrückt, Reggie. Weißt du das? Du hast den Verstand verloren.«

»Ich weiß. Aber ich bin früher schon mal verrückt gewesen. Mach's gut.«

Clint legte den Hörer auf und streckte sich auf dem ungemachten Bett aus. Sie war in der Tat früher schon mal verrückt gewesen.

35

Barry das Messer betrat das Lagerhaus allein. Verschwunden war das großspurige Auftreten des schnellsten Revolvermanns der Stadt. Verschwunden war das überlegene Grinsen des arroganten Straßengangsters. Verschwunden waren der elegante Anzug und die italienischen Schuhe. Die Ohrringe steckten in seiner Tasche. Den Pferdeschwanz hatte er unter dem Kragen versteckt. Er hatte sich erst eine Stunde zuvor rasiert.

Er stieg die verrostete Treppe zum zweiten Stock empor und dachte daran, wie er als Kind auf dieser Treppe gespielt hatte. Sein Vater hatte damals noch gelebt, und nach der Schule hatte er sich hier herumgetrieben, bis es dunkel wurde, hatte zugeschaut, wie Kisten kamen und gingen, hatte den Stauern zugehört, ihre Sprache gelernt, ihre Zigaretten geraucht, ihre Zeitschriften betrachtet. Es war ein wundervoller Ort zum Aufwachsen gewesen, zumal für einen Jungen, der nichts anderes werden wollte als ein Gangster.

Jetzt war in dem Lagerhaus nicht mehr soviel Betrieb. Er ging auf der Laufplanke entlang zu den schmutzigen Fenstern mit Ausblick auf den Fluß. Ein paar staubige Container standen herum, sie waren seit Jahren nicht bewegt worden. Die schwarzen Cadillacs seines Onkels parkten nebeneinander in der Nähe des Docks. Tito, der getreue Chauffeur, polierte eine Stoßstange. Als er die Schritte hörte, schaute er auf und winkte Barry zu.

Obwohl er ziemlich nervös war, ging er bedächtig und versuchte dabei, seine gewohnten anmaßenden Bewegungen zu unterdrücken. Beide Hände steckten tief in den Taschen. Er blickte durch die alten Fenster hindurch auf den Fluß. Ein vorgeblicher Schaufelraddampfer beförderte Touristen auf einer atemberaubenden Fahrt zu weiteren Lagerhäusern und vielleicht ein oder zwei Lastkähnen stromabwärts. Die Laufplanke endete vor einer Metalltür. Er drückte auf einen

Knopf und schaute in die Kamera über seinem Kopf. Ein lautes Klicken, und die Tür schwang auf. Mo, ein ehemaliger Stauer, von dem er sein erstes Bier bekommen hatte, als er zwölf war, stand vor ihm, in einem fürchterlichen Anzug. Mo hatte mindestens vier Waffen, entweder bei sich oder in Reichweite. Er nickte Barry zu und winkte ihn herein. Mo war ein netter Kerl gewesen, aber dann hatte er angefangen, Anzüge zu tragen, was ungefähr um dieselbe Zeit passierte, als er *Der Pate* gesehen hatte, und seither hatte er kein einziges Mal mehr gelächelt.

Barry durchquerte einen Raum mit zwei leeren Schreibtischen und klopfte an eine Tür. Er holte tief Luft. »Herein«, sagte eine leise Summe, und er betrat das Büro seines Onkels.

Johnny Sulari alterte gut. Er war in den Siebzigern, ein massiger Mann mit aufrechter Haltung und flinken Bewegungen. Sein Haar funkelte grau, und der Haaransatz war nicht einen Millimeter zurückgewichen. Er hatte eine schmale Stirn, und das Haar, das fünf Zentimeter über den Brauen begann, lag in glänzenden Wellen auf seinem Schädel. Wie gewöhnlich trug er einen dunklen Anzug, dessen Jackett an einem Bügel am Fenster hing. Die Krawatte war marineblau und fürchterlich langweilig. Die roten Hosenträger waren sein Markenzeichen.

Johnny war ein Gentleman, einer der letzten in einem untergehenden Geschäft, das schnell von jüngeren Männern überrannt wurde, die habgieriger und skrupelloser waren. Männern wie seinem Neffen hier.

Er lächelte Barry an und deutete auf einen abgenutzten Ledersessel, den Barry schon aus seinen Kindertagen kannte.

Aber es war ein gezwungenes Lächeln. Dies war kein Freundschaftsbesuch. Sie hatten in den letzten drei Tagen öfter miteinander geredet als in den letzten drei Jahren.

»Schlechte Neuigkeiten, Barry?« fragte Johnny, obwohl er die Antwort bereits kannte.

»Kann man wohl sagen. Der Junge in Memphis ist verschwunden.« Johnny starrte Barry eisig an, der, was in seinem Leben bisher nur ganz selten vorgekommen war, den

Blick nicht erwiderte. Die legendären, gefürchteten Augen von Barry dem Messer Muldanno blinzelten und richteten sich auf den Fußboden.

»Wie konntest du nur so blöd sein?« fragte Johnny ruhig. »So blöd, die Leiche hier zurückzulassen. So blöd, es deinem Anwalt zu sagen. Blöd, blöd, blöd.«

Die Augen blinzelten schneller, und Barry rutschte unbehaglich in seinem Sessel herum. Er nickte zustimmend, jetzt reumütig. »Ich brauche Hilfe, okay.«

»Natürlich brauchst du Hilfe. Du hast dich denkbar blöd angestellt, und jetzt brauchst du jemanden, der dir aus der Patsche hilft.«

»Es geht uns alle an, denke ich.«

Aus Johnnys Augen blitzte purer Zorn, aber er beherrschte sich. Er hatte sich immer unter Kontrolle. »Ach, wirklich? Soll das eine Drohung sein, Barry? Du kommst in mein Büro, um mich um Hilfe zu bitten, und du drohst mir? Hast du vor, den Mund aufzumachen? Also, mein Junge, wenn du verurteilt wirst, nimmst du das, was du weißt, mit ins Grab.«

»Das werde ich, aber weißt du, mir wäre es lieber, wenn ich nicht verurteilt würde. Noch ist Zeit.«

»Du bist ein Esel, Barry. Habe ich dir das schon mal gesagt?«

»Ich glaube, ja.«

»Du hast den Mann wochenlang beschattet. Du hast ihn erwischt, wie er sich aus einem dreckigen Hurenhaus herausgeschlichen hat. Du hättest nichts weiter zu tun brauchen, als ihm eins auf den Kopf zu geben, und ein paar Kugeln zu verpassen, seine Taschen auszuleeren und die Leiche liegenzulassen, damit die Huren darüber stolpern, und die Bullen hätten es für einen ganz gewöhnlichen Raubmord gehalten. Sie hätten niemanden verdächtigt. Aber nein, du warst zu blöde, um die Sache einfach zu machen.«

Barry rutschte abermals in seinem Sessel und betrachtete den Fußboden.

Johnny funkelte ihn an und wickelte eine Zigarre aus. »Beantworte meine Fragen ganz langsam, okay? Ich will nicht zuviel wissen, verstehst du?«

»Ja.«

»Ist die Leiche hier in der Stadt?«

»Ja.«

Johnny schnitt von seiner Zigarre die Spitze ab und leckte langsam daran. Er schüttelte angewidert den Kopf. »So was Dämliches. Kann man leicht an sie herankommen?«

»Ja.«

»Waren die Feds schon dicht dran?«

»Ich glaube nicht.«

»Liegt sie unter der Erde?«

»Ja.«

»Wie lange würde es dauern, sie auszugraben oder was immer man tun muß?«

»Eine Stunde, vielleicht auch zwei.«

»Also liegt sie nicht in der Erde?«

»Nein, in Beton.«

Johnny zündete mit einem Streichholz seine Zigarre an, und die Fältchen um seine Augen entspannten sich. »In Beton«, wiederholte er. Vielleicht war der Junge doch nicht ganz so dämlich, wie er glaubte. Vergiß es. Er war ziemlich dämlich.

»Wie viele Leute?«

»Zwei oder drei. Ich kann es nicht machen. Sie beobachten mich auf Schritt und Tritt. Wenn ich es versuche, führe ich sie regelrecht hin.«

In der Tat, ziemlich dämlich. Johnny blies einen Rauchring. »Ein Parkplatz? Ein Gehsteig?«

»Eine Garage.« Barry verlagerte abermals sein Gewicht, und seine Augen waren immer noch auf den Boden gerichtet.

»Eine Garage? Eine für Autos?«

»Eine Garage hinter einem Haus.«

Er betrachtete die dünne Aschenschicht an der Spitze seiner Zigarre, dann steckte er sie langsam zwischen die Zähne. Barry war nicht nur dämlich, er war saublöde. Er paffte zweimal. »Wenn du Haus sagst, meinst du dann ein Haus an einer Straße, an der noch andere Häuser stehen?«

»Ja.« Zur Zeit seiner Beisetzung hatte Boyd Boyette bereits

fünfundzwanzig Stunden in seinem Kofferraum gelegen. Die Möglichkeiten waren beschränkt. Er war einer Panik nahe gewesen und hatte sich nicht getraut, die Stadt zu verlassen. Damals war es gar keine so schlechte Idee gewesen.

»Und in diesen anderen Häusern wohnen Leute, stimmt's? Leute mit Augen und Ohren?«

»Ich habe sie nicht kennengelernt, aber ich nehme es an.«

»Paß auf, was du sagst.«

Barry sackte gänzlich in seinem Sessel zusammen. »Entschuldigung.«

Johnny stand auf und trat vor die getönten Fenster. Er schüttelte ungläubig den Kopf und paffte frustriert an seiner Zigarre. Dann machte er kehrt und kehrte zu seinem Sessel zurück. Er legte die Zigarre in den Aschenbecher und lehnte sich, auf die Ellenbogen gestützt, vor. »Wessen Haus?« fragte er mit ausdrucksloser Miene und bereit zu explodieren.

Barry schluckte. »Das von Jerome Clifford.«

Es gab keine Explosion. Johnny war dafür berühmt, daß er Eiswasser in den Adern hatte, und er war stolz darauf, daß er immer gelassen blieb. Er war eine Rarität in seiner Profession, aber sein kühler Kopf hatte ihm Unmengen von Geld eingebracht. Und ihn am Leben erhalten. Er bedeckte seinen Mund mit der linken Hand, als könnte er das Gesagte einfach nicht glauben. »Jerome Cliffords Haus«, wiederholte er.

Barry nickte. Damals war Clifford zum Skilaufen in Colorado gewesen, und Barry wußte das, weil Clifford ihn eingeladen hatte, ihn zu begleiten. Er wohnte allein in einem großen Haus, das von großen Bäumen umstanden wurde. Die Garage war ein separates Gebäude im Hinterhof. Sie war ein ideales Versteck, hatte er gedacht, weil nie jemand dort danach suchen würde.

Und er hatte recht gehabt – sie war ein ideales Versteck. Die Feds waren nie auch nur in die Nähe gekommen. Es war kein Fehler gewesen. Er hatte vorgehabt, sie später irgendwo anders hinzubringen. Der Fehler war nur gewesen, daß er es Clifford gesagt hatte.

»Und du willst, daß ich drei Männer losschicke, die sie ausgraben, ohne das geringste Geräusch zu machen, und sie dann richtig beseitigen?«

»Ja, Sir. Das könnte meinen Hals retten.«

»Wie kommst du darauf?«

»Weil ich fürchte, daß der Junge weiß, wo sie ist. Und er ist verschwunden. Wer weiß, was er unternimmt? Es ist einfach zu riskant. Wir müssen die Leiche fortschaffen, Johnny. Ich bitte dich darum.«

»Ich hasse Bittsteller, Barry. Was ist, wenn wir erwischt werden? Was ist, wenn ein Nachbar etwas hört und die Bullen ruft, und sie erscheinen, auf der Suche nach einem Einbrecher, du weißt schon, und hoppla! da sind drei Männer, die eine Leiche ausgraben.«

»Man wird sie nicht erwischen.«

»Woher willst du das wissen? Wie hast du es geschafft, ihn in Beton zu vergraben, ohne dabei erwischt zu werden?«

»Das habe ich schon öfter getan.«

»Ich will es wissen!«

Barry richtete sich ein wenig auf und kreuzte die Beine. »An dem Tag, nachdem ich ihn erledigt hatte, habe ich sechs Säcke Fertigbeton bei der Garage abgeladen. Ich saß in einem Laster mit gefälschter Aufschrift und war angezogen wie ein Transportarbeiter. Niemand hat sich für mich interessiert. Das nächste Haus ist gut dreißig Meter entfernt, und überall stehen Bäume. Um Mitternacht bin ich mit demselben Laster wiedergekommen und habe die Leiche in die Garage gepackt. Dann bin ich weggefahren. Hinter der Garage ist ein Graben und auf der anderen Seite des Grabens ein Park. Ich bin einfach durch den Park gegangen, durch den Graben gestiegen und in die Garage geschlichen. Brauchte ungefähr eine halbe Stunde, um ein flaches Grab auszuheben, die Leiche hineinzulegen und den Beton anzumischen. Der Garagenboden besteht aus Kies. Am nächsten Abend bin ich noch einmal hingegangen, nachdem der Beton getrocknet war, und habe ihn mit Kies abgedeckt. Er hat da ein altes Boot, und das habe ich darübergerollt. Als ich ging, war alles perfekt. Clifford hatte nicht die geringste Ahnung.«

»Bis du es ihm erzählt hast, natürlich.«

»Ja, bis ich es ihm erzählt habe. Das war ein Fehler, das gebe ich zu.«

»Hört sich an wie eine Menge harte Arbeit.«

»Das habe ich schon öfter so gemacht. Es war kinderleicht. Ich hatte vor, sie später woanders hinzubringen, aber dann kamen die Feds ins Spiel, und seit acht Monaten sind sie mir auf Schritt und Tritt gefolgt.« Jetzt war Johnny nervös. Er zündete die Zigarre wieder an und kehrte ans Fenster zurück. »Weißt du, Barry«, sagte er, das Wasser betrachtend, »du hast gewisse Talente, mein Junge, aber wenn es darum geht, Beweismaterial zu beseitigen, bist du ein Idiot. Wir haben immer den Golf da draußen benutzt. Was ist mit den Fässern und Ketten und Gewichten passiert?«

»Ich verspreche dir, es wird nicht wieder vorkommen. Bitte, hilf mir jetzt, und ich werde so einen Fehler nie wieder machen.«

»Es wird kein nächstes Mal geben, Barry. Wenn du diese Sache irgendwie überlebst, werde ich dich eine Zeitlang einen Laster fahren lassen; danach kannst du dann vielleicht ein oder zwei Jahre bei der Warenverteilung arbeiten. Ich weiß es noch nicht. Vielleicht kannst du auch nach Vegas fahren und eine Weile mit Rock zusammenarbeiten.«

Barry starrte auf den grauen Hinterkopf. Fürs erste konnte er lügen, aber er würde weder einen Laster fahren, noch Stoff durch die Straßen schleppen, noch Rock in den Hintern kriechen. »Was immer du willst, Johnny. Nur hilf mir.«

Johnny kehrte zu seinem Schreibtischsessel zurück. Er kniff sich in den Nasenrücken. »Ich nehme an, es eilt.«

»Heute nacht. Der Junge hat sich verdrückt. Er hat Angst, und es ist nur eine Frage der Zeit, bis er es jemandem sagt.«

Johnny machte die Augen zu und schüttelte den Kopf.

Barry fuhr fort. »Gib mir drei Leute. Ich sage ihnen genau, was sie tun müssen, und ich verspreche, daß niemand sie erwischen wird. Es wird ganz einfach sein.«

Johnny nickte, langsam und gequält. »Okay, okay.« Er starrte Barry an. »Und nun mach, daß du wegkommst.«

Nach siebenstündiger Suche erklärte Chief Trimble St. Peter's frei von Mark Sway. Er stand, von seinen Beamten umgeben, in der Nähe der Aufnahme und verkündete das Ende der Suchaktion. Sie würden fortfahren, in den Tunneln und Gängen und auf den Fluren zu patrouillieren und die Fahrstühle und Treppenhäuser zu überwachen, aber alle waren jetzt überzeugt, daß der Junge ihnen entwischt war. Trimble rief McThune in seinem Büro an und informierte ihn über das Ergebnis der Suche.

McThune war nicht überrascht. Er war im Laufe des Vormittags, während die Suche im Sande verlief, regelmäßig über den Stand der Dinge unterrichtet worden. Und es gab keine Spur von Reggie. Momma Love war zweimal aufgesucht worden, und danach weigerte sie sich, an die Tür zu kommen. Sie hatte ihnen gesagt, sie sollten ihr entweder einen Durchsuchungsbefehl vorweisen oder sich von ihrem Grundstück scheren. Für einen Durchsuchungsbefehl gab es keinen stichhaltigen Grund, und er argwöhnte, daß Momma Love das wußte. Das Krankenhaus hatte das Anzapfen des Telefons in Zimmer 943 genehmigt. Eine knappe halbe Stunde zuvor hatten zwei als Pfleger verkleidete Agenten das Zimmer betreten, während Dianne unten in der Halle war und mit der Polizei von Memphis sprach. Anstatt eine Wanze anzubringen, hatten sie einfach das Telefon ausgetauscht. Sie waren nicht einmal eine Minute lang in dem Zimmer gewesen. Das Kind, berichteten sie, schlief und hatte sich nicht gerührt. Der Apparat hatte einen direkten Anschluß nach draußen, und das Anzapfen über die Krankenhaus-Vermittlung hätte mindestens zwei Stunden gedauert und andere Leute einbezogen.

Clint war nicht gefunden worden, aber auch für einen Durchsuchungsbefehl für seine Wohnung gab es keinen stichhaltigen Grund, also beobachteten sie sie lediglich.

Harry Roosevelt war in einem gemieteten Boot irgendwo auf dem Buffalo River in Arkansas ausfindig gemacht worden. McThune hatte gegen elf mit ihm gesprochen. Harry war, gelinde ausgedrückt, stocksauer und befand sich jetzt auf der Rückfahrt in die Stadt.

Ord hatte Foltrigg im Laufe des Vormittags zweimal angerufen, aber der große Mann hatte, was für ihn sehr ungewöhnlich war, nur wenig zu sagen. Die brillante Strategie eines Angriffs aus dem Hinterhalt mit den Vorladungen war gründlich in die Binsen gegangen, und jetzt war er vollauf damit beschäftigt, eine wirksame Schadensbegrenzung zu planen.

K. O. Lewis befand sich bereits an Bord von Direktor Voyles' Jet, und zwei Agenten waren losgeschickt worden, um ihn am Flughafen in Empfang zu nehmen. Er würde gegen zwei Uhr eintreffen.

Seit dem frühen Morgen wurde über das nationale Radio eine Fahndung nach Mark Sway ausgestrahlt. McThune widerstrebte es, auch Reggie Love einzubeziehen. Obwohl er Anwälte nicht ausstehen konnte, fiel es ihm schwer, zu glauben, daß eine Anwältin tatsächlich einem Kind bei der Flucht helfen würde. Aber als sich der Vormittag hinschleppte und keine Spur von ihr zu entdecken war, fing er doch langsam an zu glauben, daß beider Verschwinden mehr als nur ein Zufall war. Um elf setzte er ihren Namen auf die Fahndungsmeldung, zusammen mit einer Beschreibung und dem Hinweis, daß sie vermutlich mit Mark Sway zusammen unterwegs war. Falls sie tatsächlich zusammen waren, und falls sie eine Staatsgrenze überquert hatten, wäre das Vergehen eine Bundesangelegenheit, und er würde freie Hand haben, sie festzunehmen.

Inzwischen konnten sie nicht viel mehr tun als warten. Er und George Ord nahmen einen Lunch aus kalten Sandwiches und Kaffee zu sich. Ein weiterer Anruf. Ein weiterer Reporter, der Fragen stellte. Kein Kommentar.

Noch ein Anruf, und Agent Durston kam ins Büro und hob drei Finger. »Apparat drei«, sagte er. »Es ist Brenner im Krankenhaus.« McThune drückte auf den Knopf. »Ja?« bellte er in den Apparat.

Brenner war in Zimmer 945, neben dem von Ricky. Er sprach mit gedämpfter Stimme. »Jason, wir haben gerade einen Anruf von Clint Van Hooser bei Dianne Sway mitgehört. Er erzählte ihr, er hätte gerade mit Reggie gesprochen, sie und Mark wären in New Orleans, und es ginge ihnen gut.«

»In New Orleans!«

»Das jedenfalls hat er gesagt. Keinerlei Hinweis darauf, wo genau, nur New Orleans. Dianne hat fast nichts gesagt, und das ganze Gespräch hat keine zwei Minuten gedauert. Er hat gesagt, er riefe aus der Wohnung seiner Freundin in East Memphis an und würde sich später wieder melden.«

»Wo in East Memphis?«

»Das können wir nicht feststellen, und er hat es nicht gesagt. Wir werden beim nächsten Anruf versuchen, es herauszufinden. Er hat zu schnell wieder aufgelegt. Ich schicke Ihnen das Band.«

»Tun Sie das.« McThune drückte auf einen anderen Knopf, und Brenner war aus der Leitung. Danach rief er Larry Trumann in New Orleans an.

36

Das Haus lag an der Biegung einer alten, schattigen Straße, und als sie sich ihm näherten, glitt Mark instinktiv auf seinem Sitz nach unten, bis durch das Fenster nur noch seine Augen und sein Scheitel zu sehen waren. Er trug eine schwarz-goldene Saints-Kappe, die Reggie ihm zusammen mit einem Paar Jeans und zwei Sweatshirts in einem Wal-Mart gekauft hatte. Neben der Handbremse steckte ein achtlos zusammengefalteter Stadtplan.

»Es ist ein großes Haus«, sagte er unter der Kappe hervor, als sie, ohne das Tempo auch nur im geringsten zu verlangsamen, durch die Biegung fuhren. Reggie versuchte zu sehen, soviel sie nur konnte, aber sie fuhr auf einer ihr unbekannten Straße und versuchte verzweifelt, nicht auffällig zu wirken. Es war drei Uhr nachmittags, Stunden vor dem Dunkelwerden, und sie konnten, wenn sie wollten, den ganzen Nachmittag herumfahren und Ausschau halten. Auch sie trug eine Saints-Kappe, einfarbig schwarz, die ihr kurzes graues Haar verdeckte. Ihre Augen waren hinter einer großen Sonnenbrille verborgen.

Sie hielt den Atem an, als sie den Briefkasten passierten, der an der Seite in kleinen, aufgeklebten Goldbuchstaben den Namen Clifford trug. Es war in der Tat ein großes Haus, aber nichts Besonderes für diese Gegend. Es war im englischen Tudor-Stil erbaut, aus dunklem Holz und dunklen Ziegelsteinen, und eine ganze Seite und der größte Teil der Vorderfront waren von Efeu überwachsen. Kein besonders hübsches Haus, dachte sie und erinnerte sich an den Zeitungsartikel, in dem gestanden hatte, daß Clifford der geschiedene Vater eines Kindes war. Es war offensichtlich, zumindest für sie, daß in diesem Haus keine Frau wohnte. Obwohl sie nur einen flüchtigen Blick darauf werfen konnte, während sie die Biegung durchfuhr und ihre Augen in alle Richtungen schweifen ließ, gleichzeitig Ausschau haltend nach Nachbarn, Polizisten, Gangstern, der Garage und dem Haus, fiel ihr doch auf, daß auf den Beeten keine Blumen wuchsen und die Hecken dringend geschnitten werden mußten. Hinter den Fenstern hingen öde, dunkle Vorhänge.

Es war nicht hübsch, aber auf jeden Fall friedlich. Es stand im Zentrum eines großen Grundstücks, umgeben von Dutzenden von massigen Eichen. Die Einfahrt führte an einer dicken Hecke entlang und verschwand irgendwo dahinter. Obwohl Clifford seit fünf Tagen tot war, war der Rasen frisch gemäht. Es gab keinerlei Hinweise darauf, daß das Haus jetzt unbewohnt war. Nichts an diesem ganzen Grundstück war irgendwie verdächtig. Vielleicht war es der ideale Ort, um eine Leiche zu verstecken.

»Da ist die Garage«, sagte Mark, der jetzt auch herausspähte. Sie war ein separates Gebäude, ungefähr fünfzehn Meter vom Haus entfernt und offenbar erheblich später errichtet. Neben der Garage war ein roter Triumph Spitfire aufgebockt.

Mark betrachtete das Haus durch das Rückfenster, während Reggie weiter die Straße entlang fuhr. »Was meinen Sie, Reggie?«

»Sieht ausgesprochen ruhig aus, nicht wahr?«

»Ja.«

»Ist es das, womit du gerechnet hast?« fragte sie.

»Ich weiß nicht. Ich sehe mir all diese Polizeiserien an, und irgendwie habe ich erwartet, daß Romeys Haus von der Polizei ringsum mit gelbem Band abgesperrt sein müßte.«

»Warum? Schließlich ist hier kein Verbrechen geschehen. Es ist einfach das Haus eines Mannes, der Selbstmord begangen hat. Weshalb sollte sich die Polizei dafür interessieren?«

Das Haus war außer Sichtweite, und Mark drehte sich um und setzte sich gerade hin. »Was meinen Sie, ob sie es durchsucht haben?« fragte er.

»Vermutlich. Ich bin sicher, daß sie einen Durchsuchungsbefehl für das Haus und sein Büro hatten, aber was konnten sie schon finden? Er hat sein kleines Geheimnis mitgenommen.«

Sie hielten an einer Kreuzung an, dann setzten sie ihre Tour durch das Viertel fort.

»Was passiert mit seinem Haus?«

»Er hat bestimmt ein Testament gemacht. Seine Erben werden das Haus und sein sonstiges Vermögen bekommen.«

»Ja. Wissen Sie, Reggie, ich glaube, ich brauche auch ein Testament. Wo doch alle möglichen Leute hinter mir her sind und so. Was meinen Sie?«

»Und was genau hast du zu vererben?«

»Nun, jetzt, wo ich berühmt bin, werden womöglich die Leute aus Hollywood an meine Tür klopfen. Mir ist klar, daß wir im Moment keine Tür haben, aber irgend etwas dergleichen wird doch bestimmt geschehen, glauben Sie nicht, Reggie? Ich meine, wir werden doch irgendwann wieder so etwas wie eine Tür haben? Auf jeden Fall werden sie einen Film drehen wollen über den Jungen, der zuviel wußte. Ich sage es ja nicht gern, aber wenn diese Gangster mich um die Ecke bringen, dann wird der Film ein Riesenerfolg, und Mom und Ricky werden in Geld schwimmen. Verstehen Sie?«

»Ich glaube schon. Du willst ein Testament, damit deine Mutter und Ricky die Filmrechte für deine Lebensgeschichte bekommen?«

»Genau das.«

»Du brauchst keines.«

»Warum nicht?«

»Sie bekommen das Geld ohnehin.«

»Um so besser. Dann spare ich die Anwaltskosten.«

»Können wir nicht über etwas anderes reden als über Tod und Testamente?«

Er verstummte und musterte die Häuser auf seiner Seite der Straße. Er hatte fast die ganze Nacht auf dem Rücksitz geschlafen und anschließend noch fünf Stunden in dem Motelzimmer. Sie dagegen war die ganze Nacht gefahren und hatte kaum zwei Stunden geschlafen. Sie war übermüdet und nervös und fing an, ihn anzufahren.

Sie durchquerten in gemächlichem Tempo die baumgesäumten Straßen. Das Wetter war warm und klar. Bei jedem

Haus mähten Leute den Rasen, jäteten Unkraut oder strichen Fensterläden. Von den stattlichen Eichen hing Louisianamoos herunter. Reggie war zum ersten Mal in New Orleans, und sie wünschte sich, die Umstände wären besser.

»Haben Sie die Nase voll von mir, Reggie?« fragte er, ohne sie anzusehen.

»Natürlich nicht. Hast du die Nase voll von mir?«

»Nein, Reggie. Im Augenblick sind Sie mein einziger Freund auf der ganzen Welt. Ich hoffe nur, ich gehe Ihnen nicht auf die Nerven.«

»Das tust du nicht.«

Reggie hatte zwei Stunden lang den Stadtplan studiert. Sie machte eine große Schleife, und schon befanden sie sich wieder in Cliffords Straße. Sie fuhren an dem Haus vorbei, ohne das Tempo zu verringern, und betrachteten beide die Doppelgarage mit dem steilen Giebel über den Schwingtüren. Sie mußte dringend neu gestrichen werden. Die betonierte Zufahrt endete sechs Meter vor den Türen und bog dann zur Rückfront des Hauses ab. An einer Seite der Garage wuchs eine ungeschnittene, fast zwei Meter hohe Hecke; sie versperrte die Sicht auf das Nebenhaus, das mindestens dreißig Meter entfernt war. Hinter der Garage wurde die kleine Rasenfläche von einem Maschendrahtzaun begrenzt, und hinter dem Zaun lag eine dicht bewaldete Fläche.

Sie sprachen nicht miteinander während dieser zweiten Besichtigung von Romeys Haus. Der schwarze Accord rollte ziellos durch das Viertel und hielt dann in der Nähe eines Tennisplatzes in einer unbebauten, West Park genannten Gegend an. Reggie entfaltete den Stadtplan und drehte und wendete ihn, bis er fast den ganzen Vordersitz bedeckte. Mark beobachtete zwei Hausfrauen, die ein wirklich grauenhaftes Tennismatch austrugen. Aber sie sahen gut aus mit ihren rosa und grünen Socken und dazu passenden Sonnenblenden. Auf einem schmalen Asphaltweg erschien ein Radfahrer, dann verschwand er zwischen den Bäumen.

Wieder einmal versuchte Reggie, den Stadtplan richtig zusammenzufalten. »Wir sind angekommen«, sagte sie.

»Wollen Sie einen Rückzieher machen?« fragte er.

»Ich täte es gern. Wie steht's mit dir?«

»Ich weiß nicht. Wir sind nun schon so weit gekommen. Es käme mir irgendwie albern vor, jetzt davonzulaufen. Die Garage macht einen harmlosen Eindruck.«

Sie war immer noch dabei, den Stadtplan zu falten. »Wir können es ja versuchen, und wenn wir es irgendwie mit der Angst zu tun bekommen, laufen wir einfach hierher zurück.«

»Wo sind wir jetzt?«

Sie öffnete die Tür. »Machen wir einen Spaziergang.«

Der Radweg verlief neben einem Fußballfeld und führte dann durch einen dicht bewaldeten Abschnitt des Parks. Die Äste der Bäume stießen über dem Weg zusammen und tauchten ihn in eine tunnelähnliche Düsternis. Nur stellenweise drang der helle Sonnenschein durch. Hin und wieder zwang sie ein Radfahrer, für einige Sekunden von dem Asphalt herunterzugehen.

Der Spaziergang war erfrischend. Nach drei Tagen im Krankenhaus, zwei Tagen im Gefängnis, sieben Stunden im Auto und sechs Stunden im Motel konnte Mark sich auf diesem Streifzug durch den Wald kaum zurückhalten. Er vermißte sein Fahrrad, und er stellte sich vor, wie schön es wäre, mit Ricky zusammen auf diesem Weg ohne irgendwelche Sorgen durch den Wald zu radeln. Er vermißte die belebten Straßen in der Wohnwagensiedlung, wo überall Kinder herumrannten und ständig ganz spontan alle möglichen Spiele in Gang kamen. Er vermißte seine eigenen kleinen Pfade in den Wäldern rund um die Tucker Wheel Estates und die langen, einsamen Spaziergänge, die er immer genossen hatte. Und, so seltsam es auch erscheinen mochte, er vermißte seine Verstecke unter seinen ureigenen Bäumen und neben Bächen, die ihm gehörten, wo er sich niederlassen und nachdenken und, ja, eine oder zwei Zigaretten rauchen konnte. Seit Montag hatte er keine mehr angerührt.

»Was tue ich hier?« fragte er kaum hörbar.

»Es war deine Idee«, sagte sie. Ihre Hände steckten tief in den Taschen ihrer Jeans, gleichfalls aus dem Wal-Mart.

»Das war die ganze Woche über meine Lieblingsfrage. ›Was tue ich hier?‹ Ich habe sie mir überall gestellt, im Krankenhaus, im Gefängnis, im Gerichtssaal. Überall.«

»Willst du wieder nach Hause, Mark?«

»Was ist Zuhause?«

»Memphis. Ich könnte dich zu deiner Mutter zurückbringen.«

»Ja, aber ich würde nicht bei ihr bleiben können, stimmt's? Wir würden wahrscheinlich nicht einmal bis zu Rickys Zimmer kommen, bevor sie mich erwischen, und dann geht's zurück ins Gefängnis, zurück vor Gericht, zurück zu Harry. Harry hat bestimmt eine Stinkwut auf mich.«

»Ja, aber Harry kann ich besänftigen.«

Mark war zu dem Schluß gekommen, daß niemand Harry besänftigen konnte. Er konnte sich selbst vor Gericht sehen, wie er zu erklären versuchte, weshalb er geflüchtet war. Harry würde ihn in die Haftanstalt zurückschicken, wo die liebe Doreen wie ausgewechselt sein würde. Keine Pizzas. Kein Fernsehen. Sie würden ihm wahrscheinlich Fußketten anlegen und ihn in Einzelhaft stecken.

»Ich kann nicht zurück, Reggie. Nicht jetzt.«

Sie hatten ihre verschiedenen Möglichkeiten immer wieder durchdiskutiert, und beide hatten das Thema satt. Nichts war geklärt. Jede neue Idee warf ein Dutzend Probleme auf. Was sie auch taten, konnte in alle möglichen Richtungen führen und schließlich in einer Katastrophe enden. Sie waren beide, auf unterschiedlichen Wegen, zu dem Schluß gelangt, daß es eine einfache Lösung nicht gab. Es gab keinen vernünftigen Weg. Es gab keinen Plan, der auch nur entfernt erfolgversprechend war.

Aber sie glaubten beide nicht, daß sie tatsächlich nach der Leiche von Boyd Boyette graben würden. Irgend etwas würde passieren, das ihnen Angst einjagte, und sie würden nach Memphis zurückrennen. Aber das hatten sich beide bisher noch nicht eingestanden.

Reggie hielt an der Halbmeilen-Marke an. Zu ihrer Linken lag eine offene, grasbewachsene Fläche mit einem Pavillon für Picknicks. Rechts führte ein schmaler Fußpfad noch tiefer in den Wald hinein. »Versuchen wir's mit dem«, sagte sie, und sie verließen den Radweg.

Er hielt sich dicht hinter ihr. »Wissen Sie, wohin dieser Weg führt?«

»Nein. Aber komm trotzdem mit.«

Der Pfad verbreiterte sich ein wenig, dann endete er plötzlich und war verschwunden. Der Boden war mit leeren Bierdosen und Chipstüten übersät. Sie suchten sich ihren Weg zwischen Bäumen und Gestrüpp hindurch, bis sie auf eine kleine Lichtung kamen. Die Sonne schien plötzlich ganz hell. Reggie schirmte ihre Augen mit der Hand ab und betrachtete die gerade Baumreihe, die sich vor ihnen hinzog.

»Ich glaube, das ist der Bach«, sagte sie.

»Welcher Bach?«

»Dem Stadtplan zufolge grenzt Cliffords Straße an den West Park, und da ist eine grüne Linie, die einen hinter seinem Haus verlaufenden Bach oder so etwas Ähnliches anzeigt.«

»Hier ist nichts außer Bäumen.«

Sie tat ein paar Schritte zur Seite, dann blieb sie stehen und streckte die Hand aus. »Siehst du, da, hinter den Bäumen, da sind Dächer. Das ist bestimmt Cliffords Straße.«

Mark trat neben sie und stellte sich auf die Zehenspitzen. »Ich sehe sie.«

»Komm mit«, sagte sie und ging auf die Baumreihe zu.

Es war ein herrlicher Tag. Sie unternahmen einen Spaziergang durch den Park. Dies war öffentlicher Grund und Boden. Sie hatten nichts zu befürchten.

Der Bach war nur ein ausgetrocknetes, von Abfall übersätes Sandbett. Sie bahnten sich ihren Weg hinunter durch Ranken und Gestrüpp und standen dann da, wo vor vielen Jahren einmal Wasser gewesen war. Sogar der Schlamm war ausgetrocknet. Sie erklommen die gegenüberliegende Böschung, die viel steiler war, an der es jedoch auch mehr Ranken und junge Bäumchen gab, an denen sie sich festhalten konnten.

Reggie atmete schwer, als sie die andere Seite des Bachbettes erreicht hatten. »Hast du Angst?« fragte sie.

»Nein. Und Sie?«

»Natürlich, und du hast auch Angst. Willst du immer noch weiter?«

»Klar, und ich habe keine Angst. Wir machen nur einen Spaziergang, das ist alles.« Er hatte fürchterliche Angst und wäre am liebsten zurückgerannt, aber bisher hatte es noch keine Zwischenfälle gegeben. Und es war irgendwie aufregend, so durch den Dschungel zu schleichen. Das hatte er in der Umgebung der Wohnwagensiedlung tausendmal getan. Er wußte, wie man sich vor Schlangen und Giftsumach in acht nahm. Er hatte gelernt, jeweils drei Bäume vor sich im Auge zu behalten, um sich nicht zu verirren. Er hatte schon in rauherem Terrain als diesem hier Verstecken gespielt. Plötzlich duckte er sich und schoß los. »Kommen Sie mit.«

»Das ist kein Spiel«, sagte sie.

»Folgen Sie mir einfach, es sei denn, Sie haben Angst.«

»Ich habe fürchterliche Angst. Mark, ich bin zweiundfünfzig. Nicht so schnell.«

Der erste Zaun, den sie sahen, bestand aus Rotzeder, und sie blieben zwischen den Bäumen und bewegten sich hinter den Häusern entlang. Ein Hund bellte in ihre ungefähre Richtung, aber vom Haus aus konnten sie nicht gesehen werden. Dann ein Maschendrahtzaun, aber nicht der von Clifford. Die Bäume und das Unterholz wurden dichter, aber aus dem Nirgendwo kam ein schmaler Pfad, der parallel zu den Zäunen verlief.

Dann sahen sie es. Auf der anderen Seite eines Maschendrahtzauns stand der rote Triumph Spitfire einsam und verlassen neben Romeys Garage. Der Waldrand war kaum sechs Meter von dem Zaun entfernt, und zwischen ihm und der Rückfront der Garage beschattete ein rundes Dutzend Eichen und Ulmen mit Louisianamoos den Hintergarten.

Romey war, was Mark nicht überraschte, ein Schludrian. Er hatte hinter der Garage und außer Sichtweite von der Straße her Bretter und Ziegelsteine, Eimer und Harken und allen möglichen Müll abgeladen.

In dem Maschendrahtzaun gab es eine kleine Pforte. Die Garage hatte ein Fenster und eine Tür an der Rückfront. Säcke mit unbenutztem und verdorbenem Dünger waren an ihr aufgestapelt. Neben der Tür stand ein alter Rasenmäher ohne Griffe. Der ganze Hinterhof war ungepflegt, und das schon seit langer Zeit. Das Unkraut am Zaun sproßte kniehoch.

Sie hockten sich zwischen den Bäumen nieder und starrten auf die Garage. Näher kamen sie nicht heran. Die Terrasse und der Grillplatz der Nachbarn waren nur einen Steinwurf entfernt.

Reggie versuchte vergeblich, wieder zu Atem zu kommen. Sie umklammerte Marks Hand und konnte einfach nicht glauben, daß die Leiche eines Senators der Vereinigten Staaten weniger als dreißig Meter von der Stelle, an der sie sich jetzt versteckten, vergraben sein sollte.

»Gehen wir hinein?« fragte Mark. Es war fast eine Herausforderung, obwohl sie einen Anflug von Furcht entdeckte. Gut, dachte sie, wenigstens hat er auch Angst.

Sie bekam genügend Luft, um flüstern zu können. »Nein. Wir sind weit genug gekommen.«

Er zögerte lange, dann sagte er: »Es wäre ganz einfach.«

»Es ist eine große Garage«, sagte sie.

»Ich weiß genau, wo sie ist.«

»Also, ich habe dich nicht gedrängt, aber meinst du nicht, es wäre Zeit, daß du mich einweihst?«

»Sie ist unter dem Boot.«

»Das hat er dir gesagt?«

»Ja. Er hat sich ganz präzise ausgedrückt. Sie ist unter dem Boot vergraben.«

»Was ist, wenn da überhaupt kein Boot ist?«

»Dann hauen wir ganz schnell wieder ab.«

Jetzt endlich schwitzte er und atmete schwer. Sie hatte genug gesehen. Sie begann, geduckt zurückzuweichen. »Ich verschwinde jetzt von hier«, sagte sie.

K. O. Lewis stieg gar nicht erst aus dem Flugzeug. McThune und seine Leute warteten, als es landete, und während es aufgetankt wurde, gingen sie an Bord. Eine halbe Stunde später starteten sie nach New Orleans, wo Larry Trumann sie nervös erwartete.

Lewis gefiel das alles nicht. Was zum Teufel sollte er in New Orleans? Es war eine sehr große Stadt. Sie hatten keine Ahnung, was für einen Wagen sie fuhr. Sie wußten nicht einmal, ob Reggie und Mark gefahren oder geflogen waren, ob sie einen Bus oder einen Zug genommen hatten. Es war eine Touristen- und Kongreßstadt mit Tausenden von Hotelzimmern und Straßen, die von Menschen wimmelten. Sofern sie nicht einen Fehler machten, würde es unmöglich sein, sie zu finden.

Aber Direktor Voyles wollte ihn an Ort und Stelle haben, also war er unterwegs nach New Orleans. Finden Sie den Jungen und bringen Sie ihn zum Reden – so lauteten seine Anweisungen. Versprechen Sie ihm das Blaue vom Himmel.

37

Zwei der drei, Leo und Ionucci, waren altbewährte Knochenbrecher im Dienste der Familie Sulari und sogar blutsverwandt mit Barry dem Messer, obwohl sie es häufig abstritten. Der dritte, ein Riesenbaby mit massigem Bizeps, Stiernacken und dicker Taille, wurde aus naheliegenden Gründen einfach der Bulle genannt. Er war zu diesem ungewöhnlichen Auftrag abkommandiert worden, um den größten Teil der Knochenarbeit zu erledigen. Barry versicherte ihnen, es würde nicht schwierig sein. Der Beton war dünn. Die Leiche war klein. Hier ein bißchen hämmern und dort ein bißchen hämmern, und bevor sie recht wußten, wie ihnen geschah, würden sie auf einen schwarzen Müllsack stoßen.

Barry hatte eine Skizze vom Fußboden der Garage angefertigt und darauf die genaue Position des Grabes markiert. Er hatte eine Karte gezeichnet mit einer Linie, die vom Parkplatz beim West Park ausging und zwischen den Tennisplätzen verlief, quer über das Fußballfeld, durch eine baumbestandene Fläche, dann über ein weiteres Feld mit einem Picknickpavillon, dann eine Weile auf dem Fahrradweg entlang bis zu einem Fußpfad, der zu dem Graben führte. Es würde ganz einfach sein, hatte er ihnen den ganzen Nachmittag versichert.

Der Fahrradweg war völlig leer, und das aus gutem Grund. Es war zehn Minuten nach elf, Samstagabend. Die Luft war schwül, und als sie den Pfad erreichten, schwitzten sie und atmeten schwer. Der Bulle, wesentlich jünger und besser in Form, folgte den anderen beiden und grinste vor sich hin, als sie in der Dunkelheit leise über die Schwüle fluchten. Seiner Schätzung nach waren sie Ende Dreißig, natürlich Kettenraucher, maßlose Trinker, gefräßige Esser. Sie stöhnten und schwitzten, und dabei waren sie noch nicht einmal eine Meile gelaufen.

Leo war der Boß der Expedition, und er trug die Taschenlampe. Sie waren von Kopf bis Fuß in Schwarz gekleidet. Ionucci folgte ihm wie ein Bluthund mit Lungenwürmern, mit gesenktem Kopf, schwer atmend, lethargisch, wütend auf die Welt, weil er hier sein mußte. »Vorsichtig«, sagte Leo, als sie durch dichtes Unkraut die Grabenböschung hinunterkletterten. Sie waren nicht gerade die typischen Waldläufer. Die Gegend war schon beängstigend genug gewesen, als sie sie um sechs Uhr nachmittags erkundet hatten. Jetzt war sie ein Graus. Der Bulle rechnete jeden Augenblick damit, auf eine dicke, sich windende Schlange zu treten. Natürlich, wenn er gebissen wurde, konnte er mit einem guten Grund umdrehen und, wie er hoffte, zum Wagen zurückkehren. Seine beiden Kumpane wären dann gezwungen, allein weiterzumachen. Er stolperte über einen dicken Ast, konnte sich aber auf den Beinen halten. Fast wünschte er sich eine Schlange.

»Vorsichtig«, sagte Leo zum zehnten Mal, als machte das Aussprechen der Warnung die Sache sicherer. Sie schlichen ungefähr zweihundert Meter weit in dem dunklen, von Unkraut überwucherten Bachbett voran, dann erklommen sie die gegenüberliegende Böschung. Die Taschenlampe erlosch, und sie krochen durch das Gestrüpp, bis sie sich hinter Cliffords Maschendrahtzaun befanden. Dann ruhten sie auf den Knien aus.

»So ein Blödsinn«, sagte Ionucci zwischen lauten Atemzügen. »Seit wann graben wir Leichen aus?«

Leo ließ den Blick durch die Dunkelheit von Cliffords Hintergarten schweifen. Kein einziges Licht. Sie waren nur Minuten zuvor vorbeigefahren und hatten gesehen, daß in einer Kugel neben der Haustür ein kleines Licht brannte, aber der hintere Teil des Grundstücks lag in völliger Dunkelheit. »Halt die Klappe«, sagte er, ohne den Kopf zu bewegen.

»Ja, ja«, murmelte Ionucci. »Was für ein Blödsinn.« Seine Lungen kreischten, daß man es fast hören konnte. Schweiß tropfte ihm vom Kinn. Der Bulle kniete hinter ihnen und schüttelte den Kopf über ihre schlechte Kondition. Sie arbeiteten in erster Linie als Leibwächter und Fahrer, Beschäftigungen, die nur wenig körperliche Anstrengung erforderten.

Der Legende zufolge hatte Leo seinen ersten Mord begangen, als er siebzehn war, mußte aber ein paar Jahre später damit aufhören, weil er im Knast saß. Der Bulle hatte gehört, daß Ionucci im Laufe der Jahre zweimal angeschossen worden war, aber das war unbestätigt. Die Leute, die diese Geschichten verbreiteten, waren dafür bekannt, daß sie nicht immer die Wahrheit sagten.

»Also los«, sagte Leo wie ein Feldmarschall. Sie flitzten durch das Gras zu der Pforte in Cliffords Zaun, dann durch sie hindurch. Sie eilten unter den Bäumen entlang, bis sie an der Rückfront der Garage angekommen waren. Ionucci fiel völlig erledigt auf alle viere und rang nach Atem. Leo kroch zu einer Ecke und sah nach, ob sich nebenan irgend etwas bewegte. Nichts. Nichts außer den Geräuschen von Ionuccis drohendem Herzinfarkt. Der Bulle lugte um die andere Ecke und musterte die Rückfront von Cliffords Haus.

Die Nachbarschaft schlief. Sogar die Hunde hatten sich zur Ruhe begeben.

Leo stand auf und versuchte, die Hintertür zu öffnen. Sie war abgeschlossen. »Bleibt hier«, sagte er und schlich geduckt um die Garage herum, bis er die Vordertür erreicht hatte. Auch sie war abgeschlossen. Wieder hinten angekommen, sagte er: »Wir müssen ein bißchen Glas zerbrechen. Vorn ist auch zu.«

Ionucci holte aus einem Beutel an seinem Gürtel einen Hammer hervor, und Leo begann, direkt oberhalb des Türknaufs leicht gegen die schmutzige Scheibe zu schlagen. »Paß an der Ecke auf«, sagte er zu dem Bullen, der hinter ihm vorbeikroch, um das Ballantine-Haus nebenan zu beobachten.

Leo fuhr fort, die Scheibe leicht anzuschlagen, bis sie zerbrochen war. Er entfernte vorsichtig ein paar Scherben und legte sie beiseite. Als das ausgezackte Loch groß genug war, schob er den linken Arm hindurch und entriegelte die Tür. Er ließ die Taschenlampe aufleuchten, und die drei schlüpften hinein.

Barry hatte gesagt, er erinnerte sich, daß die Garage voller Gerümpel war, und Clifford war vor seinem Tode offenbar zu beschäftigt gewesen, um ein bißchen aufzuräumen. Das erste, was ihnen auffiel, war, daß der Fußboden aus Kies bestand, nicht aus Beton. Leo kickte die weißen Steinchen unter seinen Füßen weg. Barry mochte ihnen etwas über den Kiesbelag gesagt haben, aber er konnte sich nicht daran erinnern.

Das Boot stand in der Mitte der Garage. Es war ein fünf Meter langer Kahn zum Wasserskilaufen, mit einem Außenbordmotor und einer dicken Staubschicht darauf. Drei der vier Reifen des Anhängers waren platt. Dieses Boot war seit Jahren nicht mehr mit Wasser in Berührung gekommen. Unmengen von Gerümpel waren drumherum aufgeschichtet. Gartenwerkzeug, Säcke voller Blechdosen, Stapel von Zeitungspapier, verrostete Terrassenmöbel. Romey brauchte keine Müllabfuhr. Wozu hatte er eine Garage? In sämtlichen Ecken spannten sich dicke Spinnennetze. Unbenutztes Werkzeug hing an den Wänden.

Aus irgendeinem unerfindlichen Grund war Clifford ein begeisterter Sammler von Drahtkleiderbügeln gewesen. Tausende von ihnen baumelten an Drähten über dem Boot. Reihen um Reihen von Kleiderbügeln. Irgendwann hatte er es satt gehabt, Drähte zu spannen, also hatte er einfach lange Nägel in die Wandbalken geschlagen und weitere Hunderte von Kleiderbügeln an ihnen aufgehängt. Romey, der Umweltschützer, hatte außerdem Dosen und Plastikbehälter gesammelt, offensichtlich in der lobenswerten Absicht, sie dem Recycling zuzuführen. Aber er war ein vielbeschäftigter Mann gewesen, und so war die Garage zur Hälfte mit einem kleinen Berg aus grünen Müllsäcken voller Dosen und Kanister ausgefüllt. Einige der Säcke hatte er sogar in das Boot geworfen.

Leo richtete das kleine Licht auf einen Punkt unter der Mittelstrebe des Bootsanhängers. Er winkte den Bullen herbei, der sich auf alle viere niederließ und begann, den weißen Kies beiseitezuräumen. Ionucci förderte aus der Tasche an seinem Gürtel eine kleine Kelle zutage. Der Bulle nahm sie und schob weiteren Kies beiseite. Seine beiden Partner schauten ihm über die Schultern.

In einer Tiefe von etwa fünf Zentimeter änderte sich das Schabegeräusch. Er war auf Beton gestoßen. Der Bulle stand auf, hob langsam die Deichsel an und schob das Vorderteil des Anhängers mit einer gewaltigen Kraftanstrengung einen guten Meter zur Seite. Der Anhänger stieß gegen den Berg von Blechdosen, und es gab ein fürchterliches Getöse. Die Männer erstarrten und lauschten.

»Ihr müßt vorsichtig sein«, flüsterte Leo, als ob sie das nicht selber wüßten. »Bleibt hier und rührt euch nicht.« Er ließ sie in der Dunkelheit neben dem Boot stehen und schlich durch die Hintertür hinaus. Er trat neben einen Baum hinter der Garage und schaute hinüber zu dem Ballantine-Haus nebenan. Es war dunkel und ruhig. Eine Lampe auf der Terrasse warf einen schwachen Lichtschein auf den Grillplatz und die Blumenbeete, aber nichts rührte sich. Leo beobachtete und wartete. Er bezweifelte, daß die Nachbarn ein Stemmeisen hören würden. Er schlich wieder zurück in die Garage und richtete die Taschenlampe auf den Beton unter dem Kies. »Sehen wir zu, daß wir ihn wegbekommen«, sagte er, und der Bulle ließ sich wieder auf die Knie nieder.

Barry hatte ihnen erklärt, daß er zuerst ein flaches Grab ausgehoben hatte, ungefähr einsachtzig mal sechzig und nicht mehr als fünfundvierzig Zentimeter tief. Dann hatte er den in schwarze Müllsäcke eingewickelten Toten hineingestopft. Danach hatte er die Betonmischung um die Leiche herum verteilt und seinem kleinen Fertiggericht Wasser zugesetzt. Am nächsten Tag war er wiedergekommen, um alles mit Kies abzudecken und das Boot darüberzuschieben.

Er hatte gute Arbeit geleistet. Angesichts von Cliffords Organisationstalent hätten wohl noch fünf Jahre vergehen müssen, bevor das Boot bewegt wurde. Barry hatte erklärt, daß dies nur ein provisorisches Grab war. Er hatte vorgehabt, ihn woanders hinzubringen, aber dann hatten sich die Feds an ihn gehängt. Leo und Ionucci hatten schon etliche Leichen beiseite geschafft, gewöhnlich in beschwerten Fässern unter Wasser, aber sie waren beeindruckt von Barrys provisorischem Versteck.

Der Bulle kratzte und fegte, und bald lag die gesamte Betonfläche frei. Ionucci kniete sich auf der anderen Seite davon nieder, und er und der Bulle fingen an, den Beton mit Hämmern und Meißeln zu bearbeiten. Leo legte die Taschenlampe auf den Kies neben ihnen und schlich abermals zur Hintertür hinaus. Er duckte sich tief und bewegte sich zur Vorderfront der Garage. Alles war ruhig. Das Meißeln war nicht zu überhören. Er ging rasch zur Rückfront von Cliffords Haus, eine Strecke von vielleicht fünfzehn Metern, und das Geräusch war kaum noch zu vernehmen. Er lächelte. Selbst wenn die Ballantines wach gewesen wären, hätten sie es nicht hören können.

Er schlich zur Garage zurück und ließ sich in der Dunkelheit zwischen einer Ecke und dem Spitfire nieder. Er konnte die leere Straße sehen. Ein kleiner schwarzer Wagen fuhr um die Biegung vor dem Haus und verschwand. Sonst kein Verkehr. Durch die Hecke hindurch konnte er den Umriß des Ballantine-Hauses sehen. Nichts regte sich. Das einzige Geräusch war das gedämpfte Aufmeißeln des Betons über dem Grab von Boyd Boyette.

Clints Accord hielt bei den Tennisplätzen. An der Straße parkte ein roter Cadillac. Reggie schaltete das Licht und den Motor aus.

Sie saßen schweigend da und starrten durch die Windschutzscheibe auf das Fußballfeld. Genau die richtige Gegend, um überfallen zu werden, dachte sie, sprach es aber nicht aus. Sie hatten genug zu befürchten, auch ohne den Gedanken an einen Überfall.

Mark hatte nicht viel gesagt, seit es dunkel geworden war. Nachdem die Pizza in ihr Motelzimmer geliefert worden war, hatten sie, zusammen auf einem Bett, eine Stunde geschlafen. Sie hatten ferngesehen. Er hatte sie mehrfach nach der Zeit gefragt, als hätte er eine Verabredung mit einem Erschießungskommando. Um zehn war sie überzeugt, daß er einen Rückzieher machen würde. Um elf war er im Zimmer herumgewandert und immer wieder auf die Toilette gegangen.

Aber jetzt, vierzig Minuten nach elf, saßen sie hier in einem heißen Wagen an einem dunklen Abend und planten eine unmögliche Mission, die keiner von ihnen durchführen wollte.

»Was glauben Sie – ob jemand weiß, daß wir hier sind?« fragte er leise.

Sie sah ihn an. »Du meinst, hier in New Orleans?«

»Ja. Glauben Sie, daß jemand weiß, daß wir in New Orleans sind?«

»Nein. Das glaube ich nicht.«

Das schien ihn zu befriedigen. Sie hatte gegen sieben mit Clint telefoniert. Ein Fernsehsender in Memphis hatte berichtet, daß sie gleichfalls vermißt würde, aber sonst schien alles ruhig zu sein. Clint hatte sein Schlafzimmer seit zwölf Stunden nicht mehr verlassen, hatte er gesagt, deshalb wäre er ihnen dankbar, wenn sie sich beeilen und tun würden, was immer sie vorhatten. Er hatte mit Momma Love gesprochen. Sie machte sich Sorgen, hielt sich aber gut unter den gegebenen Umständen.

Sie stiegen aus und gingen den Fahrradweg entlang.

»Bist du sicher, daß du das tun willst?« fragte sie und sah sich nervös um. Der Weg war stockfinster, und stellenweise verhinderte nur der Asphalt unter ihren Füßen, daß sie zwischen die Bäume gerieten. Sie gingen langsam, Seite an Seite, und hielten sich bei den Händen.

Während sie einen unsicheren Schritt nach dem anderen tat, fragte Reggie sich, was sie hier tat, auf diesem Weg, in diesem Wald, in dieser Stadt, in diesem Moment, mit diesem Jungen, den sie sehr gern hatte, aber für den sie nicht sterben wollte. Sie umklammerte seine Hand und versuchte, tapfer zu sein. Bestimmt, betete sie, würde sehr bald etwas passieren, und dann würden sie zum Wagen zurückrennen und aus New Orleans verschwinden.

»Ich habe nachgedacht«, sagte Mark.

»Warum bin ich nicht überrascht?«

»Es könnte vielleicht zu schwierig sein, die Leiche zu finden. Also habe ich folgendes beschlossen: Sie bleiben zwischen den Bäumen in der Nähe des Grabens, und ich schleiche mich durch den Garten und in die Garage. Ich sehe unter dem Boot nach, nur um sicher zu sein, daß er wirklich da ist, und dann verschwinden wir von hier.«

»Du meinst, es genügt, wenn du einfach unter dem Boot nachschaust?«

»Vielleicht kann ich sehen, wo die Leiche liegt, verstehen Sie?«

Sie drückte seine Hand fester. »Hör zu, Mark. Wir bleiben zusammen, hast du verstanden? Wenn du in die Garage gehst, dann komme ich mit.« Ihre Stimme war erstaunlich fest. Natürlich würden sie gar nicht erst bis zur Garage kommen.

Sie kamen zu einer Lichtung zwischen den Bäumen. Eine Lampe auf einem Pfosten erhellte den Picknickpavillon zu ihrer Linken. Rechts zweigte der Fußpfad ab. Mark drückte auf einen Schalter, und der Lichtstrahl einer kleinen Taschenlampe fiel auf den Boden vor ihnen. »Kommen Sie«, sagte er. »Hier draußen kann uns niemand sehen.«

Er bewegte sich gewandt und lautlos zwischen den Bäumen hindurch. In ihrem Motelzimmer hatte er sich zwanglose Geschichten von seinen nächtlichen Spaziergängen durch den Wald in der Umgebung der Wohnwagensiedlung wieder ins Gedächtnis gerufen und die Spiele, die die Jungen im Dunkeln gespielt hatten. Dschungelspiele nannte er sie. Mit der Taschenlampe in der Hand bewegte er sich jetzt schneller voran, schob Zweige beiseite und wich Schößlingen aus.

»Nicht so schnell, Mark«, sagte sie mehr als einmal.

Er hielt ihre Hand und half ihr die Grabenböschung hinunter. Sie kletterten an der anderen Seite wieder hinauf und schlichen durch den Wald und das Gestrüpp, bis sie den mysteriösen Weg gefunden hatten, der sie Stunden zuvor verblüfft hatte. Hier standen die ersten Zäune. Sie bewegten sich langsam und lautlos, und Mark schaltete die Taschenlampe aus.

Sie befanden sich zwischen den dicht beieinander stehenden Bäumen direkt hinter Cliffords Haus. Sie sanken auf die Knie und hielten den Atem an. Durch das Gestrüpp und das Unkraut hindurch konnten sie den Umriß der Rückfront der Garage sehen.

»Was ist, wenn wir den Toten nicht sehen?« fragte sie. »Was dann?«

»Darüber zerbrechen wir uns den Kopf, wenn es soweit ist.«

Dies war nicht der rechte Moment für eine weitere lange Diskussion über Alternativen. Auf allen vieren kroch er an den Rand des dichten Unterholzes. Sie folgte ihm. Sechs Meter von der Pforte entfernt machten sie in dichtem, feuchtem Gestrüpp halt. Der Garten war still und dunkel. Kein Licht, kein Geräusch, keine Bewegung. Die ganze Straße lag in tiefem Schlaf.

»Reggie, ich möchte, daß Sie hierbleiben. Halten Sie den Kopf unten. Ich bin in einer Minute wieder da.«

»Nein«, flüsterte sie laut. »Das kannst du nicht machen, Mark!«

Er hatte sich bereits in Bewegung gesetzt. Dies war nur ein Spiel für ihn, eines seiner Dschungelspiele, bei dem seine Freunde ihn jagten und Pistolen mit gefärbtem Wasser auf ihn abfeuerten. Er glitt durchs Gras wie eine Eidechse und öffnete die Pforte gerade so weit, daß er hindurchschlüpfen konnte.

Reggie folgte ihm auf allen vieren durch das Gestrüpp, dann hielt sie an. Er war bereits außer Sicht. Er blieb hinter dem ersten Baum stehen und lauschte. Er kroch zum nächsten und hörte etwas. Ping! Ping! Er erstarrte auf Händen und Knien. Die Geräusche kamen aus der Garage. Ping! Ping! Ganz langsam lugte er um den Baum herum und starrte auf die Hintertür. Ping! Ping! Er warf einen Blick zurück auf Reggie, aber der Wald und das Unterholz waren schwarz. Sie war nirgends zu sehen. Er schaute wieder zu der Tür. Irgendwas war anders. Er kroch zum nächsten Baum, drei Meter näher heran. Die Geräusche wurden lauter. Die Tür stand einen Spaltbreit offen, und eine Fensterscheibe fehlte.

Jemand war da drinnen! Ping! Ping! Ping! Jemand versteckte sich, da drinnen, ohne Licht, und dieser jemand grub! Mark atmete tief ein und kroch hinter einen kaum drei Meter von der Hintertür entfernten Haufen Müll. Er hatte kein Geräusch gemacht, und er wußte es. Das Gras war höher um den Müll herum, und er kroch hindurch wie ein Wiesel, flink, aber vorsichtig. Ping! Ping!

Er duckte sich tief ins Gras und machte sich auf den Weg zur Hintertür. Er stieß mit dem Knöchel gegen das Ende eines halbverfaulten Balkens und stolperte. Der Müllhaufen rasselte, und eine leere Farbdose fiel herunter.

Leo sprang auf und rannte zur Rückwand der Garage. Er riß einen .38er mit Schalldämpfer aus dem Gürtel und stolperte in die Dunkelheit, bis er die Ecke erreicht hatte, wo er in die Hocke ging und lauschte. Drinnen hatte das Meißeln aufgehört. Ionucci lugte durch die Hintertür.

Reggie hörte das Getöse hinter der Garage und ließ sich in dem nassen Gras auf den Bauch fallen. Sie schloß die Augen und sprach ein Gebet. Was zum Teufel tat sie hier?

Leo schlich zu dem Müllhaufen, dann mit gezogener Waffe um ihn herum, bereit, sie abzufeuern. Er hockte sich wieder nieder und durchforschte geduldig die Dunkelheit. Der Zaun war kaum zu sehen. Nichts rührte sich. Er glitt zu einem knapp fünf Meter hinter der Garage stehenden Baum und wartete. Ionucci ließ ihn nicht aus den Augen. Lange Sekunden vergingen ohne irgendein Geräusch. Leo stand auf und schlich langsam auf die Pforte zu. Ein Ast knackte unter seinen Füßen und ließ ihn eine Sekunde lang erstarren.

Er bewegte sich durch den Hintergarten, jetzt kühner, aber immer noch mit schußbereiter Waffe, und lehnte sich gegen einen Baum, eine dicke Eiche, deren Äste bis dicht an die Grenze des Ballantine-Grundstücks heranreichten. In der unbeschnittenen Hecke, keine vier Meter von ihm entfernt, kauerte Mark auf allen vieren und hielt den Atem an. Er beobachtete die dunkle Gestalt, die sich in der Finsternis zwischen den Bäumen bewegte, und wußte, daß er nicht entdeckt werden konnte, wenn er sich nur still verhielt. Er atmete langsam aus und hielt den Blick unverwandt auf die Silhouette des Mannes neben dem Baum gerichtet.

»Was ist los?« fragte eine tiefe Stimme aus der Garage. Leo schob die Waffe in den Hosenbund und schlich zurück. Ionucci stand außerhalb der Tür. »Was ist los?« wiederholte er.

»Ich weiß es nicht«, sagte Leo laut flüsternd. »Vielleicht nur eine Katze oder so was. Macht euch wieder an die Arbeit.«

Die Tür wurde leise geschlossen, und Leo wanderte fünf Minuten lang lautlos hinter der Garage auf und ab. Fünf Minuten, aber Mark kamen sie vor wie eine Stunde.

Dann bog die dunkle Gestalt um die Ecke und war verschwunden. Mark beobachtete jede Bewegung. Er zählte langsam bis hundert, dann kroch er an der Hecke entlang, bis sie am Zaun endete. Er hielt an der Pforte an und zählte bis dreißig. Alles war still, bis auf das gedämpfte Meißeln. Dann schoß er zum Rand des Unterholzes, wo Reggie tief geduckt und voller Angst auf ihn wartete. Sie griff nach ihm, und gemeinsam krochen sie in das dichtere Unterholz hinein.

»Sie sind da drinnen!« sagte er außer Atem.

»Wer?«

»Das weiß ich nicht! Sie graben die Leiche aus!«

»Was ist passiert?«

Er atmete hastig. Sein Kopf ging ruckartig auf und ab, als er schluckte und zu reden versuchte. »Ich bin über etwas gestolpert, und dieser eine Kerl, ich glaube, er hatte eine Waffe, hätte mich beinahe entdeckt. Gott, hatte ich eine Angst!«

»Du hast immer noch Angst. Und ich auch! Laß uns von hier verschwinden!«

»Warten Sie eine Minute, Reggie. Können Sie es hören?«

»Nein! Was soll ich hören?«

»Dieses Klopfen. Ich kann es auch nicht hören. Wir sind zu weit davon entfernt.«

»Und ich sage, wir sollen zusehen, daß wir noch weiter wegkommen. Also los.«

»Warten Sie doch eine Minute, Reggie. Bitte!«

»Das sind Killer, Mark. Leute von der Mafia. Laß uns so schnell wie möglich verschwinden.«

Er atmete durch die Zähne und funkelte sie an. »Ganz ruhig, Reggie. Ganz ruhig, okay? Niemand kann uns hier sehen. Von der Garage aus kann man nicht einmal diese Bäume sehen. Ich habe es versucht. Und nun beruhigen Sie sich.«

Sie ließ sich auf die Knie fallen, und sie starrten zur Garage hinüber. Er legte einen Finger auf die Lippen. »Hier sind wir sicher«, flüsterte er. »Hören Sie genau hin.«

Sie hörten genau hin, aber die Geräusche waren nicht zu vernehmen.

»Mark, das sind Muldannos Leute. Sie wissen, daß du geflüchtet bist. Sie sind in Panik geraten. Sie haben Pistolen und Messer und wer weiß, was sonst noch alles. Laß uns verschwinden. Sie sind uns zuvorgekommen. Es ist alles vorbei. Sie haben gewonnen.«

»Reggie, wir können nicht zulassen, daß sie die Leiche da wegholen.

Wenn sie sie fortschaffen, wird sie nie gefunden werden.«

»Gut. Dann bist du aus dem Schneider, und die Mafia interessiert sich nicht mehr für dich. Und nun laß uns verschwinden.«

»Nein, Reggie. Wir müssen etwas unternehmen.«

»Was! Willst du dich etwa auf einen Kampf mit Mafiagangstern einlassen? Das ist doch Wahnsinn, Mark.«

»Nun warten Sie doch wenigstens eine Minute.«

»Okay. Ich warte genau eine Minute, dann bin ich fort.«

Er drehte den Kopf und lächelte sie an. »Sie lassen mich nicht im Stich, Reggie. Dazu kenne ich Sie zu gut.«

»Setz mir nicht das Messer auf die Brust, Mark. Jetzt weiß ich, wie Ricky zumute war, als du mit Clifford und seinem Gartenschlauch herumgespielt hast.«

»Bitte, seien Sie still. Ich denke nach.«

»Genau das ist es, was mir Angst macht.«

Sie saß mit gekreuzten Beinen auf ihrem Hinterteil. Blätter und Ranken wischten ihr über Gesicht und Hals. Er wiegte sich sanft auf allen vieren wie ein sprungbereiter Löwe, und schließlich sagte er: »Ich habe eine Idee.«

»Natürlich.«

»Bleiben Sie hier.«

Sie packte ihn ganz plötzlich beim Genick und zog sein Gesicht dicht an ihres heran. »Hör zu, mein Junge, das ist nicht eines von deinen kleinen Dschungelspielen, wo ihr euch mit Gummipfeilen beschießt und euch mit Dreckklumpen bewerft. Das sind nicht deine kleinen Freunde dort drüben, die mit dir Verstecken oder GI Joe oder was auch immer spielen. Hier geht es um Leben und Tod, Mark. Du hast gerade einen Fehler gemacht und Glück gehabt. Noch ein Fehler, und du bist tot. Und jetzt laß uns schleunigst von hier verschwinden! Sofort!«

Er hielt ein paar Sekunden still, während sie auf ihn einredete, dann riß er sich heftig los. »Bleiben Sie lieber, und rühren Sie sich nicht von der Stelle«, sagte er mit zusammengebissenen Zähnen. Er kroch aus dem Unterholz heraus, durch das Gras zum Zaun.

Gleich hinter der Pforte lag ein verwahrlostes, mit abgesunkenen Balken eingefaßtes und von Unkraut überwuchertes Blumenbeet. Er kroch darauf zu und suchte sich mit der Pedanterie eines Küchenchefs, der auf dem Markt Tomaten auswählt, drei große Steine. Er beobachtete beide Ecken der Garage, dann zog er sich lautlos wieder in die Dunkelheit zurück.

Reggie wartete, und sie hatte keinen Muskel bewegt. Er wußte, daß sie nicht zum Wagen zurückfinden würde. Er wußte, daß sie ihn brauchte. Sie duckte sich wieder ins Unterholz.

»Mark, das ist Wahnsinn«, flehte sie. »Bitte. Mit diesen Leuten ist nicht zu spaßen.«

»Sie sind viel zu beschäftigt, um sich um uns zu kümmern. Wir sind hier sicher, Reggie. Selbst wenn sie jetzt durch diese Tür herausgestürmt kämen, würden sie uns nie finden. Wir sind hier sicher, Reggie. Vertrauen Sie mir.«

»Dir vertrauen! Sie werden dich umbringen.«

»Warten Sie hier.«

»Was? Bitte, Mark! Keine Spiele mehr!«

Er ignorierte sie und deutete auf eine Stelle neben drei Bäumen, ungefähr zehn Meter entfernt. »Ich bin gleich wieder da«, sagte er und verschwand.

Er kroch durch das Gestrüpp, bis er sich hinter dem Haus der Ballantines befand. Die Ecke von Romeys Garage war kaum noch zu sehen. Reggie war unsichtbar in dem dichten Unterholz.

Die Terrasse war klein und schwach beleuchtet. Auf ihr standen drei weiße Korbstühle und ein Holzkohlengrill. Ein großes Fenster schloß sie zum Haus hin an, und es war dieses Fenster, das Marks Aufmerksamkeit auf sich zog. Er stand hinter einem Baum und schätzte die Entfernung ab, die ungefähr der Länge von zwei Wohnwagen entsprach. Der Stein mußte so tief fliegen, daß er nicht von den Ästen angehalten wurde, und gleichzeitig so hoch, daß er nicht in der Hecke hängenblieb. Er holte tief Luft und warf ihn so kräftig, wie er konnte.

Bei dem Geräusch nebenan sprang Leo auf. Er schlich zur Vorderseite der Garage und lugte durch die Hecke. Auf der Terrasse war es völlig still. Es hatte sich angehört, als wäre ein Stein auf Holzplanken gelandet und dann an eine Mauer gerollt. Vielleicht war es nur ein Hund gewesen. Er paßte lange Zeit auf, und nichts passierte. Sie waren sicher. Wieder nur falscher Alarm.

Mr. Ballantine drehte sich auf den Rücken und starrte an die Decke. Er war Anfang sechzig, und das Schlafen fiel ihm schwer seit der Bandscheibenoperation vor anderthalb Jahren. Er war gerade eingedöst, und ein Geräusch hatte ihn geweckt. War es ein Geräusch gewesen? In New Orleans war man nirgends mehr sicher, und er hatte vor sechs Monaten zweitausend Dollar für eine Alarmanlage bezahlt. Überall Verbrechen. Sie dachten daran, woanders hinzuziehen.

Er wälzte sich auf die Seite und hatte gerade die Augen wieder zugemacht, als die Fensterscheibe zersplitterte. Er sprang auf, schaltete das Licht ein und schrie: »Steh auf, Wanda! Steh auf!« Wanda griff nach ihrem Morgenrock, und Mr. Ballantine griff nach der Schrotflinte im Schrank. Die Alarmsirene heulte auf. Sie rasten den Flur entlang, brüllten sich gegenseitig an und machten überall Licht. Das Wohnzimmer war mit Glasscherben übersät, und Mr. Ballantine richtete die Schrotflinte auf das Fenster, als wollte er eine weitere Attacke abwehren. »Ruf die Polizei an«, brüllte er sie an. »911!«

»Ich weiß die Nummer!«

»Beeil dich!« Er wich in seinen Hausschuhen auf Zehenspitzen den Glassplittern aus und ging mit der Waffe in der Hand in Deckung, als wäre ein Einbrecher im Begriff, durch das Fenster ins Haus einzudringen. Er erkämpfte sich seinen Weg zur Küche, wo er auf die Tasten einer Schalttafel drückte, und die Sirene verstummte.

Leo hatte sich gerade wieder auf seinem Wachtposten neben dem Spitfire niedergelassen, als das Klirren die Stille zerriß. Er biß sich vor Schreck in die Zunge, sprang auf und rannte abermals zur Hecke. Eine Sirene heulte schrill, dann wurde sie abgeschaltet. Ein Mann in einem roten, bis zu den Knien reichenden Nachthemd rannte mit einer Schrotflinte auf die Terrasse.

Leo schlich leise zurück zur Hintertür der Garage. Ionucci und der Bulle kauerten zu Tode erschrocken neben dem Boot. Leo trat auf eine Harke, und der Stiel landete auf einem Sack voller Blechdosen. Alle drei hielten den Atem an. Von nebenan hörten sie Stimmen.

»Was zum Teufel war das?« zischte Ionucci durch die Zähne. Er und der Bulle glänzten vor Schweiß. Die Hemden klebten ihnen am Körper. Ihre Köpfe waren klatschnaß.

»Keine Ahnung«, fauchte Leo blutspuckend und schlich sich an das Fenster, durch das er die Hecke sehen konnte, die das Ballantine-Grundstück begrenzte. »Etwas ist durchs Fenster geflogen, glaube ich. Ich weiß es nicht. Der Irre da drüben hat eine Schrotflinte!«

»Was hat er?« Ionucci kreischte beinahe. Er und der Bulle hoben langsam die Köpfe und schauten wie Leo aus dem Fenster. Der Irre mit der Schrotflinte stapfte in seinem Garten herum und brüllte die Bäume an.

Mr. Ballantine hatte die Nase voll von New Orleans, von Drogen und von Gaunern, die versuchten, zu rauben und zu plündern, und er hatte die Nase voll von Verbrechen und einem Leben in ständiger Angst, und er hatte von Verbrechen die Nase dermaßen voll, daß er die Schrotflinte hob und auf gut Glück einmal auf die Bäume feuerte. Das würde die Schweinehunde lehren, daß er es ernst meinte. Kommt nur in dieses Haus, und ihr werdet es in einem Sarg wieder verlassen. WUMM!

Mrs. Ballantine stand in ihrem rosa Morgenmantel auf der Schwelle und schrie, als er schoß und die Bäume verwundete.

Die drei Köpfe in der Garage schlugen auf den Boden, als die Schießerei begann. »Der Kerl ist verrückt!« kreischte Leo. Langsam hoben sie in perfekter Übereinstimmung abermals die Köpfe, und in genau diesem Moment bog der erste Streifenwagen mit flackerndem Rot- und Blaulicht in die Auffahrt der Ballantines ein.

Ionucci war als erster zur Tür hinaus, gefolgt von dem Bullen und dann von Leo. Sie hatten es ungeheuer eilig, versuchten aber gleichzeitig, nicht die Aufmerksamkeit des Idioten nebenan auf sich zu lenken. Sie stürmten los, dicht am Boden, von einem Baum zum anderen, und versuchten verzweifelt, in den Wald zu entkommen, bevor weitere Schüsse fielen. Der Rückzug verlief geordnet.

Mark und Reggie kauerten sich tiefer ins Gestrüpp. »Du bist verrückt«, murmelte sie immer wieder, und es war kein leeres Gerede. Sie war ehrlich überzeugt, daß ihr Klient leicht geistesgestört war. Aber sie umarmte ihn trotzdem, und sie kauerten dicht zusammengedrückt beieinander. Die drei hastenden Silhouetten sahen sie erst, als sie durch die Zaunpforte kamen.

»Da sind sie«, flüsterte Mark. Keine dreißig Sekunden zuvor hatte er zu ihr gesagt, sie sollte auf die Pforte achten.

»Es sind drei«, flüsterte er. Die drei stürmten ins Unterholz, keine sechs Meter von der Stelle entfernt, an der sie sich versteckten, und verschwanden im Wald.

Sie drängten sich enger aneinander. »Du bist verrückt«, sagte sie abermals.

»Kann sein. Aber es funktioniert.«

Der Schuß aus der Schrotflinte hätte Reggie beinahe den Rest gegeben. Sie hatte gezittert, als sie hier angekommen waren. Ihre Knie hatten geschlottert, als er mit der Nachricht zurückkam, daß jemand in der Garage war. Sie hätte fast laut aufgeschrien, als er den Stein durch die Fensterscheibe warf. Aber der Schuß hatte allem die Krone aufgesetzt. Ihr Herz hämmerte, und ihre Hände zitterten.

Und seltsamerweise wurde ihr genau in diesem Augenblick bewußt, daß sie nicht fortlaufen konnten. Die drei Grabräuber befanden sich jetzt zwischen ihnen und ihrem Wagen. Es gab kein Entkommen.

Der Schuß aus der Schrotflinte hatte die ganze Nachbarschaft aufgeweckt. Flutlichter erhellten die Gärten, Männer und Frauen in Bademänteln erschienen auf ihren Terrassen und schauten in die Richtung des Ballantine-Hauses. Stimmen schrien Fragen über den Zaun. Hunde erwachten zum Leben. Mark und Reggie wichen tiefer ins Unterholz zurück.

Mr. Ballantine und einer der Polizisten gingen den Zaun ab, vielleicht auf der Suche nach weiteren verbrecherischen Steinewerfern. Es war hoffnungslos. Reggie und Mark konnten Stimmen hören, aber nicht verstehen, was gesprochen wurde. Mr. Ballantine brüllte ziemlich viel.

Die Polizisten beruhigten ihn, dann halfen sie, das Fenster mit Plastikfolie zu verkleben. Die roten und blauen Lichter wurden ausgeschaltet, und nach zwanzig Minuten verschwand die Polizei wieder.

Reggie und Mark warteten, zitternd und einander bei den Händen haltend. Käfer krabbelten über ihre Haut. Die Moskitos waren brutal. An ihren dunklen Sweatshirts klebten Unkraut und Kletten. Endlich gingen die Lichter im Ballantine-Haus wieder aus, und sie warteten noch eine Weile.

38

Ein paar Minuten nach eins rissen die Wolken auf, und für einen Augenblick beleuchtete der Halbmond Romeys Hintergarten und Garage. Reggie warf einen Blick auf die Uhr. Ihre Beine waren taub, und ihr Rücken schmerzte vom langen Sitzen.

Merkwürdigerweise hatte sie sich an ihren kleinen Platz im Dschungel gewöhnt, und nachdem sie die Gangster, die Polizisten und den Idioten mit der Schrotflinte überlebt hatten, fühlte sie sich bemerkenswert sicher. Ihre Atmung und ihr Puls waren normal. Sie schwitzte nicht, obwohl ihre Jeans und ihr Sweatshirt immer noch naß waren vom Marsch und von der Luftfeuchtigkeit. Mark schlug auf Moskitos ein und sagte kaum etwas. Er war unheimlich gelassen. Er kaute auf einem Grashalm, beobachtete die Zäune und verhielt sich so, als wüßte er, und zwar nur er, ganz genau, wann der nächste Schritt getan werden mußte.

»Machen wir einen kleinen Spaziergang«, sagte er, von den Knien hochkommend.

»Wohin? Zu unserem Wagen?«

»Nein. Nur ein Stück den Pfad entlang. Ich bekomme einen Krampf im Bein.«

Ihr rechtes Bein war unterhalb des Knies taub. Ihr linkes Bein war unterhalb der Hüfte abgestorben, und sie stand mit großer Mühe auf. Sie folgte ihm durch das Gestrüpp, bis sie den kleinen Pfad erreicht hatten, der parallel zum Bachbett verlief. Er bewegte sich geschickt durch die Dunkelheit, ohne von der Taschenlampe Gebrauch zu machen, schlug auf Moskitos ein und streckte die Beine.

Sie machten tief im Wald halt, außer Sichtweite der Zäune von Romeys Nachbarn.

»Ich finde wirklich, wir sollten jetzt verschwinden«, sagte sie, ein wenig lauter, da die Häuser nicht mehr zu sehen waren. »Ich fürchte mich vor Schlangen, weißt du, und ich möchte nicht auf eine treten.«

Er sah sie nicht an, sondern starrte zum Graben hinüber. »Ich glaube nicht, daß es eine gute Idee ist, jetzt zu verschwinden«, flüsterte er.

Sie wußte, daß er einen Grund hatte, das zu sagen. In den letzten sechs Stunden hatte sie kein einziges Mal die Oberhand gewonnen. »Weshalb?«

»Weil diese Männer sich immer noch hier herumtreiben könnten. Sie könnten sogar ganz in der Nähe lauern und darauf warten, bis sich alles wieder beruhigt hat und sie zurückkommen können. Wenn wir uns auf den Weg zu unserem Wagen machen, könnten wir ihnen begegnen.«

»Mark, mir reicht es jetzt endgültig. Für dich mag das ein Riesenspaß und ein Spiel sein, aber ich bin zweiundfünfzig Jahre alt, und mir reicht es. Ich kann einfach nicht glauben, daß ich mich um ein Uhr nachts in diesem Dschungel verstecke.«

Er legte einen Zeigefinger auf seine Lippen. »Pst. Sie reden zu laut. Und das ist kein Spiel.«

»Verdammt, ich weiß, daß das kein Spiel ist. Versuch nicht, mir Vorträge zu halten.«

»Ganz ruhig, Reggie. Wir sind jetzt in Sicherheit.«

»Schöne Sicherheit! Ich fühle mich erst dann in Sicherheit, wenn ich die Tür zu unserem Motelzimmer hinter uns abgeschlossen habe.«

»Dann gehen Sie. Nur los. Suchen Sie sich Ihren Weg zurück zum Wagen und fahren Sie los.«

»Natürlich, und laß mich raten. Du bleibst hier, stimmt's?«

Das Mondlicht verschwand, und plötzlich war es im Wald viel dunkler. Er drehte ihr den Rücken zu und machte sich auf den Rückweg zu ihrem Versteck. Sie folgte ihm instinktiv, und das irritierte sie, denn im Moment verließ sie sich voll und ganz auf einen elfjährigen Jungen. Aber sie folgte ihm trotzdem, auf einem für sie unsichtbaren Pfad, durch den dichten Wald ins Unterholz, zu ungefähr derselben Stelle, an der sie zuvor gewartet hatten. Die Garage war so gerade eben zu erkennen.

Das Blut war in ihre Beine zurückgekehrt, aber steif waren sie immer noch. Ihr Rücken pochte. Sie konnte mit der Hand über den Unterarm streifen und die Beulen der Moskitostiche fühlen. Auf dem Rücken ihrer linken Hand war etwas Blut, vermutlich von einem Dorn im Unterholz oder vielleicht einem Unkraut. Sie schwor sich, falls sie je wieder nach Memphis zurückkehren sollte, würde sie in einen Fitneß-Club eintreten und sich in Form bringen. Nicht, daß sie vorgehabt hätte, sich auf weitere Unternehmungen dieser Art einzulassen, aber sie hatte es satt, daß ihr alles wehtat und sie nach Atem keuchte.

Mark ließ sich auf ein Knie nieder, steckte einen Grashalm in den Mund und beobachtete die Garage.

Sie warteten, fast stumm, eine Stunde lang. Als sie den Punkt erreicht hatte, wo sie ihn alleinlassen und hektisch durch den Wald zurückrennen wollte, sagte Reggie: »Okay, Mark, ich gehe jetzt. Tu, was du für richtig hältst, weil ich jetzt verschwinde.« Aber sie rührte sich nicht.

Sie kauerten nebeneinander, und er deutete auf die Garage, als wüßte sie nicht, wo sie sich befand. »Ich krieche jetzt dorthin, mit der Taschenlampe, und sehe mir den Toten an oder das Grab oder was immer es war, an dem sie da herumgepickt haben, okay?«

»Nein.«

»Es dauert vielleicht nur eine Sekunde. Wenn ich Glück habe, bin ich gleich wieder da.«

»Ich komme mit«, sagte sie.

»Nein. Ich will, daß Sie hierbleiben. Durchaus möglich, daß diese Kerle auch warten, irgendwo zwischen den Bäumen. Wenn sie hinter mir her sind, dann will ich, daß Sie schreien und weglaufen.«

»Nein. Kommt nicht in Frage, mein Junge. Wenn du einen Blick auf den Toten werfen willst, dann will ich es auch, und keine Widerrede. Das ist mein letztes Wort.«

Er schaute in ihre Augen und beschloß, keine Einwände zu erheben. Ihr Kopf bebte, und ihre Zähne waren zusammengebissen. Sie blickte entschlossen unter der Kappe hervor.

»Dann kommen Sie mit, Reggie. Bleiben Sie in Deckung und lauschen Sie. Immer lauschen, okay?«

»Okay, okay. Ich bin nicht völlig hilflos. Mittlerweile bin ich schon so etwas wie ein Experte im Kriechen.«

Sie griffen abermals auf allen vieren vom Unterholz aus an, zwei Gestalten, die durch die lautlose Dunkelheit glitten. Das Gras war feucht und kühl. Die Pforte, noch offen vom hastigen Rückzug der Grabräuber, quietschte leise, als Reggie mit einem Fuß daran hängenblieb. Mark funkelte sie an. Sie hielten hinter dem ersten Baum inne, dann schlichen sie zum nächsten. Von nirgendwoher kamen irgendwelche Geräusche. Es war zwei Uhr nachts, und die Nachbarschaft war still. Mark machte sich Sorgen wegen des Spinners mit der Schrotflinte nebenan. Er bezweifelte, daß der Mann gut schlafen würde mit einer dünnen Plastikfolie vor seinem Fenster, und er konnte sich vorstellen, wie er in der Küche saß, die Terrasse beobachtete und nur darauf wartete, daß ein Zweig knackte, bevor er wieder losballerte. Sie hielten beim nächsten Baum an, dann krochen sie zu dem Müllhaufen.

Sie nickte einmal, atmete in kurzen schnellen Zügen. Sie duckten sich und sprinteten zur Hintertür der Garage, die einen Spaltbreit offenstand. Mark steckte den Kopf hinein. Er schaltete die Taschenlampe an und richtete sie auf den Boden. Reggie folgte ihm.

Der Geruch war stark und durchdringend, wie von einem toten Tier, das in der Sonne verrottet. Reggie hielt sich instinktiv Mund und Nase zu. Mark holte tief Luft, dann hielt er den Atem an.

Die einzige offene Fläche in dem vollgestopften Raum war in der Mitte, wo das Boot gestanden hatte. Sie hockten sich neben die Betonplatte. »Mir wird schlecht«, sagte Reggie, fast ohne den Mund zu öffnen.

Noch zehn Minuten, und die Leiche wäre draußen gewesen. Sie hatten in der Mitte angefangen, irgendwo in der Gegend des Rumpfes, und sich dann nach beiden Enden vorgearbeitet. Die schwarzen Müllsäcke, von dem Beton teilweise zersetzt, waren weggerissen worden. Zu den Füßen und

Knien hin hatten sie einen schartigen kleinen Graben ausgemeißelt.

Mark hatte genug gesehen. Er griff nach dem Meißel, den sie zurückgelassen hatten, und stieß ihn in das schwarze Plastik.

»Nicht!« flüsterte Reggie laut, wich zurück und sah trotzdem alles.

Er riß den Müllsack mit dem Meißel auf und ließ ihm das Licht der Taschenlampe folgen. Er machte eine langsame Drehung, dann zerrte er mit der Hand an dem Plastik. Er fuhr entsetzt hoch, dann richtete er das Licht langsam genau auf das verweste Gesicht des verstorbenen Senators Boyd Boyette.

Reggie tat einen weiteren Schritt zurück und fiel auf einen Haufen mit Blechdosen gefüllter Säcke. Der Lärm war ohrenbetäubend in der stillen Luft. Sie strampelte und versuchte, in der Dunkelheit wieder auf die Beine zu kommen, aber ihre hektischen Bewegungen verursachten noch mehr Lärm. Mark griff ihre Hand und zog sie auf das Boot zu. »Tut mir leid«, flüsterte sie, nur zwei Schritte von dem Toten entfernt, ohne an ihn zu denken.

»Pst«, sagte Mark, stieg auf eine Kiste und schaute durchs Fenster. Nebenan ging ein Licht an. Die Schrotflinte konnte nicht weit davon entfernt sein.

»Gehen wir«, sagte er. »In Deckung bleiben.«

Sie schlichen zur Hintertür hinaus, und Mark machte sie hinter ihnen zu. Im Nachbarhaus wurde eine Tür zugeknallt. Er fiel auf Hände und Knie und glitt um den Müllhaufen herum, an den Bäumen vorbei und durch die Pforte. Reggie blieb dicht hinter ihm. Sie hörten erst auf zu kriechen, als sie das Gestrüpp erreicht hatten. Geduckt eilten sie weiter, wie die Eichhörnchen, bis sie den Pfad gefunden hatten. Mark schaltete die Taschenlampe ein, und sie wurden erst langsamer, als sie das Bachbett erreicht hatten. Er duckte sich ins Gestrüpp und schaltete die Lampe aus.

»Was ist?« fragte sie, schwer atmend, verängstigt und auf keinen Fall willens, auf dieser Flucht noch irgendwelche Pausen einzulegen.

»Haben Sie sein Gesicht gesehen?« fragte Mark, zutiefst beeindruckt von dem, was sie gerade getan hatten.

»Natürlich habe ich sein Gesicht gesehen. Und nun laß uns verschwinden.«

»Ich möchte es noch einmal sehen.«

Sie hätte ihm fast ins Gesicht geschlagen. Dann richtete sie sich auf, mit den Händen auf den Hüften, und begann, auf das Bachbett zuzugehen.

Mark lief mit der Taschenlampe neben ihr her. »Ich habe doch nur Spaß gemacht.« Sie blieb stehen und funkelte ihn an, dann ergriff er ihre Hand und half ihr die Böschung hinunter.

Beim Superdome bogen sie auf die Schnellstraße ein und fuhren in Richtung Metairie. Der Verkehr war schwach, aber dichter als in den meisten anderen Großstädten um halb drei an einem Sonntagmorgen. Seit sie am West Park in ihren Wagen gesprungen waren und die Gegend verlassen hatten, war kein Wort mehr gefallen. Und das Schweigen machte ihnen beiden nichts aus.

Reggie dachte darüber nach, wie nahe sie dem Tod gewesen war. Mafia-Gangster, Schlangen, verrückte Nachbarn, Polizei, Schießeisen, Schock, Herzinfarkt – es hätte kaum einen Unterschied gemacht. Sie konnte sich in der Tat glücklich schätzen, hier zu sein, auf der Schnellstraße entlangrasend, schweißgebadet, bedeckt von Insektenstichen, blutig von den Wunden der Natur und schmutzig von einer Nacht im Dschungel. Es hätte wesentlich schlimmer kommen können. Sie würde im Motel eine heiße Dusche nehmen, vielleicht ein bißchen schlafen und sich anschließend den Kopf zerbrechen über den nächsten Schritt. Sie war erschöpft vom Angsthaben und von den plötzlichen Schocks. Alles tat ihr weh von dem Kriechen und Ducken. Sie war zu alt für diesen Unsinn. Merkwürdig, was Anwälte manchmal fertigbrachten.

Mark kratzte sanft an den Stichen auf seinem linken Unterarm und beobachtete, wie die Lichter von New Orleans schwächer wurden, als sie das Stadtgebiet verließen. »Haben

Sie das braune Zeug auf seinem Gesicht gesehen?« fragte er, ohne sie anzusehen.

Obwohl sich das Gesicht auf ewig in ihre Erinnerung eingebrannt hatte, konnte sie sich in diesem Moment nicht an irgendwelches braune Zeug erinnern. Es war ein kleines, geschrumpftes, teilweise verrottetes Gesicht gewesen, eines, von dem sie sich wünschte, daß sie es vergessen könnte.

»Ich hab nur die Würmer gesehen«, sagte sie.

»Das braune Zeug war Blut«, sagte er mit der Autorität eines Gerichtsmediziners.

Sie wollte das Gespräch nicht fortsetzen. Jetzt, da das Schweigen gebrochen war, gab es Wichtigeres zu besprechen.

»Ich finde, nachdem diese kleine Eskapade hinter uns liegt, sollten wir uns über deine Pläne unterhalten«, sagte sie und warf ihm einen Blick zu.

»Wir müssen schnell handeln, Reggie. Diese Kerle werden zurückkommen, um ihn zu holen, glauben Sie nicht?«

»Ja. Da bin ich ausnahmsweise einmal deiner Meinung. Durchaus möglich, daß sie schon jetzt wieder zurückgekehrt sind.«

Er kratzte sich am anderen Unterarm. »Ich habe nachgedacht.«

»Ich bin sicher, daß du das getan hast.«

»Es gibt zwei Dinge, die mir an Memphis nicht gefallen. Die Hitze und das flache Land. Es gibt dort keine Anhöhen oder Berge – Sie wissen, was ich meine? Ich habe immer gedacht, wie schön es sein würde, in den Bergen zu leben, wo die Luft kühl ist und im Winter hoher Schnee liegt. Wäre das nicht herrlich, Reggie?«

Sie lächelte und wechselte die Spur. »Hört sich wundervoll an. Irgendwelche bestimmten Berge?«

»Irgendwo draußen im Westen. Ich habe mir immer gern die Wiederholungen dieser alten ›Bonanza‹-Filme angesehen, mit Hoss und Little Joe. Adam war okay, aber ich war stocksauer, als er verschwand. Ich habe alle Folgen gesehen, seit ich ein kleiner Junge war, und dabei immer gedacht, wie schön es wäre, da zu leben.«

»Was ist aus den Hochhäusern und der von Menschen wimmelnden Großstadt geworden?«

»Das war gestern. Heute denke ich über Berge nach.«

»Ist es das, wo du hinwillst, Mark?«

»Ich glaube, ja. Kann ich?«

»Es läßt sich arrangieren. Im Augenblick werden sie sich mit fast allem einverstanden erklären.«

Er hörte auf, sich zu kratzen, und verschränkte die Finger um sein Knie. Seine Stimme klang erschöpft. »Ich kann nicht nach Memphis zurück, nicht wahr, Reggie?«

»Nein«, sagte sie leise.

»Das dachte ich mir.« Er dachte ein paar Sekunden darüber nach. »Aber vermutlich spielt das auch keine große Rolle. Da ist nicht mehr viel übriggeblieben.«

»Stell es dir als ein weiteres Abenteuer vor, Mark. Ein neues Heim, eine neue Schule, ein neuer Job für deine Mutter. Ihr werdet ein viel netteres Zuhause haben, neue Freunde, Berge ringsum, wenn es das ist, was du möchtest.«

»Seien Sie ehrlich, Reggie. Glauben Sie, daß sie uns niemals finden werden?«

Sie mußte nein sagen. In diesem Moment hatte er keine andere Wahl. Sie würde nicht länger mit ihm flüchten und sich verstecken. Sie mußten entweder das FBI anrufen und einen Handel abschließen oder das FBI anrufen und sich stellen. Dieser kleine Ausflug näherte sich seinem Ende.

»Nein, Mark. Sie werden dich niemals finden. Du mußt dem FBI trauen.«

»Ich traue den Fibbies nicht, und Sie tun es auch nicht.«

»Ich mißtraue ihnen nicht vollständig. Aber im Augenblick sind sie es, die bei diesem Spiel sagen, wo's langgeht.«

»Und ich muß mitspielen?«

»Wenn du keine bessere Idee hast.«

Mark duschte. Reggie wählte Clints Nummer und hörte, wie das Telefon ein dutzendmal läutete, bevor er den Hörer abnahm. Es war fast drei Uhr morgens.

»Clint, ich bin's.«

Seine Stimme war pelzig und langsam. »Reggie?«

»Ja, ich, Reggie. Hör zu, Clint. Schalte das Licht ein, stell deine Füße auf den Boden und hör zu.«

»Ich höre.«

»Die Nummer von Jason McThune steht im Telefonverzeichnis. Ich möchte, daß du ihn anrufst und ihm sagst, daß du die Privatnummer von Larry Trumann in New Orleans brauchst. Verstanden?«

»Weshalb schlägst du nicht im Verzeichnis von New Orleans nach?«

»Stell keine Fragen, Clint, sondern tu, was ich dir sage. Trumanns Nummer steht nicht im Telefonbuch.«

»Was geht bei euch vor, Reggie?« Seine Worte kamen jetzt rascher. »Ich rufe dich in einer Viertelstunde wieder an. Mach dir ein Kanne Kaffee. Es könnte ein langer Tag werden.« Sie legte auf und löste die Schnürsenkel ihrer schmutzigen Laufschuhe.

Mark beendete eine kurze Dusche und riß ein neues Paket Unterwäsche auf. Er war verlegen gewesen, als Reggie sie ihm kaufte, aber das kam ihm jetzt ganz unwichtig vor. Er streifte ein neues, gelbes T-Shirt über und zog seine neuen, aber schmutzigen Wal-Mart-Jeans an. Keine Socken. Für eine Zeitlang würde er nirgendwohin gehen, hatte seine Anwältin gesagt.

Er verließ das winzige Bad. Reggie lag auf dem Bett, ohne Schuhe, mit Gras und Unkraut an den Aufschlägen ihrer Jeans. Er setzte sich auf die Kante ihres Bettes und starrte die Wand an.

»Ist dir jetzt besser?« fragte sie.

Er nickte wortlos, dann legte er sich neben sie. Sie zog ihn eng an sich und legte einen Arm unter seinen nassen Kopf. »Ich bin völlig durcheinander, Reggie«, sagte er leise. »Ich weiß einfach nicht mehr, wie es weitergehen soll.«

Der zähe kleine Junge, der Steine durch Fensterscheiben warf und Killer und Polizisten austrickste und furchtlos durch dunkle Wälder rannte, begann zu weinen. Er biß sich auf die Lippe und kniff die Augen zusammen, aber das hielt die Tränen nicht zurück. Sie drückte ihn fester an sich. Dann brach er endlich zusammen und schluchzte laut, versuchte nicht, die Tränen zurückzuhalten, bemühte sich nicht, immer noch zäh zu sein. Er weinte hemmungslos und ohne eine Spur von Verlegenheit. Sein Körper bebte, und er umklammerte ihren Arm.

»Es ist okay, Mark«, flüsterte sie ihm ins Ohr. »Alles ist okay.« Mit ihrer freien Hand wischte sie Tränen von ihren Wangen und drückte ihn sogar noch fester an sich. Jetzt lag alles bei ihr. Sie mußte wieder die Anwältin sein, entschlossen handeln und den Ton angeben. Sein Leben lag wieder in ihren Händen.

Der Fernseher lief, aber der Ton war ausgeschaltet. Seine grauen und blauen Schatten warfen ein schwaches Licht über das kleine Zimmer mit dem Doppelbett und den billigen Möbeln.

Jo Trumann griff nach dem Hörer und suchte in der Dunkelheit nach der Uhr. Zehn Minuten vor vier. Sie reichte ihn ihrem Mann, der ihn nahm und sich im Bett aufsetzte. »Hallo?« grunzte er.

»Hi, Larry. Ich bin's, Reggie Love. Sie erinnern sich?«

»Ja. Wo sind Sie?«

»Hier in New Orleans. Wir müssen miteinander reden, je schneller, desto besser.«

Er hätte fast eine geistreiche Bemerkung über die Tageszeit gemacht, ließ es aber bleiben. Es war wichtig, sonst hätte sie nicht angerufen. »Okay. Was liegt an, Reggie?«

»Nun, zuerst einmal haben wir die Leiche gefunden.«

Trumann war plötzlich auf den Beinen und schlüpfte in seine Hausschuhe. »Ich höre.«

»Ich habe den Toten gesehen, Larry. Vor ungefähr zwei Stunden. Ich habe ihn mit eigenen Augen gesehen. Und gerochen.«

»Wo sind Sie?« Trumann drückte auf den Knopf des Recorders neben dem Telefon.

»In einer Telefonzelle, also keine Mätzchen, okay?«

»Okay.«

»Die Leute, die den Toten vergraben haben, haben letzte Nacht versucht, ihn fortzuschaffen, aber sie wurden daran gehindert. Lange Geschichte, Larry. Ich erzähle sie Ihnen später. Ich wette, daß sie es sehr bald wieder versuchen werden.«

»Ist der Junge bei Ihnen?«

»Ja. Er wußte, wo die Leiche war, und wir kamen, wir sahen, und wir siegten. Sie werden sie heute mittag haben, wenn Sie tun, was ich sage.«

»Was Sie wollen.«

»So ist's richtig, Larry. Der Junge will einen Handel abschließen. Deshalb müssen wir miteinander reden.«

»Wann und wo?«

»Kommen Sie ins Raintree Inn am Veterans Boulevard in Metairie. Das ist ein Lokal, das die ganze Nacht geöffnet hat. Wie lange werden Sie brauchen?«

»Geben Sie mir fünfundvierzig Minuten.«

»Je früher Sie hier sind, desto schneller bekommen Sie die Leiche.«

»Darf ich jemanden mitbringen?«

»Wen?«

»K. O. Lewis.«

»Er ist in der Stadt?«

»Ja. Wir wußten, daß Sie hier sind, also ist Mr. Lewis vor ein paar Stunden hergeflogen.«

Ein kurzes Schweigen an ihrem Ende. »Woher wußten Sie, daß wir hier sind?«

»Wir haben Mittel und Wege.«

»Wen haben Sie angezapft, Trumann? Reden Sie. Ich will eine ehrliche Antwort.« Ihre Stimme war fest, dennoch lag ein Anflug von Panik darin.

»Kann ich das erklären, wenn wir uns treffen?« fragte er und versetzte sich in Gedanken einen Tritt in den Hintern, weil er dieses heikle Thema aufs Tapet gebracht hatte.

»Erklären Sie es jetzt«, befahl sie.

»Ich werde es Ihnen gern erklären, wenn wir …«

»Hören Sie zu, Mann. Das Treffen findet nicht statt, sofern Sie mir nicht auf der Stelle sagen, wen Sie angezapft haben. Reden Sie, Trumann.«

»Okay. Wir haben das Telefon der Mutter des Jungen im

Krankenhaus angezapft. Es war ein Fehler. Ich war es nicht, die Leute in Memphis haben es getan.«

»Was haben sie gehört?«

»Nicht viel. Ihr Freund Clint hat gestern nachmittag angerufen und ihr gesagt, Sie beide wären in New Orleans. Das ist alles, ich schwöre es.«

»Würden Sie mich anlügen, Trumann?« fragte sie, an die Bandaufnahme von ihrer ersten Begegnung denkend.

»Ich lüge nicht, Reggie«, erklärte Trumann und dachte an dieselbe verdammte Aufnahme.

Es folgte eine lange Pause, in der er nichts hörte außer ihren Atem. »Nur Sie und K. O. Lewis«, sagte sie. »Niemand sonst. Wenn Foltrigg aufkreuzt, ist der Ofen aus.«

»Ich schwöre es.«

Sie legte auf. Trumann rief sofort K. O. Lewis im Hilton an und anschließend McThune in Memphis.

39

Genau fünfundvierzig Minuten später betraten Trumann und Lewis nervös den fast leeren Grillroom des Raintree Inn. Reggie wartete an einem Tisch in der Ecke, weit abseits von allen anderen Leuten. Ihr Haar war feucht, und sie trug kein Make-up. Ein fülliges T-Shirt mit LSU TIGERS in purpurroten Buchstaben steckte in den verblichenen Jeans. Sie trank schwarzen Kaffee und stand nicht auf und lächelte auch nicht, als sie herankamen und sich ihr gegenüber niederließen.

»Guten Morgen, Ms. Love«, sagte Lewis in dem Versuch, nett zu sein.

»Ich heiße Reggie, okay, und für Höflichkeiten ist es zu früh. Sind wir allein?«

»Natürlich«, sagte Lewis. In diesem Moment überwachten acht FBI-Agenten den Parkplatz, und weitere waren unterwegs.

»Keine Wanzen, Drähte, versteckte Mikrofone, Salzstreuer oder Ketchupflaschen?«

»Keine.«

Ein Kellner erschien, und sie bestellten Kaffee.

»Wo ist der Junge?« fragte Trumann.

»In der Nähe. Sie werden ihn bald genug zu sehen bekommen.«

»Ist er in Sicherheit?«

»Natürlich ist er in Sicherheit. Ihre Leute würden ihn nicht einmal erwischen, wenn er auf den Straßen herumlaufen und um Essen betteln würde.«

Sie reichte Lewis ein Blatt Papier. »Das sind die Namen von drei psychiatrischen Kliniken, die auf Kinder spezialisiert sind. Battenwood in Rockford, Illinois. Ridgewood in Tallahassee. Und Grant's in Phoenix. Jede dieser drei käme in Frage.«

Ihre Augen wanderten langsam von ihrem Gesicht zu der

Liste. Sie studierten sie. »Aber wir haben bereits bei der Klinik in Portland angefragt«, sagte Lewis verblüfft.

»Es interessiert mich nicht, bei wem Sie bereits angefragt haben, Mr. Lewis. Nehmen Sie diese Liste und fragen Sie noch einmal an. Und ich schlage vor, daß Sie es schnell tun. Rufen Sie in Washington an und holen Sie die Leute aus dem Bett, damit sie sich gleich ans Telefon hängen können.«

Er faltete die Liste zusammen und legte sie unter seinen Ellenbogen. »Sie – äh, Sie haben gesagt, Sie hätten die Leiche gesehen?« fragte er, wobei er versuchte, seiner Stimme einen amtlichen Ton zu geben, was ihm jedoch jämmerlich mißlang.

Sie lächelte. »Ja, das habe ich. Vor noch nicht einmal drei Stunden. Muldannos Leute versuchten, sie wegzuschaffen, aber wir haben sie in die Flucht geschlagen.«

»Wir?«

»Mark und ich.«

Beide musterten sie eingehend und warteten auf die kostbaren Details dieser unglaublichen Geschichte. Der Kaffee kam, und sie ignorierten sowohl ihn als auch den Kellner.

»Wir wollen nichts essen«, sagte Reggie grob, und der Kellner verschwand.

»Also, hier ist der Handel«, sagte sie. »Er enthält einige Klauseln, von denen keine einzige zur Diskussion steht. Sie tun es auf meine Weise, Sie tun es sofort, und Sie haben die besten Aussichten, die Leiche zu bekommen, bevor Muldanno sie wegschleppt und ins Meer wirft. Wenn Sie Mist bauen, meine Herren, dann bezweifle ich, daß Sie jemals wieder so nah an sie herankommen werden.«

Sie nickten eilfertig.

»Sind Sie mit einem Privatjet hierher geflogen?« fragte sie Lewis.

»Ja. Er gehört dem Direktor.«

»Wie viele Personen kann er befördern?«

»Ungefähr zwanzig.«

»Gut. Schicken Sie ihn sofort zurück nach Memphis. Ich möchte, daß Sie Dianne und Ricky Sway abholen, zusammen mit seinem Arzt und Clint. Fliegen Sie sie sofort hierher. McThune kann gern mitkommen. Wir treffen sie am Flughafen, und wenn Mark sicher an Bord und die Maschine gestartet ist, dann sage ich Ihnen, wo sich die Leiche befindet. Sind Sie soweit einverstanden?«

»Kein Problem«, sagte Lewis. Trumann war sprachlos.

»Die ganze Familie wird in das Zeugenschutzprogramm aufgenommen. Als erstes sucht sie sich die Klinik aus, und wenn Ricky soweit ist, daß er reisen kann, entscheiden sie sich für eine Stadt.«

»Kein Problem.«

»Komplette Auswechslung sämtlicher Dokumente, neue Identität, hübsches kleines Haus, alles, was dazugehört. Diese Frau muß eine Weile im Haus bleiben und sich um ihre Kinder kümmern, also schlage ich ein monatliches Unterhaltsgeld in Höhe von viertausend Dollar vor, garantiert für drei Jahre. Und dazu die sofortige, einmalige Zahlung von fünfundzwanzigtausend. Sie haben bei dem Brand alles verloren, Sie erinnern sich?«

»Natürlich. Diese Dinge sind einfach.« Lewis war so willfährig, daß sie bedauerte, nicht mehr verlangt zu haben.

»Wenn sie irgendwann einmal wieder arbeiten möchte, dann schlage ich einen hübschen, bequemen Regierungsjob vor, ohne Verantwortlichkeiten, mit kurzer Arbeitszeit und einem dicken Gehalt.«

»Solche Jobs haben wir massenhaft.«

»Sollte sie irgendwann den Wunsch verspüren, an einen anderen Ort umzuziehen, dann wird ihr das gestattet. Auf Ihre Kosten natürlich.«

»So was machen wir alle Tage.«

Jetzt lächelte Trumann, obwohl er versuchte, es nicht zu tun.

»Sie wird einen Wagen brauchen.«

»Kein Problem.«

»Es kann sein, daß Ricky lange Zeit in Behandlung bleiben muß.«

»Wir kommen für die Kosten auf.«

»Ich möchte, daß Mark von einem Psychiater untersucht wird, obwohl ich vermute, daß er in besserer Verfassung ist als wir alle.«

»Geht in Ordnung.«

»Da sind noch ein paar kleinere Dinge, und sie werden in der Vereinbarung stehen.«

»Welcher Vereinbarung?«

»Der Vereinbarung, die jetzt gerade getippt wird. Sie wird unterschrieben werden von mir selbst, Dianne Sway, Richter Harry Roosevelt und Ihnen, Mr. Lewis, im Namen von Direktor Voyles.«

»Was steht außerdem noch in dieser Vereinbarung?«

»Ich möchte eine Versicherung, daß Sie alles tun werden, was in Ihrer Macht steht, um das Erscheinen von Roy Foltrigg vor dem Jugendgericht von Shelby County, Tennessee, zu erzwingen. Richter Roosevelt wird sehr daran gelegen sein, sich über einige Dinge mit ihm zu unterhalten, und ich bin sicher, daß Foltrigg sich sträuben wird. Wenn eine Vorladung ausgestellt wird, dann möchte ich, daß Sie, Mr. Trumann, sie ihm zustellen.«

»Mit dem größten Vergnügen«, sagte Trumann mit einem boshaften Lächeln.

»Wir werden tun, was wir können«, setzte Lewis ein wenig verwirrt hinzu.

»Gut. Erledigen Sie Ihre Anrufe. Bringen Sie den Jet in die Luft. Rufen sie McThune an und sagen Sie ihm, er soll Clint Van Hooser abholen und ins Krankenhaus bringen. Und nehmen Sie die verdammte Wanze aus ihrem Apparat, weil ich mit ihr reden muß.«

»Kein Problem.« Sie sprangen auf.

»Wir treffen uns in einer halben Stunde genau hier wieder.«

Clint hämmerte auf seine alte Royal Portable ein. Der Kaffee in seiner dritten Tasse schwappte jedesmal, wenn er auf den Zeilenschalter hieb und der Küchentisch erbebte. Er versuchte, sein Gekritzel auf der Rückseite eines *Esquire* zu entziffern und sich an jede Klausel zu erinnern, die sie am Telefon hervorgesprudelt hatte. Wenn er damit fertig war, würde es zweifellos das schlampigste juristische Dokument sein, das je verfaßt worden war. Er fluchte und griff nach dem Tipp-Ex.

Ein Klopfen an der Tür ließ ihn zusammenfahren. Er fuhr sich mit den Fingern durch sein ungewaschenes und ungekämmtes Haar und ging zur Tür. »Wer ist da?«

»FBI.«

Nicht so laut, hätte er fast gesagt. Er konnte bereits hören, wie seine Nachbarn über ihn und seine Verhaftung vor Tagesanbruch klatschten. Wahrscheinlich Drogen, würden sie sagen.

Er öffnete die Tür einen Spaltbreit und lugte bei vorgelegter Kette hinaus. In der Dunkelheit standen zwei Agenten mit verquollenen Augen. »Wir wurden angewiesen, Sie abzuholen«, sagte der eine.

»Zeigen Sie mir einen Ausweis.«

Sie hielten ihre Ausweise vor den Türspalt. »FBI«, sagte der erste noch einmal.

Clint öffnete die Tür weiter und winkte sie herein. »Es dauert noch ein paar Minuten. Setzen Sie sich.«

Sie blieben verlegen in der Mitte des Zimmers stehen, während er zum Tisch und zu seiner Schreibmaschine zurückkehrte. Er tippte langsam. Das Gekritzel war nicht zu entziffern, und er schrieb den Rest nach Gutdünken. Die wichtigsten Punkte standen drin, hoffte er. Wenn er etwas im Büro tippte, fand sie immer etwas zu ändern, aber das mußte genügen. Er zog das Blatt langsam aus der Royal und packte die Vereinbarung in seinen Aktenkoffer.

»Gehen wir«, sagte er.

Zwanzig Minuten nach fünf kehrte Trumann allein an den Tisch zurück, an dem Reggie wartete. Er brachte zwei Funktelefone mit. »Dachte, die könnten wir brauchen«, sagte er.

»Wo haben Sie die her?« fragte Reggie.

»Sie wurden uns hergebracht.«

»Von einigen ihrer Leute?«

»Ja.«

»Nur spaßeshalber – wie viele Männer haben Sie im Moment im Umkreis von fünfhundert Metern von diesem Lokal?«

»Ich weiß es nicht genau. Zwölf oder dreizehn. Reine Routine, Reggie. Es könnte sein, daß sie gebraucht werden. Wir könnten ein paar von ihnen losschicken, damit sie den Jungen beschützen, wenn Sie mir sagen, wo er ist. Ich nehme an, er ist allein.«

»Er ist allein, und es geht ihm gut. Haben Sie mit McThune gesprochen?«

»Ja. Sie haben Clint bereits abgeholt.«

»Das ging aber schnell.«

»Also, um ehrlich zu sein, unsere Leute haben seine Wohnung seit vierundzwanzig Stunden überwacht. Wir haben sie einfach telefonisch geweckt und ihnen gesagt, sie sollten an seine Tür klopfen. Übrigens haben wir Ihren Wagen gefunden, Reggie, nicht aber den von Clint.«

»Den habe ich.«

»Das dachte ich mir. Ziemlich schlau, aber binnen vierundzwanzig Stunden hätten wir Sie gefunden.«

»Seien Sie nicht so überheblich, Trumann. Nach Boyette haben Sie acht Monate gesucht.«

»Stimmt. Wie ist der Junge entkommen?«

»Das ist eine lange Geschichte. Ich hebe sie mir für später auf.«

»Sie könnten wegen Beihilfe belangt werden. Aber das wissen Sie vermutlich.«

»Nicht, wenn Sie unsere kleine Vereinbarung unterschreiben.«

»Wir unterschreiben sie, keine Sorge.« Eines der Telefone läutete, und Trumann griff danach. Während er zuhörte, eilte K. O. Lewis auf den Tisch zu; er brachte sein eigenes Funktelefon mit. Er ließ sich auf den Stuhl fallen und beugte sich mit vor Erregung funkelnden Augen über den Tisch. »Habe mit Washington gesprochen. Wir sind gerade dabei, in den Kliniken nachzufragen. Sieht alles bestens aus. Direktor Voyles wird in einer Minute hier anrufen. Wahrscheinlich wird er mit Ihnen sprechen wollen.«

»Was ist mit dem Flugzeug?«

Lewis sah auf die Uhr. »Es startet gerade und sollte um halb sieben in Memphis sein.«

Trumann legte eine Hand über die Sprechmuschel. »Das

ist McThune. Er ist im Krankenhaus und wartet auf Dr. Greenway und den Verwaltungsdirektor. Sie haben sich mit Richter Roosevelt in Verbindung gesetzt, und er ist auf dem Weg dorthin.«

»Haben sie die Wanze aus dem Telefon genommen?« fragte Reggie.

»Ja.«

»Den Salzstreuer entfernt?«

»Keine Salzstreuer. Alles ist sauber.«

»Gut. Sagen Sie ihm, er soll in zwanzig Minuten wieder anrufen«, sagte sie.

Trumann murmelte etwas in den Hörer und legte einen Schalter um. Sekunden später läutete K. O.s Telefon. Er hielt es sich ans Ohr, und auf seinem Gesicht erschien ein breites Lächeln. »Ja, Sir«, sagte er überaus respektvoll. »Einen Augenblick.«

Er hielt Reggie den Apparat hin. »Es ist Direktor Voyles. Er möchte mit Ihnen sprechen.«

Reggie nahm das Gerät langsam entgegen und sagte dann: »Hier ist Reggie Love.« Lewis und Trumann beobachteten sie wie zwei Kinder, die auf Eiskrem warten.

Vom anderen Ende kam eine tiefe und sehr klare Stimme. Obwohl Denton Voyles während seiner zweiundvierzig Jahre als Direktor des FBI nie viel von den Medien gehalten hatte, hatten sie doch gelegentlich ein kurzes Statement von ihm bekommen. Die Stimme klang vertraut. »Ms. Love, ich bin Denton Voyles. Wie geht es Ihnen?«

»Bestens. Und ich heiße Reggie, okay?«

»Natürlich, Reggie. Bitte, hören Sie zu. K. O. hat mich gerade über den Stand der Dinge informiert, und ich möchte Ihnen versichern, daß das FBI alles Erdenkliche tun wird, um den Jungen und seine Angehörigen zu schützen. K. O. ist autorisiert, an meiner Stelle zu handeln. Wir werden auch Sie beschützen, wenn Sie es wünschen.«

»Mir geht es in erster Linie um den Jungen, Denton.« Trumann und Lewis sahen sich an. Sie hatte ihn Denton genannt, und das hatte zuvor noch nie jemand gewagt. Und dabei war sie nicht im mindesten respektlos.

»Wenn Sie wollen, können Sie mir die Vereinbarung faxen, und ich unterschreibe Sie selbst«, sagte er.

»Das wird nicht nötig sein, aber trotzdem vielen Dank.«

»Und mein Flugzeug steht Ihnen zur Verfügung.«

»Danke.«

»Und ich verspreche Ihnen, wir werden dafür sorgen, daß Mr. Foltrigg in Memphis sein Fett bekommt. Mit dieser Vorladung vor die Anklagejury hatten wir nichts zu tun.«

»Ja, das weiß ich.«

»Viel Glück für Sie, Reggie. Die Details können Sie an Ort und Stelle ausarbeiten. Lewis kann Berge versetzen. Rufen Sie mich an, wenn Sie mich brauchen. Ich bin den ganzen Tag im Büro.«

»Danke«, sagte sie und gab das Telefon an K. O. Lewis, den Bergeversetzer, zurück.

Der stellvertretende Nacht-Geschäftsführer des Lokals, ein junger Mann, nicht älter als neunzehn, mit einem Pfirsichflaum-Schnurrbart und von seiner Wichtigkeit überzeugt, kam an ihren Tisch. Diese Leute saßen seit Stunden hier herum, und allem Anschein nach hatten sie sich häuslich eingerichtet. Auf dem Tisch lagen drei Telefone und etliche Papiere. Die Frau trug ein Sweatshirt und Jeans. Einer der Männer trug eine Kappe und keine Socken. »Entschuldigen Sie«, sagte er kurz angebunden, »kann ich Ihnen behilflich sein?«

Trumann warf einen Blick über die Schulter und fauchte: »Nein.«

Er zögerte, dann trat er einen Schritt näher heran. »Ich bin der stellvertretende Nacht-Geschäftsführer, und ich möchte wissen, was Sie hier tun.«

Trumann schnippte laut mit den Fingern, und zwei Herren, die an einem nicht weit entfernten Tisch in der Sonntagszeitung gelesen hatten, sprangen auf, zogen Ausweise aus ihren Taschen und hielten sie dem stellvertretenden Nacht-Geschäftsführer unter die Nase. »FBI«, sagten sie gleichzeitig, ergriffen jeder einen Arm und führten ihn fort. Er kam nicht zurück. Das Lokal war immer noch leer.

Eines der Telefone läutete, und Lewis nahm es. Er hörte aufmerksam zu. Reggie griff nach der Sonntagszeitung von

New Orleans. Unten auf der Titelseite war ihr Gesicht. Das Foto stammte aus dem Anwaltsregister und stand neben Marks Klassenfoto aus dem vierten Schuljahr. Seite an Seite. Geflüchtet. Verschwunden. Untergetaucht. Boyette und alles, was dazugehörte.

»Das war Washington«, berichtete Lewis, nachdem er das Telefon wieder auf den Tisch gelegt hatte. »Die Klinik in Rockford ist voll belegt. Jetzt versuchen sie es bei den anderen beiden.«

Reggie nickte und trank einen Schluck Kaffee. Die Sonne unternahm die ersten Anstrengungen des Tages. Ihre Augen waren rot, und sie hatte Kopfschmerzen, aber das Adrenalin tat seine Wirkung. Mit ein bißchen Glück würde sie kurz nach Anbruch der Dunkelheit zu Hause sein.

»Reggie, könnten Sie uns ungefähr sagen, wie lange wir brauchen werden, um an die Leiche heranzukommen?« fragte Trumann mit größter Vorsicht. Er wollte nicht drängen; wollte sie nicht gegen sich aufbringen. Aber er mußte mit der Planung beginnen. »Muldanno ist immer noch auf freiem Fuß, und wenn er uns zuvorkommt, sitzen wir alle in der Tinte.« Er hielt inne und wartete darauf, daß sie etwas sagte. »Sie ist hier in der Stadt, stimmt's?«

»Wenn Sie sich nicht verirren, sollten Sie in der Lage sein, sie in einer Viertelstunde zu finden.«

»In einer Viertelstunde«, wiederholte er langsam, als wäre das zu schön, um wahr zu sein. Eine Viertelstunde.

40

Clint hatte seit vier Jahren keine Zigarette mehr geraucht, aber jetzt paffte er nervös eine Virginia Slim. Dianne rauchte auch eine, und sie standen zusammen am Ende des Flurs und sahen zu, wie die Morgendämmerung über Memphis aufstieg. Greenway war bei Ricky im Zimmer. Nebenan warteten Jason McThune, der Verwaltungsdirektor des Krankenhauses und eine kleine Kollektion von FBI-Agenten. Sowohl Clint als auch Dianne hatten in der letzten halben Stunde mit Reggie gesprochen.

»Der Direktor hat sein Wort gegeben«, sagte Clint und zog heftig an der dünnen Zigarette. »Eine andere Möglichkeit gibt es nicht.«

Sie schaute durchs Fenster. Ein Arm lag auf ihrer Brust, die andere Hand hielt die Zigarette. »Wir reisen einfach ab, stimmt's? Wir steigen ins Flugzeug und fliegen in den Sonnenuntergang, und danach leben alle glücklich bis ans Ende ihrer Tage?«

»So ungefähr.«

»Was ist, wenn ich das nicht will, Clint?«

»Sie können nicht nein sagen.«

»Warum nicht?«

»Ganz einfach. Ihr Sohn hat beschlossen zu reden. Er hat außerdem beschlossen, das Zeugenschutzprogramm in Anspruch zu nehmen. Also müssen Sie gehen, ob Sie es wollen oder nicht. Sie und Ricky.«

»Ich möchte mit meinem Sohn reden.«

»Sie können in New Orleans mit ihm reden. Wenn Sie ihn dazu bringen können, daß er seine Meinung ändert, dann ist der Handel hinfällig. Reggie rückt erst mit der Sprache heraus, wenn Sie alle drei im Flugzeug und in der Luft sind.«

Clint bemühte sich um Entschlossenheit, war aber gleichzeitig voller Mitleid. Sie war verängstigt, schwach und verletzlich. Ihre Hand zitterte, als sie den Filter zwischen die Lippen steckte.

»Ms. Sway, sagte eine tiefe Stimme hinter ihnen. Sie drehten sich um und sahen den Ehrenwerten Harry M. Roosevelt hinter sich stehen, in einem gewaltigen, leuchtendblauen Jogginganzug mit dem Emblem der Memphis State Tigers auf der Brust. Er mußte die Größe Triple Extra Large haben, und er endete immer noch fünfzehn Zentimeter oberhalb der Knöchel. Ein Paar uralter, aber selten benutzter Laufschuhe bedeckte die großen Füße. In der Hand hielt Roosevelt die zweiseitige Vereinbarung, die Clint geschrieben hatte.

Sie nahm seine Anwesenheit zur Kenntnis, sagte aber nichts.

»Hallo, Euer Ehren«, sagte Clint leise.

»Ich habe gerade mit Reggie gesprochen«, sagte er zu Dianne. »Ich muß schon sagen, sie hat eine ziemlich aufregende Reise hinter sich.« Er trat zwischen sie und ignorierte Clint. »Ich habe diese Vereinbarung gelesen, und ich bin bereit, sie zu unterschreiben. Ich glaube, es wäre im besten Interesse von Mark, wenn Sie es gleichfalls täten.«

»Ist das eine Anweisung?« fragte sie.

»Nein. Es steht nicht in meiner Macht, Sie zum unterschreiben dieser Vereinbarung zu zwingen«, sagte er, dann bedachte er sie mit einem breiten, freundlichen Lächeln. »Aber wenn ich es könnte, würde ich es tun.«

Sie legte die Zigarette in einen Aschenbecher auf der Fensterbank und schob beide Hände tief in die Taschen ihrer Jeans. »Und wenn ich es nicht tue?«

»Dann wird Mark hierher zurückgebracht und wieder in Gewahrsam genommen, und was danach kommt, wer weiß? Irgendwann wird er zum Reden gezwungen werden. Die Situation ist jetzt wesentlich prekärer.«

»Warum?«

»Weil jetzt kein Zweifel mehr darüber besteht, daß Mark weiß, wo sich die Leiche befindet. Reggie weiß es auch. Sie könnten in großer Gefahr schweben. Sie sind an dem Punkt angekommen, Ms. Sway, wo Sie anderen Leuten vertrauen müssen.«

»Sie haben gut reden.«

»Ja, das habe ich. Aber wenn ich Sie wäre, würde ich das hier unterschreiben und ins Flugzeug steigen.«

Dianne nahm langsam die Vereinbarung von Seinen Ehren entgegen. »Gehen wir und reden wir mit Dr. Greenway.«

Sie folgten ihr den Flur entlang in das Zimmer neben dem von Ricky.

Zwanzig Minuten später wurde der neunte Stock des St. Peter's von einem Dutzend FBI-Agenten abgeriegelt. Das Wartezimmer wurde evakuiert. Die Schwestern wurden angewiesen, auf ihren Stationen zu bleiben. Drei der Fahrstühle wurden im Erdgeschoß gestoppt. Der vierte wurde im neunten Stock von einem Agenten festgehalten.

Die Tür zu Zimmer 943 öffnete sich, und der kleine Ricky Sway, betäubt und tief schlafend, wurde auf einer von Jason McThune und Clint Van Hooser geschobenen Trage auf den Flur gerollt. An diesem, seinem sechsten Krankenhaustag, war er in keiner besseren Verfassung als bei seiner Einlieferung. Greenway ging an der einen Seite der Trage, Dianne an der anderen. Harry folgte ihnen ein paar Schritte, dann blieb er zurück.

Die Trage wurde in den wartenden Fahrstuhl geschoben, und sie fuhren zum vierten Stock hinunter, der gleichfalls von FBI-Agenten gesichert wurde. In aller Eile wurde die Trage über eine kurze Strecke zu einem Lastenaufzug befördert, dessen Tür Agent Durston offenhielt, und dann in den gleichfalls gesicherten zweiten Stock. Ricky rührte sich nicht. Dianne hielt seine Hand und rannte neben der Bahre her.

Sie manövrierten sich durch eine Reihe von kurzen Fluren und Metalltüren hindurch und befanden sich plötzlich auf einem Flachdach. Ein Hubschrauber wartete. Ricky wurde schnell verladen, und Dianne, Clint und McThune gingen an Bord.

Minuten später landete der Hubschrauber auf dem Memphis International Airport in der Nähe eines Hangars. Ein halbes Dutzend FBI-Agenten bewachte das Flugfeld, während Ricky zu einem in der Nähe stehenden Jet gerollt wurde.

Zehn Minuten vor sieben läutete auf dem Ecktisch im Raintree Inn eines der Funktelefone, und Trumann ergriff es. Er hörte zu und sah auf die Uhr. »Sie sind in der Luft«, verkündete er und legte das Telefon wieder hin. Lewis sprach abermals mit Washington.

Reggie holte tief Luft und lächelte Trumann an. »Die Leiche steckt in Beton. Sie werden ein paar Hämmer und Meißel brauchen.«

Trumann verschluckte sich an seinem Orangensaft. »Okay. Sonst noch was?«

»Ja. Postieren Sie ein paar von Ihren Leuten in der Nähe der Kreuzung von St. Joseph und Carondelet.«

»Nicht weit davon entfernt?«

»Tun Sie's einfach, okay.«

»Wird erledigt. Sonst noch was?«

»Ich bin gleich wieder da.« Reggie ging zur Kasse und bat den Kassierer, beim Faxgerät nachzusehen. Der Kassierer kehrte mit einer Kopie der zweiseitigen Vereinbarung zurück. Reggie las sie sorgfältig durch. Sie war grauenhaft getippt, aber der Wortlaut war perfekt. Sie kehrte an den Tisch zurück. »Jetzt können wir Mark abholen«, sagte sie.

Mark putzte sich zum drittenmal die Zähne und setzte sich dann auf die Bettkante. Seine schwarzgoldene Saints-Tasche war mit schmutzigen Kleidern und neuer Unterwäsche vollgestopft. Im Fernsehen liefen Zeichentrickfilme, aber er war nicht interessiert.

Er hörte das Zuschlagen einer Wagentür, dann Schritte, dann ein Klopfen. »Mark, ich bin's«, sagte Reggie.

Er öffnete die Tür, aber sie kam nicht herein. »Können wir gehen?«

»Ich denke schon.« Die Sonne war aufgegangen, und der Parkplatz lag schon im Licht. Hinter ihr zeigte sich ein vertrautes Gesicht. Es war einer der FBI-Agenten von der ersten Zusammenkunft im Krankenhaus. Mark griff nach seiner

Tasche und trat auf den Parkplatz hinaus. Drei Wagen warteten. Ein Mann öffnete die hintere Tür des mittleren, und Mark und seine Anwältin stiegen ein.

Die kleine Kavalkade jagte los.

»Alles läuft bestens«, sagte Reggie und ergriff seine Hand. Die beiden Männer auf den Vordersitzen schauten starr geradeaus. »Ricky und deine Mutter sitzen im Flugzeug. Sie werden in ungefähr einer Stunde hier sein. Bist du okay?«

»Ich glaube schon. Haben Sie es ihnen gesagt?« flüsterte er.

»Noch nicht«, erwiderte sie. »Nicht, bevor du im Flugzeug sitzt und in der Luft bist.«

»Sind all diese Männer FBI-Agenten?«

Sie nickte und tätschelte seinen Kopf. Er kam sich plötzlich sehr wichtig vor. Er saß auf dem Rücksitz seines eigenen schwarzen Wagens, wurde zum Flughafen befördert, um dort einen Privatjet zu besteigen, umringt von Polizisten, die nur dazu da waren, ihn zu beschützen. Er schlug die Beine übereinander und setzte sich etwas aufrechter hin.

Er war noch nie geflogen.

41

Barry wanderte nervös vor den getönten Fensterscheiben von Johnnys Büro hin und her und betrachtete die Schlepper und Lastkähne auf dem Fluß. Seine Augen waren rot, aber nicht vom Trinken oder anderen Ausschweifungen. Er hatte nicht geschlafen. Er hatte hier im Lagerhaus darauf gewartet, daß ihm die Leiche gebracht würde, und als Leo und Genossen gegen eins ohne sie eintrafen, hatte er seinen Onkel angerufen.

Johnny trug an diesem schönen Sonntagmorgen weder Krawatte noch Hosenträger. Er ging langsam hinter seinem Schreibtisch auf und ab und paffte blauen Rauch aus der dritten Zigarre dieses Tages. Eine dichte Wolke hing über seinem Kopf.

Das Anschreien und die Wutausbrüche hatten Stunden zuvor geendet. Barry hatte Leo und Ionucci und den Bullen beschimpft, und Leo hatte zurückgeschimpft. Aber im Laufe der Zeit hatte die Panik sich gelegt. Die ganze Nacht hindurch war Leo immer wieder an Cliffords Haus vorübergefahren, stets in einem anderen Wagen, und hatte nichts Ungewöhnliches gesehen. Die Leiche war immer noch da.

Johnny beschloß, vierundzwanzig Stunden zu warten und es dann noch einmal zu versuchen. Sie würden das Grundstück den Tag über im Auge behalten und nach Einbruch der Dunkelheit massiv angreifen. Der Bulle versicherte ihm, daß er den Toten binnen zehn Minuten aus dem Beton herausholen könnte.

Ihr müßt nur cool bleiben, hatte Johnny zu allen gesagt. Ganz cool.

Roy Foltrigg beendete die Lektüre der Sonntagszeitung auf der Terrasse seines Vorstadthauses und ging mit einer Tasse kaltem Kaffee mit bloßen Füßen über den nassen Rasen. Er hatte nur wenig geschlafen und im Dunkeln auf seiner Veranda auf das Eintreffen der Zeitung gewartet. Dann war er in Schlafanzug und Morgenmantel hingelaufen und hatte sie geholt. Er hatte Trumann angerufen, aber seltsamerweise wußte Mrs. Trumann nicht, wo ihr Mann hingegangen war.

Er inspizierte die Rosensträucher seiner Frau am rückwärtigen Zaun und fragte sich zum hunderstenmal, wo Mark Sway sein mochte. Es war ganz eindeutig, zumindest für ihn, daß Reggie ihm bei der Flucht geholfen hatte. Sie hatte offensichtlich wieder den Verstand verloren und war mit dem Jungen abgehauen. Er lächelte. Er würde das besondere Vergnügen haben, ihr dafür vor Gericht den Arsch aufzureißen.

Der Hangar war ungefähr fünfhundert Meter vom Hauptterminal entfernt und stand in einer Reihe von gleichartigen Gebäuden, die alle in einem tristen Grau gestrichen waren. Über dem hohen Doppeltor, das aufging, als die drei Wagen vor dem Hangar anhielten, waren mit orangefarbenen Buchstaben die Worte *Gulf Air* aufgemalt. Der Betonboden war grün gestrichen und makellos sauber und leer bis auf zwei Privatjets in einer der hinteren Ecken. Ein paar Lampen waren eingeschaltet, und ihr Licht wurde von dem grünen Beton reflektiert. Das Gebäude war groß genug für ein Autorennen, dachte Mark, als er den Hals reckte, um einen Blick auf die beiden Jets werfen zu können.

Jetzt, da das Tor aufgegangen war, lag die gesamte Vorderfront des Hangars offen da. Drei Männer eilten an der Rückwand entlang, als suchten sie nach etwas. Zwei weitere stellten sich neben das Tor. Ein weiteres halbes Dutzend wanderte draußen langsam herum, in einigem Abstand von den gerade angekommenen Wagen.

»Was sind das für Leute?« fragte Mark.

»Sie gehören zu uns«, sagte Trumann.

»Es sind FBI-Agenten«, verdeutlichte Reggie.

»Warum so viele?«

»Nur eine Vorsichtsmaßnahme«, sagte sie. »Was meinen Sie, wie lange wird es noch dauern?« fragte sie Trumann.

Er sah auf die Uhr. »Wahrscheinlich eine halbe Stunde.«

»Laufen wir ein bißchen herum«, sagte sie und öffnete ihre Tür. Wie auf Kommando öffneten sich auch die anderen elf Türen des kleinen Konvois, und die Wagen leerten sich. Mark sah sich um, betrachtete die anderen Hangars, den Terminal und eine auf der Rollbahn vor ihnen landende Maschine. Das alles war inzwischen mächtig aufregend geworden. Vor noch nicht einmal drei Wochen war er über einen Mitschüler hergefallen, weil der ihn damit aufgezogen hatte, daß er noch nie geflogen war. Wenn der ihn jetzt sehen könnte! Wie er mit einem Privatwagen zum Flughafen gebracht worden war und jetzt darauf wartete, daß sein Privatjet ihn dahin flog, wo immer er hinwollte. Keine Wohnwagen mehr. Keine Prügeleien mit Mitschülern. Keine Zettel mehr für Mom, denn nun würde sie zu Hause sein. Als er allein in dem Motelzimmer gesessen hatte, war er zu dem Schluß gekommen, daß dies eine wunderbare Idee war. Er war nach New Orleans gekommen und hatte die Mafia in ihrem eigenen Hinterhof aufs Kreuz gelegt, und er konnte es abermals tun.

Er merkte, daß die Agenten am Tor ihn anschauten. Sie warfen kurze Blicke auf ihn, dann sahen sie woanders hin. Wollten nur einen Eindruck von ihm gewinnen. Vielleicht würde er später ein paar Autogramme geben.

Er folgte Reggie in den riesigen Hangar, und die beiden Privatjets erregten seine Aufmerksamkeit. Sie glichen glänzenden Spielsachen, die unter dem Weihnachtsbaum darauf warten, daß man mit ihnen spielt. Der eine war schwarz, der andere silberfarben, und Mark konnte den Blick nicht von ihnen abwenden.

Ein Mann in einem orangefarbenen Hemd mit *Gulf Air* auf einem Etikett über der Tasche schloß die Tür zu einem kleinen Büro innerhalb des Hangars und kam auf sie zu. K. O. Lewis ging ihm entgegen, und sie unterhielten sich leise. Der Mann deutete auf das Büro und sagte etwas von Kaffee.

Larry Trumann kniete neben Mark nieder, der immer noch die Jets betrachtete. »Kennst du mich noch, Mark?« fragte er mit einem Lächeln.

»Ja, Sir. Ich habe Sie im Krankenhaus getroffen.«

»Das ist richtig. Ich heiße Larry Trumann.« Er streckte ihm die Hand hin, und Mark ergriff sie langsam. Im allgemeinen schütteln Erwachsene nicht die Hände von Kindern. »Ich bin FBI-Agent hier in New Orleans.«

Mark nickte und betrachtete weiterhin die Jets.

»Würdest du sie dir gern aus der Nähe ansehen?« fragte Trumann. »Darf ich?« fragte er, Trumann plötzlich freundlich gesonnen.

»Natürlich.« Trumann stand auf und legte Mark eine Hand auf die Schulter. Sie gingen langsam über den glänzenden Beton, und Trumanns Schritte hallten. Sie blieben vor dem schwarzen Jet stehen. »Also, das ist ein Lear Jet«, begann Trumann.

Reggie und K. O. Lewis verließen das kleine Büro mit großen Bechern voll dampfendem Kaffee. Die Agenten, mit denen sie gekommen waren, hatten sich in die Schatten des Hangars zurückgezogen. Sie tranken ihren vermutlich zehnten Kaffee an diesem langen Morgen und schauten zu, wie Trumann und der Junge die Jets inspizierten. »Er ist ein tapferer Junge«, sagte Lewis.

»Er ist erstaunlich«, sagte Reggie. »Manchmal denkt er wie ein Terrorist, und ein andermal weint er wie ein kleines Kind.«

»Er ist ein Kind.«

»Ich weiß. Aber sagen Sie ihm das nicht. Es könnte ihn ärgern, und wer weiß, was er dann tun würde.« Sie trank einen großen Schluck Kaffee. »Wirklich erstaunlich.«

K. O. blies in seinen Kaffee, dann nippte er daran. »Wir haben getan, was wir konnten. Für Ricky steht ein Zimmer in der Grant's Klinik in Phoenix bereit. Wir müssen wissen, ob das der Zielflughafen ist. Der Pilot hat vor fünf Minuten angerufen. Er muß einen Flugplan vorlegen und die Genehmigung einholen.«

»Phoenix ist in Ordnung. Aber höchste Geheimhaltung, okay? Lassen Sie den Kleinen unter einem anderen Namen aufnehmen, ebenso Mark und seine Mutter. Postieren Sie ein paar von Ihren Leuten in der Nähe. Ich möchte, daß Sie seinen Arzt für den Flug dort und ein paar Tage Arbeit bezahlen.«

»Kein Problem. Die Leute in Phoenix haben keine Ahnung, was auf sie zukommt. Haben Sie mit den Leuten schon über einen Dauer-Wohnsitz gesprochen?«

»Ein bißchen, nicht ausführlich. Mark hat gesagt, er würde gern in den Bergen leben.«

»Vancouver ist hübsch. Wir haben dort letzten Sommer Urlaub gemacht. Einfach grandios.«

»Außerhalb der USA?«

»Kein Problem. Direktor Voyles hat gesagt, sie können überallhin. Wir haben ein paar Zeugen außerhalb der Staaten untergebracht, und ich meine, die Sways sind perfekte Kandidaten. Für diese Leute wird gesorgt werden, Reggie. Sie haben mein Wort.«

Der Mann in dem orangefarbenen Hemd gesellte sich zu Mark und Trumann übernahm jetzt die Führung der Besichtigungstour. Er ließ die Treppe des schwarzen Jets herunter, und die drei verschwanden im Innern.

»Ich muß gestehen«, sagte Lewis, nachdem er einen weiteren Schluck kochendheißen Kaffee zu sich genommen hatte, »ich war nie davon überzeugt, daß der Junge Bescheid wußte.«

»Clifford hat ihm alles erzählt. Er wußte genau, wo die Leiche war.«

»Haben Sie es gewußt?«

»Nein. Nicht bis gestern. Als er das erste Mal in mein Büro kam, hat er gesagt, er wüßte es, aber er hat es mir nicht verraten. Gott sei Dank. Er hat es für sich behalten, bis wir gestern nachmittag in die Nähe des Toten kamen.«

»Warum sind Sie hierhergekommen? Damit sind Sie doch ein gewaltiges Risiko eingegangen.«

Reggie deutete mit einem Kopfnicken auf die Jets. »Da müssen Sie ihn fragen. Er hat darauf bestanden, daß wir die Leiche finden. Er war der Meinung, wenn Clifford ihn angelogen hätte, wäre er aus dem Schneider.«

»Und Sie sind einfach hierher gefahren und haben nach der Leiche gesucht? Einfach so?«

»Ein bißchen komplizierter war es schon. Es ist eine lange Geschichte, K. O., und ich werde Ihnen die Details bei einem langen Dinner liefern.«

»Ich kann es kaum erwarten.«

Marks kleiner Kopf war jetzt im Cockpit zu sehen, und Reggie erwartete fast, daß die Triebwerke gestartet wurden, die Maschine langsam aus dem Hangar auf die Startbahn rollte und Mark sie mit einem perfekten Start verblüffte. Sie wußte, daß er dazu imstande war.

»Haben Sie Befürchtungen hinsichtlich Ihrer eigenen Sicherheit?« fragte Lewis.

»Eigentlich nicht. Ich bin nur eine bescheidene Anwältin. Was hätten sie davon, wenn sie hinter mir her wären?«

»Rache. Sie kennen die Denkweise dieser Leute nicht.«

»Das tue ich wirklich nicht.«

»Direktor Voyles möchte, daß wir Sie ein paar Monate lang bewachen, zumindest so lange, bis der Prozeß vorbei ist.«

»Mir ist es gleich, was Sie tun, ich will nur niemanden sehen, der mich bewacht, okay?«

»In Ordnung. Das läßt sich einrichten.«

Die Inspektionstour bewegte sich zu dem zweiten Jet, einer silberfarbenen Citation, und im Augenblick hatte Mark alles vergessen, was mit Leichen und bösen, im Schatten lauernden Buben zu tun hatte. Die Leiter kam herunter, und er kletterte mit Trumann im Gefolge an Bord.

Ein Agent mit einem Funkgerät trat zu Reggie und Lewis und sagte: »Sie sind im Landeanflug.« Sie folgten ihm zur offenen Seite des Hangars, wo die Wagen standen. Eine Minute später gesellten sich Mark und Trumann zu ihnen, und als sie den Himmel im Norden absuchten, kam ein winziges Flugzeug in Sicht.

»Das sind sie«, sagte Lewis, und Mark rückte näher an Reggie heran und ergriff ihre Hand. Das Flugzeug wurde größer, als es sich der Rollbahn näherte. Es war gleichfalls schwarz, aber viel größer als die Jets im Hangar. Agenten, teils in Anzügen, teils in Jeans, setzten sich in Bewegung, als die Maschine auf sie zurollte. Sie hielt in ungefähr dreißig

Meter Entfernung an, und die Triebwerke verstummten. Eine volle Minute verging, bevor die Tür geöffnet und die Leiter ausgeklappt wurde.

Jason McThune stieg als erster aus, und als er auf die Rollbahn trat, hatte ein Dutzend FBI-Agenten die Maschine umringt. Dianne und Clint waren die nächsten. Sie gesellten sich zu McThune, und die drei eilten auf den Hangar zu.

Mark ließ Reggies Hand los und rannte auf seine Mutter zu. Dianne packte ihn und drückte ihn an sich, und für ein oder zwei peinliche Sekunden schauten alle zu oder richteten den Blick auf den Terminal in der Ferne.

Sie sagten nichts, während sie sich umarmten. Er umklammerte ihren Hals, und schließlich sagte er unter Tränen: »Es tut mir leid, Mom. Es tut mir so leid.« Sie packte seinen Kopf und drückte ihn an ihre Schulter und dachte gleichzeitig daran, ihn zu erwürgen und ihn nie wieder loszulassen.

Reggie führte sie in das kleine Büro und bot Dianne Kaffee an. Sie lehnte ab. Trumann, McThune, Lewis und die anderen FBI-Leute warteten nervös vor der Tür. Vor allem Trumann machte sich Sorgen. Was wär, wenn sie es sich anders überlegten? Was war, wenn Muldanno die Leiche bekam? Was dann? Er konnte nicht stillstehen, schaute immer wieder auf die geschlossene Tür, stellte Lewis hundert Fragen. Lewis trank Kaffee und versuchte, ruhig zu bleiben. Es war jetzt zwanzig vor acht. Die Sonne strahlte hell, die Luft war feucht.

Mark saß auf dem Schoß seiner Mutter, und Reggie, die Anwältin, hatte sich hinter dem Schreibtisch niedergelassen. Clint stand an der Tür.

»Ich bin froh, daß Sie gekommen sind«, sagte Reggie zu Dianne. »Ich hatte kaum eine andere Wahl.«

»Jetzt haben Sie sie. Wenn Sie wollen, können Sie es sich immer noch anders überlegen. Und mich alles mögliche fragen.«

»Ist Ihnen klar, wie schnell das alles geht, Reggie? Vor sechs Tagen kam ich nach Hause und fand Ricky zusammengerollt und am Daumen lutschend im Bett. Dann tauchten Mark und der Polizist auf. Und jetzt soll ich jemand anders werden und davonrennen in eine andere Welt. Mein Gott.«

»Das verstehe ich«, sagte Reggie. »Aber wir können die Dinge nicht aufhalten.«

»Bist du wütend auf mich, Mom?« fragte er.

»Ja. Eine Woche lang keine Kekse.« Sie strich ihm übers Haar. Es trat eine lange Pause ein.

»Wie geht es Ricky?« fragte Reggie.

»Ziemlich unverändert. Dr. Greenway versucht, ihn zu sich zu bringen, damit er den Flug genießen kann. Aber sie mußten ihn leicht betäuben, als wir das Krankenhaus verließen.«

»Ich gehe nicht nach Memphis zurück, Mom«, sagte Mark.

»Das FBI hat sich mit einer Kinderklinik in Phoenix in Verbindung gesetzt, und dort werden Sie jetzt erwartet«, erklärte Reggie. »Es ist eine gute Klinik. Clint hat das am Freitag geprüft. Sie hat den allerbesten Ruf.«

»Also werden wir in Phoenix leben?« fragte Dianne.

»Nur so lange, bis Ricky entlassen ist. Dann gehen Sie hin, wo immer Sie wollen. Kanada. Australien. Neuseeland. Das liegt bei Ihnen. Sie können auch in Phoenix bleiben.«

»Laß uns nach Australien gehen. Dort gibt es immer noch richtige Cowboys. Das hab ich mal in einem Film gesehen.«

»Mit den Filmen ist Schluß, Mark«, sagte Dianne, immer noch seinen Kopf streichelnd. »Wir wären nicht hier, wenn du nicht so viele Filme gesehen hättest.«

»Was ist mit Fernsehen?«

»Nein. Von jetzt ab wirst du nur noch Bücher lesen.«

In dem Büro herrschte lange Zeit Schweigen. Reggie hatte nichts mehr zu sagen. Clint war todmüde und nahe daran, im Stehen einzuschlafen. Diannes Verstand war jetzt klar, zum erstenmal seit einer Woche. Sie war zwar verängstigt, aber sie war den Verliesen des St. Peter's entkommen. Sie hatte Sonnenschein gesehen und echte Luft gerochen. Sie hielt ihren verlorenen Sohn in den Armen, und dem anderen würde es bald besser gehen. Die Lampenfabrik war Geschichte. Arbeiten zu müssen gehörte der Vergangenheit an.

Keine billigen Wohnwagen mehr. Keine Sorgen mehr wegen überfälliger Alimente und unbezahlter Rechnungen. Sie konnte erleben, wie die Jungen heranwuchsen. Sie konnte in die Parent-Teacher Association eintreten. Sie konnte sich etwas zum Anziehen kaufen und ihre Nägel pflegen. Himmel, schließlich war sie erst dreißig Jahre alt. Mit ein bißchen Mühe und ein bißchen Geld konnte sie wieder attraktiv sein. Da draußen gab es Männer.

So dunkel und ungewiß ihr die Zukunft auch erschien, sie konnte nicht so grauenhaft sein wie die letzten sechs Tage. So konnte es nicht weitergehen. Sie mußte die Chance nutzen. Hab ein bißchen Zuversicht, Baby.

»Ich meine, wir sollten nach Phoenix fliegen«, sagte sie.

Reggie grinste vor Erleichterung. Sie holte die Vereinbarung aus dem Aktenkoffer, den Clint mitgebracht hatte. Sie war bereits von Harry und McThune unterschrieben. Reggie setzte ihre Unterschrift darunter und gab Dianne den Stift. Mark, der jetzt genug hatte von Umarmungen und Tränen ging zur Wand und bewunderte eine Reihe gerahmter Farbfotos von Jets. »Vielleicht könnte ich auch Pilot werden«, sagte er zu Clint.

Reggie nahm die Vereinbarung an sich. »Bin gleich wieder da«, sagte sie, öffnete die Tür und machte sie hinter sich wieder zu.

Trumann fuhr zusammen, als sie aufging. Heißer Kaffee schwappte aus seinem Becher und verbrannte ihm die rechte Hand. Er fluchte und wischte sie an seiner Hose ab.

»Nicht nervös werden, Larry«, sagte Reggie. »Alles in bester Ordnung. Unterschreiben Sie hier.« Sie hielt ihm die Vereinbarung unter die Nase, und Trumann setzte seinen Namen darauf. K. O. Lewis tat dasselbe.

»Lassen Sie die Maschine startklar machen«, sagte Reggie. »Sie fliegen nach Phoenix.«

K. O. drehte sich um und gab den Agenten am Eingang des Hangars ein Handzeichen. McThune joggte mit weiteren Instruktionen auf sie zu. Reggie kehrte in das Büro zurück und schloß die Tür. »Was kommt als nächstes?« murmelte Trumann.

»Sie ist Anwältin«, sagte K. O. »Mit Anwälten ist es nie einfach.« McThune kam auf Trumann zu und händigte ihm einen Umschlag aus. »Das ist eine Vorladung für Mr. Roy Foltrigg«, sagte er mit einem Lächeln. »Richter Roosevelt hat sie heute morgen ausgestellt.«

»Am Sonntagmorgen?« fragte Trumann und nahm den Umschlag entgegen.

Ja. Er hat seine Kanzlistin angerufen, und sie haben sich in seinem Büro getroffen. Er freut sich schon mächtig darauf, Foltrigg wieder in Memphis zu sehen.«

Das brachte die drei zum Kichern. »Sie wird ihm gleich heute morgen zugestellt«, sagte Trumann.

Nach einer Minute wurde die Tür geöffnet. Clint, Dianne, Mark und dann Reggie kamen heraus und steuerten auf die Rollbahn zu. Die Triebwerke heulten auf, Agenten flitzten herum. Trumann und Lewis begleiteten sie bis zum Ausgang des Hangars und blieben dann stehen.

K. O., ganz der Diplomat, streckte Dianne die Hand entgegen und sagte: »Viel Glück, Ms. Sway. Jason McThune wird Sie nach Phoenix begleiten und sich dann, wenn Sie dort sind, um alles kümmern. Sie sind völlig sicher. Und wenn wir Ihnen irgendwie behilflich sein können, dann lassen Sie es uns wissen.«

Dianne lächelte und ergriff seine Hand. Mark streckte ihm seinerseits die Hand entgegen und sagte: »Danke, K. O. Sie waren eine Pest.« Aber er lächelte, und alle fanden es lustig.

K. O. lachte. »Viel Glück für dich, Mark, und ich versichere dir, mein Sohn, du warst eine noch größere Pest.«

»Ja, ich weiß. Tut mir leid, die ganze Geschichte.« Er reichte auch Trumann die Hand und ging mit seiner Mutter und McThune davon. Reggie und Clint blieben beim Hangartor stehen.

Ungefähr auf halbem Wege zu dem Jet machte Mark plötzlich halt. Als hätte er es plötzlich mit der Angst zu tun bekommen, erstarrte er und schaute zu, wie Dianne die Leiter zur Maschine hinaufstieg. In den letzten vierundzwanzig Stunden war ihm kein einziges Mal der Gedanke gekommen, daß Reggie nicht mitkommen würde. Er war, aus welchem Grund auch immer, einfach davon ausgegangen, daß sie bei ihm bleiben würde, bis die ganze Sache ausgestanden war. Sie würde mit ihnen davonfliegen und in der Nähe des neuen Krankenhauses bleiben, bis sie in Sicherheit waren. Und während er so dastand, eine winzige Gestalt auf der riesigen Rollbahn, regungslos und wie betäubt, begriff er, daß sie nicht bei ihm war. Sie war da hinten mit Clint und dem FBI.

Er drehte sich langsam um und starrte sie fassungslos an, als ihm diese Tatsache bewußt wurde. Er machte zwei Schritte auf sie zu, dann blieb er stehen. Reggie verließ ihre kleine Gruppe und ging auf ihn zu. Sie kniete auf der Rollbahn nieder und sah ihm in die von Panik erfüllten Augen.

Er biß sich auf die Lippe. »Sie können nicht mitkommen, nicht wahr?« fragte er langsam mit verängstigter Stimme. Obwohl sie stundenlang miteinander geredet hatten, war dieses Thema nie zur Sprache gekommen.

Sie schüttelte den Kopf, und ihre Augen wurden feucht.

Er wischte sich die Tränen mit dem Handrücken ab. Die FBI-Agenten waren in der Nähe, schauten aber nicht her. Ausnahmsweise schämte er sich nicht, in der Öffentlichkeit zu weinen. »Aber ich möchte, daß Sie mitkommen«, sagte er.

»Das kann ich nicht, Mark.« Sie beugte sich vor, ergriff seine Schultern und drückte ihn sanft an sich. »Ich kann es nicht.«

Tränen strömten über seine Wangen. »Das alles tut mir so leid. Das haben Sie nicht verdient.«

»Aber wenn es nicht passiert wäre, Mark, dann hätte ich dich nie kennengelernt.« Sie küßte ihn auf die Wange und hielt seine Schultern umklammert. »Ich liebe dich, Mark. Ich werde dich vermissen.«

»Ich werde Sie nie wiedersehen, stimmt's?« Seine Lippen bebten, und Tränen tropften von seinem Kinn. Seine Stimme war zittrig.

Sie biß die Zähne zusammen und schüttelte den Kopf. »Nein, Mark.«

Reggie holte tief Luft und stand auf. Sie wollte ihn packen und ihn mitnehmen zu Momma Love. Er konnte das Schlafzimmer im Obergeschoß haben und soviel Lasagne und Eiskrem, wie er essen konnte.

Statt dessen deutete sie mit einem Kopfnicken auf das Flugzeug, wo Diane am Einstieg stand und geduldig wartete. Er wischte sich abermals das Gesicht ab. »Ich werde Sie nie wiedersehen«, sagte er, fast zu sich selbst. Er drehte sich um und unternahm einen schwachen Versuch, sich aufzurichten, aber er konnte es nicht. Er stieg langsam die Leiter hoch und schaute zurück, um noch einen letzten Blick auf sie zu werfen.

42

Minuten später, als die Maschine auf das Ende der Startbahn zurollte, erschien Clint neben ihr und ergriff ihre Hand. Sie schauten stumm zu, wie sie startete und schließlich in den Wolken verschwand.

Sie wischte sich Tränen von beiden Wangen. »Ich glaube, ich sattle auf Immobilien um«, sagte sie. »Noch mehr von dieser Art ertrage ich nicht.«

»Er ist ein toller Bursche«, sagte Clint.

»Es tut weh, Clint.«

Er drückte ihre Hand kräftiger. »Ich weiß.«

Trumann trat leise neben sie, und alle drei schauten zum Himmel. Sie bemerkte ihn und zog das Tonband aus ihrer Tasche. »Es gehört Ihnen.« Er nahm es.

»Die Leiche ist in der Garage hinter Jerome Cliffords Haus«, sagte sie, immer noch Tränen abwischend. »886 East Brookline.«

Trumann drehte sich nach links und hob ein Mikrofon an den Mund. Die Agenten stürzten zu ihren Wagen. Reggie und Clint bewegten sich nicht.

»Danke, Reggie«, sagte Trumann, der es jetzt plötzlich eilig hatte, zu verschwinden.

Sie deutete mit einem Kopfnicken auf die fernen Wolken. »Danken Sie nicht mir«, sagte sie.

»Danken Sie Mark.«

DER REGENMACHER

Den Prozeßanwälten in Amerika

Beim Schreiben dieses Buches hat mir Will Denton, ein prominenter Prozeßanwalt in Gulfport, Mississippi, von der ersten bis zur letzten Seite geholfen. Seit fünfundzwanzig Jahren kämpft Will unermüdlich für die Rechte der Verbraucher und der kleinen Leute. Seine Siege im Gerichtssaal sind legendär, und als ich selbst noch Prozeßanwalt war, wollte ich so sein wie Will Denton. Er überließ mir seine alten Akten, beantwortete meine unzähligen Fragen und las sogar das Manuskript.

Jimmie Harvey ist ein Freund und ein hervorragender Arzt in Birmingham, Alabama. Er steuerte mich gewissenhaft durch das undurchdringliche Labyrinth medizinischer Verfahrensweisen. Bestimmte Teile dieses Buches sind nur dank seiner Hilfe exakt dargestellt und lesbar.

Danke.

1

Mein Entschluß, Anwalt zu werden, stand unwiderruflich fest, nachdem mir klargeworden war, daß mein Vater alle Juristen haßte. Ich war in den ersten Jahren der Teenagerzeit, tolpatschig, verlegen wegen meiner Ungeschicklichkeit, vom Leben frustriert, mit einer Heidenangst vor der Pubertät, nahe daran, von meinem Vater wegen Insubordination in eine Militärschule verfrachtet zu werden. Er war ein ehemaliger Marineinfanterist, der glaubte, daß Jungen mit der Peitsche aufwachsen sollten. Ich hatte mir ein flinkes Mundwerk zugelegt und eine Aversion gegen Disziplin, und er reagierte darauf, indem er mich einfach fortschicken wollte. Es dauerte Jahre, bis ich ihm verzieh.

Er war außerdem Ingenieur und arbeitete siebzig Stunden pro Woche für eine Firma, die neben vielen anderen Dingen Leitern herstellte. Da Leitern von Natur aus gefährliche Instrumente sind, wurde seine Firma häufig verklagt. Und weil mein Vater für die Konstruktion zuständig war, wurde er in den meisten Fällen dazu ausersehen, bei Beweisaufnahmen und Prozessen für die Firma zu sprechen. Ich kann ihm im Grunde keinen Vorwurf daraus machen, daß er Anwälte haßte, aber im Laufe der Zeit bewunderte ich sie immer mehr, weil sie ihm das Leben so schwermachten. Er verbrachte täglich acht Stunden damit, sich mit ihnen herumzuschlagen; danach stürzte er sich auf die Martinis, sobald er das Haus betreten hatte. Kein Hallo. Keine Umarmung. Kein Essen. Nur ein oder zwei Stunden ununterbrochenes Wüten, während er vier Martinis hinunterkippte, um dann in seinem ramponierten Lehnsessel einzuschlafen. Ein Prozeß dauerte drei Wochen, und als er mit einem happigen Urteil gegen die Firma geendet hatte, rief meine Mutter einen Arzt, und sie versteckten ihn für einen Monat in einem Krankenhaus.

Die Firma machte später Pleite, und natürlich wurde alle Schuld daran den Anwälten gegeben. Ich hörte kein einziges

Wort darüber, daß vielleicht eine Spur von falschem Management zu diesem Konkurs beigetragen haben könnte.

Alkohol wurde sein Leben, und er verfiel in Depressionen. Jahrelang hatte er keinen festen Job, und das machte mich erst richtig wütend, weil ich gezwungen war, zu kellnern und Pizzas auszutragen, um mir meinen Weg durchs College zu erkämpfen. Ich glaube, in den vier Jahren meines Collegestudiums habe ich zweimal mit ihm gesprochen. Am Tag, nachdem ich erfahren hatte, daß ich an der Juristischen Fakultät der Universität angenommen worden war, kam ich mit dieser großartigen Nachricht stolz nach Hause. Mutter hat mir später erzählt, daß er eine Woche lang im Bett geblieben ist.

Zwei Wochen nach meinem triumphierenden Besuch wechselte er im Badezimmer eine Glühbirne aus, wobei (ich schwöre, das ist die Wahrheit) seine Leiter zusammenbrach und er auf den Kopf fiel. Er verbrachte ein Jahr im Koma in einem Pflegeheim, bis jemand gnädigerweise den Stecker herauszog.

Ein paar Tage nach der Beerdigung erwähnte ich die Möglichkeit einer Klage, aber meiner Mutter war nicht danach zumute. Außerdem habe ich immer geargwöhnt, daß er nicht ganz nüchtern war, als er stürzte. Und er hatte kein Einkommen, unserem Entschädigungssystem entsprechend besaß sein Leben also nur einen sehr geringen ökonomischen Wert.

Meine Mutter erhielt die großartige Summe von fünfzigtausend Dollar aus einer Lebensversicherung und ging eine schlechte zweite Ehe ein. Mein Stiefvater ist ein simpler Bursche, ein pensionierter Postbeamter aus Toledo, und sie verbringen den größten Teil ihrer Zeit mit Square Dance und dem Herumreisen in einem Winnebago. Ich halte Abstand. Mutter hat mir keinen roten Heller von dem Geld angeboten; sie erklärte, es wäre alles, was sie hätte, um der Zukunft ins Auge zu sehen, und da ich mich im Leben ohne nennenswerte Einkünfte als relativ geschickt erwiesen hatte, meinte sie, ich brauchte nichts. Vor mir lag eine glänzende Zukunft mit viel Geld; vor ihr nicht, argumentierte sie. Ich bin sicher, daß Hank, ihr neuer Ehemann, sie mit finanziellen Ratschlägen überschüttete. Eines Tages werden unsere Pfade, meine und Hanks, sich wieder kreuzen.

In einem Monat, im Mai, werde ich mit dem Jurastudium fertig sein; dann werde ich für das Anwaltsexamen im Juli büffeln. Ich werde nicht mit Auszeichnung abschließen, aber ich rangiere immerhin in der oberen Hälfte meines Jahrgangs. Das einzig Schlaue, was ich in den drei Jahren meines Studiums getan habe, war, daß ich die schwierigen und die Pflichtvorlesungen schon früh absolviert habe, damit ich es in meinem letzten Semester geruhsam angehen lassen konnte. Meine Vorlesungen in diesem Frühjahr sind ein Witz – Sportrecht, Urheberrecht, Ausgewählte Texte aus dem Code Napoléon und, mein Lieblingsseminar, Juristische Probleme älterer Leute.

Um dieses letzten Faches willen sitze ich jetzt hier auf einem wackligen Stuhl hinter einem schäbigen Klapptisch in einem heißen, feuchten Metallgebäude in Gesellschaft einer bunt gemischten Ansammlung von Senioren, wie sie sich gern nennen lassen. Ein handgemaltes Schild über der Tür bezeichnet den Laden großspurig als das Cypress Gardens Senior Citizens Building, aber von seinem Namen abgesehen findet sich nirgends auch nur der leiseste Hinweis auf Blumen oder etwas Grünes. Die Wände sind schmutzfarben und kahl bis auf ein verblichenes Foto von Ronald Reagan in einer Ecke zwischen zwei traurigen Fähnchen – den Stars and Stripes und der Staatsflagge von Tennessee. Das Gebäude ist klein, düster und öde, offensichtlich in letzter Minute mit ein paar überschüssigen Dollars aus irgendwelchen unvermuteten Bundesmitteln erbaut. Ich kritzle auf einem Notizblock herum, weil ich mich davor fürchte, die Leute ansehen zu müssen, die mit ihren Klappstühlen anrücken.

Es müssen an die fünfzig sein da vorne, etwa gleich viele Schwarze und Weiße, Durchschnittsalter mindestens fünfundsiebzig, einige blind, ungefähr ein Dutzend in Rollstühlen, viele mit Hörgeräten. Man hat uns gesagt, daß sie jeden Mittag hierherkommen – für eine warme Mahlzeit, ein paar Lieder, den gelegentlichen Besuch eines verzweifelten politischen Kandidaten. Nach zwei Stunden Geselligkeit kehren sie nach Hause zurück und zählen die Stunden, bis sie wieder herkommen können. Unser Professor hat gesagt, dies wäre der Höhepunkt ihrer Tage.

Wir haben den schweren Fehler gemacht, zur Essenszeit hier einzutreffen. Sie brachten uns vier zusammen mit unserem Anführer, Professor Smoot, in einer Ecke unter und ließen uns nicht aus den Augen, während wir in Plastikhuhn und eiskalten Erbsen herumstocherten. Meine Götterspeise war gelb, und das bemerkte ein bärtiger alter Bock, auf dessen Namensschild über seiner schmutzigen Hemdtasche Bosco gekritzelt war. Bosco murmelte etwas über gelbe Götterspeise, und ich bot sie ihm an, zusammen mit meinem Huhn, aber Miss Birdie Birdsong fiel ihm schnell in den Arm und stieß ihn grob wieder auf seinen Stuhl. Miss Birdsong ist ungefähr achtzig, aber sehr flink für ihr Alter, und sie agiert als Mutter, Diktator und Rausschmeißer dieser Organisation. Sie geht mit den Leuten um wie eine altgediente Oberschwester, umarmt und klopft Rücken, plaudert mit anderen kleinen blauhaarigen Damen, lacht mit schriller Stimme und hat dabei die ganze Zeit ein Auge auf Bosco, der in diesem Haufen ganz offensichtlich der böse Bube ist. Sie machte ihm Vorwürfe, weil er meine Götterspeise bewundert hatte, stellte aber nur Sekunden später eine ganze Schüssel voll von diesem gelben Kitt vor seine funkelnden Augen. Er aß ihn mit seinen kurzen Fingern.

Eine Stunde verging. Das Essen lief ab, als verzehrten diese ausgehungerten Seelen ein Festmahl aus sieben Gängen, ohne jede Hoffnung auf eine weitere Mahlzeit. Ihre zittrigen Gabeln und Löffel bewegten sich hin und her, auf und ab, als wären sie mit Edelmetallen beladen. Zeit spielte absolut keine Rolle. Sie schrien sich an, wenn ihnen gerade etwas einfiel. Sie ließen Essen auf den Boden fallen, bis ich es nicht mehr mit ansehen konnte. Ich aß sogar meine Götterspeise. Bosco, immer noch gierig, verfolgte jede meiner Bewegungen. Miss Birdie flatterte im Raum herum, zwitscherte über dieses und jenes.

Professor Smoot, ein einfältiger Eierkopf mit schief sitzender Fliege, buschigem Haar und roten Hosenträgern, saß da mit der befriedigten Miene eines Mannes, der gerade eine gute Mahlzeit zu sich genommen hat, und bewunderte liebevoll die Szene vor uns. Er ist ein freundlicher Mensch, Anfang Fünfzig, aber mit Verschrobenheiten, die viel Ähnlichkeit haben mit denen von Bosco und seinen Freunden. Seit zwanzig Jahren hält er die harmlosen Vorlesungen, die sonst niemand halten will und die nur von wenigen Studenten belegt werden: Kinderrecht, Behindertenrecht, Seminare über Gewalt in der Ehe, Probleme der Geisteskranken und, natürlich, Gruftirecht, wie dies hier hinter seinem Rücken gewöhnlich genannt wird. Einmal hatte er vor, eine Vorlesung zu halten, die »Rechte des ungeborenen Lebens« heißen sollte, aber das löste einen derartigen Proteststurm aus, daß Professor Smoot rasch ein Jahr Pause einlegte.

Am ersten Tag des Semesters erklärte er uns, der Zweck dieses Seminars wäre es, uns mit wirklichen Leuten mit wirklichen juristischen Problemen in Kontakt zu bringen. Er ist der Ansicht, daß zwar alle Jurastudenten mit einem gewissen Maß an Idealismus an die Universität kommen und dem Verlangen, der Öffentlichkeit zu dienen; daß wir aber nach drei Jahren brutalen Konkurrenzkampfes nichts anderes mehr im Sinn haben als den richtigen Job bei der richtigen Firma, bei der wir in sieben Jahren zum Partner aufsteigen und das große Geld verdienen können. Damit hat er recht.

Dieses Seminar ist nicht Pflicht, und wir fingen mit elf Studenten an. Nachdem wir uns einen Monat lang Smoots öde Vorlesungen und die ständigen Ermahnungen angehört hatten, auf das Geld zu verzichten und umsonst zu arbeiten, waren wir auf vier geschrumpft. Es ist ein bedeutungsloses Seminar, zählt nur zwei Stunden und erfordert fast keine Arbeit, und das war es, was mich daran reizte. Einen Monat habe ich noch vor mir. Ich bezweifle stark, daß ich durchhalten würde, wenn es mehr wäre. An diesem Punkt hasse ich das Jurastudium. Und ich habe erhebliche Bedenken, was den allgemeinen Umgang mit dem Recht angeht.

Dies ist mein erstes Zusammentreffen mit echten Mandanten, und ich habe fürchterliche Angst. Obwohl die Leute, die da herumsitzen, alt und schwach sind, mustern sie mich, als verfügte ich über große Weisheit. Schließlich bin ich fast ein Anwalt, ich trage einen dunklen Anzug, vor mir liegt dieser Block, auf den ich Kreise und Quadrate male, und mein Gesicht ist in einem intelligenten Stirnrunzeln erstarrt, also muß ich imstande sein, ihnen zu helfen. Neben mir an unserem

Klapptisch sitzt Booker Kane, ein Schwarzer, mein bester Freund an der Universität. Er hat ebensoviel Angst wie ich. Vor uns stehen gefaltete Karteikarten, auf die wir mit schwarzem Filzstift unsere Namen geschrieben haben – Booker Kane und Rudy Baylor. Das bin ich. Neben Booker steht das Podium, hinter dem Miss Birdie herumkreischt, und auf der anderen Seite ein weiterer Tisch, auch mit Karteikarten. Die eine verkündet die Anwesenheit von F. Franklin Donaldson dem Vierten, einem aufgeblasenen Arschloch, das seit nunmehr drei Jahren seinen Namen mit Initialen davor und Zahlen dahinter bepflastert hat. Neben ihm sitzt N. Elizabeth Erickson, ein echtes Miststück. Das Weibsbild trägt Nadelstreifenanzüge und seidene Krawatten und springt einem bei jeder Kleinigkeit gleich ins Gesicht.

Smoot steht an der Wand hinter uns. Miss Birdie verkündet die Neuigkeiten, berichtet aus Krankenhäusern und vermeldet Todesfälle. Sie schreit in ein Mikrofon mit einer Tonanlage, die erstaunlich gut funktioniert. Vier große Lautsprecher hängen in den Ecken des Raums, und ihre durchdringende Stimme dröhnt aus allen Richtungen auf uns ein. Hörgeräte werden beklopft und abgenommen. Im Augenblick schläft niemand. Heute sind drei Todesfälle zu beklagen, und als Miss Birdie endlich fertig ist, sehe ich ein paar Tränen im Publikum. Gott, bitte laß das nicht mit mir geschehen. Bitte gib mir noch fünfzig Jahre und dann einen plötzlichen Tod im Schlaf.

Links von uns, vor einer Wand, erwacht die Pianistin zum Leben und klatscht Notenblätter auf den hölzernen Ständer. Miss Birdie hält sich für eine Art politische Analytikerin, und gerade als sie anfängt, sich über eine geplante Anhebung der Mehrwertsteuer auszulassen, hämmert die Pianistin auf die Tasten ein. »America the Beautiful«, glaube ich. Hingebungsvoll spielt sie mit voller Lautstärke die einleitenden Takte, und die Gruftis greifen nach ihren Gesangbüchern und warten auf die erste Strophe. Miss Birdie läßt sich keinen Takt entgehen. Jetzt ist sie die Chordirigentin. Sie hebt die Hände und klatscht, um Aufmerksamkeit zu heischen, dann, bei den Eröffnungstakten der ersten Strophe, schwenkt sie sie in alle Richtungen. Die dazu imstande sind, erheben sich langsam.

Bei der zweiten Strophe geht die Lautstärke des Gesangs erheblich zurück. Der Text ist nicht so vertraut, und die meisten dieser armen Seelen können nicht weiter sehen als bis zu ihrer Nase, deshalb sind die Gesangbücher nutzlos. Boscos Mund ist plötzlich geschlossen, aber er summt laut zur Decke hinauf.

Das Klavier verstummt ganz plötzlich, weil die Noten vom Ständer fallen und auf dem Fußboden landen. Ende des Liedes. Sie starren die Pianistin an, die in der Luft herumfuchtelt und sich dann bückt, um nach den Blättern zu tasten, die um ihre Füße herumliegen.

»Danke!« schreit Miss Birdie ins Mikrofon, als alle plötzlich wieder auf ihre Sitze zurücksinken. »Danke. Musik ist etwas Wundervolles. Lasset uns Gott danken für schöne Musik.«

»Amen«, dröhnt Bosco.

»Amen«, erwidert ein weiteres Relikt vergangener Zeiten in einer der hinteren Reihen mit einem Nicken.

»Danke«, sagt Miss Birdie. Sie dreht sich um und lächelt Booker und mich an. Wir beide lehnen uns auf unseren Ellenbogen vor und mustern abermals die Leute. »Und jetzt«, sagt sie dramatisch, »was das heutige Programm angeht – wir freuen uns sehr, daß Professor Smoot wieder bei uns ist, zusammen mit einigen seiner klugen und gutaussehenden Studenten.« Sie schwenkt die dicklichen Hände in unsere Richtung und lächelt mit ihren grauen und gelben Zähnen Smoot an, der inzwischen unauffällig zu ihr getreten ist. »Sehen Sie nicht gut aus?« fragt sie, auf uns deutend. »Wie ihr wißt«, redet Miss Birdie weiter ins Mikrofon, »lehrt Professor Smoot an der Memphis State University. Mein jüngster Sohn hat dort studiert, aber kein Examen gemacht, und jedes Jahr kommt Professor Smoot zu uns mit einigen seiner Studenten, die sich eure juristischen Probleme anhören und euch Ratschläge geben werden, die immer gut sind, und immer umsonst, wie ich vielleicht hinzufügen sollte.« Sie dreht sich um und bedenkt Professor Smoot mit einem breiten Lächeln. »Professor Smoot, im Namen unserer Gruppe heißen wir Sie in Cypress Gardens willkommen. Wir danken Ihnen für Ihre Anteilnahme an den Problemen der Senioren. Danke. Wir lieben Sie.«

15

Sie tritt vom Podium zurück und fängt an, laut zu klatschen, und bedeutet dabei ihren Genossen mit heftigem Kopfnicken, ihrem Beispiel zu folgen, aber niemand, nicht einmal Bosco, hebt eine Hand.

»Er ist ein Hit«, flüstert Booker.

»Wenigstens wird er geliebt«, flüstere ich zurück. Sie haben jetzt zehn Minuten dagesessen. Es ist kurz nach dem Essen, und ich bemerke ein paar schwere Lider. Bis Smoot fertig ist, werden sie schnarchen.

Er steigt aufs Podium, rückt das Mikrofon zurecht, räuspert sich und wartet, bis Miss Birdie ihren Platz in der ersten Reihe eingenommen hat. Beim Hinsetzen flüstert sie einem blassen Herrn neben sich zu: »Sie hätten klatschen sollen.« Er hört es nicht.

»Danke, Miss Birdie«, quakt Smoot. »Es ist immer nett, hier in Cypress Gardens zu sein.« Seine Stimme klingt aufrichtig, und ich habe keinerlei Zweifel, daß Professor Howard L. Smoot es in diesem Moment tatsächlich als Privileg empfindet, hier zu sein, in diesem deprimierenden Bau, vor dieser traurigen Horde von alten Leuten, mit den einzigen vier Studenten, die in seinem Kurs geblieben sind. Smoot lebt für so etwas.

Er stellt uns vor. Ich stehe rasch auf, lächle kurz, dann setze ich mich wieder und lasse mein Gesicht wieder in einem intelligenten Stirnrunzeln erstarren. Smoot redet über Gesundheitsvorsorge, Haushaltskürzungen, Testamente, Befreiung von der Mehrwertsteuer, mißhandelte Gruftis und Versicherungen mit Selbstbehalt. Die Leute fallen um wie die Fliegen. Schlupflöcher in der Sozialversicherung, schwebende Gesetzesverfahren, Vorschriften für Pflegeanstalten, Nachlaßplanung, Wunderdrogen, er kommt vom Hundertsten ins Tausendste, genau wie bei seinen Vorlesungen. Ich gähne und fühle mich ebenfalls schläfrig. Bosco schaut alle zehn Sekunden auf seine Uhr.

Schließlich kommt Smoot aber doch zum Ende, dankt abermals Miss Birdie und ihren Leuten, verspricht, Jahr für Jahr wiederzukommen, und läßt sich dann am Ende des Tisches nieder. Miss Birdie klatscht zweimal in die Hände, dann gibt sie es auf. Niemand sonst regt sich. Die Hälfte von ihnen schnarcht.

Miss Birdie schwenkt die Arme in unsere Richtung und sagt zu ihren Schäfchen: »Da sind sie. Sie sind gut, und es kostet nichts.«

Langsam und verlegen bewegen sie sich auf uns zu. Bosco ist der erste in der Schlange, und es ist offensichtlich, daß er sauer ist wegen der Götterspeise, denn er funkelt mich an, geht zum anderen Ende des Tisches und setzt sich auf einen Stuhl vor der Ehrenwerten N. Elizabeth Erickson. Irgend etwas sagt mir, daß er nicht der letzte künftige Mandant ist, der juristischen Rat bei jemand anderem suchen wird. Ein älterer Schwarzer erwählt Booker zu seinem Anwalt, und sie stecken über dem Tisch die Köpfe zusammen. Ich versuche, nicht zuzuhören. Irgend etwas über eine Ex-Ehefrau und eine Scheidung vor vielen Jahren, die vielleicht vollzogen wurde oder auch nicht. Booker macht sich Notizen wie ein richtiger Anwalt und hört aufmerksam zu, als wüßte er genau, was er zu tun hat.

Wenigstens hat Booker einen Mandanten. Volle fünf Minuten komme ich mir ausgesprochen dämlich vor. Ich sitze allein da, während meine drei Mitstudenten flüstern und kritzeln, aufmerksam zuhören und angesichts der sich vor ihnen entfaltenden Probleme die Köpfe schütteln.

Meine Einsamkeit bleibt nicht unbemerkt. Schließlich greift Miss Birdie in ihre Handtasche, holt einen Umschlag heraus und trippelt zu meinem Ende des Tisches. »Sie sind es, mit dem ich reden wollte«, flüstert sie und rückt ihren Stuhl dicht an die Tischecke heran. Sie beugt sich vor, und ich lehne mich nach rechts, und in genau diesem Moment, in dem unsere Köpfe nur Zentimeter voneinander entfernt sind, beginnt meine erste Konferenz als juristischer Berater. Booker wirft mir einen boshaften Blick zu.

Meine erste Konferenz. Vorigen Sommer habe ich für eine kleine Kanzlei in der Innenstadt gearbeitet, zwölf Anwälte, und ihre Arbeit wurde strikt nach Stunden abgerechnet. Keine Erfolgshonorare. Ich lernte die Kunst des In-Rechnung-Stellens, deren erste Regel besagt, daß ein Anwalt einen Großteil seiner wachen Stunden in Konferenzen verbringt. Konferenzen mit Mandanten, Telefonkonferenzen, Konferenzen mit gegnerischen Anwälten, Richtern, Partnern, Schadensregulierern, Schreibern und Anwaltsgehilfen, Konferenzen beim Lunch, Konferenzen im Gericht, Konferenztelefonate, Vergleichskonferenzen, Konferenzen bei Vorverhandlungen und nach Abschluß eines Verfahrens. Einerlei, um was es sich handelt – Anwälte können es in eine Konferenz ummünzen.

Miss Birdie läßt den Blick herumschweifen, und das ist für mich das Signal, sowohl meine Stimme als auch meinen Kopf zu senken, denn das, worüber sie mit mir zu reden gedenkt, ist eine todernste Angelegenheit. Und das kann mir nur recht sein, weil ich nicht möchte, daß auch nur eine Menschenseele die lahmen und naiven Ratschläge hört, mit denen ich auf ihr bevorstehendes Problem reagieren werde.

»Lesen Sie das«, sagt sie, und ich nehme den Umschlag und öffne ihn. Halleluja! Es ist ein Testament! Letzter Wille und Testament von Colleen Janiece Barrow Birdsong. Smoot hat uns gesagt, daß mehr als die Hälfte dieser Mandanten uns bitten würde, ihre Testamente zu überprüfen und eventuell auf den neuesten Stand zu bringen, und das kann uns nur recht sein, weil wir im vergangenen Jahr eine Pflichtvorlesung über Testamente und Nachlaßregelungen absolviert haben und uns auf dem Gebiet halbwegs kompetent fühlen. Testamente sind ziemlich simple Dokumente und können sogar von den allergrünsten Anwälten fehlerfrei aufgesetzt werden.

Dies hier ist getippt und macht einen amtlichen Eindruck, und als ich es überfliege, erfahre ich aus den ersten beiden Absätzen, daß Miss Birdie Witwe ist und zwei Kinder und eine Menge Enkelkinder hat. Der dritte Absatz verschlägt mir die Sprache, und während ich ihn lese, sehe ich sie an. Dann lese ich ihn noch einmal. Sie lächelt befriedigt. Der Text weist ihren Nachlaßverwalter an, jedem ihrer Kinder die Summe von zwei Millionen Dollar auszuhändigen und für jedes ihrer Enkelkinder eine Million als Treuhandvermögen anzulegen. Ich zähle, langsam, acht Enkelkinder. Das macht mindestens zwölf Millionen Dollar.

»Lesen Sie weiter«, flüstert sie, als könnte sie das Rattern der

Rechenmaschine in meinem Gehirn hören. Bookers Mandant, der alte Schwarze, weint jetzt; es hat etwas mit einer Romanze zu tun, die vor Jahren schiefgelaufen ist, und mit Kindern, die sich nicht um ihn gekümmert haben. Ich versuche, nicht hinzuhören, aber es ist unmöglich. Booker macht sich hektisch Notizen und versucht, die Tränen zu ignorieren. Am anderen Ende des Tisches lacht Bosco laut auf.

Absatz fünf des Testaments vermacht drei Millionen Dollar einer Kirche und zwei Millionen einem College. Dann folgt eine Liste von wohltätigen Institutionen, die mit der Diabetes Association anfängt und mit dem Zoo von Memphis aufhört, und neben jedem Namen steht eine Summe, von denen die niedrigste fünfzigtausend Dollar ist. Ich runzele auch weiterhin die Stirn, stelle eine schnelle Berechnung an und komme zu dem Schluß, daß Miss Birdie mindestens zwanzig Millionen besitzt.

Plötzlich steckt dieses Testament voller Probleme. Erstens und vor allem ist es bei weitem nicht so ausführlich, wie es sein sollte. Miss Birdie ist reich, und reiche Leute hinterlassen keine simplen, mageren Testamente. Sie hinterlassen dicke, verklausulierte Testamente mit Treuhandvermögen und Treuhandverwaltern und Generationen überspringenden Vermächtnissen und allen möglichen Tricks und Schlichen, die sich teure Steueranwälte in großen Firmen ausgedacht und zu Papier gebracht haben.

»Wer hat dieses Testament aufgesetzt?« frage ich. Der Umschlag ist kahl, und es gibt nirgends einen Hinweis, wer das Testament verfaßt hat.

»Mein früherer Anwalt, aber der lebt nicht mehr.«

Gut für ihn, daß er tot ist. Er hat sträflich versagt, als er dieses Testament aufsetzte.

Also ist diese hübsche kleine Dame mit den grauen und gelben Zähnen und der melodischen Stimme mindestens zwanzig Millionen Dollar schwer. Und allem Anschein nach hat sie keinen Anwalt. Ich werfe einen Blick auf sie, dann wende ich mich wieder dem Testament zu. Sie hat keine teuren Sachen an, trägt keine Diamanten, vergeudet weder Zeit noch Geld auf ihre Frisur. Ihr Kleid ist aus bügelfreier Baumwolle, und der burgunderrote Blazer ist abgetragen und könnte von Sears stammen. Mir sind im Laufe der Zeit einige reiche alte Damen über den Weg gelaufen, und normalerweise sind sie auf den ersten Blick zu erkennen.

Das Testament ist fast zwei Jahre alt. »Wann ist Ihr Anwalt gestorben?« frage ich jetzt zuckersüß. Unsere Köpfe sind nach wie vor gesenkt und unsere Nasen nur Zentimeter voneinander entfernt.

»Voriges Jahr. Krebs.«

»Und im Augenblick haben Sie keinen Anwalt?«

»Würde ich hier sitzen und mit Ihnen reden, Rudy, wenn ich einen hätte? Ein Testament ist eine ziemlich simple Angelegenheit, also dachte ich, Sie kämen damit zurecht.«

Habgier ist etwas Merkwürdiges. Ich habe einen Job und fange am 1. Juli bei Broadnax and Speer an, einer muffigen kleinen Tretmühle mit fünfzehn Anwälten, die fast ausschließlich Versicherungsgesellschaften bei Prozessen vertreten. Es ist nicht der Job, den ich gern gehabt hätte, aber wie die Dinge liegen, bekam ich von Broadnax and Speer ein Angebot und von niemandem sonst. Vermutlich werde ich ein paar Jahre dort arbeiten und mir dann etwas Besseres suchen.

Würden die Leute bei Broadnax and Speer nicht beeindruckt sein, wenn ich gleich an meinem ersten Tag eine Mandantin mitbrächte, die mindestens zwanzig Millionen Dollar besitzt? Ich würde auf der Stelle ein Regenmacher sein, ein strahlender Jungstar mit einem goldenen Händchen. Vielleicht würde ich sogar um ein größeres Büro bitten.

»Natürlich komme ich damit zurecht«, sage ich lahm. »Es ist nur, es geht um eine Menge Geld, und ich...«

»Pst!« zischt sie wütend und beugt sich sogar noch weiter vor. »Reden Sie nicht von dem Geld.« Ihre Augen schießen in alle Richtungen, als lauerten hinter ihr Diebe. »Ich will nicht, daß wir darüber reden«, erklärt sie.

»Okay. Ist mir recht. Aber ich meine, daß Sie vielleicht über diese Sache mit einem Steueranwalt reden sollten.«

»Das hat mein alter Anwalt auch gesagt, aber ich will nicht. Soweit es mich angeht, ist ein Anwalt wie der andere, und ein Testament ist ein Testament.«

»Richtig, aber Sie könnten eine Menge Steuern sparen, wenn Sie Ihren Nachlaß richtig planen.«

Sie schüttelt den Kopf, als wäre ich ein kompletter Idiot. »Ich würde keinen Pfennig sparen.«

»Entschuldigen Sie, aber ich meine, das könnten Sie durchaus.«

Sie legt eine braunfleckige Hand auf mein Handgelenk und flüstert: »Rudy, lassen Sie mich erklären. Steuern spielen für mich keine Rolle, weil ich dann tot sein werde. Richtig?«

»Äh – ja, richtig. Aber was ist mit Ihren Erben?«

»Eben deshalb bin ich hier. Ich bin stocksauer auf meine Erben, und ich will sie aus meinem Testament streichen. Meine beiden Kinder und einige der Enkelkinder. Streichen, streichen, streichen. Sie sollen nichts bekommen, verstehen Sie? Gar nichts. Keinen Pfennig, nicht ein einziges Möbelstück. Nichts.«

Ihre Augen sind plötzlich hart, und die Fältchen um ihren Mund sind verspannt. Sie drückt mein Handgelenk, ist sich dessen aber nicht bewußt. Eine Sekunde lang ist Miss Birdie nicht nur wütend, sondern verletzt.

Am anderen Ende des Tisches bricht zwischen Bosco und N. Elizabeth Erickson eine Auseinandersetzung los. Er schwadroniert laut gegen Medicaid und Medicare und die Republikaner im allgemeinen, und sie deutet auf ein Blatt Papier und versucht ihm zu erklären, weshalb bestimmte Arztrechnungen nicht erstattet werden. Smoot kommt langsam auf die Füße und wandert ans Ende des Tisches, um zu fragen, ob er irgendwie behilflich sein kann.

Bookers Mandant versucht verzweifelt, seine Fassung zurückzugewinnen, aber die Tränen tropfen von seinen Wangen, und Booker ist allmählich genervt. Er versichert dem alten Mann, daß er, Booker Kane, sich um die Sache kümmern und alles in Ordnung bringen wird. Die Klimaanlage schaltet sich ein und übertönt einen Teil der Unterhaltungen. Die Teller und Tassen sind abgeräumt worden, und jetzt werden alle möglichen Spiele gespielt – Chinesisches Dame, Rook, Bridge und ein Milton-Bradley-Brettspiel mit Würfeln. Zum Glück ist der größte Teil dieser Leute wegen des Essens und der Gesellschaft gekommen, nicht um der juristischen Beratung willen.

»Weshalb wollen Sie sie streichen?«

Sie gibt mein Handgelenk frei und reibt sich die Augen. »Also, das ist ziemlich persönlich, und ich möchte darüber nicht sprechen.«

»In Ordnung. Wer soll das Geld bekommen?« frage ich und fühle mich plötzlich berauscht von der mir gerade eben verliehenen Macht, die magischen Worte zu Papier zu bringen, die aus ganz gewöhnlichen Leuten Millionäre machen. Mein Lächeln ist so herzlich und so falsch, daß ich hoffe, sie ist nicht beleidigt.

»Ich bin mir nicht sicher«, sagt sie nachdenklich und sieht sich um, als wäre dies ein Spiel. »Ich weiß noch nicht, wem ich es geben soll.«

Nun, wie wäre es mit einer Million für mich? Ich muß jeden Tag damit rechnen, daß Texaco mich auf vierhundert Dollar verklagt. Wir haben die Verhandlungen abgebrochen, und jetzt habe ich es mit ihrem Anwalt zu tun. Mein Hauswirt droht, mich vor die Tür zu setzen, weil ich seit zwei Monaten keine Miete mehr bezahlt habe. Und ich sitze hier und unterhalte mich mit der reichsten Person, die mir je begegnet ist, einer Person, die vermutlich nicht mehr allzu lange leben wird und gerade darüber nachdenkt, wer wieviel bekommen soll.

Sie gibt mir ein Blatt Papier, auf dem in Druckschrift vier Namen untereinanderstehen, und sagt: »Das sind die Enkelkinder, die ich bedenken will, diejenigen, die mich noch lieben.« Sie hält die Hände an den Mund und bewegt ihn auf mein Ohr zu. »Geben Sie jedem von ihnen eine Million Dollar.«

Meine Hand zittert, während ich es auf meinem Block festhalte. Wamm! Ich habe gerade vier Millionäre erschaffen, einfach so. »Was ist mit den anderen?« frage ich leise flüsternd.

Sie läßt sich ruckartig zurückrutschen, sitzt stocksteif da und sagt: »Keinen Pfennig. Sie rufen mich nicht an, schicken mir nie Geschenke oder Karten. Streichen Sie sie.«

Wenn ich eine Großmutter hätte, die zwanzig Millionen Dollar schwer ist, würde ich ihr jede Woche Blumen schicken, jeden zweiten Tag eine Karte, Pralinen, wenn es regnet, und Champagner, wenn es das nicht tut. Ich würde sie einmal am

Morgen und zweimal vor dem Schlafengehen anrufen. Ich würde jeden Sonntag mit ihr in die Kirche gehen und Hand in Hand mit ihr dasitzen, dann würden wir zusammen essen gehen und anschließend zu einer Auktion, ins Theater oder zu einer Kunstausstellung oder wohin immer Granny gerade gehen wollte. Ich würde mich um meine Großmutter kümmern.

Und ich habe schon daran gedacht, für Miss Birdie dasselbe zu tun.

»Okay«, sage ich mit ernster Miene, als hätte ich das hier schon viele Male getan. »Und nichts für Ihre beiden Kinder?«

»Das sagte ich doch. Überhaupt nichts.«

»Was, wenn ich fragen darf, haben sie Ihnen angetan?«

Sie stößt heftig den Atem aus, als wäre sie jetzt maßlos enttäuscht, dann verdreht sie die Augen, als widerstrebte es ihr, es mir zu sagen, doch dann kippt sie auf beiden Ellenbogen vorwärts, um es mir trotzdem mitzuteilen. »Also«, flüstert sie, »Randolph, der älteste, er ist fast sechzig, gerade zum drittenmal verheiratet, mit einem kleinen Flittchen, die immerzu nach dem Geld fragt. Was immer ich ihm hinterlasse, bekommt sie in die Finger, und da würde ich es lieber Ihnen geben, Rudy, als meinem eigenen Sohn. Oder Professor Smoot oder sonst jemandem, aber auf keinen Fall Randolph. Verstehen Sie, was ich meine?«

Mein Herz steht still. Zentimeter, nur Zentimeter davon entfernt, bei meinem ersten Mandanten auf eine Goldgrube zu stoßen. Zum Teufel mit Broadnax and Speer und all diesen Konferenzen, die auf mich warten.

»Mir können Sie es nicht vermachen, Miss Birdie«, sage ich und bedenke sie mit meinem herzlichsten Lächeln. Meine Augen und vermutlich auch meine Lippen, mein Mund und meine Nase flehen sie an zu sagen: Doch! Verdammt noch mal! Es ist mein Geld, und ich kann es geben, wem ich will, und wenn ich will, daß Sie es bekommen, Rudy, dann gehört es Ihnen!

Statt dessen sagt sie: »Alles andere geht an Reverend Kenneth Chandler. Kennen Sie ihn? Er ist jetzt ständig im Fernsehen, von Dallas aus, und er tut alle möglichen wunderbaren Dinge in aller Welt mit unseren Spenden, baut Häuser, füttert Babys, lehrt die Bibel. Ich will, daß er es bekommt.«

»Ein Fernsehprediger?«

»Oh, er ist viel mehr als ein Prediger. Er ist Lehrer und Staatsmann und Berater, diniert mit Staatsoberhäuptern, und außerdem ist er so ein hübscher Junge. Dieser Kopf mit dem lockigen grauen Haar, vorzeitig ergraut, aber er würde niemals etwas dagegen unternehmen, verstehen Sie?«

»Natürlich nicht. Aber...«

»Er hat mich neulich abend angerufen. Können Sie sich das vorstellen? Im Fernsehen ist diese Stimme ja schon weich wie Seide, aber am Telefon ist sie regelrecht verführerisch. Verstehen Sie, was ich meine?«

»Ja, ich denke schon. Weshalb hat er Sie angerufen?«

»Also, vorigen Monat, als ich ihm meine Spende für März schickte, habe ich ihm ein paar Zeilen geschrieben, gesagt, ich dächte daran, mein Testament zu ändern, weil meine Kinder mich im Stich gelassen haben und all das, und daß ich vorhätte, ihm etwas Geld für seine Arbeit zu hinterlassen. Keine drei Tage später hat er angerufen, eine so überzeugende Persönlichkeit, so nett und reizend am Telefon, und wollte wissen, an welche Summe ich gedacht hätte. Ich sagte ihm, wieviel es vermutlich sein würde, und seither ruft er ständig an. Hat gesagt, wenn ich es wollte, würde er sogar in seinen eigenen Learjet steigen und mich besuchen.«

Ich kämpfe um Worte. Smoot hat Bosco am Arm und versucht, ihn zu beruhigen und dazu zu bringen, daß er sich wieder vor N. Elizabeth Erickson niederläßt, von deren üblicher Aggressivität nichts übriggeblieben zu sein scheint, weil ihr erster Mandant sie offensichtlich so in Verlegenheit gebracht hat, daß sie am liebsten unter den Tisch kriechen würde. Sie sieht sich nervös um, und ich grinse sie kurz an, damit sie weiß, daß ich sie beobachte. Neben ihr ist F. Franklin Donaldson der Vierte tief in die Beratung eines älteren Ehepaars versunken. Sie diskutieren über ein Dokument, das gleichfalls ein Testament zu sein scheint. Ich sonne mich in dem Wissen, daß das Testament, das ich in Händen halte, viel mehr wert ist als das, über das er sich den Kopf zerbricht.

Ich beschließe, das Thema zu wechseln. »Äh, Miss Birdie, Sie haben gesagt, Sie hätten zwei Kinder. Randolph und...«

»Ja, Delbert. Der bekommt auch nichts. Ich habe seit Jahren nichts von ihm gehört. Lebt in Florida. Streichen, streichen, streichen.«

Ich fahre mit meinem Stift übers Papier, und Delbert verliert seine Millionen.

»Ich muß mich um Bosco kümmern«, sagt sie plötzlich und springt auf. »Er ist so ein bedauernswerter kleiner Bursche. Keine Angehörigen, keine Freunde außer uns.«

»Wir sind noch nicht fertig«, sage ich.

Sie beugt sich wieder vor, und wieder sind unsere Gesichter nur Zentimeter voneinander entfernt. »Doch, das sind wir, Rudy. Tun Sie einfach, was ich gesagt habe. Jeweils eine Million für die vier, und der Rest an Reverend Chandler. Alles andere bleibt so, wie es ist: Vollstrecker, Treuhänder und so weiter, all das bleibt, wie es ist. Es ist ganz einfach, Rudy. Ich mache das andauernd. Professor Smoot hat gesagt, ihr kommt alle in vierzehn Tagen wieder, und dann ist alles sauber und ordentlich zu Papier gebracht. Stimmt das?«

»Vermutlich.«

»Gut. Also bis dann, Rudy.« Sie flattert ans Ende des Tisches und legt die Arme um Bosco, der sofort wieder ruhig und harmlos ist.

Ich studiere das Testament und mache mir Notizen. Es ist beruhigend, zu wissen, daß Smoot und die anderen Professoren da sind, um mir zu helfen und mich zu beraten, und daß ich zwei Wochen Zeit habe, meinen Verstand zusammenzunehmen und mir zu überlegen, was zu tun ist. Ich brauche das nicht zu machen, sage ich mir. Diese reizende alte Dame mit ihren zwanzig Millionen braucht mehr Rat, als ich ihr geben kann. Sie braucht ein Testament, das sie vielleicht nicht verstehen kann, mit dem sich aber die Steuerbehörde ganz sicher eingehend beschäftigen wird. Ich komme mir nicht dumm vor, nur zu unerfahren. Nach drei Jahren Jurastudium ist mir deutlich bewußt, wie wenig ich weiß.

Bookers Mandant ringt inzwischen tapfer um Fassung, sein Anwalt weiß schon lange nicht mehr, was er noch sagen soll. Also macht Booker sich immer weiter Notizen und grummelt alle paar Sekunden ein Ja oder Nein. Ich kann es gar nicht erwarten, ihm von Miss Birdie und ihrem Vermögen zu erzählen.

Ich werfe einen Blick auf die schrumpfende Menge, und in der zweiten Reihe fällt mir ein Paar auf, das mich anzuschauen scheint. Im Moment bin ich der einzige verfügbare Anwalt, und sie sind offenbar unentschlossen, ob sie ihr Glück bei mir versuchen sollen. Die Frau hat einen dicken, mit Gummibändern zusammengehaltenen Packen Papiere in der Hand. Sie murmelt etwas, das ich nicht verstehen kann, und ihr Mann schüttelt den Kopf, als würde er lieber warten, bis einer der anderen intelligenten jungen Staranwälte verfügbar ist.

Langsam stehen sie auf und steuern auf mein Ende des Tisches zu. Beide mustern mich intensiv, während sie näher kommen. Ich lächele. Willkommen in meiner Kanzlei.

Sie nimmt Miss Birdies Stuhl. Er läßt sich an der anderen Seite des Tisches nieder und wahrt Abstand.

»Hallo«, sage ich mit einem Lächeln und ausgestreckter Hand. Er ergreift sie schlaff, dann halte ich sie ihr hin. »Ich bin Rudy Baylor.«

»Ich bin Dot, und das ist Buddy«, sagt sie, nickt in Richtung Buddy und ignoriert meine ausgestreckte Hand.

»Dot und Buddy«, wiederhole ich und fange an, mir Notizen zu machen. »Wie ist Ihr Nachname?« frage ich mit der ganzen Herzlichkeit eines sturmerprobten Anwalts.

»Black. Dot und Buddy Black. Eigentlich heißen wir Marvarine und Willis Black, aber alle nennen uns Dot und Buddy.« Dots Haar ist ganz krisselig von zahllosen Dauerwellen und an den Spitzen silbrig angehaucht. Es macht einen sauberen Eindruck. Sie trägt billige weiße Turnschuhe, braune Socken und zu weite Jeans. Sie ist eine magere, drahtige Frau mit einem scharfen Zug um den Mund.

»Adresse?« frage ich.

»Squire achthundertdreiundsechzig, in Granger.«

»Arbeiten Sie?«

Buddy hat den Mund noch nicht aufgemacht, und ich bekomme den Eindruck, daß Dot seit vielen Jahren das Reden besorgt. »Ich bekomme eine Invalidenrente von der Sozialversicherung«, sagt sie.

»Ich bin erst achtundfünfzig, aber ich habe ein schwaches Herz. Buddy hat eine Pension, eine kleine.«

Buddy sieht mich an. Er trägt eine Brille mit dicken Gläsern und Plastikbügeln, die kaum bis hinter seine Ohren reichen. Seine Wangen sind rot und feist. Sein Haar ist buschig und grau mit einem Anflug ins Bräunliche. Offenbar hat er es seit mindestens einer Woche nicht mehr gewaschen. Sein Hemd ist schwarz und rot kariert und noch schmutziger als sein Haar.

»Wie alt ist Mr. Black?« frage ich sie, weil ich nicht sicher bin, ob Mr. Black es mir sagen würde, wenn ich ihn fragte.

»Er ist Buddy, okay? Dot und Buddy. Lassen Sie diesen Mister-Kram, okay? Er ist zweiundsechzig. Darf ich Ihnen etwas sagen?«

Ich nicke schnell. Buddy betrachtet Booker auf der anderen Seite des Tisches.

»Er ist nicht richtig im Kopf«, flüstert sie mit einem leichten Nicken in Buddys Richtung. Ich sehe ihn an. Er sieht uns an.

»Kriegsverletzung«, sagt sie. »Korea. Kennen Sie diese Metalldetektoren am Flughafen?«

Ich nicke abermals.

»Nun, er könnte da splitternackt hindurchgehen, und das Ding würde trotzdem losheulen.«

Die Knöpfe an Buddys Hemd sehen aus, als würden sie jeden Moment abplatzen. Es ist fast bis zur Fadenscheinigkeit gedehnt, in dem verzweifelten Versuch, seinen vorstehenden Bauch zu bedecken. Buddy hat mindestens drei Kinne. Ich versuche ihn mir vorzustellen, wie er durch den Memphis International Airport geht und die Alarmsirenen schrillen und das Wachpersonal in Panik gerät.

»Hat eine Platte im Kopf«, setzt sie erklärend hinzu.

»Das – das ist ja furchtbar«, flüstere ich zurück, dann notiere ich auf meinen Block, daß Mr. Buddy Black eine Metallplatte im Kopf hat. Mr. Black dreht sich nach links und starrt auf Bookers ungefähr einen Meter von ihm entfernten Mandanten.

Plötzlich kippt sie vorwärts. »Noch etwas«, sagt sie.

Ich neige mich ihr erwartungsvoll entgegen. »Ja?«

»Er hat ein Alkoholproblem.«

»Ach ja?«

»Aber daran ist auch die Kriegsverletzung schuld«, setzt sie hilfreich hinzu. Und so hat diese Frau, die ich vor drei Minuten kennengelernt habe, ihren Mann mal eben zu einem trunksüchtigen Idioten reduziert.

»Stört es Sie, wenn ich rauche?« fragt sie, bereits ihre Tasche öffnend.

»Ist das hier drin erlaubt?« frage ich und hoffe auf ein Rauchen-Verboten-Schild, kann aber keins entdecken.

»Natürlich.« Sie klemmt sich eine Zigarette zwischen die spröden Lippen und zündet sie an, dann reißt sie sie wieder heraus und bläst Buddy eine Rauchwolke direkt ins Gesicht; der rührt sich keinen Zentimeter.

»Und was kann ich für Sie tun?« frage ich und betrachte den von breiten Gummibändern zusammengehaltenen Packen Papiere. Ich schiebe Miss Birdies Testament unter meinen Block. Meine erste Mandantin ist eine Multimillionärin, und meine nächsten Mandanten sind Rentner. Meine gerade beginnende Karriere ist wieder auf die Erde zurückgestürzt.

»Wir haben nicht viel Geld«, sagt sie leise, als wäre das ein großes Geheimnis, das sie mir nur ungern preisgibt. Ich lächle mitfühlend. Ganz gleich, was sie besitzen mögen, sie sind auf jeden Fall viel reicher als ich, und daß man sie jeden Moment verklagen wird, bezweifle ich auch.

»Und wir brauchen einen Anwalt«, setzt sie hinzu, nimmt die Papiere und streift die Gummibänder ab.

»Wo liegt das Problem?«

»Wir werden von einer Versicherungsgesellschaft aufs Kreuz gelegt und betrogen.«

»Welche Art von Police?« frage ich. Sie schiebt mir den Papierkram zu, dann wischt sie sich die Hände ab, als wäre sie ihn jetzt los und hätte die Last an jemanden weitergereicht, der imstande ist, Wunder zu wirken. Obenauf liegt eine verschmierte, zerknitterte und abgenutzte Police. Dot stößt eine weitere Rauchwolke aus, und einen Augenblick lang ist Buddy kaum zu sehen.

»Es ist eine Krankenversicherung«, sagt sie. »Great Benefit Life. Wir haben sie vor fünf Jahren abgeschlossen, als unsere

Jungen siebzehn waren. Jetzt stirbt Donny Ray an Leukämie, und die Gauner wollen seine Behandlung nicht zahlen.«

»Great Benefit?«

»Richtig.«

»Nie davon gehört«, sage ich selbstbewußt, während ich die erste Seite der Police überfliege, als hätte ich schon Dutzende solcher Prozesse hinter mir und wüßte alles, was es über Versicherungsgesellschaften zu wissen gibt. Zwei Angehörige sind aufgeführt, Donny Ray und Ronny Ray Black. Beide haben dasselbe Geburtsdatum.

»Entschuldigen Sie die Ausdrucksweise, aber das ist eine verdammte Drecksbande.«

»Das sind die meisten Versicherungsgesellschaften«, erkläre ich nachdenklich, und Dot lächelt. Ich habe ihr Vertrauen gewonnen. »Sie haben diese Police also vor fünf Jahren gekauft?«

»So ungefähr. Habe sämtliche Prämien pünktlich bezahlt und das verdammte Ding nie benutzt, bis Donny Ray krank wurde.«

Ich bin Student, unversichert. Es gibt keine Policen, die mich oder mein Leben, meine Gesundheit oder mein Auto abdecken. Ich kann mir nicht einmal einen neuen Hinterreifen für meinen ramponierten kleinen Toyota leisten.

»Und, äh, Sie sagten, daß er stirbt?«

Sie nickt mit der Zigarette zwischen den Lippen. »Akute Leukämie. Ist vor acht Monaten ausgebrochen. Die Ärzte haben ihm ein Jahr gegeben, aber das schafft er nicht, weil er seine Knochenmarkstransplantation nicht bekommen konnte. Jetzt ist es vermutlich zu spät.«

»Eine Transplantation?« sage ich verwirrt.

»Wissen Sie denn nichts über Leukämie?«

»Nein, jedenfalls nicht viel.«

Sie klickt mit den Zähnen und verdreht die Augen, als wäre ich ein kompletter Idiot, dann steckt sie die Zigarette wieder in den Mund und tut einen gequälten Zug. Als der Rauch hinreichend exhaliert ist, sagt sie: »Meine Jungen sind eineiige Zwillinge. Also ist Ron, wir nennen ihn Ron, weil er Ronny Ray nicht mag, der ideale Spender für Donny Rays Knochenmarkstransplantation. Das haben die Ärzte gesagt. Das Problem ist, daß die Transplantation so an die hundertfünfzigtausend Dollar kostet. Die haben wir nicht. Die Versicherungsgesellschaft müßte zahlen, weil es von der Police her gedeckt ist. Die Schweine sagen nein. Und deshalb stirbt Donny Ray, wegen denen.«

Sie hat eine erstaunliche Art, auf den Kern der Dinge zu kommen.

Wir haben Buddy ignoriert, aber er hört zu. Er nimmt langsam seine Brille mit den dicken Gläsern ab und wischt sich mit dem haarigen Handrücken über die Augen. Großartig. Buddy weint. Bosco wimmert am Tisch der ehrenwerten N. Elizabeth Erickson. Und Bookers Mandanten haben wieder Schuldgefühle oder Reue oder sonst ein Kummer gepackt, und er schluchzt in seine Hände. Smoot steht an einem Fenster und beobachtet uns; bestimmt fragt er sich, was das für Ratschläge sind, die wir erteilen, daß sie solche Qualen auslösen.

»Wo lebt er?« frage ich, nur um eine Antwort zu bekommen, die ich auf meinen Block notieren und damit für ein paar Sekunden die Tränen ignorieren kann.

»Er lebt bei uns. Ist nie von zu Hause weggegangen. Das ist noch ein Grund, weshalb die Versicherung nicht zahlen will. Sie hat gesagt, weil er volljährig ist, wäre er nicht mehr gedeckt.«

Ich blättere in den Papieren und werfe einen Blick auf die Briefe von und an Great Benefit. »Steht in der Police, daß der Versicherungsschutz endet, wenn er volljährig wird?«

Sie schüttelt den Kopf und lächelt verkniffen. »Nein. Davon steht nichts drin, Rudy. Ich habe sie Dutzende von Malen gelesen, und so was steht da nirgends. Hab sogar das ganze Kleingedruckte gelesen.«

»Sind Sie sicher?« frage ich und betrachte wieder die Police.

»Ganz sicher. Ich gehe das verdammte Ding seit fast einem Jahr immer wieder durch.«

»Wer hat sie Ihnen verkauft? Wer ist der Agent?«

»Irgend so ein blöder Kotzbrocken, der an unsere Tür geklopft und uns dazu überredet hat. Hieß Ott oder so ähnlich, ein gerissener kleiner Gauner mit einem gutgeölten Mundwerk. Ich hab versucht, ihn zu finden, aber er scheint sich aus dem Staub gemacht zu haben.«

Ich ziehe einen Brief aus dem Packen und lese ihn. Er kommt von einem Schadensregulierer in Cleveland, geschrieben mehrere Monate nach dem ersten Brief, den ich in der Hand gehabt habe, und er verweigert ziemlich brüsk jede Zahlung mit der Begründung, Donny Rays Leukämie wäre ein Zustand, der schon vor Vertragsabschluß bestanden hätte und deshalb nicht gedeckt sei. Wenn Donny Ray tatsächlich erst seit knapp einem Jahr krank ist, dann ist die Diagnose vier Jahre nach Ausstellung der Police durch Great Benefit gestellt worden. »Hier heißt es, die Zahlung würde wegen eines bereits vor Vertragsabschluß bestehenden Zustandes verweigert.«

»Sie benutzen jeden Vorwand, den man sich nur denken kann, Rudy. Nehmen Sie einfach all diese Papiere mit, und lesen Sie sie genau durch. Ausschlußklauseln, Ausnahmen, Vorerkrankung, Kleingedrucktes, sie haben einfach alles versucht.«

»Ist eine Knochenmarkstransplantation von der Versicherung ausgeschlossen?«

»Nein. Sogar unser Doktor hat sich die Police angesehen und gesagt, Great Benefit müßte zahlen, weil eine Knochenmarkstransplantation heutzutage eine Routinebehandlung ist.«

Bookers Mandant wischt sich mit beiden Händen das Gesicht ab und entschuldigt sich. Er dankt Booker, und Booker dankt ihm. Der alte Mann läßt sich auf einem Stuhl in der Nähe eines hitzigen Damespiels nieder. Miss Birdie erlöst N. Elizabeth Erickson von Bosco und seinen Problemen. Smoot wandert hinter uns herum.

Der nächste Brief stammt gleichfalls von Great Benefit. Er ist kurz, gemein und eindeutig. Er lautet:

»Sehr geehrte Mrs. Black, unsere Gesellschaft hat Ihre Ansprüche bereits siebenmal schriftlich abgewiesen. Wir tun es jetzt zum achten und letzten Mal. Offenbar sind Sie blöde, blöde, blöde!«

Unterschrieben ist dieser Brief vom Leiter der Schadensabteilung, und ich reibe fassungslos über das eingeprägte Firmenemblem am Kopf des Bogens. Vorigen Herbst habe ich ein

Seminar über Versicherungsrecht belegt, und ich erinnere mich, wie sehr mich das ungeheuerliche Verhalten bestimmter Gesellschaften in Fällen böswilliger Leistungsverweigerung schockiert hat. Unser Seminarleiter war ein Gastdozent, ein Kommunist, der Versicherungsgesellschaften und überhaupt alle großen Firmen haßte und sich eingehend mit Fällen beschäftigt hatte, in denen die legitimen Ansprüche von Versicherten völlig ungerechtfertigt zurückgewiesen worden waren. Er war überzeugt, daß es in diesem Land Zehntausende von solchen Verstößen wider Treu und Glauben gibt, die nie vor Gericht gebracht wurden. Er hatte Bücher über böswillige Leistungsverweigerung und die in diesem Zusammenhang geführten Prozesse geschrieben und sogar Statistiken vorgelegt, um seine Ansicht zu belegen, daß viele Leute die Zurückweisung ihrer Ansprüche einfach hinnehmen, ohne der Sache auf den Grund zu gehen.

Ich lese den Brief abermals mit dem Finger auf dem eleganten Emblem von Great Benefit Life am Kopf des Blattes.

»Und Sie haben nie eine Prämienzahlung versäumt?«

»Nein, Sir. Keine einzige.«

»Ich muß die Unterlagen über Donny Rays Krankheit sehen.«

»Ich habe die meisten davon zu Hause. In letzter Zeit ist er nicht oft beim Arzt gewesen. Wir können es uns einfach nicht leisten.«

»Wissen Sie das genaue Datum, an dem die Leukämie diagnostiziert wurde?«

»Nein, aber es war im August vorigen Jahres. Er war für den ersten Abschnitt der Chemotherapie im Krankenhaus. Dann teilten diese Gauner uns mit, daß sie die Kosten der Behandlung nicht übernehmen würden, also hat das Krankenhaus uns vor die Tür gesetzt. Sagten, sie könnten es sich nicht leisten, uns eine Transplantation zu schenken. Wäre einfach zu teuer. Und das kann ich ihnen nicht einmal übelnehmen.«

Buddy mustert Bookers nächsten Mandanten, eine zerbrechliche alte Frau, die gleichfalls einen Stapel Papiere bei sich hat. Dot fummelt an ihrer Packung Salems herum und steckt sich schließlich eine weitere zwischen die Lippen.

Wenn Donny Rays Krankheit tatsächlich Leukämie ist und er sie erst seit acht Monaten hat, dann kann sie unmöglich als bereits vor Vertragsabschluß bestehender Zustand bezeichnet werden. Wenn Leukämie nicht ausgeschlossen ist, dann muß Great Benefit zahlen. Das erscheint mir logisch, kommt mir vollkommen eindeutig vor, und da das Gesetz nur selten klar und nur selten logisch ist, weiß ich, daß irgendwo in den Tiefen von Dots Haufen von Ablehnungen Unheil auf mich wartet.

»Das verstehe ich einfach nicht«, sage ich, immer noch den Blöde-Brief anstarrend.

Dot bläst ihrem Mann eine dichte Wolke aus blauem Qualm an den Kopf, daß der Rauch nur so um ihn herumwirbelt. Seine Augen scheinen wieder trocken zu sein, aber ich bin mir nicht sicher. Sie schmatzt mit ihren klebrigen Lippen und sagt: »Es ist ganz einfach, Rudy. Das sind Gauner. Sie denken, wir sind nur einfache Leute, die sich nicht zu helfen wissen und kein Geld haben, um gegen sie zu kämpfen. Ich habe dreißig Jahre lang in einer Blue-Jeans-Fabrik gearbeitet – und ich war in der Gewerkschaft, müssen Sie wissen –, und wir haben Tag für Tag gegen die Firma gekämpft. Da war es genau dasselbe. Eine große Firma, die auf kleinen Leuten herumtrampelt.«

Abgesehen davon, daß mein Vater Anwälte haßte, versprühte er auch häufig Gift gegen die Gewerkschaften. Woraufhin ich mich natürlich zu einem glühenden Verteidiger der arbeitenden Massen entwickelte. »Dieser Brief ist unglaublich«, sage ich zu ihr.

»Welcher?«

»Der von Mr. Krokit, in dem er sagt, Sie wären blöde, blöde, blöde.«

»Dieser Mistkerl. Ich wollte, ich könnte ihn herschleppen und dazu bringen, mir das ins Gesicht zu sagen. Dieser Yankee-Bastard.«

Buddy wedelt sich den Rauch aus dem Gesicht und grunzt etwas. Ich sehe ihn an in der Hoffnung, daß er etwas sagen wird, aber er läßt es bleiben. Zum ersten Mal fällt mir auf, daß die linke Seite seines Kopfes eine Spur flacher ist als die rechte, und wieder schießt mir die Vorstellung durch den Kopf, wie er nackt durch den Flughafen wandert. Ich falte den Blöde-Brief zusammen und lege ihn oben auf den Packen.

»Es wird ein paar Stunden dauern, bis ich das alles durchgesehen habe.«

»Ja, aber Sie müssen sich beeilen. Donny Ray macht es nicht mehr lange. Er wiegt noch fünfundfünfzig Kilo, von ursprünglich achtzig. An manchen Tagen geht es ihm so schlecht, daß er sich nicht auf den Beinen halten kann. Ich wollte, Sie könnten ihn sehen.«

Ich habe nicht das Verlangen, Donny Ray zu sehen. »Vielleicht später.« Ich werde mir die Police genau ansehen und die Briefe und Donny Rays Krankengeschichte, dann werde ich mich mit Smoot absprechen und einen netten, zwei Seiten langen Brief an die Blacks schreiben, in dem ich ihnen den ungemein weisen Rat gebe, daß sie den Fall einem richtigen Anwalt übergeben sollten, und zwar nicht nur einem richtigen Anwalt, sondern einem, der sich darauf spezialisiert hat, Versicherungsgesellschaften wegen Verstoßes wider Treu und Glauben zu verklagen. Ich werde ein paar Namen von solchen Anwälten einstreuen und die Telefonnummern gleich dazu. Dann habe ich dieses wertlose Seminar hinter mir und Smoot mit seiner Leidenschaft für Gruftrecht auch.

Bis zu meiner Graduierung sind es noch achtunddreißig Tage.

»Ich muß das alles mitnehmen«, erkläre ich Dot, als ich ihr Chaos zusammenraffe und nach den Gummibändern greife. »In zwei Wochen komme ich wieder, mit einem Brief mit Ratschlägen.«

»Weshalb dauert das zwei Wochen?«

»Also, äh, ich muß ein bißchen recherchieren, wissen Sie, mit meinen Professoren sprechen, ein paar Sachen nachschlagen. Können Sie mir Donny Rays medizinische Unterlagen schicken?«

»Natürlich. Aber bitte beeilen Sie sich.«

»Ich werde mein Bestes tun, Dot.«

»Glauben Sie, daß wir etwas in der Hand haben?«

Obwohl ich noch Jurastudent bin, habe ich doch schon eine Menge über unverbindliches Gerede gelernt. »Das läßt sich jetzt noch nicht sagen. Es sieht vielversprechend aus. Aber ich muß mich erst eingehend damit beschäftigen und recherchieren. Es wäre möglich.«

»Was zum Teufel bedeutet das?«

»Nun, äh, es bedeutet, daß ich glaube, daß Ihr Anspruch zu Recht besteht, aber bevor ich Genaueres sagen kann, muß ich mir das alles ganz genau anschauen.«

»Was für eine Art von Anwalt sind Sie?«

»Ich bin Jurastudent.«

Das scheint sie zu verblüffen. Sie preßt die Lippen fest auf den weißen Filter und funkelt mich an. Buddy grunzt zum zweiten Mal. Glücklicherweise kommt Smoot von hinten heran und fragt: »Wie läuft es hier?«

Dot mustert zuerst seine Fliege und dann seine wilde Mähne.

»Bestens«, sage ich. »Wir sind gerade fertig.«

»Gut«, meint er, als wäre die Zeit abgelaufen und es warteten schon die nächsten Mandanten. Er verzieht sich.

»Wir sehen uns in zwei Wochen wieder«, sage ich herzlich mit einem falschen Lächeln.

Dot drückt ihre Zigarette im Aschenbecher aus und beugt sich wieder näher an mich heran. Ihre Lippen beben plötzlich, und ihre Augen sind feucht. Sie berührt sanft mein Handgelenk und sieht mich hilflos an. »Bitte beeilen Sie sich, Rudy. Wir brauchen Hilfe. Unser Junge stirbt.«

Wir schauen uns eine Ewigkeit an, und schließlich nicke ich und murmele etwas. Diese armen Leute haben das Leben ihres Sohnes in meine Hände gelegt, in die eines Jurastudenten im dritten Jahr an der Memphis State. Sie glauben allen Ernstes, daß ich diesen Packen Papier, den sie mir zugeschoben haben, an mich nehme, nach dem Telefonhörer greife und ein paar Anrufe mache, ein paar Briefe schreibe, so mir nichts, dir nichts mit dem und jenem drohe, und Abrakadabra! geht Great Benefit in die Knie und spuckt Geld für Donny Ray aus. Und sie erwarten außerdem, daß das schnell passiert.

Sie stehen auf und entfernen sich verlegen von meinem Tisch. Ich bin fast sicher, daß irgendwo in dieser Police ein perfekter kleiner Ausschluß steht, fast unleserlich und vermutlich kaum zu entziffern, aber dennoch hineinmanövriert von gerissenen juristischen Handwerkern, die seit Jahrzehnten fette Honorare kassiert und begeistert Kleingedrucktes verfaßt haben.

Mit Buddy im Schlepptau bahnt sich Dot ihren Weg zwischen Klappstühlen und Rook-Spielern hindurch und bleibt bei der Kaffeekanne stehen, wo sie einen Pappbecher mit koffeinfreiem Kaffee füllt und sich eine weitere Zigarette anzündet. Dann stehen sie im hinteren Teil des Raumes und mustern mich aus einer Entfernung von knapp zwanzig Metern. Ich blättere in der Police, dreißig Seiten von kaum lesbarem Kleingedrucktem, und mache mir Notizen. Ich versuche, sie zu ignorieren.

Der Saal ist leerer geworden, und die Leute brechen langsam auf. Ich habe das Anwaltsein erst mal satt, für einen Tag reicht es mir völlig, und ich hoffe, daß nicht noch mehr Mandanten kommen. Meine Unwissenheit in Gesetzesdingen ist bestürzend, und mich schaudert bei dem Gedanken, daß ich schon in ein paar Monaten in den Gerichtssälen dieser Stadt stehen und mit anderen Anwälten vor Richtern und Geschworenen plädieren soll. Ich bin noch nicht soweit, um irgendwelche Klagen zu führen und damit auf die Gesellschaft losgelassen zu werden.

Das Jurastudium ist nichts als drei Jahre sinnloser Streß. Wir verbringen ungezählte Stunden damit, Informationen auszugraben, die wir nie brauchen werden. Wir werden mit Vorlesungen bombardiert, die wir sofort wieder vergessen. Wir memorieren Fälle und Gesetze, die morgen außer Kraft gesetzt oder geändert werden. Wenn ich in den vergangenen drei Jahren fünfzig Stunden pro Woche als Anlernling bei einem guten Anwalt gearbeitet hätte, dann wäre ich jetzt selbst ein guter Anwalt. Statt dessen bin ich ein nervöser Student im dritten Studienjahr, der Angst hat vor den simpelsten juristischen Problemen und noch mehr Angst vor dem bevorstehenden Anwaltsexamen.

Vor mir bewegt sich etwas, und ich schaue gerade noch rechtzeitig auf, um zu sehen, wie ein dicklicher alter Bursche mit einem mächtigen Hörgerät auf mich zuschlurft.

2

Eine Stunde später ist Schluß mit dem trägen Hickhack über Chinesischer Dame und Gin Rommé, und die letzten Gruftis verlassen das Gebäude. Ein Hausmeister wartet an der Tür, während Smoot uns zu einem abschließenden Kriegsrat um sich versammelt. Wir berichten nacheinander kurz über die verschiedenen Probleme unserer neuen Mandanten. Wir sind müde und möchten so schnell wie möglich von hier verschwinden.

Smoot macht ein paar Vorschläge, nichts Kreatives oder Originelles, und entläßt uns mit dem Versprechen, daß wir im Seminar über die juristischen Probleme der älteren Leute sprechen werden. Ich kann es kaum abwarten.

Booker und ich fahren in seinem Wagen, einem alten Pontiac, zu groß, um elegant zu sein, aber in wesentlich besserem Zustand als mein auseinanderfallender Toyota. Booker hat zwei kleine Kinder und eine Frau, die als Teilzeitlehrerin arbeitet, und deshalb existieren sie knapp oberhalb der Armutsgrenze. Er studiert fleißig und bekommt gute Noten, und deshalb ist eine reiche schwarze Kanzlei in der Innenstadt auf ihn aufmerksam geworden, eine ziemlich noble Firma, die sich mit Bürgerrechtsprozessen einen Namen gemacht hat. Sein Anfangsgehalt beträgt vierzigtausend im Jahr, sechstausend mehr, als Broadnax and Speer mir geboten haben.

»Ich hasse das Jurastudium«, sage ich, als wir vom Parkplatz des Cypress Gardens Senior Citizens Building herunterfahren.

»Daran ist nichts Ungewöhnliches«, erwidert Booker. Booker haßt nichts und niemanden, und manchmal behauptet er sogar, das Jurastudium wäre für ihn eine Herausforderung.

»Warum wollen wir Anwälte werden?«

»Um der Öffentlichkeit zu dienen, gegen Ungerechtigkeit anzukämpfen, die Gesellschaft zu verändern, du weißt schon, das Übliche. Hörst du Professor Smoot nicht zu?«

»Laß uns ein Bier trinken.«

»Es ist noch nicht einmal drei Uhr, Rudy.« Booker trinkt wenig, und ich trinke noch weniger, weil es eine kostspielige Angewohnheit ist, und im Augenblick muß ich sparen, damit ich mir etwas zu essen kaufen kann.

»War nur ein Scherz«, sage ich. Er fährt in Richtung Juristische Fakultät. Heute ist Donnerstag, was bedeutet, daß ich mich morgen mit Sportrecht und dem Code Napoléon herumschlagen muß, zwei Seminaren, die ebenso wertlos sind wie Gruftirecht und sogar noch weniger Arbeit erfordern. Aber auf mich wartet ein Anwaltsexamen, und wenn ich daran denke, zittern mir die Hände. Wenn ich beim Examen durchfalle, dann werden mich diese netten, aber steifen und todernsten Typen bei Broadnax and Speer bestimmt entlassen, was bedeutet, daß ich ungefähr einen Monat arbeiten werde und dann auf der Straße stehe. Beim Anwaltsexamen durchzufallen ist unausdenkbar – die Folge wären Arbeitslosigkeit, Bankrott, Schande, Verhungern. Also weshalb denke ich jede Stunde des Tages daran? »Setz mich bei der Bibliothek ab«, sage ich. »Ich denke, ich werde mich mit diesen Fällen beschäftigen und dann fürs Examen büffeln.«

»Gute Idee.«

»Ich hasse die Bibliothek.«

»Alle hassen die Bibliothek, Rudy. Sie ist so angelegt, daß man sie hassen muß. Ihr Hauptzweck besteht darin, daß sie von Jurastudenten gehaßt wird. Du bist völlig normal.«

»Danke.«

»Diese erste alte Dame, Miss Birdie, die hat Geld?«

»Woher weißt du das?«

»Mir war, als hörte ich so etwas.«

»Ja. Sie schwimmt im Geld. Sie braucht ein neues Testament. Ihre Kinder und Enkel kümmern sich nicht um sie, deshalb will sie sie natürlich streichen.«

»Wieviel?«

»An die zwanzig Millionen.«

Booker mustert mich überaus argwöhnisch.

»Das behauptet sie jedenfalls«, setze ich hinzu.

»Und wer soll das Geld bekommen?«

»Ein Fernsehprediger mit viel Sex-Appeal und eigenem Learjet.«

»Nein!«

»Doch.«

Booker versucht das zu verdauen, während er den Wagen zwei Blocks durch dichten Verkehr steuert. »Hör mal, Rudy, nimm es mir nicht übel, du bist ein netter Kerl, ein guter Student, intelligent, aber ist dir wohl bei dem Gedanken, ein Testament für eine derart große Hinterlassenschaft aufzusetzen?«

»Nein. Wäre dir etwa wohl dabei?«

»Natürlich nicht. Also, was wirst du tun?«

»Vielleicht stirbt sie im Schlaf.«

»Das glaube ich nicht. Dazu ist sie zu munter. Sie wird uns überleben.«

»Ich werde es bei Smoot abladen. Vielleicht einen der Steuerprofessoren bitten, mir zu helfen. Vielleicht sage ich Miss Birdie auch einfach, daß ich ihr nicht helfen kann, daß sie einem hochkarätigen Steueranwalt fünf Mille zahlen muß, damit er es aufsetzt. Im Grunde ist es mir völlig egal. Ich habe meine eigenen Probleme.«

»Texaco?«

»Ja. Sie sind hinter mir her. Mein Vermieter auch.«

»Ich wollte, ich könnte dir helfen«, sagt Booker, und ich weiß, daß er es ehrlich meint. Wenn er das Geld erübrigen könnte, würde er es mir mit Freuden leihen.

»Ich werde bis zum 1. Juli überleben. Dann bin ich ein großartiges Sprachrohr für Broadnax and Speer, und die Tage meiner Armut sind vorüber. Wie in aller Welt, Booker, soll ich es nur schaffen, vierunddreißigtausend Dollar im Jahr auszugeben?«

»Hört sich unmöglich an. Du wirst reich sein.«

»Ich meine, ich habe sieben Jahre lang praktisch nur von Trinkgeldern gelebt. Was soll ich bloß mit dem vielen Geld anfangen?«

»Dir einen Anzug kaufen?«

»Weshalb? Ich habe doch schon zwei.«

»Vielleicht ein Paar Schuhe?«

»Das ist es. Genau das werde ich tun, Booker. Schuhe kaufen und Krawatten, und vielleicht etwas zu essen, das nicht in einer Dose steckt. Und vielleicht eine neue Packung Unterhosen.«

In den letzten drei Jahren haben mich Booker und seine Frau mindestens zweimal im Monat zum Essen eingeladen. Sie heißt Charlene, stammt aus Memphis und vollbringt trotz des knappen Haushaltsgeldes wahre kulinarische Wunder. Sie sind Freunde, aber ich bin sicher, daß ich ihnen leid tue. Booker grinst, dann wendet er den Blick ab. Er hat es satt, Witze über im Grunde unerfreuliche Dinge zu machen.

Er lenkt den Wagen auf den Parkplatz an der Central Avenue gleich gegenüber der Juristischen Fakultät der Memphis State University. »Ich muß noch ein paar Dinge erledigen«, sagt er.

»Danke fürs Mitnehmen.«

»Gegen sechs bin ich wieder da. Dann können wir fürs Examen büffeln.«

»Okay. Ich werde unten sein.«

Ich schlage die Wagentür zu und sprinte über die Central.

In einer dunklen und abgelegenen Ecke im Keller der Bibliothek – praktisch unsichtbar hinter Stapeln von alten und aufgeplatzten juristischen Büchern – finde ich meinen Lieblingsplatz leer vor, auf mich wartend, wie er das seit nunmehr vielen Monaten getan hat. Er ist offiziell auf meinen Namen reserviert. Die Ecke ist fensterlos und zeitweise feucht und kalt, und aus diesem Grunde kommt nur selten jemand hierher. Ich habe Stunden in meiner eigenen kleinen Höhle verbracht, Fälle recherchiert und fürs Examen gelernt. Und in den letzten Wochen habe ich viele qualvolle Stunden hier gesessen und darüber nachgedacht, was mit Sara passiert ist, und mich gefragt, womit genau ich sie vertrieben habe. Hier peinige ich mich. Die flache Arbeitsplatte ist an drei Seiten von Täfelung umgeben, und inzwischen kenne ich die Maserung an jeder der kleinen Wände auswendig. Hier kann ich weinen, ohne ertappt zu werden. Ich kann sogar leise fluchen, und niemand hört es.

Während unserer grandiosen Affäre hat Sara viele Male hier bei mir gesessen, und wir haben gemeinsam gelernt, auf dicht aneinandergerückten Stühlen. Wir konnten kichern und lachen, ohne Aufsehen zu erregen. Wir konnten uns küssen und berühren, und niemand hat es gesehen. In diesem Augenblick, versunken in Depression und tiefem Schmerz, kann ich fast ihr Parfum riechen.

Ich sollte mir wirklich in diesem weitläufigen Labyrinth einen anderen Platz zum Lernen suchen. Jetzt, da ich die Täfelung rings um mich herum anstarre, sehe ich ihr Gesicht vor mir und erinnere mich daran, wie sich ihre Beine anfühlten, und sofort überkommt mich ein qualvoller Druck in der Herzgegend, der mich regelrecht lähmt. Sie war hier, noch vor ein paar Wochen! Und nun streichelt ein anderer diese Beine.

Ich nehme den Packen Papiere der Blacks und gehe hinauf in die Versicherungsabteilung der Bibliothek. Meine Bewegungen sind langsam, aber meine Blicke schießen unentwegt in alle Richtungen. Sara kommt jetzt nur noch selten hierher, aber ein paarmal habe ich sie gesehen.

Ich breite Dots Papiere auf einem leeren Tisch zwischen den Regalen aus und lese abermals den Blöde-Brief. Er ist gemein und niederträchtig und wurde offenbar von jemandem geschrieben, der überzeugt war, daß Dot und Buddy ihn nie einem Anwalt zeigen würden. Ich lese ihn noch einmal und spüre, daß das Herzweh nachzulassen beginnt – es kommt und geht, und ich lerne, damit umzugehen.

Sara Plankmore ist wie ich im dritten Studienjahr, und sie ist das einzige Mädchen, in das ich je verliebt war. Sie hat mir vor vier Monaten den Laufpaß gegeben und mich gegen einen blaublütigen Typ eingetauscht, der eines der vornehmen Colleges besucht hat. Sie hat mir erzählt, sie wären alte Freunde von der High-School her und hätten sich während der Weihnachtsferien zufällig wiedergetroffen. Die Romanze flammte wieder auf, und es täte ihr leid, mir das antun zu müssen, aber das Leben ginge ja weiter. In der Fakultät schwirren Gerüchte herum, daß sie schwanger ist. Als ich das zum ersten Mal hörte, mußte ich mich tatsächlich übergeben.

Ich studiere die Police der Blacks von Great Benefit und mache mir seitenweise Notizen. Sie liest sich wie Sanskrit. Ich sortiere die Briefe und die Antragsformulare und die medizinischen Unterlagen. Für den Augenblick ist Sara verschwunden, und ich versinke in einem dubiosen Versicherungsfall, der mehr und mehr stinkt.

Die Police wurde für achtzehn Dollar wöchentlich von der Great Benefit Life Insurance Company in Cleveland, Ohio, ausgestellt. Ich gehe das Quittungsbuch durch, ein kleines Journal, in dem die wöchentlichen Zahlungen verzeichnet sind. Es sieht so aus, als wäre der Agent, ein gewisser Bobby Ott, tatsächlich jede Woche persönlich bei den Blacks erschienen.

Mein kleiner Tisch ist mit Stapeln von Papieren bedeckt, und ich lese alles, was Dot mir gegeben hat. Ich muß immer wieder an Max Leuberg denken, den kommunistischen Gastprofessor, und seinen leidenschaftlichen Haß auf Versicherungsgesellschaften. Sie regieren unser Land, hat er immer und immer wieder gesagt. Sie kontrollieren die Banken. Ihnen gehören die Grundstücke. Sie fangen sich einen Virus ein, und Wall Street hat eine Woche lang Durchfall. Und wenn die Zinsen sinken und ihr Einkommen aus Investitionen abstürzt, dann rennen sie zum Kongreß und verlangen eine Gesetzesreform. Klagen bringen uns um, schreien sie. Diese verdammten Anwälte reichen völlig unbegründete Klagen ein und bringen unwissende Geschworene dazu, daß sie ungeheuerliche Entschädigungssummen zuerkennen, und damit muß Schluß sein, denn sonst gehen wir pleite. Leuberg konnte so wütend werden, daß er Bücher an die Wand warf. Wir liebten ihn.

Und er lehrt noch hier. Ich glaube, er kehrt erst Ende dieses Semesters nach Washington zurück, und wenn ich den Mut dazu aufbringe, werde ich ihn vielleicht bitten, sich den Black-Fall anzusehen. Er hat behauptet, er hätte im Norden bei mehreren großen Verfahren mitgearbeitet, bei denen die Geschworenen die Versicherungen zu horrenden Geldstrafen verurteilten.

Ich fange an, eine Zusammenfassung des Falls zu schreiben. Ich beginne mit dem Tag, an dem die Police ausgefertigt wurde, und liste dann chronologisch jedes maßgebliche Ereignis auf. Great Benefit hat es achtmal schriftlich abgelehnt, die Behandlungskosten zu übernehmen. Der achte war natürlich der Blöde-Brief. Ich kann Max Leuberg pfeifen und lachen hören, wenn er diesen Brief liest. Ich rieche Blut.

Professor Leuberg riecht es hoffentlich auch. Ich finde sein Büro zwischen zwei Lagerräumen im dritten Stock der Fakultät. Die Tür ist bedeckt mit Flugblättern, die zum Marsch für die Rechte der Schwulen oder zu Boykotts oder Demonstrationen für bedrohte Arten aufrufen, alles Anliegen, die in Memphis nur wenig Interesse erregen. Sie steht halb offen, und ich höre ihn ins Telefon bellen. Ich halte den Atem an und klopfe leise an.

»Herein!« ruft er, und ich schiebe mich langsam durch die Tür. Er deutet auf den einzigen Stuhl. Er ist voller Bücher, Akten und Zeitschriften. Das ganze Büro ist ein Schuttabladeplatz. Papiere, Abfälle, Zeitungen, Flaschen. Die Bücherregale stehen schief und sacken durch. Plakate bedecken die Wände. Alle möglichen Papiere liegen wie Pfützen auf dem Boden. Zeit und Organisation haben für Max Leuberg keinerlei Bedeutung.

Er ist ein magerer, kleiner Mann um die Sechzig mit wildem, buschigem, strohfarbenem Haar und Händen, die unablässig in Bewegung sind. Er trägt verblichene Jeans, Sweatshirts mit provozierenden Umweltslogans und alte Turnschuhe. Wenn es kalt ist, auch manchmal Socken. Seine nie nachlassende Aufgedrehtheit macht mich völlig nervös.

Er knallt den Hörer auf die Gabel. »Baker!«

»Baylor. Rudy Baylor. Versicherungsrecht, letztes Semester.«

»Natürlich, natürlich. Ich erinnere mich. Setzen Sie sich.« Er deutet wieder auf den Stuhl.

»Nein, danke.«

Er rutscht herum und verschiebt einen Stapel Papiere auf seinem Schreibtisch. »Also, was liegt an, Baylor?« Max wird von den Studenten angebetet, weil er sich immer Zeit zum Zuhören nimmt.

»Nun, äh, haben Sie eine Minute Zeit?« Normalerweise

wäre ich wesentlich formeller und würde »Sir« oder so etwas sagen, aber Max haßt Formalitäten. Er hat darauf bestanden, daß wir ihn Max nennen.

»Natürlich. Was haben Sie auf dem Herzen?«

»Also, ich bin in einem Kurs von Professor Smoot«, erkläre ich, dann liefere ich ihm eine kurze Zusammenfassung meines Besuches bei den Gruftis und von Dot und Buddy und ihrem Kampf gegen Great Benefit. Er scheint sich kein Wort entgehen zu lassen.

»Haben Sie je etwas von Great Benefit gehört?« frage ich.

»Ja. Es ist eine große Gesellschaft, die Unmengen von billigen Versicherungen an Weiße und Schwarze auf dem Lande verkauft. Sehr windiger Haufen.«

»Ich habe nie von ihnen gehört.«

»Kein Wunder. Sie inserieren nicht. Ihre Agenten klappern die Haustüren ab und kassieren jede Woche die Prämien. Wir reden hier über die Achselhöhle der Branche, die stinkt, wenn man sie ankratzt. Zeigen Sie mir mal die Police.«

Ich gebe sie ihm, und er blättert sie durch. »Was sind ihre Ablehnungsgründe?«

»Alles mögliche. Zuerst haben sie nur so aus Prinzip abgelehnt. Dann haben sie gesagt, Leukämie wäre von den Ersatzleistungen ausgeschlossen. Dann haben sie gesagt, die Leukämie hätte bereits vor Vertragsabschluß bestanden. Dann haben sie gesagt, der Junge wäre volljährig und deshalb unter der Police seiner Eltern nicht mehr gedeckt. Sie haben sich eine Menge einfallen lassen.«

»Wurden alle Prämien gezahlt?«

»Nach Angabe von Mrs. Black, ja.«

»Diese Mistkerle.« Er schlägt weitere Seiten auf, lächelt boshaft. Max gefällt das. »Und Sie haben die ganze Akte durchgesehen?«

»Ja. Ich habe alles gelesen, was meine Mandantin mir gegeben hat.«

Er wirft die Police auf den Schreibtisch. »Eindeutig wert, daß man sich näher damit beschäftigt«, sagt er. »Aber denken Sie daran – Mandanten geben einem nur selten von Anfang an das ganze Material an die Hand.« Ich gebe ihm den Blöde-

Brief. Während er ihn liest, erscheint auf seinem Gesicht ein weiteres böses Lächeln. Er liest ihn noch einmal, dann sieht er mich an. »Unglaublich.«

»Das finde ich auch«, setze ich hinzu wie ein altgedienter Wachhund der Versicherungsbranche.

»Wo ist der Rest der Akte?« fragt er.

Ich lege den gesamten Papierstapel auf seinen Schreibtisch. »Das ist alles, was Mrs. Black mir gegeben hat. Sie hat gesagt, ihr Sohn stirbt, weil sie die Behandlung nicht bezahlen können. Jetzt wiege er nur noch fünfundfünfzig Kilo und hätte nicht mehr lange zu leben.«

Jetzt liegen seine Hände einen Moment unbewegt da. »Mistkerle«, sagt er wieder. »Widerliche Mistkerle.«

Ich bin völlig seiner Meinung, sage aber nichts. In einer Ecke sehe ich ein weiteres Paar Turnschuhe stehen – sehr alte Nikes. In der Vorlesung hat er uns erklärt, daß er früher Converse getragen hat, aber jetzt die Firma wegen einer Recycling-Auseinandersetzung boykottiert. Er kämpft seinen kleinen Privatkrieg gegen die amerikanischen Großunternehmen und kauft nichts von einem Hersteller, der ihm aus irgendeinem Grund mißfällt. Er weigert sich, sein Leben, seine Gesundheit oder seinen Besitz zu versichern, aber Gerüchten zufolge ist seine Familie reich, und er kann es sich leisten, auf Versicherungen zu verzichten. Ich dagegen lebe aus naheliegenden Gründen in der Welt der Unversicherten.

Die meisten meiner Professoren sind spießige Akademiker, die ständig Krawatten tragen und ihre Vorlesungen mit zugeknöpften Jacketts halten. Max hat schon seit Jahrzehnten keine Krawatte mehr umgebunden. Und er hält keine Vorlesungen. Er gibt Vorstellungen. Es ist ein Jammer, daß er von hier fortgeht.

Seine Hände erwachen wieder zum Leben. »Ich möchte mir das heute abend mal genauer ansehen«, sagt er, ohne mich anzusehen.

»Kein Problem. Kann ich morgen früh wieder hereinschauen?«

»Natürlich. Jederzeit.«

Sein Telefon läutet, und er greift nach dem Hörer. Ich lächle und ziehe mich überaus erleichtert zurück. Ich werde am Morgen wiederkommen, mir seinen Rat anhören und dann einen zweiseitigen Bericht für die Blacks schreiben, in dem ich das wiedergebe, was er mir sagt.

Jetzt muß ich nur noch einen klugen Kopf finden, der die Recherchen in Sachen Miss Birdie übernimmt. Ich habe schon ein paar Kandidaten, Steuerprofessoren, und vielleicht versuche ich morgen bei ihnen mein Glück. Ich gehe langsam die Treppe hinunter und betrete den Aufenthaltsraum neben der Bibliothek. Er ist der einzige Raum im Gebäude, in dem das Rauchen erlaubt ist, und unter den Lampen hängt der Qualm ständig in dicken Schwaden. Hier gibt es ein Fernsehgerät und eine ganze Kollektion von mißhandelten Sofas und Stühlen. Gruppenfotos schmücken die Wände – gerahmte Ansammlungen von beflissenen Gesichtern, die schon vor langer Zeit in die Schützengräben des juristischen Krieges geschickt wurden. Wenn der Raum leer ist, sehe ich sie, meine Vorgänger, oft an und frage mich, wie viele von ihnen inzwischen wieder aus der Anwaltskammer ausgeschlossen worden sind, wie viele sich wünschen, nie hierhergekommen zu sein, und wie wenigen es tatsächlich Spaß macht, Klage zu führen und zu verteidigen. Eine Wand ist für Anschläge, Bekanntmachungen und Gesuche von erstaunlicher Vielfalt reserviert, und dahinter steht eine Reihe von Speisen- und Getränkeautomaten. Ich nehme viele Mahlzeiten hier ein. Automatenessen wird nicht genügend gewürdigt.

In einer Ecke sehe ich den Ehrenwerten F. Franklin Donaldson den Vierten im Gespräch mit dreien seiner Kumpel, allesamt eingebildete Typen, die für die Juristische Zeitschrift schreiben und auf jeden herabsehen, der es nicht tut. Er bemerkt mich und scheint sich für irgend etwas zu interessieren. Er lächelt mir zu, als ich vorbeigehe, was ungewöhnlich ist, weil er normalerweise immer eine finstere Miene zur Schau trägt.

»Sag mal, Rudy, du gehst doch zu Broadnax and Speer, ist das richtig?« ruft er laut. Der Fernseher ist ausgeschaltet. Seine Kumpel mustern mich. Zwei Studentinnen auf einem Sofa heben die Köpfe und schauen in meine Richtung.

»Ja. Wieso?« frage ich. F. Franklin der Vierte hat einen Job bei einer Kanzlei, die über sehr viel Tradition und Geld und mindestens soviel Snobismus verfügt und Broadnax and Speer turmhoch überlegen ist. Im Augenblick sind seine Kumpel W. Harper Whittenson, ein arroganter Schnösel, der glücklicherweise aus Memphis verschwinden und bei einer Mega-Firma in Dallas arbeiten wird; J. Townsend Gross, der eine Stellung bei einem anderen großen Laden angenommen hat; und James Straybeck, ein gelegentlich netter Kerl, der sich ohne ein Initial vor und eine Zahl hinter seinem Namen durch drei Jahre Jurastudium gequält hat. Mit einem so kurzen Namen ist es um seine Zukunft als Anwalt in einer großen Kanzlei schlecht bestellt; ich bezweifle, daß er es schaffen wird.

F. Franklin der Vierte kommt einen Schritt auf mich zu. Er lächelt übers ganze Gesicht. »Also erzähl uns, was da läuft.«

»Was soll denn da laufen?« Ich habe keine Ahnung, wovon er redet.

»Na, du weißt schon, die Fusion.«

Ich verziehe keine Miene. »Welche Fusion?«

»Du weißt noch nichts davon?«

»Wovon?«

F. Franklin der Vierte wirft einen Blick auf seine drei Kumpel, und alle scheinen sich ganz prächtig zu amüsieren. Sein Lächeln wird noch breiter, als er mich wieder ansieht. »Von der Fusion von Broadnax and Speer mit Tinley Britt.«

Ich stehe ganz still da und versuche, mir etwas Intelligentes oder Schlagfertiges einfallen zu lassen. Aber im Moment fehlen mir die Worte. Ich habe keine Ahnung von einer Fusion, und diese Arschlöcher wissen offenbar etwas. Broadnax and Speer ist ein kleiner Betrieb, fünfzehn Anwälte, und ich bin der einzige, den sie aus meinem Jahrgang eingestellt haben. Als wir vor zwei Monaten handelseinig wurden, war von irgendwelchen Fusionsplänen nicht die Rede.

Tinley Britt dagegen ist die größte, spießigste, einflußreichste und reichste Firma im ganzen Staat. Nach der letzten Zählung betrachten sie nicht weniger als einhundertzwanzig Anwälte als ihr Zuhause. Viele haben an den Traditionsuniversitäten von Neuengland studiert. Viele haben Posten bei einer

Bundesbehörde im Stammbaum. Es ist eine mächtige Firma, die reiche Gesellschaften und Bundesorgane vertritt und ein Büro in Washington unterhält, wo sie ihre Interessen bei der Elite durchsetzt. Sie ist eine Bastion aggressiver konservativer Politik. Zu den Partnern gehört ein ehemaliger US-Senator. Ihre angestellten Anwälte arbeiten achtzig Stunden pro Woche, und alle tragen Marineblau und Schwarz und dazu Hemden mit angeknöpftem Kragen und gestreifte Krawatten. Ihre Haare sind kurz geschnitten, Bärte sind nicht erlaubt. Man kann einen Tinley-Britt-Anwalt schon an der Art erkennen, wie er sich bewegt und wie er gekleidet ist. In der Firma arbeiten ausschließlich Männer aus den richtigen Familien, von den richtigen Universitäten und aus den richtigen Studentenverbindungen, und deshalb heißt sie bei den Juristen in Memphis immer Trent & Brent.

J. Townsend Gross hat die Hände in den Taschen und lächelt mich höhnisch an. Er ist Nummer zwei in unserem Jahrgang, trägt das richtige Maß an Stärke in seinen Polohemden und fährt einen BMW, und deshalb fühlte er sich sofort zu Trent & Brent hingezogen.

Meine Knie sind weich, weil ich weiß, daß Trent & Brent mich nie würde haben wollen. Wenn Broadnax and Speer tatsächlich mit diesem Koloß fusioniert hat, dann, fürchte ich, werde ich auf der Strecke bleiben.

»Nein, davon weiß ich nichts«, sage ich schwach. Die Mädchen auf dem Sofa beobachten mich genau. Dann herrscht Stille.

»Willst du behaupten, daß sie es dir nicht gesagt haben?« fragt F. Franklin der Vierte fassungslos. »Jack hier hat es heute gegen Mittag gehört«, sagt er und deutet mit einem Kopfnicken auf seinen Kumpel J. Townsend Gross.

»Es ist wahr«, sagt J. Townsend. »Aber der Firmenname bleibt unverändert.«

Der Firmenname in seiner offiziellen Fassung ist Tinley, Britt, Crawford, Mize and St. John. Gnädigerweise hat sich vor etlichen Jahren jemand für die abgekürzte Form entschieden. Mit der Bemerkung, daß der Firmenname unverändert bleibt, hat J. Townsend sein kleines Publikum informiert, daß Broadnax and Speer so winzig und unbedeutend ist, daß Tinley Britt es ohne den kleinsten Rülpser schlucken kann.

»Also ist es nach wie vor Trent & Brent?« sage ich zu J. Townsend, der bei diesem allzu gebräuchlichen Spitznamen empört schnaubt.

»Ich kann es einfach nicht glauben, daß sie dir nichts davon gesagt haben«, setzt F. Franklin der Vierte nach.

Ich zucke die Achseln, als wäre das alles völlig belanglos, und steuere auf die Tür zu. »Vielleicht machst du dir deswegen zu viele Gedanken, Frankie.« Sie sehen sich befriedigt an, als hätten sie erreicht, was immer sie erreichen wollten, und ich verlasse den Aufenthaltsraum. Ich betrete die Bibliothek, und der junge Mann, der hinter dem Tresen am Eingang sitzt, winkt mich heran.

»Hier ist eine Nachricht«, sagt er und händigt mir einen Zettel aus. Ich soll Loyd Beck anrufen, den geschäftsführenden Partner bei Broadnax and Speer, den Mann, der mich eingestellt hat.

Die Münztelefone sind im Aufenthaltsraum, aber ich bin nicht in der Stimmung, F. Franklin den Vierten und seine Bande von Halsabschneidern wiederzusehen. »Darf ich Euer Telefon benutzen?« frage ich den jungen Mann, einen Studenten im zweiten Jahr, der so tut, als gehörte die Bibliothek ihm.

»Die Telefone sind im Aufenthaltsraum«, sagt er und deutet in die entsprechende Richtung, als hätte ich hier drei Jahre Jura studiert und wüßte immer noch nicht, wo der Aufenthaltsraum ist.

»Ich komme gerade von dort. Sie sind alle besetzt.«

Er runzelt die Stirn und schaut sich um. »Okay, aber mach's kurz.«

Ich tippe die Nummer von Broadnax and Speer ein. Es ist fast sechs Uhr, und die Sekretärinnen machen um fünf Feierabend. Nach dem neunten Läuten sagt eine Männerstimme einfach »Hallo?«

Ich drehe der Eingangshalle der Bibliothek den Rücken zu und versuche, mich in den Regalen mit den Handapparaten zu verstecken. »Hallo, hier ist Rudy Baylor. Ich bin in der Universität und habe eben eine Nachricht erhalten, daß ich Loyd

Beck anrufen soll. Es sei dringend.« Auf dem Zettel steht nichts davon, daß es dringend wäre, aber in diesem Moment bin ich ziemlich nervös.

»Rudy Baylor? Um was geht es?«

»Ich bin der Student, den Sie gerade eingestellt haben. Mit wem spreche ich?«

»Ach ja, Baylor. Ich bin Carson Bell. Äh, Loyd ist in einer Sitzung und kann im Augenblick nicht gestört werden. Versuchen Sie es in einer Stunde noch einmal.«

Ich bin Carson Bell kurz begegnet, als ich im Büro herumgeführt wurde, und ich erinnere mich an ihn als an einen typischen überarbeiteten Prozeßanwalt, eine Sekunde lang freundlich und dann zurück an die Arbeit. »Äh, Mr. Bell, ich glaube, ich muß unbedingt mit Mr. Beck sprechen.«

»Tut mir leid, aber im Moment geht das nicht. Okay?«

»Ich habe Gerüchte über eine Fusion mit Trent – äh – mit Tinley Britt gehört. Stimmt das?«

»Hören Sie, Rudy, ich habe zu tun und kann jetzt nicht darüber sprechen. Rufen Sie in einer Stunde wieder an, dann wird Loyd sich mit Ihnen befassen.«

Sich mit mir befassen? »Bin ich immer noch bei Ihnen angestellt?«

»Rufen Sie in einer Stunde wieder an«, sagt er gereizt, dann knallt er den Hörer auf die Gabel.

Ich schreibe ein paar Zeilen auf ein Stück Papier und gebe es dem jungen Mann. »Kennst du Booker Kane?« frage ich.

»Ja.«

»Gut. Er wird in ein paar Minuten hiersein. Gib ihm diese Nachricht. Sag ihm, daß ich in ungefähr einer Stunde zurück sein werde.«

Er grunzt, aber er nimmt den Zettel. Ich verlasse die Bibliothek, drücke mich am Aufenthaltsraum vorbei und bete, daß niemand mich sieht. Dann verlasse ich das Gebäude und laufe zum Parkplatz, wo mein Toyota auf mich wartet. Ich hoffe, daß der Motor anspringt. Eines meiner dunkelsten Geheimnisse ist, daß ich einer Finanzierungsgesellschaft für dieses erbärmliche Wrack immer noch fast dreihundert Dollar schulde. Ich habe sogar Booker angelogen. Er glaubt, er wäre bezahlt.

3

Es ist kein Geheimnis, daß es in Memphis zu viele Anwälte gibt. Das hat man uns bereits gesagt, als wir mit dem Jurastudium anfingen: daß der Beruf total überlaufen ist, nicht nur hier, sondern überall, daß einige von uns sich drei Jahre lang quälen, sich durchs Anwaltsexamen kämpfen und dann trotzdem keinen Job finden würden. Deshalb, teilte man uns freundlicherweise beim Orientierungskurs im ersten Semester mit, würde mindestens ein Drittel unseres Jahrgangs vorzeitig eliminiert werden. Und das haben sie dann auch getan.

Ich kann mindestens zehn Leute benennen, die nächsten Monat zusammen mit mir ihren Abschluß machen und danach massenhaft Zeit haben werden, für das Anwaltsexamen zu lernen, weil sie immer noch keinen Job gefunden haben. Sieben Jahre College und Studium und dann arbeitslos. Mir fallen auch mehrere Dutzend Mitstudenten ein, die als Gehilfen von Pflichtverteidigern und Staatsanwälten arbeiten werden oder als schlechtbezahlte Kanzlisten für ebenso schlechtbezahlte Richter, also in Jobs, von denen man uns nichts erzählt hat, als wir mit dem Studium anfingen.

Deshalb war ich in mancher Hinsicht ziemlich stolz auf meine Anstellung bei Broadnax and Speer, einer richtigen Kanzlei. Ja, manchmal habe ich sogar ein bißchen herabgesehen auf geringere Talente, von denen einige immer noch herumlaufen und um Vorstellungsgespräche betteln. Aber diese Arroganz ist plötzlich wie weggeblasen. Ich fahre mit einem Knoten im Bauch in Richtung Innenstadt. In einer Firma wie Trent & Brent ist für mich kein Platz. Der Toyota spuckt und stottert wie gewöhnlich, aber er fährt wenigstens.

Ich versuche, die Fusion zu analysieren. Vor zwei Jahren hat Trent & Brent eine Dreißig-Mann-Firma geschluckt, und das hat in der Stadt viel Aufsehen erregt. Aber ich kann mich nicht erinnern, ob dabei Leute entlassen wurden. Was liegt ihnen an einer Fünfzehn-Mann-Firma wie Broadnax and Speer? Mir wird plötzlich bewußt, wie wenig ich im Grunde über meinen künftigen Arbeitgeber weiß. Der alte Broadnax ist vor ein paar Jahren gestorben, und sein feistes Gesicht wurde in einer scheußlichen Bronzebüste verewigt, die neben der Eingangstür zu den Büros steht. Speer ist sein Schwiegersohn, aber seit langem von seiner Tochter geschieden. Ich habe Speer kurz kennengelernt, und er war recht freundlich. Beim zweiten oder dritten Gespräch hat man mir mitgeteilt, ihre wichtigsten Mandanten wären einige Versicherungsgesellschaften und ihre Arbeit bestünde zu achtzig Prozent aus der Verteidigung in Verkehrssachen.

Vielleicht hat Trent & Brent ein bißchen Power in seiner Verkehrsrechtsabteilung gebraucht. Wer weiß?

Auf der Poplar herrscht dichter Verkehr, aber der schiebt sich hauptsächlich in der entgegengesetzten Richtung voran. Ich kann bereits die hohen Gebäude der Innenstadt sehen. Loyd Beck und Carson Bell und die anderen Burschen in der Firma würden mich doch bestimmt nicht einstellen, Verpflichtungen eingehen und alle möglichen Pläne machen, nur um mir jetzt um des Geldes willen die Kehle durchzuschneiden. Es ist doch undenkbar, daß sie mit Trent & Brent fusionieren und dabei ihre eigenen Leute nicht schützen, oder?

Im letzten Jahr haben meine Studienkollegen, die nächsten Monat zusammen mit mir graduieren werden, diese Stadt auf der Suche nach Arbeit regelrecht durchkämmt. Ich halte es für ausgeschlossen, daß irgendwo noch eine andere Stelle frei ist. Nicht einmal das kleinste Bröckchen Job kann durch die Ritzen gerutscht sein.

Obwohl der Parkplatz leer und massenhaft Platz vorhanden ist, parke ich vorschriftswidrig auf der anderen Straßenseite, gegenüber dem Gebäude, in dem Broadnax and Speer residiert. Zwei Blocks weiter steht ein Bankgebäude, das höchste in der Innenstadt, und natürlich hat Trent & Brent die obere Hälfte davon gemietet. Von ihrer hohen Warte aus können sie verächtlich auf den Rest der Stadt herabblicken. Ich hasse sie.

Ich sprinte über die Straße und betrete die schmutzige Halle des Powers Building. Links befinden sich zwei Fahrstühle, aber rechts sehe ich ein vertrautes Gesicht. Es ist Richard

Spain, einer der bei Broadnax and Speer angestellten Anwälte, ein wirklich netter Mann, der mich bei meinem ersten Besuch hier zum Lunch ausgeführt hat. Er sitzt auf einer schmalen Marmorbank und starrt blicklos auf den Boden.

»Richard«, sage ich, auf ihn zugehend. »Ich bin's, Rudy Baylor.«

Er rührt sich nicht, sondern starrt weiter auf den Boden. Ich setze mich neben ihn. Die Fahrstühle sind genau vor uns, zehn Meter entfernt.

»Was ist los, Richard?« Er wirkt benommen. »Richard, fehlt Ihnen etwas?« Die kleine Halle ist im Moment leer, und um uns herum ist es still.

Langsam dreht er mir den Kopf zu, und sein Mund geht ein wenig auf. »Sie haben mich entlassen«, sagt er leise. Seine Augen sind rot, und er hat entweder geweint oder getrunken.

Ich hole tief Luft. »Wer?« frage ich leise, obwohl ich die Antwort bereits kenne.

»Sie haben mich entlassen«, sagt er noch einmal.

»Richard, bitte reden Sie mit mir. Was geht hier vor? Wer ist entlassen worden?«

»Sie haben uns alle entlassen, alle angestellten Anwälte«, sagt er langsam. »Beck hat uns in den Konferenzraum beordert und uns mitgeteilt, daß die Partner beschlossen hätten, an Tinley Britt zu verkaufen, und daß da für uns kein Platz wäre. Einfach so. Gab uns eine Stunde, unsere Schreibtische auszuräumen und das Gebäude zu verlassen.« Sein Kopf schwankt seltsam von einer Schulter zur anderen, während er das sagt, und jetzt starrt er auf die Fahrstuhltüren.

»Einfach so«, sage ich.

»Ich nehme an, Sie sorgen sich um Ihren Job«, sagt Richard, immer noch quer durch die Halle starrend.

»Das kann man wohl sagen.«

»Diesen Mistkerlen sind Sie völlig gleichgültig.«

Zu diesem Schluß bin ich natürlich längst selber gekommen. »Weshalb haben sie euch alle entlassen?« frage ich mit kaum hörbarer Stimme. Im Grunde ist es mir völlig gleichgültig, weshalb sie die angestellten Anwälte vor die Tür gesetzt haben. Aber ich versuche, meine Frage aufrichtig klingen zu lassen.

»Trent & Brent wollte unsere Mandanten«, sagt er. »Um die Mandanten zu bekommen, mußten sie die Partner kaufen. Wir, die angestellten Anwälte, waren dabei nur im Wege.«

»Das tut mir leid«, sage ich.

»Mir auch. Bei dem Treffen wurde auch Ihr Name erwähnt. Jemand fragte, was mit Ihnen wäre, da Sie der einzige Neuzugang sind. Beck sagte, er würde versuchen, Sie anzurufen und Ihnen die schlechte Nachricht beizubringen. Sie hat es gleichfalls erwischt, Rudy. Es tut mir leid.«

Mein Kopf sackt ein paar Zentimeter herunter, und ich starre auf den Boden. Meine Hände sind schweißnaß.

»Wissen Sie, wieviel ich im vorigen Jahr verdient habe?« fragt er.

»Wieviel?«

»Achtzigtausend. Ich habe sechs Jahre hier geschuftet, siebzig Stunden in der Woche, habe meine Familie vernachlässigt, Blut vergossen für die gute alte Firma Broadnax and Speer, und dann sagen mir diese Schweine, ich hätte eine Stunde, um meinen Schreibtisch auszuräumen und mein Büro zu verlassen. Sie hatten sogar einen Wachmann, der auf mich aufpassen sollte, während ich meine Sachen zusammenpackte. Achtzigtausend Dollar haben sie mir gezahlt, und ich habe zweitausendfünfhundert Stunden à hundertfünfzig in Rechnung gestellt, das macht also dreihundertfünfundsiebzig Tausender, die ich ihnen im vorigen Jahr eingebracht habe. Sie belohnen mich mit achtzig, schenken mir eine goldene Uhr, sagen mir, wie großartig ich bin, vielleicht machen sie mich in ein oder zwei Jahren zum Partner, Sie wissen schon, eine große, glückliche Familie. Und dann kommt Trent & Brent mit seinen Millionen, und ich bin arbeitslos. Und Sie sind auch arbeitslos, mein Junge. Ist Ihnen klar, daß Sie gerade Ihren ersten Job verloren haben, noch bevor Sie mit der Arbeit angefangen haben?«

Darauf fällt mir keine Erwiderung ein.

Er kippt sanft den Kopf auf die linke Schulter und ignoriert mich. »Achtzigtausend. Ein ganz hübsches Sümmchen, meinen Sie nicht, Rudy?«

»Ja.« Für mich hört sich das an wie ein kleines Vermögen.

»Unmöglich, einen anderen Job zu finden, der mir so viel

einbringt. Jedenfalls nicht in dieser Stadt. Niemand stellt jemanden ein. Es gibt einfach zu viele Anwälte.«

Das kann man laut sagen.

Er wischt sich mit den Fingern über die Augen, dann steht er langsam auf. »Ich muß es meiner Frau sagen«, murmelt er, dann geht er mit hängenden Schultern durch die Halle, verläßt das Gebäude und verschwindet auf der Straße.

Ich fahre mit dem Fahrstuhl in den vierten Stock und betrete ein kleines Foyer. Durch eine gläserne Doppeltür hindurch sehe ich einen großen, uniformierten Wachmann, der neben dem Empfangstresen steht. Als ich das Büro von Broadnax and Speer betrete, mustert er mich argwöhnisch.

»Kann ich Ihnen helfen?« knurrt er.

»Ich suche Loyd Beck«, sage ich und versuche, an ihm vorbei einen Blick in den Korridor zu werfen. Er bewegt sich ein wenig, um mir den Weg zu versperren.

»Und wer sind Sie?«

»Rudy Baylor.«

Er beugt sich vor und nimmt einen Umschlag vom Tresen. »Das ist für Sie«, sagt er. Er trägt meinen Namen, handschriftlich mit roter Tinte. Ich entnehme ihm ein kurzes Schreiben. Meine Hände zittern, während ich es lese.

Eine Stimme quakt in seinem Funkgerät, und er weicht langsam zurück. »Lesen Sie den Brief, und dann verschwinden Sie«, sagt er, dann verzieht er sich ins Foyer.

Der Brief besteht aus nur einem Absatz, von Loyd Beck an mich, der mir die Neuigkeit schonend beibringt und mir alles Gute wünscht. Die Fusion kam »plötzlich und unerwartet«.

Ich werfe den Brief auf den Boden und halte Ausschau nach etwas, das ich außerdem noch werfen kann. Hinter mir ist alles ruhig. Ich bin sicher, sie haben sich hinter verschlossenen Türen verschanzt und warten ab, bis ich und die anderen Unerwünschten verschwunden sind. Auf einem Betonsockel neben der Tür steht die scheußliche Bronzeplastik mit dem feisten Gesicht des alten Broadnax, und ich spucke sie im Vorübergehen an. Sie bleibt völlig ungerührt. Also gebe ich ihr eine Art Schubs, während ich die Tür öffne. Der Sockel schwankt, und der Kopf kippt nach hinten weg.

»Hey!« dröhnt eine Stimme hinter mir, und gerade als die Büste gegen die Glaswand prallt, sehe ich, wie der Wachmann auf mich zugerannt kommt.

Eine Mikrosekunde lang denke ich daran, stehenzubleiben und mich zu entschuldigen, aber dann sprinte ich durch das Foyer und reiße die Tür zum Treppenhaus auf. Er brüllt wieder hinter mir her. Ich rase abwärts, so schnell ich kann. Er ist zu alt und zu fett, um mich einholen zu können.

Durch eine Tür in der Nähe der Fahrstühle gelange ich in die Halle. Sie ist leer. Ich gehe ruhig auf die Tür zur Straße zu und verlasse des Gebäude.

Es ist fast sieben und fast dunkel, als ich sechs Blocks entfernt an einem kleinen Supermarkt anhalte. Ein handgemaltes Schild offeriert einen Sechserpack billiges Light-Bier für drei Dollar. Ich brauche einen Sechserpack billiges Light-Bier.

Loyd Beck hat mich vor zwei Monaten eingestellt, meine Noten wären gut genug, meine Schriftsätze ordentlich, ich hätte bei den Einstellungsgesprächen einen guten Eindruck gemacht, alle wären einhellig der Ansicht, daß ich mich gut machen würde. Alles war in bester Ordnung. Eine strahlende Zukunft bei der guten alten Firma Broadnax and Speer.

Dann winkt Trent & Brent mit ein paar Dollars, und die Partner gehen vor Freude in die Luft. Diese gierigen Schweine machen dreihunderttausend im Jahr, und sie wollen noch mehr.

Ich gehe hinein und kaufe das Bier. Nach Abzug der Steuern habe ich noch vier Dollar und ein bißchen Kleingeld in der Tasche. Auf meinem Konto sieht es kaum besser aus.

Ich sitze neben der Telefonzelle in meinem Wagen und kippe die erste Dose. Seit meinem köstlichen Lunch mit Dot und Buddy und Bosco und Miss Birdie vor etlichen Stunden habe ich nichts gegessen. Vielleicht hätte ich wie Bosco eine Extraportion Götterspeise nehmen sollen. Das kalte Bier rauscht in meinen leeren Magen, und ich spüre sofort seine Wirkung.

Die Dosen sind schnell geleert. Die Stunden vergehen, während ich auf den Straßen von Memphis herumfahre.

4

Meine Behausung ist eine schäbige Zweizimmerwohnung im ersten Stock eines zerfallenden Ziegelsteingebäudes, das den Namen The Hampton trägt; zweihundertfünfundsiebzig pro Monat, selten fristgemäß bezahlt. Es ist einen Block von einer belebten Straße entfernt, eine Meile vom Campus. Hier war seit fast drei Jahren mein Zuhause. In der letzten Zeit habe ich oft daran gedacht, mich mitten in der Nacht einfach lautlos hinauszuschleichen und dann zu versuchen, eine monatliche Abzahlung während der nächsten zwölf Monate auszuhandeln. Bis jetzt bin ich bei diesen Plänen immer von einem Job und einem monatlichen Gehaltsscheck von Broadnax and Speer ausgegangen. Im Hampton wimmelt es von Studenten, Habenichtsen wie mir, und der Hauswirt ist es gewöhnt, Mietrückstände einzufordern.

Als ich kurz vor zwei Uhr ankomme, ist der Parkplatz still und dunkel. Ich parke in der Nähe der Mülltonnen, und als ich aus meinem Wagen krieche und die Tür schließe, sehe ich nicht weit entfernt eine plötzliche Bewegung. Ein Mann steigt schnell aus seinem Wagen aus, knallt die Tür zu und steuert direkt auf mich zu. Ich erstarre. Alles ist still und dunkel.

»Sind Sie Rudy Baylor?« fragt er mich ins Gesicht. Er ist ein richtiggehender Cowboy – spitze Stiefel, enge Levis, Jeanshemd, kurzgeschnittenes Haar und Bart. Er kaut schmatzend auf einem Kaugummi herum und sieht aus, als hätte er nichts gegen ein paar Handgreiflichkeiten einzuwenden.

»Wer sind Sie?« frage ich.

»Sind Sie Rudy Baylor? Ja oder nein?«

»Ja.«

Er zieht ein paar Papiere aus seiner Gesäßtasche und hält sie mir hin. »Tut mir leid«, sagt er aufrichtig.

»Was ist das?« frage ich.

»Vorladungen.«

Ich nehme langsam die Papiere. Es ist zu dunkel, um etwas

entziffern zu können, aber ich habe begriffen. »Sie sind Zustellungsbeamter?«

»Ja.«

»Texaco?«

»Ja. Und The Hampton. Sie werden vor die Tür gesetzt.«

Wenn ich nüchtern wäre, würde mich der Anblick eines Zwangsräumungsbefehls vielleicht schockieren. Aber für einen Tag habe ich schon genug einstecken müssen. Ich werfe einen Blick auf das dunkle, schäbige Gebäude mit Müll auf dem Rasen und Unkraut auf den Wegen und frage mich, wie dieser jämmerliche Bau es fertiggebracht hat, mich kleinzukriegen.

Er tritt einen Schritt zurück. »Da steht alles drin«, erklärt er. »Tag der Verhandlung, Namen von Anwälten und so weiter. Wahrscheinlich können Sie die ganze Sache mit ein paar Anrufen klären. Aber das geht mich nichts an. Nicht mein Job.«

Was für ein Job. Sich im Schatten verstecken, sich auf nichtsahnende Leute stürzen, ihnen Papiere in die Hand drücken, ein paar Worte kostenlosen juristischen Rat von sich geben und dann verschwinden, um jemand anderen zu terrorisieren.

Im Davongehen bleibt er noch einmal stehen und sagt: »Übrigens, ich war früher bei der Polizei und habe ein Funkgerät im Wagen. Vor ein paar Stunden kam eine komische Meldung durch. Irgendein Typ namens Rudy Baylor hat in der Innenstadt eine Anwaltskanzlei demoliert. Der Beschreibung nach könnten Sie es gewesen sein. Auch Typ und Baujahr des Wagens stimmen. Aber Sie waren es wohl nicht.«

»Und wenn doch?«

»Das ist nicht meine Sache. Aber die Polizei sucht nach Ihnen. Beschädigung von Privateigentum.«

»Sie meinen, man wird mich verhaften?«

»Ja. Ich an Ihrer Stelle würde heute nacht woanders schlafen.«

Er steigt in seinen Wagen, einen BMW. Ich sehe zu, wie er wegfährt.

Booker erwartet mich auf der Vortreppe seiner hübschen Doppelhaushälfte. Er trägt einen Paisley-Morgenrock über dem

Schlafanzug. Keine Slipper, nur nackte Füße. Booker mag auch nur ein mittelloser Jurastudent sein, der die Tage zählt, bis er anfangen kann zu arbeiten, aber er ist sehr modebewußt. In seinem Kleiderschrank hängt nicht viel, aber seine Garderobe ist mit Bedacht ausgewählt. »Was zum Teufel ist los mit dir?« fragt er ein wenig barsch mit noch schlaftrunkenen Augen. Ich habe ihn von einem Münzfernsprecher im Junior Food Mart um die Ecke aus angerufen.

»Tut mir leid«, sage ich, als wir ins Wohnzimmer gehen. Ich kann Charlene in der winzigen Küche sehen, gleichfalls in einem Paisley-Morgenrock und mit verschlafenen Augen. Sie macht Kaffee oder sonst etwas. Irgendwo im Hintergrund höre ich ein Kind weinen. Es ist fast drei Uhr nachts, und ich habe die ganze Familie aufgeweckt.

»Setz dich«, sagt Booker, nimmt mich am Arm und schiebt mich sanft aufs Sofa. »Du hast getrunken.«

»Ich bin betrunken, Booker.«

»Irgendein spezieller Grund?« Er steht vor mir, ungefähr wie ein wütender Vater.

»Das ist eine lange Geschichte.«

»Du hast die Polizei erwähnt.«

Charlene stellt eine Tasse heißen Kaffee auf den Tisch neben mir. »Bist du okay, Rudy?« fragt sie mit ihrer süßesten Stimme.

»Mir geht's großartig«, erwidere ich angeberisch.

»Geh und sieh nach den Kindern«, sagt Booker zu ihr, und sie verschwindet.

»Tut mir leid«, sage ich wieder. Booker läßt sich dicht neben mir auf der Kante des Beistelltisches nieder und wartet.

Ich ignoriere den Kaffee. Mein Kopf dröhnt. Ich lade meine Version dessen ab, was sich ereignet hat, seit wir uns gestern am frühen Nachmittag voneinander trennten. Meine Zunge ist dick und schwerfällig, also lasse ich mir Zeit und versuche, mich auf meinen Bericht zu konzentrieren. Charlene läßt sich auf dem am nächsten stehenden Sessel nieder und hört mit großer Anteilnahme zu. »Es tut mir leid«, flüstere ich in ihre Richtung.

»Das ist schon okay, Rudy. Das ist okay.«

Charlenes Vater ist Geistlicher, irgendwo im ländlichen Tennessee, und sie hat keinerlei Verständnis für Betrunkenheit oder ausfallendes Benehmen. Die paar Drinks, die Booker und ich in der Fakultät zusammen hatten, haben wir heimlich gekippt.

»Du hast zwei Sechserpacks getrunken?« fragt er ungläubig.

Charlene geht ins Hinterzimmer, um nach dem Kind zu sehen, das wieder angefangen hat zu weinen. Ich beende meinen Bericht mit dem Zustellungsbeamten, der Klage, dem Rausschmiß aus meiner Wohnung. Es war einfach ein scheußlicher Tag.

»Ich muß einen Job finden, Booker«, sage ich und trinke einen großen Schluck Kaffee.

»Im Augenblick hast du wesentlich größere Probleme. In drei Monaten ist das Examen, danach müssen wir vor den Prüfungsausschuß. Eine Verhaftung und Verurteilung wegen dieser Sache würden dich ruinieren.«

Daran hatte ich noch gar nicht gedacht. Jetzt fühlt mein Kopf sich an, als wollte er zerspringen. »Könnte ich vielleicht ein Sandwich haben?« Mir ist schlecht. Zum zweiten Sechserpack habe ich eine Tüte Brezeln gegessen, aber das war alles seit dem Lunch mit Bosco und Miss Birdie.

Charlene hört das in der Küche. »Wie wäre es mit Eiern und Speck?«

»Wunderbar, Charlene. Danke.«

Booker ist tief in Gedanken versunken. »In ein paar Stunden rufe ich Marvin Shankle an. Er kann mit seinem Bruder reden, vielleicht bei der Polizei ein gutes Wort für dich einlegen. Wir müssen verhindern, daß du verhaftet wirst.«

»Hört sich gut an.« Marvin Shankle ist der prominenteste schwarze Anwalt in Memphis, Bookers künftiger Boß. »Wenn du mit ihm sprichst, frage ihn, ob bei ihm eine Stelle frei ist.«

»Okay. Du willst also für eine schwarze Bürgerrechtskanzlei arbeiten.«

»Im Augenblick würde ich sogar einen Job bei einer koreanischen Scheidungskanzlei annehmen. Nimm mir's nicht übel, Booker, aber ich muß unbedingt Arbeit finden. Ich stehe vor der Pleite, Mann. Durchaus möglich, daß da draußen noch weitere Gläubiger unterwegs sind, im Gestrüpp lauern und nur darauf warten, daß sie sich mit noch mehr Papieren auf mich stürzen können. Das halte ich nicht aus.« Ich strecke mich langsam auf dem Sofa aus. Charlene brät Eier und Speck, und der Geruch zieht durch das kleine Wohnzimmer.

»Wo sind die Papiere?« fragt Booker.

»Im Wagen.«

Er verläßt das Zimmer und ist eine Minute später wieder da. Er setzt sich auf einen nahe stehenden Stuhl und studiert die Texaco-Klage und den Räumungsbefehl. Charlene hantiert in der Küche, bringt mir mehr Kaffee und Aspirin. Es ist halb vier Uhr morgens. Die Kinder sind endlich ruhig. Ich fühle mich warm und sicher, sogar geliebt.

In meinem Kopf dreht es sich langsam, als ich die Augen schließe und davondrifte.

5

Wie eine Schlange, die sich durchs Unterholz windet, schleiche ich lange nach Mittag und Stunden nach dem Ende meiner beiden heutigen Vorlesungen in die Fakultät. Sportrecht und ausgewählte Texte aus dem Code Napoléon, was für ein Witz. Ich verstecke mich in meinem kleinen Nest im Kellergeschoß der Bibliothek.

Booker hat mich auf dem Sofa mit der erfreulichen Nachricht geweckt, daß er mit Marvin Shankle gesprochen hat und die Räder in der Innenstadt angefangen haben, sich zu drehen. Ein gewisser Captain wurde angerufen, und Mr. Shankle war zuversichtlich, daß die Dinge ins Lot gebracht werden können. Mr. Shankles Bruder ist Richter, und wenn die Anklage nicht fallengelassen wird, gibt es noch andere Möglichkeiten. Aber bisher ist immer noch nicht bekannt, ob die Polizei nach mir sucht oder nicht. Booker würde noch ein paar weitere Anrufe machen und mich auf dem laufenden halten.

Booker hat bereits ein Büro in der Kanzlei Shankle. Er hat schon in den letzten beiden Jahren stundenweise dort gearbeitet und dabei mehr gelernt als fünf von uns übrigen zusammen. Zwischen den Vorlesungen ruft er eine Sekretärin an, jongliert gekonnt mit seinem Terminkalender, erzählt mir von diesem und jenem Mandanten. Er wird einen guten Anwalt abgeben.

Es ist unmöglich, mit einem Kater klar zu denken. Ich kritzele Notizen an mich selbst auf einen Block, so von der Art, daß ich es geschafft habe, ungesehen in dieses Gebäude zu gelangen, aber wie geht's weiter? Ich werde ein paar Stunden hier warten, bis sich der Bau geleert hat. Es ist Freitagnachmittag, die trägste Zeit der Woche. Dann werde ich mich in die Stellenvermittlung schleichen und der Leiterin des Büros mein Leid klagen. Wenn ich Glück habe, gibt es vielleicht irgendeine obskure Behörde, die jeder andere Bewerber verschmäht hat und die immer noch zwanzigtausend im Jahr für einen klugen juristischen Kopf offeriert. Oder vielleicht hat ein kleiner Betrieb plötzlich festgestellt, daß er unbedingt einen Firmenanwalt braucht. An diesem Punkt sind nicht mehr viele Vielleichts übrig.

In Memphis gibt es eine Legende mit Namen Jonathan Lake, einen Absolventen der Fakultät, dem es auch nicht gelungen war, bei einer der großen Kanzleien in der Innenstadt einen Job zu bekommen. Das war vor ungefähr zwanzig Jahren. Die etablierten Kanzleien wollten Lake nicht haben, also mietete er ein paar Räume und brachte ein Schild an, auf dem stand, daß er bereit war, zu prozessieren. Er hungerte ein paar Monate, dann stürzte er eines Abends mit seinem Motorrad und wachte mit einem gebrochenen Bein in St. Peter's, dem Wohlfahrtskrankenhaus der Stadt, wieder auf. Bald danach wurde das Bett neben ihm mit einem Mann belegt, der ebenfalls einen Motorradunfall gehabt hatte. Dieser Mann hatte mehrere Knochenbrüche und außerdem erhebliche Brandwunden. Seine Freundin hatte sogar noch schlimmere Verbrennungen erlitten und starb nach ein paar Tagen. Lake und der Mann freundeten sich an. Lake übernahm beide Fälle. Wie sich herausstellte, war der Fahrer des Jaguars, der ein Stoppschild überfahren und das Motorrad gerammt hatte, auf dem Lakes neue Mandanten saßen, zufällig der Seniorpartner der drittgrößten Kanzlei von Memphis. Außerdem war er derselbe Mann, der sechs Monate zuvor das Vorstellungsgespräch mit Lake geführt und ihn abgewiesen hatte. Und er war betrunken, als er das Stoppschild überfuhr.

Lake stürzte sich in den Prozeß. Der betrunkene Seniorpartner hatte tonnenweise Versicherungen, mit denen seine Kanzlei Lake sofort zu überschütten begann. Alle wollten einen schnellen Vergleich. Sechs Monate, nachdem er das Anwaltsexamen bestanden hatte, schloß Lake die Fälle mit einer Vergleichssumme von zwei Komma sechs Millionen Dollar ab. In bar, keine langfristigen Auszahlungsvereinbarungen. Bar auf die Hand.

Der Legende zufolge hatte der Motorradfahrer, während sie beide im Krankenhaus lagen, gesagt, weil Lake so jung wäre und gerade mit dem Studium fertig, sollte er die Hälfte von dem bekommen, was er herausholte. Lake hatte es nicht vergessen. Der Motorradfahrer hielt Wort. Lake strich eins Komma drei Millionen ein, der Legende zufolge.

Was mich betrifft – ich würde mich mit meinen eins Komma drei Millionen in die Karibik absetzen, meine eigene Yacht segeln und Rumpunsch trinken.

Nicht so Lake. Er baute sich ein Büro, füllte es mit Sekretärinnen und Anwaltsgehilfen und Boten und Ermittlern und machte sich ernsthaft an die Arbeit. Er schuftete achtzehn Stunden am Tag und scheute sich nicht, jedermann vor Gericht zu bringen, der sich etwas hatte zuschulden kommen lassen. Er studierte fleißig, lernte ständig hinzu und wurde bald der schärfste Prozeßanwalt in ganz Tennessee.

Jetzt, zwanzig Jahre später, arbeitet Jonathan Lake immer noch achtzehn Stunden am Tag, besitzt eine Kanzlei mit elf angestellten Anwälten, hat keine Partner, verhandelt mehr große Fälle als jeder andere Anwalt in der Stadt und verdient, der Legende zufolge, so an die drei Millionen Dollar im Jahr.

Und er gibt sie mit vollen Händen aus. Drei Millionen Dollar im Jahr sind in Memphis schwer zu verheimlichen, also ist Jonathan Lake immer eine brandheiße Neuigkeit. Und seine Legende wächst. Alljährlich schreibt sich eine unbekannte Anzahl von Studenten nur wegen Jonathan Lake an dieser Fakultät ein. Sie haben den Traum. Und ein paar Graduierte verlassen diesen Laden hier ohne Jobs, weil sie sich nichts sehnlicher wünschen als eine Bude in der Innenstadt mit ihrem Namen an der Tür. Sie wollen hungern und die Pfennige zusammenkratzen, genau wie Lake.

Ich vermute, sie fahren sogar Motorrad wie er. Vielleicht ist es das, was vor mir liegt. Vielleicht besteht noch Hoffnung. Ich und Lake.

Ich erwische Max Leuberg in einem ungünstigen Moment. Er ist am Telefon, redet mit den Händen und flucht wie ein betrunkener Matrose. Irgend etwas über einen Prozeß in St. Paul, bei dem er aussagen soll. Ich tue so, als machte ich mir Notizen, betrachte den Fußboden, versuche, nicht zuzuhören, während er hinter seinem Schreibtisch herumstapft und an der Telefonschnur zerrt.

Er legt auf. »Sie haben sie beim Genick«, sagt er schnell zu mir und greift gleichzeitig nach irgend etwas in dem Chaos auf seinem Schreibtisch.

»Wen?«

»Great Benefit. Ich habe gestern abend die ganze Akte gelesen. Typischer Fall eines Debetversicherungsbetrugs.« Er greift sich eine Akte von einer Ecke seines Schreibtisches und läßt sich mit ihr auf seinen Stuhl sinken. »Wissen Sie, was eine Debetversicherung ist?«

Ich glaube es zu wissen, aber ich fürchte, er will Details. »Nicht genau.«

»Das sind billige kleine Policen, die von Haustür zu Haustür an Leute mit geringem Einkommen verkauft werden. Die Agenten, die die Policen verkaufen, kommen alle ein oder zwei Wochen vorbei, kassieren die Prämien und tragen das Debet in die Quittungsbücher ein, die bei den Versicherten verbleiben. Sie bearbeiten Leute ohne nennenswerte Schulbildung, und wenn Ansprüche gestellt werden, verweigern die Versicherer routinemäßig die Zahlung. Tut uns leid, keine Deckung aus diesem oder jenem Grund. Wenn es darum geht, sich Ablehnungsgründe einfallen zu lassen, sind sie äußerst kreativ.«

»Werden sie nicht verklagt?«

»Nicht sehr oft. Untersuchungen haben ergeben, daß nur ungefähr einer von dreißig Fällen böswilliger Leistungsverweigerung vor Gericht kommt. Die Gesellschaften wissen das natürlich, sie kalkulieren das mit ein. Vergessen Sie nicht, sie sind auf die ärmeren Schichten aus, auf Leute, die Angst haben vor Anwälten und dem Rechtssystem.«

»Was passiert, wenn sie verklagt werden?«

Er läßt vehement seine Knöchel knacken. »In der Regel nicht viel. Es hat ein paar Urteile mit hohen Geldstrafen gegeben. An einem oder zwei solchen Prozessen war ich selbst beteiligt. Aber die Jurys scheuen davor zurück, aus einfachen Leuten, die billige Versicherungen gekauft haben, Millionäre zu machen. Überlegen Sie doch mal. Da ist ein Kläger mit, sagen wir, fünftausend Dollar an legitimen Arztrechnungen, die eindeutig von der Police gedeckt sind. Aber die Versicherungsgesellschaft behauptet nein. Und die Gesellschaft ist, sagen wir, zweihundert Millionen schwer. Beim Prozeß verlangt der Anwalt des Klägers die fünftausend Dollar und außerdem ein paar Millionen als Strafe für den Übeltäter. Das funktioniert höchst selten. Sie werden die fünftausend bewilligen, zehntausend als Geldstrafe dazutun, und die Gesellschaft hat wieder gesiegt.«

»Aber Donny Ray Black stirbt. Und er stirbt, weil er die Knochenmarkstransplantation nicht bekommen kann, auf die er im Rahmen der Police Anspruch hat. Habe ich recht?«

Leuberg bedenkt mich mit einem boshaften Lächeln. »Sie haben vollkommen recht. Vorausgesetzt, daß die Eltern Ihnen alles gesagt haben. Verlassen kann man sich darauf nie.«

»Aber hier steht doch alles drin?« sage ich und deute auf die Akte.

Er zuckt die Achseln, nickt und lächelt abermals. »Dann ist es ein guter Fall. Kein großartiger, aber ein guter.«

»Das verstehe ich nicht.«

»Simpel, Rudy. Das hier ist Tennessee. Das Land mit den fünfstelligen Urteilen. Hier wird niemand zu einer Geldstrafe verurteilt. Die Geschworenen sind überaus konservativ. Das Pro-Kopf-Einkommen ist ziemlich niedrig, also fällt es den Geschworenen äußerst schwer, ihre Nachbarn zu reichen Leuten zu machen. Und in Memphis ist es besonders schwierig, ein anständiges Urteil herauszuschlagen.«

Ich wette, Jonathan Lake würde ein solches Urteil bewirken. Und vielleicht würde er mir ein Scheibchen abgeben, wenn ich ihm den Fall brächte. Ungeachtet meines Katers drehen sich die Rädchen in meinem Kopf.

»Also was soll ich tun?«

»Die Mistbande verklagen.«

»Ich habe noch keine Lizenz.«

»Nicht Sie. Schicken Sie diese Leute zu irgendeinem tüchtigen Prozeßanwalt. Telefonieren Sie mit ein paar Leuten, reden Sie mit dem Anwalt. Schreiben Sie einen zweiseitigen Bericht für Smoot, und damit ist die Sache für Sie erledigt.« Er springt auf, weil das Telefon läutet, und schiebt mir die Akte über den Schreibtisch hinweg zu. »Da drin ist eine Liste von mindestens drei Dutzend Leistungsverweigerungsfällen, die Sie lesen sollten. Nur für den Fall, daß es Sie interessiert.«

»Danke«, sage ich.

Er winkt mich hinaus. Beim Verlassen seines Büros höre ich Max Leuberg schon wieder ins Telefon röhren.

Das Jurastudium hat mich gelehrt, Recherchen zu hassen. Ich habe jetzt drei Jahre in diesem Bau gelebt, und zumindest die Hälfte dieser qualvollen Stunden habe ich damit verbracht, mich durch ramponierte alte Bücher hindurchzuwühlen, auf der Suche nach lange zurückliegenden Fällen, die irgendwelche primitiven juristischen Theorien stützen, an die seit Jahrzehnten kein vernünftiger Anwalt mehr gedacht hat. Hier liebt man es, einen auf Schatzsuche zu schicken. Die Professoren, von denen fast alle lehren, weil sie in der realen Welt nicht zurechtkommen, sind überzeugt, es wäre ein gutes Training für uns, wenn wir obskure Fälle ausgraben und anschließend sinnlose Schriftsätze darüber verfassen, damit wir gute Noten bekommen, die es uns ermöglichen, als gut ausgebildete junge Anwälte unser Brot zu verdienen.

So lief es vor allem in den ersten beiden Studienjahren. Jetzt ist es nicht mehr so schlimm. Und vielleicht hat der Wahnsinn dieses Trainings auch Methode. Ich habe Tausende von Geschichten gehört über die großen Kanzleien und ihre Praxis, Anfänger zwei Jahre lang in der Bibliothek schuften und Schriftsätze und Prozeßberichte schreiben zu lassen.

Alle Uhren bleiben stehen, wenn man mit einem Kater recherchiert. Die Kopfschmerzen werden schlimmer. Booker findet mich am späten Freitagnachmittag in meinem kleinen Nest mit einem Dutzend aufgeschlagener Bücher auf dem Tisch. Leubergs Liste der einschlägigen Fälle. »Wie geht es dir?« fragt er.

Booker trägt Jackett und Krawatte, und bestimmt ist er in seinem Büro gewesen, hat alle möglichen Leute angerufen und das Diktiergerät benutzt wie ein richtiger Anwalt.

»Ich bin okay.«

Er kniet sich neben mir hin und betrachtet den Stapel Bücher. »Was ist denn das?« fragt er.

»Nichts fürs Examen. Nur ein bißchen Recherche für Smoots Seminar.«

»Du hast für Smoots Seminar doch noch nie recherchiert.«

»Ich weiß. Ich bin mir meiner Schuld bewußt.«

Booker steht auf und lehnt sich an die Wand meiner Nische. »Zweierlei«, sagt er fast flüsternd. »Mr. Shankle glaubt, daß der kleine Zwischenfall bei Broadnax and Speer abgetan ist. Er hat mit ein paar Leuten telefoniert, und es wurde ihm versichert, daß die sogenannten Opfer nicht vorhaben, Anklage zu erheben.«

»Gut«, sage ich. »Danke, Booker.«

»Keine Ursache. Ich glaube, du kannst dich jetzt wieder hinauswagen. Das heißt, falls du dich von deinen Recherchen losreißen kannst.«

»Ich werde es versuchen.«

»Zweitens. Ich hatte ein langes Gespräch mit Mr. Shankle. Komme gerade aus seinem Büro. Und, also, im Moment ist nichts frei. Er hat drei neue Leute eingestellt, mich und zwei weitere aus Washington, und er weiß nicht einmal, wo er sie unterbringen soll. Er ist schon jetzt auf der Suche nach größeren Räumlichkeiten.«

»Das hättest du nicht zu tun brauchen, Booker.«

»Nein. Aber ich wollte es. Nicht der Rede wert. Mr. Shankle hat versprochen, ein paar Fühler auszustrecken, ein bißchen auf den Busch zu klopfen, du weißt schon. Er kennt eine Menge Leute.«

Ich bin so gerührt, daß mir beinahe die Worte fehlen. Noch vor vierundzwanzig Stunden hatte ich Aussicht auf einen guten Job mit einem hübschen Gehalt. Jetzt habe ich Leute, die ich nicht einmal kenne und die versuchen, ihren Einfluß geltend zu machen und irgendein winziges Fetzchen Arbeit für mich aufzuspüren.

»Danke«, sage ich, beiße mir auf die Lippe und starre auf meine Finger.

Er schaut auf die Uhr. »Ich muß los. Wollen wir morgen früh für das Examen lernen?«

»Natürlich.«

»Ich rufe dich an.« Er schlägt mir einmal aufmunternd auf die Schulter und verschwindet.

Um genau zehn Minuten vor fünf steige ich die Treppe zum Erdgeschoß hinauf und verlasse die Bibliothek. Ich halte jetzt nicht mehr Ausschau nach Polizisten, fürchte mich nicht davor, Sara Plankmore zu begegnen, mache mir nicht einmal mehr Sorgen wegen weiterer Zustellungsbeamter. Und ich habe praktisch überhaupt keine Angst vor unerfreulichen Begegnungen mit gewissen Kommilitonen. Sie sind alle verschwunden. Es ist Freitag, und die Fakultät ist menschenleer.

Das Vermittlungsbüro befindet sich im Erdgeschoß in der Nähe des Haupteingangs, wo die ganze Verwaltung untergebracht ist. Ich werfe einen Blick auf das Schwarze Brett, bleibe aber nicht davor stehen. Normalerweise hängen hier Dutzende von Stellenangeboten – bei großen und mittelgroßen Kanzleien, allein arbeitenden Anwälten, Privatfirmen, staatlichen Ämtern. Ein kurzer Blick sagt mir, was ich bereits weiß. Am Schwarzen Brett hängt keine einzige Notiz. Um diese Jahreszeit gibt es keinen Stellenmarkt.

Madeline Skinner leitet das Vermittlungsbüro hier schon seit Jahrzehnten. Einem Gerücht zufolge will sie in Pension gehen, aber ein anderes Gerücht besagt, daß sie jedes Jahr damit droht, um wieder irgend etwas aus dem Dekan herauszuquetschen. Sie ist sechzig und sieht aus wie siebzig, eine magere Frau mit kurzem grauen Haar, unzähligen Fältchen um die Augen herum und immer einer brennenden Zigarette im Aschenbecher. Vier Schachteln pro Tag heißt es, was schon irgendwie komisch ist, weil der Bau jetzt offiziell zur Nichtraucherzone erklärt wurde; aber niemand hat den Mut aufgebracht, Madeline das mitzuteilen. Sie ist eine überaus wichtige Persönlichkeit, weil sie die Leute anschleppt, die die Jobs anbieten. Wenn es keine Jobs gäbe, gäbe es auch keine Juristische Fakultät.

Und sie ist sehr gut bei dem, was sie tut. Sie kennt die richtigen Leute in den richtigen Kanzleien. Vielen der Leute, die jetzt für die Neueinstellungen zuständig sind, hat sie früher mal ihre Jobs verschafft, und sie ist brutal. Wenn ein Absolvent der Memphis State Personalchef einer großen Kanzlei ist und diese große Kanzlei Absolventen der Traditionsuniversitäten bevorzugt und unsere vernachlässigt, dann ruft, wie man sich erzählt, Madeline den Präsidenten der Universität an und bringt eine inoffizielle Beschwerde vor. Dann sucht, wie man sich ebenfalls erzählt, der Präsident die großen Kanzleien in der Innenstadt auf, speist mit den Partnern zu Mittag und stellt das Gleichgewicht wieder her. Madeline kennt jede freie Stelle in Memphis, und sie weiß ganz genau, wer für einen bestimmten Posten geeignet ist.

Aber ihr Job wird härter. Zu viele Leute mit einem juristischen Diplom. Und dies ist keine der Traditionsuniversitäten.

Sie steht beim Wasserkühler und schaut zur Tür, als wartete sie auf mich. »Hallo, Rudy«, sagt sie mit einer Stimme wie Sandpapier. Sie ist allein, alle anderen sind gegangen. In der einen Hand hält sie einen Becher mit Wasser, in der anderen eine dünne Zigarette.

»Hi«, sage ich mit einem Lächeln, als wäre ich der glücklichste Mensch auf der Welt.

Sie deutet mit dem Becher auf die Tür zu ihrem Büro. »Lassen Sie uns da drinnen reden.«

»Gern«, sage ich und folge ihr hinein. Sie macht die Tür zu und deutet auf einen Stuhl. Ich lasse mich darauf nieder, und sie setzt sich auf die Kante des Stuhls hinter ihrem Schreibtisch.

»Harter Tag, wie?« sagt sie, als wüßte sie über alles Bescheid, was vorgefallen ist.

»Habe schon bessere erlebt.«

»Ich habe heute morgen mit Loyd Beck gesprochen«, sagt sie langsam. Ich wollte, er wäre tot.

»Und was hat er gesagt?« frage ich in möglichst arrogantem Tonfall.

»Nun, ich habe gestern abend von der Fusion erfahren, und da habe ich mir Ihretwegen Sorgen gemacht. Sie waren der einzige, den wir bei Broadnax and Speer untergebracht hatten, also lag mir viel daran, zu erfahren, was mit Ihnen passiert.«

»Und?«

»Die Fusion kam ganz plötzlich, einmalige Chance und so weiter.«

»Dasselbe Gewäsch, mit dem man mich abgespeist hat.«

»Dann habe ich ihn gefragt, wann man Sie über die Fusion unterrichtet hat, und er redete um den heißen Brei herum und behauptete, dieser Partner oder jener Partner hätte mehrfach versucht, Sie anzurufen, aber das Telefon wäre abgestellt gewesen.«

»Das Telefon war vier Tage lang abgestellt.«

»Jedenfalls habe ich ihn gefragt, ob er mir eine Kopie des Schriftwechsels zwischen Broadnax and Speer und Ihnen, Rudy Baylor, faxen könnte, der sich auf die Fusion bezieht und Ihre Position, nachdem sie stattgefunden hat.«

»Es gibt keinen.«

»Ich weiß. Das zumindest hat er zugegeben. Es läuft darauf hinaus, daß er nichts unternommen hat, bis die Fusion unter Dach und Fach war.«

»Das stimmt. Nichts.«

»Also habe ich ihm in allen Einzelheiten klargemacht, daß er einen unserer Graduierten aufs Kreuz gelegt hat, und wir hatten am Telefon einen fürchterlichen Streit.«

Ich kann nicht anders, ich muß lächeln. Ich weiß, wer bei diesem Streit gewonnen hat.

Sie fährt fort: »Beck schwört, daß man Sie behalten wollte. Ich bin mir nicht sicher, ob ich das glauben kann, aber ich habe ihm erklärt, daß er schon vor langer Zeit darüber mit Ihnen hätte reden müssen. Sie sind Student, kurz vor der Graduierung, fast ein fertiger Anwalt, kein Eigentum. Ich habe ihm gesagt, ich wüßte, daß sein Laden eine Tretmühle ist, aber die Zeiten der Sklaverei wären vorbei. Er kann Sie nicht einfach nehmen oder wegschicken, vor die Tür setzen oder behalten, schützen oder umbringen.«

Braves Mädchen. Genau meine Meinung.

»Wir beendeten den Streit, und ich habe den Dekan aufgesucht. Der Dekan hat Donald Hucek angerufen, den geschäftsführenden Partner bei Tinley Britt. Es folgten einige weitere Telefonate, und Hucek war wieder am Apparat mit derselben Story – Beck wollte Sie behalten, aber Sie würden Tinley Britts

Anforderungen an neue Mitarbeiter nicht genügen. Der Dekan war mißtrauisch, also sagte Hucek, er würde einen Blick auf die Arbeiten werfen, die Sie vorgelegt hätten.«

»Ich wäre bei Trent & Brent fehl am Platze«, sage ich wie ein Mann mit vielen Optionen.

»Der Ansicht ist Hucek auch. Er sagte, Tinley Britt würde lieber passen.«

»Gut«, sage ich, weil mir nichts Intelligentes einfällt. Sie weiß es besser. Sie weiß, daß ich hier sitze und leide.

»Bei Tinley Britt haben wir nicht viel Einfluß. In den vergangenen drei Jahren haben sie nur fünf von unseren Graduierten eingestellt. Sie sind so groß geworden, daß man sie nicht unter Druck setzen kann. Offen gestanden, ich würde dort nicht arbeiten wollen.«

Sie versucht, mich zu trösten, mir das Gefühl zu vermitteln, daß mir etwas Gutes widerfahren ist. Wer braucht schon Trent & Brent und ihre Anfangsgehälter von fünfzigtausend Dollar im Jahr?

»Also, was ist noch übrig?« frage ich.

»Nicht viel«, sagt sie schnell. »Im Grunde gar nichts.« Sie wirft einen Blick auf ein paar Notizen. »Ich habe alle angerufen, die ich kenne. Da war ein Job als Assistent eines Pflichtverteidigers, Teilzeit, zwölftausend im Jahr, aber der wurde vor zwei Tagen vergeben. Ich habe ihn Hall Pasterini verschafft. Sie kennen Hall? Er hat Glück gehabt. Endlich ein Job für ihn.«

Ich wollte, das Glück hätte ich auch.

»Und dann sind da noch zwei Stellen als Firmenanwalt bei kleinen Unternehmen, aber beide bestehen auf bestandenem Anwaltsexamen.«

Das Anwaltsexamen ist im Juli. Praktisch jede Kanzlei stellt ihre neuen Leute unmittelbar nach der Graduierung ein, bezahlt sie, bereitet sie auf das Examen vor, und wenn sie es bestanden haben, läuft alles wie am Schnürchen weiter.

Sie legt ihre Notizen auf den Tisch. »Ich bohre weiter, okay? Vielleicht ergibt sich doch noch etwas.«

»Was soll ich tun?«

»Klinken putzen. Es gibt in dieser Stadt dreitausend Anwälte, und die meisten von ihnen praktizieren allein oder mit ein oder zwei anderen. Sie arbeiten nicht mit dem Vermittlungsbüro hier zusammen, also kennen wir sie nicht. Ich an Ihrer Stelle würde mit den kleinen Sozietäten anfangen, zwei, drei, vielleicht vier Anwälte, die zusammenarbeiten, und versuchen, ihnen einen Job abzuschwatzen. Bieten Sie ihnen an, Karteileichen zu bearbeiten, das Geld für sie einzutreiben...«

»Karteileichen?« frage ich.

»Na ja. Jeder Anwalt hat doch ein paar Karteileichen, die er in irgendeiner vergessenen Ecke vor sich hin modern läßt, und je länger sie dort liegen, desto schlimmer stinken sie. Das sind die Fälle, von denen jeder Anwalt wünscht, er hätte sie nie übernommen.«

Was sie einem doch beim Studium alles nicht beibringen.

»Darf ich etwas fragen?«

»Natürlich.«

»Dieser Rat, den Sie mir eben gegeben haben, daß ich Klinken putzen soll – wie oft haben Sie den in den letzten drei Monaten erteilt?«

Sie lächelt kurz, dann konsultiert sie einen Computerausdruck. »Wir haben noch ungefähr fünfzehn Graduierte auf der Suche nach einem Job.«

»Also sind diese Leute vermutlich gerade jetzt unterwegs und kämmen die Straßen durch.«

»Vermutlich. Aber im Grunde ist das schwer zu sagen. Einige von ihnen haben andere Pläne, über die sie mich nicht immer informieren.«

Es ist nach fünf, und sie möchte gehen. »Danke, Mrs. Skinner. Für alles. Es ist schön zu wissen, daß sich jemand um mich sorgt.«

»Ich sehe mich weiter um, das verspreche ich Ihnen. Schauen Sie nächste Woche wieder herein.«

»Das werde ich. Danke.«

Ich kehre unbemerkt in meine Arbeitsnische zurück.

6

Das Birdsong-Haus liegt am Rande der Innenstadt, in einer älteren, wohlsituierten Gegend, nur ein paar Meilen von der Juristischen Fakultät entfernt. Die Straße ist von sehr alten Eichen gesäumt und macht einen ruhigen Eindruck. Einige der Häuser sind recht ansehnlich, mit manikürten Rasenflächen und funkelnden Luxuskarossen in der Auffahrt. Andere dagegen wirken fast verlassen und lugen unheimlich durch dichtes Gestrüpp von unbeschnittenen Bäumen und wuchernden Sträuchern. Wieder andere liegen irgendwo dazwischen. Das Haus von Miss Birdie ist ein weißer Bau aus der Zeit um die Jahrhundertwende mit einer breiten, an einer Seite um die Ecke führenden Veranda. Es braucht einen Anstrich, ein neues Dach und eine Menge Arbeit im Garten. Die Fenster sind schmutzig und die Regenrinnen mit Blättern verstopft, aber es ist offensichtlich, daß hier jemand wohnt und versucht, es instand zu halten. Die Auffahrt säumen unbeschnittene Hecken. Ich stelle meinen Wagen hinter einen schmutzigen Cadillac, der vermutlich zehn Jahre alt ist.

Ich gehe über knarrende Verandaplanken zur Haustür und halte Ausschau nach einem großen Hund mit gebleckten Zähnen. Es ist schon spät, fast dunkel, und auf der Veranda brennt kein Licht. Die schwere Holztür steht weit offen, und durch das Fliegengitter kann ich eine kleine Diele erkennen. Ich finde keinen Klingelknopf, also klopfe ich leise an die Fliegentür. Sie klappert lose in den Angeln. Ich halte den Atem an – kein Hundegebell.

Kein Laut, keine Bewegung. Ich klopfe ein bißchen lauter.
»Wer ist da?« ruft eine vertraute Stimme.
»Miss Birdie?«
Eine Gestalt bewegt sich durch die Diele, ein Licht wird eingeschaltet, und da ist sie, in demselben Baumwollkleid, das sie auch gestern im Cypress Gardens Senior Citizens Building getragen hat. Sie blinzelt durch die Tür.

»Ich bin's, Rudy Baylor. Der Jurastudent, mit dem Sie gestern gesprochen haben.«

»Rudy!« Sie ist hoch erfreut, mich zu sehen. Einen Moment lang bin ich etwas verlegen, dann plötzlich traurig. Sie lebt allein in diesem monströsen Haus, und sie ist überzeugt, daß ihre Angehörigen sie im Stich gelassen haben. Der Höhepunkt ihres Tages besteht darin, daß sie sich um diese alten Leute kümmert, die zum Lunch und ein oder zwei Liedern zusammenkommen. Miss Birdie ist ein sehr einsamer Mensch.

Sie hakt schnell die Fliegentür auf. »Kommen Sie herein, kommen Sie herein«, sagt sie ohne auch nur einen Anflug von Neugierde. Sie ergreift meinen Ellenbogen und zieht mich durch die Diele und einen Flur entlang, wobei sie einen Lichtschalter nach dem anderen betätigt. An den Wänden hängen Dutzende von alten Familienporträts. Die Teppiche sind staubig und abgetreten. Es riecht schimmlig und muffig – ein altes Haus, das dringend geputzt und renoviert werden müßte.

»Wie nett von Ihnen, mich zu besuchen«, sagt sie zuckersüß, ohne meinen Ellenbogen loszulassen. »Hat Ihnen der Besuch bei uns gestern Spaß gemacht?«

»Ja, Madam.«

»Wollen Sie nicht bald einmal wiederkommen?«

»Ich kann es kaum abwarten.«

Sie deponiert mich am Küchentisch. »Kaffee oder Tee?« fragt sie, während sie auf Schränke zusteuert und auf Lichtschalter drückt.

»Kaffee«, sage ich, dann sehe ich mich um.

»Mögen Sie Pulverkaffee?«

»Natürlich.« Nach drei Jahren Jurastudium kann ich Pulverkaffee nicht mehr von echtem unterscheiden.

»Milch? Zucker?« fragt sie und greift in den Kühlschrank.

»Schwarz, ohne alles.«

Sie setzt das Wasser auf und stellt die Tassen bereit, dann läßt sie sich mir gegenüber am Tisch nieder. Sie strahlt übers ganze Gesicht. Ich habe ihren Tag gerettet.

»Ich freue mich ja so, Sie zu sehen«, sagt sie zum dritten oder vierten Mal.

»Sie haben ein wunderschönes Haus, Miss Birdie«, sage ich, die muffige Luft einatmend.

»Oh, danke. Thomas und ich haben es vor fünfzig Jahren gekauft.«

Töpfe und Pfannen, Ausguß und Wasserhähne, Herd und Toaster – alles ist mindestens vierzig Jahre alt. Der Kühlschrank stammt offensichtlich aus den frühen sechziger Jahren.

»Thomas ist vor elf Jahren gestorben. Wir haben unsere beiden Söhne in diesem Haus großgezogen, aber über die möchte ich lieber nicht reden.« Ihr fröhliches Gesicht ist einen Moment lang ernst, aber das Lächeln kehrt rasch zurück.

»Klar. Natürlich nicht.«

»Lassen Sie uns von Ihnen reden«, sagt sie. Das ist ein Thema, das ich nun lieber vermeiden würde.

»Klar. Weshalb nicht?« Ich wappne mich für ihre Fragen.

»Wo kommen Sie her?«

»Ich bin hier geboren, aber in Knoxville aufgewachsen.«

»Wie nett. Und wo haben Sie das College besucht?«

»Austin Peay.«

»Austin was?«

»Austin Peay. Das ist ein kleines College in Clarksville. Staatlich gefördert.«

»Wie nett. Weshalb sind Sie zum Jurastudium an die Memphis State gekommen?«

»Es ist eine gute Universität, außerdem gefällt mir Memphis.« In Wirklichkeit gab es noch zwei weitere Gründe. Memphis State hat mich angenommen, und ich konnte sie mir leisten.

»Wie nett. Wann graduieren Sie?«

»In ein paar Wochen.«

»Und dann sind Sie ein richtiger Anwalt, wie nett. Wo werden Sie arbeiten?«

»Das weiß ich noch nicht genau. In der letzten Zeit habe ich öfters daran gedacht, mein eigenes Schild aufzuhängen, Sie wissen schon, eine eigene Kanzlei zu eröffnen. Ich bin eher der Einzelgängertyp, und ich weiß nicht, ob ich für andere Leute arbeiten könnte. Ich würde gern auf meine Art Jura praktizieren.«

Sie schaut mich nur an. Das Lächeln ist verschwunden. Ihr Blick ist erstarrt und läßt mich nicht los. Sie ist verblüfft. »Das ist ja wundervoll«, sagt sie schließlich, dann springt sie auf, um den Kaffee aufzugießen.

Wenn diese reizende alte Dame wirklich Millionärin ist, dann hat sie ein wahres Wunder vollbracht, es zu verheimlichen. Ich sehe mir die Küche genauer an. Der Tisch unter meinen Ellenbogen hat Aluminiumbeine und eine abgenutzte Resopalplatte. Sämtliche Geräte, Utensilien und Möbelstücke wurden vor Jahrzehnten erworben. Sie wohnt in einem reichlich vernachlässigten Haus und fährt einen alten Wagen. Offenbar gibt es weder ein Dienstmädchen noch anderes Personal. Nicht einmal ein Schoßhündchen.

»Wie nett«, sagt sie abermals und stellt die beiden Tassen auf den Tisch. Es steigt kein Dampf aus ihnen auf. Meine Tasse ist nur lauwarm. Der Kaffee schmeckt schwach, schal und fade.

»Guter Kaffee«, sage ich und schmatze anerkennend mit den Lippen.

»Danke. Sie wollen also Ihre eigene kleine Kanzlei aufmachen?«

»Ich denke noch darüber nach. Es wird hart sein, jedenfalls in der ersten Zeit. Aber wenn ich hart arbeite und die Leute anständig behandle, dann bekomme ich bestimmt auch bald genügend Mandanten.«

Sie lächelt aufrichtig und schüttelt langsam den Kopf. »Das ist ja wundervoll, Rudy. Wie mutig. Ich glaube, die Branche braucht mehr junge Leute wie Sie.«

Ich bin so ziemlich das letzte, was die Branche braucht – ein junger Geier mehr, der durch die Straßen streift und dafür zu sorgen versucht, daß irgend etwas passiert, damit er aus Leuten, die selbst nichts haben, ein paar Dollar herausquetschen kann.

»Sie fragen sich vielleicht, weshalb ich gekommen bin«, sage ich und trinke einen Schluck Kaffee.

»Ich freue mich so, daß Sie gekommen sind.«

»Ja, also, es ist wirklich schön, Sie wiederzusehen. Aber ich wollte mit Ihnen über Ihr Testament sprechen. Ich konnte letzte Nacht kaum schlafen, weil ich immer an Ihren Nachlaß denken mußte.«

Ihre Augen werden feucht. Sie ist gerührt.

»Ein paar Dinge sind besonders problematisch«, erkläre ich mit meinem besten Anwaltsstirnrunzeln. Ich hole einen Stift aus der Tasche und halte ihn hoch, als wollte ich mich ins Gefecht stürzen. »Erstens, und bitte verzeihen Sie, daß ich das sage, aber es macht mir wirklich zu schaffen, wenn ich erleben muß, wie Sie oder irgendein anderer Mandant zu so drastischen Maßnahmen gegen seine Angehörigen greift. Ich finde, das ist etwas, worüber wir ausführlich reden sollten.« Ihre Lippen verspannen sich, aber sie sagt nichts. »Zweitens, und auch hier müssen Sie mir verzeihen, aber ich könnte nicht mit mir selbst als Anwalt leben, wenn ich das nicht erwähnen würde, habe ich große Probleme damit, ein Testament oder eine andere Verfügung aufzusetzen, die den größten Teil eines Nachlasses einem Fernsehstar zukommen läßt.«

»Er ist ein Mann Gottes«, sagt sie mit Nachdruck, sofort bereit, die Ehre des Reverend Kenneth Chandler zu verteidigen.

»Ich weiß. Gut. Aber weshalb wollen Sie ihm alles geben, Miss Birdie? Weshalb nicht fünfundzwanzig Prozent, einen vernünftigen Anteil?«

»Er hat eine Menge Unkosten. Und sein Jet ist schon ziemlich alt. Das hat er mir alles erzählt.«

»Okay, aber der Herr erwartet doch sicher nicht von Ihnen, daß Sie für die Unkosten des Reverend aufkommen, oder etwa doch?«

»Was der Herr von mir erwartet, ist meine Sache und geht Sie nichts an.«

»Natürlich nicht. Ich will ja nur darauf hinaus, und ich bin sicher, das wissen Sie auch, Miss Birdie, daß schon eine Menge von diesen Burschen ziemlich tief gefallen sind. Sie wurden mit Frauen erwischt, die nicht ihre Ehefrauen waren, oder man ist ihnen draufgekommen, daß sie Millionen für ein schönes Leben verschwendet haben – Häuser, Autos, Urlaubsreisen, schicke Anzüge. Viele von diesen Leuten sind Ganoven.«

»Er ist kein Ganove.«

»Das habe ich auch nicht behauptet.«

»Was wollen Sie dann damit andeuten?«

»Nichts«, sage ich und trinke nun doch einen großen Schluck. Sie ist nicht wütend, aber es fehlt nicht viel daran. »Ich bin hier als Ihr Anwalt, Miss Birdie, das ist alles. Sie haben mich gebeten, ein Testament für Sie aufzusetzen, und es ist meine Pflicht, mich mit allen Punkten dieses Testaments eingehend zu beschäftigen. Diese Verantwortung nehme ich sehr ernst.«

Die zahllosen Fältchen um ihren Mund herum entspannen sich, und ihr Blick wird wieder weicher. »Wie nett«, sagt sie.

Ich nehme an, viele reiche alte Leute wie Miss Birdie, besonders diejenigen, die die Wirtschaftskrise durchlitten und ihr Geld selbst verdient haben, würden ihr Vermögen mit Hilfe von Buchhaltern, Anwälten und unfreundlichen Bankern wie ihren Augapfel bewachen. Aber nicht Miss Birdie. Sie ist naiv und vertrauensselig wie eine arme Witwe, die von einer Rente lebt. »Er braucht das Geld«, sagt sie, trinkt einen Schluck und mustert mich ziemlich argwöhnisch.

»Können wir über das Geld reden?«

»Warum wollt ihr Anwälte immer über Geld reden?«

»Aus einem sehr guten Grund, Miss Birdie. Wenn Sie nicht vorsichtig sind, dann bekommt die Regierung einen großen Batzen davon. Es gibt gewisse Möglichkeiten, das Geld anzulegen und den Nachlaß so zu planen, daß Sie eine Menge Steuern sparen können.«

Das ärgert sie. »Ich verstehe nichts von diesem juristischen Kram.«

»Deshalb bin ich ja hier, Miss Birdie.«

»Ich nehme an, Sie wollen, daß in dem Testament irgendwo Ihr Name steht«, sagt sie, immer noch mit dem juristischen Problem beschäftigt.

»Natürlich nicht«, sage ich, bemüht, einen schockierten Eindruck zu machen und gleichzeitig meine Überraschung zu verbergen, daß ich ertappt worden bin.

»Die Anwälte versuchen immer, ihren Namen in meine Testamente zu bekommen.«

»Das tut mir leid, Miss Birdie. Es gibt eine Menge unehrliche Anwälte.«

»Genau das hat Reverend Chandler auch gesagt.«

»Das bezweifle ich nicht. Hören Sie, ich will nicht sämtliche Einzelheiten wissen, aber könnten Sie mir sagen, ob das Geld in Grundbesitz angelegt ist, in Aktien oder anderen Wertpapieren oder ob es sich um Barvermögen handelt? Für die Nachlaßplanung ist es äußerst wichtig, zu wissen, wie das Geld angelegt ist.«

»Es befindet sich alles an einem Ort.«

»Okay. Wo?«

»In Atlanta.«

»Atlanta?«

»Ja. Das ist eine lange Geschichte, Rudy.«

»Weshalb erzählen Sie sie mir nicht?«

Anders als bei unserem gestrigen Gespräch in Cypress Gardens steht Miss Birdie jetzt nicht unter Zeitdruck. Sie hat nichts anderes zu tun. Kein Bosco weit und breit. Sie hat kein Abräumen nach dem Lunch zu beaufsichtigen, braucht nicht bei Brettspielen den Schiedsrichter zu spielen.

Also dreht sie langsam ihre Kaffeetasse in den Händen, starrt vor sich auf den Tisch und denkt nach. »Niemand weiß etwas davon«, sagt sie sehr leise, wobei ihr Gebiß ein- oder zweimal klickt. »Jedenfalls niemand in Memphis.«

»Weshalb nicht?« frage ich, vielleicht eine Spur zu eifrig.

»Meine Kinder wissen nichts davon.«

»Sie wissen nichts von dem Geld?« frage ich ungläubig.

»Oh, sie wissen über einen Teil davon Bescheid. Thomas hat schwer gearbeitet und eine Menge gespart. Als er vor elf Jahren starb, hat er mir fast hunderttausend an Ersparnissen hinterlassen. Meine Söhne, und vor allem ihre Frauen, sind überzeugt, daß es jetzt ungefähr fünfmal soviel ist. Aber sie wissen nichts von Atlanta. Soll ich Ihnen noch einen Kaffee machen?« Sie ist bereits auf den Beinen.

»Gern.« Sie trägt meine Tasse zum Tresen, gibt kaum mehr als einen halben Teelöffel voll Kaffee hinein und lauwarmes Wasser nach, dann kehrt sie an den Tisch zurück. Ich rühre darin herum, als erwartete ich den phantastischen Duft eines Cappuccinos.

Unsere Blicke begegnen sich, und ich bin ganz Mitgefühl.

»Hören Sie, Miss Birdie. Wenn das alles für Sie zu schmerzlich ist, können wir ja auf die Einzelheiten verzichten und uns auf die wichtigsten Punkte konzentrieren.«

»Es ist ein Vermögen. Was sollte daran schmerzlich sein?«

Nun, das ist genau das, was ich denke. »Gut. Dann sagen Sie mir, ganz allgemein, wie das Geld angelegt ist. Wichtig ist vor allem etwaiger Grundbesitz.« Das stimmt. Erbschaftssteuern werden in der Regel immer erst mal aus Barvermögen und leicht flüssigzumachenden Investitionen beglichen. An den Grundbesitz gehen die Leute nur, wenn es sich gar nicht mehr anders machen läßt. Hinter meinen Fragen steckt also mehr als bloße Neugierde.

»Ich habe nie jemandem etwas über das Geld erzählt«, sagt sie, immer noch mit sehr leiser Stimme.

»Aber gestern haben Sie gesagt, Sie hätten mit dem Reverend Chandler darüber gesprochen.«

Es folgt eine lange Pause, während deren sie ihre Tasse auf der Resopalplatte hin und her dreht. »Ja, das stimmt. Aber ich glaube nicht, daß ich ihm alles gesagt habe. Vielleicht habe ich ein bißchen gelogen. Und ich habe ihm ganz bestimmt nicht gesagt, von wem es stammt.«

»Okay. Und von wem stammt es?«

»Von meinem zweiten Mann.«

»Ihrem zweiten Mann?«

»Ja. Tony.«

»Thomas und Tony.«

»Ja. Ungefähr zwei Jahre nachdem Thomas gestorben war, habe ich Tony geheiratet. Er kam aus Atlanta und war sozusagen auf der Durchreise in Memphis, als wir uns kennenlernten. Wir haben fünf Jahre lang mehr oder weniger zusammengelebt und uns ständig gestritten, dann hat er sich davongemacht und ist nach Hause zurückgekehrt. Er war ein Faulenzer, der es nur auf mein Geld abgesehen hatte.«

»Das verstehe ich jetzt aber nicht. Sie hatten doch gesagt, das Geld käme von Tony.«

»Das stimmt auch. Nur hat er nichts davon gewußt. Das ist eine lange Geschichte. Es gab da ein paar Erbschaften und solches Zeug, von denen Tony nichts wußte und ich auch nicht. Er hatte einen reichen Bruder, der verrückt war, eigentlich war die ganze Familie verrückt, und kurz bevor Tony starb, erbte er von seinem verrückten Bruder ein Vermögen. Ich meine, zwei Tage, bevor Tony den Löffel abgab, ist sein Bruder in Florida gestorben. Tony hat kein Testament hinterlassen, nur eine Ehefrau. Mich. Und deshalb hat man sich von Atlanta aus mit mir in Verbindung gesetzt, eine große Anwaltskanzlei war das, und mir mitgeteilt, daß ich nach den Gesetzen des Staates Georgia jetzt eine Menge Geld besäße.«

»Wieviel Geld?«

»Wesentlich mehr, als Thomas mir hinterlassen hat. Jedenfalls habe ich nie jemandem etwas davon erzählt. Bis jetzt. Sie werden es doch nicht verraten, oder, Rudy?«

»Miss Birdie, als Ihr Anwalt unterliege ich der Schweigepflicht. Kein Anwalt darf über das reden, was ein Mandant ihm anvertraut hat.«

»Wie nett.«

»Weshalb haben Sie Ihrem vorigen Anwalt nichts von dem Geld erzählt?« frage ich.

»Ach, der. Dem habe ich nicht vertraut. Ich nannte ihm nur die Summen für die Legate, aber wieviel es genau war, habe ich ihm nicht gesagt. Sobald er begriffen hatte, daß ich im Geld schwimme, wollte er, daß ich ihn auch mit bedenke.«

»Aber Sie haben ihm nie alles erzählt?«

»Nie.«

»Sie haben ihm nicht gesagt, wieviel Sie besitzen?«

»Nein.«

Wenn ich richtig gerechnet habe, enthielt ihr altes Testament Legate in einer Gesamthöhe von mindestens zwanzig Millionen Dollar. Soviel zumindest muß dem Anwalt auch bekannt gewesen sein, schließlich hat er das Testament aufgesetzt. Fragt sich nur, wieviel genau besitzt die kostbare kleine Frau hier denn nun wirklich?

»Wollen Sie mir sagen, wieviel es ist?«

»Vielleicht morgen, Rudy. Vielleicht morgen.«

Wir verlassen die Küche und begeben uns auf die Hinterveranda. Sie hat einen neuen Springbrunnen neben den Rosensträuchern, den sie mir zeigen will. Ich bewundere ihn hingerissen.

Jetzt weiß ich Bescheid. Miss Birdie ist eine reiche alte Dame, aber sie will nicht, daß es irgend jemand erfährt, schon gar nicht ihre Angehörigen. Sie hat immer in guten Verhältnissen gelebt, und jetzt erregt sie keinerlei Verdacht – sie ist eine achtzigjährige Witwe, die von ihren mehr als ausreichenden Ersparnissen lebt.

Wir sitzen auf schmiedeeisernen Bänken und trinken im Dunkeln kalten Kaffee, bis ich endlich genügend Vorwände beisammen habe, um mit Anstand flüchten zu können.

Um meinen gehobenen Lebensstandard zu finanzieren, habe ich in den vergangenen drei Jahren als Barmann und Kellner im Yogi's gearbeitet, einer Studentenkneipe ganz in der Nähe des Campus. Sie ist berühmt für ihre saftigen Onionburger und ihr Märzenbier am Tag des heiligen Patrick. Es ist ein lauter Laden, wo die Zeit zwischen Lunch und Feierabend nur eine lange *happy hour* ist. Krüge mit wäßrigem Light-Bier kosten beim »Monday Night Football« einen Dollar, bei jedem anderen Ereignis zwei Dollar.

Die Kneipe gehört Prince Thomas, einem Rumtrinker mit massigem Körper und einem noch größeren Ego. Prince ist eine der bekannteren Persönlichkeiten in der Stadt, ein echter Unternehmer, dem es Spaß macht, sein Bild in den Zeitungen zu sehen und in den Spätnachrichten. Er organisiert Sauftouren und Wahlen zur Miss Nasses T-Shirt. Bei der Stadtverwaltung hat er einen Antrag gestellt, daß Kneipen wie seine die ganze Nacht geöffnet bleiben dürfen. Die Stadtverwaltung ihrerseits hat ihn verschiedener Sünden wegen verklagt. Er genießt das. Nennen Sie ihm ein Laster, und er wird ein paar Leute zusammentrommeln und versuchen, es zu legalisieren.

Prince läßt uns bei Yogi's ziemlich freie Hand. Wir, die Angestellten, bestimmen unsere Arbeitszeiten selbst, kassieren unsere Trinkgelder, halten ohne viel Einmischung von seiner Seite den Betrieb in Gang. Das ist nicht sonderlich schwierig. Man muß nur dafür sorgen, daß genügend Bier vorn und genügend Hackfleisch in der Küche ist, dann läuft der Laden mit erstaunlicher Präzision. Prince zieht es vor, die Honneurs zu machen. Er begrüßt die hübschen Studentinnen und geleitet sie zu ihren Plätzen. Er flirtet mit ihnen und macht sich dabei in der Regel zum Narren. Besonders gern sitzt er an einem Tisch in der Nähe des großen Fernsehers und nimmt Wetten auf die Spiele an. Er ist ein gewaltiger Mann mit kräftigen Armen und bricht schon mal eine Schlägerei vom Zaun.

Prince hat auch eine dunklere Seite. Gerüchten zufolge mischt er in der Pornoszene mit. Die Oben-ohne-Clubs sind eine prosperierende Industrie in dieser Stadt, und seine angeblichen Partner haben lange Vorstrafenregister. Stand alles in den Zeitungen. Zweimal mußte er vor Gericht, wegen Glücksspiel und wegen Buchmacherei, aber beide Jurys haben sich hoffnungslos festgefahren. Nachdem ich drei Jahre für ihn gearbeitet habe, bin ich von zweierlei überzeugt: Erstens, daß Prince von den Rechnungen bei Yogi's den größten Teil der Einnahmen abschöpft. Meiner Schätzung nach sind es mindestens zweitausend pro Woche, hunderttausend im Jahr. Zweitens benutzt Prince Yogi's als Fassade für sein eigenes, korruptes kleines Imperium. Er benutzt es als Geldwäscherei und weist jedes Jahr Verluste aus, die er dann schön von der Steuer absetzen kann. Sein Büro hat er im Keller, einen ziemlich geschützten, fensterlosen Raum, in dem er sich mit seinen Kumpanen trifft.

Mich kümmert das nicht im geringsten. Zu mir war er immer nett. Ich bekomme fünf Dollar die Stunde, und ich arbeite ungefähr zwanzig Stunden pro Woche. Unsere Gäste sind Studenten, deshalb fallen die Trinkgelder bescheiden aus. Wenn ich Prüfungen habe, kann ich mir meine Arbeitszeiten danach einteilen. Täglich fragen hier mindestens fünf Studenten nach Arbeit, deshalb schätze ich mich glücklich, daß ich diesen Job habe.

Und abgesehen davon, was es sonst noch alles sein mag, ist Yogi's eine super Studentenkneipe. Prince hat es schon vor Jahren in Blau und Grau, den Farben der Memphis State, dekorieren lassen, und überall an den Wänden hängen Mannschaftswimpel und gerahmte Fotos von Sportstars. Außerdem liegt es nur wenige Minuten vom Campus entfernt, und die

Kids kommen scharenweise, um stundenlang zu reden, zu lachen und zu flirten.

Heute abend sieht er sich ein Spiel an. Die Baseball-Saison hat gerade erst begonnen, aber Prince ist schon jetzt überzeugt, daß die Braves in die Endausscheidung kommen werden. Er wettet auf alles, aber sein Favorit sind die Braves. Es spielt keine Rolle, gegen wen sie spielen und wo, wer wirft und wer verletzt ist – Prince setzt auf die Braves.

Heute abend bin ich für die Bar zuständig, und meine Hauptaufgabe besteht darin, dafür zu sorgen, daß sein Glas mit Rum und Tonic nie leer wird. Er brüllt, als Dave Justice einen tollen Home Run hinlegt. Dann kassiert er ein bißchen Geld von einem Studenten. Die Wette bestand darin, wer den ersten Home Run schaffen würde – Dave Justice oder Barry Bonds. Ich habe schon erlebt, daß er darum wettete, ob der Fänger den Ball des zweiten Schlägers im dritten Inning erwischen würde oder nicht.

Ich bin froh, daß ich heute abend nicht an den Tischen bedienen muß. Mein Kopf tut immer noch weh, und ich versuche, ihn sowenig wie möglich zu bewegen. Außerdem kann ich mir hin und wieder ein Bier aus dem Kühlschrank holen, das gute Zeug in den grünen Flaschen, Heineken und Moosehead. Prince erwartet von seinen Barkeepern, daß sie ein bißchen trinken.

Der Job wird mir fehlen. Oder doch nicht?

Eine Nische im vorderen Teil füllt sich mit Jurastudenten, vertrauten Gesichtern, denen ich lieber aus dem Weg ginge. Es sind Kommilitonen von mir, Studenten im dritten Jahr, vermutlich alle mit Jobs.

Es ist okay, ein Barkeeper und Kellner zu sein, solange man ein bescheidener Student ist. Die Arbeit bei Yogi's ist sogar mit einigem Prestige verbunden. Aber das Prestige wird sich in Luft auflösen, wenn ich in ungefähr einem Monat graduiere. Dann bin ich etwas viel Schlimmeres als ein Student, der sich mit Jobs durchschlägt. Dann bin ich ein auf der Strecke Gebliebener, Teil einer Statistik, noch ein Jurastudent, für den sich in der eigenen Zunft keine Verwendung finden lassen wollte.

7

Ich weiß beim besten Willen nicht mehr, warum ich mir die Kanzlei von Aubrey H. Long and Associates als erstes Opfer aussuchte, aber ich glaube, es hatte etwas mit ihrer netten, irgendwie würdevollen Anzeige im Branchenbuch zu tun. Die Anzeige enthielt ein grobkörniges Schwarzweißfoto von Mr. Long. Wenn es darum geht, die Gegend mit ihren Gesichtern zu bepflastern, sind Anwälte mittlerweile fast so schlimm wie Chiropraktiker. Er schien ein aufrichtiger Mann zu sein, ungefähr vierzig, nettes Lächeln, ganz im Gegensatz zu den meisten anderen Visagen in der Rubrik mit den Anwälten. Seine Kanzlei beschäftigt vier Anwälte, ist auf Verkehrsunfälle spezialisiert, sucht Gerechtigkeit auf allen Wegen, bearbeitet bevorzugt Fälle, bei denen es um Verletzungen und Versicherungen geht, kämpft für ihre Mandanten und kassiert nichts, bevor sie nicht etwas hereingeholt hat.

Zum Teufel, irgendwo muß ich anfangen. Ich finde die angegebene Adresse in einem kleinen, quadratischen, wirklich häßlichen Ziegelsteinbau in der Innenstadt, mit einem gebührenfreien Parkplatz ganz in der Nähe. Das gebührenfreie Parken war in der Anzeige erwähnt. Als ich die Tür aufstoße, läutet ein Glöckchen. Eine dickliche kleine Frau hinter einem übervollen Schreibtisch begrüßt mich mit einer Mischung aus Lächeln und Verärgerung. Ich bin schuld daran, daß sie ihr Tippen unterbrechen mußte.

»Kann ich Ihnen helfen?« fragt sie, wobei ihre dicken Finger nur Zentimeter über den Tasten schweben.

Verdammt, das ist hart. Ich zwinge mich zu einem Lächeln. »Ja, ich wollte fragen, ob ich vielleicht Mr. Long sprechen kann.«

»Er ist beim Bundesgericht«, sagt sie, und zwei Finger hauen auf die Tasten. Ein kleines Wort wird produziert. Nicht einfach irgendein Gericht, sondern das Bundesgericht! Bundesgerichte bedeuten Oberliga, und wenn ein kleiner Feld-Wald-

und-Wiesen-Anwalt wie Aubrey Long einen Fall vor dem Bundesgericht hat, dann will er sicher sein, daß alle Welt es erfährt. Seiner Sekretärin fällt die Aufgabe zu, es auszuposaunen. »Kann ich Ihnen helfen?« wiederholt sie.

Ich habe mich entschlossen, es mit radikaler Ehrlichkeit zu versuchen. Finten und Kniffe können warten, aber nicht lange. »Ja, mein Name ist Rudy Baylor. Ich bin Jurastudent im dritten Jahr an der Memphis State, kurz vor der Graduierung, und ich wüßte gern, also, ich suche Arbeit.«

Jetzt ist ihr Lächeln regelrecht höhnisch. Sie hebt die Hände von der Tastatur, dreht ihren Stuhl in meine Richtung, dann beginnt sie, ganz leicht den Kopf zu schütteln. »Wir stellen niemanden ein«, sagt sie mit einer gewissen Befriedigung, als wäre sie der Vorarbeiter unten in der Raffinerie.

»Ich verstehe. Könnte ich Ihnen vielleicht meine Vorstellungsunterlagen hierlassen, zusammen mit einem Brief an Mr. Long?«

Sie nimmt die Papiere so widerstrebend entgegen, als wären sie mit Urin durchtränkt, und läßt sie auf ihren Schreibtisch fallen. »Ich lege sie zu den anderen.«

Ich bringe es tatsächlich fertig, ein leises Auflachen und ein Grinsen zu produzieren.

»Ziemlich viele von uns auf Achse, wie?«

»Ungefähr einer pro Tag, würde ich sagen.«

»Nun ja. Tut mir leid, daß ich Sie gestört habe.«

»Macht nichts«, grunzt sie, sich wieder ihrer Schreibmaschine zuwendend. Als ich mich umdrehe, um das Gebäude zu verlassen, hämmert sie bereits wieder auf die Tasten ein.

Ich habe massenhaft Briefe und massenhaft Vorstellungsmappen. Ich habe das ganze Wochenende damit zugebracht, meinen Papierkram zu organisieren und meinen Feldzug zu planen. Im Augenblick bin ich reich an Strategie und arm an Optimismus. Ich habe vor, das ungefähr einen Monat lang zu tun, täglich zwei oder drei kleine Kanzleien aufzusuchen, an fünf Tagen in der Woche, bis ich graduiere, und dann, wer weiß? Booker hat Marvin Shankle gebeten, die Hallen der Gerechtigkeit auf der Suche nach einem Job zu durchforsten, und Madeline Skinner hängt vermutlich gerade jetzt am Telefon und verlangt von irgend jemandem, daß er mich einstellt.

Vielleicht kommt etwas dabei heraus.

Mein zweiter Besuch gilt einer Drei-Mann-Kanzlei zwei Blocks von der ersten entfernt. Das habe ich so geplant, damit ich schnell von einer Ablehnung zur nächsten komme, ohne viel Zeit zu vergeuden.

Dem Anwaltsverzeichnis zufolge ist Nunley Ross & Perry eine Kanzlei, die sich mit jeder Art von Rechtsfällen befaßt, drei Männer Anfang Vierzig, ohne angestellte Anwälte und Anwaltsgehilfen. Offenbar beschäftigen sie sich vorwiegend mit Grundbuchsachen, einem Gebiet, das ich nicht ausstehen kann, aber jetzt ist nicht die Zeit, heikel zu sein. Ihr Büro liegt im dritten Stock eines modernen Betonbaus. Der Fahrstuhl ist überhitzt und langsam.

Der Empfang ist überraschend nett eingerichtet, mit einem Orientteppich auf imitierten Hartholzdielen. Auf einem Glastisch liegen verschiedene Ausgaben von *People* und *Us* verstreut. Die Sekretärin legt den Telefonhörer auf und lächelt. »Guten Morgen. Kann ich Ihnen helfen?«

»Ja. Ich würde gern Mr. Nunley sprechen.«

Immer noch lächelnd, wirft sie einen Blick auf einen dicken Terminkalender in der Mitte ihres aufgeräumten Schreibtisches. »Haben Sie einen Termin?« fragt sie, wohl wissend, daß ich keinen habe.

»Nein.«

»Mr. Nunley ist im Augenblick sehr beschäftigt.«

Seit ich vorigen Sommer in einer Kanzlei gearbeitet habe, weiß ich, daß ich damit rechnen mußte, daß Mr. Nunley sehr beschäftigt sein würde. Das ist die absolute Standardbehauptung. Kein Anwalt auf der Welt wird jemals zugeben oder seine Sekretärin zugeben lassen, daß er nicht mit Arbeit überlastet ist.

Könnte schlimmer sein. Er könnte heute morgen beim Bundesgericht zu tun haben.

Roderick Nunley ist der Seniorpartner dieses Betriebs, dem Anwaltsverzeichnis zufolge hat er seinen Abschluß an der Memphis State gemacht. Ich habe versucht, möglichst viele Koabsolventen in meinen Feldzug einzubeziehen.

»Ich warte gern«, sage ich mit einem Lächeln. Sie lächelt zurück. Wir lächeln beide. Eine auf einen kurzen Korridor führende Tür geht auf, und ein Mann ohne Jackett und mit aufgekrempelten Hemdsärmeln kommt auf uns zu. Er blickt auf, sieht mich, und plötzlich stehen wir uns dicht gegenüber. Er gibt der lächelnden Sekretärin eine Akte.

»Guten Morgen«, sagt er mit dröhnender Stimme. »Was kann ich für Sie tun?« Was für eine netter Kerl.

Sie will etwas sagen, aber ich komme ihr zuvor. »Ich möchte mit Mr. Nunley sprechen«, sage ich.

»Das bin ich«, erwidert er und streckt mir die rechte Hand entgegen. »Rod Nunley.«

»Ich bin Rudy Baylor«, sage ich, ergreife die Hand und schüttele sie. »Ich bin Jurastudent im dritten Jahr an der Memphis State, kurz vor der Graduierung, und ich wollte mit Ihnen über einen Job reden.«

Wir schütteln uns immer noch die Hände, und sein Händedruck wird nicht spürbar schlaffer, als ich von Arbeitssuche spreche. »Ja«, sagt er. »Einen Job, wie?« Er schaut auf die Sekretärin hinunter, als wollte er sagen: »Wie konnten Sie das zulassen?«

»Ja, Sir. Wenn Sie nur zehn Minuten erübrigen könnten. Ich weiß, daß Sie sehr beschäftigt sind.«

»Ja, nun, in ein paar Minuten muß ich eine Zeugenaussage aufnehmen und dann so schnell wie möglich zum Gericht.« Er ist im Begriff, auf dem Absatz kehrtzumachen, schaut erst mich an, dann sie, dann auf die Uhr. Aber im Grunde ist er ein guter Kerl mit einem weichen Kern. Vielleicht hat er eines Tages vor noch nicht allzu langer Zeit selber auf dieser Seite der Schlucht gestanden. Ich bettele mit den Augen und strecke ihm die dünne Mappe mit meinen Unterlagen und meinem Brief entgegen.

»Also gut, kommen Sie rein. Aber nur für eine Minute.«

»Ich melde mich in zehn Minuten«, sagt sie schnell, ein Wiedergutmachungsversuch. Wie alle vielbeschäftigten Anwälte schaut er auf die Uhr, betrachtet sie eine Sekunde, dann weist er sie ernst an: »Ja, maximal zehn Minuten. Und rufen Sie Blanche an und sagen Sie ihr, daß ich ein paar Minuten später komme.«

Sie sind gut aufeinander eingespielt, diese beiden. Sie tun mir den Gefallen, aber sie haben rasch mein schnelles Verschwinden arrangiert.

»Kommen Sie mit, Rudy«, sagt er mit einem Lächeln. Während wir den Flur entlanggehen, klebe ich an seinem Rücken.

Sein Büro ist ein quadratischer Raum mit einer Bücherwand hinter dem Schreibtisch und einer recht hübschen Ego-Wand gegenüber der Tür. Ich überfliege rasch die zahlreichen gerahmten Zertifikate – langjähriges Mitglied des Rotary Clubs, Förderer der Pfadfinder, Anwalt des Monats, ein Foto von Rod mit einem rotgesichtigen Politiker, Mitglied der Handelskammer. Dieser Mann rahmt alles ein.

Ich kann die Uhr ticken hören, nachdem wir uns einander gegenüber an seinem riesigen Schreibtisch niedergelassen haben, der aussieht, als wäre er aus einem Versandhauskatalog ausgewählt worden. »Entschuldigen Sie, daß ich Sie so überfallen habe«, fange ich an, »aber ich brauche wirklich dringend einen Job.«

»Wann graduieren Sie?« fragt er und lehnt sich auf den Ellenbogen vor.

»Nächsten Monat. Ich weiß, daß ich ziemlich spät dran bin, aber dafür gibt es einen guten Grund.« Und dann erzähle ich ihm die Geschichte von meinem Job bei Broadnax and Speer. Als ich zu der Sache mit Tinley Britt komme, mache ich mir seinen vermutlichen Abscheu vor großen Firmen zunutze. Es ist eine natürliche Rivalität, die kleinen Leute wie mein Freund Rod hier, die Feld-Wald-und-Wiesen-Anwälte, gegen die seidenbestrumpften Überflieger in den Hochhäusern der Innenstadt. Ich schwindele ein bißchen, als ich behaupte, daß Tinley Britt mit mir über einen Job reden wollte, dann unterstreiche ich den auf der Hand liegenden Punkt, daß ich einfach außerstande bin, für eine große Firma zu arbeiten. Liegt mir nicht. Dafür liebe ich meine Unabhängigkeit zu sehr. Ich will Leute vertreten, nicht große Gesellschaften.

Das nimmt kaum fünf Minuten in Anspruch.

Er ist ein guter Zuhörer, ein bißchen nervös angesichts der im Hintergrund läutenden Telefone. Er weiß, daß er mich nicht einstellen wird, also hört er einfach zu und wartet, bis meine zehn Minuten um sind. »Was für ein mieser Trick«, sagt er mitfühlend, als ich mit meiner Geschichte fertig bin.

»Vielleicht ist es gut, daß es so gekommen ist«, sage ich wie ein Opferlamm. »Aber ich bin bereit, mich in die Arbeit zu stürzen. Ich werde im oberen Drittel meines Jahrgangs abschließen. Ich interessiere mich für Immobilienangelegenheiten, und ich habe zwei Seminare über Grundbesitz absolviert. Beide mit guten Noten.«

»Wir haben viel mit Grundstücksangelegenheiten zu tun«, sagt er selbstgefällig, als wäre es die einträglichste Arbeit auf der Welt. »Und mit Prozessen«, sagt er noch selbstgefälliger. In Wirklichkeit sitzt er natürlich fast ausschließlich in seinem Büro, ein Papiertiger. Dabei macht er seine Sache wahrscheinlich recht gut und verdient genug, um sich ein angenehmes Leben leisten zu können. Aber er will, daß ich ihn außerdem für einen tollen Hecht im Gerichtssaal halte, mit allen Wassern gewaschen. Er sagt das, weil es einfach das ist, was Anwälte immer tun, es ist Teil der Routine. Ich kenne noch nicht viele Anwälte, aber einer, der mir nicht einreden wollte, daß er seine Gegner im Gerichtssaal jederzeit zu Kleinholz verarbeiten kann, muß mir erst noch begegnen.

Meine Zeit läuft ab. »Ich habe mir mein Studium selbst erarbeitet. Die ganzen sieben Jahre. Kein Pfennig von zu Hause.«

»Was für Arbeit?«

»Alles mögliche. Im Augenblick arbeite ich bei Yogi's, bediene an den Tischen, stehe an der Bar.«

»Sie sind Barmann?«

»Ja, Sir. Unter anderem.«

Er hat mein Resümee in die Hand genommen. »Sie sind ledig«, sagt er langsam. Das steht da, schwarz auf weiß.

»Ja, Sir.«

»Irgendeine ernsthafte Romanze?«

Das geht ihn wirklich nichts an, aber mir bleibt keine andere Wahl. »Nein, Sir.«

»Sie sind doch nicht schwul, oder?«

»Nein, natürlich nicht«, und es folgt ein kurzer Augenblick gemeinsamer, heterosexueller Belustigung. Zwei normale weiße Männer.

Er lehnt sich zurück, und sein Gesicht ist plötzlich ernst, als wendete er sich jetzt äußerst wichtigen Geschäften zu. »Wir haben seit mehreren Jahren keinen neuen Anwalt mehr eingestellt. Nur aus Neugierde – was zahlen die großen Firmen in der Innenstadt ihren Anfängern heutzutage?«

Seine Frage hat einen Grund. Ganz gleich, was ich antworte, er wird sich schockiert und fassungslos geben über derart exorbitante Gehälter in den Hochhäusern. Und damit schafft er die Basis für jedes weitere Gespräch über Geld.

Lügen hat keinen Zweck. Er ist vermutlich ziemlich gut über die Gehaltsskala informiert. Anwälte lieben Klatsch.

»Wie Sie wissen, hält sich Tinley Britt viel darauf zugute, daß sie die höchsten Gehälter zahlen. Ich habe gehört, es wären bis zu fünfzigtausend.«

Sein Kopf gerät in Bewegung, noch bevor ich ausgeredet habe. »Kaum zu glauben«, sagt er fassungslos. »Kaum zu glauben.«

»Ich wäre nicht so teuer«, verkünde ich rasch. Ich habe beschlossen, mich billig an jeden zu verkaufen, der bereit ist, mir ein Angebot zu machen. Meine Unkosten sind niedrig, und wenn ich erst einmal einen Fuß in der Tür habe, werde ich ein paar Jahre hart arbeiten, und dann läuft mir vielleicht etwas anderes über den Weg.

»An wieviel hatten Sie gedacht?« fragte er, als könnte seine tüchtige kleine Kanzlei mit den großen Firmen mithalten.

»Ich würde für die Hälfte arbeiten. Fünfundzwanzigtausend. Achtzig Stunden die Woche. Ich grabe sämtliche Karteileichen aus, kümmere mich um den ganzen unerfreulichen Kram, und Sie und Mr. Ross und Mr. Perry können mir all die Fälle geben, von denen Sie wünschen, Sie hätten sie nie übernommen. Keine sechs Monate, und ich hätte sie erledigt. Das verspreche ich Ihnen. Ich würde im Laufe der ersten zwölf Monate mein Geld mehr als verdienen, und wenn nicht, dann gehe ich wieder.«

Rods Lippen öffnen sich tatsächlich, und ich kann seine Zähne sehen. Seine Augen tanzen bei der Vorstellung, den Mist aus seinem Büro schaufeln und bei jemand anderem abladen zu können. Ein lautes Summen kommt aus seinem Telefon, gefolgt von ihrer Stimme: »Mr. Nunley, Ihre eidesstattliche Erklärung. Sie werden erwartet.«

Ich schaue auf die Uhr. Acht Minuten.

Er schaut auf seine. Ein Stirnrunzeln, dann sagt er zu mir: »Interessanter Vorschlag. Lassen Sie mich darüber nachdenken. Ohne meine Partner kann ich das nicht entscheiden. Wir treffen uns jeden Donnerstagmorgen zu einer Besprechung.« Er steht bereits. »Dann werde ich die Sache vorbringen. Wir haben so etwas bisher noch nie in Betracht gezogen.« Er ist um den Schreibtisch herum, bereit, mich hinauszueskortieren.

»Es wird funktionieren, Mr. Nunley. Fünfundzwanzigtausend ist fast geschenkt.« Ich weiche zur Tür zurück.

Einen Moment lang wirkt er wie gelähmt. »Oh, es ist nicht das Geld«, sagt er, als würden er und seine Partner nicht einmal in Traum daran denken, weniger zu zahlen als Tinley Britt. »Es ist nur so, daß die Geschäfte im Augenblick bestens laufen. Wir verdienen recht gut, müssen Sie wissen. Alle sind glücklich. Aber ans Expandieren haben wir noch nie gedacht.« Er öffnet die Tür, wartet, daß ich gehe. »Sie hören von uns.«

Er folgt mir dicht auf den Fersen ins Foyer und sagt der Sekretärin, sie solle sich meine Telefonnummer geben lassen. Dann schüttelt er mir noch einmal die Hand, wünscht mir alles Gute, verspricht, bald anzurufen, und Sekunden später stehe ich wieder auf der Straße.

Es dauert ein oder zwei Minuten, bis ich meine Gedanken geordnet habe. Da habe ich mich soeben bereit erklärt, meine gesamte Ausbildung für einen Apfel und ein Ei an etwas zu vergeuden, das man nun wahrlich nicht als das Beste bezeichnen kann, und was hat es mir eingebracht? Es war nur eine Frage von Minuten, und schon stehe ich wieder auf dem Gehsteig. Wie sich herausstellen sollte, gehörte mein Gespräch mit Roderick Nunley noch zu meinen erfolgreicheren Unternehmungen.

Es ist fast zehn. In einer halben Stunde habe ich Ausgewählte Texte aus dem Code Napoléon, eine Vorlesung, die ich besuchen muß, weil ich eine Woche geschwänzt habe. Ich könnte sie ohne weiteres auch die nächsten drei Wochen schwänzen. Es gibt keine Abschlußprüfung.

In diesen Tagen bewege ich mich nach Belieben in der Juristischen Fakultät und schäme mich nicht mehr, mein Gesicht zu zeigen. Jetzt, da es nur noch eine Sache von Tagen ist, lassen sich die meisten Studenten im dritten Jahr hier gar nicht mehr sehen. Das Studium beginnt mit einem Trommelfeuer aus intensiver Arbeit und Prüfungsdruck, aber es endet mit ein paar vereinzelten Salven aus harmlosen Fragebögen und Wegwerfpapieren. Wir alle verbringen mehr Zeit mit dem Büffeln für das Anwaltsexamen als damit, uns über unsere letzten Vorlesungen den Kopf zu zerbrechen.

Die meisten von uns bereiten sich darauf vor, ins Erwerbsleben einzutreten.

Madeline Skinner hat sich meines Problems angenommen, als wäre es ihr eigenes. Und sie leidet fast so sehr wie ich, weil wir beide kein Glück haben. Da ist ein Staatssenator aus Memphis, dessen Büro in Nashville vielleicht einen Anwalt zur Ausarbeitung von Gesetzesvorlagen brauchen könnte – dreißigtausend mit Zulagen, aber dafür sind eine Anwaltslizenz und zwei Jahre Praxis erforderlich. Eine kleine Firma sucht einen Anwalt mit einem Zwischenexamen in Buchführung. Ich habe Geschichte im Nebenfach studiert.

»Es kann sein, daß bei der Fürsorge in Shelby County im August eine Stelle als Amtsanwalt frei wird.« Sie hantiert mit den Papieren auf ihrem Schreibtisch und versucht verzweifelt, etwas zu finden.

»Bei der Fürsorge?« frage ich.

»Hört sich großartig an, oder etwa nicht?«

»Wie ist die Bezahlung?«

»Achtzehntausend.«

»Welche Art von Arbeit?«

»Väter aufspüren, die ihren Verpflichtungen nicht nachkommen, Alimente eintreiben, Vaterschaftsklagen, das übliche.«

»Klingt gefährlich.«

»Es ist ein Job.«

»Und was soll ich bis August tun?«

»Für das Anwaltsexamen lernen.«

»Klar, und wenn ich auf Teufel komm raus lerne und das Examen bestehe, dann darf ich für die Fürsorge arbeiten und einen Hungerlohn kassieren?«
»Hören Sie, Rudy...«
»Tut mir leid. Es war ein harter Tag.«
Ich verspreche, morgen wiederzukommen. Aber dabei wird zweifellos auch nichts anderes herausspringen als eine Neuauflage unseres heutigen Gesprächs.

8

Booker hat die Formulare irgendwo in den Tiefen der Kanzlei Shankle gefunden. Er meinte, sie hätten irgendwo im Keller einen Anwalt sitzen, der gelegentlich mit Fällen von Zahlungsunfähigkeit zu tun hätte, und der konnte die erforderlichen Papiere abstauben.

Viel falsch machen kann man da nicht. Auflisten der Aktiva auf einer Seite, in meinem Fall eine einfache und schnelle Sache. Auf der nächsten Seite eine Liste der Verbindlichkeiten. Platz für Angaben über Arbeitsverhältnisse, schwebende Verfahren und so weiter. Es ist ein sogenanntes Abschnitt-7-Verfahren, ein schlichter Konkurs, bei dem die Aktiva zur Tilgung der Schulden verwendet und diese dann gelöscht werden.

Ich bin nicht mehr bei Yogi's angestellt. Ich arbeite weiter, aber jetzt werde ich bar bezahlt, nichts Schriftliches. Nichts, was ich vorlegen oder beifügen müßte. Keine Verpflichtung, meinen bescheidenen Lohn mit Texaco zu teilen. Ich habe mit Prince über mein Problem gesprochen, ihm erzählt, wie schlecht die Dinge stehen, habe den Studiengebühren und den Kreditkarten die Schuld daran gegeben, und er war geradezu begeistert von der Idee, mir meinen Lohn bar auszuzahlen und der Regierung ein Schnippchen zu schlagen. Er ist ein überzeugter Anhänger der Devise »Bargeld und keine Steuern«.

Prince hat sich erboten, mir Geld zu leihen, damit ich Kaution stellen kann, aber das hätte nicht funktioniert. Er glaubt, ich würde bald ein reicher junger Anwalt sein und eine Menge Geld verdienen, und ich habe es nicht übers Herz gebracht, ihm zu sagen, daß ich vermutlich noch eine ganze Weile bei ihm arbeiten werde.

Ich habe ihm auch nicht gesagt, wie hoch das Darlehen sein müßte. Texaco hat mich auf 612,88 Dollar verklagt, eine Summe, die Gerichtskosten und Anwaltshonorare einschließt. Mein Hauswirt klagt auf 809 Dollar, gleichfalls einschließlich

Kosten und Honorare. Aber die wahren Wölfe setzen gerade erst zum Sprung an. Sie schreiben böse Briefe und drohen bereits damit, die Anwälte einzuschalten.

Ich habe eine MasterCard und eine Visa Card, ausgestellt von verschiedenen Banken hier in Memphis. Zwischen Thanksgiving und Weihnachten im vorigen Jahr, im Verlauf einer kurzen glücklichen Zeitspanne, in der mir in wenigen Monaten ein guter Job winkte und ich bis über beide Ohren in Sara verliebt war, bin ich losgezogen, um ihr ein paar hübsche Weihnachtsgeschenke zu kaufen. Ich wollte teure Dinge von bleibendem Wert. Mit der MasterCard habe ich ein goldenes, mit Diamanten besetztes Armband für siebzehnhundert Dollar gekauft, und mit der Visa Card erstand ich für meine Liebste ein Paar antiker silberner Ohrringe. Sie haben mich elfhundert Dollar gekostet. Am Tag, bevor sie mir erklärte, daß sie mich nie wiedersehen wollte, ging ich in ein Delikatessengeschäft und kaufte eine Flasche Dom Perignon, ein halbes Pfund Gänseleberpastete, ein bißchen Kaviar, mehrere Sorten guten Käse und noch ein paar weitere hübsche Sächelchen für unser Weihnachtsmahl. Hat mich dreihundert Dollar gekostet, aber wenn schon, das Leben ist kurz.

Die heimtückischen Banken, die die Karten ausstellten, hatten aus mir unerfindlichen Gründen nur ein paar Wochen vor Weihnachten meinen Kreditrahmen erhöht. Ich sah mich plötzlich imstande, nach Herzenslust Geld auszugeben, und da Graduierung und Arbeit nur Monate entfernt waren, wußte ich, daß ich mich schon durchbeißen und bis zum Sommer die verlangten, kleinen monatlichen Abzahlungen aufbringen würde. Also gab ich das Geld mit vollen Händen aus und träumte von einem herrlichen Leben mit Sara.

Jetzt bin ich stocksauer auf mich selbst, weil ich das getan habe, aber ich habe damals wirklich Bleistift und Papier zur Hand genommen und alles genau ausgerechnet.

Die Gänseleberpastete vergammelte, als ich sie eines Nachts nach ausgedehntem Genuß von billigem Bier oben auf dem Kühlschrank stehenließ. Mein Weihnachtsessen nahm ich allein in meiner verdunkelten Wohnung ein. Es bestand aus Käse und Champagner. Der Kaviar blieb unangerührt. Ich hockte auf meinem durchgesessenen Sofa und starrte auf den Schmuck, der vor mir auf dem Fußboden lag. Während ich an großen Stücken Brie nagte und den Schampus trank, wanderte mein Blick von den Weihnachtsgeschenken zum Foto meiner Geliebten, und ich weinte.

Irgendwann zwischen Weihnachten und Neujahr riß ich mich zusammen und nahm mir vor, die teuren Geschenke an die Geschäfte zurückzugeben, in denen ich sie erstanden hatte. Ich spielte mit dem Gedanken, sie von einer Brücke aus ins Wasser zu werfen oder eine andere ähnlich dramatische Tat zu begehen. Aber in Anbetracht meiner damaligen seelischen Verfassung hielt ich es für besser, mich von Brücken fernzuhalten.

Es war der Tag nach Neujahr. Ich kehrte nach einem langen Spaziergang in meine Wohnung zurück und stellte fest, daß Einbrecher dagewesen waren. Die Tür war aufgebrochen worden. Die Diebe hatten meinen alten Fernseher und die Stereoanlage mitgehen lassen, ein Glas mit Vierteldollarstücken, das auf meiner Kommode stand, und natürlich den Schmuck, den ich für Sara gekauft hatte.

Ich rief die Polizei an und füllte die Formulare aus. Ich zeigte ihr die Kreditkartenquittungen. Der Sergeant schüttelte nur den Kopf und riet mir, mich an meine Versicherung zu wenden.

Ich habe mehr als dreitausend Dollar Plastikgeld ausgegeben. Es ist an der Zeit, die Sache zu bereinigen.

Die Zwangsräumung ist für morgen vorgesehen. Das Konkursrecht enthält eine wundervolle Klausel, die bei sämtlichen juristischen Verfahren gegen einen Schuldner einen automatischen Aufschub gewährt. Das ist der Grund, weshalb große, reiche Firmen, eingeschlossen meine Freunde von der Texaco, sofort zum Konkursgericht rennen, wenn sie vorübergehend Schutz benötigen. Mein Hauswirt darf mich morgen nicht anrühren; er darf mich nicht einmal anrufen und beschimpfen.

Ich trete aus dem Fahrstuhl und hole tief Luft. Auf den Fluren wimmelt es von Anwälten. Es gibt drei Richter, die ausschließlich für Konkursverfahren zuständig sind, und ihre Gerichtssäle befinden sich in diesem Stockwerk. Sie setzen täglich Dutzende von Anhörungen an, und bei jeder Anhörung ist eine Gruppe von Anwälten zugegen; einer für den Schuldner und mehrere für die Gläubiger. Es ist der reinste Zoo. Im Vorbeigehen höre ich Dutzende von wichtigen Konferenzen, Anwälte, die über unbezahlte Arztrechnungen streiten und darüber, wieviel der Kleinlaster wert ist. Ich betrete das Büro des Kanzleivorstehers und warte zehn Minuten, während die Anwälte vor mir sich beim Einreichen ihrer Anträge Zeit lassen. Sie kennen die Amtssekretärinnen gut, und es gibt eine Menge Geflirte und haufenweise dumme Sprüche. Jetzt wäre ich gern auch so ein wichtiger Konkursanwalt und könnte mich von den Mädchen hier Fred oder Sonny nennen lassen.

Im vorigen Jahr hat uns ein Professor gesagt, in Anbetracht der unsicheren Zeiten, der wachsenden Arbeitslosigkeit und des Stellenabbaus bei den großen Firmen sei Konkursrecht die Wachstumsindustrie der Zukunft. Und das von einem Mann, der nie in einer privaten Kanzlei eine Stunde in Rechnung gestellt hat.

Aber heute sieht es tatsächlich lukrativ aus. Links und rechts von mir werden Konkursanträge eingereicht. Jedermann geht pleite.

Ich händige meinen Papierkram einer überlasteten Sekretärin aus, einer hübschen Person mit dem Mund voll Kaugummi. Sie wirft einen Blick darauf, dann mustert sie mich eingehend. Ich trage ein Jeanshemd und eine Khakihose.

»Sind Sie Anwalt?« fragt sie ziemlich laut, und ich sehe, wie Leute sich zu mir umdrehen.

»Nein.«

»Sie sind der Schuldner?« fragt sie noch lauter und kaut schmatzend.

»Ja«, erwidere ich schnell. Ein Schuldner, der nicht Anwalt ist, kann seinen Antrag selbst einreichen, aber dafür wird nirgendwo Reklame gemacht.

Sie nickt beifällig und stempelt den Antrag ab. »Die Gebühr beträgt achtzig Dollar.«

Ich gebe ihr vier Zwanziger. Sie nimmt das Geld und betrachtet es argwöhnisch. In meinem Antrag ist kein Konto aufgeführt, weil ich es gestern gelöscht und damit einen Aktivposten im Werte von 11,84 Dollar aus der Welt geschafft habe.

Meine anderen aufgeführten Aktiva sind: ein stark abgenutzter Toyota – 500 Dollar; verschiedene Möbel und Einrichtungsgegenstände – 150 Dollar. CD-Sammlung – 200 Dollar; juristische Bücher – 125 Dollar; Kleidung – 150 Dollar. All diese Dinge gelten als persönliche Habe und können deshalb nicht in das Verfahren einbezogen werden, das ich gerade in Gang gesetzt habe. Ich werde sie alle behalten können, aber ich muß den Toyota auch weiterhin abbezahlen.

»Bargeld, wie?« sagt sie, dann füllt sie eine Quittung aus.

»Ich habe kein Bankkonto«, brülle ich sie fast an, zum Nutz und Frommen derjenigen, die zugehört haben und vielleicht auch den Rest der Geschichte erfahren möchten.

Sie funkelt mich an, ich funkele sie an. Sie macht sich wieder an die Arbeit, und eine Minute später schiebt sie mir eine Kopie meines Antrags zusammen mit meiner Quittung zu. Ich lese das Datum, die Uhrzeit und den Gerichtssaal, in dem meine erste Anhörung stattfinden soll.

Ich schaffe es fast bis zur Tür, bevor ich angehalten werde. Ein untersetzter Mann mit schweißigem Gesicht und schwarzem Bart berührt leicht meinen Arm. »Entschuldigen Sie, Sir«, sagt er. Ich bleibe stehen und sehe ihn an. Er drückt mir eine Geschäftskarte in die Hand. »Robbie Molk, Anwalt. Konnte es nicht vermeiden zu hören, was Sie da eben gesagt haben. Dachte, Sie könnten vielleicht Hilfe brauchen in Ihrer Sache.«

Ich betrachte die Karte und dann sein pockennarbiges Gesicht. Von Molk habe ich schon gehört. Ich habe seine Anzeigen in den Zeitungen gesehen. Er offeriert Abschnitt-7-Verfahren für hundertfünfzig Dollar, und hier ist er, treibt sich im Büro des Kanzleivorstehers herum wie ein Geier, der nur darauf wartet, sich auf irgendeinen bankrotten Blödmann zu stürzen, dem er vielleicht noch hundertfünfzig Dollar abknöpfen kann.

Ich nehme höflich seine Karte entgegen. »Nein, danke«, sage ich und versuche, nett zu sein, »damit werde ich allein fertig.«

»Da kann man schnell alles vermasseln«, sagt er rasch, und ich bin sicher, er hat diesen Satz schon Tausende von Malen angebracht. »Ein Siebener kann riskant sein. Ich bearbeite jedes Jahr Tausende davon. Zweihundert auf die Hand, und ich nehme den Ball und laufe. Habe ein richtiges Büro und Personal.«

Jetzt sind es also schon zweihundert Dollar. Ich nehme an, wenn man ihm persönlich begegnet, schlägt er schnell noch fünfzig auf. Es wäre jetzt sehr einfach, ihm das vorzuhalten, aber irgend etwas sagt mir, daß Molk nicht der Typ ist, den man demütigen kann.

»Nein, danke«, sage ich und schiebe mich an ihm vorbei.

Die Fahrt nach unten ist langsam und unerfreulich. Der Fahrstuhl ist vollgestopft mit Anwälten, alle schlecht gekleidet, mit ramponierten Aktenkoffern und abgeschabten Schuhen. Sie schnattern immer noch über Freistellungen und darüber, was ungesichert ist und was nicht. Fürchterliches Anwaltsgeschwätz. Ungeheuer wichtige Diskussionen. Sie scheinen sie nicht abstellen zu können.

Kurz bevor wir im Erdgeschoß anhalten, überfällt es mich. Ich habe keine Ahnung, was ich nächstes Jahr um diese Zeit tun werde, und es ist nicht nur möglich, sondern sogar sehr wahrscheinlich, daß ich dann auch in diesem Fahrstuhl stekken und mit genau diesen Leuten dieselben banalen Debatten führen werde. Höchstwahrscheinlich werde ich dann genau so sein wie sie, mich auf den Straßen herumtreiben, versuchen, aus Leuten, die nicht bezahlen können, ein paar Dollar herauszuquetschen, in Gerichtssälen herumlungern und nach Arbeit Ausschau halten.

Dieser grauenhafte Gedanke macht mich schwindlig. Der Fahrstuhl ist heiß und stickig. Mir ist, als müßte ich mich übergeben. Er hält an, und sie stürmen hinaus in die Halle und zerstreuen sich, nach wie vor redend und gestikulierend.

Die frische Luft läßt meinen Kopf wieder klar werden. Ich schlendere die Mid-America Mall entlang, eine Fußgängerzone mit einer Art Straßenbahn zur Beförderung der Säufer. Sie hieß früher Main Street und ist noch heute der Sitz zahlloser Anwälte. Die Gerichtsgebäude sind nur wenige Schritte entfernt. Ich passiere die Hochhäuser der Innenstadt und frage mich, was da oben in den vielen Kanzleien vor sich geht: Angestellte Anwälte hetzen herum und arbeiten achtzehn Stunden am Tag, weil der Kollege zwanzig arbeitet; Juniorpartner konferieren miteinander über Firmenstrategie; Seniorpartner sitzen in ihren kostbar eingerichteten Eckbüros und erteilen Teams von jüngeren Anwälten ihre Anweisungen.

Das ist genau das, was ich wollte, als ich mit dem Jurastudium begann. Ich wollte den Druck und die Macht, die vom Arbeiten mit intelligenten, hochmotivierten Leuten ausgeht, die alle unter Streß, Anspannung und Termindruck stehen. Die Kanzlei, in der ich vorigen Sommer gearbeitet habe, war klein, nur zwölf Anwälte, verfügte aber über massenhaft Sekretärinnen, Anwaltsgehilfen und andere Hilfskräfte, und manchmal empfand ich das Chaos als wirklich anregend. Ich war nur ein sehr kleines Teilchen der Mannschaft, und ich sehnte mich danach, eines Tages der Kapitän zu sein.

Ich kaufe ein Eis von einem Straßenhändler und setze mich auf eine Bank am Court Square. Die Tauben beobachten mich. Über mir ragt das First Federal Building auf, das höchste Gebäude in Memphis und der Sitz von Trent & Brent. Ich würde einen Mord begehen, um dort arbeiten zu können. Es ist leicht für mich und meine Kumpel, über Trent & Brent herzuziehen. Wir machen uns über sie lustig, weil wir für sie nicht gut genug sind. Wir hassen sie, weil sie uns nicht beachten und sich nicht einmal die Mühe machen, uns zu einem Vorstellungsgespräch einzuladen.

Ich vermute, es gibt in jeder Stadt, in jeder Branche ein Trent & Brent. Ich habe es nicht geschafft und gehöre nicht dazu, also werde ich sie einfach mein Leben lang hassen.

Apropos Kanzleien, da kommt mir der Gedanke, daß ich, wenn ich schon in der Innenstadt bin, noch ein paar Stunden damit verbringen könnte, an die eine oder andere Tür zu klopfen. Ich habe eine Liste von Anwälten, die entweder allein arbeiten oder sich mit einem oder zwei anderen zusammengetan haben. Ungefähr der einzige ermutigende Faktor beim Abgrasen eines so grauenhaft überfüllten Feldes ist, daß es so viele Türen gibt, an die man klopfen kann. Es besteht noch Hoffnung, rede ich mir immer wieder ein, daß ich genau im richtigen Moment auf eine Kanzlei stoße, die vor mir noch niemand gefunden hat, oder auf einen überarbeiteten Anwalt, der dringend einen Anfänger braucht, der die Knochenarbeit für ihn erledigt. Oder eine Anwältin. Das ist mir gleich.

Ich gehe ein paar Blocks bis zum Sterick Building, dem ersten Hochhaus in Memphis und jetzt die Adresse von Hunderten von Anwälten. Ich plaudere mit ein paar Sekretärinnen und verteile meine Mappen. Ich bin verblüfft, wie viele Kanzleien sich launische und sogar unhöfliche Empfangsdamen leisten. Schon lange bevor wir auf das Thema Einstellung zu sprechen kommen, werde ich oft wie ein Bettler behandelt. Ein paar von ihnen haben mir meine Unterlagen einfach aus der Hand gerissen und in eine Schublade gestopft. Es juckt mir in den Fingern, mich als potentiellen Mandanten auszugeben, den trauernden Ehemann einer jungen Frau, die gerade von einem großen Lastwagen überfahren wurde, der hoch versichert war und an dessen Steuer ein betrunkener Fahrer saß. Es wäre sicher lustig zu beobachten, wie diese bissigen Weibsbilder plötzlich übers ganze Gesicht lächeln und aufspringen würden, um mir einen Kaffee zu holen.

Ich ziehe von Kanzlei zu Kanzlei, lächle, obwohl mir nach Knurren zumute ist, wiederhole dieselben Worte vor den immer gleichen Frauen. »Ja, mein Name ist Rudy Baylor, und ich bin Jurastudent im dritten Jahr an der Memphis State. Ich würde gern mit Mr. Soundso über einen Job sprechen.«

»Worüber?« fragen sie oft. Und ich lächle weiter, während ich meine Mappe hinreiche und abermals darum bitte, bei Mr. Großkopf vorgelassen zu werden. Mr. Großkopf ist immer zu beschäftigt, also speisen sie mich mit dem Versprechen ab, daß sich jemand mit mir in Verbindung setzen wird.

Der Stadtteil Granger liegt nördlich der Innenstadt von Memphis. An seinen schattigen Straßen mit den eng aneinandergedrängten Ziegelsteinhäuschen läßt sich untrüglich erkennen, daß es sich um einen dieser Vororte handelt, die gleich nach dem Zweiten Weltkrieg in aller Eile für Wanderarbeiter hochgezogen wurden, die sich niederlassen wollten. Sie fanden gute Jobs in nahe gelegenen Fabriken. Sie pflanzten Bäume in ihre Vorgärten und bauten Terrassen hinter dem Haus. Mit der Zeit zogen die Arbeiter weiter in Richtung Osten, um sich schönere Häuser zu bauen, und Granger wurde ganz allmählich ein Viertel für Rentner und Weiße und Schwarze der unteren Schichten.

Das Haus von Dot und Buddy Black sieht aus wie tausend andere. Es steht auf einem kleinen Grundstück von nicht mehr als vierundzwanzig mal dreißig Metern. Mit dem schattenspendenden Baum im Vorgarten ist irgend etwas passiert. In der Einzelgarage steht ein alter Chevrolet. Der Rasen und die Sträucher sind ordentlich beschnitten.

Der Nachbar zur Linken ist damit beschäftigt, seinen heißen Schlitten umzufrisieren; die ganze Strecke bis zur Straße ist mit Teilen und Reifen übersät. Der Nachbar rechts hat seinen ganzen Vorgarten mit Maschendraht eingezäunt, an dem hohes Unkraut wächst. Direkt hinter dem Zaun patrouillieren zwei Dobermänner.

Ich parke in der Auffahrt hinter dem Chevrolet, und die Dobermänner, keine anderthalb Meter von mir entfernt, knurren mich an.

Es ist noch früh am Nachmittag, und die Temperatur beträgt über dreißig Grad. Alle Fenster und Türen stehen offen. Ich schaue durch die Fliegentür und klopfe leicht dagegen.

Ich bin nicht gerne hier, weil ich keinerlei Verlangen habe, Donny Ray zu sehen. Ich fürchte, daß er genau so krank und abgezehrt ist, wie mir seine Mutter erzählt hat, und ich habe einen schwachen Magen.

Sie kommt an die Tür, mit einer Mentholzigarette in der Hand, und mustert mich durch die Fliegentür.

»Ich bin's, Mrs. Black. Rudy Baylor. Wir haben vorige Woche in Cypress Gardens miteinander gesprochen.«

Hausierer müssen in Granger eine Pest sein, denn sie starrt mich mit leerem Gesicht an. Sie tritt einen Schritt vor und steckt sich die Zigarette zwischen die Lippen.

»Erinnern Sie sich? Ich kümmere mich um die Sache mit Great Benefit.«

»Ich dachte, Sie wären einer von den Zeugen Jehovas.«

»Nein, Mrs. Black, das bin ich nicht.«

»Ich heiße Dot. Dachte, das hätte ich Ihnen gesagt.«

»Okay, Dot.«

»Diese verdammten Kerle treiben uns zum Wahnsinn. Die

und die Mormonen. Schicken samstags noch vor Sonnenaufgang die Pfadfinder los, damit sie uns Doughnuts verkaufen. Was wollen Sie?«

»Wenn Sie eine Minute Zeit haben, möchte ich mit Ihnen über Ihren Fall sprechen.«

»Was ist damit?«

»Ich würde gern ein paar Dinge erörtern.«

»Dachte, das hätten wir schon getan.«

»Wir müssen uns eingehender unterhalten.«

Sie bläst Rauch durch die Fliegentür, dann hakt sie sie langsam auf. Ich betrete ein winziges Wohnzimmer und folge ihr in die Küche. Das Haus ist feuchtheiß und stickig, und überall riecht es nach abgestandenem Zigarettenrauch.

»Etwas zu trinken?« fragte sie.

»Nein, danke.« Ich lasse mich am Tisch nieder. Dot gießt eine Diätcola auf Eis und lehnt sich mit dem Rücken an die Arbeitsplatte. Buddy ist nirgendwo zu sehen. Donny Ray ist wahrscheinlich in seinem Schlafzimmer.

»Wo ist Buddy?« frage ich fröhlich, als wäre er ein alter Freund, den ich sehr vermisse.

Sie deutet mit einem Kopfnicken auf das auf den Hintergarten hinausgehende Fenster. »Sehen Sie den alten Wagen da draußen?«

In einer mit Kletterpflanzen und Sträuchern völlig zugewucherten Ecke, neben einem baufälligen Schuppen, steht ein alter Ford Fairlane. Er ist weiß und hat zwei Türen, die beide offenstehen. Auf der Motorhaube schläft eine Katze.

»Er sitzt in seinem Wagen«, erklärt sie.

Der Wagen ist von Unkraut umgeben und scheint keine Reifen mehr zu haben. Nichts in seiner Umgebung sieht so aus, als wäre es in den letzten Jahrzehnten angerührt worden.

»Wo will er hin?« frage ich, und sie lächelt wahrhaftig.

Sie schlürft laut ihre Cola. »Buddy? Der geht nirgendwohin. Wir haben den Wagen 1964 neu gekauft. Er sitzt jeden Tag da drin, von morgens bis abends, nur Buddy und die Katzen.«

Darin liegt eine gewisse Logik. Buddy da draußen, allein, ohne Zigarettenqualm, ohne Sorgen über Donny Ray. »Warum?« frage ich. Es ist offensichtlich, daß es ihr nichts ausmacht, darüber zu reden.

»Buddy ist nicht ganz richtig im Kopf. Das habe ich Ihnen doch vorige Woche erzählt.«

Wie hätte ich das vergessen können?

»Wie geht's Donny Ray?« frage ich.

Sie zuckt die Achseln und läßt sich mir gegenüber an dem wackligen Küchentisch nieder. »Gute Tage und schlechte. Wollen Sie ihn kennenlernen?«

»Vielleicht später.«

»Er liegt die meiste Zeit im Bett. Aber er kann ein bißchen herumlaufen. Vielleicht bringe ich ihn dazu, daß er aufsteht, bevor Sie wieder gehen.«

»Ja. Vielleicht. Hören Sie, ich habe mich inzwischen eingehend mit Ihrem Fall befaßt. Ich meine, ich habe viele Stunden damit zugebracht, all Ihre Papiere genau durchzusehen. Und ich habe tagelang in der Bibliothek gesessen und mich mit der einschlägigen Literatur beschäftigt, also, rundheraus gesagt, ich meine, daß Sie Great Benefit verklagen sollten.«

»Ich dachte, das hätten wir bereits beschlossen«, sagt sie mit hartem Blick. Dot hat ein unversöhnliches Gesicht, zweifellos das Ergebnis eines mühsamen Lebens mit diesem Schwachkopf da draußen in dem Fairlane.

»Das mag sein, aber ich mußte der Sache erst auf den Grund gehen. Mein Rat lautet, daß Sie klagen sollten, und zwar sofort.«

»Worauf warten Sie dann noch?«

»Aber rechnen Sie nicht mit einer schnellen Entscheidung. Sie haben es mit einer großen Gesellschaft zu tun, die über einen Haufen Anwälte verfügt, die immer wieder querschießen und die Sache verzögern können. Dafür werden sie bezahlt.«

»Wie lange wird es dauern?«

»Monate, vielleicht Jahre. Kann sein, daß wir die Klage einreichen und dann ziemlich rasch zu einem Vergleich kommen. Kann aber auch sein, daß sie es zu einem Prozeß kommen lassen und durch alle Instanzen gehen. Das läßt sich unmöglich vorhersagen.«

»In ein paar Monaten ist er tot.«

»Darf ich Sie etwas fragen?«

Sie pustet den Rauch aus und nickt dazu. Für sie offenbar ein durchaus harmonischer Vorgang.

»Great Benefit hat Ihren Anspruch erstmals im August vorigen Jahres abgelehnt, kurz nachdem Donny Rays Krankheit festgestellt worden war. Weshalb haben Sie bis jetzt gewartet, bevor Sie mit einem Anwalt gesprochen haben?« Ich benutze das Wort »Anwalt« sehr freizügig.

»Darauf bin ich nicht stolz, okay? Ich dachte, die Versicherung würde es sich anders überlegen und zahlen, Sie wissen schon, die Arztrechnungen und die Behandlung. Ich habe weiter an sie geschrieben, und sie hat weiter an mich geschrieben. Ich weiß es nicht. Pure Dämlichkeit, nehme ich an. Wir haben die Prämien über all die Jahre hinweg regelmäßig bezahlt, sind nie mit einer in Verzug geraten. Ich habe einfach gedacht, sie würden sich an die Police halten. Außerdem habe ich noch nie mit einem Anwalt zu tun gehabt. Keine Scheidung oder irgend so etwas. Ich hätte es weiß Gott tun sollen.« Sie dreht sich um und schaut durch das Fenster, starrt gedankenverloren auf den Fairlane und all die Sorgen darin. »Er trinkt morgens einen halben Liter Gin und nachmittags noch einen halben Liter. Mir ist es im Grunde egal. Es macht ihn glücklich, es hält ihn aus dem Haus, und es ist ja nicht so, als ob das Trinken ihn daran hindern würde, irgendwas Vernünftiges zu tun, Sie wissen schon, was ich meine.«

Wir betrachten beide die auf dem Vordersitz zusammengesackte Gestalt. Die hohen Sträucher und ein Ahornbaum beschatten den Wagen. »Kaufen Sie ihm den Gin?«

»O nein. Er bezahlt einen Jungen von nebenan dafür, daß er ihn kauft und sich damit zu ihm hinausschleicht. Er glaubt, ich wüßte es nicht.«

Im Hintergrund des Hauses bewegt sich etwas. Es gibt keine Klimaanlage, die irgendwelche Geräusche dämpfen würde. Jemand hustet. Ich fange an zu reden. »Hören Sie, Dot, ich würde gern diesen Fall für Sie übernehmen. Ich weiß, ich bin nur ein Anfänger, ein junger Mann, der gerade erst mit dem Studium fertig ist, aber ich habe bereits viele Stunden damit verbracht, und ich kenne ihn in- und auswendig.«

Auf ihrem Gesicht liegt ein leerer, fast hoffnungsloser Ausdruck. Ein Anwalt ist so gut wie der andere. Sie vertraut mir genausoviel, wie sie jedem x-beliebigen vertrauen würde, und das besagt nicht viel. Wie merkwürdig. Trotz all des Geldes, das Anwälte für gnadenlose Werbung ausgeben – blöde Spots im Fernsehen, reißerische Plakate und Billigangebote in den Zeitungen –, gibt es immer noch Leute wie Dot Black, die einen erfahrenen Prozeßanwalt nicht von einem Jurastudenten im dritten Jahr unterscheiden können.

Ich baue auf ihre Naivität. »Ich muß mich vermutlich mit einem anderen Anwalt zusammentun, jemandem, der seinen Namen unter alles setzt, bis ich das Anwaltsexamen bestanden und meine Zulassung erhalten habe.«

Es scheint nicht bei ihr anzukommen.

»Wieviel wird es kosten?« fragt sie mit keiner geringen Portion Argwohn in der Stimme.

Ich bedenke sie mit einem herzlichen Lächeln. »Keinen Pfennig. Ich übernehme den Fall gegen Erfolgshonorar. Ich bekomme ein Drittel von dem, was wir herausholen. Kein Erfolg, kein Honorar. Keine Anzahlung.« Bestimmt hat sie diese Masche irgendwo inseriert gesehen, aber sie scheint ahnungslos.

»Wieviel?«

»Wir verklagen sie auf Millionen«, sage ich dramatisch, und sie hängt am Haken. Ich glaube nicht, daß im Körper dieser gebrochenen Frau auch nur ein habgieriger Knochen steckt. Alle Träume von einem guten Leben, die sie vielleicht einmal gehabt hat, sind schon so lange vergangen, daß sie sich nicht mehr an sie erinnern kann. Aber ihr gefällt der Gedanke, es Great Benefit heimzuzahlen und sie leiden zu lassen.

»Und Sie bekommen ein Drittel davon?«

»Ich rechne nicht damit, daß wir Millionen herausholen, aber ganz gleich, was wir bekommen, ich erhalte nur ein Drittel. Und das heißt: ein Drittel, nachdem Donny Rays sämtliche Arztrechnungen bezahlt sind. Sie haben nichts zu verlieren.«

Sie schlägt mit der linken Hand auf den Tisch. »Dann tun Sie es. Mir ist es gleich, wieviel Sie bekommen, aber tun Sie es. Tun Sie es gleich, okay? Morgen.«

In meiner Tasche steckt säuberlich zusammengefaltet ein

Vertrag über juristische Dienste, den ich in einem Handbuch in der Bibliothek gefunden habe. Ich sollte ihn an diesem Punkt herausziehen und von ihr unterschreiben lassen, aber ich bringe es nicht fertig. Unter ethischen Gesichtspunkten darf ich keine Abmachungen zur Vertretung von Leuten treffen, bevor ich nicht als Anwalt zugelassen worden bin und eine entsprechende Lizenz habe. Ich glaube, Dot wird zu ihrem Wort stehen.

Ich schaue auf die Uhr, genau wie ein richtiger Anwalt. »Lassen Sie mich an die Arbeit gehen«, sage ich.

»Wollen Sie nicht vorher Donny Ray sehen?«

»Vielleicht beim nächsten Mal.«

»Ich kann es Ihnen nicht übelnehmen. Nur noch Haut und Knochen.«

»Ich komme in ein paar Tagen wieder, wenn ich länger bleiben kann. Es gibt eine Menge, worüber wir sprechen müssen, und ich muß auch ihm ein paar Fragen stellen.«

»Aber beeilen Sie sich, okay?«

Wir plaudern noch ein paar Minuten, reden über Cypress Gardens und all die Festivitäten dort. Sie und Buddy gehen einmal die Woche hin, sofern sie ihn bis Mittag nüchtern halten kann. Es ist das einzige Mal, daß sie das Haus gemeinsam verlassen.

Sie möchte reden, und ich möchte verschwinden. Sie folgt mir nach draußen, betrachtet meinen schmutzigen und verbeulten Toyota, macht ein paar abfällige Bemerkungen über importierte Waren, ganz besonders solche aus Japan, und bellt die Dobermänner an.

Als ich davonfahre, steht sie am Briefkasten, raucht und sieht zu, wie ich verschwinde.

Für jemand, der gerade einen Offenbarungseid geleistet hat, kann ich immer noch Geld zum Fenster hinauswerfen. Ich zahle acht Dollar für eine Topfgeranie und bringe sie Miss Birdie. Sie liebt Blumen, sagt sie, und sie ist natürlich einsam, und ich finde, es ist eine nette Geste. Ein kleines bißchen Sonnenschein im Leben einer alten Frau.

Mein Timing ist gut. Ich finde sie auf allen Vieren im Blumenbeet neben dem Haus, dicht bei der Auffahrt, die zu einer separaten Garage im Hintergarten führt. Der Beton ist dicht an dicht gesäumt mit Blumen, Ziersträuchern, Kletterpflanzen und dekorativen Bäumchen. Auf dem Rasen hinter dem Haus stehen große Bäume, die so alt sind wie sie. Außerdem gibt es eine gepflasterte Terrasse mit Kästen voller bunter Blütenpflanzen.

Sie schließt mich tatsächlich in die Arme, als ich mein kleines Geschenk überreiche. Sie zieht ihre Gartenhandschuhe aus, läßt sie zwischen die Blumen fallen und führt mich hinters Haus. Sie hat genau den richtigen Platz für die Geranie. Sie wird sie gleich morgen einpflanzen. Ob ich Kaffee möchte?

»Nur Wasser«, sage ich. Der Geschmack ihrer dünnen Instantbrühe liegt mir noch auf der Zunge. Sie nötigt mich auf einen schmiedeeisernen Stuhl auf der Terrasse, während sie sich Schmutz und Erde an der Schürze abwischt.

»Eiswasser?« fragt sie, offensichtlich hingerissen von der Aussicht, mir etwas zu Trinken anbieten zu können.

»Gern«, sage ich, und sie flattert durch die Tür in die Küche. Der Hintergarten hat bei all seinem Gewucher eine merkwürdige Symmetrie. Er zieht sich über mindestens fünfzig Meter hin, bevor er an einer dichten Hecke endet. Durch die Bäume hindurch kann ich dahinter ein Dach sehen. Dazwischen gibt es kleine Nischen mit organisiertem Wachstum, kleine Beete mit verschiedenen Blumen, auf deren Pflege sie oder sonstjemand offensichtlich viel Zeit verwendet. In der Nähe des Zauns steht ein Springbrunnen auf einer gemauerten Plattform, aber es zirkuliert kein Wasser. Zwischen zwei Bäumen spannt sich eine alte Segeltuchhängematte mit zerfaserten Tauen, die leicht im Wind schaukelt. Der Rasen ist unkrautfrei, muß aber gemäht werden.

Die Garage erregt meine Aufmerksamkeit. Sie hat zwei geschlossene Kipptore. An einer Seite befindet sich ein Abstellraum mit verhängten Fenstern. Darüber scheint eine kleine Wohnung zu liegen, mit einer Holztreppe, die sich um die Ecke windet und anscheinend an der Rückseite hinaufführt. Es gibt zwei große Fenster, bei einem davon ist die Scheibe zerbrochen. Efeu hat die Außenmauern überwuchert und scheint sich seinen Weg durch die gesprungene Scheibe zu suchen.

Das Gebäude wirkt irgendwie malerisch.

Miss Birdie kommt mit zwei Gläsern Eiswasser durch die zweiflügelige Terrassentür. »Was halten Sie von meinem Garten?« fragt sie, nachdem sie sich neben mir niedergelassen hat.

»Er ist wundervoll, Miss Birdie. So friedlich.«

»Das ist mein Leben«, sagt sie, schwenkt mit einer großen Geste die Hände und läßt ihr Wasser auf meine Füße schwappen, ohne es zu bemerken. »Hier verbringe ich meine Zeit. Ich liebe ihn.«

»Er ist sehr hübsch. Machen Sie die ganze Arbeit alleine?«

»Das meiste davon. Einmal die Woche kommt ein Junge und mäht den Rasen. Dreißig Dollar, können Sie sich das vorstellen? Früher hat es nur fünf gekostet.« Sie schlürft Wasser und schmatzt mit den Lippen.

»Ist das eine kleine Wohnung da oben?« frage ich und deute auf die Garage.

»Früher einmal. Einer meiner Enkel hat eine Zeitlang hier gewohnt. Ich habe sie hergerichtet, ein Badezimmer und eine kleine Küche einbauen lassen, es war wirklich hübsch da oben. Er hat an der Memphis State studiert.«

»Wie lange hat er hier gewohnt?«

»Nicht lange. Ich möchte nicht über ihn sprechen.«

Er muß einer von denen sein, die aus ihrem Testament gestrichen werden sollen.

Wenn man einen Großteil seiner Zeit damit verbringt, in Anwaltskanzleien vorzusprechen, um Arbeit zu betteln und sich von mißgelaunten Sekretärinnen an die Luft setzen zu lassen, dann verliert man seine Hemmungen. Man legt sich ein dickes Fell zu. Ablehnung läßt sich leicht verkraften, weil man sehr schnell lernt, daß das Schlimmste, was einem passieren kann, darin besteht, daß man das Wort »Nein« zu hören bekommt.

»Sie haben wohl nicht die Absicht, sie jetzt wieder zu vermieten?« wage ich mich vor, fast ohne Zaudern und praktisch ohne jede Angst, abgewiesen zu werden.

Ihr Glas kommt mitten in der Luft zum Stillstand, und sie starrt die Wohnung an, als hätte sie sie gerade erst entdeckt. »An wen?« fragt sie.

»Ich würde zu gern da wohnen. Es ist sehr hübsch hier und vermutlich sehr still.«

»Totenstill.«

»Es wäre nur für kurze Zeit. Sie wissen schon, bis ich anfange zu arbeiten und auf eigenen Füßen stehe.«

»Sie, Rudy?« fragt sie ungläubig.

»Es gefällt mir«, sage ich mit einem nicht ganz echten Lächeln. »Es ist ideal für mich. Ich bin ledig, führe ein sehr ruhiges Leben, und ich kann es mir nicht leisten, viel Miete zu zahlen. Es wäre perfekt.«

»Wieviel könnten Sie zahlen?« fragt sie schnell, plötzlich fast wie ein Anwalt, der einen zahlungsunfähigen Mandanten verhört.

Das kommt unerwartet. »Oh, ich weiß nicht recht. Sie sind die Vermieterin. Wie hoch ist die Miete?«

Sie dreht den Kopf hin und her und sieht hilfesuchend von einem Baum zum anderen. »Wie wäre es mit vierhundert, nein, dreihundert Dollar im Monat?«

Es ist offensichtlich, daß Miss Birdie noch nie etwas vermietet hat. Sie greift einfach Zahlen aus der Luft. Nur gut, daß sie nicht mit achthundert im Monat angefangen hat. »Ich finde, wir sollten uns die Wohnung erst einmal ansehen«, sage ich vorsichtig.

Sie ist schon auf den Beinen. »Sie ist ziemlich vollgestopft. Habe sie in den letzten zehn Jahren als Abstellraum benutzt. Aber das können wir aufräumen, und die Wasserleitungen sind in Ordnung, soweit ich weiß.« Sie greift nach meiner Hand und führt mich über den Rasen. »Der Klempner muß kommen und das Wasser wieder anstellen. Ob die Heizung und die Klimaanlage noch funktionieren, kann ich allerdings nicht sagen. Es stehen ein paar Möbel drin, aber nicht viele, altes Zeug, das ich ausrangiert habe.«

Sie beginnt, die knarrende Treppe hinaufzusteigen. »Brauchen Sie Möbel?«

»Nicht viele.« Das Geländer ist wacklig, und das ganze Gebäude scheint zu schwanken.

9

Man macht sich Feinde beim Jurastudium. Die Konkurrenz kann bösartige Formen annehmen. Die Leute lernen, zu betrügen und anderen in den Rücken zu fallen; es ist ein Training für die reale Welt. In meinem ersten Jahr hier gab es eine Schlägerei, als zwei Studenten im dritten Jahr bei einem Scheinprozeß-Wettbewerb anfingen, sich gegenseitig anzuschreien. Sie wurden relegiert und dann wieder zugelassen. Die Universität ist auf die Studiengebühren angewiesen.

Es gibt hier einige Leute, die ich nicht ausstehen kann, und ein oder zwei, die ich verabscheue. Ich versuche, wenigstens niemanden zu hassen.

Aber im Augenblick hasse ich den kleinen Klugscheißer, der mir das angetan hat. In dieser Stadt gibt es eine Zeitung, die über alle möglichen juristischen und finanziellen Transaktionen berichtet. Sie heißt *The Daily Report* und enthält neben dem Scheidungsregister und einem Dutzend anderer wichtiger Rubriken auch eine Liste der Konkursanmeldungen des Vortages. Mein Freund oder meine Freunde haben es offenbar für einen besonders netten Zug gehalten, den Abschnitt mit meinem Namen in der gestrigen Ausgabe zu vergrößern und diesen kleinen Leckerbissen über die ganze Fakultät zu verbreiten. Er lautet: »Baylor, Rudy L., Student; Aktiva: 1125 Dollar (unpfändbar); gesicherte Schulden: 285 Dollar bei der Wheels and Deals Finance Company; ungesicherte Schulden: 5136,88 Dollar; anhängige Verfahren: (1) Zwangseintreibung durch Texaco, (2) Zwangsräumung aus The Hampton. Arbeitgeber: Keiner; Anwalt: *Pro se*.«

Pro se bedeutet, daß ich mir keinen Anwalt leisten kann und meine Interessen selbst wahrnehme. Der Student, der in der Eingangshalle der Bibliothek die Aufsicht hat, gab mir ein Exemplar, als ich heute morgen das Gebäude betrat, und sagte, er hätte sie überall herumliegen sehen; sogar an den Schwarzen Brettern wären sie angeschlagen. Er meinte: »Möchte wissen, wer das komisch findet?«

Ich dankte ihm und rannte in meinen Kellerwinkel, um mich mal wieder zwischen meine Bücherstapel zu vergraben und jedem vertrauten Gesicht möglichst aus dem Weg zu gehen. Wenn die Vorlesungen demnächst abgeschlossen sind, haue ich hier ab, bloß weg von diesen Leuten, die ich allesamt nicht ausstehen kann.

An diesem Morgen habe ich einen Termin bei Professor Smoot; ich komme zehn Minuten zu spät. Es stört ihn nicht. In seinem Büro herrscht das obligatorische Chaos eines Gelehrten, der vor lauter Intelligenz keine Ordnung halten kann. Seine Fliege sitzt schief, sein Lächeln ist echt.

Wir reden zuerst über die Blacks und ihre Streitsache gegen Great Benefit. Ich gebe ihm eine dreiseitige Zusammenfassung des Falles, dazu meine gesammelten scharfsinnigen Schlußfolgerungen und Verfahrensvorschläge. Er geht die Seiten sorgfältig durch, und ich betrachte währenddessen die Papierknäuel unter seinem Schreibtisch. Er ist sehr beeindruckt und sagt das immer und immer wieder. Mein Rat für die Blacks lautet, daß sie sich einen Prozeßanwalt suchen und Great Benefit wegen Verstoßes wider Treu und Glauben verklagen sollen. Smoot stimmt mir uneingeschränkt zu.

Wenn der wüßte. Ich will von Smoot nur den Seminarschein, sonst gar nichts. Anschließend reden wir über Miss Birdie. Ich berichte ihm, daß sie recht wohlhabend ist und ihr Testament ändern möchte. Die Details behalte ich für mich. Ich lege ihm ein fünfseitiges Dokument vor, die revidierte Form des Testaments und Letzten Willens von Miss Birdie. Er überfliegt es schnell und meint, es sähe gut aus, ohne es überhaupt richtig gesehen zu haben. Bei seinem Seminar über die juristischen Probleme älterer Leute gibt es keine Abschlußprüfung, und es brauchen auch keine schriftlichen Arbeiten vorgelegt zu werden. Du brauchst nur regelmäßig zu erscheinen, den Gruftis deinen Besuch abzustatten und hinterher eine nette Kurzzusammenfassung zu jedem Fall abzuliefern, und schon gibt Smoot dir ein A.

Smoot kennt Miss Birdie seit etlichen Jahren. Offensichtlich ist sie schon seit geraumer Zeit die Königin von Cypress Gardens, und er hat sie bei Besuchen mit seinen Studenten jährlich zweimal gesehen. Bisher hat sie noch nie Gebrauch von der kostenlosen juristischen Beratung gemacht, sagt er nachdenklich und zupft an seiner Fliege. Es überrasche ihn sehr, nun zu erfahren, daß sie reich sei.

Wie überrascht er erst wäre, wenn ihm zu Ohren käme, daß sie demnächst meine Hauswirtin sein wird.

Von Smoots Büro aus brauche ich nur um die Ecke zu gehen, um in das von Max Leuberg zu kommen. Er hat in der Bibliothek eine Nachricht für mich hinterlassen, daß er mich sprechen müsse. Max geht von hier weg, wenn das Semester zu Ende ist. Er war für zwei Jahre von Wisconsin beurlaubt, und jetzt ist die Zeit abgelaufen. Wahrscheinlich werde ich Max ein wenig vermissen, wenn wir beide nicht mehr hier sind, aber im Augenblick fällt es mir schwer, wehmütige Gefühle für irgend etwas oder irgend jemanden in dieser Fakultät aufzubringen.

In Max' Büro stapeln sich die Umzugskartons, die den Aufdrucken zufolge sämtlich früher mal zum Transport von Hochprozentigem gedient haben. Er ist beim Packen, und ich habe noch nie ein derartiges Chaos gesehen. Wir schwelgen ein paar peinliche Minuten lang in Erinnerungen, ein verzweifelter Versuch, der Fakultät etwas Erfreuliches abzugewinnen. Ich habe ihn noch nie so niedergeschlagen erlebt. Es sieht fast so aus, als fiele es ihm wirklich schwer, von hier fortzugehen. Er deutet auf einen Stapel Papiere in einem Wild-Turkey-Karton. »Das ist für Sie. Alles neueres Material, das ich in Leistungsverweigerungsfällen verwendet habe. Könnte nützlich für Sie sein.«

Ich bin noch nicht einmal ganz fertig mit dem letzten Pakken Recherchenmaterial, den er mir in die Hand gedrückt hat. »Danke, Max«, sage ich und betrachte den roten Truthahn auf dem Karton.

»Haben Sie die Klage schon eingereicht?« fragt er.

»Äh, nein. Noch nicht.«

»Das müssen Sie aber. Suchen Sie sich einen Anwalt, der

sich mit Prozessen einen guten Namen gemacht hat. Jemanden mit Erfahrung in solchen Fällen. Ich habe eingehend über diesen Fall nachgedacht, und er geht einem an die Nieren. Viel Stoff für die Geschworenen. Ich sehe die aufgebrachte Jury förmlich vor mir, wie sie eine hohe Bestrafung der Versicherung fordern. Jemand muß sich dieses Falls annehmen und die Sache durchziehen.«

Ich ziehe ja schon, wie besessen.

Er springt von seinem Stuhl auf und reckt die Arme. »Bei was für einer Kanzlei werden Sie arbeiten?« fragt er, jetzt auf den Zehenspitzen und mit einer Art Yogadehnung seiner Waden beschäftigt. »Weil das hier nämlich ein großartiger Fall für Sie ist. Ich denke nur nach, wissen Sie. Vielleicht sollten Sie ihn in Ihre Firma einbringen, jemanden dort unterschreiben lassen und dann die Knochenarbeit selbst erledigen. Bestimmt gibt es dort jemanden mit Prozeßerfahrung. Sie können mich anrufen, wenn Sie wollen. Ich bin den ganzen Sommer über in Detroit und arbeite an einem Mega-Fall gegen Allstate, aber die Sache interessiert mich, okay? Ich glaube, das könnte eine ganz große Sache werden, eine Grundsatzentscheidung. Ich würde zu gern erleben, wie Sie diese Kerle in die Pfanne hauen.«

»Was hat Allstate denn angestellt?« frage ich, um vom Thema Firma abzulenken.

Sein Gesicht verzieht sich zu einem breiten Grinsen, und er verschränkt die Hände über dem Kopf. Er kann es einfach nicht fassen. »Unglaublich«, sagt er, dann stürzt er sich in einen weitschweifigen Bericht über ein wahres Prachtexemplar von einem Rechtsstreit. Ich wünschte, ich hätte nicht gefragt.

Meine begrenzten Erfahrungen im Umgang mit Anwälten haben mich gelehrt, daß sie alle an derselben Krankheit leiden. Eine ihrer widerwärtigsten Angewohnheiten ist das Erzählen von Kriegsgeschichten. Wenn sie einen großen Prozeß hinter sich haben, wollen sie, daß man das auch erfährt. Wenn sie mit einem großen Fall beschäftigt sind, der sie zweifellos reich machen wird, müssen sie die gute Nachricht unbedingt mit Gleichgesinnten teilen. Max ist so erfüllt von Visionen, wie er Allstate in den Konkurs treiben wird, daß er nachts nicht schlafen kann.

»Auf jeden Fall«, sagt er, in die Realität zurückkehrend, »kann ich Ihnen bei dieser Sache behilflich sein. Ich komme im Herbst nicht zurück, aber Sie finden meine Adresse und meine Telefonnummer in dem Karton. Rufen Sie an, wenn Sie mich brauchen.«

Ich hebe den Wild-Turkey-Karton auf. Er ist schwer, und der Boden sackt durch. »Danke«, sage ich. »Das ist wirklich nett von Ihnen.«

»Ich möchte helfen, Rudy. Glauben Sie mir, es gibt nichts Aufregenderes, als eine Versicherungsgesellschaft fertigzumachen.«

»Ich werde mein Bestes tun. Danke.«

Das Telefon klingelt, und er stürzt sich darauf. Meinen schweren Karton unter dem Arm, verlasse ich sein Büro.

Miss Birdie und ich schließen einen seltsamen Handel ab. Sie ist nicht sonderlich gut im Verhandeln und natürlich auf das Geld nicht angewiesen. Ich bringe sie auf hundertfünfzig Dollar herunter, Nebenkosten eingeschlossen. Außerdem stellt sie mir genügend Möbel zur Verfügung, um die vier Räume einzurichten.

Als eine Art zusätzliche Mietzahlung erkläre ich mich bereit, ihr auf dem Grundstück zu helfen, vor allem bei der Gartenarbeit. Ich werde den Rasen mähen; auf diese Weise spart sie wöchentlich dreißig Dollar. Ich werde die Hecken beschneiden, Laub zusammenharken, das übliche. Es gab auch vage Andeutungen über Unkrautjäten, aber die habe ich nicht ernst genommen.

Für mich ist es ein guter Handel, und ich bin stolz auf meine Geschäftstüchtigkeit. Die Wohnung ist mindestens dreihundertfünfzig im Monat wert, also habe ich zweihundert Dollar Bargeld gespart. Ich stelle mir vor, daß ich ungefähr fünf Stunden pro Woche für sie arbeiten werde; das macht zwanzig Stunden im Monat. Nicht schlecht unter den gegebenen Umständen. Nachdem sich mein Leben drei Jahre lang vorwiegend in Bibliotheken abgespielt hat, brauche ich frische Luft und körperliche Betätigung. Niemand wird erfahren, daß ich jetzt ein Hilfsgärtner bin, und außerdem bleibe ich auf diese

Weise ständig in der Nähe von Miss Birdie, meiner Mandantin.

Es ist eine mündliche Vereinbarung, von Monat zu Monat; wenn es nicht funktioniert, kann ich jederzeit wieder ausziehen.

Vor nicht allzu langer Zeit habe ich mir ein paar hübsche Wohnungen angesehen, angemessen für einen aufstrebenden Anwalt. Sie verlangten siebenhundert im Monat für zwei Zimmer, knapp neunzig Quadratmeter. Und ich war durchaus willens, das zu bezahlen. Es hat sich viel geändert.

Jetzt ziehe ich in ein spartanisches Etablissement, von Miss Birdie eingerichtet und dann zehn Jahre vernachlässigt. Es hat ein bescheidenes Wohnzimmer mit orangefarbenem, grob genopptem Teppichboden und blaßgrünen Wänden. Außerdem ein Schlafzimmer, eine schmale, mit dem Nötigsten ausgestattete Küche und eine separate Eßecke. Sämtliche Wände sind abgeschrägt, und zwar in jedem Zimmer, was meinem kleinen Dachboden eine etwas beengende Atmosphäre verleiht.

Für mich ist er perfekt. Solange Miss Birdie Abstand hält, ist alles in bester Ordnung. Ich mußte ihr versprechen, daß es weder wilde Parties geben würde noch laute Musik, leichte Mädchen, Schnaps, Drogen, Hunde oder Katzen. Sie hat eigenhändig die Wohnung saubergemacht, die Fußböden und Wände gefegt und soviel Gerümpel herausgeholt, wie sie konnte. Sie wich mir buchstäblich nicht von der Seite, als ich meine bescheidene Habe die Treppe hinaufschleppte. Ich bin sicher, daß ich ihr leid getan habe.

Zum Auspacken bekam ich gar nicht erst eine Chance. Kaum daß ich den letzten Karton nach oben befördert hatte, bestand sie darauf, auf der Terrasse eine Tasse Kaffee mit mir zu trinken.

Wir saßen ungefähr zehn Minuten auf der Terrasse, gerade lange genug, daß ich nicht mehr allzusehr schwitzte, da erklärte sie auch schon, jetzt sei es aber Zeit, daß wir uns an die Blumenbeete machten. Ich jätete Unkraut, bis ich einen Krampf im Rücken hatte. Ein paar Minuten lang machte sie selber mit, dann stand sie nur noch hinter mir und erteilte Anweisungen.

Ich kann der Gartenarbeit nur entkommen, indem ich mich zu Yogi's in Sicherheit bringe. Heute bin ich für die Bar eingeteilt, und zwar, bis wir schließen. Also irgendwann nach ein Uhr nachts.

Der Laden ist voll heute abend, und zu meinem großen Ärger sitzt eine ganze Horde meiner Kommilitonen an zwei langen Ecktischen im vorderen Teil des Lokals. Es ist das letzte Treffen einer der verschiedenen Verbindungen von Jurastudenten, einer, die mich nicht zum Beitritt aufgefordert hat. Sie nennt sich The Barristers und setzt sich größtenteils aus Typen zusammen, die für die Juristenzeitschrift arbeiten, ungeheuer wichtige Studenten also, die sich selbst viel zu ernst nehmen. Sie tun geheimnisvoll und versuchen sich den Anschein von Exklusivität zu geben. Zu ihren obskuren Initiationsriten gehören zum Beispiel das Deklamieren von lateinischen Sprüchen und andere Albernheiten in der Art. Fast alle haben Stellungen bei großen Kanzleien oder Bundesgerichten gefunden. Zwei sind bei der Steuerschule in New York angenommen worden. Eine aufgeblasene Clique.

Ich zapfe einen Krug Bier nach dem anderen, und sie werden schnell betrunken. Der lauteste ist ein Frettchen namens Jacob Staples, ein vielversprechender junger Anwalt, der vor drei Jahren mit dem Jurastudium begonnen hat und schon jetzt eine Menge schmutziger Tricks beherrscht. Staples hat mehr Möglichkeiten zum Mogeln gefunden als irgend jemand sonst in der Geschichte dieser Fakultät. Er hat Examensfragen gestohlen, Nachschlagewerke versteckt, unsere Ausarbeitungen geklaut und Professoren belogen, um einen Aufschub für seine Seminararbeiten und Kurzreferate zu bekommen. Bald wird er eine Million Dollar jährlich verdienen. Ich vermute, daß Staples derjenige war, der den mich betreffenden Text aus dem *Daily Report* kopiert und die ganze Fakultät damit bepflastert hat. Zuzutrauen wäre es ihm.

Obwohl ich versuche, gar nicht auf sie zu achten, fange ich gelegentlich einen starrenden Blick ein. Mehrmals dringt das Wort »Offenbarungseid« zu mir herüber.

Aber ich widme mich meiner Arbeit und trinke hin und wieder einen Schluck Bier aus einem Kaffeebecher. Prince sitzt in der gegenüberliegenden Ecke, sieht fern und behält die Barristers im Auge. Heute abend sieht er sich ein Windhundrennen in Florida an und wettet auf jeden Lauf. Sein Wett- und Trinkkumpan ist diesmal sein Anwalt, Bruiser Stone, ein ungeheuer dicker und breiter Mann mit langem, dichtem grauen Haar und herunterhängendem Spitzbart. Er bringt mindestens hundertachtzig Kilo auf die Waage, und zusammen sehen die beiden aus wie zwei Bären, die auf Felsbrocken sitzen und Erdnüsse mampfen.

Bruiser Stone ist ein Anwalt von höchst fragwürdigem Ruf. Er und Prince kennen sich schon sehr lange, sie sind alte High-School-Freunde aus South Memphis, und sie haben eine Menge dunkle Geschäfte zusammen gemacht. Sie zählen ihr Geld, wenn niemand dabei ist. Sie bestechen Politiker und Polizisten. Prince erledigt die Geschäfte, Bruiser besorgt das Denken. Und wenn Prince erwischt wird, erscheint Bruiser sofort auf jeder Titelseite und lamentiert über Ungerechtigkeiten. Auch im Gerichtssaal ist Bruiser sehr erfolgreich, in erster Linie deshalb, weil er, wie man sich erzählt, Geschworenen beträchtliche Summen Bargeld zukommen läßt. Prince braucht keine Angst davor zu haben, daß er irgendwann mal schuldig gesprochen wird.

Bruiser beschäftigt vier oder fünf Anwälte in seiner Kanzlei. Ich kann mir die Tiefe der Verzweiflung nicht ausmalen, die mich zwingen könnte, ihn um einen Job zu bitten. Im Gegenteil. Ich kann mir nichts Schlimmeres vorstellen, als den Leuten sagen zu müssen, daß ich für Bruiser Stone arbeite.

Prince könnte es für mich arrangieren. Er würde mir liebend gern diesen Gefallen tun, nur um zu beweisen, wieviel Einfluß er hat.

Ich kann einfach nicht glauben, daß ich auch nur daran denke.

10

Unter dem Druck von uns vieren gibt Smoot nach und sagt, wir könnten auch allein nach Cypress Gardens zurückkehren, ohne unbedingt als Gruppe dort aufzukreuzen und noch so ein Mittagessen über uns ergehen zu lassen. Booker und ich schleichen uns eines Tages während »America the Beautiful« hinein und setzen uns an einen Tisch in der letzten Reihe, während Miss Birdie einen Vortrag über Vitamine und körperliche Bewegung hält. Schließlich entdeckt sie uns und besteht darauf, daß wir aufs Podium kommen, damit sie uns den Leuten vorstellen kann.

Nach dem Ende des Programms verzieht Booker sich mit seinen Mandanten in eine ferne Ecke, um ihnen Ratschläge zu erteilen, die sonst niemand hören soll. Da ich schon bei Dot war und Miss Birdie und ich bereits Stunden mit Diskussionen über ihr Testament zugebracht haben, bleibt für mich nicht mehr viel zu tun. Mr. DeWayne Deweese, mein dritter Mandant beim ersten Besuch, liegt im Krankenhaus, und ich habe ihm per Post eine völlig nutzlose Zusammenfassung meiner Vorschläge für seinen kleinen Privatkrieg mit der Veteranenversorgungsbehörde geschickt.

Miss Birdies Testament ist unvollständig und noch nicht unterschrieben. In den letzten Tagen war sie deswegen ziemlich gereizt. Ich bin nicht sicher, ob sie es tatsächlich ändern will. Sie sagt, sie hätte nichts mehr von Reverend Kenneth Chandler gehört; deshalb würde sie ihm ihr Vermögen vielleicht doch nicht hinterlassen. Ich habe versucht, sie in diesem Entschluß zu bestärken.

Wir hatten ein paar Unterhaltungen über ihr Geld. Es macht ihr Spaß zu warten, bis ich bis über beide Ohren in Mulch und Blumenerde stecke, während mir der Schweiß von der Nase trieft, der feuchte Torf überall klebt und sie jede meiner Bewegungen genau verfolgt, um dann plötzlich eine völlig abwegige Frage zu stellen wie: »Kann Delberts Frau mein Testament anfechten, wenn ich ihm nichts vermache?« oder: »Weshalb kann ich das Geld nicht einfach gleich weggeben?«

Dann halte ich inne, komme unter den Blumen hervor, wische mir das Gesicht ab und versuche, mir eine intelligente Antwort einfallen zu lassen. In der Regel hat sie bis dahin das Thema gewechselt und will wissen, weshalb die Azaleen da drüben nicht richtig wachsen.

Ich habe das Thema mehrere Male beim Kaffee zur Sprache gebracht, aber sie wurde jedesmal nervös und reizbar. Sie hegt einen gesunden Argwohn gegen Anwälte.

Es ist mir gelungen, ein paar Fakten zu verifizieren. Sie war in der Tat ein zweites Mal verheiratet, mit einem Mr. Anthony Murdine. Ihre Ehe dauerte ungefähr fünf Jahre, bis er vor vier Jahren in Atlanta starb. Allem Anschein nach hinterließ Mr. Murdine ein umfangreiches Vermögen, und offensichtlich gab es darüber beträchtliche Streitigkeiten, denn das Gericht in De Kalb County, Georgia, ordnete die Versiegelung der Akte an. Weiter bin ich nicht gekommen. Ich habe vor, mit einigen der Anwälte zu sprechen, die mit dem Nachlaß zu tun hatten.

Miss Birdie möchte mit mir reden, eine richtiggehende Besprechung, damit sie sich wichtig fühlen kann vor ihren Leutchen. Wir sitzen an einem Tisch in der Nähe des Klaviers, weit weg von den anderen, und stecken die Köpfe zusammen. Man könnte meinen, wir hätten uns seit einem Monat nicht mehr gesehen.

»Ich muß wissen, was ich mit Ihrem Testament anfangen soll, Miss Birdie«, sage ich. »Und bevor ich es aufsetzen kann, muß ich ein bißchen mehr über das Geld wissen.«

Sie wirft hektische Blicke um sich, als hörten alle zu. In Wirklichkeit könnten die meisten dieser armen Seelen uns nicht einmal hören, wenn wir uns gegenseitig anschreien würden. Sie beugt sich vor und haucht hinter vorgehaltener Hand: »Nichts davon steckt in Immobilien, okay? Termingeld, Investmentfonds, Kommunalobligationen.«

Ich bin verblüfft, wie sie diese Begriffe herunterrattert, als wären sie ihr bestens vertraut. Das Geld muß tatsächlich vorhanden sein.

»Wer kümmert sich darum?« frage ich. Die Frage ist unnötig. Für das Testament spielt es keine Rolle, wer ihr Geld verwaltet. Es ist pure Neugierde, die mich treibt.

»Eine Firma in Atlanta.«

»Eine Anwaltsfirma?« frage ich bestürzt.

»Oh, nein. Anwälten würde ich es nicht anvertrauen. Eine Treuhandgesellschaft. Das ganze Geld wird treuhänderisch verwaltet. Ich bekomme die Zinsen, bis ich sterbe, dann kann ich es jemandem hinterlassen. So hat es der Richter bestimmt.«

»Wie hoch ist das Einkommen aus den Zinsen?« frage ich, völlig außer Kontrolle geraten.

»Also, das geht Sie nun wirklich nichts an, Rudy.«

Nein, das tut es nicht. Ich habe einen Klaps auf die Hand bekommen, aber in bester Anwaltstradition versuche ich, mir den Rücken zu decken. »Nun, es könnte wichtig sein. Aus steuerlichen Gründen.«

»Ich habe Sie nicht gebeten, sich um meine Steuern zu kümmern, oder? Dafür habe ich einen Steuerberater. Ich habe Sie lediglich gebeten, mein Testament zu ändern, aber allmählich habe ich doch den Eindruck, daß es Ihnen über den Kopf wächst.«

Bosco kommt ans andere Ende des Tisches und grinst uns an. Er hat kaum noch Zähne im Mund. Sie fordert ihn höflich auf, zu verschwinden und ein paar Minuten Parcheesi zu spielen. Sie geht erstaunlich sanft und freundlich um mit diesen Leuten.

»Ich setze Ihr Testament so auf, wie Sie es haben wollen, Miss Birdie«, sage ich ernst. »Aber Sie müssen sich entscheiden, was Sie wollen.«

Sie setzt sich gerade hin, atmet dramatisch aus und preßt ihr Gebiß zusammen. »Lassen Sie mich darüber nachdenken.«

»Okay. Aber vergessen Sie eines nicht. In Ihrem jetzigen Testament stehen viele Dinge, die Ihnen nicht gefallen. Falls Ihnen etwas zustoßen sollte, dann...«

»Ich weiß, ich weiß«, unterbricht sie mich und fuchtelt mit den Händen. »Sie brauchen mir keinen Vortrag zu halten. Ich habe in den letzten zwanzig Jahren zwanzig Testamente aufgesetzt. Ich weiß Bescheid.«

Bosco weint drüben in der Nähe der Küche, und sie rennt

los, um ihn zu trösten. Booker ist Gott sei Dank mit seinen Konsultationen fertig. Sein letzter Mandant ist der alte Mann, mit dem er bei unserem ersten Besuch soviel Zeit verbracht hat. Es ist offensichtlich, daß der alte Bursche nicht sonderlich glücklich ist über Bookers Beurteilung seiner Bredouille, und ich höre, wie Booker bei dem Versuch, endlich wegzukommen, sagt: »Hören Sie, es ist umsonst. Was erwarten Sie eigentlich?«

Wir verabschieden uns von Miss Birdie und verziehen uns eilig. Die juristischen Probleme alter Leute sind nun Geschichte. In ein paar Tagen ist Schluß mit den Vorlesungen und Seminaren.

Nachdem wir drei Jahre lang das Jurastudium gehaßt haben, steht uns nun plötzlich die Befreiung bevor. Ich habe einmal einen Anwalt sagen hören, daß es ein paar Jahre dauert, bis die Qualen und das Elend des Studiums vergessen sind und man, wie bei den meisten Dingen im Leben, nur noch schöne Erinnerungen hat. Er wirkte regelrecht melancholisch, als er von seiner herrlichen Studentenzeit schwärmte.

Ich kann mir den Moment in meinem Leben nicht vorstellen, an dem ich auf die vergangenen drei Jahre zurückblicke und erkläre, daß sie trotz allem schön waren. Vielleicht bin ich eines Tages imstande, ein paar nette kleine Erinnerungen auszugraben an Zeiten, die ich mit Freunden verbracht habe, in denen ich mit Booker unterwegs war oder im Yogi's an der Bar bedient habe, oder an andere Dinge und Ereignisse, die mir im Moment nicht einfallen. Und ich bin sicher, daß Booker und ich lachen werden über diese netten Alten hier in Cypress Gardens und das Vertrauen, das sie in uns gesetzt haben.

Eines Tages mag es spaßig sein.

Ich schlage vor, daß wir bei Yogi's ein Bier trinken. Auf meine Kosten. Es ist zwei Uhr, und es regnet, genau das richtige, um sich an einen Tisch zu setzen und einen Nachmittag zu vertrödeln.

Booker würde wirklich gern mitkommen, aber er muß in einer Stunde im Büro sein. Marvin Shankle hat ihm einen Fall zur Bearbeitung übergeben, der am Montagmorgen vor Gericht verhandelt werden soll. Er wird das ganze Wochenende in der Bibliothek verbringen müssen.

Shankle arbeitet sieben Tage die Woche. Seine Kanzlei hat bei einem großen Teil der Bürgerrechtsprozesse in Memphis Pionierarbeit geleistet, und jetzt zahlt sich das aus. Er beschäftigt zweiundzwanzig Anwälte, ausschließlich Schwarze, die Hälfte davon weiblich, die alle versuchen, das brutale Arbeitspensum zu bewältigen, das Marvin Shankle verlangt. Die Sekretärinnen arbeiten in Schichten, so daß vierundzwanzig Stunden am Tag immer mindestens drei verfügbar sind. Shankle ist Bookers Idol, und ich weiß: Binnen weniger Wochen wird auch er sonntags arbeiten.

Ich komme mir vor wie ein Bankräuber, der in den Vororten herumfährt, die Filialen ausspioniert und sich überlegt, welche am leichtesten zu überfallen ist. Die Kanzlei, nach der ich suche, finde ich in einem modernen, vierstöckigen Gebäude aus Glas und Stein. Sie liegt in Ost-Memphis, an einer vielbefahrenen Straße, die nach Westen in Richtung Innenstadt und zum Fluß verläuft. Hier haben sich die Weißen niedergelassen, die aus anderen Stadtteilen vor den Schwarzen geflüchtet sind.

In der Kanzlei arbeiten vier Anwälte, alle Mitte Dreißig, alle Absolventen der Memphis State. Ich habe gehört, daß sie Studienfreunde waren und für große Firmen in der Stadt arbeiteten, bis sie den ständigen Druck satt hatten und dann hier wieder zusammenkamen, um eine geruhsamere Kanzlei zu eröffnen. Ich habe ihre Anzeige in den Gelben Seiten gesehen, ganzseitig; Gerüchten zufolge kostet so eine Anzeige viertausend im Monat. Sie machen alles, von Scheidungen über Kaufverträge bis hin zu Grundbuchsachen, aber natürlich verkündete der fetteste Druck in ihrer Anzeige ihre Erfahrung auf dem Gebiet von PERSONENSCHÄDEN.

Einerlei, was ein Anwalt wirklich tut – in den allermeisten Fällen wird er behaupten, daß er sich auf dem Gebiet der Personenschäden allerbestens auskennt. Denn für die überwiegende Mehrheit der Anwälte, die keine Mandanten haben, denen sie ihre Arbeit stundenweise berechnen können, besteht die einzige Hoffnung auf großes Geld darin, Leute zu vertreten, die verletzt wurden oder ums Leben gekommen sind. In den meisten Fällen ist es leicht verdientes Geld. Nehmen wir einen Mann, der bei einem Autounfall verletzt wurde; Schuld hat der andere Fahrer, der versichert ist. Der Verletzte liegt eine Woche im Krankenhaus, mit gebrochenem Bein, bekommt keinen Lohn. Wenn der Anwalt es schafft, vor dem Schadensregulierer der Versicherung bei ihm zu sein, kommt es vielleicht zu einem Vergleich über fünfzigtausend Dollar. Der Anwalt verbringt ein bißchen Zeit mit Papierkram, muß aber wahrscheinlich nicht einmal Klage einreichen. Er investiert maximal dreißig Stunden Arbeit und kassiert ein Honorar um die fünfzehntausend. Das sind fünfhundert Dollar pro Stunde.

Großartige Arbeit, wenn man sie bekommen kann. Deshalb schreit fast jeder Anwalt auf den Gelben Seiten nach Unfallopfern. Erfahrung vor Gericht ist nicht erforderlich, neunundneunzig Prozent der Fälle enden mit einem Vergleich. Die einzige Kunst besteht darin, die Leute dazu zu bringen, daß sie einem den Fall übertragen.

Mir ist egal, wie sie inserieren. Mir geht es nur darum, ob ich ihnen eine Stelle abschwatzen kann oder nicht. Ein paar Minuten bleibe ich in meinem Wagen sitzen, während der Regen auf die Windschutzscheibe prasselt. Ich würde mich lieber auspeitschen lassen, als in das Büro zu gehen, die Frau am Empfang anzulächeln, auf sie einzureden wie ein Hausierer und meine neueste Masche auszuprobieren, um an ihr vorbeizukommen und mit einem ihrer Bosse zu sprechen.

Ich kann einfach nicht glauben, was ich hier tue.

11

Unter dem Vorwand, ich hätte ein paar Vorstellungsgespräche bei verschiedenen Anwaltskanzleien, gehe ich nicht zur Abschlußfeier. Vielversprechende Gespräche, versichere ich Booker, aber ihm kann ich nichts vormachen. Booker weiß, daß ich nur von Tür zu Tür gehe und meine Bewerbungsunterlagen über die Stadt verteile wie Konfetti.

Booker ist der einzige Mensch, dem etwas daran liegt, daß ich mich in Talar und Barett werfe und an den Lustbarkeiten teilnehme. Er ist enttäuscht, daß ich nicht dabei bin. Meine Mutter und Hank kampieren irgendwo in Maine und schauen zu, wie die Bäume grün werden. Ich habe vor ungefähr einem Monat mit ihr telefoniert, und sie hat keine Ahnung, wann ich mit dem Studium fertig sein werde.

Ich habe gehört, daß die Zeremonie ziemlich öde ist. Unmengen von Reden von langatmigen alten Richtern, die die Abgänger beschwören, die Juristerei zu lieben, sie als ehrenhafte Profession zu betreiben, die man achten muß wie eine eifersüchtige Geliebte, und das Ansehen wiederherzustellen, dem unsere Vorgänger mit ihren Missetaten so sehr geschadet haben. Ad nauseam. Da sitze ich lieber im Yogi's und sehe zu, wie Prince auf Ziegenrennen wettet.

Booker wird dabeisein, mit seiner ganzen Familie: Charlene und die Kinder, seine Eltern, ihre Eltern, mehrere Großeltern, Tanten, Onkel, Cousins. Der Kane-Clan wird eine Menge Platz einnehmen. Es wird massenhaft Tränen und Fotos geben. Er war in seiner Familie der erste, der das College besuchte, und die Tatsache, daß er jetzt sein Jurastudium abschließt, macht sie ungeheuer stolz. Ich bin versucht, mich im Publikum zu verstecken, nur um seine Eltern zu beobachten, wenn er sein Diplom erhält. Ich würde wahrscheinlich mit ihnen weinen.

Ich weiß nicht, ob Sara Plankmores Angehörige an den Festivitäten teilnehmen werden, aber dieses Risiko gehe ich nicht ein. Ich kann den Gedanken nicht ertragen, sie sehen zu müssen, wie sie in die Kameras lächelt, während ihr Verlobter, S. Todd Wilcox, sie in die Arme nimmt. Sie wird einen weiten Talar tragen, so daß man nicht feststellen kann, ob es schon zu sehen ist. Aber ich würde trotzdem darauf starren. Selbst wenn ich mir alle Mühe gäbe, würde ich es nicht schaffen, meinen Blick von ihrem Bauch abzuwenden.

Es ist das beste, wenn ich der Zeremonie fernbleibe. Madeline Skinner hat mir vor zwei Tagen gestanden, daß sämtliche anderen Studienabgänger einen Job gefunden haben. Viele mußten sich mit weniger begnügen, als sie eigentlich wollten. Mindestens fünfzehn haben sich selbständig gemacht, kleine Büros eröffnet und sich einsatzbereit erklärt. Sie haben sich Geld von Eltern und Onkeln geliehen und kleine Zimmer mit billigen Möbeln gemietet. Madeline hat die Statistik. Sie weiß von jedem, wo er abgeblieben ist. Nicht auszudenken, daß ich dasitze in meinem schwarzen Talar und Barett, mitten zwischen hundertzwanzig Kommilitonen, die allesamt wissen, daß ich, Rudy Baylor, als einziger bisher noch keinen Job gefunden habe. Ich könnte ebensogut einen rosa Talar mit Neonbeleuchtung am Barett tragen. Vergessen wir's.

Mein Diplom habe ich gestern abgeholt.

Die Abschlußzeremonie beginnt um zwei Uhr, und genau zu dieser Zeit betrete ich die Kanzlei von Jonathan Lake. Das wird ein Wiederholungsauftritt, mein erster. Ich war bereits vor einem Monat hier und habe der Empfangsdame bescheiden meine Mappe ausgehändigt. Dieser Besuch wird anders verlaufen. Jetzt habe ich einen Plan.

Ich habe ein paar Recherchen angestellt über die Kanzlei Lake, wie sie allgemein genannt wird. Da Mr. Lake nichts davon hält, sein Geld mit anderen Leuten zu teilen, hat er keine Partner. Er beschäftigt zwölf Anwälte, von denen sieben Prozeßanwälte sind und die anderen fünf jüngere Feld-Wald- und-Wiesen-Anwälte. Die sieben Prozeßanwälte sind Advokaten mit reicher Gerichtserfahrung. Jeder von ihnen hat eine Sekretärin und einen Anwaltsgehilfen, und sogar der Anwaltsgehilfe hat eine Sekretärin. Das wird als Prozeßteam bezeichnet. Jedes Prozeßteam arbeitet unabhängig von den anderen, und Jonathan Lake erscheint nur gelegentlich auf der Bildfläche und gibt seinen Senf dazu. Er nimmt sich die Fälle, die er haben will, in der Regel die mit der vielversprechendsten Aussicht auf aufsehenerregende Urteile. Er klagt besonders gern gegen Gynäkologen wegen Entbindungsfehlern und hat erst kürzlich bei einem Asbest-Prozeß ein Vermögen verdient.

Jeder Prozeßanwalt ist für seine Mitarbeiter zuständig, kann einstellen und entlassen und muß außerdem zusehen, daß er ständig neue Fälle an Land zieht. Ich habe gehört, daß fast achtzig Prozent der Arbeit der Kanzlei auf Hinweisen von anderen Anwälten, Journalisten und Grundstücksmaklern basiert, die gelegentlich über einen verletzten Kunden stolpern. Das Einkommen der Prozeßanwälte in dieser Firma hängt unter anderem davon ab, wie viele neue Fälle sie anschleppen.

Barry X. Lancaster ist ein aufgehender junger Stern in der Kanzlei, ein frisch gesalbter Prozeßanwalt, der vorige Weihnachten einem Arzt in Arkansas zwei Millionen abgeknöpft hat. Er ist vierunddreißig, geschieden, lebt in seinem Büro, hat an der Memphis State Jura studiert. Ich habe meine Hausaufgaben gemacht. Außerdem sucht er einen Anwaltsgehilfen. Ich habe die Anzeige in *The Daily Record* gesehen. Wenn ich schon nicht als Anwalt anfangen kann – was spricht dagegen, daß ich es erst mal als Anwaltsgehilfe versuche? Später einmal, wenn ich erst ein erfolgreicher Mann bin und selber eine große Kanzlei besitze, wird das eine prächtige Story abgeben: Der junge Rudy konnte keinen anständigen Job bekommen, also hat er im Postzimmer von Jonathan Lake angefangen. Und seht ihn euch jetzt an.

Ich habe um zwei Uhr einen Termin bei Barry X. Die Empfangsdame mustert mich argwöhnisch, dann schluckt sie es. Ich bezweifle, daß sie mich von meinem ersten Besuch hier wiedererkennt. Seither sind tausend Leute gekommen und gegangen. Ich verstecke mich hinter einer Zeitschrift auf einem Ledersofa und bewundere die Perserteppiche, den Dielenfußboden und die freiliegenden dicken Balken über meinem Kopf. Lakes Kanzlei befindet sich in einem alten Lagerhaus in der Nähe des Ärzte- und Krankenhausviertels von Memphis.

Angeblich hat er drei Millionen Dollar ausgegeben für die Restaurierung und Ausschmückung dieses Denkmals für sich selbst. Ich habe Fotos davon in zwei verschiedenen Zeitschriften gesehen.

Nur Minuten später werde ich von einer Sekretärin durch ein Labyrinth von Fluren und Treppen in ein Büro in einem der oberen Stockwerke geführt. Darunter liegt eine offene Bibliothek ohne Wände oder andere Abgrenzungen, nur Reihen um Reihen von Büchern. Ein einsamer Gelehrter sitzt an einem langen Tisch, umgeben von Stapeln von Abhandlungen, versunken in eine Flut einander widersprechender Theorien.

Das Büro von Barry X. ist lang und schmal, mit Ziegelsteinwänden und knarrendem Fußboden. Es ist mit Antiquitäten und anderen dekorativen Gegenständen geschmückt. Wir reichen uns die Hand und setzen uns. Er ist schlank und fit, und ich erinnere mich, daß ich in dem Zeitschriftenartikel auch Fotos von der Turnhalle gesehen habe, die Mr. Lake für seine Mitarbeiter eingerichtet hat. Außerdem gibt es hier eine Sauna und ein Dampfbad.

Barry ist sehr beschäftigt, zweifellos muß er gleich zu einer Strategiebesprechung mit seinem Prozeßteam, zur Vorbereitung einer wichtigen Verhandlung. Sein Telefon steht so, daß ich das hektische Blinken der Leuchtanzeigen sehen kann. Seine Hände sind ganz ruhig, aber er bringt es nicht fertig, nicht auf die Uhr zu sehen.

»Erzählen Sie mir von Ihrem Fall«, sagt er nach ein paar einleitenden Worten. »Etwas über einen abgelehnten Versicherungsanspruch.« Er ist schon jetzt argwöhnisch, weil ich Jakkett und Krawatte trage und nicht aussehe wie der Durchschnittsmandant.

»Nun, in Wirklichkeit bin ich wegen eines Jobs hier«, sage ich kühn. Alles, was er tun kann, ist, mich zum Gehen aufzufordern. Was habe ich schon zu verlieren?

Er verzieht das Gesicht und greift nach einem Blatt Papier. Die verdammte Sekretärin hat wieder Mist gebaut.

»Ich habe Ihre Anzeige wegen eines Anwaltsgehilfen im *Daily Record* gesehen.«

»Sie sind also Anwaltsgehilfe?« fährt er mich an.

»Ich könnte einer sein.«

»Was zum Teufel soll das bedeuten?«

»Ich habe drei Jahre Jura studiert.«

Er mustert mich ungefähr fünf Sekunden, dann schüttelt er den Kopf, schaut auf die Uhr. »Ich bin wirklich sehr beschäftigt. Meine Sekretärin wird Ihre Bewerbung entgegennehmen.«

Ich springe plötzlich auf und beuge mich über seinen Schreibtisch. »Hören Sie, ich mache Ihnen ein Angebot«, sage ich dramatisch, als er verblüfft aufschaut. Dann stürme ich durch meine Standardroutine, wie intelligent und motiviert ich bin und im oberen Drittel meines Jahrgangs, und wie ich einen Job bei Broadnax and Speer hatte und einfach auf die Straße gesetzt wurde. Ich schieße aus allen Rohren. Tinley Britt, mein Haß auf große Firmen. Meine Arbeit ist billig zu haben. Ich tue alles, um nur ins Geschäft zu kommen. Brauche wirklich einen Job, Mister. Ich rede ununterbrochen ungefähr ein oder zwei Minuten lang, dann setze ich mich wieder hin.

Er brütet ein wenig vor sich hin, kaut an einem Fingernagel. Ich kann wirklich nicht sagen, ob er wütend ist oder begeistert.

»Wissen Sie, was mich ankotzt?« sagt er schließlich, offensichtlich alles andere als begeistert.

»Ja klar, Typen wie ich, die die Leute im Vorzimmer anlügen, damit sie hier hereinkommen und sich um einen Job bewerben können. Das genau ist es, was Sie ankotzt. Ich mache Ihnen keinen Vorwurf daraus. Mich würde es auch ankotzen, aber ich würde darüber hinwegkommen, ich würde sagen, sieh mal, dieser Kerl ist ein angehender Anwalt, aber anstatt ihm vierzigtausend zu zahlen, kann ich ihn anstellen und die Knochenarbeit machen lassen für, sagen wir, vierundzwanzigtausend.«

»Einundzwanzigtausend.«

»Wäre mir auch recht«, sage ich. »Mit einundzwanzigtausend fange ich morgen, noch an. Ich arbeite ein ganzes Jahr lang für einundzwanzigtausend und ich verspreche, zwölf Monate hierzubleiben, ob ich das Anwaltsexamen bestehe oder nicht. Ich werde zwölf Monate lang sechzig, siebzig Stunden die Woche arbeiten. Kein Urlaub. Sie haben mein Wort. Wo soll ich unterschreiben?«

»Wir verlangen fünf Jahre Erfahrung, bevor wir uns einen Anwaltsgehilfen auch nur ansehen. Hier wird eine Menge verlangt.«

»Ich lerne schnell. Vorigen Sommer habe ich in einer Kanzlei in der Innenstadt gearbeitet, lauter Streitsachen.«

Im Grunde ist das, was ich da tue, nicht ganz fair, und er hat es sich gerade zusammengereimt. Ich bin mit geladenen Rohren hier hereinmarschiert und habe ihn einfach überfallen. Und offensichtlich tue ich so was nicht zum ersten Mal, denn ich habe auf alles, was er sagt, sofort eine Antwort parat.

Nicht, daß er mir leid täte. Wenn er will, kann er mich ja jederzeit rauswerfen.

»Ich werde mit Mr. Lake darüber sprechen«, sagt er scheinbar nachgiebig. »Er hat ziemlich strenge Grundsätze, was Neueinstellungen betrifft. Ich bin nicht befugt, einen Anwaltsgehilfen einzustellen, der unseren Anforderungen nicht entspricht.«

»Klar«, sage ich betrübt. Also wieder ein Tritt in den Hintern. Darin bin ich mittlerweile beinahe Experte. Ich weiß inzwischen, daß Anwälte, ganz gleich, wie beschäftigt sie gerade sein mögen, frisch Graduierten, die keine Arbeit finden können, immer eine gewisse Sympathie entgegenbringen. Eine sehr begrenzte Sympathie.

»Vielleicht sagt er ja, und wenn er das tut, dann haben Sie den Job.« Er sagt das nur, um meinen Sturz ein wenig abzufedern.

»Da ist noch etwas«, sage ich, wieder zum Angriff übergehend. »Ich habe nämlich einen Fall. Einen sehr guten.«

Das macht ihn in höchstem Grade mißtrauisch. »Was für eine Art von Fall?« fragt er.

»Versicherungssache. Böswillige Leistungsverweigerung.«

»Sie sind der Geschädigte?«

»Nein. Ich bin der Anwalt. Ich bin sozusagen darüber gestolpert.«

»Was ist er wert?«

Ich gebe ihm eine zweiseitige Zusammenfassung des Falles

Black, stark überarbeitet und auf sensationell getrimmt. Ich habe jetzt bereits geraume Zeit daran gearbeitet und jedesmal, wenn ein Anwalt sie gelesen und mich abgelehnt hat, neue Finessen hineingebracht.

Barry X. liest sie aufmerksam, mit mehr Konzentration, als ich bisher bei jemandem beobachtet habe. Er liest sie ein zweites Mal, während ich seine alten Ziegelsteinwände bewundere und von einem Büro wie diesem träume.

»Nicht schlecht«, sagt er, als er fertig ist. In seinen Augen funkelt es, und ich glaube, er ist aufgeregter, als er sich anmerken läßt. »Lassen Sie mich raten. Sie wollen einen Job und einen Anteil am Verfahren.«

»Nein. Nur den Job. Der Fall gehört Ihnen. Ich würde gern daran arbeiten, und die Verhandlungen mit den Mandanten sind meine Sache. Aber das Honorar gehört Ihnen.«

»Ein Teil des Honorars. Den größten Teil davon bekommt Mr. Lake«, sagt er mit einem Grinsen.

Na wenn schon. Mir ist es egal, wie sie das Geld aufteilen. Ich will lediglich einen Job. Mir wird beinahe schwindlig bei dem Gedanken, für Jonathan Lake zu arbeiten und in dieser prachtvollen Umgebung.

Ich habe beschlossen, Miss Birdie für mich zu behalten. Sie ist keine besonders attraktive Mandantin, weil sie keinen Pfennig für Anwälte ausgibt. Wahrscheinlich wird sie hundertzwanzig Jahre alt werden, es hat also keinen Sinn, sie als Trumpfkarte auszuspielen. Ich bin sicher, daß es immens tüchtige Anwälte gibt, die ihr alle möglichen Zahlungen entlocken würden, aber das gilt nicht für die Kanzlei Lake. Diese Leute führen Prozesse. Sie sind nicht daran interessiert, Testamente aufzusetzen und Nachlässe zu verwalten.

Ich stehe wieder auf. Ich habe genug von Barrys Zeit in Anspruch genommen. »Hören Sie«, sage ich so treuherzig wie möglich. »Ich weiß, daß Sie viel zu tun haben. Ich mache Ihnen nichts vor. Sie können sich bei der Juristischen Fakultät erkundigen. Rufen Sie Madeline Skinner an, wenn Sie wollen.«

»Die verrückte Madeline. Ist die immer noch da?«

»Ja, und zur Zeit ist sie meine beste Freundin. Sie wird für mich bürgen.«

»Gut. Ich setze mich so bald wie möglich wieder mit Ihnen in Verbindung.«

Wer's glaubt.

Auf dem Weg zum Ausgang verlaufe ich mich zweimal. Niemand beachtet mich, also lasse ich mir Zeit und bewundere die großen, über das ganze Gebäude verstreuten Büros. Einmal bleibe ich am Rand der Bibliothek stehen und schaue zu den Bücherwänden auf, die sich mit schmalen, rundherumführenden Galerien über drei Stockwerke ziehen. Keine zwei Büros haben auch nur eine entfernte Ähnlichkeit miteinander. Dazwischen immer wieder mal ein Konferenzraum. Sekretärinnen, Schreibkräfte und andere Unterlinge bewegen sich geschäftig über die polierten Kiefernfußböden.

Hier würde ich auch für weniger als einundzwanzigtausend im Jahr arbeiten.

Ich parke leise hinter dem langen Cadillac und schiebe mich lautlos aus meinem Wagen. Ich bin nicht in der Stimmung zum Umtopfen von Chrysanthemen. Vorsichtig umrunde ich das Haus und werde von einem riesigen Stapel aus weißen Plastiksäcken begrüßt. Dutzenden von Plastiksäcken. Mulch aus geschroteter Kiefernborke, tonnenweise. Jeder Sack wiegt einen Zentner. Jetzt erinnere ich mich, daß Miss Birdie vor ein paar Tagen etwas über das Mulchen sämtlicher Blumenbeete gesagt hat. Aber so habe ich mir das nicht vorgestellt.

Ich schieße auf die zu meiner Wohnung führende Treppe zu, und als ich fast oben angekommen bin, höre ich sie rufen: »Rudy, mein Lieber, lassen Sie uns einen Kaffee trinken.« Sie steht neben dem Monument aus Kiefernborke und lächelt mich mit ihren graugelben Zähnen breit an. Sie ist restlos glücklich, daß ich zu Hause bin. Es dämmert bereits, und sie liebt es, auf der Terrasse zu sitzen und Kaffee zu trinken, während die Sonne untergeht.

»Natürlich«, sage ich, hänge mein Jackett über das Geländer und nehme meine Krawatte ab.

»Wie geht es Ihnen, mein Lieber?« fragt sie herauf. Mit diesem »mein Lieber« hat sie vor ungefähr einer Woche angefangen. Mein Lieber dies und mein Lieber das.

»Danke, gut. Nur müde. Mein Rücken macht mir zu schaffen.« Seit mehreren Tagen habe ich immer wieder Anspielungen auf meinen Rücken gemacht, aber bisher hat sie den Köder noch nicht geschluckt.

Ich lasse mich auf meinem gewohnten Stuhl nieder, während sie in der Küche ihr fürchterliches Gebräu anmischt. Es ist früher Abend, lange Schatten fallen über den Rasen hinter dem Haus. Ich zähle die Mulchsäcke. Acht in einer Reihe, vier Reihen hintereinander, acht Schichten übereinander. Das macht 256 Säcke. Bei einem Zentner pro Sack sind das 256 Zentner. Gefüllt mit Mulch. Der verteilt werden muß. Von mir.

Wir trinken unseren Kaffee, wobei ich nur sehr kleine Schlucke nehme, und sie will alles wissen, was ich heute getan habe. Ich lüge und erzähle ihr, ich hätte mit einigen anderen Anwälten über Prozesse gesprochen und dann für das Anwaltsexamen gelernt. Morgen das gleiche. Vollauf beschäftigt, Sie wissen schon, mit Anwaltskram. Keinesfalls Zeit, eine Tonne Mulch anzuheben und herumzuschleppen.

Wir beide stoßen mehr oder weniger mit der Nase an die weißen Säcke, aber hinsehen will keiner von uns. Ich vermeide Blickkontakt.

»Wann fangen Sie an, als Anwalt zu arbeiten?« fragt sie.

»Das weiß ich noch nicht genau«, sage ich, dann erkläre ich ihr zum zehnten Mal, daß ich in den nächsten paar Wochen angestrengt lernen und mich in den Büchern in der Fakultät vergraben muß, damit ich das Anwaltsexamen bestehe. Bevor ich das Examen nicht bestanden habe, kann ich nicht praktizieren.

»Wie nett«, sagt sie und driftet einen Moment ab. »Wir müssen unbedingt mit dem Mulch anfangen«, sagt sie, deutet mit einem Kopfnicken hin und verdreht die Augen.

Mir fällt im Augenblick keine Antwort darauf ein, und dann sage ich: »Eine ziemliche Menge.«

»Ach, so schlimm ist das nicht. Ich werde helfen.«

Das bedeutet, sie zeigt mit dem Spaten hierhin und dorthin und redet ununterbrochen.

»Nun ja, vielleicht morgen. Es ist spät, und ich habe einen anstrengenden Tag hinter mir.«

Sie denkt eine Sekunde darüber nach. »Ich hatte gehofft, wir könnten gleich heute anfangen«, sagt sie. »Ich helfe mit.«

»Ich habe noch nicht einmal gegessen«, sage ich.

»Ich mache Ihnen ein Sandwich«, bietet sie rasch an. Für Miss Birdie ist ein Sandwich eine durchscheinende Lage Dosentruthahn zwischen zwei dünnen Scheiben Diätweißbrot. Kein Tropfen Senf oder Mayonnaise. Kein Gedanke an Salat oder Käse. Es wären vier davon nötig, um den Hunger auch nur annähernd zu stillen.

Sie steht auf und will in die Küche, als das Telefon läutet. Ich habe bisher noch keinen eigenen Anschluß in meiner Wohnung, obwohl sie ihn mir seit zwei Wochen versprochen hat. Im Augenblick muß ich ihren Apparat mitbenutzen, was bedeutet, daß sie alles mit anhören kann. Sie hat mich gebeten, dafür zu sorgen, daß ich möglichst wenig angerufen werde, weil sie ständig erreichbar sein muß. Das Telefon läutet nur selten.

»Es ist für Sie, Rudy«, ruft sie aus der Küche. »Irgendein Anwalt.«

Es ist Barry X. Er sagt, er hätte mit Jonathan Lake gesprochen, und es wäre okay, wenn wir uns noch einmal unterhielten. Er fragt, ob ich in sein Büro kommen könnte, jetzt gleich am besten, er hätte den ganzen Abend zu arbeiten. Und ich soll die Akte mitbringen. Er will sämtliche Unterlagen meiner Versicherungssache sehen.

Während wir miteinander sprechen, beobachte ich Miss Birdie, wie sie mit allergrößter Sorgfalt ein Truthahnsandwich zurechtmacht. Gerade als sie es durchschneidet, lege ich den Hörer auf.

»Ich muß los, Miss Birdie«, sage ich atemlos. »Es tut sich etwas. Ich muß mit diesem Anwalt über einen großen Fall sprechen.«

»Aber was ist mit...«

»Tut mir leid, ich fange morgen damit an.« Ich lasse sie stehen, ein halbes Sandwich in jeder Hand und mit einem betretenen Gesichtsausdruck, als könnte sie es einfach nicht fassen, daß ich nicht mit ihr essen werde.

Barry erwartet mich an der Eingangstür, die verschlossen ist, obwohl drinnen noch viele Leute arbeiten. Ich folge ihm in sein Büro, und jetzt sind meine Schritte ein wenig schneller, als sie es seit Tagen waren. Ich kann nicht anders, ich muß ganz einfach diese Teppiche, die Bücherregale und die Ausstattung bewundern und mir vorstellen, daß ich vielleicht schon bald hierhergehören, ein Mitarbeiter der Kanzlei Lake sein werde, der Firma mit den bedeutendsten Prozeßanwälten weit und breit.

Er bietet mir eine Frühlingsrolle an, die noch von seinem Abendessen übriggeblieben ist. Er nehme seine drei Mahlzeiten täglich an seinem Schreibtisch ein, erklärt er mir. Ich erinnere mich, daß er geschieden ist, und jetzt verstehe ich auch, weshalb. Ich bin nicht hungrig.

Er schaltet sein Diktiergerät ein und legt das Mikrofon vor mir auf den Schreibtisch. »Wir zeichnen das auf. Morgen lasse ich es dann von meiner Sekretärin tippen. Ist das okay?«

»Natürlich«, sage ich. Ich bin mit allem einverstanden.

»Ich stelle Sie für zwölf Monate als Anwaltsgehilfe ein. Ihr Gehalt beträgt einundzwanzigtausend pro Jahr, zahlbar in zwölf gleichen Raten am fünfzehnten jedes Monats. Bevor Sie nicht ein Jahr hier gewesen sind, kommen Sie nicht in den Genuß einer Krankenversicherung oder anderer Nebenleistungen. Nach Ablauf von zwölf Monaten werden wir diesen Vertrag überprüfen und gleichzeitig die Möglichkeit ins Auge fassen, Sie als Anwalt weiterzubeschäftigen statt als Anwaltsgehilfe.«

»Okay. Geht in Ordnung.«

»Sie bekommen ein Büro, wir sind schon dabei, eine Sekretärin einzustellen, die Ihnen assistieren wird. Die Arbeitszeit beträgt mindestens sechzig Stunden pro Woche. Sie beginnt um acht Uhr morgens und endet je nachdem. Kein Anwalt in dieser Kanzlei arbeitet weniger als sechzig Stunden.«

»Kein Problem.« Ich würde auch neunzig Stunden arbeiten. Bloß weg von Miss Birdie und ihrem Kiefernborkenmulch.

Er konsultiert seine Notizen. »Und wir übernehmen die Vertretung für – wie hieß Ihr Fall doch gleich?«

»Black. *Black gegen Great Benefit.*«

»Okay. Wir werden die Blacks gegen die Great Benefit Life Insurance Company vertreten. Sie werden an dem Fall arbeiten, haben aber keinerlei Anspruch auf irgendwelche Honorare, sollte es soweit kommen.«

»Richtig.«

»Fällt Ihnen sonst noch etwas ein?« sagt er, in Richtung Mikrofon sprechend.

»Wann fange ich an?«

»Jetzt gleich. Ich möchte noch heute abend den Fall mit Ihnen durchsprechen, wenn Sie Zeit dazu haben.«

»Okay.«

»Sonst noch etwas?«

Ich schlucke schwer. »Ich habe Anfang dieses Monats einen Offenbarungseid geleistet. Eine lange Geschichte.«

»Ist das nicht immer so? Sieben oder Dreizehn?«

»Glatte Sieben.«

»Dann kann Ihr Gehalt nicht gepfändet werden. Außerdem lernen Sie für das Anwaltsexamen in Ihrer Freizeit.«

»Gut.«

Er stellt das Diktiergerät ab und bietet mir abermals eine Frühlingsrolle an. Ich danke. Dann folge ich ihm eine Wendeltreppe hinunter in eine kleine Bibliothek.

»Hier kann man sich leicht verlaufen«, sagt er.

»Es ist unglaublich«, sage ich und staune über das Labyrinth aus Zimmern und Fluren.

Wir setzen uns an einen Tisch und nehmen uns die Akte Black vor. Er zeigt sich beeindruckt von meiner Organisation. Er fragt nach dieser oder jener Unterlage. Ich habe sie schon bei der Hand. Er will Namen und Daten. Ich habe sie alle parat. Dann mache ich Kopien von allem – eine Kopie für seine Akte, eine für meine.

Ich habe alles außer einem von den Blacks unterschriebenen Vertrag über die juristische Vertretung. Das scheint ihn zu überraschen, und ich erkläre, wie ich an den Fall geraten bin.

Wir müssen zusehen, daß wir einen Vertrag bekommen, sagt er mehr als einmal.

Als ich gehe, ist es nach zehn. Bei der Fahrt durch die Stadt ertappe ich mich dabei, wie ich in den Rückspiegel lächle. Gleich morgen früh werde ich Booker anrufen und ihm die gute Nachricht mitteilen. Dann werde ich Madeline Skinner ein paar Blumen bringen und mich bei ihr bedanken.

Es mag ein sehr bescheidener Job sein, aber der Weg kann nur nach oben führen. Gebt mir ein Jahr, und ich werde mehr Geld verdienen als Sara Plankmore und S. Todd und N. Elizabeth und F. Franklin und hundert andere Arschlöcher, denen ich in den letzten Monaten ängstlich aus dem Wege gegangen bin. Laßt mir nur ein bißchen Zeit.

Ich mache bei Yogi's Station und trinke ein Glas mit Prince. Ich erzähle ihm die wundervolle Neuigkeit, und er umarmt mich wie ein betrunkener Bär. Er meint, es täte ihm leid, mich zu verlieren. Ich sage ihm, ich würde trotzdem gern noch einen Monat oder so weiter für ihn arbeiten, vielleicht an den Wochenenden, bis ich das Examen hinter mir habe. Prince ist alles recht.

Ich sitze allein in einer Nische im Hintergrund, trinke ein Kühles und mustere die wenigen Gäste. Ich schäme mich nicht mehr. Zum ersten Mal seit Wochen schleppe ich nicht mehr dieses Gefühl der Demütigung mit mir herum. Jetzt bin ich bereit, in Aktion zu treten, meine Karriere in Angriff zu nehmen. Ich träume davon, Loyd Beck eines Tages in einem Gerichtssaal gegenüberzustehen.

12

Während ich mich durch die Fälle und Materialien hindurchwühlte, die Max Leuberg mir gegeben hat, war ich immer wieder verblüfft über die Anstrengungen, die reiche Versicherungsgesellschaften auf sich nehmen, um kleine Leute aufs Kreuz zu legen. Kein Dollar ist zu belanglos, um nicht verweigert, kein Plan zu kompliziert, um nicht in die Tat umgesetzt zu werden. Außerdem war ich verblüfft darüber, wie wenige Versicherungsnehmer tatsächlich vor Gericht ziehen. Die meisten konsultieren nicht einmal einen Anwalt. Man zeigt ihnen seitenweise juristisches Kauderwelsch in diesem Anhang hier und jenem Nachtrag da und redet ihnen ein, daß sie nur geglaubt hätten, sie wären versichert. Einer Untersuchung zufolge kommen wahrscheinlich nicht einmal fünf Prozent aller böswilligen Leistungsverweigerungen je einem Anwalt unter die Augen. Die Leute, die diese Policen kaufen, sind nicht gerade gebildet. Oft haben sie vor Anwälten ebensoviel Angst wie vor den Versicherungsgesellschaften. Schon der Gedanke, in einen Gerichtssaal gehen und vor einem Richter aussagen zu müssen, reicht aus, sie zum Schweigen zu bringen.

Barry Lancaster und ich verbringen fast zwei Tage damit, uns durch die Black-Akte hindurchzuwühlen. Er hat im Laufe der Jahre mehrere Leistungsverweigerungsfälle bearbeitet, mit unterschiedlichem Erfolg. Er sagt mehrfach, die Jurys in Memphis wären so verdammt konservativ, daß es schwer sei, einen gerechten Urteilsspruch zu erlangen. Das höre ich jetzt schon seit drei Jahren. Für einen Ort im Süden ist Memphis eine harte Gewerkschaftsstadt. Gewerkschaftsstädte bringen meistens gute Urteile zugunsten von Klägern zustande. Aber aus irgendeinem unerfindlichen Grund passiert das hier nur selten. Jonathan Lake hat eine Handvoll Millionen-Dollar-Urteile erreicht, zieht es jetzt aber vor, seine Fälle in anderen Staaten zu verhandeln.

Ich habe Mr. Lake noch nicht kennengelernt. Er steckt mitten in einem großen Prozeß und hat andere Dinge im Kopf, als seinen neuesten Mitarbeiter kennenzulernen.

Mein provisorisches Büro befindet sich in einer kleinen Bibliothek auf einer Empore oberhalb des zweiten Stockwerks. Es enthält drei runde Tische, acht Stapel Bücher, alle über ärztliche Kunstfehler. An meinem ersten vollen Arbeitstag hat Barry mir ein hübsches Büro gezeigt, nur ein paar Schritte von seinem entfernt, und erklärt, das würde in ein paar Wochen mir gehören. Muß erst frisch gestrichen werden, und es gibt irgendwelche Probleme mit den elektrischen Leitungen. Was kann man von einem alten Lagerhaus schon erwarten? hat er mich mehr als einmal gefragt.

Sonst habe ich noch niemanden in der Kanzlei kennengelernt, und ich bin sicher, das liegt daran, daß ich ein bescheidener Anwaltsgehilfe bin, kein Anwalt. Ich bin nichts Neues oder Besonderes. Anwaltsgehilfen kommen und gehen.

Sie sind alle sehr beschäftigt, und es geht hier nicht besonders kameradschaftlich zu. Barry spricht kaum über die anderen Anwälte im Haus; außerdem habe ich den Eindruck, daß jedes Prozeßteam so ziemlich auf sich allein gestellt ist. Ich habe das Gefühl, daß das Vorbereiten und Führen von Prozessen unter der Oberaufsicht von Jonathan Lake ein ziemlich hartes Geschäft ist.

Barry erscheint jeden Morgen kurz vor acht, und ich bin entschlossen, ihn an der Eingangstür zu erwarten, bis ich einen eigenen Schlüssel zu dem Gebäude bekommen habe. Offensichtlich ist Mr. Lake, was den Zugang zu seinem Bau betrifft, sehr eigen. Es gibt eine lange Geschichte, daß vor etlichen Jahren, als er in einem tückischen Prozeß mit einer Versicherung steckte, seine Telefone angezapft wurden. Barry hat mir die Geschichte erzählt, als ich das Thema eigener Schlüssel zum erstenmal zur Sprache brachte. Ein paar Wochen würde ich wohl noch so über mich ergehen lassen müssen, hat er gesagt. Und einen Lügendetektortest.

Er brachte mich auf der Empore unter, erteilte seine Anweisungen und verzog sich in sein Büro. Während der ersten beiden Tage hat er ungefähr alle zwei Stunden bei mir hereingeschaut. Ich kopierte die gesamte Black-Akte. Ohne sein Wissen fertigte ich auch eine vollständige Kopie der Akte für meine eigenen Unterlagen an. Am Ende des zweiten Tages nahm ich diese Kopie mit nach Hause, sicher in meinem hübschen neuen Aktenkoffer verstaut, einem Geschenk von Prince.

Barrys Hinweisen folgend, setzte ich einen ziemlich harten Brief an Great Benefit auf, in dem ich alle relevanten Fakten und ihre einschlägigen Missetaten darlegte. Als seine Sekretärin mit dem Tippen fertig war, umfaßte er vier Seiten. Er strich ihn radikal zusammen und schickte mich zurück in meine Ecke. Er arbeitet sehr intensiv und ist überaus stolz auf seine Konzentrationsfähigkeit.

In einer kurzen Pause an meinem dritten Tag nahm ich schließlich meinen Mut zusammen und fragte die Sekretärin nach dem meine Einstellung betreffenden Papierkram. Sie war beschäftigt, sagte aber, sie würde sich darum kümmern.

Am Ende des dritten Tages verließen Barry und ich kurz nach neun sein Büro. Wir hatten den Brief an Great Benefit fertiggestellt, ein dreiseitiges Meisterwerk, das per Einschreiben mit Rückschein rausgehen sollte. Barry spricht nie über das Leben außerhalb des Büros. Ich schlug vor, wir könnten zusammen ein Sandwich essen und ein Bier trinken, aber er ließ mich schnell abblitzen.

Ich fuhr zu Yogi's auf einen späten Imbiß. Der Laden war bis auf den letzten Platz voll mit betrunkenen Verbindungsstudenten, und Prince stand selber hinter der Bar. Worüber er keineswegs glücklich schien. Ich übernahm und sagte ihm, er solle gehen und Rausschmeißer spielen. Er war hoch erfreut.

Er ging statt dessen zu seinem Lieblingstisch, an dem sein Anwalt Bruiser Stone eine Camel nach der anderen rauchte und Wetten auf einen Boxkampf entgegennahm. Bruiser hatte an diesem Morgen wieder in der Zeitung gestanden und hatte natürlich von nichts etwas gewußt. Wie immer. Vor zwei Jahren hatten die Bullen in einem Müllcontainer hinter einer Oben-ohne-Bar eine Leiche gefunden. Der Verblichene war ein einheimischer Ganove, der einen Teil des Pornogeschäfts in der Stadt beherrschte und offensichtlich vorgehabt hatte, auch in der blühenden Busenbranche miteinzusteigen. Er traf sich in der falschen Gegend mit den falschen Leuten und wurde kaltgemacht; Bruiser würde so etwas nie tun, aber die Bullen sind ziemlich sicher, daß er sehr genau weiß, wer es war.

Er war in letzter Zeit sehr oft hier, hat eine Menge getrunken und mit Prince geflüstert.

Gott sei gedankt, daß ich einen richtigen Job habe. Ich hatte mich schon fast mit dem Gedanken abgefunden, Bruiser um Arbeit bitten zu müssen.

Heute ist Freitag, mein vierter Tag als Angestellter der Kanzlei Lake. Ich habe einer Handvoll Leuten erzählt, daß ich für die Kanzlei Lake arbeite, und das geht mir angenehm glatt von den Lippen. Hört sich ungeheuer befriedigend an. Die Kanzlei Lake. Niemand braucht nachzufragen. Man erwähnt nur den Namen, und die Leute sehen das prachtvolle alte Lagerhaus und wissen, daß hier der große Jonathan Lake mit seiner Truppe aus beinharten Anwälten residiert.

Booker hat fast geweint. Er kaufte Steaks und eine Flasche alkoholfreien Wein. Charlene hat gekocht, und wir haben bis Mitternacht gefeiert.

Ich hatte nicht vorgehabt, heute morgen vor sieben aufzustehen, aber dann hämmert es laut an meiner Wohnungstür. Es ist Miss Birdie, sie rüttelt am Türknauf und ruft: »Rudy! Rudy!«

Ich entriegele die Tür, und sie stürmt herein. »Rudy. Sind Sie wach?« Sie mustert mich in der kleinen Küche. Ich habe eine Turnhose an und ein T-Shirt, nichts Anstößiges. Ich blinzle zwischen halb geöffneten Lidern hervor, mein Haar ist völlig zerwühlt. Ich bin wach, aber nur gerade so eben.

Die Sonne ist kaum aufgegangen, aber sie hat bereits Erde auf der Schürze und Schlamm an den Schuhen. »Guten Morgen«, sage ich und bemühe mich angestrengt, nicht sauer zu klingen.

Sie lächelt, gelb und grau. »Habe ich Sie geweckt?« flötet sie.
»Nein. Ich wollte gerade aufstehen.«
»Gut. Wir haben viel Arbeit vor uns.«
»Arbeit? Aber...«
»Ja, Rudy. Sie haben den Mulch lange genug stehengelassen, jetzt wird es Zeit, daß wir damit anfangen. Er verrottet, wenn wir uns nicht beeilen.«

Ich blinzle immer noch und versuche, mich zu konzentrieren. »Heute ist Freitag«, murmele ich einigermaßen unsicher.

»Nein. Heute ist Samstag«, erklärt sie.

Wir starren uns ein paar Sekunden lang an, dann schaue ich auf die Uhr, eine Gewohnheit, die ich nach nur drei Arbeitstagen angenommen habe. »Es ist Freitag, Miss Birdie. Freitag. Heute muß ich arbeiten.«

»Es ist Samstag«, wiederholt sie dickköpfig.

Wir starren uns noch ein wenig länger an. Sie wirft einen Blick auf meine Turnhose. Ich betrachte ihre schmutzigen Schuhe.

»Hören Sie, Miss Birdie«, sage ich freundlich, »ich weiß, daß heute Freitag ist, und ich muß in anderthalb Stunden im Büro sein. Wir verteilen den Mulch am Wochenende.«

Natürlich versuche ich nur, sie zu besänftigen. Ich hatte eigentlich vorgehabt, den morgigen Vormittag an meinem Schreibtisch zu verbringen.

»Er wird verrotten.«

»Bis morgen nicht.« Verrottet Mulch im Sack tatsächlich? Ich glaube nicht.

»Morgen wollte ich die Rosen beschneiden.«

»Weshalb beschneiden Sie die Rosen nicht heute, während ich im Büro bin? Und morgen verteilen wir dann den Mulch.«

Sie denkt einen Moment darüber nach und bietet plötzlich einen erbarmungswürdigen Anblick. Ihre Schultern sacken herunter, und auf ihrem Gesicht erscheint ein trauriger Ausdruck. Es ist schwer zu sagen, ob sie betreten ist.

»Versprechen Sie es?« fragt sie demütig.

»Ich verspreche es.«

»Sie haben gesagt, Sie würden im Garten helfen, wenn ich die Miete heruntersetze.«

»Ja, ich weiß.« Wie könnte ich das vergessen? Sie hat mich bereits ein Dutzendmal daran erinnert.

»Also gut«, sagt sie, als hätte sie genau das bekommen, was sie erreichen wollte. Dann stapft sie zur Tür hinaus und die Treppe hinunter, wobei sie ununterbrochen etwas vor sich hin murmelt. Ich mache leise meine Tür zu und frage mich, wann sie morgen früh kommen wird, um mich zu holen.

Ich ziehe mich an und fahre zum Büro, wo auf dem Parkplatz bereits ein halbes Dutzend Wagen steht und das Lagerhaus teilweise erleuchtet ist. Es ist noch nicht sieben Uhr. Ich warte in meinem Wagen, bis ein anderer auf den Parkplatz fährt, und richte es so ein, daß ich mit einem Mann in mittleren Jahren an der Eingangstür zusammentreffe. Er hat einen Aktenkoffer und balanciert einen hohen Pappbecher mit Kaffee, während er nach seinem Schlüssel sucht.

Bei meinem Anblick wirkt er erschrocken. Dies ist keine sehr unsichere Gegend, aber trotzdem das Stadtgebiet von Memphis, und die Leute sind nervös.

»Guten Morgen«, sage ich freundlich.

»Morgen«, grunzt er. »Kann ich etwas für Sie tun?«

»Ja, Sir. Ich bin Barry Lancasters neuer Anwaltsgehilfe und möchte mich an die Arbeit machen.«

»Name?«

»Rudy Baylor.«

Seine Hände erstarren für einen Moment, und er runzelt die Stirn. Seine Unterlippe verzieht sich und schiebt sich vor, dann schüttelt er den Kopf. »Sagt mir nichts. Ich bin der kaufmännische Direktor. Niemand hat mir etwas von Ihnen gesagt.«

»Er hat mich vor vier Tagen eingestellt, ich schwöre es.«

Er schiebt den Schlüssel ins Schloß und wirft dabei einen ängstlichen Blick über die Schulter. Der Kerl denkt, ich wäre ein Dieb oder ein Killer. Dabei trage ich Anzug und Krawatte und sehe recht anständig aus.

»Tut mir leid. Aber Mr. Lake hat strenge Sicherheitsvorschriften erlassen. Vor Arbeitsbeginn kommt hier niemand herein, der nicht auf der Gehaltsliste steht.« Er springt fast durch die Tür. »Sagen Sie Barry, er soll mich heute vormittag anrufen«, sagt er, dann schlägt er mir die Tür vor der Nase zu.

Ich denke nicht daran, wie ein Hausierer vor dem Eingang herumzulungern und auf die nächste auf der Gehaltsliste stehende Person zu warten. Ich fahre ein paar Blocks zu einem Imbiß, wo ich eine Zeitung, Brötchen und Kaffee kaufe. Ich schlage eine Stunde tot, atme Zigarettenrauch ein und höre mir den Klatsch an, dann kehre ich auf den Parkplatz zurück, auf dem jetzt noch mehr Wagen stehen. Hübsche Wagen. Elegante deutsche Wagen und andere funkelnde Importe. Ich entscheide mich für einen Platz neben einem Chevrolet.

Die Empfangsdame hat mich mehrere Male kommen und gehen gesehen, tut aber so, als wäre ich ein völlig Fremder. Ich denke nicht daran, ihr mitzuteilen, daß ich hier angestellt bin, genau wie sie. Sie ruft Barry an, der grünes Licht gibt für mein Eindringen in das Labyrinth.

Er muß um neun im Gericht sein, Anträge in einem Produkthaftungsprozeß, deshalb ist er in Eile. Ich bin entschlossen, mit ihm über das Eintragen meines Namens in die Gehaltsliste zu reden, aber der Zeitpunkt ist ungünstig. Das hat noch ein oder zwei Tage Zeit. Er stopft Akten in einen großen Aktenkoffer, und einen Moment fasziniert mich der Gedanke, ihm heute morgen bei Gericht assistieren zu dürfen.

Er hat andere Pläne. »Ich möchte, daß Sie zu den Blacks fahren und mit einem unterschriebenen Vertrag zurückkommen. Das muß gleich geschehen.« Er betont das Wort »gleich«, also weiß ich genau, was ich zu tun habe.

Er gibt mir eine dünne Akte. »Hier ist der Vertrag. Ich habe ihn gestern abend vorbereitet. Sehen Sie ihn sich an. Er muß von allen drei Blacks unterschrieben werden – Dot, Buddy und Donny Ray, weil er volljährig ist.«

Ich nicke zuversichtlich, aber ich würde mich lieber schlagen lassen, als den Vormittag mit den Blacks zu verbringen. Ich werde Donny Ray kennenlernen, eine Begegnung, von der ich geglaubt habe, ich könnte sie bis in alle Ewigkeit aufschieben. »Und danach?« frage ich.

»Ich bin den ganzen Tag bei Gericht. Sie finden mich in Richter Andersons Gerichtssaal.« Sein Telefon läutet, und er winkt mich hinaus, als wäre meine Zeit abgelaufen.

Der Gedanke, daß ich alle Blacks um den Küchentisch versammeln und unterschreiben lassen muß, ist nicht erfreulich. Ich werde gezwungen sein, dazusitzen und zuzusehen, wie Dot durch den Hintergarten zu dem alten Fairlane hinausgeht, bei jedem Schritt schimpfend, um auf Buddy einzureden und ihn von seinen Katzen und seinem Gin wegzuholen. Wahrscheinlich wird sie ihn beim Ohr aus seinem Wagen zerren. Das könnte unerfreulich werden. Und ich werde nervös dasitzen, wenn sie im Hintergrund des Hauses verschwindet, um Donny Ray vorzubereiten, und dann den Atem anhalten, wenn er hereinkommt, um mich, seinen Anwalt, kennenzulernen.

Um soviel wie möglich von alledem zu vermeiden, halte ich bei einer Telefonzelle neben einer Gulf-Tankstelle und rufe Dot an. Es ist wirklich eine Schande. Die Kanzlei Lake verfügt über die allerneuesten elektronischen Geräte, und ich bin gezwungen, eine Telefonzelle zu benutzen. Gott sei Dank meldet sich Dot. Ein Telefongespräch mit Buddy kann ich mir beim besten Willen nicht vorstellen. Ich glaube nicht, daß er in seinem Fairlane ein Autotelefon hat.

Wie immer ist sie argwöhnisch, erklärt sich aber bereit, mir ein paar Minuten zu widmen. Ich erteile ihr nicht direkt die Anweisung, den Clan zu versammeln, betone aber, daß ich ihrer aller Unterschrift brauche. Und auf typische Anwaltsmanier sage ich, daß ich in großer Eile bin. Muß zum Gericht, Sie wissen schon. Richter warten.

Als ich vor dem Haus der Blacks vorfahre, knurren mich wieder die Hunde hinter dem Maschendrahtzaun des Nachbargrundstücks an. Dot steht auf der schmalen Veranda, den Filter einer Zigarette nur Zentimeter von den Lippen entfernt, und ein bläulicher Nebel driftet träge von ihrem Kopf über den Rasen des Vorgartens. Sie hat schon seit geraumer Zeit gewartet und geraucht.

Ich zwinge mich zu einem breiten, falschen Lächeln und begrüße sie auf jede nur erdenkliche Art. Die Falten um ihren Mund herum geraten kaum in Bewegung. Ich folge ihr durch das vollgestopfte, schwüle Wohnzimmer, an dem zerrissenen Sofa unter einer Kollektion von alten Porträts von den Blacks als glücklicher Familie vorbei, über den abgetretenen Teppich mit kleinen Brücken, die die Löcher verdecken sollen, in die Küche, wo niemand wartet.

»Kaffee?« fragt sie, auf meinen Platz am Küchentisch deutend.

»Nein, danke. Nur ein Glas Wasser.«

Sie füllt ein Plastikglas mit Leitungswasser, kein Eis, und

stellt es vor mich. Langsam schauen wir beide zum Fenster hinaus.

»Ich kann ihn nicht dazu bringen, daß er hereinkommt«, sagt sie mit allergrößter Gleichgültigkeit. Ich nehme an, an manchen Tagen kommt Buddy herein, an anderen nicht.

»Weshalb nicht?« frage ich, als ob es für sein Verhalten rationale Gründe geben könnte.

Sie zuckt nur die Achseln. »Und Donny Ray brauchen Sie auch, oder?«

»Ja.«

Sie verschwindet aus der Küche und läßt mich mit meinem warmen Wasser und dem Blick auf Buddy zurück. In Wirklichkeit ist er kaum zu erkennen, weil die Windschutzscheibe seit Jahrzehnten nicht mehr gewaschen wurde und eine Horde räudiger Katzen auf der Haube herumturnt. Er hat irgendeine Mütze auf dem Kopf, vermutlich mit Ohrenklappen, und hebt langsam die Flasche an den Mund. Sie scheint in einer braunen Papiertüte zu stecken. Gemächlich trinkt er einen Schluck.

Ich höre Dot leise mit ihrem Sohn reden. Sie durchqueren das Wohnzimmer, dann sind sie in der Küche. Ich stehe auf, um Donny Ray Black zu begrüßen.

Er ist eindeutig dem Tode nahe, was immer der Grund dafür sein mag. Er ist entsetzlich mager und abgezehrt, hohlwangig, mit kreidebleicher Haut. Er war schon vor Ausbruch der Krankheit relativ klein, und jetzt geht er so gebeugt, daß er nicht größer ist als seine Mutter. Sein Haar und seine Brauen sind kohlschwarz, ein auffälliger Kontrast zu seiner bleichen Haut. Aber er lächelt und streckt mir eine knochige Hand entgegen, die ich so kräftig ergreife, wie ich es wage.

Dot hat ihn um die Taille gestützt, und jetzt schiebt sie ihn sanft auf einen Stuhl. Er trägt zu weite Jeans und ein weißes T-Shirt, das locker an seinem Skelett herunterhängt.

»Ich freue mich, Sie kennenzulernen«, sage ich und versuche, seinen eingesunkenen Augen auszuweichen.

»Mom hat nette Dinge über Sie gesagt«, erwidert er. Seine Stimme ist schwach und rauh, aber seine Worte sind deutlich zu verstehen. Mir ist nie der Gedanke gekommen, daß Dot nette Dinge über mich sagen könnte. Er stützt sein Kinn in beide Hände, als könnte sein Kopf nicht von selbst oben bleiben. »Sie sagt, Sie wollen diese Bande von Great Benefit verklagen, sie zum Zahlen zwingen.« Seine Worte klingen eher verzweifelt als wütend.

»Das stimmt«, sage ich. Ich schlage die Akte auf und hole eine Kopie des Briefes heraus, den Barry X. an Great Benefit geschrieben hat. Ich gebe sie Dot, die hinter Donny Ray steht. »Das hier haben wir eingereicht« erkläre ich, ganz der tüchtige Anwalt. Eingereicht im Gegensatz zu abgeschickt. Hört sich besser an, so, als wären wir jetzt tatsächlich am Werk. »Wir rechnen nicht damit, darauf eine befriedigende Antwort zu erhalten, also werden wir an einem der nächsten Tage klagen. Wahrscheinlich auf mindestens eine Million.«

Dot wirft einen Blick auf den Brief, dann legt sie ihn auf den Tisch. Ich hatte mit einer Salve von Fragen gerechnet, weshalb ich die Klage nicht schon längst eingereicht habe. Ich hatte Angst, es könnte unangenehm werden. Aber sie reibt nur sanft Donny Rays Schultern und schaut unglücklich zum Fenster hinaus. Sie wird sich genau überlegen, was sie sagt, weil sie ihn nicht aufregen will.

Donny Ray sitzt mit dem Gesicht zum Fenster. »Kommt Daddy nicht herein?« fragt er.

»Er will nicht«, antwortet sie.

Ich hole den Vertrag aus der Akte und gebe ihn Dot. »Der muß unterschrieben werden, bevor wir Klage einreichen können. Es ist ein Vertrag zwischen Ihnen, den Mandanten, und meiner Anwaltskanzlei. Ein Vertrag über juristische Vertretung.«

Sie hält ihn argwöhnisch in der Hand. Er umfaßt nur zwei Seiten. »Was steht da drin?«

»Oh, das Übliche. Ein Standardvertrag. Sie verpflichten uns als Ihre Anwälte, wir übernehmen den Fall, tragen die Unkosten, und wir bekommen ein Drittel von dem, was wir herausholen.«

»Und weshalb sind dafür zwei Seiten Kleingedrucktes nötig?« fragt sie und zieht eine Zigarette aus der Schachtel auf dem Tisch.

»Zünde die bloß nicht an«, fährt Donny Ray sie über die

Schulter hinweg an. Er sieht mich an und sagt: »Kein Wunder, daß ich sterbe.«

Ohne jedes Zögern steckt sie sich die Zigarette zwischen die Lippen und betrachtet das Dokument. Sie zündet sie nicht an. »Und das müssen wir alle drei unterschreiben?«

»So ist es.«

»Er hat gesagt, er kommt nicht herein«, sagt sie.

»Dann geh damit zu ihm hinaus«, sagt Donny Ray wütend. »Nimm einen Kugelschreiber und geh hinaus und bring ihn dazu, das verdammte Ding zu unterschreiben.«

»Darauf bin ich überhaupt nicht gekommen«, sagt sie.

»Ist doch nicht das erste Mal.« Donny Ray senkt den Kopf und kratzt sich am Schädel. Die scharfen Worte haben ihn angestrengt.

»Ich denke, das könnte ich wohl tun«, sagt sie, immer noch zögernd.

»Geh endlich, verdammt noch mal«, sagt er, und Dot wühlt in einer Schublade, bis sie einen Kugelschreiber gefunden hat. Donny Ray hebt den Kopf und stützt ihn auf die Hände. Seine Handgelenke sind so dünn wie Besenstiele.

»Bin gleich wieder da«, sagt Dot, als hätte sie etwas ein Stück die Straße hinunter zu erledigen und machte sich Sorgen um ihren Jungen. Sie geht langsam über die hintere Terrasse und in das Unkraut hinein. Eine Katze auf der Motorhaube sieht sie kommen und verzieht sich unter den Wagen.

»Vor ein paar Monaten«, sagt Donny Ray, dann macht er eine lange Pause. Sein Atem geht schwer, und sein Kopf schwankt leicht. »Vor ein paar Monaten mußten wir seine Unterschrift beglaubigen lassen, und er wollte nicht mitkommen. Sie hat eine Notarin gefunden, die sich bereit erklärte, für zwanzig Dollar einen Hausbesuch zu machen, aber als sie hier war, wollte er nicht hereinkommen. Also sind Mom und die Notarin zu seinem Wagen hinausgegangen. Sehen Sie die große orangefarbene Katze auf dem Wagendach?«

»Ja.«

»Wir nennen sie Claws. Sie ist gewissermaßen die Wachkatze hier. Jedenfalls, als die Notarin in den Wagen langte, um Buddy, der natürlich bedüselt und kaum bei Bewußtsein war, die Papiere wieder abzunehmen, ist Claws vom Wagen gesprungen und hat die Notarin angegriffen. Hat uns sechzig Dollar für den Besuch des Arztes gekostet. Und eine neue Strumpfhose. Haben Sie schon einmal jemanden mit akuter Leukämie gesehen?«

»Nein. Bis jetzt nicht.«

»Ich wiege noch fünfundfünfzig Kilo. Vor elf Monaten waren es achtzig. Die Leukämie wurde so rechtzeitig entdeckt, daß sie noch behandelt werden konnte. Ich habe das Glück, einen Zwillingsbruder zu haben, und unser Knochenmark ist identisch. Eine Transplantation hätte mir das Leben gerettet, aber wir konnten sie uns nicht leisten. Obwohl wir versichert waren. Den Rest der Geschichte kennen Sie. Ich nehme an, Sie wissen das alles, stimmt's?«

»Ja. Ich bin mit Ihrem Fall vollauf vertraut, Donny Ray.«

»Gut«, sagt er erleichtert. Wir beobachten, wie Dot die Katzen wegscheucht. Claws, die auf dem Wagendach liegt, tut so, als schliefe sie. Claws will mit Dot Black nichts zu tun haben. Die Türen stehen offen, und Dot streckt den Vertrag hinein. Wir können ihre durchdringende Stimme hören.

»Ich weiß, Sie glauben, daß sie verrückt sind«, sagt er, meine Gedanken lesend. »Aber sie sind gute Menschen, die eine Menge durchgemacht haben. Haben Sie Geduld mit ihnen.«

»Ich finde sie sehr nett.«

»Ich bin zu achtzig Prozent hinüber, okay. Achtzig Prozent. Wenn ich diese Transplantation bekommen hätte, vor sechs Monaten, dann hätte ich eine neunzigprozentige Chance auf Heilung gehabt. Neunzig Prozent. Merkwürdig, wie die Ärzte mit Zahlen umgehen, um uns zu sagen, ob wir leben oder sterben werden. Jetzt ist es zu spät.« Er keucht plötzlich nach Luft, ballt die Fäuste und zittert am ganzen Körper. Sein Gesicht färbt sich leicht rosa, während er verzweifelt Luft einsaugt, und eine Sekunde lang habe ich das Gefühl, ihm helfen zu müssen. Er trommelt mit beiden Fäusten auf seine Brust, und ich habe Angst, daß sein ganzer Körper einbrechen könnte.

Endlich kommt er wieder zu Atem und schnaubt hastig durch die Nase. Und genau in diesem Moment fange ich an, die Great Benefit Life Insurance Company zu hassen.

Jetzt widerstrebt es mir nicht mehr, ihn anzusehen. Er ist mein Mandant, und er zählt auf mich. Ich akzeptiere ihn, wie er ist.

Sein Atem ist wieder so normal wie möglich, und seine Augen sind rot und feucht. Ich weiß nicht, ob er weint oder sich nur von dem Anfall erholt. »Tut mir leid«, flüstert er.

Claws faucht so laut, daß wir es hören können, und wir schauen gerade noch rechtzeitig hin, um zu sehen, wie sie durch die Luft fliegt und im Unkraut landet. Offenbar hat sich die Wachkatze ein wenig zu sehr für meinen Vertrag interessiert, und Dot hat ihr einen Hieb verpaßt. Dot sagt etwas Gemeines zu ihrem Mann, der noch tiefer hinter seinem Lenkrad zusammengesunken ist. Sie greift hinein, entreißt ihm den Papierkram, dann stürmt sie auf uns zu, während die Katzen in alle Richtungen flüchten.

»Zu achtzig Prozent hinüber, okay?« sagt Donny Ray heiser. »Ich werde also nicht mehr lange dasein. Was immer Sie aus diesem Fall herausholen, sorgen Sie bitte dafür, daß sie es bekommen. Sie haben ein schweres Leben gehabt.«

Das rührt mich so, daß ich nicht imstande bin, etwas zu erwidern.

Dot öffnet die Tür und schiebt den Vertrag über den Tisch. Die erste Seite ist unten leicht eingerissen, und auf der zweiten prangt ein Schmutzfleck. Ich hoffe, es ist kein Katzendreck. »So«, sagt sie. Auftrag erledigt. Buddy hat tatsächlich unterschrieben, seine Unterschrift ist völlig unleserlich.

Ich zeige hierhin und dorthin. Donny Ray und seine Mutter unterschreiben, und der Handel ist abgeschlossen. Wir unterhalten uns noch ein paar Minuten, dann fange ich an, auf die Uhr zu sehen.

Als ich gehe, sitzt Dot neben Donny Ray, streichelt ihm sanft den Arm und sagt ihm, daß alles gut werden wird.

13

Ich hatte mich darauf vorbereitet, Barry X. zu erklären, daß ich am Samstag nicht arbeiten könnte, weil ich dringendere Aufgaben im Haus zu erledigen hätte. Und ich hatte mich darauf vorbereitet, ein paar Stunden am Sonntagnachmittag vorzuschlagen, falls er mich brauchte. Aber ich hatte mir umsonst Gedanken gemacht. Barry verläßt übers Wochenende die Stadt, und da ich es nicht wagen würde, das Büro ohne seine Mithilfe zu betreten, hat sich die Sache rasch von selbst erledigt.

Aus irgendeinem Grund rüttelt Miss Birdie nicht schon vor Sonnenaufgang an meiner Tür, sondern entscheidet sich dafür, sich vor der Garage, unter meinem Fenster, mit dem Zurechtlegen aller möglichen Werkzeuge zu beschäftigen. Sie läßt Harken und Schaufeln fallen. Sie kratzt mit einer unhandlichen Spitzhacke angetrocknete Erde aus der Schubkarre. Sie schärft zwei Breithacken, wobei sie die ganze Zeit singt und jodelt. Kurz nach sieben komme ich schließlich herunter, und sie tut überrascht, mich zu sehen. »Ach, guten Morgen, Rudy. Wie geht es Ihnen?«

»Gut, Miss Birdie. Und Ihnen?«

»Wunderbar, einfach wunderbar. Ist das nicht ein herrlicher Tag?«

Der Tag hat gerade erst begonnen, und es ist noch entschieden zu früh, um seine Herrlichkeit zu beurteilen. Auf jeden Fall ist es ziemlich stickig für eine so frühe Stunde. Die unerträgliche Hitze des Sommers in Memphis wird nicht mehr lange auf sich warten lassen.

Sie gestattet mir eine Tasse Instantkaffee und eine Scheibe Toast, bevor sie anfängt, von dem Mulch zu reden. Ich mache mich ans Werk, sehr zu ihrem Entzücken. Ich hieve den ersten Zentnersack in die Schubkarre und folge ihr um das Haus herum, die Auffahrt entlang und über den vorderen Rasen zu einem mickrigen Blumenbeet an der Straße. Sie hält ihren Kaffee in den behandschuhten Händen und deutet auf die Stelle, auf die der Mulch kommen soll. Ich bin ziemlich außer Atem von der Tour, inbesondere dem letzten Stück über den feuchten Rasen, aber ich reiße schwungvoll den Sack auf und mache mich daran, mit einer Mistgabel Mulch zu verteilen.

Mein T-Shirt ist schweißdurchtränkt, als ich eine Viertelstunde später mit dem ersten Sack fertig bin. Sie folgt mir und der Schubkarre zurück an den Rand der hinteren Terrasse, wo wir nachladen. Sie zeigt mir genau, welchen Sack ich als nächsten nehmen soll, und wir karren ihn zu einer Stelle in der Nähe des Briefkastens.

In der ersten Stunde verteilen wir fünf Säcke. Und ich leide. Um neun beträgt die Temperatur achtundzwanzig Grad. Um halb zehn überrede ich sie zu einer Wasserpause, und nach zehn Minuten Sitzen fällt es mir schwer, wieder aufzustehen. Eine Weile danach befallen mich glaubwürdige Rückenschmerzen, aber ich beiße die Zähne zusammen und zwinge mich dazu, nur ganz leicht das Gesicht zu verziehen. Sie nimmt es nicht zur Kenntnis.

Ich bin kein Faulpelz, und auf dem College, vor nicht allzu langer Zeit, war ich in bester körperlicher Verfassung. Ich bin gejoggt und habe Hallensport betrieben, aber dann kam das Jurastudium, und in den letzten drei Jahren hatte ich nur wenig Zeit für derartige Aktivitäten. Nach ein paar Stunden harter Arbeit komme ich mir vor wie der letzte Schwächling.

Zum Lunch füttert sie mich mit zweien ihrer geschmacklosen Truthahnsandwiches und einem Apfel. Ich esse sehr langsam unter dem Ventilator auf der Terrasse. Mein Rücken tut weh, meine Beine sind taub, und meine Hände zittern regelrecht, während ich an dem Apfel nage wie ein Kaninchen.

Während sie die Küche aufräumt, schaue ich über die kleine Rasenfläche, um den Mulchberg herum, auf meine unschuldig über der Garage liegende Wohnung. Ich war so stolz auf mich, als ich die geringe Summe von hundertfünfzig Dollar Miete pro Monat ausgehandelt hatte, aber wie clever war ich dabei wirklich? Wer hat bei diesem Handel das bessere Geschäft gemacht? Ich erinnere mich, daß ich mich fast ein wenig geschämt habe, diese reizende kleine alte Dame so auszunutzen.

Jetzt würde ich sie am liebsten in einen leeren Mulchsack stopfen.

Einem uralten, an die Garage genagelten Thermometer zufolge beträgt die Temperatur um eins vierunddreißig Grad. Um zwei streikt mein Rücken endgültig, und ich erkläre Miss Birdie, daß ich ausruhen muß. Sie mustert mich traurig, dann dreht sie sich langsam um und betrachtet den nicht wesentlich kleiner gewordenen Haufen weißer Säcke. Wir haben kaum eine Delle hineingemacht. »Na ja, wenn es unbedingt sein muß.«

»Nur eine Stunde«, flehe ich.

Sie läßt sich erweichen, aber um halb vier schiebe ich abermals die Schubkarre, mit Miss Birdie auf den Fersen.

Nach acht Stunden Schwerarbeit habe ich genau neunundsiebzig Säcke Mulch verteilt, weniger als ein Drittel der Ladung, die sie hat anliefern lassen.

Kurz nach dem Lunch habe ich den ersten Hinweis darauf fallen lassen, daß ich um sechs im Yogi's sein müßte. Das war natürlich eine Lüge. Vorgesehen ist, daß ich von acht bis Geschäftsschluß an der Bar arbeite. Aber das braucht sie nicht zu wissen, und ich bin entschlossen, mich von dem Mulch zu befreien, bevor es dunkel wird. Um fünf mache ich einfach Schluß. Ich sage ihr, mir reicht es, mein Rücken tut weh. Ich muß zur Arbeit. Ich schleppe mich die Treppe hinauf, und sie schaut mir von unten traurig nach. Von mir aus kann sie mir kündigen. Mir ist alles egal.

Am späten Sonntagmorgen weckt mich das majestätische Dröhnen von Donner, und ich liege steif im Bett und höre dem Regen zu, wie er auf mein Dach prasselt. Mein Kopf ist in guter Verfassung – ich habe gestern abend bei der Arbeit nichts getrunken. Aber der Rest meines Körpers ist in Beton eingegossen und unfähig, sich zu bewegen. Die leichteste Regung löst heftige Schmerzen aus. Sogar das Atmen tut weh.

Irgendwann während der gestrigen Plackerei hat Miss Birdie mich gefragt, ob ich mit ihr am Gottesdienst teilnehmen wollte. Kirchenbesuch war keine Bedingung meines Mietvertrags, aber warum nicht, dachte ich. Wenn diese einsame alte

Frau möchte, daß ich mit ihr in die Kirche gehe, dann ist das das mindeste, was ich tun kann. Es könnte mir bestimmt nicht schaden.

Dann habe ich sie gefragt, welche Kirche sie besucht. Abundance Tabernacle in Dallas, antwortete sie. Live über Satellit. Sie betet mit dem Reverend Kenneth Chandler, und zwar in der Abgeschiedenheit ihres eigenen Hauses.

Ich habe abgelehnt. Sie schien verletzt zu sein, faßte sich aber rasch wieder.

Als ich ein kleiner Junge war, lange bevor mein Vater sich dem Alkohol ergab und mich auf eine Militärschule schickte, bin ich gelegentlich mit meiner Mutter in die Kirche gegangen. Ein- oder zweimal hat er uns begleitet, aber dabei ständig nur genörgelt, deshalb war es Mutter und mir lieber, wenn er zu Hause blieb und die Zeitung las. Es war eine kleine Methodistenkirche mit einem netten Pastor, dem Reverend Howie, der amüsante Geschichten erzählte und jedem das Gefühl gab, geliebt zu werden. Ich erinnere mich, wie zufrieden meine Mutter immer war, während wir seinen Predigten lauschten. Es waren massenhaft Kinder in der Sonntagsschule, und ich hatte nichts dagegen, sonntags morgens geschrubbt und gestärkt und danach in die Kirche geführt zu werden.

Einmal mußte sich meine Mutter einer kleinen Operation unterziehen; sie war drei Tage im Krankenhaus. Natürlich waren die Damen von der Kirche selbst über die intimsten Details der Operation informiert, und drei Tage lang war unser Haus überschwemmt mit Aufläufen, Kuchen, Pasteten, Broten und Schüsseln, angefüllt mit mehr Eßbarem, als mein Vater und ich in einem Jahr vertilgen konnten. Die Damen organisierten einen Hausdienst für uns. Sie wechselten sich darin ab, sich um das Essen zu kümmern, die Küche zu putzen, noch mehr Besucher zu begrüßen, die noch mehr Aufläufe brachten. Während der drei Tage, die meine Mutter im Krankenhaus lag, und weitere drei Tage nach ihrer Rückkehr hielt sich mindestens eine der Damen ständig bei uns auf, meiner Meinung nach, um das Essen zu bewachen.

Meinem Vater war das unendlich zuwider. Zum einen konnte er nicht herumschleichen und trinken, nicht mit einem

Haus voller Kirchendamen. Ich glaube, sie wußten, daß er gern mal einen Schluck nahm, und da es ihnen nun einmal gelungen war, in das Haus einzudringen, waren sie auch entschlossen, ihn dabei zu erwischen. Und dann wurde auch noch von ihm erwartet, daß er den freundlichen Gastgeber mimte, etwas, was mein Vater einfach nicht fertigbrachte. Nach den ersten vierundzwanzig Stunden verbrachte er den größten Teil seiner Zeit im Krankenhaus, aber kaum am Bett seiner kranken Frau. Er hielt sich im Besucherzimmer auf, wo er fernsah und Cola mit Schuß trank.

Ich habe angenehme Erinnerungen daran. In unserem Haus hatte es nie eine derartige Wärme gegeben, nie so viel köstliches Essen. Die Damen umhegten mich, als wäre meine Mutter gestorben, und ich genoß die Aufmerksamkeit. Sie waren die Tanten und Großmütter, die ich nie gehabt hatte.

Kurz nachdem meine Mutter wieder gesund war, wurde der Reverend Howie wegen einer Unbesonnenheit entlassen, die ich nie recht verstanden habe, und die Gemeinde brach auseinander. Jemand beleidigte meine Mutter, und das war für uns das Ende der Kirchenbesuche. Ich glaube, sie und Hank, ihr neuer Ehemann, gehen sporadisch zu Gottesdiensten.

Ich vermißte die Kirche eine Zeitlang, dann gewöhnte ich mir an, nicht mehr hinzugehen. Meine Freunde dort luden mich gelegentlich ein, sie zu begleiten, aber wenig später war ich zu cool, um noch in die Kirche zu gehen. Eine Freundin am College nahm mich zur Messe mit, ausgerechnet am Samstagabend, aber ich bin zu sehr Protestant, um all die Rituale zu verstehen.

Miss Birdie hat schüchtern die Möglichkeit von Gartenarbeit heute nachmittag erwähnt. Ich habe erklärt, es sei Sabbat, der Tag des Herrn, und ich wäre prinzipiell gegen Arbeit am Sonntag.

Darauf fiel ihr keine Erwiderung ein.

14

Seit drei Tagen regnet es immer wieder, was meiner Arbeit als Gärtnergehilfe einen wirksamen Riegel vorschiebt. Am Dienstag, nach Einbruch der Dunkelheit, sitze ich in meiner Wohnung und lerne für das Anwaltsexamen, als das Telefon läutet. Es ist Dot Black, und ich weiß, daß etwas schiefgegangen ist. Sonst würde sie mich nicht anrufen.

»Ich hatte gerade einen Anruf«, sagt sie, »von einem Mr. Barry Lancaster. Hat gesagt, er wäre mein Anwalt.«

»Das stimmt, Dot. Er ist ein toller Anwalt in meiner neuen Firma. Er arbeitet mit mir zusammen.« Ich vermute, daß Barry einfach ein paar Details überprüfen wollte.

»Nun, das ist nicht das, was er gesagt hat. Er hat angerufen, um zu fragen, ob ich und Donny Ray morgen in sein Büro kommen können. Es müßten noch ein paar Dinge unterschrieben werden. Ich habe nach Ihnen gefragt. Er hat gesagt, Sie arbeiteten nicht dort. Ich will wissen, was da vorgeht.«

Das will ich auch. Ich stottere eine Sekunde, sage etwas von einem Mißverständnis. Tief in meinem Bauch schnürt sich ein dicker Knoten zusammen. »Es ist eine große Kanzlei, und ich bin neu dort. Vielleicht hat er meine Existenz einfach vergessen.«

»Nein. Er weiß, wer Sie sind. Er hat gesagt, Sie hätten dort gearbeitet, aber jetzt nicht mehr. Wissen Sie, das ist alles ziemlich verwirrend.«

Ich weiß. Ich sinke auf einen Stuhl und versuche, klar zu denken. Es ist fast neun Uhr. »Hören Sie, Dot, warten Sie ein paar Minuten. Ich rufe Mr. Lancaster an und versuche herauszufinden, was da vor sich geht. Ich rufe gleich zurück.«

»Ich will wissen, was da los ist. Haben Sie diese Mistbande inzwischen verklagt?«

»Ich rufe Sie gleich wieder an, okay?« Ich lege den Hörer auf, dann wähle ich rasch die Nummer der Kanzlei Lake. Mich überfällt das gemeine Gefühl, daß ich das schon einmal erlebt habe.

Die Dame vom Spätdienst stellt mich zu Barry X. durch. Ich beschließe, liebenswürdig zu sein, mitzuspielen, abzuwarten, was er sagt.

»Barry, ich bin's, Rudy. Haben Sie meine Ausarbeitung gelesen?«

»Ja, sieht prächtig aus.« Er hört sich müde an. »Hören Sie, Rudy, es kann sein, daß wir ein kleines Problem mit Ihrer Stelle hier haben.«

Der Knoten steigt in meine Kehle. Mein Herz erstarrt. Meine Lungen überspringen einen Atemzug. »Ach ja?« bringe ich heraus.

»Ja. Sieht schlecht aus. Ich habe heute nachmittag mit Jonathan Lake gesprochen, und er ist mit Ihnen nicht einverstanden.«

»Und weshalb nicht?«

»Ihm gefällt die Idee nicht, daß ein Anwalt die Stellung eines Anwaltsgehilfen einnimmt. Und jetzt, wo ich darüber nachdenke, finde ich auch, daß das doch kein so guter Gedanke war. Sehen Sie, Mr. Lake meint, und da bin ich ganz seiner Ansicht, daß ein Anwalt in dieser Position von Natur aus dazu neigt, sich mit allen Mitteln seinen Weg auf die nächste freie Stelle eines regulär angestellten Anwalts zu bahnen. Und das können wir nicht zulassen. Das schadet dem Geschäft.«

Ich schließe die Augen und möchte weinen. »Das verstehe ich nicht«, sage ich.

»Tut mir leid. Ich habe mein möglichstes versucht, aber er wollte einfach nicht nachgeben. Er leitet diesen Betrieb mit eiserner Faust und hat seine eigene Art, die Dinge zu erledigen. Um ehrlich zu sein, er hat mir eine regelrechte Standpauke gehalten, weil ich bloß daran gedacht habe, Sie einzustellen.«

»Ich möchte mit Jonathan Lake selber sprechen«, sage ich so entschieden wie möglich.

»Ausgeschlossen. Er ist zu beschäftigt, außerdem würde er ablehnen. Er hat nicht vor, seine Ansicht zu ändern.«

»Sie Dreckskerl.«

»Hören Sie, Rudy, wir...«

»Sie Dreckskerl!« Ich brülle in den Hörer, und es tut gut.

»Nehmen Sie's nicht so schwer, Rudy.«
»Ist Lake jetzt im Hause?«
»Vermutlich. Aber er wird nicht...«
»Ich bin in fünf Minuten dort«, brülle ich und knalle den Hörer auf die Gabel.

Zehn Minuten später halte ich mit quietschenden Reifen vor dem Lagerhaus. Auf dem Parkplatz stehen drei Wagen, im Gebäude brennt Licht. Kein Barry wartet auf mich.

Ich hämmere an die Vordertür, aber niemand erscheint. Ich weiß, daß sie mich da drinnen hören können, aber sie sind zu feige, um herauszukommen. Wahrscheinlich werden sie die Bullen rufen, wenn ich nicht aufgebe.

Aber ich kann nicht aufgeben. Ich gehe an die Nordseite und hämmere gegen eine andere Tür, dann an einen Notausgang an der Rückseite. Ich stehe unter dem Fenster von Barrys Büro und brülle zu ihm hinauf. Es brennt Licht, aber er ignoriert mich. Ich kehre zur Vordertür zurück und hämmere abermals dagegen.

Ein uniformierter Wachmann tritt aus dem Schatten heraus und packt mich bei den Schultern. Meine Knie werden weich vor Angst. Er ist mindestens einsneunzig groß, schwarz, mit einer schwarzen Mütze.

»Sie müssen verschwinden, mein Junge«, sagt er sanft mit einer tiefen Stimme. »Gehen Sie gleich, bevor ich die Polizei rufe.«

Ich schüttle seine Hände von meinen Schultern und gehe davon.

Ich sitze lange Zeit im Dunkeln auf dem ramponierten Sofa, das Miss Birdie mir geliehen hat, und versuche, ein bißchen Ordnung in meine Gedanken zu bringen. Das gelingt mir nur höchst unvollständig. Ich trinke zwei warme Bier. Ich fluche und weine. Ich plane Rache. Ich denke sogar daran, Jonathan Lake und Barry X. umzubringen. Gemeine Dreckskerle, die sich verschworen haben, mir meinen Fall zu stehlen. Was soll ich jetzt den Blacks sagen? Wie soll ich ihnen das erklären?

Ich wandere im Zimmer umher und warte auf den Sonnenaufgang. Gestern abend habe ich sogar einmal gelacht, als ich daran dachte, daß ich nun wieder meine Liste von Kanzleien hervorkramen und von neuem Klinken putzen gehen darf. Und dann der Gedanke, Madeline Skinner aufsuchen zu müssen. »Ich bin's wieder, Madeline. Ich bin wieder da.«

Schließlich schlafe ich auf dem Sofa ein, und kurz nach neun weckt mich jemand. Es ist nicht Miss Birdie. Es sind zwei Polizisten in Zivil. Sie strecken ihre Ausweise durch die offene Tür, und ich fordere sie auf, hereinzukommen. Ich bin in Turnhose und T-Shirt. Meine Augen brennen, also reibe ich sie und versuche mir vorzustellen, weshalb sich die Polizei plötzlich für mich interessiert.

Sie könnten Zwillinge sein, beide um die Dreißig, nicht viel älter als ich. Sie tragen Jeans und Turnschuhe und schwarze Schnurrbärte und benehmen sich wie Schauspieler in einem billigen Fernsehspiel. »Dürfen wir uns setzen?« fragt der eine, zieht einen Stuhl unter dem Tisch hervor und läßt sich darauf nieder. Sein Partner tut dasselbe, und sie haben schnell Position bezogen.

»Natürlich«, sage ich keß. »Nehmen Sie Platz.«

»Setzen Sie sich zu uns.«

»Warum nicht?« Ich setze mich ans Kopfende, zwischen sie. Beide lehnen sich vor, immer noch wie im Film. »Also. Was zum Teufel wollen Sie hier?«

»Sie kennen Jonathan Lake?«

»Ja.«

»Sie wissen, wo seine Kanzlei ist?«

»Ja.«

»Waren Sie gestern abend dort?«

»Ja.«

»Wann?«

»Zwischen neun und zehn.«

»Weshalb waren Sie dort?«

»Das ist eine lange Geschichte.«

»Wir haben massenhaft Zeit.«

»Ich wollte mit Jonathan Lake sprechen.«

»Haben Sie es getan?«

»Nein.«

»Warum nicht?«

»Die Türen waren verschlossen. Ich konnte nicht in das Gebäude.«

»Haben Sie versucht, einzubrechen?«

»Nein.«

»Sind Sie sicher?«

»Klar.«

»Sind Sie nach Mitternacht noch mal zurückgekehrt?«

»Nein.«

»Sind Sie sicher?«

»Ja klar. Fragen Sie den Wachmann.«

Daraufhin werfen sie sich einen Blick zu. Etwas hat ins Schwarze getroffen. »Haben Sie den Wachmann gesehen?«

»Ja. Er hat mich aufgefordert zu verschwinden, also bin ich verschwunden.«

»Können Sie ihn beschreiben?«

»Ja.«

»Dann mal los.«

»Großer Schwarzer, ungefähr einsneunzig. Uniform, Mütze, Waffe, alles, was dazugehört. Fragen Sie ihn. Er wird Ihnen sagen, daß ich gegangen bin, als er mich dazu aufgefordert hat.«

»Wir können ihn nicht fragen.« Sie werfen sich wieder einen Blick zu.

»Warum nicht?« Irgendwas Schlimmes liegt in der Luft.

»Weil er tot ist.« Beide beobachten mich genau. Sie wollen sehen, wie ich darauf reagiere. Ich bin echt betroffen, wie jedermann es sein würde. Ich fühle ihre Blicke auf mir lasten.

»Wie – wie ist er gestorben?«

»Bei dem Brand umgekommen.«

»Welchem Brand?«

Sie verstummen gleichzeitig, und beide nicken argwöhnisch, während sie den Tisch betrachten. Einer zieht ein Notizbuch aus der Tasche wie ein Reporter. »Dieser kleine Wagen da draußen, der Toyota, gehört der Ihnen?«

»Das wissen Sie doch. Sie haben Computer.«

»Sind Sie damit gestern abend zur Kanzlei gefahren?«

»Nein, ich habe ihn hingeschoben. Was für ein Brand?«

»Werden Sie nicht keß, okay?«

»Okay. Einigen wir uns darauf, daß ich keine großen Sprüche mache, wenn Sie es auch nicht tun.«

Der andere mischt sich ein. »Wir haben einen Zeugen, der glaubt, Ihren Wagen gegen zwei Uhr heute morgen in der Nähe der Kanzlei gesehen zu haben.«

»Ausgeschlossen. Nicht meinen Wagen.« Unmöglich, in diesem Augenblick zu beurteilen, ob diese Burschen die Wahrheit sagen. »Was für ein Brand?« frage ich noch einmal.

»Die Kanzlei ist letzte Nacht niedergebrannt. Völlig zerstört.«

»Bis auf die Grundmauern«, setzt der andere hilfreich hinzu.

»Und ihr beide seid vom Branddezernat«, sage ich, immer noch verblüfft, aber gleichzeitig stocksauer, weil sie denken, ich könnte etwas damit zu tun haben. »Und jetzt hat jemand den Bau abgefackelt, und Barry Lancaster hat Ihnen erzählt, daß ich einen wundervollen Verdächtigen dafür abgeben würde, stimmt's?«

»Wir sind für Brandstiftung zuständig. Aber auch für Mord.«

»Wie viele Leute sind umgekommen?«

»Nur der Wachmann. Der erste Anruf kam gegen drei Uhr heute morgen, das Gebäude war also leer. Offensichtlich saß der Wachmann irgendwie in der Falle, als das Dach einstürzte.«

Ich wünsche mir fast, Jonathan Lake wäre bei dem Wachmann gewesen, dann denke ich an diese wundervollen Büros mit ihren Teppichen und Gemälden.

»Sie vergeuden Ihre Zeit«, sage ich, noch wütender über den Gedanken, daß sie mich verdächtigen.

»Mr. Lancaster hat gesagt, Sie wären ziemlich aufgebracht gewesen, als Sie gestern abend bei dem Gebäude waren.«

»Stimmt. Aber nicht wütend genug, um den Bau anzustekken. Sie vergeuden Ihre Zeit. Ich schwöre es.«

»Er hat gesagt, Sie wären gerade gefeuert worden, und Sie wollten Mr. Lake zur Rede stellen.«

»Stimmt alles. Aber das beweist noch lange nicht, daß ich ein Motiv hatte, sein Haus niederzubrennen.«

»Ein Mord, begangen im Verlauf einer Brandstiftung, kann die Todesstrafe nach sich ziehen.«

»Das ist mir bekannt. Finden Sie Ihren Mörder, und machen Sie ihm die Hölle heiß. Aber lassen Sie mich aus dem Spiel.«

Anscheinend ist mein Zorn ziemlich überzeugend, denn sie machen beide gleichzeitig einen Rückzieher. Einer zieht ein zusammengefaltetes Stück Papier aus der Brusttasche seines Hemdes. »Ich habe hier einen Bericht von vor ein paar Monaten. Damals wurden Sie wegen Zerstörung von Privateigentum gesucht. Etwas mit zu Bruch gegangenem Glas in einer Kanzlei in der Innenstadt.«

»Sehen Sie, Ihre Computer funktionieren.«

»Ziemlich bizarres Verhalten für einen Anwalt.«

»Ich habe schon Schlimmeres erlebt. Und ich bin kein Anwalt. Ich bin Anwaltsgehilfe oder so etwas in der Art. Gerade mit dem Studium fertig. Und die Anzeige wurde zurückgezogen, was bestimmt irgendwo unmißverständlich in Ihrem kleinen Ausdruck da steht. Und wenn Sie glauben, daß mein bißchen Glaszerbrechen im April auch nur das geringste mit dem Brand in der letzten Nacht zu tun hat, dann kann der wahre Brandstifter ruhig schlafen. Er ist in Sicherheit. Er wird nie erwischt werden.«

Daraufhin springt der eine auf, und der andere folgt rasch seinem Beispiel. »Sie sollten lieber mit einem Anwalt sprechen«, sagt der eine, den Finger auf mich richtend. »Im Augenblick sind Sie der Hauptverdächtige.«

»Ja, ja. Wie ich schon sagte – wenn ich der Hauptverdächtige bin, dann hat der wahre Killer unverschämtes Glück. Ihr beide seid auf dem Holzweg.«

Sie schlagen die Tür hinter sich zu und verschwinden. Ich warte eine halbe Stunde, dann steige ich in meinen Wagen. Ich fahre ein paar Blocks und manövriere mich vorsichtig in die Nähe des Lagerhauses. Dort lasse ich den Wagen stehen, laufe ein paar hundert Meter und gehe in einen kleinen Supermarkt. Von dort aus kann ich die rauchenden Trümmer sehen. Nur eine Mauer steht noch. Dutzende von Leuten wimmeln herum, die Anwälte und Sekretärinnen zeigen hierhin und dorthin, die Feuerwehrleute stapfen in ihren schweren Stiefeln herum. Die Brandstelle wird von Polizisten mit gelbem Band abgegrenzt. Es riecht durchdringend nach verbranntem Holz, und über der ganzen Gegend hängt eine graue Rauchwolke.

Das Gebäude hatte Fußböden und Decken aus Holz, und auch die Wände waren, von wenigen Ausnahmen abgesehen, aus Holz errichtet. Nimmt man dazu die Unmengen von Büchern überall im Haus und die Tonnen von Papier, die sich darin befunden haben müssen, dann ist leicht zu verstehen, wie es in Schutt und Asche fallen konnte. Das einzig Verwunderliche ist die Tatsache, daß es ein ausgedehntes, das ganze Lagerhaus durchziehendes Sprinklersystem gab. Überall verliefen gestrichene Rohre, die zum Teil sogar optisch in die Innenausstattung einbezogen waren.

Aus naheliegenden Gründen ist Prince kein Morgenmensch. Gewöhnlich schließt er Yogi's gegen zwei Uhr nachts ab, dann torkelt er auf den Rücksitz seines Cadillacs. Firestone, sein langjähriger Fahrer und angeblicher Leibwächter, bringt ihn nach Hause. Ein paarmal ist auch Firestone zu betrunken gewesen, um noch fahren zu können. Dann habe ich die beiden heimgefahren.

Prince ist im allgemeinen gegen elf in seinem Büro, weil eine Menge Leute zum Lunch zu Yogi's kommen. Ich treffe ihn um zwölf an seinem Schreibtisch an, mit Papieren hantierend und gegen seinen täglichen Kater ankämpfend. Er ißt Schmerztabletten und trinkt Mineralwasser bis zum magischen Schlag der Fünfuhrglocke, dann gleitet er hinüber in seine beruhigende Welt aus Rum und Tonic.

Sein Büro ist ein fensterloser Raum unter der Küche, ziemlich abgelegen und erreichbar nur nach einem schnellen Marsch durch drei ungekennzeichnete Türen und eine versteckte Treppe nach unten. Es ist quadratisch, und jeder Quadratzentimeter Wand ist bedeckt mit Fotos von Prince beim Händeschütteln mit Lokalpolitikern und anderen fotoverliebten Gestalten. Außerdem gibt es Unmengen von gerahmten und aufgeklebten Zeitungsausschnitten mit Prince – verdächtigt, beschuldigt, angeklagt, verhaftet, vor Gericht gestellt und immer freigesprochen. Er liebt es, seinen Namen gedruckt zu sehen.

Er ist miserabler Laune, wie üblich. Im Laufe der Jahre habe ich gelernt, ihm aus dem Wege zu gehen, bis er seinen dritten Drink intus hat, was gewöhnlich abends um sechs der Fall ist. Ich bin also sechs Stunden zu früh dran. Er winkt mich herein, und ich mache die Tür hinter mir zu.

»Was ist passiert?« grunzt er. Seine Augen sind blutunterlaufen. Mit seinem langen, dunklen Haar, dem üppigen Bart, dem offenen Hemd und der behaarten Brust erinnert er mich immer an Wolfman Jack.

»Ich stecke ein bißchen in der Klemme«, sage ich.

»Gibt es sonst noch was Neues?«

Ich erzähle ihm von der letzten Nacht – daß ich meinen Job verloren habe, von dem Brand, den Polizisten. Alles. Ich lege besonderen Nachdruck auf die Tatsache, daß es eine Leiche gibt und daß die Polizisten deshalb tun, was in ihren Kräften steht. Zu Recht. Ich kann mir nicht vorstellen, wieso ich der Hauptverdächtige sein soll, aber die Bullen scheinen das zu glauben.

»Also ist Lake abgefackelt worden«, denkt er laut. Es scheint ihn zu freuen. Eine hübsche Brandstiftung ist genau die Art Sache, die Prince Spaß macht und Licht in seinen Vormittag bringt. »Ich konnte ihn nie so recht ausstehen.«

»Er ist nicht tot. Nur vorübergehend aus dem Geschäft. Er wird bald wieder dasein.« Und das ist einer der Hauptgründe für meine Angst. Jonathan Lake verteilt eine Menge Geld an eine Menge Politiker. Er kultiviert Beziehungen, damit er Gefälligkeiten einfordern kann. Wenn er überzeugt ist, daß ich etwas mit dem Brand zu tun hatte, oder wenn er einfach einen temporären Sündenbock braucht, dann werden die Bullen sich auf mich stürzen.

»Sie schwören, daß Sie es nicht getan haben?«

»Na, hören Sie mal, Prince.«

Er denkt darüber nach, streicht sich über den Bart, und mir wird sofort klar, daß er entzückt ist, so plötzlich mittendrin zu stecken. Hier haben wir Verbrechen, Tod, Intrige, Politik, eine prächtige Scheibe Leben in der Gosse. Wenn jetzt auch noch ein paar Oben-ohne-Tänzerinnen und Bestechungsgelder an die Polizei dazukämen, dann würde Prince eine gute Flasche köpfen, um zu feiern.

»Sie sollten lieber mit einem Anwalt reden«, sagt er, immer noch seinen Bart streichelnd. Das ist leider der eigentliche Grund, aus dem ich hier bin. Ich hatte daran gedacht, Booker anzurufen, aber ich habe ihn schon genug belästigt. Und er hat im Augenblick mit demselben Problem zu kämpfen wie ich, nämlich daß wir unser Examen noch nicht hinter uns haben und deshalb noch keine richtigen Anwälte sind.

»Ich kann mir keinen Anwalt leisten«, sage ich, dann warte ich auf die nächste Zeile im Drehbuch. Wenn es in diesem Moment eine Alternative gäbe, würde ich mich mit Freuden darauf stürzen.

»Lassen Sie mich das erledigen«, sagt er. »Ich werde Bruiser anrufen.«

Ich nicke und sage: »Danke. Glauben Sie, daß er mir helfen wird?«

Prince grinst und breitet vielsagend die Arme aus. »Bruiser tut alles, worum ich ihn bitte, okay?«

»Sicher«, sage ich demütig. Er greift nach einem Telefon und wählt die Nummer. Ich höre zu, wie er sich an ein paar Leuten vorbeiknurrt und dann Bruiser an den Apparat bekommt. Er spricht mit den kurzen, knappen Redewendungen eines Mannes, der weiß, daß seine Telefone angezapft sind: »Bruiser, hier Prince. Ja, ja. Muß dich möglichst schnell sehen… Eine kleine Sache, die einen meiner Angestellten betrifft… Ja, ja. Nein, bei dir. In einer halben Stunde. Okay?« Und damit legt er auf.

Mir tun die armen FBI-Techniker leid, die versuchen, aus diesem Gespräch etwas Belastendes herauszuholen.

Firestone fährt den Cadillac vor die Hintertür, und Prince und ich lassen uns auf den Rücksitzen nieder. Der Wagen ist schwarz, und die Scheiben sind stark getönt. Er lebt in der Dunkelheit. In drei Jahren habe ich ihn nie bei irgendeiner Tätigkeit im Freien gesehen. Urlaub macht er in Las Vegas, wo er die Casinos praktisch nicht verläßt.

Ich höre einem Vortrag zu, der rasch zu einer langatmigen Aufzählung von Bruisers größten juristischen Triumphen wird, die fast alle mit Prince zu tun hatten. Seltsamerweise fange ich an, mich zu entspannen. Ich bin in guten Händen.

Bruiser hat in Abendkursen Jura studiert und mit zweiundzwanzig abgeschlossen; immer noch ein Rekord, wie Prince glaubt. Als Kinder waren sie die besten Freunde, und in der High-School haben sie ein bißchen gespielt, eine Menge getrunken, Mädchen nachgestellt und Jungen verprügelt. Harte Gegend im Süden von Memphis. Sie könnten ein Buch darüber schreiben. Bruiser ging aufs College, Prince kaufte sich einen Bierlaster. Eines führte zum anderen.

Die Kanzlei liegt in einem kleinen, langgestreckten und aus roten Ziegelsteinen erbauten Einkaufszentrum mit einer Reinigung an einem und einem Videoverleih am anderen Ende. Bruiser investiert weise, erklärt Prince, und das ganze Zentrum gehört ihm. Auf der anderen Straßenseite ist ein Pfannkuchenhaus, das die ganze Nacht geöffnet ist, und daneben liegt der Club Amber, ein protziger Oben-ohne-Schuppen mit Neonbeleuchtung im Vegas-Stil. Dies ist eine Gegend mit viel Industrie, in Flughafennähe.

Abgesehen von den Worten LAW OFFICE, in Schwarz auf die Glastür in der Mitte der Häuserzeile gemalt, deutet nichts darauf hin, welcher Beruf hier ausgeübt wird. Eine Sekretärin mit engen Jeans und klebrigen roten Lippen begrüßt uns mit einem breiten Lächeln, aber wir halten uns nicht bei ihr auf. Ich folge Prince durch den Eingangsbereich. »Sie hat früher auf der anderen Straßenseite gearbeitet«, murmelt er. Ich hoffe, es war das Pfannkuchenhaus, aber ich bezweifle es.

Bruisers Büro hat eine bemerkenswerte Ähnlichkeit mit dem von Prince – keine Fenster, kein Sonnenstrahl, groß und quadratisch und protzig, Fotos von wichtigen, aber unbekannten Leuten, die Bruiser die Hand schütteln und uns angrinsen. Eine Wand ist für Waffen reserviert, alle möglichen Gewehre und Musketen und Medaillen für Zielschießen. Hinter Bruisers massigem Lederdrehstuhl steht auf einem Podest ein großes Aquarium, in dem etwas, das aussieht wie Miniaturhaie, durch das trübe Wasser gleitet.

Er ist am Telefon, und deshalb fordert er uns mit einer Handbewegung auf, auf der anderen Seite seines langen und breiten Schreibtisches Platz zu nehmen. Wir folgen der Einladung, und Prince kann es nicht abwarten, mich zu informieren. »Das sind echte Haie da drin«, sagt er und deutet auf die Wand über Bruisers Kopf. Lebendige Haie im Büro eines Anwalts. Kredithaie? Finanzhaie?... Gauner! Kapiert. Es ist ein Witz. Prince kichert.

Ich sehe zu Bruiser hinüber und versuche, Blickkontakt zu vermeiden. Der Telefonhörer wirkt winzig neben seinem gewaltigen Kopf. Sein langes, halb ergrautes Haar fällt ihm in zottigen Strähnen bis auf die Schultern. Sein Spitzbart, völlig grau, ist dicht und lang, und der Hörer verschwindet fast darin. Seine Augen sind dunkel und flink, umgeben von Wülsten aus dunkler Haut. Ich habe oft gedacht, daß seine Vorfahren aus dem Mittelmeerraum stammen müssen.

Obwohl ich Bruiser tausend Drinks serviert habe, habe ich mich nie richtig mit ihm unterhalten. Ich habe es nie gewollt. Und ich will es auch jetzt nicht, aber offensichtlich bleibt mir kaum etwas anderes übrig.

Er knurrt ein paar kurze Bemerkungen, dann knallt er den Hörer hin. Prince stellt mich rasch vor, und Bruiser versichert uns, daß er mich gut kennt. »Natürlich kenne ich Rudy, schon seit langem«, sagt er. »Wo liegt das Problem?«

Prince sieht mich an, und ich liefere meinen Bericht.

»Habe es heute morgen in den Nachrichten gesehen«, wirft Bruiser ein, als ich in meiner Erzählung bei der Sache mit dem Brand angekommen bin. »Hatte schon fünf Anrufe deswegen. Gehört nicht viel dazu, Anwälte zum Schwatzen zu bringen.«

Ich lächle und nicke, weil ich das Gefühl habe, daß das von mir erwartet wird, und dann komme ich zu der Sache mit den Polizisten. Ich beende meinen Bericht ohne weitere Unterbrechungen, dann warte ich auf kluge Ratschläge von seiten meines Anwalts.

»Anwaltsgehilfe?« sagt er, offensichtlich verblüfft.

»Ich war verzweifelt.«

»Und wo wollen Sie jetzt arbeiten?«

»Ich weiß es nicht. Im Augenblick mache ich mir größere Sorgen wegen einer möglichen Verhaftung.«

Das bringt Bruiser zum Lächeln. »Darum kümmere ich

mich«, sagt er selbstgefällig. Prince hat mir des öfteren versichert, daß Bruiser mehr Bullen kennt als der Bürgermeister. »Lassen sie mich nur ein paar Anrufe machen.«

»Er muß den Kopf einziehen, nicht wahr?« fragt Prince, als wäre ich ein entflohener Sträfling.

»Ja. In Deckung gehen.« Aus irgendeinem Grund drängt sich mir die Gewißheit auf, daß dieser Rat in diesem Büro schon viele Male erteilt worden ist. »Was wissen Sie über Brandstiftung?« fragt er mich.

»Nicht viel. Sie kam beim Jurastudium nicht vor.«

»Nun, ich habe ein paar Fälle von Brandstiftung gehabt. Es kann Tage dauern, bis sie wissen, ob es überhaupt Brandstiftung war. Bei einem so alten Gebäude kann alles mögliche passieren. Wenn es wirklich Brandstiftung war, werden sie in den nächsten paar Tagen keine Verhaftungen vornehmen.«

»Wissen Sie, ich möchte wirklich nicht verhaftet werden. Zumal ich unschuldig bin. Auf die Presse kann ich verzichten«, sage ich mit einem Blick auf die mit Zeitungsausschnitten bepflasterte Wand.

»Daraus kann ich Ihnen keinen Vorwurf machen«, sagt er tatsächlich mit einer aufrichtigen Miene. »Wann ist das Anwaltsexamen?«

»Im Juli.«

»Und danach?«

»Ich weiß es nicht. Ich muß mich umschauen.«

Mein Kumpel Prince bricht plötzlich in die Unterhaltung ein. »Kannst du ihn nicht hier brauchen, Bruiser? Schließlich hast du einen ganzen Haufen Anwälte. Da kommt es auf einen mehr doch nicht an. Er war ein erstklassiger Student, arbeitet hart, ist intelligent. Ich kann mich für ihn verbürgen. Der Junge braucht einen Job.«

Ich wende langsam den Kopf und sehe Prince an, der mich anlächelt, als wäre er der Weihnachtsmann. »Hier wäre ein großartiger Platz für Sie«, sagt er richtig aufgeknöpft. »Sie würden lernen, was *richtige* Anwälte tun.« Er lacht und schlägt mir aufs Knie.

Wir schauen beide Bruiser an, dessen Blicke hin und her schießen, während sein Gehirn hektisch nach Ausreden sucht.

»Oh, sicher. Ich bin immer auf der Suche nach juristischen Talenten.«

»Na also«, sagt Prince.

»Wie die Dinge liegen, haben zwei meiner Mitarbeiter gerade gekündigt. Sie wollen ihren eigenen Laden aufmachen. Also habe ich zwei freie Stellen.«

»Na also«, sagt Prince abermals. »Ich habe Ihnen doch gesagt, es würde alles ins Lot kommen.«

»Aber es ist eigentlich keine Stellung mit einem Gehalt«, sagt Bruiser, sich für die Idee erwärmend. »Nein, Sir. Auf die Weise arbeite ich nicht. Ich erwarte von meinen Anwälten, daß sie für sich selbst sorgen, ihre Honorare selber beschaffen.«

Ich bin zu verblüfft, um etwas erwidern zu können. Prince und ich haben nicht über das Thema meiner Einstellung gesprochen. Ich hatte ihn nicht um Hilfe gebeten. Ich will Bruiser Stone nicht zum Boß haben. Aber ich kann den Mann auch nicht vor den Kopf stoßen, nicht jetzt, wo die Bullen herumschnüffeln und ziemlich unmißverständliche Andeutungen über die Todesstrafe machen. Ich bringe nicht die Kraft auf, Bruiser zu sagen, daß er gerade niederträchtig genug ist, um mich zu vertreten, aber zu niederträchtig, als daß ich für ihn arbeiten möchte.

»Wie soll das gehen?« frage ich.

»Es ist ganz einfach, und es funktioniert, jedenfalls was mich betrifft. Und denken Sie daran, daß ich im Laufe von zwanzig Jahren alles mögliche ausprobiert habe. Ich habe eine Menge Partner gehabt, und ich hatte Dutzende von angestellten Anwälten. Das einzige System, das wirklich funktioniert, ist eines, bei dem der Angestellte so viel Honorar einbringen muß, daß er auf seine Kosten kommt. Können Sie das?«

»Ich kann es versuchen«, sage ich, ganz Achselzucken und Unsicherheit.

»Natürlich können Sie das«, setzt Prince hilfsbereit hinzu.

»Sie bekommen im Monat tausend Dollar Vorschuß, und Sie behalten ein Drittel der Honorare, die Sie einbringen. Dieses Drittel wird mit dem Vorschuß verrechnet. Ein Drittel geht in meinen Bürofonds, aus dem die laufenden Unkosten, Sekretärinnen und so weiter, bezahlt werden. Das dritte Drittel bekomme ich. Wenn Sie weniger als Ihren monatlichen Vorschuß einbringen, dann schulden Sie mir die Differenz. Ich lasse Ihr Konto auflaufen, bis Sie einen einträglichen Monat haben. Kapiert?«

Ich denke ein paar Sekunden über dieses absurde Schema nach. Das einzige, was noch schlimmer ist als Arbeitslosigkeit, ist ein Job, bei dem man Geld verliert und die Schulden von Monat zu Monat anwachsen. Mir fallen mehrere sehr gezielte und unbeantwortbare Fragen ein, und ich will gerade eine davon stellen, als Prince sagt: »Finde ich fair. Großartiger Handel.« Er schlägt mir abermals aufs Knie. »Sie können eine Menge Geld machen.«

»Es ist die einzige Art, auf die ich arbeite«, sagt Bruiser zum zweiten oder dritten Mal.

»Wieviel verdienen Ihre Anwälte?« frage ich, nicht mit der Wahrheit rechnend.

Die langen Falten auf seiner Stirn quetschen sich zusammen. Er ist tief in Gedanken versunken. »Das schwankt. Hängt davon ab, wieviel Mühe sie sich geben. Einer hat letztes Jahr knapp achtzigtausend gemacht, ein anderer zwanzig.«

»Und du machst dreihunderttausend«, sagt Prince mit einem dröhnenden Lachen.

»Schön wär's.«

Bruiser beobachtet mich genau. Er bietet mir den einzig möglichen Job an, der in Memphis noch zu haben ist, und er scheint zu wissen, daß ich nicht gerade wild darauf bin, ihn anzunehmen.

»Wann kann ich anfangen?« frage ich. Es ist ein verzweifelter Versuch, Eifer zu zeigen.

»Jetzt gleich.«

»Aber das Anwaltsexamen...«

»Machen Sie sich deshalb keine Gedanken. Sie können schon heute mit dem Geldverdienen anfangen. Ich zeige Ihnen, wie man das macht.«

»Sie werden eine Menge lernen«, fällt Prince ein, fast außer sich vor Befriedigung.

»Ich zahle Ihnen noch heute tausend Dollar«, sagt Bruiser

wie der letzte der großen Verschwender. »Als Startkapital. Ich zeige Ihnen das Büro und alles, was Sie wissen müssen.«

»Großartig«, sage ich mit einem gezwungenen Lächeln. In diesem Moment ist es völlig unmöglich, mich irgendwie anders zu verhalten. Ich sollte nicht einmal hier sein, aber ich habe Angst, und ich brauche Hilfe. Völlig unangesprochen bleibt das Thema, wie sehr ich bei Bruiser in der Schuld stehen werde. Er ist alles andere als der gutherzige Typ, der hin und wieder den Armen einen Gefallen tut.

Mir ist ein bißchen schlecht. Vielleicht liegt es am Schlafmangel, an dem Schock, von der Polizei geweckt worden zu sein. Vielleicht liegt es auch daran, daß ich hier in diesem Büro sitze und zusehe, wie lebendige Haie herumschwimmen, oder daran, wie ich hier herumgeschoben werde – und zwar von den beiden größten Schiebern der Stadt.

Vor noch gar nicht langer Zeit war ich ein intelligenter, aufgeschlossener Jurastudent im dritten Studienjahr mit einem vielversprechenden Job bei einer anständigen Firma, begierig, meinen Beruf auszuüben, hart zu arbeiten, eine aktive Rolle im hiesigen Anwaltsverein zu spielen, meine Karriere zu starten, all das zu tun, was auch meine Freunde vorhatten. Und jetzt sitze ich hier, so verwundbar und schwach, daß ich mich bereit erkläre, mich für unsichere tausend Dollar im Monat zu prostituieren.

Bruiser nimmt einen dringenden Anruf entgegen, vermutlich eine Oben-ohne-Tänzerin, die wegen Erregung öffentlichen Ärgernisses im Gefängnis sitzt, und wir erheben uns von unseren Stühlen. Er flüstert mir über den Hörer hinweg zu, daß ich am Nachmittag wiederkommen soll.

Prince ist so stolz, daß er beinahe platzt. Er hat mich, einfach so, von der Todesstrafe errettet und mir einen Job verschafft. So sehr ich mich auch bemühe, ich kann einfach nicht fröhlich sein, während Firestone sich seinen Weg durch den Verkehr bahnt und uns auf dem schnellsten Wege zu Yogi's zurückbringt.

15

Ich beschließe, mich in der Fakultät zu verstecken. Ich verbringe ein paar Stunden zwischen den Bücherreihen im Keller und wühle mich durch einen Fall von Leistungsverweigerung von Versicherungen nach dem anderen hindurch. Ich schlage Zeit tot.

Ich fahre langsam in Richtung Flughafen und komme um halb vier bei Bruisers Kanzlei an. Die Gegend ist schlimmer, als sie ein paar Stunden zuvor aussah. Die Straße ist fünfspurig und gesäumt von Leichtindustrie und Frachtterminals sowie dunklen kleinen Kneipen und Clubs, in denen die Arbeiter Abwechslung suchen. Sie liegt genau in der Einflugschneise, und über meinem Kopf dröhnen Düsenflugzeuge.

Bruisers kleines Einkaufszentrum heißt Greenway Plaza, und während ich auf dem mit Müll übersäten Parkplatz in meinem Wagen sitze, sehe ich außer der Reinigung und dem Videoverleih noch einen Schnapsladen und ein kleines Café. Obwohl es in Anbetracht der geschwärzten Fenster und verriegelten Türen schwer zu sagen ist, scheint es doch so, als erstreckte sich die Kanzlei über sechs oder sieben Abschnitte im Zentrum der Häuserzeile. Zähneknirschend öffne ich die Tür.

Die in Jeans steckende Sekretärin ist auf der anderen Seite der brusthohen Trennwand zu sehen. Sie hat gebleichtes Haar und eine bemerkenswerte Figur, deren Kurven prächtig zur Schau gestellt sind.

Ich erkläre ihr meine Anwesenheit. Ich erwarte, abgewiesen und zum Gehen aufgefordert zu werden, aber sie ist höflich. Mit einer beiläufigen, intelligenten Stimme, überhaupt nicht flittchenhaft, fordert sie mich auf, die nötigen Einstellungsformulare auszufüllen. Mich verblüfft, daß dieser Betrieb, die Kanzlei von J. Lyman Stone, seinen Angestellten eine umfassende Krankenversicherung bietet. Ich lese sorgfältig das Kleingedruckte, weil ich halb und halb damit rechne, daß

Bruiser kleine Klauseln eingebracht hat, mit denen er seine Klauen noch tiefer in mein Fleisch bohrt.

Aber es gibt keine Überraschungen. Ich frage sie, ob ich Bruiser sehen kann, und sie bittet mich, zu warten. Ich setze mich auf einen Plastikstuhl in einer Reihe an der Wand. Der Empfangsbereich hat sehr viel Ähnlichkeit mit einem Sozialhilfebüro – stark abgetretener Fliesenboden mit einer dünnen Schmutzschicht, billige Stühle, mit dünnem Holz verkleidete Wände, eine erstaunliche Kollektion von zerfledderten Zeitschriften. Sie, Dru, die Sekretärin, hämmert auf der Schreibmaschine und bedient gleichzeitig das Telefon. Es läutet häufig, und sie ist sehr tüchtig und schafft es oft sogar, während sie mit den Mandanten plaudert, schnell und ohne Unterbrechung weiterzutippen.

Schließlich schickt sie mich nach hinten zu meinem neuen Boß. Bruiser sitzt an seinem Schreibtisch und prüft meine Einstellungsformulare wie ein Buchhalter. Mich überrascht sein Interesse an Details. Er heißt mich willkommen, geht die finanziellen Bedingungen unserer Vereinbarung durch, dann schiebt er mir einen Vertrag zu. Er ist vorgedruckt, mit meinem Namen auf den Leerstellen. Ich lese ihn durch, dann unterschreibe ich. Er enthält eine Klausel, derzufolge jeder von uns das Arbeitsverhältnis mit einer Frist von dreißig Tagen beenden kann. Dafür bin ich recht dankbar, aber ich vermute, er hat sie aus gutem Grund eingefügt.

Ich erkläre, daß ich kürzlich einen Offenbarungseid leisten mußte. Morgen muß ich zu meiner ersten Zusammenkunft mit meinen Gläubigern vor Gericht erscheinen. Das wird als Schuldnerverhör bezeichnet, und die Anwälte der Leute, bei denen ich in der Kreide stehe, haben das Recht, in meiner schmutzigen Wäsche zu wühlen. Sie dürfen praktisch jede Frage stellen, die sie über meine finanziellen Verhältnisse und über mein Leben im allgemeinen stellen möchten. Es wird keine große Sache sein. Es besteht sogar eine gute Chance, daß niemand dasein wird, der über mich herfällt.

Wegen dieser Anhörung ist es aber für mich von Vorteil, wenn ich noch ein paar Tage arbeitslos bleibe. Ich bitte Bruiser, den Vertrag vorerst zurückzuhalten und die Zahlung meines ersten Monatsgehalts bis nach der Anhörung aufzuschieben. Das hat einen betrügerischen Unterton, und Bruiser gefällt es. Kein Problem.

Er macht mit mir eine schnelle Runde durch die Kanzlei. Sie ist genau das, was ich mir vorgestellt hatte – ein Konglomerat von Räumen, die hier und dort geschaffen wurden, als die Kanzlei sich von einem Bauabschnitt zum nächsten ausdehnte und Trennwände niedergerissen wurden. Wir dringen immer tiefer in das Labyrinth ein. Er macht mich mit zwei überarbeiteten Frauen in einem kleinen, mit Computern und Druckern vollgestopften Raum bekannt. Ich bezweifle, daß sie je auf irgendeiner Bartheke getanzt haben. »Ich glaube, im Augenblick haben wir sechs Mädchen«, sagt er, während wir weitergehen. Eine Sekretärin ist einfach ein Mädchen.

Er stellt mir zwei der Anwälte vor, recht nette Männer, schlecht gekleidet und in engen Büros arbeitend. »Wir sind herunter auf fünf Anwälte«, erklärt er, als wir die Bibliothek betreten. »Früher waren es sieben, aber das bedeutete zu viele Kopfschmerzen. Je mehr ich einstelle, desto mehr habe ich um die Ohren. Mit den Mädchen ist es dasselbe.«

Die Bibliothek ist ein langer, schmaler Raum mit Büchern vom Fußboden bis zur Decke in keiner erkennbaren Ordnung. Ein langer Tisch in der Mitte ist übersät mit aufgeschlagenen Bänden und zerknüllten Notizzetteln. »Einige von diesen Burschen sind Schweine«, murmelt er. »Also, was halten Sie von meinem kleinen Reich?«

»Schwer in Ordnung«, sage ich, und das ist nicht gelogen. Ich bin erleichtert zu sehen, daß hier tatsächlich Recht praktiziert wird. Bruiser mag ein Ganove mit guten Beziehungen sein, der in fragwürdige Geschäfte und betrügerische Investitionen verwickelt ist; trotzdem ist er ein Anwalt. Seine Kanzlei ist erfüllt vom geschäftigen Gesumm durchaus legitimer Unternehmungen.

»Nicht so elegant wie bei den Großen in der Innenstadt«, sagt er, keineswegs entschuldigend. »Aber es ist alles bezahlt. Habe es vor fünfzehn Jahren gekauft. Ihr Büro ist da drüben.« Er streckt den Arm aus, und wir verlassen die Bibliothek. Zwei Türen weiter, neben einem Cola-Automaten, befindet sich ein reichlich abgenutzter Raum mit einem Schreibtisch, ein paar Stühlen, Aktenschränken und Pferdebildern an den Wänden. Auf dem Schreibtisch ein Telefon und ein Diktiergerät, daneben ein Stapel Notizblöcke. Alles ist sauber und ordentlich. Der Raum riecht leicht nach einem Desinfektionsmittel, als wäre er in der letzten Stunde gesäubert worden.

Er gibt mir einen Ring mit zwei Schlüsseln daran. »Der ist für die Vordertür, der andere für Ihr Büro. Sie können jederzeit kommen und gehen. Aber seien Sie nachts vorsichtig. Das hier ist nicht die allerfeinste Gegend.«

»Ich muß mit Ihnen reden«, sage ich, die Schlüssel nehmend.

Er schaut auf die Uhr. »Wie lange?«

»Geben Sie mir eine halbe Stunde. Es ist dringend.«

Er zuckt die Achseln, und ich folge ihm zurück in sein Büro, wo er sein breites Hinterteil auf seinem Ledersessel deponiert. »Was liegt an?« fragt er, ganz Geschäftsmann, holt einen Designerstift aus der Tasche und zieht den obligatorischen Notizblock heran. Er fängt an zu schreiben, noch bevor ich den Mund aufgemacht habe.

Ich liefere ihm eine rasche Zusammenfassung des Black-Falles mit sämtlichen Fakten, für die ich zehn Minuten brauche. Dann erzähle ich ihm die Geschichte meiner Entlassung durch die Kanzlei Lake. Ich erkläre, wie Barry Lancaster mich benutzt hat, um mir den Fall zu stehlen. »Wir müssen die Klage noch heute einreichen«, erkläre ich ihm eindringlich. »Weil der Fall offiziell Lancaster gehört. Ich vermute, daß er bald Klage erheben wird.«

Bruiser mustert mich mit seinen schwarzen Augen. Ich glaube, ich habe seine Aufmerksamkeit erregt. Der Gedanke, der Kanzlei Lake vor Gericht zuvorzukommen, gefällt ihm. »Was ist mit den Mandanten?« fragt er. »Sie haben Lake engagiert.«

»Ja. Aber ich werde noch mal zu ihnen gehen. Sie hören auf mich.« Ich hole aus meinem Aktenkoffer die Rohfassung einer Klage gegen Great Benefit, an der Barry und ich Stunden gesessen haben. Bruiser liest sie sorgfältig durch.

Dann gebe ich ihm ein Kündigungsschreiben an Barry X.

Lancaster, das ich aufgesetzt habe und das alle drei Blacks unterschreiben sollen. Er liest es langsam durch.

»Gute Arbeit, Rudy«, sagt er, und ich komme mir vor wie ein gerissener Winkeladvokat. »Lassen Sie mich raten. Sie reichen heute nachmittag die Klage ein, dann fahren Sie mit einer Kopie davon zu den Blacks. Sie zeigen sie ihnen, dann bringen Sie sie dazu, die Kündigung zu unterschreiben.«

»Richtig. Ich brauche nur Ihren Namen und Ihre Unterschrift auf der Klage. Ich erledige die Arbeit und halte Sie auf dem laufenden.«

»Das wird der Kanzlei Lake gewaltig eins auswischen«, sagt er und zupft nachdenklich an einem abstehenden Barthaar. »Das gefällt mir. Was ist die Klage wert?«

»Vermutlich das, was die Geschworenen beschließen. Ich bezweifle, daß es zu einer außergerichtlichen Einigung kommt.«

»Und Sie wollen es versuchen?«

»Ich werde vermutlich ein bißchen Hilfe brauchen. Es kann ein oder zwei Jahre dauern.«

»Ich mache Sie mit Deck Shifflet bekannt, einem meiner Mitarbeiter. Er hat früher für eine große Versicherungsgesellschaft gearbeitet und eine Menge Policen für mich begutachtet.«

»Großartig.«

»Sein Büro ist nicht weit von Ihrem entfernt. Überarbeiten Sie dieses Ding, setzen Sie meinen Namen drauf, und wir werden es noch heute einreichen. Aber sorgen Sie unbedingt dafür, daß die Mandanten mitspielen.«

»Die Mandanten werden mitspielen«, versichere ich ihm mit dem Bild von Buddy vor Augen, wie er in dem Fairlane seine Katzen streichelt und Fliegen verjagt, dem von Dot, wie sie rauchend auf der Vorderveranda sitzt und den Briefkasten im Auge behält, als könnte jeden Moment ein Scheck von Great Benefit eintreffen, und dem von Donny Ray, der seinen Kopf mit den Händen abstützt.

»Um das Thema zu wechseln«, sage ich und räuspere mich. »Gibt's was Neues von der Polizei?«

»Kein Grund zur Aufregung«, sagt er selbstgefällig, als hätte der Meisterarrangeur mal wieder seine magischen Kräfte zur Schau gestellt. »Ich habe mit ein paar Leuten geredet, die ich kenne, und sie sind nicht einmal sicher, ob es Brandstiftung war. Kann Tage dauern.«

»Also werden sie mich nicht mitten in der Nacht verhaften?«

»Bestimmt nicht. Sie haben mir versprochen, daß sie mich anrufen, wenn sie Sie haben wollen. Ich habe ihnen versichert, daß Sie sich dann selbst stellen würden, Kaution hinterlegen und so weiter. Aber so weit wird es gar nicht erst kommen. Entspannen Sie sich.«

Ich entspanne mich tatsächlich. Ich traue Bruiser Stone zu, daß er in der Lage ist, der Polizei Versprechen abzuringen.

»Danke«, sage ich.

Zehn Minuten vor Feierabend betrete ich das Büro des Kanzleivorstehers im Bezirksgericht und reiche meine Klage ein – gegen die Great Benefit Life Insurance Company und Bobby Ott, den verschwundenen Agenten, der die Police verkauft hat. Meine Mandanten, die Blacks, fordern Schadenersatz in Höhe von zweihunderttausend Dollar und eine Geldstrafe von zehn Millionen. Ich habe keine Ahnung, über wieviel Nettovermögen Great Benefit verfügt, und es wird geraume Zeit dauern, bis ich das herausbekommen habe. Ich habe die zehn Millionen aus der Luft gegriffen, weil sie sich gut anhören. Das tun Prozeßanwälte ständig.

Natürlich taucht mein Name nirgends auf. Prozeßbevollmächtigter der Kläger ist J. Lyman Stone, und seine schwungvolle Unterschrift schmückt die letzte Seite und verleiht dem ganzen Vorgang Autorität. Ich gebe dem Gehilfen des Kanzleivorstehers einen Firmenscheck für die Einreichungsgebühr, und wir sind im Geschäft.

Great Benefit ist offiziell verklagt worden.

Ich rase quer durch die Stadt nach Nord-Memphis in das Granger-Viertel, wo ich meine Mandanten ungefähr genauso antreffe, wie ich sie ein paar Tage zuvor verlassen habe. Buddy ist draußen. Dot holt Donny Ray aus seinem Zimmer. Wir drei sitzen am Tisch, während sie ihre Kopie der Klage bewundern. Sie sind mächtig beeindruckt von den großen Zahlen. Dot wiederholt immer wieder die Summe von zehn Millionen, als besäße sie ein Lotterielos mit dem Hauptgewinn.

Schließlich bin ich gezwungen, zu erklären, was mit diesen fürchterlichen Leuten in der Kanzlei Lake passiert ist. Ein Strategiekonflikt. Sie waren für meinen Geschmack zu träge. Ihnen hat mein Drängen auf Handeln nicht gefallen. Und so weiter und so weiter.

Ihnen ist es im Grunde völlig gleichgültig. Die Klage ist eingereicht worden, und sie haben den Beweis dafür. Sie können alles nachlesen, wann immer sie wollen. Was sie wissen wollen, ist: Wie geht es nun weiter, wie bald wird sich etwas tun? Wie stehen die Chancen für einen schnellen Vergleich? Diese Fragen machen mich sprachlos. Ich weiß, daß es viel zu lange dauern wird, und ich komme mir grausam vor, weil ich ihnen das verheimliche.

Mit gutem Zureden bringe ich sie dazu, daß sie den Brief an Barry X. Lancaster, ihren bisherigen Anwalt, unterschreiben, eine knappe Kündigung. Außerdem ist da ein neuer Vertrag mit der Kanzlei J. Lyman Stone. Ich rede sehr schnell, während ich dieses neue Paket Papierkram erkläre. Von denselben Stühlen am Küchentisch aus sehen Donny Ray und ich zu, wie Dot abermals durch das Unkraut stapft und auf ihren Mann einredet, um seine Unterschrift zu bekommen.

Ich verlasse sie in besserer Verfassung als der, in der ich sie angetroffen habe. Es bereitet ihnen eine gewisse Genugtuung, daß sie tatsächlich diese Gesellschaft verklagt haben, die sie schon so lange hassen. Sie haben sich endlich gewehrt. Man hat auf ihnen herumgetrampelt, und sie haben mich überzeugt, daß man ihnen übel mitgespielt hat. Jetzt gehören sie zu den Millionen von Amerikanern, die alljährlich jemanden verklagen. Es verleiht ihnen ein irgendwie patriotisches Gefühl.

Ich sitze im Feierabendverkehr in meinem heißen kleinen Wagen und denke über den Wahnsinn der letzten vierundzwanzig Stunden nach. Ich habe gerade einen höchst dubiosen Arbeitsvertrag unterschrieben. Tausend Dollar im Monat sind eine so bescheidene Summe, trotzdem machen sie mir angst.

Sie sind kein Gehalt, sondern ein Darlehen, und ich habe keine Ahnung, wie Bruiser sich vorstellt, daß ich gleich Fälle und damit Geld an Land ziehe. Wenn ich aus dem Black-Fall etwas heraushole, dann erst in etlichen Monaten.

Ich werde noch eine Weile bei Yogi's arbeiten. Prince bezahlt mich immer noch in bar – fünf Dollar die Stunde plus Essen und ein paar Bier.

In dieser Stadt gibt es Kanzleien, die von ihren Anwälten erwarten, daß sie immer einen anständigen Anzug tragen, einen ansehnlichen Wagen fahren, in einem noblen Haus wohnen und sogar in den eleganten Country Clubs herumhängen. Natürlich zahlen sie ihnen erheblich mehr, als Bruiser mir zahlt, aber sie packen ihnen auch eine Menge unnötige gesellschaftliche Lasten auf.

Meine Kanzlei tut das nicht. Ich kann anziehen, was ich will, ich kann die letzte Rostlaube fahren, überall herumhängen, und niemand wird je ein Wort sagen. Ich frage mich, wie ich reagieren werde, wenn einer der Burschen in der Kanzlei mich zum erstenmal auffordert, mit ihm auf ein oder zwei Tanzdarbietungen auf die andere Straßenseite zu gehen.

Plötzlich bin ich mein eigener Herr. Während der Verkehr zentimeterweise vorankriecht, überkommt mich ein wundervolles Gefühl der Unabhängigkeit. Ich kann überleben! Ich werde eine Weile für Bruiser schuften und dabei vermutlich mehr über die Juristerei lernen, als es bei den großen Firmen in der Innenstadt der Fall gewesen wäre. Ich werde die höhnischen Bemerkungen und das Naserümpfen anderer Leute über meine Arbeit in einem so schäbigen Laden aushalten. Damit werde ich fertig. Es wird mich zäh machen. Vor noch nicht allzu langer Zeit, als ich mich bei Broadnax and Speer und dann bei Lake sicher untergebracht glaubte, war ich ziemlich aufgeblasen, also werde ich jetzt ein bißchen demütiger sein.

Es ist bereits dunkel, als ich Greenway Plaza erreiche. Die meisten Wagen sind vom Parkplatz verschwunden. Auf der anderen Straßenseite hat die grelle Reklame des Club Amber die übliche Menge von Pickups und Leihwagen angezogen. Das Neonlicht umwirbelt das Dach des gesamten Gebäudes und erhellt die ganze Umgebung.

Das Pornogeschäft blüht in Memphis, und das ist schwer zu erklären. Dies ist eine sehr konservative Stadt mit Unmengen von Kirchen, das Herz des Bibelgürtels. Die Leute, die sich hier um ein Amt bewerben, bekennen sich ausnahmslos zu einem strengen Moralkodex, was gewöhnlich von den Wählern honoriert wird. Ich kann mir keinen Kandidaten vorstellen, der das Pornogeschäft tolerierte und trotzdem gewählt würde.

Ich beobachte, wie eine Wagenladung Geschäftsleute aussteigt und in den Club Amber torkelt – ein Amerikaner mit vier japanischen Freunden, zweifellos im Begriff, einen langen Tag des Geschäftemachens mit ein paar Drinks und einer anregenden Betrachtung der neuesten Entwicklungen auf dem Gebiet des amerikanischen Silikons abzuschließen.

Die Musik ist schon jetzt sehr laut. Der Parkplatz füllt sich schnell.

Ich gehe rasch zur Vordertür der Kanzlei und schließe sie auf. Die Büros sind leer. Vermutlich sind alle auf der anderen Straßenseite. Heute nachmittag hatte ich deutlich den Eindruck, daß die Kanzlei von J. Lyman Stone kein Ort für Arbeitstiere ist.

Alle Türen sind zu und vermutlich abgeschlossen. In dieser Gegend traut niemand niemandem. Ich habe unbedingt die Absicht, meine Tür auch immer abzuschließen.

Ich werde ein paar Stunden hierbleiben. Ich muß Booker anrufen und ihn über mein neuestes Abenteuer informieren. Wir haben unsere Vorbereitungen für das Anwaltsexamen vernachlässigt. Drei Jahre lang haben wir es immer wieder geschafft, uns gegenseitig anzutreiben und zu motivieren. Das Anwaltsexamen steht mir bevor wie eine Verabredung mit einem Exekutionskommando.

16

Ich überstehe die Nacht ohne Verhaftung, aber auch ohne viel Schlaf. Irgendwann zwischen fünf und sechs Uhr kapituliere ich vor den verworrenen Gedanken, die mir im Kopf herumwirbeln, und stehe auf. Von den letzten achtundvierzig Stunden habe ich kaum vier geschlafen.

Die Nummer steht im Telefonbuch, und ich wähle sie um fünf Minuten vor sechs. Ich bin bei der zweiten Tasse Kaffee. Es läutet zehnmal, bevor eine verschlafene Stimme »Hallo« sagt.

»Barry Lancaster bitte.«

»Am Apparat.«

»Barry, hier ist Rudy Baylor.«

Er räuspert sich, und ich kann regelrecht sehen, wie er aus dem Bett springt. »Was wollen Sie?« fragt er jetzt mit wesentlich schärferer Stimme.

»Tut mir leid, daß ich Sie so früh störe, aber ich wollte Sie über ein paar Dinge informieren.«

»Zum Beispiel?«

»Zum Beispiel, daß die Blacks gestern ihre Klage gegen Great Benefit eingereicht haben. Ich schicke Ihnen eine Kopie, sobald Sie sich ein neues Büro beschafft haben. Die Blacks haben außerdem eine Kündigung unterschrieben. Sie sind also nicht mehr ihr Anwalt und brauchen sich ihretwegen nicht mehr den Kopf zu zerbrechen.«

»Wie konnten Sie die Klage einreichen?«

»Das geht Sie wirklich nichts an.«

»Meinen Sie?«

»Ich schicke Ihnen eine Kopie der Klage, dann können Sie es selbst herausfinden. Haben Sie eine neue Adresse, oder gilt noch die alte?«

»Unser Postschließfach ist nicht mit verbrannt.«

»Okay. Im übrigen würde ich es zu schätzen wissen, wenn Sie mich aus dieser Brandstiftungsgeschichte draußen ließen.

Ich habe nichts mit dem Brand zu tun, und wenn Sie darauf bestehen, mich da hineinzuziehen, werde ich Sie verklagen, Sie dreckiger Gauner.«

»Ich bin starr vor Angst.«

»Das kann ich mir vorstellen. Hören Sie einfach auf, mit meinem Namen herumzuwerfen.« Ich lege auf, bevor er etwas erwidern kann. Dann beobachte ich fünf Minuten das Telefon, aber er ruft nicht an. Was für ein Feigling.

Es interessiert mich brennend, wie die Zeitungen die Geschichte aufziehen, also dusche ich, ziehe mich an und verschwinde schnell im Schutz der Dunkelheit. Der Verkehr ist noch sehr dünn, während ich nach Süden in Richtung Flughafen fahre, auf Greenway Plaza zu, einen Ort, der anfängt, sich wie zu Hause anzufühlen. Ich parke an derselben Stelle, die ich sieben Stunden zuvor verlassen habe. Der Club Amber ist still und dunkel, der Parkplatz mit Müll und Bierdosen übersät.

In dem schmalen Bauabschnitt neben dem, in dem, wie ich glaube, mein Büro liegt, hat sich eine stämmige Deutsche namens Trudy eingemietet, die hier ein billiges Café betreibt. Ich habe sie am Vorabend kennengelernt, als ich auf ein Sandwich hineinging. Sie hat mir erzählt, daß sie um sechs für Kaffee und Doughnuts aufmacht.

Als ich hereinkomme, brüht sie gerade Kaffee auf. Wir unterhalten uns einen Moment, während sie mein Bagel toastet und mir Kaffee einschenkt. An den kleinen Tischen sitzt bereits ein Dutzend Männer, und Trudy hat andere Dinge im Kopf. Zum Beispiel hat der Doughnut-Lieferant sich verspätet.

Ich hole mir eine Zeitung und sitze an einem Tisch beim Fenster, während die Sonne aufgeht. Auf der Titelseite des Lokalteils ist ein großes Foto von Mr. Lakes Lagerhaus in hellen Flammen. Ein kurzer Artikel liefert eine Geschichte des Gebäudes. Es sei völlig zerstört worden, und Mr. Lake selbst schätze den Verlust auf drei Millionen. »Die Renovierung war eine Liebesaffäre, die sich über fünf Jahre hingezogen hat«, wird er zitiert. »Ich bin untröstlich.«

Weine nur weiter, alter Junge. Ich überfliege den Artikel und kann nirgends das Wort »Brandstiftung« entdecken. Die Polizei hüllt sich in Schweigen – die Untersuchungen dauern an, zu früh für Spekulationen, kein Kommentar. Der übliche Bullenjargon.

Ich hatte zwar nicht damit gerechnet, daß mein Name als möglicher Verdächtiger auftauchen würde, aber ich bin trotzdem erleichtert.

Ich bin in meinem Büro, versuche beschäftigt auszusehen und frage mich, wie in aller Welt ich es schaffen soll, im Laufe der nächsten dreißig Tage tausend Dollar an Honoraren einzubringen, als Bruiser hereingestürmt kommt. Er wirft ein Blatt Papier auf meinen Schreibtisch. Ich greife danach.

»Das ist eine Kopie des Polizeiberichts«, knurrt er, bereits wieder auf dem Weg zur Tür.

»Über mich?« frage ich bestürzt.

»Unsinn. Es ist ein Polizeibericht. Verkehrsunfall gestern abend an der Ecke von Airways und Shelby, nur ein paar Blocks von hier entfernt. Kann sein, daß ein betrunkener Fahrer beteiligt war. Sieht so aus, als wäre er bei Rot über die Kreuzung gefahren.« Er hält inne und funkelt mich an.

»Vertreten wir einen der ...«

»Noch nicht! Dazu sind Sie da. Kümmern Sie sich um den Fall. Überprüfen Sie ihn. Ziehen Sie einen Vertrag an Land. Sieht so aus, als könnten da ein paar gute Verletzungen drinstecken.«

Ich bin völlig verwirrt, und er läßt mich so sitzen. Die Tür schlägt zu, und ich kann ihn auf seinem Weg den Flur entlang knurren hören.

Der Unfallbericht steckt voller Informationen: die Namen von Fahrern und Beifahrern, Adressen, Telefonnummern, Verletzungen, Schäden an den Fahrzeugen, Augenzeugenberichte. Da ist eine Zeichnung, wie es sich nach Ansicht der Polizisten zugetragen haben muß, und eine weitere, wie sie die Fahrzeuge vorgefunden haben. Beide Fahrer wurden verletzt und ins Krankenhaus gebracht, und derjenige, der bei Rot über die Kreuzung gefahren ist, hatte vermutlich getrunken.

Interessante Lektüre, aber was soll ich jetzt unternehmen?

Der Unfall ist gestern abend um zehn Minuten nach zehn passiert, und Bruiser hat es irgendwie geschafft, diesen Bericht gleich heute morgen in seine schmuddeligen Hände zu bekommen. Ich lese ihn noch einmal, dann starre ich ihn lange Zeit an.

Ein Klopfen an der Tür reißt mich aus meinem verwirrten Zustand. »Herein«, sage ich.

Sie knarrt leise, und ein schmächtiger kleiner Mann steckt den Kopf herein. »Rudy?« sagt er mit hoher, nervöser Stimme.

»Ja, kommen Sie herein.«

Er schiebt sich durch den schmalen Spalt und schleicht sich regelrecht zu dem Stuhl auf der anderen Seite meines Schreibtischs. »Ich bin Deck Shifflet«, sagt er und setzt sich, ohne einen Händedruck oder ein Lächeln zu offerieren. »Bruiser hat gesagt, Sie hätten einen Fall, über den Sie reden möchten.« Er schaut über die Schulter, als hätte vielleicht jemand nach ihm das Zimmer betreten und hörte jetzt zu.

»Nett, Sie kennenzulernen«, sage ich. Es ist schwer zu sagen, ob Deck vierzig ist oder fünfzig. Der größte Teil seines Haars ist verschwunden, und die paar noch vorhandenen Strähnen sind mit viel Öl an seinen breiten Schädel geklatscht. Die Stellen um seine Ohren herum sind dünn und überwiegend grau. Er trägt eine kantige Drahtbrille mit ziemlich dicken und schmutzigen Gläsern. Es ist im übrigen schwer zu sagen, ob sein Kopf zu groß oder sein Körper zu schmächtig ist, aber beides paßt nicht zusammen. Seine Stirn ist in zwei runde Hälften unterteilt, die ziemlich genau in der Mitte zusammentreffen, wo eine tiefe Falte sie verbindet und dann zu seiner Nase hinabstürzt.

Deck ist einer der unattraktivsten Menschen, die mir je begegnet sind. Sein Gesicht ist von Teenagerakne verheert. Sein Kinn existiert praktisch nicht. Wenn er redet, verzieht sich seine Nase, und seine Oberlippe hebt sich und entblößt vier Schneidezähne, alle gleich groß.

Der Kragen seines zweitaschigen und angeschmutzten weißen Hemdes ist ausgefranst. Der Knoten seiner schlichten roten Strickkrawatte ist so groß wie meine Faust.

»Ja«, sage ich und versuche, nicht in die beiden riesigen Augen zu schauen, die mich durch die dicken Gläser hindurch mustern. »Es ist ein Versicherungsfall. Sind Sie einer der angestellten Anwälte hier?«

Die Nase und die Lippen stoßen aneinander. Die Zähne funkeln mich an. »Sozusagen. Nicht wirklich. Sehen Sie, ich bin kein Anwalt, noch nicht. Habe Jura studiert und all das, aber ich habe kein Examen gemacht.«

Ah, eine verwandte Seele. »Ach, wirklich«, sage ich. »Wann waren Sie mit dem Studium fertig?«

»Vor fünf Jahren. Sehen Sie, ich habe ein paar Probleme mit dem Anwaltsexamen. Ich habe es sechsmal versucht.«

Das ist nicht, was ich hören möchte. »Wow«, murmele ich. Ich habe wirklich nicht gewußt, daß sich jemand so oft zum Examen melden kann. »Tut mir leid, das zu hören.«

»Wann ist es bei Ihnen soweit?« fragt er und schaut sich abermals nervös um. Er sitzt auf der Kante seines Stuhls, als rechnete er damit, jeden Moment aufspringen zu müssen. Daumen und Zeigefinger seiner rechten Hand zupfen an der Haut auf dem Rücken seiner linken.

»Im Juli. Ziemlich hart, nicht wahr?«

»Ja, ziemlich hart, würde ich sagen. Seit einem Jahr habe ich mich nicht mehr angemeldet. Weiß nicht, ob ich es jemals wieder versuchen werde.«

»Wo haben Sie studiert?« frage ich, weil er mich ziemlich nervös macht. Ich bin nicht sicher, ob ich über den Fall Black reden möchte. Wie paßt er ins Bild? Wie sieht sein Anteil aus?

»In Kalifornien«, sagt er mit dem heftigsten Gesichtszucken, das ich je gesehen habe. Die Augen öffnen und schließen sich. Die Brauen tanzen. Die Lippen flattern. »In Abendkursen. War damals verheiratet, habe fünfzig Stunden die Woche gearbeitet. Hatte nicht viel Zeit zum Lernen. Fünf Jahre habe ich gebraucht bis zur Graduierung. Meine Frau hat mich verlassen. Bin dann hierhergezogen.« Seine Sätze werden immer kürzer, dann verstummt er und läßt mich ein paar Sekunden hängen.

»Ja, und seit wann arbeiten Sie für Bruiser?«

»Seit fast drei Jahren. Er behandelt mich wie die übrigen Anwälte. Ich treibe die Fälle auf, bearbeite sie, gebe ihm seinen

Anteil. Alle sind glücklich. Wenn Versicherungsfälle hereinkommen, bittet er gewöhnlich mich, sie zu bearbeiten. Ich habe achtzehn Jahre für Pacific Mutual gearbeitet. Hatte es satt. Hab angefangen zu studieren.« Er verstummt wieder.

Ich beobachte ihn und warte. »Was passiert, wenn Sie vor Gericht gehen müssen?«

Er grinst verlegen, als wäre er in Wirklichkeit ein toller Hecht. »Also, ein paarmal bin ich selbst hingegangen, wirklich. Bisher bin ich noch nicht erwischt worden. Hier gibt es so viele Anwälte, da ist es unmöglich, alle zu kennen. Wenn es zu einem Prozeß kommt, geht Bruiser für mich hin. Oder einer der anderen Anwälte hier.«

»Bruiser sagte, es arbeiten fünf Anwälte hier in der Kanzlei.«

»Ja. Ich, Bruiser, Nicklass, Toxer und Ridge. Aber ich würde es nicht eine Kanzlei nennen. Hier ist jeder auf sich allein gestellt. Sie werden es schnell lernen. Sie müssen Ihre eigenen Fälle und Mandanten beschaffen, und behalten ein Drittel von dem, was hereinkommt.«

Seine Offenheit gefällt mir, also setze ich nach: »Kommen die Anwälte auf ihre Kosten?«

»Hängt davon ab, was Sie wollen«, sagt er und rutscht herum, als hörte Bruiser zu. »Da draußen gibt es eine Menge Konkurrenz. Für mich genau das richtige, weil ich vierzigtausend im Jahr mit juristischer Arbeit verdienen kann, obwohl ich keine Lizenz habe. Aber verraten Sie es niemandem.«

Das würde mir nicht im Traum einfallen.

»Was springt für Sie heraus, wenn Sie mit mir an meinem Versicherungsfall arbeiten?« frage ich.

»Ach, das. Bruiser bezahlt mich, wenn es zu einem Vergleich kommt. Ich helfe ihm bei seinen Fällen, aber ich bin der einzige, dem er wirklich vertraut. Niemand sonst hier darf seine Akten anrühren. Er hat schon Anwälte hinausgeworfen, weil sie versucht haben, ihre Nase hineinzustecken. Ich bin harmlos. Ich muß hierbleiben, zumindest so lange, bis ich das Anwaltsexamen bestanden habe.«

»Wie sind die anderen Anwälte?«

»Okay. Sie kommen und gehen. Er engagiert nicht gerade

die Spitzenleute, wissen Sie. Er holt junge Leute von der Straße. Sie arbeiten ein oder zwei Jahre hier, beschaffen sich ein paar Mandanten und Kontakte, dann machen sie ihren eigenen Laden auf. Anwälte sind immer auf dem Absprung.«

Wem sagt er das?

»Darf ich Sie etwas fragen?« sage ich, gegen meine bessere Einsicht handelnd.

»Natürlich.«

Ich gebe ihm den Unfallbericht, und er überfliegt ihn schnell. »Den hat Bruiser Ihnen gegeben, stimmt's?«

»Ja, vor ein paar Minuten. Was erwartet er von mir?«

»Daß Sie den Fall an Land ziehen. Den Mann finden, der angefahren wurde, ihm einen Vertrag mit der Kanzlei J. Lyman Stone aufschwatzen und sich dann um alles Weitere kümmern.«

»Wie soll ich ihn finden?«

»Nun, es sieht so aus, als wäre er im Krankenhaus. Da kommt man gewöhnlich am besten an die Leute ran.«

»Sie gehen ins Krankenhaus?«

»Klar. Das tue ich ständig. Sehen Sie, Bruiser hat ein paar Kontakte zum Präsidium. Ein paar sehr gute Kontakte, Leute, mit denen er aufgewachsen ist. Von denen bekommt er fast jeden Morgen die Unfallberichte. Er verteilt sie im Büro und erwartet von uns, daß wir uns die Fälle angeln. Dazu braucht man kein Experte zu sein.«

»Welches Krankenhaus?«

Seine Augen verdrehen sich, und er schüttelt angewidert den Kopf. »Was hat man euch beim Studium eigentlich beigebracht?«

»Nicht viel, aber ganz bestimmt nicht, wie man Jagd auf Unfallopfer macht.«

»Dann sollten Sie es lieber rasch lernen. Wenn Sie es nicht tun, werden Sie verhungern. Sehen Sie, hier steht die Telefonnummer des verletzten Fahrers. Sie rufen einfach dort an, sagen dem, der sich meldet, Sie gehörten zum Rettungsdienst der Feuerwehr von Memphis oder etwas von der Art und Sie müßten unbedingt mit dem verletzten Fahrer sprechen, wie immer der heißen mag. Er kann nicht ans Telefon kommen, weil er im Krankenhaus liegt, richtig? In welchem Krankenhaus? Sie brauchen das für Ihren Computer. Man wird es Ihnen sagen. Funktioniert immer. Benutzen Sie Ihre Phantasie. Die Leute sind leicht zu übertölpeln.«

Mir ist übel. »Und was dann?«

»Dann fahren Sie ins Krankenhaus und reden mit dem Mann. He, tut mir leid, Sie sind ja noch ein Anfänger. Ich werde Ihnen sagen, was wir tun werden. Wir schnappen uns ein Sandwich und essen es im Wagen, während wir zusammen zum Krankenhaus fahren und versuchen, diesen Burschen an den Haken zu kriegen.«

Das möchte ich ganz und gar nicht. Ich würde am liebsten diesen Ort verlassen und nie mehr zurückkehren. Aber im Moment habe ich nichts anderes zu tun. »Okay«, sage ich äußerst widerstrebend.

Er springt auf. »Wir treffen uns vor dem Haus. Ich rufe an und finde heraus, in welchem Krankenhaus er liegt.«

Das Krankenhaus ist St. Peter's Charity Hospital, ein regelrechtes Irrenhaus, in das die meisten Unfallopfer gebracht werden. Es gehört der Stadt und bietet, neben vielen anderen Dingen, auch kostenlose Behandlung für unzählige Patienten.

Deck kennt es gut. Wir fahren in seinem verbeulten Kleinbus durch die Stadt, dem einzigen Gegenstand, der ihm bei seiner Scheidung zugesprochen wurde, einer Scheidung infolge von Jahren des Alkoholmißbrauchs. Jetzt ist er trocken, ein stolzes Mitglied der Anonymen Alkoholiker, und mit dem Rauchen hat er auch aufgehört. Aber er spielt gern, gibt er betrübt zu, und die neuen Casinos, die direkt jenseits der Staatsgrenze in Mississippi aus dem Boden schießen, machen ihm zu schaffen.

Seine Ex-Frau und seine beiden Kinder leben nach wie vor in Kalifornien.

Ich bekomme all diese Details in weniger als zehn Minuten geliefert, während ich auf einem Hot dog herumkaue. Deck fährt mit einer Hand, ißt mit der anderen und zuckt, rutscht herum, schneidet Grimassen und redet quer durch halb Memphis, wobei ihm ein Klümpchen Hühnersalat am Mundwinkel hängt. Ich bringe es einfach nicht fertig, ihn anzusehen.

Wir parken auf dem für Ärzte reservierten Platz, weil Deck einen Parkschein hat, der ihn als Arzt ausweist. Der Wachmann scheint ihn zu kennen und winkt uns durch.

Deck führt mich geradenwegs zum Auskunftsschalter in der von Menschen wimmelnden Haupthalle. Binnen Sekunden hat er die Zimmernummer von Dan Van Landel, unserem potentiellen Mandanten. Deck geht mit einwärts gerichteten Füßen und einem leichten Hinken, trotzdem habe ich Mühe, mit ihm Schritt zu halten, als er auf den Fahrstuhl zusteuert. »Benehmen Sie sich nicht wie ein Anwalt«, flüstert er mir fast unhörbar zu, während wir in einer Gruppe von Schwestern warten.

Wie könnte irgend jemand auf die Idee kommen, Deck für einen Anwalt zu halten? Wir fahren schweigend zum achten Stock hinauf und verlassen zusammen mit einem Haufen anderer Leute den Fahrstuhl. Für Deck scheint das schon Routine zu sein.

Ungeachtet der merkwürdigen Form seines großen Kopfes, seines hinkenden Ganges und all seiner anderen Auffälligkeiten nimmt niemand von uns Notiz. Wir wandern einen belebten Korridor entlang, bis er sich an einem Schwesternzimmer mit einem anderen kreuzt. Deck weiß genau, wie er zu Zimmer 886 kommt. Wir biegen nach links ab, vorbei an Schwestern, Pflegern und einem Arzt, der eine Tabelle studiert. An einer Wand sind fahrbare Betten ohne Decken aufgereiht. Der gefliese Boden ist abgetreten und müßte gewischt werden. Vier Türen weiter auf der linken Seite, und wir betreten, ohne anzuklopfen, das Halbdunkel eines Zweibettzimmers. Im ersten Bett liegt ein Mann, der sich die Decken bis zum Kinn hochgezogen hat. Er sieht sich in dem winzigen, über seinem Bett hängenden Fernseher eine Seifenoper an.

Er mustert uns so entsetzt, als wären wir gekommen, um uns eine Niere von ihm zu holen, und ich hasse mich selbst dafür, daß ich hier bin. Wir haben nicht das Recht, auf eine derart rücksichtslose Art in die Privatsphäre anderer Menschen einzudringen.

Deck dagegen ist die Ruhe selbst. Es ist schwer zu glauben, daß dieser schamlose Hochstapler der kleine Mickerling ist, der vor weniger als einer Stunde in mein Büro geschlichen kam. Da hatte er sich vor seinem eigenen Schatten gefürchtet. Jetzt scheint er keine Spur von Angst zu haben.

Wir tun ein paar Schritte und gehen zu der Öffnung in einer zusammenfaltbaren Trennwand. Deck zögert einen Moment, um zu sehen, ob Dan Van Landel irgendwelchen Besuch hat. Er ist allein, und Deck schiebt sich vorwärts. »Guten Tag, Mr. Van Landel«, sagt er freundlich.

Van Landel ist vermutlich Ende Zwanzig, aber sein Alter ist schwer zu schätzen, weil sein Gesicht verbunden ist. Ein Auge ist fast vollständig zugeschwollen, unter dem anderen ist eine Schnittwunde. Ein Arm ist gebrochen, ein Bein steckt in einem Streckverband.

Er ist wach, also brauchen wir ihn gnädigerweise nicht anzurühren oder anzuschreien. Ich stelle mich ans Fußende des Bettes, in die Nähe des Eingangs, und hoffe inbrünstig, daß kein Arzt, keine Schwester und kein Angehöriger auftaucht und uns hierbei erwischt.

Deck beugt sich über ihn. »Können Sie mich hören, Mr. Van Landel?« fragt er mit dem Mitgefühl eines Priesters.

Van Landel ist ziemlich festgeschnallt, er kann sich also nicht bewegen. Ich bin sicher, daß er sich gern aufsetzen oder irgendwie anders hinlegen würde, aber er ist uns hilflos ausgeliefert. Ich kann mir nicht vorstellen, was für ein Schock das für ihn sein muß. In dem einen Moment liegt er noch hier und starrt an die Decke, vermutlich immer noch benommen und unter Schmerzen, und den Bruchteil einer Sekunde später blickt er in eines der seltsamsten Gesichter, die er je gesehen hat.

Er blinzelt heftig, um besser zu sehen. »Wer sind Sie?« grunzt er durch zusammengebissene Zähne. Zusammengebissen, weil sie verdrahtet sind.

Das ist nicht fair.

Deck lächelt und zeigt seine vier glänzenden Hauer. »Deck Shifflet, Kanzlei Lyman Stone.« Er sagt dies mit erstaunlicher Selbstsicherheit, als würde von ihm *erwartet*, daß er hier ist.

»Sie haben doch wohl noch nicht mit irgendeiner Versicherung gesprochen, oder?«

Einfach so hat Deck die bösen Buben abgestempelt. Das sind nicht wir. Das sind die Versicherungstypen. Damit hat er schon mal eine Menge Boden gutgemacht. Jetzt ist er der Vertraute. Wir gegen die andern.

»Nein«, grunzt Van Landel.

»Gut. Reden Sie nicht mit ihnen. Die wollen Sie nur aufs Kreuz legen«, sagt Deck. Er schiebt sich noch näher heran, erteilt bereits Ratschläge. »Wir haben uns den Unfallbericht angesehen. Klarer Fall von Mißachtung einer roten Ampel. Wir werden in ungefähr einer Stunde hinfahren«, sagt er, wichtigtuerisch auf seine Uhr schauend, »und den Unfallort fotografieren, mit Zeugen reden, Sie wissen schon, alles, was dazugehört. Wir müssen das schnell tun, bevor die Ermittler der Versicherung an die Zeugen herankommen. Es ist schon vorgekommen, daß sie sie bestechen, damit sie falsch aussagen, wissen Sie, und andere solche Mätzchen. Wir müssen schnell handeln, aber dazu müssen wir von Ihnen bevollmächtigt sein. Haben Sie einen Anwalt?«

Ich halte den Atem an. Wenn Van Landel jetzt sagt, daß sein Bruder Anwalt ist, bin ich draußen.

»Nein«, sagt er.

Deck setzt zum Todesstoß an. »Also, wie ich schon sagte, wir müssen schnell handeln. Unsere Kanzlei bearbeitet mehr Verkehrsunfälle als sonst jemand in Memphis, und wir holen gewaltige Vergleichssummen heraus. Die Versicherungen haben Angst vor uns. Und wir verlangen keinen Groschen. Wir nehmen nur das übliche Drittel von dem, was wir herausholen.« Während er das sagt, zieht er langsam einen Vertrag aus der Mitte eines Notizblocks heraus. Es ist ein Kurzvertrag – eine Seite, drei Paragraphen, gerade genug, um ihn an die Angel zu bekommen. Deck schwenkt ihn auf eine Weise vor seinem Gesicht, daß Van Landel ihn nehmen muß. Er hält ihn mit seinem heilen Arm, versucht, ihn zu lesen.

Der arme Kerl. Er hat gerade die schlimmste Nacht seines Lebens hinter sich, ist heilfroh, daß er noch lebt, und jetzt soll er, mit verschwollenen Augen und völlig benommen, ein juristisches Dokument lesen und eine intelligente Entscheidung treffen.

»Können Sie auf meine Frau warten?« fragt er fast flehend.

Sind wir im Begriff, ertappt zu werden? Ich umklammere das Bettgeländer und stoße dabei unabsichtlich gegen ein Kabel am Flaschenzug, wodurch sein Bein mit einem Ruck ein paar Zentimeter höher gezogen wird. »Ahhh!« stöhnt er.

»Tut mir leid«, sage ich schnell und reiße meine Hände zurück. Deck sieht mich an, als würde er mich am liebsten umbringen, dann ist er wieder Herr der Lage. »Wo ist Ihre Frau?« fragt er.

»Ahhh!« stöhnt der arme Kerl abermals.

»Tut mir leid«, wiederhole ich, weil ich nicht anders kann. Meine Nerven sind in Fetzen.

Van Landel mustert mich angstvoll. Ich schiebe beide Hände tief in die Hosentaschen.

»Sie kommt bald wieder«, sagt er, ganz offensichtlich bei jeder Silbe schmerzgepeinigt.

Deck hat für alles eine Antwort. »Ich spreche später mit ihr, in meinem Büro. Ich brauche tonnenweise Informationen von ihr.« Deck schiebt gekonnt seinen Block unter den Vertrag, damit das Unterschreiben leichter geht, und zieht die Kappe von einem Kugelschreiber ab.

Van Landel murmelt etwas, dann nimmt er den Kugelschreiber und kritzelt seinen Namen. Deck schiebt den Vertrag wieder in den Block und gibt dem neuen Mandanten eine Geschäftskarte. Sie identifiziert ihn als Anwaltsgehilfen der Kanzlei J. Lyman Stone.

»Nun ein paar Dinge«, sagt Deck. Sein Ton ist gebieterisch. »Reden Sie mit niemandem außer Ihrem Arzt. Es werden Versicherungsleute kommen und Sie belästigen, vermutlich schon heute, sie werden versuchen, Sie dazu zu bringen, daß Sie Formulare und solches Zeug unterschreiben. Kann sogar sein, daß sie Ihnen einen Vergleich anbieten. Reden Sie unter gar keinen Umständen mit diesen Leuten, und unterschreiben Sie nichts, bevor ich es mir angesehen habe. Sie haben meine Nummer. Sie können mich Tag und Nacht anrufen. Auf der Rückseite steht die Nummer von Rudy Baylor hier, den können Sie auch jederzeit anrufen. Wir bearbeiten den Fall gemeinsam. Noch Fragen?«

»Gut«, sagt Deck, bevor er grunzen oder stöhnen kann. »Rudy kommt morgen früh mit ein bißchen Papierkram wieder zu Ihnen. Sorgen Sie dafür, daß Ihre Frau uns noch heute anruft. Es ist sehr wichtig, daß wir mit ihr reden.« Er klopft Van Landel auf das gesunde Bein. Es wird Zeit, daß wir verschwinden, bevor er es sich anders überlegt. »Wir werden einen schönen Batzen Geld für Sie herausholen«, versichert ihm Deck.

Wir verabschieden uns und verlassen schnell das Zimmer. Sobald wir auf dem Flur angekommen sind, sagt Deck stolz: »So wird's gemacht, Rudy. Ein Kinderspiel.«

Wir weichen einer Frau im Rollstuhl aus und bleiben stehen, damit ein Patient auf einem fahrbaren Bett fortgebracht werden kann. Auf dem Flur wimmelt es von Menschen. »Was wäre gewesen, wenn der Mann schon einen Anwalt gehabt hätte?« frage ich und versuche, wieder normal zu atmen.

»Wir haben nichts zu verlieren, Rudy. Daran müssen Sie immer denken. Wir sind mit nichts hergekommen. Wenn er uns aus irgendeinem Grund vor die Tür gesetzt hätte, was hätten wir dann verloren?«

Ein bißchen Würde, ein bißchen Selbstachtung. Seine Argumentation ist völlig logisch. Ich gehe schnell und mit ausholenden Schritten und versuche, nicht hinzusehen, wie er sich ruckend und schlurfend vorwärtsbewegt. »Sehen Sie, Rudy, an der Universität wird Ihnen nicht beigebracht, was Sie wissen müssen. Nichts als Bücher und Theorien und hochtrabende Vorstellungen von der Juristerei als Beruf für Gentlemen. Einer Berufung, die sich an ganzen Büchern voller ethischer Grundsätze orientiert.«

»Was haben Sie gegen ethische Grundsätze?«

»Oh, nichts vermutlich. Ich meine, ich bin der Ansicht, ein Anwalt sollte für seinen Mandanten kämpfen, kein Geld stehlen, versuchen, nicht zu lügen, Sie wissen schon, das Grundlegende.«

Deck über ethische Grundsätze. Wir haben Stunden damit verbracht, ethische und moralische Zweifelsfälle auszuloten, und Deck hat den ethischen Kanon einfach so, wamm, auf die Großen Drei reduziert: Kämpfe für deinen Mandanten, stehle nicht, versuche, nicht zu lügen.

Wir biegen plötzlich links ab und gelangen auf einen weiteren Flur. St. Peter's ist ein Labyrinth aus Flügeln und späteren Anbauten. Deck ist in Vortragsstimmung. »Aber das, was man euch an der Universität nicht beibringt, kann euch schaden. Nehmen wir zum Beispiel den Burschen da hinten, Van Landel. Ich hatte das Gefühl, daß Sie in seinem Zimmer ziemlich nervös waren.«

»Ja, das war ich.«

»Das sollten Sie nicht sein.«

»Aber es ist unmoralisch, Fälle auf diese Art hereinzuholen. Unfallopfer so zu überrumpeln.«

»Richtig. Aber wen kümmert das? Besser wir als der nächste. Ich versichere Ihnen, im Laufe der nächsten vierundzwanzig Stunden wird mindestens ein weiterer Anwalt bei Van Landel auftauchen und versuchen, ihn zum Unterschreiben eines Vertrags zu bewegen. Das ist einfach die Art, auf die es gemacht wird, Rudy. Es ist Wettbewerb, freie Marktwirtschaft. Da draußen schwirren Unmengen von Anwälten herum.«

Als ob ich das nicht wüßte. »Wird der Mann bei der Stange bleiben?« frage ich.

»Vermutlich. Bisher haben wir Glück gehabt. Wir haben ihn im richtigen Moment erwischt. Wenn man in so ein Zimmer kommt, steht es gewöhnlich fünfzig zu fünfzig, aber sobald sie auf der punktierten Linie unterschrieben haben, steht es achtzig zu zwanzig, daß sie dabeibleiben. Sie müssen ihn in ein paar Stunden anrufen, mit seiner Frau sprechen, sich erbieten, noch heute abend wiederzukommen und den Fall mit ihm durchzusprechen.«

»Ich?«

»Natürlich. Es ist ganz einfach. Ich habe ein paar Akten, die Sie sich ansehen können. Dazu brauchen Sie kein Gehirnchirurg zu sein.«

»Aber ich weiß nicht…«

»Nehmen Sie's leicht, Rudy. Haben Sie keine Angst vor diesem Bau. Van Landel ist jetzt unser Mandant. Es ist Ihr gutes

Recht, ihn zu besuchen, und niemand kann etwas dagegen tun. Niemand kann Sie hinauswerfen. Rudy. Entspannen Sie sich.«

Wir trinken in einer kleinen Cafeteria im dritten Stock Kaffee aus Plastikbechern. Deck gibt ihr den Vorzug, weil sie in der Nähe der Orthopädischen Abteilung liegt, das Produkt einer kürzlich stattgefundenen Renovierung ist und nur wenige Anwälte wissen, daß sie existiert. Die Anwälte, erklärt er mit gedämpfter Stimme, während er sämtliche Patienten mustert, haben die Angewohnheit, in Krankenhauscafeterias herumzuhängen, wo sie sich direkt auf Verletzte stürzen können. Er sagt das mit einem gewissen Abscheu einem solchen Verhalten gegenüber. Für Ironie hat Deck kein Gespür.

Ein Teil meiner Arbeit als neuester Mitarbeiter der Kanzlei J. Lyman Stone wird darin bestehen, hier herumzuhängen und diese Weiden abzugrasen. Auch im ersten Stock des zwei Blocks entfernten Cumberland Hospital gibt es eine große Cafeteria, und im VA Hospital sogar drei. Deck weiß natürlich, wo sie sich befinden, und teilt sein Wissen mit mir.

Er rät mir, mit St. Peter's zu beginnen, weil es die größte Unfallchirurgie hat. Er zeichnet auf einer Papierserviette eine Karte, auf der ich sehen kann, wo sich die anderen potentiellen Fundgruben befinden – die Hauptcafeteria, ein Imbiß in der Nähe der Entbindungsstation im zweiten Stock, ein Café in der Nähe der Eingangshalle. Nachts ist es besonders gut, sagt er, immer noch seine potentielle Beute musternd, weil sich die Patienten dann oft in ihren Zimmern langweilen und, wenn sie dazu imstande sind, gern auf einen Happen hereinrollen. Vor ein paar Jahren hat einer von Bruisers Anwälten gegen ein Uhr nachts in der Hauptcafeteria herumgelungert und dort einen Jungen an Land gezogen, der schwere Verbrennungen erlitten hatte. Der Fall endete ein Jahr später mit einem Vergleich über zwei Millionen. Das Problem war nur, daß der Junge Bruiser entlassen und einen anderen Anwalt engagiert hatte.

»Ist uns entwischt«, sagt Deck wie ein frustrierter Angler.

17

Miss Birdie geht nach der Wiederholung von M.A.S.H. um elf zu Bett. Sie hat mich etliche Male eingeladen, nach dem Abendessen mit ihr vor dem Fernseher zu sitzen, aber bisher ist es mir immer gelungen, die richtigen Entschuldigungen zu finden.

Ich sitze auf der Treppe vor meiner Wohnung und warte darauf, daß es in ihrem Haus dunkel wird. Ich kann ihre Silhouette sehen, während sie sich von einer Tür zur nächsten bewegt, Schlösser überprüft, Jalousien zuzieht.

Ich nehme an, alte Leute gewöhnen sich ans Alleinsein, obwohl niemand damit rechnet, seine letzten Jahre in Einsamkeit verbringen zu müssen, fern von geliebten Menschen. In jüngeren Jahren war sie bestimmt überzeugt, daß sie diese Zeit umgeben von ihren Enkelkindern verbringen würde. Ihre eigenen Kinder würden in der Nähe wohnen, täglich vorbeikommen, um nach Mom zu sehen, ihr Blumen und Kekse und Geschenke bringen. Miss Birdie hatte nicht die Absicht, ihre letzten Jahre allein zu verbringen, in einem alten Haus mit verblassenden Erinnerungen.

Sie spricht nur selten über ihre Kinder und Enkelkinder. Es stehen ein paar Fotografien herum, aber sie sind, der Mode nach zu urteilen, ziemlich alt. Ich bin jetzt seit mehreren Wochen hier und wüßte nicht, daß sie in dieser Zeit auch nur einmal Kontakt mit ihren Angehörigen gehabt hätte.

Ich habe ein schlechtes Gewissen, wenn ich ihr abends nicht Gesellschaft leiste, aber ich habe meine Gründe. Sie sieht sich eine alberne Comedy-Serie nach der anderen an, und die kann ich nicht ausstehen. Ich weiß das, weil sie unaufhörlich davon erzählt. Außerdem muß ich für das Anwaltsexamen lernen.

Es gibt noch einen weiteren Grund, warum ich Abstand halte. Miss Birdie hat ziemlich unmißverständlich angedeutet, daß das Haus gestrichen werden muß und daß sie, wenn sie jemals mit dem Mulchverteilen fertig werden sollte, Zeit haben würde für das nächste Projekt.

Ich habe heute einen Brief an einen Anwalt in Atlanta geschrieben, als Anwaltsgehilfe der Kanzlei von J. Lyman Stone, und um ein paar Auskünfte über den Nachlaß eines gewissen Anthony L. Murdine, den letzten Ehemann von Miss Birdie, gebeten. Meine Nachforschungen gehen nur langsam voran und bringen nicht viel ans Licht.

In ihrem Schlafzimmer geht das Licht aus, und ich schleiche die wacklige Treppe hinunter und dann barfuß und auf Zehenspitzen über den feuchten Rasen zu der zwischen zwei kleinen Bäumen aufgehängten, ausgefransten alten Hängematte. Letzte Nacht habe ich eine Stunde darin geschaukelt, ohne mich zu verletzen. Von der Hängematte aus hat man einen prächtigen Blick durch die Bäume hindurch auf den vollen Mond. Ich schaukele sanft. Es ist eine warme Nacht.

Seit der Van-Landel-Episode heute nachmittag im Krankenhaus bin ich ziemlich deprimiert. Vor knapp drei Jahren habe ich das Jurastudium in der typischen edlen Absicht angefangen, daß ich eines Tages meine Lizenz dazu benutzen würde, im kleinen Rahmen die Gesellschaft zu verbessern, einen ehrenwerten Beruf auszuüben, regiert von einem ethischen Kanon, den einzuhalten sich alle Anwälte bemühen würden. Das habe ich tatsächlich geglaubt. Ich wußte, daß ich die Welt nicht würde verändern können, aber ich träumte davon, in einer auf Hochdruck laufenden Umgebung mit scharfsinnigen Leuten zusammenzuarbeiten, die sich an erhabene Maßstäbe hielten. Ich wollte hart arbeiten, in meinem Beruf vorankommen und auf diese Weise Mandanten anziehen, nicht durch reißerisches Inserieren, sondern durch meinen Ruf. Und im Laufe der Zeit, während meine Fähigkeiten und Honorare wuchsen, würde ich in der Lage sein, auch unpopuläre Fälle und Mandanten anzunehmen, die mir nichts einbrachten. Solche Träume sind bei angehenden Jurastudenten keine Seltenheit.

Zu Ehren der Fakultät muß gesagt werden, daß wir Stunden mit dem Einprägen und Diskutieren ethischer Grundsätze verbrachten. Dieses Thema wurde mit so viel Nachdruck behandelt, daß wir annahmen, die Profession wäre eifrig darauf bedacht, sich an ein starres System von Richtlinien zu halten. Und jetzt bin ich deprimiert von der Wahrheit. Im letzten Monat mußte ich erleben, wie ein Anwalt nach dem anderen Pfeile in meinen Ballon schoß. Jetzt bin ich zu einem Wilderer in Krankenhauscafeterias herabgesunken, für tausend Dollar im Monat. Mir ist speiübel bei dem Gedanken, was aus mir geworden ist, und ich bin benommen von der Geschwindigkeit, mit der ich gefallen bin.

Mein bester Freund im College war Craig Balter. Wir haben zwei Jahre zusammengewohnt. Voriges Jahr war ich bei seiner Hochzeit. Als wir mit dem College anfingen, hatte Craig nur ein Ziel, und das war, an einer High-School Geschichte zu unterrichten. Er war sehr intelligent, und das College fiel ihm leicht. Wir hatten lange Diskussionen darüber, was wir mit unserem Leben anfangen würden. Ich fand, er bliebe unterhalb seiner Fähigkeiten, wenn er unterrichten wollte, und er wurde wütend, wenn ich meinen künftigen Beruf mit seinem verglich. Ich war auf viel Geld und den steilen Aufstieg zum Erfolg aus. Sein Ziel war das Klassenzimmer, in dem sein Gehalt von Faktoren abhing, über die er nicht zu bestimmen hatte.

Craig machte seinen Master of Arts und heiratete eine Lehrerin. Jetzt unterrichtet er Geschichte und Sozialkunde in der neunten Klasse. Sie ist schwanger und unterrichtet in der Vorschule. Sie haben ein hübsches Haus auf dem Lande mit ein paar Morgen Land und einem Garten, und sie sind die glücklichsten Menschen, die ich kenne. Zusammen verdienen sie vermutlich ungefähr fünfzigtausend im Jahr.

Aber Craig ist das Geld gleichgültig. Er tut genau das, was er schon immer tun wollte. Ich dagegen habe keine Ahnung, was ich tue. Craigs Job ist überaus befriedigend, weil er es mit jungen Menschen zu tun hat. Er hat feste Vorstellungen vom Sinn und Zweck seiner Arbeit. Ich dagegen werde morgen ins Büro gehen in der Hoffnung, daß ich auf die eine oder andere Weise über einen arglosen Mandanten herfallen kann, dem es sowieso schon ziemlich schlechtgeht. Wenn Anwälte soviel verdienen würden wie Lehrer, müßten neun von zehn juristischen Fakultäten sofort geschlossen werden.

Es kann nicht so bleiben. Aber bevor sich etwas ändern

kann, muß ich auf mindestens zwei weitere mögliche Katastrophen gefaßt sein. Erstens könnte ich wegen des Lake-Brandes verhaftet oder sonstwie behelligt werden, und zweitens könnte ich beim Anwaltsexamen durchfallen.

Gedanken an beides halten mich bis in die frühen Morgenstunden in der Hängematte wach.

Bruiser ist zeitig im Büro, rotäugig und verkatert, aber in seiner besten Anwaltskluft – teurer Kammgarnanzug, gestärktes weißes Baumwollhemd, elegante Seidenkrawatte. Seine wehende Mähne scheint heute morgen eine Extrawäsche erhalten zu haben. Sie schimmert vor Sauberkeit.

Er ist auf dem Weg zum Gericht, um bei der Vorverhandlung in einer Drogensache zu plädieren, und er ist ganz Hektik und Aktion. Ich bin vor seinen Schreibtisch zitiert worden, um meine Instruktionen entgegenzunehmen.

»Gute Arbeit bei Van Landel«, sagt er, in eine Flut von Papieren und Akten versunken. Dru hantiert hinter ihm herum, gerade außerhalb seiner Reichweite. Die Haie mustern sie hungrig. »Ich habe vor ein paar Minuten mit der Versicherung gesprochen. Massenhaft Deckung. Die Haftung scheint klar. Wie schwer ist der Junge verletzt?«

Gestern abend habe ich eine nervenaufreibende Stunde mit Dan Van Landel und seiner Frau im Krankenhaus verbracht. Sie hatten Unmengen von Fragen, bei denen es vor allem darum ging, wieviel sie bekommen würden. Ich hatte nur wenige eindeutige Antworten, tischte ihnen aber eine Menge Juristenjargon auf. Bisher bleiben sie bei der Stange. »Ein Bein gebrochen, ein Arm, mehrere Rippen, zahlreiche Schnittwunden. Der Arzt sagt, er wird zehn Tage im Krankenhaus bleiben müssen.«

Das entlockt Bruiser ein Lächeln. »Bleiben Sie dran. Kümmern Sie sich um die Recherchen. Hören Sie auf Deck. Das könnte ein hübscher Vergleich werden.«

Hübsch für Bruiser, aber ich werde keinen Anteil daran haben. Dieser Fall wird für mich kein Honorar abwerfen.

»Die Polizei will Ihre Aussage über den Brand«, wirft er mir an den Kopf, während er nach einer Akte greift. »Habe gestern abend mit ihnen gesprochen. Sie machen es hier, in diesem Büro, in meiner Gegenwart.«

Er sagt das, als wäre es bereits verabredet und ich hätte keine andere Wahl. »Und wenn ich mich weigere?« frage ich.

»Dann werden Sie wahrscheinlich zum Verhör aufs Revier bestellt. Wenn Sie nichts zu verbergen haben, schlage ich vor, daß Sie Ihre Aussage machen. Ich werde dabeisein. Sie können sich mit mir beraten. Reden Sie mit ihnen, danach wird man Sie in Ruhe lassen.«

»Sie glauben also, daß es Brandstiftung war?«

»Sie sind ziemlich sicher.«

»Und was wollen sie von mir wissen?«

»Wo Sie waren, was Sie getan haben, Zeiten, Orte, Alibis und so weiter.«

»Ich kann nicht alles beantworten, aber ich werde die Wahrheit sagen.«

Bruiser lächelt. »Dann wird die Wahrheit dafür sorgen, daß Sie freikommen.«

»Lassen Sie mich das aufschreiben.«

»Sagen wir zwei Uhr heute nachmittag.«

Ich nicke zustimmend, sage aber nichts. Es ist merkwürdig, daß ich in diesem Zustand der Verletzlichkeit volles Vertrauen zu Bruiser Stone habe, einem Mann, dem ich in anderen Dingen nicht über den Weg trauen würde.

»Ich brauche ein bißchen Freizeit, Bruiser«, sage ich.

Seine Hände erstarren in der Luft, und er mustert mich fassungslos. Dru, in einer Ecke an einem Aktenschrank beschäftigt, hält inne und schaut auf. Einer der Haie scheint mich gehört zu haben.

»Sie haben gerade erst angefangen«, sagt Bruiser.

»Ja, ich weiß. Aber ich habe das Anwaltsexamen direkt vor mir. Bin mit dem Lernen ziemlich im Rückstand.«

Er neigt den Kopf zu einer Seite und streichelt seinen Bart. Bruiser hat ziemlich harte Augen, wenn er trinkt und seinen Spaß hat. Jetzt sind sie wie Laser. »Wieviel Freizeit?«

»Also, ich würde gern jeden Morgen kommen und bis Mittag arbeiten. Und dann, je nachdem, was auf meiner Prozeßliste und in meinem Terminkalender steht, in die Bibliothek verschwinden und lernen.« Mein Versuch, witzig zu sein, fällt nicht auf fruchtbaren Boden.

»Sie könnten mit Deck lernen«, sagt Bruiser mit einem plötzlichen Lächeln. Es ist ein Witz, also lache ich pflichtschuldig. »Ich werde Ihnen sagen, was Sie tun können«, sagt er, jetzt wieder ernst. »Sie arbeiten bis Mittag, dann packen Sie Ihre Bücher ein und machen sich in die Cafeteria von St. Peter's auf. Lernen Sie, soviel Sie wollen, aber halten Sie gleichzeitig die Augen offen. Ich möchte, daß Sie das Examen bestehen, aber im Augenblick liegt mir wesentlich mehr an neuen Fällen. Nehmen Sie ein Handy mit, damit ich Sie jederzeit erreichen kann. Ist das ein faires Angebot?«

Weshalb habe ich das getan? Ich gebe mir selbst einen Tritt in den Hintern, weil ich das Anwaltsexamen erwähnt habe. »Ja«, sage ich mit einem Stirnrunzeln.

Letzte Nacht in der Hängematte habe ich gedacht, daß es mir mit ein bißchen Glück gelingen könnte, St. Peter's zu meiden. Jetzt bin ich dort stationiert.

Dieselben beiden Polizisten, die auch in meiner Wohnung waren, melden sich bei Bruiser, um seine Zustimmung zu meinem Verhör einzuholen. Wir vier sitzen an einem kleinen, runden Tisch in einer Ecke seines Büros. Zwei Tonbandgeräte stehen darauf, beide eingeschaltet.

Es wird ziemlich rasch langweilig. Ich wiederhole dieselbe Geschichte, die ich den beiden Clowns bei ihrem ersten Besuch erzählt habe, und wir vergeuden eine Unmenge Zeit damit, jeden winzigen kleinen Aspekt davon immer wieder durchzukauen. Sie versuchen, mich in Widersprüche über völlig belanglose Details zu verwickeln – »dachte, Sie hätten gesagt, Sie hätten ein dunkelblaues Hemd getragen, und jetzt sagen Sie, es wäre blau gewesen« –, aber ich sage die reine Wahrheit. Es gibt keine Lügen zu bemänteln, und nach einer Stunde scheinen sie begriffen zu haben, daß ich nicht ihr Mann bin.

Bruiser ist langsam gereizt und sagt ihnen mehr als einmal, sie sollten zusehen, daß sie vorankommen. Sie gehorchen ihm, eine Zeitlang. Ich habe den unmißverständlichen Eindruck, daß diese Polizisten Angst vor Bruiser haben.

Endlich verschwinden sie, und Bruiser sagt, damit wäre der Fall erledigt. Ich bin im Grunde kein Verdächtiger mehr, sie halten sich nur den Rücken frei. Er wird morgen früh mit ihrem Lieutenant sprechen und dafür sorgen, daß meine Akte geschlossen wird.

Ich bedanke mich bei ihm. Er gibt mir ein so winziges Telefon, daß es in meiner Handfläche Platz findet. »Sehen Sie zu, daß Sie das immer bei sich haben«, sagt er. »Vor allem, wenn Sie für das Examen lernen. Könnte sein, daß ich Sie schnell brauche.« Das winzige Gerät wird plötzlich erheblich schwerer. Durch dieses Ding bin ich seinen Launen rund um die Uhr ausgeliefert.

Er entläßt mich in mein Büro.

Ich kehre mit dem festen Vorsatz in die Cafeteria in der Nähe der orthopädischen Abteilung zurück, mich in eine Ecke zu verkriechen, mein Material durchzuarbeiten, das verdammte Handy griffbereit zu halten, aber die Leute um mich herum zu ignorieren.

Das Essen könnte schlechter sein. Nach sieben Jahren Studentenkantine schmeckt alles gut. Mein Diner besteht aus einem Sandwich mit Pfefferkäse und Chips. Ich setze mich mit dem Rücken zur Wand an einen Ecktisch und breite meine Unterlagen aus.

Zuerst esse ich, verschlinge das Sandwich und mustere dabei die anderen Essensgäste. Die meisten von ihnen tragen irgendwelche Medizinerkleidung – Ärzte in ihren Kitteln, Schwestern in Tracht, Laboranten in ihren weißen Jacken. Sie sitzen in kleinen Gruppen beisammen und unterhalten sich über Krankheiten und Behandlungsmethoden, von denen ich noch nie gehört habe. Für Leute, denen es eigentlich um Gesundheit und vernünftige Ernährung gehen sollte, essen sie das fürchterlichste Zeug, das es überhaupt gibt. Pommes frites, Burger, überbackene Tortillas, Pizza. Ich beobachte eine Gruppe von jungen Ärzten beim Essen und frage mich, was sie wohl denken würden, wenn sie wüßten, daß mitten unter ihnen ein Anwalt sitzt, der für das Examen lernt, damit er sie eines Tages verklagen kann.

Ich bezweifle, daß es sie stören würde. Ich habe das gleiche Recht, hier zu sein, wie sie.

Niemand nimmt Notiz von mir. Gelegentlich kommt ein Patient auf Krücken hereingehinkt oder wird von einem Pfleger hereingeschoben. Ich kann keine anderen Anwälte entdecken, die sprungbereit hier lauern.

Um sechs bezahle ich meine erste Tasse Kaffee und vertiefe mich dann in das mühsame Durcharbeiten von Vertragsrecht und Liegenschaftsrecht, zwei Themen, die den Horror meines ersten Studienjahrs wieder lebendig werden lassen. Ich wühle mich durch. Bisher habe ich es immer wieder aufgeschoben, aber ein Morgen gibt es jetzt nicht mehr. Nach einer Stunde stehe ich auf, um meinen Becher nachfüllen zu lassen. Die Cafeteria hat sich weitgehend geleert, und ich entdecke zwei Patienten, die am anderen Ende des Raums nebeneinander sitzen. Gips und Mull, wo man hinsieht. Deck würde sich auf sie stürzen. Aber ich nicht.

Nach einer Weile stelle ich sehr zu meiner Überraschung fest, daß es mir hier gefällt. Es ist ruhig, und niemand kennt mich. Ideale Voraussetzungen zum Lernen. Der Kaffee ist nicht schlecht, und Nachfüllen kostet nur die Hälfte. Ich bin weit weg von Miss Birdie und deshalb sicher vor körperlicher Arbeit. Mein Boß erwartet von mir, daß ich hier bin, und obwohl er auch erwartet, daß ich nach Beute Ausschau halte, wird er ja nie erfahren, daß ich es nicht tue. Bestimmt habe ich keine feste Quote. Schließlich kann man nicht von mir verlangen, daß ich zig Fälle pro Woche an Land ziehe.

Das Telefon gibt ein mickriges Piepen von sich. Es ist Bruiser, der nur kontrollieren will. Schon Glück gehabt? Nein, sage ich und schaue quer durch den Raum auf die beiden wunderbaren Schadensfälle, die von einem Rollstuhl zum andern ihre Verletzungen vergleichen. Er sagt, er hätte mit dem Lieutenant gesprochen, und es sähe gut aus. Er ist zuversichtlich, daß sie anderen Spuren, anderen Verdächtigen nachgehen werden. Petri Heil! sagt er mit einem Auflachen und ist schon wieder aus der Leitung, zweifellos auf dem Sprung zu Yogi's, um sich mit Prince ein paar Drinks zu gönnen.

Ich lerne eine weitere Stunde, dann verlasse ich meinen

Tisch und fahre in den achten Stock hinauf, um nach Dan Van Landel zu sehen. Er hat Schmerzen, ist aber redewillig. Ich überbringe die gute Nachricht, daß wir uns mit der Versicherung des anderen Fahrers in Verbindung gesetzt haben und daß dort eine hübsche Police auf uns wartet. Sein Fall hat alles, was dazugehört, erkläre ich, das wiederholend, was Deck mir zuvor gesagt hat: eindeutige Haftpflicht (sogar ein betrunkener Fahrer), reichlich Deckung durch die Versicherung und gute Verletzungen. Gut bedeutet ein paar zu Bruch gegangene Knochen, die sich leicht zu dem magischen Zustand eines *bleibenden Schadens* auswachsen könnten.

Dan bringt ein erfreutes Lächeln zustande. Er zählt bereits sein Geld. Aber noch steht ihm das Teilen des Kuchens mit Bruiser bevor.

Ich verabschiede mich und verspreche, morgen wieder hereinzuschauen. Da ich ins Krankenhaus beordert worden bin, kann ich mich um all meine Mandanten kümmern. Das nennt man Service!

Bei meiner Rückkehr ist die Cafeteria wieder ziemlich voll. Ich setze mich wieder an meinen Tisch in der Ecke. Ich habe meine Bücher dort liegengelassen, und auf einem von ihnen ist deutlich *Elton Bar Review* zu lesen. Das hat die Aufmerksamkeit einer Gruppe junger Ärzte erregt, die am Nebentisch sitzen und mich argwöhnisch mustern, als ich mich hinsetze. Sie verstummen sofort, also weiß ich, daß sie sich ausführlich über meine Arbeitsunterlagen unterhalten haben. Kurz darauf gehen sie. Ich hole mir noch einen Kaffee und vertiefe mich in die Wunder der Prozeßordnung bei den Bundesgerichten.

Die Zahl der Gäste verringert sich auf eine Handvoll. Ich trinke jetzt koffeinfreien Kaffee und staune, durch wieviel ich mich in den letzten vier Stunden hindurchgewühlt habe. Um Viertel vor zehn ruft Bruiser abermals an. Hört sich an, als säße er in irgendeiner Bar. Er braucht mich morgen früh um neun im Büro, damit wir über einen juristischen Punkt reden können, zu dem er für seinen gegenwärtigen Drogenprozeß einen Schriftsatz braucht. Ich werde dasein, sage ich.

Schrecklich, wenn ich mir vorstellen müßte, daß mein Anwalt sich die Linie zu meiner Verteidigung ausdenkt, während er in einem Oben-ohne-Club sitzt und sich einen Drink nach dem anderen hinter die Binde gießt.

Aber Bruiser ist mein Anwalt.

Um zehn bin ich der einzige Gast in der Cafeteria. Sie hat die ganze Nacht geöffnet, also läßt die Kassiererin mich in Ruhe. Ich bin tief in das Thema Vorverhandlungen versunken, als ich das leise Niesen einer jungen Frau höre. Ich schaue auf, und zwei Tische entfernt sitzt eine Patientin in einem Rollstuhl, die einzige andere Person außer mir in der Cafeteria. Ihr rechtes Bein steckt vom Knie abwärts in Gips und ist waagerecht hoch gelegt, so daß sie mir die Unterseite des weißen Verbandes entgegenstreckt. Er scheint frisch zu sein, nach dem zu urteilen, was ich an diesem Punkt meiner Karriere über Gips weiß.

Sie ist sehr jung und ungeheuer hübsch. Ich kann nicht anders, ich muß sie ein paar Sekunden lang ansehen, bevor ich wieder auf meine Notizen schaue. Dann sehe ich noch einmal ein bißchen länger hin. Ihr Haar ist dunkel und im Nacken locker zusammengerafft. Ihre Augen sind braun und scheinen feucht zu sein. Sie hat ein gutgeschnittenes Gesicht, das trotz einer unübersehbaren Prellung am Unterkiefer hinreißend aussieht. Eine häßliche Prellung wie von einem Faustschlag. Sie trägt das übliche weiße Krankenhausnachthemd, und darunter scheint sie sehr schlank zu sein.

Ein alter Mann in einer rosa Jacke, eine der unzähligen freundlichen Seelen, die in St. Peter's als freiwillige Helfer fungieren, stellt ein Plastikglas mit Orangensaft vor sie auf den Tisch. »Bitte sehr, Kelly«, sagt er wie der perfekte Großvater.

»Danke«, antwortet sie mit einem kurz aufblitzenden Lächeln.

»Eine halbe Stunde, haben Sie gesagt?« fragt er.

Sie nickt und beißt sich auf die Unterlippe. »Eine halbe Stunde«, bestätigt sie.

»Kann ich sonst noch etwas für Sie tun?«

»Nein. Danke.«

Er tätschelt ihr die Schulter und verläßt die Cafeteria. Wir sind allein. Ich versuche, nicht zu ihr hinüberzusehen, aber es ist unmöglich. Ich halte den Blick, solange ich es irgendwie aushalten kann, auf meine Unterlagen gesenkt, um dann wieder aufzusehen, bis sie in mein Blickfeld gerät. Ihr Gesicht ist mir nicht direkt zugewandt, ich sehe sie nahezu im Profil. Sie hebt ihr Glas, und ich bemerke die Verbände an beiden Handgelenken. Bisher hat sie mich noch nicht wahrgenommen. Ich habe sogar den Eindruck, daß sie auch dann niemanden sehen würde, wenn der Raum voll wäre. Kelly steckt in ihrer eigenen kleinen Welt.

Sieht aus wie ein gebrochener Knöchel. Dazu die Prellung im Gesicht. Deck würde begeistert eine »multiple Verletzung« konstatieren, obwohl keine Schnittwunden zu sehen sind. Die verbundenen Handgelenke sind mir ein Rätsel. Obwohl sie so hübsch ist, gerate ich nicht in Versuchung, meine Anmachtechniken zu praktizieren. Sie macht einen sehr traurigen Eindruck, und ich will nicht zu ihrem Elend beitragen. An ihrem linken Ringfinger steckt ein dünner Ehering. Sie kann nicht älter als achtzehn sein.

Ich versuche, mich für mindestens fünf ununterbrochene Minuten auf die Juristerei zu konzentrieren, aber dann sehe ich, wie sie sich die Augen mit einer Papierserviette abtupft. Ihr Kopf kippt leicht nach rechts, während die Tränen fließen. Sie schnüffelt leise.

Mir wird schnell klar, daß die Tränen nichts mit etwaigen Schmerzen in ihrem gebrochenen Knöchel zu tun haben. Hier geht es nicht um körperliches Leid.

Meine niederträchtige Anwaltsphantasie geht mit mir durch. Vielleicht hat es einen Verkehrsunfall gegeben, bei dem ihr Mann getötet und sie verletzt worden ist. Sie ist zu jung, um Kinder zu haben, und ihre Eltern wohnen weit fort, und nun sitzt sie hier und trauert um ihren toten Mann. Könnte ein grandioser Fall sein.

Ich schüttele diese fürchterlichen Gedanken ab und versuche, mich auf das vor mir liegende Buch zu konzentrieren. Sie schnüffelt und weint leise weiter. Ein paar Gäste kommen und gehen, aber keiner setzt sich zu mir oder zu Kelly. Ich trinke meinen Kaffeebecher aus, erhebe mich von meinem Stuhl und gehe auf dem Weg zum Tresen direkt vor ihr vorbei. Ich sehe sie an, sie sieht mich an, unsere Blicke treffen sich für eine lange Sekunde, und ich falle fast über einen Metallstuhl. Meine Hände sind ein bißchen zittrig, als ich für den Kaffee bezahle. Ich hole tief Luft und bleibe an ihrem Tisch stehen.

Sie hebt langsam die schönen, nassen Augen. Ich schlucke schwer und sage: »Hören Sie, ich will mich nicht aufdrängen, aber kann ich irgend etwas für Sie tun? Haben Sie vielleicht Schmerzen?« sage ich und deute mit einem Kopfnicken auf ihren Gipsverband.

»Nein«, sagt sie fast unhörbar. Und dann ein hinreißendes kleines Lächeln. »Trotzdem danke.«

»Okay«, sage ich. Ich schaue auf meinen knapp sechs Meter entfernten Tisch. »Ich sitze da drüben und lerne für das Anwaltsexamen, falls Sie etwas brauchen sollten.« Ich zucke die Achseln, als wüßte ich nicht recht, was ich tun soll, aber ich bin eben nur ein netter, besorgter Tölpel, also entschuldigen Sie bitte, wenn ich zu weit gegangen bin. Aber ich sorge mich wirklich um Sie. Und ich stehe zur Verfügung.

»Danke«, sagt sie noch einmal.

Ich sinke auf meinen Stuhl, nachdem ich mich als quasi legitime Person ausgewiesen habe, die dicke Bücher durchackert in der Hoffnung, bald einen noblen Beruf ausüben zu können. Bestimmt hat das einen gewissen Eindruck auf sie gemacht. Ich stürze mich, ihr Leid vergessend, wieder in die Arbeit.

Minuten vergehen. Ich blättere eine Seite um und sehe dabei zu ihr hinüber. Sie sieht mich an, und mein Herz setzt einen Schlag aus. Ich ignoriere sie völlig, solange ich es aushalten kann, dann schaue ich abermals auf. Sie ist wieder tief in ihr Leid versunken. Sie preßt die Serviette zusammen. Die Tränen strömen ihr über die Wangen.

Mir bricht es das Herz, sie so leiden zu sehen. Ich würde zu gern neben ihr sitzen, vielleicht meinen Arm um sie legen und mit ihr über alles mögliche reden. Wenn sie verheiratet ist, wo zum Teufel steckt dann ihr Mann? Sie schaut in meine Richtung, aber ich glaube nicht, daß sie mich sieht.

Ihr Helfer in der rosa Jacke erscheint pünktlich um halb elf, und sie versucht rasch, sich wieder zu fassen. Er tätschelt ihr sanft den Kopf, sagt ein paar beruhigende Worte, die ich nicht hören kann, und wendet behutsam ihren Rollstuhl. Im Hinausfahren sieht sie mich ganz bewußt an. Und sie bedenkt mich mit einem langen, tränenvollen Lächeln.

Ich bin versucht, ihr in einiger Entfernung zu folgen, um herauszufinden, in welchem Zimmer sie liegt, aber ich beherrsche mich. Später denke ich daran, den Mann in Rosa ausfindig zu machen und Einzelheiten aus ihm herauszuholen. Aber ich tue es nicht. Ich versuche, sie zu vergessen. Sie ist ja nur ein Kind.

Am nächsten Abend gehe ich wieder in die Cafeteria und lasse mich an demselben Tisch nieder. Ich lausche demselben geschäftigen Geschnatter von denselben eiligen Leuten. Ich besuche die Van Landels und weiche ihren endlosen Fragen aus. Ich halte Ausschau nach anderen Haien, die in diesen trüben Gewässern auf Beute aus sind, und ich ignoriere ein paar mögliche Mandanten, die anscheinend nur darauf warten, daß sich jemand an sie heranmacht. Ich lerne stundenlang. Meine Konzentration läßt nichts zu wünschen übrig, und meine Motivation war nie stärker.

Und ich behalte die Uhr im Auge. Als es auf zehn zugeht, schwindet mein Eifer, und ich fange an, mich umzusehen. Ich versuche, ruhig und lernbegierig zu bleiben, aber ich fahre jedesmal hoch, wenn ein neuer Gast die Cafeteria betritt. An einem Tisch essen zwei Schwestern, an einem anderen sitzt ein einsamer Laborant und liest in einem Buch.

Sie rollt fünf Minuten nach zehn herein, und derselbe ältere Herr schiebt sie behutsam dahin, wo sie sein möchte. Sie entscheidet sich für denselben Tisch wie am Vorabend und lächelt mich an, während er ihren Rollstuhl herummanövriert.

»Orangensaft«, sagt sie. Ihr Haar ist immer noch zurückgerafft, aber wenn ich mich nicht irre, trägt sie eine Spur Wimperntusche und ein bißchen Lidschatten. Sie hat auch einen blaßroten Lippenstift aufgelegt, und die Wirkung ist dramatisch. Gestern abend ist mir nicht bewußt geworden, daß ihr Gesicht völlig ungeschminkt war. Heute abend, mit nur ein bißchen Make-up, ist sie unglaublich schön. Ihre Augen sind klar, strahlend, frei von Traurigkeit.

Er stellt ihren Orangensaft vor sie hin und sagt dasselbe wie gestern abend: »Bitte sehr, Kelly. Eine halbe Stunde, haben Sie gesagt?«

»Machen Sie eine dreiviertel Stunde daraus«, sagt sie.

»Wie Sie möchten«, meint er, dann verzieht er sich.

Sie trinkt den Saft und betrachtet abwesend die Tischplatte. Ich habe heute eine Menge Zeit damit verbracht, an Kelly zu denken, und mich schon zeitig entschieden, wie ich vorgehen will. Ich warte ein paar Minuten, tue so, als wäre sie nicht anwesend, gebe vor, ganz in die *Elton Bar Review* versunken zu sein, dann stehe ich langsam auf, als wäre es Zeit für eine Kaffeepause.

Ich bleibe an ihrem Tisch stehen und sage: »Heute abend scheint es Ihnen viel besserzugehen.«

Sie hat darauf gewartet, daß ich etwas in dieser Art sage. »Ich fühle mich auch viel besser«, sagt sie und zeigt dieses Lächeln und perfekte Zähne. Ein wundervolles Gesicht, sogar mit dieser scheußlichen Prellung.

»Kann ich Ihnen etwas holen?«

»Ich hätte gern eine Cola. Dieser Saft ist bitter.«

»Gern«, sage ich und gehe davon, völlig hingerissen. Am Automaten fülle ich zwei große Gläser mit Cola, bezahle und stelle sie auf ihren Tisch. Ich betrachte den leeren Stuhl ihr gegenüber, als wäre ich völlig verwirrt.

»Bitte, setzen Sie sich«, sagte sie.

»Sind Sie sicher?«

»Bitte. Ich habe es satt, nur mit Schwestern zu reden.«

Ich lasse mich nieder und stütze den Ellenbogen auf. »Ich heiße Rudy Baylor«, sage ich. »Und Sie sind Kelly Soundso.«

»Kelly Riker. Nett, Sie kennenzulernen.«

»Ganz meinerseits.« Sie ist aus knapp sechs Meter Entfernung ein überaus erfreulicher Anblick, aber jetzt, da ich sie ohne eine Spur von Verlegenheit aus nur einem Meter Entfernung betrachten kann, ist es unmöglich, den Blick von ihr abzuwenden. Ihre Augen sind hellbraun mit einem schelmischen Funkeln. Sie ist wunderschön.

»Tut mir leid, wenn ich Sie gestern abend belästigt habe«, sage ich, begierig, das Gespräch in Gang zu halten. Es gibt eine Menge Dinge, die ich wissen möchte.

»Sie haben mich nicht belästigt. Tut mir leid, daß ich so ein Spektakel geboten habe.«

»Weshalb kommen Sie hierher?« frage ich, als wäre sie eine Fremde und ich hier zu Hause.

»Um aus meinem Zimmer herauszukommen. Und Sie?«

»Ich lerne für das Anwaltsexamen, und hier ist es so schön ruhig.«

»Sie wollen also Anwalt werden?«

»Ja. Ich bin vor ein paar Wochen mit dem Studium fertig geworden und habe jetzt einen Job bei einer großen Kanzlei. Sobald ich das Examen bestanden habe, kann ich richtig loslegen.«

Sie trinkt durch den Strohhalm und verzieht beim Verlagern ihres Gewichts leicht die Mundwinkel. »Ziemlich übler Bruch, wie?« sage ich und deute mit einem Kopfnicken auf ihr Bein.

»Es ist der Knöchel. Er ist genagelt worden.«

»Wie ist das passiert?« Eine sehr naheliegende Frage, und ich hatte vermutet, daß ihr die Beantwortung absolut keine Probleme bereiten würde.

Aber das ist nicht der Fall. Sie zögert, und ihre Augen werden sofort wieder feucht. »Ein häuslicher Unfall«, sagt sie, als hätte sie diese vage Erklärung einstudiert.

Was zum Teufel soll das bedeuten? Ein häuslicher Unfall? Ist sie die Treppe hinuntergefallen?

»Oh«, sage ich, als wäre alles völlig klar. Ich mache mir Gedanken über die Handgelenke, weil sie beide verbunden sind und nicht in Gips stecken. Sie scheinen nicht gebrochen oder verstaucht zu sein. Vielleicht Schnittwunden.

»Das ist eine lange Geschichte«, murmelt sie zwischen zwei Schlucken und wendet den Blick ab.

»Seit wann sind Sie schon hier?« frage ich.

»Seit zwei Tagen. Sie wollen erst sehen, ob der Nagel richtig sitzt. Wenn nicht, müssen sie das Ganze wiederholen.« Sie hält inne und spielt mit ihrem Strohhalm. »Ist das hier nicht ein merkwürdiger Ort zum Lernen?« fragt sie.

»Durchaus nicht. Es ist ruhig hier. Es gibt massenhaft Kaffe. Ist die ganze Nacht geöffnet. Sie tragen einen Ehering.« Diese Tatsache hat mich mehr gepeinigt als alles andere.

Sie betrachtet ihn, als wäre sie nicht sicher, ob er noch an ihrem Finger steckt. »Ja«, sagt sie und starrt auf ihren Strohhalm. Es ist ein ganz schlichter Ring, ohne Diamant.

»Und wo ist Ihr Mann?«

»Sie stellen eine Menge Fragen.«

»Ich bin Anwalt, jedenfalls fast. Fragen stellen gehört zur Ausbildung.«

»Und weshalb wollen Sie das wissen?«

»Weil es seltsam ist, daß Sie allein hier im Krankenhaus sind, ganz offensichtlich verletzt, und er ist nicht bei Ihnen.«

»Er war früher am Tage hier.«

»Und jetzt ist er zu Hause bei den Kindern?«

»Wir haben keine Kinder. Und Sie?«

»Nein. Keine Frau, keine Kinder.«

»Wie alt sind Sie?«

»Sie stellen eine Menge Fragen«, sage ich mit einem Lächeln. Ihre Augen funkeln. »Fünfundzwanzig. Und wie alt sind Sie?«

Sie denkt eine Sekunde darüber nach. »Neunzehn.«

»Das ist mächtig jung, um schon verheiratet zu sein.«

»Mir blieb nichts anderes übrig.«

»Oh, tut mir leid.«

»Das ist nicht Ihre Schuld. Ich wurde schwanger, als ich knapp achtzehn war, habe kurz darauf geheiratet, hatte eine Woche nach der Hochzeit eine Fehlgeburt, und seither ist es bergab gegangen. Befriedigt das Ihre Neugierde?«

»Nein. Ja. Tut mir leid. Worüber möchten Sie reden?«

»Übers College. Wo haben Sie das College besucht?«

»In Austin Peay. Jurastudium an der Memphis State.«

»Ich wollte immer aufs College gehen, aber es wurde nichts daraus. Stammen Sie aus Memphis?«

»Ich bin hier geboren, aber in Knoxville aufgewachsen. Und woher kommen Sie?«

»Aus einer kleinen Stadt, eine Stunde von hier. Wir sind von dort weg, als ich schwanger wurde. Meiner Familie war das alles nur peinlich. Es war Zeit, zu verschwinden.«

Hier brodelt eine ziemlich unerfreuliche Familienangelegenheit direkt unter der Oberfläche, und ich würde mich gern heraushalten. Sie hat ihre Schwangerschaft zweimal erwähnt, und beide Male hätte sie es vermeiden können. Aber sie ist einsam, und sie möchte reden.

»Also sind Sie nach Memphis gezogen?«

»Wir sind nach Memphis durchgebrannt, ließen uns von einem Friedensrichter trauen, eine tolle Zeremonie, und dann verlor ich das Baby.«

»Was tut Ihr Mann?«

»Fährt einen Gabelstapler. Und trinkt eine Menge. Er ist ein Versager, der immer noch davon träumt, in der Oberliga Baseball zu spielen.«

Soviel hatte ich gar nicht wissen wollen. Ich stelle mir vor, daß er an der High-School eine Sportgröße war und sie die allerreizendste Cheerleaderin, das amerikanische Traumpaar, außergewöhnlich gutaussehend, außergewöhnlich hübsch, außergewöhnlich sportlich, und auf Erfolg programmiert, bis sie eines Nachts das Kondom vergaßen. Das Unheil bricht herein. Aus irgendeinem Grund entscheiden sie sich gegen eine Abtreibung. Vielleicht machen sie die High-School zu Ende, vielleicht auch nicht. Sie flüchten vor der Schande in die Anonymität der Großstadt. Nach der Fehlgeburt verblaßt die Romanze, und sie wachen auf und müssen erkennen, daß das wirkliche Leben angefangen hat.

Er träumt noch immer von Geld und Ruhm in der Oberliga. Sie sehnt sich nach den sorglosen Jahren, die erst so kurze Zeit zurückliegen, und träumt weiter von dem College, das sie nie besuchen wird.

»Tut mir leid«, sagt sie. »Das hätte ich nicht sagen sollen.«

»Sie sind immer noch jung genug, um aufs College zu gehen.«

Mein Optimismus bringt sie kurz zum Lachen, als hätte dieser Traum sich vor langer Zeit selbst begraben. »Ich habe nicht mal die High-School abgeschlossen.«

Und was soll ich darauf sagen? Soll ich ihr einen banalen kleinen Vortrag halten – holen Sie Ihren Abschluß nach, besuchen Sie Abendkurse, Sie können es schaffen, wenn Sie es wirklich wollen?

»Arbeiten Sie?« frage ich statt dessen.

»Hin und wieder. Was für eine Art Anwalt wollen Sie werden?«

»Mir macht Prozeßarbeit Spaß. Ich würde gern vor Gericht auftreten.«

»Kriminelle verteidigen?«

»Vielleicht. Sie haben ein Recht auf ihren Tag vor Gericht, und sie haben das Recht auf eine gute Verteidigung.«

»Mörder?«

»Ja, aber die meisten können sich keinen Anwalt leisten.«

»Vergewaltiger und Kindesmißhandler?«

Ich runzle die Stirn und zögere eine Sekunde. »Nein.«

»Männer, die ihre Frauen schlagen?«

»Nein, niemals.« Das ist mein voller Ernst, außerdem bin ich argwöhnisch, was ihre Verletzungen angeht. Sie billigt meine Auswahl an Mandanten.

»Kaum jemand spezialisiert sich ausschließlich auf Strafrecht«, erkläre ich. »Wahrscheinlich werde ich erheblich mehr mit Zivilprozessen zu tun haben.«

»Klagen und solches Zeug.«

»Ja, genau. Prozesse, die nichts mit Strafvergehen zu tun haben.«

»Scheidungen?«

»Das möchte ich lieber vermeiden. Scheidungen sind meist höchst unerfreulich.«

Sie strengt sich mächtig an, die Unterhaltung auf meiner Seite des Tisches zu halten, fern von ihrer Vergangenheit und erst recht von ihrer Gegenwart. Das kann mir nur recht sein. Die Tränen können jederzeit wieder fließen, und ich möchte diese Unterhaltung nicht verderben. Ich möchte, daß sie weitergeht.

Sie will wissen, wie es auf dem College war – das Lernen, Parties, Dinge wie Studentenclubs, das Leben auf dem Campus, Examen, Professoren, Exkursionen. Sie hat eine Menge Filme gesehen und hütet ein verklärtes Bild von märchenhaften vier Jahren auf einem malerischen Campus, wo sich die Blätter im Herbst gelb und rot verfärben, von Studenten in Mannschaftspullovern, die ihrem Footballteam zujubeln, von neuen Freundschaften, die ein Leben lang halten. Das arme

Mädchen hat es mit knapper Not geschafft, aus der Kleinstadt herauszukommen, aber es hatte wundervolle Träume. Ihre Grammatik ist einwandfrei, ihr Wortschatz größer als meiner. Sie gesteht zögernd, daß sie die High-School als Erste oder Zweite ihres Jahrgangs abgeschlossen hätte, wäre da nicht diese Teenagerromanze mit Cliff, Mr. Riker, gewesen.

Ohne viel Mühe schmücke ich die grandiosen Tage meiner Zeit am College aus und übergehe so wesentliche Tatsachen wie die vierzig Stunden in der Woche, in denen ich Pizzas ausgeliefert habe, um Student bleiben zu können.

Sie will mehr über meine Kanzlei wissen, und ich stecke gerade mitten in einer absurden Verherrlichung von J. Lyman und seinem Büro, als zwei Tische entfernt das Telefon läutet. Ich entschuldige mich mit der Erklärung, daß ich aus der Kanzlei verlangt werde.

Es ist Bruiser, bei Yogi's, betrunken, mit Prince. Es amüsiert sie, daß ich da sitze, wo ich sitze, während sie trinken und auf alles wetten, was ESPN gerade sendet. Die Geräusche im Hintergrund hören sich an wie eine Schlägerei. »Schon was an der Angel?« bellt Bruiser ins Telefon.

Ich lächle Kelly an, die von diesem Anruf offensichtlich beeindruckt ist, und erkläre so leise wie nur möglich, daß ich gerade mit einem möglichen Mandanten spreche. Bruiser lacht dröhnend, dann übergibt er den Hörer an Prince, der der Betrunkenere von den beiden ist. Er erzählt einen Anwaltswitz ohne jede Pointe, etwas über das Herfallen über Verletzte. Dann verfällt er in eine Ich-habe-es-Ihnen-ja-gesagt-Rede darüber, daß er mich bei Bruiser untergebracht hat, der mir mehr von der Juristerei beibringen wird als fünfzig Professoren. Das dauert eine Weile, und währenddessen erscheint Kellys Helfer, um sie in ihr Zimmer zurückzubringen.

Ich gehe ein paar Schritte auf ihren Tisch zu, lege die Hand auf die Sprechmuschel und sage: »Ich habe mich gefreut, Sie kennenzulernen.«

Sie lächelt und sagt: »Danke für die Cola und die Unterhaltung.«

»Morgen abend?« sage ich, während Prince mir ins Ohr brüllt.

»Vielleicht.« Sie zwinkert mir vielsagend zu, und meine Knie werden weich.

Offensichtlich ist ihr Begleiter in Rosa lange genug in diesem Krankenhaus, um einen Mandantenjäger zu erkennen. Er wirft mir einen finsteren Blick zu und rollt sie hinaus. Sie wird wiederkommen.

Ich drücke einen Knopf am Telefon und schalte Prince mitten im Satz aus. Wenn sie zurückrufen, werde ich mich nicht melden. Falls sie sich später daran erinnern sollten, was höchst unwahrscheinlich ist, werde ich Sony die Schuld geben.

18

Deck liebt Herausforderungen, vor allem, wenn es darum geht, bei geflüsterten Telefongesprächen mit anonymen Maulwürfen Schmutz zutage zu fördern. Ich gebe ihm meine dürftigen Informationen über Kelly und Cliff Riker, und kaum eine Stunde später kommt er mit einem stolzen Grinsen in mein Büro geschlichen.

Er liest von seinen Notizen ab. »Kelly Riker wurde vor drei Tagen in St. Peter's eingeliefert, um Mitternacht, wie ich hinzufügen möchte, mit einer ganzen Reihe von Verletzungen. In einem anonymen Anruf bei der Polizei meldeten irgendwelche Nachbarn einen heftigen Streit in ihrer Wohnung. Die Polizisten fanden Kelly zusammengeschlagen auf einem Sofa im Wohnzimmer liegend vor. Cliff Riker war offensichtlich betrunken und völlig ausgerastet und wollte sich über die Polizisten ebenso hermachen wie vorher über seine Frau. Mit einem Softballschläger aus Aluminium, offenbar die Waffe seiner Wahl. Er wurde schnell überwältigt, der Körperverletzung beschuldigt, festgenommen und abgeführt. Sie wurde mit einer Ambulanz ins Krankenhaus gebracht. Sie machte der Polizei gegenüber eine kurze Aussage, derzufolge er nach einem Softballspiel betrunken nach Hause gekommen war; es kam zu einem dummen Wortwechsel, sie kämpften, er gewann. Sie sagte, er hätte sie zweimal mit dem Schläger auf den Knöchel geschlagen und zweimal mit der Faust ins Gesicht.«

Letzte Nacht konnte ich nicht schlafen. Ich dachte an Kelly Riker und ihre braunen Augen und ihre langen Beine; bei dem Gedanken, daß ihr Mann auf diese Weise über sie hergefallen ist, wird mir schlecht. Deck beobachtet, wie ich wohl reagiere, also versuche ich, mir nichts anmerken zu lassen. »Ihre Handgelenke waren verbunden«, sage ich, und Deck schlägt stolz eine andere Seite auf. Er hat noch einen Bericht von einer weiteren Quelle, und diese Information lag tief in den Akten der Rettungsabteilung der Feuerwehr von Memphis vergraben.

»Was die Handgelenke angeht, ist der Bericht ein bißchen vage. Irgendwann während der Attacke hat er ihre Handgelenke auf den Boden gedrückt und versucht, sie zu vergewaltigen. Aber er war wohl nicht in der Stimmung, in der er zu sein glaubte, vermutlich zuviel Bier. Sie war nackt, als die Polizisten sie fanden, nur mit einem Laken bedeckt. Weglaufen konnte sie nicht, weil ihr Knöchel zersplittert war.«

»Was ist mit ihm geschehen?«

»Verbrachte die Nacht im Gefängnis. Seine Eltern haben Kaution gestellt. Kommt in einer Woche vor Gericht, aber es wird nichts passieren.«

»Weshalb nicht?«

»Höchstwahrscheinlich wird sie die Anklage zurückziehen, sie werden sich küssen und wieder vertragen, und dann wird sie die Luft anhalten, bis er es wieder tut.«

»Woher wissen Sie…«

»Weil es schon einmal passiert ist. Vor acht Monaten bekam die Polizei denselben Anruf, dieselbe Schlägerei, alles dasselbe, nur daß sie mehr Glück hatte. Nur ein paar Prellungen. Offensichtlich war der Schläger nicht zur Hand gewesen. Die Polizisten trennen sie, geben ihnen ein paar gute Ratschläge, schließlich sind sie ja noch halbe Kinder, jung verheiratet, und sie küssen sich und vertragen sich wieder. Dann, vor drei Monaten, kommt der Schläger ins Spiel, und sie verbringt eine Woche in St. Peter's mit gebrochenen Rippen. Die Sache wird der zuständigen Abteilung bei der Polizei von Memphis übergeben, und die drängt auf eine strenge Bestrafung. Aber sie liebt den Jungen und weigert sich, gegen ihn auszusagen. Die ganze Sache wird fallengelassen. Kommt immer wieder vor.«

Ich brauche einen Moment, um das zu verdauen. Ich hatte häuslichen Ärger vermutet, aber nichts so Grauenhaftes. Wie kann ein Mann zu einem Aluminiumschläger greifen und damit auf seine Frau eindreschen?

»Kommt immer wieder vor«, wiederholt Deck, meine Gedanken lesend.

»Sonst noch etwas?«

»Nein. Aber halten Sie Abstand.«

»Danke«, sage ich. Ich fühle mich schwach und benommen. »Danke.«
Er gleitet von seinem Stuhl. »Keine Ursache.«

Natürlich hat Booker wesentlich intensiver für das Anwaltsexamen gelernt als ich. Und er macht sich meinetwegen Sorgen. Das ist typisch für ihn. Für diesen Nachmittag hat er einen Lernmarathon in einem Konferenzraum der Kanzlei Shankle angesetzt.

Ich komme, wie Booker mir eingeschärft hat, genau um zwölf Uhr dort an. Die Büros sind modern, es herrscht Hochbetrieb, und das seltsamste an der Kanzlei ist, daß alle Mitarbeiter schwarz sind. Ich habe in den letzten Monaten eine ganze Menge Kanzleien aufgesucht, und ich kann mich nur an eine schwarze Sekretärin und keinen schwarzen Anwalt erinnern. Hier dagegen ist kein weißes Gesicht zu sehen.

Booker führt mich kurz herum. Obwohl Lunchzeit ist, läuft der Betrieb auf vollen Touren. Computer, Kopierer, Faxgeräte, Telefone, Stimmen – auf den Fluren herrscht beträchtlicher Lärm. Die Sekretärinnen essen an ihren Schreibtischen, die ausnahmslos mit Stapeln von eiliger Arbeit bedeckt sind. Die Anwälte und Anwaltsgehilfen sind recht freundlich, aber sichtlich in Eile. Alle unterliegen einer strengen Kleiderordnung – dunkle Anzüge und weiße Hemden für die Männer, schlichte Kleider für die Frauen, keine grellen Farben, keine Hosen.

Vor meinen Augen rasen Bilder von der Kanzlei von J. Lyman Stone vorbei. Ich verdränge sie.

Booker erklärt, daß Marvin Shankle ein strenges Regiment führt. Er ist immer wie aus dem Ei gepellt, in jeder Hinsicht ein ausgemachter Profi, arbeitet praktisch Tag und Nacht und erwartet von seinen Partnern und Angestellten dasselbe.

Der Konferenzraum liegt in einer stillen Ecke. Ich war für den Lunch zuständig, also packe ich ein paar Sandwiches aus, die ich unterwegs bei Yogi's geholt habe. Kostenlose Sandwiches. Wir unterhalten uns höchstens fünf Minuten über Familie, Fakultät und Freunde. Er stellt ein paar Fragen über meinen Job, aber er weiß, daß er sich zurückhalten muß. Ich habe ihm schon alles erzählt. Fast alles. Ich möchte nicht, daß er etwas über meinen neuen Außenposten in St. Peter's oder meine Aktivitäten dort erfährt.

Booker ist so wahnsinnig anwaltlich geworden. Nach der zugestandenen Zeit für Geplauder schaut er auf die Uhr, dann ergeht er sich über den prachtvollen Nachmittag, den er für uns geplant hat. Wir werden sechs Stunden nonstop lernen, mit kurzen Kaffee- und Toilettenpausen, und um achtzehn Uhr müssen wir draußen sein, weil dann jemand anders diesen Raum braucht.

Von Viertel nach zwölf bis halb zwei repetieren wir die Bundeseinkommensteuergesetze. Booker besorgt den größten Teil des Redens, weil er ein besseres Gespür für Steuern hat. Wir arbeiten nach Examensrepetitorien, und das Steuerrecht ist genauso undurchdringlich wie im letzten Herbst.

Um halb zwei erlaubt er mir, auf die Toilette zu gehen und Kaffee zu holen, und dann übernehme ich bis halb drei den Ball und renne damit durch die Bundesvorschriften über die Beweisaufnahme. Ungeheuer aufregend. Bookers hohe Oktanzahl ist ansteckend, und wir nieten das langweilige Zeug nur so durch.

Bei der Zulassungsprüfung durchzufallen ist ein Alptraum für jeden jungen Anwaltsanwärter; aber ich bin mir sicher, daß es für Booker besonders katastrophal wäre. Für mich wäre es offen gestanden nicht das Ende der Welt. Es würde meinem Ego einen schweren Dämpfer versetzen, aber ich würde es verkraften. Ich würde angestrengter lernen und es nach sechs Monaten noch einmal versuchen. Bruiser würde es nicht kümmern, solange ich jeden Monat ein paar Mandanten an Land ziehe. Ein guter Fall mit schweren Verbrennungen, und Bruiser würde nicht einmal von mir erwarten, daß ich einen zweiten Versuch unternehme.

Aber Booker könnte in Schwierigkeiten geraten. Ich vermute, Mr. Marvin Shankle würde ihm das Leben zur Hölle machen, wenn er beim ersten Mal durchfällt. Fällt er zweimal durch, dann ist er vermutlich Geschichte.

Um genau halb drei betritt Marvin Shankle den Konferenzraum, und Booker stellt mich ihm vor. Er ist Anfang Fünfzig, sehr fit und elegant. Sein Haar ist um die Ohren herum leicht angegraut. Er hat eine sanfte Stimme, aber einen durchdringenden Blick. Marvin Shankle entgeht nichts. In Juristenkreisen im Süden ist er eine Legende, und ich fühle mich geehrt, ihn kennenzulernen.

Booker hat einen Vortrag arrangiert. Fast eine Stunde lang hören wir aufmerksam zu, wie Shankle uns mit der Rechtsprechung in Bürgerrechtsfragen im allgemeinen und der Diskriminierung bei der Vergabe von Arbeitsplätzen im besonderen vertraut macht. Wir machen uns Notizen, stellen ein paar Fragen, aber die meiste Zeit hören wir einfach nur zu.

Dann verschwindet er zu einer Konferenz, und wir verbringen die nächste halbe Stunde allein und ackern uns durch Antitrust-Gesetze und Kartellrecht. Um vier folgt eine weitere Lektion.

Unser nächster Redner ist Tyrone Kipler, ein Partner, der in Harvard studiert und sich auf Verfassungsrecht spezialisiert hat. Er geht die Sache sehr langsam an und kommt erst ein bißchen in Fahrt, als Booker in die Bresche springt und ihn mit Fragen zu überschütten beginnt. Ich ertappe mich dabei, wie ich nachts im Gebüsch lauere und mich mit einem überdimensionalen Baseballschläger wie ein Wilder über Cliff Riker hermache. Um mich wach zu halten, wandere ich um den Tisch herum, trinke becherweise Kaffee, versuche mich zu konzentrieren.

Gegen Ende der Stunde ist Kipler angeregt und gesprächig, und wir bombardieren ihn mit Fragen. Er bricht mitten im Satz ab, schaut nervös auf die Uhr und sagt, er müsse jetzt gehen. Irgendwo wartet ein Richter. Wir danken ihm für seine Zeit, und er stürmt davon.

»Wir haben noch eine Stunde«, sagt Booker. Es ist fünf Minuten nach fünf. »Was wollen wir tun?«

»Trinken wir ein Bier.«

»Tut mir leid. Entweder Sachenrecht oder Ethik.«

Ethik könnte mir nicht schaden, aber ich bin müde und nicht in der Stimmung, mich daran erinnern zu lassen, wie schwerwiegend meine Sünden sind. »Dann eben Sachenrecht.«

Booker schießt durch den Raum und holt die Bücher.

Es ist fast acht, als ich mich durch das Labyrinth der Korridore von St. Peter's schleppe und feststellen muß, daß an meinem Lieblingstisch ein Arzt und eine Schwester sitzen. Ich hole mir Kaffee und lasse mich in der Nähe nieder. Die Schwester ist sehr attraktiv und sehr bekümmert, und nach ihrem Geflüster zu urteilen, würde ich sagen, daß ihre Affäre auf der Kippe steht. Er ist sechzig mit implantiertem Haar und einem neuen Kinn. Sie ist dreißig und wird den Status einer Ehefrau offensichtlich nicht erreichen. Nur Geliebte auf Zeit. Ernstes Geflüster.

Ich bin nicht in Lernstimmung. Für einen Tag habe ich genug gehabt; das einzige, was mich motiviert, ist die Tatsache, daß Booker immer noch im Büro ist, arbeitet und sich auf das Examen vorbereitet.

Ein paar Minuten später verschwinden die Liebenden – sie in Tränen, er kalt und herzlos. Ich lasse mich an meinem Tisch nieder, breite meine Unterlagen aus und versuche zu lernen.

Und ich warte.

Kelly kommt ein paar Minuten nach zehn. Heute schiebt ein anderer Mann ihren Rollstuhl. Sie wirft mir einen kalten Blick zu und deutet auf einen Tisch in der Mitte des Raums. Er parkt sie dort. Ich sehe ihn an. Er sieht mich an.

Ich vermute, es ist Cliff. Er ist ungefähr so groß wie ich, nicht über einsachtzig, mit untersetztem Körper und Ansatz zum Bierbauch. Aber seine Schultern sind breit, und sein Bizeps wölbt sich unter einem T-Shirt, das viel zu eng ist und seine Arme offenbar zur Geltung bringen soll. Enge Jeans. Braunes, lockiges Haar, zu lang, um modisch zu sein. Massenhaft Haare auf den Unterarmen und im Gesicht. Cliff war der Junge, der sich in der achten Klasse schon rasieren mußte.

Er hat grünliche Augen und ein hübsches Gesicht, das wesentlich älter wirkt als neunzehn. Er geht um den Knöchel herum, den er mit einem Softballschläger gebrochen hat, zur Theke, um etwas zu trinken zu holen. Sie weiß, daß ich sie anstarre. Sie läßt den Blick ganz bewußt durch den Raum schweifen, und im letzten Moment zwinkert sie mir rasch zu. Ich verschütte beinahe meinen Kaffee.

Es gehört nicht viel Phantasie dazu, die Worte zu hören, die

die beiden kürzlich gewechselt haben. Drohungen, Entschuldigungen, Bitten, noch mehr Drohungen. Sieht ganz so aus, als wäre ihnen heute abend nicht besonders wohl zumute. Sie machen beide ein ernstes Gesicht und nippen schweigend an ihren Getränken. Gelegentlich werden ein oder zwei Worte gewechselt, aber sie sind wie ein junges Pärchen in der Mitte seiner allwöchentlichen Schmollszene. Ein kurzer Satz hier, eine noch kürzere Erwiderung dort. Sie sehen sich nur an, wenn es unbedingt sein muß. Statt dessen mustern sie intensiv die Wände und den Fußboden. Ich verstecke mich hinter einem Buch.

Sie sitzt so, daß sie mich ansehen kann, ohne ertappt zu werden. Er wendet mir den Rücken zu. Von Zeit zu Zeit sieht er sich um, aber seine Bewegungen sind leicht vorhersehbar. Schon lange bevor sein Blick auf mich fällt, kann ich mir den Kopf kratzen und mich in meine Arbeit vertiefen.

Nachdem sie sich ungefähr zehn Minuten lang weitgehend angeschwiegen haben, sagt sie etwas, das eine hitzige Erwiderung auslöst. Ich wollte, ich könnte mithören. Er zittert plötzlich vor Wut und zischt ihr etwas zu. Sie zahlt ihm in gleicher Münze heim. Die Lautstärke steigt, und ich kann ziemlich schnell heraushören, daß es darum geht, ob sie vor Gericht gegen ihn aussagen wird oder nicht. Sieht so aus, als hätte sie sich noch nicht entschieden. Sieht so aus, als machte das Cliff wirklich Sorgen. Er ist ziemlich schnell auf hundertachtzig, kein Wunder bei einem Macho-Typ wie ihm, und sie sagt ihm, er solle nicht so herumbrüllen. Er sieht sich um und versucht, seine Stimme zu senken. Ich kann nicht hören, was er sagt.

Nachdem sie ihn provoziert hat, beruhigt sie ihn wieder, aber er ist immer noch sehr unglücklich. Er schmort vor sich hin, während sie einander eine Zeitlang ignorieren.

Dann tut sie es wieder. Sie murmelt etwas, und sein Rücken versteift sich. Seine Hände zittern, er pöbelt herum. Sie streiten eine Minute, dann hört sie auf zu reden und ignoriert ihn. Cliff kann nicht hinnehmen, daß man ihn ignoriert, also wird er lauter. Sie sagt ihm, er solle still sein, sie befänden sich in einem öffentlichen Raum. Er wird noch lauter, redet über das, was er tun wird, wenn sie nicht alles fallenläßt, daß man ihn ins Gefängnis stecken könnte und so weiter und so weiter.

Sie sagt etwas, das ich nicht hören kann, und er wischt plötzlich mit einem Schlag seinen hohen Styroporbecher vom Tisch und springt auf. Die Cola fliegt durch den halben Raum und verspritzt kohlensäurehaltigen Schaum über die anderen Tische und den Fußboden. Sie ergießt sich über sie. Sie keucht, schließt die Augen und beginnt zu weinen. Ich höre, wie er schimpfend und fluchend den Korridor entlangstampft.

Rein instinktiv springe ich auf, aber sie schüttelt rasch den Kopf. Ich setze mich wieder hin. Die Kassiererin hat die Szene beobachtet und erscheint mit einem Handtuch. Sie gibt es Kelly, die sich die Cola vom Gesicht und von den Armen wischt.

»Tut mir leid«, sagt sie zu der Kassiererin.

Ihr Nachthemd ist durchweicht. Sie kämpft gegen die Tränen an, während sie ihren Gipsverband und ihr Bein abtrocknet. Ich bin in der Nähe, aber ich kann nicht helfen. Vermutlich hat sie Angst, er könnte zurückkommen und uns dabei erwischen, daß wir miteinander reden.

In diesem Krankenhaus gibt es viele Orte, wo man sich niederlassen und einen Kaffee oder eine Cola trinken kann, aber sie hat ihn hierher gebracht, weil sie wollte, daß ich ihn sehe. Ich bin ziemlich sicher, daß sie ihn provoziert hat, damit ich mit eigenen Augen sehe, wie cholerisch er ist.

Wir sehen uns lange Zeit an, während sie sich methodisch das Gesicht und die Arme abwischt. Tränen strömen ihr übers Gesicht, und sie tupft sie ab. Sie verfügt über diese unerklärliche weibliche Fähigkeit, Tränen zu produzieren, ohne den Eindruck zu erwecken, daß sie weint. Sie schluchzt und heult nicht. Ihre Lippen beben nicht. Ihre Hände zittern nicht. Sie sitzt einfach da, in einer anderen Welt, sieht mich mit tränenverschleierten Augen an und betupft ihre Haut mit dem weißen Handtuch.

Zeit vergeht, aber ich weiß nicht, wieviel. Ein verkrüppelter Aufwärter erscheint und wischt den Boden um sie herum. Drei Schwestern kommen hereingestürmt, laut redend und lachend, bis sie sie sehen, dann sind sie plötzlich still. Sie mustern sie, flüstern miteinander und sehen gelegentlich in meine Richtung.

Er ist lange genug fort, als daß man wohl nicht mehr mit seiner Rückkehr rechnen muß, und es ist ein verlockender Gedanke, den Gentleman zu spielen. Die Schwestern verlassen die Cafeteria, und Kelly winkt langsam mit einem Zeigefinger. Jetzt kann ich zu ihr kommen.

»Tut mir leid«, sagt sie, als ich mich neben ihr niederhocke.

»Das ist schon okay.«

Und dann sagt sie etwas, das ich nie vergessen werde. »Bringen Sie mich in mein Zimmer?«

In einer anderen Umgebung hätten diese Worte weitreichende Konsequenzen haben können, und für einen Augenblick schweifen meine Gedanken ab zu einem exotischen Strand, an dem die beiden Liebenden endlich beschlossen haben, einander in die Arme zu sinken.

Ihr Zimmer ist natürlich ein Raum mit einer Tür, die von unzähligen Leuten geöffnet werden kann. Sogar Anwälte können in ihn eindringen.

Ich steuere Kelly und ihren Rollstuhl behutsam um die Tische herum und auf den Flur hinaus. »Fünfter Stock«, sagt sie über die Schulter. Ich habe es nicht eilig. Ich bin sehr stolz auf mich, weil ich so ritterlich bin. Mir gefällt die Tatsache, daß ihr sämtliche Männer hinterhersehen, während wir den Korridor entlangrollen.

Im Fahrstuhl sind wir ein paar Sekunden allein. Ich knie mich neben sie. »Sind Sie okay?« frage ich.

Jetzt weint sie nicht mehr. Ihre Augen sind nach wie vor feucht und ein wenig gerötet, aber sie hat sich unter Kontrolle. Sie nickt rasch und sagt: »Danke«. Und dann ergreift sie meine Hand und drückt sie fest. »Vielen Dank.«

Der Fahrstuhl hält mit einem Ruck. Ein Arzt kommt herein, und sie läßt rasch meine Hand los. Ich trete hinter den Rollstuhl wie ein hingebungsvoller Ehemann. Ich möchte wieder ihre Hand halten.

Nach der Uhr an der Wand des fünften Stocks ist es fast elf. Von ein paar Schwestern und Pflegern abgesehen ist der Flur menschenleer und ruhig. Eine Stationsschwester mustert uns, während wir vorbeirollen. Mrs. Riker ist mit einem Mann losgezogen und kommt nun mit einem anderen zurück.

Wir biegen links ab, und sie deutet auf ihre Tür. Zu meiner Überraschung und Freude hat sie ein Privatzimmer mit eigenem Fenster und Bad. Das Licht brennt.

Ich bin nicht sicher, wie gut sie sich in Wirklichkeit bewegen kann, aber in diesem Moment ist sie völlig hilflos. »Sie müssen mir helfen«, sagt sie. Das lasse ich mir nicht zweimal sagen. Ich beuge mich über sie, und sie legt mir die Arme um den Hals. Sie klammert sich wesentlich fester an mich, als erforderlich wäre, aber das stört mich durchaus nicht. Ihr Nachthemd ist mit Cola durchtränkt, und auch das stört mich nicht sonderlich. Sie fühlt sich gut an, und ich stelle rasch fest, daß sie keinen Büstenhalter trägt. Ich drücke sie noch fester an mich.

Ich hebe sie sanft aus dem Rollstuhl, keine große Anstrengung, weil sie nicht mehr wiegt als fünfundfünfzig Kilo, einschließlich Gipsverband. Wir manövrieren uns zu ihrem Bett, lassen uns dabei soviel Zeit wie möglich, machen eine Menge Aufhebens um ihren gebrochenen Knöchel, bringen sie in genau die richtige Stellung, damit ich sie sehr langsam auf ihr Bett gleiten lassen kann. Dann lassen wir einander widerstrebend los. Unsere Gesichter sind nur Zentimeter voneinander entfernt, als die Schwester hereinkommt und ihre Gummisohlen über den gefliesten Boden quietschen.

»Was ist passiert?« fragt sie und deutet auf das nasse Nachthemd.

Wir versuchen immer noch, uns voneinander zu lösen. »Ach, das. Nur ein Mißgeschick«, erklärt Kelly.

Die Schwester öffnet eine Schublade unter dem Fernseher und holt ein zusammengefaltetes Nachthemd heraus. »Sie müssen sich umziehen«, sagt sie und wirft es neben Kelly aufs Bett. »Und Sie müssen gewaschen werden.« Sie hält eine Sekunde inne, deutet mit einem Kopfnicken auf mich und sagt: »Er kann Ihnen ja helfen.«

Ich hole tief Luft. Mir wird schwach.

»Das schaffe ich allein«, sagt Kelly und legt das Nachthemd auf den Tisch neben dem Bett.

»Die Besuchszeit ist vorbei, junger Mann«, sagt sie zu mir.

»Für heute müßt ihr beide euch voneinander verabschieden.« Sie quietscht aus dem Zimmer. Ich mache die Tür zu und kehre zu ihrem Bett zurück. Wir sehen uns an.

»Wo ist der Schwamm?« frage ich, und wir lachen beide. Wenn sie lächelt, bilden sich dicke Grübchen an ihren Mundwinkeln.

»Setzen Sie sich hierher«, sagt sie und klopft auf die Bettkante. Ich lasse mich mit baumelnden Beinen nieder. Wir berühren uns nicht. Sie zieht ein weißes Laken bis zu den Achselhöhlen hoch, als wollte sie die Colaflecken verbergen.

Ich bin vollkommen im Bilde. Auch eine mißhandelte Ehefrau ist die Frau eines anderen, bis sie geschieden ist. Oder bis sie den Mistkerl umbringt.

»Und was halten Sie von Cliff?« fragt sie.
»Sie wollten, daß ich ihn sehe, nicht wahr?«
»Wahrscheinlich.«
»Man sollte ihn erschießen.«
»Das wäre eine ziemlich harte Strafe für einen kleinen Wutanfall.«

Ich schweige einen Moment und schaue woandershin. Ich habe beschlossen, nicht um den heißen Brei herumzureden. Wenn wir schon miteinander reden, dann werden wir auch ehrlich sein.

»Nein, Kelly, sie ist nicht zu hart. Ein Mann, der mit einem Aluminiumschläger auf seine Frau eindrischt, sollte erschossen werden.« Ich beobachte sie genau, während ich das sage, und sie zuckt nicht zusammen.

»Woher wissen Sie das?« fragt sie.

»Läßt sich alles nachlesen. Polizeiberichte, Krankentransportberichte, Krankenhausunterlagen. Wollen Sie warten, bis er Ihnen diesen Schläger über den Kopf zieht? Das könnte Ihr Ende bedeuten. Ein paar kräftige Hiebe auf den Schädel...«

»Hören Sie auf! Sie brauchen mir nicht zu sagen, wie sich das anfühlt.« Sie schaut zur Wand, und als sie mich wieder ansieht, fließen abermals die Tränen. »Sie wissen nicht, wovon Sie reden.«

»Dann sagen Sie es mir.«

»Wenn ich darüber hätte sprechen wollen, hätte ich schon

selber damit angefangen. Sie haben kein Recht, in meinem Leben herumzuwühlen.«

»Reichen Sie die Scheidung ein. Ich bringe morgen die erforderlichen Papiere mit. Tun Sie es jetzt, während Sie im Krankenhaus sind und wegen der letzten Attacke behandelt werden. Gibt es einen besseren Beweis? Die Klage wird glatt durchkommen, und in drei Monaten sind Sie eine freie Frau.«

Sie schüttelt den Kopf, als wäre ich ein ausgemachter Idiot. Vermutlich bin ich das auch.

»Sie verstehen das nicht.«

»Da haben Sie vollkommen recht. Aber ich weiß, wie so was weitergeht. Wenn Sie sich diesen Mistkerl nicht vom Hals schaffen, sind Sie in einem Monat vielleicht tot. Ich habe die Namen und Telefonnummern von drei Hilfsorganisationen für mißhandelte Frauen.«

»Mißhandelt?«

»Richtig. Mißhandelt. Sie sind mißhandelt worden, Kelly, ist Ihnen das nicht klar? Dieser Nagel in Ihrem Knöchel bedeutet, daß Sie mißhandelt worden sind. Dieser veilchenblaue Fleck an Ihrem Kinn ist ein klarer Beweis dafür, daß Ihr Mann Sie schlägt. Sie können Hilfe bekommen. Reichen Sie die Scheidung ein, und lassen Sie sich helfen.«

Sie denkt eine Sekunde darüber nach. Es ist ganz still im Zimmer. »Scheidung ist unmöglich. Das habe ich schon versucht.«

»Wann?«

»Vor ein paar Monaten. Das wissen Sie nicht? Ich bin sicher, daß es beim Gericht Unterlagen darüber gibt. War's diesmal nichts mit dem Nachlesen?«

»Was ist aus der Scheidung geworden?«

»Ich habe sie zurückgezogen.«

»Warum?«

»Weil ich es satt hatte, auf mich einprügeln zu lassen. Er hätte mich umgebracht, wenn ich sie nicht zurückgezogen hätte. Er behauptet, er liebt mich.«

»Eindeutig. Darf ich Sie etwas fragen? Haben Sie einen Vater oder einen Bruder?«

»Wieso?«

»Wenn meine Tochter von ihrem Mann geschlagen würde, dann bräche ich ihm das Genick.«

»Mein Vater weiß nichts davon. Meine Eltern sind immer noch wütend wegen meiner Schwangerschaft. Sie werden nie darüber hinwegkommen. Sie haben Cliff von dem Moment an verachtet, als er zum erstenmal den Fuß in unser Haus setzte, und als dann der Skandal losbrach, haben sie sich völlig von mir zurückgezogen. Ich habe nicht mehr mit ihnen gesprochen, seit ich von zu Hause fort bin.«

»Kein Bruder?«

»Nein. Niemand, der auf mich aufpaßt. Bis jetzt.«

Das trifft mich hart, und es dauert eine Weile, bis ich es verdaut habe. »Ich werde tun, was immer Sie möchten«, sage ich. »Aber Sie müssen die Scheidung einreichen.«

Sie wischt sich die Tränen mit den Fingern ab, und ich gebe ihr ein Papiertaschentuch vom Nachttisch. »Ich kann die Scheidung nicht einreichen.«

»Warum nicht?«

»Er würde mich umbringen. Das sagt er ständig. Sehen Sie, als ich es zum ersten Mal versucht habe, hatte ich einen wirklich lausigen Anwalt; ich hatte ihn aus den Gelben Seiten. Ich dachte, einer wäre so gut wie der andere. Und er hielt es für ganz besonders klug, Cliff die Scheidungsklage bei der Arbeit überbringen zu lassen, vor den Augen seiner besten Kumpel, seiner Saufkumpane und den Typen aus dem Softballteam. Das war natürlich furchtbar demütigend für Cliff. Danach kam ich zum erstenmal ins Krankenhaus. Eine Woche später habe ich die Scheidungsklage zurückgezogen, und er droht mir immer noch. Er würde mich umbringen.«

Die Angst und das Grauen in ihren Augen sind unübersehbar. Sie bewegt sich ein wenig und verzieht dabei das Gesicht, als zuckte ein heftiger Schmerz durch ihren Knöchel. Sie stöhnt und sagt: »Könnten Sie ein Kissen drunterlegen?«

Ich springe vom Bett. »Natürlich.« Sie deutet auf zwei dicke Kissen auf dem Stuhl.

»Eins von denen dort«, sagt sie. Das bedeutet natürlich, daß das Laken zurückgeschlagen werden muß. Ich helfe dabei.

Sie schweigt einen Moment, schaut sich um, dann sagt sie: »Geben Sie mir auch das Nachthemd.«

Ich tue einen zittrigen Schritt zum Tisch und gebe ihr das frische Hemd. »Brauchen Sie Hilfe?« frage ich.

»Nein, drehen Sie sich nur um.« Während sie das sagt, zieht sie bereits an dem schmutzigen Nachthemd und streift es sich über den Kopf. Ich drehe mich sehr langsam um.

Sie läßt sich Zeit. Aus purem Übermut wirft sie das schmutzige Hemd auf den Boden vor mir. Sie ist hinter mir, kaum einen Meter entfernt, nackt bis auf einen Slip und einen Gipsverband. Ich bin felsenfest überzeugt, daß ich mich umdrehen und sie ansehen könnte, ohne daß sie es mir übelnehmen würde. Mir ist schwindlig bei dem Gedanken.

Ich schließe die Augen und frage mich: Was tue ich hier?

»Rudy, würden Sie mir bitte den Schwamm geben?« gurrt sie. »Er ist im Badezimmer. Lassen Sie etwas warmes Wasser drüberlaufen. Und ein Handtuch bitte.«

Sie sitzt in der Mitte des Bettes mit dem dünnen Laken vor der Brust. Das frische Nachthemd hat sie noch nicht angerührt.

Ich kann nicht anders, ich muß sie anstarren. »Da drin«, nickt sie. Ich gehe ins Badezimmer und nehme den Schwamm in die Hand. Während ich ihn naß mache, beobachte ich sie im Spiegel über dem Waschbecken. Durch einen Türspalt hindurch kann ich ihren Rücken sehen. Den ganzen Rücken. Die Haut ist glatt und gebräunt, aber zwischen den Schultern sieht man eine häßliche Prellung.

Ich beschließe, daß ich sie waschen werde. Sie möchte es auch, das ist offensichtlich. Sie ist verletzt und verwundbar. Sie flirtet gern, und sie möchte, daß ich ihren Körper sehe. In mir kribbelt alles.

Dann Stimmen. Die Schwester ist wieder da. Als ich aus dem Bad zurückkehre, macht sie sich im Zimmer zu schaffen. Sie hält inne und grinst mich an, als hätte sie uns beinahe erwischt.

»Die Zeit ist um«, sagt sie. »Es ist fast halb zwölf. Das hier ist kein Hotel.« Sie nimmt mir den Schwamm aus der Hand. »Das mache ich. Und Sie verschwinden jetzt.«

Ich stehe nur da, lächle Kelly an und träume davon, diese Beine zu berühren. Die Schwester packt entschlossen meinen Ellenbogen und schiebt mich zur Tür. »Und jetzt fort mit Ihnen«, sagt sie mit gespielter Empörung.

Um drei Uhr morgens schleiche ich hinunter zu der Hängematte und lasse mich gedankenverloren in der stillen Nacht hin- und herschaukeln. Ich beobachte die Sterne, die durch die Zweige und Blätter funkeln, und rufe mir jede ihrer Bewegungen ins Gedächtnis, höre ihre verängstigte Stimme und träume von ihren Beinen.

Es ist an mir, sie zu beschützen. Sonst hat sie niemanden. Sie erwartet von mir, daß ich sie rette und ihr wieder auf die Beine helfe. Wir wissen beide genau, was danach passieren wird.

Noch immer spüre ich, wie sie meinen Hals umklammert hat, als sie sich während dieser paar kostbaren Sekunden fest an mich drückte, und ihren Körper, der sich so natürlich und leicht in meine Arme schmiegte.

Ich beobachte, wie die Sonne zwischen den Bäumen aufgeht, dann schlafe ich ein, während ich die Stunden zähle, bis ich sie wiedersehen werde.

19

Ich sitze in meinem Büro und lerne für das Anwaltsexamen, weil ich sonst nichts zu tun habe. Mir ist klargeworden, daß auch niemand etwas anderes von mir erwartet, denn ich bin ja noch kein Anwalt und werde erst einer sein, wenn ich das Examen bestanden habe.

Es fällt mir schwer, mich zu konzentrieren. Weshalb habe ich mich nur wenige Tage vor dem Examen in eine verheiratete Frau verliebt? Mein Verstand sollte so scharf sein wie nur irgend möglich und sich unbelastet von irgendwelchen Nebensächlichkeiten und anderen Ablenkungen nur dem einen Ziel widmen können.

Sie ist eine Verliererin, das weiß ich inzwischen. Eine gebrochene Frau mit Narben, von denen viele vielleicht nie verheilen werden. Und er ist gefährlich. Bei der Vorstellung, daß ein anderer Mann seine reizende kleine Cheerleaderin anfassen könnte, würde er bestimmt ausrasten.

Mit den Füßen auf meinem Schreibtisch und hinter dem Kopf verschränkten Armen denke ich über das alles nach und starre ins Ungewisse, als plötzlich die Tür aufgerissen wird und Bruiser hereingestürmt kommt. »Was tun Sie da?« bellt er. »Ich lerne«, sage ich und nehme schleunigst die Füße vom Tisch.

»Ich dachte, Sie wollten nachmittags lernen.« Jetzt ist es halb elf. Er wandert vor meinem Schreibtisch hin und her.

»Hören Sie, Bruiser, heute ist Freitag. Das Examen fängt nächsten Mittwoch an. Ich bin ziemlich nervös.«

»Dann lernen Sie im Krankenhaus. Und ziehen Sie einen Fall an Land. Ich habe seit drei Tagen keinen neuen gesehen.«

»Es ist nicht so einfach, gleichzeitig zu lernen und einen Fall an Land zu ziehen.«

»Deck tut das auch.«

»Ja genau, Deck, der ewige Student.«

»Ich hatte gerade einen Anruf von Leo F. Drummond. Läutet da etwas bei Ihnen?«

»Nein. Sollte es das?«

»Er ist Seniorpartner bei Tinley Britt. Großartiger Prozeßanwalt, hat schon alle möglichen Firmenprozesse geführt. Verliert höchst selten. Wirklich hervorragender Anwalt, große Kanzlei.«

»Ich kenne Trent & Brent.«

»Nun, Sie werden sie bald genauer kennenlernen. Sie vertreten Great Benefit. Drummond leitet die Verteidigung.«

Meiner Schätzung nach gibt es in dieser Stadt mindestens hundert Kanzleien, die Versicherungsgesellschaften vertreten. Und es muß an die tausend Versicherungsgesellschaften geben. Wie stehen da die Chancen, daß die Gesellschaft, die ich am meisten hasse, Great Benefit, ausgerechnet Trent & Brent anheuert, die Kanzlei, die ich jeden Tag meines Lebens verfluche?

Seltsamerweise nehme ich es gelassen hin. Ich bin im Grunde nicht überrascht.

Plötzlich wird mir klar, weshalb Bruiser nicht stillstehen kann und so hastig spricht. Er macht sich Sorgen. Um meinetwillen hat er eine Zehn-Millionen-Dollar-Klage gegen eine große Firma eingereicht, die sich von einem Anwalt vertreten läßt, der ihn einschüchtert. Wie amüsant. Ich hätte mir nie träumen lassen, daß Bruiser vor irgend etwas Angst haben könnte.

»Was hat er gesagt?«

»Hallo. Wollte nur Bescheid geben. Er hat mir gesagt, daß der Fall Harvey Hale zugewiesen worden ist, der vor dreißig Jahren, als sie zusammen in Yale Jura studiert haben, sein Zimmergenosse war und der außerdem, falls Sie es nicht wissen sollten, ein hervorragender Verteidiger von Versicherungen war, bevor er einen Herzanfall hatte und sein Arzt ihm riet, sich einen andern Job zu suchen. Ließ sich zum Richter wählen, aber die Vorstellung aus alten Anwaltszeiten, daß ein gerechtes und faires Urteil nur unter zehntausend Dollar liegen kann, hat er nie aufgegeben.«

»Tut mir leid, daß ich gefragt habe.«

»Wir haben es also mit Leo F. Drummond und seinem beachtlichen Mitarbeiterstab zu tun, und die bekommen auch noch ihren Lieblingsrichter. Sie haben alle Hände voll zu tun.«

»Ich? Was ist mit Ihnen?«

»Oh, ich werde in der Nähe sein. Aber das ist Ihr Baby. Die werden Sie in Papierkram ertränken.« Er geht zur Tür. »Vergessen Sie nicht, die werden nach Stunden bezahlt. Je mehr Papier sie produzieren, desto mehr Stunden können sie berechnen.« Er lacht und knallt die Tür zu, offenbar hoch erfreut, daß ich im Begriff bin, von den Überfliegern von der Konkurrenz vorgeführt zu werden.

Man hat mich im Stich gelassen. Bei Trent & Brent arbeiten mehr als hundert Anwälte, und ich fühle mich sehr allein.

Deck und ich essen einen Teller Suppe bei Trudy's. Die wenigen Gäste, die zum Lunch zu ihr kommen, sind ausschließlich Arbeiter. Das Lokal riecht nach Fett, Schweiß und gebratenem Fleisch. Es ist Decks Lieblingslokal, weil er hier schon ein paar Fälle aufgetan hat, überwiegend Arbeitsunfälle. Einer davon endete mit einem Vergleich über dreißigtausend. Er bekam ein Drittel von fünfundzwanzig Prozent, also zweieinhalbtausend Dollar.

Ein paar Bars hier in der Gegend besucht er auch öfter mal, gesteht er mir leise über die Suppe hinweg. Dann nimmt er seine Krawatte ab, damit er möglichst wie einer von den Gästen aussieht, und trinkt seine Cola. Er hört den Leuten zu, die sich nach der Arbeit einen hinter die Binde gießen. Er könnte mir sagen, wo die guten Bars liegen, die guten Weidegründe, wie er sie gern nennt. Deck steckt voller guter Ratschläge über das Jagen nach Fällen und das Aufspüren von Mandanten.

Und, ja, er ist gelegentlich sogar in den Pornoclubs gewesen, aber nur seiner Mandanten wegen. Man muß sich umtun, sagt er mehr als einmal. Er geht gern in die Casinos drüben in Mississippi und bezeichnet sie, vorausschauend wie er ist, vor allem deshalb als unerfreulich, weil dort nur arme Leute ihr Haushaltsgeld verspielen. Trotzdem könnte etwas zu holen sein. Die Kriminalität steigt, und je mehr Leute spielen, desto mehr Scheidungsverfahren und Konkurse wird es geben. Die Leute werden Anwälte brauchen. Da drüben gibt es eine Menge potentielles Leid, und er steht in den Startlöchern. Da ist etwas zu erwarten.

Er wird mich auf dem laufenden halten.

Ich verzehre eine weitere vorzügliche Mahlzeit in St. Peter's, im sogenannten Mull-Grill. Ich habe gehört, wie eine Gruppe von Assistenzärzten diese Cafeteria so nannte. Nudelsalat auf einem Plastikteller. Ich lerne sporadisch und sehe immer wieder auf die Uhr.

Um zehn erscheint der ältere Herr in der rosa Jacke, aber er kommt allein. Er bleibt stehen, sieht sich um, entdeckt mich und kommt herüber, mit ernster Miene und offenbar nicht glücklich über das, was er zu tun hat.

»Sind Sie Mr. Baylor?« fragt er. Er hat einen Briefumschlag in der Hand, und nachdem ich genickt habe, legt er ihn auf den Tisch. »Von Mrs. Riker«, sagt er, deutet eine Verbeugung an und geht davon.

Es ist ein normaler Briefumschlag, schlicht und weiß. Ich öffne ihn und ziehe eine Karte heraus. Darauf steht:
Lieber Rudy,
mein Arzt hat mich heute morgen entlassen, ich bin jetzt also wieder zu Hause. Danke für alles. Sprechen Sie ein Gebet für uns. Sie sind wundervoll.

Sie hat ihren Namen darunter gesetzt und außerdem ein Postskriptum: *Bitte nicht anrufen oder schreiben. Das würde nur Probleme bringen. Nochmals danke.*

Sie hat gewußt, daß ich hier sein und getreulich warten würde. Bei all den wollüstigen Gedanken, die mir in den letzten vierundzwanzig Stunden durchs Gehirn geschwirrt sind, ist mir nie die Idee gekommen, daß man sie entlassen könnte. Ich war ganz sicher, daß wir heute abend wieder miteinander reden würden.

Ich wandere ziellos auf den endlosen Korridoren herum und versuche, meine Gedanken zu ordnen. Ich bin entschlossen, sie wiederzusehen. Sie braucht mich, weil sonst niemand da ist, der ihr helfen kann.

An einem Münzfernsprecher finde ich einen Eintrag für Cliff Riker und wähle die Nummer. Eine Tonbandansage informiert mich, daß der Anschluß gesperrt ist.

20

Wir treffen am frühen Mittwochmorgen im Zwischengeschoß des Hotels ein und werden gekonnt in einen Ballsaal dirigiert, der größer ist als ein Fußballfeld. Wir werden eingetragen und katalogisiert, die Gebühr mußte schon vor langer Zeit entrichtet werden. Es gibt ein bißchen nervöses Geplapper, aber im Grunde sind alle nur mit sich selbst beschäftigt. Wir schlottern vor Angst.

Von den ungefähr zweihundert Leuten, die jetzt das Anwaltsexamen ablegen wollen, hat mindestens die Hälfte im vorigen Monat an der Memphis State graduiert. Darunter auch meine Freunde und Feinde. Booker läßt sich an einem weit von mir entfernten Tisch nieder. Wir haben beschlossen, nicht beisammenzusitzen. Sara Plankmore und S. Todd Wilcox sitzen in einer Ecke an der anderen Seite des Raumes. Sie haben letzten Samstag geheiratet. Hübsche Flitterwochen. Er ist ein gutaussehender Typ mit geschniegeltem Outfit und aristokratischem Getue. Hoffentlich fällt er durch. Und Sara auch.

Ich spüre wieder die gleiche Konkurrenz wie in den ersten Wochen unseres Studiums, als wir uns alle ungeheuer dafür interessiert haben, wie denn die anderen wohl so vorankamen. Ich nicke ein paar Bekannten zu und hoffe insgeheim, daß sie durchfallen, weil sie mir insgeheim dasselbe wünschen. So ist das nun mal in unserem Beruf.

Nachdem sich alle an weit auseinander stehenden Klapptischen niedergelassen haben, erhalten wir zehn Minuten lang Instruktionen. Dann werden, um genau acht Uhr, die Examensunterlagen verteilt.

Das Examen beginnt mit einem Abschnitt, der Multi-State genannt wird, eine endlose Reihe von Fragen über die allen Staaten gemeinsamen Gesetze, bei denen man die richtige Antwort ankreuzen muß. Ich kann unmöglich sagen, wie gut ich vorbereitet bin. Der Vormittag zieht sich hin. Zum Lunch holen Booker und ich uns etwas vom Hotelbuffet, reden aber kein Wort über die Prüfung.

Zum Abendessen gibt es Truthahnsandwich mit Miss Birdie auf der Terrasse. Um neun liege ich im Bett.

Das Examen endet sang- und klanglos am Freitag nachmittag um fünf. Wir sind alle zu erschöpft, um zu feiern. Sie sammeln zum letztenmal unsere Papiere ein und sagen uns, wir könnten gehen. Jemand schlägt vor, irgendwo ein paar kalte Drinks zu nehmen, um der alten Zeiten willen, also treffen wir uns zu sechst auf ein paar Runden bei Yogi's. Prince ist heute abend nicht da, und auch Bruiser ist nicht in Sicht. Eine ziemliche Erleichterung, denn ich möchte nur ungern zusammen mit meinem Boß gesehen werden. Zumal von meinen Freunden. Es würde nur einen Haufen Fragen über unsere Kanzlei geben. Nur ein Jahr, okay? Dann habe ich einen besseren Job.

Wir haben schon im ersten Semester gelernt, daß man am besten nie über Prüfungen redet. Wenn man seine Aufzeichnungen mit anderen vergleicht, ist man höchstens entsetzt, was man alles falsch gemacht hat.

Wir essen Pizza und trinken ein paar Bier, sind aber zu erledigt, um richtig einen drauf zu machen. Booker sagt mir auf der Heimfahrt, daß das Examen ihn regelrecht krank gemacht hat. Er ist sicher, daß er es verbockt hat.

Ich schlafe zwölf Stunden. Ich habe Miss Birdie versprochen, an diesem Tag in ihrem Garten zu arbeiten, wenn es nicht regnet, und als ich schließlich aufwache, ist meine Wohnung von Sonnenlicht erfüllt. Es ist heiß, schwül, stickig, der typische Juli in Memphis. Nachdem ich drei Tage lang in einem fensterlosen Raum Augen, Phantasie und Gedächtnis strapaziert habe, bin ich jetzt bereit für ein bißchen Schweiß und Schmutz. Aber vorher ist noch etwas anderes zu tun. Ich verlasse ungesehen das Haus, und zwanzig Minuten später parke ich auf der Auffahrt der Blacks.

Donny Ray wartet auf der Vorderveranda, in Jeans, Turnschuhen, dunklen Socken, weißem T-Shirt und einer Baseballmütze, die über seinem eingefallenen Gesicht viel zu groß wirkt. Er geht am Stock, braucht aber trotzdem eine stützende Hand unter seinem zerbrechlichen Arm. Dot und ich führen ihn den schmalen Gehsteig entlang und bugsieren ihn behutsam auf den Beifahrersitz meines Wagens. Sie ist erleichtert, ihn für ein paar Stunden aus dem Haus zu haben, sein erster Ausflug seit Monaten, erzählt sie mir. Jetzt ist sie allein mit Buddy und den Katzen.

Donny Ray sitzt mit dem Stock zwischen den Beinen und stützt auf der Fahrt durch die Stadt sein Kinn darauf. Nachdem er mir einmal gedankt hat, sagt er nicht viel.

Er hat vor drei Jahren die High-School im Alter von neunzehn Jahren abgeschlossen, Ron, sein Zwillingsbruder, schon ein Jahr vor ihm. Er hat nie versucht, auf ein College zu gehen. Zwei Jahre hat er als Verkäufer in einem Supermarkt gearbeitet, aber nach einem Raubüberfall aufgehört. Die Liste seiner Anstellungen ist kurz, und er ist nie von zu Hause fortgegangen. Nach den Unterlagen, die ich bisher durchgesehen habe, hat Donny Ray nie mehr als den Mindestlohn verdient.

Ron dagegen hat sich durchs College hindurchgekämpft und studiert jetzt in Houston. Auch er ist ledig und war nie verheiratet. Nach Memphis kommt er nur selten. Die Jungen haben sich nie nahegestanden, hat Dot gesagt. Donny Ray ist im Haus geblieben, hat Bücher gelesen und Modellflugzeuge gebaut. Ron fuhr Rad und hat einmal einer Straßenbande von Zwölfjährigen angehört. Sie waren gute Jungen, hat Dot mir versichert. In der Akte ist eindeutig und unmißverständlich dokumentiert, daß Rons Knochenmark mit dem von Donny Ray völlig identisch ist und daß er ein idealer Spender gewesen wäre.

Wir ruckeln in meinem ramponierten kleinen Wagen dahin. Er schaut starr geradeaus, der Schirm der Mütze ist ihm tief in die Stirn gerutscht, und er redet nur, wenn er angesprochen wird. Wir parken neben Miss Birdies Cadillac, und ich erkläre ihm, daß ich hier in diesem hübschen Haus in diesem exklusiven Stadtteil lebe. Ich weiß nicht, ob er beeindruckt ist, aber ich bezweifle es. Ich helfe ihm um den Mulch herum zu einer schattigen Stelle auf der Veranda.

Miss Birdie weiß, daß ich ihn herbringe, und sie wartet bereits mit frischer Limonade auf uns. Ich mache sie miteinander bekannt, dann reißt sie rasch die Kontrolle über diesen Besuch an sich. Kekse? Zwieback? Etwas zu lesen? Sie packt Kissen rings um ihn herum, wobei sie die ganze Zeit glücklich vor sich hin zwitschert. Sie hat ein Herz aus Gold. Ich habe ihr erzählt, daß ich Donny Rays Eltern in Cypress Gardens kennengelernt habe, also fühlt sie sich ihm besonders nahe. Eines ihrer Schäfchen.

Sobald er auf einem kühlen Plätzchen, in Sicherheit vor der Sonne, die seine kreidebleiche Haut verbrennen würde, behaglich untergebracht ist, erklärt Miss Birdie, es wäre Zeit, mit der Arbeit zu beginnen. Sie macht eine dramatische Pause, läßt den Blick über den Garten schweifen, kratzt sich am Kinn, als wäre sie tief in Gedanken versunken, und läßt dann den Blick wie zufällig zum Mulchberg hinübergleiten. Als kleine Vorführung für Donny Ray erteilt sie mir ein paar Anweisungen, und ich mache mich ans Werk.

Ich bin bald schweißgebadet, aber diesmal genieße ich jede Minute. Während der ersten Stunde redet Miss Birdie ununterbrochen von der Schwüle, dann beschließt sie, daß wir uns mit den Blumen um die Terrasse herum beschäftigen wollen, wo es kühler ist. Ich kann hören, wie sie pausenlos auf Donny Ray einredet, der wenig sagt, aber die frische Luft genießt. Bei einer Fahrt mit der Schubkarre sehe ich, daß sie Dame spielen. Bei einer weiteren sitzt sie dicht neben ihm und deutet auf Fotos in einem Buch.

Ich habe viele Male daran gedacht, Miss Birdie zu fragen, ob sie vielleicht Donny Ray helfen würde. Ich bin sicher, diese reizende Frau würde einen Scheck für die Transplantation ausschreiben, wenn sie das Geld tatsächlich hat. Aber aus zwei Gründen habe ich es nicht getan. Erstens ist es für die Transplantation bereits zu spät. Und zweitens: Es würde Miss Birdie demütigen, wenn sie das Geld nicht hat. Sie ist ohnehin schon argwöhnisch genug wegen meines Interesses an ihrem Geld. Ich kann sie um nichts davon bitten.

Kurz nachdem die akute Leukämie bei Donny Ray diagnostiziert worden war, wurde ein schwächlicher Versuch unternommen, das Geld für die Transplantation zusammenzubringen. Dot rief ein paar Freunde zu Hilfe, und sie verteilten Donny Rays Bild auf Milchpackungen über Cafés und Supermärkte in ganz Nord-Memphis. Viel ist nicht dabei herausgekommen, hat sie gesagt. Sie haben einen kleinen Saal gemietet und eine große Party mit gebratenem Wels und Country Music gegeben und sogar einen Diskjockey engagiert, um die Platten aufzulegen. Am Schluß mußten sie noch achtundzwanzig Dollar draufzahlen.

Die erste Chemotherapie kostete viertausend Dollar, von denen St. Peter's zwei Drittel übernahm. Den Rest haben sie zusammengekratzt. Fünf Monate später war die Leukämie wieder voll aufgeblüht.

Während ich schaufele und schleppe und schwitze, konzentriere ich meine gesamte mentale Energie darauf, Great Benefit zu hassen. Dazu gehört nicht viel, aber wenn der Krieg mit Tinley Britt erst einmal losgebrochen ist, muß ich vor Selbstgerechtigkeit und Empörung nur so strotzen, wenn ich bis zum Ende durchhalten will.

Der Lunch ist eine angenehme Überraschung. Miss Birdie hat Hühnersuppe gekocht, nicht gerade das, was ich mir an einem Tag wie diesem gewünscht hätte, aber eine willkommene Abwechslung zu den Truthahnsandwiches. Donny Ray ißt einen halben Teller, dann sagt er, er müsse ein bißchen schlafen. Er würde gern die Hängematte ausprobieren. Wir führen ihn über den Rasen und helfen ihm hinein. Obwohl es über dreißig Grad warm ist, bittet er um eine Decke.

Wir sitzen im Schatten, trinken noch mehr Limonade und unterhalten uns darüber, wie schlecht es ihm geht. Ich erzähle ihr ein wenig über die Klage gegen Great Benefit und halte mich besonders lange bei der Tatsache auf, daß ich die Firma auf zehn Millionen Dollar verklagt habe. Sie stellt ein paar allgemeine Fragen über das Anwaltsexamen, dann verschwindet sie im Haus.

Als sie zurückkehrt, gibt sie mir einen Brief von einem Anwalt in Atlanta. Der Name ist mir bekannt.

»Können Sie mir das erklären?« fragt sie und baut sich mit den Händen auf den Hüften vor mir auf.

Der Anwalt hat einen Brief an Miss Birdie geschrieben und eine Kopie des Schreibens beigelegt, das ich an ihn gerichtet habe. In meinem Schreiben hatte ich erklärt, daß ich Miss Birdie Birdsong vertrete, daß sie mich gebeten habe, für sie ein neues Testament aufzusetzen, und daß ich Informationen bräuchte über den Nachlaß ihres verstorbenen Ehemannes. In seinem Brief an sie fragt er nur, ob er mir irgendwelche Informationen zukommen lassen darf. Es hört sich ziemlich gleichgültig an, so, als befolgte er lediglich Anweisungen.

»Hier steht es schwarz auf weiß«, sage ich. »Ich bin Ihr Anwalt. Ich versuche, mir Informationen zu beschaffen.«

»Sie haben mir nicht gesagt, daß Sie vorhatten, in Atlanta herumzuschnüffeln.«

»Was haben Sie dagegen einzuwenden? Was ist dort versteckt, Miss Birdie? Weshalb ist das so geheim?«

»Der Richter hat die Akte versiegelt«, sagt sie mit einem Achselzucken, als wäre damit der Fall erledigt.

»Was steht in der Akte?«

»Ein Haufen Blödsinn.«

»Über Sie?«

»Großer Gott, nein!«

»Okay. Über wen sonst?«

»Tonys Angehörige. Sein Bruder war ungeheuer reich, unten in Florida, hatte mehrere Frauen und einen Haufen Kinder. Die ganze Familie war verrückt. Es gab ein großes Hickhack über seine Testamente, vier Stück, glaube ich. Ich weiß nicht viel davon, aber ich habe einmal gehört, daß die Anwälte, als alles vorbei war, sechs Millionen Dollar kassiert haben. Etwas von dem Geld ist Tony zugefallen, der gerade noch lange genug gelebt hat, um es nach den in Florida gültigen Gesetzen zu erben. Tony hat nicht einmal davon erfahren, weil er so kurz darauf selber gestorben ist. Hat nichts hinterlassen außer einer Ehefrau. Mir. Das ist alles, was ich weiß.«

Es ist unwichtig, wie sie das Geld bekommen hat. Aber es wäre hübsch zu wissen, wieviel sie geerbt hat. »Möchten Sie über Ihr Testament reden?« frage ich.

»Nein. Später«, sagt sie und greift nach ihren Gartenhandschuhen. »Gehen wir wieder an die Arbeit.«

Stunden später sitze ich mit Dot und Donny Ray auf der mit Unkraut bewachsenen Terrasse vor ihrer Küche. Buddy ist im Bett, Gott sei Dank. Donny Ray ist erschöpft von seinem Tag bei Miss Birdie.

Es ist ein Samstagabend in den Vororten, und in der stickigen Luft liegt der Geruch nach Holzkohle und gegrilltem Fleisch. Die Stimmen von Gartenköchen und ihren Gästen dringen über Holzzäune und säuberlich beschnittene Hecken zu uns herüber.

Es ist leichter, dazusitzen und zuzuhören, als dazusitzen und zu reden. Dot zieht es vor, zu rauchen und ihren koffeinfreien Instantkaffee zu trinken und hin und wieder ein nutzloses Bröckchen Klatsch über einen ihrer Nachbarn von sich zu geben. Oder über einen der Hunde der Nachbarn. Der Rentner nebenan hat vorige Woche beim Arbeiten mit einer Stichsäge einen Finger verloren, und das erwähnt sie nicht weniger als dreimal.

Es ist mir egal. Ich kann stundenlang dasitzen und zuhören. Mein Geist ist immer noch vom Anwaltsexamen benommen. Es gehört nicht viel dazu, mich zu unterhalten. Und wenn es mir gelingt, die Juristerei zu vergessen, dann ist da immer noch Kelly, mit der sich mein Denken beschäftigen kann. Ich muß mir noch etwas einfallen lassen, wie ich mich mit ihr in Verbindung setzen kann, ohne ihr zu schaden. Aber ich werde es tun. Laßt mir nur ein bißchen Zeit.

21

Das Shelby County Justice Center ist ein modernes, zwölf Stockwerke hohes Gebäude in der Innenstadt. Hier wird nach dem Konzept schnelle Gerechtigkeit vorgegangen. Es gibt Unmengen von Gerichtssälen und Büros für Kanzlisten und Verwaltungspersonal. Das Haus ist zugleich Sitz der Staatsanwaltschaft und des Sheriffs. Es enthält sogar ein Gefängnis.

Das Strafgericht hat zehn Abteilungen, zehn Richter mit verschiedenen Zuständigkeitsbereichen in verschiedenen Gerichtssälen. Auf den mittleren Stockwerken wimmelt es von Anwälten und Polizisten, Angeklagten und deren Angehörigen. Für einen Neuling ist es ein beängstigender Dschungel, aber Deck kennt sich aus. Er hatte schon ein paarmal hier zu tun.

Er deutet auf die Tür von Abteilung Vier und sagt, er wäre in einer Stunde wieder zurück. Ich trete durch die Doppeltür und lasse mich auf einer der hinteren Bänke nieder. Der Fußboden ist mit Teppichboden ausgelegt, die Möblierung ist deprimierend modern. Im vorderen Teil des Saales wimmeln Anwälte wie Ameisen. Rechts befindet sich ein abgegrenzter Bereich, in dem ein Dutzend Häftlinge in orangefarbenen Overalls darauf warten, zum ersten Mal dem Richter vorgeführt zu werden. Eine Anklägerin sucht in einem Stapel Akten nach der für den richtigen Angeklagten.

In der zweiten Reihe von vorn sehe ich Cliff Riker. Neben ihm sitzt sein Anwalt und hantiert mit Papieren. Seine Frau ist nicht im Saal.

Der Richter erscheint, und alle erheben sich. Ein paar Fälle werden abgehandelt, Kautionen bestimmt oder aufgehoben, künftige Verhandlungen angesetzt. Die Anwälte drängen sich um den Richtertisch, dann nicken sie und flüstern mit Seinen Ehren.

Cliffs Name wird aufgerufen, und er stolziert selbstbewußt zu einem Podium vor dem Richtertisch. Sein Anwalt hält sich mit den Papieren neben ihm. Die Anklägerin informiert das Gericht, daß die Anklagen gegen Cliff Riker aus Mangel an Beweisen fallengelassen wurden.

»Wo ist das Opfer?« unterbricht der Richter.

»Sie hat es vorgezogen, nicht zu erscheinen«, erwidert die Vertreterin der Anklage.

»Weshalb?«

Weil sie im Rollstuhl sitzt, hätte ich am liebsten geschrien.

Die Anklägerin zuckt die Achseln, als hätte sie keine Ahnung und als wäre ihr das im übrigen völlig gleichgültig. Cliffs Anwalt zuckt ebenfalls die Achseln, als wäre er überrascht, daß die junge Dame nicht hier ist, um ihre Wunden vorzuzeigen.

Die Anklägerin ist eine vielbeschäftigte Person mit Dutzenden von Fällen, die bis Mittag erledigt werden müssen. Sie liefert eine knappe Zusammenfassung der Tatsachen, schildert die Festnahme und fügt hinzu, daß die Tat sich nicht nachweisen lasse, weil das Opfer nicht aussagen will.

»Das ist das zweite Mal«, sagt der Richter und funkelt Cliff an. »Weshalb lassen Sie sich nicht scheiden, bevor Sie Ihre Frau umbringen?«

»Wir bemühen uns, Hilfe zu bekommen, Euer Ehren«, sagt Cliff mit einstudiert kläglicher Stimme.

»Dann sehen Sie zu, daß Sie sie schnell bekommen. Wenn mir noch einmal eine solche Anklage unterkommt, werde ich sie nicht abweisen. Haben Sie mich verstanden?«

»Ja, Sir«, erwidert Cliff, als täte es ihm unendlich leid, soviel Scherereien gemacht zu haben. Die Papiere werden zum Richtertisch hinaufgereicht. Der Richter unterschreibt und schüttelt dabei den Kopf. Klage abgewiesen.

Auch diesmal wurde die Stimme des Opfers nicht gehört. Kelly sitzt zu Hause mit einem gebrochenen Knöchel, aber das ist nicht der Grund für ihr Fernbleiben. Sie versteckt sich, weil sie nicht wieder geschlagen werden will. Ich frage mich, welchen Preis sie für das Fallenlassen der Anklage gezahlt hat.

Cliff gibt seinem Anwalt die Hand und stolziert den Gang entlang, an meiner Bank vorbei und zur Tür hinaus. Er kann tun, was immer er will, und braucht sich nicht vor Strafverfolgung zu fürchten, weil niemand da ist, der ihr helfen könnte.

Es liegt eine frustrierende Logik in dieser Fließbandjustiz. Da drüben sitzen gar nicht so weit entfernt Vergewaltiger, Mörder und Drogendealer in ihren orangefarbenen Overalls und mit Handschellen. Das System läßt kaum genug Zeit, um sich diese Verbrecher vorzunehmen und wenigstens ein gewisses Maß an Gerechtigkeit walten zu lassen. Wie kann man da erwarten, daß sich noch jemand um die Rechte einer einzigen mißhandelten Frau kümmert?

Vorige Woche, während ich noch mitten im Examen steckte, hat Deck ein bißchen herumtelefoniert. Er hat die neue Adresse und die Telefonnummer der Rikers herausgefunden. Sie sind in eine neue Wohnanlage im Südosten von Memphis gezogen. Zwei Zimmer, vierhundert im Monat. Cliff arbeitet bei einer nicht gewerkschaftlich organisierten Spedition ganz in der Nähe von unserem Büro. Deck vermutet, daß er ungefähr sieben Dollar pro Stunde verdient. Sein Rechtsbeistand war irgendein Feld-Wald-und-Wiesen-Anwalt, wie es sie in dieser Stadt zu Abertausenden gibt.

Ich habe Deck die Wahrheit über Kelly erzählt. Er meinte, es wäre wichtig, daß er Bescheid wüßte, denn wenn Cliff mir mit einer Schrotflinte den Kopf wegpusten sollte, dann gäbe es immer noch ihn, Deck, und er würde schon erzählen, wie es dazu gekommen ist.

Und dann hat Deck noch gesagt, ich sollte sie besser vergessen. Sie bringt nichts als Ärger.

Auf meinem Schreibtisch liegt ein Zettel, daß ich mich umgehend bei Bruiser melden soll. Er sitzt allein hinter seinem ausladenden Schreibtisch und spricht in das Telefon auf der rechten Seite. Links von ihm steht ein zweiter Apparat, drei weitere sind über das Büro verteilt. Dazu eins im Wagen und eins in der Aktentasche. Und das, das er mir gegeben hat, damit ich rund um die Uhr erreichbar bin.

Er bedeutet mir, mich zu setzen, verdreht seine rotgeränderten Augen, als hätte er da einen besonders penetranten Schwachkopf an der Strippe, und grunzt irgend etwas Zustimmendes in den Hörer. Die Haie schlafen entweder oder haben sich hinter Felsbrocken versteckt. Der Filter des Aquariums summt und gurgelt.

Deck hat mir zugeflüstert, daß die Kanzlei Bruiser zwischen dreihundert- und fünfhunderttausend im Jahr einbringt. Das ist schwer zu glauben, wenn man sich in diesem schäbigen Zimmer umsieht. Vier Anwälte sind ständig für ihn auf Achse, um Verletzungsfälle an Land zu ziehen. (Und jetzt hat er mich noch dazu.) Deck konnte aus dem Stegreif fünf Fälle aufzählen, die Bruiser im letzten Jahr jeweils hundert- bis hundertfünfzigtausend eingebracht haben. Er scheffelt Geld mit Drogensachen und hat sich in der Rauschgiftbranche den Ruf eines Anwalts erworben, auf den man sich verlassen kann. Aber Deck zufolge sahnt Bruiser mit seinen Beteiligungen erst richtig ab. Er ist – niemand weiß, in welchem Ausmaß, und die Bundesbehörden können es ihm offenbar trotz verzweifelter Versuche nicht einmal nachweisen – in das Pornogeschäft in Memphis und Nashville verwickelt. Die Branche operiert vorwiegend mit Bargeld, also weiß niemand, wieviel er einstreicht.

Er ist dreimal geschieden, erzählte Deck, als wir bei Trudy's ein fettiges Sandwich aßen, und er hat drei halbwüchsige Kinder, die, wie nicht anders zu erwarten, bei ihren jeweiligen Müttern leben; er umgibt sich gern mit jungen Bartänzerinnen, trinkt und wettet zuviel und wird nie, einerlei, wieviel Bares er mit seinen dicken Händen zu packen kriegt, genug Geld haben, um zufrieden zu sein.

Vor sieben Jahren wurde er unlauterer Machenschaften bezichtigt und verhaftet, aber die Regierung hatte keine Chance. Nach einem Jahr wurde die Anklage fallengelassen. Deck hat mir anvertraut, daß er sich Sorgen macht wegen der gegenwärtigen Ermittlungen des FBI in der Unterwelt von Memphis, bei denen wiederholt die Namen von Bruiser Stone und seinem besten Freund, Prince Thomas, aufgetaucht sind. Deck meinte, Bruiser verhalte sich ein bißchen anders als sonst – er trinkt zuviel, verliert schneller die Geduld und poltert und schimpft mehr als üblich in der Kanzlei herum.

Da wir gerade bei Telefonen waren – Deck ist überzeugt,

daß das FBI sämtliche Telefone im Büro angezapft hat, meines eingeschlossen. Und er glaubt auch, daß die Wände verwanzt sind. Das haben sie schon mal gemacht, sagte er mit bedeutungsvoller Miene. Und bei Yogi's wäre ich an Ihrer Stelle auch vorsichtig.

Mit diesem tröstlichen Gedanken hat er mich gestern nachmittag zurückgelassen. Wenn ich das Anwaltsexamen bestehe und nur ein bißchen Geld in die Hand bekomme, bin ich von hier verschwunden.

Bruiser legt endlich auf und reibt sich die müden Augen. »Sehen Sie sich das an«, sagt er und schiebt mir einen dicken Stapel Papier zu.

»Was ist das?«

»Die Reaktion von Great Benefit. Rudy, Sie sind im Begriff zu lernen, weshalb es weh tut, wenn man große Gesellschaften verklagt. Die haben Unmengen von Geld, mit dem sie einen ganzen Schwanz von Anwälten engagieren können, die ihrerseits Unmengen von Papier produzieren. Leo F. Drummond zockt bei Great Benefit vermutlich zweihundertfünfzig pro Stunde ab.«

Es ist ein Antrag, die Klage der Blacks abzuweisen. Der dazugehörige Schriftsatz ist dreiundsechzig Seiten lang. Außerdem bin ich zu einer Anhörung zu besagtem Antrag vor dem Ehrenwerten Harvey Hale geladen.

Bruiser beobachtet mich ungerührt. »Willkommen auf dem Schlachtfeld.«

Ich habe einen hübschen Kloß im Hals. Es wird mich Tage kosten, bis ich auch so reagieren kann. »Beeindruckend«, sage ich mit trockener Kehle. Ich weiß nicht, wo ich anfangen soll.

»Lesen Sie sich die Verfahrensvorschriften genau durch. Erwidern Sie den Antrag. Schreiben Sie Ihren Schriftsatz. Tun Sie es schnell. Es ist gar nicht so schlimm, wie es aussieht.«

»Wirklich nicht?«

»Nein, Rudy. Es ist nur Papierkram. Das werden Sie schon noch lernen. Diese Mistkerle werden jeden bekannten Antrag stellen und viele, die sie erst erfinden müssen, alle mit dicken Schriftsätzen untermauert. Und sie werden jedesmal vor Gericht rennen wollen, um eine Anhörung über einen ihrer reizenden kleinen Anträge zu erreichen. Denen ist es völlig egal, ob sie dabei gewinnen oder verlieren, ihr Geld bekommen sie auf jeden Fall. Und es verzögert den Prozeß. Es ist eine wahre Kunst, wie sie das immer machen, und die Mandanten bezahlen die Rechnung. Das Problem ist nur, daß sie Sie dabei durch die Mangel drehen.«

»Ich bin jetzt schon erschöpft.«

»Es ist ein hartes Brot. Drummond schnippt mit den Fingern, sagt ›Ich will einen Antrag auf Klageabweisung‹, und schon vergraben sich drei angestellte Anwälte in der Bibliothek und zwei Anwaltsgehilfen fördern an ihren Computern alte Schriftsätze zutage. Presto! In Null Komma nichts liegt ein dicker Schriftsatz vor, gründlich recherchiert. Dann muß Drummond ihn ein paarmal lesen, sich für zweihundertfünfzig die Stunde hindurchwühlen, vielleicht einen seiner Partner bitten, ihn gleichfalls durchzulesen. Dann muß er ihn redigieren und kürzen und abändern, also kehren die Anwälte in die Bibliothek zurück, und die Anwaltsgehilfen setzen sich wieder vor ihre Computer. Es ist Beutelschneiderei, aber Great Benefit hat massenhaft Geld und nichts dagegen, es an Leute wie Tinley Britt zu zahlen.«

Ich habe das Gefühl, als hätte ich eine Armee herausgefordert. Zwei Telefone läuten gleichzeitig, und Bruiser greift nach dem nächsten. »An die Arbeit«, sagt er zu mir, dann sagt er »Ja?« in den Hörer.

Mit beiden Händen trage ich den Packen Papier in mein Büro und mache die Tür zu. Ich lese den Antrag auf Abweisung mit seiner hübsch dargelegten und fehlerfrei getippten Begründung, einen Schriftsatz, der, wie ich rasch feststelle, angefüllt ist mit überzeugenden Argumenten gegen fast alles, was ich in meiner Klage vorgebracht habe. Die Sprache ist vollmundig und klar, so frei von Juristenjargon, wie ein Schriftsatz überhaupt nur sein kann, und bemerkenswert flüssig geschrieben. Die vorgetragenen Ansichten sind untermauert mit einer Vielzahl von Präzedenzentscheidungen, die alle exakt zur Sache zu gehören scheinen. Auf fast jeder Seite stehen ausführliche Fußnoten. Es gibt sogar ein Inhaltsverzeichnis, ein Register und eine Bibliographie.

Fehlt nur noch eine unterschriftsreife Verfügung, in der der Richter dem Antrag von Great Benefit in allen Punkten entspricht.

Nach dem dritten Durchlesen reiße ich mich zusammen und fange an, mir Notizen zu machen. Vielleicht gibt es ja doch ein oder zwei Löcher, in die man hineinstochern könnte. Der Schock und die Angst lassen langsam nach. Ich rufe mir meinen immensen Abscheu gegen Great Benefit und das, was sie meinen Mandanten angetan haben, ins Gedächtnis und kremple die Ärmel auf.

Mr. Leo F. Drummond mag ein Hexenmeister im Gerichtssaal sein und zahllose Speichellecker unter sich haben, die die Arbeit für ihn machen, aber ich, Rudy Baylor, habe sonst nichts zu tun. Ich bin intelligent, und ich kann arbeiten. Er will einen Papierkrieg mit mir anfangen, na schön. Ich werde ihn in Papier ersticken.

Deck hat das Anwaltsexamen sechsmal mitgemacht. Beim dritten Versuch, in Kalifornien, hätte er es beinahe geschafft, fiel aber doch noch durch, weil seine Gesamtnote zwei Punkte zu niedrig lag. Dann hat er es dreimal in Tennessee versucht, wo es keinmal auch nur annähernd gereicht hat, wie er mir mit bemerkenswerter Offenheit erzählte. Ich bin nicht sicher, ob Deck das Examen überhaupt noch ablegen möchte. Er verdient vierzigtausend im Jahr, indem er Fälle für Bruiser an Land zieht, und er leidet nicht unter irgendwelchen ethischen Bedenken. (Nicht, daß Bruiser das kümmern würde.) Deck braucht keine Anwaltsgebühren zu zahlen, sich keine Gedanken über juristische Weiterbildung zu machen, keine Seminare zu besuchen, nicht vor Richtern zu erscheinen, sich keine Sorgen wegen Pro-bono-Arbeit zu machen, und laufende Unkosten hat er auch nicht.

Deck ist ein Blutegel. Solange er einen Anwalt hat mit einem Namen, den er benutzen, und ein Büro, in dem er arbeiten kann, ist Deck im Geschäft.

Er weiß, daß ich kaum etwas zu tun habe, deshalb hat er es sich angewöhnt, gegen elf in meinem Büro aufzukreuzen. Wir unterhalten uns eine halbe Stunde, dann gehen wir auf einen billigen Lunch zu Trudy's. Ich habe mich inzwischen an ihn gewöhnt. Er ist einfach Deck, ein bescheidener kleiner Kerl, der mein Freund sein möchte.

Wir sitzen in einer Ecke bei Trudy's zwischen den Transportarbeitern, und Deck redet so leise, daß ich ihn kaum verstehen kann. Gelegentlich, zumal in einem Krankenhauswartezimmer, kann er so aufdringlich sein, daß es geradezu peinlich ist, zu anderen Zeiten dagegen ist er schüchtern wie eine Maus. Er murmelt etwas, das er mir umbedingt mitteilen will, und schaut dabei ständig über die Schulter, als rechnete er jeden Augenblick mit einem Angriff.

»Es gab da mal einen Typ, der hier in der Kanzlei gearbeitet hat, ein gewisser David Roy, der war ziemlich dicke mit Bruiser. Die waren so richtig ein Herz und eine Seele, haben ihr Geld zusammen gezählt, na, Sie wissen schon. Roy wurde aus der Anwaltskammer ausgeschlossen, weil er Gelder veruntreut hatte, er kann also nicht mehr als Anwalt arbeiten.« Deck wischt sich mit den Fingern Thunfischsalat von den Lippen. »Kein Problem für ihn. Roy haut hier ab, geht auf die andere Straßenseite und macht einen Pornoclub auf. Der Club brennt ab. Er macht einen anderen auf, der brennt wieder ab. Und dann noch einer. Danach bricht Krieg aus in der Tittenbranche. Bruiser ist zu schlau, um mittendrin mitzumischen, aber er hält sich ständig am Rande. Ihr Kumpel Prince Thomas macht es genauso. Der Krieg dauert ein paar Jahre. Ab und zu taucht mal eine Leiche auf. Es gibt noch mehr Brände. Roy und Bruiser geraten sich über irgend etwas ernsthaft in die Haare. Voriges Jahr hat das FBI Roy festgenagelt, und jetzt heißt es, daß er singen wird. Sie wissen, was das bedeutet?«

Ich nicke und beuge mich jetzt genauso tief über den Tisch wie Deck. Es kann uns niemand hören, aber ein paar Leute starren zu uns herüber, weil wir so konspirativ die Köpfe über unserem Essen zusammenstecken.

»Also, gestern hat David Roy vor dem großen Geschworenengericht ausgesagt. Sieht so aus, als hätte er einen Handel abgeschlossen.«

Damit hat Deck seine Pointe abgeliefert. Er richtet sich steif auf und verdreht die Augen, als müßte ich mir jetzt alles weitere selber zusammenreimen können.

»Und?« frage ich, immer noch flüsternd.

Er runzelt die Stirn und sieht sich mißtrauisch um, dann senkt er wieder den Kopf. »Es ist damit zu rechnen, daß er über Bruiser auspackt. Vielleicht auch über Prince Thomas. Ich habe sogar Gerüchte gehört, daß ein Preis auf seinen Kopf ausgesetzt ist.«

»Ein Mord auf Bestellung?«

»Ja. Leise!«

»Von wem?« Doch bestimmt nicht von meinem Arbeitgeber.

»Raten Sie mal.«

»Doch nicht Bruiser.«

Er zeigt mir ein schmallippiges, zahnloses, schüchternes kleines Lächeln, dann sagt er: »Wäre nicht das erste Mal.« Er beißt ein gewaltiges Stück von seinem Sandwich ab und kaut gemächlich, während er mir zunickt. Ich warte, bis er geschluckt hat.

»Also, was versuchen Sie mir hier beizubringen?«

»Halten Sie sich Ihre Optionen offen.«

»Ich habe keine Optionen.«

»Es könnte sein, daß Sie von hier verschwinden müssen.«

»Ich habe doch gerade erst angefangen.«

»Es könnte brenzlig werden.«

»Was ist mit Ihnen?«

»Kann schon sein, daß ich auch von hier verschwinde.«

»Was ist mit den anderen?«

»Kümmern Sie sich nicht um die, die kümmern sich auch nicht um Sie. Ich bin Ihr einziger Freund hier.«

Diese Worte gehen mir stundenlang nicht aus dem Kopf. Deck weiß mehr, als er zugibt, aber wenn wir noch ein paarmal zusammen essen, werde ich schon alles aus ihm rausholen. Ich habe den starken Verdacht, daß er nach einem warmen Plätzchen sucht, wo er hinkann, wenn die Katastrophe hereinbricht. Die anderen Anwälte in der Kanzlei habe ich zwar kennengelernt – Nicklass, Toxer und Ridge –, aber die halten auf Abstand und legen keinen Wert auf Gespräche. Ihre Türen sind immer geschlossen. Deck mag sie nicht, und über ihre

Gefühle ihm gegenüber kann ich nur Vermutungen anstellen. Deck zufolge sind Toxer und Ridge Freunde und haben vermutlich vor, bald ihre eigene kleine Kanzlei aufzumachen. Nicklass ist Alkoholiker und ziemlich erledigt.

Schlimmstenfalls würde Bruiser angeklagt, verhaftet und vor Gericht gestellt. Bis zum Prozeß würde noch mindestens ein Jahr vergehen. Vermutlich würde er nach wie vor arbeiten und seine Kanzlei leiten können. Sie können ihn erst aus der Anwaltskammer ausschließen, wenn er verurteilt worden ist.

Reg dich nicht auf, sage ich mir immer wieder.

Und wenn ich auf der Straße lande, dann wäre es schließlich nicht das erste Mal. Bisher bin ich noch immer auf die Füße gefallen.

Ich fahre in die ungefähre Richtung von Miss Birdies Haus und komme an einem städtischen Park vorbei. Im Flutlicht sind mindestens drei Softballspiele im Gange.

Ich halte an einer Telefonzelle neben einer Autowaschanlage an und wähle die Nummer. Nach dem dritten Läuten meldet sie sich. »Hallo?« Ihre Stimme geht mir durch und durch.

»Ist Cliff zu Hause?« frage ich, eine Oktave tiefer. Wenn sie ja sagt, hänge ich einfach auf.

»Nein. Wer ist am Apparat?«

»Rudy«, sage ich mit normaler Stimme. Ich halte den Atem an und mache mich darauf gefaßt, daß jetzt ein Klicken und dann das Freizeichen folgt, gleichzeitig rechne ich aber auch damit, daß sie etwas Sanftes, Sehnsüchtiges zu mir sagt.

Sie schweigt einen Moment, legt aber nicht auf. »Ich hatte Sie gebeten, mich nicht anzurufen«, sagt sie ohne eine Spur von Verärgerung oder Ungeduld im Ton.

»Tut mir leid. Ich konnte nicht anders. Ich mache mir Sorgen um Sie.«

»Wir dürfen das nicht tun.«

»Was dürfen wir nicht?«

»Leben Sie wohl.« Jetzt höre ich das Klicken und das Freizeichen danach.

Ich habe meinen ganzen Mut zusammennehmen müssen, um sie anzurufen, und jetzt wünschte ich, ich hätte es nicht getan. Manche Leute haben mehr Mut als Verstand. Ich weiß, daß ihr Mann ein hitzköpfiger Irrer ist, aber ich weiß nicht, wie weit er gehen würde. Wenn er eifersüchtig veranlagt ist – und da mache ich mir keine Illusionen, denn schließlich ist er ein Prolet, neunzehn und jetzt schon kaputt und noch dazu mit einem schönen Mädchen verheiratet –, dann wacht er vermutlich argwöhnisch über jeden Schritt, den sie tut. Aber würde er so weit gehen, ihr Telefon anzuzapfen?

Der Gedanke ist ziemlich weit hergeholt, aber er hält mich wach.

Ich habe weniger als eine Stunde geschlafen, als mein Telefon klingelt. Nach der Digitaluhr auf meinem Nachttisch ist es kurz vor vier Uhr morgens. Ich taste im Dunkeln nach dem Telefon.

Es ist Deck, der mächtig aufgeregt und in rasendem Tempo in sein Autotelefon spricht. Er ist zu mir unterwegs, keine drei Blocks entfernt. Es ist etwas Großes, Dringendes, irgendeine wundervolle Katastrophe. Beeilen Sie sich! Ziehen Sie sich an! Ich soll in weniger als einer Minute an der Straße sein.

Er wartet in seinem ramponierten Kombi auf mich. Ich springe hinein, und er gibt Gas und jagt los. Ich hatte nicht einmal Zeit, mir die Zähne zu putzen. »Wo zum Teufel wollen wir hin?«

»Schwerer Unfall auf dem Fluß«, verkündet er ernst, als wäre er tief betrübt. Arbeitsalltag. »Kurz nach elf gestern abend hat sich eine Ölschute von ihrem Schlepper losgerissen und ist flußabwärts getrieben, bis sie einen Raddampfer rammte, der für einen High-School-Abschlußball gechartert worden war. Vielleicht so dreihundert Kids an Bord. Der Dampfer ist bei Mud Island gesunken, ganz in der Nähe des Ufers.«

»Das ist entsetzlich, Deck, aber was zum Teufel sollen wir dabei tun?«

»Ganz einfach. Bruiser bekommt einen Anruf. Bruiser ruft mich an. Und jetzt sind wir hier. Es ist eine riesige Katastrophe, vermutlich die größte, die sich je in Memphis zugetragen hat.«

»Und sollen wir darauf jetzt stolz sein?«

»Sie verstehen nicht. Bruiser läßt sich das doch nicht entgehen.«

»Na schön. Soll er seinen dicken Hintern in einen Taucheranzug stecken und nach den Toten suchen.«

»Könnte eine Goldmine sein.« Deck rast quer durch die Stadt. Wir reden nicht mehr miteinander. Als wir uns der Innenstadt nähern, überholt uns ein Krankenwagen, und mein Puls beschleunigt sich. Eine weitere Ambulanz schießt aus einer Nebenstraße vor uns vorbei.

Der Riverside Drive ist mit Dutzenden von Polizeifahrzeugen blockiert, deren Lichter durch das Dunkel flackern und zucken. Feuerwehrwagen und Ambulanzen stehen Stoßstange an Stoßstange. Ein Stück flußabwärts verhält ein Hubschrauber in der Luft. Hier und da stehen Leute reglos in Gruppen zusammen, andere eilen herum, rufen und zeigen auf etwas. In Ufernähe ist der Ausleger eines Krans zu sehen.

Wir eilen um das gelbe Absperrband herum und gesellen uns zu einer Gruppe von Zuschauern in der Nähe des Ufers. Hier sieht es jetzt schon seit mehreren Stunden immer gleich aus, und die Hektik hat sich weitgehend gelegt. Jetzt warten sie. Viele der Leute drängen sich in verängstigten, auf dem Kopfsteinpflaster sitzenden Grüppchen aneinander und schauen weinend zu, wie Taucher und Sanitäter nach Toten suchen. Geistliche beten kniend mit den Familien. Dutzende von benommenen Kids in nassen Smokings und zerrissenen Ballkleidern sitzen beieinander, halten sich bei den Händen und starren auf den Fluß hinaus. Eine Seite des Raddampfers ragt drei Meter aus dem Wasser, und die Retter, viele von ihnen in schwarzblauen Taucheranzügen und mit Sauerstoffflaschen, klammern sich daran. Andere arbeiten von drei miteinander vertäuten Pontons aus.

Hier spielt sich ein Ritual ab, aber es dauert eine Weile, bis man das begriffen hat. Ein Polizeileutnant überquert langsam eine von einer schwimmenden Pier an Land führende Laufplanke und tritt auf das Kopfsteinpflaster. Die Menge, die ohnehin schon kaum einen Laut von sich gegeben hat, verstummt jetzt völlig. Er geht zu einem Streifenwagen, und sofort scharen sich mehrere Reporter um ihn. Der größte Teil der

Leute bleibt sitzen, umklammert seine Decken, senkt die Köpfe zu inbrünstigem Gebet. Es sind die Eltern, Verwandten und Freunde. Der Lieutenant sagt: »Es tut mir leid, aber wir haben gerade die Leiche von Melanie Dobbins identifiziert.«

Seine Worte tragen durch die Stille, die fast sofort vom Aufschluchzen der Angehörigen des Mädchens durchbrochen wird. Sie fallen sich in die Arme und geben sich gemeinsam ihrem Leid hin. Freunde knien nieder und umarmen sie, dann schreit eine Frau auf.

Die anderen drehen sich um und schauen hin, stoßen aber gleichzeitig einen Seufzer der Erleichterung aus. Auch sie sind auf eine schlimme Nachricht gefaßt, aber zumindest ist sie aufgeschoben. Es besteht noch Hoffnung. Später habe ich erfahren, daß einundzwanzig Kids überlebt haben, weil sie in eine Luftblase gesaugt worden waren.

Der Polizeilieutenant entfernt sich und kehrt zu der Pier zurück, wo eine weitere Leiche aus dem Wasser gezogen wird.

Dann beginnt sich ein zweites Ritual zu entfalten, das weniger tragisch, aber weitaus verabscheuenswürdiger ist. Männer mit ernsten Gesichtern schieben oder schleichen sich an die trauernden Familien heran. Sie haben kleine weiße Geschäftskarten dabei, die sie den Angehörigen oder Freunden der Toten in die Hand zu drücken versuchen. In der Dunkelheit drängen sie sich immer näher heran und behalten sich dabei gegenseitig argwöhnisch im Auge. Sie würden morden für diesen Fall. Sie wollen nur ein Drittel vom Erlös.

Deck registriert das alles, bevor ich überhaupt begriffen habe, was da vor sich geht. Er deutet mit einem Kopfnicken auf eine Stelle näher bei den trauernden Familien, aber ich denke nicht daran, mich zu bewegen. Er schleicht sich davon in die Menge und verschwindet rasch in der Dunkelheit, um seine Goldmine auszubeuten.

Ich kehre dem Fluß den Rücken, und wenig später renne ich durch die Straßen der Innenstadt von Memphis.

22

Der Juristische Prüfungsausschuß verschickt die Ergebnisse des Anwaltsexamens per Einschreiben. In der Fakultät kursieren Geschichten von Leuten, die sich keinen Schritt von ihrem Briefkasten weggerührt haben und dann zusammengebrochen sind. Andere sollen wie die Blöden ihren Brief über dem Kopf schwenkend durch die Straßen getobt sein. Früher hat man über solche Geschichten gelacht, jetzt kann ich nichts Komisches mehr daran finden.

Dreißig Tage ist es jetzt her, und immer noch kein Brief. Ich habe meine Privatadresse angegeben, weil ich ganz sicher sein wollte, daß niemand in Bruisers Kanzlei den Brief öffnet.

Der einunddreißigste Tag ist ein Samstag, und ich darf tatsächlich bis neun schlafen, bevor meine Sklaventreiberin mit einem Malerpinsel an meine Tür klopft. Sie hat ganz plötzlich beschlossen, daß die Garage unter meiner Wohnung gestrichen werden muß, obwohl ich finde, daß sie noch recht gut aussieht. Sie lockt mich mit der Neuigkeit aus dem Bett, daß sie bereits Eier und Speck zubereitet hat, und die werden nun kalt, also beeilen Sie sich.

Die Arbeit läuft gut. Beim Streichen sieht man sofort recht erfreuliche Ergebnisse. Man merkt, daß man vorankommt. Die Sonne hat sich hinter dichtgetürmten Wolken verkrochen, und ich arbeite bestenfalls gemächlich.

Um sechs verkündet Miss Birdie, daß es Zeit zum Aufhören sei, ich hätte genug gearbeitet und könnte mich auf eine ganz besondere Überraschung zum Abendessen freuen – sie wird uns eine vegetarische Pizza machen!

Ich habe vorige Nacht bis eins bei Yogi's gearbeitet und verspüre vorerst keine Lust, dorthin zurückzukehren. Also habe ich an diesem Samstagabend nichts zu tun. Und was noch schlimmer ist – ich habe nicht einmal daran gedacht, irgend etwas zu unternehmen. Traurig, aber wahr: Die Vorstellung, mit einer Achtzigjährigen eine vegetarische Pizza zu essen, ist für mich ziemlich verlockend.

Ich dusche und ziehe eine leichte Hose und Turnschuhe an. Als ich das Haus betrete, kommt ein merkwürdiger Geruch aus der Küche. Miss Birdie fuhrwerkt darin herum. Sie hat noch nie eine Pizza gemacht, erklärt sie mir, als sollte es mich freuen, das zu hören.

Sie ist nicht schlecht. Die Zucchini und der gelbe Paprika sind nicht ganz gar, aber sie hat eine Menge Ziegenkäse und Pilze drauf gepackt. Und ich bin halb verhungert. Wir essen im Wohnzimmer und sehen uns dabei einen Film mit Cary Grant und Audrey Hepburn an. Sie weint fast während des ganzen Films.

Der zweite Film ist mit Bogart und Bacall, und mein Muskelkater setzt ein. Ich bin dem Einschlafen nahe. Miss Birdie dagegen sitzt auf der Sofakante und lauscht atemlos jedem Wort eines Films, den sie seit fünfzig Jahren kennt.

Plötzlich springt sie auf. »Ich hab was vergessen!« ruft sie und eilt in die Küche, wo ich sie mit Papieren rascheln höre. Sie kommt mit einem Blatt ins Wohnzimmer zurück, bleibt vor mir stehen und verkündet dramatisch: »Rudy! Sie haben das Examen bestanden!«

Sie hält ein einzelnes Blatt weißes Papier hoch, und ich reiße es ihr fast aus der Hand. Es kommt vom Juristischen Prüfungsausschuß von Tennessee, ist natürlich an mich adressiert, und auf der Mitte der Seite stehen die majestätischen Worte: »Herzlichen Glückwunsch. Sie haben das Anwaltsexamen bestanden.«

Ich wirbele herum und sehe Miss Birdie an, und für den Bruchteil einer Sekunde hätte ich ihr für dieses unverschämte Eindringen in meine Privatsphäre am liebsten einen Schlag ins Gesicht versetzt. Sie hätte es mir schon früher sagen müssen, und natürlich war sie nicht befugt, meinen Brief zu öffnen. Aber ihre sämtlichen grauen und gelben Zähne sind zu sehen. Sie hat Tränen in den Augen und die Hände vor dem Gesicht, sie ist fast so selig, wie ich es bin. Mein Zorn weicht rasch einem totalen Glücksgefühl.

»Wann ist er gekommen?« frage ich.

»Heute, während Sie beim Streichen waren. Der Postbote hat bei mir angeklopft und nach Ihnen gefragt, aber ich habe gesagt, Sie wären beschäftigt, und deshalb habe ich für Sie unterschrieben.«

Dafür unterschreiben ist eine Sache, den Brief öffnen eine ganz andere.

»Sie hätten ihn nicht öffnen dürfen«, sage ich, aber nicht wirklich böse. Es ist unmöglich, in einem solchen Moment wütend zu sein.

»Tut mir leid. Ich dachte, Sie hätten nichts dagegen. Aber ist es nicht aufregend?«

Das ist es in der Tat. Ich schwebe in die Küche, grinse wie ein Schwachkopf, atme in großen Zügen die von der Last befreite Luft ein. Alles ist wunderbar. Was für eine großartige Welt!

»Das muß gefeiert werden«, sagt sie mit einem verschmitzten kleinen Lächeln.

Sie greift in den hintersten Winkel eines Schrankes, tastet herum, lächelt und holt schließlich langsam eine merkwürdig geformte Flasche heraus. »Die habe ich für besondere Anlässe aufgehoben.«

»Was ist das?« frage ich und nehme die Flasche. So etwas habe ich bei Yogi's noch nie gesehen.

»Melonenlikör. Ziemlich starkes Zeug.« Sie gibt ein Kichern von sich. In diesem Augenblick würde ich alles trinken. Sie findet zwei zusammen passende Kaffeetassen – in diesem Haus wird sonst nie Alkoholisches ausgeschenkt – und gießt sie halb voll. Die Flüssigkeit ist dick und klebrig. Der Geruch erinnert mich an irgendwas beim Zahnarzt.

Wir bringen einen Toast auf mein Glück aus, stoßen mit unseren Bank-of-Tennessee-Tassen an und nehmen einen Schluck. Das Zeug schmeckt wie Hustensirup für Kinder und brennt wie hochprozentiger Wodka. Sie leckt sich schmatzend die Lippen und sagt dann: »Wir sollten uns lieber hinsetzen.«

Nach ein paar Schlucken schnarcht Miss Birdie auf dem Sofa. Ich stelle den Fernseher leise und gieße mir eine weitere Tasse ein. Es ist immerhin ein ziemlich starkes Gesöff, und nach dem ersten Schock haben sich die Geschmacksnerven einigermaßen daran gewöhnt. Noch immer lächelnd, setze ich mich damit auf die mondbeschienene Terrasse und schaue voller Dankbarkeit über diese herrliche Nachricht zum Himmel empor.

Die Nachwirkungen des Melonenlikörs sind bis lange nach Sonnenaufgang zu spüren. Ich dusche und schleiche mich aus der Wohnung zu meinem Wagen. Dann fahre ich im Rückwärtsgang die Auffahrt hinunter, bis ich die Straße erreicht habe.

Ich bin auf dem Weg in ein Yuppie-Café, wo es Bagels gibt und jeden Tag eine andere Kaffeemischung empfohlen wird. Ich kaufe mir eine dicke Sonntagszeitung und setze mich damit an einen Tisch im Hintergrund. Einige Themen interessieren mich besonders.

Zum viertenmal hintereinander ist die Titelseite voll von Berichten über das Raddampferunglück. Einundvierzig Teenager sind dabei ums Leben gekommen. Die Anwälte haben bereits begonnen, Klagen einzureichen.

Das zweite, diesmal im Lokalteil, ist die neueste Folge von kritischen Berichten über Korruption bei der Polizei im allgemeinen und die Beziehungen zwischen der Oben-ohne-Branche und den Gesetzeshütern im besonderen. Bruisers Name kommt auch ein paarmal vor, als Anwalt von Willie McSwane, einem der Bosse des organisierten Verbrechens, und ebenfalls als Anwalt von Bennie Thomas, auch Prince genannt, einem Gaststättenbesitzer hier in der Stadt, gegen den die Bundesbehörden nicht zum erstenmal ermitteln. An anderer Stelle wird Bruiser selber als Verdächtiger genannt.

Ich kann den Zug geradezu kommen hören. Die Geschworenenkammer tagt nun schon seit einem Monat ununterbrochen. Fast täglich stehen Berichte darüber in der Zeitung. Deck wird immer nervöser.

Das dritte ist eine totale Überraschung. Auf der letzten Seite des Wirtschaftsteils findet sich ein kleiner Artikel mit der Überschrift: ANWALTSEXAMEN – 161 ERFOLGREICH BESTANDEN. Es folgt eine drei Absätze lange Verlautbarung des Prüfungsausschusses, dann – in sehr kleinem Druck – eine alphabetische Liste all derer, die das Examen bestanden haben.

Ich halte mir die Zeitung dichter vor die Augen und lese aufgeregt. Da bin ich! Es stimmt. Es ist nicht nur ein Irrtum irgendeiner Sekretärin. Ich habe das Anwaltsexamen bestanden! Ich überfliege die Namen, von denen ich viele drei Jahre lang gut gekannt habe.

Ich suche nach Booker Kane, aber sein Name steht nicht da. Ich schaue ein zweites und dann noch ein drittes Mal hin, und meine Schultern sacken herunter. Ich lege die Zeitung auf den Tisch und lese laut sämtliche Namen. Kein Booker Kane.

Gestern abend hätte ich ihn fast angerufen, nachdem Miss Birdies Gedächtnis wieder zum Leben erwacht war und sie mir die wundervolle Neuigkeit mitgeteilt hatte, aber ich habe es einfach nicht fertiggebracht. Da ich bestanden hatte, beschloß ich, abzuwarten, bis Booker mich anruft. Ich dachte mir, wenn er sich in den nächsten Tagen nicht melden würde, wäre ja klar, daß er durchgefallen war.

Jetzt weiß ich nicht, was ich tun soll. Ich kann ihn vor mir sehen, jetzt, in diesem Moment, wie er Charlene hilft, die Kinder für die Kirche anzuziehen, sich ein Lächeln abquält und um Haltung ringt und sie beide davon zu überzeugen versucht, daß es nur ein vorübergehender Rückschlag ist, beim nächsten Anlauf würde er das Examen bestimmt bestehen.

Aber ich weiß, daß er todunglücklich ist. Er ist verletzt und wütend auf sich selbst. Er macht sich Sorgen, was Marvin Shankle wohl dazu sagen wird, und ihm graust davor, morgen ins Büro zu gehen.

Booker ist ein ungeheuer stolzer Mann, der immer geglaubt hat, er könnte alles erreichen. Ich würde nur zu gern zu ihm fahren und gemeinsam mit ihm trauern, aber es würde nicht funktionieren.

Er wird morgen anrufen und mir gratulieren. Nach außen hin wird er so tun, als ließe er sich davon nicht unterkriegen, und nur geloben, es beim nächsten Mal besser zu machen.

Ich lese die Liste noch einmal durch, und plötzlich fällt mir auf, daß Sara Plankmores Name fehlt. Eine Sara Plankmore

Wilcox kommt auch nicht vor. Mr. S. Todd Wilcox hat das Examen bestanden, aber die ihm frisch Angetraute nicht.

Ich lache laut auf. Es ist gemein und niederträchtig, gehässig, kindisch, rachsüchtig, sogar abscheulich. Aber ich kann einfach nicht anders. Sie hat dafür gesorgt, daß sie schwanger wurde, damit sie geheiratet wird, und ich wette, der Druck war zu groß. Sie hatte in den letzten drei Monaten andere Dinge im Kopf, mußte ihre Hochzeit arrangieren und die Einrichtung fürs Kinderzimmer aussuchen. Da hat sie wohl ihre Studien vernachlässigt.

Ha, ha, ha. Nun bin ich doch derjenige, der zuletzt lacht.

Der Betrunkene, der Dan Van Landel angefahren hat, hatte eine Haftpflichtversicherung mit einem Limit von hunderttausend Dollar. Deck hat die Versicherung des Betrunkenen überzeugt, daß Van Landel mit seiner Klage Anrecht auf eine sehr viel höhere Entschädigung hat, und das sieht er ganz richtig. Also hat sich die Versicherung bereit erklärt, mit der gesamten Summe herauszurücken. Bruiser wurde nur in der letzten Minute gebraucht, um mit Klage zu drohen und dergleichen. Deck hat achtzig Prozent der Arbeit erledigt, ich höchstens fünfzehn Prozent. Den Rest billigen wir stillschweigend Bruiser zu. Aber nach dem Vergütungsschema in Bruisers Kanzlei werden weder Deck noch ich am Profit beteiligt sein. Bruiser hat nämlich klare Vorstellungen, was das Hereinholen von Profiten betrifft. Van Landel ist sein Fall, weil er zuerst davon gehört hat. Deck und ich sind zwar ins Krankenhaus gefahren, um seine Unterschrift zu besorgen, aber das ist sowieso unsere Aufgabe als Bruisers Angestellte. Wenn wir den Fall als erste aufgetan und uns den Vertrag gesichert hätten, ja dann stünde uns ein Teil des Honorars zu.

Bruiser ruft uns beide in sein Büro und macht die Tür zu. Er gratuliert mir zum bestandenen Anwaltsexamen. Er selber hat auch gleich beim ersten Anlauf bestanden; ich bin sicher, daß sich Deck dabei noch dämlicher vorkommt. Aber Deck läßt sich nichts anmerken, hält den Kopf ununterbrochen zur Seite geneigt und leckt sich über die Zähne. Bruiser plaudert einen Moment über den Van-Landel-Vergleich. Er hat heute morgen den Scheck über hunderttausend Dollar bekommen, und die Van Landels werden am Nachmittag zur Auszahlung erscheinen. Na ja, und da hat er sich gedacht, daß, vielleicht, auch wir etwas von dem Geschäft haben sollten.

Deck und ich tauschen nervöse Blicke.

Bruiser meint, das sei für ihn bisher ohnehin ein gutes Jahr gewesen, er hätte schon jetzt mehr Geld eingenommen als im ganzen Vorjahr zusammen, und er möchte doch, daß seine Leute glücklich sind. Außerdem sei es ein sehr schneller Vergleich gewesen. Er selbst habe weniger als sechs Stunden daran gearbeitet.

Deck und ich fragen uns, was er in diesen sechs Stunden gemacht hat.

Und deshalb, aus reiner Herzensgüte, will er uns beteiligen. Sein Anteil ist ein Drittel, also dreiunddreißigtausend Dollar, aber er wird nicht die gesamte Summe für sich behalten. Er wird sie mit uns teilen. »Ich gebe euch ein Drittel von meinem Anteil, von dem jeder die Hälfte bekommt.«

Deck und ich rechnen stumm. Ein Drittel von dreiunddreißigtausend Dollar sind elftausend, und die Hälfte davon sind fünftausendfünfhundert.

Ich schaffe es, keine Miene zu verziehen, und sage: »Danke, Bruiser. Das ist sehr großzügig.«

»Keine Ursache«, sagt er, als wären derartige Gunstbezeigungen für ihn die alltäglichste Sache der Welt. »Nehmen Sie es als Geschenk zum bestandenen Examen.«

»Danke.«

»Ja, danke«, sagt Deck. Wir sind beide verblüfft, aber wir denken auch beide, daß Bruiser immerhin zweiundzwanzigtausend Dollar für sich behält, für sechs Stunden Arbeit. Das macht so an die dreitausendfünfhundert Dollar pro Stunde.

Aber ich habe mit keinem roten Heller gerechnet und komme mir plötzlich reich vor.

»Gute Arbeit, Leute. Und jetzt seht zu, daß ihr noch ein paar Mandanten ranschafft.«

Wir nicken gleichzeitig. Ich zähle mein Geld und überlege mir, wie ich es ausgeben werde. Deck tut zweifellos dasselbe.

»Sind wir bereit für morgen?« fragt Bruiser mich. Um neun

Uhr findet vor dem Ehrenwerten Richter Harvey Hale die Anhörung über den Antrag auf Klageabweisung von Great Benefit statt. Bruiser hat mit dem Richter ein sehr unerfreuliches Gespräch über diesen Antrag geführt, und wir sehen der Anhörung mit gemischten Gefühlen entgegen.

»Ich denke schon«, erwidere ich mit einem Anflug von Nervosität. Ich habe ihnen eine von mir selbst verfaßte, dreißig Seiten lange Erwiderung zukommen lassen, worauf Drummond und Genossen umgehend mit einer Erwiderung der Erwiderung reagierten. Bruiser hat Hale angerufen, und das Gespräch lief denkbar schlecht.

»Es könnte sein, daß ich einen Teil der Verhandlung Ihnen überlasse, also bereiten Sie sich vor«, sagt Bruiser. Ich schlucke schwer. Der Anflug von Nervosität verwandelt sich in Panik.

»Machen Sie sich an die Arbeit«, setzt er hinzu. »Es wäre peinlich, wenn wir den Fall schon beim Antrag auf Klageabweisung verlieren würden.«

»Ich bin auch mit dem Fall befaßt«, setzt Deck hilfsbereit hinzu.

»Gut. Wir gehen alle drei zum Gericht. Die anderen werden wahrscheinlich mit zwanzig Mann aufkreuzen.«

Plötzlicher Reichtum ruft ein Verlangen nach den besseren Dingen des Lebens hervor. Deck und ich beschließen, auf unseren üblichen Lunch aus Suppe und Sandwich bei Trudy's zu verzichten und statt dessen in einem nahe gelegenen Steak House zu essen. Wir bestellen Filet.

»Das hat er noch nie gemacht, daß er sein Geld mit anderen teilt«, sagt Deck unruhig. Wir sitzen in einer Nische im Hintergrund eines ziemlich düsteren Speiseraums. Es ist ausgeschlossen, daß jemand hören kann, was wir sagen, aber er ist trotzdem nervös. »Da ist etwas im Busche, Rudy. Da bin ich ganz sicher. Toxer und Ridge sind auf dem Sprung. Das FBI ist Bruiser dicht auf den Fersen. Er verschenkt Geld. Ich bin nervös, sehr nervös.«

»Okay, aber weshalb? Uns können sie nicht verhaften.«

»Ich mache mir keine Sorgen, daß ich verhaftet werden könnte. Ich mache mir Sorgen um meinen Job.«

»Das verstehe ich nicht. Wenn Bruiser angeklagt und verhaftet wird, dann ist er im Handumdrehen auf Kaution wieder draußen. In der Kanzlei wird alles weiterlaufen wie bisher.«

Das bringt ihn in Fahrt. »Und was ist, wenn sie mit Vorladungen und Eisensägen kommen? Das können sie nämlich. Wäre nicht das erste Mal bei einem Fall, bei dem es um organisiertes Verbrechen geht. Die Feds lieben es, über Anwaltskanzleien herzufallen, Akten zu beschlagnahmen und Computer wegzuschleppen. Leute wie Sie und ich sind denen dabei völlig egal.«

Der Gedanke ist mir offen gestanden noch nie gekommen. Ich nehme an, ich mache einen verblüfften Eindruck.

»Natürlich können sie ihm den Laden dichtmachen«, fährt er fort, jetzt sehr eindringlich. »Und sie würden es mit Freuden tun. Sie und ich, wir geraten in die Schußlinie, und niemand, absolut niemand schert sich drum.«

»Also, worauf wollen Sie hinaus?«

»Lassen Sie uns abhauen!«

Ich setze zu der Frage an, was er denn damit meint, aber es liegt auf der Hand. Deck ist jetzt mein Freund, aber er will viel mehr als das. Ich habe das Anwaltsexamen bestanden, also könnte er bei mir unterschlüpfen. Deck möchte einen Partner! Noch bevor ich etwas sagen kann, geht er zur Attacke über.

»Wieviel Geld haben Sie?« fragt er.

»Äh – fünftausendfünfhundert Dollar.«

»Ich auch. Das macht elftausend. Wenn wir jeder zweitausend einbringen, sind das vier. Ein kleines Büro können wir für fünfhundert im Monat mieten, Telefon und anderes Gerät kosten weitere fünfhundert. Wir können uns ein paar billige Möbel besorgen, nichts Ausgefallenes. Wir operieren sechs Monate mit dem allerknappsten Budget und sehen zu, wie es läuft. Ich beschaffe die Fälle, Sie treten vor Gericht auf, wir teilen die Profite. Alles halbe-halbe – Ausgaben, Honorare, Profite, Arbeitszeit.«

Ich fühle mich völlig überrumpelt, aber ich denke mit. »Was ist mit einer Sekretärin?«

»Brauchen wir nicht«, sagt er rasch. Deck hat sich alles gründlich überlegt. »Jedenfalls nicht zu Anfang. Wir können das Telefon selber bedienen und ansonsten einen Anrufbeantworter anschließen. Ich kann tippen. Sie können tippen. Es wird funktionieren. Und wenn wir ein bißchen Geld gemacht haben, können wir auch ein Mädchen einstellen.«

»Wie hoch werden die Unkosten sein?«

»Weniger als zweitausend. Miete, Telefon, Büromaschinen, Material, Kopien und x andere kleine Posten. Aber wir können sparen und billig operieren. Wir halten die Kosten so niedrig wie möglich und sehen zu, daß Geld hereinkommt. Es ist ganz simpel.« Er mustert mich, während er einen Schluck Eistee trinkt, dann beugt er sich wieder vor. »Hören Sie, Rudy, so, wie ich es sehe, haben wir gerade zweiundzwanzigtausend Dollar auf dem Tisch liegen gelassen. Von Rechts wegen hätten wir mit dem gesamten Honorar abziehen müssen, und das hätte unsere Unkosten für ein Jahr gedeckt. Lassen Sie uns unsere eigene Show aufziehen und das ganze Geld behalten.«

Die Ethik verbietet es Anwälten, mit Nicht-Anwälten eine Partnerschaft einzugehen. Ich bin im Begriff, das zu erwähnen, doch dann wird mir klar, wie sinnlos es wäre. Deck würde ein Dutzend Ausreden einfallen.

»Die Miete kommt mir billig vor«, sage ich, nur um irgend etwas zu sagen und auch, um zu erfahren, wieviel Vorarbeit er bereits geleistet hat.

Er kneift die Augen zusammen und lächelt. Die Biberzähne funkeln. »Ich habe schon etwas gefunden. In einem alten Gebäude an der Madison über einem Antiquitätenladen. Vier Zimmer, Toilette, genau in der Mitte zwischen dem städtischen Gefängnis und St. Peter's.«

Der ideale Standort! Die Traumlage jedes Anwalts. »Das ist eine ziemlich rauhe Gegend«, sage ich.

»Was glauben Sie, weshalb die Miete so niedrig ist?«

»Ist es in gutem Zustand?«

»Es geht so. Wir würden es streichen müssen.«

»Im Streichen hab ich Übung.«

Unsere Salate kommen, und ich stopfe Grünzeug in mich hinein. Deck stochert in seinem Salat herum, ißt aber kaum etwas. Seine Gedanken überschlagen sich zu sehr, als daß er sich aufs Essen konzentrieren könnte.

»Ich muß etwas unternehmen, Rudy. Ich weiß Dinge, von denen ich Ihnen nichts sagen darf, okay? Sie können mir also glauben, wenn ich sage, daß Bruiser ein schwerer Sturz bevorsteht. Sein Glück hat ihn verlassen.« Er hält inne und stochert auf eine Walnuß ein. »Wenn Sie sich nicht mit mir zusammentun wollen, muß ich heute nachmittag mit Nicklass reden.«

Nach Toxer und Ridge ist Nicklass der einzige, der noch übrig ist, und ich weiß, daß Deck ihn nicht ausstehen kann. Außerdem bin ich ziemlich überzeugt, daß Deck, was Bruiser angeht, die Wahrheit sagt. Man braucht nur alle paar Tage mal eine Zeitung durchzublättern, um zu wissen, daß der Mann in ernsthaften Schwierigkeiten steckt. Deck war in den letzten Jahren sein loyalster Angestellter, und die Tatsache, daß er auf dem Absprung ist, gibt mir schwer zu denken.

Wir essen langsam und schweigend und denken beide über unsere nächsten Schritte nach. Noch vor vier Monaten wäre mir die Idee, mit jemandem wie Deck in einer Kanzlei zu arbeiten, undenkbar vorgekommen, ja sogar lächerlich, und jetzt sitze ich hier und kann mir nicht einmal genügend Einwände ausdenken, um ihn daran zu hindern, mein Partner zu werden.

»Wollen Sie mich nicht als Partner haben?« fragt er kläglich.

»Ich bin noch am Überlegen, Deck. Lassen Sie mir ein bißchen Zeit. Ich bin wie vor den Kopf geschlagen.«

»Tut mir leid. Aber wir müssen schnell handeln.«

»Wieviel wissen Sie?«

»Genug, um überzeugt zu sein. Fragen Sie nicht weiter.«

»Geben Sie mir ein paar Stunden Zeit. Lassen Sie es mich überschlafen.«

»In Ordnung. Wir müssen morgen früh zum Gericht, aber wir sollten uns zeitig treffen. Bei Trudy's. Im Büro können wir nicht reden. Sie überschlafen es und sagen mir morgen früh Bescheid.«

»Abgemacht.«

»Wie viele Akten haben Sie?«

Ich denke einen Moment nach. Ich habe eine dicke Akte zum Fall Black, eine ziemlich dünne über Miss Birdie und einen wertlosen Schadenersatzfall eines Arbeiters, den Bruiser mir vorige Woche auf den Schreibtisch geknallt hat. »Drei.«

»Holen Sie sie aus Ihrem Büro. Nehmen Sie sie mit nach Hause.«

»Gleich?«

»Gleich. Noch heute nachmittag. Und wenn Sie sonst noch etwas aus Ihrem Büro haben wollen, dann schaffen Sie es schnell weg. Aber lassen Sie sich nicht erwischen, okay?«

»Werden wir überwacht?«

Er zuckt zusammen und schaut sich um, dann nickt er bedächtig und verdreht hinter seinen dicken Brillengläsern die Augen.

»Von wem?«

»Von den Feds, nehme ich an. Die Kanzlei wird ständig beobachtet.«

23

Bruisers beiläufige Bemerkung, daß er mich bei der Black-Anhörung vielleicht die Vertretung unserer Position übernehmen lassen würde, hält mich fast die ganze Nacht hindurch wach. Ich weiß zwar nicht, ob er als weiser Mentor damit nur bluffen wollte, aber ich mache mir darüber mehr Gedanken als über die Frage, ob ich mit Deck zusammenarbeiten soll oder nicht.

Es ist noch dunkel, als ich bei Trudy's eintreffe. Ich bin ihr erster Gast. Der Kaffee ist frisch aufgebrüht, und die Doughnuts dampfen noch. Wir plaudern ein bißchen, aber Trudy hat viel zu tun.

Ich auch. Ich lasse die Zeitungen liegen und versenke mich in meine Notizen. Von Zeit zu Zeit schaue ich durch das Fenster auf den leeren Parkplatz und halte Ausschau nach Agenten in unauffälligen Fahrzeugen, die filterlose Zigaretten rauchen und abgestandenen Kaffee trinken, wie im Film. Manchmal kann man Deck aufs Wort glauben, dann wieder ist er so verquer, wie er aussieht.

Auch er kommt zeitig. Ein paar Minuten nach sieben bekommt er seinen Kaffee und läßt sich auf dem Stuhl mir gegenüber nieder. Das Lokal ist jetzt halb voll.

»Und?« ist sein erstes Wort.

»Versuchen wir es für ein Jahr«, sage ich. Ich habe beschlossen, daß wir beide eine Vereinbarung unterschreiben, die auf ein Jahr befristet ist und außerdem eine dreißigtägige Kündigungsfrist enthält für den Fall, daß einer von uns nicht mehr mitmachen will.

Und schon strahlen mich Decks glänzende Zähne an, er kann seine Freude nicht verhehlen. Über den Tisch hinweg streckt er mir die Hand entgegen. Dies ist ein ganz großer Augenblick für Deck. Ich wollte, ich könnte dasselbe empfinden wie er.

Ich habe weiterhin beschlossen, daß ich versuchen werde, ihn an die Kandare zu nehmen und davon abzubringen, daß er jeder Katastrophe nachrennt. Wenn wir hart arbeiten und für unsere Mandanten tun, was wir können, werden wir gut über die Runden kommen und uns hoffentlich vergrößern. Ich werde Deck ermutigen, fürs Anwaltsexamen zu lernen, seine Lizenz zu erwerben und seine Profession mit mehr Respekt zu betrachten.

Das muß natürlich allmählich geschehen.

Und ich bin keineswegs naiv. Von Deck zu erwarten, daß er sich von Krankenhäusern fernhält, ist ungefähr dasselbe, wie von einem Trinker, daß er nicht mehr in die Kneipe geht. Aber ich werde es wenigstens versuchen.

»Haben Sie Ihre Akten geholt?« flüstert er und schaut zur Tür, durch die gerade zwei Lastwagenfahrer hereingekommen sind.

»Ja. Und Sie?«

»Ich habe schon die ganze Woche Zeug herausgeschmuggelt.«

Darüber möchte ich lieber nichts Genaueres hören. Ich lenke das Gespräch auf die Black-Anhörung, und Deck lenkt es wieder zurück auf unser neues Unternehmen. Um acht machen wir uns auf den Weg zu unseren Büros. Deck mustert jeden Wagen auf dem Parkplatz, als wären sie allesamt voll mit FBI-Agenten.

Viertel nach acht ist Bruiser noch nicht erschienen. Deck und ich diskutieren über die Argumente in Drummonds Schriftsätzen. Hier, wo die Wände und die Telefone möglicherweise verwanzt sind, unterhalten wir uns nur noch über juristische Dinge.

Halb neun, und noch keine Spur von Bruiser. Er hatte ausdrücklich gesagt, er würde um acht dasein, damit wir die Akte noch einmal durchgehen könnten. Richter Hales Gerichtssaal befindet sich im Shelby County Courthouse, eine Fahrt von etwa zwanzig Minuten, aber der Verkehr ist unberechenbar. Deck ruft widerstrebend in Bruisers Wohnung an, aber dort meldet sich niemand. Dru sagt, sie hätte ihn eigentlich so gegen acht erwartet. Sie versucht die Nummer von seinem Autotelefon, ebenfalls vergeblich. Kann sein, daß er im Gericht auf Sie wartet, sagt sie.

Deck und ich packen die Akte in meinen Koffer, und Viertel

vor neun verlassen wir das Büro. Er kennt den kürzesten Weg, sagt er, also fährt er, während ich schwitze. Meine Hände sind feucht, und meine Kehle ist trocken. Wenn Bruiser mich bei dieser Anhörung hängenläßt, werde ich es ihm nie verzeihen. Im Gegenteil: Ich werde ihn auf ewig hassen.

»Immer mit der Ruhe«, sagt Deck, der tief übers Lenkrad gebeugt im Zickzack zwischen den Fahrspuren hin- und herfährt und massenhaft rote Ampeln überfährt. Sogar Deck kann mir meine Angst ansehen. »Ich bin sicher, daß Bruiser dasein wird.« Sein Ton klingt alles andere als überzeugt. »Und wenn nicht, dann werden Sie's schon machen. Es ist schließlich nur eine Anhörung, ich meine, es sitzt ja keine Jury im Saal, nicht?«

»Halten Sie den Mund und konzentrieren Sie sich aufs Fahren. Und versuchen Sie, uns nicht umzubringen.«

»Ein bißchen nervös, wie?«

Wir sind in der Innenstadt, in dichtem Verkehr, und ich schaue mit Grausen auf die Uhr. Es ist genau neun. Deck drängt zwei Fußgänger von der Straße, dann fährt er über einen winzigen Parkplatz. »Sehen Sie die Tür da drüben?« sagt er und deutet auf eine Ecke des Shelby County Courthouse, eines gewaltigen Baus, der einen ganzen Block einnimmt.

»Ja.«

»Gehen Sie dort rein, eine Treppe hoch, der Gerichtssaal ist die dritte Tür rechts.«

»Und Sie glauben, daß Bruiser da ist?« frage ich mit ziemlich zittriger Stimme.

»Klar«, sagt er. Er lügt. Er steigt auf die Bremse, fährt an den Bordstein, und ich springe aus dem Wagen. »Ich komme nach, sobald ich geparkt habe«, ruft er. Ich renne ein paar Betonstufen hoch, durch die Tür, die Treppe zum ersten Stock hinauf, und dann befinde ich mich plötzlich in den Hallen der Gerechtigkeit.

Das Shelby County Courthouse ist alt, beeindruckend und wunderbar restauriert. Fußböden und Wände sind aus Marmor, die Doppeltüren aus poliertem Mahagoni. Der Flur ist breit, dunkel, still und gesäumt mit Holzbänken unter den Porträts hervorragender Juristen.

Ich verlangsame mein Tempo zu einem Joggen, dann bleibe

ich vor dem Saal des Ehrenwerten Harvey Hale stehen. Bezirksgericht Abteilung Acht, steht auf einer Messingtafel neben der Tür.

Keine Spur von Bruiser außerhalb des Gerichtssaals, und als ich langsam die Tür aufstoße und hineinschaue, ist das erste, was ich nicht sehe, sein massiger Körper. Er ist nicht da.

Aber der Gerichtssaal ist nicht leer. Ich blicke den mit einem roten Teppich ausgelegten Gang hinunter, über die Reihen der polierten und mit Kissen belegten Bänke hinweg, durch die niedrige Schwingpforte und sehe, daß eine ganze Menge Leute auf mich warten. Hoch oben, auf einem großen, burgunderroten Ledersessel sitzt ein unsympathischer Mann in schwarzer Robe, von dem ich vermute, daß es Richter Hale sein muß, und blickt finster in meine Richtung. Eine Uhr an der Wand hinter ihm zeigt die Zeit mit zwölf Minuten nach neun an. Eine Hand stützt sein Kinn, während die Finger der anderen ungeduldig trommeln.

Links von mir, hinter der Schranke, die die Zuschauerbänke vom Richtertisch, der Geschworenenbank und den Tischen der Anwälte trennt, sehe ich eine Gruppe von Männern, die allesamt die Hälse nach mir recken. Erstaunlicherweise sehen sie alle gleich aus – kurzes Haar, dunkle Anzüge, weiße Hemden, gestreifte Krawatten, ernste Gesichter, verächtliches Grinsen.

Im Raum herrscht Stille. Ich komme mir vor wie ein Eindringling. Sogar die Protokollführerin und der Gerichtsdiener scheinen gegen mich zu sein.

Mit schweren Füßen und weichen Knien gehe ich auf die Pforte in der Schranke zu. Mein Selbstbewußtsein ist gleich Null. Meine Kehle wie ausgedörrt. Die Worte klingen trocken und schwach. »Bitte entschuldigen Sie, Sir, aber ich bin wegen der Black-Anhörung hier.«

Der Richter verzieht keine Miene. Seine Finger trommeln weiter. »Und wer sind Sie?«

»Mein Name ist Rudy Baylor. Ich arbeite für Lyman Stone.«
»Wo ist Mr. Stone?« fragt er.

»Das weiß ich nicht. Wir wollten uns hier treffen.« Links von mir kommt Bewegung in die Gruppe von Anwälten, aber ich schaue nicht hin. Richter Hale hört mit dem Trommeln auf, hebt sein Kinn von der Hand und schüttelt frustriert den Kopf. »Weshalb bin ich nicht überrascht?« sagt er in sein Mikrofon.

Da Deck und ich uns aus dem Staub machen wollen, bin ich entschlossen, den Fall Black mitzunehmen. Er gehört mir! Niemand sonst wird ihn bekommen. Richter Hale kann in diesem Moment nicht wissen, daß ich der Anwalt bin, der in diesem Fall die Anklage vertreten wird, nicht Bruiser. Obwohl total verängstigt, beschließe ich rasch, daß dies der rechte Moment ist, meine Position klarzumachen.

»Ich nehme an, Sie wollen eine Vertagung«, sagt er.

»Nein, Sir. Ich bin bereit, zu dem Antrag Stellung zu nehmen«, sage ich so nachdrücklich wie möglich. Ich schiebe mich durch die Pforte und lege die Akte auf den Tisch zu meiner Rechten.

»Sind Sie Anwalt?« fragt er.

»Ja. Ich habe gerade das Examen bestanden.«

»Aber Ihre Lizenz haben Sie noch nicht?«

Ich weiß nicht, wieso ich daran bisher noch gar nicht gedacht habe. Vermutlich war ich so stolz, daß es mir einfach nicht in den Sinn gekommen ist. Außerdem sollte heute Bruiser das Reden übernehmen und ich nur hin und wieder ein paar Sätze einwerfen, der Übung halber. »Nein, Sir. Die Vereidigung findet nächste Woche statt.«

Einer meiner Feinde räuspert sich so laut, daß der Richter zu ihm hinsehen muß. Ich drehe den Kopf und sehe einen distinguierten Herrn in marineblauem Anzug, der gerade im Begriff ist, sich von seinem Stuhl zu erheben. »Wenn das Gericht gestattet«, sagt er, als hätte er das bereits millionenmal gesagt. »Für das Protokoll, mein Name ist Leo F. Drummond von Tinley Britt, wir vertreten Great Benefit Life.« Er spricht mit tiefernster Stimme zu seinem lebenslangen Freund und Zimmergenossen in Yale hoch. Die Protokollführerin beschäftigt sich wieder mit dem Feilen ihrer Nägel.

»Und wir erheben Einspruch gegen das Erscheinen dieses jungen Mannes in dieser Sache.« Er schwenkt die Arme in meine Richtung. Er redet langsam und betont. Ich hasse ihn schon jetzt. »Mein Gott, er hat ja nicht einmal eine Lizenz.«

Ich hasse ihn wegen seines herablassenden Tons und wegen

seiner albernen Haarspalterei. Das hier ist schließlich nur eine Anhörung, kein Prozeß.

»Euer Ehren, nächste Woche werde ich meine Lizenz haben«, sage ich. Mein Zorn ist eine große Hilfe für meine Stimme.

»Das genügt nicht, Euer Ehren«, sagt Drummond mit weit ausgebreiteten Armen, als wäre das Ganze doch einfach lächerlich. Wie kann man nur!

»Ich habe das Anwaltsexamen bestanden, Euer Ehren.«

»Tolle Leistung«, wirft Drummond mir an den Kopf.

Ich schaue ihn direkt an. Er steht inmitten von vier weiteren Männern, von denen drei mit Blöcken vor sich an seinem Tisch sitzen. Der vierte sitzt hinter ihnen. Alle starren mich an.

»Es ist eine tolle Leistung, Mr. Drummond. Erkundigen Sie sich bei Shell Boykin«, sage ich. Drummonds Gesicht verspannt sich, und er zuckt merklich zusammen. Alle am Tisch der Verteidigung zucken zusammen.

Das ist eine ziemlich schäbige Bemerkung, aber ich konnte der Versuchung einfach nicht widerstehen. Shell Boykin ist einer der Studenten aus meinem Jahrgang, der den Vorzug hatte, von Trent & Brent eingestellt zu werden. Wir haben uns gegenseitig drei Jahre lang verabscheut und beide vorigen Monat das Examen abgelegt. Sein Name stand letzten Samstag nicht in der Zeitung. Ich bin ganz sicher, daß es dieser großen Kanzlei ziemlich peinlich ist, daß einer ihrer jungen Strahlemänner beim Examen durchgefallen ist.

Drummonds Blicke werden noch finsterer, und ich reagiere mit einem Lächeln. In den paar Sekunden, in denen wir dastehen und uns gegenseitig mustern, lerne ich eine ungeheuer wertvolle Lektion. Er ist nur ein Mann. Er mag ein legendärer Prozeßanwalt sein mit einer Menge Kerben in seinem Gürtel, aber er ist nur ein Mann wie jeder andere. Er wird nicht den Gang überqueren und mich ohrfeigen, weil ich ihm dann eine Tracht Prügel verpassen würde. Er kann mir nichts antun, und seine kleine Gehilfenschar ebensowenig.

In einem Gerichtssaal hat eine Seite soviel Gewicht wie die andere. Mein Tisch ist ebenso groß wie seiner.

»Setzen Sie sich!« knurrt Seine Ehren ins Mikrofon. »Alle beide.« Ich suche mir einen Stuhl und lasse mich darauf nieder. »Eine Frage, Mr. Baylor. Wer wird diesen Fall im Namen Ihrer Kanzlei vertreten?«

»Ich, Euer Ehren.«

»Und was ist mit Mr. Stone?«

»Das weiß ich nicht. Aber dies ist mein Fall, es sind meine Mandanten. Mr. Stone hat die Klage für mich eingereicht, weil ich damals das Examen noch nicht abgelegt hatte.«

»Also gut. Fangen wir an. Fürs Protokoll«, sagt er und sieht die Protokollantin an, die bereits in ihre Maschine tippt. »Wir verhandeln hier den Antrag der Verteidigung auf Klageabweisung, also fängt Mr. Drummond an. Ich gestehe jeder Partei fünfzehn Minuten Redezeit zu, dann werde ich darüber nachdenken. Ich will nicht den ganzen Vormittag hier sitzen. Sind wir uns einig?«

Alle nicken. Die Männer am Tisch der Verteidigung gleichen hölzernen Enten in einem Schießstand auf dem Jahrmarkt, alle Köpfe nicken gleichzeitig. Leo Drummond begibt sich zu einem mobilen Podium in der Mitte des Gerichtssaals und beginnt mit seinem Plädoyer. Er ist langsam und penibel, und nach ein paar Minuten wird es langweilig. Er referiert die Hauptpunkte, die er bereits in seinem ausgedehnten Schriftsatz angeführt hat und denen zufolge Great Benefit zu Unrecht angeklagt worden ist, weil ihre Police Knochenmarkstransplantationen nicht abdeckt. Dann ist da natürlich noch die Frage, ob Donny Ray Black überhaupt an der Police teilhat, da er volljährig ist und dem Haushalt nicht mehr angehört.

Ich hatte offen gestanden mehr erwartet. Ich dachte, ich würde von dem großen Leo Drummond etwas fast Magisches zu hören bekommen. Bis gestern hatte ich mich sogar auf diesen anfänglichen Schlagabtausch gefreut. Ich wollte eine schöne Keilerei erleben zwischen Drummond, dem geschliffenen Advokaten, und Bruiser, dem Draufgänger im Gerichtssaal.

Aber wenn ich nicht so nervös wäre, würde ich einschlafen. Er redet ohne Pause und überzieht seine fünfzehn Minuten. Richter Hale schaut zu ihm herunter und liest irgend etwas, vermutlich eine Zeitschrift. Zwanzig Minuten. Deck hat gesagt, er hätte gehört, daß Drummond zweihundertfünfzig Dollar für eine Bürostunde berechnet und dreihundertfünfzig die Stunde bei einem Auftritt vor Gericht. Das liegt erheblich unter den Standards von New York und Washington, aber für Memphis ist es sehr viel. Er hat einen guten Grund, langsam zu reden und sich zu wiederholen. Es zahlt sich aus, gründlich und sogar penibel zu sein, wenn man solche Honorare in Rechnung stellt.

Seine drei Gehilfen machen sich hektisch Notizen; sie versuchen offensichtlich, alles festzuhalten, was ihr großer Anführer zu sagen hat. Es ist fast komisch, und unter angenehmeren Umständen würde ich mir vielleicht sogar ein Lachen abringen. Erst haben sie Recherchen betrieben, dann haben sie den Schriftsatz verfaßt, dann haben sie ihn mehrere Male umgeschrieben, dann haben sie auf meinen Schriftsatz reagiert, und nun halten sie Drummonds Argumente fest, die er nahezu wörtlich diesen Schriftsätzen entnimmt. Aber sie werden dafür bezahlt. Deck vermutet, daß Tinley Britt für seine angestellten Anwälte um die einhundertfünfzig Dollar pro Stunde für Büroarbeit berechnet und wahrscheinlich noch ein bißchen mehr für Anhörungen und Prozesse. Dazu dreihundertfünfzig für Drummond. Das sind um die tausend Dollar für das, was ich jetzt erlebe.

Der vierte Mann, derjenige, der hinter den Anwälten sitzt, ist älter, ungefähr im gleichen Alter wie Drummond. Er macht sich keine Notizen, also kann er kein Verteidiger sein. Vermutlich ist er ein Vertreter von Great Benefit, vielleicht einer ihrer Hausanwälte.

Ich hatte Deck ganz vergessen, bis er mir mit einem Block auf die Schulter tippt. Er ist hinter mir, streckt die Hand über die Schranke. Er will mir etwas mitteilen. Auf den Block hat er ein paar Worte geschrieben. »Dieser Kerl ist stinklangweilig. Halten Sie sich einfach an Ihren Schriftsatz. Bleiben Sie unter zehn Minuten. Keine Spur von Bruiser?«

Ich schüttele den Kopf, ohne mich umzuwenden. Als ob Bruiser im Gerichtssaal sein könnte, ohne daß man ihn sieht.

Nach einunddreißig Minuten beendet Drummond seinen Monolog. Die Lesebrille ist ihm auf die Nasenspitze gerutscht. Er ist der Professor, der den Studenten einen Vortrag hält. Er strebt zu seinem Tisch zurück, sichtlich zufrieden mit seiner brillanten Logik und der unglaublichen Fähigkeit, komplizierte Zuammenhänge knapp auszudrücken. Seine Klone nicken einhellig und flüstern rasch ihre Anerkennung für seinen grandiosen Auftritt. Was für ein Haufen von Speichelleckern! Kein Wunder, daß er schier platzt vor Selbstzufriedenheit.

Ich lege meinen Block aufs Podium und schaue zu Richter Hale hinauf, der, jedenfalls im Augenblick, ungeheuer interessiert zu sein scheint an dem, was zu sagen ich im Begriff bin. Ich habe eine fürchterliche Angst, aber mir bleibt nichts anderes übrig, als loszulegen.

Dies ist ein simpler Prozeß. Great Benefits Zahlungsverweigerung hat meinen Mandanten der einzigen medizinischen Behandlung beraubt, die ihm das Leben gerettet hätte. Das Verhalten der Versicherung wird zur Folge haben, daß Donny Ray stirbt. Wir sind im Recht und sie im Unrecht. Vor mir steht das Bild seines hageren Gesichts und seines abgezehrten Körpers. Es macht mich wütend.

Die Anwälte von Great Benefit werden eine Tonne Geld dafür bekommen, daß sie die Sache komplizieren, die Fakten verschleiern und versuchen, den Richter und später die Geschworenen mit falschen Fährten in die Irre zu führen. Das ist ihr Job. Deshalb hat Drummond einunddreißig Minuten geredet und nichts gesagt.

Meine Version der Tatsachen und der Rechtslage wird kürzer werden. Meine Schriftsätze und Erwiderungen werden auch weiterhin klar und sachlich sein. Bestimmt wird irgend jemand das irgendwann zu würdigen wissen.

Ich beginne mit ein paar grundlegenden Bemerkungen über Anträge auf Klageabweisung im allgemeinen, und Richter Hale starrt ungläubig auf mich herab, als wäre ich der größte Schwachkopf, dem er je zugehört hat. Sein Gesicht verzieht sich voller Skepsis, aber wenigstens hält er den Mund. Ich versuche, ihm nicht in die Augen zu sehen.

In Fällen, bei denen sich die Parteien klar widersprechen, wird nur höchst selten einem Antrag auf Klageabweisung stattgegeben. Ich mag nervös und unbeholfen sein, aber ich bin zuversichtlich, daß wir siegen werden.

Ich arbeite mich durch meine Notizen, ohne etwas Neues zu sagen. Seine Ehren ist von mir bald ebenso gelangweilt, wie er es bei Drummond war, und kehrt deshalb zu seiner Lektüre zurück. Sobald ich fertig bin, bittet Drummond noch einmal um fünf Minuten, damit er widerlegen kann, was ich gesagt habe, und sein Freund deutet auf das Podium.

Drummond wendet weitere elf kostbare und wertvolle Minuten daran, aufzuklären, was immer ihm im Kopf herumgehen mag, tut dies aber auf so unverständliche Weise, daß wir alle hinterher so schlau sind wie zuvor, dann setzt er sich wieder hin.

»Ich möchte die Anwälte in meinem Zimmer sprechen«, sagt Hale im Aufstehen und verschwindet rasch hinter seinem Richterstuhl. Weil ich nicht weiß, wo sich sein Zimmer befindet, stehe ich auf und warte, daß Drummond vorausgeht und mir den Weg zeigt. Er ist sehr höflich, als wir uns dem Podium nähern, legt mir sogar den Arm um die Schultern und sagt mir, was ich da für hervorragende Arbeit geleistet hätte.

Die Robe ist bereits abgelegt, als wir das Büro des Richters betreten. Er steht hinter seinem Schreibtisch und deutet auf zwei Sessel. »Bitte, kommen Sie herein. Nehmen Sie Platz.« Die Ausstattung läßt den Raum dunkel wirken: schwere, zugezogene Vorhänge, ein burgunderroter Teppich, Regale mit dickleibigen Büchern vom Boden bis zur Decke.

Wir setzen uns. Er denkt nach. Dann: »Diese Klage gefällt mir nicht, Mr. Baylor. Ich würde nicht gerade das Wort frivol gebrauchen, aber ich sehe offen gestanden wenig Sinn darin. Ich habe für diese Art von Klagen nicht viel übrig.«

Er hält inne und sieht mich an, als erwartete er, daß ich darauf reagiere. Aber ich weiß nicht, was ich sagen soll.

»Ich neige dazu, dem Antrag auf Klageabweisung stattzugeben«, sagt er, dann öffnet er eine Schublade und holt langsam mehrere Röhrchen mit Tabletten heraus. Er reiht sie sorgfältig auf seinem Schreibtisch auf. Dann hält er inne und sieht mich an. »Sie könnten die Klage vor einem Bundesgericht neu einreichen. Gehen Sie damit woandershin. Ich will nur nicht, daß ich sie am Hals habe.« Er zählt Tabletten ab, mindestens ein Dutzend aus vier Plastikröhrchen.

»Bitte entschuldigen Sie mich, ich muß auf die Toilette«, sagt er dann und begibt sich zu einer kleinen Tür an der anderen Seite des Raumes. Sie fällt mit einem lauten Klappen hinter ihm ins Schloß.

Ich sitze schweigend und benommen da, starre auf die Tablettenröhrchen und hoffe, daß er da drinnen an den Dingern erstickt. Drummond hat bisher nichts gesagt, aber jetzt erhebt er sich wie auf ein Stichwort hin und pflanzt sein Hinterteil auf die Schreibtischkante. Er schaut auf mich herab, ganz Freundlichkeit und Lächeln.

»Also, Rudy, ich bin ein sehr teurer Anwalt in einer sehr teuren Kanzlei«, sagt er mit langsamer, vertraulicher Stimme, als gäbe er hier überaus geheime Informationen preis. »Wenn wir einen Fall wie diesen übernehmen, dann stellen wir ein paar Berechnungen über die voraussichtlichen Kosten der Verteidigung an. Wir informieren unseren Mandanten über diese Schätzung, und zwar, noch bevor wir einen Finger rühren. Ich habe schon eine Menge Fälle bearbeitet und treffe mit meinen Schätzungen gewöhnlich ziemlich genau ins Schwarze.« Er verlagert sein Gewicht ein wenig, bereitet sich auf die Pointe vor. »Ich habe Great Benefit mitgeteilt, daß bei einem ausgewachsenen Prozeß ein Verteidigungshonorar von fünfzig- bis fünfundsiebzigtausend Dollar zusammenkommen würde.«

Er wartet, daß ich mich von dieser Zahl beeindruckt zeige, aber ich betrachte nur eingehend seine Krawatte. In der Ferne rauscht die Toilettenspülung.

»Und deshalb hat Great Benefit mich ermächtigt, Ihnen und Ihren Mandanten einen Vergleich über fünfundsiebzigtausend Dollar anzubieten.«

Ich stoße einmal heftig die Luft aus. In meinem Kopf herrscht plötzlich ein wildes Durcheinander von Gedanken, aber einer drängt sich immer wieder in den Vordergrund: fünfundzwanzigtausend Dollar. Mein Honorar! Ich kann es regelrecht sehen.

Einen Moment mal. Wenn sein Busenfreund Hale sowieso im Begriff ist, den Fall abzuweisen, weshalb bietet er mir dann dieses Geld an?

Und dann wird es mir klar – die ziehen hier das Spielchen guter Bulle/böser Bulle mit mir durch. Harvey fährt das schwere Geschütz auf und jagt mir eine Heidenangst ein, und dann kommt Leo mit den Samthandschuhen. Ich frage mich, wie oft sie ihre kleine Überraschungsnummer in diesem Büro hier wohl schon durchgezogen haben.

»Damit wir uns richtig verstehen, das ist kein Eingeständnis einer Zahlungsverpflichtung«, sagt er. »Es ist ein einmaliges Angebot, das nur für die nächsten achtundvierzig Stunden gilt, und Sie können es annehmen oder ablehnen, solange es auf dem Tisch liegt. Wenn Sie nein sagen, dann beginnt der Dritte Weltkrieg.«

»Aber weshalb?«

»Aus rein ökonomischen Gründen. Great Benefit spart ein bißchen Geld und geht außerdem gar nicht erst das Risiko ein, daß vielleicht doch irgend jemand ein völlig schwachsinniges Urteil spricht. Die mögen es nicht, wenn man sie verklagt, verstehen Sie? Ihre Manager wollen ihre Zeit nicht mit eidesstattlichen Erklärungen und Auftritten vor Gericht vergeuden. Die wollen kein Aufsehen und diese Art von Publicity schon gar nicht. Im Versicherungsgeschäft geht es hart auf hart, und die Konkurrenz soll möglichst keinen Wind von dieser Sache bekommen. Es gibt also eine Menge guter Gründe für einen Vergleich in aller Stille. Und eine Menge guter Gründe für Ihre Mandanten, das Geld zu nehmen und die Sache auf sich beruhen zu lassen. Das meiste davon ist steuerfrei, wie Sie vermutlich wissen.«

Er ist aalglatt. Wenn ich mich jetzt darüber ausließe, was ich für einen todsicheren Fall an der Angel habe und wie niederträchtig sein Mandant ist, würde er nur zu allem lächeln und verständnisvoll nicken. Es würde von ihm abgleiten wie Wasser vom Rücken einer Ente. Im Augenblick will Leo Drummond, daß ich sein Geld nehme, und wenn ich jetzt anfinge, seine Frau zu beschimpfen, würde ihn auch das kalt lassen.

Die Tür geht auf, und Seine Ehren kommt aus seiner kleinen Privattoilette. Jetzt hat Leo plötzlich eine volle Blase und entschuldigt sich. Der Köder ist ausgelegt. Jetzt kommt die nächste Runde.

»Zu hoher Blutdruck«, sagt Hale fast zu sich selbst, während er sich hinter seinem Schreibtisch niederläßt und die Röhrchen einsammelt. Nicht hoch genug, hätte ich am liebsten gesagt.

»Keine große Chance auf einen Prozeß, mein Junge, tut mir leid. Vielleicht kann ich Leo dazu bringen, daß er Ihnen einen Vergleich anbietet. So etwas gehört zu meinem Job. Andere Richter gehen die Sache anders an, aber ich nicht. Mir ist es am liebsten, wenn es gleich am ersten Tag zu einem Vergleich kommt. Hält die Dinge in Bewegung. Diese Versicherungsfritzen sind eventuell sogar bereit, Ihnen ein nettes Sümmchen rüberzuschieben, nur damit sie Leo nicht tausend Dollar pro Minute zahlen müssen.« Er lacht, als wäre das wirklich komisch. Sein Gesicht läuft blutrot an, und er hustet.

Ich kann förmlich sehen, wie Leo mit dem Ohr an der Tür in der Toilette steht und lauscht. Es würde mich nicht einmal überraschen, wenn sie da drinnen ein Mikrofon hätten.

Ich sehe zu, wie er hustet, bis ihm das Wasser aus den Augen läuft. Als er fertig ist, sage ich: »Er hat mir gerade die Kosten der Verteidigung angeboten.«

Hale ist ein miserabler Schauspieler. Er versucht, überrascht zu wirken. »Wieviel?«

»Fünfundsiebzigtausend.«

Seine Kinnlade fällt herunter. »Donnerwetter! Hören Sie, mein Junge, Sie wären verrückt, wenn Sie die nicht annehmen würden.«

»Meinen Sie?« frage ich. Ich bin ja so arglos.

»Fünfundsiebzig. Donnerwetter, 'ne Menge Geld. Hört sich gar nicht nach Leo an.«

»Er ist wirklich ein netter Kerl.«

»Nehmen Sie das Geld, mein Junge. Ich mache das hier schon ziemlich lange. Sie sollten auf mich hören.«

Die Tür geht auf, und Leo gesellt sich wieder zu uns. Seine Ehren starrt Leo an und sagt: »Fünfundsiebzigtausend!« Man hätte meinen können, daß Geld käme aus Hales Amtsbudget.

»Mein Mandant hat den Vorschlag gemacht«, erklärt Leo. Ihm sind die Hände gebunden. Er ist machtlos.

Sie werfen sich noch eine Weile weiter die Bälle zu. Ich kann nicht rational denken, also schweige ich möglichst. Als ich das

Zimmer verlasse, hat Leo mir freundschaftlich den Arm um die Schulter gelegt.

Ich finde Deck auf dem Flur, am Telefon, also setze ich mich auf eine Bank in der Nähe und versuche, Ordnung in meine Gedanken zu bringen. Sie haben Bruiser erwartet. Hätten sie mit ihm dasselbe Spiel gespielt? Nein, ich glaube nicht. Wie haben sie es geschafft, ihren Hinterhalt für mich so rasch zu planen? Vermutlich hatten sie für ihn eine andere Routine vorgesehen.

Ich bin von zwei Dingen überzeugt. Erstens: Hale ist es ernst mit der Abweisung der Klage. Er ist ein kranker alter Mann, der schon lange im Amt ist und immun gegen Druck. Ihm ist es völlig gleichgültig, ob er recht oder unrecht hat. Und es könnte überaus schwierig sein, die Klage bei einem anderen Gericht erneut einzureichen. Die Anklage ist in ernsthaften Schwierigkeiten. Zweitens: Drummond ist zu sehr auf einen Vergleich erpicht. Er hat Angst, und zwar, weil sein Mandant bei einer Bärenschweinerei ertappt worden ist, das Blut noch an den Händen.

Deck hat in den letzten zwanzig Minuten elf verschiedene Nummern angerufen, aber von Bruiser nirgends eine Spur. Während wir zur Kanzlei zurückfahren, schildere ich ihm die seltsamen Vorgänge in Hales Richterzimmer. Deck, immer bereit, in eine neue Rolle zu schlüpfen, will das Geld nehmen und es damit gut sein lassen. Er bringt das sehr gute Argument vor, daß kein noch so hoher Geldbetrag Donny Ray jetzt noch das Leben retten kann; also sollten wir nehmen, was wir kriegen können, und Dot und Buddy das Leben ein bißchen leichter machen.

Deck behauptet, er hätte eine Menge unerfreulicher Geschichten über sehr fragwürdige Prozesse in Hales Gerichtssaal gehört. Für einen amtierenden Richter spricht er sich mit ungewöhnlichem Nachdruck für eine Reform des Schadenersatzrechts aus. Haßt Kläger, sagt Deck mehr als einmal. Es wird schwer sein, einen fairen Prozeß zu bekommen. Lassen Sie uns das Geld nehmen, sagt Deck.

Dru ist in Tränen aufgelöst, als wir in die Kanzlei kommen. Sie ist völlig hysterisch, weil alle Welt nach Bruiser fragt. Ihre Wimperntusche rinnt ihr über die Wangen, während sie flucht und weint. Das ist ganz und gar nicht seine Art, sagt sie immer und immer wieder. Es muß etwas Schlimmes passiert sein.

Bruiser treibt sich viel mit dubiosen und gefährlichen Leuten herum. Schließlich ist er selber ein Ganove. Es würde mich also nicht überraschen, wenn man seine Leiche im Kofferraum eines Wagens am Flughafen fände, und Deck sieht das nicht anders. Die Gangster sind hinter ihm her.

Ich bin auch hinter ihm her. Ich rufe bei Yogi's an, um mit Prince zu sprechen. Er wird wissen, wo Bruiser steckt. Ich rede mit Billy, dem Geschäftsführer, den ich gut kenne, und nach ein paar Minuten erfahre ich, daß Prince offenbar auch verschwunden ist. Sie haben vergeblich überall herumtelefoniert. Billy ist nervös und macht sich Sorgen. Die Leute vom FBI haben gerade das Lokal verlassen. Was geht da vor?

Deck läuft von Büro zu Büro und ruft die Truppe zusammen. Wir treffen uns im Konferenzraum – ich, Deck, Toxer und Ridge, vier Sekretärinnen und zwei Laufburschen, die ich noch nie gesehen habe. Nicklass, der andere Anwalt, ist nicht in der Stadt. Alle vergleichen ihre Notizen über ihr letztes Zusammentreffen mit Bruiser. Irgend etwas Verdächtiges? Was hatte er für heute vor? Wen hat er heute treffen wollen? Wer hat zuletzt mit ihm gesprochen? Es liegt eine gewisse Panik in der Luft, eine Atmosphäre der Verwirrung, die durch Drus ständiges Geheul nicht gerade verbessert wird. Sie weiß einfach, daß etwas passiert ist.

Die Versammlung endet damit, daß wir schweigend in unsere Büros zurückkehren und die Türen hinter uns schließen. Deck folgt mir natürlich auf dem Fuße. Wir unterhalten uns eine Weile und achten dabei sehr genau darauf, daß wir kein Wort sagen, von dem wir nicht wollen, daß es abgehört wird, falls die Kanzlei wirklich voller Wanzen steckt. Um halb zwölf schleichen wir uns zu einer Hintertür hinaus und gehen zum Lunch.

Wir werden nie wieder einen Fuß in dieses Gebäude setzen.

24

Ich werde wohl nie erfahren, ob Deck tatsächlich wußte, was passieren würde, oder ob er nur verblüffend hellsichtig war. Er ist ein unkomplizierter Mann, der mit seinen Gedanken meistens ziemlich an der Oberfläche bleibt. Aber er hat dennoch etwas Seltsames an sich, mal abgesehen von seinem Äußeren. Irgendwo in seinem Innern ist etwas verborgen, das er nicht preisgeben will. Ich habe den starken Verdacht, daß er und Bruiser einander erheblich näherstanden, als die meisten von uns wußten. Bruisers Freigebigkeit in der Van-Landel-Sache war wahrscheinlich die Belohnung für Decks treue Dienste und gleichzeitig als unauffällige Warnung gedacht, daß er, Bruiser, sich demnächst absetzen würde.

Jedenfalls bin ich nicht sonderlich überrascht, als zwanzig nach drei in der Nacht mein Telefon klingelt. Es ist Deck mit zwei Neuigkeiten: Das FBI ist kurz nach Mitternacht über unsere Kanzlei hergefallen, und Bruiser hat sich aus dem Staub gemacht. Und das ist noch nicht alles. Unsere Büros sind auf richterliche Anordnung hin versiegelt worden, und das FBI wird vermutlich mit allen reden wollen, die bei Bruiser beschäftigt waren. Und man sollte es nicht glauben: Prince Thomas scheint zusammen mit seinem Anwalt und Freund verschwunden zu sein.

Stellen Sie sich vor, kichert Deck ins Telefon, wie diese beiden wandelnden Fleischberge mit ihrem langen, angegrauten Haar und ihren dicken Bärten versuchen, unerkannt durch Flughäfen zu schleichen.

Die Anklagen sollen erhoben werden, sobald die Sonne aufgegangen ist. Deck schlägt vor, daß wir uns gegen Mittag in unserem neuen Büro treffen, und da ich nicht weiß, wo ich sonst hingehen sollte, sage ich zu.

Ich starre eine halbe Stunde an die dunkle Zimmerdecke, dann gebe ich auf. Ich gehe barfuß durch das kühle, feuchte Gras und lasse mich in die Hängematte fallen. Um einen Typ wie Prince ranken sich immer eine Menge bunter Gerüchte. Bargeld war seine Leidenschaft, und schon an meinem ersten Tag bei Yogi's erzählte mir eine Kellnerin, daß er achtzig Prozent davon nie bei der Steuer angegeben hat. Es gehörte zu den Lieblingsbeschäftigungen seiner Angestellten, sich darüber die Mäuler zu zerreißen und Vermutungen anzustellen, wieviel Geld es wohl tatsächlich war, was er so beiseite schaffen konnte.

Und Yogi's war nicht seine einzige Einnahmequelle. Bei einem Prozeß gegen das organisierte Verbrechen vor ein paar Jahren sagte ein Junge aus, daß in einer bestimmten Obenohne-Bar neunzig Prozent der Erträge in Bargeld eingenommen und sechzig Prozent davon nie in einer Steuererklärung auftauchen würden. Wenn Bruiser und Prince also tatsächlich einen oder mehrere von diesen Pornoclubs besessen haben, dann haben sie das Geld nur so gescheffelt.

Gerüchteweise hat Prince ein Haus in Mexiko, Bankkonten in der Karibik, eine schwarze Geliebte in Jamaika und eine Farm in Argentinien; an die anderen Geschichten kann ich mich nicht mehr erinnern. In seinem Büro gab es eine geheimnisvolle Tür, die angeblich zu einem kleinen Raum führte, in dem sich die Kartons voller Zwanzig- und Hundert-Dollar-Scheine bis zur Decke stapelten.

Wenn er wirklich auf der Flucht ist, hoffe ich, daß er durchkommt. Ich hoffe, daß er möglichst viel von seinem geliebten Bargeld mitnehmen konnte und nie erwischt wird. Es ist mir egal, was er verbrochen haben soll, er ist mein Freund.

Dot dirigiert mich an den Küchentisch, auf denselben Stuhl, und setzt mir Instantkaffee vor, in derselben Tasse. Es ist noch früh am Tage, und in der schäbigen Küche hängt der fettige Geruch von ausgelassenem Speck. Buddy ist da draußen, sagt sie armeschwenkend. Ich schaue nicht hin.

Donny Ray wird immer schwächer, sagt sie, die letzten beiden Tage ist er überhaupt nicht aufgestanden.

»Wir waren gestern das erste Mal vor Gericht«, erkläre ich.

»Schon?«

»Es war kein Prozeß oder so etwas. Nur eine vorläufige Anhörung. Die Versicherung versucht, eine Klageabweisung zu erreichen, und darüber haben wir uns mächtig in den Haaren gelegen.« Ich versuche, mich möglichst einfach auszudrükken, aber ich bin nicht sicher, ob sie irgend etwas mitbekommt. Sie schaut durch die schmutzigen Fenster hinaus in den Hintergarten, ohne dem Fairlane auch nur einen Blick zu schenken. Dot scheint alles gleichgültig zu sein.

Das ist seltsam beruhigend. Wenn Richter Hale tut, was er meiner Meinung nach tun wird, und wenn wir auch bei einem anderen Gericht nicht mit der Klage durchkommen, dann ist die Sache erledigt. Vielleicht hat die ganze Familie aufgegeben. Vielleicht werden sie mich nicht einmal anschreien, wenn wir abgeschmettert werden.

Auf dem Weg hierher habe ich beschlossen, Richter Hale und seine Drohungen nicht zu erwähnen. Das hätte unsere Unterhaltung nur schwieriger gemacht. Wir werden später noch massenhaft Zeit haben, darüber zu sprechen, wenn sonst nichts mehr zu bereden bleibt.

»Die Versicherung hat einen Vergleich angeboten.«

»Sie hat was angeboten?«

»Geld.«

»Wieviel?«

»Fünfundsiebzigtausend Dollar. Sie haben sich ausgerechnet, daß sie ihren Anwälten bei einem Prozeß ungefähr genausoviel zahlen müßten, also bieten sie das Geld jetzt uns als Abfindung an.«

Ich kann zusehen, wie sie rot anläuft und die Kiefer aufeinanderpreßt. »Diese Mistkerle glauben, sie könnten sich freikaufen, stimmt's?«

»Ja, das glauben sie.«

»Donny Ray braucht kein Geld. Letztes Jahr hätte er eine Knochenmarkstransplantation gebraucht. Jetzt ist es zu spät.«

»Richtig.«

Sie nimmt ihre Zigarettenschachtel vom Tisch und zündet sich eine an. Ihre Augen sind rot und glänzen feucht. Ich habe mich geirrt. Diese Mutter hat nicht aufgegeben. Sie will Blut sehen. »Was sollen wir mit fünfundsiebzigtausend Dollar anfangen? Donny Ray wird bald tot sein, und dann sind nur noch ich und er da.« Sie nickt mit dem Kopf in Richtung auf den Fairlane.

»Diese Schweine«, sagt sie.

»Ganz meine Meinung.«

»Sie haben vermutlich gesagt, daß wir es nehmen werden, oder?«

»Natürlich nicht. Ohne Ihre Zustimmung kann ich keinen Vergleich abschließen. Wir haben bis morgen Zeit, uns zu entscheiden.« Damit wären wir wieder bei der drohenden Klageabweisung. Wir hätten das Recht, gegen einen ablehnenden Beschluß durch Richter Hale Berufung einzulegen. Das würde ungefähr ein Jahr dauern, aber wir hätten eine reelle Chance. Aber auch darüber möchte ich im Moment nicht reden.

Wir sitzen eine lange Zeit schweigend beisammen, beide vollauf damit zufrieden, einfach nur dazusitzen und zu warten. Ich versuche, meine Gedanken zu ordnen. Gott allein weiß, was ihr im Kopf herumgeht. Arme Frau.

Sie drückt ihre Zigarette im Aschenbecher aus und sagt: »Wir sollten mit Donny Ray reden.«

Ich folge ihr durch das düstere Wohnzimmer und einen kurzen Korridor entlang. Donny Rays Tür ist geschlossen, und an ihr hängt ein Zettel mit der Aufschrift RAUCHEN VERBOTEN. Sie klopft leise an, und wir gehen hinein. Das Zimmer ist hübsch und ordentlich und riecht irgendwie antiseptisch. In einer Ecke surrt ein Ventilator. Das mit einem Fliegengitter versehene Fenster steht offen. Auf einem Gestell am Fußende des Bettes steht ein Fernseher und neben dem Kopfkissen ein Tisch mit einer ganzen Batterie von Medikamenten.

Donny Ray liegt steif wie ein Brett da, ein Laken fest um seinen zerbrechlichen Körper gewickelt. Er lächelt, als er mich sieht, und klopft mit der Hand auf eine Stelle neben sich. Dort lasse ich mich nieder. Dot setzt sich auf einen Stuhl auf der anderen Seite des Bettes.

Er bemüht sich, weiter zu lächeln und mich davon zu überzeugen, daß es ihm gutgeht. Heute ist alles besser. Nur ein bißchen müde, das ist alles. Seine Stimme ist leise und angestrengt, seine Worte sind manchmal kaum verständlich. Er hört aufmerksam zu, als ich über die gestrige Anhörung berichte und das Vergleichsangebot erkläre. Dot hält seine rechte Hand.

»Werden sie noch höher gehen?« fragt er. Das ist eine Frage, über die Deck und ich gestern beim Lunch debattiert haben. Great Benefit hat einen bemerkenswerten Sprung getan von null auf fünfundsiebzigtausend. Wir vermuten beide, daß sie bis auf hunderttausend heraufgehen würden, aber ich werde mich hüten, vor meinen Mandanten genauso optimistisch zu sein.

»Ich bezweifle es«, sage ich. »Wir könnten es versuchen. Mehr als nein sagen können sie nicht.«

»Wieviel würden Sie bekommen?« fragt er. Ich erkläre ihm unseren Vertrag, daß mein Anteil ein Drittel beträgt.

Er sieht seine Mutter an und sagt: »Das wären fünfzigtausend für dich und Dad.«

»Was sollen wir mit fünfzigtausend Dollar?« fragt sie ihn.

»Das Haus abzahlen. Einen neuen Wagen kaufen. Etwas fürs Alter beiseite legen.«

»Ich will ihr verdammtes Geld nicht.«

Donny Ray schließt die Augen und macht ein kurzes Nikkerchen. Ich betrachte die Flaschen und Gläser mit den Medikamenten. Als er aufwacht, berührt er meinen Arm, versucht, ihn zu drücken, und sagt: »Möchten Sie den Vergleich abschließen, Rudy? Ein Teil des Geldes würde Ihnen gehören.«

»Nein. Das möchte ich nicht«, sage ich entschieden. Ich sehe ihn an, dann sie. Sie hören aufmerksam zu. »Sie würden uns das Geld nicht anbieten, wenn sie nicht nervös wären. Ich will diese Leute bloßstellen.«

Ein Anwalt ist verpflichtet, seinen Mandanten den bestmöglichen Ratschlag zu erteilen, ohne Rücksicht auf seine eigenen finanziellen Verhältnisse. Ich habe nicht den geringsten Zweifel, daß ich die Blacks dazu überreden könnte, dem Vergleich zuzustimmen. Mit nur wenig Mühe könnte ich sie davon überzeugen, daß Richter Hale im Begriff ist, uns den Teppich unter den Füßen wegzuziehen, und daß das Geld jetzt auf dem Tisch liegt, aber bald für immer verschwunden sein wird. Ich könnte ihnen ein regelrechtes Horrorszenario ausmalen.

Auf diesen Leuten ist schon so viel herumgetrampelt worden, sie würden es ohne weiteres glauben.

Es wäre ganz leicht. Und ich würde mit fünfundzwanzigtausend Dollar abziehen, einem Honorar, das ich mir im Moment kaum vorstellen kann. Aber ich habe der Versuchung widerstanden. Heute nacht in der Hängematte habe ich gegen sie angekämpft, und jetzt bin ich ruhig und in Frieden mit mir selbst.

Zu diesem Zeitpunkt würde nicht viel dazugehören, mich aus dem Anwaltsberuf zu vertreiben. Bevor ich meine Mandanten verkaufe, würde ich lieber noch einen Schritt weitergehen und ganz aufhören.

Ich lasse Dot in Donny Rays Zimmer zurück und hoffe von ganzem Herzen, daß ich nicht morgen mit der Nachricht zurückkehren muß, daß unser Fall abgewiesen wurde.

In der näheren Umgebung von St. Peter's gibt es mindestens vier weitere Krankenhäuser, Studieneinrichtungen für Ärzte und Zahnärzte und zahllose Arztpraxen. Alles, was in Memphis irgendwie mit Medizin zu tun hat, hat sich in einem Areal von sechs Blocks zwischen Union und Madison niedergelassen. An der Madison selbst, direkt gegenüber von St. Peter's, steht ein achtstöckiges Gebäude, das sogenannte Peabody Medical Arts Building. Über die Straße führt ein geschlossener Fußgängertunnel, durch den die Ärzte von ihren Praxen ins Krankenhaus und wieder zurück gelangen können. Das Gebäude beherbergt ausschließlich Ärzte, und einer davon ist Dr. Eric Craggdale, ein Orthopäde. Seine Praxis liegt im dritten Stock.

Ich habe gestern mehrmals anonym in seiner Praxis angerufen und herausgefunden, was ich wissen wollte. Ich warte in der großen Halle von St. Peter's, ein Stockwerk oberhalb der Straße, und beobachte den Parkplatz des Peapody Medical Arts Building. Zwanzig Minuten vor elf sehe ich, wie ein alter VW Käfer von der Madison auf den dicht besetzten Parkplatz abbiegt. Kelly steigt aus.

Sie ist allein, genau wie ich erwartet hatte. Vor einer Stunde habe ich ihren Mann bei seiner Firma ans Telefon rufen lassen und aufgelegt, als er an den Apparat kam. Ich kann kaum ihren Scheitel sehen, als sie sich abmüht, aus dem Wagen auszusteigen. Sie hinkt an Krücken zwischen den Wagenreihen hindurch auf das Gebäude zu.

Ich fahre mit dem Fahrstuhl ein Stockwerk höher, dann überquere ich die Madison in der gläsernen Röhre, die über sie hinwegführt. Ich bin nervös, habe es aber nicht eilig.

Das Wartezimmer ist überfüllt. Sie sitzt mit dem Rücken zur Wand und blättert in einer Zeitschrift. Ihr gebrochener Knöchel steckt jetzt in einem Gehgips. Der Stuhl rechts neben ihr ist frei, und ich sitze darauf, bevor sie begriffen hat, daß ich es bin.

Zunächst macht sie ein entsetztes Gesicht, doch dann strahlt sie mich freundlich an. Sie schaut sich nervös um. Niemand beachtet uns.

»Lesen Sie einfach weiter in Ihrer Zeitschrift«, flüstere ich und schlage einen *National Geographic* auf. Sie hebt ein Exemplar von *Vogue* bis fast auf Augenhöhe und fragt: »Was tun Sie hier?«

»Rückenprobleme.«

Sie schüttelt den Kopf und sieht sich um. Die Dame neben ihr würde liebend gern zu uns rüberstarren, aber ihr Hals steckt in einem Stützverband. Wir kennen beide keine Menschenseele in diesem Raum, also weshalb sollten wir uns Sorgen machen? »Wer ist Ihr Arzt?« fragt sie.

»Craggdale«, erwidere ich.

»Sehr komisch.« Kelly Riker war schön in einem einfachen Krankenhausnachthemd, mit einem blauen Fleck im Gesicht und ohne Make-up. Jetzt ist es mir unmöglich, die Augen von ihrem Gesicht abzuwenden. Sie trägt ein weißes, leicht gestärktes Baumwollhemd von der Art, die Studentinnen gern von ihren Freunden ausleihen, und aufgekrempelte Khaki-Shorts. Das dunkle Haar fällt ihr über die Schultern.

»Ist er gut?« frage ich.

»Ein Arzt wie andere auch.«

»Waren Sie schon einmal bei ihm?«

»Hören Sie auf, Rudy. Darüber rede ich nicht. Sie sollten besser verschwinden.« Ihre Stimme ist leise, aber bestimmt.

»Wissen Sie, darüber habe ich nachgedacht. Ich habe sogar eine Menge Zeit damit verbracht, über Sie nachzudenken und darüber, was ich tun sollte.« Ich halte inne, weil ein Mann in einem Rollstuhl vorbeirollt.

»Und?« sagt sie.

»Ich weiß es immer noch nicht.«

»Ich meine, Sie sollten aus meinem Leben verschwinden.«

»Das ist doch nicht Ihr Ernst?«

»Doch, das ist es.«

»Ist es nicht. Sie wollen, daß ich in Ihrer Nähe bleibe, mit Ihnen Verbindung halte, Sie hin und wieder anrufe, damit Sie, wenn er Ihnen das nächste Mal ein paar Knochen bricht, jemanden haben, der sich um Sie sorgt. Das ist es, was Sie wollen.«

»Es wird kein nächstes Mal geben.«

»Warum nicht?«

»Weil er jetzt anders ist. Er versucht, mit dem Trinken aufzuhören. Er hat versprochen, daß er mich nicht wieder schlagen wird.«

»Und Sie glauben ihm?«

»Ja, das tue ich.«

»Das hat er früher auch schon versprochen.«

»Weshalb gehen Sie nicht? Und rufen Sie mich nicht an, okay? Das macht alles nur noch schlimmer.«

»Wieso? Weshalb macht das alles nur noch schlimmer?«

Sie zögert eine Sekunde, läßt die Zeitschrift in ihren Schoß sinken und sieht mich an. »Weil ich, je mehr Zeit vergeht, um so weniger an Sie denke.«

Es ist wirklich erfreulich zu wissen, daß sie an mich gedacht hat. Ich greife in die Tasche und hole eine Visitenkarte heraus, eine mit meiner alten Adresse, der, die jetzt von verschiedenen Behörden der Regierung der Vereinigten Staaten abgesperrt und versiegelt worden ist. Ich schreibe meine Telefonnummer auf die Rückseite und gebe sie ihr. »Abgemacht. Ich werde Sie nicht wieder anrufen. Falls Sie mich brauchen sollten, das ist meine Privatnummer. Wenn er Ihnen etwas antut, will ich es erfahren.«

Sie nimmt die Karte. Ich küsse sie schnell auf die Wange, dann verlasse ich das Wartezimmer.

Im sechsten Stock des gleichen Gebäudes befindet sich eine große Onkologenpraxis. Dr. Walter Kord ist Donny Rays behandelnder Arzt, was zu diesem Zeitpunkt bedeutet, daß er ihm ein paar Tabletten und andere Medikamente verschreibt und darauf wartet, daß er stirbt. Kord hat die anfängliche Chemotherapie veranlaßt und die Tests vorgenommen, die ergaben, daß Ron Black für eine Knochenmarkstransplantation bei seinem Zwillingsbruder der ideale Spender gewesen wäre. Beim Prozeß wird er ein wichtiger Zeuge sein, vorausgesetzt, daß es überhaupt dazu kommt.

Ich lasse einen drei Seiten langen Brief bei seiner Empfangsdame. Ich würde mich gern mit ihm unterhalten, wann es ihm paßt und, wenn es geht, ohne dafür eine Rechnung zu bekommen. In der Regel hassen Ärzte Anwälte und lassen sich Gespräche mit ihnen teuer bezahlen. Aber Kord und ich stehen auf derselben Seite, und ich habe nichts zu verlieren, wenn ich versuche, mit ihm ins Gespräch zu kommen.

Ich habe ein sehr ungutes Gefühl, während ich, ohne besonders auf den Verkehr zu achten, diese Straße in dieser rauhen Gegend der Stadt entlangrolle und vergeblich versuche, die verblichenen und abblätternden Hausnummern über den Türen zu lesen. Die Gegend sieht aus, als wäre sie früher aus guten Gründen aufgegeben worden, befände sich jetzt aber in einer Art von erneutem Aufschwung. Die Häuser sind alle zwei oder drei Stockwerke hoch und haben Ziegelstein- und Glasfronten. Die meisten grenzen direkt aneinander, einige wenige sind durch schmale Gassen getrennt. Viele sind immer noch vernagelt, ein paar vor Jahren ausgebrannt. Ich passiere zwei Restaurants, eines mit Tischen auf dem Gehsteig unter einer Markise, aber ohne Gäste, eine Reinigung, einen Blumenladen.

Das Antiquitätengeschäft befindet sich in einem halbwegs sauber aussehenden Eckhaus aus dunkelgrau gestrichenen Ziegelsteinen und mit roten Markisen über den Fenstern. Es gibt zwei Stockwerke, und als mein Blick zum ersten Stock emporwandert, habe ich vermutlich mein neues Zuhause gefunden.

Weil ich keine andere Tür entdecken kann, betrete ich das Antiquitätengeschäft. In der winzigen Diele sehe ich eine Treppe und schwaches Licht an ihrem oberen Ende.

Deck wartet auf mich, stolz lächelnd. »Wie finden Sie es?« überfällt er mich, noch bevor ich Gelegenheit hatte, mir irgend etwas anzusehen. »Vier Zimmer, ungefähr neunzig Quadratmeter plus Toilette. Nicht schlecht«, sagt er und klopft mir auf die Schulter. Dann macht er einen Satz vorwärts, wirbelt herum und breitet die Arme aus. »Ich dachte, das hier sollte der Empfang werden, wir könnten es für eine Sekretärin benutzen, wenn wir später eine einstellen. Braucht nur ein bißchen Farbe. Alle Fußböden sind aus Hartholz«, sagt er und stampft dabei mit dem Fuß auf, als könnte ich das nicht selber sehen. »Die Zimmer sind dreieinhalb Meter hoch. Die Wände bestehen aus Gipskarton, leicht zu streichen.« Er macht mir Zeichen, daß ich ihm folgen soll. Wir gelangen durch eine offene Tür in einen kurzen Flur. »Ein Zimmer auf jeder Seite. Das hier ist das größere, also dachte ich, daß Sie das wohl am ehesten brauchen.«

Ich betrete mein neues Büro und bin angenehm überrascht. Es ist ungefähr viereinhalb mal viereinhalb Meter groß mit einem Fenster zur Straße hinaus. Ein leeres, sauberes Zimmer mit einem hübschen Fußboden.

»Und da drüben ist das dritte Zimmer, ich dachte, wir könnten es als Konferenzraum benutzen. Hier drin werde ich arbeiten, aber ich werde alles ordentlich halten.« Er bemüht sich so angestrengt, zu gefallen, daß er mir fast leid tut. Kein Grund zur Panik, Deck. Das Büro gefällt mir. Gute Arbeit.

»Da hinten ist das Klo. Das muß saubergemacht und gestrichen werden, vielleicht müssen wir auch einen Klempner kommen lassen.« Er weicht in das vordere Zimmer zurück. »Wie finden Sie es?«

»Es wird funktionieren, Deck. Wem gehört das hier?«

»Dem Trödler unten. Alter Mann und seine Frau. Übrigens, sie haben ein paar Sachen, die wir brauchen könnten: Tische, Stühle, Lampen, sogar ein paar alte Aktenschränke. Es ist billig, sieht nicht schlecht aus und paßt sozusagen in unser Dekorationsschema hier; außerdem sind sie einverstanden, daß wir monatlich zahlen. Sie sind irgendwie froh darüber, noch jemanden im Haus zu haben. Ich glaube, sie sind mehrmals ausgeraubt worden.«

»Wie erfreulich.«

»Ja. Wir müssen hier sehr vorsichtig sein.« Er gibt mir ein Blatt mit Farbproben von Sherwin-Williams. »Ich dachte, wir sollten uns für einen der Weißtöne entscheiden. Die sind leichter aufzutragen und nicht so teuer. Die Telefongesellschaft kommt morgen. Der Strom ist schon eingeschaltet. Sehen Sie sich das hier an.« Neben dem Fenster steht ein Tisch, auf dem einige Papiere herumliegen und auf dem ein kleiner Schwarzweißfernseher steht.

Deck ist schon beim Drucker gewesen. Er zeigt mir verschiedene Entwürfe für unser neues Briefpapier. Auf jedem steht oben in großen Buchstaben mein Name und darunter in der Ecke seiner als Anwaltsgehilfe. »Die habe ich von einer kleinen Druckerei ein Stück die Straße hinunter bekommen. Sehr preiswert. Sie brauchen ungefähr zwei Tage, um den Auftrag auszuführen. Ich würde sagen, fünfhundert Briefbogen und Umschläge. Ist einer dabei, der Ihnen gefällt?«

»Ich werde sie mir heute abend genauer ansehen.«

»Wann wollen wir streichen?«

»Nun, ich denke, wir...«

»Ich nehme an, wir könnten es an einem Tag schaffen, wenn wir mit einem Anstrich auskommen. Ich besorge heute nachmittag die Farbe und das Werkzeug und versuche, gleich anzufangen. Können Sie morgen helfen?«

»Natürlich.«

»Wir müssen ein paar Entscheidungen treffen. Was ist mit einem Faxgerät? Besorgen wir uns gleich eins, oder warten wir damit noch? Der Telefontyp kommt morgen, das sagte ich schon. Und einen Kopierer? Ich würde sagen nein, vorerst nicht, wir können die Originale sammeln, und ich gehe einmal am Tag hinunter in die Druckerei. Einen Anrufbeantworter brauchen wir. Ein guter kostet so um die achtzig Dollar. Ich kümmere mich darum, wenn Sie wollen. Und wir müssen ein Konto eröffnen. Ich kenne einen Filialleiter bei der First Trust, er hat gesagt, er gibt uns dreißig Schecks im Monat kostenlos und zwei Prozent Zinsen auf unser Geld. Schwer zu schlagen. Wir müssen die Schecks bestellen, weil wir einige Rechnungen bezahlen müssen.« Plötzlich sieht er auf die Uhr. »Hey, das hätte ich beinahe vergessen.«

Er schaltet den Fernseher ein. »Vor einer Stunde ist Anklage erhoben worden – wegen mindestens hundert verschiedener Vergehen – gegen Bruiser, Bennie ›Prince‹ Thomas, Willie McSwane und noch ein paar andere.«

Die Mittagsnachrichten laufen bereits, und das erste Bild, das wir sehen, ist eine Live-Aufnahme von unseren früheren Büros. Agenten bewachen die Vordertür, vor der im Moment keine Kette liegt. Der Reporter erläutert, daß die Angestellten der Kanzlei kommen und gehen können, aber nichts entfernen dürfen. Die nächste Aufnahme zeigt Vixens, einen Oben-ohne-Club, den die Feds gleichfalls dichtgemacht haben. »Der Anklage zufolge waren Bruiser und Thomas an drei Clubs beteiligt«, sagt Deck. Der Reporter sagt dasselbe. Dann kommen ein paar Aufnahmen von unserem ehemaligen Boß, wie er bei einem früheren Prozeß finster dreinblickend auf einem Flur im Gerichtsgebäude steht. Es wurden Haftbefehle erlassen, aber sowohl Mr. Stone als auch Mr. Thomas sind unauffindbar. Der mit der Leitung der Ermittlungen beauftragte FBI-Agent wird interviewt, und er ist der Ansicht, daß die beiden Herren geflüchtet sind. Eine eingehende Fahndung läuft bereits.

»Lauf, Bruiser, lauf«, sagt Deck.

Die Story ist schon deshalb saftig genug, weil es hier um hiesige Gangster geht, einen stadtbekannten Anwalt, mehrere Polizisten aus Memphis und natürlich das Pornogeschäft. Aber die Flucht der Hauptakteure verleiht ihr noch zusätzliche Würze. Prince und Bruiser haben sich offensichtlich aus dem Staub gemacht, und das ist mehr, als die Reporter ertragen können. Es folgen Aufnahmen von der Verhaftung von Polizisten, von einer weiteren Oben-ohne-Bar, diesmal mit nackten, von den Schenkeln abwärts gezeigten Tänzerinnen, und vom Bundesanwalt, der vor den Medien erscheint, um die Anklagen zu verkünden.

Dann kommt eine Aufnahme, die mir das Herz bricht. Sie haben Yogi's geschlossen, Ketten um die Türgriffe geschlungen und Posten vor die Türen gestellt. Sie nennen es das Hauptquartier von Prince Thomas, dem Gangsterboß, und die Feds machen einen überraschten Eindruck, weil sie, als sie vorige Nacht hereinstürmten, kein Bargeld gefunden haben.

»Lauf, Prince, lauf«, sage ich leise in mich hinein.

Die mit dieser Sache im Zusammenhang stehenden Stories machen den größten Teil der Mittagsnachrichten aus.

»Ich möchte wissen, wo sie sind«, sagt Deck, nachdem er den Fernseher ausgeschaltet hat.

Wir denken ein paar Sekunden schweigend darüber nach. »Was ist da drin?« frage ich und deute auf einen Karton neben dem kleinen Tisch.

»Meine Akten.«

»Irgend etwas Gutes?«

»Genug, um zwei Monate lang die Rechnungen zu bezahlen. Ein paar kleine Verkehrsunfälle. Die eine oder andere Schadenersatzforderung nach einem Arbeitsunfall. Außerdem ein Unfall mit Todesfolge, den ich von Bruiser übernommen habe. Das heißt, ich habe ihn mir nicht selber genommen. Er hat mir vorige Woche die Akte gegeben und gesagt, ich sollte ein paar Versicherungspolicen überprüfen. Irgendwie ist sie in meinem Büro hängengeblieben, und jetzt ist sie hier.«

Ich habe den starken Verdacht, daß sich in diesem Karton noch weitere Fälle befinden, die Deck aus Bruisers Kanzlei abgestaubt hat, aber ich werde bestimmt nicht nachfragen.

»Glauben Sie, daß das FBI vorhat, uns zu vernehmen?«

»Darüber habe ich auch schon nachgedacht. Wir wissen nichts, und wir haben keine Akten mitgenommen, die für sie von Interesse sein könnten. Also weshalb sollten wir uns Sorgen machen?«

»Ich mache mir aber Sorgen.«

»Ich auch.«

25

Ich weiß, daß es Deck in diesen Tagen nicht leichtfällt, auf dem Teppich zu bleiben. Der Gedanke, ein eigenes Büro zu haben und ohne Anwaltslizenz die Hälfte der Honorare einstecken zu können, ist ungeheuer aufregend. Wenn ich ihm nicht in die Quere komme, wird er unser neues Büro binnen einer Woche auf Hochglanz gebracht haben. Ich habe noch nie so viel Energie auf einem Haufen gesehen. Vielleicht ist er ein bißchen übereifrig, aber daraus werde ich ihm keinen Vorwurf machen.

Als jedoch das Telefon die zweite Nacht hintereinander läutet, bevor die Sonne aufgegangen ist, und ich seine Stimme höre, fällt es mir schwer, nett zu sein.

»Haben Sie schon die Zeitung gelesen?« fragt er putzmunter.

»Ich habe geschlafen.«

»Tut mir leid. Sie werden es nicht glauben. Die ganze Titelseite ist voll von Bruiser und Prince.«

»Hätte das nicht noch eine Stunde warten können, Deck?« frage ich. Ich bin fest entschlossen, dieser rüden Angewohnheit jetzt gleich einen Riegel vorzuschieben. »Wenn Sie um vier aufwachen wollen, dann ist das Ihre Sache. Aber rufen Sie mich bitte nicht vor sieben, nein, sagen wir lieber acht Uhr an.«

»Tut mir leid. Aber das ist noch nicht alles.«

»Was?«

»Raten Sie mal, wer gestern abend gestorben ist.«

Wie in aller Welt soll ich wohl wissen, wer von allen Menschen in Memphis gestern abend gestorben ist? »Keine Ahnung«, fauche ich ins Telefon.

»Harvey Hale.«

»Harvey Hale!«

»Ja. Ist an einem Herzanfall abgekratzt und tot in seinen Swimmingpool gefallen.«

»Richter Hale?«

»Genau der. Ihr spezieller Freund.«

Ich setze mich auf die Bettkante und versuche, mir die Spinnweben aus dem Kopf zu schütteln. »Unfaßbar.«

»Ja, genau, nehmen Sie's nur nicht zu schwer. Auf der ersten Seite des Lokalteils ist eine hübsche Story über ihn mit einem großen Foto in seiner schwarzen Robe, sehr würdevoll. Was für ein Widerling.«

»Wie alt war er?« frage ich, als ob das eine Rolle spielte.

»Zweiundsechzig. Seit elf Jahren Richter. Ein ziemlich langer Stammbaum. Steht alles in der Zeitung. Müssen Sie unbedingt lesen.«

»Ja. Das werde ich tun, Deck. Wir sehen uns später.«

Die Zeitung kommt mir heute morgen etwas schwerer vor, und ich bin sicher, es liegt daran, daß zumindest die Hälfte davon den Unternehmungen von Bruiser Stone und Prince Thomas gewidmet ist. Bisher hat man sie noch nicht gefunden.

Ich überfliege den vorderen Teil und wende mich dann dem Lokalteil zu, wo mir ein sehr altes Foto des Ehrenwerten Harvey Hale ins Auge springt. Ich lese die betrübten Nachrufe seiner Kollegen, eingeschlossen den seines Freundes und einstigen Zimmergenossen Leo F. Drummond.

Von besonderer Wichtigkeit sind die Spekulationen darüber, wer an seine Stelle treten wird. Der Gouverneur wird einen Nachfolger ernennen, der das Amt bis zur nächsten regulären Wahl versehen soll. Das Land ist halb schwarz und halb weiß, aber nur sieben der neunzehn Richter am Bezirksgericht sind schwarz. Es gibt Leute, denen diese Zahlen nicht gefallen. Im vorigen Jahr, als ein alter Richter in den Ruhestand trat, wurden große Anstrengungen unternommen, die Vakanz mit einem schwarzen Richter zu besetzen. Aber es hat nicht geklappt.

Bemerkenswerterweise war der Hauptkandidat im Vorjahr mein neuer Freund Tyrone Kipler, der Partner in Bookers Kanzlei, der in Harvard studiert hat und uns neulich, als wir uns auf das Anwaltsexamen vorbereiteten, einen Vortrag über Verfassungsrecht hielt. Obwohl Richter Hale noch keine zwölf Stunden tot sei, heißt es in der Zeitung, spräche vieles dafür, daß Kipler sein Nachfolger werden wird. Der Bürgermeister von Memphis, der schwarz ist und ein wortgewaltiger Mann, wird mit dem Ausspruch zitiert, daß er und andere führende Persönlichkeiten sich intensiv für Kiplers Ernennung einsetzen werden.

Der Gouverneur war nicht in der Stadt und zur Zeit nicht erreichbar, aber er ist Demokrat und möchte nächstes Jahr wiedergewählt werden. Diesmal wird er mitspielen.

Um genau neun Uhr bin ich in der Kanzlei des Bezirksgerichts und blättere die Akte *Black gegen Great Benefit* durch. Seine Ehren Harvey Hale hat vor seinem plötzlichen Dahinscheiden keine Abweisung des Falles verfügt. Wir sind noch im Geschäft.

An der Tür seines Gerichtssaals hängt ein Trauerkranz. Wie rührend.

Ich rufe von einem Münzfernsprecher aus bei Tinley Britt an, frage nach Leo F. Drummond und bin überrascht, als ich ein paar Minuten später seine Stimme höre. Ich spreche ihm mein Beileid zum Tod seines Freundes aus und teile ihm mit, daß meine Mandanten sein Vergleichsangebot nicht annehmen werden. Er scheint überrascht, hat aber wenig zu sagen. Der Gute, er hat im Moment wahrlich andere Sorgen.

»Ich halte das für einen Fehler, Rudy«, sagt er geduldig, als wäre er im Grunde auf meiner Seite.

»Das kann sein, aber die Entscheidung haben meine Mandanten getroffen, nicht ich.«

»Na schön, dann wird es eben Krieg geben«, sagt er mit traurig monotoner Stimme. Mehr Geld bietet er mir nicht.

Booker und ich haben zweimal am Telefon miteinander gesprochen, seit wir das Ergebnis des Anwaltsexamens erfahren haben. Wie erwartet, spielt er die Sache runter. Ein kleiner Rückschlag. Nichts weiter. Ebenfalls wie erwartet, freut er sich aufrichtig für mich.

Als ich hereinkomme, sitzt er bereits im hinteren Teil des kleinen Restaurants. Wir begrüßen einander, als hätten wir uns seit Monaten nicht mehr gesehen. Ohne die Speisekarte zu konsultieren, bestellen wir Tee und Gumbo. Den Kindern geht es gut. Charlene ist wunderbar.

Er ist bester Stimmung, weil sein Abschluß möglicherweise doch noch anerkannt wird. Er war wirklich nahe dran. Seine Gesamtnote lag nur einen Punkt unter dem erforderlichen Minimum. Er hat Einspruch eingelegt, und der Prüfungsausschuß wird seine Arbeit noch einmal überprüfen.

Marvin Shankle hat die Nachricht von seinem Scheitern denkbar schlecht aufgenommen. Er solle zusehen, daß er beim nächstenmal besteht, sonst müsse die Kanzlei sich nach jemand anderem umsehen. Booker steht sichtlich unter Streß, als er auf Shankle zu sprechen kommt.

»Wie geht's Tyrone Kipler?« frage ich.

Booker glaubt, daß er die Ernennung in der Tasche hat. Kipler hat heute morgen mit dem Gouverneur gesprochen, kommt alles auf die Reihe. Es könnte höchstens noch am Geld scheitern. Als Partner in der Kanzlei Shankle verdient er zwischen hundertfünfundzwanzig und hundertfünfzigtausend im Jahr. Das Gehalt eines Richters beträgt nur neunzigtausend. Kipler hat Frau und Kinder, aber Shankle möchte ihn am Richtertisch haben.

Booker erinnert sich an den Black-Fall. Er erinnert sich sogar an Dot und Buddy, die er bei unserem ersten Besuch im Cypress Gardens Senior Citizens Building kennengelernt hat. Ich informiere ihn über den Stand der Dinge, und er lacht laut auf, als ich ihm erzähle, daß der Fall bei der Abteilung Acht des Bezirksgerichts liegt und nur darauf wartet, daß ein Richter sich seiner annimmt. Ich liefere Booker einen Bericht über die Vorfälle im Zimmer des verstorbenen Richters Hale vor nur drei Tagen und wie mich die einstigen Zimmergenossen Drummond und Hale als Spielball benutzt haben. Booker hört interessiert zu, als ich ihm von Donny Ray und seinem Zwillingsbruder und der Transplantation erzähle, die wegen Great Benefit nicht vorgenommen werden konnte.

Er hört mit einem Lächeln zu. »Kein Problem«, sagt er mehr als einmal. »Wenn Tyrone die Ernennung bekommt, wird er über den Fall Black bestens informiert sein.«

»Du kannst also mit ihm reden?«

»Mit ihm reden? Ich werde ihm eine regelrechte Predigt halten. Er kann Trent & Brent nicht ausstehen, und er haßt Versicherungsgesellschaften, vertritt ständig Klagen gegen sie. Was glaubst du, wo sie sich ihre Opfer suchen? Unter Weißen der Mittelschicht?«

»Unter allen möglichen Leuten.«

»Ganz genau. Es wird mir ein Vergnügen sein, mit Tyrone zu reden. Und er wird mir zuhören.«

Der Gumbo kommt, und wir geben Tabasco dazu, Booker mehr als ich. Ich erzähle ihm von meinem neuen Büro, aber nicht von meinem neuen Partner. Er stellt eine Menge Fragen über meine bisherige Kanzlei. Die ganze Stadt redet über Bruiser und Prince.

Ich erzähle ihm alles, was ich weiß, wobei ich die eine oder andere Kleinigkeit vielleicht ein ganz klein wenig beschönige.

26

Für ein Zeitalter wie dieses, in dem die Gerichtssäle verstopft und die Richter überlastet sind, hat der verschiedene Harvey Hale eine Liste von anhängigen Verfahren hinterlassen, die bemerkenswert gut organisiert ist und frei von hingeschleppten Fällen. Dafür gibt es mehrere Gründe. Erstens war er faul und spielte lieber Golf. Zweitens hat er sofort jede Klage abgewiesen, die den seiner Ansicht nach so schützenswerten Versicherungen und anderen großen Unternehmen unangenehm werden konnte. Und deshalb wurde er auch von den meisten Anwälten, die eine Klage zu vertreten hatten, gemieden.

Es gibt Möglichkeiten, bestimmte Richter zu umgehen, kleine Tricks, die ein erfahrener Anwalt anwenden kann, wenn er mit den die Klage entgegennehmenden Kanzlisten auf gutem Fuße steht. Ich werde nie begreifen, warum Bruiser, ein Anwalt mit zwanzigjähriger Berufserfahrung, der alle Tricks kannte, mich die Black-Klage hat einreichen lassen, ohne vorher die nötigen Schritte zu unternehmen, damit wir um Harvey Hale herumkommen. Darüber würde ich unter anderem gern mal mit ihm reden, falls er jemals wiederauftauchen sollte.

Aber Hale ist tot und das Leben wieder gerecht. Tyrone Kipler wird bald eine Verfahrensliste erben, die danach schreit, bearbeitet zu werden.

Als Reaktion auf die jahrelange Kritik von Anwälten und Laien gleichermaßen wurden vor nicht allzu langer Zeit die Verfahrensrichtlinien geändert, um zu einer schnelleren Rechtsprechung zu gelangen. Es wurden höhere Strafmaßnahmen für nicht stichhaltige Verfahren eingeführt. Das Hin- und Hergeplänkel im Vorverfahren wurde durch strenge Fristen auf ein Minimum beschränkt. Die Richter erhielten größere Befugnisse beim Abweisen von Klagen; außerdem wurde ihnen nahegelegt, sich aktiver für Vergleiche einzusetzen. Unmengen von neuen Gesetzen und Vorschriften wurden erlassen, um zivilrechtliche Verfahren zu beschleunigen.

Zu dieser Masse von neuen Bestimmungen gehörte auch etwas, das als »Schnellspurverfahren« bezeichnet wird und womit bestimmte Fälle schneller zur Verhandlung gebracht werden können als andere. Die Prozeßparteien können beantragen, daß ihr Fall vorgezogen wird. Aber das geschieht nur selten. Kaum ein Verteidiger würde sich freiwillig bereit erklären, ohne die üblichen, eingehendsten Vorbereitungen im Gerichtssaal zu erscheinen. Deshalb hat der Richter die Möglichkeit, ein solches Verfahren von sich aus anzuordnen. Das geschieht gewöhnlich dann, wenn der Fall klarliegt und die Fakten scharf umrissen und ebenso heftig umstritten sind und alles, was noch fehlt, der Spruch einer Jury ist.

Da *Black gegen Great Benefit* im Grunde mein einziger Fall ist, hätte ich gern ein Schnellverfahren. Das erläutere ich Booker eines morgens beim Kaffee. Booker gibt es an Kipler weiter. So funktioniert die Justiz.

Am Tag nach seiner Ernennung durch den Gouverneur bestellt Kipler mich in sein Arbeitszimmer, dasselbe, das noch vor gar nicht so langer Zeit Harvey Hale gehört hat. Jetzt sieht es ganz anders aus. Hales Bücher und Erinnerungsstücke wurden in Kartons verpackt. Die staubigen Regale sind leer. Die Vorhänge sind geöffnet. Hales Schreibtisch ist bereits hinausgeschafft worden, und wir unterhalten uns auf Klappstühlen sitzend.

Kipler ist ein kaum vierzigjähriger Mann mit leiser Stimme und Augen, denen nichts entgeht. Er ist ungeheuer intelligent und wird nach Ansicht vieler Leute dereinst zum Bundesrichter aufsteigen. Ich danke ihm für seine Hilfe bei der Vorbereitung des Anwaltsexamens.

Wir plaudern über dieses und jenes. Er sagt nette Dinge über Harvey Hale, ist aber erstaunt, wie wenig anhängige Verfahren er hinterlassen hat. Er hat sich bereits sämtliche Fälle angesehen und sich vorgenommen, einige davon beschleunigt abzuwickeln. Er steht sozusagen in den Startlöchern.

»Und Sie glauben, der Black-Fall sollte auf der Schnellspur verhandelt werden?« fragt er langsam und bedächtig.

»Ja, Sir. Der Fall liegt ziemlich klar. Es wird nicht viele Zeugen geben.«

»Wie viele Zeugenvernehmungen?«

Bisher habe ich noch nie einen Zeugen vernommen. »Das weiß ich noch nicht genau. Weniger als zehn.«

»Sie werden Probleme mit den Dokumenten haben«, sagt er. »Das ist bei Versicherungsgesellschaften immer so. Ich habe schon eine Menge von ihnen verklagt, und sie geben einem nie den ganzen Papierkram. Es wird eine Weile dauern, bis wir alle Dokumente in der Hand halten, auf die Sie Anspruch haben.«

Mir gefällt die Art, auf die er »wir« sagt. Und das ist völlig in Ordnung. Ein Richter hat unter anderem auch die Aufgabe, Druck auszuüben. Es ist seine Pflicht, alle Parteien bei ihren Bemühungen zu unterstützen, im Vorfeld des Prozesses alles Beweismaterial zusammenzubekommen, das ihnen zusteht. Allerdings scheint Kipler ein wenig parteiisch zu unseren Gunsten zu sein. Aber vermutlich ist auch dagegen nichts einzuwenden – schließlich hatte Drummond Harvey Hale viele Jahre lang am Gängelband.

»Stellen Sie einen Antrag auf beschleunigtes Verfahren«, sagt er und macht sich eine entsprechende Notiz. »Die Verteidigung wird Einspruch erheben. Dann kommt es zur Anhörung. Sofern ich nicht von der Gegenseite etwas sehr Überzeugendes höre, werde ich dem Antrag stattgeben. Ich gewähre vier Monate für die Beweisaufnahme, das sollte Zeit genug sein für alle Vernehmungen, das Austauschen von Dokumenten, schriftliche Verhöre und so weiter. Wenn die Beweisaufnahme abgeschlossen ist, setze ich einen Prozeßtermin fest.«

Ich hole tief Luft und schlucke. Für mich hört sich das unheimlich schnell an. Die Vorstellung, Drummond und Genossen schon so bald im offenen Gerichtssaal und vor einer Jury gegenüberstehen zu müssen, ist beängstigend. »Wir werden bereit sein«, sage ich, obwohl ich nicht einmal weiß, wie die nächsten drei Schritte auszusehen haben. Ich hoffe nur, ich höre mich wesentlich zuversichtlicher an, als ich es bin.

Wir plaudern noch ein wenig länger, und dann gehe ich. Er sagt, ich soll ihn anrufen, wenn ich irgendwelche Fragen habe.

Eine Stunde später hätte ich ihn fast angerufen. Als ich in mein Büro zurückkehre, wartet dort ein dicker Umschlag von Tinley Britt auf mich. Leo F. Drummond ist, obwohl er seinen Freund betrauern muß, sehr fleißig gewesen. Die Antragsmaschinerie läuft auf Hochtouren.

Er hat einen Antrag auf Sicherheitsleistung für die Prozeßkosten gestellt, eine sanfte Ohrfeige für mich und meine Mandanten. Da wir beide arm sind, behauptet Drummond, er mache sich Sorgen, ob wir überhaupt in der Lage sein werden, die Kosten zu tragen. Die Frage könnte tatsächlich eines Tages auftauchen, wenn wir den Fall verlieren sollten und vom Richter aufgefordert werden, die Prozeßkosten für beide Seiten zu übernehmen. Außerdem hat er Strafantrag gestellt, das Gericht möge sowohl gegen mich als auch gegen meine Mandanten eine Geldstrafe verhängen, weil wir eine derart unhaltbare Klage eingereicht haben.

Der erste Antrag ist reine Pose. Der zweite ist ausgesprochen niederträchtig. Beide werden von langen, wohlformulierten Schriftsätzen inklusive Fußnoten, Register und Bibliographie begleitet.

Als ich sie zum zweitenmal aufmerksam lese, komme ich zu dem Schluß, daß Drummond sie eingereicht hat, um mir etwas zu beweisen. Derartigen Anträgen wird nur selten entsprochen, und ich glaube, ihr eigentlicher Zweck besteht darin, mir zu zeigen, wieviel Papierkram die Truppen bei Trent & Brent in kürzester Zeit produzieren können – und zwar zu jeder Nichtigkeit. Da jede Seite auf die Anträge der anderen reagieren muß und ich einen Vergleich abgelehnt habe, bringt Drummond mir damit bei, daß sie mich unter Papierbergen begraben werden.

Die Telefone haben bisher kein einziges Mal geläutet. Deck ist irgendwo in der Innenstadt. Ich mag gar nicht darüber nachdenken, wo er sich jetzt wohl wieder herumtreibt. Ich habe massenhaft Zeit, das Antragsspiel zu spielen, und ich brauche nur an meinen bemitleidenswerten Mandanten zu denken und daran, wie übel man ihm mitgespielt hat, um mich motiviert zu fühlen. Ich bin der einzige Anwalt, den Donny Ray hat, und um mir den Wind aus den Segeln zu nehmen, braucht es wesentlich mehr als nur einen Haufen Papier.

Ich habe mir angewöhnt, Donny Ray jeden Nachmittag anzurufen, gewöhnlich gegen fünf. Nach dem ersten Anruf vor etlichen Wochen hat Dot mal erwähnt, wieviel ihm das bedeutet, und seither habe ich versucht, täglich mit ihm zu reden. Wir unterhalten uns über alle möglichen Dinge, aber nie über seine Krankheit oder den Prozeß. Ich versuche, mir im Laufe des Tages etwas Lustiges zu merken, das ich ihm später erzählen kann. Ich weiß, daß diese Anrufe inzwischen zu einem wichtigen Teil in seinem dahinschwindenden Leben geworden sind.

Heute nachmittag hört er sich recht kräftig an. Er sagt, daß er aufgestanden ist und auf der Vorderveranda sitzt und daß er gern für ein paar Stunden irgendwohin fahren würde, mal weg aus dem Haus und von seinen Eltern.

Ich hole ihn um sieben ab. Wir essen in einem Grillrestaurant in der Nachbarschaft. Ein paar Leute starren ihn an, aber er scheint es nicht zur Kenntnis zu nehmen. Wir reden über seine Kindheit, lustige Geschichten aus der Zeit, als in Granger noch alles ganz anders war und Horden von Kindern durch die Straßen streiften. Wir lachen ein wenig, er vermutlich zum erstenmal seit Monaten. Aber die Unterhaltung ermüdet ihn. Sein Essen rührt er kaum an.

Kurz nach Einbruch der Dunkelheit treffen wir in einem Park in der Nähe des Messegeländes ein, wo auf zwei nebeneinanderliegenden Feldern Softball gespielt wird. Während wir über den Parkplatz fahren, mustere ich die Teams. Ich suche nach einem in gelben Trikots.

Wir parken auf einem grasbewachsenen Hang unter einem Baum, ziemlich am Ende des rechten Feldes. Es ist niemand in unserer Nähe. Ich hole zwei Liegestühle aus meinem Kofferraum, die ich mir von Miss Birdie geliehen habe, und helfe Donny Ray in einen von ihnen. Er kann allein gehen und ist entschlossen, es mit sowenig Hilfe wie möglich zu tun.

Es ist Spätsommer und selbst nach Einbruch der Dunkelheit noch an die dreißig Grad warm. Man kann förmlich sehen, wie feucht die Luft ist. Mein Hemd klebt mir am Rücken. Die stark verwitterte Fahne an dem Mast im Mittelfeld hängt reglos herunter.

Die Spielfläche ist ordentlich und eben, der Rasen des Außenfeldes dicht und frisch gemäht. Das Innenfeld besteht aus Erde, nicht aus Gras. Es gibt Unterstände, Zuschauertribünen, Schiedsrichter, eine erleuchtete Anzeigetafel, eine Imbißbude zwischen den beiden Feldern. Dies ist die A-Liga. Hier werden erbitterte Wettkämpfe im Slow-Pitch-Softball ausgetragen zwischen Teams mit richtig guten Spielern. Oder jedenfalls halten sie sich dafür.

Das Spiel wird zwischen *PFX Freight*, dem Team mit den gelben Trikots, und *Army Surplus*, dem Team in Grün mit dem Spitznamen Gunners auf dem Rücken ausgetragen, und es geht ums Ganze. Sie reden, greifen an wie die Wahnsinnigen, feuern sich gegenseitig an und verhöhnen gelegentlich die Spieler des anderen Teams. Sie jagen nach dem Ball, stürzen sich kopfüber auf die Base, streiten mit den Schiedsrichtern, werfen ihre Schläger hin, wenn sie ein Out produzieren.

Ich habe im College Slow-Pitch-Softball gespielt, konnte diesem Sport aber nie viel abgewinnen. Hier geht es offenbar nur darum, den Ball über den Zaun zu schlagen, alles andere spielt keine Rolle. Das passiert auch gelegentlich, und die Home Runs würden einen Babe Ruth erblassen lassen. Fast sämtliche Spieler sind Anfang Zwanzig, einigermaßen gut in Form, extrem arrogant und mit mehr Utensilien angetan als die Profis: Handschuhe an beiden Händen, breite Bandagen an den Handgelenken, über die Wangen geschmierte Wimperntusche, besondere Handschuhe für die Feldspieler.

Die meisten dieser Jungs warten immer noch darauf, entdeckt zu werden. Sie haben ihren Traum noch nicht aufgegeben.

Es sind auch ein paar ältere Spieler dabei, die schon einen Bauch angesetzt haben und nicht so schnell auf den Beinen sind. Es wirkt geradezu lächerlich, wie sie zur nächsten Base zu sprinten und Bälle aus der Luft zu holen versuchen. Man kann die Muskelzerrungen förmlich hören. Aber sie sind noch hitziger dabei als die jungen Spieler. Sie müssen etwas beweisen.

Donny Ray und ich reden wenig. Ich hole ihm Popcorn und eine Limonade vom Imbißstand. Er bedankt sich, auch dafür, daß ich ihn hierhergebracht habe.

Ich achte besonders auf den PFX-Mann an der dritten Base, einen muskulösen, sehr leichtfüßigen und geschickten Spieler. Er ist ständig in Bewegung und intensiv bei der Sache und wirft dem anderen Team unablässig irgendwelche dummen Bemerkungen an den Kopf. Als das Inning vorüber ist, beobachte ich, wie er auf den Zaun neben seinem Unterstand zugeht und etwas zu seinem Mädchen sagt. Kelly lächelt. Ich kann von hier aus ihre Grübchen und ihre Zähne sehen, und Cliff lacht. Er küßt sie flüchtig auf die Lippen, dann stolziert er davon, um zu seinem Team zurückzukehren, das jetzt mit Schlagen an der Reihe ist.

Wie die Turteltäubchen. Er liebt sie wahnsinnig und seine Kumpel sollen sehen, wie er sie küßt. Die beiden können gar nicht genug voneinander bekommen.

Sie lehnt am Zaun, die Krücken neben sich und am Fuß einen kleineren Gehgips. Sie steht abseits, fern von den Tribünen und den anderen Fans. Sie kann mich hier, auf der anderen Seite des Feldes, nicht sehen, aber für alle Fälle habe ich eine Mütze aufgesetzt.

Ich frage mich, was sie tun würde, wenn sie mich erkennen sollte. Nichts vermutlich. Sie würde mich ignorieren.

Ich sollte froh sein, daß sie einen so glücklichen und gesunden Eindruck macht und mit ihrem Mann auszukommen scheint. Das Schlagen hat offensichtlich aufgehört, und dafür bin ich dankbar. Die Vorstellung, wie er mit einem Schläger auf sie eindrischt, macht mich krank. Aber es hat schon was Ironisches, daß ich Kelly nur bekommen kann, wenn er sie wieder mißhandelt.

Ich hasse mich selbst, daß ich so etwas denke.

Cliff ist am Schlagmal. Er schickt den dritten Schlag weit nach links über die Lichter hinweg außer Sichtweite. Es ist wirklich ein Mordsschlag. Er macht sich in aller Ruhe auf den Weg um die Bases und ruft Kelly etwas zu, als er bei der dritten stehenbleibt. Er ist ein begabter Sportler, viel besser als alle seine Mitspieler. Ich kann mir nicht einmal vorstellen, wie schrecklich es wäre, von diesem Mann mit seinem Softballschläger angegriffen zu werden.

Vielleicht hat er mit dem Trinken aufgehört, und vielleicht

wird er in nüchternem Zustand nicht mehr auf seine Frau einschlagen. Vielleicht ist es an der Zeit, daß ich von der Bildfläche verschwinde.

Nach einer Stunde will Donny Ray ins Bett. Auf der Rückfahrt unterhalten wir uns über seine Aussage. Ich habe heute einen Antrag eingereicht und darum gebeten, seine Aussage, eine, die vor Gericht Gültigkeit hat, so bald wie möglich aufnehmen zu dürfen. Mein Mandant wird bald zu schwach sein, um eine zweistündige Frage-und-Antwort-Sitzung mit einem Haufen von Anwälten durchzustehen; also müssen wir uns beeilen.

»Wir sollten es besser bald tun«, sagt er leise, als wir in seine Auffahrt einbiegen.

27

Wenn ich nicht so nervös wäre, könnte ich wahrscheinlich darüber lachen. Ich bin sicher, ein unbeteiligter Beobachter würde die Komik der ganzen Szene erkennen, aber niemand im Gerichtssaal lächelt. Ich schon gar nicht.

Ich sitze allein an meinem Anwaltstisch und habe die Berge von Anträgen und Schriftsätzen säuberlich vor mir aufgestapelt. Meine Notizen und Querverweise stehen auf zwei Notizblöcken, die, strategisch arrangiert, in Griffweite vor mir liegen. Deck sitzt hinter mir, nicht am Tisch, wo er mir von einigem Nutzen sein könnte, sondern auf einem Stuhl hinter der Schranke, mindestens drei Armlängen entfernt, so daß es aussieht, als wäre ich allein.

Ich komme mir sehr vereinsamt vor.

Der Tisch der Verteidigung auf der anderen Seite des schmalen Ganges ist voll besetzt. Leo F. Drummond sitzt, natürlich in der Mitte, mit dem Gesicht zum Richtertisch, flankiert von seinen Mitarbeitern, zwei an jeder Seite. Drummond ist sechzig Jahre alt, hat in Yale Jura studiert und verfügt über sechsunddreißig Jahre Prozeßerfahrung. T. Pierce Morehouse, ebenfalls ein Yale-Absolvent, ist neununddreißig und Partner bei Trent & Brent mit vierzehn Jahren umfassender Prozeßerfahrung. B. Dewey Clay Hill der Dritte ist einunddreißig, Columbia, bisher noch kein Partner, sechs Jahre Prozeßerfahrung. M. Alec Plunk Junior ist achtundzwanzig, zwei Jahre Erfahrung, und er tritt, da bin ich mir sicher, im Zusammenhang mit diesem Fall vor allem deshalb zum ersten Mal in Erscheinung, weil er in Harvard studiert hat. Der Ehrenwerte Tyrone Kipler, der den Vorsitz hat, war auch in Harvard. Kipler ist schwarz. Plunk ebenfalls. In Memphis gibt es nicht viele schwarze Juristen, die in Harvard studiert haben. Trent & Brent verfügt zufällig über einen davon, also sitzt er jetzt hier, damit er sich wenn möglich mit Seinen Ehren verbünden kann. Und außerdem: Wenn alles so läuft wie erwartet, wird eines Tages dort drüben eine Jury sitzen. Die Hälfte der eingetragenen Wähler in diesem Land ist schwarz, also steht zu vermuten, daß auch etwa die Hälfte der Geschworenen schwarz sein wird. Dann, so hofft man, wird man über M. Alec Plunk Junior eine Vertrauensbasis schaffen und zu einer stillschweigenden Übereinkunft gelangen.

Ich habe nicht den geringsten Zweifel, daß Trent & Brent, falls zufällig eine Frau aus Kambodscha in der Jury sitzen sollte, einfach kurz die Mitarbeiterliste durchgehen und beim nächsten Gerichtstermin ebenfalls mit einer Kambodschanerin aufkreuzen würde.

Der fünfte im Verteidigerteam von Great Benefit ist Brandon Fuller Grone, ein bedauernswerter Mann, der keine Initialen vor und Zahlen hinter dem Namen hat. Ich kann einfach nicht verstehen, weshalb er sich nicht B. Fuller Grone nennt, wie es sich für einen wirklich bedeutenden Anwalt gehört. Er ist siebenundzwanzig und hat vor zwei Jahren an der Memphis State als Erster seines Jahrgangs abgeschlossen. Er war eine Legende, als ich mit dem Studium anfing, und ich habe für die Prüfungsvorbereitungen im ersten Jahr seine alten Exposés benutzt.

Wenn man die zwei Jahre außer acht läßt, die M. Alec Plunk Junior als Mitarbeiter eines Bundesrichters verbracht hat, dann sitzen am Tisch der Verteidigung achtundfünfzig Jahre geballte Gerichtserfahrung.

Ich habe meine Anwaltslizenz vor weniger als einem Monat erhalten. Mein Mitarbeiter ist sechsmal beim Anwaltsexamen durchgefallen.

All diese Berechnungen habe ich gestern abend angestellt, während ich mich durch die Bibliothek der Memphis State hindurchwühlte, einen Ort, den ich offenbar nicht abschütteln kann. Die Kanzlei von Rudy Baylor besitzt den großartigen Bestand von siebzehn juristischen Büchern, sämtlich Überbleibsel vom Studium und praktisch wertlos.

Hinter den Anwälten sitzen zwei Männer, die eher den Eindruck von Firmenvertretern machen. Sie sind vermutlich leitende Mitarbeiter von Great Benefit. Einer kommt mir bekannt vor. Ich glaube, er war dabei, als ich gegen den Antrag auf

Klageabweisung plädiert habe. Damals habe ich nicht sonderlich auf ihn geachtet, und auch jetzt kümmern mich diese Männer herzlich wenig. Ich habe so schon genug im Kopf.

Ich bin ziemlich angespannt, aber wenn Harvey Hale da oben sitzen würde, wäre ich ein Wrack. Wahrscheinlich wäre ich dann überhaupt nicht hier.

Aber den Vorsitz hat der Ehrenwerte Tyrone Kipler. Er hat mir gestern am Telefon gesagt – wir telefonieren in letzter Zeit häufig miteinander –, daß dies sein erster Tag im Amt sein wird. Er hat ein paar Anordnungen unterschrieben und einige andere kleine Routinejobs erledigt, aber dies ist die erste Verhandlung, bei der er präsidieren wird.

Am Tag, nachdem Kipler vereidigt worden war, hat Drummond den Antrag gestellt, den Fall an ein Bundesgericht zu überweisen. Er behauptet, Bobby Ott, der Agent, der den Blacks die Police verkauft hat, wäre völlig zu Unrecht als Beklagter aufgeführt worden. Wir vermuten, daß Ott nach wie vor in Tennessee ansässig ist. Er ist einer der Beklagten. Die Blacks, gleichfalls in Tennessee ansässig, sind die Kläger. Eine Klage ist nur dann Sache des Bundesgerichts, wenn die Prozeßparteien ihren Wohnsitz in verschiedenen Staaten haben. Auf Ott trifft das nicht zu, da er, wie wir annehmen, hier lebt, und schon deshalb ist das Bundesgericht für diesen Fall absolut nicht zuständig. Um die Behauptung zu untermauern, daß Ott nicht zu den Beklagten gehören sollte, hat Drummond einen dicken Schriftsatz eingereicht.

Solange Harvey Hale den Vorsitz hatte, war das Bezirksgericht der ideale Ort, um Gerechtigkeit zu suchen. Aber nachdem nun Kipler den Fall übernommen hat, kann man offenbar nur vor einem Bundesgericht nach Wahrheit und Gerechtigkeit suchen. Das wirklich Verblüffende an Drummonds Antrag war das Timing. Kipler empfand die Sache als persönlichen Affront. Ich pflichtete ihm von ganzem Herzen bei.

Jetzt warten wir alle nur noch darauf, unsere diversen Anträge vertreten zu können. Drummond hat also sein Gesuch, den Fall an ein anderes Gericht zu überweisen, und dazu seinen Antrag auf Sicherheitsleistung für die Prozeßkosten und seinen Strafantrag. Der ging mir übrigens dermaßen gegen den Strich, daß ich meinerseits einen Strafantrag gestellt habe, in dem ich erkläre, sein Strafantrag sei unbegründet und niederträchtig. Deck hat mir erklärt, der Kampf um Strafzuweisungen entwickele sich bei den meisten Prozessen zu einem Krieg für sich, und es empfiehlt sich deshalb, gar nicht erst damit anzufangen. Ich bin einigermaßen skeptisch, was Decks juristische Ratschläge angeht. Er weiß selber, daß er da seine Grenzen hat. Und wie sagt er doch immer so gern? »Jeder kann eine Forelle braten. Die wirkliche Kunst besteht darin, das verdammte Ding an die Angel zu kriegen.«

Drummond schreitet zielstrebig zum Podium. Wir verfahren in chronologischer Ordnung, also fängt er mit seinem Antrag auf Sicherheitsleistung für die Prozeßkosten an, eine relativ unbedeutende Angelegenheit. Er schätzt, daß sich die Kosten auf rund tausend Dollar belaufen könnten, wenn es zum Prozeß kommen sollte, und er macht sich einfach Sorgen, daß weder ich noch meine Mandanten imstande sein werden, diese Summe aufzubringen, falls wir verlieren sollten und dann die Kosten tragen müßten.

»Darf ich Sie einen Moment unterbrechen, Mr. Drummond«, sagt Richter Kipler nachdenklich. Er spricht sehr ruhig und gut vernehmlich. »Ich habe Ihren Antrag, und ich habe Ihren Schriftsatz zur Begründung Ihres Antrags.« Er hebt sie hoch und winkt Drummond damit gewissermaßen zu. »Sie haben jetzt vier Minuten geredet und genau das gesagt, was schon schwarz auf weiß hier steht. Haben Sie etwas Neues hinzuzufügen?«

»Nun, Euer Ehren, ich habe das Recht...«

»Ja oder nein, Mr. Drummond? Ich bin durchaus imstande zu lesen und zu verstehen, und Sie schreiben sehr gut, wie ich vielleicht hinzusetzen sollte. Aber wenn Sie nichts Neues vorzubringen haben, weshalb sind wir dann hier?«

Ich bin sicher, daß so etwas dem großen Leo Drummond noch nie passiert ist, aber er tut so, als wäre das ein alltäglicher Vorgang. »Ich versuche lediglich, dem Gericht behilflich zu sein, Euer Ehren«, sagt er mit einem Lächeln.

»Abgelehnt«, sagt Kipler rundheraus. »Nächster Punkt.«

Drummond kommt zum nächsten Punkt, ohne ins Stocken zu geraten. »Also, wir stellen Antrag auf Strafzuweisung. Wir behaupten...«

»Abgelehnt«, sagt Kipler.

»Wie bitte?«

»Abgelehnt.«

Deck kichert hinter mir. Alle vier Köpfe am Tisch gegenüber senken sich gleichzeitig, während dieses Ereignis in gebührender Form festgehalten wird. Ich vermute, sie schreiben alle in großen Buchstaben das Wort ABGELEHNT.

»Beide Parteien haben einen Antrag auf Strafzuweisung gestellt, und ich lehne beide Anträge ab«, sagt Kipler, ohne Drummond aus den Augen zu lassen. Ich bekomme dabei auch gleich einen leichten Schlag auf die Nase ab.

Es ist eine schwerwiegende Sache, wenn man einem Anwalt, der für dreihundertfünfzig Dollar die Stunde redet, das Wort abschneidet. Drummond funkelt Kipler an, dem das Ganze offenbar einen Heidenspaß macht.

Aber Drummond ist ein Profi mit dickem Fell. Er würde nie zugeben, daß ihn ein bescheidener Bezirksrichter verärgern könnte. »Also gut, dann gehe ich zum nächsten Punkt über. Ich möchte auf unsere Forderung zu sprechen kommen, diesen Fall an ein Bundesgericht zu überweisen.«

»Tun Sie das«, sagt Kipler. »Erstens, weshalb haben Sie sich nicht um eine Überweisung des Falles bemüht, als Richter Hale noch dafür zuständig war?«

Darauf ist Drummond vorbereitet. »Euer Ehren, der Fall war neu, und wir waren noch damit beschäftigt, die Beteiligung des Beklagten Bobby Ott zu ermitteln. Jetzt, nachdem wir ein bißchen Zeit gehabt haben, sind wir der Ansicht, daß Ott lediglich beklagt wurde, um den Fall der Bundesgerichtsbarkeit zu entziehen.«

»Sie wollten also von Anfang an, daß der Fall vor einem Bundesgericht verhandelt wird?«

»Ja, Sir.«

»Sogar als Richter Hale ihn hatte?«

»So ist es, Euer Ehren«, sagt Drummond in ernstem Ton.

Kiplers Gesicht verrät allen, daß er das nicht glaubt. Und

auch niemand sonst im Gerichtssaal glaubt es. Aber es ist ein geringfügiges Detail, und Kipler hat sein Ziel erreicht.

Völlig ungerührt pflügt sich Drummond weiter durch seine Argumentation. Er hat schon hundert Richter kommen und gehen gesehen, und er fürchtet sich vor keinem von ihnen. Viele Jahre und viele Prozesse in vielen Gerichtssälen werden noch vergehen müssen, bevor ich mich von den Männern da oben in ihren schwarzen Roben nicht mehr eingeschüchtert fühlen werde.

Er redet ungefähr zehn Minuten und ist gerade dabei, sich über genau die Punkte auszulassen, die er bereits in seinem Schriftsatz aufgeführt hat, als Kipler ihn unterbricht. »Entschuldigen Sie, Mr. Drummond, aber erinnern Sie sich, daß ich Sie vor ein paar Minuten gefragt habe, ob Sie dem Gericht heute morgen irgend etwas Neues vorzutragen haben?«

Drummonds Hände gefrieren in der Luft. Er starrt Seine Ehren mit offenem Mund an.

»Erinnern Sie sich daran?« fragt Kipler. »Noch keine fünfzehn Minuten her.«

»Ich dachte, wir wären hier, um diese Anträge zu erörtern«, sagt Drummond forsch, aber seine gelassene Stimme zittert beinahe unmerklich.

»Das sind wir in der Tat. Wenn Sie etwas Neues hinzufügen oder vielleicht einen unklaren Punkt aufklären möchten, dann würde ich das gerne hören. Aber im Moment wärmen Sie lediglich das noch einmal auf, was ich hier bereits schriftlich in der Hand halte.«

Ich schaue nach links und erhasche einen flüchtigen Blick auf ein paar überaus ernste Gesichter. Ihr Held bezieht Prügel. Kein schöner Anblick.

Plötzlich wird mir bewußt, daß die Männer an dem Tisch da drüben diese Sache wesentlich ernster nehmen, als normal wäre. Vorigen Sommer, als ich bei einer auf Strafverteidigung spezialisierten Kanzlei arbeitete, habe ich eine Menge Anwälte kennengelernt, und ein Fall war so ziemlich wie der andere. Man absolviert ein knallhartes Arbeitspensum und stellt ebenso knallharte Rechnungen aus, aber das Ergebnis nimmt man gelassen hin. Es gibt immer ein Dutzend neue Fälle, die auf einen warten.

Da drüben spüre ich eine Art Panik, und das liegt ganz sicher nicht an meiner Anwesenheit. Bei Versicherungsprozessen ist es üblich, daß die mit der Verteidigung beauftragte Kanzlei zwei Anwälte mit dem Fall betraut. Sie treten immer paarweise auf. Egal um was für einen Fall es sich handelt, wie die Fakten liegen, was der Streitgegenstand ist und wieviel Arbeit dabei anfällt – man hat es immer mit zweien von ihnen zu tun.

Aber fünf? Das scheint mir doch reichlich übertrieben. Da drüben geht irgend etwas vor. Diese Burschen haben Angst.

»Sonst noch etwas?« fragt Kipler.

»Nein, Euer Ehren.« Drummond rafft seine Papiere zusammen und verläßt das Podium. »Der Fall verbleibt hier«, sagt Kipler entschlossen und setzt bereits seinen Namen unter den entsprechenden Beschluß. Das gefällt den Leuten auf der anderen Seite des Ganges ganz und gar nicht, aber sie versuchen, es sich nicht anmerken zu lassen.

Kipler legt einen anderen Gang ein. »Also, es liegen noch zwei Anträge des Klägers vor. Erstens, das Verfahren zu beschleunigen, und zweitens, die Vernehmung von Donny Ray Black vorzuziehen. Diese Anträge gehören irgendwie zusammen, also, Mr. Baylor, sollten wir sie nicht vielleicht gleichzeitig erörtern?«

Ich bin schon auf den Beinen. »Gern, Euer Ehren.« Als ob ich auf die Idee kommen könnte, einen anderen Vorschlag zu machen.

»Können Sie Ihre Begründungen in zehn Minuten zusammenfassen?«

In Anbetracht des Gemetzels, dessen Zeuge ich gerade geworden bin, entschließe ich mich zu einer anderen Strategie. »Also, Euer Ehren, meine Schriftsätze sprechen für sich. Ich habe nichts Neues hinzuzufügen.«

Kipler bedenkt mich mit einem warmen Lächeln, so ein intelligenter junger Anwalt, dann stürzt er sich sofort auf die Verteidigung. »Mr. Drummond, Sie haben gegen ein Schnellspurverfahren Einspruch erhoben. Wo liegt das Problem?«

Am Tisch der Verteidigung bricht Hektik aus, und schließlich erhebt sich T. Pierce Morehouse langsam und rückt seine Krawatte zurecht.

»Euer Ehren, wenn ich hierzu Stellung nehmen darf, wir sind der Ansicht, daß die Vorbereitungen zu diesem Prozeß geraume Zeit in Anspruch nehmen werden. Wir meinen, daß ein Schnellspurverfahren für beide Seiten eine ungebührliche Belastung darstellen würde.« Morehouse spricht langsam und wählt seine Worte mit Bedacht.

»Unsinn«, sagt Kipler schroff.

»Sir?«

»Ich habe Unsinn gesagt. Lassen Sie mich etwas fragen, Mr. Morehouse. Haben Sie in Ihrer Eigenschaft als Verteidiger je einem beschleunigten Verfahren zugestimmt?«

Morehouse gerät in Verlegenheit und verlagert sein Gewicht. »Nun, ja, äh, natürlich, Euer Ehren.«

»Gut. Nennen Sie mir den Fall und das Gericht, vor dem er verhandelt worden ist.«

T. Pierce wirft B. Dewey Clay Hill dem Dritten einen verzweifelten Blick zu, der seinerseits starrt hilfesuchend auf M. Alec Plunk Junior. Mr. Drummond weigert sich, aufzuschauen, und zieht es vor, sein Gesicht in irgendeiner ungeheuer wichtigen Akte zu vergraben.

»Also, Euer Ehren, das müßte ich erst nachschlagen.«

»Rufen Sie mich heute nachmittag gegen drei Uhr an, und wenn ich bis dahin nichts von Ihnen gehört habe, werde ich Sie anrufen. Ich möchte unbedingt von diesem Fall hören, dessen beschleunigter Abwicklung Sie zugestimmt haben.«

T. Pierce knickt in der Taille ein und keucht, als hätte ihm jemand einen Schlag in die Magengrube versetzt. Ich kann fast die Computer von Trent & Brent hören, die noch um Mitternacht vergeblich nach einem solchen Fall suchen. »Ja, Euer Ehren«, sagt er matt.

»Wie Sie wissen, ist es meine Sache, für oder gegen ein Schnellspurverfahren zu entscheiden. Dem Antrag des Klägers ist hiermit stattgegeben. Die Antwort der Verteidigung hat in sieben Tagen vorzuliegen. Danach beginnt die Beweisaufnahme, und sie endet nach einhundertzwanzig Tagen ab heute.«

Nun ist der Teufel los am Tisch der Verteidigung. Papiere werden von einem Anwalt zum nächsten geschoben. Drummond und Genossen flüstern miteinander und werfen sich finstere Blicke zu. Die Versicherungstypen hinter ihnen stecken die Köpfe zusammen. Man könnte beinahe seinen Spaß daran haben.

T. Pierce Morehouse schwebt einsatzbereit für seinen nächsten Auftritt mit dem Hintern nur Zentimeter über dem ledernen Sitz seines Stuhls und stützt sich schon mal mit Armen und Ellenbogen auf der Tischplatte ab.

»Als letztes wird eine vorgezogene Vernehmung von Donny Ray Black beantragt«, sagt Seine Ehren und schaut dabei direkt auf den Tisch der Verteidigung. »Dagegen haben Sie doch wohl nichts einzuwenden«, sagt er. »Welcher der Herren möchte dazu Stellung nehmen?«

Zusammen mit diesem Antrag habe ich eine zweiseitige, von Dr. Walter Kord unterschriebene Bescheinigung eingereicht, in der er ohne Umschweife erklärt, daß Donny Ray nicht mehr lange leben wird. Drummonds Reaktion war eine erstaunliche Kollektion von Geschwätz, deren Fazit zu sein schien, daß er einfach zu beschäftigt ist, als daß man ihn mit so etwas belästigen dürfte.

T. Pierce richtet sich langsam auf, öffnet die Hände, breitet die Arme aus und macht sich bereit, etwas zu sagen. Kipler kommt ihm zuvor. »Behaupten Sie nicht, Sie wüßten mehr über seinen Zustand als sein eigener Arzt.«

»Nein, Sir«, sagt T. Pierce.

»Und behaupten Sie nicht, Sie hätten ernsthafte Einwände gegen diesen Antrag.«

Es liegt klar auf der Hand, wie Seine Ehren zu entscheiden gedenkt, und deshalb rückt T. Pierce ins Mittelfeld. »Es ist eine Zeitfrage, Euer Ehren. Wir haben bisher unsere Antwort noch nicht eingereicht.«

»Ich weiß genau, wie Ihre Antwort lauten wird. Da sind keine Überraschungen zu erwarten. Und Sie haben ganz offensichtlich Zeit genug gehabt, alles andere einzureichen. Also nennen Sie mir ein Datum.« Er sieht plötzlich mich an. »Mr. Baylor?«

»Jederzeit, Euer Ehren. Mir ist jeder Tag recht.« Ich sage dies mit einem Lächeln. Ah, die Vorteile, sonst nichts zu tun zu haben.

Alle fünf Anwälte am Tisch der Verteidigung hantieren hektisch mit ihren kleinen schwarzen Büchern, als wäre es vielleicht doch noch möglich, ein Datum zu finden, an dem sie alle verfügbar sind.

»Mein Prozeßkalender ist voll, Euer Ehren«, sagt Drummond, ohne aufzustehen. Das Leben eines so ungeheuer wichtigen Anwalts dreht sich nur um eins: seinen Prozeßkalender. Drummond teilt Kipler und mir auf ziemlich arrogante Weise mit, daß er in der nächsten Zeit einfach zu beschäftigt sein wird, um einer Vernehmung beizuwohnen.

Seine vier Lakaien runzeln die Stirn und nicken synchron, weil auch sie erbarmungslos überfüllte Prozeßkalender haben.

»Haben Sie eine Kopie von Dr. Kords Attest?« fragt Kipler.

»Ja, die habe ich«, erwidert Drummond.

»Haben Sie sie gelesen?«

»Ja.«

»Bezweifeln Sie seine Stichhaltigkeit?«

»Nun, ich, äh...«

»Ein einfaches Ja oder Nein, Mr. Drummond. Bezweifeln Sie seine Stichhaltigkeit?«

»Nein.«

»Dann wird dieser junge Mann bald sterben. Stimmen Sie mir zu, daß wir seine Aussage aufzeichnen müssen, damit die Geschworenen eines Tages sehen und hören können, was er zu sagen hat?«

»Natürlich, Euer Ehren. Es ist nur so, daß im Augenblick mein Prozeßkalender...«

»Wie wäre es mit nächsten Donnerstag?« unterbricht ihn Kipler, und jenseits des Ganges herrscht Totenstille.

»Das wäre mir recht, Euer Ehren«, sage ich laut. Sie ignorieren mich.

»Heute in einer Woche«, sagt Kipler, wobei er sie argwöhnisch mustert. Drummond findet das, wonach er gesucht hat, in einer Akte und studiert ein Dokument.

»Ich habe einen Prozeß, der Montag vor dem Bundesgericht beginnt, Euer Ehren. Das hier ist der Eröffnungsbeschluß, wenn Sie ihn sehen möchten. Geschätzte Prozeßdauer zwei Wochen.«

»Wo?«

»Hier in Memphis.«

»Chancen für einen Vergleich?«

»Mager.«

Kipler betrachtet einen Moment seinen Terminkalender. »Wie wäre es mit nächsten Samstag?«

»Samstag?«

»Ja. Am neunundzwanzigsten.«

Drummond sieht T. Pierce an, und es ist offensichtlich, daß er die nächste Ausrede vorbringen soll. Er erhebt sich langsam, hält das schwarze Buch in der Hand, als bestünde es aus Gold, und sagt: »Tut mir leid, Euer Ehren, aber ich bin nächstes Wochenende nicht in der Stadt.«

»Aus welchem Grund?«

»Eine Hochzeit.«

»Ihre Hochzeit?«

»Nein. Die meiner Schwester.«

Aus strategischen Gründen ist es für sie von Vorteil, die Vernehmung hinauszuzögern, bis Donny Ray gestorben ist, und damit zu verhindern, daß die Geschworenen sein eingefallenes Gesicht sehen und seine gequälte Stimme hören. Und es besteht nicht der geringste Zweifel daran, daß diese fünf gemeinsam genügend Ausreden vorbringen und die Sache aufschieben können, bis ich an Altersschwäche gestorben bin.

Richter Kipler weiß das. »Die Vernehmung wird auf Samstag den neunundzwanzigsten angesetzt«, sagt er. »Tut mir leid, wenn das den Herren von der Verteidigung Ungelegenheiten bereiten sollte, aber schließlich sind Sie ja weiß Gott zahlreich genug. Da macht es nichts aus, wenn einer oder zwei von Ihnen fernbleiben.« Er klappt sein Buch zu, lehnt sich auf den Ellenbogen vor, lächelt auf die Verteidiger von Great Benefit herab und sagt: »Sonst noch etwas?«

Es ist schon fast grausam, mit was für spöttischen Blicken er sie bedenkt, aber Kipler ist nicht böswillig. Er hat gerade bei fünf von sechs Anträgen gegen sie entschieden, aber seine Begründungen sind vernünftig. Ich finde, er ist perfekt. Und ich weiß, daß es andere Tage in diesem Gerichtssaal geben wird, andere Anträge und Anhörungen, und ich bin sicher, daß auch ich meinen Teil Prügel beziehen werde.

Drummond steht bereits und zuckt die Achseln, während er den Haufen Papiere auf seinem Tisch betrachtet. Ich bin sicher, daß er etwas sagen will wie »Danke für nichts, Richter« oder »Warum machen Sie nicht gleich weiter und geben dem Kläger eine Million Dollar?« Aber er ist wie immer der vollkommene Anwalt. »Nein, Euer Ehren, das wäre im Augenblick alles«, sagt er, als hätte Kipler ihm in Wirklichkeit ungeheuer geholfen.

»Mr. Baylor?« fragt Seine Ehren mich.

»Nein, Sir«, sage ich mit einem Lächeln. Genug für einen Tag. Ich habe bei meinem ersten juristischen Scharmützel die großen Jungs geschlagen und will mein Glück nicht überstrapazieren. Ich und der alte Tyrone da oben haben ein paar hübsche Hiebe ausgeteilt.

»Also gut«, sagt er und schlägt leicht mit seinem Hammer auf den Tisch. »Das Gericht vertagt sich. Und, Mr. Morehouse, vergessen Sie nicht, mich anzurufen und mir diesen Fall zu nennen, bei dem Sie einem Schnellspurverfahren zugestimmt haben.«

T. Pierce grunzt gequält.

28

Der erste Monat im Geschäft mit Deck hat erbärmliche Ergebnisse gebracht. Wir haben zwölfhundert Dollar an Honoraren eingenommen – vierhundert von Jimmy Monk, einem Ladendieb, an den Deck sich im Stadtgericht herangemacht hat, zweihundert aus einem Fall von Trunkenheit am Steuer, den Deck auf irgendeine dubiose und immer noch unerklärte Methode an Land gezogen hat, und fünfhundert aus der Schadenersatzklage eines Arbeiters, die Deck an dem Tag, an dem wir uns aus dem Staub gemacht haben, aus Bruisers Kanzlei gestohlen hat. Die restlichen hundert Dollar waren das Honorar für ein Testament, das ich für ein Ehepaar in mittleren Jahren aufgesetzt habe, das rein zufällig in unsere Kanzlei geraten war. Sie waren auf der Suche nach Antiquitäten, verliefen sich unten im Laden und landeten in meinem Büro, wo ich gerade ein Nickerchen an meinem Schreibtisch machte. Wir unterhielten uns eine Weile, das eine führte zum anderen, und sie warteten, während ich ihre Testamente in die Maschine tippte. Sie zahlten bar, worüber ich Deck, unseren Buchhalter, getreulich informierte. Mein erstes Honorar wurde ethisch einwandfrei verdient.

Wir haben fünfhundert Dollar für Miete ausgegeben, vierhundert für Briefpapier und Visitenkarten, ungefähr fünfundfünfzig für Wasser- und Stromanschluß, achthundert für eine geleaste Telefonanlage und die Rechnung für den ersten Monat, dreihundert als erste Rate für die Schreibtische und ein paar andere Möbelstücke, die wir von unserem Hauswirt erworben hatten, zweihundert an Anwaltsbeiträgen, dreihundert für allen möglichen und schwer nachzuweisenden Kleinkram, fünfundsiebzig für ein Faxgerät, vierhundert für die Aufstellung eines billigen Computers und die erste Monatsmiete dafür, und fünfzig Dollar für eine Anzeige in einem Restaurantführer.

Insgesamt haben wir zweitausendvierhundert Dollar ausgegeben, von denen das meiste Gott sei Dank Anfangskosten waren, die sich nicht wiederholen werden. Deck hat es bis auf den letzten Cent kalkuliert. Er rechnet, nach den Anfangsausgaben, mit monatlichen Unkosten von rund eintausendneunhundert Dollar. Er tut so, als wäre er begeistert, wie gut die Dinge angelaufen sind.

Man kann seinem Enthusiasmus kaum entkommen. Er wohnt im Büro. Er ist ledig, weit weg von seinen Kindern und lebt in einer Stadt, in der er nicht zu Hause ist. Ich kann mir nicht vorstellen, daß er viel Zeit damit verbringt, die Vergnügungsviertel unsicher zu machen. Die einzige Zerstreuung, die er erwähnt hat, sind die Kasinos in Mississippi.

Er erscheint gewöhnlich ungefähr eine Stunde nach mir zur Arbeit und verbringt die meisten Vormittage in seinem Büro am Telefon. Der Himmel weiß, mit wem er da spricht, aber ich denke, er wird irgend jemandem unsere Dienste anbieten oder Unfallberichte überprüfen oder auch nur seine Kontakte pflegen. Er fragt mich jeden Morgen, ob ich irgendwelche Schreibarbeit für ihn habe. Wir haben schnell festgestellt, daß er wesentlich besser tippen kann als ich, und er ist immer begierig, meine Briefe und Dokumente zu schreiben. Er reißt sich ein Bein aus, um Telefonanrufe entgegenzunehmen, geht los und holt Kaffee, fegt das Büro, läuft mit dem zu kopierenden Material zur Druckerei. Deck hat keinen Stolz und will, daß ich glücklich bin.

Er lernt nicht fürs Anwaltsexamen. Wir haben einmal darüber gesprochen, und er hat schnell das Thema gewechselt.

Am späten Vormittag macht er gewöhnlich Pläne, einen nicht näher bezeichneten Ort aufzusuchen und sich um irgendwelche mysteriösen Geschäfte zu kümmern. Ich bin sicher, er begibt sich in irgendein Zentrum juristischer Aktivitäten, vielleicht das Konkurs- oder das Stadtgericht, und versucht jemanden aufzutun, der einen Anwalt braucht. Wir sprechen nicht darüber. Abends macht er seine Runde durch die Krankenhäuser.

Es war nur eine Sache von Tagen, bis wir unsere kleine Suite aus Büros aufgeteilt und unsere eigenen Bereiche abgesteckt hatten. Deck findet, ich sollte den größten Teil des Tages damit verbringen, mich auf den unzähligen Gerichtsfluren herumzutreiben und nach Mandanten Ausschau zu halten. Ich spüre seine Frustration darüber, daß ich nicht aggressiver bin. Er hat meine Fragen nach Ethik und Taktik satt. Das da draußen ist eine harte und rücksichtslose Welt mit Unmengen von hungrigen Anwälten, die sich mit der Halsabschneiderei bestens auskennen. Wenn Sie sich hier den ganzen Tag den Hintern platt sitzen, werden Sie verhungern. Die guten Fälle kommen nicht von alleine ins Haus.

Andererseits ist Deck auf mich angewiesen. Ich habe eine Anwaltslizenz. Wir mögen das Geld teilen, aber dies ist keine Partnerschaft unter Gleichrangigen. Er betrachtet sich als entbehrlich, und deshalb übernimmt er freiwillig die Knochenarbeit. Deck ist stets bereit, sich an Unfallopfer heranzumachen und sich auf den Fluren der Gerichte und in den Notaufnahmen der Krankenhäuser herumzutreiben, weil er zufrieden ist mit einem Arrangement, das ihm fünfzig Prozent zugesteht. Einen besseren Handel kann er nirgends abschließen.

Es braucht nur einen Fall, sagt er immer und immer wieder. Das hört man in diesem Geschäft ständig. Ein großer Fall, und man kann sich zur Ruhe setzen. Das ist einer der Gründe dafür, daß Anwälte so viele schäbige Dinge veranstalten wie große Farbannoncen in den Gelben Seiten und Plakate auf Wänden und in den städtischen Bussen und Kundenwerbung am Telefon. Man hält die Nase hoch, ignoriert den Gestank dessen, was man tut, und ignoriert die Verachtung und den Snobismus der Anwälte aus den großen Kanzleien, weil es doch nur diesen einen Fall braucht.

Deck ist entschlossen, für unsere kleine Kanzlei den ganz großen Fall zu finden.

Während er unterwegs ist und Memphis unsicher macht, schaffe ich es immerhin, mich beschäftigt zu halten. An den Stadtgrenzen von Memphis gibt es fünf kleine, eingemeindete Ortschaften. Jede von ihnen hat ein eigenes Gericht, das bei minderen Delikten junge Anwälte als Pflichtverteidiger einsetzt, wenn die Beklagten sich keinen Rechtsbeistand leisten können. Die Richter und die Vertreter der Anklage sind jung und arbeiten stundenweise, die meisten haben an der Memphis State studiert und arbeiten für weniger als fünfhundert Dollar im Monat. Sie haben aufstrebende Kanzleien in den Vororten und verbringen jede Woche ein paar Stunden damit, ein bißchen Recht und Gesetz unter die Leute zu bringen. Ich habe diese Typen aufgesucht, mich mit ihnen unterhalten, ihnen Honig um den Bart geschmiert und ihnen erklärt, daß ich ein bißchen Arbeit an ihren Gerichten brauche. Die Ergebnisse waren gemischt. Man hat mir die Vertretung von sechs mittellosen Beklagten übertragen, die aller möglichen Vergehen bezichtigt werden, von Drogenbesitz über leichten Diebstahl bis hin zu Erregung öffentlichen Ärgernisses. Für jeden Fall bekomme ich maximal hundert Dollar, und sie sollten innerhalb von zwei Monaten erledigt sein. Wenn ich mich mit den Mandanten treffe, mich mit ihnen über ihre Schuld oder Unschuld unterhalte, mit den Vertretern der Anklage spreche und zu den Verhandlungen vor Gericht in einen der Vororte fahre, verbringe ich mindestens vier Stunden mit jedem Fall. Das sind fünfundzwanzig Dollar pro Stunde, vor Abzug von Unkosten und Steuern.

Aber zumindest hält es mich beschäftigt und bringt etwas ein. Ich lerne Leute kennen, überreiche meine Karte, bitte meine neuen Mandanten, ihren Freunden zu erzählen, daß ich, Rudy Baylor, ihre sämtlichen juristischen Probleme lösen kann. Mir schaudert bei dem Gedanken, was für Probleme diese Freunde haben könnten. Es kann nur noch elender sein. Scheidung, Bankrott, noch mehr kriminelle Vergehen. Das Leben eines Anwalts.

Deck möchte inserieren, sobald wir es uns leisten können, er meint, wir sollten uns zu Experten für Körperverletzungsfälle erklären und frühmorgens Spots im Kabelfernsehen senden lassen, damit wir die arbeitende Klasse beim Frühstück erreichen, bevor die Leute zur Arbeit gehen, um sich verstümmeln zu lassen. Er hat sich auch einen Sender angehört, der schwarzen Rap bringt, nicht etwa, weil er diese Musik liebt, sondern weil der Sender sehr beliebt ist und, erstaunlicherweise, von den Anwälten noch nicht entdeckt wurde. Er hat eine Nische gefunden. Die Rap-Anwälte!

Gott steh uns bei.

Ich treibe mich gern in der Kanzlei des Bezirksgerichts herum, flirte mit den Sachbearbeiterinnen, mache mich mit dem Betrieb vertraut. Die Gerichtsakten sind öffentlich zugänglich und ihre Register im Computer gespeichert. Nachdem ich erst mal heraushatte, wie man mit einem Computer umgeht, machte ich einige Fälle ausfindig, an denen Leo F. Drummond beteiligt war. Der jüngste war achtzehn Monate alt, der älteste acht Jahre. Keiner betraf Great Benefit, aber bei allen ging es um die Verteidigung von Versicherungsgesellschaften. Alle endeten mit einem Prozeß und einem Urteil zugunsten seiner Mandanten.

In den vergangenen drei Wochen habe ich viele Stunden damit verbracht, diese Akten zu studieren, mir seitenweise Notizen gemacht und Hunderte von Kopien. Mit Hilfe dieser Akten habe ich eine umfassende Liste von Beweismittelanforderungen aufgestellt, schriftlichen Fragen, die eine Partei der anderen übersendet und die diese schriftlich und beeidet beantworten muß. Es gibt unzählige Möglichkeiten, derartige Beweismittelanforderungen zu formulieren, und ich habe mich dabei ertappt, daß ich mir seine zum Vorbild nahm. Ich wühlte mich durch die Akten und machte mir eine lange Liste der Dokumente, die ich von Great Benefit anzufordern gedenke. In einigen dieser Fälle war Drummonds Gegner recht gut, in anderen ziemlich erbärmlich. Aber Drummond scheint immer die Oberhand behalten zu haben.

Ich studiere seine Plädoyers, seine Schriftsätze, seine Anträge, seine schriftlichen Beweisaufnahmen und seine Reaktionen auf die entsprechenden Dokumente der Kläger. Nachts im Bett lese ich seine Zeugenvernehmungen. Ich präge mir seine Vorgehensweise in Vorverhandlungen ein. Ich lese sogar seine Briefe an das Gericht.

Nach einem Monat voller subtiler Andeutungen und sanften Zuredens gelang es mir schließlich, Deck zu einem kurzen Ausflug nach Atlanta zu bewegen. Er hat dort zwei Tage lang ein bißchen auf den Busch geklopft und die Nächte in einem sehr billigen Motel verbracht. Die Fahrt hatte geschäftliche Gründe.

Heute ist er zurückgekehrt mit den Nachrichten, die ich erwartet hatte. Miss Birdies Vermögen beläuft sich auf etwas über zweiundvierzigtausend Dollar. Ihr Ehemann hat tatsächlich einen Bruder in Florida beerbt, aber sein Anteil an dem Nachlaß betrug weniger als eine halbe Million. Bevor er Miss Birdie heiratete, hatte Anthony Murdine zwei weitere Ehefrauen gehabt, die ihm sechs Kinder geschenkt hatten. Die Kinder, die Anwälte und die Steuerbehörde kassierten fast den gesamten Nachlaß. Miss Birdie bekam vierzigtausend, die sie aus irgendeinem Grund in der Treuhandabteilung einer großen Bank in Georgia beließ. Nach fünf Jahren unerschrockenen Investierens ist das Kapital um ungefähr zweitausend Dollar gewachsen.

Es war nur ein Teil der Gerichtsakte versiegelt, und deshalb konnte Deck der Sache nachgehen und genügend Leute belästigen, um herauszubekommen, was wir wissen wollten.

»Tut mir leid«, sagt er, nachdem er die Ergebnisse seiner Suche zusammengefaßt und mir Kopien von einigen der Gerichtsbeschlüsse ausgehändigt hat.

Ich bin enttäuscht, aber nicht überrascht.

Die Vernehmung von Donny Ray sollte ursprünglich in unserem neuen Büro stattfinden, was mir ziemliches Kopfzerbrechen bereitet hat. Deck und ich arbeiten nicht gerade in einem schmutzigen Loch, aber die Räume sind klein und praktisch kahl. An den Fenstern hängen keine Vorhänge. Die Spülung in der engen Toilette funktioniert nur sporadisch.

Ich schäme mich dieses Ortes ganz und gar nicht, er hat sogar fast etwas Anheimelndes. Eine bescheidene erste Kanzlei für einen jungen Anwalt auf dem Weg nach oben. Aber die Trent-&-Brent-Fritzen werden bestimmt die Nase rümpfen. Sie sind nur das Allerbeste gewohnt, und ich hasse den Gedanken, ihren Snobismus ertragen zu müssen, wenn sie sich herablassen müssen, hier in die Slums herunterzusteigen. Wir haben nicht einmal genügend Stühle, die wir um den schmalen Konferenztisch herum aufstellen könnten.

Am Freitag, dem Tag vor der Vernehmung, teilt Dot mir mit, daß Donny Ray bettlägerig ist und das Haus nicht verlassen kann. Er hat sich Sorgen gemacht wegen seiner Aussage, und das hat ihn geschwächt. Wenn Donny Ray das Haus nicht verlassen kann, gibt es nur einen Ort, wo wir ihn vernehmen können. Ich rufe Drummond an, und er sagt, er könne sich nicht damit einverstanden erklären, die Vernehmung von meiner Kanzlei ins Haus meines Mandanten zu verlegen. Vorschriften wären Vorschriften, und ich müßte die Sache eben verschieben und mit allen Beteiligten einen neuen Termin ausmachen. Tut ihm alles sehr leid. Er würde die Vernehmung natürlich am liebsten bis nach der Beerdigung verschieben. Ich lege auf, dann rufe ich Richter Kipler an. Minuten später ruft Kipler Drummond an, und nach ein paar kurzen Bemerkungen wird die Vernehmung ins Haus von Dot und Buddy Black verlegt.

Seltsamerweise will Kipler bei der Vernehmung anwesend sein. Das ist äußerst ungewöhnlich, aber er hat seine Gründe. Donny Ray ist schwerkrank, und dies ist möglicherweise unsere einzige Chance, ihn zu vernehmen. Es hängt also alles von der Zeit ab. Nicht selten kommt es bei Vernehmungen zu heftigen Streitereien zwischen den Anwälten. Oft muß dann zum Telefon gegriffen und der Richter ausfindig gemacht werden, von dem dann erwartet wird, daß er den Streit über eine Konferenzschaltung beilegt. Wenn der Richter unauffindbar ist und der Streit nicht beigelegt werden kann, wird die Vernehmung abgebrochen und zu einem späteren Zeitpunkt erneut angesetzt. Kipler glaubt, daß Drummond und Genossen versuchen könnten, das Verfahren zu torpedieren, indem sie einen sinnlosen Streit vom Zaun brechen und dann empört davonstürmen.

Aber wenn Kipler dabei ist, wird die Vernehmung reibungslos ablaufen. Er wird über Einsprüche entscheiden und dafür sorgen, daß Drummond bei der Sache bleibt. Abgesehen davon, sagt er, ist Samstag, und er hat nichts anderes zu tun.

Außerdem glaube ich, er macht sich Sorgen, wie ich meine erste Zeugenvernehmung überstehen werde. Dazu hat er allen Grund.

Freitag nacht verbringe ich einige schlaflose Stunden damit, mir genau zu überlegen, wie die Vernehmung im Haus der Blacks arrangiert werden kann. Es ist feucht und dunkel, und die Beleuchtung ist grauenhaft, was ein großes Problem ist, weil Donny Rays Aussage auf Video festgehalten werden soll. Die Geschworenen müssen einen Eindruck davon bekommen, wie entsetzlich er aussieht. Das Haus hat nur eine ganz bescheidene Klimaanlage, und die Temperatur beträgt drinnen mehr als dreißig Grad. Ich kann mir einfach nicht vorstellen, wie man fünf oder sechs Anwälte, einen Richter, eine Protokollantin, den Bediener der Videokamera und Donny Ray irgendwo im Haus halbwegs komfortabel unterbringen kann.

Ich hatte Alpträume von Dot, die uns mit riesigen Wolken von blauem Qualm erstickt, und von Buddy im Hintergarten, der leere Ginflaschen gegen die Fenster schleudert. Ich schlief weniger als drei Stunden.

Eine Stunde vor der Vernehmung komme ich beim Haus der Blacks an. Es kommt mir noch kleiner und heißer vor als sonst. Donny Ray sitzt im Bett, in etwas besserer Verfassung, und behauptet, der Herausforderung gewachsen zu sein. Wir haben stundenlang darüber gesprochen, und vor einer Woche habe ich ihm eine ausführliche Liste mit meinen Fragen und dem gegeben, was ich von Drummond erwarte. Er sagt, er wäre bereit, und ich entdecke eine Spur von nervöser Erregung. Dot macht Kaffee und wäscht die Wände ab, schließlich hat man nicht jeden Tag einen Haufen Anwälte und einen Richter zu Besuch. Donny Ray sagt, sie hätte die ganze Nacht geputzt. Buddy durchquert das Wohnzimmer, als ich gerade ein Sofa zurechtrücke. Auch er ist geschrubbt worden. Sein Hemd ist weiß, die Zipfel stecken in der Hose. Ich kann mir vorstellen, wie Dot ihn angekeift haben muß, um das zu erreichen.

Meine Mandanten bemühen sich, präsentabel zu sein. Ich bin stolz auf sie.

Deck erscheint mit einem Haufen von Gerätschaften. Er hat sich von einem Freund eine veraltete Videokamera geliehen, die mindestens dreimal so groß ist wie die neuen Modelle. Er versichert mir, daß sie einwandfrei funktionieren wird. Es ist seine erste Begegnung mit den Blacks. Sie beobachten ihn argwöhnisch, zumal Buddy, der dazu abkommandiert worden ist, einen Tisch abzustauben. Deck nimmt das Wohnzimmer und die Küche in Augenschein und erklärt mir leise, daß der Platz einfach nicht ausreicht. Er schleppt ein Stativ ins Wohnzimmer, stößt dabei einen Zeitschriftenständer um und handelt sich einen wütenden Blick von Buddy ein.

Das Haus ist ziemlich vollgestopft mit kleinen Tischen und Fußbänken und anderem Mobiliar aus den Sechzigern, auf dem überall billige Souvenirnippes herumstehen. Es wird von Minute zu Minute heißer.

Richter Kipler trifft ein, wird mit allen bekanntgemacht, fängt an zu schwitzen, und ein oder zwei Minuten später sagt er: »Lassen Sie uns einen Blick nach draußen werfen.« Er folgt mir durch die Küchentür auf die kleine Terrasse. Am hinteren Zaun, in der Buddys Fairlane gegenüberliegenden Ecke, steht eine Eiche, die vermutlich um die Zeit gepflanzt wurde, als das Haus entstand. Unter ihr ist es schattig. Deck und ich folgen Kipler durch das frisch gemähte, aber nicht abgeharkte Gras. Er sieht den Fairlane und die Katzen auf der Haube.

»Wieso nicht hier?« fragt er unter dem Baum. Am Zaun zieht sich eine Hecke entlang, die so dicht ist, daß von dem angrenzenden Grundstück niemand hindurchschauen kann. Inmitten dieses Gewuchers wachsen vier hohe Kiefern. Sie blockieren die Morgensonne von Osten her und machen diesen Platz unter der Eiche halbwegs erträglich, jedenfalls vorerst. An Licht fehlt es hier jedenfalls nicht.

»Sieht gut aus«, sage ich, obwohl ich mit meiner beschränkten Erfahrung noch nie von einer Vernehmung im Freien gehört habe. Ich spreche ein rasches Dankgebet für die Anwesenheit von Tyrone Kipler.

»Haben wir ein Verlängerungskabel?« fragt er.

»Ja. Ich habe eins mitgebracht«, sagt Deck, bereits durch das Gras davonschlurfend. »Es ist ein Dreißig-Meter-Kabel.«

Das ganze Grundstück ist knapp fünfundzwanzig Meter breit und vielleicht dreißig Meter lang. Da der Vorgarten größer ist als der Hintergarten, ist die Terrasse nicht weit entfernt und auch der Fairlane nicht. Er steht sogar ganz in der Nähe, und Claws, die Wachkatze, sitzt majestätisch auf dem Dach und beobachtet uns mißtrauisch.

»Lassen Sie uns ein paar Stühle holen«, sagt Kipler, ganz

Herr der Lage. Er krempelt die Ärmel auf. Dot, der Richter und ich tragen vier Stühle aus der Küche in den Garten, während Deck sich mit dem Verlängerungskabel und den anderen Gerätschaften abmüht. Buddy ist verschwunden. Dot erlaubt uns, ihre Terrassenmöbel zu benutzen, dann macht sie drei fleckige und leicht angeschimmelte Segeltuchstühle im Geräteschuppen ausfindig.

Nur Minuten später sind Kipler und ich schweißgebadet. Und wir erregen Aufsehen. Ein paar Nachbarn sind unter ihren Steinen hervorgekrochen und beobachten uns neugierig. Ein Schwarzer in Jeans, der Stühle zur Eiche der Blacks schleppt? Ein seltsamer kleiner Typ mit übergroßem Kopf, der mit Kabeln hantiert und es geschafft hat, sie um seine Knöchel zu wickeln? Was geht da vor?

Ein paar Minuten vor neun treffen zwei Protokollantinnen ein, und unglücklicherweise werden sie ausgerechnet von Buddy in Empfang genommen. Sie hätten beinahe die Flucht ergriffen, aber Dot rettet sie und führt sie durch das Haus in den Hintergarten. Zum Glück tragen sie Hosen anstelle von Röcken. Sie unterhalten sich mit Deck über die Ausrüstung und die Stromzufuhr.

Drummond und seine Mannschaft treffen Punkt neun Uhr ein, nicht eine Minute zu früh. Er bringt nur zwei Anwälte mit, B. Dewey Clay Hill den Dritten und Brandon Fuller Grone, und sie sind gekleidet wie Zwillinge: dunkelblaue Blazer, weiße Baumwollhemden, gestärkte Khakihosen, Mokassins. Nur die Krawatten haben eine gewisse Eigenständigkeit behauptet. Drummond trägt keine.

Sie finden uns im Garten und sind fassungslos angesichts unseres Arrangements. Inzwischen triefen Kipler, Deck und ich vor Schweiß, und es ist uns völlig egal, was sie denken. »Nur drei?« frage ich, das Team der Verteidigung zählend, aber sie finden das kein bißchen komisch.

»Sie sitzen hier«, sagt Kipler und deutet auf drei Küchenstühle. »Passen Sie mit den Kabeln auf.« Deck hat alle möglichen Kabel um den Baum geschlungen, und vor allem Grone scheint sich vor einem tödlichen Stromschlag zu fürchten.

Dot und ich helfen Donny Ray aus dem Bett und durch das

Haus in den Garten. Er ist sehr schwach, versucht aber trotzdem tapfer, ohne Unterstützung zu gehen. Als wir uns der Eiche nähern, beobachte ich Leo Drummond genau, der Donny Ray jetzt zum ersten Mal sieht. Sein selbstgefälliges Gesicht verrät keine Regung, und ich möchte ihm etwas an den Kopf werfen wie »Schauen Sie genau hin, Drummond. Sehen Sie, was Ihr Mandant angerichtet hat.« Aber es ist nicht Drummonds Schuld. Die Entscheidung, die Kostenübernahme zu verweigern, wurde von irgendwem bei Great Benefit getroffen, und zwar lange bevor Drummond etwas davon wußte. Er ist einfach zufällig der nächste Mensch, den man hassen kann.

Wir setzen Donny Ray in einen mit Kissen ausgepolsterten Schaukelstuhl von der Veranda. Dot hantiert mit den Kissen, tätschelt ihn und läßt sich viel Zeit, es ihm so bequem wie möglich zu machen. Sein Atem geht schwer, und sein Gesicht ist naß. Er sieht schlechter aus als sonst.

Ich mache ihn höflich mit allen Anwesenden bekannt: Richter Kipler, den beiden Protokollantinnen, Deck, Drummond und den beiden anderen von Trent & Brent. Er ist zu schwach, um ihnen die Hand zu geben, also nickt er lediglich und versucht zu lächeln.

Wir stellen die Kamera so hin, daß sie direkt auf sein Gesicht gerichtet und die Linse gut einen Meter davon entfernt ist. Deck versucht, sie scharf einzustellen. Eine der Protokollantinnen hat eine Lizenz, Videoaufnahmen für das Gericht herzustellen, und sie versucht, Deck aus dem Weg zu schieben. Auf dem Video wird niemand außer Donny Ray erscheinen. Es werden zwar auch andere Stimmen zu hören sein, aber sein Gesicht wird das einzige sein, das die Geschworenen zu sehen bekommen.

Kipler dirigiert mich auf Donny Rays rechte Seite und Drummond auf die linke. Seine Ehren selbst läßt sich neben mir nieder. Wir nehmen unsere Plätze ein und rücken unsere Stühle nahe an den Zeugen heran. Dot steht ein paar Schritte hinter der Kamera und läßt sich keine Bewegung ihres Sohnes entgehen.

Die Nachbarn können ihre Neugierde jetzt nicht mehr zurückhalten und stehen an dem keine sechs Meter entfernten

Maschendrahtzaun. Ein Stück die Straße hinunter dröhnt Conway Twitty aus einem Radio, aber das stört nicht weiter. Es ist Samstagmorgen, und man hört das Summen ferner Rasenmäher und elektrischer Heckenscheren.

Donny Ray trinkt einen Schluck Wasser und versucht, die vier Anwälte und den Richter, die nach vorne gebeugt um ihn herumsitzen, zu ignorieren. Der Zweck seiner Vernehmung liegt auf der Hand: die Jury muß von ihm hören, weil er tot sein wird, wenn der Prozeß beginnt. Er soll Mitgefühl erregen. Vor nicht allzu vielen Jahren wäre seine Vernehmung auf die übliche Art erfolgt. Eine Protokollantin hätte die Fragen und Antworten festgehalten und ein ordentliches Protokoll daraus gemacht, das wir dann beim Prozeß den Geschworenen vorgelesen hätten. Aber inzwischen ist das technische Zeitalter angebrochen. Jetzt werden viele Vernehmungen, insbesondere solche sterbender Zeugen, auf Video aufgezeichnet und der Film dann den Geschworenen vorgeführt. Auf Kiplers Vorschlag hin wird die Vernehmung außerdem auf die übliche Weise stenografisch festgehalten. Das ermöglicht beiden Parteien und dem Richter ein schnelles Nachschlagen, ohne daß sie sich das ganze Video ansehen müssen.

Die Kosten einer solchen Vernehmung hängen von ihrer Länge ab. Gerichtsprotokollantinnen berechnen ihr Honorar seitenweise, deshalb hat Deck mir geraten, meine Fragen möglichst knapp zu halten. Es ist unsere Vernehmung, also müssen wir dafür bezahlen, und er schätzt die Kosten auf knapp vierhundert Dollar. Prozessieren ist teuer.

Kipler fragt Donny Ray, ob wir anfangen können, dann fordert er die Protokollantin auf, ihn zu vereidigen. Er verspricht, die Wahrheit zu sagen. Da er mein Zeuge ist und es sich hier nicht etwa um irgendeine nette Samstagvormittagunterhaltung handelt, sondern eine offizielle Beweisaufnahme, muß ich mich genau an die Regeln halten. Ich bin ziemlich nervös, aber die Anwesenheit von Richter Kipler ist überaus tröstlich.

Ich frage Donny Ray nach Namen, Adresse, Geburtsdatum und ein paar Angaben über seine Eltern und Angehörigen. Simples Zeug, einfach für ihn und für mich. Er antwortet langsam und in die Kamera, genau, wie ich es ihm gesagt habe. Er kennt sämtliche Fragen, die ich ihm stellen werde, und die meisten, die Drummond vorbringen könnte. Er sitzt mit dem Rücken zum Stamm der Eiche, eine hübsche Szenerie. Gelegentlich tupft er sich mit einem Taschentuch die Stirn ab. Die neugierigen Blicke aller Anwesenden ignoriert er.

Obwohl ich ihm nicht gesagt habe, er sollte sich so krank und schwach wie möglich geben, scheint er genau das zu tun. Aber vielleicht hat Donny Ray tatsächlich nur noch ein paar Tage zu leben.

Nur Zentimeter von mir entfernt balancieren Drummond, Grone und Hill ihre Notizblöcke auf den Knien und versuchen, jedes Wort festzuhalten, das Donny Ray von sich gibt. Ich frage mich, wieviel sie für Vernehmungen am Samstag berechnen. Es dauert nicht lange, da werden die blauen Blazer ausgezogen und die Krawatten gelockert.

Während einer langen Pause knallt plötzlich die Hintertür zu, und Buddy torkelt auf die Veranda. Er hat sich umgezogen und trägt jetzt seinen vertrauten roten Pullover mit den dunklen Flecken und hat eine verdächtig aussehende Papiertüte bei sich. Ich versuche, mich auf meinen Zeugen zu konzentrieren, aber aus dem Augenwinkel heraus sehe ich, wie Buddy den Garten durchquert und uns dabei argwöhnisch mustert. Ich weiß genau, wo er hinwill.

Die Fahrertür des Fairlane steht offen, und er läßt sich auf dem Vordersitz nieder, woraufhin Katzen aus sämtlichen Fenstern springen. Dots Gesicht verspannt sich, und sie wirft mir einen nervösen Blick zu. Ich schüttele schnell den Kopf, wie um zu sagen »Lassen Sie ihn in Ruhe. Er ist harmlos.« Sie würde ihn am liebsten umbringen.

Donny Ray und ich unterhalten uns über seine Schulzeit, seine Jobs, die Tatsache, daß er nie aus seinem Elternhaus ausgezogen ist, sich nie als Wähler hat eintragen lassen, nie mit dem Gesetz in Konflikt gekommen ist. Das ist bei weitem nicht so schwierig, wie ich es mir letzte Nacht in der Hängematte vorgestellt habe. Ich höre mich an wie ein richtiger Anwalt.

Ich stelle Donny Ray eine Reihe gut einstudierter Fragen über seine Krankheit und die Behandlung, die ihm nicht zuteil wurde. Hier bin ich sehr vorsichtig, denn er darf nichts von dem wiederholen, was sein Arzt ihm gesagt hat, und er darf auch keine Vermutungen anstellen oder medizinische Ansichten äußern. Das wäre Hörensagen. Das werden, wie ich hoffe, beim Prozeß andere Zeugen besorgen. Drummond ist voll und ganz bei der Sache. Er nimmt jede Antwort begierig auf, analysiert sie rasch und wartet dann auf die nächste. Er ist völlig ungerührt.

Donny Rays Durchhaltevermögen ist begrenzt, sowohl geistig als auch körperlich, und auch die Geschworenen werden sich das hier nur bis zu einer gewissen Grenze ansehen wollen. Nach zwanzig Minuten mache ich Schluß, ohne irgendwelche Einwände von der Gegenseite. Deck zwinkert mir zu, als wäre ich der Größte.

Leo Drummond stellt sich, fürs Protokoll, Donny Ray vor, dann erklärt er, wen er vertritt und wie leid es ihm tut, hiersein zu müssen. Er spricht nicht mit Donny Ray, sondern viel eher zu den Geschworenen. Seine Stimme ist verbindlich und verständnisvoll, ein Mann mit echtem Mitgefühl.

Nur ein paar Fragen. Er stochert sanft in dem Thema herum, weshalb Donny Ray sein Elternhaus nie verlassen hat, nicht einmal für eine Woche oder einen Monat, um woanders zu leben. Da er volljährig ist, würden sie nur allzugern feststellen, daß er ausgezogen und deshalb von der von seinen Eltern gekauften Police nicht gedeckt ist.

Donny Ray antwortet mehrfach mit einem höflichen und schwächlichen: »Nein, Sir.«

Drummond geht kurz auf die Frage nach eventueller anderweitiger Deckung ein. Hat Donny Ray je eine eigene Police gekauft? Hat er je für eine Firma gearbeitet, die für ihre Mitarbeiter eine Krankenversicherung abgeschlossen hatte? Ein paar weitere Fragen in dieser Richtung werden alle mit einem leisen »Nein, Sir« beantwortet.

Trotz der ein wenig ausgefallenen Szenerie ist das alles nichts Neues für Drummond. Er hat vermutlich bereits Tausende von Vernehmungen durchgeführt und weiß, daß er vorsichtig sein muß. Die Geschworenen würden jede grobe Behandlung dieses jungen Mannes übel vermerken. Es ist sogar für Drummond eine wundervolle Gelegenheit, einige Pluspunkte bei der Jury einzuheimsen, indem er ein wenig echtes Mitgefühl für den armen Donny Ray zeigt. Außerdem weiß er, daß aus diesem Zeugen nicht viele stichhaltige Informationen herauszuholen sind. Weshalb ihn also bedrängen?

Nach weniger als zehn Minuten ist Drummond fertig. Ich habe keine Gegenfragen. Kipler erklärt die Vernehmung für beendet. Dot beeilt sich, ihrem Sohn das Gesicht mit einem feuchten Tuch abzuwischen. Er sieht mich beifallheischend an, und ich recke kurz den Daumen hoch. Die Anwälte der Verteidigung sammeln ihre Blazer und Aktenkoffer ein und verabschieden sich. Sie können gar nicht schnell genug verschwinden. Und ich auch nicht.

Richter Kipler macht sich daran, Stühle ins Haus zurückzutragen, und wirft im Vorbeigehen einen Blick auf den in seinem Fairlane sitzenden Buddy. Claws hockt mitten auf der Kühlerhaube, bereit zum Angriff. Ich hoffe, es gibt kein Blutvergießen. Dot und ich helfen Donny Ray zurück ins Haus. Kurz bevor wir durch die Tür gehen, werfe ich einen Blick nach links. Deck bearbeitet die Leute am Zaun und verteilt meine Karten, ist er nicht ein netter Junge?

29

Die Frau ist tatsächlich in meiner Wohnung, und als ich die Tür öffne, steht sie in meinem Wohnzimmer mit einer meiner Zeitschriften in der Hand. Als sie mich sieht, fährt sie zusammen und läßt die Zeitschrift fallen. Ihr Mund öffnet sich. »Wer sind Sie?« kreischt sie fast.

Sie scheint keine Kriminelle zu sein. »Ich wohne hier. Wer zum Teufel sind Sie?«

»Ach du lieber Gott«, sagt sie, vor Aufregung keuchend, und preßt eine Hand auf ihr Herz.

»Was suchen Sie hier?« frage ich noch einmal, jetzt wirklich zornig.

»Ich bin Delberts Frau.«

»Wer zum Teufel ist Delbert? Und wie sind Sie hier hereingekommen?«

»Wer sind Sie?«

»Ich bin Rudy. Ich wohne hier. Das ist eine Privatwohnung.«

Daraufhin läßt sie den Blick schnell durch das Zimmer wandern, als wollte sie sagen: »Wirklich eine tolle Wohnung«.

»Birdie hat mir den Schlüssel gegeben und gesagt, ich könnte mich umschauen.«

»Das hat sie bestimmt nicht!«

»Doch, das hat sie!« Sie zieht einen Schlüssel aus ihren engen Shorts und schwenkt ihn vor meiner Nase. Ich schließe die Augen und denke ernsthaft daran, Miss Birdie zu erwürgen. »Ich heiße Vera, aus Florida. Wir sind für ein paar Tage bei Birdie zu Besuch.«

Jetzt erinnere ich mich. Delbert ist Miss Birdies jüngerer Sohn, derjenige, den sie seit drei Jahren nicht gesehen hat und der nie anruft und nie schreibt. Ich kann mich nicht erinnern, ob Vera diejenige ist, die Miss Birdie ein Flittchen genannt hat, aber es wäre durchaus passend. Sie ist um die Fünfzig mit der ledrig braunen Haut einer passionierten Sonnenanbeterin. Orangefarbene Lippen, die in der Mitte eines schmalen Kupfergesichts leuchten; verschrumpelte Arme; enge Shorts über ebenso verschrumpelten, aber grandios gebräunten Stöckerbeinen. Gräßliche gelbe Sandalen.

»Sie haben kein Recht, hierzusein«, sage ich und versuche, mich zu entspannen.

»Kein Grund zur Aufregung.« Sie geht an mir vorbei, und ich bekomme eine Nase voll von billigem Parfum, das nach Kokosnußöl riecht. »Birdie möchte Sie sehen«, sagt sie, als sie meine Wohnung verläßt. Ich höre zu, wie ihre Sandalen die Treppe hinunterschlappen.

Miss Birdie sitzt mit verschränkten Armen auf dem Sofa, sieht sich eine dieser idiotischen Comedy-Serien an und ignoriert den Rest der Welt. Vera durchstöbert den Kühlschrank. Am Küchentisch sitzt eine weitere braune Kreatur, ein großer Mann mit dauergewelltem Haar, so schlecht gefärbt, daß es grau ist, und Elvis-Koteletten. Goldgerahmte Brille. Goldene Armbänder an beiden Handgelenken. Er sieht aus wie ein Zuhälter.

»Sie müssen der Anwalt sein«, sagt er, als ich hinter mir die Tür zumache. Auf dem Tisch vor ihm liegen einige Papiere, mit denen er sich beschäftigt hat.

»Ich bin Rudy Baylor«, sage ich, am anderen Ende des Tisches stehend.

»Ich bin Delbert Birdsong, Birdies Jüngster.« Er ist Ende Fünfzig und versucht verzweifelt, auszusehen wie Vierzig.

»Nett, Sie kennenzulernen.«

»Ja, ja, ganz meinerseits.« Er deutet auf einen Stuhl. »Setzen Sie sich.«

»Warum?« frage ich. Diese Leute sind schon seit Stunden hier. Der Unmut hängt wie eine Rauchschwade über der Küche und dem angrenzenden Wohnzimmer. Ich kann Miss Birdies Hinterkopf sehen. Ich weiß nicht, ob sie uns zuhört oder dem Fernseher. Der Ton ist leise gestellt.

»Ich versuche nur, nett zu sein«, sagt Delbert, als gehörte ihm das Haus.

Vera kann im Kühlschrank nichts finden, also beschließt sie, sich zu uns zu gesellen. »Er hat mich angeschrien«, wimmert sie Delbert an. »Hat gesagt, ich soll aus seiner Wohnung verschwinden. Er war richtig grob.«

»Stimmt das?« fragt Delbert.

»Natürlich stimmt das. Es ist meine Wohnung, und ich rate Ihnen beiden, sie nicht zu betreten. Sie ist privat.«

Er zieht mit einem Ruck die Schultern zurück. Dieser Mann hat garantiert schon so manche Kneipenschlägerei hinter sich. »Sie gehört meiner Mutter.«

»Und sie ist zufällig meine Hauswirtin. Ich zahle jeden Monat meine Miete.«

»Wieviel?«

»Das geht Sie nichts an. Dieses Haus ist nicht auf Ihren Namen eingetragen.«

»Ich würde sagen, sie ist vier-, vielleicht fünfhundert Dollar im Monat wert.«

»Gut. Möchten Sie sonst noch irgend etwas loswerden?«

»Ja. Sie sind ein ganz schöner Klugscheißer.«

»Wunderbar. Sonst noch was? Ihre Frau hat gesagt, Miss Birdie wollte mich sprechen.« Das sage ich so laut, daß Miss Birdie es hören kann, aber sie rührt sich nicht.

Vera nimmt sich einen Stuhl und rückt ihn nahe an den von Delbert heran. Sie werfen sich vielsagende Blicke zu. Er zupft an einem der Papiere herum, schiebt seine Brille hoch, sieht mich an und sagt: »Sie haben an Mamas Testament rumgepfuscht.«

»Das geht nur mich und Miss Birdie etwas an.« Ich schaue auf den Tisch und kann gerade die Oberkante eines Dokuments sehen. Ich erkenne, daß es ihr Testament ist, das jüngste, glaube ich, von ihrem letzten Anwalt. Das ist ziemlich irritierend, denn Miss Birdie hat immer behauptet, daß keiner ihrer Söhne, weder Delbert noch Randolph, etwas von ihrem Geld wüßte. Aber in dem Testament wird über ungefähr zwanzig Millionen Dollar verfügt. Jetzt weiß Delbert Bescheid. In den letzten paar Stunden hat er das Testament immer wieder gelesen. Ich erinnere mich, daß Paragraph drei ihm zwei Millionen zuspricht.

Noch irritierender ist die Frage, wie Delbert dieses Dokument in die Hände bekommen hat. Miss Birdie hätte es ihm nie freiwillig gegeben.

»Ein ziemlicher Klugscheißer«, sagt er. »Und da fragt man

sich noch, weshalb die Leute Anwälte hassen. Ich komme nach Hause, um nach Mama zu sehen, und da wohnt doch, verdammt noch mal, so ein stinkiger Anwalt bei ihr. Würde Ihnen das nicht zu denken geben?«

Vermutlich. »Ich habe die Wohnung gemietet«, sage ich. »Eine Privatwohnung mit einer abgeschlossenen Tür. Wenn Sie noch einmal dort eindringen, rufe ich die Polizei.«

Da fällt mir ein, daß ich eine Kopie von Miss Birdies Testament in einer Akte unter meinem Bett habe. Sollten sie es etwa dort gefunden haben? Plötzlich ist mir übel bei der Vorstellung, daß ich eine derart private Angelegenheit preisgegeben habe und nicht Miss Birdie.

Kein Wunder, daß sie mich ignoriert.

Ich habe keine Ahnung, was in ihren früheren Testamenten steht, also weiß ich nicht, ob Delbert und Vera in dem Wissen schwelgen, daß sie Millionäre werden können, oder ob sie wütend sind, weil sie nicht mehr bekommen. Und es ist völlig ausgeschlossen, daß ich ihnen die Wahrheit sage. Ich will es auch nicht, um ehrlich zu sein.

Delbert tut meine Drohung, die Polizei zu rufen, mit einem verächtlichen Schnauben ab. »Ich frage Sie noch einmal«, sagt er, eine schlechte Imitation von Marlon Brando im *Paten*. »Haben Sie für meine Mutter ein neues Testament aufgesetzt?«

»Sie ist Ihre Mutter. Weshalb fragen Sie nicht sie?«

»Sie rückt nicht mit der Sprache heraus«, meldet sich Vera zu Wort.

»Gut. Dann tue ich es auch nicht. Das ist streng vertraulich.«

Das begreift Delbert nicht so recht, und er ist nicht intelligent genug, um aus einer anderen Ecke heraus anzugreifen. Schließlich weiß er nicht, ob er womöglich gegen das Gesetz verstößt.

»Ich hoffe nur, Sie mischen sich da nicht in Dinge ein, die Sie nichts angehen, junger Mann«, sagt er so furchteinflößend wie möglich.

Ich bin bereit zum Gehen. »Miss Birdie!« rufe ich. Eine Sekunde lang bewegt sie sich nicht, dann hebt sie langsam die Fernbedienung und stellt den Ton lauter.

Soll mir auch recht sein. Ich zeige auf Delbert und Vera.

»Wenn Sie noch einmal in die Nähe meiner Wohnung kommen, rufe ich die Polizei. Haben Sie verstanden?«

Delbert zwingt sich als erster zu einem Auflachen, dann kichert auch Vera schnell ein bißchen. Ich knalle die Tür zu.

Ich kann nicht erkennen, ob sich jemand an den Akten unter meinem Bett zu schaffen gemacht hat. Miss Birdies Testament ist da, genau so, wie ich es hinterlassen hatte. Es ist mehrere Wochen her, seit ich es das letzte Mal angesehen habe. Alles scheint in Ordnung zu sein.

Ich schließe die Tür ab und keile einen Stuhl unter die Klinke.

Ich habe mir angewöhnt, zeitig im Büro zu erscheinen, gegen halb acht, nicht, weil ich in Arbeit ertrinke, und auch nicht, weil meine Tage etwa mit Auftritten vor Gericht und Terminen im Büro angefüllt wären, sondern weil ich gern in Ruhe eine Tasse Kaffee trinke und die Einsamkeit genieße. Ich verbringe jeden Tag mindestens eine Stunde damit, mich eingehend mit dem Fall Black zu beschäftigen. Deck und ich versuchen, einander im Büro aus dem Wege zu gehen, aber das ist gelegentlich schwierig. Das Telefon beginnt allmählich, öfter zu läuten.

Ich liebe die Stille dieses Ortes, bevor der Tag beginnt.

Am Montag erscheint Deck spät, erst kurz vor zehn. Wir unterhalten uns ein paar Minuten. Er möchte, daß wir zeitig zum Lunch gehen, es wäre wichtig.

Um elf verlassen wir das Büro und gehen zwei Blocks zu einem vegetarischen Selbstbedienungsladen mit einem kleinen Restaurant im Hintergrund. Wir bestellen fleischlose Pizza und Orangentee. Deck ist sehr nervös, sein Gesicht zuckt noch mehr als gewöhnlich, und sein Kopf fährt beim leisesten Geräusch herum.

»Muß Ihnen was erzählen«, sagt er fast flüsternd. Wir sitzen in einer Nische. Die anderen sechs Tische sind leer.

»Hier sind wir sicher, Deck«, versuche ich ihn zu beruhigen. »Was gibt's?«

»Ich habe Samstag die Stadt verlassen, gleich nach der Vernehmung. Bin nach Dallas geflogen und dann nach Las Vegas, da bin ich im Pacific Hotel abgestiegen.«

Oh, großartig. Er ist auf einer Sauf- und Spieltour gewesen. Und jetzt ist er pleite.

»Gestern morgen bin ich aufgestanden, habe am Telefon mit Bruiser gesprochen, und er hat gesagt, ich soll verschwinden. Die Feds wären mir von Memphis aus gefolgt, und ich sollte verschwinden. Jemand hätte mich ständig überwacht, und ich sollte schleunigst nach Memphis zurückkehren. Ich soll Ihnen sagen, daß die Feds Sie auf Schritt und Tritt überwachen, weil Sie der einzige Anwalt sind, der sowohl für Bruiser als auch für Prince gearbeitet hat.«

Ich trinke einen Schluck Tee, um meinen ausgedörrten Mund anzufeuchten. »Sie wissen, wo... Bruiser ist?« Ich sage das lauter, als ich eigentlich wollte, aber niemand hört zu.

»Nein, das weiß ich nicht«, sagt er und läßt den Blick durch den Raum schweifen.

»Also, ist er in Vegas?«

»Das bezweifle ich. Ich nehme an, er ließ mich nach Vegas kommen, weil die Feds glauben sollten, er wäre dort. Scheint ein naheliegender Ort zu sein für Bruiser, also wird er da bestimmt nicht hingehen.«

Die Welt verschwimmt vor meinen Augen, und in meinem Kopf dreht sich alles. Mir fallen ein Dutzend Fragen auf einmal ein, aber ich kann sie nicht alle stellen. Es gibt eine Menge Dinge, die ich gerne wüßte, aber auch eine Menge, über die ich lieber nicht Bescheid wissen will. Eine Sekunde lang mustern wir uns gegenseitig.

Ich war ehrlich überzeugt, daß Bruiser und Prince inzwischen in Singapur oder Australien wären und niemand je wieder von ihnen hören würde.

»Weshalb hat er sich mit Ihnen in Verbindung gesetzt?« frage ich sehr behutsam.

Er beißt sich auf die Unterlippe, als würde er gleich losweinen. Man kann die Spitzen von seinen vier Biberzähnen sehen. Er kratzt sich am Kopf. Minuten vergehen. Aber die Zeit steht still. »Also«, sagt er, sogar noch leiser, »es sieht so aus, als hätten sie etwas Geld zurückgelassen. Und jetzt wollen sie es haben.«

»Sie?«

»Hört sich an, als wären sie nach wie vor beisammen, stimmt's?«

»Das tut es. Und was sollen Sie tun?«

»Also, zu den Details sind wir nicht gekommen. Aber es klang so, als wollten sie, daß *wir* ihnen helfen, damit sie das Geld bekommen.«

»Wir?«

»Ja.«

»Sie und ich?«

»Ja.«

»Wieviel Geld?«

»Auch davon war nicht die Rede, aber es muß schon 'ne Menge sein, sonst würde ihnen nicht soviel daran liegen.«

»Und wo ist es?«

»Er hat keine Einzelheiten genannt, nur, daß es Bargeld ist und irgendwo eingeschlossen.«

»Und er will, daß wir es holen?«

»Richtig. Ich stelle es mir so vor. Das Geld ist irgendwo hier in der Stadt versteckt, wahrscheinlich ganz in unserer Nähe. Die Feds haben es bisher noch nicht gefunden, also werden sie es wohl auch nicht mehr finden. Bruiser und Prince vertrauen mir und Ihnen, außerdem sind wir jetzt so etwas wie eine halblegitime Kanzlei, nicht einfach zwei Straßengangster, die das Geld klauen würden, sobald sie es sehen. Sie stellen sich vor, daß wir beide das Geld in einen Laster laden und es ihnen bringen, und alle sind glücklich.«

Es ist unmöglich, zu erraten, wieviel von alledem reine Vermutungen von Deck sind und wieviel davon von Bruiser stammt. Ich will es nicht wissen.

Aber ich bin neugierig. »Und was bekommen wir für unsere Mühe?«

»Soweit sind wir nicht gekommen. Auf jeden Fall einen Haufen Geld. Wir könnten unseren Anteil gleich einbehalten.«

Deck hat sich schon alles ausgerechnet.

»Kommt nicht in Frage, Deck. Vergessen Sie's.«

»Ja, ich weiß«, sagt er traurig. Er ergibt sich nach dem ersten Schuß.

»Es ist zu riskant.«

»Ja.«

»Im Augenblick hört es sich großartig an, aber wir könnten im Gefängnis landen.«

»Stimmt, klar, aber ich mußte es Ihnen wenigstens sagen«, erklärt er so wegwerfend, als würde er nicht im Traum ernsthaft darüber nachdenken. Der Kellner stellt einen Teller mit Vollkorncrackern und Kichererbsenmus mit Sesam vor uns hin. Wir beobachten ihn beide, bis er wieder verschwunden ist.

Ich habe auch schon darüber nachgedacht, daß ich wahrscheinlich der einzige bin, der nicht nur für einen der Gesuchten, sondern für beide gearbeitet hat, aber ich wäre nie auf die Idee gekommen, daß die Feds mich überwachen könnten. Mir ist der Appetit vergangen. Mein Mund ist immer noch wie ausgetrocknet. Beim kleinsten Geräusch fahre ich zusammen.

Wir ziehen uns beide in unsere Gedanken zurück und starren auf irgendwelche Gegenstände auf dem Tisch. Wir wechseln kein weiteres Wort, bis die Pizza kommt, und essen in absolutem Schweigen. Ich würde gern die Einzelheiten erfahren. Wie hat sich Bruiser mit Deck in Verbindung gesetzt? Wer hat seinen Ausflug nach Vegas bezahlt? War es das erste Mal, daß sie miteinander gesprochen haben, seit die beiden geflüchtet sind? Wird es das letzte Mal gewesen sein? Weshalb ist Bruiser immer noch an mir interessiert?

Zwei Gedanken tauchen aus dem Nebel auf. Erstens, wenn Bruiser genügend Hilfe hatte, um Deck auf seinem Flug nach Vegas im Auge behalten zu lassen, so daß er wissen konnte, daß er auf der ganzen Strecke überwacht wurde, dann wäre er bestimmt auch imstande, Leute anzuheuern, die das Geld aus Memphis herausschaffen können. Weshalb sollte er sich deshalb an uns wenden? Weil es ihm egal ist, ob wir erwischt werden, das ist der Grund. Zweitens, die Feds haben mich nicht verhört, weil sie mich nicht aufschrecken wollten. Es war viel einfacher, mich zu überwachen, weil ich mir ihretwegen keine Gedanken gemacht habe.

Und noch etwas geht mir durch den Kopf. Es besteht nicht der geringste Zweifel, daß mein kleiner Freund da drüben auf der anderen Seite des Tisches in eine ernsthafte Diskussion über das Geld einsteigen wollte. Deck weiß mehr, als er mir gesagt hat, und er hat diese kleine Konferenz nicht in die Wege geleitet, ohne einen Plan zu verfolgen.

Ich bin nicht töricht genug zu glauben, daß er so leicht aufgibt.

Die Tagespost ist ein Ereignis, vor dem ich mich zu fürchten lerne. Deck holt sie wie gewöhnlich nach dem Lunch ab und bringt sie mit ins Büro. Da ist ein großer, dicker Umschlag von unseren speziellen Freunden bei Trent & Brent, und ich halte beim Öffnen den Atem an. Es ist Drummonds schriftliche Forderung nach Offenlegung. Er will eine Reihe von formellen Parteienbefragungen, sämtliche dem Kläger oder seinem Anwalt bekannten Dokumente und Einlassungen zu den verschiedensten Fragen. Letzteres ist eine wunderbare Möglichkeit, die gegnerische Partei zu zwingen, innerhalb von dreißig Tagen bestimmte Fakten in schriftlicher Form anzuerkennen oder zu bestreiten. Was innerhalb dieser Frist nicht bestritten wird, gilt für alle Zeiten als anerkannt. In dem ganzen Papierhaufen findet sich auch eine Aufforderung, die Vernehmung von Dot und Buddy Black in vierzehn Tagen in meiner Kanzlei vorzunehmen. Normalerweise, habe ich mir erzählen lassen, machen Anwälte so was am Telefon ab und einigen sich über Zeit und Ort der Vernehmung. Das nennt sich kollegiale Höflichkeit, dauert ungefähr fünf Minuten und bewirkt, daß alles wesentlich glatter läuft. Offensichtlich hat Drummond entweder seine guten Manieren vergessen oder sich für den Kampf mit harten Bandagen entschieden. Ich bin so oder so entschlossen, Zeit und Ort zu ändern. Nicht, daß ich irgendwelche Probleme damit hätte, es ist lediglich eine Sache des Prinzips.

Erstaunlicherweise enthält der Packen keine Anträge. Aber morgen ist auch noch ein Tag.

Schriftliche Forderungen dieser Art müssen binnen dreißig Tagen beantwortet und können gleichzeitig bei Gericht eingereicht werden. Mit meiner eigenen bin ich fast fertig, und Drummonds Schreiben spornt mich zum Handeln an. Ich bin entschlossen, diesem Herrn Großkotz zu zeigen, daß ich auch einen Papierkrieg führen kann. Er wird entweder beeindruckt sein oder einmal mehr feststellen, daß sein Gegner ein Anwalt ist, der sonst nichts zu tun hat.

Es ist fast dunkel, als ich leise auf die Auffahrt einbiege. Neben Miss Birdies Cadillac stehen zwei fremde Wagen, zwei funkelnde Pontiacs mit Avis-Aufklebern an der hinteren Stoßstange. Während ich auf Zehenspitzen ums Haus schleiche und hoffe, in meine Wohnung zu gelangen, ohne gesehen zu werden, höre ich Stimmen.

Ich bin lange im Büro geblieben, in erster Linie, weil ich Delbert und Vera aus dem Wege gehen wollte. Aber das Glück habe ich nicht. Sie sitzen mit Miss Birdie auf der Terrasse und trinken Tee. Und da ist noch mehr Besuch.

»Da ist er«, sagt Delbert laut, sobald er meiner ansichtig geworden ist. Ich bleibe stehen und schaue zur Terrasse. »Kommen Sie her, Rudy.« Es ist eher ein Befehl als eine Einladung.

Als ich näher komme, steht er langsam auf, und ein anderer Mann folgt seinem Beispiel. Delbert zeigt auf den Neuankömmling. »Rudy, das ist mein Bruder Randolph.«

Randolph und ich geben uns die Hand. »Meine Frau June«, sagt er und deutet auf eine weitere alternde, lederhäutige Person vom Vera-Typ, diesmal mit gebleichtem Haar. Ich nicke ihr zu. Sie bedenkt mich mit einem Blick, der Käse zum Kochen bringen könnte.

»Miss Birdie«, sage ich höflich und nicke meiner Hauswirtin zu.

»Hallo, Rudy«, sagt sie süß. Sie sitzt neben Delbert auf dem Korbsofa.

»Setzen Sie sich zu uns«, sagt Randolph und deutet auf einen freien Stuhl.

»Nein, danke. Ich muß in meine Wohnung und nachsehen, ob wieder jemand dort herumgeschnüffelt hat«, sage ich mit einem Blick auf Vera. Sie sitzt ein wenig abseits von den anderen hinter dem Sofa, vermutlich so weit weg von June, wie es nur geht.

June ist zwischen vierzig und fünfundvierzig. Ihr Mann ist, soweit ich mich erinnere, fast sechzig. Jetzt fällt mir wieder ein, daß sie diejenige ist, die Miss Birdie als Flittchen bezeichnet hat. Randolphs dritte Frau. Die, die immer nach dem Geld fragt.

»Wir waren nicht in Ihrer Wohnung«, sagt Delbert mürrisch.

Im Gegensatz zu seinem aufgedonnerten Bruder altert Randolph mit Würde. Er ist nicht dick, sein Haar ist nicht dauergewellt und gefärbt, er ist nicht mit Gold behängt. Er trägt ein Golfhemd, Bermudashorts, weiße Socken, weiße Turnschuhe. Wie alle anderen ist er gebräunt. Man könnte ihn ohne weiteres für einen leitenden Angestellten im Ruhestand halten, die dazugehörige kleine Plastiktrophäe in Gestalt einer Ehefrau hat er jedenfalls. »Wie lange gedenken Sie noch hier wohnen zu bleiben, Rudy?« fragt er.

»Ich wüßte nicht, daß ich ausziehe.«

»Das habe ich auch nicht behauptet. Reine Neugierde. Mutter sagt, es gäbe keinen Mietvertrag, also frage ich nur.«

»Und warum fragen Sie?« Die Lage ändert sich rapide. Bis gestern abend hat Miss Birdie nie ein Wort über einen Mietvertrag verloren.

»Weil ich Mutter von jetzt an helfe, ihre Angelegenheiten zu regeln. Die Miete ist sehr niedrig.«

»Das kann man wohl sagen«, setzt June hinzu.

»Sie haben sich doch wohl nicht beschwert, Miss Birdie, oder?« frage ich sie.

»Ach nein«, sagt sie vage, als hätte sie vielleicht daran gedacht, sich zu beschweren, aber einfach nicht die Zeit dazu gefunden.

Ich könnte das Mulchverteilen und Streichen und Unkrautjäten zur Sprache bringen, aber ich bin entschlossen, mich mit diesen Schwachköpfen auf keine Diskussion einzulassen. »Na also«, sage ich. »Wenn die Hauswirtin zufrieden ist, weshalb zerbrechen Sie sich dann den Kopf?«

»Wir wollen nicht, daß Mama ausgenutzt wird«, sagt Delbert.

»Na hör mal, Delbert«, sagt Randolph.

»Wer nutzt sie aus?« frage ich.

»Nun ja, niemand, aber...«

»Was er sagen will«, unterbricht ihn Randolph, »ist, daß von jetzt ab alles anders wird. Wir sind hier, um Mutter zu helfen, und wir machen uns nur Gedanken über ihre Angelegenheiten. Das ist alles.«

Ich beobachte Miss Birdie, während Randolph redet, und ihr Gesicht glüht. Ihre Söhne sind da, machen sich Sorgen um sie, stellen Fragen, erheben Forderungen, beschützen ihre Mama. Obwohl ich sicher bin, daß sie ihre beiden Schwiegertöchter nicht ausstehen kann, ist Miss Birdie eine sehr zufriedene Frau.

»Schön«, sage ich. »Aber lassen Sie mich in Ruhe. Und halten Sie sich von meiner Wohnung fern.« Ich mache kehrt und gehe rasch davon, lasse viele unausgesprochene Worte hinter mir zurück und viele Fragen, die sie stellen wollten. Ich schließe meine Wohnung ab, esse ein Sandwich und höre sie durch ein Fenster da unten reden.

Ich verbringe ein paar Minuten damit, mir diese Familienversammlung zusammenzureimen. Irgendwann gestern sind Delbert und Vera aus Florida eingetroffen, in welcher Absicht, werde ich vermutlich nie erfahren. Irgendwie haben sie Miss Birdies letztes Testament gefunden, gesehen, daß sie so an die zwanzig Millionen Dollar zu vererben hat, und waren plötzlich sehr besorgt um ihr Wohlergehen. Sie erfuhren, daß ein Anwalt auf ihrem Grundstück wohnt, und darüber waren sie nicht weniger besorgt. Delbert ruft Randolph an, der auch in Florida lebt, und Randolph eilt heim, mit der Plastiktrophäe im Schlepptau. Sie haben den heutigen Tag damit verbracht, alles nur Erdenkliche aus ihrer Mutter herauszuholen, und sind jetzt an dem Punkt angelangt, daß sie ihre Beschützer sind.

Mich kümmert das nicht im mindesten. Ich kann mir nicht helfen, aber der Gedanke an diese Versammlung bringt mich zum Kichern. Wie lange wird es wohl dauern, bis sie die Wahrheit erfahren?

Fürs erste ist Miss Birdie glücklich. Und ich gönne ihr dieses Glück.

30

Ich komme pünktlich zu meiner Neun-Uhr-Verabredung mit Dr. Walter Kord, aber das nützt mir nicht das geringste. Ich warte eine Stunde und lese in Donny Rays medizinischen Unterlagen, die ich längst auswendig kenne. Der Warteraum ist überfüllt mit Krebspatienten. Ich versuche, sie nicht anzusehen.

Um zehn erscheint eine Schwester, um mich zu holen. Ich folge ihr in einen fensterlosen Raum tief in einem Labyrinth. Wie kommt jemand auf die Idee, sich unter all den medizinischen Spezialgebieten ausgerechnet für Onkologie zu entscheiden? Aber vermutlich muß es wohl irgend jemand tun.

Wie kommt jemand auf die Idee, sich für die Juristerei zu entscheiden?

Ich sitze mit meiner Akte auf einem Stuhl und warte weitere fünfzehn Minuten. Stimmen auf dem Flur, dann geht die Tür auf. Ein junger Mann von ungefähr Fünfunddreißig stürmt herein. »Mr. Baylor?« sagt er und ergreift meine Hand, noch bevor ich mich richtig von meinem Stuhl erheben kann.

»Ja.«

»Walter Kord. Ich bin in Eile. Können wir das in fünf Minuten erledigen?«

»Ich denke schon.«

»Machen wir es so kurz wie möglich. Ich habe eine Menge Patienten«, sagt er und bringt sogar ein Lächeln zustande. Mir ist vollauf bewußt, wie sehr Ärzte Anwälte hassen. Irgendwie kann ich es ihnen nicht übelnehmen.

»Danke für das Gutachten. Es hat funktioniert. Wir haben Donny Ray bereits vernommen.«

»Gut.« Er ist ungefähr zehn Zentimeter größer als ich und schaut auf mich herab, als wäre ich ein Idiot.

Ich knirsche mit den Zähnen und sage: »Wir brauchen Ihre Aussage.«

Seine Reaktion ist typisch für Ärzte. Sie hassen Gerichtssäle. Und um sie zu vermeiden, erklären sie sich manchmal zu einer aufgezeichneten Vernehmung bereit, die dann anstelle ihrer persönlichen Aussage vor Gericht verwendet werden kann. Aber sie brauchen das nicht zu tun. Und wenn sie es nicht tun, sind Anwälte gelegentlich zu einem unerfreulichen Schritt gezwungen – der Vorladung. Es liegt in der Macht eines Anwalts, so gut wie jedem eine Vorladung ausstellen zu lassen, Ärzte eingeschlossen.

»Ich bin sehr beschäftigt«, sagt er.

»Ich weiß. Es ist nicht für mich. Es ist für Donny Ray.«

Er runzelt die Stirn und atmet schwer, als bereitete ihm dies starkes körperliches Unbehagen. »Ich berechne fünfhundert Dollar die Stunde für eine Zeugenaussage.«

Das schockiert mich nicht, weil ich damit gerechnet habe. Während des Studiums habe ich Geschichten von Ärzten gehört, die sogar noch mehr berechnet haben. Ich muß betteln. »Das kann ich mir nicht leisten, Dr. Kord. Ich habe meine Kanzlei erst vor sechs Wochen eröffnet und bin dem Hungertod nahe. Dies ist der einzige anständige Fall, den ich habe.«

Es ist erstaunlich, was die Wahrheit bewirken kann. Dieser Mann verdient vermutlich eine Million Dollar im Jahr, und er ist sofort entwaffnet von meiner Offenheit. Ich sehe Mitleid in seinen Augen. Er zögert eine Sekunde, denkt vielleicht an Donny Ray und daran, wie frustrierend es ist, ihm nicht helfen zu können. Vielleicht tue ich ihm auch leid. Wer weiß?

»Ich schicke Ihnen eine Rechnung, okay? Bezahlen Sie sie, wann immer Sie können.«

»Danke, Doktor.«

»Machen Sie mit meiner Sekretärin einen Termin aus. Können wir es hier machen?«

»Selbstverständlich.«

»Gut. Ich muß weitermachen.«

Als ich zurückkomme, hat Deck eine Mandantin in seinem Büro. Es ist eine Frau in mittlerem Alter, dicklich, gut angezogen. Er winkt mich herein und stellt sie mir als Mrs. Madge Dresser vor, die eine Scheidung möchte. Sie hat geweint, und als ich mich neben Deck an den Schreibtisch lehne, schiebt er mir seinen Block mit einer Notiz zu: »Sie hat Geld.«

Wir verbringen eine Stunde mit Madge, und es ist eine traurige Geschichte. Alkohol, Schläge, andere Frauen, Glücksspiel, mißratene Kinder, und sie hat sich nichts vorzuwerfen. Vor zwei Jahren hat sie schon einmal die Scheidung eingereicht, und ihr Mann hat ihrem Anwalt die Kanzleifenster zerschossen. Er spielt mit Waffen herum und ist gefährlich. Ich werfe Deck einen Blick zu, während sie diese Geschichte erzählt. Er weigert sich, mich anzusehen.

Sie zahlt sechshundert Dollar in bar und verspricht mehr. Wir werden die Scheidungsklage morgen einreichen. Bei der Kanzlei von Rudy Baylor ist sie in guten Händen, versichert ihr Deck.

Kurz nachdem sie gegangen ist, läutet das Telefon. Eine Männerstimme fragt nach mir. Ich nenne meinen Namen.

»Ja, Rudy, hier ist Roger Rice, Anwalt. Ich glaube nicht, daß wir uns kennen.«

Auf meiner Stellungssuche habe ich beinahe jeden Anwalt in Memphis kennengelernt, aber an einen Roger Rice erinnere ich mich nicht. »Nein, das glaube ich auch nicht. Ich bin neu im Geschäft.«

»Ja, ich mußte die Auskunft anrufen, um Ihre Nummer zu bekommen. Hören Sie, ich stecke mitten in einer Zusammenkunft mit zwei Brüdern, Randolph und Delbert Birdsong, und ihrer Mutter Birdie. Soweit ich verstanden habe, kennen Sie diese Leute.«

Ich kann mir genau vorstellen, wie sie da zwischen ihren Söhnen sitzt, dämlich grinst und »wie nett« sagt.

»Ja, Miss Birdie kenne ich sehr gut«, sage ich, als hätte ich den ganzen Tag auf diesen Anruf gewartet.

»Genaugenommen sitzen sie nebenan hier in meiner Kanzlei. Ich habe mich hinausgeschlichen, um mit Ihnen zu sprechen. Ich arbeite an ihrem Testament und, nun ja, es geht um einen Haufen Geld. Sie haben gesagt, sie hätten versucht, ihr Testament aufzusetzen.«

»Das stimmt. Ich habe vor ein paar Monaten einen Entwurf angefertigt, aber sie war offensichtlich nicht geneigt, ihn zu unterschreiben.«

»Warum nicht?« Er macht einen netten Eindruck, tut nur

seinen Job, und es ist nicht seine Schuld, daß sie bei ihm sind. Also liefere ich ihm einen kurzen Bericht über Miss Birdies Absicht, ihr Vermögen dem Reverend Kenneth Chandler zu vermachen.

»Hat sie das Geld?« fragt er.

Ich kann ihm die Wahrheit nicht sagen. Es widerspräche sämtlichen ethischen Grundsätzen, wenn ich ohne ihre ausdrückliche Zustimmung irgendwelche Informationen über Miss Birdie preisgeben würde. Und die Information, auf die Rice aus ist, habe ich mir mit wenn auch nicht gerade illegalen, so doch mit dubiosen Mitteln verschafft. Mir sind die Hände gebunden.

»Was hat sie Ihnen erzählt?« frage ich.

»Nicht viel. Etwas über ein Vermögen in Atlanta, Geld, das ihr zweiter Ehemann ihr hinterlassen hat, aber wenn ich versuche, sie festzunageln, macht sie alle möglichen Ausflüchte.«

Das kommt mir sehr bekannt vor. »Weshalb will sie ein neues Testament machen?« frage ich.

»Sie will alles ihrer Familie hinterlassen – Söhnen und Enkelkindern. Ich möchte nur wissen, ob sie das Geld hat.«

»Darüber kann ich Ihnen nichts sagen. In Atlanta gibt es eine Nachlaßakte, und die ist versiegelt. Weiter bin ich nicht gekommen.«

Er ist immer noch nicht befriedigt, aber mehr kann ich ihm nicht sagen. Ich verspreche, ihm den Namen des Anwalts in Atlanta und seine Telefonnummer zu faxen.

Als ich nach neun nach Hause komme, stehen sogar noch mehr Mietwagen in der Einfahrt. Ich bin gezwungen, meinen Wagen auf der Straße stehen zu lassen, und das ärgert mich. Ich schleiche durch die Dunkelheit, und die Leute auf der Terrasse bemerken mich nicht.

Es müssen die Enkelkinder sein. Ich sitze im Dunkeln am Fenster meines kleinen Wohnzimmers, esse eine Hühnerpastete und lausche den Stimmen. Ich kann die von Delbert und Randolph heraushören. Gelegentlich dringt Miss Birdies Gekicher durch die schwüle Luft. Die anderen Stimmen sind jünger.

Das muß gelaufen sein wie bei der Notrufzentrale, eine Sache um Leben und Tod. Kommt schnell! Sie ist stinkreich! Wir dachten, die alte Krähe hätte ein paar Dollar, aber doch kein Vermögen. Sie müssen mit einer Art Telefonkette die ganze Familie aufgescheucht haben. Kommt schnell! Euer Name steht im Testament, und daneben steht eine Million Dollar. Und sie denkt daran, es zu ändern. Macht euch schleunigst auf die Socken. Es ist an der Zeit, Granny zu lieben.

31

Auf Kiplers Rat und mit seiner Zustimmung treffen wir uns für Dots Vernehmung in seinem Gerichtssaal. Nachdem Drummond sie für meine Kanzlei vorgesehen hatte, ohne mich vorher zu fragen, habe ich bewußt weder Ort noch Zeitpunkt zugestimmt. Kipler schaltete sich ein, rief Drummond an, und binnen Sekunden war alles geregelt.

Als wir Donny Ray vernahmen, konnten alle einen Blick auf den in seinem Fairlane sitzenden Buddy werfen. Ich habe Kipler und auch Drummond erklärt, daß es meiner Meinung nach keinen Sinn hat, Buddy zu vernehmen. Er ist nicht ganz richtig, wie Dot es ausdrückt. Der arme Kerl ist harmlos, und er weiß nichts über den Versicherungsschlamassel. In der gesamten Akte deutet nichts darauf hin, daß Buddy irgend etwas darüber weiß. Ich habe noch nie einen vollständigen Satz von ihm gehört, und ich kann mir nicht vorstellen, daß er dem Streß einer eingehenden Vernehmung gewachsen wäre. Buddy könnte durchdrehen und ein paar Anwälte krankenhausreif schlagen.

Dot läßt ihn zu Hause. Ich war gestern zwei Stunden bei ihr und habe sie auf Drummonds Fragen vorbereitet. Sie wird bei der Verhandlung aussagen, also ist dies nicht die offizielle Zeugenaussage, sondern nur eine Vernehmung zu Ermittlungszwecken. Drummond wird den Anfang machen, praktisch alle Fragen stellen und die meiste Zeit freie Bahn haben. Es wird Stunden dauern.

Kipler gedenkt auch diesmal anwesend zu sein. Wir versammeln uns an einem der Anwaltstische unterhalb seines Podiums. Er instruiert die Bedienerin der Videokamera und die Protokollantin. Das hier ist sein Reich, und er will es so haben.

Ich bin überzeugt, er befürchtet, daß Drummond mich einfach überrennen könnte, wenn ich auf mich allein gestellt bin. Die Abneigung zwischen diesen beiden sitzt so tief, daß sie es kaum ertragen können, einander anzusehen. Ich finde das großartig.

Die arme Dot sitzt allein und mit zitternden Händen am Ende des Tisches. Ich bin dicht neben ihr, und das macht sie vermutlich noch nervöser. Sie trägt ihre beste Baumwollbluse und ihre besten Jeans. Ich habe ihr erklärt, daß sie sich nicht herauszuputzen braucht, weil die Geschworenen das Video nicht zu sehen bekommen werden. Aber beim Prozeß ist es wichtig, daß sie ein Kleid trägt. Was wir mit Buddy machen werden, weiß Gott allein.

Kipler sitzt auf meiner Seite des Tisches, aber soweit weg wie möglich, dicht neben der Videokamera. Auf der anderen Seite sitzen Drummond und nur drei Mitstreiter – B. Dewey Clay Hill der Dritte, M. Alec Plunk Junior und Brandon Fuller Grone.

Deck ist im Gebäude, irgendwo draußen auf dem Flur, auf der Jagd nach Mandanten. Er hat gesagt, er würde vielleicht später dazukommen.

Also sind fünf Anwälte und ein Richter anwesend und starren Dot an, als sie die rechte Hand hebt und schwört, die Wahrheit zu sagen. Mir würden auch die Hände zittern. Drummond lächelt breit, stellt sich Dot vor, fürs Protokoll, und verbringt die ersten fünf Minuten mit einer liebenswürdigen Erklärung über den Zweck der Vernehmung. Wir sind auf die Wahrheit aus. Er wird nicht versuchen, sie zu irgend etwas zu verleiten oder sie zu verwirren. Sie kann sich jederzeit mit ihrem Anwalt beraten und so weiter und so weiter. Er hat es ganz und gar nicht eilig. Die Uhr tickt vor sich hin.

Die erste Stunde wird mit Familiengeschichte verbracht. Drummond ist, wie nicht anders zu erwarten, makellos vorbereitet. Er bewegt sich langsam von einem Thema zum nächsten – Schulbildung, Beschäftigungen, Wohnsitze, Hobbys – und stellt Fragen, die mir nicht einmal im Traum eingefallen wären. Das meiste davon ist sinnloses Geschwätz, aber so verhalten sich gewiefte Anwälte nun mal bei einer Vorvernehmung. Frage, grabe, stoß nach, grabe noch ein bißchen, man kann ja nie wissen, was vielleicht dabei herauskommt. Aber selbst wenn er auf irgend etwas besonders Pikantes stoßen würde, sagen wir, eine Teenagerschwangerschaft, dann wäre das völlig nutzlos. Er könnte es nicht vor Gericht verwenden.

Aber die Vorschriften erlauben derartigen Unfug, und sein Mandant zahlt ihm eine Wagenladung Geld dafür, daß er ausgiebigst im trüben fischt.

Kipler kündigt eine Pause an, und Dot stürmt hinaus auf den Flur. Die Zigarette steckt schon zwischen ihren Lippen, bevor sie die Tür erreicht hat. Wir stellen uns an eine Trinkwasserfontäne.

»Sie machen das ausgezeichnet«, sage ich zu ihr, und sie hält sich tatsächlich sehr gut.

»Wird mich dieser Mistkerl auch nach meinem Sexleben fragen?« knurrt sie.

»Vermutlich.« Vor meinem inneren Auge erscheint das Bild von Dot und ihrem Ehemann im Bett, und ich bin nahe daran, mich mal eben entschuldigen zu müssen.

Sie raucht so hastig, als könnte diese Zigarette die letzte sein.

»Können Sie den Kerl nicht stoppen?«

»Wenn er zu weit geht, werde ich es tun. Aber er hat das Recht, nach fast allem zu fragen.«

»Dieser neugierige Bastard.«

In der zweiten Stunde geht es so langsam voran wie in der ersten. Drummond kommt zu den finanziellen Verhältnissen der Blacks, und wir erfahren vom Kauf ihres Hauses und vom Kauf ihrer verschiedenen Wagen, einschließlich des Fairlane, und vom Kauf ihrer größeren Haushaltsgeräte. Da reicht es Kipler, und er fordert Drummond auf, zum nächsten Thema überzugehen. Wir erfahren eine Menge über Buddy, seine Kriegsverletzung, seine Jobs und seine Rente. Und über seine Hobbys und darüber, wie er seine Tage verbringt.

Kipler sagt bissig zu Drummond, er sollte zusehen, daß er etwas Relevantes findet.

Dot informiert uns, daß sie auf die Toilette muß. Ich habe ihr gesagt, das sollte sie immer dann tun, wenn sie erschöpft wäre. Wir unterhalten uns ein paar Minuten auf dem Flur. Währenddessen raucht sie drei Zigaretten, und ich versuche, dem Rauch auszuweichen.

Ungefähr in der Mitte der dritten Stunde kommen wir endlich auf die Versicherung. Ich habe eine vollständige Kopie sämtlicher zu der Akte gehörenden Unterlagen, Donny Rays Krankengeschichte eingeschlossen, angefertigt, und alle diese Dokumente liegen in einem säuberlichen Stapel auf dem Tisch. Kipler hat sie sich angesehen. Wir sind in der seltenen und beneidenswerten Lage, daß wir keine üblen Dokumente haben. Es ist nichts dabei, was wir lieber verbergen würden. Drummond kann alles sehen.

Kipler und auch Deck zufolge ist es in derartigen Fällen nicht ungewöhnlich, daß die Versicherungsgesellschaften versuchen, Dinge vor ihren eigenen Anwälten zu verbergen. Es kommt sogar ziemlich oft vor, zumal dann, wenn die Gesellschaft wirklich schmutzige Wäsche hat, die sie vergraben möchte.

Während eines Seminars über Prozeßführung im vorigen Jahr haben wir fassungslos einen Fall nach dem anderen durchgenommen, bei dem Firmen für ihre Untaten bestraft wurden, weil sie versucht hatten, Dokumente vor ihren eigenen Anwälten geheimzuhalten.

Als wir zu dem Papierkram kommen, bin ich fürchterlich aufgeregt. Und Kipler ist es auch. Drummond hat diese Dokumente bereits angefordert, aber ich habe noch eine Woche Zeit, bis sie ihm vorliegen müssen. Ich würde zu gern sein Gesicht sehen, wenn er den Blöde-Brief liest. Und Kipler auch.

Wir vermuten, daß er das meiste, wenn nicht sogar alles, was vor Dot auf dem Tisch liegt, bereits gesehen hat. Er hat seine Dokumente von seinem Mandanten bekommen. Meine stammen von den Blacks. Aber wir vermuten, daß die meisten davon identisch sind. Ich habe, genau wie er es getan hat, eine schriftliche Aufforderung zur Vorlage sämtlicher Dokumente eingereicht. Wenn er dieser Aufforderung nachkommt, wird er mir Dokumente schicken, die ich seit drei Monaten besitze. Die Papierschlacht.

Später, wenn alles so läuft wie geplant, werde ich in der Zentrale der Gesellschaft in Cleveland einen frischen Haufen Dokumente dazubekommen.

Wir fangen mit dem Antrag und der Police an. Dot gibt sie Drummond, der sie überfliegt und dann an Hill weiterreicht; dann wandert sie weiter zu Plunk und schließlich zu Grone.

Es dauert seine Zeit, bis diese Affen sie Seite für Seite durchgeblättert haben. Sie haben die verdammte Police und den Antrag seit drei Monaten. Aber Zeit ist Geld. Dann macht die Protokollantin sie zu einem Beweisstück in Dots Vernehmung.

Das nächste Dokument ist der erste ablehnende Brief, und er wird gleichfalls um den Tisch herumgereicht. Ebenso geht es mit den anderen Ablehnungsschreiben. Ich bemühe mich angestrengt, nicht einzuschlafen.

Der Blöde-Brief kommt als nächster. Ich habe Dot eingeschärft, ihn Drummond einfach auszuhändigen, ohne irgendeinen Kommentar zu seinem Inhalt. Ich will nicht, daß er vorgewarnt ist, falls er ihn bisher noch nicht zu Gesicht bekommen hat. Das ist ziemlich viel verlangt von Dot, denn der Brief kann einen immer wieder neu in Rage bringen. Drummond nimmt ihn und liest:

Sehr geehrte Mrs. Black,
unsere Gesellschaft hat Ihre Ansprüche bereits siebenmal schriftlich abgewiesen. Wir tun es jetzt zum achten und letzten Mal. Offenbar sind Sie blöde, blöde, blöde!

Nachdem er die letzten dreißig Jahre in Gerichtssälen verbracht hat, ist Drummond ein vorzüglicher Schauspieler. Mir ist sofort klar, daß er diesen Brief noch nie gesehen hat. Sein Mandant hat ihn der Akte nicht beigefügt. Der Brief ist ein schwerer Schlag für ihn. Sein Mund öffnet sich leicht. Auf seiner Stirn erscheinen drei dicke Falten. Er kneift angestrengt die Augen zusammen und liest den Brief ein zweites Mal.

Dann tut er etwas, von dem er sich später wünscht, er hätte es nicht getan. Er hebt den Blick über den Brief hinweg und sieht mich an. Ich natürlich starre ihn an, mit einer etwas höhnischen Miene, die besagt: »Erwischt, großes Tier.«

Dann macht er die Sache noch schlimmer, indem er Kipler ansieht. Seine Ehren läßt sich keine Gesichtsbewegung entgehen, kein Zucken und Zwinkern, und er registriert das Offenkundige. Drummond ist fassungslos über das, was er in der Hand hält.

Er erholt sich rasch, aber der Schaden ist angerichtet. Er gibt den Brief an Hill weiter, der vor sich hindöst und keine Ahnung hat, daß sein Boß ihm eine Bombe überreicht. Wir beobachten Hill ein paar Sekunden, dann explodiert sie.

»Außerhalb des Protokolls«, sagt Kipler. Die Protokollantin und die Bedienerin der Videokamera stellen ihre Geräte ab. »Mr. Drummond, es ist offensichtlich, daß Sie diesen Brief nie zuvor gesehen haben. Und ich vermute, daß dies nicht das erste oder letzte Dokument sein wird, das Ihre Mandanten verheimlichen möchten. Ich habe genügend Versicherungsgesellschaften verklagt, um zu wissen, daß Dokumente die Neigung haben, verlorenzugehen.« Kipler beugt sich vor und zeigt mit dem Finger auf Drummond. »Wenn ich Sie oder Ihre Mandanten dabei ertappe, daß Sie dem Kläger Dokumente vorenthalten, werde ich Ihnen beiden Sanktionen auferlegen. Ich werde Sie zu hohen Geldbußen verurteilen, in denen Kosten und Anwaltshonorare auf stündlicher Basis in der Höhe enthalten sind, die Sie Ihren Mandanten berechnen. Haben Sie mich verstanden?«

Derartige Sanktionen sind der einzige Weg, auf dem ich jemals zweihundertfünfzig Dollar pro Stunde verdienen werde.

Drummond und Genossen taumeln noch immer. Ich kann mir kaum vorstellen, wie dieser Brief auf die Geschworenen wirken wird, und ich bin sicher, daß sie dasselbe denken.

»Beschuldigen Sie mich, daß ich Ihnen Dokumente vorenthalte, Euer Ehren?«

»Noch nicht.« Kiplers Finger ist immer noch ausgestreckt. »Im Moment warne ich Sie nur.«

»Ich finde, Sie sollten diesen Fall abgeben, Euer Ehren.«

»Ist das ein Antrag?«

»Ja, Sir.«

»Abgelehnt. Sonst noch was?«

Drummond hantiert mit Papieren und schlägt ein paar Sekunden tot. Die arme Dot ist wie versteinert und denkt vermutlich, sie hätte etwas getan, das diese Funken hervorgerufen hat. Ich bin selbst ein wenig steif.

»Zurück zum Protokoll«, sagt Kipler, ohne Drummond auch nur einen Augenblick aus den Augen zu lassen.

Ein paar Fragen werden gestellt und beantwortet. Ein paar

weitere Dokumente laufen über das Fließband. Um halb eins unterbrechen wir für die Mittagspause, und eine Stunde später sind wir wieder versammelt. Dot ist erschöpft.

Kipler gibt Drummond ziemlich streng zu verstehen, daß er die Sache beschleunigen soll. Er versucht es, aber es ist schwierig. Er tut dies schon so lange und hat dabei so viel Geld verdient, daß er buchstäblich endlos Fragen stellen könnte.

Meine Mandantin entschließt sich zu einer Strategie, für die ich sie bewundere. Sie erklärt den Anwesenden, außerhalb des Protokolls, daß sie ein Blasenproblem hat, nichts Ernstes, Sie wissen schon, aber schließlich ist sie fast sechzig. Jedenfalls muß sie, je weiter der Tag fortschreitet, immer öfter auf die Toilette. Drummond hat, wie nicht anders zu erwarten, ein Dutzend Fragen zu ihrer Blase, aber Kipler macht dem ein rasches Ende. Also entschuldigt sich Dot ungefähr alle Viertelstunde und verläßt den Gerichtssaal. Sie läßt sich viel Zeit.

Ich bin sicher, daß mit ihrer Blase alles in Ordnung ist, und ich bin auch sicher, daß sie sich in einer Kabine versteckt und wie ein Schornstein qualmt. Diese Strategie erlaubt es ihr, das Tempo vorzugeben, und entkräftet schließlich auch Drummond.

Um halb vier, sechseinhalb Stunden nachdem wir angefangen haben, erklärt Kipler die Vernehmung für beendet.

Zum ersten Mal seit über zwei Wochen sind sämtliche Mietwagen verschwunden. Nur Miss Birdies Cadillac steht noch da. Ich parke dahinter, auf meinem alten Platz, und gehe ums Haus herum. Niemand da.

Sie sind endlich abgereist. Ich habe seit dem Tag, an dem Delbert eingetroffen ist, nicht mehr mit Miss Birdie gesprochen, und es gibt einiges zu bereden. Ich bin nicht wütend, ich will nur ein bißchen plaudern.

Ich bin bei der Treppe zu meiner Wohnung angelangt, als ich eine Stimme höre. Es ist nicht die von Miss Birdie.

»Rudy, haben Sie eine Minute Zeit?« Es ist Randolph, der sich von einem Schaukelstuhl auf der Terrasse erhebt.

Ich deponiere meinen Aktenkoffer und mein Jackett auf der Treppe und gehe hinüber.

»Setzen Sie sich«, sagt er. »Wir müssen miteinander reden.« Er scheint hervorragender Stimmung zu sein.

»Wo ist Miss Birdie?« frage ich. Im Haus brennt kein Licht.

»Sie ist, äh, für eine Weile verreist. Will einige Zeit mit uns in Florida verbringen. Sie ist heute morgen abgeflogen.«

»Wann kommt sie zurück?« frage ich. Das geht mich im Grunde nichts an, aber fragen muß ich trotzdem.

»Das weiß ich nicht. Vielleicht überhaupt nicht. Hören Sie, von jetzt an werden wir, ich und Delbert, uns um ihre Angelegenheiten kümmern. Wahrscheinlich haben wir sie in letzter Zeit ein bißchen vernachlässigt, aber sie möchte trotzdem, daß wir alles in die Hand nehmen. Und wir möchten, daß Sie hier wohnen bleiben. Wir möchten Ihnen sogar ein Angebot machen. Sie bleiben hier, passen auf das Haus auf, halten alles in Ordnung, und dafür brauchen Sie keine Miete zu zahlen.«

»Was meinen Sie mit alles in Ordnung halten?«

»Nur das Übliche, nichts Ausgefallenes. Mama hat gesagt, Sie wären ihr in diesem Sommer eine große Hilfe gewesen, und Sie brauchen nur zu tun, was Sie bisher auch schon getan haben. Für die Post haben wir einen Nachsendeantrag gestellt, darum brauchen Sie sich also nicht zu kümmern. Falls sich irgendwelche schwerwiegenden Probleme ergeben sollten, rufen Sie mich an. Es ist ein gutes Angebot, Rudy.«

Das ist es in der Tat. »Ich nehme an«, sage ich.

»Gut. Mama mag Sie wirklich, wissen Sie, sie sagt, Sie wären ein netter junger Mann, dem man vertrauen kann. Obwohl Sie Anwalt sind. Ha, ha, ha.«

»Was ist mit ihrem Wagen?«

»Den fahre ich morgen nach Florida.« Er überreicht mir einen großen Umschlag. »Hier sind die Schlüssel zum Haus, die Telefonnummern des Versicherungsagenten, der Firma, die für die Alarmanlage verantwortlich ist, und so weiter. Dazu meine Adresse und Telefonnummer.«

»Wo wird sie wohnen?«

»Bei uns, in der Nähe von Tampa. Wir haben ein hübsches kleines Haus mit einem Gästezimmer. Wir werden gut für sie sorgen. Zwei von meinen Kindern wohnen ganz in der Nähe, sie wird also eine Menge Gesellschaft haben.«

Ich kann sie vor mir sehen, wie sie sich geradezu überschlagen, um Granny zu Diensten zu sein. Eine Zeitlang werden sie damit glücklich sein, sie unter ihrer Liebe zu ersticken, und dabei gleichzeitig hoffen, daß sie nicht mehr allzu lange lebt. Sie können es gar nicht abwarten, daß sie stirbt, damit sie alle reich werden. Es fällt mir sehr schwer, ein Grinsen zu unterdrücken.

»Das ist schön«, sage ich. »Sie ist eine sehr einsame alte Frau gewesen.«

»Sie mag sie wirklich, Rudy. Sie waren gut zu ihr.« Seine Stimme ist leise und aufrichtig, und ich verspüre einen Anflug von Traurigkeit.

Wir geben uns die Hand und sagen uns Lebewohl.

Ich schaukele in der Hängematte, erschlage Moskitos, starre den Mond an. Ich bezweifle ernsthaft, daß ich Miss Birdie je wiedersehen werde, und fühle mich plötzlich einsam. Diese Leute werden sie unter ihrer Fuchtel haben, bis sie tot ist, und sehr genau aufpassen, daß sie keine Gelegenheit bekommt, ihr Testament zu ändern. Ein bißchen schuldbewußt bin ich schon, weil ich schließlich die Wahrheit über ihren Reichtum kenne, aber das ist ein Geheimnis, das ich niemandem anvertrauen kann.

Gleichzeitig kann ich mir ein Lächeln über diese Wendung des Schicksals nicht verkneifen. Miss Birdie ist heraus aus ihrem einsamen alten Haus und nun statt dessen von ihren Angehörigen umgeben. Sie steht plötzlich im Zentrum der Aufmerksamkeit, eine Position, die sie immer ersehnt hat. Ich erinnere mich an sie im Cypress Gardens Senior Citizens Building, wie sie die Leute herumdirigiert, sie zum Singen animiert, Ansprachen gehalten, auf Bosco und die anderen Gruftis eingeredet hat. Sie hat ein Herz aus Gold, aber sie hungert nach Beachtung.

Ich hoffe, der Sonnenschein tut ihr gut und sie ist glücklich. Ich frage mich, wer wohl im Cypress Gardens ihren Platz einnehmen wird.

32

Ich vermute, Booker hat dieses elegante Restaurant ausgesucht, weil er gute Nachrichten hat. Echtes Silberbesteck. Leinenservietten. Er muß einen Mandanten haben, der das bezahlt.

Er kommt eine Viertelstunde zu spät, sonst gar nicht seine Art, aber er ist neuerdings ein vielbeschäftigter Mann, und seine ersten Worte sind: »Ich habe bestanden«. Wir trinken unser Wasser, während er mir in allen Einzelheiten die Geschichte seiner Berufung beim Juristischen Prüfungsausschuß erzählt. Sein Examen wurde noch einmal überprüft, die Punktezahl um drei heraufgesetzt, und jetzt ist er ein richtiger Anwalt. Ich habe ihn noch nie so oft lächeln sehen. Außer ihm haben aus unserer Gruppe nur noch zwei mit Erfolg Berufung eingelegt. Sara Plankmore gehört nicht zu ihnen. Booker hat ein Gerücht gehört, daß sie absolut miserabel abgeschnitten hat und sogar Gefahr läuft, ihren Job beim Bundesanwalt zu verlieren.

Trotz seiner Proteste bestelle ich eine Flasche Champagner und weise den Kellner an, mir die Rechnung zu geben. Geld kann man eben nicht verstecken.

Das Essen kommt. Es sind unglaublich winzige, aber sehr hübsch angerichtete Scheibchen Lachs, und wir bewundern ihn eine Weile, bevor wir ihn verspeisen. Shankle läßt Booker in dreißig Richtungen gleichzeitig rennen, fünfzehn Stunden am Tag, aber Charlene ist eine Frau mit sehr viel Geduld. Ihr ist klar, daß er in diesen Anfangsjahren Opfer bringen muß, um später die Belohnung einkassieren zu können. Fürs erste bin ich froh, daß ich weder Frau noch Kinder habe.

Wir unterhalten uns über Kipler. Er und Shankle hatten eine nette kleine Unterhaltung, von der so einiges durchgesickert ist. Anwälten fällt es sehr schwer, Geheimnisse zu bewahren. Shankle hat Booker gegenüber erwähnt, daß Kipler ihm gegenüber erwähnt habe, daß sein Freund, also ich, einen Fall hätte, der Millionen wert sein könnte. Offensichtlich ist Kipler inzwischen überzeugt, daß ich Great Benefit am Kanthaken habe und es jetzt nur noch darum geht, wieviel die Geschworenen uns zusprechen werden. Kipler ist entschlossen, dafür zu sorgen, daß ich in einem Stück vor die Jury trete.

Welch wundervoller Klatsch.

Booker will wissen, was ich sonst noch so mache. Hört sich an, als hätte Kipler vielleicht außerdem etwas in dem Sinne erwähnt, daß ich offensichtlich nur wenig zu tun habe.

Beim Käsekuchen sagt Booker, er hätte ein paar Akten, die ich mir vielleicht gern ansehen würde. Das zweitgrößte Möbelgeschäft in Memphis heißt Ruffin's, eine im Besitz von Schwarzen befindliche Firma mit Läden überall in der Stadt. Jeder kennt Ruffin's, vor allem deshalb, weil sie die Abendshows im Fernsehen mit Spots überschwemmen, in denen alle möglichen Sonderangebote ohne Anzahlung angepriesen werden. Die machen etwa acht Millionen Dollar pro Jahr, sagt Booker, und Shankle ist ihr Anwalt. Sie vergeben ihre eigenen Kredite, und sie haben Unmengen von säumigen Schuldnern. Das liegt in der Natur ihres Geschäfts. Und jetzt hat die Kanzlei Shankle Hunderte von Inkassoakten für Ruffin's-Kunden.

Ob ich ein paar von diesen Akten haben wollte?

Das Inkassorecht ist nicht der Grund dafür, daß intelligente junge Leute Jura studieren. Die Beklagten sind Leute, die billige Möbel gekauft haben und jetzt mit ihren Zahlungen im Verzug sind. Der Mandant will die Möbel nicht wiederhaben, sondern nur das Geld. In den meisten Fällen wird kein Widerspruch eingelegt, der Beklagte erscheint nicht vor Gericht, also muß der Anwalt persönliche Besitztümer oder den Lohn pfänden lassen. Das kann gefährlich sein. Vor drei Jahren wurde ein Anwalt in Memphis von einem wütenden jungen Mann angeschossen, dessen Gehaltsscheck gerade gepfändet worden war.

Wenn es sich lohnen soll, braucht ein Anwalt einen ganzen Stapel derartiger Akten, denn bei jeder Klage geht es nur um ein paar hundert Dollar. Das Gesetz erlaubt das gleichzeitige Eintreiben von Anwaltshonoraren und Kosten.

Es ist unerfreuliche Arbeit, aber – und das ist der Grund dafür, daß Booker sie mir anbietet – es läßt sich etwas Geld damit machen. Bescheidene Honorare, aber die Masse kann genügend einbringen, um die Unkosten zu decken und Lebensmittel einzukaufen.

»Ich kann dir fünfzig schicken«, sagt er, »zusammen mit den erforderlichen Formularen. Und ich werde dir helfen, den ersten Schwung bei Gericht einzureichen. Dafür gibt es ein System.«

»Wie hoch ist das durchschnittliche Honorar?«

»Das ist schwer zu sagen, weil du bei manchen Akten keinen Pfennig herausholen wirst. Die Leute haben entweder die Stadt verlassen oder Konkurs angemeldet. Aber im Durchschnitt würde ich sagen, so an die hundert Dollar pro Akte.«

Fünfzig mal hundert macht fünftausend Dollar.

»Für eine durchschnittliche Akte brauchst du vier Monate«, erklärt er, »und wenn du willst, kann ich dir monatlich so an die zwanzig schicken. Reiche sie alle gleichzeitig ein, bei demselben Gericht und demselben Richter, so daß sie alle am gleichen Tag zur Entscheidung kommen. Dann brauchst du nur einmal vor Gericht zu erscheinen. Nimm das Säumnisurteil, und mache von da aus weiter. Es ist zu neunzig Prozent Papierarbeit.«

»Ich tu's«, sage ich. »Gibt es sonst noch etwas, was ihr gerne loswerden möchtet?«

»Vielleicht. Ich halte immer Ausschau.«

Der Kaffee kommt, und wir beschäftigen uns wieder mit dem, was Anwälte am besten können – über andere Anwälte reden. In unserem Fall reden wir über unsere Mitstudenten und darüber, wie es ihnen in der wirklichen Welt ergeht.

Booker ist wieder am Leben.

Deck bringt es fertig, völlig lautlos durch den winzigsten Spalt einer offenen Tür hindurchzuschlüpfen. Das tut er bei mir ständig. Ich sitze an meinem Schreibtisch, tief in Gedanken versunken oder in eine der wenigen Akten, die ich besitze, und peng! da ist Deck! Ich wollte, er würde anklopfen, aber es widerstrebt mir, ihm Vorhaltungen zu machen.

Da ist er wieder, steht mit einem ganzen Armvoll Post vor meinem Schreibtisch. Er bemerkt den Stapel von glänzenden neuen Inkassoakten auf der Ecke. »Was ist das?« fragt er.

»Arbeit.«

Er nimmt eine Akte in die Hand. »Ruffin's?«

»Ja, Sir. Wir arbeiten für die zweitgrößte Möbelfirma in Memphis.«

»Das ist eine Inkassoakte«, sagt er angewidert, als hätte er sich die Hand schmutzig gemacht. Und das von einem Mann, der von weiteren Raddampferkatastrophen träumt.

»Es ist ehrliche Arbeit, Deck.«

»Es ist dasselbe, als würden Sie mit dem Kopf gegen eine Wand rennen.«

»Ziehen Sie ab, und laufen Sie hinter einem Krankenwagen her.«

Er läßt meine Post auf den Schreibtisch fallen und verschwindet so lautlos, wie er gekommen ist. Ich hole tief Luft und öffne einen dicken Umschlag von Trent & Brent. Er enthält einen mindestens fünf Zentimeter dicken Stapel Papiere.

Drummond hat meine schriftlichen Fragen beantwortet, meinen Einlassungen widersprochen und einige der Dokumente beschafft, die ich verlangt hatte. Es wird mich Stunden kosten, mich da durchzuwühlen, und noch mehr Zeit, um herauszufinden, was er nicht beigebracht hat.

Von besonderem Interesse sind seine Antworten auf meine Fragen. Ich muß jemanden von der Versicherungsgesellschaft vernehmen, und er benennt einen Herrn namens Jack Underhall in der Zentrale der Gesellschaft in Cleveland. Außerdem habe ich die offiziellen Titel und Adressen mehrerer Angestellter von Great Benefit angefordert, auf deren Namen ich in Dots Unterlagen wiederholt gestoßen bin.

Mit Hilfe eines Formulars, das Richter Kipler mir gegeben hat, verfasse ich eine Vorladung zur Vernehmung von sechs Leuten. Ich wähle einen Tag in der nächsten Woche, in dem vollen Bewußtsein, daß Drummond anderweitig beschäftigt sein wird. Als es um Dots Vernehmung ging, hat er es mit mir nicht anders gemacht, so wird das Spiel eben gespielt. Er wird zu Kipler rennen, der wenig Mitgefühl aufbringen wird.

Ich bin im Begriff, ein paar Tage in Cleveland zu verbringen, in der Zentrale von Great Benefit. Das ist etwas, was ich gern vermeiden würde, aber ich habe keine andere Wahl. Es wird ein kostspieliger Ausflug werden – Fahrtkosten, Unterkunft, Verpflegung, Protokollantinnen. Deck und ich haben noch nicht darüber gesprochen. Ich hatte offen gestanden gehofft, daß er einen schnell abzuwickelnden Verkehrsunfall an Land ziehen würde.

Die Akte Black ist jetzt in den dritten Ordner übergequollen. Ich bewahre sie in einem Karton auf dem Fußboden neben meinem Schreibtisch auf. Jeden Tag betrachte ich sie viele Male und frage mich immer wieder, ob ich weiß, was ich tue. Wer bin ich, daß ich von einem ungeheuren Sieg im Gerichtssaal träumen könnte? Oder dem großen Leo F. Drummond eine beschämende Niederlage zu bereiten?

Ich habe noch nie ein Wort vor einer Jury gesprochen.

Vor einer Stunde war Donny Ray zu schwach, um am Telefon mit mir zu sprechen, also fahre ich zu ihrem Haus in Granger. Es ist Ende September, und ich weiß das genaue Datum nicht mehr, aber die Diagnose wurde vor mehr als einem Jahr gestellt. Als Dot an die Tür kommt, sind ihre Augen rot. »Ich glaube, es geht dem Ende zu«, sagt sie zwischen Schluchzern. Ich hätte es nicht für möglich gehalten, daß er noch schlechter aussehen könnte, aber sein Gesicht ist bleicher und zerbrechlicher als bisher. Er schläft, die Sonne steht tief am westlichen Himmel, und die Schatten fallen in exakten Rechtecken auf die weißen Laken auf seinem schmalen Bett. Der Fernseher ist ausgeschaltet. Im Zimmer herrscht Stille.

»Er hat heute überhaupt nichts gegessen«, flüstert sie, während wir auf ihn herabschauen.

»Hat er starke Schmerzen?«

»Nicht allzu große. Ich habe ihm zwei Spritzen gegeben.«

»Ich bleibe eine Weile bei ihm«, flüstere ich und lasse mich auf einem Klappstuhl nieder. Sie verläßt das Zimmer. Ich höre sie auf dem Flur schluchzen.

Soweit ich es beurteilen kann, könnte er schon tot sein. Ich konzentriere mich auf seinen Brustkorb, warte darauf, daß er sich leicht hebt und senkt, aber ich kann nichts entdecken. Das Zimmer wird dunkler. Ich schalte eine kleine Lampe auf einem

Tisch neben der Tür an, und er bewegt sich ein wenig. Seine Augen öffnen sich und fallen dann wieder zu.

So also sterben die Unversicherten. In einer Gesellschaft voll reicher Ärzte und funkelnder Krankenhäuser und mit den allerneuesten medizinischen Gerätschaften und dieser Unmenge von Nobelpreisträgern in aller Welt ist es empörend, daß jemand wie Donny Ray dahinsiechen und ohne angemessene ärztliche Behandlung sterben muß.

Er hätte gerettet werden können. Von Gesetzes wegen stand er voll und ganz unter dem Schirm von Great Benefit, so löchrig er auch war, als diese schreckliche Krankheit ausbrach. Zu dem Zeitpunkt, als die Diagnose gestellt wurde, war er durch eine Police gedeckt, für die seine Eltern gutes Geld gezahlt hatten. Von Gesetzes wegen war Great Benefit vertraglich verpflichtet, für seine Behandlung aufzukommen.

Ich hoffe, eines Tages in naher Zukunft den Menschen kennenzulernen, der für seinen Tod verantwortlich ist. Dabei kann es sich um einen bescheidenen Schadensregulierer handeln, der lediglich Anweisungen befolgte. Es kann sich um einen Vizepräsidenten handeln, der die Anweisungen erteilt hat. Ich wollte, ich könnte jetzt ein Foto von Donny Ray machen und es dann, wenn wir uns endlich begegnen, dieser armseligen Person unter die Nase halten.

Er hustet, bewegt sich wieder, und ich glaube, er versucht mir zu sagen, daß er noch am Leben ist. Ich schalte das Licht aus und sitze in der Dunkelheit.

Ich bin allein und unerfahren, habe Angst und stehe einer Übermacht entgegen, aber ich bin *im Recht*. Wenn die Blacks diesen Prozeß nicht gewinnen, dann ist dieses System restlos unfair.

Irgendwo in der Ferne geht eine Straßenlaterne an, und ein einzelner Lichtstrahl fällt durchs Fenster und quer über Donny Rays Brustkorb. Jetzt bewegt er sich, ganz leicht auf und nieder. Ich glaube, er versucht aufzuwachen.

Es wird nicht mehr viele Momente geben, in denen ich in diesem Zimmer sitze. Ich starre auf seinen unter den Laken kaum sichtbaren ausgemergelten Körper und schwöre Rache.

33

Es ist ein zorniger Richter, der sich, von seiner schwarzen Robe umwallt, auf dem Podium niederläßt. Der heutige Tag ist reserviert für kurze, rasch aufeinanderfolgende Argumentationen zu zahllosen Anträgen in Dutzenden von Fällen. Im Gerichtssaal wimmelt es von Anwälten.

Wir kommen zuerst an die Reihe, weil Richter Kipler es hinter sich bringen will. Ich hatte eine Mitteilung eingereicht, daß ich ab dem kommenden Montag sechs Angestellte von Great Benefit in Cleveland vernehmen will. Drummond hat Widerspruch eingelegt und natürlich behauptet, er wäre wegen seines geheiligten Prozeßkalenders unabkömmlich. Aber nicht nur er steht nicht zur Verfügung, auch alle sechs zur Vernehmung vorgesehenen Herren sind anderweitig beschäftigt und haben keine Zeit. Alle sechs!

Kipler veranstaltete eine Telefonkonferenz mit Drummond und mir, die gar nicht angenehm verlief, zumindest nicht für die Verteidigung. Drummond hat tatsächlich Gerichtstermine wahrzunehmen und hat sogar den Terminbescheid zu dem betreffenden Fall rübergefaxt, um es zu beweisen. Was den Richter so aufgebracht hat, war Drummonds Versicherung, daß er es frühestens in zwei Monaten einrichten könnte, drei Tage in Cleveland zu verbringen. Außerdem wären die sechs Angestellten dort oben äußerst vielbeschäftigte Leute, und es könnte Monate dauern, bis sie alle an einem Ort zusammengebracht werden könnten.

Kipler hat diese Anhörung angesetzt, damit er Drummond ganz offiziell in die Mangel nehmen und seine Ausflüchte zu Protokoll nehmen kann. Da ich in den vergangenen vier Tagen täglich mit Kipler telefoniert habe, weiß ich genau, was passieren wird. Es wird sehr unerfreulich werden, und ich werde nicht viel sagen müssen.

»Fürs Protokoll«, fährt Kipler die Protokollantin an, und die Klone auf der anderen Seite des Ganges beugen sich über ihre

Notizblöcke. Vier sind es heute. »Im Fall Nummer 214668, *Black gegen Great Benefit*, hat der Kläger die Vernehmung des Firmenanwalts sowie fünf weiterer Angestellter der Beklagten beantragt, die am Montag, dem 5. Oktober, in der Zentrale der Gesellschaft in Cleveland stattfinden soll. Der Anwalt der Beklagten hat, was nicht weiter verwunderlich ist, Einspruch erhoben mit der Begründung, daß er unabkömmlich sei. Trifft das soweit zu, Mr. Drummond?«

Drummond erhebt sich langsam. »Ja, Sir. Ich habe dem Gericht bereits die Kopie eines Terminbescheids für eine Verhandlung vor dem Bundesgericht vorgelegt, die am Montag beginnt. Ich leite die Verteidigung in diesem Fall.«

Drummond und Kipler haben bereits mindestens zwei hitzige Diskussionen über dieses Thema geführt, aber es ist wichtig, daß die Sache auch im Protokoll erscheint.

»Und wann wären Sie denn wohl imstande, diese Angelegenheit in Ihrem Terminkalender unterzubringen?« fragt Kipler mit beißendem Sarkasmus. Ich sitze allein an meinem Tisch. Deck ist nicht da. Auf den Bänken hinter mir sitzen mindestens vierzig Anwälte, die alle zusehen, wie der große Leo F. Drummond Prügel bezieht. Sie müssen sich fragen, wer ich bin, dieser unbekannte Anfänger, der so gut ist, daß der Richter sich für ihn ins Zeug legt.

Drummond verlagert sein Gewicht von einem Fuß auf den anderen, dann sagt er: »Also, Euer Ehren, ich bin wirklich ausgebucht. Eventuell...«

»Mir ist, als hätten Sie zwei Monate gesagt. Habe ich das richtig verstanden?« Kipler fragt dies, als hielte er es für unmöglich, daß ein einziger Anwalt dermaßen beschäftigt sein kann.

»Ja, Sir. Zwei Monate.«

»Und das sind alles Verhandlungen?«

»Verhandlungen, Vernehmungen, Anträge, Revisionsverfahren. Ich zeige Ihnen gern meinen Kalender.«

»Im Augenblick kann ich mir nichts Schlimmeres vorstellen, Mr. Drummond«, sagt Kipler. »Also, wir tun folgendes, Mr. Drummond, und bitte hören Sie genau zu, weil ich dies in Form einer Anweisung schriftlich festzulegen gedenke. Ich weise Sie darauf hin, Sir, daß es sich hier um ein beschleunigtes Verfahren handelt, und in meinem Gericht bedeutet das, daß ich keine Verzögerungen zulasse. Die betreffenden sechs Vernehmungen beginnen Montag früh in Cleveland.« Drummond sinkt auf seinen Stuhl und beginnt zu schreiben. »Und wenn Sie das nicht einrichten können, dann tut es mir leid. Aber nach der letzten Zählung verfügen Sie über vier weitere Anwälte, die an diesem Fall mitarbeiten – Morehouse, Plunk, Hill und Grone, die alle, wie ich hinzufügen könnte, über wesentlich mehr Erfahrung verfügen als Mr. Baylor, der, soweit ich weiß, seine Lizenz erst im Sommer bekommen hat. Mir ist natürlich klar, daß Sie nicht einfach einen Anwalt nach Cleveland schicken können, es müssen mindestens zwei sein, aber ich bin sicher, Sie können es so einrichten, daß genügend Anwälte anwesend sein werden, um Ihren Mandanten angemessen zu vertreten.«

Die Worte versengen die Luft. Die Anwälte hinter mir sind unglaublich still und schweigsam. Viele von ihnen, vermute ich, haben seit Jahren auf so etwas gewartet.

»Außerdem werden die sechs angeführten Angestellten am Montagmorgen zur Verfügung stehen, und sie werden verfügbar bleiben, bis Mr. Baylor sie entläßt. Diese Gesellschaft ist berechtigt, in Tennessee tätig zu sein. Sie unterliegt in dieser Angelegenheit also meiner Gerichtsbarkeit, und ich weise diese sechs Personen hiermit an, uneingeschränkt zu kooperieren.«

Drummond und Genossen beugen sich noch tiefer über den Tisch und schreiben schneller.

»Weiterhin hat der Kläger Akten und Dokumente angefordert.« Kipler hält einen Moment inne und schaut drohend hinunter auf den Tisch der Verteidigung. »Hören Sie mir gut zu, Mr. Drummond, ich dulde keine krummen Manöver mit den Dokumenten. Ich bestehe auf vollständiger Beibringung, vollständiger Kooperation. Ich werde am Montag und Dienstag ständig in der Nähe meines Telefons sein, und wenn Mr. Baylor mich anruft und mir sagt, daß er die Dokumente, auf die er Anspruch hat, nicht bekommt, dann werde ich dafür sorgen, daß er sie erhält. Haben Sie mich verstanden?«

»Ja, Sir«, sagt Drummond.

»Können Sie dafür sorgen, daß Ihr Mandant das gleichfalls versteht?«

»Ich denke schon.«

Kipler entspannt sich ein wenig und holt einmal tief Luft. Im Gerichtssaal herrscht immer noch absolute Stille. »Wenn ich es mir recht überlege, Mr. Drummond, möchte ich Ihren Prozeßkalender doch gern sehen.«

Drummond hat ihn vor ein paar Minuten selbst angeboten, also kann er jetzt unmöglich ablehnen. Es ist eine dicke, schwarze, in Leder gebundene Chronik des Lebens und der Verpflichtungen eines überaus beschäftigten Mannes. Er ist außerdem sehr privat, und ich vermute, daß Drummond im Grunde nicht vorgehabt hat, ihn dem Richter zu zeigen.

Er trägt ihn stolz zum Podium, überreicht ihn Seinen Ehren und wartet. Kipler überfliegt rasch die Monate, ohne die Einzelheiten zu lesen. Er sucht nach freien Tagen. Drummond steht in der Mitte des Gerichtssaals, in der Nähe des Podiums.

»Mir fällt auf, daß für die am 8. Februar beginnende Woche nichts eingetragen ist.«

Drummond geht zum Richtertisch und schaut in seinen Prozeßkalender, während Kipler ihn über die Kante vorstreckt. Er nickt zustimmend, ohne etwas zu sagen. Kipler gibt ihm das Buch, und Drummond kehrt zu seinem Stuhl zurück.

»Der Beginn des Prozesses in diesem Fall wird hiermit auf Montag, den 8. Februar, festgesetzt«, erklärt Seine Ehren. Ich schlucke schwer, hole tief Luft und versuche, selbstsicher auszusehen. Vier Monate, das hört sich an wie eine sehr lange Zeit und hübsch weit weg, aber für jemanden, der noch nicht einmal einen simplen Blechschaden vor Gericht vertreten hat, ist es beängstigend. Ich habe die Akte ein dutzendmal gelesen. Ich habe die Verfahrensregeln auswendig gelernt und die Vorschriften der Beweisaufnahme. Ich habe zahllose Bücher darüber gelesen, wie man an alle erforderlichen Unterlagen herankommt, wie man Geschworene auswählt, wie man Zeugen ins Kreuzverhör nimmt und wie man Prozesse gewinnt, aber ich habe nicht die geringste Ahnung, wie sich die Dinge am 8. Februar in diesem Gerichtssaal abspielen werden.

Kipler entläßt uns, und ich raffe schnell meine Papiere zusammen und verschwinde. Beim Verlassen des Raums registriere ich ein paar neugierige Blicke von der Galerie der Anwälte, die darauf warten, daß sie an die Reihe kommen.

Wer ist dieser Bursche?

Obwohl er es nie direkt zugegeben hat, weiß ich jetzt, daß Decks beste Bekannte zwei billige Privatdetektive sind, die er bei seiner Arbeit für Bruiser kennengelernt hat. Der eine, Butch, ist ein ehemaliger Polizist, der Decks Vorliebe für Kasinos teilt. Sie fahren ein- oder zweimal pro Woche nach Tunica, um dort Poker und Blackjack zu spielen.

Butch hat irgendwie Bobby Ott ausfindig gemacht, den Agenten und Kassierer, der den Blacks die Police verkauft hat. Er hat ihn im Gefängnis von Shelby County gefunden, wo er zehn Monate wegen ungedeckter Schecks absitzen muß. Weitere Ermittlungen haben ergeben, daß Ott frisch geschieden und bankrott ist.

Deck äußert Enttäuschung, daß ihm dieser Fisch entgangen ist. Ott hat erstklassige juristische Probleme. Damit wäre eine Menge Geld zu verdienen gewesen.

Ein jüngerer Verwaltungsangestellter im Gefängnis holt mich ab, nachdem ein massiger Wärter mit dicken Händen meinen Aktenkoffer und meinen Körper gründlich gefilzt hat. Ich werde zu einem Raum im vorderen Trakt des Hauptgebäudes gebracht. Er ist quadratisch, und hoch oben in allen vier Ecken sind Kameras montiert. Eine Wand in der Mitte trennt die Sträflinge von ihren Besuchern. Wir müssen uns durch ein Gitter hindurch unterhalten, was mir nur recht ist. Ich hoffe, daß dies ein ganz kurzer Besuch werden wird. Nach fünf Minuten wird Ott von der anderen Seite her hereingeführt. Er ist an die Vierzig, Stahlbrille, ganz kurz geschnittenes Haar, ziemlich schmächtig, und trägt einen dunkelblauen Gefängnisoverall. Er läßt sich auf der anderen Seite der Trennwand nieder und mustert mich eingehend. Der Wärter zieht sich zurück, und wir sind allein.

Ich schiebe eine Visitenkarte durch eine Öffnung am unteren Ende des Gitters. »Mein Name ist Rudy Baylor. Ich bin Anwalt.« Weshalb hört sich das so bedrohlich an?

Er trägt es mit Fassung, versucht zu lächeln. Dieser Kerl hat sich früher seinen Lebensunterhalt damit verdient, daß er von Tür zu Tür gegangen ist und versucht hat, armen Leuten billige Versicherungen zu verkaufen. Also ist er, trotz seines offensichtlichen Pechs, im Grunde seines Herzens ein freundlicher Mann, der Typ, der Leute beschwatzen kann, damit sie ihn in ihre Häuser lassen.

»Nett, Sie kennenzulernen«, sagt er aus Gewohnheit. »Was führt Sie hierher?«

»Das hier«, sage ich und hole eine Kopie der Klage aus meinem Aktenkoffer. Ich schiebe sie durch die Öffnung. »Das ist eine Klage, die ich im Namen ehemaliger Kunden von Ihnen eingereicht habe.«

»Welchen?« fragt er, nimmt die Klage und betrachtet sie.

»Dot und Buddy Black und ihr Sohn Donny Ray.«

»Great Benefit, wie?« sagt er. Deck hat mir erklärt, daß viele dieser Straßenagenten für mehr als nur eine Gesellschaft arbeiten. »Haben Sie etwas dagegen, wenn ich das lese?«

»Natürlich nicht. Sie sind als Beklagter genannt. Lesen Sie nur.«

Seine Stimme und seine Bewegungen sind sehr bedächtig. Nur keine Energie verschwenden. Er liest sehr langsam, blättert die Seiten sehr zögerlich um. Armer Kerl. Er hat eine Scheidung hinter sich, hat alles andere in einem Konkursverfahren verloren, sitzt wegen Betrugs im Gefängnis, und jetzt erscheine auch noch ich auf der Bildfläche und verklage ihn noch mal auf zehn Millionen.

Aber er wirkt nicht weiter betroffen. Er beendet die Lektüre und legt die Klage auf den Tresen vor sich. »Sie wissen, daß ich durch das Konkursgericht geschützt bin«, sagt er.

»Ja, das weiß ich.« Nicht wirklich. Den Gerichtsunterlagen zufolge hat er im März Konkurs angemeldet, ziemlich genau zwei Monate, bevor ich es getan habe, und ist jetzt entlastet. Ein altes Konkursverfahren verhindert nicht immer künftige Forderungen; aber dieser Punkt ist müßig. Dieser Mann ist so pleite wie ein Flüchtling. Er ist immun. »Wir waren gezwungen, die Klage auf Sie auszudehnen, weil Sie die Police verkauft haben.«

»Oh, ich weiß. Sie tun nur Ihren Job.«

»So ist es. Wann kommen Sie hier raus?«

»In achtzehn Tagen. Warum?«

»Es könnte sein, daß wir Sie vernehmen möchten.«

»Hier drinnen?«

»Vielleicht.«

»Weshalb die Eile? Lassen Sie mich erst einmal draußen sein, dann bekommen Sie Ihre Vernehmung.«

»Ich werde darüber nachdenken.«

Dieser flüchtige Besuch ist für ihn ein kurzer Urlaub, und er hat es nicht eilig, mich gehen zu sehen. Wir unterhalten uns ein paar Minuten über das Leben im Gefängnis, dann fange ich an, Ausschau nach der Tür zu halten.

Ich bin noch nie im oberen Stockwerk von Miss Birdies Haus gewesen, und es ist genauso verstaubt und muffig wie das Erdgeschoß. Ich öffne eine Zimmertür nach der anderen, schalte das Licht ein, sehe mich schnell um, dann mache ich das Licht wieder aus und schließe die Tür. Der Fußboden auf dem Flur knarrt unter meinen Füßen. Da ist eine schmale Treppe zum zweiten Stock, aber es widerstrebt mir, dort hinaufzugehen.

Das Haus ist viel größer, als ich geglaubt hatte. Und viel einsamer. Man kann sich schwer vorstellen, daß sie hier ganz allein gelebt hat. Ich verspüre ein heftiges Schuldgefühl, daß ich nicht mehr Zeit mit ihr verbracht, nicht öfter mit ihr zusammen ihre Comedy-Serien und Fernsehgottesdienste angesehen, nicht mehr von ihren Truthahnsandwiches gegessen und nicht mehr von ihrem Instantkaffee getrunken habe.

Das Erdgeschoß scheint ebenso frei von Einbrechern zu sein wie das Obergeschoß, und ich schließe die Terrassentür hinter mir ab. Es ist ein seltsames Gefühl, jetzt, da sie nicht mehr da ist. Ich erinnere mich nicht, daß mir ihre Gegenwart irgendwelchen Trost bedeutet hätte, aber es war immer hübsch zu wissen, daß sie da war, in diesem großen Haus, nur für den Fall, daß ich etwas brauchte. Jetzt fühle ich mich einsam.

In der Küche betrachte ich das Telefon. Es ist ein altes Modell mit Wählscheibe, und ich bin nahe daran, Kellys Nummer zu wählen. Wenn sie sich meldet, werde ich mir etwas einfallen lassen. Wenn er sich meldet, lege ich auf. Der Anruf kann zu diesem Haus hier zurückverfolgt werden, aber ich wohne nicht hier.

Ich habe heute mehr an sie gedacht als gestern. Diese Woche mehr als in der vorigen.

Ich muß sie sehen.

34

Deck fährt mich in seinem Kombi zum Busbahnhof. Es ist früher Sonntagmorgen. Das Wetter ist klar und schön, die Luft riecht schon ein ganz klein wenig nach Herbst. Glücklicherweise haben wir die erstickende Schwüle für ein paar Monate hinter uns. Im Oktober ist Memphis ein sehr angenehmer Ort.

Ein Flugticket nach Cleveland und zurück kostet knapp siebenhundert Dollar. Wir haben geschätzt, daß ein Zimmer in einem preiswerten und trotzdem sicheren Motel vierzig Dollar pro Nacht kosten wird; die Verpflegungskosten werden minimal sein, weil ich mit sehr wenig auskommen kann. Die billigste Protokollantin in Cleveland, mit der ich am Telefon gesprochen habe, verlangt hundert Dollar pro Tag fürs Erscheinen und zwei Dollar pro Seite fürs Festhalten und Übertragen der Aussage. Es kommt nicht selten vor, daß derartige Vernehmungen hundert Seiten oder mehr umfassen. Wir würden sie auch gern auf Video festhalten, aber das ist unmöglich.

Und das gleiche gilt offenbar auch fürs Fliegen. Die Kanzlei Rudy Baylor kann sich einen Flug nach Cleveland einfach nicht leisten. Und eine lange Strecke mit dem Toyota zu fahren ist zu riskant. Wenn er streiken sollte, säße ich irgendwo fest, und die Vernehmungen müßten verschoben werden. Deck hat mir mehr oder weniger seinen Kombi angeboten, aber auch dem traue ich keine Fahrt über tausend Meilen zu.

Der Greyhound ist verläßlich, aber auch fürchterlich langsam. Irgendwann kommen die Busse ans Ziel. Sie sind nicht gerade meine erste Wahl, aber was soll's? Ich habe es nicht sonderlich eilig. Ich kann ein bißchen von der Landschaft sehen. Wir sparen Geld. Ich habe mir eine Menge Gründe einfallen lassen.

Deck fährt und sagt wenig. Ich glaube, er ist etwas verlegen, weil wir uns nichts Besseres leisten können. Und er weiß, daß er eigentlich auch mitkommen sollte. Ich bin im Begriff, feindselige Zeugen zu vernehmen, und es wird Unmengen von frischen Dokumenten geben, die sofort begutachtet werden müssen. Es wäre schon gut, einen zweiten Mann dabeizuhaben.

Wir verabschieden uns auf dem Parkplatz neben dem Busbahnhof. Er verspricht, sich um die Kanzlei zu kümmern und ein paar Fälle an Land zu ziehen. Ich bezweifle nicht, daß er es versuchen wird. Er fährt davon, in Richtung St. Peter's.

Ich bin noch nie zuvor mit einem Greyhound gefahren. Der Bahnhof ist klein, aber sauber, und es wimmelt von Sonntagsreisenden, von denen die meisten alt und schwarz sind. Ich finde den richtigen Schalter und hole meine vorbestellte Fahrkarte ab. Sie kostet meine Kanzlei einhundertneununddreißig Dollar.

Der Bus fährt pünktlich um acht Uhr ab, zuerst westwärts nach Arkansas und dann nordwärts nach St. Louis. Erfreulicherweise bleibe ich davon verschont, daß sich jemand neben mich setzt.

Der Bus ist fast voll, nur drei oder vier Plätze sind frei. Dem Fahrplan zufolge sollen wir in sechs Stunden in St. Louis sein, um sieben Uhr abends in Indianapolis und um elf in Cleveland. Das sind fünfzehn Stunden in diesem Bus. Die Vernehmungen beginnen morgen früh um neun.

Ich bin sicher, daß meine Opponenten bei Trent & Brent noch schlafen, nach dem Aufstehen ausgiebig frühstücken und dann in Gesellschaft ihrer Frauen auf der Terrasse die Sonntagszeitung lesen werden. Einige von ihnen gehen vielleicht zur Kirche, dann ein guter Lunch und eine Runde Golf. So gegen fünf werden ihre Frauen sie zum Flughafen fahren und ihnen einen Abschiedskuß geben, und dann werden sie gemeinsam in der ersten Klasse abfliegen. Eine Stunde später werden sie in Cleveland landen, wo sie zweifellos von einem Chauffeur von Great Benefit abgeholt werden, der sie ins beste Hotel der Stadt bringt. Nach einem köstlichen Dinner mit Drinks und Wein werden sie sich in einem eleganten Konferenzzimmer versammeln und bis spät in die Nacht hinein Pläne gegen mich schmieden. Ungefähr um die Zeit, zu der ich in einem Motel eintreffe, werden sie sich schlafen legen, ausgeruht, wohlpräpariert, kampfbereit.

Die Zentrale von Great Benefit liegt in einem reichen Vorort von Cleveland, der durch die Flucht der Weißen aus anderen Stadtteilen entstanden ist. Ich erkläre meinem Taxifahrer, daß ich ein preiswertes Motel in der Nachbarschaft suche, und er weiß genau, wohin er fahren muß. Er hält vor dem Plaza Inn. Nebenan gibt es ein McDonald's, auf der anderen Straßenseite ein Blockbuster Video. Es ist eine reine Geschäftsstraße – kleine Läden, Fast food, grelle Reklametafeln, Einkaufszentren, billige Motels. Garantiert irgendwo eine Ladenpassage. Die Straße macht einen sicheren Eindruck.

Es sind massenhaft Zimmer frei, und ich bezahle zweiunddreißig Dollar, in bar, für eine Nacht. Ich bitte um eine Quittung, weil Deck eine haben will.

Zwei Minuten nach Mitternacht lege ich mich hin und starre an die Decke, und mir wird plötzlich klar, daß, von dem Portier des Motels abgesehen, keine Menschenseele auf der Welt weiß, wo ich mich befinde. Und es gibt niemanden, den ich anrufen könnte, um zu sagen, daß ich angekommen bin.

Natürlich kann ich nicht schlafen.

Seit ich angefangen habe, Great Benefit zu hassen, hatte ich ein Bild ihrer Zentrale vor Augen. Ich stellte mir ein hohes, modernes Gebäude vor mit Unmengen von funkelndem Glas, einem Springbrunnen neben dem Haupteingang, Fahnenstangen, Name und Emblem der Firma in Bronze. Reichtum und Anzeichen des Florierens allerorten.

Nicht ganz. Das Gebäude ist leicht genug zu finden, weil die Adresse in großen schwarzen Buchstaben neben einer Betoneinfahrt steht: 5550 Baker Gap Road. Aber der Name Great Benefit ist nirgends zu sehen. Von der Straße her ist das Gebäude durch nichts zu identifizieren. Keine Springbrunnen, keine Fahnenstangen, nur ein riesiges Konglomerat aus kantigen, blockartigen Gebäuden, zusammengekeilt und offenbar eins ans andere angebaut. Es ist alles sehr modern und unglaublich häßlich. Das Äußere ist weißer Beton mit schwarz getönten Fenstern.

Glücklicherweise ist der Haupteingang gekennzeichnet, und ich betrete ein kleines Foyer mit ein paar künstlichen

Topfpflanzen an der einen Wand und einer hübschen Empfangsdame an der anderen. Sie trägt einen schicken Kopfhörer mit einem dünnen Draht, der in einer Filzspitze nur Zentimeter von ihren Lippen entfernt endet. An der Wand hinter ihr stehen die Namen von drei nicht näher bezeichneten Firmen: PinnConn Group, Green Lake Marine und Great Benefit Life Insurance. Was gehört wem? Jede hat ein selbstbewußtes, in Bronze graviertes Emblem.

»Mein Name ist Rudy Baylor, und ich bin mit Mr. Paul Moyer verabredet«, sage ich höflich.

»Einen Moment bitte.« Sie drückt auf einen Knopf, wartet und sagt dann: »Mr. Moyer, ein Mr. Baylor für Sie.« Sie hört nie auf zu lächeln.

Sein Büro muß ganz in der Nähe sein, denn ich brauche nicht einmal eine Minute zu warten, bis er mit Händeschütteln und »Wie geht es Ihnen?« über mich herfällt. Ich folge ihm um eine Ecke herum, einen Korridor entlang zu einem Fahrstuhl. Er ist fast so jung wie ich und redet unaufhörlich über nichts. Wir steigen im vierten Stock aus, und ich weiß schon jetzt nicht mehr, an welcher Stelle dieses architektonischen Horrors ich mich befinde. Im vierten Stock gibt es Teppichboden, das Licht ist gedämpfter, an den Wänden hängen Bilder. Auf unserem Weg einen Korridor entlang redet Moyer ununterbrochen weiter, dann öffnet er eine schwere Tür und zeigt mir meinen Platz.

Willkommen bei einer der laut *Fortune* fünfhundert reichsten Firmen des Landes. Es ist ein Sitzungssaal, lang und breit, mit einem glänzenden Tisch in der Mitte und mindestens fünfzig Stühlen darum herum. Lederbezogene Stühle. Ein funkelnder Kronleuchter hängt kaum mehr als anderthalb Meter über der Mitte des Tisches. In der Ecke links von mir steht eine Bar, rechts ein Buffet mit Kaffee, Keksen und Bagels. Davor hat sich eine Horde von Verschwörern versammelt, mindestens acht, alle in dunklem Anzug, weißem Hemd, gestreifter Krawatte, schwarzen Schuhen. Acht gegen einen. Das nervöse Zittern in meinen inneren Organen verwandelt sich in ein heftiges Beben. Wo ist Tyrone Kipler, wenn ich ihn brauche? Im Augenblick wäre sogar Decks Gegenwart tröstlich.

Vier von ihnen sind meine alten Freunde von Trent & Brent. Von den anderen ist mir ein Gesicht von den Anhörungen in Memphis her vertraut, die anderen drei sind Fremde, und alle verstummen auf der Stelle, sobald sie begriffen haben, daß ich eingetroffen bin. Eine Sekunde lang hören sie auf zu trinken, zu kauen und zu reden und starren mich an. Ich habe eine überaus ernsthafte Unterhaltung gestört.

T. Pierce Morehouse erholt sich als erster. »Rudy, kommen Sie herein«, sagt er, aber nur, weil er muß. Ich nicke B. Dewey Clay Hill dem Dritten zu, M. Alec Plunk Junior und Brandon Fuller Grone, dann reiche ich den vier neuen Bekanntschaften die Hand, während Morehouse ihre Namen herunterrattert, Namen, die ich sofort wieder vergesse. Das vertraute Gesicht von den Scharmützeln in Richter Kiplers Gerichtssaal ist Jack Underhall, einer der Hausanwälte von Great Benefit und der designierte Wortführer der Gesellschaft.

Meine Opponenten wirken kläräugig und frisch, reichlich Schlaf vergangene Nacht nach einem kurzen Flug und einem entspannenden Dinner. Sie sind alle gestärkt und frisch gebügelt, gerade so, als kämen ihre Sachen direkt aus dem Kleiderschrank und nicht aus einer Reisetasche. Meine Augen sind müde und gerötet, mein Hemd verknittert. Aber ich habe wichtigere Dinge im Kopf.

Die Protokollantin trifft ein, und T. Pierce dirigiert uns zum Ende des Tisches. Er zeigt hierhin und dorthin, reserviert den Sitz am Kopf für die Zeugen, überlegt genau, wo er jeden einzelnen plazieren soll. Ich begebe mich gehorsam zu meinem Stuhl und versuche, ihn näher an den Tisch heranzuschieben. Das ist Schwerarbeit, weil das verdammte Ding mindestens eine Tonne wiegt. Mir gegenüber, bestimmt mehr als drei Meter entfernt, öffnen die vier Burschen von Trent & Brent ihre Aktenkoffer mit soviel Lärm, wie sie nur hervorbringen können – Verschlüsse klicken, Reißverschlüsse schnurren auf, Akten werden herausgezerrt, Papier knistert. Binnen Sekunden ist der Tisch mit Papierstapeln übersät.

Die vier Typen von Great Benefit stehen hinter der Protokollantin, wissen nicht recht, wie es weitergehen soll, und warten auf T. Pierce. Sobald er seine Papiere und Notizblöcke zurechtgelegt hat, sagt er: »Also, Rudy, wir haben gedacht, wir fangen mit der Vernehmung von Jack Underhall an, dem designierten Sprecher für die Gesellschaft.«

Das habe ich vorhergesehen und mich bereits dagegen entschieden. »Nein, ich denke nicht«, sage ich ein wenig nervös. Ich bemühe mich verzweifelt, einen gelassenen Eindruck zu erwecken, obwohl ich mich auf fremdem Boden befinde und von Feinden umgeben bin. Es gibt mehrere Gründe dafür, weshalb ich nicht mit dem Anwalt anfangen will, und nicht der unwichtigste davon ist, daß es das ist, was sie wollen. Das sind meine Vernehmungen, sage ich mir immer wieder.

»Wie bitte?« sagt T. Pierce.

»Sie haben gehört, was ich gesagt habe. Ich möchte mit Jakkie Lemancyzk anfangen, der zuständigen Sachbearbeiterin in der Schadensabteilung. Aber vorher möchte ich die Akte.«

Das Herzstück jedes Versicherungsfalles ist die Schadensakte, die Kollektion von Briefen und Dokumenten, die der Schadenssachbearbeiter in der Zentrale anlegt. In einem guten Fall ist die Schadensakte ein verblüffender historischer Bericht über eine Schluderei nach der anderen. Ich habe Anspruch auf sie und hätte sie schon vor zehn Tagen bekommen müssen. Drummond behauptet, er wäre unschuldig, sein Mandant schleppe die Sache hin. Kipler hat unmißverständlich angeordnet, daß die Akte heute morgen für mich auf dem Tisch zu liegen hat.

»Wir denken, es wäre besser, mit Mr. Underhall anzufangen«, sagt T. Pierce schwach.

»Mir ist egal, was Sie denken«, sage ich, und es hört sich bemerkenswert irritiert und entrüstet an. Ich kann damit durchkommen, weil der Richter auf meiner Seite steht. »Wollen wir den Richter anrufen?« frage ich spöttisch und ziemlich großspurig.

Obwohl Kipler nicht hier ist, hat seine Persönlichkeit Gewicht. Seine Anweisung besagt klipp und klar, daß die sechs Zeugen, die ich verlangt habe, um neun Uhr heute morgen zur Verfügung zu stehen haben und daß es einzig und allein meine Entscheidung ist, in welcher Reihenfolge sie vernommen werden. Sie müssen verfügbar bleiben, bis ich sie entlassen habe. Die Anweisung des Richters läßt außerdem die Tür offen für zusätzliche Vernehmungen, sobald ich mit den Befragungen angefangen und tiefere Regionen erreicht habe. Ich konnte es kaum abwarten, ihnen mit einem Anruf bei Seinen Ehren zu drohen.

»Äh, ja, also, mit Jackie Lemancyzk haben wir ein Problem«, sagt T. Pierce mit einem nervösen Blick auf die vier Typen, die sich rückwärts näher an die Tür herangeschoben haben. Alle vier betrachten ihre Füße, zappeln und zucken. T. Pierce sitzt mir am Tisch genau gegenüber, und er kämpft um Haltung.

»Was für ein Problem?« frage ich.

»Sie arbeitet nicht mehr hier.«

Ich kann gerade noch verhindern, daß mein Mund aufklappt. Einen Augenblick lang bin ich so verblüfft, daß mir nichts einfällt. Ich starre ihn an und versuche, meine Gedanken zu ordnen. »Wann ist sie gegangen?« frage ich.

»Ende voriger Woche.«

»Wann genau? Am Donnerstag waren wir vor Gericht. Haben Sie es da schon gewußt?«

»Nein. Sie hat am Samstag aufgehört.«

»Ist sie fristlos entlassen worden?«

»Sie hat gekündigt.«

»Wo ist sie jetzt?«

»Sie arbeitet nicht mehr hier, okay? Sie steht als Zeugin nicht zur Verfügung.«

Ich werfe einen Blick auf meine Notizen, suche nach weiteren Namen. »Okay, wie ist es mit Tony Krick, dem zweiten Sachbearbeiter?«

Noch mehr Zucken und Zappeln.

»Der ist auch weg«, sagt T. Pierce. »Er ist im Rahmen eines Personalabbaus entlassen worden.«

Ich stecke einen zweiten Schlag auf die Nase ein. Ich bin so benommen, daß ich nicht weiß, was ich als nächstes tun soll.

Great Benefit hat tatsächlich Leute entlassen, damit sie nicht mit mir reden können.

»Was für ein Zufall«, sage ich sarkastisch. Plunk, Hill und

Grone schauen nicht von ihren Blöcken auf. Ich kann mir nicht vorstellen, was sie zu schreiben haben.

»Unser Mandant baut gegenwärtig eine ganze Reihe von Stellen ab«, sagt T. Pierce, ohne eine Miene zu verziehen.

»Was ist mit Richard Pellrod, leitender Sachbearbeiter der Schadensabteilung? Lassen Sie mich raten – er ist auch abgebaut worden.«

»Nein, er ist hier.«

»Und Russell Krokit?«

»Mr. Krokit ist zu einer anderen Firma übergewechselt.«

»Also wurde er nicht abgebaut?«

»Nein.«

»Er hat gekündigt, wie Jackie Lemancyzk?«

»So ist es.«

Russell Krokit war Leiter der Schadensabteilung, als er den Blöde-Brief schrieb. So nervös und verängstigt ich dieser Reise auch entgegengesehen habe, auf seine Vernehmung habe ich mich irgendwie gefreut.

»Und Everett Lufkin, der für die Schadensabteilung zuständige Vizepräsident? Abgebaut?«

»Nein. Er ist hier.«

Es folgt eine unglaublich lange Periode des Schweigens, in der sich alle mit rein gar nichts beschäftigen, während der Staub sich legt. Mein Prozeß hat einen Aderlaß ausgelöst. Ich mache mir eingehende Notizen, liste auf, wie ich weiter vorgehen will.

»Wo ist die Akte?« frage ich.

T. Pierce langt hinter sich, greift einen Stapel Papiere und schiebt sie über den Tisch. Sie sind säuberlich kopiert und werden von dicken Gummibändern zusammengehalten.

»Ist sie chronologisch geordnet?« frage ich. Kiplers Anweisung verlangt das.

»Ich denke schon«, sagt T. Pierce und wirft einen Blick auf die vier Great-Benefit-Typen, als würde er sie am liebsten erwürgen.

Die Akte ist gut zehn Zentimeter dick. Ohne die Gummibänder abzustreifen, sage ich. »Geben Sie mir eine Stunde. Dann machen wir weiter.«

»In Ordnung«, sagt T. Pierce. »Nebenan ist ein kleiner Konferenzraum.« Er steht auf und deutet auf die Wand hinter mir.

Ich folge ihm und Jack Underhall in den angrenzenden Raum, wo sie mich rasch verlassen. Ich setze mich an den Tisch und fange sofort an, mich durch die Dokumente hindurchzuwühlen.

Eine Stunde später kehre ich in den Sitzungssaal zurück. Sie trinken Kaffee und unterhalten sich lustlos über irgendwelche belanglosen Dinge. »Wir müssen den Richter anrufen«, sage ich, und T. Pierce ist plötzlich hellwach. »Hier drinnen«, sage ich und deute auf den kleinen Raum.

Mit ihm an einem Apparat und mir am anderen wähle ich die Nummer von Kiplers Büro. Er meldet sich beim zweiten Läuten. Wir nennen unsere Namen und sagen guten Morgen. »Wir haben hier ein kleines Problem, Euer Ehren«, sage ich, bemüht, das Gespräch im richtigen Ton zu beginnen.

»Was für ein Problem?« will er wissen. T. Pierce hört zu und starrt mit leerer Miene auf den Fußboden.

»Nun, von den sechs Zeugen, die ich angefordert und die Sie in Ihrer Anweisung benannt hatten, sind drei plötzlich verschwunden. Sie haben gekündigt, wurden im Rahmen eines Personalabbaus entlassen oder haben ein anderes Schicksal ähnlicher Art erlitten. Sie sind nicht da. Ist Ende voriger Woche passiert.«

»Wer?«

Ich bin sicher, er hat die Akte vor sich und betrachtet die Namen.

»Jackie Lemancyzk, Tony Krick und Russell Krokit arbeiten nicht mehr hier. Pellrod, Lufkin und Underhall, der Anwalt, haben das Blutbad erstaunlicherweise überlebt.«

»Was ist mit der Akte?«

»Die habe ich bekommen und gerade eben durchgesehen.«

»Und?«

»Es fehlt mindestens ein Dokument«, sage ich und beobachte dabei T. Pierce genau. Er runzelt die Stirn, als könnte er das nicht glauben.

»Welches?«

»Der Blöde-Brief. Er ist nicht in der Akte. Ich hatte noch nicht die Zeit, alles andere zu überprüfen.«

Die Anwälte von Great Benefit haben den Blöde-Brief vorige Woche zum ersten Mal gesehen. Auf der Kopie, die Dot während ihrer Vernehmung Drummond ausgehändigt hat, war dreimal das Wort KOPIE aufgestempelt. Das hatte ich mit Absicht getan, damit wir später, wenn der Brief auftauchte, wissen würden, wo er herkommt. Das Original ist sicher in meinen Unterlagen verstaut. Es wäre sogar für Drummond und Genossen zu riskant, ihre gekennzeichnete Kopie des Briefes Great Benefit zu übergeben, damit sie ihn nachträglich ihrer Schadensakte einverleiben können.

»Stimmt das, Pierce?« fragt Richter Kipler.

Pierce ist echt hilflos. »Tut mir leid, Euer Ehren, ich weiß es nicht. Ich habe die Akte zwar durchgesehen, aber es kann durchaus sein. Ich habe nicht alles überprüft.«

»Befinden Sie sich beide im selben Raum?« fragt Kipler.

»Ja, Sir«, erwidern wir einstimmig.

»Gut. Pierce, gehen Sie bitte hinaus. Rudy, Sie bleiben am Apparat.«

T. Pierce will etwas sagen, überlegt es sich dann aber anders. Verwirrt legt er seinen Hörer auf und verläßt den Raum.

»Okay, Richter, wir sind unter uns«, sage ich.

»Wie ist die Stimmung dort?« fragt er.

»Mächtig angespannt.«

»Das überrascht mich nicht. Ich werde folgendes tun. Durch das Beiseiteschaffen von Zeugen und das Vorenthalten von Dokumenten bin ich jetzt in der Position, anzuordnen, daß alle Vernehmungen hier durchgeführt werden. Es ist Ermessenssache, und sie haben eine Bestrafung verdient. Ich finde, Sie sollten Underhall vernehmen und niemanden sonst. Fragen Sie ihm meinetwegen ein Loch in den Bauch, aber versuchen Sie, ihn wegen der Entlassung der drei fehlenden Zeugen festzunageln. Werfen Sie ihm an den Kopf, was Sie können. Wenn Sie mit ihm fertig sind, kommen Sie zurück. Ich werde für später in dieser Woche eine Anhörung ansetzen und der Sache auf den Grund gehen. Lassen Sie sich auch die Akte der Haftungsabteilung geben.«

Ich mache mir Notizen, so schnell ich kann.

»Und jetzt lassen Sie mich mit Pierce sprechen«, sagt er, »und geben Sie ihm Saures.«

Jack Underhall ist ein kompakter kleiner Mann mit knappem Schnurrbart und knapper Redeweise. Er setzt mich über die Gesellschaft ins Bild. Great Benefit gehört PinnConn, einer Firma in Privatbesitz, deren Inhaber schwer festzustellen sind. Ich befrage ihn ausführlich über die Zusammenhänge und Verbindungen zwischen den drei Firmen, die in diesem Gebäude residieren, und sie sind völlig undurchschaubar. Wir reden eine Stunde über die Struktur der Gesellschaft, vom Generaldirektor abwärts. Wir reden über Produkte, Verkaufsziffern, Märkte, Abteilungen, Personal, alles bis zu einem gewissen Punkt interessant, aber zum größten Teil nutzlos. Er legt zwei Kündigungsschreiben der verschwundenen Zeugen vor und versichert mir, ihr Ausscheiden hätte absolut nichts mit diesem Fall zu tun.

Ich befrage ihn drei Stunden lang, dann mache ich Schluß. Ich hatte mich darauf eingestellt, mindestens drei Tage in Cleveland verbringen zu müssen, in einem Raum mit den Typen von Trent & Brent, mich mit einem feindseligen Zeugen nach dem anderen herumzuschlagen und mich abends durch Berge von Dokumenten hindurchzuwühlen.

Aber ich verlasse diesen Ort bereits kurz vor zwei auf Nimmerwiedersehen, beladen mit frischen Dokumenten, die Deck unter die Lupe nehmen wird, und in dem sicheren Wissen, daß nun drei Arschlöcher gezwungen sein werden, in meinem Revier zu erscheinen und ihre Aussagen in meinem Gerichtssaal zu machen, mit meinem Richter ganz in der Nähe.

Die Rückfahrt nach Memphis kommt mir viel kürzer vor.

35

Deck hat eine Visitenkarte, die ihn als *Hilfsanwalt* ausweist, eine Tierart, die mir neu ist. Er treibt sich auf den Fluren des Stadtgerichts herum und macht sich an kleine Ganoven heran, die auf ihr erstes Erscheinen vor den verschiedenen Richtern warten. Er sucht sich einen Mann aus, der verängstigt aussieht und ein Blatt Papier in der Hand hält, dann spricht er ihn an. Deck nennt dies den Bussard-Twostep, eine kurze, schnelle Art der Mandantenwerbung, in der es viele der vor dem Stadtgericht herumlungernden Anwälte zur Vollendung gebracht haben. Einmal hat er mich eingeladen, mitzukommen, damit ich lernen kann, wie es gemacht wird. Ich habe abgelehnt.

Derrick Dogan war ursprünglich als Objekt dieser Methode vorgesehen gewesen, aber das Geschäft kam nicht zustande, als er Deck fragte: »Was zum Teufel ist ein Hilfsanwalt?« Deck, der sonst immer eine stereotype Antwort parat hat, schaffte es nicht, diese Frage zu beantworten, und ergriff eilends die Flucht. Aber Dogan behielt die Karte, auf der Decks Name stand. Später am selben Tag hatte Dogan einen Zusammenstoß mit einem zu schnell fahrenden Teenager. Ungefähr vierundzwanzig Stunden nachdem er Deck vor dem Stadtgericht gesagt hatte, er solle sich zum Teufel scheren, wählte Dogan von einem Zimmer in St. Peter's aus die Nummer, die auf der Karte stand. Deck nahm den Anruf im Büro entgegen, wo ich mich gerade durch ein undurchdringliches Labyrinth von Versicherungsdokumenten hindurchkämpfte. Minuten später waren wir in Richtung Krankenhaus unterwegs. Dogan wollte mit einem richtigen Anwalt sprechen, nicht mit einem Hilfsanwalt.

Dies ist ein halbwegs legaler Besuch im Krankenhaus, mein erster. Wir finden Dogan allein mit einem gebrochenen Bein, gebrochenen Rippen, einem gebrochenen Handgelenk und

Schnittwunden und Prellungen im Gesicht. Er ist jung, um die Zwanzig herum, kein Ehering. Ich nehme die Sache in die Hand wie ein richtiger Anwalt, serviere ihm die üblichen routinemäßigen Ermahnungen, daß er sich nicht mit Versicherungsgesellschaften einlassen und zu niemandem etwas sagen soll. Es sind einfach *wir* gegen *sie*, und meine Kanzlei bearbeitet mehr Verkehrsunfälle als jede andere in der Stadt. Deck lächelt. Er hat es mir gut beigebracht.

Dogan unterschreibt einen Vertrag und eine Vollmacht, die es uns gestattet, seine Krankenakte einzusehen. Er hat offensichtlich starke Schmerzen, also bleiben wir nicht lange. Sein Name steht auf dem Vertrag. Wir verabschieden uns und versprechen, morgen wiederzukommen.

Gegen Mittag hat Deck eine Kopie des Unfallberichts. Er hat bereits mit dem Vater des Teenagers gesprochen. Sie sind bei State Farm versichert. Obwohl er das besser nicht getan hätte, teilt der Vater Deck mit, daß die Police seines Wissens auf fünfundzwanzigtausend Dollar begrenzt ist. Ihm und seinem Sohn tut das alles furchtbar leid. Kein Problem, sagt Deck, überaus dankbar dafür, daß der Unfall passiert ist.

Ein Drittel von fünfundzwanzigtausend sind achttausend und ein bißchen Kleingeld. Wir gehen zum Lunch in ein wundervolles Restaurant im Peabody, das Dux heißt. Ich trinke Wein. Deck bestellt sich Nachtisch. Es ist der größte Moment in der Geschichte unserer Kanzlei. Drei Stunden lang essen wir und geben unser Geld aus.

Am Donnerstag nach dem Montag, den ich in Cleveland verbracht habe, sitzen wir um halb sechs Uhr nachmittags in Kiplers Gerichtssaal. Seine Ehren hat diesen Zeitpunkt gewählt, damit der große Leo F. Drummond nach einem langen Tag vor Gericht herbeieilen und weitere Schelte einstecken kann. Sein Erscheinen vervollständigt das Team der Verteidigung – alle fünf sind anwesend und wirken hinreichend selbstgefällig, obwohl sie wissen, daß ihnen einiges bevorsteht. Jack Underhall, als Hausanwalt von Great Benefit, ist da, aber die anderen Herren haben es vorgezogen, in Cleveland zu bleiben. Ich kann es ihnen nicht verübeln.

»Ich habe Sie wegen der Dokumente gewarnt, Mr. Drummond«, erklärt Seine Ehren vom Podium herab. Er hat die Sitzung keine fünf Minuten zuvor eröffnet, und Drummond blutet schon jetzt. »Ich dachte, ich hätte mich recht deutlich ausgedrückt, habe es Ihnen, wie Sie wissen, sogar schriftlich in Form einer Anweisung gegeben. Also, was ist passiert?«

Es ist wahrscheinlich nicht Drummonds Schuld. Sein Mandant treibt Spielchen mit ihm, und ich vermute stark, daß er den Burschen in Cleveland bereits seinerseits die Meinung gesagt hat. Leo Drummond ist ein überaus selbstbewußter Mann und kann Demütigungen nur schwer hinnehmen. Er tut mir fast leid. Er steckt mitten in einem Millionen-Dollar-Prozeß vor dem Bundesgericht, schläft vermutlich nachts nur drei Stunden, hat hundert Dinge gleichzeitig im Kopf, und nun wird er über die Straße gezerrt, um die dubiosen Aktionen seines unberechenbaren Mandanten zu verteidigen.

Er tut mir *fast* leid.

»Dafür gibt es keine Entschuldigung, Euer Ehren«, sagt er, und seine Aufrichtigkeit ist überzeugend.

»Wann haben Sie erfahren, daß diese drei Zeugen nicht mehr für Ihren Mandanten arbeiten?«

»Sonntagnachmittag.«

»Haben Sie versucht, den Anwalt des Klägers zu informieren?«

»Ja, das habe ich. Wir konnten ihn nicht ausfindig machen. Wir haben sogar die Fluggesellschaften angerufen, aber umsonst.«

Ihr hättet es mit Greyhound versuchen sollen.

Kipler zieht eine große Schau ab. Er schüttelt den Kopf und gibt sich entrüstet. »Setzen Sie sich, Mr. Drummond«, sagt er. Ich brauchte bisher den Mund noch nicht aufzumachen.

»Hier ist der Plan, meine Herren«, sagt Seine Ehren. »Übernächsten Montag kommen wir hier für die Vernehmungen wieder zusammen. Für die Beklagte werden folgende Personen anwesend sein: Richard Pellrod, leitender Sachbearbeiter in der Schadensabteilung, Everett Lufkin, Vizepräsident der Schadensabteilung, Kermit Aldy, Vizepräsident der Haftungsabteilung, Bradford Barnes, Vizepräsident der Verwaltungsabteilung, und M. Wilfred Keeley, Generaldirektor.« Kipler hatte mich aufgefordert, eine Wunschliste vorzulegen.

Ich kann fast spüren, wie die Luft aus dem Saal in die Lungen der Jungs auf der anderen Seite des Ganges einströmt.

»Keine Ausreden, keine Verzögerungen, keine Vertagungen. Sie werden natürlich auf eigene Kosten reisen. Sie werden sich für Vernehmungen nach dem Ermessen des Klägers verfügbar halten, bis Mr. Baylor sagt, daß sie entlassen sind. Sämtliche Kosten der Vernehmungen, einschließlich des Honorars für die Protokollantin, werden von Great Benefit getragen. Wir gehen vorerst von drei Tagen für die Vernehmungen aus.

Weiterhin sind dem Vertreter der Anklage Kopien aller Dokumente auszuhändigen, und zwar nicht später als bis Mittwoch nächster Woche, fünf Tage vor den Vernehmungen. Die Dokumente müssen sauber kopiert und in chronologischer Ordnung sein. Zuwiderhandlung wird strenge Sanktionen zur Folge haben.

Da wir gerade von Sanktionen sprechen, weise ich hiermit die Beklagte an, Mr. Baylor die Kosten seiner vergeblichen Reise nach Cleveland zu erstatten. Mr. Baylor, wieviel kostet ein Ticket nach Cleveland und zurück?«

»Siebenhundert Dollar«, erwidere ich wahrheitsgemäß.

»Ist das erste Klasse oder Economy?«

»Economy.«

»Mr. Drummond, Ihre Kanzlei hat vier Anwälte nach Cleveland geschickt. Sind sie erster Klasse oder Economy geflogen?«

Drummond wirft einen Blick auf T. Pierce, der sich windet wie ein Kind, das beim Stehlen erwischt worden ist, dann sagt er: »Erster Klasse.«

»Das dachte ich mir. Wieviel kostet ein Ticket erster Klasse?«

»Dreizehnhundert.«

»Wieviel haben Sie für Unterkunft und Verpflegung ausgegeben, Mr. Baylor?«

In Wirklichkeit weniger als vierzig Dollar. Aber es wäre überaus peinlich, das vor Gericht zuzugeben. Ich wollte, ich wäre in einer Penthouse-Suite abgestiegen. »Ungefähr sechzig Dollar«, sage ich, ein bißchen übertreibend, aber nicht geldgierig. Ihre Zimmer haben bestimmt hundertfünfzig Dollar pro Nacht gekostet.

Kipler notiert sich das mit großer Geste, in seinem Gehirn klickt die Rechenmaschine. »Wie lange sind Sie unterwegs gewesen? Jeweils zwei Stunden?«

»Kann sein«, sage ich.

»Bei zweihundert Dollar die Stunde macht das achthundert Dollar. Weitere Auslagen?«

»Zweihundertfünfzig für die Protokollantin.«

Er schreibt sich alles auf, addiert es, überprüft seine Zahlen und sagt dann: »Ich weise die Beklagte an, Mr. Baylor als Strafmaßnahme die Summe von zweitausendundvierhundertzehn Dollar zu zahlen, und zwar innerhalb von fünf Tagen. Falls das Geld nicht binnen fünf Tagen bei Mr. Baylor eingegangen ist, wird sich die Summe jeden Tag verdoppeln, bis der Scheck vorliegt. Haben Sie das verstanden, Mr. Drummond?«

Ich kann ein Lächeln nicht unterdrücken.

Drummond erhebt sich langsam, in der Taille leicht gebeugt, und streckt die Hände aus. »Ich erhebe Einspruch«, sagt er. Er schmort innerlich, aber er hat sich in der Gewalt.

»Ihr Einspruch ist zur Kenntnis genommen. Ihr Mandant hat fünf Tage.«

»Es gibt keinen Beweis dafür, daß Mr. Baylor erster Klasse geflogen ist.«

Es liegt in der Natur eines Anwalts der Verteidigung, alles zu bestreiten. Haarspalterei gehört zu seinem Handwerk. Außerdem ist sie einträglich. Aber das Geld ist für seinen Mandanten ein Klacks, und Drummond sollte einsehen, daß er damit nichts erreicht.

»Der Flug nach Cleveland und zurück ist offenkundig dreizehnhundert Dollar wert. Und diese Summe hat Ihr Mandant zu zahlen.«

»Mr. Baylor wird nicht stundenweise bezahlt.«

»Wollen Sie damit sagen, daß seine Zeit nichts wert ist?«

»Nein.«

Was er damit sagen will, ist, daß ich nur ein Anfänger und ein Feld-Wald-und-Wiesen-Anwalt bin und meine Zeit bei weitem nicht soviel wert ist wie seine oder die seiner Kumpane.

»Dann werden Sie ihm zweihundert pro Stunde bezahlen. Sie können sich glücklich schätzen. Ich habe daran gedacht, Ihnen sämtliche Stunden zu berechnen, die er in Cleveland verbracht hat.«

So nahe dran!

Drummond schwenkt frustriert die Arme und setzt sich wieder hin. Kipler funkelt auf ihn herunter. Nach ein paar Monaten im Amt ist er bereits berüchtigt für seine Abneigung gegen große Firmen. Er war auch in anderen Fällen mit Sanktionen rasch bei der Hand, und in Juristenkreisen wird eine Menge darüber geredet. Dazu gehört nicht viel.

»Sonst noch etwas?« knurrt er in ihre Richtung.

»Nein, Sir«, sage ich laut, damit alle wissen, daß ich auch noch da bin.

Bei den Verschwörern jenseits des Ganges findet ein kollektives Kopfschütteln statt, und Kipler läßt seinen Hammer niederfahren. Ich raffe rasch meine Papiere zusammen und verlasse den Gerichtssaal.

Mein Abendessen besteht aus einem Sandwich mit Dot. Die Sonne versinkt langsam hinter den Bäumen in ihrem Hintergarten, hinter dem Fairlane, in dem Buddy sitzt und sich weigert, zum Essen hereinzukommen. Sie sagt, er verbringt immer mehr Zeit dort draußen wegen Donny Ray. Es ist nur noch eine Sache von Tagen, bis er stirbt, und Buddys Art, damit fertig zu werden, besteht darin, sich in seinem Wagen zu verstecken und zu trinken. Er verbringt jeden Morgen ein paar Minuten bei seinem Sohn, verläßt sein Zimmer gewöhnlich weinend und versucht dann, für den Rest des Tages jedermann aus dem Wege zu gehen.

Außerdem kommt er in der Regel nicht herein, wenn Besuch da ist. Das kann mir nur recht sein. Und Dot ist es auch recht. Wir unterhalten uns über die Klage, über die Aktionen von Great Benefit und die kaum glaubliche Fairneß von Richter Kipler, aber sie hat das Interesse daran verloren. Die leidenschaftliche Frau, die ich vor sechs Monaten in Cypress Gardens kennengelernt habe, scheint den Kampf aufgegeben zu haben. Damals war sie felsenfest davon überzeugt, daß ein

Anwalt, jeder beliebige Anwalt, sogar ich, Great Benefit dazu veranlassen könnte, das Rechte zu tun. Damals war noch Zeit für ein Wunder. Jetzt ist alle Hoffnung verflogen.

Dot wird sich immer die Schuld an Donny Rays Tod geben. Sie hat mir mehr als einmal gesagt, daß sie sofort, nachdem Great Benefit ihren Anspruch abgelehnt hatte, zu einem Anwalt hätte gehen müssen. Statt dessen hat sie sich dafür entschieden, die Briefe selbst zu schreiben. Ich bin jetzt ziemlich sicher, daß Great Benefit auf die Androhung einer Klage hin sehr schnell klein beigegeben und die Behandlung übernommen hätte. Das glaube ich aus zwei Gründen. Einmal sind sie eindeutig im Unrecht und wissen das. Und zweitens haben sie, kurz nachdem ich, ein ziemlich grüner Anfänger, sie verklagt hatte, mir einen Vergleich über fünfundsiebzigtausend Dollar angeboten. Sie haben Angst. Ihre Anwälte haben Angst. Die Typen in Cleveland haben Angst.

Dot serviert mir eine Tasse koffeinfreien Instantkaffee, dann geht sie hinaus, um nach ihrem Mann zu sehen. Ich nehme meinen Kaffee mit in den hinteren Teil des Hauses, in Donny Rays Zimmer, wo er, auf der rechten Seite zusammengerollt, unter den Laken schläft. Die einzige Beleuchtung ist eine kleine Lampe in der Ecke. Ich lasse mich dicht neben ihr nieder, mit dem Rücken zum Fenster, durch das eine kühle Brise hereinweht. Die Nachbarschaft ist ruhig, im Zimmer kein Laut zu hören.

Sein Testament ist ein simples, aus nur zwei Absätzen bestehendes Dokument, in dem er alles seiner Mutter vermacht. Er besitzt nichts und hat auch keinerlei Schulden, und das Testament ist unnötig. Aber er hat sich dadurch besser gefühlt. Seine Beisetzung hat er auch geplant. Dot hat die nötigen Vorbereitungen getroffen. Er möchte, daß ich einer der Sargträger bin.

Ich greife nach dem Buch, in dem ich jetzt seit zwei Monaten von Zeit zu Zeit lese, ein Buch mit vier gekürzten Romanen. Es ist dreißig Jahre alt, eines der wenigen Bücher im Haus. Ich lasse es immer an der gleichen Stelle liegen und lese bei jedem Besuch ein paar Seiten.

Er stöhnt und bewegt sich ein bißchen. Ich frage mich, was

sie tun wird, wenn sie eines Morgens hereinkommt und er nicht mehr aufwacht.

Sie läßt uns allein, während ich bei Donny Ray sitze. Ich kann hören, wie sie abwäscht. Buddy scheint jetzt im Haus zu sein. Ich lese eine Stunde und werfe hin und wieder einen Blick auf Donny Ray. Wenn er aufwacht, werden wir uns unterhalten, vielleicht schalte ich auch den Fernseher ein. Was immer er will.

Ich höre eine fremde Stimme im Wohnzimmer, dann klopft jemand an die Tür. Sie wird langsam geöffnet, und ich brauche ein paar Sekunden, um den jungen Mann zu erkennen, der da steht. Es ist Dr. Kord, der einen Hausbesuch macht. Wir geben uns die Hand und unterhalten uns leise an Fußende des Bettes, dann gehen wir drei Schritte zum Fenster.

»Ich war gerade in der Nähe«, sagt er, immer noch flüsternd, als führe er ständig in dieser Gegend herum.

»Setzen Sie sich«, sage ich und deute auf den einzigen weiteren Stuhl. Wir sitzen mit dem Rücken zum Fenster, Knie an Knie, und betrachten den sterbenden Jungen in dem knapp zwei Meter entfernten Bett.

»Wie lange sind Sie schon hier?« fragt er.

»Ungefähr zwei Stunden. Ich habe mit Dot zu Abend gegessen.«

»Ist er aufgewacht?«

»Nein.«

Wir sitzen im Halbdunkel mit einer sanften Brise im Genick. Uhren regulieren unser Leben, aber im Augenblick haben wir jedes Gefühl für die Zeit verloren.

»Ich habe nachgedacht«, sagt Kord, fast lautlos. »Über den Prozeß. Haben Sie schon eine Ahnung, wann er stattfinden soll?«

»Am 8. Februar.«

»Ist das definitiv?«

»Sieht so aus.«

»Finden Sie nicht auch, daß es mehr Eindruck machen würde, wenn ich direkt aussage, anstatt über ein Video oder eine schriftliche Vernehmung zu den Geschworenen zu sprechen?«

»Natürlich würde es das.«

Kord praktiziert seit mehreren Jahren. Er weiß über Prozesse und Vernehmungen Bescheid. Er beugt sich vor und stützt die Ellenbogen auf die Knie. »Dann lassen Sie uns die Vernehmung vergessen. Ich tue es live und in Farbe, und ich werde Ihnen keine Rechnung schicken.«

»Das ist sehr großzügig.«

»Nicht der Rede wert. Es ist das mindeste, was ich tun kann.«

Wir denken lange Zeit darüber nach. Gelegentlich kommt ein leises Geräusch aus der Küche, aber sonst ist es still im Haus. Kord ist ein Mann, dem lange Gesprächspausen nichts ausmachen.

»Wissen Sie, was ich tue?« fragt er schließlich.

»Was?«

»Ich untersuche Leute, dann bereite ich sie auf den Tod vor.«

»Weshalb haben Sie sich für die Onkologie entschieden?«

»Wollen Sie die Wahrheit hören?«

»Klar. Weshalb nicht?«

»Ganz einfach. Es herrscht Bedarf an Onkologen. Der Andrang ist nicht so groß wie auf anderen Spezialgebieten.«

»Ich nehme an, irgend jemand muß es tun.«

»So schlimm ist es im Grunde nicht. Ich liebe meine Arbeit.« Er schweigt einen Moment und betrachtet seinen Patienten. »Aber das hier geht mir an die Nieren. Zusehen zu müssen, wie ein Patient unbehandelt bleibt. Wenn die Knochenmarkstransplantation nicht so teuer wäre, hätten wir vielleicht etwas tun können. Ich war bereit, meine Zeit und meine Arbeit kostenlos zur Verfügung zu stellen, aber es ist trotzdem noch ein Zweihunderttausend-Dollar-Eingriff. Kein Krankenhaus im Lande kann es sich leisten, so viel Geld zu verschenken.«

»Und deshalb hassen Sie die Versicherungsgesellschaften, stimmt's?«

»Ja, das kann man wohl sagen.« Eine lange Pause, dann: »Wir müssen es ihnen heimzahlen.«

»Ich versuche es.«

»Sind Sie verheiratet?« fragt er, dann setzt er sich gerade auf und sieht auf die Uhr.

»Nein. Und Sie?«

»Nein. Geschieden. Lassen Sie uns zusammen ein Bier trinken.«
»Okay. Wo?«
»Kennen Sie Murphy's Oyster Bar?«
»Natürlich.«
»Wir treffen uns dort.«
Wir schleichen auf Zehenspitzen an Donny Ray vorbei, verabschieden uns von Dot, die schaukelnd und rauchend auf der Vorderveranda sitzt, und verlassen sie für diesmal.

Ich schlafe zufällig gerade einmal, als um zwanzig Minuten nach drei in der Nacht das Telefon läutet. Entweder ist Donny Ray tot oder ein Flugzeug ist abgestürzt und Deck wittert fette Beute. Wer sonst würde um diese Zeit anrufen?
»Rudy?« ertönt eine sehr vertraute Stimme vom anderen Ende.
»Miss Birdie?« sage ich, setze mich auf und taste nach dem Lichtschalter.
»Tut mir leid, daß ich Sie zu einer so fürchterlichen Zeit anrufen muß.«
»Das ist okay. Wie geht es Ihnen?«
»Ach, sie sind so gemein zu mir.«
Ich schließe die Augen, hole tief Luft und lasse mich auf mein Bett zurücksinken. Weshalb überrascht mich das nicht?
»Wer ist gemein?« frage ich, aber nur, weil es von mir erwartet wird. Es ist schwierig, um diese Zeit Mitgefühl aufzubringen.
»June ist die Gemeinste«, sagt sie, als hätte sie eine Rangordnung aufgestellt. »Sie will mich nicht im Haus haben.«
»Sie wohnen bei Randolph und June?«
»Ja, und es ist fürchterlich. Einfach fürchterlich. Ich habe Angst, etwas zu essen.«
»Weshalb?«
»Weil sie Gift hineingetan haben könnten.«
»Na, hören Sie mal, Miss Birdie.«
»Ich meine es ernst. Sie warten alle nur darauf, daß ich sterbe. Ich habe ein neues Testament unterschrieben, das ihnen gibt, was sie wollen. Das habe ich noch in Memphis getan. Und nachdem wir hier in Tampa angekommen waren, haben

sie sich ein paar Tage lang wirklich reizend benommen. Die Kinder schauten ständig herein. Brachten mir Blumen und Pralinen. Dann hat Delbert mich zu einem Arzt gebracht, damit er mich gründlich untersucht. Nachdem er damit fertig war, hat er erklärt, ich wäre bei bester Gesundheit. Ich glaube, sie haben etwas anderes erwartet. Sie schienen so enttäuscht zu sein von dem, was der Arzt gesagt hat. Und über Nacht wurde alles anders. June wurde wieder zu dem gemeinen kleinen Flittchen, das sie in Wirklichkeit ist. Randolph ging wieder Golfspielen und ist nie zu Hause. Delbert ist ständig beim Hunderennen. Vera haßt June, und June haßt Vera. Die Enkelkinder, die meisten von ihnen haben keinen Job, wissen Sie, sind einfach verschwunden.«

»Weshalb rufen Sie um diese Zeit an, Miss Birdie?«

»Weil, also, ich muß heimlich telefonieren. Gestern hat June mir gesagt, ich dürfte das Telefon nicht mehr benutzen, und da bin ich zu Randolph gegangen, und der hat gesagt, ich dürfte es zweimal am Tag benutzen. Ich vermisse mein Haus, Rudy. Ist alles in Ordnung?«

»Alles bestens, Miss Birdie.«

»Ich halte es hier nicht mehr lange aus. Sie haben mich in ein kleines Schlafzimmer mit einem winzigen Bad gesteckt. Ich bin es gewohnt, viel Platz zu haben, das wissen Sie, Rudy.«

»Ja. Miss Birdie.« Sie wartet darauf, daß ich ihr anbiete, zu kommen und sie zu holen, aber dazu ist es noch zu früh. Sie ist noch nicht einmal einen Monat fort. Das hier ist gut für sie.

»Und Randolph bekniet mich, daß ich eine notarielle Vollmacht unterschreibe, die ihn ermächtigt, sich um meine Angelegenheiten zu kümmern. Was halten Sie davon?«

»Ich empfehle meinen Mandanten nie, eine solche Vollmacht zu unterschreiben, Miss Birdie. Es ist keine gute Idee.« Ich hatte noch nie einen Mandanten, der vor diesem Problem stand, aber in ihrem Fall ist es eine üble Sache.

Armer Randolph. Er reißt sich den Hintern auf, um an das Zwanzig-Millionen-Dollar-Vermögen heranzukommen. Was wird er tun, wenn er die Wahrheit erfährt? Miss Birdie glaubt, im Augenblick liefe es schlecht für sie. Sie braucht nur abzuwarten.

»Also, ich weiß nicht recht...« Ihre Stimme verklingt.
»Unterschreiben Sie nicht, Miss Birdie.«
»Und noch etwas. Gestern hat Delbert – oh, da kommt jemand. Muß Schluß machen.« Am anderen Ende wird der Hörer auf die Gabel geknallt. Ich kann June sehen, wie sie Miss Birdie mit einem Lederriemen für ein unerlaubtes Telefongespräch verprügelt.

Ich betrachte den Anruf nicht als bedeutsames Ereignis. Er war fast belustigend. Wenn Miss Birdie heimkommen will, werde ich sie abholen.

Ich schaffe es, wieder einzuschlafen.

36

Ich wähle die Nummer des Gefängnisses und frage nach der Dame, mit der ich bei meinem ersten Besuch bei Bobby Ott gesprochen habe. Die Vorschriften verlangen, daß alle Besuche mit ihr abgesprochen werden. Ich will noch einmal mit ihm sprechen, bevor wir ihn vernehmen.

Ich kann hören, wie sie etwas in einen Computer eingibt. »Bobby Ott ist nicht mehr hier«, sagt sie.

»Wie bitte?«

»Er wurde vor drei Tagen entlassen.«

»Mir hat er gesagt, er hätte noch achtzehn Tage vor sich. Und das war vor einer Woche.«

»Pech gehabt. Er ist fort.«

»Und wohin?« frage ich fassungslos.

»Machen Sie Witze?« fragt sie und legt auf.

Ott ist verschwunden. Er hat mich angelogen. Wir hatten Glück, daß wir ihn gefunden hatten, und nun ist er wieder untergetaucht.

Der Anruf, vor dem ich mich gefürchtet habe, kommt schließlich an einem Sonntagmorgen. Ich sitze auf Miss Birdies Terrasse, als gehörte das Haus mir, lese die Sonntagszeitung, trinke Kaffee und genieße einen herrlichen Tag. Es ist Dot, und sie sagt mir, daß sie ihn vor einer Stunde gefunden hat. Er ist gestern abend eingeschlafen und nicht wieder aufgewacht.

Ihre Stimme bebt ein wenig, aber sie hat ihre Gefühle unter Kontrolle. Wir unterhalten uns einen Moment, und ich spüre, daß mein Hals trocken ist und meine Augen feucht sind. In ihren Worten klingt ein Anflug von Erleichterung mit. »Er ist jetzt besser dran«, sagt sie mehr als einmal. Ich sage ihr, wie leid es mir tut, und verspreche, am Nachmittag zu kommen.

Ich wandere durch den Hintergarten zu der Hängematte, wo ich mich an eine Eiche lehne und mir die Tränen von den Wangen wische. Ich setze mich auf den Rand der Hängematte, mit den Füßen auf dem Boden und mit tief gesenktem Kopf, und spreche das letzte meiner vielen Gebete für Donny Ray.

Ich rufe Richter Kipler zu Hause an und informiere ihn. Die Beisetzung soll morgen nachmittag um zwei Uhr stattfinden, was ein Problem mit sich bringt. Die Vernehmungen der Leute von Great Benefit sollen um neun Uhr morgens beginnen und den größten Teil der Woche dauern. Ich bin sicher, daß die Typen aus Cleveland bereits in der Stadt sind. Vermutlich sitzen sie gerade in Drummonds Büro und proben vor Videokameras. Das würde seiner Art von Gründlichkeit entsprechen.

Kipler meint, ich sollte trotzdem um neun erscheinen, dann würde er die Dinge schon in die Hand nehmen. Ich sage ihm, daß ich bereit bin. Ich sollte es jedenfalls sein. Ich habe alle nur erdenklichen Fragen für jeden einzelnen Zeugen schriftlich formuliert, und Seine Ehren selbst hat Vorschläge gemacht. Deck hat sie gleichfalls durchgesehen.

Kipler deutet an, daß er die Vernehmungen möglicherweise vertagen wird, weil er morgen zwei wichtige Anhörungen hat.

Im Augenblick ist mir so ziemlich alles recht.

Als ich bei den Blacks eintreffe, hat sich die gesamte Nachbarschaft zum Trauern versammelt. An der Straße und auf der Einfahrt parken Wagen Stoßstange an Stoßstange. Alte Männer stehen im Vorgarten herum und sitzen auf der Veranda. Ich lächle und nicke und bahne mir meinen Weg durch die Leute hindurch ins Haus, wo ich Dot in der Küche vor dem Kühlschrank finde. Das Haus ist brechend voll. Der Küchentisch und sämtliche freien Flächen sind bedeckt mit Pasteten, Aufläufen und Tupperdosen mit gebratenen Hähnchen.

Dot und ich umarmen uns sanft. Ich spreche ihr mein Beileid aus, indem ich einfach sage, daß es mir leid tut, und sie dankt mir für mein Kommen. Ihre Augen sind rot, aber ich habe das Gefühl, daß sie das Weinen satt hat. Sie deutet auf all die Eßwaren und sagt mir, ich solle mich bedienen. Ich überlasse sie einigen Damen aus der Nachbarschaft.

Ich bin plötzlich hungrig. Ich fülle einen großen Pappteller mit Hähnchen, gebackenen Bohnen und Krautsalat und nehme ihn mit auf die kleine Terrasse hinter dem Haus, wo ich allein sein kann. Buddy sitzt nicht in seinem Wagen. Sie hat ihn vermutlich im Schlafzimmer eingeschlossen, wo er sie nicht in Verlegenheit bringen kann. Ich esse langsam und lausche den gedämpften Stimmen, die durch die offenen Fenster von Küche und Wohnzimmer herausdringen. Als mein Teller leer ist, fülle ich ihn noch einmal und ziehe mich wieder auf die Terrasse zurück.

Wenig später gesellt sich ein junger Mann zu mir, der mir seltsam bekannt vorkommt. »Ich bin Ron Black«, sagt er und läßt sich auf dem Stuhl neben meinem nieder. »Der Zwillingsbruder.«

Er ist schlank und fit, nicht sehr groß. »Ich freue mich, Sie kennenzulernen«, sage ich.

»Sie sind also der Anwalt?« Er hält eine Dose Cola in der Hand.

»Der bin ich. Rudy Baylor. Das mit Ihrem Bruder tut mir sehr leid.«

»Danke.«

Mir ist bewußt, wie selten Dot und Donny Ray über Ron gesprochen haben. Er hat das Haus kurz nach der High-School verlassen, ist weit fortgezogen und hat sich von ihnen ferngehalten. Bis zu einem gewissen Grad kann ich das verstehen.

Ihm ist nicht nach Reden zumute. Seine Sätze sind kurz und gezwungen, aber schließlich kommt er auf die Knochenmarkstransplantation zu sprechen. Er bestätigt, was ich sowieso für die Wahrheit halte, daß er bereit und willens war, sein Mark zu spenden, um seinen Bruder zu retten, und daß Dr. Kord ihm gesagt hat, daß er der ideale Spender wäre. Ich sage ihm, daß er das in wenigen Monaten einer Jury erklären muß, und er sagt, das würde er mit Freuden tun. Er hat ein paar Fragen über die Klage, läßt aber keine Spur von Neugierde erkennen, wieviel Geld sie ihm einbringen könnte.

Ich bin sicher, daß er traurig ist, aber er wird mit seinem Kummer gut fertig. Ich öffne die Tür zu ihrer Kindheit und hoffe, ein paar nette Geschichten über die Streiche und Scherze zu hören, die die Zwillinge miteinander ausgeheckt haben müssen. Nichts. Er ist hier aufgewachsen, hier in diesem

Haus, und es ist offensichtlich, daß er für seine Vergangenheit keine Verwendung hat.

Die Beisetzung findet morgen um zwei Uhr statt, und ich wette, um fünf sitzt Ron Black bereits in einem Flugzeug, das ihn nach Houston zurückbringt.

Die Besucherschar nimmt ab und wächst wieder an, aber das Essen bleibt. Ich esse zwei Stücke Schokoladenkuchen, während Ron warme Cola trinkt. Nach zwei Stunden Herumsitzen bin ich erschöpft. Ich verabschiede mich und fahre davon.

Am Montag sitzt eine ganze Horde von ernstgesichtigen und dunkel gekleideten Männern auf der anderen Seite des Gerichtssaals um Leo F. Drummond herum.

Ich bin bereit. Ängstlich und zitternd und nervös, aber die Fragen sind niedergeschrieben und warten. Selbst wenn ich vollständig festhänge, kann ich immer noch die Fragen ablesen und sie zwingen, sie zu beantworten.

Es ist ein erfreulicher Anblick, wie diese großen Firmenbosse verängstigt dahocken. Ich kann mir so ungefähr vorstellen, welche harten Worte sie für Drummond und mich und Kipler und Anwälte im allgemeinen und diesen Fall im besonderen hatten, als ihnen mitgeteilt wurde, daß sie heute hier *en masse* zu erscheinen haben, und daß sie nicht nur erscheinen und aussagen, sondern außerdem stunden- und tagelang herumsitzen müssen, bis ich mit ihnen fertig bin.

Kipler läßt sich an seinem Tisch nieder und ruft unseren Fall als ersten auf. Wir werden die Vernehmungen nebenan vornehmen, in einem Gerichtssaal, der diese Woche leer steht, ganz in der Nähe, damit Seine Ehren jederzeit den Kopf hereinstecken und Drummond bei der Stange halten kann. Er ruft uns nach vorn, weil er etwas zu sagen hat.

Ich lasse mich rechts von ihm nieder, vier Typen von Trent & Brent links von ihm.

»Das gehört nicht ins Protokoll«, weist Kipler die Protokollantin an. Dies ist keine offizielle Anhörung. »Mr. Drummond, ist Ihnen bekannt, daß Donny Ray Black gestern morgen gestorben ist?«

»Nein, Sir«, erwidert Drummond ernst. »Es tut mir sehr leid.«

»Die Beisetzung findet heute nachmittag statt, und das wirft ein Problem auf. Mr. Baylor hier ist einer der Sargträger. Im Grunde sollte er sich jetzt bei der Familie aufhalten.«

Drummond ist aufgestanden und sieht erst mich an und dann Kipler.

»Wir werden diese Vernehmungen vertagen. Sorgen Sie dafür, daß Ihre Leute nächsten Montag wieder hier sind, dieselbe Zeit, derselbe Ort.« Kipler funkelt Drummond an und wartet auf die falsche Antwort.

Die fünf wichtigen Persönlichkeiten von Great Benefit werden gezwungen, mit ihren vollen Terminkalendern zu jonglieren, sie neu zu arrangieren und nächste Woche abermals nach Memphis zu kommen.

»Weshalb können wir nicht morgen anfangen?« fragt Drummond fassungslos. Es ist eine völlig berechtigte Frage.

»Ich stehe diesem Gericht vor, Mr. Drummond. Ich leite die Beweisaufnahme, und ich habe auch vor, den Prozeß zu leiten.«

»Aber, Euer Ehren, wenn's recht ist, und ich will nicht mit Ihnen streiten, aber Ihre Anwesenheit ist bei den Vernehmungen doch nicht erforderlich. Diese fünf Herren konnten es nur unter großen Schwierigkeiten einrichten, heute hier zu erscheinen. Nächste Woche ist das vielleicht nicht möglich.«

Das ist genau das, was Kipler hören wollte. »Oh, sie werden hier sein, Mr. Drummond. Sie werden am nächsten Montag Punkt neun Uhr hier sein.«

»Also, das halte ich für unfair, bei allem Respekt.«

»Unfair? Diese Vernehmungen hätten vor zwei Wochen in Cleveland stattfinden können. Aber dann haben Ihre Mandanten ja unbedingt Spielchen spielen müssen.«

Angelegenheiten wie diese stehen im uneingeschränkten Ermessen eines Richters, und es gibt keine Möglichkeit, dagegen Einspruch zu erheben. Kipler straft Drummond und Great Benefit, und meiner bescheidenen Ansicht nach geht er ein wenig zu weit. Aber in ein paar Monaten wird hier ein Prozeß stattfinden, und der Richter steckt seine Position ab. Er läßt diesen berühmten Anwalt wissen, daß er, Seine Ehren, beim Prozeß das Sagen haben wird.

Was mir nur recht sein kann.

Hinter einer kleinen Dorfkirche, ein paar Meilen nördlich von Memphis, wird Donny Ray Black zur letzten Ruhe gebettet. Weil ich einer der acht Sargträger bin, werde ich angewiesen, hinter den Stühlen zu stehen, auf denen die Familie sitzt. Es ist kühl, und der Himmel ist bedeckt, ein Tag für eine Beisetzung.

Die letzte Beerdigung, an der ich teilgenommen habe, war die meines Vaters, und ich bemühe mich verzweifelt, nicht daran zu denken.

Die Menge drängt sich unter dem burgunderfarbenen Baldachin zusammen, und der junge Geistliche beginnt, aus der Bibel vorzulesen. Wir starren auf den grauen, von Blumen umgebenen Sarg. Ich kann Dot leise weinen hören. Ich kann Buddy sehen, der neben Ron sitzt. Ich schaue woanders hin, versuche, im Geiste diesen Ort zu verlassen und von etwas Angenehmem zu träumen.

Deck ist ein Nervenbündel, als ich ins Büro zurückkehre. Sein Kumpel Butch, der Privatdetektiv, sitzt auf dem Tisch, und unter seinem engen Rollkragenpullover zeichnen sich seine dicken Oberarmmuskeln ab. Er ist ein schmuddeliger Typ mit roten Wangen, spitzen Cowboystiefeln und dem Aussehen eines Mannes, der Spaß an Schlägereien hat. Deck macht uns miteinander bekannt, stellt Butch als Mandanten vor, dann reicht er mir einen Block mit einer Botschaft: »Reden Sie irgendwelches belangloses Zeug, okay?«

»Wie war die Beerdigung?« fragt Deck, ergreift meinen Arm und führt mich zu dem Tisch, auf dem Butch wartet.

»Wie Beerdigungen nun einmal sind«, sage ich und mustere die beiden Männer.

»Wie geht es der Familie?« fragt Deck.

»Den Umständen entsprechend.« Butch schraubt rasch den Deckel vom Telefonhörer ab und deutet ins Innere.

»Ich nehme an, der Junge ist jetzt besser dran, meinen Sie

nicht?« sagt Deck, während ich hineinschaue. Butchs Finger wandert näher heran, zu einem kleinen, runden, schwarzen Gegenstand, der an der Innenwand klebt. Ich kann ihn nur anstarren.

»Meinen Sie nicht auch, daß der Junge jetzt besser dran ist?« wiederholt Deck sich laut und versetzt mir einen Rippenstoß.

»Ja, natürlich. Er ist jetzt bestimmt besser dran. Aber traurig ist es trotzdem.«

Wir sehen zu, wie Butch den Hörer gekonnt wieder zusammensetzt, dann zuckt er die Achseln, als wüßte ich genau, was nun zu tun ist.

»Lassen Sie uns hinuntergehen und einen Kaffee trinken«, sagt Deck.

»Gute Idee«, sage ich mit einem gewaltigen Knoten im Bauch.

Auf der Straße bleibe ich stehen und sehe sie an. »Was zum Teufel hat das zu bedeuten?«

»Gehen wir in diese Richtung«, sagt Deck und deutet die Straße hinunter. Anderthalb Blocks entfernt gibt es ein kleines Café, und wir legen den Weg ohne ein weiteres Wort zurück. Wir verstecken uns in einer Ecke, als würden wir von Scharfschützen belauert.

Die Geschichte ist schnell erklärt. Seit Bruiser und Prince verschwunden sind, haben Deck und ich immer wieder sorgenvoll an das FBI gedacht. Wir haben damit gerechnet, daß sie bei uns erscheinen und ein paar Fragen stellen würden. Wir haben oft genug über das FBI gesprochen. Außerdem hat er, ohne daß ich davon wußte, Butch in die Sache eingeweiht. Ich selbst würde Butch nicht über den Weg trauen.

Butch ist vor einer Stunde im Büro aufgekreuzt, und Deck hat ihn leise gebeten, einen Blick auf unsere Telefone zu werfen. Butch gesteht, daß er in Sachen Wanzen kein Experte ist, aber er hat so seine Erfahrungen. Sie sind leicht zu entdecken. Identische Vorrichtungen in allen drei Telefonen. Sie waren im Begriff, nach weiteren Wanzen zu suchen, beschlossen dann aber, auf mich zu warten.

»Noch mehr Wanzen?« frage ich.

»Ja, so eine Art kleiner Mikrofone überall im Büro, die das

auffangen, was nicht über die Telefone geht«, sagt Butch. »Es ist ziemlich einfach. Wir müssen nur jeden Quadratzentimeter mit der Lupe absuchen.«

Decks Hände zittern heftig. Ich frage mich, ob er über eines unserer Telefone mit Bruiser gesprochen hat.

»Und was ist, wenn wir mehr finden?« frage ich. Wir haben noch keinen Schluck von unserem Kaffee getrunken.

»Von Rechts wegen dürfen Sie sie entfernen«, erklärt Butch. »Sie können aber auch einfach auf das achtgeben, was Sie sagen. Tricksen Sie die Typen doch aus.«

»Was ist, wenn wir die Dinger entfernen?«

»Dann wissen die FBI-Fritzen, daß Sie sie gefunden haben. Sie werden noch argwöhnischer und verstärken wahrscheinlich andere Formen der Überwachung. Ich meine, es wäre das beste, so zu tun, als wäre nichts passiert.«

»Sie haben gut reden.«

Deck wischt sich den Schweiß von der Stirn und weigert sich, mich anzusehen. Ich bin seinetwegen ziemlich nervös. »Kennen Sie Bruiser Stone?« frage ich Butch.

»Natürlich. Ich habe für ihn gearbeitet.«

Das überrascht mich ganz und gar nicht. »Gut«, sage ich, dann sehe ich Deck an. »Haben Sie über unser Telefon mit Bruiser gesprochen?«

»Nein«, sagt er. »Seit dem Tag, an dem er verschwunden ist, habe ich nicht mehr mit Bruiser gesprochen.«

Diese Lüge erzählt er mir, damit ich vor Butch den Mund halte.

»Ich möchte trotzdem wissen, ob noch andere Wanzen da sind«, sage ich zu Butch. »Es wäre doch nett zu wissen, wieviel die da draußen mitkriegen.«

»Wir müssen das Büro durchkämmen.«

»Dann lassen Sie uns das tun.«

»Soll mir recht sein. Wir fangen mit den Tischen, Schreibtischen und Stühlen an. Sehen in Papierkörben, Büchern, Uhren, Heftmaschinen und so weiter nach. Diese Wanzen können kleiner sein als Rosinen.«

»Können sie mitbekommen, daß wir suchen?« fragt Deck, zu Tode verängstigt.

»Nein. Sie beide reden wie üblich übers Geschäft. Ich werde kein Wort sagen, und die werden nicht wissen, daß ich da bin. Wenn Sie etwas gefunden haben, geben Sie Handzeichen.«

Wir nehmen den Kaffee mit in unsere Kanzlei, einen Ort, der plötzlich unheimlich und widerwärtig ist. Deck und ich fangen eine banale Unterhaltung über Derrick Dogans Fall an, während wir vorsichtig Tische und Stühle umdrehen. Jeder, der zuhört und nur ein bißchen Verstand hat, muß merken, daß wir nicht bei der Sache sind und versuchen, etwas zu verheimlichen.

Wir kriechen auf allen vieren herum. Wir wühlen in Papierkörben und durchsuchen Akten. Wir inspizieren Heizungsrohre und Fußleisten. Zum ersten Mal bin ich dankbar dafür, daß wir sowenig Möbel und Geräte haben.

Wir suchen vier Stunden und finden nichts. Nur unsere Telefone sind angezapft worden. Deck und ich spendieren Butch eine Portion Spaghetti in einem Bistro ein Stück die Straße hinunter.

Um Mitternacht liege ich im Bett und denke nicht mehr an die Möglichkeit, schlafen zu können. Ich lese die Frühausgabe der Zeitung und starre gelegentlich auf mein Telefon. Bestimmt, sage ich mir immer wieder, würden sie sich nicht die Mühe machen, auch darin eine Wanze anzubringen. Den ganzen Nachmittag und den ganzen Abend hindurch habe ich Schatten gesehen und Geräusche gehört. Ich habe eine Gänsehaut nach der anderen bekommen. Ich kann nicht essen. Ich weiß, ich werde beschattet. Die Frage ist nur: Wie nahe sind sie?

Und wie nahe werden sie mir kommen wollen?

Mit Ausnahme der Anzeigen lese ich jedes Wort in der Zeitung. Sara Plankmore Wilcox hat gestern ein sieben Pfund schweres Mädchen zur Welt gebracht. Gut für sie. Ich hasse sie nicht mehr. Seit Donny Ray gestorben ist, bin ich allen Menschen freundlicher gesinnt. Ausgenommen natürlich Drummond und seinen widerwärtigen Mandanten.

PFX Freights ist im WinterBall noch ungeschlagen.

Ich frage mich, ob er sie zwingt, zu allen Spielen mitzukommen.

Ich lese jeden Tag die standesamtlichen Nachrichten, vor allem die Anträge auf Scheidung, obwohl ich nicht optimistisch bin. Ich lese auch die Liste der Verhaftungen, um zu sehen, ob Cliff Riker festgenommen wurde, weil er seine Frau wieder geschlagen hat.

37

Die Dokumente bedecken vier gemietete, im vorderen Büro unserer Kanzlei Seite an Seite aufgestellte Klapptische. Sie sind in ordentlichen Haufen gestapelt, in chronologischer Reihenfolge, alle markiert, numeriert und sogar im Computer gespeichert.

Und memoriert. Ich habe diese Papiere so oft gelesen, daß ich jetzt auswendig weiß, was auf jedem einzelnen Blatt steht. Die Dokumente, die Dot mir gegeben hat, bestehen aus 221 Seiten. Die Police zum Beispiel wird vor Gericht als nur ein Dokument gelten, aber sie umfaßt 30 Seiten. Die Dokumente, die Great Benefit bisher geliefert hat, bestehen aus 748 Seiten, einige davon sind Duplikate des Materials von den Blacks.

Auch Deck hat sich unzählige Stunden mit dem Papierkram beschäftigt. Er hat eine detaillierte Analyse der Schadensakte geschrieben und den größten Teil der Arbeit am Computer erledigt. Er wird mir bei den Vernehmungen assistieren. Es ist sein Job, die Dokumente in Ordnung zu halten und dafür zu sorgen, daß wir schnell diejenigen finden, die wir brauchen.

Er ist nicht gerade begeistert von dieser Art von Arbeit, aber begierig darauf, mir zu helfen. Er ist überzeugt, daß wir Great Benefit mit rauchendem Revolver erwischt haben, aber er ist auch überzeugt, daß der Fall die Mühe nicht lohnt, die ich investiere. Deck hat, wie ich fürchte, nicht das geringste Vertrauen in meine prozessualen Fähigkeiten. Er weiß, daß für die zwölf Personen, die wir als Geschworene auswählen, fünfzigtausend Dollar schon ein Vermögen sind.

Ich trinke am späten Sonntagabend im Büro ein Bier und gehe wieder und wieder das Material auf den Tischen durch. Irgend etwas fehlt hier. Deck ist sicher, daß Jackie Lemancyzk, die Schadenssachbearbeiterin, nicht befugt gewesen wäre, den Anspruch rundheraus abzuweisen. Sie tat ihren Job, dann reichte sie die Akte an die Haftungsabteilung weiter. Es gibt ein gewisses Zusammenspiel zwischen Schadens- und Haftungsabteilung, interne Aktennotizen hin und her, und das ist die Stelle, an der die Papierspur abbricht.

Es hat ein System gegeben, Donny Rays Anspruch abzuweisen und vermutlich den von Tausenden von anderen. Das müssen wir herausfinden.

Nach gründlicher Überlegung und eingehenden Diskussionen mit dem Personal meiner Kanzlei habe ich beschlossen, M. Wilfred Keeley, Generaldirektor, als ersten zu vernehmen. Ich stelle es mir so vor, daß ich mit dem größten Ego beginne und mich dann abwärtsarbeite. Keeley ist sechsundfünfzig Jahre alt, ein echter Gesund-und-munter-Typ mit einem warmen Lächeln, selbst für mich. Er dankt mir sogar dafür, daß ich ihm gestatte, als erster auszusagen. Er muß unbedingt so schnell wie möglich in sein Büro zurückkehren.

In der ersten Stunde stochere ich in den Randbezirken herum. Ich sitze an meiner Seite des Tisches in Jeans, einem Flanellhemd, weißen Socken und Turnschuhen. Obwohl es ein hübscher Kontrast zu den strengen Schwarztönen ist, die auf der anderen Seite des Tisches vorherrschen, hält Deck es für respektlos.

Nach zwei Stunden händigt Keeley mir eine Bilanz aus, und wir reden eine Weile über Geld. Deck überfliegt die Zahlen und schiebt mir eine Frage nach der anderen zu. Drummond und drei seiner Jungs tauschen ein paar Notizen aus, wirken im übrigen aber total gelangweilt. Kipler ist nebenan und entscheidet über Anträge.

Keeley weiß von mehreren anderen Klagen gegen Great Benefit, die jetzt anhängig sind. Wir reden eine Weile über diese Klagen; Namen, Gerichte, andere Anwälte, ähnliche Fakten. Bei keiner von ihnen war er gezwungen, sich einer Vernehmung zu stellen. Ich kann es kaum erwarten, mit den anderen Anwälten zu reden, die Great Benefit verklagt haben. Wir könnten Dokumente und Prozeßstrategien vergleichen.

Das Faszinierende am Leiten einer Versicherungsgesellschaft ist eindeutig nicht das profane Geschäft des Verkaufens von Policen und das Regulieren von Schäden. Es ist das Kassieren und Investieren von Prämien. Keeley weiß mehr über die Probleme des Investierens, damit, sagt er, hätte er angefangen und sich dann nach oben gearbeitet. Von Schadensregulierung versteht er nur wenig.

Da ich für diese Vernehmungen nicht zu zahlen brauche, habe ich es nicht eilig. Ich stelle tausend nutzlose Fragen, stochere einfach herum und gebe Schüsse ins Dunkle ab. Drummond wirkt gelangweilt und gelegentlich sogar frustriert, aber er ist ein Experte für stundenlange Vernehmungen, und sein Taxameter tickt gleichfalls. Gelegentlich würde er gern Einspruch erheben, aber er weiß, ich würde einfach nach nebenan laufen und Richter Kipler informieren, der dann zu meinen Gunsten entscheiden und ihn verwarnen würde.

Der Nachmittag bringt weitere tausend Fragen, und als wir uns um halb sechs vertagen, bin ich körperlich erschöpft. Keeleys Lächeln ist schon kurz nach dem Lunch verschwunden, aber er war entschlossen, zu antworten, so lange ich fragen würde. Er dankt mir abermals, daß ich ihm gestattet habe, als erster auszusagen, und dankt mir außerdem dafür, daß er nicht für weitere Fragen zur Verfügung stehen muß. Er will sofort nach Cleveland zurückkehren.

Am Dienstag wird das Tempo ein wenig schneller, teils weil ich die Zeitverschwendung satt habe, teils aber auch, weil die Zeugen entweder wenig wissen oder sich nicht an viel erinnern können. Ich fange mit Everett Lufkin an, dem Vizepräsidenten der Schadensabteilung, einem Mann, der keine einzige Silbe von sich gibt, außer wenn er auf eine direkte Frage antworten muß. Ich fordere ihn auf, sich einige Dokumente anzusehen, und am späten Vormittag gibt er schließlich zu, daß es zur Politik der Gesellschaft gehört, etwas zu tun, was als »nachträglicher Haftungsausschluß« bezeichnet wird, eine anrüchige, aber nicht illegale Praxis. Wenn ein Versicherter einen Anspruch erhebt, fordert der Sachbearbeiter sämtliche medizinischen Unterlagen aus den voraufgegangenen fünf Jahren an. In unserem Fall erhielt Great Benefit die Unterlagen des Familienarztes, der Donny Ray fünf Jahre zuvor wegen einer schweren Grippe behandelt hatte. Dot hatte die Grippe im Antrag nicht aufgeführt. Die Grippe hatte nichts mit der

Leukämie zu tun, aber Great Benefit begründete eine ihrer frühen Abweisungen mit der Tatsache, daß die Grippe eine bereits vor Vertragsabschluß bestehende Krankheit war.

An diesem Punkt bin ich versucht, ihm einen Nagel ins Herz zu schlagen, und es wäre einfach. Aber es wäre unklug. Lufkin wird beim Prozeß aussagen, und es empfiehlt sich, das brutale Kreuzverhör bis dahin aufzusparen. Manche Anwälte neigen dazu, ihre Fälle schon bei den Vernehmungen zu verhandeln, aber meine gewaltige Erfahrung sagt mir, daß es besser ist, das schwere Geschütz für die Geschworenen zu reservieren. In Wirklichkeit habe ich das irgendwo gelesen. Außerdem ist es die Strategie, der sich Jonathan Lake bedient.

Kermit Aldy, Vizepräsident der Haftungsabteilung, ist ebenso verdrießlich und zurückhaltend wie Lufkin. Aufgabe der Haftungsabteilung ist es, den Antrag vom Agenten entgegenzunehmen und zu prüfen und schließlich darüber zu entscheiden, ob eine Police ausgestellt wird oder nicht. Es ist eine Menge Papierarbeit, die wenig einbringt, und Aldy scheint genau der richtige Mann dafür zu sein, eine solche Abteilung zu leiten. Ich erledige ihn in weniger als zwei Stunden und ohne ihm irgendwelche Wunden beizubringen.

Bradford Barnes ist der Vizepräsident der Verwaltungsabteilung, und es kostet mich fast eine Stunde, herauszufinden, was er tut. Es ist Mittwoch vormittag. Ich habe diese Leute satt. Mir wird übel beim Anblick der immer gleichen Typen von Trent & Brent, die zwei Meter von mir entfernt an ihrem Tisch sitzen und immer die gleichen verdammten dunklen Anzüge tragen und die gleichen finster herablassenden Mienen, die sie schon seit Monaten ständig aufgesetzt haben. Mir ist sogar die Protokollantin zuwider. Barnes weiß nichts über irgend etwas. Ich stoße zu, er weicht aus, ich kann keinen einzigen Treffer landen. Er wird beim Prozeß nicht aussagen, weil er von nichts eine Ahnung hat.

Am Mittwoch nachmittag rufe ich den letzten Zeugen auf, Richard Pellrod, den leitenden Schadenssachbearbeiter, der zumindest zwei der Ablehnungsbriefe an die Blacks geschrieben hat. Er hat seit Montag morgen auf dem Flur gesessen, also haßt er mich von ganzem Herzen. Zu Beginn der Vernehmung blafft er mich ein paarmal an, und das gibt mir neue Kraft. Ich zeige ihm die Ablehnungsbriefe, und die Sache wird heikel. Er ist der Ansicht, und diese Ansicht wird nach wie vor von Great Benefit vertreten, daß Knochenmarkstransplantationen einfach noch zu experimentell sind, um als ernsthafte Behandlungsmethode gelten zu können. Aber er hatte den Anspruch einmal mit der Begründung abgelehnt, daß Donny Ray es unterlassen hätte, eine bereits vor Vertragsabschluß bestehende Krankheit anzugeben. Dafür macht er jemand anderen verantwortlich, ein pures Versehen. Er ist ein verlogener Mistkerl, und ich beschließe, ihn leiden zu lassen. Ich ziehe einen Stapel Dokumente heran, und wir gehen eines nach dem anderen durch. Ich zwinge ihn, sie zu erläutern und die Verantwortung für jedes einzelne von ihnen zu übernehmen. Schließlich war er der Vorgesetzte von Jackie Lemancyzk, die natürlich nicht mehr bei uns ist. Er sagt, er glaubt, daß sie in ihren Heimatort irgendwo im Süden von Indiana zurückgekehrt ist. Ich stelle zwischendurch immer wieder gezielte Fragen nach ihrem Ausscheiden, die Pellrod gewaltig irritieren. Noch mehr Dokumente. Noch mehr Schuldzuweisungen an andere. Ich bin unerbittlich. Ich kann ihn fragen, was ich will, und er weiß nie, was als nächstes kommt. Nach vier Stunden ununterbrochenen Bombardements bittet er um eine Pause.

Am Mittwoch abend um halb acht sind wir mit Pellrod fertig, und die Vernehmungen der Great-Benefit-Leute sind vorüber. Drei Tage, siebzehn Stunden, vermutlich an die tausend Seiten Protokoll. Wie die Dokumente müssen auch die Vernehmungsprotokolle Dutzende von Malen gelesen werden.

Während seine Begleiter ihre Aktenkoffer packen, zieht Leo F. Drummond mich beiseite. »Gute Arbeit, Rudy«, sagt er leise, als wäre er von meiner Leistung wirklich beeindruckt, wollte sein Urteil aber möglichst geheimhalten.

»Danke.«

Er holt tief Luft. Wir sind beide erschöpft und haben es satt, uns gegenseitig anzusehen.

»Also, was steht uns noch bevor?« fragt er.

»Ich bin fertig«, sage ich, und mir fällt wirklich niemand mehr ein, den ich vernehmen möchte.

»Was ist mit Dr. Kord?«

»Er wird beim Prozeß aussagen.«

Das ist eine Überraschung. Er mustert mich eingehend und fragt sich zweifellos, wie ich mir eine Live-Aussage des Arztes vor den Geschworenen leisten kann.

»Was wird er sagen?«

»Ron Black war der ideale Spender für seinen Zwillingsbruder. Eine Knochenmarkstransplantation ist ein Routineverfahren. Der Junge hätte gerettet werden können. Ihr Mandant hat ihn umgebracht.«

Er trägt es mit Fassung, und es ist offensichtlich keine Überraschung.

»Wahrscheinlich werden wir ihn vernehmen«, sagt er.

»Fünfhundert die Stunde.«

»Ja, ich weiß. Hören Sie, Rudy, wie wäre es mit einem Drink? Es gibt etwas, worüber ich gern mit Ihnen reden würde.«

»Und was ist das?« Im Moment kann ich mir nichts Schlimmeres vorstellen, als mit Drummond etwas zu trinken.

»Geschäft. Vergleichsmöglichkeiten. Könnten Sie in mein Büro kommen, sagen wir, in einer Viertelstunde? Es ist gleich um die Ecke, wie Sie ja wissen.«

Das Wort »Vergleich« hört sich nett an. Außerdem habe ich mir schon immer gewünscht, ihre Kanzlei zu sehen. »Ich habe nicht viel Zeit«, sage ich, als warteten schöne und wichtige Frauen auf mich.

»Okay. Wir können gleich losgehen.«

Ich bitte Deck, an der Ecke zu warten, und Drummond und ich laufen drei Blocks zum höchsten Gebäude von Memphis. Während wir zum vierzigsten Stock hinauffahren, unterhalten wir uns über das Wetter. In der Kanzlei ist alles Messing und Marmor, und es wimmelt von Leuten, als wäre es mitten am Tage. Es ist eine geschmackvoll ausgestattete Fabrik. Ich halte Ausschau nach meinem alten Freund Loyd Beck, dem Gangster von Broadnax and Speer, und hoffe, daß ich ihm nicht begegne.

Drummonds Büro ist elegant eingerichtet, aber nicht übermäßig groß. Die Mieten in diesem Gebäude sind die höchsten in der Stadt, und der Platz wird sinnvoll genutzt. »Was möchten Sie trinken?« fragt er und wirft seinen Aktenkoffer und sein Jackett auf den Schreibtisch.

Ich mache mir nichts aus harten Getränken, außerdem bin ich so müde, daß ich fürchte, schon ein Drink könnte mich umwerfen. »Nur eine Cola«, sage ich, und eine Sekunde lang ist er enttäuscht. Er geht zu einer kleinen Bar in der Ecke und macht sich selbst einen Drink zurecht, Scotch und Wasser.

Es klopft an der Tür, und zu meiner großen Überraschung tritt Mr. M. Wilfred Keeley ein. Wir haben uns nicht mehr gesehen, seit ich ihn am Montag acht Stunden lang vernommen habe. Er benimmt sich, als wäre er entzückt, mich wiederzusehen. Wir geben uns die Hand, begrüßen uns, als wären wir alte Freunde. Er geht zur Bar und gießt sich gleichfalls einen Drink ein.

Wir lassen uns an einem kleinen runden Tisch in einer Ecke nieder, und sie trinken ihren Whiskey. Daß Keeley so rasch wieder hierher zurückgekehrt ist, kann nur eines bedeuten. Sie wollen mir einen Vergleich anbieten. Ich bin ganz Ohr.

Meine kümmerliche Praxis hat mir letzten Monat sechshundert Dollar eingebracht. Drummond verdient mindestens eine Million im Jahr. Keeley leitet ein Unternehmen mit einer Milliarde Umsatz und bekommt wahrscheinlich noch mehr Geld als sein Anwalt. Und sie wollen mit mir ins Geschäft kommen.

»Richter Kipler macht mir große Sorgen«, sagt Drummond unvermittelt.

»So etwas habe ich noch nicht erlebt«, setzt Keeley rasch hinzu.

Drummond ist berühmt für seine makellose Vorbereitung, und ich bin sicher, daß sie dieses kleine Duett gründlich geprobt haben.

»Um ehrlich zu sein, Rudy, ich fürchte mich vor dem, was er beim Prozeß anstellen könnte«, sagt Drummond.

»Wir sind ihm praktisch ausgeliefert«, sagt Keeley und schüttelt dabei ungläubig den Kopf.

Sie haben allen Grund, sich Kiplers wegen Sorgen zu machen. Und sie schwitzen Blut, weil sie auf frischer Tat ertappt worden sind. Sie haben einen jungen Mann umgebracht, und jetzt müssen sie damit rechnen, daß ihre Untat bloßgestellt wird. Ich beschließe, nett zu sein und mir anzuhören, was sie zu sagen haben.

Sie trinken gleichzeitig, und dann sagt Drummond: »Wir würden gern einen Vergleich abschließen, Rudy. Wir haben ein gutes Gefühl, was unsere Verteidigung angeht, und das meine ich ganz ernst. Wenn wir ein glattes Spielfeld hätten, wären wir bereit, uns schon morgen ins Getümmel zu stürzen. Ich habe seit elf Jahren keinen Prozeß verloren. Ich liebe einen guten Kampf im Gerichtssaal. Aber dieser Richter ist so voreingenommen, daß es regelrecht beängstigend ist.«

»Wieviel?« frage ich, um dem Geschwätz ein Ende zu machen.

Sie winden sich beide gleichzeitig, als ob sie Hämorrhoiden hätten. Ein schmerzhafter Moment, dann sagt Drummond: »Wir verdoppeln. Hundertfünfzigtausend. Sie bekommen so an die fünfzig, Ihre Mandanten bekommen...«

»Rechnen kann ich selbst«, sage ich. Es geht ihn nichts an, wie hoch mein Honorar sein würde. Er weiß, daß ich pleite bin, und fünfzigtausend würden mich reich machen.

Fünfzigtausend Dollar!

»Und was, meinen Sie, soll ich mit diesem Angebot anfangen?« frage ich.

Sie werfen mir verblüffte Blicke zu.

»Mein Mandant ist tot. Seine Mutter hat ihn vorige Woche begraben, und jetzt erwarten Sie von mir, daß ich hingehe und ihr sage, daß mehr Geld auf dem Tisch liegt.«

»Unter ethischen Gesichtspunkten sind Sie verpflichtet, ihr zu sagen...«

»Halten Sie mir keinen Vortrag über Ethik, Leo. Ich werde es ihr sagen. Ich werde sie über das Angebot informieren, und ich bin sicher, daß sie nein sagen wird.«

»Sein Tod tut uns furchtbar leid«, sagt Keeley betrübt.

»Es ist nicht zu übersehen, daß er Sie heftig betroffen hat, Mr. Keeley. Ich werde den Eltern Ihr Beileid ausrichten.«

»Hören Sie, Rudy, wir unterbreiten Ihnen hier ein anständiges Vergleichsangebot«, sagt Drummond.

»Ihr Timing ist gräßlich.«

Es tritt eine Pause ein, während der wir alle einen Schluck trinken. Drummond beginnt als erster zu lächeln. »Was will die Dame? Sagen Sie uns, Rudy, was sie glücklich machen würde.«

»Nichts.«

»Nichts?«

»Es gibt nichts, was Sie tun könnten. Der Junge ist tot, und Sie können nichts mehr daran ändern.«

»Wozu dann der Prozeß?«

»Um publik zu machen, was Sie getan haben.«

Weiteres Winden. Weitere schmerzliche Mienen. Weiteres Whiskeyschlucken.

»Sie will Sie bloßstellen, und dann will sie Ihnen das Genick brechen.«

»Dazu sind wir zu groß«, sagt Keeley selbstgefällig.

»Warten wir's ab.« Damit stehe ich auf und greife nach meinem Aktenkoffer. »Ich finde selbst hinaus«, sage ich und lasse sie einfach sitzen.

38

Langsam sammeln sich in unserem Büro die Beweise kommerzieller Aktivitäten an, so bescheiden und wenig einträglich sie auch sein mögen. Hier und dort stapeln sich dünne Akten, immer offen daliegend, damit ein Mandant, der mich aufsucht, sie sehen kann. Ich habe fast ein Dutzend mir vom Gericht zugewiesene Kriminalfälle, sämtlich mindere Delikte und nicht besonders schwerwiegende Straftaten. Deck behauptet, er hätte dreißig Akten, aber diese Zahl kommt mir ein wenig zu hoch vor.

Auch das Telefon klingelt jetzt häufiger. Es gehört sehr viel Disziplin dazu, in einen Apparat zu sprechen, in dem eine Wanze sitzt, und ich muß mich jeden Tag neu überwinden. Ich sage mir immer wieder, daß vor dem Anzapfen unserer Telefone eine richterliche Verfügung unterschrieben worden sein muß, die ein derartiges Eindringen in unsere Privatsphäre gestattet. Ein Richter mußte es genehmigen, also muß es schon halbwegs legitim sein.

Im Vorderzimmer stehen immer noch die gemieteten Tische, auf denen sich die zum Black-Fall gehörenden Dokumente türmen, und ihr Vorhandensein erweckt den Anschein, als wäre hier ein wahrhaft großes Werk im Gange.

Auf jeden Fall wirkt das Büro beschäftigter. Nach mehreren Monaten im Geschäft betragen unsere Unkosten bescheidene siebzehnhundert Dollar pro Monat. Unser Bruttoeinkommen beläuft sich auf durchschnittlich dreitausendzweihundert, so daß Deck und ich uns – auf dem Papier – fünfzehnhundert Dollar teilen können, vor Steuern und anderen Abzügen.

Wir überleben. Unser bester Mandant ist Derrick Dogan, und wenn es uns gelingt, seinen Fall mit einem Vergleich über fünfundzwanzigtausend, dem Höchstbetrag der Police, abzuschließen, können wir leichter atmen. Wir hoffen, daß das noch vor Weihnachten passiert, obwohl ich nicht recht weiß, warum wir das tun. Weder Deck noch ich haben jemanden, für den wir gern Geld ausgeben würden.

Ich werde die Feiertage damit verbringen, an dem Black-Fall zu arbeiten. Der Februar ist nicht mehr fern.

Die heutige Post ist Routine, mit zwei Ausnahmen. Sie enthält nicht das geringste von Trent & Brent. Das kommt so selten vor, daß es direkt eine Freude ist. Die zweite Überraschung versetzt mir einen solchen Schlag, daß ich eine Weile in meinem Büro herumwandern muß, um ihn zu verdauen.

Der Umschlag ist groß und quadratisch, mein Name und meine Adresse sind mit der Hand geschrieben. Drinnen steckt eine gedruckte Einladung zu einer vorweihnachtlichen Verkaufsausstellung von goldenen Ketten und Armbändern in einem Juweliergeschäft in einem hiesigen Einkaufszentrum. Es ist nur eine Werbung von der Sorte, die normalerweise gleich im Papierkorb gelandet wäre, wenn sie einen vorgedruckten Adressenaufkleber gehabt hätte.

Am unteren Rand der Karte, unterhalb der Öffnungszeiten des Ladens, steht in einer recht hübschen Handschrift der Name: Kelly Riker. Keine Nachricht. Nichts. Nur der Name.

Nach meiner Ankunft wandere ich eine Stunde lang in dem Einkaufszentrum herum. Ich beobachte Kinder beim Schlittschuhlaufen auf einer Eisbahn. Ich beobachte Teenager dabei, wie sie in Horden durch die Gänge streifen. Ich kaufe mir einen Teller mit aufgewärmtem chinesischen Essen und verzehre es auf der Promenade oberhalb der Eisbahn.

Der Juwelierladen ist eines von mehr als hundert Geschäften unter diesem Dach. Beim ersten Vorbeischlendern habe ich sie an einer Kasse stehen sehen.

Ich betrete den Laden hinter einem jungen Paar und gehe langsam auf den langen Glastresen zu, an dem Kelly eine Kundin bedient. Sie schaut auf, sieht mich und lächelt. Ich weiche ein paar Schritte zurück, lehne mich mit einem Ellenbogen auf einen Tresen und betrachte die funkelnde Auslage von Goldketten, die fast so dick sind wie Schiffstaue. Der Laden ist voll.

Ein halbes Dutzend Verkäuferinnen redet und holt Stücke aus den Schaukästen.

»Kann ich Ihnen helfen, Sir?« sagt sie, als sie mir gegenübersteht, nur einen halben Meter entfernt. Ich sehe sie an und schmelze dahin.

Wir lächeln uns so lange an, wie wir es wagen. »Ich sehe mich nur um«, sage ich. Niemand beobachtet uns, das hoffe ich jedenfalls. »Wie geht es Ihnen?«

»Gut, und Ihnen?«

»Prächtig.«

»Darf ich Ihnen etwas zeigen? Das sind Sonderangebote.«

Sie streckt einen Finger aus, und wir betrachten eine Kette, die zu einem Zuhälter passen würde. »Hübsch«, sage ich, gerade laut genug, daß sie es hören kann. »Können wir miteinander reden?«

»Nicht hier«, sagt sie und beugt sich noch weiter vor. Ich erhasche einen Hauch von ihrem Parfum. Sie schließt den Schaukasten auf, schiebt die Tür beiseite und holt eine fünfundzwanzig Zentimeter lange Goldkette heraus. »Gleich neben dem Einkaufszentrum ist ein Kino. Nehmen Sie eine Karte für den Eddie-Murphy-Film. Mittelabschnitt, letzte Reihe. Ich komme in einer halben Stunde nach.«

»Eddie Murphy?« sage ich, halte die Kette in der Hand und bewundere sie.

»Hübsch, nicht wahr?«

»Ja, wirklich hübsch. Sie gefällt mir. Aber ich möchte mich erst noch ein wenig umsehen.« Sie nimmt mir die Kette ab und sagt, ganz die perfekte Verkäuferin: »Beehren Sie uns bald wieder.«

Meine Knie sind weich, und ich schwebe durch das Einkaufszentrum. Sie hat gewußt, daß ich kommen würde, und sie hat alles geplant – das Kino, den Film, den Platz und den Abschnitt. Ich trinke neben einem überarbeiteten Weihnachtsmann einen Kaffee und versuche mir vorzustellen, was sie sagen wird, was ihr im Kopf herumgeht. Um mir einen gräßlichen Film zu ersparen, warte ich mit dem Kauf der Eintrittskarte bis zur letzten Minute.

Im Kino sitzen kaum fünfzig Zuschauer. Ein paar Kids, zu

jung für einen nicht jugendfreien Film, sitzen ziemlich weit vorn und kichern über jede Obszönität. Ein paar weitere traurige Seelen sind in der Dunkelheit verstreut. Die hinterste Reihe ist leer.

Sie kommt ein paar Minuten zu spät und setzt sich neben mich. Sie schlägt die Beine übereinander, ihr Rock rutscht bis über die Knie hoch. Ich kann nicht anders, ich muß hinschauen.

»Kommen Sie oft hierher?« sagt sie, und ich lache. Sie wirkt überhaupt nicht nervös, aber ich bin es.

»Sind wir hier sicher?« frage ich.

»Sicher wovor?«

»Vor Ihrem Mann.«

»Ja, er ist heute abend mit seinen Freunden unterwegs.«

»Trinkt er wieder?«

»Ja.«

Das kann Schlimmes bedeuten.

»Aber nicht viel«, setzt sie dann hinzu.

»Also hat er Sie nicht...«

»Nein. Lassen Sie uns über etwas anderes reden.«

»Tut mir leid. Ich mache mir Ihretwegen Sorgen, das ist alles.«

»Weshalb machen Sie sich meinetwegen Sorgen?«

»Weil ich ständig an Sie denke. Denken Sie jemals an mich?«

Wir starren auf die Leinwand, sehen aber nichts.

»Immerzu«, sagt sie, und mein Herz steht still.

Auf der Leinwand reißen sich ein Mann und eine Frau plötzlich die Kleider vom Leibe. Sie fallen auf ein Bett, Kissen und Unterwäsche fliegen durch die Luft, dann umarmen sie sich hitzig, und das Bett beginnt zu beben. Während die beiden sich lieben, schiebt Kelly ihren Arm unter meinen und rückt näher an mich heran. Wir reden nicht, bis eine andere Szene kommt. Danach fange ich wieder an zu atmen.

»Wann hast du angefangen zu arbeiten?« frage ich.

»Vor zwei Wochen. Wir brauchen ein bißchen Extrageld für Weihnachten.«

Wahrscheinlich verdient sie zwischen jetzt und Weihnachten mehr als ich. »Er erlaubt dir, zu arbeiten?«

»Ich möchte nicht über ihn reden.«
»Worüber möchtest du denn reden?«
»Was macht das Anwaltsgeschäft?«
»Es geht so. Im Februar habe ich einen großen Prozeß.«
»Also kommst du zurecht?«
»Es ist schwierig, aber allmählich geht es voran. Anwälte hungern, und wenn sie Glück haben, scheffeln sie irgendwann Geld.«
»Und wenn sie kein Glück haben?«
»Dann hungern sie weiter. Ich möchte nicht über Anwälte reden.«
»Okay. Cliff will, daß ich ein Baby bekomme.«
»Was würde das ändern?«
»Ich weiß es nicht.«
»Tu es nicht, Kelly«, sage ich mit einer Leidenschaft, die mich selbst überrascht. Wir sehen uns an und drücken uns die Hände.

Weshalb sitze ich hier in einem dunklen Kino und halte die Hand einer verheirateten Frau? Das ist die Frage des Tages. Was wäre, wenn Cliff plötzlich hier auftauchen und mich dabei erwischen würde, wie ich mit seiner Frau schmuse? Wen würde er zuerst umbringen?

»Er hat gesagt, ich soll aufhören, die Pille zu nehmen.«
»Hast du es getan?«
»Nein. Aber ich mache mir Sorgen, was passieren könnte, wenn ich nicht schwanger werde. In der Vergangenheit war es nicht sonderlich schwierig, wie du dich vielleicht erinnerst.«
»Es ist dein Körper.«
»Ja, und er will ihn ständig. Er ist neuerdings von Sex geradezu besessen.«
»Ich – äh – würde lieber über etwas anderes reden.«
»Okay. Aber allmählich geht uns der Gesprächsstoff aus.«
»Ja, das stimmt.«

Wir lösen unsere Hände voneinander und schauen uns ein paar Augenblicke den Film an. Kelly dreht sich langsam um und stützt sich mit dem Ellenbogen auf. Unsere Gesichter sind nur ein paar Zentimeter voneinander entfernt. »Ich wollte dich nur sehen, Rudy«, sagt sie, fast flüsternd.

»Bist du glücklich?« frage ich und berühre mit dem Handrücken ihre Wange. Wie könnte sie glücklich sein?

Sie schüttelt den Kopf. »Nein, eigentlich nicht.«

»Was kann ich tun?«

»Nichts.« Sie beißt sich auf die Lippe, und ich glaube, ich sehe feuchte Augen.

»Du mußt dich entscheiden«, sage ich.

»Ja?«

»Entweder mich vergessen oder die Scheidung einreichen.«

»Ich dachte, du wärst mein Freund.«

»Das dachte ich auch. Aber ich bin es nicht. Es ist mehr als Freundschaft, und wir wissen es beide.«

Wir schauen einen Moment auf die Leinwand.

»Ich muß gehen«, sagt sie. »Meine Pause ist gleich um. Tut mir leid, daß ich dir Scherereien gemacht habe.«

»Du hast mir keine Scherereien gemacht, Kelly. Ich bin froh, daß ich dich sehen konnte. Aber diese heimliche Tour mache ich nicht mit. Entweder reichst du die Scheidung ein, oder du vergißt mich.«

»Ich kann dich nicht vergessen.«

»Dann laß uns die Scheidung einreichen. Wir können es gleich morgen tun. Ich helfe dir, diesen Mistkerl loszuwerden, und dann können wir ein bißchen Spaß miteinander haben.«

Sie beugt sich vor, haucht mir einen Kuß auf die Wange und ist verschwunden.

Ohne mir vorher Bescheid zu sagen, schmuggelt Deck sein Telefon aus der Kanzlei und bringt es zu Butch, dann gehen sie damit zusammen zu einem Bekannten, der angeblich früher einmal für irgendeine Abteilung beim Militär gearbeitet hat. Nach Meinung des Bekannten hat das immer noch in unserem Telefon steckende Abhörgerät nicht die geringste Ähnlichkeit mit den Wanzen, die das FBI und andere Strafverfolgungsbehörden gewöhnlich benutzen. Es ist in der ehemaligen Tschechoslowakei hergestellt, von mittlerer Stärke und Qualität, und speist einen irgendwo nahebei aufgestellten Sender. Er ist ziemlich sicher, daß es nicht von der Polizei oder dem FBI angebracht worden ist.

Ich bekomme diesen Bericht eine Woche vor Thanksgiving bei einer Tasse Kaffee.

»Jemand anders hört uns ab«, sagt Deck nervös.

Ich bin zu verblüfft, um reagieren zu können.

»Wer könnte das sein?« fragt Butch.

»Woher zum Teufel soll ich das wissen?« fahre ich ihn wütend an. Dieser Bursche hat nicht das Recht, solche Fragen zu stellen. Sobald er gegangen ist, werde ich Deck die Hölle heiß machen, daß er ihn so tief in unsere Angelegenheiten hineingezogen hat. Ich funkele meinen Partner an, der den Blick abwendet, auf dem Stuhl herumrutscht und darauf wartet, daß Fremde ihn attackieren.

»Nun, die Feds sind es jedenfalls nicht«, sagt Butch nachdrücklich.

»Danke.«

Wir bezahlen den Kaffee und kehren in unsere Kanzlei zurück. Butch überprüft noch einmal die Telefone, nur so zur Sicherheit. In allen stecken immer noch die gleichen runden Dinger.

Die Frage ist nun: Wer hört mit?

Ich gehe in mein Büro, schließe die Tür ab und schlage die Zeit tot, während ich darauf warte, daß Butch verschwindet, und dabei kommt mir eine geniale Idee. Schließlich klopft Deck an meine Tür, gerade so laut, daß ich es hören kann.

Wir diskutieren meinen kleinen Plan. Deck fährt in die Innenstadt zum Gericht. Eine halbe Stunde später ruft er mich an und informiert mich über den neuesten Stand von mehreren fiktiven Fällen. Er wollte sich nur melden, sagt er, ob ich irgend etwas aus der Innenstadt brauchte?

Wir unterhalten uns ein paar Minuten über dieses und jenes, dann sage ich: »Raten Sie mal, wer jetzt zu einem Vergleich bereit ist.«

»Wer?«

»Dot Black.«

»Dot Black?« fragt er, ungläubig und geheuchelt. Deck hat keinerlei schauspielerische Qualitäten.

»Ja, ich habe sie heute morgen besucht, ihr einen Obstkuchen gebracht. Sie hat gesagt, sie hätte einfach nicht die

Kraft, den Prozeß durchzustehen. Sie will sofort einen Vergleich.«

»Wieviel?«

»Sie sagte, sie würde hundertsechzig akzeptieren. Sie hat darüber nachgedacht, und weil ihr höchstes Angebot hundertfünfzig ist, glaubt sie, sie hätte einen kleinen Sieg errungen, wenn sie mehr zahlen, als sie eigentlich wollten. Sie hält sich für eine tolle Verhandlerin. Ich habe versucht, ihr die Lage zu erklären, aber Sie wissen ja, wie dickköpfig sie ist.«

»Tun Sie es nicht, Rudy. Dieser Fall ist ein Vermögen wert.«

»Ich weiß. Kipler glaubt, daß wir eine riesige Geldstrafe erreichen werden, aber sie wissen ja, ich bin aus ethischen Gründen verpflichtet, mich mit Drummond in Verbindung zu setzen und zu versuchen, einen Vergleich auszuhandeln. Meine Mandantin will es so.«

»Tun Sie es nicht. Hundertsechzig sind kaum mehr als ein Trinkgeld.« Deck bringt das halbwegs überzeugend vor, aber ich muß doch grinsen. Er ist bereits damit beschäftigt, sich seinen Anteil an hundertsechzigtausend Dollar auszurechnen. »Glauben Sie, daß sie hundertsechzig zahlen werden?« fragt er.

»Ich weiß es nicht. Ich hatte den Eindruck, daß sie nicht über hundertfünfzig hinausgehen wollten. Aber ich habe nie widersprochen.« Wenn Great Benefit bereit ist, hundertfünfzig zu zahlen, um diesen Fall abzuschließen, dann werden sie uns auch hundertsechzig in den Rachen werfen.

»Lassen Sie uns darüber sprechen, wenn ich zurück bin«, sagt er.

»Okay.« Wir legen auf, und eine halbe Stunde später sitzt Deck mir an meinem Schreibtisch gegenüber.

Fünf Minuten vor neun am folgenden Morgen läutet das Telefon. Deck nimmt den Anruf in seinem Büro entgegen und kommt in mein Zimmer gerannt. »Es ist Drummond«, sagt er.

Unsere kleine Kanzlei ist über ihren eigenen Schatten gesprungen und hat von Radio Shack einen Vierzig-Dollar-Recorder gekauft. Er ist an mein Telefon angeschlossen. Wir hoffen nur, daß er sich nicht auf das Abhörgerät auswirkt. Butch hat gesagt, er wäre ziemlich sicher, daß es da kein Problem geben würde.

»Hallo«, sage ich und versuche, mir meine Nervosität nicht anmerken zu lassen.

»Rudy? Leo Drummond hier«, sagt er herzlich. »Wie geht es Ihnen?«

Die Ethik würde gebieten, daß ich ihm zu diesem Zeitpunkt mitteile, daß ein Recorder läuft, und ihm die Chance gebe, darauf zu reagieren. Aus naheliegenden Gründen haben Deck und ich uns dagegen entschieden. Es hätte keinen Sinn. Was heißt schon Ethik unter Partnern?

»Gut, Mr. Drummond. Und Ihnen?«

»Es geht so. Hören Sie, wir müssen uns auf einen Termin für Dr. Kords Vernehmung verständigen. Ich habe mit seiner Sekretärin gesprochen. Was halten Sie vom 12. Dezember? In seiner Praxis natürlich – um 10 Uhr.«

Kords Vernehmung wird die letzte sein, es sei denn, Drummond fällt sonst noch jemand ein, der auch nur entfernt an dem Fall interessiert ist. Seltsam ist nur, daß er sich die Mühe macht, anzurufen und sich zu erkundigen, ob mir der Termin paßt.

»Ist mir recht«, sage ich. Deck steht neben meinem Schreibtisch, er ist die Anspannung selbst.

»Gut. Es sollte nicht lange dauern. Das hoffe ich jedenfalls, bei fünfhundert Dollar die Stunde. Halsabschneiderisch, finden Sie nicht auch?«

Sind wir jetzt nicht Verbündete? Wir Anwälte gegen die Ärzte?

»Das kann man wohl sagen.«

»Ja, also, übrigens, Rudy, Sie wissen doch, was mein Mandant in Wirklichkeit will?«

»Was?«

»Also, was diese Leute nicht wollen, ist eine Woche in Memphis verbringen und den Prozeß über sich ergehen lassen. Das sind Führungskräfte, Männer mit viel Geld, großen Egos und Karrieren, die sie nicht aufs Spiel setzen wollen. Sie wollen sich vergleichen, Rudy, und ich bin beauftragt, Sie das wissen zu lassen. Wir reden hier nur über einen Vergleich. Eine Schuld wird damit nicht anerkannt, verstehen Sie?«

»Ja.« Ich zwinkere Deck zu.

»Ihr Experte sagt, die Kosten der Knochenmarkstransplantation hätten hundertfünfzig bis zweihunderttausend Dollar betragen, und wir bestreiten diese Zahlen nicht. Nehmen wir mal an, und das ist tatsächlich nur eine Annahme, daß mein Mandant für diese Transplantation hätte aufkommen müssen. Sagen wir, sie hätten es getan, nur angenommen, okay? Dann hätte mein Mandant so an die hundertfünfundsiebzigtausend zahlen müssen.«

»Wenn Sie es sagen.«

»Also bieten wir Ihnen diese Summe als sofortigen Vergleich. Hundertfünfundsiebzigtausend! Keine weiteren Vernehmungen. Sie würden binnen sieben Tagen einen Scheck erhalten.«

»Das glaube ich nicht.«

»Hören Sie, Rudy. Auch eine Million wird diesen Jungen nicht wieder lebendig machen. Sie müssen Ihre Mandantin zur Vernunft bringen. Ich bin ziemlich sicher, daß sie einem Vergleich zustimmen wird. Irgendwann kommt die Zeit, zu der der Anwalt als Anwalt handeln und die Führung übernehmen muß. Dieses arme alte Mädchen hat keine Ahnung, was beim Prozeß passieren wird.«

»Ich rede mit ihr.«

»Rufen Sie sie gleich an. Ich werde hier noch eine Stunde warten, dann muß ich fort. Rufen Sie sie an.« Wahrscheinlich ist die Wanze in meinem Apparat direkt mit dem Telefon dieses niederträchtigen Mistkerls verbunden. Er möchte zu gern, daß ich anrufe, damit er mithören kann.

»Ich melde mich wieder bei Ihnen, Mr. Drummond. Guten Tag.«

Ich lege den Hörer auf, spule das Band im Recorder zurück und spiele es laut ab.

Deck weicht zurück und sinkt auf einen Stuhl. Sein Mund steht weit offen, seine großen Zähne funkeln. »Sie haben unser Telefon angezapft«, sagt er völlig fassungslos, als das Band abgelaufen ist. Wir starren den Recorder an, als könne einzig und allein er es erklären. Mehrere Minuten lang bin ich von dem Schock buchstäblich gelähmt. Nichts bewegt sich. Nichts funktioniert. Das Telefon läutet, aber keiner von uns greift nach dem Hörer. Im Moment haben wir regelrecht Angst vor ihm.

»Ich denke, wir sollten Kipler informieren«, sage ich schließlich. Die Worte kommen schwer und langsam heraus.

»Das finde ich nicht«, sagt Deck, nimmt seine dicke Brille ab und wischt sich die Augen.

»Warum nicht?«

»Lassen Sie uns überlegen. Wir wissen oder glauben zu wissen, daß Drummond oder sein Mandant unsere Telefone angezapft hat. Drummond weiß auf jeden Fall über die Wanzen Bescheid. Aber wir haben keine Möglichkeit, das zu beweisen, keine Möglichkeit, ihn auf frischer Tat zu ertappen.«

»Er wird es bestreiten, bis er tot ist.«

»Richtig. Also was kann Kipler unternehmen? Ihn ohne handfeste Beweise anklagen? Ihm noch ein bißchen mehr die Hölle heiß machen?«

»Darin hat er inzwischen Übung.«

»Und beim Prozeß wird es nicht die geringste Rolle spielen. Wir können den Geschworenen nicht sagen, daß Mr. Drummond und sein Mandant während der Beweisaufnahme schmutzige Spielchen getrieben haben.«

Wir starren den Recorder noch eine Weile länger an, versuchen beide, das zu verdauen und uns unseren Weg durch den Nebel zu ertasten. In einem Ethikseminar im vorigen Jahr war die Rede von einem Anwalt, der eine strenge Verwarnung erhielt, weil er ein Telefongespräch mit einem anderen Anwalt heimlich aufgezeichnet hatte. Ich bin schuldig, aber meine kleine Sünde verblaßt, wenn man sie mit Drummonds verachtungswürdigem Tun vergleicht. Das Problem ist, daß ich dran bin, wenn ich dieses Band vorlege. Drummond wird nie verurteilt werden, weil niemand es ihm nachweisen kann. Wie tief steckt er mit drin? War es seine Idee, unsere Telefone anzuzapfen? Oder benutzt er einfach gestohlene Informationen, die sein Mandant ihm zukommen läßt?

Auch das werden wir nie erfahren. Und aus irgendeinem Grund spielt es keine Rolle. Er ist informiert.

»Wir können es zu unserem Vorteil nutzen«, sage ich.

»Genau das habe ich auch gerade gedacht.«

»Aber wir müssen vorsichtig sein, sonst schöpfen sie Verdacht.«

»Ja, wir sollten es uns für den Prozeß aufsparen. Den perfekten Moment abwarten und diese Kerle dann an der Nase herumführen.«

Langsam fangen wir beide an zu grinsen.

Ich warte zwei Tage, dann rufe ich Drummond an und teile ihm die betrübliche Nachricht mit, daß meine Mandantin sein schmutziges Geld nicht haben will. Sie ist ein bißchen komisch, gestehe ich ihm. An einem Tag hat sie Angst vor dem Prozeß, am nächsten will sie ihren Auftritt vor Gericht. Im Augenblick will sie kämpfen.

Er ist nicht im mindesten mißtrauisch. Er kehrt zu der für ihn typischen harten Masche zurück, droht mir mit der Wahrscheinlichkeit, daß das Geld für immer vom Tisch verschwindet, daß es ein harter Prozeß bis zum bitteren Ende werden wird. Ich bin sicher, das hört sich gut an für die Lauscher in Cleveland. Ich frage mich, wie lange es dauert, bis sie dieses Gespräch zu hören bekommen.

Das Geld sollte genommen werden. Dot und Buddy würden mehr als hunderttausend bekommen, mehr Geld, als sie je ausgeben können. Ihr Anwalt würde mindestens sechzigtausend kassieren, ein hübsches Sümmchen. Aber Geld bedeutet nichts für die Blacks. Sie haben nie welches gehabt, und sie träumen nicht davon, jetzt reich zu werden. Das einzige, was Dot will, ist, daß irgendwo offiziell festgehalten wird, was Great Benefit ihrem Sohn angetan hat. Sie will ein endgültiges Urteil, das bestätigt, daß sie recht gehabt hat und daß Donny Ray gestorben ist, weil Great Benefit ihn umgebracht hat.

Was mich betrifft, so bin ich überrascht über meine Fähigkeit, das Geld zu ignorieren. Natürlich ist es eine Versuchung, aber sie verzehrt mich nicht. Ich bin nicht am Verhungern. Ich bin jung, und es wird andere Fälle geben.

Und von einem bin ich überzeugt: Wenn die Leute von Great Benefit so viel Angst haben, daß sie unsere Telefone anzapfen, dann haben sie ganz bestimmt dunkle Geheimnisse.

Trotz meiner Sorgen ertappe ich mich dabei, daß ich von diesem Prozeß träume.

Booker und Charlene laden mich zum Thanksgiving-Essen bei seiner Familie ein. Seine Großmutter lebt in einem kleinen Haus in Süd-Memphis und hat offensichtlich die ganze letzte Woche gekocht. Das Wetter ist kalt und naß, deshalb sind wir gezwungen, den ganzen Nachmittag drinnen zu verbringen. Es sind mindestens fünfzig Leute anwesend, zwischen sechs Monaten und achtzig Jahren alt, und meines ist das einzige weiße Gesicht. Wir essen stundenlang, die Männer scharen sich um den Fernseher im Wohnzimmer und schauen sich ein Spiel nach dem anderen an. Booker und ich verziehen uns mit unserer Pekanpastete und unserem Kaffee in die Garage, wo wir uns auf die Haube seines Wagens setzen und die letzten Neuigkeiten austauschen. Er ist neugierig auf mein Liebesleben, und ich versichere ihm, daß ich keines habe, jedenfalls momentan nicht. Das Geschäft läuft gut, erzähle ich ihm. Er arbeitet rund um die Uhr. Charlene will noch ein Kind, aber es dürfte sich ziemlich problematisch gestalten, schwanger zu werden. Er ist nie zu Hause.

Das Leben eines vielbeschäftigten Anwalts.

39

Wir wußten, daß er in der Post sein mußte, aber erst die schweren Schritte verraten mir, daß er eingetroffen ist. Deck stürmt, den Umschlag schwenkend, in mein Büro. »Er ist da! Er ist da!«

Er reißt den Umschlag auf, zieht vorsichtig den Scheck heraus und legt ihn auf meinen Schreibtisch. Wir bewundern ihn. Fünfundzwanzigtausend Dollar von State Farm! Es ist Weihnachten.

Da Derrick Dogan immer noch an Krücken geht, fahren wir mit den Papierkram zu ihm. Er unterschreibt, wo er unterschreiben soll. Wir teilen das Geld auf. Er bekommt genau 16.667 Dollar, und wir bekommen genau 8.333 Dollar. Deck wollte ihm noch ein paar Unkosten aufhalsen – Kopierer, Porto, Telefongebühren und eine Menge anderen Kleinkram, den die meisten Anwälte bei der Abrechnung aus ihren Mandanten herauszuquetschen versuchen –, aber ich habe nein gesagt.

Wir verabschieden uns von ihm, wünschen ihm alles Gute, versuchen, angesichts dieser betrüblichen kleinen Episode ein bißchen Mitgefühl zu bezeugen. Gar nicht so einfach.

Wir haben beschlossen, jeder dreitausend zu nehmen und den Rest für die unvermeidlichen mageren Monate, die noch vor uns liegen, in der Kasse zu lassen. Die Kanzlei zahlt uns ein gutes Essen in einem eleganten Restaurant in Ost-Memphis. Die Kanzlei hat jetzt eine goldene Kreditkarte, ausgestellt von einer krebsenden, offensichtlich von meinem Anwaltsstatus beeindruckten Bank. Um die Fragen auf dem Antragsformular, die sich auf frühere Konkurse bezogen, habe ich mich herumgedrückt. Deck und ich haben uns die Hand darauf gegeben, daß die Karte nie benutzt wird, sofern wir nicht beide zugestimmt haben.

Ich nehme meine dreitausend und kaufe mir einen Wagen. Er ist alles andere als neu, aber es ist der, von dem ich geträumt habe, seit der Dogan-Vergleich zur Gewißheit wurde. Es ist ein

1984er Volvo DL, blau, vier Gänge und Overdrive, in vorzüglichem Zustand und mit nur hundertzwanzigtausend Meilen auf dem Tacho. Das ist nicht viel für einen Volvo. Der einzige Vorbesitzer des Wagens war ein Bankier, der Spaß daran hatte, ihn selbst instand zu halten.

Ich habe mit dem Gedanken gespielt, mir etwas Neues zu kaufen, aber es widerstrebte mir, mich abermals zu verschulden.

Es ist mein erstes Anwaltsauto. Der Toyota bringt dreihundert Dollar, und von diesem Geld kaufe ich mir ein Autotelefon. Rudy Baylor kommt allmählich voran.

Ich habe den Entschluß, Weihnachten nicht in Memphis zu verbringen, schon vor Wochen getroffen. Die Erinnerungen an das vorige Jahr sind noch zu schmerzlich. Ich werde allein sein, und das ist leichter zu ertragen, wenn ich einfach wegfahre. Deck hat erwähnt, daß wir vielleicht zusammen fahren könnten, aber es war nur ein verschwommener Vorschlag ohne irgendwelche Details. Ich habe gesagt, daß ich wahrscheinlich meine Mutter besuchen würde.

Wenn meine Mutter und Hank nicht in ihrem Winnebago herumreisen, stellen sie das verdammte Ding hinter seinem kleinen Haus in Toledo ab. Ich habe das Haus und den Winnebago nie gesehen, und ich werde Weihnachten nicht mit Hank verbringen. Mutter hat kurz nach Thanksgiving angerufen und mich ziemlich schwächlich eingeladen, die Feiertage mit ihnen zu verbringen. Ich habe abgelehnt, weil ich angeblich zuviel zu tun hätte. Ich schicke ihr eine Karte.

Ich habe nichts gegen meine Mutter. Wir haben einfach aufgehört, miteinander zu reden. Die Kluft hat sich allmählich aufgetan, ganz ohne einen bestimmten, unerfreulichen Zwischenfall mit harten Worten, die zu vergessen Jahre dauern würde.

Wie Deck weiß, macht die gesamte Juristerei vom 15. Dezember bis kurz nach Neujahr Pause. Richter setzen keine Prozesse und Anhörungen an. Anwälte und ihre Kanzleien sind mit Büroparties und Essen fürs Personal beschäftigt. Für mich ist es eine ideale Zeit, die Stadt zu verlassen.

Ich packe die Unterlagen des Black-Falles in den Kofferraum meines Volvo, werfe ein paar Sachen zum Anziehen dazu, und fahre los. Dann rolle ich ziellos über kleine, zweispurige Straßen in grob nordwestlicher Richtung, bis ich in Kansas und Nebraska auf Schnee treffe. Ich schlafe in billigen Motels, esse Fast food, schaue mir an, was es an Sehenswürdigkeiten gibt. Über die nördlichen Ebenen ist ein Wintersturm hinweggefegt. Tiefe Schneeverwehungen säumen die Straßen. Die Prärien sind so weiß und still wie heruntergefallene Kumuluswolken.

Die Einsamkeit der Straße gibt mir neue Kraft.

Am 23. Dezember treffe ich endlich in Madison, Wisconsin, ein. Ich finde ein kleines Hotel, ein gemütliches Restaurant mit warmem Essen, und ich durchwandere die Straßen der Innenstadt, als wäre ich ein ganz gewöhnlicher Mensch, der von einem Geschäft zum nächsten eilt. Einige Dinge, die zu einem normalen Weihnachtsfest gehören, vermisse ich ganz und gar nicht.

Ich setze mich auf eine vereiste Parkbank, mit Schnee unter den Füßen, und höre einem Chor zu, der voller Inbrunst seine Weihnachtschoräle absingt. Niemand auf der Welt weiß, wo ich mich im Augenblick befinde, weder in welcher Stadt, noch in welchem Staat. Ich liebe diese Freiheit.

Nach dem Essen und ein paar Drinks an der Hotelbar rufe ich Max Leuberg an. Er ist auf seinen Lehrstuhl als Juraprofessor an der hiesigen Universität zurückgekehrt, und ich habe ihn ungefähr jeden Monat einmal angerufen, um seinen Rat einzuholen. Ich habe ihm Kopien der meisten wichtigen Dokumente geschickt, dazu Kopien der Schriftsätze, der Beweisaufnahmen und fast aller Vernehmungen. Das FedEx-Paket hat vierzehn Pfund gewogen und fast dreißig Dollar gekostet. Deck war einverstanden.

Max scheint sich ehrlich zu freuen, daß ich in Madison bin. Weil er Jude ist, spielt Weihnachten für ihn keine große Rolle, und kürzlich hat er am Telefon gesagt, es wäre eine ideale Zeit zum Arbeiten. Er hat mir den Weg beschrieben.

Als ich um neun Uhr am nächsten Morgen die Juristische

Fakultät betrete, beträgt die Temperatur minus zwölf Grad. Das Gebäude ist offen, aber menschenleer. Leuberg wartet in seinem Büro mit heißem Kaffee. Wir unterhalten uns eine Stunde so über einiges in Memphis, was er vermißt; die Juristische Fakultät gehört nicht dazu. Sein Büro hier hat sehr viel Ähnlichkeit mit seinem dort – überfüllt, unordentlich, mit politisch provokanten Postern und Aufklebern an den Wänden. Er sieht auch noch genauso aus – wirres, buschiges Haar, Jeans, weiße Turnschuhe. Er trägt Socken, aber nur, weil hoher Schnee liegt. Er ist aufgedreht und tatendurstig.

Ich folge ihm den Flur entlang zu einem kleinen Seminarraum mit einem langen Tisch in der Mitte. Er hat den Schlüssel. Auf dem Tisch sind die Unterlagen ausgebreitet, die ich ihm geschickt habe. Wir lassen uns einander gegenüber auf Stühlen nieder, und er schenkt Kaffee aus einer Thermosflasche nach. Er weiß, daß der Prozeß in sechs Wochen beginnt.

»Irgendwelche Vergleichsangebote?«

»Ja, mehrere. Inzwischen sind sie bei hundertfünfundsiebzigtausend angekommen, aber meine Mandantin sagt nein.«

»Das ist ungewöhnlich, aber es überrascht mich nicht.«

»Weshalb nicht?«

»Weil Sie sie am Kanthaken haben. Sie haben Angst vor der Bloßstellung, Rudy. Das hier ist einer der besten Versicherungsfälle, die mir je begegnet sind, und ich habe mir Tausende angesehen.«

»Da ist noch mehr«, sage ich, und dann erzähle ich von den Wanzen in unseren Telefonen und dem Beweis dafür, daß Drummond unsere Gespräche abhört.

»Das hat es auch schon mal gegeben«, sagt er. »Bei einem Fall in Florida. Aber der Vertreter der Anklage hat seine Telefone erst nach dem Prozeß überprüft. Er war argwöhnisch geworden, weil die Verteidigung immer zu wissen schien, was er vorhatte. Aber dies ist etwas anderes.«

»Sie müssen Angst haben«, sage ich.

»Sie sind starr vor Angst, aber lassen Sie uns nicht übermütig werden. Die sind da unten auf freundlichem Territorium. Ihr Staat hält nicht viel von Geldstrafen.«

»Also was schlagen Sie vor?«

»Stecken Sie das Geld ein.«

»Das kann ich nicht. Ich will es nicht. Meine Mandantin will es nicht.«

»Gut. Es wird Zeit, diese Leute ins zwanzigste Jahrhundert zu bringen. Wo ist Ihr Aufnahmegerät?« Er springt auf und wandert im Zimmer herum. An einer Wand hängt eine Tafel, und der Professor ist bereit, seine Vorlesung zu halten. Ich hole den Recorder aus meinem Aktenkoffer und stelle ihn auf den Tisch. Stift und Notizblock liegen bereit.

Max legt los, und eine Stunde lang schreibe ich hektisch mit und bombardiere ihn mit Fragen. Er redet über meine Zeugen, ihre Zeugen, die Dokumente, die verschiedenen Strategien. Max hat das Material, das ich ihm geschickt habe, eingehend studiert. Der Gedanke, diese Leute festzunageln, macht ihm Spaß.

»Heben Sie sich das Beste bis zuletzt auf«, sagt der Professor. »Das Band mit diesem armen Jungen, kurz bevor er gestorben ist. Ich nehme an, er sah bemitleidenswert aus.«

»Schlimmer.«

»Großartig. Das wird einen tollen Eindruck auf die Geschworenen machen. Wenn es richtig funktioniert, können Sie in drei Tagen fertig sein.«

»Und dann?«

»Dann lehnen Sie sich zurück und sehen zu, wie sie versuchen, sich da rauszuwinden.« Er hält plötzlich inne, greift nach etwas auf dem Tisch und schiebt es mir zu.

»Was ist das?«

»Das ist die neue Police von Great Benefit, vorigen Monat für einen meiner Studenten ausgestellt. Ich habe dafür bezahlt, und nächsten Monat werden wir sie wieder kündigen. Ich wollte nur einen Blick auf den Text werfen. Raten Sie mal, was jetzt ausgeschlossen ist, in Fettdruck.«

»Knochenmarkstransplantationen.«

»Alle Transplantationen, einschließlich der von Knochenmark. Behalten Sie sie, und benutzen Sie sie beim Prozeß. Ich finde, Sie sollten den Generaldirektor fragen, weshalb die Police nur ein paar Monate, nachdem die Blacks Klage eingereicht hatten, geändert worden ist. Weshalb sind Knochenmarkstransplantationen jetzt eindeutig ausgeschlossen? Und wenn sie in der Black-Police nicht ausgeschlossen waren, weshalb haben sie dann nicht gezahlt? Gutes Material, Rudy. Vielleicht komme ich sogar nach Memphis und sehe mir den Prozeß an.«

»Bitte, tun Sie das.« Es wäre tröstlich, wenn außer Deck noch ein Freund da wäre, der mich beraten kann.

Max hat ein paar Probleme mit unserer Analyse der Schadensakte, und bald stecken wir bis über beide Ohren in Papier. Ich hole die vier Kartons aus meinem Kofferraum, und gegen Mittag sieht der Seminarraum aus wie eine Müllkippe.

Seine Energie ist ansteckend. Beim Lunch erhalte ich die erste von mehreren Lektionen über die Buchhaltung von Versicherungsgesellschaften. Da die Branche nicht dem Bundeskartellrecht untersteht, hat sie ihre eigenen Buchführungsmethoden entwickelt. Praktisch kein noch so erfahrener Buchprüfer kann das Finanzgebaren einer Versicherungsgesellschaft verstehen. Es soll auch nicht verstanden werden, denn keine Versicherungsgesellschaft will, daß die Außenwelt einen Einblick in ihre Machenschaften bekommt. Aber Max hat ein paar Anhaltspunkte.

Das Kapital von Great Benefit beträgt zwischen vierhundert und fünfhundert Millionen Dollar, von denen ungefähr die Hälfte in Rücklagen versteckt ist. Das ist es, was den Geschworenen erklärt werden muß.

Ich wage nicht, das Undenkbare vorzuschlagen, am ersten Weihnachtsfeiertag zu arbeiten, aber Max ist nicht zu bremsen. Seine Frau ist in New York bei ihrer Familie. Er hat nichts anderes zu tun und möchte tatsächlich, daß wir uns auch durch die restlichen beiden Kartons mit Dokumenten hindurcharbeiten.

Ich fülle drei Blöcke mit Notizen und ein halbes Dutzend Kassetten mit seinen Gedanken über alles mögliche. Als er, am 25. Dezember irgendwann nach Einbruch der Dunkelheit, endlich sagt, wir wären durch, bin ich völlig erschöpft. Er hilft mir, die Kartons wieder vollzupacken und sie zu meinem Wagen zu schleppen. Es schneit wieder heftig.

Max und ich sagen uns an der Vordertür der Fakultät auf

Wiedersehen. Ich kann ihm gar nicht genug danken. Er wünscht mir alles Gute, läßt mich versprechen, daß ich ihn vor dem Prozeß mindestens einmal die Woche anrufe und während des Prozesses jeden Tag. Es wäre durchaus möglich, daß er dazu nach Memphis käme, wiederholt er noch mal.

Zum Abschied winke ich ihm durch das Schneegestöber zu.

Ich brauche drei Tage, um nach Spartanburg, Ohio, zu kommen. Der Volvo liegt gut auf der Straße, vor allem im Schnee und Eis des Upper Midwest. Ich rufe Deck einmal über mein Autotelefon an. In der Kanzlei ist es ruhig, sagt er. Niemand hat nach mir gefragt.

Ich habe die letzten dreieinhalb Jahre damit verbracht, lange Stunden zu studieren, um meinen Abschluß zu schaffen, und zwischendurch, wann immer ich konnte, bei Yogi's zu arbeiten. Ich hatte kaum Freizeit. Diese Billigreise durch das Land mag den meisten Leuten öde vorkommen, aber für mich ist es ein Luxusurlaub. Er reinigt meinen Kopf und meine Seele, und er erlaubt mir, an andere Dinge als nur die Juristerei zu denken. Ich werfe einigen Ballast über Bord. Sara Plankmore zum Beispiel. Alter Groll wird abgetan. Das Leben ist zu kurz, um Leute zu verabscheuen, die einfach nichts dafür können, daß sie so etwas tun. Die schmerzhaften Sünden von Loyd Beck und Barry X. Lancaster erhalten irgendwo in West Virginia Absolution. Ich schwöre, damit aufzuhören, mir wegen Miss Birdie und ihrer elenden Familie Sorgen zu machen. Sollen sie ihre Probleme doch ohne mich lösen.

Über viele Meilen hinweg träume ich von Kelly Riker, von ihren perfekten Zähnen, den gebräunten Beinen und der melodischen Stimme.

Wenn ich mich mit juristischen Dingen beschäftige, konzentriere ich mich auf den bevorstehenden Prozeß. In meiner Kanzlei gibt es nur eine einzige Akte, die Aussicht hat, in die Nähe eines Gerichts zu kommen. Also gibt es auch nur einen Prozeß, an den ich denken muß. Ich übe meine Eröffnungsrede vor den Geschworenen. Ich knöpfe mir die Gangster von Great Benefit vor. Ich weine fast, als ich mein Schlußplädoyer halte.

Ich werde von ein paar Autofahrern, die mich überholen, angestarrt, aber wenn schon – niemand kennt mich.

Ich habe mit vier Anwälten gesprochen, die Great Benefit verklagt haben oder gerade verklagen. Die ersten drei waren nicht sehr hilfreich. Der vierte Anwalt wohnt in Spartanburg. Er heißt Cooper Jackson, und an seinem Fall ist irgend etwas eigenartig. Er wollte es mir am Telefon nicht sagen (dem Telefon in meiner Wohnung), aber er hat gesagt, ich könnte gern bei ihm vorbeikommen und mir seine Akte ansehen.

Er residiert in einem Bankgebäude in der Innenstadt, eine kleine Kanzlei mit sechs Anwälten in modernen Büros. Ich habe ihn gestern von irgendwo in North Carolina aus über mein Autotelefon angerufen, und er hat heute Zeit für mich. Um die Weihnachtszeit ist wenig zu tun, hat er gesagt.

Er ist ein untersetzter Mann mit massigen Gliedmaßen, einem dunklen Bart und sehr dunklen Augen, die mit ihrem Funkeln und Tanzen seine Mimik beleben. Er ist sechsundvierzig und erzählt mir, daß er sein Geld mit Produkthaftung verdient hat. Er vergewissert sich, daß seine Bürotür geschlossen ist, bevor er zum Thema kommt.

Das meiste von dem, was er mir zu erzählen gedenkt, dürfte er gar nicht erzählen. Er hat mit Great Benefit einen Vergleich geschlossen, und er und seine Mandantin mußten eine Vereinbarung unterschreiben, die sie zu strikter Vertraulichkeit verpflichtet und schwere Strafen androht, falls einer von ihnen die Bedingungen des Vergleichs publik machen sollte. Ihm sind derartige Vereinbarungen zuwider, aber sie sind nicht unüblich. Er hat die Klage vor einem Jahr für eine Dame eingereicht, die unter einem schweren Nebenhöhlenproblem litt und operiert werden mußte. Great Benefit lehnte den Anspruch mit der Begründung ab, daß die Dame auf ihrem Antrag anzugeben versäumt hätte, daß fünf Jahre bevor sie die Police kaufte, bei ihr eine Eierstockzyste entfernt worden war. Die Zyste gelte als Vorerkrankung, hieß es in dem Schreiben, mit dem ihr Anspruch abgelehnt wurde. Ihr Anspruch belief sich auf elftausend Dollar. Weitere Schreiben wurden ausgetauscht, weitere Ablehnungen, dann heuerte sie Cooper Jackson an. Er flog viermal nach Cleveland, mit seiner eigenen Maschine, und führte acht Vernehmungen durch.

»Die verschwiegensten und gerissensten Kerle, die mir je untergekommen sind«, sagt er über die Leute in Cleveland. Jackson liebt harte Prozesse und spielt das Spiel ohne Rücksicht auf Verluste. Er drängte auf einen Prozeß, und plötzlich wollte Great Benefit einen stillen Vergleich.

»Das ist der vertrauliche Teil«, sagt er. Es macht ihm offensichtlich Spaß, gegen die Vereinbarung zu verstoßen und mir sein Herz auszuschütten. Ich wette, er hat es schon hundert Leuten erzählt. »Sie haben uns die elftausend gezahlt und dann noch zweihunderttausend draufgelegt, damit wir Ruhe geben.« Seine Augen funkeln, während er auf meine Reaktion wartet. Es ist tatsächlich ein bemerkenswerter Vergleich, weil Great Benefit praktisch einen Haufen Geld als Schadenersatz gezahlt hat. Kein Wunder, daß sie auf Geheimhaltung bestanden haben.

»Erstaunlich«, sage ich.

»Ja, das ist es. Ich selbst wollte keinen Vergleich, aber meine arme Mandantin brauchte das Geld. Ich bin sicher, daß wir einen haushohen Schuldspruch herausgeholt hätten.« Er erzählt ein paar Kriegsgeschichten, um mich zu überzeugen, daß er tonnenweise Geld gescheffelt hat, dann folge ich ihm in einen kleinen, fensterlosen Raum voller Regale, die mit Lagerkartons gefüllt sind. Er deutet auf drei von ihnen, dann lehnt er seinen massigen Körper an das Regal. »Hier ist ihr System«, sagt er und tippt auf einen Karton, als steckten große Geheimnisse darin. »Der Anspruch kommt herein und wird einem Sachbearbeiter zugewiesen, einem simplen Papierschieber. Die Leute in der Schadensabteilung sind die am schlechtesten ausgebildeten und am niedrigsten bezahlten. Das ist bei jeder Versicherungsgesellschaft so. Die tollen Typen beschäftigen sich mit dem Investieren, sie sitzen nicht in der Schadens- oder Haftungsabteilung. Der Sachbearbeiter sieht sich die Sache an und fängt sofort mit dem Verfahren des nachträglichen Haftungsausschlusses an. Er oder sie schreibt einen Brief an die versicherte Person und bestreitet jeglichen Anspruch. Ich bin sicher, daß Sie einen solchen Brief haben. Dann fordert der

Sachbearbeiter die medizinischen Unterlagen aus den letzten fünf Jahren an. Die Unterlagen werden geprüft. Die versicherte Person bekommt einen weiteren Brief von der Schadensabteilung, in dem es heißt: ›Anspruch abgelehnt, vorbehaltlich weiterer Überprüfung‹. Das ist der Punkt, an dem es lustig wird. Der Sachbearbeiter schickt die Akte an die Haftungsabteilung, und die Haftung schickt eine Aktennotiz zurück, in der so etwas steht wie ›Regulieren Sie diesen Anspruch nicht, bis Sie von uns gehört haben‹. Dann folgt weitere Korrespondenz zwischen Schadens- und Haftungsabteilung, Briefe und Aktennotizen, hin und her, das Papier türmt sich zu Bergen, es kommt zu Meinungsverschiedenheiten, die beiden Abteilungen ziehen in den Krieg, und Klauseln und Unterklauseln werden hitzig diskutiert. Vergessen Sie nicht, diese Leute arbeiten zwar im gleichen Gebäude für die gleiche Gesellschaft, kennen sich aber kaum. Sie wissen auch nichts von dem, was die andere Abteilung tut. Das ist volle Absicht. Inzwischen sitzt Ihr Mandant in seinem Wohnwagen und bekommt diese Briefe, einige von der Schadensabteilung, andere von der Haftungsabteilung. Die meisten Leute geben auf, und das ist natürlich das, worauf sie spekulieren. Nur einer von ungefähr fünfundzwanzig wendet sich an einen Anwalt.«

Während Jackson mir das erzählt, erinnere ich mich an Dokumente und Fragmente der Vernehmungen, und plötzlich fügen sich die Teile zusammen. »Wie können Sie das beweisen?« frage ich.

Er tippt auf die Kartons. »Steckt alles hier drin. Das meiste von diesem Zeug werden Sie nicht brauchen, aber ich habe die Handbücher.«

»Die habe ich auch.«

»Sie können das hier gern durchsehen. Es ist alles bestens geordnet. Ich habe einen großartigen Anwaltsgehilfen, eigentlich sogar zwei.«

Ja, aber ich, Rudy Baylor, habe einen *Hilfsanwalt*!

Er läßt mich mit den Kartons allein, und ich stürze mich sofort auf die dunkelgrünen Handbücher. Eines ist für die Schadensabteilung, das andere für die Haftungsabteilung. Auf den ersten Blick scheinen sie identisch zu sein mit denen, die ich im Laufe der Beweisaufnahme bekommen habe. Die Verfahren sind in Abschnitte untergliedert. Ein Inhaltsverzeichnis vorn, ein Glossar hinten, sie sind nicht mehr als Handbücher für die Papierproduzierer.

Dann fällt mir ein Unterschied auf. Am Ende des Handbuchs für die Schadensabteilung entdecke ich einen Abschnitt U. Mein Exemplar enthält diesen Abschnitt nicht. Ich lese ihn sorgfältig, und die Verschwörung kommt ans Licht. Auch das Handbuch für die Haftungsabteilung enthält einen Abschnitt U. Es ist die andere Hälfte des Systems, ganz genau so, wie Cooper Jackson es beschrieben hat. Zusammen gelesen, weisen die Handbücher jede Abteilung an, den Anspruch abzulehnen, natürlich vorbehaltlich weiterer Überprüfung. Dann schicken sie die Akte an die andere Abteilung mit der Instruktion, nicht zu zahlen, bis eine weitere Anweisung ergangen ist.

Die weitere Anweisung kommt nie. Keine der beiden Abteilungen kann die Forderung begleichen, solange die andere Abteilung es nicht gestattet.

Beide Abschnitte U liefern massenhaft Instruktionen, wie jeder Schritt zu dokumentieren ist, wie eine Papierspur angelegt werden muß, die eines Tages, falls es erforderlich werden sollte, die ganze schwere Arbeit nachweisen kann, die man in die sachgemäße Beurteilung des Anspruchs investiert hat, bevor er abgewiesen wurde.

Keines meiner Handbücher hat einen Abschnitt U. Sie wurden praktischerweise entfernt, bevor ich sie bekommen habe. Die Gangster in Cleveland und vielleicht auch ihre Anwälte in Memphis haben mir die Abschnitte U ganz bewußt vorenthalten. Es ist, um es milde auszudrücken, eine erschütternde Entdeckung.

Der Schock verfliegt rasch, und ich ertappe mich beim Lachen angesichts der Vorstellung, wie ich diese Abschnitte beim Prozeß hervorhole und vor den Geschworenen schwenke.

Ich verbringe Stunden damit, mich durch den Rest der Akte hindurchzuwühlen, kann meine Augen aber nicht von den Handbüchern abwenden.

Cooper trinkt gern Wodka in seinem Büro, aber erst nach sechs Uhr abends. Er lädt mich zum Mittrinken ein. Die Flasche bewahrt er in einer Kühlbox in einem Schrank auf, der als Bar dient, und er trinkt ihn pur, kein Eis, kein Wasser. Ich nippe an meinem Glas. Ungefähr zwei große Tropfen pro Schluck, und sie brennen sich den ganzen Weg hinunter.

Nachdem er sein erstes Glas geleert hat, sagt er: »Sie haben doch sicher Kopien von den verschiedenen staatlichen Ermittlungen gegen Great Benefit.«

Ich habe keine Ahnung, und es hat keinen Sinn, ihm etwas vorzulügen. »Nein, die habe ich nicht.«

»Die müssen Sie sich unbedingt ansehen. Ich habe den Justizminister von South Carolina, einen alten Studienfreund von mir, auf den Laden hingewiesen, und sie stellen jetzt Ermittlungen an. Ebenso in Georgia. In Florida hat die Versicherungsaufsichtsbehörde eine Untersuchung eingeleitet. Offenbar sind im Verlauf einer sehr kurzen Zeitspanne ungewöhnlich viele Ansprüche abgewiesen worden.«

Vor Monaten, als ich noch Jurastudent war, hat Max Leuberg einmal erwähnt, daß er bei der staatlichen Versicherungsaufsichtsbehörde eine Beschwerde eingereicht hatte. Aber er sagte auch, daß das wahrscheinlich nicht viel bringen würde, weil zwischen der Versicherungsbranche und den Behörden, die sie überwachen sollen, ein notorisch gutes Einvernehmen besteht.

Ich kann mich des Gefühls nicht erwehren, daß mir da etwas entgangen ist. Aber schließlich ist dies mein erster Versicherungsfall.

»Es ist die Rede von einer Gruppenklage«, sagt er, wobei seine Augen funkeln und mich argwöhnisch mustern. Ihm ist klar, daß ich nichts von einer Gruppenklage weiß.

»Wo?«

»Ein paar Anwälte in Raleigh. Sie vertreten eine Handvoll kleinerer Ansprüche gegen Great Benefit, aber sie warten erst einmal ab und haben bis jetzt noch keinen Treffer gelandet. Ich nehme an, sie schließen die Fälle, die ihnen Sorgen machen, mit einem stillen Vergleich ab.«

»Wie viele Policen sind im Umlauf?« Diese Frage habe ich

bereits während der Beweisaufnahme gestellt und warte immer noch auf eine Antwort.

»Knapp hunderttausend. Wenn man von einer Anspruchsrate von zehn Prozent ausgeht, sind das zehntausend Ansprüche pro Jahr; das ist ungefähr der Durchschnitt in dieser Branche. Sagen wir, nur so über den Daumen gepeilt, daß sie die Hälfte der Ansprüche abweisen. Damit bleiben noch fünftausend. Der durchschnittliche Anspruch beläuft sich auf zehntausend Dollar. Fünftausend mal zehntausend Dollar macht fünfzig Millionen. Und sagen wir, sie geben zehn Millionen aus, eine lediglich aus der Luft gegriffene Summe, um die paar Prozesse, die gegen sie angestrengt werden, auf dem Vergleichsweg aus der Welt zu schaffen. Sie heimsen also mit ihrer kleinen Masche vierzig Millionen Dollar ein. Dann gehen sie im nächsten Jahr vielleicht dazu über, die legitimen Ansprüche zu erfüllen. Ein Jahr überspringen, dann zurück zur Abweisungsroutine. Sie scheffeln eine derartige Masse von Geld, daß sie es sich leisten können, jeden aufs Kreuz zu legen.«

Ich starre ihn lange Zeit an, dann frage ich: »Können Sie das beweisen?«

»Nein. Es ist nur eine Vermutung. Wahrscheinlich ist es unmöglich, das zu beweisen, weil es so belastend ist. Diese Gesellschaft macht Sachen, die unglaublich stupide sind, aber ich bezweifle, daß sie so stupid ist, etwas derart Niederträchtiges schriftlich festzuhalten.«

Ich bin im Begriff, den Blöde-Brief zu erwähnen, aber dann entscheide ich mich dagegen. Er ist ein erfolgreicher Anwalt und wird jeden Kampf um die erste Geige gewinnen.

»Arbeiten Sie in irgendeiner Vereinigung von Prozeßanwälten mit?« fragt er.

»Nein, ich habe meine Zulassung erst seit ein paar Monaten.«

»Ich bin ziemlich aktiv. Es gibt einen lockeren Zusammenschluß von Anwälten, denen es Spaß macht, Versicherungsgesellschaften wegen Verstoßes gegen Treu und Glauben zu verklagen. Wir halten Kontakt. Es wird eine Menge erzählt. Ich höre Great Benefit dies und Great Benefit das. Ich glaube, sie haben zu viele Forderungen abgewiesen. Alle warten gewissermaßen auf den ersten großen Prozeß, in dem sie bloßgestellt werden. Ein massives Urteil wird eine Lawine auslösen.«

»Ich weiß nicht, wie das Urteil aussehen wird, aber ich garantiere Ihnen, daß es einen Prozeß geben wird.«

Er sagt, er würde sich mit seinen Freunden in Verbindung setzen, sich umhören, was sie zu berichten haben, was sich im Lande so tut. Und vielleicht würde er im Februar nach Memphis kommen, um den Prozeß zu verfolgen. Ein massives Urteil, sagt er noch einmal, würde den Damm brechen.

Ich verbringe die Hälfte des nächsten Tages damit, mich noch einmal durch Jacksons Akte zu wühlen, dann danke ich ihm und verabschiede mich. Er besteht darauf, daß wir Verbindung halten. Er hat das Gefühl, daß eine Menge Anwälte unseren Prozeß verfolgen werden.

Weshalb jagt mir das Angst ein?

Ich fahre in zwölf Stunden nach Memphis. Während ich hinter Miss Birdies dunklem Haus den Volvo auslade, beginnt es leicht zu schneien. Morgen ist Neujahr.

40

Die Prozeßvorbesprechung findet Mitte Januar in Richter Kiplers Gerichtssaal statt. Er hat uns um den Tisch der Verteidigung herum versammelt und seinen Gerichtsdiener an der Tür stationiert, damit er herumwandernde Anwälte fernhält. Er sitzt an einem Ende des Tisches, ohne seine Robe, flankiert von seiner Sekretärin auf der einen und seiner Protokollantin auf der anderen Seite. Ich sitze rechts von ihm, mit dem Rücken zum Gerichtssaal, und auf der anderen Seite des Tisches sitzt das gesamte Team der Verteidigung. Es ist meine erste Begegnung mit Drummond seit der Vernehmung von Kord am 12. Dezember, und es fällt mir sehr schwer, höflich zu sein. Jedesmal, wenn ich in meinem Büro telefoniere, sehe ich diesen gut gekleideten, makellos gepflegten und hochgeachteten Ganoven vor mir, wie er mein Gespräch mithört.

Kipler war nur mäßig überrascht, als ich ihm die Handbücher zeigte, die ich mir von Cooper Jackson ausgeborgt habe. Er hat sie sorgfältig mit den von Drummond zur Verfügung gestellten Handbüchern verglichen. Seines Erachtens bin ich nicht verpflichtet, Drummond zu informieren, daß ich jetzt weiß, daß sie Dokumente unterschlagen haben. Es ist absolut Rechtens, wenn ich damit bis zum Prozeß warte und die Mine gegen Great Benefit vor den Geschworenen hochgehen lasse.

Die Wirkung sollte eigentlich verheerend sein. Ich ziehe ihnen vor den Geschworenen die Hosen runter und schaue zu, wie sie versuchen, in Deckung zu gehen.

Wir kommen zu den Zeugen. Ich habe die Namen von so ungefähr jedermann aufgelistet, der etwas mit dem Fall zu tun hat.

»Jackie Lemancyzk arbeitet nicht mehr für meine Mandanten«, sagt Drummond.

»Wissen Sie, wo sie ist?« fragt Kipler mich.

»Nein.« Das stimmt. Ich habe an die hundert Anrufe in Cleveland und Umgebung gemacht und keine Spur von Jackie

Lemancyzk gefunden. Ich habe sogar Butch zu dem Versuch überredet, sie telefonisch ausfindig zu machen, aber auch ihm ist es nicht gelungen.

»Wissen Sie es?« fragt er Drummond.

»Nein.«

»Also ist sie ein Vielleicht.«

»So ist es.«

Drummond und T. Pierce Morehouse finden das lustig. Sie tauschen ein frustriertes Grinsen. Aber das Grinsen wird ihnen vergehen, wenn es uns gelingt, sie zu finden und aussagen zu lassen. Doch das ist ziemlich unwahrscheinlich.

»Was ist mit Bobby Ott?« fragt Kipler.

»Ein weiteres Vielleicht«, sage ich. Beide Seiten können die Leute auflisten, bei denen Anlaß zu der Hoffnung besteht, daß sie zum Prozeß erscheinen. Ott scheint zweifelhaft, aber wenn er kommt, will ich das Recht haben, ihn als Zeugen aufzurufen. Auch nach Bobby Ott ist Butch auf der Suche.

Wir sprechen über die Sachverständigen. Ich habe nur zwei, Dr. Walter Kord und Randall Gaskin, den Verwaltungschef der Krebsklinik. Drummond hat einen aufgeführt, einen Dr. Milton Jiffy aus Syracuse. Ich habe mich aus zwei Gründen dagegen entschieden, ihn zu vernehmen. Erstens wäre es teuer geworden, dorthin zu fahren und es zu tun, und zweitens, was wichtiger war, weiß ich genau, was er sagen wird. Er wird bezeugen, daß Knochenmarkstransplantationen zu experimentell sind, um als geeignete und sinnvolle medizinische Behandlung gelten zu können. Walter Kord ist wütend darüber und wird mir helfen, ein Kreuzverhör vorzubereiten.

Kipler bezweifelt, daß Jiffy überhaupt aussagen wird.

Wir streiten eine Stunde lang um Dokumente. Drummond versichert dem Richter, daß sie reinen Tisch gemacht und alles ausgehändigt haben. Jeden anderen würde er überzeugen, aber ich bin ziemlich sicher, daß er lügt. Kipler ebenfalls.

»Was ist mit dem Ersuchen des Vertreters der Anklage nach Information über die Zahl der im Laufe der letzten beiden Jahre ausgegebenen Policen und außerdem über die Zahl der im gleichen Zeitraum erhobenen Ansprüche und die Zahl der abgewiesenen Forderungen?«

Drummond holt tief Luft und macht ein unglaublich verlegenes Gesicht. »Wir arbeiten dran, Euer Ehren, ich schwöre es. Die Information ist über diverse Regionalbüros überall im Lande verstreut. Mein Mandant hat einunddreißig Staatsbüros, siebzehn Bezirksbüros und fünf Regionalbüros; da ist es äußerst schwierig...«

»Hat Ihr Mandant Computer?«

Er windet sich. »Natürlich. Aber das ist keine Sache, bei der man einfach ein paar Tasten drückt, und schwupp! schon bekommt man einen Ausdruck.«

»Der Prozeß beginnt in drei Wochen, Mr. Drummond. Ich will diese Information.«

»Wir tun, was wir können, Euer Ehren. Ich erinnere meine Mandanten jeden Tag daran.«

»Beschaffen Sie sie!« beharrt Kipler und richtet sogar den Finger auf den großen Leo F. Drummond. Morehouse, Hill, Plunk und Grone sacken allesamt ein paar Zentimeter zusammen, hören aber trotzdem nicht auf, sich Notizen zu machen.

Wir kommen zu weniger heiklen Dingen. Wir stimmen darin überein, daß für den Prozeß zwei Wochen angesetzt werden sollten, obwohl Kipler mir anvertraut hat, daß er nichts unversucht lassen wird, den Prozeß auf fünf Tage zu beschränken. Nach zwei Stunden ist die Konferenz beendet.

»Und nun, meine Herren, wie steht es mit Vergleichsverhandlungen?« Natürlich habe ich ihm erzählt, daß ihr letztes Angebot hundertfünfundsiebzigtausend Dollar betrug. Ich habe ihm auch erzählt, daß Dot Black nichts an einem Vergleich liegt. Sie will kein Geld. Sie will Blut sehen.

»Was wäre Ihr höchstes Angebot, Mr. Drummond?«

Die fünf tauschen befriedigte Blicke aus, als stünde ein überaus dramatisches Ereignis bevor. »Also, Euer Ehren, heute morgen hat mein Mandant mich ermächtigt, zweihunderttausend Dollar als Vergleichssumme anzubieten«, sagt Drummond mit einem ziemlich schwächlichen Versuch, Eindruck zu schinden.

»Mr. Baylor?«

»Tut mir leid. Meine Mandantin hat mich angewiesen, keinen Vergleich abzuschließen.«

»Ohne Rücksicht auf den Betrag?«

»So ist es. Sie will eine Jury auf den Bänken dort drüben, und sie will, daß die ganze Welt erfährt, was ihrem Sohn widerfahren ist.«

Schock und Bestürzung auf der anderen Seite des Tisches. Ich habe noch nie soviel Kopfschütteln gesehen. Auch der Richter schafft es, einen verblüfften Eindruck zu machen.

Seit der Beerdigung habe ich kaum mit Dot gesprochen. Die paar kurzen Unterhaltungen, die ich versucht habe, sind nicht gut gelaufen. Sie trauert und ist zornig, und das ist völlig verständlich. Sie gibt Great Benefit, dem System, den Ärzten, den Anwälten und manchmal sogar mir die Schuld an Donny Rays Tod. Und auch das verstehe ich. Sie braucht das Geld nicht und will es nicht haben. Sie will Gerechtigkeit. Wie sie das letzte Mal, als ich vorbeischaute, auf der Vorderveranda sagte: »Ich will diese Schweine aus dem Geschäft.«

»Das ist ungeheuerlich«, sagt Drummond dramatisch.

»Es wird ein Prozeß stattfinden, Leo«, sage ich. »Bereiten Sie sich darauf vor.«

Kipler deutet auf eine Akte, und seine Sekretärin gibt sie ihm. Er händigt Drummond und mir eine Liste aus. »Also, das sind die Namen und Adressen der möglichen Geschworenen. Zweiundneunzig, glaube ich, aber bestimmt sind einige von ihnen inzwischen umgezogen oder anderweitig verhindert.«

Ich nehme die Liste und fange sofort an, die Namen durchzugehen. In diesem Staat lebt ungefähr eine Million Menschen. Bilde ich mir wirklich ein, ich könnte einen von ihnen kennen? Lauter Fremde.

»Wir wählen die Geschworenen eine Woche vor dem Prozeß aus, also stellen Sie sich auf den 1. Februar ein. Sie dürfen ihren Hintergrund recherchieren. Jeder direkte Kontakt ist natürlich ein schweres Vergehen.«

»Wo sind die Fragebögen?« fragt Drummond. Jeder voraussichtliche Geschworene muß einen Fragebogen ausfüllen und Angaben über Alter, Rasse, Geschlecht, Arbeitgeber, Art der von ihm betriebenen Arbeit und Schulbildung machen. Oft sind dies die einzigen Informationen, die ein Anwalt über einen Geschworenen hat, wenn es ans Auswählen geht.

»Wir arbeiten daran. Sie werden morgen abgeschickt. Sonst noch etwas?«

»Nein, Sir«, sage ich.

Drummond schüttelt den Kopf.

»Ich will diese Information über die Policen und Ansprüche bald haben, Mr. Drummond.«

»Wir bemühen uns, Euer Ehren.«

Ich esse allein zu Mittag in dem vegetarischen Restaurant in der Nähe des Büros. Schwarze Bohnen und Risotto, Kräutertee. Jedesmal, wenn ich hier hereinkomme, fühle ich mich gesünder. Ich esse langsam, stochere in meinen Bohnen herum und starre auf die zweiundneunzig Namen auf der Geschworenenliste. Drummond mit seinen unbegrenzten Ressourcen wird ein Team von Rechercheuren damit beauftragen, diese Leute ausfindig zu machen und ihr Leben zu erforschen. Sie werden heimlich ihre Wagen und ihre Häuser fotografieren, herausfinden, ob sie in irgendwelche Rechtsstreitigkeiten verwickelt waren, sich ihre Kreditunterlagen beschaffen, die Geschichte ihrer Arbeitsverhältnisse zurückverfolgen und nach Schmutz wie eventuellen Scheidungen, Konkursen oder Anklagen wegen irgendwelcher Vergehen wühlen. Sie werden der Öffentlichkeit zugängliche Unterlagen durchstöbern und herausfinden, wieviel diese Leute für ihre Häuser bezahlt haben. Das einzige streng Verbotene ist persönlicher Kontakt, entweder direkt oder durch einen Mittelsmann.

Wenn wir dann alle im Gerichtssaal versammelt sind, um die endgültigen zwölf auszuwählen, werden Drummond und Genossen über jeden dieser Leute eine hübsche Akte haben. Diese Akten werden nicht nur von ihm und seinen Mitstreitern begutachtet, sondern außerdem von einem Team von professionellen Juryberatern gründlich analysiert werden. In der Geschichte der amerikanischen Jurisprudenz sind die Juryberater eine relativ neue Spezies. Sie sind gewöhnlich Anwälte, die über eine gewisse Fähigkeit und Erfahrung im Beurteilen der menschlichen Natur verfügen. Viele von ihnen sind gleichzeitig Psychiater oder Psychologen. Sie ziehen durchs

Land und verkaufen ihre exzessiv teuren Fähigkeiten an Anwälte, die sie sich leisten können.

Während des Studiums habe ich eine Geschichte über einen Juryberater gehört, der von Jonathan Lake für ein Honorar von achtzigtausend Dollar angeheuert worden war. Die Geschworenen sprachen ein Urteil über mehrere Millionen Dollar, das Honorar war also nicht mehr als eine Kleinigkeit.

Drummonds Juryberater werden im Gerichtssaal sitzen, wenn wir die Geschworenen auswählen. Sie werden diese nichtsahnenden Leute unauffällig beobachten. Sie werden Gesichter und Körpersprache analysieren, Kleidung und Verhalten und Gott weiß was sonst noch.

Ich dagegen habe Deck, der selbst bereits ein Fall für eine Studie in menschlicher Natur ist. Wir werden Butch und Booker eine Kopie der Liste geben und allen anderen Leuten, denen vielleicht ein oder zwei Namen bekannt sein könnten. Wir werden ein paar Anrufe tätigen, vielleicht ein paar Adressen überprüfen, aber unser Job ist wesentlich härter. Wir werden in erster Linie darauf angewiesen sein, die Leute anhand ihres Auftretens im Gerichtssaal auszuwählen.

41

Ich gehe jetzt mindestens dreimal pro Woche in das Einkaufszentrum, gewöhnlich um die Abendbrotzeit. Ich habe sogar meinen eigenen Tisch an der Promenade, dicht an dem Geländer oberhalb der Eisbahn, wo ich Hühner-Chow-mein von Wong's esse und den Kindern beim Schlittschuhlaufen zuschaue. Von dem Tisch aus kann ich auch den Fußgängerverkehr beobachten, ohne selbst gesehen zu werden. Sie ist nur einmal vorbeigekommen, allein und, wie es aussah, ohne ein bestimmtes Ziel. Ich wünsche mir nichts sehnlicher, als mich neben sie zu schieben, ihre Hand zu nehmen und sie in eine schicke kleine Boutique zu führen, wo wir uns zwischen den Gestellen verstecken und über irgend etwas reden können.

Dies ist das größte Einkaufszentrum im Umkreis von vielen Meilen, und zeitweise ist es ziemlich belebt. Ich beobachte die herumschlendernden Leute und frage mich, ob vielleicht einer von ihnen zu meiner Jury gehören könnte. Wie finde ich zweiundneunzig Leute aus einer Million heraus?

Unmöglich. Ich tue mein Bestes mit dem, was uns zur Verfügung steht. Deck und ich haben aus den von den Geschworenen ausgefüllten Fragebögen knappe Übersichtskarten gemacht, und ich habe ständig eine kleine Kollektion davon bei mir.

Heute abend sitze ich wieder hier an der Promenade, mustere die umherwandernden Leute, dann ziehe ich eine Karte aus meinem Stapel. R. C. Badley lautet der Name in Großbuchstaben. Alter siebenundvierzig, weiß, männlich, Klempner, High-School-Absolvent, wohnt in einem Vorort im Südosten von Memphis. Ich drehe die Karte um, um mich zu vergewissern, daß mein Gedächtnis perfekt funktioniert hat. Es hat. Ich habe das so oft getan, daß mir diese Leute inzwischen beinahe zuwider sind. Ihre Namen hängen an der Wand meines Büros, und ich stehe jeden Tag mindestens eine Stunde davor und betrachte, was ich bereits auswendig gelernt habe. Nächste

Karte: Lionel Barton, Alter vierundzwanzig, schwarz, männlich, Teilzeit-Collegestudent und gleichzeitig Verkäufer in einem Geschäft für Autoteile, lebt in einer Wohnung in Süd-Memphis.

Mein idealer Geschworener ist jung und schwarz mit mindestens High-School-Abschluß. Es ist eine alte Weisheit, daß Schwarze die besseren Geschworenen für die Anklage sind. Sie fühlen mit den Underdogs und mißtrauen dem weißen Amerika der großen Firmen. Wer könnte es ihnen verübeln?

Was Männer kontra Frauen angeht, habe ich gemischte Gefühle. Die konventionelle Weisheit besagt, daß Frauen geiziger mit Geld umgehen, weil sie es sind, die die Knappheit der Familienfinanzen zu spüren bekommen. Bei ihnen ist weniger damit zu rechnen, daß sie sich für eine hohe Geldstrafe aussprechen, weil nichts von dem Geld ihrem persönlichen Scheckbuch zugute kommt. Aber Max Leuberg neigt dazu, in diesem Fall Frauen den Vorzug zu geben, weil sie Mütter sind. Sie werden die Trauer um den Verlust eines Kindes mitfühlen. Sie werden sich mit Dot identifizieren, und wenn ich meinen Job gut mache und sie richtig aufwühle, dann werden sie versuchen, Great Benefit den Garaus zu machen. Ich glaube, er hat recht.

Also, wenn es nach mir ginge, würde ich zwölf schwarze Frauen auswählen, möglichst alle mit Kindern.

Deck hat natürlich eine andere Theorie. Er hat Angst vor Schwarzen, weil Memphis rassisch so polarisiert ist. Weißer Ankläger, weißer Verteidiger, alle weiß bis auf den Richter. Weshalb sollten die Schwarzen Anteil nehmen?

Das ist ein perfektes Beispiel dafür, wie falsch es ist, die Geschworenen nach Rasse, Gesellschaftsschicht, Alter, Schulbildung zu klassifizieren. Tatsache ist, daß niemand vorhersagen kann, wie *irgendeiner* von ihnen bei der Beratung der Geschworenen reagieren wird. Ich habe sämtliche in der Fakultätsbibliothek vorhandenen Bücher über die Auswahl von Geschworenen gelesen und bin jetzt genauso unsicher wie vorher.

Es gibt nur einen Typ von Geschworenen, den ich in diesem Fall vermeiden muß: den weißen, männlichen leitenden Angestellten. Diese Burschen sind tödlich in Fällen, in denen es um Entschädigungssummen geht. Sie neigen dazu, bei den Beratungen das Kommando zu übernehmen. Sie sind gebildet, tatkräftig und methodisch und halten nicht viel von Prozeßanwälten. Glücklicherweise sind sie gewöhnlich auch viel zu beschäftigt, um Geschworenenpflichten nachzukommen. Ich habe nur fünf auf meiner Liste ausfindig machen können, und ich bin sicher, jeder von ihnen wird ein Dutzend Gründe für seine Entlassung vorbringen. Unter anderen Umständen würde Kipler ihnen die Hölle heiß machen. Aber ich habe den starken Verdacht, daß auch Kipler diese Burschen nicht will. Ich würde mein überwältigendes Nettoeinkommen darauf verwetten, daß Seine Ehren schwarze Gesichter auf den Geschworenenbänken sehen möchte.

Ich bin sicher, daß mir, wenn ich in diesem Geschäft bleibe, eines Tages ein noch schmutzigerer Trick einfallen wird, aber im Augenblick kann ich mir nur schwer einen vorstellen. Ich habe eine Woche darüber nachgedacht und schließlich vor ein paar Tagen mit Deck darüber gesprochen. Er war sofort Feuer und Flamme.

Wenn Drummond und seine Bande mein Telefon abhören wollen, dann sollen sie auch etwas zu hören bekommen. Wir warten bis zum späten Nachmittag. Ich bin im Büro, Deck um die Ecke in einer Telefonzelle. Er ruft mich an. Wir haben dies mehrere Male geprobt, haben sogar einen Text.

»Rudy, Deck hier. Ich habe endlich Dean Goodlow gefunden.«

Goodlow ist weiß, männlich, Alter neununddreißig, College-Absolvent, besitzt eine Teppichreinigung. Er ist eine Null auf unserer Skala, eindeutig ein Geschworener, den wir nicht wollen. Drummond würde ihn mit Freuden nehmen.

»Wo?« frage ich.

»Habe ihn in seinem Büro erwischt. Er war eine Woche nicht in der Stadt. Wirklich ein netter Mann. Wir haben uns gründlich in ihm getäuscht. Er sagt, er kann Versicherungsgesellschaften nicht ausstehen, streitet sich ständig mit ihnen herum; er findet, sie müßten strengeren Vorschriften unterworfen werden. Ich habe ihm einiges über unseren Fall erzählt, und er ist buchstäblich in die Luft gegangen. Er wird einen großartigen Geschworenen abgeben.« Decks Bericht klingt ein bißchen unnatürlich, aber für den Uneingeweihten hört er sich glaubhaft an. Vermutlich liest er den Text ab.

»Was für eine Überraschung«, sage ich laut und deutlich ins Telefon. Ich will, daß Drummond keine Silbe entgeht.

Der Gedanke, daß Anwälte vor dem Auswahlprozeß mit potentiellen Geschworenen reden, ist unvorstellbar. Deck und ich haben uns Sorgen gemacht; unsere Kriegslist könnte so absurd sein, daß Drummond wissen würde, daß wir nur eine Schau abziehen. Aber wer wäre auch auf die Idee gekommen, daß ein Anwalt seinen Gegner mit Hilfe illegaler Abhörgeräte belauschen könnte? Außerdem sind wir zu dem Schluß gekommen, daß Drummond auf unser Spielchen hereinfallen würde, weil ich nur ein dämlicher Anfänger bin und Deck nichts ist als ein bescheidener Hilfsanwalt. Wir wissen es einfach nicht besser.

»War ihm unbehaglich zumute bei dem Gespräch?«

»Ein bißchen. Ich habe ihm erzählt, was ich auch den anderen gesagt habe. Ich bin nur ein Ermittler, kein Anwalt. Und wenn sie niemandem von unserer Unterhaltung erzählen, bekommt auch niemand Ärger.«

»Gut. Und Sie glauben, Goodlow steht auf unserer Seite?«

»Ganz bestimmt. Wir müssen ihn haben.«

Ich raschele neben dem Telefon mit ein paar Papieren. »Wen haben Sie noch auf Ihrer Liste?« frage ich laut.

»Einen Moment.« Ich kann hören, wie Deck gleichfalls mit Papier raschelt. Wir sind ein tolles Team. »Ich habe mit Dermot King, Jan DeCell, Lawrence Perotti, Hilda Hinds und RaTilda Browning gesprochen.«

Mit Ausnahme von RaTilda Browning sind das Weiße, die wir nicht in der Jury haben wollen. Wenn wir ihre Namen genügend einschwärzen, wird Drummond alles tun, um sie auszuschließen.

»Was ist mit Dermot King?« frage ich.

»Solide. Mußte einmal einen Versicherungsvertreter aus dem Haus werfen. Ich würde ihm eine Neun geben.«

»Und mit Perotti?«

»Toller Mann. Konnte einfach nicht glauben, daß eine Versicherungsgesellschaft tatsächlich einen Menschen umbringen kann. Er ist auf unserer Seite.«

»Jan DeCell?«

Weiteres Papierrascheln. »Einen Moment. Eine sehr nette Dame, die nicht viel reden wollte. Ich glaube, sie hatte Angst, es wäre nicht Rechtens oder so etwas. Wir haben uns über Versicherungsgesellschaften unterhalten, und ich habe ihr erzählt, daß Great Benefit vierhundert Millionen schwer ist. Ich glaube, sie wird für uns sein. Habe ihr eine Fünf gegeben.«

Es ist schwer, nicht laut herauszulachen. Ich drücke das Telefon fester ans Ohr.

»RaTilda Browning?«

»Radikale Schwarze, für Weiße nutzlos. Sie hat mich aufgefordert, aus ihrem Büro zu verschwinden, arbeitet in einer schwarzen Bank. Sie würde uns keinen roten Heller geben.«

Eine lange Pause, während Deck mit Papieren raschelt. »Wie steht es bei Ihnen?« fragt er.

»Vor ungefähr einer Stunde habe ich Esther Samuelson zu Hause erwischt. Sehr nette Dame, Anfang Sechzig. Wir haben uns ausführlich über Dot unterhalten und darüber, wie grauenhaft es ist, ein Kind zu verlieren. Sie steht auf unserer Seite.«

Esther Samuelsons verstorbener Mann war viele Jahre lang Direktor der Handelskammer. Das hat mir Marvin Shankle erzählt. Ich kann mir die Art von Prozeß nicht vorstellen, den ich mit ihr in der Jury führen möchte. Sie würde alles tun, was Drummond will.

»Dann habe ich Nathan Butts in seinem Büro angetroffen. Er war ein wenig überrascht, als er erfuhr, daß ich einer der an diesem Fall beteiligten Anwälte bin, aber dann hat er sich beruhigt. Er haßt Versicherungsgesellschaften.«

Wenn Drummonds Herz jetzt immer noch schlägt, dann nur noch ganz schwach. Die Vorstellung, daß ich, der Anwalt, und nicht nur mein Ermittler, auf den Busch klopfe und die Fakten des Falls mit potentiellen Geschworenen erörtere, reicht wahrscheinlich aus, um bei ihm eine Arterie platzen zu lassen. Aber inzwischen dürfte ihm klargeworden sein, daß er absolut nichts dagegen unternehmen kann. Jede Reaktion seinerseits würde die Tatsache offenbaren, daß er meine Telefone abhört. Dafür würde er sofort aus der Anwaltskammer ausgeschlossen werden. Und vermutlich außerdem angeklagt.

Ihm bleibt keine andere Möglichkeit, als den Mund zu halten und zu versuchen, diese Leute, mit deren Namen wir herumwerfen, zu meiden.

»Ich habe noch ein paar auf der Liste«, sage ich. »Lassen Sie uns weitermachen bis gegen zehn, dann treffen wir uns hier.«

»Okay«, sagt Deck erschöpft, jetzt wesentlich besser schauspielernd.

Wir legen auf, und eine Viertelstunde später läutet das Telefon. Eine vage vertraute Stimme sagt: »Rudy Baylor, bitte.«

»Am Apparat.«

»Hier ist Billy Porter. Sie waren heute im Laden.«

Billy Porter ist ein Weißer, trägt bei der Arbeit eine Krawatte und leitet eine Filiale von Western Auto. Auf unserer Skala von eins bis zehn steht er weit unten. Wir wollen ihn nicht.

»Ja, Mr. Porter. Danke für Ihren Anruf.«

In Wirklichkeit ist es Butch. Er hat sich bereit erklärt, uns mit einem kurzen Auftritt zu helfen. Er ist mit Deck zusammen, und die beiden drängen sich vermutlich in der Telefonzelle eng aneinander, um warm zu bleiben. Butch, immer der absolute Profi, war bei Western Auto und hat mit Porter über einen Satz Reifen gesprochen. Jetzt versucht er, Porters Stimme zu imitieren. Sie werden sich nie wiedersehen.

»Was wollen Sie?« fragt Billy/Butch. Wir haben ihm gesagt, er soll mürrisch wirken und dann rasch zur Sache kommen.

»Ja, also, es geht um den Prozeß, Sie wissen schon, den, für den Sie eine Vorladung erhalten haben. Ich bin einer der Anwälte.«

»Ist das hier legal?«

»Natürlich ist es legal, Sie dürfen nur mit niemandem darüber reden. Ich vertrete diese kleine alte Dame, deren Sohn von einer Gesellschaft namens Great Benefit Life Insurance umgebracht wurde.«

»Umgebracht?«

»Ja. Der Junge brauchte eine Operation, aber die Gesellschaft hat sich zu Unrecht geweigert, die Behandlung zu bezahlen. Er ist vor ungefähr drei Monaten an Leukämie gestorben. Deshalb haben wir geklagt. Wir brauchen unbedingt Ihre Hilfe, Mr. Porter.«

»Das hört sich ja entsetzlich an.«

»Der schlimmste Fall, der mir je begegnet ist, und ich habe schon eine Menge hinter mir. Und sie sind ganz eindeutig schuldig, Mr. Porter. Sie haben mir bereits zweihunderttausend Dollar als Vergleich angeboten, aber wir verlangen wesentlich mehr. Wir verlangen eine hohe Geldstrafe, und wir brauchen Ihre Hilfe.«

»Werde ich ausgewählt werden? Ich kann hier einfach nicht weg.«

»Wir wählen zwölf von ungefähr siebzig aus, mehr kann ich Ihnen nicht sagen. Bitte, versuchen Sie, uns zu helfen.«

»Okay. Ich werde tun, was ich kann. Aber ich möchte nicht als Geschworener auftreten, das verstehen Sie doch.«

»Ja, Sir. Vielen Dank.«

Deck kommt ins Büro, wo wir ein Sandwich essen. Im Laufe des Abends verschwindet er noch zweimal und ruft mich an. Wir werfen mit weiteren Namen um uns, denen von Leuten, mit denen wir vorgeblich gesprochen haben und die jetzt alle überaus begierig darauf sind, Great Benefit für seine Missetaten zu bestrafen. Wir erwecken den Eindruck, als wären wir beide unterwegs, klopften an Türen, bäten um Unterstützung, verletzten genügend ethische Kanons, um mich auf Lebenszeit aus der Anwaltskammer auszuschließen. Und diese entsetzliche Niedertracht findet am Abend vor dem Tage statt, an dem sich die Geschworenen versammeln, um befragt zu werden!

Es ist uns gelungen, auf ungefähr ein Drittel von den gut sechzig Leuten, die an der nächsten Runde teilnehmen und zur Befragung erscheinen werden, schwere Zweifel zu werfen. Und wir haben uns ganz bewußt diejenigen ausgesucht, vor denen wir uns am meisten fürchten.

Ich wette, Leo Drummond wird heute nacht kein Auge zutun.

42

Die ersten Eindrücke sind entscheidend. Die Geschworenen treffen zwischen acht Uhr dreißig und neun Uhr ein. Sie schieben sich nervös durch die hölzerne Doppeltür, dann kommen sie den Gang entlang und betrachten, fast glotzend, ihre Umgebung. Für viele ist es der erste Besuch in einem Gerichtssaal. Dot und ich sitzen zusammen und allein am Ende unseres Tisches, mit dem Gesicht zu den Reihen von gepolsterten Bänken, die sich jetzt mit Geschworenen füllen. Unsere Rücken sind dem Richtertisch zugewandt. Auf unserem Tisch liegt ein Notizblock, sonst nichts. Deck hat sich auf einem Stuhl in der Nähe der Geschworenenbänke niedergelassen, ein ganzes Stück von uns entfernt. Dot und ich flüstern miteinander und versuchen zu lächeln. Ich habe ein ganz flaues Gefühl im Magen.

Der Tisch der Verteidigung jenseits des Ganges bietet ein absolut gegensätzliches Bild. Er ist von fünf Männern in schwarzen Anzügen und mit finsteren Mienen umgeben, die alle über den Stapeln von Papieren brüten, mit denen der ganze Tisch bedeckt ist.

Hier findet ganz offensichtlich ein Kampf David gegen Goliath statt, und er beginnt jetzt. Das erste, was die Geschworenen sehen, ist, daß ich meinem Gegner zahlen- und waffenmäßig und offensichtlich auch finanziell unterlegen bin. Meine arme kleine Mandantin ist schwach und gebrechlich. Diesen reichen Typen da drüben sind wir nicht gewachsen.

Jetzt, da die Beweisaufnahme abgeschlossen ist, kommt mir der Gedanke, wie unnötig es war, daß in diesem Fall fünf Anwälte zur Verteidigung aufgeboten wurden. Fünf sehr gute Anwälte. Ich wundere mich, daß Drummond nicht begreift, wie bedrohlich das auf die Geschworenen wirken muß. Sein Mandant muß irgendeine Schuld auf sich geladen haben. Weshalb würden sie sonst fünf Anwälte gegen einen einzigen einsetzen?

Heute morgen haben sie sich geweigert, mit mir zu sprechen. Wir haben Abstand gehalten, aber ihre verächtlichen Blicke haben mir verraten, daß sie empört sind über meine direkten Kontakte mit den Geschworenen. Sie sind schockiert und empört, und sie wissen nicht, was sie dagegen unternehmen können. Abgesehen vom Bestehlen eines Mandanten ist das Kontaktieren von möglichen Geschworenen das schwerste Verbrechen, das ein Anwalt begehen kann. Es ist genauso schwerwiegend wie das illegale Anbringen von Wanzen in den Telefonen des Gegners. Sie sehen richtig blöd aus, wie sie versuchen, sich entrüstet zu geben.

Der Gerichtsdiener treibt die Leute an einer Seite zusammen und fordert sie dann auf, in beliebiger Ordnung auf der anderen Seite, vor uns, Platz zu nehmen. Von der Liste von zweiundneunzig Personen sind einundsechzig erschienen. Einige waren unauffindbar. Zwei waren gestorben. Eine Handvoll behauptete, krank zu sein. Ein paar andere hat Kipler aus verschiedenen persönlichen Gründen entlassen. Als der Gerichtsdiener die Namen aufruft, mache ich mir Notizen. Mir ist, als kenne ich diese Leute seit Monaten. Nummer sechs ist Billy Porter, der Geschäftsführer von Western Auto, der mich angeblich gestern abend angerufen hat. Es dürfte interessant sein zu erleben, was Drummond mit ihm macht.

Jack Underhall und Kermit Aldy vertreten Great Benefit. Sie sitzen hinter Drummond und seinem Team. Das sind sieben dunkle Anzüge, sieben todernste und einschüchternde Gesichter, die die Geschworenen mustern. Nur Mut, Leute! Ich behalte eine freundliche Miene bei.

Kipler betritt den Saal, und alle erheben sich. Das Gericht tagt. Er begrüßt die Geschworenen und hält eine kurze und eindringliche Rede über das Geschworenenamt und Bürgerpflichten. Ein paar Hände heben sich, als er fragt, ob es begründete Entschuldigungen gibt. Er läßt sie einzeln zum Richtertisch kommen, wo sie mit gedämpfter Stimme ihre Gründe vortragen. Vier der fünf leitenden Angestellten von meiner schwarzen Liste flüstern mit dem Richter. Er entläßt sie, was mich keineswegs überrascht.

Das dauert einige Zeit, aber es verschafft uns Gelegenheit,

die Leute zu mustern. So, wie sie dasitzen, werden wir wahrscheinlich nicht über die ersten drei Reihen hinauskommen. Das sind sechsunddreißig. Wir brauchen nur zwölf, plus zwei Stellvertreter.

Auf den Bänken unmittelbar hinter dem Tisch der Verteidigung entdecke ich zwei gut gekleidete Fremde. Juryberater, vermute ich. Sie beobachten jede Bewegung dieser Leute. Wie hat sich unsere kleine Kriegslist auf ihre tiefschürfenden psychologischen Analysen ausgewirkt? Ha, ha, ha. Ich wette, sie hatten es noch nie mit ein paar armen Irren zu tun, die am Vorabend herumlaufen und mit den potentiellen Geschworenen reden.

Seine Ehren entläßt noch sieben weitere, es bleiben also noch fünfzig. Dann liefert er eine kurze Zusammenfassung des Falls und stellt die Parteien und die Anwälte vor. Buddy ist nicht im Gerichtssaal. Buddy sitzt in seinem Fairlane.

Dann fängt Kipler mit der ernsthaften Befragung an. Er fordert die Geschworenen auf, die Hand zu heben, wenn sie irgend etwas zu sagen haben. Kennt jemand von Ihnen eine der Parteien, einen der Anwälte, einen der Zeugen? Hat einer von Ihnen eine von Great Benefit ausgestellte Police? Ist einer von Ihnen in ein Gerichtsverfahren verwickelt? Hat einer von Ihnen jemals eine Versicherungsgesellschaft verklagt?

Es gibt ein paar Reaktionen. Sie heben die Hand, dann stehen sie auf und reden mit Seinen Ehren. Sie sind nervös, aber nachdem ein paar vorangegangen sind, ist das Eis gebrochen. Jemand macht eine scherzhafte Bemerkung, und alle entspannen sich ein wenig. Zeitweise, und für sehr kurze Momente, rede ich mir ein, daß ich hierher gehöre. Ich kann das tun. Ich bin Anwalt. Natürlich habe ich bisher noch nicht den Mund aufgemacht.

Kipler hat mir eine Liste seiner Fragen gegeben, und er wird nach allem fragen, was ich wissen möchte. Dagegen ist nichts einzuwenden. Er hat Drummond dieselbe Liste gegeben.

Ich mache mir Notizen, beobachte die Leute, höre mir genau an, was gesagt wird. Deck tut dasselbe. Es ist grausam, aber ich bin beinahe froh, daß die Geschworenen nicht wissen, daß er zu mir gehört.

Die Zeit schleppt sich dahin, während Kipler sich durch seine Fragen wühlt. Nach fast zwei Stunden ist er fertig. Das flaue Gefühl kehrt in meinen Magen zurück. Für Rudy Baylor ist die Zeit gekommen, seine ersten Worte in einem richtigen Prozeß zu sprechen. Es wird ein kurzer Auftritt werden.

Ich stehe auf, trete vor die Geschworenen, bedenke sie mit einem freundlichen Lächeln und spreche die Worte, die ich tausendmal geprobt habe. »Guten Morgen. Mein Name ist Rudy Baylor, und ich vertrete die Blacks.« So weit, so gut. Nach zwei Stunden des Behämmerns vom Richtertisch aus sind sie reif für etwas anderes. Ich schaue sie freundlich, aufrichtig an. »Also, Richter Kipler hat Ihnen eine Menge Fragen gestellt, und die sind sehr wichtig. Er hat Sie nach allem gefragt, was ich wissen wollte, also will ich keine Zeit vergeuden. Ich habe nur eine einzige Frage. Fällt einem von Ihnen irgendein Grund ein, weshalb er nicht in dieser Jury sitzen und diesen Fall hören sollte?«

Es ist keine Reaktion zu erwarten, und es kommt auch keine. Sie haben mich seit mehr als zwei Stunden angesehen, und ich will nur hallo sagen, sie mit einem freundlichen Lächeln bedenken und mich ganz kurz fassen. Im Leben gibt es nur wenige Dinge, die schlimmer sind als ein langatmiger Anwalt. Außerdem habe ich das Gefühl, daß Drummond über sie herfallen wird.

»Ich danke Ihnen«, sage ich mit einem Lächeln, dann drehe ich mich zum Richtertisch um und sage laut: »Die Damen und Herren scheinen in Ordnung zu sein, Euer Ehren.« Ich kehre auf meinen Platz zurück, und während ich mich setze, klopfe ich Dot auf die Schulter.

Drummond ist bereits auf den Beinen. Er versucht, gelassen und leutselig zu erscheinen. Aber der Mann brennt innerlich. Er stellt sich vor und fängt dann an, über seinen Mandanten zu reden und die Tatsache, daß Great Benefit eine große Firma ist mit einer gesunden Bilanz. Dafür darf sie nicht bestraft werden, verstehen Sie? Wird das einen von Ihnen beeinflussen? Er hält praktisch ein Plädoyer, was nicht zulässig ist. Aber er hält sich eng genug an die Vorschriften, um nicht verwarnt zu werden. Ich weiß nicht recht, ob ich Einspruch erheben sollte. Ich habe mir geschworen, das nur zu tun, wenn ich sicher bin, im Recht zu sein. Diese Art der Befragung ist sehr effektiv. Seine geschmeidige Stimme bittet um Vertrauen. Sein angegrautes Haar suggeriert Weisheit und Erfahrung.

Er stellt noch ein paar weitere Fragen, ohne eine einzige Reaktion. Er legt Samen aus. Dann kommt das dicke Ende.

»Also, was ich Sie jetzt fragen möchte, ist die allerwichtigste Frage des Tages«, sagt er ernst. »Bitte hören Sie mir aufmerksam zu. Sie ist von ausschlaggebender Bedeutung.« Eine lange, dramatische Pause. »Ist einer von Ihnen auf diesen Fall hin angesprochen worden?«

Im Gerichtssaal herrscht absolute Stille, während seine Worte in der Luft hängen und sich dann langsam niedersenken. Es ist mehr eine Anschuldigung als eine Frage. Ich werfe einen Blick zu ihrem Tisch. Hill und Plunk funkeln mich an. Morehouse und Grone beobachten die Geschworenen.

Drummond ist ein paar Sekunden lang starr, bereit, sich auf die erste Person zu stürzen, die tapfer genug ist, eine Hand zu heben und zu sagen: »Ja! Der Anwalt der Anklage hat mich gestern abend aufgesucht!« Drummond weiß, daß es kommen muß, er weiß es einfach. Er wird die Wahrheit herausholen, mich und meinen korrupten Hilfsanwaltspartner bloßstellen, beantragen, daß ich gemaßregelt, bestraft und schließlich aus der Anwaltskammer ausgeschlossen werde. Der Fall wird auf Jahre hinaus vertagt werden. Es muß so kommen!

Aber seine Schultern sacken langsam herunter. Die Luft strömt lautlos aus seinen Lungen. Ein Haufen Lügenbolde!

»Dies ist überaus wichtig«, sagt er. »Wir müssen es wissen.« Seine Stimme steckt voller Mißtrauen.

Nichts. Nirgendwo eine Bewegung. Aber sie mustern ihn eingehend, und er flößt ihnen eine Menge Unbehagen ein. Mach so weiter, großer Junge.

»Lassen Sie es mich anders formulieren«, sagt er, sehr kalt. »Hat sich irgend jemand von Ihnen gestern mit Mr. Baylor hier oder mit Mr. Deck Shifflet da drüben unterhalten?«

Ich springe auf. »Einspruch, Euer Ehren! Das ist absurd!«

Kipler ist nahe daran, über den Richtertisch zu springen.

»Stattgegeben! Was soll das, Mr. Drummond?« brüllt Kipler direkt in sein Mikrofon, und die Wände wackeln.

Drummond wendet sich zum Richtertisch. »Euer Ehren, wir haben Grund zu der Annahme, daß mit diesen Leuten geredet worden ist.«

»Ja, und er beschuldigt mich«, sage ich wütend.

»Ich verstehe nicht, wie Sie darauf kommen, Mr. Drummond«, sagt Kipler.

»Vielleicht sollten wir das in Ihrem Zimmer erörtern«, sagt Drummond und funkelt mich an.

»Eine kurze Pause«, sagt Kipler zu seinem Gerichtsdiener.

Drummond und ich sitzen Seinen Ehren an seinem Schreibtisch gegenüber. Die anderen vier Trent & Brents stehen hinter uns. Kipler ist ausgesprochen bestürzt. »Ich hoffe, Sie haben gute Gründe«, sagt er zu Drummond.

»Diese Leute sind manipuliert worden«, sagt Drummond.

»Woher wissen Sie das?«

»Das kann ich nicht sagen. Aber ich weiß es.«

»Spielen Sie keine Spielchen mit mir, Leo. Ich will Beweise.«

»Ich kann es Ihnen nicht sagen, Euer Ehren, nicht ohne vertrauliche Informationen preiszugeben.«

»Unsinn! Reden Sie.«

»Es ist wahr, Euer Ehren.«

»Beschuldigen Sie mich?« frage ich.

»Ja.«

»Sie haben den Verstand verloren.«

»Ihr Verhalten ist ziemlich bizarr, Leo«, sagt Seine Ehren.

»Ich glaube, ich kann es beweisen«, sagt er selbstgefällig.

»Wie?«

»Lassen Sie mich mit der Befragung der Leute weitermachen. Die Wahrheit wird ans Licht kommen.«

»Bis jetzt hat sich niemand geäußert.«

»Ich habe ja auch kaum angefangen.«

Kipler denkt einen Moment darüber nach. Wenn dieser Prozeß vorüber ist, werde ich ihm die Wahrheit sagen.

»Ich würde gern bestimmte Geschworene direkt ansprechen«, sagt Drummond. Das ist eigentlich nicht üblich, aber es liegt im Ermessen des Richters.

»Was halten Sie davon, Rudy?«

»Keine Einwände.« In Wirklichkeit kann ich es kaum abwarten, daß Drummond damit anfängt, sich die Leute vorzuknöpfen, die wir angeblich beeinflußt haben. »Ich habe nichts zu verbergen.« Zwei der Typen hinter mir husten beziehungsvoll.

»Also gut. Es ist Ihr Grab, das Sie da graben, Leo. Aber halten Sie sich an die Regeln.«

»Was haben Sie da drin gemacht?« fragt Dot, als ich an den Tisch zurückkehre.

»Nur Anwaltskram«, flüstere ich. Drummond steht vor den Geschworenen, die ihn extrem mißtrauisch ansehen.

»Also, ich sagte es bereits. Es ist überaus wichtig, daß Sie es uns sagen, falls jemand Sie aufgesucht und mit Ihnen über diesen Fall gesprochen hat. Bitte heben Sie die Hand, wenn das geschehen ist.« Er hört sich an wie ein Lehrer von Erstkläßlern.

Nirgends eine Hand.

»Es ist eine überaus schwerwiegende Sache, wenn mit einem Geschworenen von einer der an einem Fall beteiligten Parteien direkt oder indirekt Kontakt aufgenommen wird. Es könnte sogar sehr ernste Folgen haben sowohl für die Person, die mit einem Geschworenen gesprochen hat, als auch für den Geschworenen selbst, wenn er es unterläßt, das zu melden.« Das hat einen drohenden Unterton.

Keine Hände. Keine Bewegung. Nichts als eine Gruppe von Leuten, die jetzt schnell wütend werden.

Er verlagert sein Gewicht von einem Fuß auf den anderen, reibt sich das Kinn und wendet sich direkt an Billy Porter.

»Mr. Porter«, sagt er mit tiefer Stimme, und Billy fühlt sich getroffen. Er richtet sich auf, nickt. Sein Gesicht läuft rot an.

»Mr. Porter, ich möchte Ihnen eine direkte Frage stellen, und ich erwarte eine ehrliche Antwort.«

»Wenn Sie eine ehrliche Frage stellen, bekommen Sie auch eine ehrliche Antwort«, sagt Porter wütend. Das ist ein Mann mit einer kurzen Lunte. An Drummonds Stelle würde ich ihn in Ruhe lassen.

Drummond verhält einen Moment, dann stürmt er vor. »Ja, also, Mr. Porter, haben Sie gestern abend am Telefon mit Mr. Rudy Baylor gesprochen oder nicht?«

Ich stehe auf, breite die Arme aus, schaue Drummond an, als wäre ich völlig unschuldig und er hätte den Verstand verloren, sage aber nichts.

»Natürlich nicht«, sagt Porter, und sein Gesicht wird noch röter.

Drummond lehnt sich an die Schranke und umklammert die dicke Mahagonistange mit beiden Händen. Er starrt Billy Porter an, der in der vordersten Reihe sitzt, kaum einen Meter von ihm entfernt.

»Sind Sie sicher, Mr. Porter?« fragt er.

»Ich bin verdammt sicher, Mann!«

»Ich glaube, Sie haben es doch getan«, sagt Drummond, der sich jetzt nicht mehr unter Kontrolle hat. Damit ist er zu weit gegangen. Bevor ich Einspruch erheben und bevor Kipler ihn zur Ordnung rufen kann, springt Mr. Billy Porter auf und stürzt sich auf den großen Leo F. Drummond.

»Wagen Sie es nicht, mich einen Lügner zu nennen, Sie Dreckskerl!« brüllt Porter und packt Drummond bei der Kehle. Drummond fällt über die Schranke, seine eleganten Slipper fliegen durch die Luft. Frauen kreischen. Geschworene springen von ihren Sitzen auf. Porter sitzt über Drummond, der zappelt und sich windet und tritt und versucht, einen oder zwei Hiebe anzubringen.

T. Pierce Morehouse und M. Alec Plunk Junior springen auf und treffen als erste auf dem Schlachtfeld ein. Die anderen folgen. Der Gerichtsdiener eilt herbei. Zwei der Geschworenen versuchen, die Kämpfenden auseinanderzubringen.

Ich bleibe sitzen und genieße die Prügelei. Kipler erreicht die Schranke ungefähr zu dem Zeitpunkt, als Porter zurückgezogen wird und Drummond wieder hochkommt und die Kombattanten sicher voneinander getrennt worden sind. Ein Slipper wird unter der zweiten Reihe gefunden und Leo zurückgegeben, der seinen Anzug abklopft und dabei ein wachsames Auge auf Porter hat. Porter wird festgehalten und beruhigt sich rasch wieder.

Die Juryberater sind schockiert. Ihre Computermodelle sind im Eimer, ihre ausgeklügelten Theorien keinen Pfifferling mehr wert. Zu diesem Zeitpunkt sind sie völlig nutzlos.

Nach einer kurzen Unterbrechung stellt Drummond den formellen Antrag, alle Geladenen zu entlassen. Kipler lehnt ab.

Mr. Billy Porter wird von der Geschworenenpflicht entbunden und verläßt schnaubend den Saal. Ich glaube, er wollte Drummond noch ein bißchen mehr verpassen. Hoffentlich wartet er draußen, um sein Werk zu vollenden.

Den frühen Nachmittag verbringen wir mit dem mühsamen Prozeß der Auswahl der Geschworenen. Drummond und Genossen meiden entschlossen all die Leute, die Deck und ich am Vorabend am Telefon erwähnt haben. Sie sind überzeugt, daß wir uns an diese Leute herangemacht und sie irgendwie überredet haben, nichts davon verlauten zu lassen. Sie sind so wütend, daß sie mich nicht ansehen.

Das Resultat ist aus meiner Sicht eine Traumjury. Sechs schwarze Frauen, alle Mütter. Zwei schwarze Männer, einer ein College-Absolvent, der andere ein invalider ehemaliger Lastwagenfahrer. Drei weiße Männer, von denen zwei der Gewerkschaft angehören. Der dritte wohnt nur vier Querstraßen von den Blacks entfernt. Eine weiße Frau, Gattin eines namhaften Grundstücksmaklers. Ich konnte sie nicht vermeiden, aber ich mache mir ihretwegen keine Sorgen. Für einen Urteilsspruch sind nur neun der zwölf Geschworenen erforderlich.

Um vier Uhr nachmittags weist Kipler ihnen ihre Plätze an und vereidigt sie. Er weist sie darauf hin, daß der Prozeß in einer Woche beginnt und daß sie mit niemandem über den Fall sprechen dürfen. Dann tut er etwas, das mir zuerst einen Mordsschrecken einjagt, das ich bei weiterem Nachdenken jedoch für eine großartige Idee halte. Er fragt beide Anwälte, mich und Drummond, ob wir ein paar Bemerkungen an die Geschworenen richten würden, außerhalb des Protokolls und ganz informell. Einfach ein bißchen was über unseren Fall erzählen. Nichts Ausgeklügeltes.

Ich natürlich habe nicht damit gerechnet, vor allem deshalb, weil es so etwas noch nie gegeben hat. Trotzdem schüttele ich meine Nervosität ab und trete vor die Geschworenen. Ich erzähle ihnen einiges über Donny Ray, über die Police und darüber, weshalb wir glauben, daß Great Benefit ein Unrecht begangen hat. Nach fünf Minuten bin ich fertig.

Drummond tritt vor die Geschworenen, und selbst ein Blinder könnte das Mißtrauen spüren, daß er in ihnen gesät hat. Er entschuldigt sich für den Zwischenfall, gibt aber unklugerweise Porter den größten Teil der Schuld. Was für ein selbstgefälliger Mensch. Er liefert seine Version der Fakten, sagt, Donny Rays Tod täte ihm sehr leid, aber zu behaupten, sein Mandant wäre daran schuld, wäre einfach lächerlich.

Ich beobachte sein Team und die Leute von Great Benefit, und sie sehen alles andere als erfreut aus. Die Fakten sprechen gegen sie. Sie haben eine Klägerjury. Der Richter ist ihnen feindlich gesinnt. Und ihr Star hat nicht nur jede Glaubwürdigkeit bei den Geschworenen verloren, sondern außerdem noch Prügel bezogen.

Kipler entläßt uns, und die Geschworenen gehen nach Hause.

43

Sechs Tage nach der Auswahl der Geschworenen und vier Tage vor Prozeßbeginn nimmt Deck im Büro den Anruf eines Anwalts in Cleveland entgegen, der mit mir sprechen möchte. Ich bin sofort argwöhnisch, weil ich keinen einzigen Anwalt in Cleveland kenne, und ich rede mit dem Mann gerade so lange, bis er seinen Namen genannt hat. Das dauert ungefähr zehn Sekunden, dann lege ich mitten in einem seiner Sätze auf und tue so, als wäre das Gespräch irgendwie unterbrochen worden. Das kommt in letzter Zeit dauernd vor, erkläre ich Deck so laut, daß es im Hörer deutlich zu verstehen ist. Dann nehmen wir die Hörer aller drei Bürotelefone ab, und ich laufe auf die Straße hinunter zu meinem Volvo. Butch hat mein Autotelefon überprüft, und es scheint frei von Wanzen zu sein. Ich lasse mir von der Auskunft die Nummer des Anwalts in Cleveland geben, dann rufe ich ihn an.

Der Anruf erweist sich als überaus wichtig.

Er heißt Peter Corsa. Seine Spezialität ist Arbeitsrecht und jede Art der Diskriminierung von Angestellten, und er vertritt eine junge Frau namens Jackie Lemancyzk. Sie hat den Weg in seine Kanzlei gefunden, nachdem sie von Great Benefit aus völlig unerfindlichen Gründen entlassen worden war, und jetzt haben sie gemeinsam vor, wegen einer Vielzahl von Mißständen Schadenersatz zu verlangen. Im Gegensatz zu dem, was mir erzählt wurde, hat Ms. Lemancyzk Cleveland nicht verlassen. Sie ist in eine andere Wohnung mit einem nicht eingetragenen Telefon umgezogen.

Ich informiere Corsa, daß wir ein Dutzend Anrufe in Cleveland und Umgebung gemacht, aber keine Spur von Jackie Lemancyzk gefunden haben. Und daß einer der großen Bosse, Richard Pellrod, behauptet hat, sie wäre in ihren Heimatort zurückgekehrt.

Stimmt nicht, sagt Corsa. Sie hat sich zwar versteckt, Cleveland aber nie verlassen.

Was nun kommt, ist eine wunderbar saftige Geschichte, und Corsa läßt kein Detail aus.

Seine Mandantin hatte sexuelle Beziehungen zu mehreren ihrer Bosse bei Great Benefit. Er versichert mir, daß sie sehr gut aussieht. Ihre Beförderung und ihr Gehalt hingen davon ab, ob sie sich bereit erklärte, mit bestimmten Leuten ins Bett zu gehen. Eine Zeitlang war sie leitende Schadenssachbearbeiterin, die einzige Frau, die diese Position je erlangt hatte, verlor diesen Posten aber wieder, als sie eine Affäre mit Everett Lufkin, dem Vizepräsidenten der Schadensabteilung, beendete, der offenbar ein widerlicher Typ ist mit einer Vorliebe für abartige Sexpraktiken.

Ich pflichte ihm bei, daß der Mann ein widerlicher Typ ist. Ich habe ihn vier Stunden lang vernommen, und ich werde ihn mir nächste Woche im Zeugenstand vorknöpfen.

Sie werden Great Benefit wegen sexueller Belästigung und anderer strafbarer Handlungen verklagen, aber sie weiß auch über eine Menge schmutziger Wäsche in der Schadensabteilung Bescheid. Sie hat schließlich mit dem Vizepräsidenten der Schadensabteilung geschlafen. Es wird eine Menge Prozesse geben, prophezeit er.

Schließlich stelle ich die große Frage. »Wird sie kommen und aussagen?«

Er weiß es nicht. Vielleicht. Aber sie hat Angst. Das sind niederträchtige Leute mit einer Menge Geld. Im Augenblick macht sie eine Therapie, sie ist sehr labil.

Er erklärt sich einverstanden, daß ich mich am Telefon mit ihr unterhalte, und wir verabreden ein Gespräch am späten Abend am Apparat in meiner Wohnung. Ich erkläre ihm, daß es nicht ratsam ist, mich in meinem Büro anzurufen.

Es ist unmöglich, an etwas anderes zu denken als an den Prozeß. Wenn Deck nicht da ist, wandere ich in meinem Büro herum, führe Selbstgespräche, erkläre den Geschworenen, wie wahrhaft niederträchtig Great Benefit ist, nehme ihre Leute ins Kreuzverhör, verhöre behutsam Dot und Ron und Dr. Kord, trage den Geschworenen ein ziemlich hinreißendes Schlußplädoyer vor. Es fällt mir immer noch schwer, die Geschworenen um eine Geldstrafe von zehn Millionen Dollar zu bitten und dabei keine Miene zu verziehen. Wenn ich fünfzig Jahre alt wäre, Hunderte von Fällen verhandelt hätte und wüßte, was zum Teufel ich tue, dann hätte ich vielleicht das Recht, eine Jury um zehn Millionen zu bitten. Aber bei einem Anfänger, der erst vor neun Monaten sein Studium beendet hat, muß es absurd klingen.

Aber ich bitte sie trotzdem. Ich tue es in meiner Kanzlei, in meinem Wagen und vor allem in meiner Wohnung, oft um zwei Uhr nachts, wenn ich nicht schlafen kann. Ich rede mit diesen zwölf Gesichtern, denen ich jetzt Namen geben kann, diesen wunderbar fairen Leuten, die mir zuhören und nicken und es nicht abwarten können, in den Gerichtssaal zurückzukehren und Recht zu sprechen.

Ich bin im Begriff, auf Gold zu stoßen, Great Benefit in einer öffentlichen Gerichtsverhandlung zu vernichten, und ich bemühe mich ununterbrochen, diese Gedanken unter Kontrolle zu halten. Das ist verdammt schwer. Die Fakten, die Jury, der Richter, die besorgten Anwälte auf der anderen Seite. Das macht zusammen eine Menge Geld.

Irgend etwas muß einfach schiefgehen.

Ich unterhalte mich eine Stunde lang mit Jackie Lemancyzk. Manchmal hört sie sich kräftig und eindringlich an, dann wieder kann sie kaum klar denken. Sie hat mit keinem dieser Männer schlafen wollen, sagt sie immer wieder, aber es war die einzige Möglichkeit, voranzukommen. Sie ist geschieden und hat zwei Kinder.

Sie erklärt sich bereit, nach Memphis zu kommen. Ich biete ihr an, ihr den Flug und die anderen Unkosten zu bezahlen, und es gelingt mir, dieses Angebot so klingen zu lassen, als verfügte unsere Kanzlei über unbegrenzte Mittel. Sie verlangt von mir das Versprechen, daß es, falls sie aussagt, für Great Benefit eine absolute Überraschung sein muß.

Sie hat eine Heidenangst vor diesen Leuten. Ich denke, es wäre eine großartige Überraschung.

Das Wochenende verbringen wir im Büro, mit nur ein paar

Stunden Schlaf in unseren jeweiligen Wohnungen, dann kehren wir wie verlorene Schafe ins Büro zurück und arbeiten weiter.

Meine seltenen Momente der Entspannung verdanke ich Tyrone Kipler. Ich habe ihm insgeheim tausendmal dafür gedankt, daß wir die Geschworenen eine Woche vor dem Prozeß auswählen durften und daß er mir gestattet hat, außerhalb des Protokolls ein paar Worte an sie zu richten. Vorher war die Jury ein großer Teil des Unbekannten, ein Element, vor dem ich ungeheure Angst hatte. Jetzt kenne ich ihre Namen und ihre Gesichter, und ich habe mich mit den Leuten ohne Zuhilfenahme schriftlicher Notizen unterhalten. Sie mögen mich. Und sie verabscheuen meine Gegner.

Trotz all meiner Unerfahrenheit bin ich fest davon überzeugt, daß Richter Kipler mich vor mir selbst retten wird.

Am Sonntag gegen Mitternacht sagen Deck und ich uns gute Nacht. Als ich das Büro verlasse, schneit es leicht. Leichter Schneefall bedeutet in Memphis in der Regel, daß die Schule eine Woche lang ausfällt und alle Regierungsbehörden geschlossen sind. Die Stadt hat nie einen Schneepflug angeschafft.

Ein Teil von mir wünscht sich einen Schneesturm, damit der morgige Tag verschoben wird. Ein anderer Teil will es endlich hinter sich bringen.

Bis ich bei meiner Wohnung angekommen bin, hat es aufgehört zu schneien. Ich trinke zwei warme Dosen Bier und bete um Schlaf.

»Irgendwelche Präliminarien?« fragt Kipler eine angespannte Gruppe in seinem Büro. Ich sitze neben Drummond, und wir schauen beide über den Schreibtisch hinweg Seine Ehren an. Meine Augen sind rot von einer nahezu schlaflosen Nacht, mein Kopf schmerzt, und mein Gehirn denkt an zwanzig Dinge gleichzeitig.

Ich bin überrascht, wie müde Drummond aussieht. Für einen Mann, der sein Leben in Gerichtssälen verbringt, sieht er ungewöhnlich mitgenommen aus. Gut. Ich hoffe, er hat ebenfalls das Wochenende durchgearbeitet.

»Mir fällt nichts ein«, sage ich. Keine Überraschung. Ich trage nur selten etwas zu diesen kleinen Zusammenkünften bei.

Drummond schüttelt den Kopf. Nein.

»Ist es möglich, die Kosten einer Knochenmarkstransplantation festzulegen?« fragt Kipler. »Wenn ja, könnten wir auf Gaskin als Zeugen verzichten. Soweit ich informiert bin, betragen sie ungefähr hundertfünfundsiebzigtausend Dollar.«

»Einverstanden«, sage ich.

Anwälte der Verteidigung verdienen mehr, wenn die Festlegung niedriger ist, aber Drummond hat hier nichts zu gewinnen. »Klingt vernünftig«, sagt er gleichgültig.

»Ist das ein Ja?« fragt Kipler ungehalten nach.

»Ja.«

»Danke. Und nun zu den anderen Kosten. Die dürften so etwa bei fünfundzwanzigtausend liegen. Können wir uns darauf einigen, daß sich der vom Kläger geforderte Schadenersatz auf zweihunderttausend Dollar beläuft? Können wir das?« Er funkelt Drummond regelrecht an.

»Einverstanden«, sage ich, und ich bin sicher, daß Drummond das ganz und gar nicht gefällt.

»Ja«, sagt Drummond.

Kipler notiert sich etwas auf seinem Block. »Danke. Sonst noch etwas, bevor wir anfangen? Was ist mit der Möglichkeit eines Vergleichs?«

»Euer Ehren«, sage ich entschlossen. Das ist gut geplant. »Namens meiner Mandanten möchte ich das Angebot machen, daß wir einem Vergleich über eine Summe von eins Komma zwei Millionen Dollar zustimmen würden.«

Anwälte der Verteidigung sind darauf trainiert, angesichts jedes Vergleichsvorschlags von einem Vertreter der Anklage Schock und Fassungslosigkeit zum Ausdruck zu bringen, und sie reagieren auf mein Angebot mit dem erwarteten Kopfschütteln und Räuspern und sogar einem leisen Kichern von jemandem hinter mir, wo sich die Hilfstruppen zusammendrängen.

»Das könnte Ihnen so passen«, sagt Drummond bissig. Ich habe den Eindruck, daß Drummond ziemlich kaputt ist. Als dieser Fall anfing, war er ganz der Gentleman, ein sehr verbindlicher Profi sowohl im Gerichtssaal als auch außerhalb. Jetzt benimmt er sich wie ein schmollender Teenager.

»Kein Gegenangebot, Mr. Drummond?« fragt Kipler.

»Unser Angebot steht bei zweihunderttausend.«

»Also gut, dann können wir anfangen. Jede Seite bekommt fünfzehn Minuten für ihr Eröffnungsplädoyer, aber natürlich brauchen Sie nicht die ganze Zeit in Anspruch zu nehmen.«

Ich habe mein Eröffnungsplädoyer schon ein dutzendmal gehalten – es dauert genau sechseinhalb Minuten. Die Geschworenen werden hereingeführt, von Seinen Ehren begrüßt, sie erhalten ein paar Instruktionen, dann werden sie mir überlassen.

Wenn ich so etwas sehr oft tue, werde ich vielleicht eines Tages ein gewisses Talent für Dramatik entwickeln. Aber das muß warten. Im Augenblick will ich es einfach hinter mich bringen. Ich halte einen Notizblock in der Hand, werfe ein- oder zweimal einen Blick darauf, und erzähle den Geschworenen von meinem Fall. Ich stehe neben dem Podium und sehe in meinem neuen grauen Anzug hoffentlich halbwegs anwaltsmäßig aus. Die Tatsachen sprechen so sehr zu meinen Gunsten, daß ich sie nicht breittreten will. Es gab eine Police, die Prämien wurden regelmäßig jede Woche gezahlt, sie schloß Donny Ray ein, er wurde krank, und dann wurde ihm ein Strick gedreht. Er starb aus offensichtlichen Gründen. Sie, die Geschworenen, werden Donny Ray kennenlernen, aber nur mittels eines Videobandes. Er ist tot. Bei diesem Prozeß geht es nicht nur darum, von Great Benefit einzufordern, was von Anfang an hätte gezahlt werden müssen, sondern auch, die Gesellschaft für ihre Missetat zu bestrafen. Es ist eine sehr reiche Gesellschaft, die ihr Geld damit gemacht hat, daß sie Prämien kassiert und Leistungsansprüche abgewiesen hat. Wenn alle Zeugen ausgesagt haben, werde ich mich wieder an Sie, die Geschworenen, wenden und Sie um eine hohe Geldstrafe für Great Benefit bitten.

Es ist sehr wichtig, diese Saat frühzeitig auszubringen. Ich will, daß sie wissen, daß wir aufs große Geld aus sind und daß Great Benefit es verdient hat, bestraft zu werden.

Das Eröffnungsplädoyer läuft glatt. Ich stottere und zittere nicht und provoziere auch keine Einsprüche von Drummond. Ich wette, Drummond wird fast während des gesamten Prozesses seinen Hintern nicht vom Stuhl erheben. Er will nicht von Kipler in Verlegenheit gebracht werden, nicht vor dieser Jury.

Ich lasse mich neben Dot nieder. Wir sind ganz allein an unserem langen Tisch.

Drummond begibt sich selbstsicher vor die Geschworenen mit einer Kopie der Police in der Hand. Es gelingt ihm ein dramatischer Start. »Dies ist die Police, die Mr. und Mrs. Black gekauft haben«, sagt er und hält sie hoch, damit jedermann sie sehen kann. »Und in dieser Police steht nirgends, daß Great Benefit für Transplantationen zahlen muß.« Eine lange Pause, damit das einsinken kann. Die Geschworenen mögen ihn nicht, aber er hat ihre Aufmerksamkeit erregt. »Diese Police kostet achtzehn Dollar pro Woche und deckt keine Knochenmarkstransplantationen ab, und trotzdem erwarteten die Kläger von meinem Mandanten, daß er zweihunderttausend Dollar zahlt für, Sie haben es erraten, eine Knochenmarkstransplantation. Mein Mandant hat sich geweigert, dies zu tun, nicht aus Böswilligkeit gegenüber Donny Ray Black. Für meinen Mandanten war es keine Sache auf Leben oder Tod, es ging lediglich darum, was diese Police abdeckt.« Er schwenkt die Police dramatisch und ziemlich effektvoll. »Sie wollen nicht nur die zweihunderttausend Dollar, auf die sie keinen Anspruch haben, sie wollen außerdem, daß mein Mandant zu einer zusätzlichen Zahlung von *zehn Millionen Dollar* verurteilt wird. Sie nennen das eine Geldstrafe. Ich nenne es absurd. Ich nenne es Habgier.«

Das macht Eindruck, aber es ist riskant. In der Police werden ausdrücklich sämtliche Organtransplantationen ausgeschlossen, aber Knochenmarkstransplantationen werden nicht erwähnt. Ihre Verfasser haben geschlafen und sie ausgelassen. In der neuen Police, die Max Leuberg mir gegeben hat, sind Knochenmarkstransplantationen explizit ausgeschlossen.

Die Strategie der Verteidigung wird deutlich. Anstatt leise zu treten, indem er zugibt, daß von irgendeiner inkompetenten Person tief im Innern in einer riesigen Gesellschaft ein Fehler gemacht worden ist, macht Drummond keinerlei Eingeständnisse. Er wird behaupten, daß Knochenmarkstransplantationen überaus unverläßlich sind, schlechte Medizin und keinesfalls eine akzeptierte und routinemäßige Behandlung bei akuter Leukämie.

Er hört sich an wie ein Arzt, der sich über die äußerst geringen Chancen ausläßt, einen geeigneten Spender zu finden, in manchen Fällen eins zu einer Million, und die ebenso geringen Chancen für eine erfolgreiche Transplantation. Er wiederholt sich ständig, indem er sagt: »Sie wird von der Police einfach nicht abgedeckt.«

Er beschließt, mich herauszufordern. Als er zum zweitenmal das Wort »Habgier« erwähnt, springe ich auf und erhebe Einspruch. Direkte Attacken haben im Eröffnungsplädoyer nichts zu suchen. Die kommen erst zum Schluß. Er darf den Geschworenen nur sagen, was seiner Meinung nach die Zeugenaussagen beweisen werden.

Der wunderbare Kipler sagt rasch: »Stattgegeben.«

Drummond blutet als erster.

»Tut mir leid, Euer Ehren«, sagt er aufrichtig. Er redet über seine Zeugen, wer sie sind und was sie aussagen werden. Er verliert Dampf und hätte nach zehn Minuten aufhören sollen. Nach fünfzehn Minuten ruft Kipler ihn zur Ordnung. Drummond muß Schluß machen und dankt den Geschworenen.

»Rufen Sie Ihren ersten Zeugen, Mr. Baylor«, sagt Kipler. Mir bleibt gar keine Zeit, Angst zu haben.

Dot Black begibt sich nervös zum Zeugenstand, wird vereidigt, setzt sich und schaut die Geschworenen an. Sie trägt ein einfaches Baumwollkleid, ein sehr altes, aber sie sieht ordentlich aus.

Wir haben ein Skript, Dot und ich. Ich habe es ihr vor einer Woche gegeben, und wir sind es zehnmal miteinander durchgegangen. Ich stelle die Fragen, sie beantwortet sie. Sie hat eine Mordsangst, völlig zu Recht, und ihre Antworten hören sich hölzern und eingeübt an. Ich habe ihr gesagt, daß sie ruhig nervös sein darf. Die Geschworenen sind auch nur Menschen. Name, Ehemann, Familie, Arbeitsverhältnisse, Police, das Leben mit Donny Ray vor der Krankheit, während der Krankheit, seit seinem Tod. Sie wischt sich ein paarmal die Augen, bleibt aber gefaßt. Ich habe Dot gesagt, sie solle Tränen möglichst vermeiden. Jeder kann sich ihren Kummer vorstellen.

Sie beschreibt, wie frustrierend es ist, als Mutter nicht erreichen zu können, daß der todkranke Sohn behandelt wird. Sie hat Great Benefit viele Male geschrieben und angerufen. Sie hat sich schriftlich und telefonisch an Kongreßabgeordnete, Senatoren und Bürgermeister gewandt, immer in der vergeblichen Hoffnung, Hilfe zu finden. Sie hat Krankenhäuser angefleht, ihn umsonst zu behandeln. Sie hat Freunde und Nachbarn zusammengetrommelt, und sie haben gemeinsam versucht, das Geld aufzubringen, sind aber elend gescheitert. Sie identifiziert die Police und das Antragsformular. Sie beantwortet meine Fragen über ihren Kauf, die allwöchentlichen Besuche von Bobby Ott, um die Prämie zu kassieren.

Dann kommen wir zum wirklich guten Stoff. Ich reiche ihr die ersten sieben Abweisungsbriefe hin, und Dot liest sie den Geschworenen vor. Sie hören sich schlimmer an, als ich gehofft hatte. Glatte Abweisung aus keinem ersichtlichen Grund. Abweisung von der Schadensabteilung, vorbehaltlich der Überprüfung durch die Haftungsabteilung. Abweisung von der Haftungsabteilung, vorbehaltlich der Überprüfung durch die Schadensabteilung. Abweisung von der Schadensabteilung, basierend auf der Tatsache einer Vorerkrankung. Abweisung von der Haftungsabteilung, basierend auf der Behauptung, daß Donny Ray nicht zum Haushalt gehörte, da er volljährig war. Abweisung von der Schadensabteilung, basierend auf der Behauptung, daß Knochenmarkstransplantationen von der Police nicht abgedeckt sind. Abweisung von der Schadensabteilung, basierend auf der Behauptung, Knochenmarkstransplantationen seien zu experimentell und deshalb keine akzeptable Behandlungsmethode.

Die Geschworenen lassen sich kein Wort entgehen. Diese Sache stinkt zum Himmel.

Und dann der Blöde-Brief. Während Dot ihn den Geschworenen vorliest, beobachte ich ihre Gesichter genau. Etliche sind sichtlich fassungslos. Andere blinzeln ungläubig. Wieder andere richten den Blick auf den Tisch der Verteidigung, an dem seltsamerweise alle Mitglieder des Teams die Köpfe gesenkt haben und in tiefe Meditation versunken sind.

Als sie geendet hat, herrscht Stille im Gerichtssaal.

»Bitte, lesen Sie den Brief noch einmal vor«, sage ich.

»Einspruch«, sagt Drummond, der schnell aufgesprungen ist.

»Abgelehnt«, faucht Kipler.

Dot liest ihn noch einmal vor, diesmal mit mehr Entschlossenheit. Das ist genau der Punkt, zu dem ich Dot bringen wollte, also entlasse ich die Zeugin. Drummond begibt sich aufs Podium. Es wäre ein schwerer Fehler, wenn er sie grob anfassen würde, und es würde mich überraschen, wenn er es täte.

Er beginnt mit ein paar vagen Fragen über frühere Policen, die sie besessen hat, und weshalb sie gerade diese spezielle Police gekauft hat. Was hatte sie im Sinn, als sie sie kaufte? Dot wollte lediglich Versicherungsschutz für ihre Familie, das war alles. Und das war es, was ihr der Agent zugesagt hatte. Hatte der Agent ihr auch zugesagt, daß die Police Knochenmarkstransplantationen einschließen würde?

»Ich habe nicht an Transplantationen gedacht«, sagt sie. »Ich habe nie eine gebraucht.« Das bringt ein paar Geschworene zum Lächeln, aber niemand lacht.

Drummond dringt in sie, will wissen, ob sie vorgehabt hat, eine Police zu kaufen, die Knochenmarkstransplantationen abdeckt. Sie hatte noch nie davon gehört, erklärt sie ihm immer wieder.

»Also haben Sie nicht ausdrücklich eine Police verlangt, die sie abdecken würde?« fragt er.

»An solche Dinge habe ich überhaupt nicht gedacht, als ich die Police kaufte. Ich wollte lediglich vollen Versicherungsschutz.«

Damit erzielt Drummond einen schwachen Punkt, aber ich glaube und hoffe, daß die Geschworenen es rasch wieder vergessen werden.

»Weshalb haben Sie Great Benefit auf zehn Millionen Dollar verklagt?« fragt er. Diese Frage kann zu Beginn eines Prozesses verheerende Auswirkungen haben, weil sie die Kläger habgierig erscheinen läßt. Die in einer Klage beantragten Summen sind oft nichts als Zahlen, vom Anwalt aus der Luft gegriffen, ohne Mitwirkung der Mandanten. Ich jedenfalls habe Dot nicht gefragt, auf wieviel sie klagen will.

Aber ich habe gewußt, daß die Frage kommen würde, weil ich die Protokolle von Drummonds früheren Prozessen gelesen habe. Dot ist vorbereitet.

»Zehn Millionen?« fragt sie.

»So ist es, Mrs. Black. Sie haben meine Mandanten auf zehn Millionen Dollar verklagt.«

»Ist das alles?« fragt sie.

»Wie bitte?«

»Ich dachte, es wäre wesentlich mehr.«

»Ach, wirklich?«

»Ja. Ihre Mandanten haben eine Milliarde Dollar, und Ihre Mandanten haben meinen Sohn umgebracht. Ich wollte sie auf wesentlich mehr verklagen.«

Drummonds Knie geben ein wenig nach, und er verlagert sein Gewicht. Aber er lächelt trotzdem weiter, ein bemerkenswertes Talent. Anstatt sich hinter eine harmlose Frage zurückzuziehen oder zu seinem Platz zurückzukehren, macht er mit Dot Black noch einen letzten Fehler. Auch das ist eine seiner Standardfragen. »Was werden Sie mit dem Geld anfangen, wenn die Geschworenen Ihnen zehn Millionen Dollar zusprechen?«

Man stelle sich vor, man müßte diese Frage aus dem Handgelenk heraus vor einem öffentlichen Gericht beantworten. Aber Dot ist vorbereitet. »Ich würde es der American Leukemia Society geben. Bis auf den letzten Cent. Ich will keinen Penny von Ihrem stinkenden Geld.«

»Danke«, sagt Drummond und kehrt rasch zu seinem Tisch zurück.

Zwei der Geschworenen kichern hörbar, als Dot den Zeugenstand verläßt und sich wieder neben mich setzt. Drummond sieht blaß aus.

»Wie war ich?« flüstert sie.

»Sie haben es ihm gegeben, Dot«, flüstere ich zurück.

»Ich brauche eine Zigarette.«

»Wir werden gleich unterbrechen.«

Ich rufe Ron Black in den Zeugenstand. Auch er hat ein Skript, und seine Vernehmung dauert nicht einmal eine halbe Stunde. Alles, was wir von Ron brauchen, ist die Bestätigung, daß die Tests bei ihm durchgeführt wurden, daß er ein idealer Spender für seinen Zwillingsbruder gewesen wäre und daß er immer bereit war, als Spender zu fungieren. Drummond verzichtet auf ein Kreuzverhör. Es ist fast elf Uhr, und Kipler ordnet eine zehnminütige Pause an.

Dot eilt in die Toilette und verzieht sich in eine Kabine, um sich eine Zigarette anzustecken. Ich habe sie davor gewarnt, vor den Geschworenen zu rauchen. Deck und ich sitzen an unserem Tisch beisammen und vergleichen unsere Eindrücke. Er sitzt hinter mir, und er hat die Geschworenen beobachtet. Die Abweisungsbriefe haben ihre Aufmerksamkeit erregt. Der Blöde-Brief hat sie in Wut gebracht.

Sorgen Sie dafür, daß sie wütend bleiben, sagt er. Sorgen Sie dafür, daß sie empört bleiben. Geldstrafen werden nur verhängt, wenn eine Jury zornig ist.

Dr. Walter Kord macht eine sehr gute Figur, als er den Zeugenstand betritt. Er trägt ein kariertes Sportjackett, eine dunkle Hose und eine rote Krawatte, ganz der erfolgreiche junge Arzt. Er ist in Memphis aufgewachsen, hat hier die Grundschule besucht, dann das Vanderbilt College. Medizinstudium an der Duke University. Hervorragende Zeugnisse. Ich gehe mit ihm seine Laufbahn durch und habe keinerlei Schwierigkeiten, ihn als Experten für Onkologie zu qualifizieren. Ich gebe ihm Donny Rays medizinische Unterlagen, und er liefert den Geschworenen eine Zusammenfassung seiner Behandlung. Kord benutzt, wann immer es möglich ist, auch für Laien verständliche Worte und erklärt die medizinischen Fachausdrücke. Er ist Arzt, darauf trainiert, Gerichtssäle zu hassen, aber er ist die Ruhe selbst, auch den Geschworenen gegenüber.

»Können Sie den Geschworenen die Krankheit erklären, Dr. Kord?« frage ich.

»Natürlich. Akute myelozytische Leukämie, kurz AML, ist eine Krankheit, die zwei Altersgruppen befällt, einmal junge

Erwachsene zwischen zwanzig und dreißig und zum anderen ältere Menschen, gewöhnlich im Alter von ungefähr siebzig Jahren. Weiße bekommen AML häufiger als Nicht-Weiße, und aus unbekannten Gründen befällt sie Personen jüdischer Herkunft öfter als andere. Männer bekommen sie häufiger als Frauen. In den meisten Fällen ist die Ursache der Krankheit unbekannt.

Der Körper bildet sein Blut im Knochenmark, und dort greift die AML an. Die weißen Blutkörperchen, die für die Bekämpfung von Infektionen zuständig sind, werden bei einer akuten Leukämie bösartig, und ihre Zahl wächst oft auf das Hundertfache des Normalen an. Wenn das passiert, werden die roten Blutkörperchen zurückgedrängt, was bewirkt, daß der Patient blaß und schwach ist und unter Blutarmut leidet. Wenn sich die weißen Blutkörperchen ungehindert vermehren, unterdrücken sie auch die normale Produktion der Blutplättchen, des dritten Zelltyps, der sich im Knochenmark findet. Das führt zu leichter Verletzbarkeit, Blutungen und Kopfschmerzen. Als Donny Ray zum ersten Mal in meine Praxis kam, klagte er über Schwindel, Kurzatmigkeit, Mattigkeit, Fieber und grippeähnliche Symptome.«

Als Kord und ich letzte Woche übten, habe ich ihn gebeten, von Donny Ray zu sprechen, nicht von Mr. Black oder dem Patienten Soundso.

»Und was haben Sie unternommen?« frage ich. Ist doch gar nicht so schwer, sage ich mir.

»Ich führte eine Untersuchung durch, die als Knochenmarkspunktion bezeichnet wird.«

»Können Sie sie den Geschworenen erklären?«

»Gewiß. Bei Donny Ray wurde sie am Hüftknochen vorgenommen. Ich legte ihn auf den Bauch, betäubte ein kleines Stück Haut, machte eine winzige Öffnung und führte dann eine große Nadel ein. Die Nadel besteht aus zwei Teilen, der äußere Teil ist eine Röhre, der innere ist massiv. Nachdem die Nadel bis ins Knochenmark vorgedrungen war, wurde der massive Teil herausgezogen und eine leere Saugröhre an der Öffnung der Nadel angesetzt. Sie fungiert wie eine Art Spritze, und mit ihr habe ich eine kleine Menge flüssiges Knochenmark abgesaugt. An dem auf diese Weise gewonnenen Knochenmark wurden dann die üblichen Tests durchgeführt und die weißen und die roten Blutkörperchen gezählt. Es war eindeutig, daß er akute Leukämie hatte.«

»Was kostet dieser Test?«

»Ungefähr tausend Dollar.«

»Und wie hat Donny Ray ihn bezahlt?«

»Als er das erste Mal in meine Praxis kam, hat er die üblichen Formulare ausgefüllt und angegeben, daß die Kosten durch eine Police der Great Benefit Life Insurance Company abgedeckt wären. Meine Mitarbeiter haben bei Great Benefit nachgefragt und sich vergewissert, daß eine solche Police tatsächlich existiert. Daraufhin habe ich die Behandlung fortgeführt.«

Ich gebe ihm Kopien der hierfür relevanten Dokumente, und er identifiziert sie.

»Sind Sie von Great Benefit bezahlt worden?«

»Nein. Wir wurden von der Gesellschaft informiert, daß der Anspruch aus verschiedenen Gründen abgewiesen würde. Sechs Monate später haben wir die Rechnung quittiert. Mrs. Black hat fünfzig Dollar pro Monat gezahlt.«

»Wie haben Sie Donny Ray behandelt?«

»Mit etwas, was wir als Induktionstherapie bezeichnen. Er kam ins Krankenhaus, und ich legte einen Katheter in eine große Ader unter seinem Schlüsselbein. Die erste Induktion der Chemotherapie erfolgte mit einem Medikament namens Ara-C, das über sieben Tage hinweg vierundzwanzig Stunden lang in den Körper geführt wird. Außerdem wurde während der ersten drei Tage noch ein weiteres Medikament, Idarubizin, gegeben. Es wird ›roter Tod‹ genannt, wegen seiner roten Farbe und seiner extremen Wirksamkeit beim Abtöten der Zellen im Knochenmark. Es enthält Allopurinol, ein Mittel gegen Gicht, weil Gicht häufig auftritt, wenn große Mengen von roten Blutkörperchen absterben. Er bekam intravenös große Mengen von Flüssigkeit, damit die Abfallprodukte aus seinen Nieren herausgespült wurden. Er erhielt Antibiotika und pilztötende Mittel, weil er anfällig war für Infektionen. Er erhielt ein Medikament namens Amphoterizin B, ein Mittel gegen Pilze. Das ist ein sehr toxisches Medikament, und es ließ seine Temperatur auf 40 Grad steigen und verursachte außerdem unkontrollierbares Zittern. Trotzdem ist er gut damit fertig geworden, mit einer überaus positiven Einstellung für einen sehr kranken jungen Mann.

Der Sinn einer derart intensiven Chemotherapie ist es, sämtliche Zellen im Knochenmark abzutöten und dann darauf zu hoffen, daß eine Umgebung entsteht, in der sich normale Zellen schneller neu bilden können als Leukämiezellen.«

»Tritt das ein?«

»Kurzfristig. Aber wir behandeln jeden Patienten in dem Wissen, daß die Leukämie zurückkehren wird, es sei denn natürlich, der Patient erhält eine Knochenmarkstransplantation.«

»Dr. Kord, können Sie den Geschworenen erklären, wie Sie eine Knochenmarkstransplantation vornehmen?«

»Natürlich. Es ist kein furchtbar kompliziertes Verfahren. Nachdem der Patient die Chemotherapie hinter sich hat, die ich gerade beschrieben habe, und wenn er das Glück hatte, einen Spender zu finden, dessen Knochenmark dem seinen genetisch hinreichend ähnlich ist, entnehmen wir dem Spender sein Knochenmark und injizieren es dem Empfänger durch eine intravenöse Sonde. Sinn der Sache ist es, eine gesamte Population von Knochenmarkszellen von einem Patienten auf einen anderen zu übertragen.«

»War Ron Black ein geeigneter Spender für Donny Ray?«

»Vollkommen. Die Brüder waren eineiige Zwillinge, und da ist es immer am einfachsten. Wir haben an beiden Männern die erforderlichen Tests durchgeführt, und die Transplantation wäre einfach gewesen. Sie hätte funktioniert.«

Drummond springt auf. »Einspruch. Spekulation. Der Arzt kann nicht eindeutig festlegen, ob die Transplantation funktioniert hätte oder nicht.«

»Abgelehnt. Heben Sie sich das fürs Kreuzverhör auf.«

Ich stelle noch ein paar weitere Fragen über das Verfahren, und während Kord sie beantwortet, beobachte ich die Geschworenen. Sie hören aufmerksam zu, aber es ist Zeit, Schluß zu machen.

»Erinnern Sie sich, wann ungefähr Sie bereit waren, die Transplantation vorzunehmen?«

Er konsultiert seine Notizen, aber er weiß die Antwort. »Im August 1991. Vor ungefähr achtzehn Monaten.«

»Hätte eine solche Transplantation die Chancen, eine akute Leukämie zu überleben, verbessert?«

»Zweifellos.«

»Um wieviel?«

»Achtzig bis neunzig Prozent.«

»Und die Chancen eines Überlebens ohne Transplantation?«

»Null.«

»Ich entlasse den Zeugen.«

Es ist nach zwölf und Zeit für die Mittagspause. Kipler vertagt bis halb zwei. Deck erbietet sich, Sandwiches zu holen, und Kord und ich bereiten uns auf die nächste Runde vor. Er freut sich regelrecht auf den Kampf mit Drummond.

Ich werde nie erfahren, wie viele medizinische Berater Drummond bei der Vorbereitung dieses Prozesses engagiert hat. Er ist nicht verpflichtet, das anzugeben. Er hat nur einen Experten als potentiellen Zeugen benannt. Dr. Kord hat mir wiederholt versichert, daß Knochenmarkstransplantationen jetzt als beste Behandlungsmethode so allgemein anerkannt sind, daß nur ein Quacksalber etwas anderes behaupten würde. Er hat mir Dutzende von Artikeln und Aufsätzen und sogar Bücher gegeben, die unsere Position stützen, daß dies einfach die beste Methode zur Behandlung von akuter Leukämie ist.

Offensichtlich hat Drummond so ziemlich dasselbe festgestellt. Er ist kein Arzt und befindet sich in einer schwachen Position, also legt er sich nicht allzu stark mit Dr. Kord an. Das Scharmützel ist kurz. Sein Hauptargument ist, daß nur sehr wenige Patienten mit akuter Leukämie Knochenmarkstransplantationen erhalten, im Vergleich zu denen, die keine bekommen. Weniger als fünf Prozent, sagt Kord, aber nur deshalb, weil es schwierig ist, einen Spender zu finden. In den Vereinigten Staaten werden jährlich ungefähr siebentausend Transplantationen vorgenommen.

Diejenigen, die das Glück haben, einen Spender zu finden, haben eine wesentlich größere Überlebenschance. Donny Ray hatte dieses Glück. Er hatte einen Spender.

Kord wirkt fast enttäuscht, als Drummond nach ein paar kurzen Fragen aufgibt. Ich habe keine Gegenfragen, und Kord wird entlassen.

Der nächste Moment ist sehr spannend, weil ich verkünden muß, welchen der Firmenbosse ich als Zeugen aufrufe. Drummond hat mich heute morgen gefragt, und ich habe gesagt, ich hätte mich noch nicht entschieden. Er hat sich bei Kipler beschwert, der sagte, das brauchte ich nicht anzugeben, bevor ich bereit wäre. Sie sind in einem Zeugenraum ein Stück den Gang hinunter isoliert, wartend und vor sich hin schmorend.

»Mr. Everett Lufkin«, verkünde ich. Als der Gerichtsdiener verschwindet, um ihn zu holen, bricht am Tisch der Verteidigung hektische Aktivität aus, aber das meiste davon ist, soweit ich es beurteilen kann, völlig sinnlos. Es werden nur Papiere verschoben, Zettel mit Notizen herumgereicht, Aktenstücke ausfindig gemacht.

Lufkin betritt den Gerichtssaal, sieht sich unsicher um, als wäre er gerade aus dem Winterschlaf geweckt worden, richtet seine Krawatte und folgt dem Gerichtsdiener den Gang hinunter. Er wirft einen nervösen Blick auf die Gruppe seiner Anhänger zur Linken, dann begibt er sich zum Zeugenstand.

Drummond ist dafür bekannt, daß er seine Zeugen trainiert, indem er sie einem brutalen Kreuzverhör unterwirft, wobei er manchmal vier oder fünf seiner Anwälte dazu benutzt, den Zeugen mit Fragen zu bombardieren, was dann alles auf Video festgehalten wird. Danach sitzt er stundenlang mit seinem Zeugen zusammen; sie sehen sich das Video an und arbeiten an der Taktik, um sich auf diesen Moment vorzubereiten.

Ich weiß, daß diese Bosse makellos vorbereitet sein werden.

Lufkin sieht mich an und dann die Geschworenen und versucht, gelassen zu wirken, aber er weiß, daß er nicht alle Fragen beantworten kann, die kommen werden. Er ist ungefähr fünfundfünfzig, mit grauem Haar, das nicht weit über seinen Augenbrauen beginnt; angenehmes Gesicht, ruhige Stimme.

Man würde ihm die örtliche Pfadfindertruppe anvertrauen. Jackie Lemancyzk hat mir erzählt, daß er sie fesseln wollte.

Sie haben keine Ahnung, daß sie morgen aussagen wird.

Wir reden über die Schadensabteilung und ihre Rolle im Gesamtsystem von Great Benefit. Er arbeitet dort seit acht Jahren, sechs davon als Vizepräsident der Schadensabteilung, und hat die Abteilung fest unter Kontrolle, ganz der tüchtige Manager. Er möchte bei den Geschworenen den Eindruck einer wichtigen Persönlichkeit erwecken, und binnen Minuten haben wir festgestellt, daß es sein Job ist, jeden Aspekt der Schadensabteilung zu überwachen. Er kümmert sich nicht um jeden einzelnen Anspruch, ist aber für das Funktionieren der Abteilung verantwortlich. Es gelingt mir, ihn mit einer langweiligen Erörterung von nichts als Firmenbürokratie einzulullen, dann frage ich plötzlich: »Wer ist Jackie Lemancyzk?«

Seine Schultern zucken ein bißchen. »Eine ehemalige Sachbearbeiterin.«

»Hat sie in Ihrer Abteilung gearbeitet?«

»Ja.«

»Wann hat sie aufgehört, für Great Benefit zu arbeiten?«

Er zuckt die Achseln, kann sich nicht an das Datum erinnern.

»Wie wäre es mit dem 3. Oktober vergangenen Jahres?«

»Könnte hinkommen.«

»Und war das nicht zwei Tage vor ihrer geplanten Vernehmung in diesem Fall?«

»Das weiß ich wirklich nicht mehr.«

Ich frische sein Gedächtnis auf, indem ich ihm zwei Dokumente zeige. Das erste ist ihr Kündigungsschreiben, datiert auf den 3. Oktober, das zweite ist meine Ankündigung, sie am 5. Oktober zu vernehmen. Jetzt erinnert er sich. Er gibt widerstrebend zu, daß sie Great Benefit zwei Tage vor ihrer geplanten Vernehmung in diesem Fall verlassen hat.

»Und sie war die Person, die für die Bearbeitung dieses Falles für Ihre Gesellschaft zuständig war?«

»Das ist richtig.«

»Und Sie haben sie entlassen?«

»Natürlich nicht.«

»Wie sind Sie sie losgeworden?«
»Sie hat gekündigt. Es steht hier in ihrem Brief.«
»Weshalb hat sie gekündigt?«
Er greift nach dem Brief, als könnte ihn nichts auf der Welt erschüttern, und liest ihn für die Geschworenen vor: »Ich kündige hiermit aus persönlichen Gründen.«
»Es war also ihre Idee, den Job aufzugeben?«
»So steht es hier.«
»Wie lange hat sie unter Ihnen gearbeitet?«
»Unter mir arbeiten eine Menge Leute. An solche Details kann ich mich nicht erinnern.«
»Sie wissen es also nicht?«
»Nicht genau. Mehrere Jahre.«
»Haben Sie sie gut gekannt?«
»Im Grunde nicht. Sie war nur eine Sachbearbeiterin, eine von vielen.«
Morgen wird sie aussagen, daß ihre schmutzige kleine Affäre drei Jahre gedauert hat.
»Und Sie sind verheiratet, Mr. Lufkin?«
»Ja, glücklich.«
»Haben Sie Kinder?«
»Ja. Zwei erwachsene Kinder.«
Ich lasse ihn eine Minute hängen, während ich zu meinem Tisch gehe und einen Stapel Dokumente hole. Es ist die Schadensakte der Blacks, und ich reiche sie Lufkin. Er läßt sich Zeit, sieht sie durch, sagt dann, sie scheine vollständig zu sein. Ich sorge dafür, daß er versichert, daß dies die vollständige Akte ist und nichts fehlt.

Zur Information der Geschworenen stelle ich ihm eine Reihe von trockenen Fragen, die alle den Sinn haben, eine grundlegende Erklärung dafür zu liefern, wie Schadensansprüche angeblich gehandhabt werden. Natürlich verhält sich Great Benefit in allen Dingen ganz, wie es sich gehört.

Dann kommen wir zum schmutzigen Teil. Ich lasse ihn, ins Mikrofon und zu Protokoll, jeden der ersten sieben Abweisungsbriefe vorlesen. Ich fordere ihn auf, jeden einzelnen Brief zu erklären. Wer hat ihn geschrieben? Warum wurde er geschrieben? Entsprach er den im Schadenshandbuch enthaltenen Richtlinien? Welchem Abschnitt des Schadenshandbuchs? Hat er den Brief selbst gesehen?

Dann muß er den Geschworenen sämtliche Briefe von Dot vorlesen. Sie flehen um Hilfe. Ihr Sohn stirbt. Gibt es da oben jemanden, der ihr zuhört? Und ich befrage ihn zu jedem Brief: Wer hat ihn bekommen? Was ist damit geschehen? Was verlangt das Handbuch? Hat er ihn selbst gesehen?

Die Geschworenen scheinen darauf zu warten, daß wir zu dem Blöde-Brief kommen, aber Lufkin ist präpariert worden. Er liest ihn der Jury vor, dann erklärt er, ziemlich trocken und monoton und ohne den geringsten Anflug von Mitgefühl, daß dieser Brief von einem Mann geschrieben wurde, der später ausgeschieden ist. Der Mann hat einen Fehler begangen, die Gesellschaft hat einen Fehler begangen, und jetzt, in diesem Moment, vor dem Gericht, entschuldigt sich die Gesellschaft für diesen Brief.

Ich lasse ihn weiterreden. Gib ihm genügend Seil, dann hängt er sich selbst.

»Finden Sie nicht, daß diese Entschuldigung ein bißchen spät kommt?« frage ich schließlich und mache damit seinem Gerede ein Ende.

»Vielleicht.«

»Der junge Mann ist tot, nicht wahr?«

»Ja.«

»Und, fürs Protokoll, Mr. Lufkin, es gibt keine schriftliche Entschuldigung für diesen Brief, richtig?«

»Meines Wissens nicht.«

»Keinerlei Entschuldigung bis jetzt, richtig?«

»Das stimmt.«

»Hat sich, nach Ihrem begrenzten Wissen, Great Benefit jemals für irgend etwas entschuldigt?«

»Einspruch«, sagt Drummond.

»Stattgegeben. Machen Sie weiter, Mr. Baylor.«

Lufkin befindet sich seit fast zwei Stunden im Zeugenstand. Vielleicht sind die Geschworenen seiner überdrüssig. Ich bin es jedenfalls. Es ist an der Zeit, grausam zu sein.

Ich bin absichtlich ausführlich auf das Schadenshandbuch eingegangen und habe es so dargestellt, als wäre es die unumstößliche Festlegung der Firmenstrategie. Ich gebe Lufkin mein Exemplar, das ich im Rahmen der Beweisaufnahme erhalten habe. Ich stelle ihm eine Reihe von Fragen, die er alle perfekt beantwortet, und er bestätigt, daß dies, jawohl, die heilige Schrift über Schadensregulierungen ist. Es ist getestet und erprobt worden, von Zeit zu Zeit überarbeitet, abgewandelt, auf den neuesten Stand gebracht und den veränderten Zeiten angepaßt, das alles in dem Bestreben, den Kunden den bestmöglichen Service zu bieten.

Nachdem er sich weitschweifig über das verdammte Handbuch ausgelassen hat, frage ich: »Also, Mr. Lufkin, ist dies das vollständige Handbuch?«

Er blättert es rasch durch, als kenne er jeden Abschnitt, jedes Wort. »Ja.«

»Sind Sie sicher?«

»Ja.«

»Und Sie wurden im Laufe der Beweisaufnahme aufgefordert, mir dieses Exemplar auszuhändigen?«

»Das stimmt.«

»Ich habe ein Exemplar von Ihren Anwälten verlangt, und daraufhin haben sie mir dieses hier gegeben?«

»Ja.«

»Haben Sie dieses spezielle Exemplar des Handbuchs persönlich für mich ausgewählt?«

»Ja, das habe ich getan.«

Ich hole tief Luft und gehe die paar Schritte zu meinem Tisch. Unter ihm steht ein kleiner Karton voller Akten und Papiere. Ich suche eine Sekunde darin herum, dann richte ich mich, mit leeren Händen, plötzlich gerade auf und sage zu dem Zeugen: »Würden Sie bitte das Handbuch nehmen und Abschnitt U aufschlagen?« Bei den letzten Worten schaue ich direkt Jack Underhall an, den hinter Drummond sitzenden Firmenanwalt. Seine Augen schließen sich. Sein Kopf sinkt nach vorn, dann stützt er sich auf die Ellenbogen und starrt auf den Boden. Neben ihm scheint Kermit Aldy nach Atem zu ringen.

Drummond hat keine Ahnung.

»Wie bitte?« sagt Lufkin mit einer um eine Oktave höheren

Stimme. Während jedermann mich beobachtet, hole ich Cooper Jacksons Exemplar des Schadenshandbuches hervor und lege es auf meinen Tisch. Jeder im Saal starrt darauf. Ich werfe einen Blick auf Kipler, und es macht ihm einen Heidenspaß.

»Abschnitt U, Mr. Lufkin. Bitte schlagen Sie Ihr Handbuch auf, und finden Sie ihn. Ich möchte mit Ihnen darüber sprechen.«

Er nimmt tatsächlich das Handbuch und blättert es abermals durch. Ich bin ziemlich sicher, daß er in diesem Moment seine Kinder verkaufen würde, wenn dadurch ein Wunder geschehen und ein hübscher, ordentlicher Abschnitt U auftauchen würde.

Es geschieht kein Wunder.

»Ich habe keinen Abschnitt U«, sagt er, betrübt und fast stammelnd.

»Wie bitte?« sage ich laut. »Ich habe Sie nicht verstanden.«

»Äh, ja also, dieses Exemplar enthält keinen Abschnitt U.« Er ist völlig außer sich, nicht weil der Abschnitt fehlt, sondern weil er erwischt worden ist. Er wirft hektische Blicke auf Drummond und Underhall, als ob sie etwas tun sollten, zum Beispiel Pause! rufen.

Leo F. Drummond hat keine Ahnung, was sein Mandant ihm da angetan hat. Sie haben das Handbuch manipuliert und es ihrem Anwalt nicht gesagt. Er flüstert mit Morehouse. Was zum Teufel geht da vor?

Ich mache eine große Schau daraus, wie ich mit dem anderen Handbuch auf den Zeugen zugehe. Es sieht genauso aus wie das, das er in der Hand hält. Auf der Titelseite steht dasselbe Datum für die revidierte Ausgabe: 1. Januar 1991. Sie sind identisch, abgesehen davon, daß eines einen letzten Abschnitt U enthält und das andere nicht.

»Wissen Sie, was das ist, Mr. Lufkin?« frage ich, gebe ihm Jacksons Exemplar und nehme meines wieder an mich.

»Ja.«

»Nun, was ist es?«

»Ein Exemplar des Schadenshandbuches.«

»Und enthält dieses Exemplar einen Abschnitt U?«

Er blättert darin, dann nickt er.

»Was war das, Mr. Lufkin? Bewegungen Ihres Kopfes kann die Protokollantin nicht aufzeichnen.«

»Es enthält einen Abschnitt U.«

»Danke. Nun, haben Sie persönlich den Abschnitt U aus meinem Exemplar entfernt, oder haben Sie jemand anderen angewiesen, es zu tun?«

Er legt das Handbuch sanft auf die Brüstung, die den Zeugenstand umgibt, und verschränkt dann ganz bewußt die Arme vor der Brust. Er starrt auf den Boden zwischen uns und wartet. Ich habe das Gefühl, daß er davondriftet. Sekunden vergehen, und alle warten auf eine Reaktion.

»Beantworten Sie die Frage«, bellt Kipler von oben herunter.

»Ich weiß nicht, wer es getan hat.«

»Aber es ist getan worden, nicht wahr?« frage ich.

»Offensichtlich.«

»Sie geben also zu, daß Great Benefit Dokumente unterschlagen hat.«

»Ich gebe gar nichts zu. Ich bin sicher, daß es ein Versehen war.«

»Ein Versehen? Machen Sie bitte keine Witze, Mr. Lufkin. Stimmt es nicht, daß irgend jemand bei Great Benefit absichtlich den Abschnitt U aus meinem Exemplar des Handbuchs herausgenommen hat?«

»Ich weiß es nicht. Ich – äh – wahrscheinlich ist es eben irgendwie passiert.«

Ich kehre auf der Suche nach nichts Speziellem zu meinem Tisch zurück. Ich will ihn ein paar Sekunden hängen lassen, damit die Geschworenen ihn hinreichend hassen können. Er starrt weiterhin auf den Boden, geprügelt und geschlagen, und wünscht, er wäre irgendwo, nur nicht hier.

Ich gehe gelassen zum Tisch der Verteidigung und gebe Drummond eine Kopie des Abschnitts U, zusammen mit einem breiten, gemeinen Lächeln. Auch Morehouse gebe ich eine. Dann händige ich Kipler eine Kopie aus. Ich lasse mir Zeit, so daß die Geschworenen alles sehen können und nun gespannt warten.

»Also, Mr. Lufkin, lassen Sie uns über den mysteriösen Abschnitt U reden. Erklären wir ihn den Geschworenen. Würden Sie ihn sich bitte ansehen?«

Er nimmt das Handbuch, blättert darin.

»Er ist am 1. Januar 1991 in Kraft getreten, richtig?«

»Ja.«

»Haben Sie ihn verfaßt?«

»Nein.« Natürlich nicht.

»Okay, wer dann?«

Eine weitere verdächtige Pause, während er sich eine passende Lüge ausdenkt.

»Ich weiß es nicht«, sagt er.

»Sie wissen es nicht? Haben Sie nicht gerade erst ausgesagt, daß dies eindeutig zu Ihrem Tätigkeitsbereich bei Great Benefit gehört?«

Er starrt wieder auf den Boden, hofft, daß ich einfach verschwinde.

»Na schön«, sage ich. »Überspringen wir Paragraph eins und zwei. Lesen Sie Paragraph drei vor.«

Paragraph drei weist den Sachbearbeiter an, *jeden Anspruch* innerhalb von drei Tagen nach Eingang abzuweisen. Keine Ausnahmen. Jeden Anspruch. Paragraph vier gestattet die anschließende Überprüfung einiger Ansprüche und beschreibt die Papierarbeit, die erforderlich ist, um herauszufinden, ob ein Anspruch nicht doch vollauf gerechtfertigt ist und deshalb zu erfüllen wäre. Paragraph fünf weist den Sachbearbeiter an, alle Ansprüche mit einem potentiellen Wert von mehr als fünftausend Dollar an die Haftungsabteilung weiterzuleiten, mit einem Abweisungsbrief an den Versicherten, vorbehaltlich der Überprüfung durch die Haftungsabteilung natürlich.

Und so geht es weiter. Ich lasse Lufkin aus seinem Handbuch vorlesen, dann bombardiere ich ihn mit Fragen, die er nicht beantworten kann. Ich benutze mehrfach das Wort »Machenschaften«, vor allem nachdem Drummond Einspruch erhoben und Kipler ihn abgewiesen hat. Paragraph elf liefert ein regelrechtes Glossar von geheimen Codes, die die Sachbearbeiter in der Akte verwenden sollen, um eine heftige Reaktion des Versicherten anzudeuten. Es ist ganz offensichtlich, daß das System auf Chancen setzt. Wenn ein Versicherter mit Anwälten und Klage droht, wird die Akte sofort von einem leitenden Mitarbeiter überprüft. Wenn der Versicherte keinerlei Widerstand leistet, bleibt es bei der Abweisung.

Paragraph achtzehn b weist den Sachbearbeiter an, einen Scheck über den beanspruchten Betrag auszustellen und dann den Scheck und die Akte an die Haftungsabteilung zu schicken mit der Maßgabe, den Scheck nicht abzusenden, bevor sie eine entsprechende Nachricht von der Schadensabteilung erhalten hat. Diese Nachricht kommt natürlich nie. »Und was passiert mit dem Scheck?« frage ich Lufkin. Er weiß es nicht.

Die andere Hälfte des Systems findet sich in Abschnitt U des Haftungshandbuches, und zu diesem Thema werde ich mich morgen mit einem anderen Vizepräsidenten beschäftigen.

Es ist im Grunde nicht notwendig. Wenn wir jetzt aufhörten, würden die Geschworenen mir geben, was immer ich haben will, und dabei haben sie noch nicht einmal Donny Ray gesehen.

Um halb fünf unterbrechen wir für eine kurze Pause. Ich hatte Lufkin zweieinhalb Stunden im Zeugenstand, und es wird Zeit, ihm den Rest zu geben. Als ich auf dem Weg zur Toilette auf den Flur trete, sehe ich, wie Drummond wütend auf ein Zimmer deutet, in das Lufkin und Underhall eintreten sollen. Ich würde das Schlachtfest gern miterleben.

Zwanzig Minuten später sitzt Lufkin wieder im Zeugenstand. Für heute bin ich mit den Handbüchern fertig. Die Geschworenen können das Kleingedruckte lesen, wenn sie sich beraten.

»Nur noch ein paar kurze Fragen«, sage ich, lächelnd und erfrischt. »Wie viele Krankenversicherungspolicen hat Great Benefit 1991 ausgestellt?«

Wieder wirft Lufkin einen hilflosen Blick auf seine Anwälte. Diese Information hätte ich schon vor drei Wochen erhalten sollen.

»Ich weiß es nicht«, sagt er.

»Und wie viele Ansprüche wurden 1991 geltend gemacht?«
»Ich weiß es nicht.«

»Sie sind der Vizepräsident der Schadensabteilung, und Sie wissen es nicht?«

»Es ist eine große Gesellschaft.«
»Wie viele Ansprüche wurden 1991 abgewiesen?«
»Ich weiß es nicht.«
An diesem Punkt, genau auf das Stichwort hin, sagt Richter Kipler: »Der Zeuge wird für heute entlassen. Wir unterbrechen jetzt für ein paar Minuten. Die Geschworenen können nach Hause gehen.«

Er verabschiedet sich von den Geschworenen, dankt ihnen abermals und erteilt ihnen ihre Anweisungen. Einige von ihnen lächeln mir zu, als sie an unserem Tisch vorbeikommen. Wir warten, bis sie gegangen sind, und nachdem der letzte Geschworene durch die Doppeltür verschwunden ist, sagt Kipler: »Zurück zum Protokoll. Mr. Drummond, sowohl Sie als auch Ihre Mandanten haben sich der Mißachtung des Gerichts schuldig gemacht. Ich habe verfügt, daß diese Informationen dem Anwalt der Anklage bereits vor mehreren Wochen zugeleitet werden sollten. Das ist nicht geschehen. Sie sind überaus relevant und sachdienlich, und Sie haben sich geweigert, sie zu liefern. Sind Sie und Ihre Mandanten darauf vorbereitet, in Haft genommen zu werden, bis wir die betreffenden Informationen erhalten haben?«

Leo ist auf den Beinen, sehr erschöpft, er altert zusehends. »Euer Ehren, ich habe versucht, diese Informationen zu bekommen. Ich habe alles getan, was in meinen Kräften stand.« Armer Leo. Er versucht immer noch, Abschnitt U zu begreifen. Und in diesem Moment ist er völlig glaubwürdig. Sein Mandant hat gerade vor aller Welt deutlich gemacht, daß er Dokumente vor ihm geheimhält.

»Ist Mr. Keeley in der Nähe?« fragt Seine Ehren.

»Im Zeugenraum«, sagt Drummond.

»Holen Sie ihn her.« Sekunden später führt der Gerichtsdiener den Generaldirektor in den Gerichtssaal.

Dot hat genug. Sie muß auf die Toilette und eine Zigarette rauchen.

Kipler deutet auf den Zeugenstand. Er vereidigt Keeley selbst, dann fragt er ihn, ob es irgendwelche guten Gründe dafür gäbe, daß seine Gesellschaft sich geweigert hat, mir die angeforderte Information zur Verfügung zu stellen.

Er stottert, stammelt, versucht, die Schuld auf die Regionalbüros und die Zweigstellen zu schieben.

»Wissen Sie, was Mißachtung des Gerichts bedeutet?« fragt Kipler.

»Vielleicht, nun ja, nicht genau.«

»Es ist ganz simpel. Ihre Gesellschaft hat sich der Mißachtung des Gerichts schuldig gemacht, Mr. Keeley. Ich kann Ihre Gesellschaft entweder zu einer Geldstrafe verurteilen oder Sie, den Generaldirektor, ins Gefängnis stecken. Was ziehen Sie vor?«

Ich bin sicher, daß ein paar seiner Freunde schon einige Zeit in Bundesgefängnissen abgesessen haben, aber Keeley weiß, daß es hier um ein Gefängnis in der Innenstadt mit massenhaft Straßentypen geht. »Ich möchte wirklich nicht ins Gefängnis, Euer Ehren.«

»Das habe ich mir gedacht. Ich verurteile Great Benefit hiermit zu einer Geldstrafe von zehntausend Dollar, fällig und zahlbar an den Anwalt der Anklage bis morgen nachmittag fünf Uhr. Rufen Sie Ihre Zentrale an und weisen Sie sie an, einen Scheck per FedEx zu schicken, okay?«

Keeley kann nichts anderes tun als nicken.

»Außerdem, wenn diese Informationen nicht bis morgen früh um neun Uhr hierher gefaxt worden sind, werden Sie ins Stadtgefängnis von Memphis gebracht, wo Sie bleiben werden, bis das geschehen ist. Und während Sie dort sind, wird Ihre Gesellschaft pro Tag fünftausend Dollar Strafe zahlen.«

Kipler dreht sich um und zeigt mit dem Finger auf Drummond. »Ich habe Sie wegen dieser Dokumente wiederholt verwarnt, Mr. Drummond. Dieses Verhalten ist absolut unannehmbar.«

Er läßt wütend seinen Hammer niederfahren und verläßt den Saal.

44

Unter normalen Umständen wäre ich mir mit einer blau-grauen Mütze mit einem Tiger darauf, sonst im formellen Anzug im Terminal A des Flughafens von Memphis an einer Wand lehnend, ausgesprochen komisch vorgekommen. Aber dieser Tag war alles andere als normal. Es ist spät, und ich bin todmüde, aber das Adrenalin pulsiert. Einen besseren ersten Prozeßtag hätte es nicht geben können.

Die Maschine aus Chicago landet pünktlich, und ich werde rasch an meiner Mütze erkannt. Eine Frau mit einer großen, dunklen Sonnenbrille kommt auf mich zu, mustert mich von oben bis unten und sagt schließlich: »Mr. Baylor?«

»Der bin ich.« Ich begrüße Jackie Lemancyzk und ihren Begleiter, einen Mann, der sich nur als Carl vorstellt. Er trägt eine Reisetasche, und wir können gleich losgehen. Beide sind nervös.

Wir unterhalten uns auf dem Weg zum Hotel, einem Holiday Inn in der Innenstadt, sechs Blocks vom Gericht entfernt. Sie sitzt vorn neben mir. Carl lauert auf dem Rücksitz, sagt nichts, bewacht sie aber wie ein Rottweiler. Ich berichte über den größten Teil der Aufregungen des ersten Tages. Nein, sie wissen nicht, daß sie kommt. Ihre Hände zittern. Sie ist dünn und zerbrechlich und fürchtet sich vor ihrem eigenen Schatten. Von Rache abgesehen, kann ich mir keinen Grund für ihr Herkommen vorstellen.

Das Hotelzimmer ist auf meinen Namen reserviert, auf ihre Bitte hin. Wir lassen uns an einem kleinen Tisch in ihrem Zimmer im fünfzehnten Stock nieder und gehen die Vernehmung durch. Die Fragen sind in ihrer Reihenfolge getippt.

Wenn diese Frau schön ist, dann hat sie das gut versteckt. Ihr Haar ist kurz geschnitten und in einem dunkelroten Ton schlecht gefärbt. Ihr Anwalt hat gesagt, sie wäre in psychiatrischer Behandlung und ich sollte ihr darüber keine Fragen stellen. Ihre Augen sind blutunterlaufen und traurig, ohne eine

Spur von Make-up. Sie ist einunddreißig, zwei kleine Kinder, einmal geschieden; nach ihrer äußeren Erscheinung und ihrem Verhalten kann man sich nur schwer vorstellen, daß ihre Karriere bei Great Benefit darin bestand, von einem Bett ins andere zu steigen.

Carl gibt sich als ihr Beschützer. Er tätschelt ihren Arm, sagt gelegentlich seine Meinung zu einer speziellen Antwort. Sie möchte am Morgen so früh wie möglich aussagen und dann gleich zurück zum Flughafen und aus der Stadt verschwinden.

Ich verlasse sie gegen Mitternacht.

Um neun Uhr am Dienstag morgen ruft Richter Kipler uns zur Ordnung, weist aber den Gerichtsdiener an, die Geschworenen noch ein paar Minuten in ihrem Zimmer zu lassen. Er fragt Drummond, ob die Information von der Schadensabteilung eingegangen ist. Bei einer Strafe von fünftausend Dollar pro Tag hoffe ich beinahe, daß dies nicht der Fall ist.

»Sie ist vor ungefähr einer Stunde gekommen, Euer Ehren«, sagt er, gibt mir einen gut zwei Zentimeter dicken Stapel Papier und lächelt sogar ein wenig, als er Kipler sein Exemplar aushändigt.

»Mr. Baylor, Sie werden ein bißchen Zeit brauchen«, sagt Seine Ehren.

»Geben Sie mir eine halbe Stunde«, sage ich.

»Gut. Wir holen die Geschworenen um neun Uhr dreißig.«

Deck und ich eilen in ein kleines Anwaltsberatungszimmer und wühlen uns durch die Information. Wie kaum anders zu erwarten, ist sie völlig unverständlich und unmöglich zu entschlüsseln. Das wird ihnen noch leid tun.

Um halb zehn werden die Geschworenen in den Saal gebracht und von Richter Kipler freundlich begrüßt. Sie vermelden, in guter Verfassung zu sein, keine Erkrankungen, am vergangenen Abend von niemandem auf den Fall hin angesprochen worden.

»Ihr Zeuge, Mr. Baylor«, sagt Kipler.

»Wir möchten mit Everett Lufkin fortfahren«, sage ich.

Lufkin wird geholt und betritt den Zeugenstand. Nach dem

Abschnitt-U-Fiasko gestern wird niemand ein Wort von dem glauben, was er sagt. Ich bin sicher, daß Drummond ihm bis Mitternacht die Hölle heiß gemacht hat. Er sieht ziemlich mitgenommen aus. Ich reiche ihm die offizielle Kopie der Information über die Schadensabteilung und frage ihn, ob er sie identifizieren kann.

»Es ist ein Ausdruck einer Computerzusammenfassung verschiedener Zahlen der Schadensabteilung.«

»Erstellt von den Computern von Great Benefit.«

»Das ist richtig.«

»Wann?«

»Gestern am Spätnachmittag und Abend.«

»Unter Ihrer Direktive als Vizepräsident der Schadensabteilung?«

»So könnte man es ausdrücken.«

»Gut. Und nun, Mr. Lufkin, sagen Sie den Geschworenen bitte, wie viele Krankenversicherungspolicen 1991 existierten.«

Er zögert, dann beginnt er, mit dem Ausdruck herumzuspielen. Wir warten, während er darin herumsucht. Das einzige Geräusch während einer langen, peinlichen Pause ist das Rascheln von Papier auf Lufkins Schoß.

Das »Abkippen« von Dokumenten ist eine Lieblingstaktik von Versicherungsgesellschaften und ihren Anwälten. Sie lieben es, bis zur letzten Minute zu warten, wenn es geht, bis einen Tag vor Prozeßbeginn, und dann vier große Kartons voller Papierkram an der Haustür des Vertreters der Anklage abzuladen. Das ist mir dank Tyrone Kipler erspart geblieben.

Dies ist nur ein Vorgeschmack davon. Vermutlich haben sie geglaubt, sie könnten heute morgen hier hereinspazieren kommen, mir siebzig Seiten Computerausdruck überreichen, von denen das meiste offensichtlich bedeutungslos ist, und damit hätte es sich dann.

»Das ist wirklich schwer zu sagen«, erklärt er, kaum hörbar. »Wenn ich etwas mehr Zeit hätte...«

»Sie haben zwei Monate Zeit gehabt«, sagt Kipler laut, und sein Mikrofon funktioniert prächtig. Ton und Lautstärke seiner Stimme sind bedrohlich. »Und nun beantworten Sie die Frage.« Am Tisch der Verteidigung winden sie sich bereits.

Weitere Seiten werden umgeblättert. »Wenn ich mich recht entsinne, hatten wir so an die siebenundneunzigtausend Policen.«

»Sie können sich nicht Ihre Zahlen hier ansehen und uns genau sagen?«

Es ist offensichtlich, daß er das nicht kann. Er tut so, als wäre er so in das Material versunken, daß er meine Frage nicht beantworten kann.

»Und Sie sind der Vizepräsident der Schadensabteilung?« sage ich höhnisch.

»Der bin ich«, erwidert er.

»Lassen Sie mich folgendes fragen, Mr. Lufkin. Ist Ihres Wissens die Information, die ich haben will, in diesem Ausdruck enthalten?«

»Ja.«

»Also geht es nur darum, sie zu finden.«

»Wenn Sie eine Sekunde den Mund halten, dann finde ich sie.« Er faucht mich an wie ein waidwundes Tier, und das kommt sehr schlecht an.

»Ich brauche nicht den Mund zu halten, Mr. Lufkin.«

Drummond steht auf, fleht mit den Händen. »Euer Ehren, in aller Fairneß, der Zeuge versucht, die Information zu finden.«

»Mr. Drummond, der Zeuge hat zwei Monate Zeit gehabt, sich diese Information zu beschaffen. Er ist Vizepräsident der Schadensabteilung, und als solcher kann er doch bestimmt Zahlen lesen. Abgelehnt.«

»Vergessen Sie den Ausdruck eine Minute, Mr. Lufkin«, sage ich. »Wie sieht in einem durchschnittlichen Jahr das Verhältnis zwischen Policen und Ansprüchen aus? Nennen Sie uns einfach eine Prozentzahl.«

»Im Durchschnitt werden bei acht bis zehn Prozent unserer Policen Ansprüche geltend gemacht.«

»Und wieviel Prozent der Ansprüche werden endgültig abgewiesen?«

»Ungefähr zehn Prozent aller Ansprüche werden abgewiesen«, sagt er. Obwohl er plötzlich über die Antworten verfügt, gefällt es ihm doch ganz und gar nicht, sie liefern zu müssen.

»Auf welchen Betrag beläuft sich ein durchschnittlicher Anspruch, ob gewährt oder abgewiesen?«

Es tritt eine lange Pause ein, während er darüber nachdenkt. Ich glaube, er hat aufgegeben. Er will es einfach hinter sich bringen und so schnell wie möglich den Zeugenstand und Memphis verlassen können.

»Im Durchschnitt ungefähr fünftausend Dollar pro Anspruch.«

»Manche Ansprüche belaufen sich nur auf ein paar hundert Dollar, richtig?«

»Ja.«

»Und andere auf Zehntausende, richtig?«

»Ja.«

»Also ist es schwer zu sagen, wo der Durchschnitt liegt, richtig?«

»Ja.«

»Also, diese Durchschnitte und Prozentzahlen, die Sie mir eben genannt haben, sind die halbwegs typisch für die gesamte Branche, oder gelten sie nur für Great Benefit?«

»Ich kann nicht für die Branche sprechen.«

»Sie wissen es also nicht?«

»Das habe ich nicht gesagt.«

»Sie wissen es also? Bitte beantworten Sie die Frage.«

Seine Schultern sacken ein wenig herab. Der Mann will nur raus aus diesem Saal. »Ich würde sagen, sie gelten so ziemlich allgemein.«

»Danke.« Ich mache des Effektes wegen eine kurze Pause, konsultiere einen Moment lang meine Notizen, lege einen anderen Gang ein, zwinkere Deck zu, der daraufhin den Gerichtssaal verläßt. »Nur noch ein paar Fragen, Mr. Lufkin. Haben Sie Jackie Lemancyzk nahegelegt, zu kündigen?«

»Das habe ich nicht getan.«

»Wie würden Sie ihre Leistungen beurteilen?«

»Durchschnittlich.«

»Wissen Sie, weshalb sie von ihrer Position als leitende Schadenssachbearbeiterin entfernt wurde?«

»Soweit ich mich erinnere, hatte es etwas mit ihren mangelnden Fähigkeiten im Umgang mit Leuten zu tun.«

»Hat sie bei ihrem Ausscheiden irgendeine Art von Abfindung erhalten?«

»Nein. Sie hat gekündigt.«

»Keinerlei Abfindung?«

»Nein.«

»Danke, Mr. Lufkin. Euer Ehren, ich bin fertig mit diesem Zeugen.«

Drummond hat zwei Möglichkeiten. Er kann Lufkin gleich vernehmen, ohne Suggestivfragen zu stellen, oder ihn sich für später aufsparen. Im Augenblick dürfte es unmöglich sein, diesen Kerl wieder auf die Beine zu stellen, und ich zweifle nicht daran, daß Drummond ihn so schnell wie möglich hier herausschaffen will.

»Euer Ehren, wir heben uns Mr. Lufkin für später auf«, sagt Drummond. Keine Überraschung. Die Geschworenen werden ihn nicht wieder zu Gesicht bekommen.

»In Ordnung. Mr. Baylor, rufen Sie Ihren nächsten Zeugen auf.«

Ich sage es mit voller Lautstärke. »Die Anklage ruft Jackie Lemancyzk auf.«

Ich drehe mich schnell um, um die Reaktion von Underhall und Aldy zu beobachten. Sie sind gerade dabei, miteinander zu flüstern, und sie erstarren, als sie ihren Namen hören. Ihre Augen quellen hervor, ihre Münder öffnen sich in fassungsloser Verblüffung.

Der arme Lufkin hört es auf halbem Wege zur Doppeltür. Er bleibt wie angewurzelt stehen, wirft einen hektischen Blick auf den Tisch der Verteidigung, dann verläßt er noch schnelleren Schrittes den Gerichtssaal.

Drummond ist auf den Beinen, umgeben von seinen Leuten. »Euer Ehren, dürfen wir nach vorn kommen?«

Kipler bedeutet uns, heraufzukommen; er hat sich vom Mikrofon abgewendet. Mein Gegner tut so, als wäre er außer sich. Ich bin sicher, daß er überrascht ist, aber er hat keinen Anlaß, mir unlautere Machenschaften vorzuwerfen. Sein Atem geht stoßweise. »Euer Ehren, das kommt völlig überraschend«, zischt er. Es ist wichtig, daß die Geschworenen weder seine Worte hören noch sehen, wie schockiert er ist.

»Wieso?« frage ich gelassen. »Sie ist in der Vorverhandlung als potentielle Zeugin benannt worden.«

»Wir haben ein Recht darauf, im voraus informiert zu werden. Wann haben Sie sie gefunden?«

»Ich wußte nicht, daß sie verlorengegangen war.«

»Das ist eine faire Frage, Mr. Baylor«, sagt Seine Ehren und wirft mir zum erstenmal in der Geschichte einen mißbilligenden Blick zu. Ich schaue sie beide unschuldig an, als wollte ich sagen: »Hey, ich bin ein Anfänger. Da müssen Sie mir schon einiges nachsehen.«

»Sie ist in der Vorverhandlung benannt worden«, wiederhole ich, und wir wissen alle drei, daß sie aussagen wird. Vielleicht hätte ich das Gericht gestern informieren sollen, daß sie in der Stadt ist, aber das ist schließlich mein erster Prozeß.

Sie folgt Deck in den Gerichtssaal. Underhall und Aldy vermeiden es, sie anzusehen. Die fünf Typen von Trent & Brent verfolgen jeden ihrer Schritte. Sie bietet einen erfreulichen Anblick. An ihrem dünnen Körper hängt ein locker sitzendes blaues Kleid, das knapp über ihren Knien endet. Ihr Gesicht sieht völlig anders aus als gestern abend, viel hübscher. Sie legt ihren Eid ab, nimmt im Zeugenstand Platz, wirft einen haßerfüllten Blick auf die Typen von Great Benefit und ist zur Aussage bereit.

Ich frage mich, ob sie mit Underhall oder Aldy geschlafen hat. Gestern abend hat sie Lufkin und einen weiteren erwähnt, aber ich weiß, daß ich nicht die ganze Geschichte zu hören bekommen habe.

Wir bringen die grundlegenden Fragen schnell hinter uns, dann kommen wir zur Sache.

»Wie lange haben Sie für Great Benefit gearbeitet?«

»Sechs Jahre.«

»Und wann endete Ihre Anstellung?«

»Am 3. Oktober.«

»Wie hat sie geendet?«

»Ich wurde entlassen.«

»Sie haben nicht gekündigt?«

»Nein. Ich wurde entlassen.«

»Wer hat Sie entlassen?«

»Es war eine Verschwörung. Everett Lufkin, Kermit Aldy, Jack Underhall und noch ein paar andere.« Sie deutet mit einem Kopfnicken auf die Schuldigen, und alle Hälse drehen sich zu den Leuten von Great Benefit.

Ich trete vor die Zeugin und gebe ihr eine Kopie ihres Kündigungsschreibens. »Erkennen Sie dies?« frage ich.

»Das ist der Brief, den ich getippt und unterschrieben habe«, sagt sie.

»In dem Brief heißt es, daß Sie aus persönlichen Gründen kündigen.«

»Der Brief ist eine Lüge. Ich wurde entlassen, weil ich mit dem Fall Donny Ray Black zu tun hatte und weil ich am 5. Oktober vernommen werden sollte. Ich wurde entlassen, damit die Firma behaupten konnte, ich arbeitete nicht mehr für sie.«

»Wer hat Sie dazu veranlaßt, diesen Brief zu schreiben?«

»Dieselben Leute. Es war eine Verschwörung.«

»Können Sie uns das erklären?«

Sie schaut zum erstenmal die Geschworenen an, und die sehen sie an. Sie schluckt schwer und beginnt zu reden. »An dem Samstag vor meiner geplanten Vernehmung wurde ich aufgefordert, ins Personalbüro zu kommen. Dort wartete Jack Underhall, der Mann in dem grauen Anzug da drüben. Er ist einer der Firmenanwälte. Er sagte mir, ich müßte sofort verschwinden, und es gäbe zwei Möglichkeiten. Ich könnte es eine Entlassung nennen und ohne irgend etwas gehen. Oder ich könnte diesen Brief schreiben und es eine Kündigung nennen, und die Gesellschaft würde mir zehntausend Dollar in bar geben, damit ich den Mund halte. Und ich mußte mich sofort entscheiden, in seiner Gegenwart.«

Gestern abend war sie imstande, emotionslos darüber zu sprechen, aber vor Gericht liegen die Dinge anders. Sie beißt sich auf die Unterlippe, kämpft eine Minute mit sich, dann kann sie weitersprechen. »Ich bin eine geschiedene Mutter mit zwei Kindern, und ich habe eine Menge Rechnungen zu bezahlen. Ich hatte keine Wahl. Ich war plötzlich arbeitslos. Ich schrieb den Brief, nahm das Geld und unterschrieb eine Abmachung, daß ich nie mit irgend jemanden über meine Schadensakten reden würde.«

»Eingeschlossen die Black-Akte.«
»Besonders die Black-Akte.«
»Wenn Sie das Geld genommen und die Abmachung unterschrieben haben – weshalb sind Sie dann hier?«

»Nachdem ich den Schock einigermaßen überwunden hatte, habe ich mit einem Anwalt gesprochen. Einem sehr guten Anwalt. Er hat mir versichert, daß die Abmachung, die ich unterschrieben habe, gesetzwidrig ist.«

»Haben Sie eine Kopie dieser Abmachung?«

»Nein. Mr. Underhall wollte mir keine geben. Aber Sie können ihn ja fragen. Ich bin sicher, daß er das Original hat.« Ich drehe mich langsam um und starre Jack Underhall an, und alle anderen im Saal tun dasselbe. Plötzlich sind seine Schnürsenkel zum Mittelpunkt seines Lebens geworden, und er fummelt an ihnen herum, scheinbar völlig unbetroffen von ihrer Aussage.

Ich sehe Leo Drummond an, und er macht zum erstenmal einen völlig geschlagenen Eindruck. Natürlich hat sein Mandant ihm nichts von der Bestechung mit Bargeld oder der abgenötigten Unterschrift erzählt.

»Weshalb haben Sie einen Anwalt aufgesucht?«

»Weil ich Rat brauchte. Ich wurde rechtswidrig entlassen. Aber vorher wurde ich diskriminiert, weil ich eine Frau bin, und ich wurde von mehreren der leitenden Mitarbeiter bei Great Benefit sexuell belästigt.«

»War jemand darunter, den wir kennen?«

»Einspruch, Euer Ehren«, sagt Drummond. »Es wäre ja vielleicht ganz lustig, über diese Sache zu reden, aber für den Fall ist sie nicht relevant.«

»Lassen Sie uns sehen, wohin es führt. Fürs erste weise ich den Einspruch zurück. Bitte beantworten Sie die Frage, Ms. Lemancyzk.«

Sie holt tief Luft, dann sagt sie: »Ich hatte drei Jahre lang Sex mit Everett Lufkin. Solange ich bereit war, zu tun, was er wollte, wurde mein Gehalt erhöht, und ich wurde befördert. Als ich es satt hatte und Schluß machte, verlor ich meine Stellung als leitende Schadenssachbearbeiterin, und mein Gehalt wurde um zwanzig Prozent gekürzt. Dann kam Russell Krokit, der damals mein direkter Vorgesetzter war, aber gleichzeitig mit mir entlassen wurde, auf die Idee, daß er gern eine Affäre mit mir hätte. Er drängte sich mir auf, sagte, wenn ich nicht mitspielte, würde ich meinen Job verlieren. Aber wenn ich eine Zeitlang seine Freundin sein wollte, dann würde er dafür sorgen, daß ich wieder befördert würde. Ich hatte nur die Wahl, mitzumachen oder hinauszufliegen.«

»Beide Männer sind verheiratet?«

»Ja, mit Kindern. Es war allgemein bekannt, daß sie den jungen Frauen in der Schadensabteilung nachstellten. Und diese beiden waren nicht die einzigen Bosse, die Beförderung von Sex abhängig machten. Ich könnte Ihnen eine Menge Namen nennen.«

Wieder richten sich alle Blicke auf Underhall und Aldy.

Ich mache eine kurze Pause, um etwas auf meinem Tisch zu überprüfen. Das ist nur ein kleiner Trick, um eine saftige Aussage einen Moment in der Luft hängen zu lassen, bevor ich weitermache.

Ich sehe Jackie an, und sie tupft sich mit einem Papiertaschentuch die Augen ab. Sie sind gerötet. Die Geschworenen sind auf ihrer Seite.

»Lassen Sie uns über die Black-Akte reden«, sage ich. »Sie wurde Ihnen zugeteilt.«

»Das ist richtig. Das Formular, mit dem Mrs. Black erstmals ihren Anspruch geltend machte, wurde mir zugeteilt. Der damaligen Verfahrensweise der Gesellschaft entsprechend, habe ich ihr einen Brief geschrieben und ihren Anspruch abgewiesen.«

»Weshalb?«

»Weshalb? Weil alle Ansprüche erst einmal abgewiesen wurden, zumindest 1991.«

»Alle Ansprüche?«

»Ja. Es war unsere Taktik, sämtliche Ansprüche erst einmal abzuweisen und dann die kleineren zu überprüfen, die legitim zu sein schienen. Einige davon wurden schließlich ausgezahlt, aber die größeren Ansprüche wurden nicht reguliert, außer wenn ein Anwalt eingeschaltet wurde.«

»Wann wurde diese Taktik eingeführt?«

»Am 1. Januar 1991. Es war ein Experiment, eine Art Programm.« Ich nicke ihr zu. Machen Sie weiter. »Die Firma beschloß, für einen Zeitraum von zwölf Monaten jeden Anspruch über eintausend Dollar abzuweisen. Es spielte keine Rolle, wie legitim ein Anspruch war, er wurde einfach abgewiesen. Auch viele der kleineren Ansprüche wurden letzten Endes abgewiesen, wenn wir einen halbwegs stichhaltigen Grund finden konnten. Von den größeren Ansprüchen wurden nur sehr wenige beglichen, und das auch nur, nachdem der Versicherte sich einen Anwalt genommen und angefangen hatte, uns zu drohen.«

»Wie lange wurde auf diese Art verfahren?«

»Zwölf Monate. Es war ein auf ein Jahr begrenztes Experiment. So etwas war in der Branche noch nie zuvor gemacht worden, und das Management hielt es für eine großartige Idee. Ein Jahr lang alles abweisen, das gesparte Geld zusammenzählen, den für schnelle Vergleiche gezahlten Betrag abziehen, und was übrigbleibt, ist ein Topf voller Gold.«

»Wieviel Gold?«

»Das Verfahren brachte einen zusätzlichen Nettogewinn von rund vierzig Millionen ein.«

»Woher wissen Sie das?«

»Wenn man mit diesen elenden Kerlen lange genug ins Bett geht, bekommt man alles mögliche zu hören. Sie erzählen einem alles. Sie reden über ihre Frauen und ihre Jobs. Darauf bin ich nicht stolz, okay? Es hat mir nicht eine Sekunde lang Spaß gemacht. Ich war ein Opfer.« Ihre Augen sind wieder rot, und ihre Stimme bebt ein wenig.

Wieder eine lange Pause, während ich meine Notizen konsultiere. »Wie wurde der Anspruch der Blacks behandelt?«

»Anfangs wurde er abgewiesen wie alle anderen auch. Aber es war ein großer Anspruch, und er wurde anders kodiert. Sobald die Worte ›akute Leukämie‹ aufgetaucht waren, wurde alles, was ich tat, von Russell Krokit kontrolliert. Schon sehr früh wurde ihnen klar, daß Knochenmarkstransplantationen in der Police nicht ausgeschlossen waren. Die Akte bekam aus zwei Gründen besonderes Gewicht. Erstens war sie plötzlich einen Haufen Geld wert, Geld, das die Firma offensichtlich nicht zahlen wollte. Und zweitens war der Versicherte todkrank.«

»Die Schadensabteilung hat also gewußt, daß Donny Ray sterben würde?«

»Natürlich. Seine medizinischen Unterlagen waren eindeutig. Ich erinnere mich an einen Bericht seines Arztes, in dem es hieß, die Chemotherapie hätte gut angeschlagen, aber die Leukämie würde zurückkehren, voraussichtlich innerhalb eines Jahres, und sie würde mit dem Tod des Patienten enden, wenn er keine Knochenmarkstransplantation bekäme.«

»Haben Sie diesen Bericht irgend jemandem gezeigt?«

»Ich habe ihn Russell Krokit gezeigt. Er hat ihn seinem Boß, Everett Lufkin, gezeigt. Irgendwo ganz oben wurde die Entscheidung getroffen, den Anspruch auch weiterhin abzuweisen.«

»Aber Sie wußten, daß das Geld hätte gezahlt werden müssen?«

»Alle wußten es, aber die Firma setzte auf ihre Chance.«

»Können Sie das erklären?«

»Die Chance, daß der Versicherte keinen Anwalt einschaltete.«

»Wußten Sie, wie groß diese Chance zu jener Zeit war?«

»Man war allgemein überzeugt, daß von fünfundzwanzig Versicherten nicht mehr als einer mit einem Anwalt sprach. Nur aus diesem Grund haben sie dieses Experiment gestartet. Sie wußten, daß sie damit durchkommen würden. Sie verkaufen diese Policen an Leute, die nicht sonderlich gebildet sind, und sie rechnen damit, daß sie in ihrer Unwissenheit die Abweisungen akzeptieren.«

»Was passierte, wenn Sie einen Brief von einem Anwalt bekamen?«

»Dann sah die Sache völlig anders aus. Wenn sich der Anspruch auf weniger als fünftausend Dollar belief und legitim war, haben wir sofort gezahlt und einen Entschuldigungsbrief geschrieben. Nur ein internes Versehen, Sie wissen schon, diese Art von Brief. Vielleicht hatten auch unsere Computer schuld. Ich habe Dutzende solcher Briefe geschrieben. Wenn sich der Anspruch auf mehr als fünftausend Dollar belief, dann wurde mir die Akte aus der Hand genommen und einer höheren Instanz zugewiesen. Ich glaube, sie wurden fast immer bezahlt. Wenn der Anwalt eine Klage eingereicht hatte oder im Begriff war, es zu tun, bemühte sich die Gesellschaft um einen stillschweigenden Vergleich.«

»Wie oft ist das passiert?«

»Das weiß ich wirklich nicht.«

Ich trete vom Podium zurück, sage »Danke«, dann wende ich mich an Drummond und sage mit einem freundlichen Lächeln: »Ihre Zeugin.«

Ich setze mich zu Dot, die tränenüberströmt leise vor sich hin schluchzt. Sie hat sich schon immer Vorwürfe gemacht, daß sie sich nicht schon früher einen Anwalt gesucht hat, und jetzt diese Aussage hören zu müssen tut besonders weh. Einerlei, wie der Prozeß ausgeht – sie wird es sich nie verzeihen.

Glücklicherweise sehen mehrere der Geschworenen ihr Weinen.

Der arme Leo begibt sich langsam zu einer so weit von den Geschworenen entfernten Stelle, daß er gerade noch die Möglichkeit hat, Fragen zu stellen. Ich kann mir nicht vorstellen, was er fragen könnte, aber ich bin sicher, daß er schon des öfteren überrumpelt worden ist.

Er stellt sich vor, sehr herzlich, teilt Jackie mit, daß sie sich natürlich noch nie begegnet wären. Damit will er den Geschworenen mitteilen, daß er keine Ahnung gehabt hat, was sie aussagen würde. Sie bedenkt ihn mit einem sengenden Blick. Jetzt haßt sie nicht nur Great Benefit, sondern auch jeden Anwalt, der erbärmlich genug ist, die Gesellschaft zu vertreten.

»Stimmt es, Ms. Lemancyzk, daß Sie kürzlich wegen verschiedener Probleme in eine psychiatrische Klinik eingewiesen wurden?« Er stellt diese Frage sehr behutsam. In einem Prozeß sollte man keine Fragen stellen, wenn man nicht die Antwort darauf bereits weiß, aber ich habe das Gefühl, daß Leo nicht weiß, was kommen wird. Seine Quelle sind ein paar verzweifelte Zuflüsterungen in der letzten Viertelstunde.

»Nein, das stimmt nicht.« Sie ist wütend.

»Ich bitte um Entschuldigung. Aber Sie waren in Behandlung?«

»Ich bin nicht eingewiesen worden. Ich habe mich freiwillig in eine Klinik begeben und dort zwei Wochen verbracht. Ich konnte gehen, wann immer ich wollte. Die Behandlung war angeblich durch meine Personalpolice bei Great Benefit gedeckt. Sie war angeblich bis zwölf Monate nach meinem Ausscheiden gültig. Natürlich haben sie den Anspruch abgewiesen.«

Drummond kaut auf einem Fingernagel und starrt auf seinen Block, als hätte er das nicht gehört. Nächste Frage, Leo.

»Sind Sie deshalb hier? Weil Sie wütend sind auf Great Benefit?«

»Ich hasse Great Benefit und die meisten der Würmer, die dort arbeiten. Beantwortet das Ihre Frage?«

»Ist Ihr Haß der Grund dafür, daß Sie heute hier aussagen?«

»Nein. Ich bin hier, weil ich weiß, daß sie ganz bewußt Tausende von Leuten betrogen haben. Diese Geschichte mußte erzählt werden.«

Gib lieber auf, Leo.

»Weshalb haben Sie sich in eine psychiatrische Klinik begeben?«

»Ich kämpfe gegen Alkoholismus und Depressionen. Im Augenblick bin ich okay. Ich weiß nicht, wie es nächste Woche aussehen wird. Sechs Jahre lang bin ich von Ihren Mandanten wie ein Stück Fleisch behandelt worden. Ich wurde im Büro herumgereicht wie eine Schachtel Pralinen, und jeder hat sich genommen, was er haben wollte. Sie haben mir nachgestellt, weil ich pleite war, ledig mit zwei Kindern, und weil ich einen hübschen Hintern hatte. Das hat mich meine Selbstachtung gekostet. Jetzt schlage ich zurück, Mr. Drummond. Ich versuche, mich selbst zu retten, und wenn ich Behandlung brauche, dann beschaffe ich sie mir. Ich wollte nur, Ihr Mandant würde die verdammten Rechnungen bezahlen.«

»Keine weiteren Fragen, Euer Ehren.« Drummond kehrt eiligst zu seinem Tisch zurück. Ich begleite Jackie durch die Schranke und fast bis zur Tür. Ich danke ihr mehr als einmal und verspreche, ihren Anwalt anzurufen. Deck wird sie zum Flughafen fahren.

Es ist fast halb zwölf. Ich möchte, daß die Geschworenen

Zeit haben, beim Lunch über ihre Aussage nachzudenken, also bitte ich Richter Kipler um eine vorzeitige Unterbrechung. Meine offizielle Begründung lautet, daß ich Zeit brauche, um mich in den Computerausdruck zu vertiefen, bevor ich weitere Zeugen aufrufe.

Die Geldstrafe in Höhe von zehntausend Dollar ist eingegangen, während wir in diesem Gerichtssaal waren, und Drummond hat sie in Treuhandverwahrung gegeben und gleichzeitig einen zwanzigseitigen Antrag und Schriftsatz eingereicht. Er will gegen die Strafe Berufung einlegen, also wird das Geld unantastbar bei Gericht verbleiben, bis darüber entschieden ist. Es gibt Dinge, die mich mehr beschäftigen.

45

Einige der Geschworenen lächeln mir zu, als sie nach dem Lunch auf ihre Plätze zurückkehren. Sie dürften sich eigentlich nicht über den Fall unterhalten, bevor er ihnen nicht offiziell zur Beratung übergeben worden ist, aber jedermann weiß, daß sie immer darüber flüstern, sobald sie den Gerichtssaal verlassen haben. Vor ein paar Jahren ist zwischen zwei Geschworenen eine Schlägerei über die Glaubwürdigkeit eines bestimmten Zeugen ausgebrochen. Das Problem bestand darin, daß es der zweite Zeuge in einem auf zwei Wochen angesetzten Prozeß war. Der Richter erklärte das Verfahren für gescheitert, und alles fing wieder von vorne an.

Sie hatten zwei Stunden, um Jackies Aussage schmoren und kochen zu lassen. Jetzt ist für mich die Zeit gekommen, ihnen zu zeigen, wie man einige dieser Missetaten vergelten kann. Es ist an der Zeit, über Geld zu reden.

»Euer Ehren, die Anklage ruft Mr. Wilfred Keeley in den Zeugenstand.« Keeley wird rasch gefunden, und er kommt flotten Schrittes in den Saal, geradezu begierig darauf, auszusagen. Er wirkt kraftvoll und freundlich, ganz im Gegensatz zu Lufkin und ungeachtet der unauslöschlichen Lügen, deren seine Firma bereits überführt worden ist. Ganz offensichtlich will er den Geschworenen klarmachen, daß er das Kommando hat und jemand ist, dem man vertrauen kann.

Ich stelle ein paar allgemeine Fragen, verifiziere die Tatsache, daß er der Generaldirektor ist, die Nummer eins bei Great Benefit. Er gibt es freundlich zu. Dann gebe ich ihm eine Kopie der letzten Bilanz der Gesellschaft. Er tut so, als lese er sie jeden Morgen.

»Nun, Mr. Keeley, können Sie den Geschworenen sagen, wie hoch das Vermögen Ihrer Gesellschaft ist?«

»Was meinen Sie mit Vermögen?« schießt er zurück.

»Ich meine das Nettovermögen.«

»Das ist kein klar definierter Begriff.«

»Doch, das ist es. Werfen Sie einen Blick auf Ihre Bilanz hier, nehmen Sie die Aktiva auf der einen Seite, ziehen Sie die Verbindlichkeiten auf der anderen ab, und sagen Sie den Geschworenen, was übrigbleibt. Das ist das Nettovermögen.«

»So einfach ist das nicht.«

Ich schüttele ungläubig den Kopf. »Würden Sie mir zustimmen, wenn ich sage, daß Ihre Gesellschaft über ein Nettovermögen von schätzungsweise vierhundertfünfzig Millionen Dollar verfügt?«

Abgesehen von den auf der Hand liegenden Vorteilen hat das Ertappen eines Firmenganoven beim Lügen den zusätzlichen Nutzen, daß der nachfolgende Zeuge die Wahrheit sagen muß. Keeley muß erfrischend ehrlich sein, und ich bin sicher, daß Drummond ihm das um die Ohren geschlagen hat. Das war bestimmt nicht einfach.

»Das ist eine faire Schätzung. Ich stimme Ihnen zu.«

»Danke. Nun, über wieviel Bargeld verfügt Ihre Firma?«

Diese Frage hatte er nicht erwartet. Drummond steht auf und erhebt Einspruch. Kipler weist ihn ab.

»Das ist schwer zu sagen«, sagt er und verfällt in die uns bereits bestens bekannte Great-Benefit-Angst.

»Mr. Keeley, Sie sind der Generaldirektor. Sie arbeiten seit achtzehn Jahren für die Gesellschaft. Sie kommen aus der Finanzabteilung. Wieviel Bargeld haben Sie da oben herumliegen?«

Er blättert hektisch in seinen Papieren, und ich warte geduldig. Endlich nennt er mir eine Zahl, und an diesem Punkt danke ich Max Leuberg. Ich nehme mein Exemplar und fordere ihn auf, mir eine spezielle Rücklage zu erklären. Als ich sie auf zehn Millionen Dollar verklagte, haben sie dieses Geld als Reserve zur Bezahlung des Anspruchs beiseite gelegt. Dasselbe haben sie bei jedem anderen Prozeß getan. Es ist immer noch ihr Geld, immer noch angelegt und Zinsen einbringend, aber jetzt ist es als *Verbindlichkeit* verbucht. Versicherungsgesellschaften lieben es, wenn man sie auf -zig Millionen Dollar verklagt, weil sie das Geld als Rücklage verbuchen und behaupten können, daß sie praktisch zahlungsunfähig sind.

Und das alles ist völlig legal. Es ist eine Branche ohne feste Richtlinien mit eigenen, undurchsichtigen Bilanzpraktiken.

Keeley fängt an, komplizierte Begriffe aus dem Finanzwesen zu verwenden, die ich nicht verstehe. Er verwirrt lieber die Geschworenen, als die Wahrheit einzugestehen.

Ich befrage ihn über eine andere Rücklage, dann kommen wir zu den Gewinnkonten. Eingeschränkte Gewinne. Uneingeschränkte Gewinne. Ich knöpfe ihn mir gründlich vor, und es hört sich ziemlich intelligent an. Mit Hilfe von Leubergs Notizen rechne ich die Zahlen zusammen und frage Keeley, ob die Gesellschaft über rund vierhundertachtundfünfzig Millionen Bargeld verfügt.

»Schön wär's«, sagt er mit einem Lachen. Niemand sonst verzieht eine Miene.

»Wieviel Bargeld haben Sie dann, Mr. Keeley?«

»Oh, das weiß ich nicht. Ich würde sagen, vermutlich so um die hundert Millionen.«

Das reicht fürs erste. Bei meinem Schlußplädoyer kann ich meine Zahlen auf eine Tafel schreiben und erklären, wo das Geld steckt.

Ich gebe ihm eine Kopie des Computerausdrucks mit den Daten der Schadensabteilung, und er wirkt überrascht. Ich habe während der Lunchpause beschlossen, ihn damit zu konfrontieren, solange ich ihn im Zeugenstand habe, anstatt mir Lufkin noch einmal vorzunehmen. Er wirft einen hilfesuchenden Blick zu Drummond, aber der kann nichts tun. Mr. Keeley ist schließlich der Generaldirektor und sollte imstande sein, uns bei unserer Suche nach der Wahrheit zu helfen. Vermutlich haben sie gedacht, ich würde Lufkin zurückholen, damit er uns die Daten erklärt. Aber sosehr ich Lufkin liebe, ich bin fertig mit ihm. Ich werde ihm nicht die Chance bieten, die Aussage von Jackie Lemancyzk zu widerlegen.

»Kennen Sie diesen Ausdruck, Mr. Keeley? Es ist der, den ich heute morgen von Ihrer Firma bekommen habe.«

»Natürlich.«

»Gut. Können Sie den Geschworenen sagen, wie viele Krankenversicherungspolicen im Jahr 1991 bei Ihrer Gesellschaft bestanden?«

»Also, das weiß ich nicht. Lassen Sie mich nachsehen.« Er blättert Seiten um, nimmt eine in die Hand, legt sie wieder hin, nimmt eine weitere und dann noch eine.

»Erscheint Ihnen die Zahl von plus/minus achtundneunzigtausend korrekt?«

»Vielleicht. Doch, ja, ich glaube, das stimmt.«

»Und wie viele Ansprüche wurden 1991 aufgrund dieser Policen geltend gemacht?«

Dasselbe Spiel. Keeley quält sich durch den Ausdruck, murmelt Zahlen vor sich hin. Es ist fast peinlich. Minuten vergehen, und schließlich sage ich: »Erscheint Ihnen die Zahl von plus/minus elftausendvierhundert korrekt?«

»Dürfte hinkommen, nehme ich an, aber ich müßte das erst verifizieren.«

»Wie würden Sie es verifizieren?«

»Nun, ich müßte mich eingehender mit diesem Ausdruck hier beschäftigen.«

»Die Information ist also darin enthalten?«

»Ich denke schon.«

»Können Sie den Geschworenen sagen, wie viele dieser Ansprüche von Ihrer Firma abgewiesen wurden?«

»Also, auch dafür müßte ich dies hier eingehender studieren«, sagt er und hebt den Ausdruck mit beiden Händen in die Höhe.

»Diese Information steckt also auch in den Papieren, die Sie jetzt hochhalten?«

»Vielleicht. Ja, ich denke schon.«

»Gut. Sehen Sie sich die Seiten elf, achtzehn, dreiunddreißig und einundvierzig an.« Er kommt meiner Aufforderung rasch nach, tut alles, um nicht aussagen zu müssen. Seiten werden umgeblättert und rascheln.

»Erscheint Ihnen die Zahl von neuntausendeinhundert plus oder minus ein paar korrekt?«

Er ist regelrecht schockiert von dieser unerhörten Vermutung. »Natürlich nicht. Das ist absurd.«

»Aber Sie wissen es nicht?«

»Ich weiß, daß sie nicht so hoch ist.«

»Danke.« Ich trete vor den Zeugen, nehme den Ausdruck

wieder an mich und gebe ihm statt dessen die Great-Benefit-Police, die ich von Max Leuberg bekommen habe.

»Erkennen Sie dies?«

»Natürlich«, sagt er glücklich; endlich etwas, das von dem verdammten Ausdruck wegführt.

»Was ist es?«

»Eine von meiner Gesellschaft ausgestellte Krankenversicherungspolice.«

»Wann ausgestellt?«

Er wirft einen Blick darauf. »Im September 1992. Vor fünf Monaten.«

»Bitte sehen Sie sich Seite elf, Abschnitt F, Paragraph vier, Unterparagraph C, Klausel Nummer dreizehn an. Sehen Sie das?«

Der Druck ist so klein, daß er die Police fast an die Nase halten muß. Ich kichere leise und werfe einen Blick auf die Geschworenen. Die Komik entgeht ihnen nicht.

»Ich habe sie«, sagt er schließlich.

»Gut. Lesen Sie sie bitte vor.«

Er liest, kneift die Augen zusammen und runzelt die Stirn, als wäre das ausgesprochen langweilig. Als er fertig ist, bringt er ein Lächeln zustande. »Okay.«

»Was ist der Sinn dieser Klausel?«

»Sie schließt gewisse operative Eingriffe von der Deckung aus.«

»Speziell?«

»Speziell sämtliche Transplantationen.«

»Ist Knochenmark als Ausschluß aufgeführt?«

»Ja. Knochenmark ist aufgeführt.«

Ich trete vor den Zeugen, gebe ihm eine Kopie der Black-Police und fordere ihn auf, einen bestimmten Abschnitt vorzulesen. Wieder ist der winzige Druck eine Strapaze für seine Augen, aber er kämpft sich tapfer hindurch.

»Welche Transplantationen schließt diese Police aus?«

»Alle wichtigen Organe, Nieren, Leber, Herz, Lungen, Augen, sie sind alle hier aufgeführt.«

»Was ist mit Knochenmark?«

»Das ist nicht aufgeführt.«

»Also ist es nicht ausdrücklich ausgeschlossen?«
»Das stimmt.«
»Wann wurde diese Klage eingereicht? Erinnern Sie sich?«
Er schaut zu Drummond, der ihm in diesem Moment natürlich nicht helfen kann. »Mitte vorigen Jahres, soweit ich mich erinnere. Kann es im Juni gewesen sein?«
»Ja, Sir«, sage ich. »Es war im Juni. Wissen Sie, wann die Police dahingehend geändert wurde, daß sie jetzt auch Knochenmarkstransplantationen ausschließt?«
»Nein, das weiß ich nicht. Mit dem Verfassen der Policen habe ich nichts zu tun.«
»Wer verfaßt Ihre Policen? Wer ist für all dieses Kleingedruckte verantwortlich?«
»Das geschieht in unserer Rechtsabteilung.«
»Ich verstehe. Könnte man mit Gewißheit sagen, daß die Police irgendwann nach Einreichung dieser Klage geändert wurde?«
Er mustert mich einen Moment eingehend, dann sagt er: »Nein. Es ist durchaus möglich, daß sie bereits vor Einreichung der Klage geändert wurde.«
»Wurde Sie geändert, nachdem der Anspruch im August 1991 geltend gemacht worden war?«
»Ich weiß es nicht.«
Seine Antwort hört sich verdächtig an. Entweder kümmert er sich nicht darum, was in seiner Firma vorgeht, oder er lügt. Für mich macht das im Grunde keinen Unterschied. Ich habe, was ich wollte. Ich kann den Geschworenen gegenüber argumentieren, daß dieser neue Wortlaut ein eindeutiger Beweis dafür ist, daß bei der Black-Police der Ausschluß von Knochenmarkstransplantationen nicht vorgesehen war. Sie hatten alles andere ausgeschlossen, und jetzt schließen sie schlechthin alles aus, also haben sie sich mit ihren eigenen Formulierungen überführt.

Ich habe nur noch eine schnelle Angelegenheit mit Keeley zu erledigen. »Haben Sie eine Kopie der Abmachung, die Jakkie Lemancyzk am Tage ihrer Entlassung unterschrieben hat?«
»Nein.«

»Haben Sie diese Abmachung jemals gesehen?«
»Nein.«
»Haben Sie die Zahlung von zehntausend Dollar in bar an Jackie Lemancyzk genehmigt?«
»Nein. In dieser Beziehung hat sie gelogen.«
»Gelogen?«
»Das sagte ich.«
»Was ist mit Everett Lufkin? Hat er die Geschworenen in Beziehung auf das Schadenshandbuch angelogen?«

Keeley will etwas sagen, dann bremst er sich. An diesem Punkt kann ihm keine Antwort etwas nützen. Die Geschworenen wissen recht gut, daß Lufkin sie angelogen hat, also kann er den Geschworenen jetzt nicht weismachen, sie hätten nicht gehört, was sie tatsächlich gehört haben. Und er kann auch nicht zugeben, daß einer seiner Vizepräsidenten die Geschworenen angelogen hat.

Ich hatte diese Frage nicht geplant, sie ist mir einfach so herausgerutscht. »Ich habe Sie etwas gefragt, Mr. Keeley. Hat Mr. Lufkin die Geschworenen in Beziehung auf das Schadenshandbuch angelogen?«

»Ich glaube, diese Frage muß ich nicht beantworten.«
»Beantworten Sie die Frage«, sagt Kipler streng.

Es tritt eine qualvolle Pause ein, während der Keeley mich anstarrt. Im Saal herrscht Stille. Jeder einzelne Geschworene beobachtet ihn und wartet. Die Antwort liegt auf der Hand, und so beschließe ich, den netten Jungen zu spielen.

»Sie können sie nicht beantworten, nicht wahr, weil Sie nicht zugeben können, daß ein Vizepräsident Ihrer Gesellschaft diese Jury angelogen hat?«

»Einspruch.«
»Stattgegeben.«
»Keine weiteren Fragen.«
»Keine Vernehmung zu diesem Zeitpunkt, Euer Ehren«, sagt Drummond. Offensichtlich will er, daß sich der Staub legt, bevor er diese Leute für die Verteidigung in den Zeugenstand holt. Im Augenblick will Drummond Zeit und Abstand zwischen Jackie Lemancyzk und unserer Jury.

Kermit Aldy, der für die Haftungsabteilung zuständige Vizepräsident, ist mein vorletzter Zeuge. Zu diesem Zeitpunkt brauche ich seine Aussage im Grunde nicht, aber ich muß ein bißchen Zeit hinbringen. Es ist halb drei am zweiten Verhandlungstag, und ich werde heute nachmittag bequem fertig. Ich will, daß die Geschworenen, wenn sie nach Hause gehen, an zwei Leute denken, Jackie Lemancyzk und Donny Ray Black.

Aldy ist nervös und wortkarg, er hat Angst, mehr zu sagen, als unbedingt nötig ist. Ich weiß nicht, ob er mit Jackie geschlafen hat, aber im Augenblick ist jeder Mann von Great Benefit verdächtig. Ich spüre, daß auch die Geschworenen dieses Gefühl haben.

Wir arbeiten uns durch soviel Hintergrund wie unbedingt erforderlich. Haftung ist eine dermaßen langweilige Materie, daß ich entschlossen bin, den Geschworenen nur die allerknappsten Details zu liefern. Aldy ist gleichfalls langweilig und deshalb seinem Job gewachsen. Ich will das Interesse der Jury nicht verlieren, also mache ich schnell.

Dann ist es Zeit für den amüsanten Teil. Ich gebe ihm die Kopie des Haftungshandbuches, das mir während der Beweisaufnahme ausgehändigt wurde. Es steckt in einem grünen Hefter und sieht dem Schadenshandbuch sehr ähnlich. Weder Aldy noch Drummond noch sonst jemand weiß, ob ich noch ein weiteres Exemplar des Haftungshandbuches besitze, und zwar eines mit dem Abschnitt U.

Er betrachtet es, als hätte er es noch nie zuvor gesehen, identifiziert es aber, als ich ihn danach frage. Alle wissen, wie die nächste Frage lauten wird.

»Ist dies ein vollständiges Handbuch?«

Er blättert es langsam durch, läßt sich Zeit. Offensichtlich weiß er, wie es Lufkin gestern ergangen ist. Wenn er sagt, es wäre vollständig, und ich präsentiere ihm dann das Exemplar, das ich mir von Cooper Jackson ausgeliehen habe, dann ist er tot. Wenn er zugibt, daß etwas fehlt, dann muß er einen hohen Preis zahlen. Ich wette, Drummond hat sich für letzteres entschieden.

»Also, lassen Sie mich nachsehen. Es sieht vollständig aus, aber – nein, Moment mal. Hinten fehlt ein Abschnitt.«

»Könnte das Abschnitt U sein?« frage ich ungläubig.
»Ich glaube, ja.«
Ich tue so, als wäre ich verwundert. »Welchen Grund sollte jemand haben, Abschnitt U aus diesem Handbuch zu entfernen?«
»Ich weiß es nicht.«
»Wissen Sie, wer ihn entfernt hat?«
»Nein.«
»Natürlich nicht. Wer hat dieses spezielle Exemplar zur Aushändigung an mich ausgewählt?«
»Daran kann ich mich wirklich nicht erinnern.«
»Aber es ist offensichtlich, daß Abschnitt U entfernt wurde, bevor es mir übergeben wurde?«
»Er ist nicht vorhanden, wenn Sie darauf aus sind.«
»Ich bin auf die Wahrheit aus, Mr. Aldy. Bitte helfen Sie mir. Wurde Abschnitt U entfernt, bevor mir das Handbuch übergeben wurde?«
»Es sieht so aus.«
»Heißt das ja?«
»Ja. Der Abschnitt wurde entfernt.«
»Stimmen Sie mir zu, daß das Haftungshandbuch für die Arbeit in Ihrer Abteilung sehr wichtig ist?«
»Natürlich.«
»Also kennen Sie es sehr gut?«
»Ja.«
»Also würde es Ihnen ein Leichtes sein, für die Geschworenen den Inhalt von Abschnitt U zusammenzufassen, nicht wahr?«
»Oh, das weiß ich nicht. Es ist eine Weile her, seit ich das letzte Mal hineingeschaut habe.«
Er weiß immer noch nicht, ob ich eine Kopie des Abschnitts U aus dem Haftungshandbuch habe. »Weshalb versuchen Sie es nicht einfach? Skizzieren Sie für die Geschworenen kurz, was in Abschnitt U steht.«
Er denkt einen Moment nach, dann erklärt er, daß es in dem Abschnitt um ein System zu Kontrolle und Ausgleich zwischen Schadens- und Haftungsabteilung geht. Bestimmte Ansprüche müssen von beiden Abteilungen bearbeitet werden.

Um zu gewährleisten, daß ein Anspruch ordnungsgemäß abgewickelt wird, ist eine Menge Papierkram erforderlich. Er redet drauflos, jetzt mit etwas mehr Zuversicht, und da ich bisher noch keine Kopie des Abschnitts U hervorgeholt habe, fängt er an zu glauben, ich hätte sie nicht.

»Also besteht der Zweck des Abschnitts U darin, zu gewährleisten, daß jeder Anspruch ordnungsgemäß abgewickelt wird?«

»Ja.«

Ich greife unter den Tisch, hole das Handbuch hervor und begebe mich zum Zeugenstand. »Dann lassen Sie uns dies hier den Geschworenen erklären«, sage ich und gebe ihm das vollständige Handbuch. Er sackt ein bißchen zusammen. Drummond versucht, eine zuversichtliche Haltung zu bewahren, aber er schafft es nicht.

Der Abschnitt U des Haftungshandbuches ist genauso schmutzig wie der Abschnitt U des Schadenshandbuches, und nachdem ich Aldy eine Stunde lang zugesetzt habe, ist es Zeit, Schluß zu machen. Das System ist bloßgestellt, die Geschworenen kochen vor Wut.

Drummond hat keine Fragen. Kipler unterbricht für eine Viertelstunde, damit Deck und ich die Monitore aufstellen können.

Unser letzter Zeuge ist Donny Ray Black. Der Gerichtsdiener dämpft die Beleuchtung im Gerichtssaal, und die Geschworenen lehnen sich vor, begierig, sein Gesicht auf dem Fünfzig-Zentimeter-Bildschirm vor sich zu sehen. Wir haben seine Aussage auf einunddreißig Minuten gekürzt, und die Geschworenen lassen sich keines seiner gequälten und schwachen Worte entgehen.

Anstatt mir das zum hundertsten Male anzusehen, sitze ich dicht neben Dot und beobachte die Gesichter auf den Geschworenenbänken. Ich sehe sehr viel Mitgefühl. Dot wischt sich mit dem Handrücken die Wangen ab. Gegen Ende habe ich einen Kloß in der Kehle.

Als die Bildschirme leer sind und der Gerichtsdiener sich aufmacht, um das Licht wieder einzuschalten, ist es eine volle Minute lang sehr still im Saal. Im Halbdunkel ist das leise, aber unmißverständliche Geräusch des Weinens einer Mutter an unserem Tisch zu hören.

Wir haben all den Schaden angerichtet, den ich mir vorstellen konnte. Wir haben den Fall gewonnen. Jetzt besteht die Herausforderung darin, ihn nicht wieder zu verlieren.

Die Lichter gehen an, und ich verkünde feierlich: »Euer Ehren, die Anklage hat ihre Zeugenvernehmung abgeschlossen.«

Nachdem die Geschworenen längst gegangen sind, sitzen Dot und ich in einem leeren Gerichtssaal und unterhalten uns über die bemerkenswerten Aussagen, die wir im Verlauf der letzten beiden Tage gehört haben. Es wurde eindeutig bewiesen, daß sie im Recht ist und die anderen im Unrecht sind, aber das ist für sie nur ein geringer Trost. Sie wird gepeinigt ins Grab gehen, weil sie nicht härter gekämpft hat, als es noch zählte.

Sie sagt mir, ihr wäre es gleich, was als nächstes passiert. Sie hat ihren Tag vor Gericht gehabt. Sie würde am liebsten gleich verschwinden und nie wieder zurückkehren. Ich erkläre ihr, daß das unmöglich ist. Wir haben erst die Hälfte hinter uns. Nur noch ein paar Tage.

46

Ich bin gespannt, wie Drummond seine Verteidigung einrichten wird. Wenn er weitere Leute aus der Zentrale anschleppt und versucht, ihr System der Abweisung von Ansprüchen hinwegzuerklären, riskiert er, noch mehr Schaden anzurichten. Er weiß, daß ich einfach den Abschnitt U hervorziehen und alle möglichen unangenehmen Fragen stellen werde. Es ist durchaus denkbar, daß irgendwo noch andere krasse Lügen und Verschleierungen versteckt sind. Der einzige Weg, sie ans Licht zu bringen, besteht in einem unerbittlichen Kreuzverhör.

Er hat achtzehn Leute als mögliche Zeugen benannt. Ich habe keine Ahnung, wen er als ersten aufrufen wird. Als ich meine Zeugen vernahm, verfügte ich über den Luxus, zu wissen, was als nächstes passieren, wer der nächste Zeuge, welches das nächste Dokument sein würde. Jetzt muß ich reagieren, und zwar schnell.

Am späten Abend rufe ich Max Leuberg in Wisconsin an und informiere ihn voller Genugtuung über die Ereignisse der ersten beiden Tage. Er gibt mir einige Ratschläge und stellt ein paar Vermutungen an, was als nächstes passieren könnte. Er ist Feuer und Flamme und sagt, es könnte gut sein, daß er sich in ein Flugzeug setzt und herkommt.

Ich wandere bis drei Uhr morgens in meiner Wohnung herum, führe Selbstgespräche und versuche mir vorzustellen, was Drummond unternehmen wird.

Als ich um halb neun im Gerichtssaal eintreffe, bin ich angenehm überrascht, Cooper Jackson dort vorzufinden. Er macht mich mit zwei weiteren Anwälten bekannt, beide aus Raleigh, North Carolina. Sie sind gekommen, um meinen Prozeß zu verfolgen. Wie läuft es? fragen sie. Ich liefere ihnen eine zurückhaltende Zusammenfassung dessen, was passiert ist. Einer der Anwälte war am Montag schon hier und hat das

Abschnitt-U-Drama verfolgt. Die drei zusammen haben bisher an die zwanzig Fälle. Sie haben in Zeitungen und anderen Medien inseriert, und ständig werden neue Fälle an sie herangetragen. Sie haben vor, schon sehr bald Klage einzureichen.

Cooper gibt mir eine Zeitung und fragt, ob ich sie schon gesehen habe. Es ist das *Wall Street Journal*, die Ausgabe vom Vortag, und auf der Titelseite steht ein Artikel über Great Benefit. Ich sage ihnen, daß ich seit einer Woche keine Zeitung mehr gelesen habe und nicht einmal weiß, welcher Tag heute ist. Sie kennen das Gefühl.

Ich lese den Artikel rasch durch. Er berichtet hauptsächlich über die wachsende Zahl von Beschwerden über Great Benefit und ihre Praxis, Ansprüche abzuweisen. Viele Staaten haben bereits Ermittlungen eingeleitet. Zahlreiche Klagen wurden eingereicht. Im letzten Absatz heißt es, daß jetzt ein gewisser kleiner Prozeß unten in Memphis aufmerksam verfolgt würde, weil er das erste substantielle Urteil gegen die Gesellschaft bringen könnte.

Ich zeige Kipler den Artikel in seinem Amtszimmer, und er ist nicht weiter interessiert. Er wird lediglich die Geschworenen fragen, ob sie ihn gesehen haben. Sie sind ermahnt worden, keine Zeitungen zu lesen. Wir bezweifeln beide, daß es unter unseren Leuten viele Leser des *Journal* gibt.

Die Verteidigung ruft als ersten Zeugen André Weeks auf, den Stellvertretenden Leiter der Versicherungsaufsichtsbehörde des Staates Tennessee. Er ist ein hochrangiger Beamter, den Drummond schon früher in den Zeugenstand gerufen hat. Seine Aufgabe besteht darin, die Regierungsbehörde eindeutig auf seiten der Verteidigung zu plazieren.

Er ist ein sehr gutaussehender Mann um die Vierzig mit einem eleganten Anzug, verbindlichem Lächeln und einem ehrlichen Gesicht. Außerdem hat er in diesem Moment einen entscheidenden Vorzug: Er arbeitet nicht für Great Benefit. Drummond stellt ihm einen Haufen belangloser Fragen über die Überwachungspflichten seiner Behörde; er versucht, es so klingen zu lassen, als gingen diese Leute erbarmungslos auf die Branche los und ließen ständig die Peitsche knallen. Da

Great Benefit in diesem Staat nach wie vor einen guten Ruf hat, liegt auf der Hand, daß die Gesellschaft sich ordentlich benimmt. Andernfalls hätten André und seine Meute sich längst auf sie gestürzt.

Drummond braucht Zeit. Er braucht einen kleinen Berg von Aussagen, den er vor den Geschworenen abkippen kann, damit sie vielleicht einiges von den entsetzlichen Dingen vergessen, die sie schon gehört haben. Er agiert langsam, redet langsam, fast wie ein alternder Professor. Und er ist sehr gut. Wenn die Fakten nicht so wären, wie sie sind, würde er tödlich sein.

Er gibt Weeks die Black-Police, und sie verbringen eine halbe Stunde damit, den Geschworenen zu erklären, daß jede Police, jede einzelne Police, von der Versicherungsaufsichtsbehörde gutgeheißen werden muß. Auf das Wort »gutgeheißen« wird besonderer Nachdruck gelegt.

Da ich nicht auf den Beinen bin, kann ich mehr Zeit damit verbringen, mich umzusehen. Ich mustere die Geschworenen, von denen einige Blickkontakt halten. Sie sind auf meiner Seite.

Ich bemerke Fremde im Gerichtssaal, junge Männer in Anzügen, die ich bisher noch nie gesehen habe. Cooper Jackson und seine Kollegen sitzen in der hintersten Reihe, in der Nähe der Tür. Es sind kaum fünfzehn Zuschauer anwesend. Wer interessiert sich schon für einen Zivilprozeß?

Nach ungefähr anderthalb Stunden eines stinklangweiligen Verhörs über die Komplexität der Versicherungsaufsicht in diesem Staate läßt die Aufmerksamkeit der Geschworenen nach. Drummond kümmert das nicht. Er versucht verzweifelt, den Prozeß bis in die nächste Woche hinein auszudehnen. Kurz vor elf entläßt er schließlich den Zeugen; der Vormittag ist praktisch nutzlos verschwendet. Wir machen eine Viertelstunde Pause, und dann bin ich an der Reihe, um ein paar Schüsse ins Dunkle abzugeben.

Weeks sagt, daß im Augenblick mehr als sechshundert Versicherungsgesellschaften im Staat operieren, daß sein Büro einundvierzig Leute beschäftigt, von denen allerdings nur achtzehn tatsächlich Policen überprüfen. Er schätzt widerstrebend, daß jede der sechshundert Gesellschaften mindestens zehn verschiedene Policen ausstellt, seiner Behörde also mindestens sechstausend Policen vorliegen. Und er gibt zu, daß die Policen ständig geändert und ergänzt werden.

Wir stellen noch ein paar weitere Berechnungen an, und es gelingt mir, meine Botschaft rüberzubringen, daß es einer Behörde unmöglich ist, den Ozean von Kleingedrucktem, den die Versicherungsgesellschaften erzeugen, zu überwachen. Ich gebe ihm die Black-Police. Er behauptet, sie gelesen zu haben, gibt aber zu, daß er dies nur im Rahmen seiner Vorbereitung auf diesen Prozeß getan hat. Ich stelle ihm eine Frage über die wöchentliche Unfallrente bei nichtstationärem Krankenhausaufenthalt. Die Police scheint plötzlich schwerer geworden zu sein, und er blättert rasch die Seiten um in der Hoffnung, den Abschnitt zu finden und eine Antwort liefern zu können. Es gelingt ihm nicht. Er blättert und raschelt, kneift die Augen zusammen, runzelt die Stirn, sagt schließlich, er hätte es. Die Antwort ist halbwegs richtig, also lasse ich sie gelten. Dann frage ich ihn nach der korrekten Methode, die Begünstigten dieser Police zu wechseln, und er tut mir fast leid. Er studiert die Police lange Zeit, während jedermann wartet. Die Geschworenen sind amüsiert. Kipler grinst. Drummond schmort, kann aber nichts dagegen tun.

Er liefert uns eine Antwort, deren Richtigkeit unwichtig ist. Ich habe erreicht, was ich wollte. Ich lege die beiden grünen Handbücher auf meinen Tisch, als wären Weeks und ich im Begriff, sie noch einmal durchzugehen. Mit dem Schadenshandbuch in der Hand frage ich ihn, ob er sich von Zeit zu Zeit mit den internen Schadensregulierungsverfahren irgendeiner der Gesellschaften befaßt, die seine Behörde so aufmerksam überwacht. Er möchte ja sagen, aber er hat offensichtlich von Abschnitt U gehört. Also sagt er nein, und ich bin natürlich regelrecht schockiert. Ich bombardiere ihn mit ein paar sarkastischen Fragen, dann lasse ich ihn von der Angel. Der Schaden ist angerichtet und gebührend registriert.

Ich frage ihn, ob er weiß, daß die Versicherungsaufsicht in Florida gegen Great Benefit ermittelt. Er weiß es nicht. Was ist mit South Carolina? Nein, auch das ist ihm neu. Was ist mit North Carolina? Ihm ist, als hätte er darüber etwas gehört, aber er hat keinerlei Unterlagen gesehen. Kentucky? Georgia? Nein, und fürs Protokoll, was andere Staaten tun, ist für ihn völlig belanglos. Ich danke ihm für diese Aussage.

Drummonds nächster Zeuge ist gleichfalls ein Nicht-Mitarbeiter von Great Benefit, aber nur mit knapper Not. Sein Name ist Payton Reisky, und sein beeindruckender Titel ist Direktor und Präsident des Nationalen Versicherungsverbandes. Er hat das Aussehen und das Gehabe eines überaus wichtigen Mannes. Wir erfahren rasch, daß sein Laden eine politische Organisation mit Sitz in Washington ist, von Versicherungsgesellschaften ins Leben gerufen, um als ihr Sprachrohr im Kapitol zu fungieren. Nur ein Haufen von Lobbyisten also, ohne Zweifel mit einem vergoldeten Budget. Sie tun Unmengen von wundervollen Dingen, gipfelnd, so wird uns berichtet, in dem Bemühen, faire Versicherungspraktiken zu fördern.

Diese kleine Einführung zieht sich sehr lange hin. Sie beginnt um halb zwei, und um zwei sind wir überzeugt, daß der Nationale Versicherungsverband nahe daran ist, die Menschheit zu retten. Was für fabelhafte Leute!

Reisky ist seit dreißig Jahren im Geschäft, und wir erfahren eine Menge über sein Herkommen und die Einzelheiten seiner Karriere. Drummond will ihn als Experten auf dem Gebiet der Schadensabwicklung bei Versicherungen qualifizieren. Ich habe keine Einwände. Ich habe seine Aussage bei einem früheren Prozeß gelesen, und ich denke, ich kann mit ihm fertig werden. Nur einem außerordentlich begabten Experten könnte es gelingen, zu bewirken, daß Abschnitt U sich gut anhört.

Fast ohne Nachhilfe führt er uns durch eine vollständige Checkliste, nach der ein Anspruch reguliert werden sollte. Drummond nickt ernst mit dem Kopf, als gäben sie uns jetzt wirklich Saures. Und was kommt dabei heraus? Great Benefit hat sich in diesem Fall absolut korrekt verhalten. Vielleicht ein paar kleine Fehler, aber schließlich ist es eine große Firma mit Unmengen von Schadensfällen. Kein größeres Abweichen von dem, was vernünftig ist.

Der Tenor von Reiskys Ansichten ist, daß Great Benefit jedes Recht hatte, diesen Anspruch seines Ausmaßes wegen abzuweisen. Er erklärt den Geschworenen sehr ernsthaft, daß von einer Police, die achtzehn Dollar pro Woche einbringt, vernünftigerweise nicht erwartet werden kann, daß sie eine Transplantation abdeckt, die zweihunderttausend Dollar kostet. Sinn einer Debetpolice ist es, die Grundversorgung zu decken, nicht das ganze Drum und Dran.

Drummond bringt das Thema der Handbücher und ihrer fehlenden Abschnitte zur Sprache. Unerfreulich, meint Reisky, aber so wichtig nun auch wieder nicht. Handbücher kommen und gehen, werden ständig abgeändert und von erfahrenen Schadenssachbearbeitern in der Regel ignoriert, weil sie ohnehin wissen, was sie tun. Aber da soviel Aufhebens davon gemacht wurde, lassen Sie uns darüber sprechen. Er greift eifrig nach dem Schadenshandbuch und erklärt den Geschworenen verschiedene Abschnitte. Hier steht alles schwarz auf weiß. Alles funktioniert prächtig.

Von den Handbüchern gehen sie zu den Zahlen über. Drummond fragt, ob er Gelegenheit gehabt hat, sich die Information über Policen, Ansprüche und Abweisungen anzusehen. Reisky nickt ernst, dann läßt er sich von Drummond den Ausdruck geben.

Von Great Benefit wurde 1991 in der Tat ein hoher Prozentsatz von Ansprüchen abgewiesen. Aber dafür könnte es gute Gründe geben. So etwas ist in der Branche schon des öfteren vorgekommen. Und man kann den Zahlen nicht immer trauen. Wenn man sich die letzten zehn Jahre ansieht, liegt die Abweisungsrate von Great Benefit leicht unter zwölf Prozent, was durchaus dem Branchendurchschnitt entspricht. Es folgen Zahlen auf Zahlen, und wir sind rasch verwirrt, was genau das ist, was Drummond wollte.

Reisky verläßt den Zeugenstand und beginnt, auf diesen und jenen Punkt einer mehrfarbigen Tabelle zu zeigen. Er redet zu den Geschworenen wie ein geübter Dozent, und ich frage mich, wie oft er das tut. Die Zahlen liegen sämtlich im Durchschnitt.

Um halb vier gewährt Kipler uns gnädigerweise eine Pause. Ich unterhalte mich auf dem Flur mit Cooper Jackson und seinen Freunden. Sie sind alle erfahrene Prozeßanwälte und sparen nicht mit Ratschlägen. Wir sind uns einig, daß Drummond versucht, die Sache hinzuziehen, und daß er aufs Wochenende hofft.

Ich gebe während der gesamten Nachmittagssitzung kein einziges Wort von mir. Reisky sagt bis gegen Abend aus und endet schließlich mit einem Schwall von Beteuerungen, wie fair alles gelaufen ist. Den Gesichtern der Geschworenen nach zu urteilen sind sie glücklich, daß der Mann endlich Schluß macht. Ich bin dankbar für ein paar Extrastunden, in denen ich mich auf sein Kreuzverhör vorbereiten kann.

Deck und ich genießen ein langes Abendessen mit Cooper Jackson und drei weiteren Anwälten in einem alten italienischen Restaurant, das Grisanti's heißt. Big John Grisanti, der Besitzer, führt uns in einen privaten Speiseraum, die sogenannte Press Box. Er bringt uns einen wunderbaren Wein, den wir nicht bestellt haben, und sagt uns genau, was wir essen sollen.

Der Wein wirkt beruhigend, und zum erstenmal seit vielen Tagen kann ich mich fast entspannen. Vielleicht werde ich heute nacht gut schlafen.

Die Rechnung beläuft sich auf über vierhundert Dollar, und Cooper Jackson nimmt sie sofort an sich. Gott sei Dank. Die Kanzlei von Rudy Baylor mag an der Schwelle zum großen Geld stehen, aber vorerst ist sie immer noch pleite.

47

Sekunden, nachdem sich Payton Reisky früh am Donnerstag morgen munter im Zeugenstand niedergelassen hat, gebe ich ihm eine Kopie des Blöde-Briefes und fordere ihn auf, ihn zu lesen. Dann frage ich: »Also, Mr. Reisky, ist das nach Ihrer Expertenmeinung eine faire und vernünftige Reaktion von Great Benefit?«

Er ist vorgewarnt worden. »Natürlich nicht. Das ist fürchterlich.«

»Schockierend, nicht wahr?«

»Das ist es. Aber soweit ich weiß, ist der Schreiber dieses Briefes nicht mehr bei Great Benefit angestellt.«

»Wer hat Ihnen das gesagt?« frage ich argwöhnisch.

»Das weiß ich nicht so genau. Irgend jemand von der Firma.«

»Hat Ihnen diese unbekannte Person auch den Grund dafür genannt, weshalb Mr. Krokit nicht mehr bei der Firma angestellt ist?«

»Ich weiß es nicht genau. Vielleicht hatte es etwas mit diesem Brief zu tun.«

»Vielleicht? Sind Sie sicher, oder vermuten Sie es nur?«

»Genaueres weiß ich wirklich nicht.«

»Danke. Hat diese unbekannte Person Ihnen auch mitgeteilt, daß Mr. Krokit die Gesellschaft zwei Tage vor seiner vorgesehenen Vernehmung in diesem Fall verlassen hat?«

»Ich glaube nicht.«

»Sie wissen nicht, weshalb er sie verlassen hat?«

»Nein.«

»Gut. Ich glaubte schon, Sie versuchten bei den Geschworenen den Eindruck zu erwecken, als hätte er die Gesellschaft verlassen, weil er diesen Brief geschrieben hat. Sie haben doch nicht versucht, das zu tun?«

»Nein.«

»Danke.«

Beim Wein gestern abend sind wir übereingekommen, daß es ein Fehler wäre, Reisky die Handbücher um die Ohren zu schlagen. Für diese Entscheidung gab es mehrere Gründe. Erstens hat die Jury die Beweise bereits gehört. Zweitens wurden sie ihr auf eine sehr dramatische und wirkungsvolle Weise präsentiert, als wir Lufkin dabei ertappten, wie er das Blaue vom Himmel herunterlog. Drittens ist Reisky sehr wortgewandt und wird sich nur schwer festnageln lassen. Viertens hatte er genügend Zeit, sich auf die Attacke vorzubereiten, und wird seine Position besser behaupten können. Fünftens würde er die Chance nutzen, um die Geschworenen noch weiter zu verwirren. Und, was das wichtigste ist, es würde Zeit kosten. Ich könnte ohne weiteres den ganzen Tag damit verbringen, Reisky zu den Handbüchern und dem statistischen Material zu befragen. Damit würde ich einen Tag verlieren und keinen Schritt weiterkommen.

»Wer zahlt Ihnen Ihr Gehalt, Mr. Reisky?«

»Mein Arbeitgeber. Der Nationale Versicherungsverband.«

»Wer hat diesen Verband gegründet?«

»Die Versicherungsbranche.«

»Trägt Great Benefit zu seiner Finanzierung bei?«

»Ja.«

»Und wie hoch ist dieser Beitrag?«

Er schaut zu Drummond, der bereits auf den Beinen ist. »Einspruch, Euer Ehren, das ist irrelevant.«

»Abgelehnt. Ich halte das für durchaus relevant.«

»Wieviel, Mr. Reisky?« wiederhole ich hilfreich.

Er möchte es offensichtlich nicht sagen und wirkt verlegen. »Zehntausend Dollar im Jahr.«

»Also zahlen sie Ihnen mehr, als sie für Donny Ray Black gezahlt haben.«

»Einspruch!«

»Stattgegeben.«

»Tut mir leid, Euer Ehren. Ich nehme die Bemerkung zurück.«

»Ordnen Sie an, daß sie aus dem Protokoll gestrichen wird, Euer Ehren«, schnaubt Drummond wütend.

»Angeordnet.«

Wir schöpfen Atem, während sich die Aufregung wieder legt. »Tut mir leid, Mr. Reisky«, sage ich demütig mit betont reuiger Miene.

»Kommt all Ihr Geld von Versicherungsgesellschaften?«

»Wir haben keine anderen Geldgeber.«

»Wie viele Versicherungsgesellschaften tragen zur Finanzierung Ihres Verbandes bei?«

»Zweihundertzwanzig.«

»Und wie hoch war die Gesamtsumme dieser Beiträge im vorigen Jahr?«

»Sechs Millionen Dollar.«

»Und Sie benutzen dieses Geld, um die Interessen der Branche zu vertreten?«

»Ja, das gehört zu unseren Aufgaben.«

»Werden Sie für Ihr Erscheinen bei diesem Prozeß extra bezahlt?«

»Nein.«

»Weshalb sind Sie hier?«

»Weil sich Great Benefit mit mir in Verbindung gesetzt hat. Ich wurde gebeten, herzukommen und auszusagen.«

Sehr langsam drehe ich mich um und zeige auf Dot Black. »Und, Mr. Reisky, können Sie Mrs. Black ansehen, ihr in die Augen schauen und ihr sagen, daß der Anspruch ihres Sohnes von Great Benefit fair und angemessen gehandhabt wurde?«

Er braucht ein oder zwei Sekunden, bis es ihm gelingt, den Blick auf Mrs. Black zu richten, aber er hat keine andere Wahl. Er nickt, dann sagt er entschlossen: »Ja, das wurde er.«

Das hatte ich natürlich vorausgesehen. Ich wollte die Vernehmung von Mr. Reisky auf dramatische Weise beenden. Aber damit, daß es lustig werden würde, hatte ich weiß Gott nicht gerechnet. Mrs. Beverdee Hardaway, eine untersetzte, einundfünfzig Jahre alte Schwarze, die in der Mitte der vordersten Reihe der Geschworenenbank sitzt, lacht auf Reiskys absurde Antwort hin laut auf. Es ist ein plötzliches Auflachen, offensichtlich spontan, weil sie es so schnell wie möglich unterdrückt. Beide Hände fliegen zu ihrem Mund hoch. Sie knirscht mit den Zähnen und beißt die Kiefer zusammen und schaut sich hektisch um, um zu sehen, wieviel Schaden sie angerichtet hat. Aber ihr Körper zuckt leicht weiter.

Zu Mrs. Hardaways Pech, für uns dagegen recht erfreulich, ist der Moment ansteckend. Mr. Ranson Pelk, der direkt hinter ihr sitzt, wird von irgend etwas angesteckt, ebenso Mrs. Ella Faye Salter, die neben Mrs. Hardaway sitzt. Binnen Sekunden nach der ursprünglichen Eruption hat sich das Lachen über die Bänke der Geschworenen ausgebreitet. Einige Geschworene sehen Mrs. Hardaway an, als wäre noch immer sie die Missetäterin. Andere richten den Blick auf Reisky und schütteln in belustigter Verblüffung den Kopf.

Reisky geht vom Schlimmsten aus. Er nimmt an, er selbst wäre der Grund dafür, daß sie lachen. Sein Kopf sackt herunter, und er betrachtet den Fußboden. Drummond entscheidet sich dafür, es einfach zu ignorieren, aber es muß fürchterlich weh tun. Bei seinen jungen Strahlemännern ist kein Gesicht zu sehen. Sie haben alle ihre Nase in Akten und Bücher gesteckt. Aldy und Underhall betrachten ihre Socken.

Kipler würde am liebsten mitlachen. Er duldet die Heiterkeit kurze Zeit; erst als sie sich zu legen beginnt, läßt er seinen Hammer niederfahren, als wollte er offiziell die Tatsache festhalten, daß die Geschworenen über die Aussage von Payton Reisky gelacht haben.

Es geht ganz schnell. Die absurde Antwort, das Auflachen, das Unterdrücken, das Glucksen und Kichern und das skeptische Kopfschütteln, all das dauert nur ein paar Sekunden. Bei einigen Geschworenen stelle ich jedoch eine gewisse Erleichterung fest. Sie möchten lachen, ihrer Ungläubigkeit Ausdruck geben, und indem sie das tun, können sie, wenn auch nur eine Sekunde lang, Reisky und Great Benefit unmißverständlich mitteilen, was sie von dem halten, was sie da zu hören bekommen.

So kurz er auch ist, es ist ein goldener Moment. Ich lächle sie an. Sie lächeln mich an. Sie glauben alles, was meine Zeugen sagen. Drummonds Zeugen glauben sie kein Wort.

»Keine weiteren Fragen, Euer Ehren«, sage ich verächtlich, als hätte ich die Nase voll von diesem verlogenen Schurken.

Drummond ist offensichtlich überrascht. Er dachte, ich

würde den ganzen Tag damit verbringen, mit den Handbüchern und den Statistiken auf Reisky einzuhämmern. Er raschelt mit Papier, flüstert T. Price etwas zu, dann steht er auf und sagt: »Unser nächster Zeuge ist Richard Pellrod.«

Pellrod ist leitender Schadenssachbearbeiter. Bei der Vernehmung war er ein fürchterlicher Zeuge, der so tat, als bräche er unter der Last seines Amtes fast zusammen. Sein Auftreten ist keine Überraschung. Sie mußten etwas unternehmen, um Jackie Lemancyzk mit Dreck bewerfen zu können. Pellrod war ihr direkter Vorgesetzter.

Er ist sechsundvierzig, von mittlerem Körperbau mit einem Bierbauch, wenig Haar, einem nichtssagenden Gesicht, Leberflecken und einer dicken Brille. Dieser arme Kerl ist in keiner Hinsicht körperlich anziehend, aber es macht ihm offensichtlich nichts aus. Ich wette, wenn er sagt, Jackie Lemancyzk wäre nur eine Hure, die versucht hat, auch ihn zu umgarnen, dann werden die Geschworenen wieder laut auflachen.

Pellrod hat den jähzornigen Charakter, den man von einem Mann erwarten kann, der seit zwanzig Jahren in der Schadensabteilung arbeitet. Er ist nur eine Spur freundlicher als der durchschnittliche Rechnungseintreiber und kann den Geschworenen weder Wärme vermitteln noch Vertrauen einflößen. Er ist eine Firmenratte auf einem der niederen Ränge und hat wahrscheinlich solange, wie er sich erinnern kann, an demselben Schreibtisch gesessen.

Und er ist der Beste, den sie haben! Sie können Lufkin, Aldy oder Keeley nicht wieder hereinholen, weil die bei den Geschworenen bereits jede Glaubwürdigkeit verloren haben. Auf Drummonds Liste steht noch ein halbes Dutzend Männer aus der Zentrale in Cleveland, aber ich bezweifle, daß er einen von ihnen aufrufen wird. Was können sie schon sagen? Die Handbücher existieren nicht? Ihre Firma lügt nicht und unterschlägt keine Dokumente?

Drummond und Pellrod arbeiten sich eine halbe Stunde lang durch ein gründlich geprobtes Skript, wieder atemberaubende interne Vorgehensweisen in der Schadensabteilung, wieder heroische Anstrengungen von Great Benefit, die Versicherten fair zu behandeln, wieder Gähnen bei den Geschworenen.

Richter Kipler beschließt, sich in die Langweilerei einzuschalten. Er unterbricht das einstudierte Frage- und Antwortspiel und sagt: »Herr Anwalt, können Sie zu etwas anderem übergehen?«

Drummond macht einen schockierten und verletzten Eindruck. »Aber, Euer Ehren, ich habe das Recht auf eine eingehende Befragung dieses Zeugen.«

»Das haben Sie. Aber der größte Teil dessen, was er bisher gesagt hat, ist der Jury bereits bekannt. Das ist pure Wiederholung.«

Drummond kann es einfach nicht glauben. Er ist fassungslos und versucht, ziemlich erfolglos, so zu reagieren, als würde er vom Richter schikaniert.

»Ich kann mich nicht erinnern, daß Sie den Vertreter der Anklage aufgefordert haben, seine Verhöre abzukürzen.«

Das hätte er nicht sagen sollen. Er versucht, diesen Wortwechsel zu verlängern, aber er legt sich mit dem falschen Richter an. »Das liegt daran, daß Mr. Baylor die Geschworenen wach hält, Mr. Drummond. Und jetzt gehen Sie zu etwas anderem über.«

Mrs. Hardaways Ausbruch und das anschließende Gelächter hat die Geschworenen offensichtlich gelockert. Sie sind jetzt lebhafter und eher bereit, auf Kosten der Verteidigung zu lachen.

Drummond funkelt Kipler an, als gedächte er, diese Sache bei anderer Gelegenheit noch mal zur Sprache und ins rechte Lot zu bringen. Zurück zu Pellrod, der dasitzt wie eine Kröte, mit nur halb geöffneten Augen und zur Seite geneigtem Kopf. Es wurden Fehler gemacht, gesteht Pellrod mit einem schwachen Versuch, Reue zu zeigen, aber keine schwerwiegenden. Und, ob man es glaubt oder nicht, die meisten Fehler gehen auf das Konto von Jackie Lemancyzk, einer jungen Frau mit vielen Problemen.

Für eine Weile zurück zur Black-Akte. Pellrod spricht über einige der weniger belastenden Dokumente. Er äußert sich nicht über die Ablehnungsschreiben, sondern verbringt statt dessen eine Menge Zeit mit Papierkram, der irrelevant und unwichtig ist.

»Mr. Drummond«, unterbricht Kipler streng, »ich habe Sie gebeten, zu etwas anderem überzugehen. Diese Dokumente liegen den Geschworenen vor, und diese Aussagen wurden bereits von anderen Zeugen gemacht. Und jetzt sehen Sie bitte zu, daß Sie vorankommen.«

Drummonds Gefühle sind verletzt. Er wird von einem unfairen Richter vermahnt und gemaßregelt. Er braucht einige Zeit, um sich wieder zu fassen. Er ist mit seiner Leistung nicht auf der Höhe.

Sie entschließen sich zu einer neuen Strategie hinsichtlich des Schadenshandbuchs. Pellrod sagt, es ist nur ein Leitfaden, nicht mehr und nicht weniger. Er persönlich hat seit Jahren keinen Blick mehr in das verdammte Ding geworfen. Es wird so oft geändert, daß die erfahrenen Schadenssachbearbeiter es einfach ignorieren. Drummond zeigt ihm Abschnitt U, und, es ist kaum zu glauben, er hat ihn noch nie gesehen. Hat für ihn ebensowenig Bedeutung wie für die vielen Sachbearbeiter, die ihm unterstehen. Er persönlich kennt keinen einzigen Sachbearbeiter, der dieses Handbuch zu Rate zieht.

Also wie werden die Ansprüche in Wirklichkeit bearbeitet? Pellrod sagt es uns. Von Drummond dazu aufgefordert, befördert er einen hypothetischen Anspruch durch die normalen Kanäle. Schritt um Schritt, Formular um Formular, Aktennotiz um Aktennotiz. Pellrods Stimme verbleibt in derselben Oktave, und er langweilt die Geschworenen zu Tode. Lester Days, einer der Geschworenen in der hinteren Reihe, nickt ein. Überall Gähnen und schwere Lider, während sie vergeblich versuchen, wach zu bleiben.

Das bleibt nicht unbemerkt.

Wenn Pellrod unter seinem Versagen, die Geschworenen zu beeindrucken, leidet, läßt er es sich nicht anmerken. Seine Stimme und sein Verhalten ändern sich nicht. Er endet mit ein paar bestürzenden Enthüllungen über Jackie Lemancyzk. Es war bekannt, daß sie Probleme mit dem Trinken hatte, und sie kam oft nach Alkohol riechend zur Arbeit. Sie blieb dem Büro öfter fern als die anderen Sachbearbeiter. Sie wurde immer verantwortungsloser, und ihre Kündigung war unvermeidlich. Was war mit ihren sexuellen Eskapaden?

Hier müssen Pellrod und Great Benefit vorsichtig sein, weil dieses Thema an einem anderen Tag in einem anderen Gerichtssaal zur Sprache kommen wird. Was immer hier gesagt wird, wird protokolliert und kann später verwendet werden. Also begibt sich Drummond klugerweise, anstatt sie zu einer Hure zu machen, die bereitwillig mit jedem ins Bett ging, auf eine höhere Ebene.

»Darüber weiß ich wirklich nichts«, sagt Pellrod und kassiert einen kleinen Punkt bei den Geschworenen.

Sie schlagen noch ein bißchen mehr Zeit tot und ziehen es fast bis zwölf Uhr hin, bevor Pellrod mir ausgeliefert wird. Kipler will für den Lunch unterbrechen, aber ich versichere ihm, daß es nicht lange dauern wird. Er erklärt sich widerstrebend einverstanden.

Ich fange damit an, daß ich Pellrod eine Kopie des Abweisungsschreibens gebe, das er unterzeichnet und an Dot Black geschickt hat. Es war die vierte Abweisung, und sie wurde damit begründet, daß Donny Rays Leukämie eine Krankheit wäre, die bereits vor Vertragsabschluß bestanden hätte. Ich fordere ihn auf, den Brief den Geschworenen vorzulesen, und er gibt zu, daß er ihn geschrieben hat. Ich lasse zu, daß er zu erklären versucht, weshalb er ihn geschrieben hat; aber natürlich gibt es dafür keine Erklärung. Der Brief war eine Privatangelegenheit zwischen Pellrod und Dot Black, nie dazu bestimmt, irgend jemand anderem unter die Augen zu kommen, schon gar nicht in diesem Gerichtssaal.

Er redet über ein Formular, das irrtümlich von Jackie ausgefüllt wurde, und über ein Mißverständnis mit Mr. Krokit; nun ja, die ganze Sache war einfach ein Versehen. Und es tut ihm sehr leid.

»Es ist ein bißchen spät für eine Entschuldigung, nicht wahr?«

»Vermutlich.«

»Als Sie diesen Brief schrieben, haben Sie nicht gewußt, daß es noch vier weitere Abweisungsschreiben geben würde, oder?«

»Nein.«

»Also sollte dieser Brief die endgültige Abweisung von Mrs. Blacks Anspruch sein, richtig?«

Der Brief enthält die Worte »endgültige Abweisung«.

»Vermutlich.«

»Woran ist Donny Ray Black gestorben?«

Er zuckt die Achseln. »Leukämie.«

»Und welche Krankheit führte zur Erhebung des Anspruchs?«

»Leukämie.«

»Auf welche Vorerkrankung bezieht sich Ihr Schreiben?«

»Eine Grippe.«

»Und wann hatte er diese Grippe?«

»Das weiß ich nicht genau.«

»Ich kann die Akte holen, wenn Sie sie mit mir durchsehen wollen.«

»Nein, das ist okay.« Alles, um mich von der Akte fernzuhalten. »Ich glaube, er war fünfzehn oder sechzehn«, sagt er.

»Er hatte also eine Grippe, als er fünfzehn oder sechzehn war, also bevor die Police ausgestellt wurde, und sie wurde im Antrag nicht erwähnt.«

»Das ist richtig.«

»Also. Mr. Pellrod, haben Sie im Laufe Ihrer langjährigen Erfahrung mit Schadensfällen jemals einen Fall erlebt, bei dem eine Grippe irgend etwas mit einer fünf Jahre später ausgebrochenen Leukämie zu tun hatte?«

Darauf gibt es nur eine Antwort, aber er kann sie einfach nicht geben. »Ich glaube nicht.«

»Heißt das nein?«

»Ja, es heißt nein.«

»Also hatte die Grippe nichts mit der Leukämie zu tun?«

»Nein.«

»Also haben Sie in Ihrem Brief gelogen, nicht wahr?«

Natürlich hat er in seinem Brief gelogen, und wenn er behaupten würde, er hätte damals nicht gelogen, würde er jetzt lügen. Den Geschworenen würde es nicht entgehen. Er sitzt in der Falle, aber Drummond hatte Zeit, mit ihm zu arbeiten.

»Der Brief war ein Irrtum«, sagt Pellrod.

»Eine Lüge oder ein Irrtum?«

»Ein Irrtum.«

»Ein Irrtum, der dazu beigetragen hat, daß Donny Ray Black gestorben ist?«

»Einspruch!« brüllt Drummond von seinem Platz aus.

Kipler denkt eine Sekunde darüber nach. Ich hatte einen Einspruch erwartet, und ich rechne damit, daß ihm stattgegeben wird. Seine Ehren jedoch ist anderer Ansicht. »Abgelehnt. Beantworten Sie die Frage.«

»Ich möchte einen grundsätzlichen Einspruch gegen diese Art der Befragung erheben«, sagt Drummond wütend.

»Zur Kenntnis genommen. Bitte beantworten Sie die Frage, Mr. Pellrod.«

»Es war ein Irrtum, mehr kann ich dazu nicht sagen.«

»Keine Lüge?«

»Nein.«

»Was ist mit Ihrer Aussage vor dieser Jury? Steckt sie voller Lügen oder voller Irrtümer?«

»Keines von beidem.«

Ich drehe mich um und zeige auf Dot Black, dann wende ich mich wieder an den Zeugen. »Mr. Pellrod, können Sie als leitender Schadenssachbearbeiter Mrs. Black hier in die Augen sehen und ihr sagen, daß der Anspruch ihres Sohnes von Ihrer Gesellschaft fair gehandhabt wurde? Können Sie das?«

Er zwinkert und windet sich und runzelt die Stirn und wirft Drummond einen Instruktionen heischenden Blick zu. Er räuspert sich, versucht, den Beleidigten zu spielen, sagt: »Ich glaube nicht, daß ich dazu gezwungen werden kann.«

»Danke. Keine weiteren Fragen.«

Ich habe weniger als fünf Minuten gebraucht, und die Verteidigung ist ins Schleudern gekommen. Sie dachte, wir würden den Tag mit Reisky verbringen und dann morgen mit Pellrod weitermachen. Aber ich denke nicht daran, mit diesen Affen Zeit zu vergeuden. Ich will zu den Geschworenen sprechen.

Kipler ordnet eine zweistündige Lunchpause an. Ich nehme Leo beiseite und gebe ihm eine Liste von sechs zusätzlichen Zeugen.

»Was zum Teufel ist das?« fragt er.

»Sechs Ärzte, alle aus der Stadt, alles Onkologen, alle bereit, hier auszusagen, falls Sie Ihren Quacksalber aufrufen.« Walter Kord ist wütend über Drummonds Vorhaben, Knochenmarkstransplantationen als ein experimentelles Verfahren hinzustellen. Er hat seine Partner und Freunde bekniet, und sie stehen bereit, um auszusagen.

»Er ist kein Quacksalber.«

»Sie wissen, daß er ein Quacksalber ist. Er ist ein Spinner aus New York oder irgendeiner anderen fernen Stadt. Ich habe hier sechs Einheimische. Rufen Sie ihn auf. Könnte lustig werden.«

»Diese Zeugen wurden nicht in der Vorverhandlung benannt. Eine solche Überrumpelung ist unfair.«

»Sie sind Widerlegungszeugen. Beschweren Sie sich beim Richter.« Ich gehe fort, während er noch dasteht und auf meine Liste starrt.

Nach dem Lunch, aber bevor Kipler die Sitzung wieder eröffnet hat, unterhalte ich mich neben meinem Tisch mit Dr. Walter Kord und zwei seiner Partner. In der vordersten Reihe hinter dem Tisch der Verteidigung sitzt ganz für sich allein Dr. Milton Jiffy, Drummonds Quacksalber. Während sich die Anwälte auf die Nachmittagssitzung vorbereiten, rufe ich Drummond herbei und mache ihn mit Kords Partnern bekannt. Es ist ein peinlicher Moment. Drummond ist sichtlich betroffen von ihrer Anwesenheit im Saal. Die drei Ärzte nehmen ihre Plätze in der vordersten Reihe hinter mir ein. Die fünf Clowns von Trent & Brent können nicht anders, sie müssen sie anstarren.

Die Geschworenen werden hereingeführt, und Drummond ruft Jack Underhall in den Zeugenstand. Er wird vereidigt, setzt sich und grinst die Geschworenen idiotisch an. Sie haben ihn jetzt seit drei Tagen ständig vor Augen gehabt, und ich kann nicht begreifen, wie Drummond auf die Idee kommt, daß man diesem Kerl glauben könnte.

Seine Absicht wird rasch deutlich. Alles dreht sich um Jackie Lemancyzk. Sie hat über die zehntausend Dollar Bargeld gelogen. Sie hat über das Unterschreiben der Abmachung gelogen, weil es keine Abmachung gibt. Sie hat über das System der Zahlungsverweigerung gelogen. Sie hat über den Sex mit ihren Bossen gelogen. Sie hat sogar gelogen, als sie behauptete, die Firma hätte die Bezahlung ihrer Arztrechnungen verweigert. Underhalls Stimme klingt zuerst leicht mitfühlend, wird aber bald schrill und rachsüchtig. Es ist unmöglich, diese grauenhaften Dinge mit einem Lächeln vorzubringen, aber er scheint felsenfest entschlossen zu sein, kein gutes Haar an ihr zu lassen.

Es ist ein kühnes und riskantes Manöver. Die Tatsache, daß dieser Gangster jemanden des Lügens beschuldigt, ist eine schamlose Ironie. Sie sind zu dem Schluß gekommen, daß dieser Prozeß weitaus wichtiger ist als alle späteren von Jackie Lemancyzk angestrengten Verfahren. Drummond ist offenbar willens, die totale Abneigung der Geschworenen in Kauf zu nehmen, wenn er dafür genügend Schmutz aufwirbeln kann, um das Wasser zu trüben. Und vermutlich denkt er, daß er kaum etwas zu verlieren hat bei dieser gemeinen Attacke auf eine junge Frau, die nicht anwesend ist und sich nicht wehren kann.

Jackies Arbeit war miserabel, teilt Underhall uns mit. Sie trank und hatte Probleme, mit ihren Kollegen und Kolleginnen auszukommen. Es mußte etwas unternommen werden. Sie gaben ihr die Chance, zu kündigen, damit sie keinen dunklen Fleck in ihren Papieren hätte. Das alles hatte nichts zu tun mit der Tatsache, daß sie vernommen werden sollte, nicht das allergeringste mit dem Black-Fall.

Seine Aussage ist bemerkenswert kurz. Sie hoffen, ihn in den Zeugenstand und wieder heraus zu bekommen, ohne daß dadurch wesentlicher Schaden angerichtet wird. Es gibt nicht viel, was ich tun kann, aber ich hoffe, die Geschworenen verabscheuen ihn ebensosehr wie ich. Er ist Anwalt und nicht gerade jemand, mit dem ich mich anlegen möchte.

»Mr. Underhall, gibt es in Ihrer Firma Personalakten?« frage ich sehr höflich.

»Ja.«

»Haben Sie eine Akte über Jackie Lemancyzk?«

»Ja.«

»Haben Sie sie bei sich?«

»Nein, Sir.«

»Wo befindet sie sich?«

»Im Büro, nehme ich an.«

»In Cleveland?«

»Ja. Im Büro.«

»Also können wir sie uns nicht ansehen?«

»Ich habe sie nicht bei mir. Und ich wurde auch nicht aufgefordert, sie mitzubringen.«

»Enthält sie auch Leistungsbeurteilungen und dergleichen?«

»Ja.«

»Wenn eine Angestellte eine Abmahnung erhält, heruntergestuft oder versetzt wird, steht das dann in der Personalakte?«

»Ja.«

»Finden sich in Jackies Akte derartige Angaben?«

»Ich nehme es an.«

»Enthält ihre Akte eine Kopie ihrer Kündigung?«

»Ja.«

»Aber was den Inhalt der Akte angeht, müssen wir uns auf Ihr Wort verlassen, richtig?«

»Ich wurde nicht aufgefordert, sie mitzubringen, Mr. Baylor.«

Ich werfe einen Blick auf meine Notizen und räuspere mich. »Mr. Underhall, haben Sie eine Kopie der Abmachung, die Jakkie unterschrieben hat, als Sie ihr das Geld gaben und sie versprach, Stillschweigen zu bewahren?«

»Ihr Gehör scheint nicht in Ordnung zu sein.«

»Wie bitte?«

»Ich habe gerade ausgesagt, daß es keine derartige Abmachung gibt.«

»Sie meinen, sie existiert nicht?«

Er schüttelt vehement den Kopf. »Sie hat nie existiert. Sie hat gelogen.«

Ich tue überrascht, dann gehe ich langsam zu meinem Tisch, der mit Papieren übersät ist. Ich finde das, was ich wollte, überfliege es, von allen beobachtet, nachdenklich und kehre dann mit dem Blatt Papier zum Podium zurück. Underhalls Rücken versteift sich, und er wirft einen verzweifelten Blick zu Drummond hinüber, der in diesem Moment das Papier in meiner Hand anstarrt. Sie denken an die Abschnitte U. Baylor hat es wieder geschafft! Er hat die vergrabenen Dokumente gefunden und uns beim Lügen ertappt.

»Aber Jackie Lemancyzk war sehr präzise, als sie den Geschworenen erzählte, was sie unterschreiben mußte. Erinnern Sie sich an ihre Aussage?« Ich lasse das Blatt vor dem Podium baumeln.

»Ja, ich habe ihre Aussage gehört«, sagt er. Seine Stimme ist jetzt ein wenig höher, seine Worte angespannter.

»Sie sagte, Sie hätten ihr zehntausend Dollar in bar gegeben und sie gezwungen, eine Abmachung zu unterschreiben. Erinnern Sie sich daran?« Ich schaue auf das Papier, als läse ich, was darauf steht. Jackie hat mir erzählt, daß die Geldsumme im ersten Absatz der Abmachung stand.

»Ja, ich habe es gehört«, sagt er und sieht Drummond an. Underhall weiß, daß ich keine Kopie der Abmachung habe, weil er das Original irgendwo vergraben hat. Aber sicher kann er nicht sein. Es passieren die merkwürdigsten Dinge. Wie in aller Welt konnte ich den Abschnitt U finden?

Er kann nicht zugeben, daß eine derartige Abmachung existiert. Und abstreiten kann er es auch nicht. Wenn er es abstreitet und ich dann plötzlich eine Kopie vorlege, wird der Schaden erst abzuschätzen sein, wenn die Geschworenen mit ihrem Spruch zurückkehren. Er zappelt, windet sich, wischt sich den Schweiß von der Stirn.

»Und Sie haben keine Kopie der Abmachung, die Sie den Geschworenen zeigen könnten?« sage ich, das Blatt Papier in meiner Hand schwenkend.

»Nein. Es gibt keine solche Abmachung.«

»Sind Sie sicher?« frage ich, fahre mit dem Finger an den Kanten des Blattes entlang, streichele es.

»Ich bin sicher.«

Ich starre ihn ein paar Sekunden an und genieße es, ihn leiden zu sehen. Die Geschworenen haben nicht ans Schlafen gedacht. Sie warten darauf, daß die Axt niedersaust, daß ich die Abmachung hervorzaubere und zusehe, wie er zu Boden geht.

Aber ich kann es nicht. Ich knülle das bedeutungslose Blatt Papier zusammen und werfe es dramatisch auf den Tisch. »Keine weiteren Fragen«, sage ich. Underhall atmet hörbar auf. Ein Herzanfall ist vermieden worden. Er springt aus dem Zeugenstand und verläßt den Saal.

Drummond bittet um fünf Minuten Pause. Kipler entscheidet, daß die Geschworenen mehr brauchen, und entläßt uns für eine Viertelstunde.

Die Strategie der Verteidigung, die Aussagen hinzuschleppen und die Geschworenen dadurch zu verwirren, hat offensichtlich nicht funktioniert. Die Geschworenen haben über Reisky gelacht und Pellrod verschlafen. Underhall war eine fast tödliche Katastrophe, weil Drummond befürchtete, ich hätte eine Kopie eines Dokuments, das angeblich nicht existiert.

Drummond reicht es. Er wird seine Chancen in einem kraftvollen Schlußplädoyer wahrnehmen, wenigstens etwas, wo ihm niemand hineinpfuschen kann. Nach der Pause verkündet er, daß die Verteidigung keine weiteren Zeugen aufzurufen gedenkt.

Der Prozeß ist nahezu vorüber. Kipler setzt die Schlußplädoyers auf neun Uhr am Freitag morgen an. Er verspricht den Geschworenen, daß ihnen der Fall um elf Uhr übergeben wird.

48

Lange nachdem die Geschworenen gegangen sind und lange nachdem Drummond und seine Mannschaft sich eilig auf den Weg zu ihren Büros aufgemacht haben, vermutlich, um ein weiteres Mal hektisch darüber zu debattieren, was denn nun schiefgelaufen ist, sitzen wir im Gerichtssaal am Tisch der Anklage und unterhalten uns über morgen. Cooper Jackson und die beiden Anwälte aus Raleigh, Hurley und Grunfeld, bemühen sich, mir nicht allzu viele unerbetene Ratschläge zu erteilen, aber mir macht es nichts aus, ihre Ansichten zu hören. Alle wissen, daß dies mein erster Prozeß ist. Sie scheinen beeindruckt von der Arbeit, die ich geleistet habe. Ich bin müde, immer noch ziemlich nervös und sehr realistisch, was das Geschehene angeht. Ich hatte einen wundervollen Tatbestand, einen niederträchtigen, aber reichen Beklagten, einen unglaublich wohlwollenden Richter – ein Glücksfall, nachdem ich es zuerst mit einem anderen zu tun hatte. Ich habe außerdem eine tolle Jury; aber die muß ihre Arbeit erst noch leisten.

Künftige Prozesse können nur schlechter ausgehen, sagen sie. Sie sind überzeugt, daß ein siebenstelliges Urteil herauskommen wird. Jackson hat zwölf Jahre lang Fälle verhandelt, bevor er sein erstes Eine-Million-Dollar-Urteil erreichte.

Sie erzählen Kriegsgeschichten, um mich zuversichtlich zu stimmen. Es ist eine angenehme Art, den Nachmittag zu verbringen. Deck und ich werden die Nacht durcharbeiten, aber im Augenblick genieße ich den Trost verwandter Seelen, die sich ehrlich wünschen, daß ich Great Benefit einen gewaltigen Denkzettel verpasse.

Jackson ist etwas bestürzt über Neuigkeiten aus Florida. Ein Anwalt dort konnte die Zeit nicht abwarten und hat heute morgen vier Klagen gegen Great Benefit eingereicht. Sie glaubten, der Mann würde sich ihrer konzertierten Aktion anschließen, aber offensichtlich hat ihn die Habgier gepackt. Nach dem heutigen Stand der Dinge vertreten diese drei Anwälte neunzehn Ansprüche gegen Great Benefit, und sie haben vor, die Klagen Anfang nächster Woche einzureichen.

Sie wollen mich aufmuntern. Sie wollen uns ein gutes Abendessen spendieren, aber wir müssen arbeiten. Das letzte, was ich heute abend gebrauchen kann, ist ein schweres Essen und Wein und Drinks hinterher.

Also essen wir im Büro ein paar Sandwiches und trinken Limonade. Ich deponiere Deck auf einem Stuhl in meinem Büro und probe mein Schlußplädoyer für die Geschworenen. Ich habe so viele Versionen davon memoriert, daß ich sie jetzt alle durcheinanderbringe. Ich benutze eine kleine Tafel und notiere die entscheidenden Zahlen. Ich bitte um Fairneß und fordere gleichzeitig eine horrende Geldsumme. Deck unterbricht mich häufig, und wir diskutieren wie Schulkinder.

Keiner von uns beiden hat je ein Schlußplädoyer vor einer Jury gehalten, aber er hat mehr gehört als ich, also ist er der Experte. Es gibt Augenblicke, in denen ich mir unbesiegbar vorkomme, regelrecht arrogant, weil ich es auf eine so phantastische Art bis hierher geschafft habe. Deck spürt diese Anmaßung und versetzt mir schnell einen Dämpfer. Er erinnert mich wiederholt daran, daß der Fall morgen früh immer noch gewonnen oder verloren werden kann.

Aber die meiste Zeit habe ich einfach Angst. Die Angst ist kontrollierbar, aber sie verläßt mich nie. Sie motiviert mich und spornt mich zum Weitermachen an, aber ich werde sehr glücklich sein, wenn ich sie los bin.

Gegen zehn schalten wir das Licht aus und fahren nach Hause. Ich trinke ein Bier als Einschlafhilfe, und es funktioniert. Irgendwann nach elf schlafe ich über den in meinem Kopf herumtosenden Erfolgsvisionen ein.

Kaum eine Stunde später läutet das Telefon. Es ist eine mir unbekannte Stimme, eine Frau, jung und sehr eindringlich. »Sie kennen mich nicht, aber ich bin eine Freundin von Kelly«, sagt sie fast flüsternd.

»Was ist passiert?« frage ich und bin schlagartig wach.

»Kelly geht es nicht gut. Sie braucht Ihre Hilfe.«

»Was ist passiert?« frage ich noch einmal.

»Er hat sie wieder geschlagen. Kam betrunken nach Hause, das Übliche.«

»Wann?« Ich stehe im Dunkeln neben meinem Bett und versuche, den Lampenschalter zu finden.

»Gestern abend. Sie braucht Ihre Hilfe, Mr. Baylor.«

»Wo ist sie?«

»Hier bei mir. Nachdem die Polizei Cliff mitgenommen hatte, ist sie in eine Notfallklinik gefahren. Gott sei Dank ist nichts gebrochen. Ich habe sie dort abgeholt, und jetzt versteckt sie sich hier bei mir.«

»Wie schwer ist sie verletzt?«

»Es sieht ziemlich schlimm aus, aber keine gebrochenen Knochen. Schnittwunden und schwere Prellungen.«

Ich lasse mir ihren Namen und ihre Adresse geben, lege den Hörer auf und ziehe mich schnell an. Es ist eine große Wohnanlage, nicht weit von Kellys Wohnung entfernt, und ich fahre durch etliche Einbahnstraßen, bevor ich das richtige Gebäude gefunden habe.

Robin, die Freundin, öffnet die Tür bei vorgelegter Kette einen Spaltbreit, und ich muß mich ausweisen, bevor sie mich einläßt. Sie dankt mir, daß ich gekommen bin. Sie ist selbst noch sehr jung, vermutlich geschieden und für kaum mehr als den Mindestlohn arbeitend. Ich trete ins Wohnzimmer, einen kleinen Raum mit gemietetem Mobiliar. Kelly sitzt auf dem Sofa, mit einem Eisbeutel auf dem Kopf.

Ich kann nur vermuten, daß es die Frau ist, die ich kenne. Ihr linkes Auge ist vollständig zugeschwollen, die Haut darum herum verfärbt sich bereits blau. Über dem Auge sitzt ein Verband mit einem Blutfleck darauf. Beide Wangen sind geschwollen. Ihre Unterlippe ist aufgeplatzt und steht auf groteske Weise vor. Sie trägt ein langes T-Shirt, sonst nichts, und auf beiden Schenkeln und oberhalb der Knie zeigen sich große Quetschungen.

Ich beuge mich vor und küsse sie auf die Stirn, dann setze ich mich dicht vor ihr auf einen Schemel. Im rechten Auge ist bereits eine Träne. »Danke fürs Kommen«, murmelt sie. Wegen der verletzten Wangen und der aufgeplatzten Lippe kann sie kaum sprechen. Ich tätschele ihr sehr sanft das Knie. Sie streichelt meinen Handrücken.

Ich könnte ihn umbringen.

Robin, die neben ihr sitzt, sagt: »Sie sollte nicht sprechen, okay? Der Doktor hat gesagt, sowenig Bewegung wie möglich. Diesmal hat er seine Fäuste gebraucht. Er konnte den Baseballschläger nicht finden.«

»Wie ist es passiert?« frage ich Robin, sehe aber weiterhin Kelly an.

»Es war ein Kreditkartenstreit. Die Weihnachtsrechnungen mußten bezahlt werden. Er hatte eine Menge getrunken. Den Rest kennen Sie.« Der Bericht ist flüssig, und ich vermute, daß Robin selbst schon einiges erlebt hat. Sie trägt keinen Ehering. »Sie streiten. Er gewinnt, wie gewöhnlich. Nachbarn rufen die Polizei. Er geht ins Gefängnis, sie geht zu einem Arzt. Möchten Sie eine Cola oder sonst etwas?«

»Nein, danke.«

»Ich habe sie gestern abend hierhergebracht, und heute morgen war ich mit ihr in einer Beratungsstelle für mißhandelte Frauen in der Innenstadt. Sie hat mit einem der Berater dort gesprochen, der ihr gesagt hat, was sie tun muß. Er hat ihr einen Haufen Broschüren gegeben. Sie liegen da drüben, falls Sie sie brauchen. Im Grunde läuft es darauf hinaus, daß sie die Scheidung einreichen und dann sofort verschwinden soll.«

»Ist sie fotografiert worden?« frage ich, immer noch ihr Knie streichelnd. Sie nickt. Jetzt sind auch aus dem zugeschwollenen Auge Tränen hervorgequollen und rinnen ihr über die Wangen.

»Ja, sie haben eine Menge Aufnahmen gemacht. Da ist noch einiges, was Sie nicht sehen können. Zeig es ihm, Kelly. Er ist dein Anwalt. Er muß es sehen.«

Mit Robins Hilfe kommt sie langsam auf die Beine, dreht mir den Rücken zu und hebt das T-Shirt bis über die Taille an. Es ist nichts darunter, nichts außer massiven Quetschungen auf ihrem Hinterteil und der Rückseite ihrer Beine. Das T-Shirt rutscht höher und enthüllt noch mehr Quetschungen auf ihrem Rücken. Das T-Shirt fällt herunter, und sie läßt sich vorsichtig wieder auf das Sofa nieder.

»Er hat sie mit einem Gürtel geschlagen«, erklärt Robin. »Hat sie über sein Knie gezwungen und dann auf sie eingeschlagen.«

»Haben Sie ein Kleenex?« frage ich Robin.

»Natürlich.« Sie gibt mir einen großen Karton, und ich tupfe Kelly sehr behutsam die Wangen ab.

»Was willst du jetzt tun, Kelly?« frage ich.

»Machen Sie Witze?« sagt Robin. »Sie muß die Scheidung einreichen. Wenn sie es nicht tut, bringt er sie um.«

»Ist das wahr? Reichen wir die Scheidung ein?«

Kelly nickt und sagt: »Ja. So schnell wie möglich.«

»Ich tue es gleich morgen früh.«

Sie drückt meine Hand und schließt das rechte Auge.

»Womit wir zum zweiten Problem kommen«, sagt Robin. »Hier kann sie nicht bleiben. Cliff ist heute morgen aus dem Gefängnis entlassen worden, und er hat angefangen, ihre Freundinnen anzurufen. Ich bin heute nicht zur Arbeit gegangen, was ich nicht noch einmal tun kann, und er hat mich gegen Mittag angerufen. Ich habe ihm gesagt, ich wüßte von nichts. Eine Stunde später hat er wieder angerufen und mich bedroht. Die arme Kelly hat nicht besonders viele Freundinnen, und es wird nicht lange dauern, bis er sie gefunden hat. Außerdem habe ich eine Mitbewohnerin; es geht einfach nicht.«

»Ich kann hier nicht bleiben«, sagt Kelly leise und mühsam.

»Also, wo willst du hin?« frage ich.

Robin hat bereits darüber nachgedacht. »Nun, der Berater, mit dem wir heute morgen gesprochen haben, hat uns von einem Heim für mißhandelte Frauen erzählt, einer Art geheimem Zufluchtsort, der weder beim County noch beim Staat offiziell registriert ist. Es ist ein Haus hier in der Stadt, dessen Adresse nur von einem zum anderen weitergegeben wird. Die Frauen sind dort sicher, weil ihre geliebten Ehemänner sie nicht finden können. Das Problem ist, es kostet hundert Dollar pro Tag, und sie kann nur eine Woche bleiben. Ich verdiene keine hundert Dollar pro Tag.«

»Möchtest du dorthin?« frage ich Kelly. Sie nickt unter Schmerzen.

»Gut. Ich bringe dich morgen hin.«

Robin seufzt erleichtert auf. Sie verschwindet in der Küche, um eine Karte mit der Adresse des Heims zu holen.

»Laß mich deine Zähne sehen«, sage ich zu Kelly.

Sie macht den Mund auf, soweit es ihr möglich ist, gerade genug, daß ich ihre Schneidezähne sehen kann. »Nichts gebrochen?« frage ich.

Sie schüttelt den Kopf. Ich berühre den Verband über ihrem zugeschwollenen Auge. »Wie viele Stiche?«

»Sechs.«

Ich beuge mich noch weiter vor und drücke ihre Hände. »So etwas wird nie wieder passieren, verstanden?«

Sie nickt und flüstert: »Versprichst du das?«

»Ich verspreche es.«

Robin kehrt auf ihren Platz neben Kelly zurück und gibt mir die Karte. Sie hat noch einen guten Rat. »Hören Sie, Mr. Baylor, Sie kennen Cliff nicht, aber ich kenne ihn. Er ist verrückt und verschlagen und unberechenbar, wenn er getrunken hat. Seien Sie bitte vorsichtig.«

»Machen Sie sich keine Sorgen.«

»Er könnte jetzt draußen stehen und dieses Haus beobachten.«

»Ich habe keine Angst.« Ich stehe auf und küsse Kelly abermals auf die Stirn. »Ich reiche morgen früh die Scheidung ein. Dann komme ich und hole dich ab. Ich stecke mitten in einem großen Prozeß, aber das geht vor.«

Robin bringt mich zur Tür, und wir danken uns gegenseitig. Die Tür wird hinter mir zugemacht, und ich lausche den Geräuschen von Kette, Schloß und Riegel.

Es ist fast ein Uhr. Die Luft ist klar und sehr kalt. Niemand lauert in den Schatten.

An Schlaf ist nicht mehr zu denken, also fahre ich ins Büro. Ich parke am Bordstein direkt unter meinem Fenster und renne zur Haustür des Gebäudes. Dies ist nachts alles andere als eine sichere Gegend.

Ich schließe die Tür hinter mir ab und gehe in mein Büro. So schrecklich die Umstände auch sein mögen, eine Scheidung ist im Grunde eine recht simple Angelegenheit, zumindest juristisch. Ich fange an zu tippen, eine Beschäftigung, die mir schwerfällt, aber der Zweck der Sache erleichtert die Arbeit. Ich bin fest davon überzeugt, daß ich in diesem Fall mithelfe, ein Leben zu retten.

Deck erscheint gegen sieben und weckt mich. Irgendwann nach vier bin ich auf meinem Stuhl eingeschlafen. Er sagt mir, daß ich müde und mitgenommen aussehe, und was ist aus der guten Nachtruhe geworden?

Ich erzähle ihm die Geschichte, und er reagiert sauer. »Sie haben die Nacht damit verbracht, an einer dämlichen Scheidung zu arbeiten? Und das, wo Sie in zwei Stunden Ihr Schlußplädoyer halten müssen?«

»Immer mit der Ruhe, Deck. Ich werde es schon hinkriegen.«

»Und wieso das Grinsen?«

»Wir werden Great Benefit in die Pfanne hauen.«

»Nein, das ist es nicht. Sie bekommen endlich die Frau, deshalb lächeln Sie.«

»Unsinn. Wo ist mein Kaffee?«

Deck zuckt und zappelt. Er ist ein nervöses Wrack. »Ich hole ihn«, sagt er und verläßt mein Büro.

Die Scheidungsklage liegt auf meinem Tisch, fertig zum Einreichen. Ich werde einen Zusteller damit beauftragen, sie meinem Freund Cliff auszuhändigen, während er bei der Arbeit ist; sonst könnte er schwer aufzufinden sein. Die Klage enthält auch einen Antrag auf eine sofortige einstweilige Anordnung, sich von ihr fernzuhalten.

49

Daß ich ein Anfänger bin, hat einen großen Vorteil: Man rechnet damit, daß ich nervös und unsicher bin. Die Geschworenen wissen, daß es mir an jeglicher Erfahrung mangelt. Die Erwartungen sind also gering. Ich habe weder die Fähigkeiten noch das Talent, ein großartiges Plädoyer zu halten.

Es wäre ein Fehler, etwas zu versuchen, das ich nicht kann. In späteren Jahren, wenn mein Haar grau ist und meine Stimme geschmeidig und ich Hunderte von Auftritten vor Gericht hinter mir habe, kann ich vielleicht vor eine Jury hintreten und eine glanzvolle Vorstellung geben. Aber nicht heute. Heute bin ich nur Rudy Baylor, ein unsicherer junger Mann, der seine Freunde auf den Geschworenenbänken um Hilfe bittet.

Ich stehe vor ihnen, ziemlich nervös und angespannt, und versuche, ein wenig lockerer zu sein. Ich weiß, was ich sagen will, weil ich es schon hundertmal gesagt habe. Aber es ist wichtig, daß es sich nicht geprobt anhört. Ich fange damit an, daß ich erkläre, dies sei ein sehr wichtiger Tag für meine Mandanten, weil es ihre einzige Chance sei, Great Benefit zur Rechenschaft zu ziehen. Es gibt kein Morgen, keine zweite Chance vor Gericht, keine zweite Jury, die darauf wartet, ihnen helfen zu können. Ich fordere sie auf, an Dot zu denken und an das, was sie durchgemacht hat. Ich rede ein wenig über Donny Ray, ohne übermäßig dramatisch zu werden. Ich fordere die Geschworenen auf, sich vorzustellen, wie es ist, wenn man langsam und unter Schmerzen stirbt und dabei weiß, daß man eigentlich die Behandlung bekommen sollte, auf die man Anspruch hat. Ich spreche langsam und gemessen, sehr eindringlich, und meine Worte machen Eindruck. Mein Tonfall ist gelassen, und ich schaue direkt in die Gesichter der zwölf Leute, die bereit sind, ihre Stimmen abzugeben.

Ich referiere die Grundlagen der Police, ohne ins Detail zu gehen, und beschreibe kurz die Knochenmarkstransplantation. Ich weise darauf hin, daß die Verteidigung keinerlei Beweise vorgelegt hat, die Dr. Kords Aussage widersprechen. Dieses Verfahren ist durchaus nicht experimentell und hätte Donny Ray höchstwahrscheinlich das Leben gerettet.

Meine Stimme wird etwas lauter, als ich zum amüsanten Teil der Geschichte komme. Ich referiere über die vorenthaltenen Dokumente und die Lügen, die Great Benefit der Jury aufgetischt hat. Diese Dinge haben während des Prozesses einen solchen Eindruck hinterlassen, daß es ein Fehler wäre, sie jetzt breit auszuwalzen. Das Gute an einem Vier-Tage-Prozeß ist, daß die Erinnerung an die wichtigen Aussagen noch ganz frisch ist. Ich verwende die Aussage von Jackie Lemancyzk und das statistische Material von Great Benefit und schreibe ein paar Zahlen an die Tafel: die Anzahl der Policen im Jahre 1991, die Anzahl der Ansprüche und, was das wichtigste ist, die Anzahl der Abweisungen. Ich mache es kurz und so übersichtlich, daß sogar ein Fünftkläßler es verstehen könnte und nicht wieder vergißt. Die Botschaft ist klar und unwiderlegbar. Die unbekannten Mächte, die Great Benefit kontrollieren, haben ein System beschlossen, das vorsieht, für einen Zeitraum von zwölf Monaten alle legitimen Ansprüche abzuweisen. Nach Jackies Aussage war es ein Experiment, um herauszufinden, wieviel Geld in einem Jahr abgeschöpft werden kann. Es war eine kaltblütige Entscheidung, der nichts zugrunde lag außer Habgier, ohne Rücksicht auf Menschen wie Donny Ray Black.

Da wir gerade von Geld reden, nehme ich die Bilanz zur Hand und erkläre den Geschworenen, daß ich sie jetzt vier Monate lang studiert habe und es mir immer noch nicht gelungen ist, sie zu verstehen. Die Branche hat ihre eigenen, undurchschaubaren Buchhaltungspraktiken. Aber wenn man die von Great Benefit selbst gelieferten Zahlen nimmt, ist massenhaft Geld vorhanden. Ich schreibe die verfügbaren Geldmittel, die Rücklagen und die nicht ausgeschütteten Gewinne an die Tafel und addiere sie zu der Summe von vierhundertfünfundsiebzig Millionen. Das zugegebene Nettovermögen beläuft sich auf vierhundertfünfzig Millionen.

Wie bestraft man ein derart reiches Unternehmen? Ich stelle diese Frage, und ich sehe funkelnde Augen auf mich gerichtet. Sie können es kaum abwarten!

Ich benutze ein Beispiel, das schon seit vielen Jahren gebräuchlich ist. Prozeßanwälte lieben es, und ich habe ein Dutzend Versionen davon gelesen. Es funktioniert, weil es so simpel ist. Ich sage den Geschworenen, daß ich ein junger Anwalt bin, der die Groschen zusammenkratzen muß, um seine Rechnungen bezahlen zu können. Was ist, wenn ich hart arbeite und sehr bescheiden lebe, mein Geld spare und in zwei Jahren zehntausend Dollar auf der Bank habe? Ich habe schwer gearbeitet für dieses Geld, und ich will es nicht wieder verlieren. Und was ist, wenn ich etwas Unrechtes tue, sagen wir, die Beherrschung verliere und jemandem einen Schlag versetze und ihm dabei das Nasenbein breche? Natürlich muß ich für den tatsächlichen Schaden aufkommen, den ich bei meinem Opfer angerichtet habe. Aber ich muß außerdem bestraft werden, damit ich es nicht noch einmal tue. Ich besitze nur zehntausend Dollar. Wieviel davon muß ich zahlen, um einen Denkzettel verpaßt zu bekommen? Ein Prozent wären hundert Dollar, die mir weh tun könnten oder auch nicht. Ich würde ungern hundert Dollar herausrücken, aber es würde mir nicht sonderlich viel ausmachen. Was ist mit fünf Prozent? Würden fünfhundert Dollar ausreichen, mich dafür zu bestrafen, daß ich einem Mann die Nase gebrochen habe? Würde ich hinreichend leiden, wenn ich den Scheck ausschreibe? Vielleicht, vielleicht auch nicht. Was ist mit zehn Prozent? Ich wette, wenn ich gezwungen wäre, tausend Dollar zu zahlen, dann würde zweierlei passieren. Erstens würde es mir ehrlich leid tun. Und zweitens würde ich mein Verhalten ändern.

Wie soll man Great Benefit bestrafen? Genau so, wie man mich oder wen auch immer bestrafen würde. Man sieht sich die Kontoauszüge an, findet heraus, wieviel Geld vorhanden ist, und verurteilt ihn zu einer Geldstrafe, die weh tut, ihn aber nicht ruiniert. Für eine reiche Gesellschaft gilt dasselbe. Sie muß ebenso behandelt werden wie alle anderen Leute.

Ich sage den Geschworenen, daß die Entscheidung bei ihnen liegt. Wir haben auf zehn Millionen geklagt, aber sie sind nicht an diese Summe gebunden. Sie können so entscheiden, wie sie es für richtig halten, und es ist nicht meine Sache, einen bestimmten Betrag vorzuschlagen.

Ich ende mit einem lächelnden Danke, dann sage ich ihnen, wenn sie Great Benefit nicht einen Riegel vorschieben, könnten sie die nächsten sein. Einige nicken, einige lächeln. Andere betrachten die Zahlen auf der Tafel.

Ich kehre zu meinem Tisch zurück. Deck sitzt an der Ecke und grinst von einem Ohr zum anderen. In der hintersten Reihe reckt Cooper Jackson den Daumen. Ich setze mich neben Dot und bin sehr gespannt, ob es dem großen Leo F. Drummond gelingt, aus der Niederlage noch einen Sieg herauszuholen.

Er beginnt mit einer wortreichen Entschuldigung für sein Verhalten während der Auswahl der Geschworenen, sagt, er hätte sich einfach hinreißen lassen und sie sollten ihm jetzt vertrauen. Die Entschuldigungen gehen weiter, als er über seinen Mandanten redet, eine der ältesten und geachtetsten Versicherungsfirmen in Amerika. Bei diesem Anspruch hat sie Fehler gemacht. Schwerwiegende Fehler. Diese gräßlichen Abweisungsschreiben waren fürchterlich gefühllos und ausgesprochen beleidigend. Sein Mandant war eindeutig im Unrecht. Aber sein Mandant hat mehr als sechstausend Mitarbeiter, und es ist sehr schwer, das Tun und Lassen all dieser Leute zu kontrollieren und jeden ihrer Briefe zu überprüfen. Doch auch das entschuldigt nichts. Er bestreitet nicht, daß Fehler gemacht wurden.

Er reitet ein paar Minuten auf diesem Thema herum und leistet gute Arbeit darin, das Vorgehen seines Mandanten als bloßen Zufall hinzustellen, dem gewiß keine Absicht zugrunde lag. Er schleicht auf Zehenspitzen um die Schadensakte herum, die Handbücher, die unterschlagenen Dokumente, die offenbaren Lügen. Die Wahrheit ist für Drummond ein Minenfeld, und er will es so schnell wie möglich hinter sich bringen.

Er gibt offen zu, daß der Anspruch hätte bezahlt werden müssen, die ganzen zweihunderttausend Dollar. Das ist ein schwerwiegendes Zugeständnis, und die Geschworenen nehmen es zur Kenntnis. Er versucht, sie milder zu stimmen, und er hat Erfolg. Und nun zu der Geldstrafe. Er ist einfach fassungslos angesichts meines Vorschlags, die Geschworenen sollten erwägen, Dot Black einen Prozentanteil vom Nettovermögen von Great Benefit zuzusprechen. Es ist unglaublich! Welchen Sinn sollte das haben? Er hat zugegeben, daß sein Mandant falsch gehandelt hat. Diejenigen, die für diese Ungerechtigkeit verantwortlich waren, sind entlassen worden. Great Benefit hat reinen Tisch gemacht.

Also was könnte eine Verurteilung bewirken? Nichts. Rein gar nichts.

Drummond begibt sich vorsichtig auf das Gebiet ungerechtfertigter Bereicherung. Er muß achtgeben, daß er Dot nicht kränkt, weil er damit gleichzeitig die Geschworenen kränken würde. Er liefert ein paar Fakten über die Blacks; wo sie wohnen, seit wann, das Haus, die Nachbarschaft und so weiter und so weiter. Indem er das tut, porträtiert er sie als durchschnittliche Familie aus der Mittelschicht, die ein einfaches, aber glückliches Leben führt. Er ist recht großherzig. Ein besseres Bild hätte nicht einmal Norman Rockwell malen können. Ich kann fast die schattigen Straßen und den freundlichen Zeitungsjungen sehen. Die Schilderung ist perfekt, und die Geschworenen hören zu. Er beschreibt entweder die Art, auf die sie leben, oder die Art, auf die sie gern leben würden.

Weshalb sollten Sie, die Geschworenen, Great Benefit Geld wegnehmen und es den Blacks geben? Es würde dieses erfreuliche Bild kaputtmachen. Es würde Chaos in ihr Leben bringen. Es würde sie zu etwas völlig anderem machen als ihre Nachbarn und Freunde. Kurzum, es würde sie vernichten. Und hat irgend jemand Anspruch auf die Summe, die ich, Rudy Baylor, vorgeschlagen habe? Natürlich nicht. Es ist ungerecht und unfair, Geld von einer Gesellschaft zu nehmen, nur weil das Geld vorhanden ist.

Er geht zur Tafel, schreibt den Betrag von 746 Dollar darauf und teilt den Geschworenen mit, daß dies das Monatseinkommen der Blacks ist. Daneben schreibt er die Summe von 200 000 Dollar, errechnet sechs Prozent davon und kommt auf 12 000 Dollar. Dann sagt er den Geschworenen, was er wirklich will, nämlich das Monatseinkommen der Blacks verdoppeln. Hätten wir das nicht alle gern? Es ist ganz einfach. Sprechen Sie den Blacks die 200 000 Dollar zu, die die Transplantation gekostet hätte, und wenn sie das Geld in steuerfreien Wertpapieren zu sechs Prozent anlegen, dann haben sie monatlich ein steuerfreies Einkommen von 1000 Dollar.

Great Benefit wäre sogar bereit, das Geld für Dot und Buddy zu investieren.

Was für ein Angebot!

Er hat so etwas oft genug getan, damit es funktioniert. Die Argumentation ist zwingend, und als ich die Gesichter der Geschworenen betrachte, stelle ich fest, daß sie darüber nachdenken. Sie schauen auf die Tafel. Es scheint ein so netter Kompromiß zu sein.

Das ist der Moment, in dem ich hoffe und darum bete, daß sie sich an Dots Schwur erinnern, das Geld der American Leukemia Society zu geben.

Drummond schließt mit einem Appell an gesunden Menschenverstand und Fairneß. Seine Stimme wird tiefer und seine Worte langsamer. Er ist ganz Aufrichtigkeit. Bitte tun Sie, was fair ist, sagt er, dann kehrt er auf seinen Platz zurück.

Da ich die Anklage vertrete, habe ich das letzte Wort. Ich habe mir zehn Minuten der mir zustehenden halben Stunde für die Widerlegung aufgespart, und während ich auf die Geschworenen zugehe, lächle ich. Ich sage ihnen, daß ich hoffe, eines Tages das tun zu können, was Mr. Drummond eben getan hat. Ich lobe ihn als tüchtigen Prozeßanwalt, einen der besten im ganzen Lande. Ich bin ein sehr netter junger Mann.

Ich habe nur ein paar Anmerkungen. Erstens, Great Benefit gibt jetzt zu, ein Unrecht begangen zu haben, und offeriert zweihunderttausend Dollar als Friedensangebot. Warum? Weil sie jetzt auf ihren Fingernägeln kauen und inbrünstig darum beten, daß ihnen nichts Schlimmeres passiert, als zweihunderttausend Dollar herausrücken zu müssen. Zweitens: Hat Mr. Drummond diese Fehler zugegeben und das Geld angeboten, als er am Montagmorgen vor die Geschworenen getreten ist? Nein, das hat er nicht getan. Er hat zu diesem Zeitpunkt bereits alles gewußt, was er jetzt weiß, also warum hat er Ihnen nicht rundheraus gesagt, daß sein Mandant ein Unrecht begangen hat? Warum nicht? Weil sie gehofft haben, daß man die Wahrheit nicht erfahren würde. Und jetzt, da die

Wahrheit ans Licht gekommen ist, sind sie regelrecht demütig geworden.

Ich ende damit, daß ich die Geschworenen provoziere. Ich sage: »Wenn Sie nichts Besseres zustande bringen als die zweihunderttausend Dollar, dann behalten Sie sie. Wir wollen sie nicht. Sie sind für eine Operation bestimmt, die nie stattfinden wird. Wenn Sie nicht der Ansicht sind, daß Great Benefit bestraft werden muß, dann behalten Sie die zweihunderttausend Dollar, und wir gehen alle nach Hause.« Ich wandere an der Geschworenenbank entlang und sehe jedem einzelnen Geschworenen in die Augen. Sie werden mich nicht im Stich lassen.

»Danke«, sage ich und kehre auf meinen Platz neben meiner Mandantin zurück. Während Richter Kipler ihnen letzte Instruktionen erteilt, befällt mich ein berauschendes Gefühl der Erleichterung. Ich entspanne mich wie nie zuvor. Es gibt keine weiteren Zeugen oder Dokumente oder Schriftsätze, keine weiteren Anhörungen oder einzuhaltenden Termine, keine Bedenken mehr um den einen oder anderen Geschworenen. Ich hole tief Luft und sacke auf meinem Stuhl zusammen. Ich könnte tagelang schlafen.

Diese innerliche Ruhe dauert ungefähr fünf Minuten, bis die Geschworenen aufstehen, um sich zur Beratung zurückzuziehen. Es ist kurz vor halb elf.

Jetzt beginnt das Warten.

Deck und ich gehen in den zweiten Stock des Gerichtsgebäudes und reichen die Riker-Scheidung ein. Dann begeben wir uns in Kiplers Richterzimmer. Der Richter gratuliert mir zu einer guten Leistung, und ich danke ihm zum hundertsten Male. Aber ich habe etwas anderes auf dem Herzen und zeige ihm eine Kopie der Scheidungsklage. Ich erzähle ihm kurz von Kelly Riker und den Schlägen und ihrem verrückten Ehemann und frage ihn, ob er bereit ist, eine einstweilige Anordnung zu erlassen, die Mr. Riker verbietet, sich Mrs. Riker zu nähern. Kipler haßt Scheidungen, aber ich habe ihn an der Angel. Dies ist praktisch Routine in Mißhandlungsfällen. Er vertraut mir und unterschreibt die Anordnung. Kein Wort über die Geschworenen. Sie sind jetzt seit einer Viertelstunde draußen.

Butch wartet auf dem Flur und bekommt eine Kopie der Scheidungsklage, der von Richter Kipler unterschriebenen einstweiligen Anordnung und der Vorladung. Er hat sich bereit erklärt, sie Cliff an seiner Arbeitsstelle auszuhändigen. Ich bitte ihn abermals, es nach Möglichkeit so zu tun, daß der Junge nicht in Verlegenheit gebracht wird.

Wir warten eine Stunde im Gerichtssaal. Drummond und seine Leute haben sich auf der einen Seite zusammengeschart. Ich, Deck, Cooper Jackson, Hurley und Grunfeld bilden eine Gruppe auf der anderen. Ich stelle mit einiger Belustigung fest, daß die Typen von Great Benefit sich von ihren Anwälten fernhalten; aber vielleicht ist es auch umgekehrt. Underhall, Aldy und Lufkin sitzen mit düsteren Gesichtern in der hintersten Reihe. Sie warten auf ein Erschießungskommando.

Um zwölf wird Lunch in das Geschworenenzimmer gebracht, und Kipler entläßt uns bis halb zwei. In meinem Magen herrscht ein derartiges Chaos, daß ich unmöglich Essen darin behalten könnte. Auf der Fahrt quer durch die Stadt zu Robins Wohnung rufe ich Kelly über mein Autotelefon an. Kelly ist allein. Sie trägt einen weiten Jogginganzug und geborgte Turnschuhe. Sie konnte weder Kleidung noch Kosmetika mitnehmen. Sie geht unsicher, unter großen Schmerzen. Ich helfe ihr zu meinem Wagen, öffne die Tür, schiebe sie behutsam hinein, hebe ihre Beine an und schwenke sie herum. Sie beißt die Zähne zusammen und beklagt sich nicht. Die Prellungen in ihrem Gesicht und an ihrem Hals sind in der Sonne viel dunkler.

Beim Verlassen der Wohnanlage ertappe ich sie dabei, wie sie sich umsieht, als rechnete sie damit, daß Cliff aus dem Gebüsch springt. »Das haben wir gerade eingereicht«, sage ich und gebe ihr eine Kopie der Scheidungsklage. Sie hält sie vors Gesicht und liest, während wir uns durch den Verkehr schieben.

»Wann bekommt er sie?« fragt sie.
»Wahrscheinlich gerade jetzt.«
»Er wird durchdrehen.«

»Er ist schon durchgedreht.«

»Er wird hinter dir her sein.«

»Das hoffe ich. Aber er wird es nicht tun, weil er ein Feigling ist. Männer, die ihre Frauen schlagen, sind die allerniedrigste Kategorie von Feiglingen. Mach dir keine Sorgen. Ich habe eine Waffe.«

Das Haus ist alt und unterscheidet sich in nichts von den anderen in der Straße. Der Rasen ist tief und breit und dicht beschattet. Die Nachbarn hätten Mühe, irgendeine Bewegung auszumachen. Ich halte am Ende der Zufahrt an und parke hinter zwei anderen Wagen. Ich lasse Kelly im Auto und klopfe an einen Seiteneingang. Über eine Sprechanlage werde ich aufgefordert, mich auszuweisen. Sicherheit hat hier oberste Priorität. An allen Fenstern sind die Vorhänge zugezogen, und den Hintergarten begrenzt ein mindestens zweieinhalb Meter hoher Holzzaun.

Die Tür wird halb geöffnet, und eine kräftig gebaute Frau mustert mich. Ich bin nicht in der Stimmung für Konfrontationen. Ich habe fünf Prozeßtage hinter mir und bin nahe daran, ausfällig zu werden. »Ich möchte zu Betty Norvelle«, sage ich.

»Das bin ich. Wo ist Kelly?«

Ich deute mit einem Kopfnicken auf den Wagen.

»Bringen Sie sie herein.«

Ich könnte sie ohne weiteres tragen, aber die Rückseiten ihrer Beine sind so zerschlagen, daß es für sie leichter ist, selbst zu gehen. Wir manövrieren uns den Fußweg entlang und auf die Veranda. Ich habe das Gefühl, als eskortierte ich eine neunzigjährige Großmutter. Betty lächelt sie an und führt uns in einen kleinen Raum. Es ist eine Art Büro. Wir lassen uns nebeneinander an einem Tisch nieder; Betty sitzt uns gegenüber. Ich habe heute morgen mit ihr gesprochen, und sie will eine Kopie der Scheidungsklage. Sie überfliegt sie schnell. Kelly und ich halten uns bei den Händen.

»Sie sind also ihr Anwalt«, sagt Betty, die ineinanderliegenden Hände registrierend.

»Ja. Und außerdem ihr Freund.«

»Wann sollen Sie wieder zum Arzt kommen, Kelly?«

»In einer Woche«, sagt Kelly.

»Sie brauchen im Augenblick also keine medizinische Betreuung?«

»Nein.«

»Medikamente?«

»Nur ein paar Schmerztabletten.«

Sie ist mit dem Papierkram zufrieden. Ich schreibe einen Scheck über zweihundert Dollar aus – eine Kaution und die Gebühr für den ersten Tag.

»Wir sind kein lizensiertes Unternehmen«, erklärt Betty. »Dies ist eine Zuflucht für mißhandelte Frauen, deren Leben in Gefahr ist. Sie gehört einer Frau, die selbst mißhandelt worden ist, und ist eine von mehreren in dieser Gegend. Niemand weiß, daß wir hier sind. Niemand weiß, was wir tun. Und wir möchten, daß es so bleibt. Sind Sie beide bereit, diese Vertraulichkeit zu wahren?«

»Natürlich.« Wir nicken beide, und Betty schiebt uns ein Formular zu, das wir unterschreiben sollen.

»Es ist doch nicht illegal, oder?« fragt Kelly. In Anbetracht der ominösen Begleitumstände ist dies eine naheliegende Frage.

»Im Grunde nicht. Das Schlimmste, was passieren kann, ist, daß man uns den Laden dichtmacht. Dann ziehen wir einfach woandershin. Wir sind jetzt seit vier Jahren hier, und niemand hat etwas dagegen gehabt. Ihnen ist klar, daß Sie höchstens sieben Tage bleiben können?«

Es ist uns klar.

»Sie müssen sich überlegen, wo Sie anschließend hinwollen.«

Ich würde sie liebend gern in meine Wohnung bringen, aber darüber haben wir noch nicht gesprochen.

»Wie viele Frauen sind hier?« frage ich.

»Heute fünf. Kelly, Sie werden Ihr eigenes Zimmer mit Bad haben. Das Essen ist in Ordnung, drei Mahlzeiten am Tag. Sie können allein in Ihrem Zimmer essen oder zusammen mit den anderen. Bei uns gibt es weder medizinische noch juristische Beratung. Wir veranstalten keine therapeutischen Sitzungen. Alles, was wir anzubieten haben, sind Liebe und Schutz. Sie sind hier vollkommen sicher. Niemand wird Sie finden. Und auf dem Gelände patrouilliert ein bewaffneter Wachmann.«

»Darf er mich besuchen?« fragt Kelly, mit einem Kopfnicken auf mich deutend.

»Wir erlauben nur einen Besucher zur Zeit, und jeder Besuch muß vorher vereinbart werden. Rufen Sie vorher an, und vergewissern Sie sich, daß Sie nicht verfolgt werden. Die Nacht können Sie nicht hier verbringen, tut mir leid.«

»Das geht in Ordnung«, sage ich.

»Noch Fragen? Wenn nicht, führe ich Kelly jetzt herum. Sie dürfen heute abend wiederkommen.«

Der Hinweis ist klar und deutlich. Ich verabschiede mich von Kelly und verspreche ihr, später am Abend zurückzukehren. Sie bittet mich, eine Pizza mitzubringen.

Während ich davonfahre, ist mir, als hätte ich sie im Untergrund abgeliefert.

Ein Reporter von einer Zeitung in Cleveland erwischt mich auf dem Flur vor dem Gerichtssaal und möchte mit mir über Great Benefit reden. Ob ich gehört hätte, daß der Generalstaatsanwalt von Ohio gegen die Gesellschaft ermitteln soll? Ich sage nichts. Er folgt mir in den Gerichtssaal. Deck sitzt allein am Tisch der Anklage. Die Anwälte der Verteidigung auf der anderen Seite erzählen sich Witze. Keine Spur von Kipler. Alles wartet.

Butch hat Cliff Riker die Papiere ausgehändigt, als er gerade zur Mittagspause gehen wollte. Riker ist ausfällig geworden. Butch erklärte sich bereit, seine Fäuste zu gebrauchen, und Riker verschwand eiligst. Auf der Vorladung steht mein Name, und von jetzt an werde ich auf der Hut sein.

Andere Leute driften herein, als es auf zwei Uhr zugeht. Booker erscheint und setzt sich zu uns. Cooper Jackson, Hurley und Grunfeld kehren von einem ausgedehnten Lunch zurück. Sie haben mehrere Drinks intus. Der Reporter setzt sich in die hinterste Reihe. Niemand will mit ihm reden.

Es gibt massenhaft Theorien über die Beratungen von Geschworenen. In einem Fall wie diesem sollte eine schnelle Einigung zugunsten der Anklage zustande kommen. Wenn es lange dauert, bedeutet das, daß sich die Jury festgefahren hat. Ich höre mir diese unbegründeten Spekulationen an und kann einfach nicht stillsitzen. Ich gehe hinaus, um ein Glas Wasser zu trinken, dann zur Toilette, dann zur Snackbar. Herumlaufen ist besser, als im Gerichtssaal zu sitzen. In meinem Magen herrscht Chaos, und mein Herz hämmert wie ein Kolben.

Booker kennt mich besser als irgend jemand sonst, und er leistet mir Gesellschaft. Er ist ebenfalls nervös. Wir wandern ziellos auf den marmorverkleideten Fluren herum und schlagen die Zeit tot. Und warten. In aufreibenden Zeiten tut es gut, wenn man Freunde um sich hat. Ich danke ihm für sein Kommen. Er sagt, das hätte er um nichts auf der Welt versäumen wollen.

Um halb vier bin ich überzeugt, daß ich verloren habe. Es hätte eine Volltrefferentscheidung sein müssen, eine simple Angelegenheit, bei der es nur darum ging, einen Prozentsatz zu bestimmen und die Summe zu errechnen. Vielleicht war ich zu zuversichtlich. Mir fällt eine fürchterliche Geschichte nach der anderen über erbärmlich niedrige Urteile in diesem County ein. Ich bin im Begriff, zu einer Zahl in einer Statistik zu werden, ein weiteres Beispiel dafür, weshalb ein Anwalt in Memphis jedes halbwegs vernünftige Vergleichsangebot annehmen sollte. Die Zeit vergeht nervenaufreibend langsam.

Dann höre ich, wie irgend jemand weit entfernt meinen Namen ruft. Es ist Deck, vor der Tür des Sitzungssaals, der mich hektisch zu sich winkt. »Oh, mein Gott«, sage ich.

»Nicht aufregen«, sagt Booker, dann stürmen wir beide zum Gerichtssaal. Ich hole tief Luft, spreche ein Stoßgebet und gehe hinein. Drummond und die vier anderen sitzen auf ihren Stühlen. Dot sitzt an meinem Tisch. Alle anderen sind auf ihren Plätzen. Die Geschworenen kehren in den Saal zurück, während ich durch die Pforte in den Schranken gehe und mich neben meiner Mandantin niederlasse. Den Gesichtern der Geschworenen ist nichts zu entnehmen. Als alle sitzen, fragt Seine Ehren: »Hat die Jury ein Urteil gefällt?«

Ben Charnes, der junge schwarze College-Absolvent und Sprecher der Jury, sagt: »Das hat sie, Euer Ehren.«

»Ist es meinen Anordnungen entsprechend auf Papier niedergeschrieben?«

»Ja, Sir.«

»Bitte stehen Sie auf, und lesen Sie es vor.«

Charnes erhebt sich langsam. Er hat ein Blatt Papier in der Hand, das sichtbar zittert, aber nicht so heftig wie meine Hände. Das Atmen fällt mir schwer. Ich bin so benommen, daß ich fürchte, ohnmächtig zu werden. Dot dagegen ist erstaunlich gelassen. Sie hat ihren Kampf gegen Great Benefit gewonnen. Sie haben vor Gericht und in aller Öffentlichkeit zugegeben, daß sie ein Unrecht begangen haben. Das ist das einzige, worauf es ihr ankam.

Ich bin entschlossen, keine Miene zu verziehen und keinerlei Gefühle zu zeigen, einerlei, wie das Urteil ausfällt. Das tue ich auf die Weise, die man mir beigebracht hat. Ich kritzele auf meinem Notizblock herum. Ein rascher Blick nach links verrät mir, daß alle fünf Anwälte der Verteidigung dieselbe Strategie befolgen.

Charnes räuspert sich und liest: »Wir, die Geschworenen, geben der Klage statt und verhängen einen Schadenersatz in Höhe von zweihunderttausend Dollar.« Dann folgt eine Pause. Alle Augen ruhen auf dem Blatt Papier. Bisher keine Überraschungen. Er räuspert sich abermals, dann sagt er: »Und wir, die Geschworenen, geben der Klage statt und verhängen eine Geldstrafe von fünfzig Millionen Dollar.«

Hinter mir höre ich ein Aufkeuchen, und ich bemerke ein allgemeines Versteifen am Tisch der Verteidigung, aber sonst ist ein paar Sekunden lang alles ruhig. Die Bombe landet, explodiert, und nach einer kurzen Verzögerung bricht bei allen eine rasche Suche nach tödlichen Verletzungen aus. Nachdem keine entdeckt worden sind, ist es möglich, wieder zu atmen.

Ich schreibe diese Summen tatsächlich auf meinen Block, aber das Gekritzel ist unleserlich. Ich weigere mich zu lächeln, obwohl ich mir, um das zu schaffen, ein Loch in die Unterlippe beiße. Es gibt eine Menge Dinge, die ich gern täte. Ich würde liebend gern auf den Tisch springen und einen Freudentanz aufführen. Ich würde liebend gern zur Bank der Geschworenen rennen und ihnen die Füße küssen. Ich würde liebend gern zum Tisch der Verteidigung stolzieren und ihnen ein paar gemeine, höhnische Worte an den Kopf werfen. Ich würde liebend gern aufs Podium springen und Tyrone Kipler umarmen.

Aber ich bewahre Haltung und flüstere nur meiner Klientin »Herzlichen Glückwunsch« zu. Sie sagt nichts. Ich schaue zum Richtertisch hinauf, und Seine Ehren betrachtet das schriftliche Urteil, das der Gerichtsdiener ihm ausgehändigt hat. Ich schaue zu den Geschworenen, und die meisten von ihnen schauen mich an. Jetzt ist es mir unmöglich, nicht zu lächeln. Ich nicke und bedanke mich wortlos.

Ich zeichne ein Kreuz auf meinen Block, und darunter schreibe ich den Namen – Donny Ray Black. Ich schließe die Augen und rufe mir mein Lieblingsbild von ihm wieder ins Gedächtnis. Ich sehe ihn, wie er während des Softballspiels auf dem Klappstuhl sitzt, Popcorn ißt und lächelt, nur weil er dort ist. In meiner Kehle bildet sich ein Klumpen, und meine Augen werden feucht. Er hätte nicht sterben müssen.

»Das Urteil scheint in Ordnung zu sein«, sagt Kipler schließlich. In allerbester Ordnung, würde ich sagen. Er wendet sich an die Geschworenen, dankt ihnen für die Erfüllung ihrer Bürgerpflicht, teilt ihnen mit, daß ihre bescheidenen Schecks nächste Woche zur Post gehen werden, bittet sie, mit niemandem über den Fall zu reden, sagt, sie könnten jetzt gehen. Unter der Aufsicht des Gerichtsdieners verlassen sie zum letzten Mal den Saal. Ich werde sie nie wiedersehen. Im Augenblick würde ich am liebsten jedem von ihnen eine glatte Million schenken.

Auch Kipler bemüht sich, keine Miene zu verziehen. »Die Nachverhandlung findet in ungefähr einer Woche statt. Meine Sekretärin wird Sie über den Termin informieren. Sonst noch etwas?«

Ich schüttle den Kopf. Was könnte ich mehr verlangen?

Ohne aufzustehen, sagt Leo leise: »Nichts, Euer Ehren.« Sein Team ist plötzlich damit beschäftigt, Papiere in Aktenkoffer und Akten in Kartons zu verstauen. Sie können es kaum erwarten, von hier zu verschwinden. Dies ist bei weitem das höchste Urteil in der Geschichte von Tennessee, und sie werden für alle Zeiten abgestempelt sein als die armen Schweine, die es einstecken mußten. Wenn ich nicht so erschöpft und nicht so fassungslos wäre, würde ich vielleicht sogar hinübergehen und ihnen die Hand geben. Das wäre die feine Art, aber mir ist einfach nicht danach zumute. Es ist wesentlich leichter, hier neben Dot zu sitzen und Donny Rays Namen auf meinem Block zu betrachten.

Ich bin nicht wirklich reich. Die Berufung wird ein Jahr kosten, vielleicht auch zwei. Und das Urteil ist so enorm, daß mit einer bitterbösen Attacke zu rechnen ist. Ich werde also alle Hände voll zu tun haben.

Aber im Augenblick habe ich das Arbeiten restlos satt. Ich möchte mich in ein Flugzeug setzen und mir einen einsamen Strand suchen.

Kipler läßt seinen Hammer niederfahren, und dieser Prozeß ist offiziell beendet. Ich werfe einen Blick auf Dot und sehe die Tränen. Ich frage sie, wie sie sich fühlt. Deck kommt rasch mit Glückwünschen herbei. Er ist blaß, aber er grinst, und seine Schneidezähne funkeln. Meine Aufmerksamkeit gilt Dot. Sie ist eine harte Frau, die nur sehr widerstrebend weint, aber sie verliert langsam die Fassung. Ich tätschele ihren Arm und gebe ihr ein Papiertaschentuch.

Booker kneift mich in den Nacken und sagt, er würde mich nächste Woche anrufen. Cooper Jackson, Hurley und Grunfeld kommen an meinen Tisch, strahlend und des Lobes voll. Sie müssen eine Maschine erreichen. Wir telefonieren am Montag. Der Reporter kommt, aber ich winke ab. Ich nehme diese Leute kaum zur Kenntnis, weil ich mir Sorgen um meine Mandantin mache. Sie klappt jetzt zusammen, ihr Schluchzen wird immer lauter.

Ich ignoriere auch Drummond und seine Leute, die sich jetzt, wie Packesel beladen, schleunigst verziehen. Kein Wort wird zwischen uns gewechselt. Im Augenblick wäre ich gern eine Fliege an der Wand von Trent & Brent.

Der Gerichtsdiener, die Protokollantin und der Kanzlist packen ihre Sachen zusammen und verschwinden. Außer mir, Dot und Deck ist niemand mehr im Saal. Ich muß mit Kipler sprechen, ihm dafür danken, daß er meine Hand gehalten und es möglich gemacht hat. Ich werde es später tun. Im Augenblick halte ich Dots Hand, während sie eine Sturmflut entlädt. Deck sitzt neben uns und sagt nichts. Ich sage nichts. Meine Augen sind feucht, mir tut das Herz weh. Das Geld ist ihr völlig gleichgültig. Sie möchte ihren Jungen wiederhaben.

Jemand, vermutlich der Gerichtsdiener, drückt in dem schmalen Gang neben den Geschworenenbänken auf einen Schalter, und die Lichter gehen aus. Der Saal liegt im Halbdunkel.

Keiner von uns rührt sich. Das Weinen läßt nach. Sie wischt sich die Wangen mit dem Taschentuch ab und manchmal mit den Fingern.

»Tut mir leid«, sagt sie heiser. Sie möchte fort von hier, also beschließen wir, zu gehen. Ich tätschele ihren Arm, während Deck unseren Kram zusammensucht und in drei Aktenkoffern verstaut.

Wir verlassen den unbeleuchteten Gerichtssaal und treten auf den marmorverkleideten Flur. Es ist fast fünf Uhr, Freitag nachmittag, und es herrscht nicht viel Betrieb. Keine Kameras, keine Reporter, keine Horde, die auf mich wartet, um vom Anwalt des Augenblicks ein paar Worte und Aufnahmen zu erhaschen.

Niemand nimmt uns zur Kenntnis.

50

Der letzte Ort, wo ich jetzt sein möchte, ist das Büro. Ich bin zu müde und zu benommen, um in einer Bar zu feiern, und der einzige, der mir in diesem Moment Gesellschaft leistet, ist Deck, ein Nicht-Trinker. Zwei steife Drinks wären ohnehin genug, um mich ins Koma fallen zu lassen, also gerate ich gar nicht erst in Versuchung. Irgendwo sollte jetzt eine tolle Siegesfeier stattfinden, aber dergleichen läßt sich schwer planen, wenn man es mit einer Jury zu tun hat.

Vielleicht morgen. Ich bin sicher, daß morgen der erste Schock vorbei sein und eine verzögerte Reaktion auf das Urteil einsetzen wird. Bis dahin werde ich die Realität begriffen haben. Morgen werde ich feiern.

Ich verabschiede mich vor dem Gericht von Deck, sage ihm, daß ich völlig erledigt bin, und verspreche, daß wir uns später treffen werden. Wir stehen beide noch unter Schock und brauchen Zeit zum Nachdenken, allein. Ich fahre zu Miss Birdies Haus und absolviere meine tägliche Routine, indem ich einmal alle Zimmer abgehe. Nur ein Tag wie jeder andere. Nichts Besonderes. Ich setze mich auf ihre Terrasse, starre zu meiner kleinen Wohnung hinauf und fange zum erstenmal an, Geld auszugeben. Wie lange wird es dauern, bis ich mein erstes hübsches Haus kaufe oder baue? Was für einen neuen Wagen soll ich mir anschaffen? Ich versuche, diese Gedanken zu verdrängen, aber es ist unmöglich. Was fängt man mit sechzehneinhalb Millionen Dollar an? Ich kann es einfach nicht fassen. Ich weiß, daß Dutzende von Dingen schiefgehen können. Das Urteil könnte aufgehoben und der Fall vor einem anderen Gericht neu verhandelt werden; das Urteil könnte für nichtig erklärt werden, und ich bekäme gar nichts; die Geldstrafe könnte von einem Berufungsgericht drastisch herabgesetzt oder vollständig verworfen werden. Ich weiß, daß diese schrecklichen Dinge passieren können, aber im Augenblick gehört das Geld mir.

Ich träume, während die Sonne untergeht. Die Luft ist klar,

aber sehr kalt. Vielleicht kann ich morgen damit anfangen, das Ausmaß dessen, was ich getan habe, zu begreifen. Im Augenblick wärmt mich der Gedanke, daß eine Menge Gift aus meiner Seele herausgeschwemmt worden ist. Fast ein Jahr lang habe ich mit einem verzehrenden Haß auf dieses mysteriöse Wesen gelebt, das sich Great Benefit nennt. Ich war erfüllt von Bitterkeit gegen die Leute, die dort arbeiten. Sie haben eine Folge von Ereignissen in Gang gesetzt, die Donny Ray das Leben kosteten. Ich hoffe, Donny Ray ruht in Frieden. Bestimmt wird ein Engel ihm sagen, was heute passiert ist.

Sie sind bloßgestellt und für ihre Missetaten bestraft worden. Ich hasse sie nicht mehr.

Kelly zerteilt ihr schmales Stück Pizza mit einer Gabel und ißt winzige Häppchen. Ihre Lippen sind immer noch geschwollen und ihre Wangen und Kiefer sehr empfindlich. Wir sitzen auf ihrem Bett, mit ausgestreckten Beinen, den Rücken an der Wand; der Pizzakarton liegt zwischen uns. Auf einem Fünfundvierzig-Zentimeter-Sony, der in dem kleinen Zimmer nicht weit von uns auf einer Kommode steht, sehen wir uns einen Western mit John Wayne an.

Sie trägt denselben grauen Jogginganzug, keine Socken oder Schuhe, und ich sehe eine kleine Narbe an ihrem rechten Knöchel, den er ihr im letzten Sommer gebrochen hat. Sie hat ihr Haar gewaschen und zu einem Pferdeschwanz zusammengerafft. Sie hat ihre Fingernägel lackiert, leuchtendrot. Sie versucht Konversation zu machen, aber sie hat so starke Schmerzen, daß sie es nicht recht schafft, lustig zu sein. Wir reden nicht viel. Ich bin noch nie zusammengeschlagen worden, und es fällt mir schwer, mir die seelischen Nachwirkungen vorzustellen. Die körperlichen Schmerzen sind relativ leicht zu begreifen, nicht aber der psychische Schock. Ich frage mich, wann er wohl beschlossen haben mag, aufzuhören, Schluß zu machen und sein Werk zu bewundern.

Ich versuche, nicht daran zu denken. Wir haben nicht darüber gesprochen, und ich habe auch nicht die Absicht, dieses

Thema zur Sprache zu bringen. Kein Wort von Cliff, seit ihm die Papiere zugestellt wurden.

Sie hat hier an diesem Zufluchtsort eine andere Frau kennengelernt, eine Mutter von drei Teenagern, die so verängstigt und traumatisiert ist, daß sie kaum imstande war, einen einfachen Satz zu beenden. Sie ist im Nebenzimmer. Im Haus herrscht Totenstille. Kelly hat ihr Zimmer nur einmal verlassen, um auf der Hinterveranda zu sitzen und frische Luft zu schöpfen. Sie hat versucht zu lesen, aber ihr linkes Auge ist noch immer fast gänzlich zugeschwollen, und auf dem rechten kann sie zeitweise nur verschwommen sehen. Der Arzt hat gesagt, es wäre kein permanenter Schaden.

Sie hat ein paarmal geweint, und ich verspreche ihr immer wieder, daß dies die letzten Schläge waren. Es wird nie wieder passieren, und wenn ich den Dreckskerl mit eigenen Händen umbringen muß. Und ich meine es ernst. Ich bin ganz sicher, daß ich, falls er sich ihr noch einmal nähern sollte, ihm das Gehirn wegpusten könnte.

Verhaftet mich. Klagt mich an. Macht mir den Prozeß. Gebt mir zwölf Leute auf den Geschworenenbänken. Ich habe eine Glückssträhne.

Ich erzähle ihr nichts von dem Urteil. Hier, wo ich neben ihr in diesem dunklen, kleinen Zimmer sitze und John Wayne beim Reiten zusehe, scheint Kiplers Gerichtssaal tage- und meilenweit entfernt zu sein.

Und dies hier ist genau der Ort, an dem ich sein möchte.

Wir essen den Rest der Pizza und schmiegen uns eng aneinander. Wir halten uns bei den Händen wie zwei Teenager. Aber ich muß sehr vorsichtig sein, weil sie buchstäblich überall vom Kopf bis zu den Knien verletzt ist.

Der Film geht zu Ende, und es kommen die Zehn-Uhr-Nachrichten. Plötzlich interessiert es mich, ob der Black-Fall erwähnt wird. Nach den obligatorischen Morden und Vergewaltigungen und nach dem ersten Werbeblock verkündet der Moderator ziemlich großspurig: »In einem Gerichtssaal in Memphis wurde heute Geschichte geschrieben. In einem Zivilprozeß hat eine Jury die Great Benefit Life Insurance Company in Cleveland, Ohio, zu einer Rekordgeldstrafe von fünfzig Millionen Dollar verurteilt. Rodney Frate mit den Einzelheiten.« Ich kann nicht anders, ich muß lächeln. Wir sehen Rodney Frate live und vor Kälte zitternd vor dem Shelby County Courthouse stehen, das jetzt natürlich seit etlichen Stunden verlassen ist. »Arnie, vor ungefähr einer Stunde habe ich mit Pauline McGregor gesprochen, der Kanzlistin hier am Gericht, und sie hat mir bestätigt, daß gegen vier Uhr heute nachmittag eine Jury in Abteilung Acht unter dem Vorsitz von Richter Tyrone Kipler mit einem Urteil über zweihunderttausend Dollar Schadenersatz und einer Geldstrafe von fünfzig Millionen in den Saal zurückgekehrt ist. Ich habe auch mit Richter Kipler gesprochen, der sich weigerte, vor die Kamera zu treten. Er sagte, bei diesem Fall wäre es um die böswillige Verweigerung eines Anspruchs durch Great Benefit gegangen. Mehr wollte er nicht sagen, außer daß seines Wissens diese Geldstrafe die höchste ist, die jemals in Tennessee verhängt wurde. Ich habe mit mehreren Prozeßanwälten hier in der Stadt gesprochen, und keiner von ihnen hat je von einer so hohen Summe gehört. Leo F. Drummond, der Anwalt der Beklagten, wollte keinen Kommentar abgeben. Rudy Baylor, der Anwalt der Kläger, war nicht zu erreichen. Zurück zu Arnie.«

Arnie geht rasch zu einem Lastwagenunfall auf der Interstate 55 über.

»Du hast gewonnen?« fragt sie. Sie ist nicht verblüfft, nur unsicher.

»Ich habe gewonnen.«

»Fünfzig Millionen Dollar?«

»Ja. Aber noch ist das Geld nicht auf der Bank.«

»Rudy!«

Ich zucke die Achseln, als wäre das bloßer Alltagskram. »Ich hatte Glück«, sage ich.

»Aber du bist doch gerade erst mit dem Studium fertig geworden?«

Was soll ich sagen? »So schwierig war das nicht. Wir hatten eine großartige Jury, und die Tatsachen haben sich einfach ergeben.«

»Ja, einfach so, als passierte das jeden Tag.«

»Schön wär's.«

Sie nimmt die Fernbedienung und dämpft die Lautstärke. Sie will weiter darüber reden. »Deine Bescheidenheit funktioniert nicht. Sie ist nur gespielt.«

»Du hast recht. Im Augenblick bin ich der beste Anwalt der Welt.«

»Schon besser«, sagt sie und versucht zu lächeln. Ich habe mich schon beinahe an die Verletzungen in ihrem Gesicht gewöhnt. Ich starre sie nicht mehr so an, wie ich es heute nachmittag im Wagen getan habe. Ich kann es kaum abwarten, daß eine Woche vergeht und sie wieder so hinreißend aussieht wie vorher.

Ich schwöre, ich könnte ihn umbringen.

»Wieviel davon bekommst du?« fragt sie.

»Du kommst gleich zur Sache, ja?«

»Ich bin nur neugierig«, sagt sie mit einer Stimme, die fast kindlich klingt. Im Geiste sind wir jetzt ein Liebespaar, und dazu gehört, daß man kichert und gurrt.

»Ein Drittel, aber bis dahin ist es noch ein langer Weg.«

Sie will sich zu mir umdrehen, aber das verursacht ihr derartige Schmerzen, daß sie fast aufstöhnt. Ich helfe ihr, sich auf den Bauch zu legen. Sie kämpft gegen Tränen an, und ihr Körper ist verspannt. Wegen der Prellungen kann sie nicht auf dem Rücken schlafen.

Ich streiche ihr übers Haar und flüstere in ihr Ohr, bis die Gegensprechanlage uns unterbricht. Es ist Betty Norvelle unten. Meine Zeit ist um.

Kelly drückt meine Hand ganz fest, als ich sie auf die verletzte Wange küsse und ihr verspreche, morgen wiederzukommen. Sie fleht mich an, nicht zu gehen.

Die Vorteile, meinen ersten Prozeß mit einem derartigen Urteil abgeschlossen zu haben, liegen auf der Hand. Der einzige Nachteil, den ich in den letzten paar Stunden erkennen konnte, ist der, daß es von nun an nur noch abwärtsgehen kann. Jeder künftige Mandant wird die gleiche Zauberei erwarten. Doch darüber zerbreche ich mir später den Kopf.

Ich sitze am Samstag vormittag allein in meinem Büro und

warte auf einen Reporter und seinen Fotografen, als das Telefon läutet. »Hier ist Cliff Riker«, sagt eine rauhe Stimme, und ich drücke sofort auf den Knopf des Aufnahmegeräts.

»Was wollen Sie?«

»Wo ist meine Frau?«

»Sie haben Glück, daß sie nicht im Leichenschauhaus ist.«

»Ich werde Ihnen den Arsch aufreißen, Sie Großmaul.«

»Reden Sie ruhig weiter, mein Junge. Das Band läuft.«

Er legt rasch auf, und ich starre das Telefon an. Es ist ein billiges Modell, das die Kanzlei in einem K-Markt gekauft hat, aber es ist sauber.

Ich rufe Butch zu Hause an und informiere ihn über mein kurzes Gespräch mit Mr. Riker. Butch hat wegen der gestrigen Auseinandersetzung, als er ihm die Papiere überbrachte, noch ein Hühnchen mit ihm zu rupfen. Cliff hat ihm unflätige Beschimpfungen an den Kopf geworfen und sogar seine Mutter beleidigt. Nur die Anwesenheit zweier Kollegen von Cliff auf dem nahe gelegenen Parkplatz hatte Butch daran gehindert, über ihn herzufallen. Butch hat mir gestern abend gesagt, wenn es zu irgendwelchen Drohungen käme, würde er gern eingreifen. Er hat einen Freund, der Rocky heißt und stundenweise als Rausschmeißer arbeitet, und zusammen sind sie ein beeindruckendes Paar, hat Butch mir versichert. Er muß mir versprechen, daß er dem Jungen nur Angst einjagt, ihn aber nicht verletzt. Butch sagt mir, er hätte vor, Cliff irgendwo allein aufzuspüren, das Telefongespräch zu erwähnen, ihm zu sagen, daß sie meine Leibwächter wären und daß auch nur eine einzige Drohung schwerwiegende Folgen hätte. Dabei würde ich gern zuschauen. Ich bin entschlossen, nicht in Angst zu leben.

Das ist Butchs Vorstellung von einem netten Zeitvertreib.

Der Reporter von der *Memphis Press* kommt um elf. Wir unterhalten uns, während der Fotograf einen ganzen Film verknipst. Er will alles über den Fall und den Prozeß wissen, und ich sage ihm, was er hören will. Das ist jetzt öffentliche Information. Ich sage nette Dinge über Drummond, wundervolle Dinge über Kipler, grandiose Dinge über die Geschworenen.

Es wird eine große Story in der Sonntagsausgabe, verspricht er.

Ich beschäftige mich im Büro, lese die Post und höre die paar Telefonanrufe ab, die im Laufe der letzten Woche hereingekommen sind. Ich bin außerstande zu arbeiten, und mir wird bewußt, wie wenige Mandanten und Fälle ich habe. Die Hälfte der Zeit verbringe ich damit, den Prozeß noch einmal ablaufen zu lassen, die andere Hälfte vergeht mit Träumen über meine Zukunft mit Kelly. Kann ich noch mehr Glück haben?

Ich rufe Max Leuberg an und erzähle ihm alles haarklein. Ein Schneesturm hatte O'Hare außer Betrieb gesetzt, deshalb konnte er nicht rechtzeitig zum Prozeß nach Memphis kommen. Wir unterhalten uns eine Stunde lang.

Unser Zusammensein am Samstag abend ist dem am Freitag sehr ähnlich, nur etwas anderes zu essen und ein anderer Film. Sie liebt chinesisches Essen, und ich bringe eine große Tüte voll mit. Wir sitzen in der gleichen Position auf dem Bett, sehen uns eine Komödie an und lachen hin und wieder.

Aber es ist alles andere als langweilig. Sie kommt langsam aus ihrem privaten Alptraum heraus. Ihre körperlichen Verletzungen heilen. Das Lachen kommt ein wenig leichter, ihre Bewegungen sind ein wenig rascher. Wir berühren uns öfter, aber nicht viel öfter. Bei weitem nicht genug.

Sie möchte heraus aus dem Jogginganzug. Sie waschen ihn zwar jeden Tag, aber sie hat ihn satt. Sie sehnt sich danach, wieder hübsch zu sein, und möchte ihre Kleider. Wir reden davon, uns in ihre Wohnung zu schleichen und ihre Sachen herauszuholen.

Über die Zukunft reden wir immer noch nicht.

51

Montag morgen. Jetzt, da ich ein vermögender Mann bin und Zeit habe, schlafe ich bis neun, ziehe eine bequeme Khaki-Hose und Turnschuhe an, keine Krawatte, und bin gegen zehn im Büro. Mein Partner ist damit beschäftigt, die Black-Akte in Kartons zu packen und die Tische zusammenzuklappen, die unser vorderes Büro monatelang verstopft haben. Wir grinsen beide und lächeln über alles mögliche. Der Druck ist weg. Wir sind ausgeruht, jetzt können wir uns freuen. Er läuft hinunter und holt Kaffee, dann sitzen wir an meinem Schreibtisch und lassen unsere schönste Stunde noch einmal Revue passieren.

Deck hat den Artikel aus der gestrigen *Memphis Press* ausgeschnitten für den Fall, daß ich ein zweites Exemplar brauche. Ich bedanke mich bei ihm, sage, es könnte sein, daß ich es brauche; dabei liegt in meiner Wohnung ein Dutzend Exemplare der Zeitung. Der Bericht stand auf der Titelseite des Lokalteils, ein langer, gut geschriebener Artikel über meinen Triumph, mit einem ziemlich großen Foto von mir an meinem Schreibtisch. Ich konnte gestern den ganzen Tag den Blick nicht davon abwenden. Die Zeitung wurde in dreihunderttausend Haushalte geliefert. So viel Werbung kann man mit Geld nicht kaufen.

Es sind ein paar Faxe eingegangen. Zwei von ehemaligen Studienkollegen mit Glückwünschen. Ein sehr nettes von Madeline Skinner in der Juristischen Fakultät. Und zwei von Max Leuberg. Das erste ist die Kopie eines kurzen Artikels aus einer Zeitung in Chicago über das Urteil. Das zweite ist die Kopie eines Artikels, der gestern in einer Zeitung in Cleveland gestanden hat. Darin wird der Black-Fall ausführlich beschrieben und dann auf die wachsenden Schwierigkeiten verwiesen, in denen Great Benefit steckt. Mindestens sieben Staaten, darunter Ohio, ermitteln inzwischen gegen die Firma. Überall im Lande werden Klagen von Inhabern von Policen eingereicht, und viele weitere werden erwartet. Man rechnet damit, daß das Urteil von Memphis eine Flut von Prozessen auslösen wird.

Ha, ha, ha. Wir freuen uns über den Jammer, den wir ausgelöst haben. Wir lachen, als wir uns Mr. Wilfred Keeley vorstellen, wie er abermals seine Bilanz studiert und versucht, mehr Geld darin zu finden. Irgendwo muß es doch stecken!

Ein Bote erscheint mit einem prächtigen Blumenarrangement, einem Glückwunsch von Booker Kane und seinen Kollegen in der Kanzlei von Marvin Shankle.

Ich hatte damit gerechnet, daß das Telefon ununterbrochen läuten und Mandanten anrufen würden, denen es um eine solide juristische Vertretung zu tun wäre. Bisher ist nichts dergleichen passiert. Deck sagt, vor zehn wären zwei Anrufe gekommen, von denen einer falsch verbunden war. Ich mache mir keine Sorgen.

Um elf ruft Kipler an, und ich wechsle zu dem sauberen Telefon über, nur für den Fall, daß Drummond immer noch mithört. Er hat eine interessante Story, eine, die auch mich betreffen könnte. Vor Beginn des Prozesses am vorigen Montag, als wir alle in seinem Amtszimmer saßen, hatte ich zu Drummond gesagt, daß wir einen Vergleich über eins Komma zwei Millionen abschließen könnten. Drummond hatte es empört abgelehnt, und der Prozeß nahm seinen Lauf. Allem Anschein nach hat er es unterlassen, die Leute von Great Benefit über dieses Angebot zu informieren, und die behaupten jetzt, sie hätten ernsthaft erwogen, mir zu zahlen, was ich haben wollte. Ob die Firma zu jenem Zeitpunkt dem Vergleich zugestimmt hätte, weiß der Himmel, aber in der Rückschau sind eins Komma zwei Millionen wesentlich leichter zu verdauen als fünfzig Komma zwei. Auf jeden Fall behauptet die Firma jetzt, sie hätte dem Vergleich zugestimmt, und sie behauptet außerdem, ihr Anwalt, der große Leo F. Drummond, hätte einen schwerwiegenden Fehler begangen, als er es unterließ oder sich weigerte, sie über mein Angebot zu informieren.

Underhall, der Firmenanwalt, hat den ganzen Morgen am Telefon gehangen und mit Drummond und Kipler gesprochen. Great Benefit ist wütend, gedemütigt und verletzt und offensichtlich auf der Suche nach einem Sündenbock. Drummond hat zuerst abgestritten, daß es je passiert ist, aber das hat Kipler gleich im Keim erstickt. Und das ist der Punkt, an dem ich ins Spiel komme. Es könnte sein, daß sie eine eidesstattliche Erklärung von mir brauchen, in der ich die Fakten so schildere, wie sie mir in Erinnerung sind. Gern, sage ich. Ich mache mich gleich an die Arbeit.

Great Benefit hat Drummond und Trent & Brent bereits entlassen, und es könnte noch viel schlimmer kommen. Underhall hat davon gesprochen, die Kanzlei wegen sträflichen Fehlverhaltens zu verklagen. Die Folgen wären katastrophal. Wie alle Kanzleien hat auch Trent & Brent eine Haftpflichtversicherung, aber die hat ihre Grenzen. Eine Police über fünfzig Millionen Dollar ist undenkbar. Ein Fünfzig-Millionen-Dollar-Fehler von Leo F. Drummond würde die Kanzlei in ernsthafte finanzielle Schwierigkeiten stürzen.

Ich kann nicht anders – ich muß lächeln, als ich das höre. Nachdem ich den Hörer aufgelegt habe, erzähle ich Deck den Inhalt des Gesprächs. Der Gedanke, daß Trent & Brent von einer Versicherungsgesellschaft verklagt wird, ist einfach umwerfend.

Der nächste Anruf kommt von Cooper Jackson. Er und seine Freunde haben heute morgen vor dem Bundesgericht in Charlotte Klage eingereicht. Sie vertreten mehr als zwanzig Inhaber von Policen, die 1991, im Jahr des großen Systems, von Great Benefit aufs Kreuz gelegt wurden. Wenn ich nichts dagegen hätte, würde er bei Gelegenheit gern zu mir kommen und meine Akte durchsehen. Gern, sage ich, jederzeit.

Deck und ich gehen zum Lunch zu Moe's, einem alten Restaurant in der Nähe der Gerichte, in dem vorzugsweise Anwälte und Richter verkehren. Ich bekomme ein paar Blicke, ein Händeschütteln, einen Schlag auf den Rücken von einem ehemaligen Mitstudenten. Ich sollte öfter hier essen.

Unsere Aktion ist für heute abend, Montag, angesetzt, weil der Boden trocken ist und die Temperatur bei fünf Grad plus liegt. Die letzten drei Spiele sind wegen schlechten Wetters ausgefallen. Was sind das für Irre, die im Winter Softball spielen? Kelly beantwortet meine Frage nicht. Es liegt auf der Hand, mit was für einem Irren wir es zu tun haben. Sie ist sicher, daß sie heute abend spielen werden, weil es sehr wichtig für sie ist. Sie haben zwei Wochen ohne Sieg hinter sich, also keine Bierparties hinterher und keine Heldentaten, deren sie sich rühmen konnten. Cliff würde es nicht wagen, das Spiel zu versäumen.

Es fängt um sieben an, und sicherheitshalber fahren wir an dem Softballfeld vorbei. *PFX Freights* spielt tatsächlich. Ich gebe Gas. Ich habe so etwas noch nie gemacht, und ich bin ziemlich nervös. Wir sind beide nervös. Wir reden nicht viel. Je näher wir der Wohnung kommen, desto schneller fahre ich. Ich habe einen .38er unter dem Sitz und bin entschlossen, sie griffbereit zu halten.

Kelly meint, daß wir in zehn Minuten drinnen und wieder draußen sein können, wenn er nicht die Schlösser ausgewechselt hat. Sie will die meisten ihrer Kleider holen und noch ein paar andere Sachen. Zehn Minuten ist das Maximum, erkläre ich ihr, weil Nachbarn uns beobachten könnten. Und diese Nachbarn könnten auf die Idee kommen, Cliff anzurufen. Und wer weiß, was dann passiert.

Ihre Verletzungen wurden ihr vor fünf Tagen beigebracht, und das Schlimmste ist überstanden. Sie kann fast ohne Schmerzen laufen. Sie behauptet, sie wäre kräftig genug, um ihre Sachen zusammenzuklauben und sich schnell zu bewegen. Aber wir müssen es schon gemeinsam tun.

Die Wohnanlage ist eine Viertelstunde von dem Softballfeld entfernt. Sie besteht aus einem halben Dutzend dreistöckiger Häuser, zwischen denen es einen Pool und zwei Tennisplätze gibt. Achtundsechzig Wohnungen, verkündet das Schild. Gott sei Dank liegt ihre Wohnung im Erdgeschoß. Ich kann nicht in der Nähe der Haustür parken, also beschließe ich, daß wir zuerst in die Wohnung gehen und alles holen, was sie haben will, dann fahre ich auf den Rasen, werfe alles auf den Rücksitz, und wir verschwinden.

Ich stelle den Wagen ab und hole tief Luft.

»Hast du Angst?« fragt sie.

»Ja.« Ich greife unter den Sitz und hole die Waffe hervor.

»Beruhige dich, er ist auf dem Spielfeld. Er würde es um nichts in der Welt versäumen.«

»Wenn du meinst. Also, dann los.«

Wir schleichen durch die Dunkelheit zu ihrer Wohnung, ohne jemanden zu sehen. Ihr Schlüssel paßt, die Tür ist offen, wir sind drinnen. In der Küche und auf dem Flur ist eine Lampe eingeschaltet, und das Licht reicht aus. Auf zwei Stühlen im Wohnzimmer liegen Kleidungsstücke. Die Beistelltische und der Fußboden sind übersät mit leeren Bierdosen und Chipstüten. Cliff, der Strohwitwer, ist ein ziemlicher Liederjan. Sie bleibt eine Sekunde stehen und sieht sich angewidert um. »Tut mir leid«, meint sie.

»Beeil dich, Kelly«, sage ich. Ich lege die Waffe auf die schmale Durchreiche zwischen Wohnzimmer und Küche. Wir gehen ins Schlafzimmer, wo ich eine kleine Lampe einschalte. Das Bett ist seit Tagen nicht gemacht. Noch mehr Bierdosen und eine Pizzaschachtel. Ein *Playboy*. Sie zeigt auf die Schubladen einer kleinen, billigen Kommode. »Da sind meine Sachen«, sagt sie. Wir flüstern.

Ich ziehe die Kopfkissenbezüge ab und fange an, sie mit Wäsche, Strümpfen und Schlafanzügen vollzustopfen. Kelly holt Kleider aus dem Schrank. Ich trage eine Ladung davon ins Wohnzimmer und hänge sie über einen Stuhl, dann kehre ich ins Schlafzimmer zurück. Sie sagt nichts, gibt mir eine weitere Ladung, und ich bringe sie ins Wohnzimmer. Wir arbeiten schnell und schweigend.

Ich komme mir vor wie ein Dieb. Jede Bewegung macht zuviel Lärm. Mein Herz klopft, während ich mit einer Ladung nach der anderen vom Schlafzimmer ins Wohnzimmer renne.

»Das reicht«, sage ich schließlich. Sie trägt einen vollgestopften Kopfkissenbezug, und ich folge ihr mit mehreren Kleidern auf Bügeln ins Wohnzimmer. »Laß uns verschwinden«, sage ich, jetzt überaus nervös.

Dann hören wir ein leises Geräusch an der Tür. Jemand versucht, hereinzukommen. Wir erstarren und sehen uns an. Sie tut einen Schritt auf die Tür zu, als sie plötzlich auffliegt und gegen die Wand schleudert. Cliff Riker stürmt herein. »Kelly! Ich bin zu Hause!« ruft er, als er sie über einen Stuhl fallen sieht. Ich stehe direkt vor ihm, kaum zwei Meter entfernt, und er bewegt sich schnell. Alles, was ich sehen kann, ist sein gelbes *PFX-Freights*-Trikot, seine roten Augen und seine Lieblingswaffe. Ich erstarre vor Entsetzen, als er den Aluminium-Softballschläger hebt und Anstalten macht, ihn auf meinen Kopf niedersausen zu lassen. »Du Dreckskerl!« brüllt er. Trotz meiner Erstarrung gelingt es mir, mich zu ducken, nur Millisekunden bevor der Schläger über mich hinwegsaust. Ich kann hören, wie er zischt, ich spüre seine Gewalt. Sein Homerun-Schlag trifft eine unglückliche kleine Holzfigur am Rand der Durchreiche, zertrümmert sie und fegt einen Stapel schmutziges Geschirr herunter. Kelly schreit. Der Schlag sollte meinen Schädel zertrümmern, und als er danebenging, wirbelte sein Körper weiter herum, so daß er mir jetzt den Rücken zudreht. Ich stürze mich wie ein Wahnsinniger auf ihn und werfe ihn über den mit Kleidern und Kleiderbügeln beladenen Stuhl. Kelly schreit abermals, irgendwo hinter mir. »Hol die Waffe!« schreie ich.

Er ist schnell und stark und wieder auf den Beinen, bevor ich mein Gleichgewicht zurückgewonnen habe. »Ich bring dich um!« brüllt er, holt abermals aus und verfehlt mich wieder, als ich mit knapper Not ausweiche. Der zweite Schlag trifft nichts als Luft. »Du Dreckskerl!« faucht er und reißt den Schläger herum.

Eine dritte Chance bekommt er nicht, entscheide ich rasch. Bevor er den Schläger erneut heben kann, hole ich zu einem rechten Haken auf sein Gesicht aus. Er landet auf seinem Kinn und macht ihn gerade lang genug benommen, daß ich ihm einen Tritt zwischen die Beine versetzen kann. Mein Fuß landet zielgenau. Ich höre und spüre, wie seine Hoden aufplatzen, und er stößt einen Schmerzensschrei aus. Er läßt den Schläger sinken, und ich packe ihn und reiße ihn ihm aus der Hand.

Ich schwinge ihn hoch, und er landet direkt oberhalb des linken Ohrs, und bei dem Geräusch wird mir fast schlecht. Knochen knirschen und brechen. Er fällt auf alle viere, sein Kopf hängt eine Sekunde herab, dann dreht er sich um und sieht mich an. Er hebt den Kopf und versucht, aufzustehen. Mein zweiter Schwinger beginnt an der Zimmerdecke, und in ihm steckt alle Kraft, die ich aufbringen kann. Ich lasse den

Schläger voller Haß und Angst niederfahren, und er landet mitten auf seinem Schädel.

Ich will abermals ausholen, aber Kelly ergreift meinen Arm. »Hör auf, Rudy.«

Ich halte inne, sehe erst sie an und dann Cliff. Er liegt flach auf dem Bauch, zitternd und stöhnend. Wir sehen entsetzt zu, wie er still wird. Nur ein gelegentliches Zucken, dann versucht er, etwas zu sagen, aber es kommt nur ein kehliges Röcheln heraus. Er versucht den Kopf zu bewegen, der heftig blutet.

»Ich bringe das Schwein um, Kelly«, sage ich, schwer atmend, immer noch verängstigt, immer noch wütend.

»Nein.«

»Doch. Er hätte uns umgebracht.«

»Gib mir den Schläger.«

»Was?«

»Gib mir den Schläger, dann geh.«

Ich bin verblüfft, wie ruhig sie in diesem Moment ist. Sie weiß genau, was zu tun ist.

»Was…«, versuche ich zu fragen, sehe erst sie und dann ihn an.

Sie nimmt mir den Schläger aus der Hand. »Ich weiß, wie das läuft. Verschwinde. Versteck dich irgendwo. Du warst heute abend nicht hier. Ich rufe dich später an.«

Ich kann nichts tun als still dastehen und den zuckenden, sterbenden Mann auf dem Boden ansehen.

»Bitte, geh jetzt, Rudy«, sagt sie und schiebt mich sanft zur Tür. »Ich ruf dich später an.«

»Okay, okay.« Ich gehe in die Küche, hebe den heruntergefallenen .38er auf und kehre ins Wohnzimmer zurück. Wir sehen uns gegenseitig an, dann richten wir den Blick auf den Fußboden. Ich gehe hinaus, mache leise die Tür hinter mir zu und halte Ausschau nach neugierigen Nachbarn. Niemand zu sehen. Ich zögere einen Moment und höre nichts aus der Wohnung.

Mir ist schlecht. Ich schleiche davon in die Dunkelheit, plötzlich schweißnaß am ganzen Körper.

Es dauert zehn Minuten, bis der erste Streifenwagen eintrifft. Gleich darauf kommt ein zweiter. Dann eine Ambulanz. Ich sitze auf einem vollbesetzten Parkplatz geduckt in meinem Volvo und beobachte alles. Sanitäter rennen in die Wohnung. Noch ein Streifenwagen. Rotes und blaues Blinklicht erhellt den Abend und zieht eine Menschenmenge an. Minuten vergehen, und keine Spur von Cliff. Ein Sanitäter erscheint in der Haustür und läßt sich Zeit damit, etwas aus der Ambulanz zu holen. Er hat es kein bißchen eilig.

Kelly ist allein da drinnen, verängstigt, und beantwortet hundert Fragen, wie es passiert ist, und ich sitze hier, plötzlich Mr. Feigling, ducke mich hinter mein Lenkrad und hoffe, daß mich niemand sieht. Warum habe ich sie allein gelassen? Sollte ich losgehen und sie retten? In meinem Kopf herrscht Chaos, mein Blick ist verschwommen, und die hektisch blitzenden roten und blauen Lichter blenden mich.

Er kann nicht tot sein. Schwerverletzt, vielleicht. Aber nicht tot.

Ich denke, ich werde wieder zu ihr in die Wohnung gehen.

Der Schock läßt nach, und jetzt überfällt mich die Angst. Ich wünsche mir, daß sie Cliff auf einer Tragbahre herausbringen und mit ihm davonjagen, ihn ins Krankenhaus bringen, ihn wieder zusammenflicken. Plötzlich will ich ihn am Leben sehen. Mit einem lebendigen Cliff, selbst einem irren, kann ich fertig werden. Komm schon, Cliff. Komm schon, Junge. Steh auf und komm da drüben raus.

Ich habe doch keinen Mann umgebracht.

Die Menge wird größer, und ein Polizist winkt die Leute zurück.

Ich verliere alles Gespür für die Zeit. Ein Leichenwagen trifft ein, und das löst in der Menge aufgeregtes Gemurmel aus. Cliff wird nicht in der Ambulanz fahren. Cliff wird ins Leichenschauhaus gebracht.

Ich öffne die Tür und erbreche mich so leise wie möglich gegen den neben meinem stehenden Wagen. Niemand hört mich. Dann wische ich mir den Mund ab und dränge mich in die Menge. »Nun hat er sie schließlich doch umgebracht«, höre ich jemanden sagen. Polizisten eilen in die Wohnung und wieder heraus. Ich bin fünfzehn Meter entfernt, verborgen in einem Meer von Gesichtern. Die Polizei spannt ein gelbes Band um das gesamte Ende des Gebäudes. Für ein paar Sekunden flammt hinter den Fenstern das Blitzlicht einer Kamera auf.

Wir warten. Ich muß sie sehen, aber es gibt nichts, was ich tun könnte. Ein weiteres Gerücht macht die Runde durch die Menge, und diesmal trifft es zu. Er ist tot. Und sie glauben, daß sie ihn umgebracht hat. Ich höre aufmerksam zu, was gesagt wird, denn wenn jemand gesehen hat, wie ein Fremder nicht lange nach dem Gebrüll und Geschrei die Wohnung verlassen hat, dann muß ich es wissen. Ich bewege mich langsam herum und höre genau hin. Ich erfahre nichts. Dann ziehe ich mich für ein paar Sekunden zurück und erbreche mich abermals hinter ein paar Sträuchern.

An der Haustür bewegt sich etwas. Ein Sanitäter kommt rückwärts heraus und zieht eine Bahre hinter sich her. Der Tote steckt in einem silberfarbenen Plastiksack. Sie rollen ihn den Fußweg entlang zum Leichenwagen, dann bringen sie ihn weg. Minuten später erscheint Kelly, flankiert von zwei Polizisten. Sie sieht winzig und verängstigt aus. Aber wenigstens trägt sie keine Handschellen. Sie hatte Gelegenheit, sich umzuziehen und trägt jetzt Jeans und einen Parka.

Sie verfrachten sie auf den Rücksitz eines Streifenwagens und fahren davon. Ich gehe rasch zu meinem Wagen und mache mich auf den Weg zum Polizeirevier.

Ich informiere den diensthabenden Sergeant, daß ich Anwalt bin, daß meine Mandantin soeben festgenommen wurde und daß ich darauf bestehe, bei ihrem Verhör zugegen zu sein. Ich sage dies mit hinreichendem Nachdruck, und er ruft irgend jemanden an. Ein weiterer Sergeant kommt mich holen, und ich werde in den zweiten Stock gebracht, wo Kelly allein in einem Verhörzimmer sitzt. Ein Detektiv namens Smotherton mustert sie durch ein einseitiges Fenster. Ich gebe ihm eine meiner Karten. Er weigert sich, mir die Hand zu reichen.

»Ihr Burschen seid immer schnell zur Stelle, nicht wahr?« sagt er verächtlich.

»Sie hat mich angerufen, gleich nachdem sie 911 gewählt hatte. Was haben Sie festgestellt?«

Wir betrachten sie beide. Sie sitzt am Ende eines langen Tisches und wischt sich die Augen mit einem Papiertaschentuch.

Smotherton grunzt, während er überlegt, was er mir sagen soll. »Fanden ihren Mann tot auf dem Fußboden, Schädelbruch, sieht aus wie von einem Baseballschläger. Sie hat nicht viel gesagt, nur daß sie sich scheiden lassen will, sich in die Wohnung geschlichen hat, um ihre Sachen zu holen, er fand sie, sie kämpften. Er war ziemlich betrunken. Irgendwie bekam sie den Schläger in die Hand, und jetzt ist er im Leichenschauhaus. Sie betreiben ihre Scheidung?«

»Ja. Ich kann Ihnen eine Kopie zugehen lassen. Vorige Woche hat der Richter angeordnet, daß er sich von ihr fernzuhalten hat. Er hat sie seit Jahren immer wieder geschlagen.«

»Wir haben die Verletzungen gesehen. Ich möchte ihr nur ein paar Fragen stellen, okay?«

»Klar.« Wir betreten gemeinsam das Zimmer. Kelly ist überrascht, mich zu sehen, schafft es aber, cool zu bleiben. Wir umarmen uns auf höfliche Anwalt-Mandanten-Manier. Ein weiterer Detektiv in Zivil erscheint, Officer Hamlet, der ein Aufnahmegerät mitbringt. Ich habe keine Einwände. Nachdem er es eingeschaltet hat, ergreife ich die Initiative. »Fürs Protokoll. Ich bin Rudy Baylor, Anwalt von Kelly Riker. Heute ist Montag, der 15. Februar 1993. Wir befinden uns im Polizeipräsidium von Memphis. Ich bin anwesend, weil meine Mandantin mich um ungefähr neunzehn Uhr fünfundvierzig heute abend angerufen hat. Sie hatte gerade 911 gewählt und sagte, sie glaubte, ihr Mann wäre tot.«

Ich nicke Smotherton zu, als wäre er jetzt an der Reihe, und er sieht mich an, als würde er mich am liebsten erwürgen. Polizisten hassen Verteidiger, aber im Augenblick ist mir das völlig egal.

Smotherton beginnt mit einer Reihe von Fragen über Kelly und Cliff – grundlegende Informationen wie Geburtsdaten, Eheschließung, Beschäftigung, Kinder und so weiter. Sie beantwortet sie geduldig, mit einem abwesenden Ausdruck in den Augen. Die Schwellung ist aus ihrem Gesicht verschwunden, aber ihr linkes Auge ist immer noch schwarz und blau, und die Braue ist noch immer verpflastert. Sie ist völlig verängstigt.

Sie beschreibt die Mißhandlungen so detailliert, daß wir alle drei entsetzt sind. Smotherton schickt Hamlet los, die Unterlagen über Cliffs drei Festnahmen wegen der Mißhandlungen zu holen. Sie redet über Vorfälle, über die es keine Unterlagen gibt, weil sie nie schriftlich festgehalten wurden. Sie erzählt von dem Softballschläger und wie er damit ihren Knöchel gebrochen hat. Er hat sie auch ein paarmal so geschlagen, wenn er ihr gerade nicht die Knochen brechen wollte.

Sie redet über die letzte Attacke, dann über den Entschluß, ihn zu verlassen und sich zu verstecken und die Scheidung einzureichen. Sie ist durch und durch glaubwürdig, weil alles wahr ist. Es sind die kommenden Lügen, die mir Sorgen machen.

»Weshalb sind Sie heute abend in die Wohnung gegangen?« fragt Smotherton.

»Um meine Sachen zu holen. Ich war sicher, daß er nicht dasein würde.«

»Wo haben Sie die letzten Tage verbracht?«

»In einem Haus für mißhandelte Frauen.«

»Wo ist das?«

»Das möchte ich nicht sagen.«

»Hier in Memphis?«

»Ja.«

»Wie sind Sie heute abend zu Ihrer Wohnung gekommen?«

Bei dieser Frage setzt mein Herz einen Schlag aus, aber sie hat bereits darüber nachgedacht. »Mit meinem Wagen«, sagt sie.

»Was für ein Wagen ist das?«

»Ein Volkswagen-Käfer.«

»Wo ist er jetzt?«

»Auf dem Parkplatz vor meiner Wohnung.«

»Können wir ihn uns ansehen?«

»Nicht, bevor ich es getan habe«, sage ich, mich plötzlich erinnernd, daß ich hier der Anwalt bin und nicht etwa ein Mitverschwörer.

Smotherton schüttelt den Kopf. Wenn Blicke töten könnten.

»Wie sind Sie in die Wohnung gekommen?«

»Mit meinem Schlüssel.«

»Was haben Sie getan, als Sie drinnen waren?«

»Ich bin ins Schlafzimmer gegangen und habe angefangen, meine Sachen zusammenzupacken. Ich habe zwei oder drei Kopfkissenbezüge vollgestopft und einen Haufen Zeug ins Wohnzimmer getragen.«

»Wie lange waren Sie dort, bevor Mr. Riker nach Hause kam?«

»Vielleicht zehn Minuten.«

»Was ist dann passiert?«

An dieser Stelle unterbreche ich. »Diese Frage wird sie nicht beantworten, bevor ich Gelegenheit gehabt habe, mit ihr zu sprechen und diesen Punkt zu klären. Das Verhör ist jetzt beendet.« Ich strecke die Hand aus und drücke auf den roten Stoppknopf des Recorders. Smotherton beschäftigt sich eine Minute damit, seine Notizen durchzulesen. Hamlet kommt mit dem Computerausdruck zurück, und sie studieren ihn gemeinsam. Kelly und ich ignorieren uns gegenseitig, aber unter dem Tisch berühren sich unsere Füße.

Smotherton schreibt etwas auf ein Blatt Papier und gibt es mir. »Dies wird als Tötungsdelikt behandelt, aber es geht an die Abteilung Mißhandlungen im häuslichen Bereich bei der Staatsanwaltschaft. Die zuständige Dame heißt Morgan Wilson. Von jetzt an ist es ihr Fall.«

»Aber Sie behalten sie hier?«

»Mir bleibt nichts anderes übrig. Ich kann sie nicht einfach laufenlassen.«

»Wie lautet die Anklage?«

»Totschlag.«

»Sie können sie in meinen Gewahrsam entlassen.«

»Nein, das kann ich nicht«, erwidert er wütend. »Was für eine Art von Anwalt sind Sie?«

»Dann entlassen Sie sie gegen Kautionszusage.«

»Funktioniert nicht«, sagt er mit einem frustrierten Lächeln zu Hamlet. »Wir haben einen Toten. Die Kaution muß von einem Richter festgesetzt werden. Bringen Sie ihn dazu, daß er das tut, dann kann sie gehen. Ich bin nur ein bescheidener Detective.«

»Ich muß ins Gefängnis?« fragt Kelly.

»Wir haben keine andere Wahl, Madam«, sagt Smotherton, plötzlich viel netter. »Wenn Ihr Anwalt hier sein Geld wert ist, holt er Sie irgendwann morgen wieder raus. Das heißt, wenn Sie Kaution stellen können. Aber ich kann Sie nicht einfach gehen lassen, nur weil ich es möchte.«

Ich lange über den Tisch und ergreife ihre Hand. »Das ist richtig, Kelly. Ich hole dich morgen heraus, so früh wie möglich.« Sie nickt rasch und beißt die Zähne zusammen, versucht, stark zu sein.

»Können Sie sie in eine Einzelzelle bringen?« frage ich Smotherton.

»Für das Gefängnis bin ich nicht zuständig, Sie Klugscheißer. Wenn Sie so ein toller Hecht sind, dann reden Sie mit den Wärtern. Die freuen sich immer, wenn sie es mit einem Anwalt zu tun haben.«

Provozier mich nicht, Freundchen. Einen Schädel habe ich heute abend bereits eingeschlagen. Wir starren uns voller Haß an. »Danke«, sage ich.

»Nichts zu danken.« Er und Hamlet schieben ihre Stühle zurück und stapfen auf die Tür zu. »Sie haben fünf Minuten«, sagt er über die Schulter hinweg. Sie knallen die Tür ins Schloß.

»Rühr dich nicht von der Stelle«, sage ich fast lautlos. »Sie beobachten uns durch dieses Fenster dort. Und das Zimmer ist vermutlich verwanzt, also sei vorsichtig mit dem, was du sagst.«

Sie sagt gar nichts.

Ich spiele meine Anwaltsrolle weiter. »Tut mir sehr leid, daß das passiert ist«, sage ich steif.

»Was bedeutet Totschlag?«

»Das kann eine Menge bedeuten, aber im Grunde ist es Mord ohne Tötungsabsicht.«

»Wie viele Jahre könnte ich bekommen?«

»Zuerst einmal müßtest du verurteilt werden, und dazu kommt es nicht.«

»Versprichst du mir das?«

»Ich verspreche es. Hast du Angst?«

Sie wischt sich sorgfältig die Augen ab und denkt lange nach. »Er hat eine große Familie, und sie sind alle genau wie er. Lauter gewalttätige Saufbolde. Ich habe fürchterliche Angst vor ihnen.«

Darauf fällt mir keine Erwiderung ein. Ich habe auch Angst vor ihnen.

»Sie können mich nicht zwingen, zu seiner Beerdigung zu gehen, oder?«

»Nein.«

»Gut.«

Ein paar Minuten später kommen sie, um sie abzuholen, und diesmal legen sie ihr Handschellen an. Ich sehe zu, wie sie sie den Korridor entlangführen. Sie bleiben vor einem Fahrstuhl stehen, und Kelly reckt den Kopf an einem der Polizisten vorbei, um mich zu sehen. Ich winke langsam, dann ist sie verschwunden.

52

Wenn man einen Mord begeht, macht man fünfundzwanzig Fehler. Wer zehn davon vermeiden kann, ist ein Genie. Das jedenfalls habe ich einmal in einem Film gehört. Es war im Grunde kein Mord, sondern eher ein Fall von Notwehr. Aber die Fehler beginnen sich zu summieren.

Ich wandere um den Schreibtisch in meinem Büro herum, der mit säuberlichen Reihen von gelben Blättern bedeckt ist. Ich habe Skizzen angefertigt von der Wohnung, dem Toten, den Kleidungsstücken, der Waffe, dem Baseballschläger, den Bierdosen, praktisch von allem, woran ich mich erinnern kann. Ich habe die Position meines Wagens, ihres Wagens und seines Pickups auf dem Parkplatz aufgezeichnet. Ich habe Seiten um Seiten geschrieben, jeden Schritt, jede Einzelheit des Geschehens schriftlich festgehalten. Ich vermute, daß ich weniger als fünfzehn Minuten in der Wohnung war, aber auf dem Papier sieht es aus wie ein ganzer Roman. Wie viele Brüller oder Aufschreie können draußen zu hören gewesen sein? Nicht mehr als vier, glaube ich. Wie viele Nachbarn sahen einen Fremden, der unmittelbar nach den Schreien die Wohnung verließ? Wer weiß.

Das, glaube ich, war Fehler Nummer eins. Ich hätte nicht so schnell verschwinden sollen. Ich hätte an die zehn Minuten warten müssen, um festzustellen, ob die Nachbarn etwas gehört haben. Erst dann hätte ich mich in die Dunkelheit davonschleichen sollen.

Vielleicht hätte ich auch die Polizei anrufen und die Wahrheit sagen sollen. Kelly und ich hatten jedes Recht, in der Wohnung zu sein. Es ist offensichtlich, daß er irgendwo in der Nähe auf der Lauer gelegen hat, während er ganz woanders sein sollte. Es war mein gutes Recht, mich zu wehren, ihn zu entwaffnen und mit seiner eigenen Waffe auf ihn einzuschlagen. Angesichts seines gewalttätigen Wesens und seiner Vorgeschichte hätte keine Jury auf der Welt mich verurteilt. Außerdem wäre die einzige Zeugin eindeutig auf meiner Seite gewesen.

Also, weshalb bin ich nicht geblieben? Sie hat mich regelrecht zur Tür hinausgedrängt, und es schien einfach die beste Lösung zu sein. Wer kann schon vernünftig denken, wenn er binnen fünfzehn Sekunden von einem brutal Attackierten zum Killer wird?

Fehler Nummer zwei war die Lüge über ihren Wagen. Nach dem Verlassen des Polizeireviers bin ich über den Parkplatz gefahren und habe ihren VW und seinen Allrad-Pickup gefunden. Mit dieser Lüge kommen wir nur durch, wenn niemand der Polizei erzählt, daß ihr Wagen seit Tagen nicht bewegt worden ist.

Aber was ist, wenn Cliff und einer seiner Freunde den Wagen unbrauchbar gemacht haben, während sie sich versteckt hielt, und wenn dieser Freund in ein paar Stunden auftaucht und mit der Polizei redet? Meine Phantasie geht mit mir durch.

Der schlimmste Fehler, der mir seit vier Stunden zu schaffen macht, ist die Lüge über den Anruf, den Kelly angeblich getätigt hat, nachdem sie 911 gewählt hatte. Das war meine Ausrede dafür, daß ich so schnell auf dem Revier eingetroffen bin. Es war eine unglaublich dämliche Lüge, weil es über diesen Anruf keine Aufzeichnung gibt. Wenn die Polizisten die Telefonanrufe überprüfen, stecke ich in ernsthaften Schwierigkeiten.

Je weiter die Nacht fortschreitet, desto mehr Fehler fallen mir ein. Glücklicherweise sind die meisten davon reine Angstprodukte und verschwinden nach sorgfältiger Analyse und hinreichendem Gekritzel auf den gelben Blättern.

Ich lasse Deck bis fünf Uhr schlafen, bevor ich ihn wecke. Eine Stunde später trifft er mit Kaffee im Büro ein. Ich liefere ihm meine Version der Geschichte, und seine erste Reaktion ist wundervoll. »Keine Jury in der Welt wird sie verurteilen«, sagt er ohne die Spur eines Zweifels.

»Der Prozeß ist eine Sache«, sage ich. »Eine andere ist es, sie aus dem Gefängnis zu holen.«

Wir arbeiten einen Plan aus. Ich brauche Unterlagen – Verhaftungsberichte, Gerichtsakten, medizinische Unterlagen und eine Kopie ihrer ersten Scheidungsklage. Deck kann es kaum abwarten, den Schmutz zusammenzuraffen. Um sieben geht er los, um mehr Kaffee und eine Zeitung zu holen.

Die Story steht auf Seite drei des Lokalteils, drei kurze Absätze ohne ein Foto des Dahingeschiedenen. Es ist zu spät gestern abend passiert, um viel herzugeben. EHEFRAU WEGEN TOD DES EHEMANNES VERHAFTET lautet die Schlagzeile, aber von der Sorte gibt es in Memphis drei pro Monat. Wenn ich nicht danach gesucht hätte, wäre es mir nicht aufgefallen.

Ich rufe Butch an und erwecke ihn von den Toten. Er ist ein Nachtschwärmer, ledig nach drei Scheidungen, und macht gern die Runde durch die Bars. Ich erzähle ihm, daß sein spezieller Freund Cliff Riker eines vorzeitigen Todes gestorben ist, und das scheint ihn munter zu machen. Er trifft kurz nach acht im Büro ein, und ich bitte ihn, die Umgebung der Wohnung durchzukämmen und festzustellen, ob irgend jemand etwas gehört oder gesehen hat und ob die Polizei das gleiche tut. Butch läßt mich gar nicht ausreden. Er ist der Detektiv. Wenn einer weiß, was hier zu tun ist, dann er.

Ich rufe Booker in der Kanzlei an und erkläre, daß eine Mandantin von mir – Scheidungssache – gestern abend ihren Mann umgebracht hat; aber sie ist eine wirklich reizende Person, und ich will sie aus dem Gefängnis heraushaben. Ich brauche seine Hilfe. Der Bruder von Marvin Shankle ist Richter an einem Strafgericht, und ich möchte, daß er sie entweder gegen Kautionszusage entläßt oder eine lächerlich geringe Kaution festsetzt.

»Du bist von einem Fünfzig-Millionen-Dollar-Urteil zu einem schäbigen Scheidungsfall abgestiegen?« fragt Booker vergnügt.

Ich bringe ein Lachen zustande. Wenn der wüßte.

Marvin Shankle ist nicht in der Stadt, aber Booker verspricht, sich ans Telefon zu hängen. Um halb neun verlasse ich mein Büro und fahre in die Innenstadt. Die ganze Nacht hindurch habe ich mich bemüht, den Gedanken an Kelly in einer Gefängniszelle zu verdrängen.

Ich betrete das Shelby County Justice Center und gehe direkt zum Büro von Lonnie Shankle. Dort erfahre ich, daß Richter

Shankle, wie sein Bruder, nicht in der Stadt ist und erst am späten Nachmittag zurückkehren wird. Ich tätige ein paar Anrufe und versuche herauszufinden, wo Kellys Unterlagen zur Zeit sind. Sie war nur eine von einem Dutzend Personen, die gestern abend verhaftet wurden, und ich bin sicher, daß ihre Akte sich noch auf dem Polizeirevier befindet.

Um halb zehn treffe ich mich mit Deck in der Halle. Er hat die Verhaftungsunterlagen. Ich schicke ihn ins Polizeirevier, damit er ihre Akte dort auftreibt.

Das Büro der Staatsanwaltschaft von Shelby County ist im dritten Stock. Dort arbeiten mehr als siebzig Ankläger in fünf Abteilungen. In der Abteilung für Mißhandlungen im häuslichen Bereich sind es nur zwei, Morgan Wilson und noch eine Frau. Zum Glück ist Morgan Wilson in ihrem Büro. Das einzig Schwierige ist, an sie heranzukommen. Ich flirte eine halbe Stunde mit der Dame am Empfang, und zu meiner Überraschung funktioniert es.

Morgan Wilson ist eine beeindruckende Frau um die Vierzig. Sie hat einen kräftigen Händedruck, und ihr Lächeln besagt: »Ich habe alle Hände voll zu tun. Also kommen Sie zur Sache.« In ihrem Büro türmen sich die Akten zu Bergen, aber sie sind sauber gestapelt und gut sortiert. Ich werde schon vom bloßen Betrachten all dieser noch anstehenden Arbeit müde. Wir setzen uns, dann fällt bei ihr der Groschen.

»Der Fünfzig-Millionen-Dollar-Mann?« fragt sie, jetzt mit einem Lächeln ganz anderer Art.

»Der bin ich.« Ich zucke die Achseln. Nicht der Rede wert.

»Herzlichen Glückwunsch.« Sie ist sichtlich beeindruckt. Ah, der Preis des Ruhms. Ich vermute, sie tut das, was auch jeder andere Anwalt tut – errechnet ein Drittel von fünfzig Millionen.

Sie verdient maximal vierzigtausend im Jahr, also möchte sie über mein Glück reden. Ich liefere ihr einen knappen Bericht über den Prozeß und meine Gefühle, als ich das Urteil hörte. Ich fasse mich kurz, dann sage ich ihr, weshalb ich hier bin.

Sie hört aufmerksam zu und macht sich eine Menge Notizen. Ich gebe ihr Kopien der früheren und der laufenden Scheidungsklage und der Protokolle über Cliffs drei Festnahmen wegen Mißhandlung seiner Frau. Ich verspreche ihr, daß sie noch heute Kellys medizinische Unterlagen bekommt. Ich beschreibe die Verletzungen von einigen der schlimmsten Vorfälle.

Praktisch all diese Akten um mich herum betreffen Männer, die ihre Frauen, Kinder oder Freundinnen mißhandelt haben, also läßt sich leicht vorhersagen, auf wessen Seite Morgan steht. »Das arme Kind«, sagt sie, und damit meint sie nicht Cliff.

»Wie groß ist sie?« fragt sie.

»Ungefähr einsfünfundsechzig. An die fünfundfünfzig Kilo unter der Dusche.«

»Wie hat sie ihn erschlagen?« Ihr Ton ist fast ehrfürchtig und nicht im mindesten vorwurfsvoll.

»Sie war verängstigt. Er war betrunken. Irgendwie hat sie den Schläger in die Hand bekommen.«

»Gut für sie«, sagt sie, und auf meinen Schenkeln bildet sich eine Gänsehaut. Morgan Wilson ist die Anklägerin!

»Ich möchte sie gern aus dem Gefängnis herausholen«, sage ich.

»Ich muß mir die Akte kommen lassen und sie durchsehen. Ich werde den für die Kautionen zuständigen Mann anrufen und ihm sagen, daß wir keine Einwände gegen eine niedrige Kaution haben. Wo wohnt sie zur Zeit?«

»In einem Frauenhaus, einem dieser namenlosen Häuser im Untergrund.«

»Die kenne ich gut. Sie sind wirklich sehr sinnvoll.«

»Dort ist sie sicher, aber im Augenblick sitzt das arme Kind im Gefängnis, immer noch grün und blau von der letzten Attacke.«

Morgan deutet auf die sie umgebenden Akten. »Das ist mein Leben.«

Wir vereinbaren, uns morgen früh um neun zu treffen.

Deck, Butch und ich kommen im Büro zusammen, um ein Sandwich zu essen und unsere nächsten Schritte festzulegen. Butch hat an die Tür jeder Wohnung in der Umgebung der Rikers geklopft und nur eine Frau gefunden, die glaubt, etwas krachen gehört zu haben. Sie wohnt direkt über dem Apartment der Rikers, und ich bezweifle, daß sie mich beim Verlassen des Hauses sehen konnte. Was sie gehört hat, war vermutlich das Bersten der Holzfigur, als das Softball-As ausholte und Schlag Nummer eins fehlging. Die Polizei hat nicht mit ihr gesprochen. Butch hat sich drei Stunden in der Wohnanlage aufgehalten und keinerlei Anzeichen polizeilicher Tätigkeit entdeckt. Die Wohnung ist verschlossen und versiegelt und scheint einen Haufen Leute anzuziehen. Während er dort herumstand, gesellte sich eine Lastwagenladung von Arbeitskollegen zu zwei massiven jungen Männern, die allem Anschein nach mit Cliff verwandt waren. Die Gruppe stand hinter der polizeilichen Absperrung, starrte auf die Wohnungstür und schwor Rache. Es war eine rauhe Bande, versichert mir Butch.

Er hat auch einen gewerblichen Kautionssteller aufgetrieben, einen Freund von ihm, der uns einen Gefallen tun will und anstelle der üblichen zehn Prozent Zinsen nur fünf berechnen wird. Das spart uns ein wenig Geld.

Deck hat den größten Teil des Vormittags auf dem Polizeirevier verbracht und sich das Verhaftungsprotokoll verschafft und Kellys Papierkram ausfindig gemacht. Er und Smotherton kommen gut miteinander aus, vor allem, weil Deck behauptet hat, er könnte Anwälte nicht ausstehen. Im Augenblick ist er nur ein Ermittler und alles andere als ein Hilfsanwalt. Interessanterweise hat Smotherton ihm mitgeteilt, daß sie seit heute morgen Morddrohungen gegen Kelly erhalten hätten.

Ich beschließe, zum Gefängnis zu fahren und nach ihr zu sehen. Deck wird einen Richter auftreiben, der ihre Kaution festsetzt. Butch wird mit seinem Kautionssteller zugegen sein. Als wir gerade das Büro verlassen wollen, läutet das Telefon. Deck nimmt den Hörer ab, dann gibt er ihn mir.

Es ist Peter Corsa, Jackie Lemancyzks Anwalt in Cleveland. Ich habe zuletzt nach ihrer Aussage mit ihm gesprochen, ein Gespräch, bei dem ich ihm ausgiebig gedankt habe. Damals hat er mir erzählt, daß er selbst in wenigen Tagen seine Klage einreichen würde.

Corsa gratuliert mir zu dem Urteil, sagt, es hätte große Schlagzeilen in der Sonntagszeitung von Cleveland gemacht.

Und dann erzählt er mir, daß bei Great Benefit merkwürdige Dinge vorgingen. Heute morgen hätte das FBI, in Zusammenarbeit mit dem Generalstaatsanwalt von Ohio und der Versicherungsaufsicht des Staates, die Büros der Gesellschaft durchsucht und angefangen, Unterlagen zu beschlagnahmen. Mit Ausnahme der Computeranalytiker in der Buchhaltung wurden alle Angestellten nach Hause geschickt und angewiesen, für die nächsten beiden Tage ihren Arbeitsplatz zu meiden. Einem gerade erschienenen Zeitungsartikel zufolge ist PinnConn, die Muttergesellschaft, Zahlungsverpflichtungen nicht nachgekommen und hat massenhaft Angestellte entlassen.

Dazu kann ich nicht viel sagen. Vor achtzehn Stunden habe ich einen Mann umgebracht, und es fällt mir schwer, mich auf Dinge zu konzentrieren, die damit nichts zu tun haben. Wir plaudern. Ich danke ihm. Er verspricht, mich auf dem laufenden zu halten.

Es kostet mich anderthalb Stunden, bis ich Kelly irgendwo im Labyrinth des Gefängnisses ausfindig gemacht und veranlaßt habe, daß man sie ins Besucherzimmer bringt. Wir sitzen auf beiden Seiten einer Glasscheibe und unterhalten uns über Telefone. Sie sagt mir, daß ich müde aussehe. Ich sage ihr, daß sie großartig aussieht. Sie hat eine Einzelzelle, aber es ist laut, und sie kann nicht schlafen. Sie möchte so schnell wie möglich hier raus. Ich sage ihr, daß ich tue, was ich kann. Ich erzähle ihr von meinem Gespräch mit Morgan Wilson und erkläre ihr, wie eine Kaution funktioniert. Von den Morddrohungen erzähle ich ihr nicht.

Es gibt so vieles, worüber wir reden müßten, aber nicht hier.

Als wir uns voneinander verabschiedet haben und ich das Besucherzimmer verlasse, ruft eine Wärterin in Uniform meinen Namen. Sie fragt, ob ich der Anwalt von Kelly Riker sei, dann gibt sie mir einen Ausdruck. »Das ist unser Telefonregister. In den letzten zwei Stunden hatten wir vier Anrufe wegen dieser Frau.«

»Was für Anrufe?«

»Morddrohungen. Von irgendwelchen Irren.«

Richter Lonnie Shankle trifft um halb vier in seinem Büro ein. Deck und ich warten auf ihn. Er hat hundert Dinge zu tun, aber Booker hat angerufen und mit der Sekretärin des Richters geflirtet, also sind die Räder geölt. Ich gebe dem Richter einen Packen Papiere, liefere ihm einen Fünf-Minuten-Bericht über den Fall und ende mit der Bitte um eine niedrige Kaution, weil ich, der Anwalt, sie stellen muß. Shankle setzt die Kaution auf zehntausend Dollar fest. Wir danken ihm und gehen.

Eine halbe Stunde später sind wir alle im Gefängnis. Ich weiß, daß Butch eine Waffe in einem Schulterholster hat, und ich vermute, daß der Kautionssteller, ein Mann namens Rick, gleichfalls bewaffnet ist. Wir sind auf alles gefaßt.

Ich schreibe Rick einen Scheck über fünfhundert Dollar für die Kaution aus und unterschreibe alle erforderlichen Papiere. Wenn die Anklage gegen sie nicht fallengelassen wird oder wenn sie zu irgendwelchen Gerichtsterminen nicht erscheint, muß Rick entweder die restlichen neuntausendfünfhundert Dollar abschreiben oder sie finden, aufgreifen und ins Gefängnis zurückbefördern. Ich habe ihn überzeugt, daß die Anklage fallengelassen wird.

Es dauert eine Ewigkeit, sie loszueisen, aber endlich sehen wir sie auf uns zukommen, ohne Handschellen, mit einem Lächeln. Wir begleiten sie rasch zu meinem Wagen. Ich habe Butch und Deck gebeten, uns ein paar Blocks weit zu folgen, nur sicherheitshalber.

Ich informiere Kelly über die Morddrohungen. Wir vermuten, daß es seine Verwandten und Arbeitskollegen sind. Wir reden wenig, während wir schnell die Innenstadt hinter uns lassen und zu dem Frauenhaus fahren. Ich möchte nicht über den gestrigen Abend reden, und auch sie ist noch nicht dazu bereit.

Um fünf Uhr am Dienstag nachmittag meldet Great Benefit beim Bundesgericht in Cleveland Konkurs an. Peter Corsa ruft im Büro an, während ich Kelly verstecke, und Deck nimmt den Anruf entgegen. Als ich ein paar Minuten später eintreffe, ist Deck leichenblaß.

Wir sitzen, mit den Füßen auf dem Schreibtisch, lange Zeit

wortlos in meinem Büro. Totale Stille. Keine Stimmen. Kein Telefon. Keine Verkehrsgeräusche von unten. Wir hatten unsere Diskussion darüber, wieviel Deck von dem Honorar bekommen würde, aufgeschoben, er weiß also nicht, wieviel er verloren hat. Aber wir wissen beide, daß wir von Papiermillionären zu nahezu Insolventen geworden sind. Unsere hochfliegenden Träume von gestern kommen uns albern vor.

Es gibt noch einen Funken Hoffnung. Noch in der vorigen Woche sah die Bilanz von Great Benefit solide genug aus, um eine Jury zu überzeugen, daß die Gesellschaft fünfzig Millionen Dollar entbehren könnte. M. Wilfred Keeley schätzte ihr Barvermögen auf hundert Millionen. Sicherlich steckte ein Teil Wahrheit darin. Ich erinnere mich an die Warnungen von Max Leuberg. Verlassen Sie sich nicht auf die Zahlen einer Versicherungsgesellschaft; die machen ihre Buchführungsregeln selbst.

Aber bestimmt muß doch irgendwo noch eine Million für uns drinstecken.

Im Grunde glaube ich es nicht, und Deck glaubt es auch nicht.

Corsa hat seine Privatnummer hinterlassen, und endlich bringe ich die Kraft auf, ihn anzurufen. Er entschuldigt sich für die schlechte Nachricht, sagt, in Juristen- und Finanzkreisen in Cleveland herrsche heller Aufruhr. Es ist noch zu früh, um Genaues zu erfahren, aber es sieht so aus, als hätte PinnConn beim Spekulieren mit ausländischen Währungen schwere Verluste einstecken müssen. Daraufhin hätten sie angefangen, die riesigen Geldreserven der Tochtergesellschaften, darunter auch die von Great Benefit, anzuzapfen. Die Lage verschlechterte sich, und das Geld wurde von PinnConn einfach abgezogen und nach Europa transferiert. Der größte Teil der Aktien von PinnConn gehört einer Gruppe amerikanischer Finanzpiraten, die in Singapur operieren. Es hört sich an, als hätte sich die ganze Welt gegen mich verschworen.

Die Sache entwickelt sich rasch zu einem gewaltigen Coup, dessen Aufdeckung Monate dauern kann. Der dortige Bundesanwalt war heute nachmittag im Fernsehen und hat Strafverfolgung angekündigt. Das hilft uns auch nicht weiter.

Corsa wird morgen früh wieder anrufen.

Ich informiere Deck über das Gespräch, und wir wissen beide, daß es hoffnungslos ist. Das Geld ist von Gangstern beiseite geschafft worden, die zu gerissen sind, um sich erwischen zu lassen. Tausende von Versicherungsnehmern, die legitime Ansprüche hatten und schon einmal leer ausgegangen sind, sind abermals angeschmiert. Deck und ich sind angeschmiert. Ebenso Dot und Buddy. Donny Ray ist am meisten angeschmiert. Drummond ist angeschmiert, wenn er seine beachtliche Rechnung für juristische Dienste präsentiert. Ich erwähne das Deck gegenüber, aber es fällt uns schwer, zu lachen.

Die Angestellten und Agenten von Great Benefit sind angeschmiert. Leute wie Jackie Lemancyzk müssen es ausbaden.

Unglück liebt Gesellschaft, aber irgendwie ist mir zumute, als hätte ich mehr verloren als all diese anderen Leute. Die Tatsache, daß auch andere leiden werden, ist nur ein sehr geringer Trost.

Ich denke wieder an Donny Ray. Ich sehe ihn unter dem Baum sitzen und tapfer versuchen, Kraft für seine Aussage zu sammeln. Er hat für die Dieberei von Great Benefit den höchsten Preis gezahlt.

Ich habe den größten Teil des letzten halben Jahres mit der Arbeit an diesem Fall verbracht, und nun ist diese Zeit vergeudet. Die Kanzlei hat, seit wir damit anfingen, im Durchschnitt monatlich ungefähr tausend Dollar Gewinn gemacht, aber wir wurden angespornt von der Hoffnung auf das große Geld aus dem Black-Fall. In unseren Akten stecken nicht genügend Honorare, um die nächsten beiden Monate zu überleben, und ich denke nicht daran, mich auf irgendwelche Leute zu stürzen. Deck hat einen guten Verkehrsunfall, der aber erst spruchreif wird, wenn der Mandant aus ärztlicher Behandlung entlassen worden ist, was in ungefähr sechs Monaten der Fall sein wird. Und es ist bestenfalls ein Zwanzigtausend-Dollar-Vergleich.

Das Telefon läutet. Deck nimmt den Hörer ab, hört zu, dann legt er rasch wieder auf. »Irgendein Kerl sagt, er wird Sie umbringen«, sagt er sachlich.

»Das ist nicht der schlimmste Anruf des Tages.«

»Im Augenblick würde es mir nichts ausmachen, erschossen zu werden«, sagt er.

Kellys Anblick hebt meine Stimmung. Wir essen wieder chinesisch in ihrem Zimmer, bei abgeschlossener Tür und mit meiner Waffe unter meinem Mantel auf einem Stuhl.

Es gibt so viele Gefühle, die uns bedrängen und um Beachtung wetteifern, daß die Unterhaltung nicht leicht ist. Ich erzähle ihr von Great Benefit, und sie ist nur traurig, weil ich so mutlos bin. Das Geld bedeutet ihr nichts.

Manchmal lachen wir, manchmal weinen wir beinahe. Sie macht sich Sorgen darüber, was die Polizei tun oder herausfinden könnte. Sie hat fürchterliche Angst vor dem Riker-Clan. Diese Leute sind schon als Fünfjährige auf die Jagd gegangen. Waffen gehören für sie zum täglichen Leben. Sie hat Angst davor, wieder ins Gefängnis zurückkehren zu müssen, obwohl ich ihr versichere, daß es dazu nicht kommen wird. Wenn die Polizei und die Staatsanwaltschaft tatsächlich Anklage gegen sie erheben sollten, werde ich vortreten und die Wahrheit sagen.

Ich komme auf den gestrigen Abend zu sprechen, und sie erträgt es nicht. Sie beginnt zu weinen, und wir schweigen lange Zeit.

Ich schließe die Tür auf und gehe leise den dunklen Korridor entlang durch das weitläufige Haus, bis ich Betty Norvelle finde, die in ihrem Zimmer allein vor dem Fernseher sitzt. Sie kennt nur Bruchstücke dessen, was gestern abend passiert ist. Ich erkläre, daß Kelly im Moment zu labil ist, um allein gelassen zu werden. Ich muß bei ihr bleiben und bin bereit, notfalls auf dem Fußboden zu schlafen. In diesem Haus ist es streng verboten, daß Männer über Nacht bleiben, aber in diesem Fall macht sie eine Ausnahme.

Wir liegen zusammen auf dem schmalen Bett, auf den Decken, und halten uns eng umschlungen. Ich habe vorige Nacht überhaupt nicht geschlafen und heute nachmittag nur ein kurzes Nickerchen gemacht, und mir ist zumute, als hätte ich in der ganzen vergangenen Woche keine zehn Stunden geschlafen. Ich kann sie nicht an mich drücken, weil ich Angst habe, ihr weh zu tun. Ich drifte davon.

53

Das Hinscheiden von Great Benefit mag in Cleveland eine Sensation sein, aber in Memphis nimmt man es kaum zur Kenntnis. Es steht kein Wort darüber in der Mittwochszeitung. Sie enthält einen kurzen Bericht über Cliff Riker. Die Autopsie hat ergeben, daß er an mehreren Schlägen mit einem stumpfen Gegenstand auf den Kopf gestorben ist. Seine Witwe ist verhaftet und wieder freigelassen worden. Seine Familie will Gerechtigkeit. Seine Beisetzung findet morgen in dem kleinen Nest statt, aus dem er und Kelly geflüchtet sind.

Während Deck und ich die Zeitung lesen, trifft ein Fax aus Peter Corsas Kanzlei ein. Es ist die Kopie eines langen Artikels auf der Titelseite einer Zeitung in Cleveland mit den neuesten Entwicklungen im PinnConn-Skandal. Mindestens zwei Geschworenengerichte werden sich mit der Sache befassen. Ganze Wagenladungen von Klagen werden eingereicht gegen diese Firma und ihre Tochtergesellschaften, insbesondere Great Benefit, deren Konkursanmeldung einen eigenen Artikel verdient. Überall werden Anwälte aktiv.

M. Wilfred Keeley wurde gestern nachmittag am Kennedy-Flughafen festgenommen, als er eine Maschine nach Heathrow besteigen wollte. Seine Frau war bei ihm, und sie behaupteten, sie wollten nur einen kurzen Urlaub machen. Sie waren jedoch nicht imstande, den Namen eines Hotels in Europa anzugeben, in dem sie erwartet würden.

Es sieht so aus, als wären die Firmen in den letzten beiden Monaten restlos ausgeplündert worden. Anfangs wurde das Geld dazu benutzt, Fehlinvestitionen auszugleichen; dann haben sie es einbehalten und in Steueroasen auf der ganzen Welt transferiert. Auf jeden Fall ist es verschwunden.

Der erste Anruf des Tages kommt von Leo Drummond. Er erzählt mir von Great Benefit, als hätte ich keine Ahnung. Wir unterhalten uns kurz, und es ist schwer zu sagen, wer deprimierter ist. Keiner von uns wird für den Krieg bezahlt werden,

den wir gerade geführt haben. Seine Auseinandersetzung mit seinem ehemaligen Mandanten über mein Vergleichsangebot erwähnt er nicht; das hat sich jetzt ohnehin von selbst erledigt. Sein ehemaliger Mandant ist nicht in der Verfassung, eine Klage wegen sträflichen Fehlverhaltens einzureichen. Er ist dem Black-Urteil wirkungsvoll entgangen, also kann er nicht behaupten, durch schlechte juristische Arbeit von Drummond geschädigt worden zu sein. Trent & Brent ist noch einmal davongekommen.

Der zweite Anruf kommt von Roger Rice, Miss Birdies neuem Anwalt. Er gratuliert mir zu dem Urteil. Wenn er wüßte! Er sagt, er habe über mich nachgedacht, seit er mein Foto in der Sonntagszeitung gesehen hat. Miss Birdie versucht, ihr Testament abermals zu ändern, und in Florida haben sie genug von ihr. Delbert und Randolph ist es schließlich gelungen, ihre Unterschrift auf einem selbstverfaßten Dokument zu bekommen, mit dem sie dann zu den Anwälten in Atlanta gefahren sind und eine volle Offenlegung des Vermögens ihrer Mutter verlangt haben. Die Anwälte mauerten. Die Brüder haben Atlanta zwei Tage lang belagert. Einer der Anwälte rief Roger Rice an, und die Wahrheit kam ans Licht. Delbert und Randolph fragten diesen Anwalt rundheraus, ob ihre Mutter zwanzig Millionen Dollar besäße. Daraufhin konnte der Anwalt nur lachen, und das brachte die beiden liebenden Söhne auf die Palme. Schließlich kamen sie zu dem Schluß, daß Miss Birdie sie zum besten hielt, und sie kehrten nach Florida zurück.

Spät am Montag abend rief Miss Birdie Roger Rice zu Hause an und teilte ihm mit, daß sie nach Memphis zurückkehren wolle. Sie sagte, sie hätte versucht, mich anzurufen, aber ich schiene sehr beschäftigt zu sein. Mr. Rice erzählte ihr von dem Prozeß und dem Fünfzig-Millionen-Dollar-Urteil, und das schien sie zu freuen. »Wie nett«, sagte sie. »Nicht schlecht für einen Gärtnergehilfen.« Die Tatsache, daß ich jetzt reich bin, schien sie mächtig zu beeindrucken.

Jedenfalls wollte Rice mich vorwarnen, daß sie jetzt jeden Tag zurückkehren kann. Ich danke ihm.

Morgan Wilson hat sich eingehend mit der Riker-Akte beschäftigt und neigt dazu, die Anklage fallenzulassen. Aber ihr Boß, Al Vance, hat sich noch nicht entschieden. Ich folge ihr in sein Büro.

Vance wurde schon vor vielen Jahren zum Staatsanwalt gewählt und hat keine Mühe, immer wiedergewählt zu werden. Er ist um die Fünfzig und hat früher ernsthaft eine höhere politische Karriere angestrebt. Doch dazu hat sich nie eine Gelegenheit ergeben, und jetzt hat er sich damit abgefunden, daß er in seinem Amt bleibt. Er verfügt über eine Eigenschaft, die bei Staatsanwälten äußerst selten ist – er verabscheut Kameras.

Er gratuliert mir zu dem Urteil. Ich danke ihm, möchte aber nicht darüber reden, aus Gründen, die ich in diesem Moment lieber für mich behalte. Ich nehme an, daß die Neuigkeiten über Great Benefit in weniger als zwanzig Stunden die Runde machen werden, und die Bewunderung, die man mir jetzt entgegenbringt, wird sich schlagartig verflüchtigen.

»Diese Leute sind Irre«, sagt er und wirft die Akte auf seinen Schreibtisch. »Sie haben mehrfach hier angerufen, allein zweimal heute morgen. Meine Sekretärin hat mit Rikers Vater und einem seiner Brüder gesprochen.«

»Was wollen sie?« frage ich.

»Den Tod Ihrer Mandantin. Vergeßt den Prozeß, schnallt sie einfach auf den elektrischen Stuhl, noch heute. Ist sie aus dem Gefängnis heraus?«

»Ja.«

»Hält sie sich versteckt?«

»Ja.«

»Gut. Sie sind so verdammt blöde, daß sie ihr Leben bedrohen. Sie wissen nicht einmal, daß es gegen das Gesetz ist, so etwas zu tun. Ein ausgesprochen widerliches Volk.«

Wir sind uns alle drei einig, daß die Rikers ziemlich dumm und sehr gefährlich sind.

»Morgan will keine Anklage erheben«, fährt Vance fort. Morgan nickt.

»Es ist sehr einfach, Mr. Vance«, sage ich. »Sie können den Fall vor die Anklagejury bringen, und Sie können Glück haben und eine Anklage erreichen. Aber wenn es zum Prozeß kommt, werden Sie verlieren. Ich werde diesen verdammten Aluminiumschläger vor den Geschworenen schwenken. Ich werde ein Dutzend Experten für Mißhandlung im häuslichen Bereich in den Zeugenstand holen. Ich werde sie zu einem Symbol machen, und Sie und Ihre Leute werden sehr alt aussehen, wenn Sie versuchen, sie zu verurteilen. Kein einziger der zwölf Geschworenen wird für Sie stimmen.«

Ich fahre fort. »Mir ist es gleich, was seine Angehörigen tun. Aber wenn Sie sich von ihnen dazu drängen lassen, Anklage zu erheben, dann wird Ihnen das leid tun. Wenn die Geschworenen sie freisprechen, werden sie Sie sogar noch mehr hassen.«

»Er hat recht, Al«, sagt Morgan. »Es ist ausgeschlossen, daß sie verurteilt wird.«

Al war schon bereit, das Handtuch zu werfen, als er hier hereinkam, aber er wollte es erst von uns beiden hören. Er erklärt sich bereit, alle Anklagen fallenzulassen. Morgan verspricht, mir am späten Vormittag ein entsprechendes Schreiben zu faxen.

Ich danke ihnen und verschwinde. Meine Stimmung schlägt schnell um. Ich bin allein im Fahrstuhl, und ich sehe in dem polierten Messing über den Zahlenknöpfen, daß ich grinse. Alle Anklagen werden fallengelassen! Für immer!

Ich renne praktisch über den Parkplatz zu meinem Wagen.

Die Kugel wurde von der Straße her abgeschossen, durchschlug das Fenster im vorderen Büro, hinterließ ein säuberliches Loch von nicht mehr als anderthalb Zentimeter Durchmesser in der Scheibe und beendete ihre Reise tief in der Wand. Deck war zufällig im vorderen Büro, als er den Schuß hörte. Die Kugel verfehlte ihn um ungefähr drei Meter, aber das war nahe genug. Er rannte nicht sofort zum Fenster, sondern verkroch sich unter dem Tisch und wartete ein paar Minuten.

Dann verschloß er die Tür und wartete darauf, daß jemand kommen und nach ihm suchen würde. Es kam niemand. Das passierte gegen halb elf, während ich bei Al Vance war. Offenbar hat niemand den Schützen gesehen. Wenn jemand den Schuß gehört hat, werden wir es nie erfahren. In diesem Teil der Stadt hört man des öfteren Schüsse.

Decks erster Anruf galt Butch, der noch schlief. Zwanzig Minuten später war er im Büro, schwer bewaffnet, und bemühte sich, Deck zu beruhigen.

Als ich eintreffe, untersuchen sie gerade das Loch in der Scheibe, und Deck berichtet mir, was passiert ist. Ich bin sicher, daß Deck sogar herumzappelt, wenn er tief schläft, aber jetzt zittert er heftig am ganzen Leibe. Er sagt uns, er wäre in Ordnung, aber seine Stimme klingt schrill. Butch sagt, er wird unten direkt unter dem Fenster warten und sie schnappen, wenn sie zurückkommen. Er hat zwei Schrotflinten in seinem Wagen und ein AK-47-Sturmgewehr. Gott helfe den Rikers, falls sie noch einmal versuchen sollten, im Vorbeifahren zu schießen.

Ich kann Booker nicht telefonisch erreichen. Er ist nicht in der Stadt und führt zusammen mit Marvin Shankle Vernehmungen durch, also schreibe ich ihm einen kurzen Brief, in dem ich verspreche, mich später zu melden.

Deck und ich entscheiden uns für einen privaten Lunch, weit weg von den bewundernden Massen, außer Reichweite von herumfliegenden Kugeln. Wir kaufen uns Sandwiches und essen in Miss Birdies Küche. Butch sitzt in seinem Wagen, der auf der Einfahrt hinter meinem Volvo steht. Er wird ziemlich enttäuscht sein, wenn er keine Gelegenheit findet, seine AK-47 abzufeuern.

Der wöchentliche Reinigungsdienst war gestern hier, das Haus ist also sauber, und der schimmlige Geruch ist vorübergehend verschwunden. Es steht bereit für Miss Birdie.

Der Handel, den wir abschließen, ist schmerzlos und simpel. Deck bekommt die Akten, die er haben will, und ich bekomme zweitausend Dollar, zahlbar innerhalb von neunzig Tagen. Wenn es sein muß, wird er sich mit anderen Anwälten zusammentun. Außerdem kann er diejenigen meiner Fälle verhökern, die er nicht haben will. Die Inkassoakten von Ruffin's gehen an Booker zurück. Das wird ihm nicht gefallen, aber er wird darüber hinwegkommen.

Das Durchsehen der Akten ist einfach. Es ist ein Jammer, wie wenige Fälle und Mandanten wir in den letzten sechs Monaten aufgetan haben.

Die Kanzlei hat dreitausendvierhundert Dollar auf der Bank und ein paar offene Rechnungen.

Wir einigen uns über die Details, während wir essen, und der geschäftliche Aspekt der Trennung ist leicht. Nicht dagegen das persönliche Auseinandergehen. Deck hat keine Zukunft. Er kann das Anwaltsexamen nicht bestehen, und er kann nirgendwo hingehen. Er wird ein paar Wochen damit verbringen, meine Fälle abzuwickeln, aber ohne einen Bruiser oder einen Rudy, die ihm eine Fassade liefern, kann er nichts unternehmen. Das wissen wir beide, aber es bleibt unausgesprochen.

Er gesteht mir, daß er pleite ist. »Glücksspiel?« frage ich.

»Ja. Es sind die Casinos. Kann mich einfach nicht von ihnen fernhalten.« Er ist jetzt entspannt, scheinbar die Ruhe selbst. Er beißt ein großes Stück von einer Gewürzgurke ab und zermalmt es laut.

Als wir im letzten Sommer unsere Kanzlei eröffneten, hatten wir gerade jeweils einen gleich hohen Anteil aus dem Van-Landel-Vergleich erhalten. Jeder hatte fünftausendfünfhundert Dollar, und jeder hat zweitausend eingebracht. Ich war ein paarmal gezwungen, meine Ersparnisse anzugreifen, aber ich habe immer noch zweitausendachthundert auf der Bank. Ich habe Geld gespart, indem ich sehr bescheiden lebte und soviel wie möglich auf die hohe Kante legte. Auch Deck gibt sein Geld nicht aus. Er verschleudert es an den Black-Jack-Tischen.

»Ich habe gestern abend mit Bruiser gesprochen«, sagt er, und ich bin nicht überrascht.

»Wo ist er?«

»Auf den Bahamas.«

»Ist Prince bei ihm?«

»Ja.«

Das ist eine gute Nachricht, und es freut mich, das zu hören. Ich bin sicher, Deck weiß es bereits seit geraumer Zeit.

»Sie haben es also geschafft«, sage ich, schaue zum Fenster hinaus und versuche, mir die beiden mit Strohhüten und Sonnenbrillen vorzustellen. Schließlich haben sie hier praktisch im Dunkeln gelebt.

»Ja. Ich weiß nicht, wie. Nach manchen Dingen fragt man nicht.« Decks Gesicht macht einen leeren Eindruck. Er ist tief in Gedanken versunken. »Das Geld ist immer noch hier.«

»Wieviel?«

»Vier Millionen in bar. Das ist das, was sie von den Clubs abgesahnt haben.«

»Vier Millionen?«

»Ja. Im Keller eines Lagerhauses versteckt. Hier in Memphis.«

»Und wieviel haben sie Ihnen angeboten?«

»Zehn Prozent. Wenn es mir gelingt, es nach Miami zu bringen. Bruiser sagt, das Weitere könnte er selber bewerkstelligen.«

»Tun Sie es nicht, Deck.«

»Es ist ungefährlich.«

»Sie werden erwischt werden und ins Gefängnis kommen.«

»Glaube ich nicht. Die Feds haben die Sache abgehakt. Von dem Geld haben sie keine Ahnung. Alle nehmen an, daß Bruiser genug mitgenommen hat und nicht noch mehr braucht.«

»Braucht er denn noch mehr?«

»Das weiß ich nicht. Aber er will es unbedingt haben.«

»Tun Sie es nicht, Deck.«

»Es ist ein Kinderspiel. Das Geld paßt in einen kleinen U-Haul-Laster. Bruiser sagt, das Einladen dauert höchstens zwei Stunden. Dann mit dem U-Haul nach Miami und dort auf weitere Anweisungen warten. Dazu brauche ich zwei Tage, und dann bin ich aus allem raus.«

Seine Stimme klingt, als wäre er weit fort. Ich bezweifle nicht im geringsten, daß Deck es versuchen wird. Er und Bruiser haben das geplant. Aber ich habe genug gesagt. Er hört ohnehin nicht auf mich.

Wir verlassen Miss Birdies Haus und gehen in meine Wohnung. Deck hilft mir, ein paar Kleidungsstücke zu meinem Wagen zu tragen. Wir packen den Kofferraum voll und die Hälfte des Rücksitzes. Ich kehre nicht in die Kanzlei zurück, also verabschieden wir uns vor der Garage.

»Ich nehme Ihnen nicht übel, daß Sie abreisen«, sagt er.
»Seien Sie vorsichtig, Deck.«

Wir umarmen uns verlegen ein oder zwei Sekunden lang, und ich habe fast einen Kloß in der Kehle.

»Sie haben Geschichte gemacht, Rudy, wissen Sie das?«
»Wir haben es zusammen getan.«
»Ja, und was hat es uns eingebracht?«
»Wir können immer noch damit angeben.«

Wir geben uns die Hand, und Decks Augen sind feucht. Ich sehe ihm nach, wie er davonschlurft und zu Butch ins Auto steigt. Sie fahren davon.

Ich schreibe einen langen Brief an Miss Birdie und verspreche ihr, später anzurufen. Ich lege ihn auf den Küchentisch, weil ich sicher bin, daß sie bald heimkommen wird. Ich mache noch einmal die Runde durchs Haus und verabschiede mich von meiner Wohnung.

Ich fahre zu einer Bankfiliale und löse mein Sparkonto auf. Ein Packen von achtundzwanzig Hundert-Dollar-Scheinen fühlt sich gut an. Ich verstecke ihn unter der Fußmatte.

Als ich an die Tür der Blacks klopfe, ist es schon fast dunkel. Dot macht auf und lächelt beinahe, als sie sieht, daß ich es bin.

Das Haus ist still und dunkel, immer noch sehr in Trauer. Ich glaube nicht, daß es jemals wieder anders werden wird. Buddy liegt mit einer Grippe im Bett.

Bei einer Tasse Instantkaffee bringe ich ihr schonend die Neuigkeit bei, daß Great Benefit mit dem Bauch nach oben schwimmt und daß sie abermals in die Röhre guckt. Wenn nicht irgendwann in ferner Zukunft ein Wunder geschieht, sehen wir keinen roten Heller. Ihre Reaktion überrascht mich nicht.

Offenbar gibt es mehrere unklare Gründe für den Untergang von Great Benefit, aber im Augenblick ist es für Dot sehr wichtig, zu glauben, daß sie das Geschehene ausgelöst hat. Ihre Augen funkeln, und auf ihrem Gesicht liegt ein glücklicher Ausdruck, während sie es verdaut. Sie hat sie aus dem Geschäft befördert. Eine kleine, entschlossene Frau in Memphis, Tennessee, hat diese Schweine in den Konkurs getrieben.

Morgen wird sie zu Donny Rays Grab gehen und es ihm erzählen.

Kelly wartet nervös in Betty Norvelles Zimmer. Sie umklammert eine kleine lederne Reisetasche, die ich ihr gestern mitgebracht habe. Sie enthält ein paar Toilettenartikel und ein paar vom Frauenhaus gespendete Kleidungsstücke. Das ist alles, was sie besitzt.

Wir unterschreiben die erforderlichen Papiere und danken Betty. Während wir rasch auf den Wagen zugehen, halten wir uns bei den Händen. Sobald wir drinnen sitzen, holen wir tief Luft, dann fahren wir davon.

Die Waffe liegt unter dem Sitz, aber jetzt mache ich mir keine Sorgen mehr.

»Welche Richtung?« frage ich, als wir die Kreuzung der Interstate erreicht haben, die um die Stadt herumführt. Wir lachen darüber, weil es einfach wunderbar ist. Es spielt keine Rolle, wohin wir fahren.

»Ich möchte die Berge sehen«, sagt sie.

»Ich auch. Osten oder Westen?«

»Hohe Berge.«

»Also dann nach Westen.«

»Ich möchte Schnee sehen.«

»Ich nehme an, wir werden welchen finden.«

Sie kuschelt sich an mich und legt den Kopf an meine Schulter. Ich streichle ihre Beine.

Wir überqueren den Fluß und sind in Arkansas. Hinter uns verschwindet die Skyline von Memphis. Es ist erstaunlich, wie wenig von alledem wir vorausgeplant haben. Bis heute morgen wußten wir nicht, ob sie die Stadt überhaupt verlassen durfte. Aber die Anklage wurde fallengelassen, ich habe ein Schreiben vom Staatsanwalt höchstpersönlich. Ihre Kaution wurde heute nachmittag aufgehoben.

Wir werden uns an einem Ort niederlassen, an dem uns niemand finden kann. Ich habe keine Angst, verfolgt zu werden, ich möchte nur, daß man mich in Ruhe läßt. Ich will nichts von Deck und Bruiser hören. Ich will nichts über die Folgen des Konkurses von Great Benefit hören. Ich will nicht, daß Miss

Birdie anruft und juristischen Rat will. Ich will mir keine Sorgen machen müssen wegen Cliffs Tod und allem, was damit zusammenhängt. Irgendwann einmal werden Kelly und ich darüber sprechen, aber nicht so bald.

Wir werden uns für eine kleine Stadt mit einem College entscheiden, weil sie ihren Schulabschluß nachholen möchte. Sie ist erst zwanzig. Und auch ich bin noch ein halbes Kind. Wir haben eine Menge schweres Gepäck abgeworfen, und jetzt ist es an der Zeit, ein bißchen Spaß zu haben. Ich würde gern an einer High-School Geschichte unterrichten. Das sollte nicht sonderlich schwierig sein. Schließlich bin ich selbst sieben Jahre aufs College gegangen.

Unter gar keinen Umständen will ich noch einmal irgend etwas mit der Juristerei zu tun haben. Ich werde meine Lizenz verfallen lassen. Ich werde mich nicht in die Wählerliste eintragen lassen, also können sie mich nicht auffordern, als Geschworener zu fungieren. Ich werde nie wieder freiwillig den Fuß in einen Gerichtssaal setzen.

Wir lächeln und kichern, während das Land flacher und der Verkehr dünner wird. Memphis liegt zwanzig Meilen hinter uns. Ich gelobe mir, nie dorthin zurückzukehren.

QUELLENNACHWEIS

DER KLIENT /*the client*
Copyright © 1993 by John Grisham
Die Originalausgabe erschien im Verlag Doubleday (Bantam
Doubleday Dell Publishing Group, Inc.) New York, N.Y.
Copyright © der deutschsprachigen Ausgabe 1994
by Wilhelm Heyne Verlag GmbH & Co.KG, München
Aus dem Amerikanischen von Christel Wiemken
(Der Titel erschien bereits in der Allgemeinen Reihe mit der
Band-Nr. 01/9590.)

DER REGENMACHER/*the rainmaker*
Copyright © 1995 by John Grisham
Die Originalausgabe erschien im Verlag Doubleday (Bantam
Doubleday Dell Publishing Group, Inc.) New York, N.Y.
Copyright © der deutschsprachigen Ausgabe 1996
by Wilhelm Heyne Verlag GmbH & Co.KG, München
Aus dem Amerikanischen von Christel Wiemken
(Der Titel erschien bereits in der Allgemeinen Reihe mit der
Band-Nr. 01/10300.)

John T. Lescroart

Der Senkrechtstarter aus den USA. Furiose und actiongeladene Gerichtsthriller!

John T. Lescroart »hat eine neue Dimension des Thrillers erfunden.«
NDR BÜCHERJOURNAL

Eine Auswahl:

Der Deal
01/9538

Die Rache
01/9682

Das Urteil
01/10077

Das Indiz
01/10298

Die Farben der Gerechtigkeit
01/10488

Der Vertraute
01/10685

Gnade vor Recht
01/13028

So wahr mir Gott helfe
01/13330

Die Anhörung
01/13581

01/13028

HEYNE-TASCHENBÜCHER

John Grisham

»Warum er so viel besser ist
als die anderen,
bleibt sein Geheimnis.«
Süddeutsche Zeitung

»Hochspannung pur.«
FOCUS

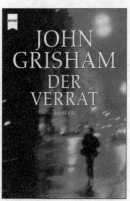

01/13120

Die Jury
01/8615

Die Firma
01/8822

Die Akte
01/9114

Der Klient
01/9590

Die Kammer
01/9900

Der Regenmacher
01/10300

Das Urteil
01/10600

Der Partner
01/10877
Auch im Heyne-Hörbuch
als MC oder CD lieferbar

Der Verrat
01/13120
Auch im Heyne-Hörbuch
als MC oder CD lieferbar

Das Testament
01/13300
Auch im Heyne-Hörbuch
als MC oder CD lieferbar

Die Bruderschaft
01/13600

Das Fest
01/13646

HEYNE-TASCHENBÜCHER

HEYNE

Michael Connelly

»Michael Connellys spannende Thriller spielen geschickt mit den Ängsten seiner Leser.« *DER SPIEGEL*

»Packend, brillant, bewegend und intelligent!«
LOS ANGELES TIMES

Schwarzes Eis
01/9930

Die Frau im Beton
01/10341

Der letzte Coyote
01/10511

Das Comeback
01/10765

Der Poet
01/10845

Das zweite Herz
01/13195

Schwarze Engel
01/13425

01/13195

HEYNE-TASCHENBÜCHER

Colin Forbes

Harte Action und halsbrecherisches Tempo sind seine Markenzeichen.

Thriller der Extraklasse aus der Welt von heute – »bedrohlich plausibel, mörderisch spannend.«
DIE WELT

01/10830

Fangjagd
01/7614

Der Überläufer
01/7862

Der Jupiter-Faktor
01/8197

Cossack
01/8286

Incubus
01/8767

Feuerkreuz
01/8884

Hexenkessel
01/10830

Kalte Wut
01/13047

Abgrund
01/13168

Der Schwarze Orden
01/13302

Kaltgestellt
01/13553

HEYNE-TASCHENBÜCHER

Jack Higgins

Packende Agententhriller vom Autor des Weltbestsellers *Der Adler ist gelandet*.

Eine atemberaubende Mischung aus Abenteuer und Spannung.

Die Tochter des Präsidenten
01/13002

Goldspur des Todes
01/13073

An höchster Stelle
01/13151

Hölle auf Zeit
02/121

Tag der Rache
01/13222

Der Flug der Adler
01/13318

01/13222

HEYNE-TASCHENBÜCHER